南渡记

〔淚灑方壺〕 多少人血淚飛，向黃泉紅雨凝。飄零！多少人

離鄉背井。槍口上撖头颅，刀丛里拼性命，就死辞生！

胶洼气呼苍穹。说什么抛了文书，撇了香墨，别了琴館，

碎了玉箏。珠淚傾！又何吸哀：流瑩？

作者手迹

《野葫芦引》第一卷

南渡记

宗璞 著

人民文学出版社

图书在版编目(CIP)数据

野葫芦引.南渡记/宗璞著.—北京:人民文学出版社,2019(2021.11重印)
ISBN 978-7-02-014766-3

Ⅰ.①野… Ⅱ.①宗… Ⅲ.①长篇小说—中国—当代 Ⅳ.①I247.5

中国版本图书馆 CIP 数据核字(2018)第 288269 号

策划编辑　杨　柳
责任编辑　刘　稚
责任印制　王重艺

出版发行　人民文学出版社
社　　址　北京市朝内大街 166 号
邮政编码　100705

印　　刷　三河市鑫金马印装有限公司
经　　销　全国新华书店等

字　　数　1030 千字
开　　本　880 毫米×1230 毫米　1/32
印　　张　43.125　插页 16
印　　数　18001—21000
版　　次　2019 年 2 月北京第 1 版
印　　次　2021 年 11 月第 6 次印刷

书　　号　978-7-02-014766-3
定　　价　139.00 元(全四册)

如有印装质量问题,请与本社图书销售中心调换。电话:010-65233595

目　录

序 曲

【风雷引】百年耻,多少和约羞成。烽火连迭,无夜无明。小命儿似飞蓬,报国心过云行。不见那长城内外金甲逼,早听得卢沟桥上炮声隆!

【泪洒方壶】多少人血泪飞,向黄泉红雨凝。飘零!多少人离乡背井。枪口上挂头颅,刀丛里争性命。就死辞生!一腔浩气吁苍穹。说什么抛了文书,洒了香墨,别了琴馆,碎了玉筝。珠泪倾!又何叹点点流萤?

【春城会】到此暂驻文旌,痛残山剩水好叮咛。逃不完急煎煎警报红灯,嚼不烂软塌塌苦莱蔓菁,咽不下弯曲曲米虫是荤腥。却不误山茶童子面,腊梅鬒翁情。一灯如豆寒窗暖,众说似潮壁报兴。见一代学人志士,青史彪名。东流水浩荡绕山去,岂止是断肠声!

1

【招魂云圃】纷争里渐现奇形。前线是好男儿尸骨纸样轻，后方是不义钱财积山峰；画堂里蟹螯菊朵来云外，村野间水旱饥荒抓壮丁！强敌压境失边城！五彩笔换了回日戈，壮也书生！把招魂两字写天庭。孤魂万里，怎破得瘴疠雾浓。摧心肝舍了青春景，明月芦花无影踪。莽天涯何处是归程？

【归梦残】八年寒暑，夜夜归梦难成。蓦地里一声归去，心惊！怎忍见旧时园亭。把河山还我，光灿灿拖云霞，气昂昂傲日星。却不料伯劳飞燕各西东，又添了刻骨相思痛。斩不断，理不清，解不开，磨不平，恨今生！又几经水深火热，绕数番陷人深井。奈何桥上积冤孽，一件件等，一搭搭迎。

【望太平】看红日东升。实指望春暖晴空，乐融融。又怎知是真？是幻？是辱？是荣？是热？是冷？是吉？是凶？难收纵，自品评——且不说葫芦里迷踪，原都是梦里阴晴。

主要人物

孟樾（弗之）　明仑大学历史系教授
吕清非　弗之岳父
吕碧初　弗之妻、吕清非三女
峨（孟离己）　弗之长女
嵋（孟灵己）　弗之次女
小娃（孟合己）　弗之子
吕绛初　吕清非次女
澹台勉（子勤）　绛初丈夫
玹子（澹台玹）　绛初女
玮玮（澹台玮）　绛初子
赵莲秀　吕清非续弦夫人
吕贵堂　吕清非本家侄孙
吕香阁　吕贵堂女
卫葑　弗之外甥、明仑大学教师
凌雪妍　卫葑妻
李宇明　明仑大学教师，卫、凌好友
凌京尧　凌雪妍父
岳蔺芬　凌雪妍母
缪东惠　岳蔺芬舅父
掌心雷（仇欣雷）　峨同学
麦保罗　美国外交官、玹子好友
庄卣辰　明仑大学物理系教授
玳拉　庄卣辰妻

庄无因　庄卣辰子

庄无采　庄卣辰女

秦巽衡　明仑大学校长

萧澂(子蔚)　明仑大学生物系教授

郑惠杭　萧子蔚恋人

李涟(文涟)　明仑大学历史系教师

金士珍　李涟妻

之芹、之薇　李涟女

钱明经　明仑大学中文系教师

郑惠枌　郑惠杭妹、钱明经妻

第 一 章

一

这一年夏天，北平城里格外闷热。

尚未入伏，华氏表已在百度左右。从清晨，人就觉得汗腻。黑夜的调节没有让人轻松，露水很快不见踪影，花草都蔫蔫的。到中午，骄阳更像个大火盆，没遮拦地炙烤着大地，哪儿也吹不来一丝凉风。满是绿树的景山，也显得白亮亮的刺眼。北海和中南海水面积着阳光，也积着一层水汽，准知道水也不会清凉。空气经过暑热的熬煎，吸进去热辣辣的。在热气中似乎隐藏着什么令人惊恐的东西，使人惴惴不安。

说不出这种惴惴不安究竟是怎样一回事，它却是二十世纪三十年代的北平人所熟悉的一种心情。

自从东北沦陷之后，华北形势之危，全国形势之危，一天比一天明显。《塘沽停战协定》实际承认长城为中日边界。《何梅协定》又撤驻河北的中国军队，停止河北省的反日活动。日本与汉奸们鼓噪的"华北自治运动"更是要使华北投入日军怀抱。几年下来，北平人对好些事都"惯"了。报纸上"百灵庙一带日有怪机侦察"的消息人们不以为奇，对街上趾高气扬的外国兵也能光着眼看上几分钟。

三教九流、各行各业各自忙着生计时，还不失北平人的悠

1

闲。晚上上戏园子听两口马派或谭派,摆香烟摊儿的在左近树杈上挂着个鸟笼子,学生们上学时兴兴头头把车骑得飞快。太阳每天从东四牌楼东转到西四牌楼西,几座牌楼在骄阳中暴晒过多少年,并未发生火灾。什刹海绿堤上夏天的鲜碗儿里,鲜藕、鲜菱角和鲜鸡头米没有少了一样。

就在这平淡中,掺杂着惴惴不安。像是一家人迫于强邻,决定让人家住进自己院子里,虽然渐渐习惯,却总觉得还是把他们请出去安心。

人们过日子之余,还是谈论天气居多。"今年这天可真邪乎!"其实去年可能也一样热,只是人们不记得罢了。

不过明天或下一分钟要发生的事,黎民百姓谁也难以预料。

这天下午两点多钟,西直门过高亮桥往西往北的石子路隔着薄底鞋都发烫。这路有北平街道的特点,直来直去,尽管距离不近,拐弯却不多。出西直门经过路旁一些低矮民房,便是田野了。青纱帐初起,远望绿色一片。西山在炽烈的阳光下太分明了,几乎又消失在阳光中。路旁高高的树木也热得垂着头,路上车辆很少。一辆马车慢吞吞地走着,几辆人力车吃力地跑。只有一辆黑色小汽车开得飞快,向北驶去。

车上坐着两位四十上下年纪的先生。他们是明仑大学历史系教授孟樾孟弗之和物理系教授庄卣辰。

孟樾深色面皮,戴着黑框架眼镜,镜片很厚,着一件藏青色纺绸大褂。庄卣辰面色白净,着一件浅灰色绸大褂。他们刚在城里参加过一个聚餐会。孟先生闷闷不乐,庄先生却兴致勃勃。

"蒋的这次庐山谈话会规模不小。"庄卣辰说。

他每次参加这种聚会都觉得很新鲜。其实庐山谈话会的消息,报上已登了许多天。谈话会分三期进行,邀请许多名流学者参加,中心议题是对时局的分析和对策。

孟樾看着前面白亮亮的迅速缩短着的路,心不在焉地说:

"可真能解决什么问题!"

"邀请你参加第三期,你要去的了?"卤辰头小,眼睛长而清澈,脸上总有一种天真的神情。

孟樾转过脸,对卤辰笑了一下:"去是要去,只是我怀疑有什么作用。杨、秦两校长已经到了南京。现在大概已经在庐山上了。"

"谈谈总有好处。"卤辰好心地说。

"我们国家积贫积弱,需要彻底的改变。"孟樾说,"你听见那民谣吗?"

他一面说话一面回想着聚餐会上听说的民谣,那是他的连襟澹台勉说的。

澹台勉是华北电力公司副总经理,留学德国,是工商界一位重要人物。他最近到下花园煤矿视察回来,说那里流行一首民谣:"往南往南再往南,从来不见北人还,腥风血雨艳阳天。"当时大家说这像是一首"浣溪沙"的上半阕。孟樾说,民谣素来反映人心,也有一定预言作用。他反复念了两次"腥风血雨艳阳天",餐桌上的空气渐渐沉重。有两位先生正举箸捡菜,那乌木箸也在半空中停了片刻。

"民谣其实都是人故意编出来的。"卤辰说,"譬如李渊要做皇帝,就编一个十八子怎样怎样,忠义堂前地下的石碣当然是事先着人埋好的。"

"这几句话什么意思呢?"孟樾一半是问自己,"我们的国家已经经过快一百年的腥风血雨了——其实逃不过的。"

"打仗吗?"庄卤辰坐直了身子。

孟樾沉默了半晌,才说:"政府现在的对策仍是能忍则忍。今天大家谈话虽大都表示要立足于战,却较谨慎,你看出来了吗?"

卤辰睁大眼睛,认真地想自己看出来没有。

白闪闪的路继续缩短着。他们斜穿过一个小镇,很快看到明仑大学的大门。

车子驶过校门,穿着制服的校警向他们肃立致敬。孟樾摆一摆手。校园里别是一番天地。茂密的树木把骄阳隔在空中,把尘嚣隔在园外。满园绿意沉沉,一进校门顿觉得暑意大减。

"先送庄先生。"孟樾吩咐车夫老宋。

车子绕过一条小河,很快停在一座中式房屋前。

庄卣辰下车前郑重地说:"我看出来了,也有人不谨慎,你看出来没有?"还没有等回答,他就说:"那就是你。"

两人各自抬抬手臂,算是分手的礼节。

车子复又绕过小河,往校园深处驶去。

"我说了些什么?"弗之想。

他素来是个谨慎的人,常常把做过的事回想一遍。他曾说,吾日三省吾身,太费时间。一省还是做得到的。

他很快想起来,午饭间他说:"国家到得这个地步,远因是满清政府的腐败,近因就得考察一下。中华民族有的是仁人志士,为什么许多事办不成?主要是不团结。"接着说到以北平为国际性的文化城的不可行处。这种设想几年前便有,要把北平变为不设防城市,要将华北作为特殊地区。他说,华北特殊化实在是日本操纵的"华北自治运动"的延续,"自治来自治去,都自治到别人名下去了。"下面的话大概有不谨慎的嫌疑,他说的是:"苏联革命有其成功之经验。是不是社会主义更尊重人才,能发挥每个人的作用,也能更使人团结?"

当时中文系讲师钱明经咳了一声,似乎不以为然。生物系教授萧澂马上岔开了话,一般地说了几点目前形势。

"子蔚谨慎有过于我啊。"弗之暗想。他知道萧澂岔开话是免得多谈主义。可是大家虽都谨慎,没有慷慨激昂的言语,却于沉重之间感到腥风血雨之必来,而且不该躲避。

"我辈书生,为先觉者。"弗之想着,望着秀丽的校园。车子经过一处新修整的假山,在玲珑剔透的孔穴间留有一窄块平石,说好等他题字的。

车子经过槐阴夹道的路,经过小山和几座古式建筑,停在孟宅门前。弗之下了车,对老宋说:"明天下午三点,到欧美同学会。"

老宋恭敬地应了一声,看着孟樾进了门,才把车开走。

屋内很静。悬着浅黄色纱窗帘的小门厅十分舒适宜人。通过道的门楣悬着一个精致小匾,用古拙的大篆书写"方壶"二字,据考证,这是这座房屋原址的名字。不远处的校长住宅,名为圆甑。

孟樾每次回家,一跨进大门,便有一种安全感。他知道,总有一张娴静温柔的笑脸和天真的、稚气的叫"爹爹"的声音在等着他。他们该都睡过午觉了?他走进过道,过道拐弯处有一个向外凸出的弧形的窗,正对花园。凸窗下有一个嵌在墙上的长木椅,是孩子们爬上爬下的地方。这时一个男孩正垂头坐在那里。

"小娃!你怎么没睡觉?"孟樾诧异地问。

小娃没有像往常一样扑上来迎接爹爹。他慢慢放下手里正玩着的东西,抬起头来,脸上带着专注沉思的表情,和一个六岁的孩子很不相称。停了一下,他还是跑过来牵住爹爹的手,一面仰着脸儿,问:"爹爹,耶稣是哪一年生的?"

孟樾每天和孩子谈话的时间很少,而每次小娃都提出不止一个问题,使他颇失为父的尊严。这次倒还好,他不必思索就答出来:"今天是一九三七年,七月七日。耶稣是一千九百三十七年以前出生的。我们的公元纪年就是从耶稣出生那年开始算的。"

"为什么从耶稣开始算?为什么不从你生出来或者娘生出

来或者姐姐或者峒生出来开始算?"

"耶稣是个伟大的人物。"孟樾说,觉得一时很难讲清耶稣究竟怎样伟大,"他爱人,愿意为别人牺牲——小娃刚刚玩的什么?"

他们走到凸窗前,小娃从椅上拿起一个木制十字架递给孟樾。这十字架上有耶稣受难像,雕镂精细。无怪乎孩子提出这样的问题。

"这是峒从姐姐房间里拿来的。"

姐姐孟离已小字峨,今年从一个教会中学毕业,正准备考大学。

"耶稣爱人,愿意牺牲,别人就把他钉在十字架上吗?"小娃仍仰着小脸问。

"那些人当然是坏人。"孟樾忽然有些烦躁,把木像还给小娃。

小娃体谅爹爹可能累了,便握住木像不说话,跟着孟樾走进内室。

室中彩色缤纷,床上地下都拖着亮光纸环的链子,像到处流淌着鲜艳颜色的小溪。孟夫人吕碧初和十岁的小女儿峒正高兴地裁纸涂糨糊。

"小心! 别踩了!"她们笑着警告。

小娃拉起一条金黄的纸链,又拉一条鲜红的,"我也来,我会涂糨糊!"

"得了,得了,就快完了。"吕碧初说。

"这是为明天卫葑的婚礼吧?"孟樾脱下长衫,峒抢着接了放在椅子上。

碧初笑盈盈地站起,从椅上拿起长衫挂好,转身从浴室里取出凉手巾,让弗之擦汗,一面说:"婚礼我们不用操心。新房布置得虽不错,可太素净了,拉几条颜色链子就热闹多了。已经够了。"说着把小娃手中的木像拿过看了一眼,说:"这是峨的。你怎么拿出来?一会儿姐姐要生气。"

"是我拿的。"嵋忙说,"我们放回去。"姐姐是家中最爱生气的人,谁也不愿意惹她。

"先收拾这里。"碧初说。小娃也帮忙,一面说着笑着,也不知道说的什么,笑的什么,满室温馨的气氛,让人心里熨帖。

弗之坐在藤椅上看着,忽然自语道:"覆巢之下,岂有完卵。"

"你说什么?"碧初把那彩色河流束拢了,放进杂品柜里,转脸又问:"时局怎样了?外面有什么消息?"

"那蚕食政策是明摆着的。狼子野心,无法餍足。一味忍让,终有国破家亡的时候。"弗之说,见大小三张极相似的脸儿都望着他,自己笑了。"也不至于马上就打到北平来。"说着起身往书房去了。

书房在孟家是禁地,孩子们是不准进的。一排排书柜占据了大半间房。靠窗处摆着一张大写字台,堆满了书稿。这桌面是禁地中的禁地,连碧初也不动的。弗之自己说是"乱得有章法",别人一动就真乱了。

在弗之坐的转椅后面墙上,挂着大字对联,每个字有一尺见方,是从泰山经石峪拓下来的,这几个字是"无人我相,见天地心"。桌上乱堆着的书稿中有一个六面绿色玻璃铜框台灯。灯身上镌满了篆字,细看可以辨出是五千字道德经。

转椅内侧有一个小长桌,摆着五六方砚台,有的有漆匣或红木匣。有一个"墨海",是在一块长方形石上雕出四座小桥,簇拥着当中的圆形砚池,这里聚墨最多。还有一块朴素的汉砖砚,看去直如一块大砖,磨来很温润滑腻。这些都是弗之心爱之物,他这时不看一眼,只在转椅上转过身面对大字对联。默默坐了半晌,忽又转回来,把桌上的文稿推开,也不管它们压着扭着,自己低头写他的著作《中国史探》。

峨和小娃在碧初房间里玩了一会儿。赵妈来说,大师傅问太太,从秦家花园里挖来的十几株荷包牡丹是不是种在花坛边上。这位大师傅名叫柴发利,除做饭以外兼做园丁,于饭食和花木倒都有些审美趣味。碧初说自己去看看。

"老阳儿还高着呢,地下火烤的一样,您等晚饭过了再去不行?"赵妈笑着说。

"就种在花坛边上罢。"碧初想了想说,"你交代过了,还来帮我收拾衣服。峨的准备好了,小娃的短裤扣子得重钉。"

"大小姐不去?"赵妈随手整理着什物。

"忙着呢,"碧初说,"毕业考试完了,还一样忙。"她皱眉。转脸看着峨和弟弟在热心地读格林童话,两个小头凑在一起,黑发真像缎子一样,不觉嘴角又漾起一线笑意。

"外老太爷起来没有?"她转向赵妈。

"刚起来,坐着写字呢。"赵妈赔笑道,"我跟大师傅说一声就来。"说着退出房外。

"我们看公公去。"小娃抬头说。

吕老太爷平常在城里住,和二女儿绛初"做邻居",也时常到孟家住上十天半月。这里的一双粉妆玉琢的小儿女吸引着他,尤其是小娃。

"我等会儿去。"峨仍埋头看书。她看的是《铜鼓》,正为书中少年的命运把心悬着,简直想跳进书去帮助他。

"公公说我们可以到他房间去,每天下午都可以去。"小娃跑过来倚着碧初。

碧初抚着他的头:"冰箱里有剥好的荔枝,你自己去拿。公公累了,就快出来。"

"峨,你要吗?"小娃问。

峨仍不抬头,小娃跑过去捂住她的书。

峮不耐烦地推开他,说:"不要！不要!"小娃笑着走了。

碧初在镜台上拿起一副铜镇尺看着,两个镇尺上分别写着"明月松间照""清泉石上流",另一面是松鹤花纹,很是古雅。她把它们装进一个有衬垫的花硬纸盒。这是用吕老太爷名义送给卫葑新夫妇的礼物。卫葑是弗之嫡堂姐的儿子,也是近亲。他平素对吕清非老人很敬重,再三请老人出席他的婚礼。老人自七十岁后,对任何邀请都是礼到人不到。其实人看去很是矍铄,不觉衰老,他却说:"老态可恼,不必让别人看着难受。"

过道里电话铃响,峮一手捧着书跑去接。

"二姨妈！是峮呀！我看格林童话呢,娘就来。"

碧初过来接过话筒:"二姐吗？明天爹回城住几天,我们送去。子勤兄来接？这边有事吗？好的。放了暑假孩子们一直闹着要进城。明天可不行。卫葑婚礼完了我得回来招呼一下。新房在倚云厅,那里是单身宿舍,都收拾好了。过几天一定去。玮玮要和峮说话？好。"

峮并未走开,靠在小桌边看书,一手接过话筒,眼睛还在书上,"玮玮哥,你干什么呢？"

那边的玮玮说:"我画了一张全国地图,很像秋海棠叶子,可是我不想涂绿颜色。"

"我画过的,涂红颜色。像红叶。"峮说。

"我也不涂红的,不相衬。有好些虫子爬在上头。"玮玮说得像真事一样。

峮吃惊地放下了书,"那是外国兵,我知道。玮玮哥,你看过《铜鼓》吗？一敲就出来一大批军队。"

玮玮在那边笑,"哪里有那么便宜的事！我把那些虫子的据点画出来,等你来看。"他像是自问自答,"干脆画个分省图吧,涂多种颜色。"

"你明天去吗？葑哥结婚。"

"妈和爸不去,他们有事。妈说我和玹子可以去。"玮玮总是叫他姐姐的名字,好像小娃对嵋那样。

"嵋,明天你拉纱,不能随便跑。"碧初在房里说,"玮玮愿意的话,可以和我们一起回来住几天。"

玮玮知道明天嵋和庄家的无采一起拉纱,因问:"庄无因进城吗?"

"不知道。这两天没看见他。"嵋说。

无因、无采是庄卣辰的一双儿女。无因和玮玮上同一个中学,他们也是嵋和小娃的好朋友。

他们又交谈几句,商量好明天晚上玮玮到孟家来,那边二姨妈也同意了。

"喂,喂!再说一句。萤火虫飞起来了吗?"玮玮忽然大叫。每到夏夜,孟宅旁边小溪上都飞着许多萤火虫,孩子们可以让想象随着一起飞舞。

"玮玮哥,你真好,也想着萤火虫。"嵋说。

"问一问玹子姐来不来。"碧初又叮嘱。

玮玮说玹子不在家。"我明天来看萤火虫。"他郑重地说,挂了电话。

嵋放下电话,走到凸窗处接着看书,那是最近的座位。

小娃这时在公公屋里,祖孙二人都很开心。先是一人一颗轮流吃荔枝,吃完后照例写大字,也是一人一行轮着写,好像做游戏。写完后便在肥皂上刻图章,再讨论哪个字好,哪个字差。

吕老太爷每天上午诵经看报,二者交叉进行,到哪儿都是同样节目。随身必带一只小宣德香炉,有五斤重,每天点一炉好香,一上午让这炉香陪着。老人生活俭朴,只有每天这炉香要求苛刻,必定要云南产的鸡舌香,别的香一点就头晕,如果不点也头晕。念诵的经是般若波罗蜜多心经。从"观自在菩萨行深般若波罗蜜多时照见五蕴皆空"念到"菩提萨婆诃",大声念十遍,再小声念别的。念一会儿就看报,如果报还没有来就要问报来了没有,怎么不送进来。下午午睡很长,起床后的时间如果可能,就是说如果外孙可以奉陪的话,就把它都交给外孙。在城里和玮玮玩,在乡间和小娃玩。老人自己只有三个女儿,晚年能有外孙谈谈,觉得是人生第一乐事。

祖孙二人对今天的肥皂头都很满意。小娃已经刻了一个"嵋"字,现在正刻"孟合己"三个字,那是他自己的名字。老人用一块书本大的肥皂,是肥皂头煮化后做成的,刻的是"还我河山"四字。刻了一次不满意,又刻一次,第三次刻完,印在纸上左看右看,又命小娃看哪儿不好。

小娃看不出来,说:"反正比我刻得好。"

"'还'字里的这个走之不好,这一笔顶难写,'我'字这一撇不好。你看,'我'字的右边是个'戈'字,必须有保卫自己的能力,才算得一个'我'。"

小娃似懂非懂地望着公公。

"现在看你的。"

纸上印出了孟合己三个红字,小娃高兴得拍手大叫:"我是孟合己!"

"你是小娃!"老人笑道,"孟字刻得不好。"他很快把两块肥皂都切去一层,"再来一遍,我的朋友。"

"我的朋友"是老人的一句口头语,只称呼他所喜爱的人。

两人又专心地摆弄刻刀了。

吕清非老人出身于安徽世家,少年时中过举人。青年时参加同盟会,曾经为营救一位被捕的同志劫过县狱,因此被革去了功名。民国初年曾当选为国会议员,中年丧妻以后,眼见国是日非,逐渐觉得万事皆空,变卖了家乡田产,到北平挨着两个女儿居住。

"外老太爷,开晚饭了。"赵妈在房门口恭敬地大声说。老人早中饭都在房里吃,只有晚饭和大家一起坐坐谈谈。

小娃从矮凳上一跃而起,祖孙一起到饭厅。孟樾夫妇已在等候。老人居中上坐,弗之与碧初坐在两旁,嵋在碧初肩下,弗之肩下的位子空着。

"大小姐呢?"碧初皱眉问。

话音未落,孟峨走进来了。她正当妙年,身材窈窕,着一件月白竹布旗袍,白鞋白袜,完全是一九三七年北平女学生装束。笑盈盈一张脸,只是下巴过于尖削,好像盛不住那笑容似的。

"你一天上哪儿去了?"碧初和蔼地问。

"同学家。"

"复习功课吧?"弗之也和蔼地问。

"复习一点儿。"

小娃的座位是一个高椅,前面一块横板放餐具。他多次要求上桌吃饭,照说他这个暑假后上小学,早该上桌了。他今晚在峨和嵋的座位之间磨蹭,想坐下来。

"我都会刻图章了。"他摆出自己的优越条件。

"今天没有交代摆你的座位。"碧初温和地说,"明天吧,好不好?"

"那就后天吧,后天开始。"小娃想,明天下午进城,晚饭不在家,头一天上桌少一次有点吃亏。"等玮玮哥来了,我们挨着坐。"说着自己上了高椅子坐好。

老人有一只特制的宜兴紫砂小锅,像个大碗,但有盖有柄。碧初揭去盖子,满屋一阵甜香。这是百合、红枣、糯米和青海特产长寿果一起煨煮的粥。老人舀起一匙粥,全家开始用饭。

"明天晚上玮玮哥来了,我们到荷花池去看萤火虫。今天玮玮哥问来着。"嵋一面嚼饭一面说。

"吃饭别说话。"峨瞪她一眼。

嵋转着乌黑的眼睛,把全桌人看了一遍,决定对着公公继续说:"荷花池的萤火虫和后门外头小溪上的也差不多——"

"告诉你吃饭别说话!"峨严厉地说。

"那你还说呢。"嵋顶嘴。

峨立刻放下筷子。

"姐姐说得对。你们都专心吃饭。"碧初温和地说,看着两个女儿。孟家从来是长幼有序的。

峨、嵋两人的脸都很秀气,轮廓很像,眼睛都是黑沉沉的。只是姐姐的满含少女的迷惑朦胧,妹妹的还盛着儿童的澄澈无邪。最不同的是两人脸上的神气,这和年龄无关。卫葑曾形容姐姐是酸中微有些辣,妹妹是甜中略带些涩。"那我呢?"小娃曾问。卫葑一时想不出,把他抱起来举得高高的。"你是五味俱全。"卫葑说。大家哈哈大笑。

"这几天这样热,舅父何必明天回城?"弗之说。

这时一只小狮子猫跳到他怀里转了两圈就坐下来,抬头望着大家吃饭。这猫全身雪白,只尾巴梢儿和头顶有一点黑,猫谱中名为鞭打绣球。

老人正夹了一箸他面前的菜吃着,那都是单用小碟装的,几片鲜红的火腿,一撮雪白的豆芽,还有一小碗炒成糊状的西红柿鸡蛋。菜很简单,但整治精细。

"爹说进城住几天再过来。"碧初代答。

"时局怎么样?"过一会儿老人停了勺和筷子,郑重地问。他每天都要这样问的。

"今天有一个聚餐会,有人说日本向丰台运兵呢。"弗之说。

"丰台离北平不过五十里,日本人硬要驻兵,已经三年了。"老人向峨与嵋说,"他们想把北平变成沈阳第二。我从十八岁奔走革命,满清政府倒了,国事还是一团糟。劳碌一生,没有成绩!"老人舀了一匙粥,又放下了,自言自语道:"有愧呀有愧!"

"先天下之忧而忧。"峨说,听起来有点讽刺的味道。

13

"这么些年也过来了,爹已经尽了力了,别再操心。"碧初对峨看了一眼,说。

"听说下星期有昆曲名角来学校礼堂演出——好像是几位票友,难得演的。"弗之说,"舅父来看看才好,到时候,荷花也盛开了。"

他因说话,手里撺着一箸菜。小狮子盯着筷子看,忽然跳起身,一掌把菜打落在地,跳下去嗅。大家先愣了一下,都笑起来。赵妈赶紧过来打扫。

"小狮子它们没吃饭吗?"碧初问。孟家对猫和狗要比对孩子宽容得多。

"早拌了食了,一群猫吃不了,还剩着呢。"赵妈笑着把小狮子抱走了。

一时饭毕,大家吃西瓜。这时门铃响,嵋跑得快,打开大门,见一个高瘦青年站在门前。

"对不起,孟离己小姐在家吗?"青年彬彬有礼,用手指托一下眼镜。

"姐姐,有人找你!"嵋认得这青年名叫掌心雷,是本校经济系二年级学生,便让他进客厅,叫了姐姐出来。孟家规矩,有客人说话,小孩不准凑在旁边。只听见姐姐说:"掌心雷,你来了?"口气是问他有什么事。

嵋回到饭厅,见公公和爹爹谈得热闹,小娃已从高椅上下来了。

"咱们出去玩?"小娃问嵋。

"娘,我们出去玩?"嵋问碧初。碧初在放食品的纱橱前整理东西。"萤火虫要飞起来了。"嵋又说。

"别跑远了,只能看,不能追。"碧初叮嘱。两个孩子应了一声,高兴地跑出去了。

孟宅后门外是一条小溪,溪水从玉泉山来,在校园里弯绕,分出这一小股，十分清澈，两岸长满野蒿，比小娃都高。蒿草间一条小路接着青石板桥，对岸是一座小山，山那边是女生宿舍。这时夕阳已沉在女生宿舍楼后，楼顶显出一片红光。远处西山的霞绮正燃烧着一天最后的光亮。

两个孩子在老地方坐下了。那是桥头斜放的一条石头，据说是从圆明园搬来的。他们坐了一会儿，远天霞绮渐暗，暮色垂到蒿草之间。两人仔细看着草丛，浓密的草丛混入薄薄的黑暗中了。

"那边一个！"小娃兴奋地站起来，嵋连忙拉住他。他们俩为追萤火虫不止一次掉进小溪，弄湿了衣衫。

"这边一个！"嵋也叫道。草丛上有一点亮光从岸那边忽地掠过来，这边一点亮光轻盈地飘过去。

在这幻想色彩浓重的景色中，对岸小山上忽然出现一个人影。他骑着车，飞快地冲过石板桥，停在他们身边。

"庄哥哥！"嵋和小娃笑着叫起来。

庄无因双腿撑地，坐在车上。他身材修长，眉和眼睛都是长长的，很像父亲，只是眉宇间有一种和年龄不相称的忧郁，好像总在思索什么，就凭这一点，在千百人丛中也能很快让人认出。

"你们这一对幻想家！又在这儿了。"无因说，"萤火虫都说了些什么？"

"玮玮问你明天进不进城。"嵋说。

"婚礼吗？我才不去呢！那是你们女孩子的事。"无因心不在焉地说。他也沉浸在萤火虫的幻想世界了。

从草丛间飞出的亮光愈来愈多了。草丛间露出发亮的水波，水波上飞动着亮点儿，这些亮光和六只发亮的眸子点缀着夏夜。他们专心地看，都不说话。

"妹妹，"赵妈走过来了，她受命叫嵋的名字，但她总是叫成妹妹。"庄少爷也在这儿！太太叫你们回去呢。"

"大批的还没出来。"嵋说。

"那边一个大的！"小娃指着小溪上游，果然一个特大的亮点儿在飘。那是小仙子的灯，还是小仙子自己？

"明天来吧，明天玮少爷来了，一块儿玩。"

"澹台玮明天来？我也来！"无因说。

"叫庄姐姐也来！"小娃说。

"好吧，好吧。"赵妈替回答。

无因轻快地一踩车蹬，在薄薄的黑暗中滑走了。

"明天见！"两个孩子听话地站起身，向那特大的亮点儿招招手，跑回家去。

嵋在过道里听见姐姐对娘说，她不参加卫表哥的婚礼，她要和她的同学吴家馨还有掌心雷一同去听邻近教会大学的音乐会，她要骑车去。

"明天我们有舞蹈会。"嵋说，不无几分骄傲。参加舞蹈的是萤火虫和白荷花，观众是玮玮哥、庄家兄妹、小娃和嵋自己。

多么宁静芬芳的夜！孟宅里每个人怀着对明天的美好的期望，和整个北平城一起，安稳地入睡了。

二

清晨，随着夏日的朝阳最先来到孟宅的，是送冰人。冰块取自冬天的河湖，在冰窖里贮存到夏，再一块块送到用户家中。冰车是驴拉的，用油布和棉被捂得严严实实，可还从缝里直冒水气，小驴就这么腾云驾雾似的走了一家又一家。送冰人用铁夹子和草绳把冰从车上搬到室外，最后抱到冰箱里。然后在已经很湿的围裙上擦着手，笑嘻嘻和柴师傅或李妈说几句闲话，跨上车扬鞭而去。

接踵而来的是送牛奶的。再往下是一家名叫如意馆菜店的伙计。他们包揽了校园里大部分人家用菜。就是蔬菜青黄不接的时候,他们也能送来鲜红的西红柿,碧绿的豆角,白里泛青的洋白菜。还经常有南方的新鲜绿菜像芥菜、油菜薹等。嵋和小娃过家家玩时,也会学着吩咐,让如意馆送点什么来。

直到吃过早饭,一切都很正常。碧初带着嵋和小娃还有年轻的李妈到倚云厅去装饰新房。倚云厅是一座旧式房屋,大院小院前后有上百间房,是单身教职员宿舍。卫葑的一间在月洞门里花木深处,已经收拾得花团锦簇。因卫葑这几天在城里,晚上婚礼后要偕新娘凌雪妍一起回来,碧初怕有疏漏,特地来检查。

"可别动,什么都别动。"碧初嘱咐两个孩子。开了房门,见一切整齐。床是凌雪妍的母亲凌太太前天来铺的,绣花床单没有一丝皱纹,妃色丝窗帘让绿阴衬着,显得喜气洋洋。两个孩子蹑手蹑脚跟在母亲身后,这里似乎是个神圣的所在。

在碧初指点下,那些彩色链条很快悬在房中,果然更增加了热闹气氛。

"这新房多好!"李妈赞叹。

碧初环视一周,见窗下玻璃面小圆桌上没有摆设,心想要让赵妈送个点心盘子来。

等到觉得无懈可击时,便叫扒在窗上向外看的两个孩子:"看好了,咱们回家。"遂走出房,锁门转身,却见卫葑急匆匆跨过月洞门走来。

"葑哥!"两个孩子欢呼。

卫葑是个英俊青年,风度翩翩,眼睛明亮,穿着白绸衬衫,浅灰西服裤,一件银灰色纱大褂拿在手里。

"你怎么回来了?"碧初有些奇怪。

"昨天夜里日本兵寻衅攻打宛平城。"

碧初没有言语,在考虑这消息的分量。小娃牵住母亲的衣襟,嵋本能地站在小娃面前,以御敌侮。

"二十九军守城十分英勇。"卫葑心里很激动,但话说得很平静。"我还有点事。"说着要走。

"下午的婚礼呢?"碧初不得不问。

"一切照常。我会赶进城去。"卫葑一面说话已进了屋。

"你可别把东西弄乱了。"碧初忙嘱咐。

"知道。"

卫葑不知在做什么。碧初想,他肯定看不见那些恰到好处的陈设。她轻轻叹息,领着孩子走了。

她们到家时,弗之在接电话,好几次说起卢沟桥。

一会儿,弗之走进房来说:"驻卢沟桥的日军寻衅,说是走失了一个兵,要进宛平城找,已经打起来了。萧先生来的电话。"

"刚刚卫葑说了。"碧初说,"他回来了,说有点事。还说婚礼照常举行。"

"我们当然希望能照常。"

"去和爹说一声。"碧初说。

老人先没有听清,"啊啊"了几声。等到听清楚了,先愣了片刻,才说:"打了,好! 不知能打多久。"

"总还是边打边谈的。"弗之说。

"只有牺牲,才能保存。"老人说,"不管怎样是已经打了,不至于像东三省,十万大军,一枪不发,把大好河山,拱手让人。"

"要是真打起来,战乱年月,我担心爹怎么受得了。"碧初说。

老人看着她,目光很严厉。"可担心的事多着呢。"

"学校倒是有准备。"弗之说,"在长沙准备了分校,图书仪器也运了些去。"

这时忽然听见两个孩子在后院叽叽喳喳说着笑着,他询问地望望碧初。

碧初说:"广东挑来了。"她走到院子里,果然见两个孩子在一个货担前,和挑担的高兴地说话。

广东挑的主人是地道老北京,和广东毫无关系,可能因为担上货物大都是南味食品,因而得名。这种货挑很讲究,一头是圆的,如同多层的大食盒,一格格装着各样好吃的点心。一头是长方的,有一排排小玻璃匣,装着稻香村的各种小食品,糟蛋、龙虱都有。峨和小娃最喜欢的是一种烤成赭黄色的鸡蛋饼,每一块都是弯的,他们叫它做瓦片。每次广东挑来了,碧初都得买这种点心。

"太太出来了?今儿个的点心真新鲜,汽车刚到,我收拾收拾,头一个就给您送来了。"广东挑笑嘻嘻地说。

他刚剃过头,光光的头皮白里泛青,左眉边有一道紫红色的胎记,一条雪白的手巾搭在肩上,一副干净利落的样子。他也听说打仗了,可他觉得那是很遥远的事,只要他挑着这副货担,他就拥有世界。

"让孩子们挑吧,自己看喜欢什么。"碧初微笑道,走下台阶看着摆开的一盒盒吃食,替峨挑了两样。

看见有吕老人喜欢的核桃云片糕,想到下午老人要走,可以等下次再买。随即心上震了一下:"下次不知时局会怎样变化?"她不由得想,"也许再等几年,等小娃大一点再打才好。"但马上自责:"真是妇人之见。"

峨和小弟正商量给玮玮预备什么。讨论了一会儿,还是认为瓦片最好。广东挑笑嘻嘻地把东西拣出来,收了钱。

柴师傅让广东挑到下房喝茶,像莳园做饭都有审美趣味那样,柴师傅让茶倒不是为多拿回扣,北平话叫底子钱,那有一定比例;而是他喜欢这广东挑,觉得它有超出只是吃饱的趣味。有时候他也买两块枣泥馅的绿豆糕,给他想象中的儿子。

两个孩子回到自己房间。嵋立即抱起坐在桌上的一个破旧的洋囡囡，那是峨传下来的"小可怜"，很得嵋的关心。嵋安慰它："你别怕，有我呢。"她想想，说的仍是这两句："你别怕，有我呢。"

"打仗是怎么回事?"小娃沉思地问。

嵋抱着洋囡囡站在窗前，看着花园的一片浓绿。一个花圃里种着一片波斯菊，这种花的茎细而长，头上顶着一朵花，显得很单薄，合成一片却很丰富，好像长荒了，给人不羁不拘的感觉。

必须多看两眼，嵋想。接着向小娃说："这就是打仗。"见小娃不懂，又说："打了仗，这些花都没有了，所以得多看两眼。"

"我不喜欢打仗。"小娃仍沉思地说。

"我也不喜欢。"嵋把洋囡囡放在窗台上，让她帮着多看两眼。

整个中午孟家的电话频繁，客人不断。中午二时许，澹台勉来接吕老太爷，说日方要我方上午十一时撤离卢沟桥，我方当然不答应，又打起来了。他很兴奋，说只要打，就有希望，怕的是不打。

老人说，过几天虽然还要来，那"还我河山"的大图章必须带着，好不时修改。他上了车，忽然又下车，要到花园看看。

"爹，这会儿正热，等再来，傍晚到园子里坐。"碧初说。

老人似乎听不见，只管走，大家只好跟着，一同来到花园。

花园里骄阳当头，照得花草都没有精神。老人扶杖在柳阴下站定，眯着眼打量眼前的一切。

学校对老人来说，是个美好的地方。他半生奔走革命，深知事在人为，人才最为重要。从花园望过去，在绿阴掩映间，可见一排排的教室和两座楼。老人曾多次站在这儿，看学生夹着书来来去去，心中总升起模糊的希望。这时因值暑假，校园里静悄悄的。炮火还没有引起动静。众人把眼光落在那五颜六色的波斯菊上，心里都不平静。

"这花开得好盛。"澹台勉叹道。

"公公也多看两眼。"小娃忽然仰头说。

"是要多看两眼。"老人轻抚小娃的头。

大家不由得都多看两眼。柳阴遮住阳光，遮不住地下的热气。说话间，老人已是汗涔涔了。

碧初说道："爹，上车吧。子勤兄进城还有事。"

"我不忙。下午有一处邀去讲讲华北供电情况。今天不知道还讲不讲。"子勤在老人耳边大声说。

老人默然，摆摆手，上车走了。

碧初进屋，安排吩咐了几件事，就去梳妆。赵妈给孩子们换了衣服。小娃的是一套淡蓝色海军服，他穿好了，立即在房间里来来去去正步走。嵋换上一件白纱衣，领口袖边都是荷叶绉边，秀美的头衬在绉边中，真像挺立的花朵。脚下是红白相间薄皮编结的凉鞋。

赵妈把她一提，放在梳妆台镜前，"看看我们二小姐，多么俊！"

嵋立刻挤着碧初坐下了，"娘，给我搽点什么。"她靠着母亲笑。

一面椭圆形大镜子嵌在硬木流云雕框中，镜中映出依偎着的母女，眉儿都弯弯的，眼睛充满笑意。

碧初给嵋系上一条鲜红的发带，一面说："小孩子以自然为好，不用搽东西，搽上反显得做作。"

嵋不说话了，只看着碧初梳头。碧初的头发很多很黑，全都拢到后面，梳了一个圆形的髻，是照吕老太太的样式梳的。老太太的发髻在阜阳县城里很有名，有吕家髻之称。吕家三姊妹都不剪发，婚后都梳头。北平是大地方，无人注意了。

这时碧初在鬓上插了一朵红绒喜字,又带上一对翡翠耳坠儿,衣领上别了同样的别针,都是椭圆形的。她天生肌肤雪白,并不需怎样修饰,一会儿便停当。母女两个对镜微笑,忽然从镜子里看见峨走进房来。

"娘,你们都去,就我一个人在家。"峨不高兴地说。

"你不是要参加音乐会吗? 是不是不开了? 一起进城吧。"碧初耐心地说。

"怎么不开? 我还得去收门票呢。"

"掌心雷来吗?"嵋好奇地问。

"关你什么事!"姐姐怒目而视。

"真的,今晚上能不去也好。"碧初想想很不放心。但是峨的脾气执拗,很难管她。"有同学一块儿去吗?"

"当然了。"峨看了看一双弟妹,转身走了。

老宋车到门前时,弗之四人已在门厅里了。他们很少让车等。碧初又叮嘱赵妈好生招呼峨。赵妈笑说:"您走您的,大小姐在家有我们,我们都是管干什么的!"

两个孩子上了车,照老规矩坐倒座。弗之夫妇面对这一双粉妆玉琢的小儿女,不觉对看了一下。他们没有说话,可是彼此了解心中所想:不知在人生道路上,嵋和小娃会有怎样的遭遇。

"咱们让玮玮哥把他的捕虫网带来。"小娃悄悄对嵋说。

他们两个也会心地对望了一下。有一次玮玮来,捕了好些萤火虫放在屋里,三个人开萤火大会,挨了碧初好一顿训斥。可他们并无改过之意。

"孟先生,您瞧这回怎么样啊?"老宋是个极规矩的车夫,坐车的先生们谈话,他从不插嘴,也绝不传话。今天情况实在不同一般,他觉得有必要问一问。

"除了抵抗,咱们没有别的生路。"弗之平静地说。

"这北平城,这么多好东西,真打到城里头,可怎么办?"

弗之知道故宫博物院从前年就在收拾宝物,运往南京,这也许是个办法吧。

他轻轻叹息道:"要是真到了亡国灭种的地步,北平城为谁保存?"

"我想着也是。"

车子出了校门,那一段槐阴夹道的平坦的路很快向后退去。嵋在倒座上看得清楚,她似乎闻见槐花的甜香,不觉向退去的校门招呼。

"再见!"她说。

碧初笑了:"晚上就回来,倒像告别似的。"说着她心上又震了一下。

大家心上都震了一下。巍峨的校门越来越小,车子转弯,看不见了。

城里店铺照常开业,表面上很平静。

"人少了,街上人少了。"老宋自言自语。

嵋和小娃好奇地望着窗外,和放假期间的校园相比,街上人够多了。顺着西直门大街向前,两边店铺的招挑儿往后退。

忽然,一个大铜壶吸引了小娃的注意。他用小手指着,哈哈大笑:"这么大的壶!"

"那是卖茶汤的店。"碧初微笑。

"二姨妈家不远就有一个茶汤店。"嵋忙道。

弗之笑说:"校园里长大的孩子都是假北平人,没有地方色彩,可见我们这样阶层的人脱离群众。"

两个孩子并不在乎假北平人的头衔,只顾向外看。车过西单,牌楼下的铺子有的已在上门板,提早关门。

"卫葑会按时到吧?"碧初有点担心。

"他总是有办法,就是今天耽误了,也算不得什么。和战争比起来,一次婚礼真不足道。"

车子很快开到南河沿欧美同学会，进了大门。停车场上车并不多，和大厅前张挂的灯彩比较，有些寥落。大厅中人还不太少，热闹中有一种兴奋的气氛。

卫葑的岳丈凌京尧走过来。他是益仁大学法国文学教授，还是最早的话剧运动参加者，父亲在清朝末年做过尚书。他身材不高，有些发胖，但自有风度。

"弗之，我这儿已经有一个话剧腹稿了，卫葑说我们可以去劳军。"他笑眯眯地说。

满屋子人热心议论的不是婚事，而是战争。卫葑说可以去劳军的话比他的新郎身份更引人注意。

"卫葑已经来了？"弗之四面看。

"刚到，在里头换衣服呢。"凌京尧说着，又和碧初打招呼，"内人和雪妍在东厅。"

正说着，凌太太岳蘅芬急匆匆走过来，先和弗之夫妇见礼，眼光敏捷地从碧初微笑的脸上落到她墨绿色起黄红圆点的绸旗袍上，又在那一副翡翠饰物上停留了几秒钟，随即对京尧说："去接伴娘的车回来，说她不能来了，家里不让出来。你看怎么办？也不早说！"伴娘是凌雪妍的同学，住在南城。岳蘅芬继续说："照说不让出来也有道理，打仗呢！我们家赶上了，有什么办法？"

"要是真能打退日本人的挑衅，这可是喜事。"弗之说，"不用伴娘行不行？"

"雪妍要不高兴。再说衣服全预备好了，多不吉利。"

这时碧初早已打量过蘅芬的穿着，一件暗红起金灰花纹的纱旗袍，里面的衬裙也是暗红的。饰物是金丝镶的红玛瑙，光泽极好，自是上品。

她不再研究，帮着出主意说："找个人代，行不行？"

"三姨妈！三姨父！"清脆的声音引得大家都扭头看，只见澹台玹和澹台玮已经站在碧初身旁。玹子是益仁大学外文系学生,暑假后二年级。她是那种一眼看去就是美人的人,眉目极端正,皮肤极白细,到哪儿都引人注意。

玮玮也腼腆地含混地叫了一声,亲热地望着碧初。他是一个俊雅少年,目朗眉长,神清骨秀。他见过长辈,便只顾和嵋、小娃说话。

“你们来了。”碧初眼睛一亮,轻轻抚着玹子的肩,询问地望着蘅芬。

蘅芬笑了,忙不迭地说:“澹台小姐,我们见过,知道。”

说着便拥着碧初和玹子往东厅走,走了几步,想起还有一个角色,便由碧初回来找嵋。嵋和玮玮、小娃已经跑到大厅的东头,和庄先生、庄太太还有几家的孩子们在一起。

庄太太是英国人,是卤辰的继室,不是无因的母亲。她身材修长窈窕,自认为很有资格穿旗袍。这时穿一件银灰色织锦缎镶本色边旗袍,高领上三副小蟠桃盘花纽,没有戴首饰,只在腕上戴一只手镯式小表。

她正笑吟吟地对嵋说什么,抬眼见碧初过来,便迎了两步,伸出手来说:“孟太太,你都给孩子们吃什么,怎么长得这么好!我也学学。”她高兴地打量着嵋和小娃。

“你看,我们已经借了无采了,还要带嵋过去一下。”碧初含笑道。

“那就去吧,这次婚礼真难得,无采和嵋一起拉纱,一辈子都记得。”

“今天最大的事是卢沟桥的炮声,”卤辰说,“这是中国人的骄傲。”他的高个儿太太垂下眼睛看他,眼光充满敬意,她总是这样看丈夫的。卤辰受了鼓舞,又说:“只要我们打,就能打赢,怕的是不打。”

“这话未必尽然。”中文系讲师钱明经正好在旁边。“打有打的道理,不打有不打的道理。国家现在的状况经得起打吗?一百年来,也打了几次,结果都是更大的灾难。"

"那你说该怎么办?"卣辰有点迷惑。

"只好谈判,也是不得已。"钱明经叹息道,"你那实验怎样了? 这时停下,岂不可惜。"

他滔滔说起实验来,倒是卣辰在用心听。

碧初忙点头微笑,又嘱咐小娃好好跟着玮玮,便带嵋穿过人群,到东厅去了。

东厅里面的更衣室比外面更热闹,人并不太多,却是香气氤氲,笑语回荡,到处挂着衣物,显得很满。理发椅上坐着庄无采,完全是个混血儿的模样。她正吹风,不停地扭来扭去。转过一座纱屏,只见凌雪妍盛妆端坐,白纱拥在身旁。她在家里穿戴妥当,早来等候。

"凌姐姐像仙女!"嵋高兴地叫出来,"有云雾托着。"

玹子站在当地,凌太太和凌家的老孙妈正张罗她。

"我们就算及格了吧?"碧初轻轻把嵋推在身前。

"吹吹头吧。无采就完了。"

凌太太把伴娘衣服在玹子身上比了比,放心地交给老孙妈。玹子对嵋做了个鬼脸。

"啊,我不! 不喜欢吹。"嵋抗议。有一次雪妍到理发店做头发,带了她去,吹风机热烘烘在头上转,真是可怕的经验。

碧初知道凌太太的脾气,知道凌家的一切都是极讲究的。虽然今天大家都有点心烦意乱,这到底是雪妍的婚礼,能做到的总得做到。她沉着脸望了嵋一眼,嵋不响了。

无采吹好下来,蓬松的有些发红的黑发衬着一双碧眼,对着嵋笑。嵋不待再说,自己爬上椅子。

"这位小姐勇敢。"理发师夸她。

屏风里边,玹子抗议了:"太紧了! 要勒死了!"她格格笑,

"凌姐姐,都是为你!"

"得啦,得啦!"老孙妈哄着,"差不多,稍微小一点。"

"怎么挑这么热的天结婚!"玹子又加一句。

有人传话说客人都到礼堂了,问新娘子准备得如何。凌京尧也在外面等着了,由他把女儿送交夫婿。

在凌、孟两位太太导演下,雪妍站好了,玹子、嵋和无采都各就各位。纱屏风撤了。嵋小心地捧着手里一段轻纱,忽然要打喷嚏。她的鼻子有点毛病,这里的香气让她不舒服。她忍了一阵,还是啊嚏一声打出来。凌太太瞪了她一眼。

"我做新娘的时候,可千万打不得。"嵋想。她觉得做新娘是很美好的事。

门开了,卫葑和伴郎走进来。伴郎李宇明,是卫葑的同学。他们都穿黑礼服,十分神气,嵋简直不好意思看。她和主角雪妍都半低着头,玹子和无采却都抬头睁大眼睛。

卫葑握住雪妍带着半臂无指手套的手,却望着玹子笑。他没想到玹子做伴娘。他觉得雪妍和玹子都很美,雪妍的美是他熟悉的,虽然今天也很新鲜,而玹子的美使他惊奇。雪妍娇嗔地捏他的手,他才忙转眼对雪妍笑。

"先走吧,我们随后就来。"蘅芬指挥着。

卫葑和伴郎听话地走了。凌京尧过来,把手臂递给雪妍。一行人缓步来到礼堂,一个小乐队奏起婚礼进行曲。嵋和无采遵照嘱咐郑重地走着,注意保持距离,以免把纱拉得太紧或太松。

这场婚礼的安排是煞费各方苦心的。本来凌雪妍主张到教堂结婚。她喜欢那庄严气氛,很想听牧师问那句话:"你愿以你身旁这个人为夫吗? 终身爱他,服从他?"然后全心地回答:"我愿意。"但卫葑声称自己是无神论者,不进教堂。凌太太主张请她的舅父、北平副市长缪东惠证婚。卫葑又坚决反对,因为他不喜欢官。几经讨论,大家同意庄卣辰做证婚人。他是卫葑的老师,学术地位很高,没有任何政治色彩。婚礼上除了各种致词外,还安排了交换戒指、向家长鞠躬。卫葑后来总带了一种温柔痛惜的心情回想这婚礼,觉得它像自己的一生一样不伦不类。

乐曲停了。新人队伍走过了来宾的一排排座位,在许多鲜花中面对庄卣辰站好了。来宾席中有不少座位空着,但还是充满了喜气。碧初和薏芬分左右随孟、凌两先生站在主婚席上,不放心地看着大厅里,看一切是否就绪。

庄先生讲话了。

"今天是个了不起的日子。何以说是了不起?因为在今天解决了我素来不懂的两个问题。一个是我素来不懂为什么中国人总是挨别人打。听说是孔孟之道造成中华民族许多劣根性。一个中国人能办的事,三个中国人势必办不成。这就叫三个和尚没水吃。从今天起,我看见中国人在办一件事了,这是一件大事——把强敌打出去!若说是近百年我们的抵抗都失败了,我们就该等着失败,我看不出这里的必然联系。抵抗,还有希望。投降,只有灭亡!"

卣辰的声音不高,可是全场全神贯注,这个问题显然比两个人结婚更让人关心。说到投降这两个字时,厅里缓缓掠过一阵叹息。

"至于第二个问题,就简单得多了。卫葑和凌小姐,众人皆以为是天造地设的一对,我一直不懂他们怎么还不结婚,今天我懂了,他们是等着这伟大的时刻!要在伟大的时刻中——"

似乎为了证明伟大时刻的到来,一声沉闷的炮响打断了他的话,接着是一阵隆隆的声音。一下午都只有稀疏的几下炮声,人们还镇定,这时的炮声虽还在远处,却响得足以使妇女惊惶失色。有人站了起来,左右看了一番又坐下去。

"这就是伟大时刻的证明了。"卣辰继续发挥,"等到我们中华民族真的站起来了,等到我们真能平平安安兴高采烈,心在胸腔里,不用悬着;脑子全在脑壳里,不用分一部分挂在外边考虑怎样躲避灾难了,我们决不要忘记这时刻。这时刻已经延续了一百年了——希望未来的小宝宝长大成人结婚时,只有亲人的温暖,花朵的芳馨和音乐的悠扬。可是今天,我们少不了大炮!我们需要大炮!"

全场沉默,司仪也忘记宣布下一项节目。蘅芬和碧初互望了一眼,忙示意嵋和无采放下披纱各自端过一个小盘,由嵋端给卫葑,无采端给雪妍。两盘里红绒上各摆一只纯金绞丝戒指,做工精细非常。卫葑取了戒指给雪妍戴,他看着那莹白瘦削露一点青筋的手指,手背让无指手套的花边束着,心里十分感动。她是他的妻子了,他该怎样爱她,照顾她,保护她?不知道时局能允许他有多少时间当好丈夫的角色。

弗之讲了些吉利话。京尧却讲了一篇爱情的崇高意义,还用法文背诵缪塞的诗《五月之夜》中的几句,从这首诗忽然扯到《罗密欧和朱丽叶》中的诗句。那是朱丽叶说的:"我的慷慨像海一样浩渺,我的爱情像海一样深沉;给你的越多,自己也越富有,因为这两者都没有穷尽。"

婚礼中引朱丽叶的话,怎么想都有点不吉利。凌太太直瞪他,可是他看不见。

座中有一些骚动,是缪东惠进来了。他除了纺绸长衫外,还罩一件团花纱马褂,以示郑重。他连连摆手,在后面坐下。有几位客人凑过去问消息,他指指新人,微笑不语。

司仪终于宣布礼成,新人队伍在乐声中退场。知客们招呼客人到宴会厅入席。

蘅芬先赶过去:"七舅,还当您来不了,没等您。"

"按钟点办事,不用等我。"缪东惠看上去很疲惫。

"是在谈判吗?"弗之过来问。

"是的,中午又打一阵,现在又在谈,争取双方都从卢沟桥撤退。"

缪东惠当年学铁路工程,曾留学日本,做过一任交通部次长。因为家里有万贯家财,一度没有做事,倒是热心公益,为北平市政建设捐过款操过心,后来安排成一位副市长。他的政治态度很暧昧,是各方都团结的人物。

"吕清老没有来? 上一次大悲法师讲金刚经,他也没有去。"他四下看看。

"若是放下屠刀立地成佛,也没有人会自动放下屠刀的。"弗之苦笑。

"在谈判,在谈判。"缪东惠对弗之点点头,又对各样熟人打招呼。"看样子一下子谈不成,刚才又打了一阵。不过,日本首相前几天还声明,目前没有蹂躏国民生活、强迫彼等牺牲之必要。"

"走这边,七舅。"蘅芬招呼着,"昨天我带雪妍去请安,您听经去了。"

"我可不是投降派。"缪东惠没有接话,还是对弗之说,"事情太大,四亿生灵的大事! 你我凭一腔热血,报效国家,死而后已,当局考虑问题可就得仔细掂量了。"

"考虑问题第一得顺乎民心。"卤辰说。

"那是当然。"

大家说着,走进宴会厅。只见十几张圆桌都围着水红绣花桌围,每张桌上都摆有鲜花,厅顶两排镏金大吊灯,照得满厅通明雪亮。穿着制服的仆役垂手侍立。缪东惠点点头,在当中一桌坐了,大家也纷纷就座。

一会儿,卫葑夫妇换了衣服出来了。嵋和玹子等人都集到最边上两桌。李宇明走来,和小娃等小孩子坐在一起,立刻说得很热闹。嵋觉得凌姐姐漂亮极了,穿礼服时像仙女,现在穿上正红镂空纱旗袍,于尊重中有几分学生气。她看着他们走到缪东惠身旁正要敬酒,忽然觉得眼前一暗。

"灯灭了。"玹子无所谓地说。

她们都无所谓,厅当中却有些骚乱。其实天还未全黑,仆役很快送上烛台,一台五支烛,倒别有一种情调。

大家心里都有些不安,这一席菜不知有几个人真尝出滋味。孩子们这桌很热闹,都把面前排着的酒杯斟满,学着大人碰杯。

玮玮为嵋和无采斟了酒,别的男孩也为嵋和无采斟酒。

玹子说:"怎么没人管我?我莫非已经老了?"

李宇明大概听见,走过这桌来和玹子说话。他说:"早知道有一位澹台小姐,不知是这样的爽快人物。"

"你就是那打网球的?"玹子笑说,双颊晕红,映着杯中的红酒。

"宇明是北平市大学网球赛冠军,你说人家是打网球的。"卫葑说。

他和雪妍走来道谢,玹子高兴地把酒一饮而尽,还照一照杯。

"真喜欢你这样无忧无虑。"卫葑又说。

雪妍温柔地微笑着,望着玹子和李宇明。

这时碧初走来,正要说话,厅中忽然一阵骚动,像是波浪一样,传过来,是这样一句话:

"城门关了!"

城门关了,是缪东惠的秘书来报告的。可能中国人在观念中有某种封闭的东西,对于门很重视。城门一关,不管哪一阶层都觉得事情格外严重。

最受影响的是卫葑夫妇,他们不能用各方精心布置的新房了。好在凌家已经预备了回门用的房间,精致富丽自不待言。卫葑原不肯在岳家成婚,这时也无法了。

客人中不少是从明仑大学来的,都在算计住处。一般在城里都有亲戚朋友,平日进城时也经常下榻,这时知道出不了城,似乎忽然无家可归了。

碧初在人丛中,唇边仍堆着笑,眼睛却焦虑地寻找弗之。他们看见了,走近了,目光习惯地在对话:"开始了吗?"

"开始了。我们要忍受一切。"

"我会的。"说出来的却是:"住爹那里吧?"

"当然。"

嵋和小娃也对望了一下,两人又遗憾地看着玮玮。

玮玮却很高兴,说:"萤火晚会延期举行。咱们可以一起在城里玩,城里好玩的多着呢。"

众人中只有他真高兴,他希望嵋和小娃在城里住,越久越好。他和玹子上了车,还扒在窗上,看嵋的车是否真和他一路。

三

什刹海旁边香粟斜街三号是一座可以称得上是宅第的房屋。它和二号四号并排三座大门,都是深门洞,高房脊,檐上有狮、虎、麒麟等兽,气象威严。这原是清末重臣张之洞的产业。三号是正院,门前有个大影壁。影壁四周用青瓦砌成富贵花纹,即蝙蝠和龟的图样。当中粉壁,原仿什刹海的景,画了大幅荷花。十几年前吕老太爷买下这房子时,把那花里胡哨的东西涂去,只留一墙雪白。大门旁两尊不大的石狮子,挪到后花园去了。现在大门上有一副神气的红漆对联,"守独务同别微见显;辞高居下知易就难",是翁同龢的字。商务印书馆有印就的各种对联出售,这是弗之去挑的。吕老先生很喜欢这副对联,出来进去总要念一念。

老人买这座大房子,一来因为要和女儿住在一起,而又不愿住女婿家,索性房子大些,三个女儿都照顾到,二来认为把土地变成房子,比变成纸币好一些。大女儿素初远嫁云南,这里也留着她的住处。二女儿绛初和澹台勉应酬多,住了过厅和第三进院。三女儿碧初一家平常不住城里,只用一个小院,作为进城时休息之用。老人自己住了第四进正房。前院南屋是客房,经常住着各式各样的客人。十几年来,时局动荡不安,这里大门一关,日子却还逍遥。

这里虽然有孟家人的行馆,现在弗之车到门前,心里却有一种投奔他人之感——本不打算来而不得不来,和计划中的行动不一样。一路上碧初还想到西直门看看,万一能出城就好了,她真不放心峨。弗之说肯定没有用,老宋也说最好不要在街上转,车子才和澹台家的车同时到。

整个胡同静悄悄的,时间并不晚,家家关门闭户,没有人在街上乘凉。大影壁森然露着那一片白。

车一停,玮玮先跳下来,赶过去给弗之夫妇开车门。宅子的黑漆大门刚开一条缝,他就飞跑进去报告:“三姨妈一家来了!”

绛初和澹台勉晚上有应酬,在同和居吃饭。饭间公司里的人把澹台勉请走,只有绛初一人回来,正和伺候上房的刘妈说着城门关了,孟太太一家大概会来。这时忙迎出来,刚走过院子进了过厅,碧初和弗之已进了垂花门。大家相见,都想不出话说。

绛初比碧初大两岁,两人相貌酷似。一次她到明仑大学,在孟宅花园外面,有好几位不认识的先生向她打招呼。她好生奇怪,后来知道他们都以为她是孟太太。其实两姊妹气质很不一样。绛初精明,碧初娴静,绛初有富贵气,碧初有林下风。这是多年不同的生活使然。

过厅是澹台家的外客厅,布置很富丽。碧初等并不在这里坐,向里走时,玮玮的狼狗亨利迎上来,摇头摆尾表示欢迎。它很清楚来人的亲疏关系,很少弄错。

大家到上房外间起居室坐下。碧初忙打电话,电话通了,可是没人接。

"想必是峨听音乐会还没有回来。"弗之说。

碧初只好放下,等等再打。"爹睡了吧?"她问。

"刘妈往后院去看了,大概睡了。"绛初答。

说话间,帘栊响处,进来一位身材矮小的中年妇人,小而圆的眼睛像两粒发亮的扣子,着一件灰绸旗袍。这是老人的续弦赵莲秀。老人中年丧妻后,内助无人,生活诸般琐事别人怎么照管也是不方便,大家都劝他找个身边人伺候。那时这样实行的人不少,不过不再用纳妾这样的说法。反正中国的语言和智慧可以为同一件事找出各种不同的,甚至是褒贬截然相反的说法。吕老先生别具一格,坚持明媒正娶,续了这一房。虽说是续娶,实际上赵莲秀在吕家地位不高,人们从未把她和碧初等的母亲张夫人同等看待,绛初姊妹只以姨称之。一来因出身,她是云南路南小县上一个木匠女儿,是滇军严亮祖师长夫人吕素初游石林时发现的。二来因年纪,她比碧初还小两岁。本来吕素初找这个人只是为侍奉老父,没有想要正式嫁娶。及至吕老先生要以平等待人,她和碧初都觉得无甚不可,只有绛初坚决反对,后来反对不成,一种轻视怠慢的气氛总在。赵莲秀倒是一位贤德本分之人,服侍老人很尽心。

这时她笑着招呼过大家,带着小心讨好的神气,用报告的口吻说:"老太爷已经睡了。他原说要等你们回来问问外头的事,天晚了,就睡了。"

莲秀说着,去拉嵋的手,她很喜欢嵋。嵋见到她也很亲热,不见面时却很少想到。孟家人在一起时也绝少提到她,就像没这个人似的。所以嵋每次见到她,总觉得又熟悉又陌生。

"盼着你们,盼不来。这下子倒好,可以多在城里住几天。"她一手拉着嵋,又去拉小娃,说:"公公不管这些,说只要炸弹没掉到头上,一切照常。"

"玮玮,你们孩子上你屋里玩一会儿,西小院收拾好了,就该睡了。"绛初说。

三个孩子巴不得这声命令,连忙往外走。莲秀缩回手,微笑着在靠门的椅子上坐了。她一般都是招呼一下,坐几分钟,就退走。玹子已经回自己屋去了。

玮玮的房间是正房西头一个小套间。这一排正房后面有一个进深很浅的院子,院中布满藤萝,称为藤萝院。一枝藤萝悬在玮玮后窗上,嵋很喜欢那样子。

"关灯关灯!"玮玮进门刚开灯,嵋就叫起来。

"嵋要看那藤萝。"小娃解释。

关了灯,果然看见婆娑的叶影,一枝粗如小儿臂的枝条斜过窗棂。

"怎么城里没有萤火虫?"小娃说,"萤火虫会动会冲。咱们明天能回去不能?"

"明天开了城门,就能回去。"嵋说。

"那可不见得。来,看我画的地图——藤萝看够没有?"

嵋颔首表示同意开灯。灯一亮,只见房中间吊着一架漂亮的飞机模型,漆成淡蓝色,这是玮玮暑假的手工。一张大地图摊在桌上,是暑假作业。玮玮的书桌很大,比澹台勉的办公桌还大。桌上划分了各种区域,有数学区、历史区、地理区、航空区等。

嵋走过去看地图,小娃缠着玮玮让把航模取下来。飞机取下来了,两人就蹲在地上研究。

"我想你们长大都要开飞机。"嵋说,抛开地图也蹲下去看。

"我是要造飞机。"玮玮说,"人应该飞起来,不然太可怜了。鸟看我们人,大概就像我们看蛇一类的东西一样。"

"我也要造飞机,"小娃学舌,"像萤火虫一样飞。"他看看嵋，"嵋不会造，我们造了给你坐。"

"我可以负责把飞机收拾干净。"嵋说，她对造飞机毫无兴趣，但她相信飞机里也像家一样。

"要是玹子，一定说，我才不坐呢，我怕摔死。"玮玮笑着说。

"今天玹子姐真好看，和凌姐姐一样好看。"嵋认为只要是新娘，就应是最好看的。

三人看一阵飞机，又研究地图。玮玮的地图把驻外国军队的地方都标出来了。

"这么多！"嵋吃一惊。"卢沟桥在哪儿？"

"我这图没有那么详细。要不要画上一个？"玮说着拿起笔来。

这时刘妈走进来要领嵋二人去睡。玮玮也要跟着，刘妈说："太太说了，你也该睡了。太太一会儿就过来呢。"

"那我们明天到什刹海去。"

"明天能让你们出大门？得了吧，我的少爷。"

"那就到后园去挖运河。"玮玮说。

后园对孩子们来说，是个神秘的所在。因为人少，园子成了荒草的世界，荒草中有一座古旧的二层小楼，仆人间传说楼上住着狐仙，晚上有小红灯挂出来。当然谁也没有看见过。

三人又嘀咕了几句才分手。孟家姐弟从东头夹道到正院。正院中正房十四间，是钩连搭的样式，房子高大宽敞。院中两棵海棠、两株槐树都是叶茂根深的大树，当中一个大鱼缸，种着荷花，有两朵不经意地开着。这时院里静悄悄的，只廊上亮着灯，廊下晚香玉浓香袭人。孩子们放轻脚步。

"跑你们的，这么大的院子，惊动不了老太爷。"刘妈说。

他们进了西侧月洞门，这是一个小跨院，想来原是书斋琴室一类，规模小，却很精致。院中沿墙遍植丁香，南墙有一座玲珑假山，旁边花圃中全是芍药。灯光静静地透过帘栊，照见扶疏的花木。掀帘只见弗之坐在桌旁，碧初在收拾什么。刘妈帮着张罗两姊弟洗浴上床，才自去了。

一会儿，门外有人叫："三姑，安歇了没有？"

碧初知道这是老太爷的本家侄孙吕贵堂，答应着让进来。

吕老人自己没有儿子，可是一县凡姓吕的都说是他的本家。这吕贵堂认得几个字，在乡下教过几年私塾。前年妻子病逝，负债太多，过不下去，去年带着女儿香阁投奔老太爷来，想找点事做，把债还了。

在来来往往川流不息的南房客人中，吕贵堂显得头脑清楚，且极忠厚本分，老人因让他常到正院谈谈讲讲，帮着照料家事。他的地位介乎亲戚与仆人之间，只是上上下下对他没有个称呼，一律直呼其名，成为习惯。吕家人本想让香阁上学，贵堂说北平不是他们留的地方，先还清债务再说。父女俩揽了些文稿来抄，大半年来，陆续还了些债，过得很平静。

"来给三姑、孟姑父请安。"吕贵堂掀帘进来，后面跟着十六岁的香阁。

碧初每次看见香阁，都觉得她又长大了，更惹眼了，每次也更感到她伶俐有余浑厚不足，却不知为什么。她穿着旧月白竹布衫裤，松宽的裤腿，随着行走飘动，虽是农村装束，自有一种韵致。

"小姑姑睡了吧？"她问的是嵋。

"没有，没有！你来！"嵋和小娃在里间正睡不着。

香阁先看碧初脸色，觉得没有阻拦之意，方从衣袋里拿出两个彩线角儿来，带着亮晃晃的长穗子，笑说："还是端午节给小姑姑缠的。"往里间去了。嵋和小娃立刻欢呼，他们见了什么都欢呼的。

因给峨的电话还未打通，碧初又往前面去打电话。外间弗之和吕贵堂说了几句时局。贵堂不敢耽搁，弗之留着问农村情况,才说:"有个族弟来信说,乡下日子更不好过了。一个乡的人都得了一种病,先是害眼,再发烧,然后右腿动不得。本来要吃没吃要穿没穿,奄拉着一口气,还有不生病的!日本人再打进来,更没有活路。不知道这次日本人要怎样?"

"先要吞并华北,再要吞并全中国。"弗之说,"就看这一次我们中国人有没有骨气坚持抵抗。要是再让了华北,以后更难打了。"

"孟姑父!不瞒您说,"吕贵堂忍不住说,"我常觉得自己是个残废人,文的虽识几个字,算不得知识分子,武的虽生长农村,可用锄头镐把也不精通。我这样的人,每天是混日子罢了。如果抗日的大事上有用得着我的,我没有什么挂牵!"传来一阵清脆的笑声,他往里间看一眼,"香阁嘛,三姑二姑会照应的。"

弗之很感动。在这民族存亡的关头,绝大部分中国人都会毁家纾难的。可是该怎样把这样的精神集结起来,他不知道。他沉默片刻,说:"明天我们要回学校去,这里还要你多照料。"

"能在老太爷身边,这是我的造化。"贵堂说,随即站起叫出香阁。香阁一边走,一边答应明天教嵋用碎布做玩偶,随着贵堂告辞。

一时碧初回来,已经打通电话,和弗之说过,进里间看两个孩子。

"姐姐在家,没事,音乐会照常举行。"碧初抚着小娃的头,"明天娘和爹爹先回去,你们两个先住在这儿。这儿不是很好玩吗?"

城里的世界丰富而新奇,两个孩子平常总是住不够的。这时一听爹爹和娘要走,嵋立时把那彩色角子扔得远远的。她多么想跟着回家。

"娘,我们不能回去吗?"

"我也想回家!"小娃响应。

“住几天,看看时局变化,就来接你们。”

弗之从外间走过来。“公公会讲很多很多过去的事,玮玮会带你们玩——”

他没有说下去。四个人一时都觉得方壶是世界上最可爱的地方,无论怎样他们也不愿离开的。

“我们还能回去吗?”嵋把被子拉到脸上,只露出一双水汪汪的眼睛。

“应该可以。”弗之只能这样回答。

“很久吗?”

“不过几天。睡吧。”碧初安慰地说。

两个孩子没有想到,需要那么长的时间才能回去。那时他们已经长大,美好的童年永远消逝,只能变为记忆藏在心底。飞翔的萤火虫则成为遥远的梦,不复存在了。

野葫芦的心

　　亲爱的孩子,我竟从没有见过你们穿着宽大睡衣的样儿,也从没有给你们讲过故事。现在可以讲一个,虽然你们已经睡着了。

　　我真愿意和娘在一起,就这样坐在床边,守着你们天真的梦,心里为你们默默念诵。

　　这是大山里的传说,一个原始的,毫无现代色彩的传说。

　　故事开头,照例是古时候。古时候,很远的地方,有一个村庄。村庄边上有一片野生的葫芦地,好像从开天辟地,就生在那儿。春夏枝蔓缠绕,一片绿阴凉;秋来结很多金黄的葫芦,高高低低悬挂着,像许多没有点燃的小灯笼。全村人都喜爱这葫芦。每有新生小儿,便去认一个,把小儿名字剪纸贴在上面。等葫芦长成,把小头切开,就成为一个天然的容器。认葫芦成为这村庄的一个习俗,像洗三、过百岁、抓周一样。每个小儿都有一个可爱的葫芦,挂在床头。女孩子的更有五彩丝线的网络套着,装着心爱的零碎儿。

　　一年秋天,敌人打进山里,究竟是什么敌人,从没有人说清过。这些人身披皮衣手持利器,烧杀抢掠,无所不为。村人侥幸逃生,也沦入做苦工的境地。敌人到处搜刮,看见这一片金灿灿的葫芦,不少葫芦上有名字。知道原委后,登

40

时哈哈大笑,把所有小儿集中,一刀一个全都杀了。

然后摘下葫芦,也要砍开来用。谁知一刀砍去,迸出火花,葫芦纹丝不动。无论怎样砍、切、砸、磨,连个裂纹也没有。敌人发狠,架起火烧,只见火光中一片金灿灿,金光比火光还亮。烧了一天一夜,仍是葫芦原样。敌人发慌,把它们扔进山溪,随水漂去。

水流很急,葫芦不时沉入水底,一会儿又浮上来。溪面一时布满葫芦,转着圈,打着旋。据当时看见的人说,水上忽然响起一阵愤怒的哭声,撼山震谷,只觉得那漂在水中的,不是葫芦,而是小儿的头颅。

葫芦带着哭声漂远了。

来年野葫芦地里仍然枝蔓缠绕,一片绿阴凉。秋天,仍结了金黄的葫芦,高高低低悬挂着,像许多没有点燃的小灯笼。

嵋皱起脸,像要哭。她是不是在想,每个葫芦里,装着什么样的梦?

小娃伸伸脚。你们真像两个小玩偶,不知战争会怎样扭乱命运的提线。我很不安,为你们该得到却不可测的明天,为千千万万在战火中燃烧的青春,为关系到我们祖国的一切。

许多事让人糊涂,但祖国这至高无上的词,是明白贴在人心上的。很难形容它究竟包含什么。它不是政府,不是制度,那都是可以更换的。它包括亲人、故乡,包括你们所依恋的方壶,我倾注了半生心血的学校,包括民族拼搏繁衍的历史,美丽丰饶的土地,古老辉煌的文化和沸腾着的现在。它不可更换,不可替代。它令人哽咽,令人觉得流在自己心中的血是滚烫的。

我其实是个懦弱的人,从不敢任性,总希望自己有益于家庭、社会,有益于他人,虽然我不一定做到。我永远不能洒脱,所以十分敬佩那坚贞执著的秉性,如那些野葫芦。

夜,静极了。传来沉重的炮声。娘走来说,不知明天会怎样。

亲爱的孩子,明天会怎样?

第 二 章

一

日子掀过一页，七月九日。

峨从睡梦中蓦地惊醒了。四周十分安静。她猛然跳下床，拉开粉红与深灰相间的窗帘，看着外面刚刚发白的天色。草地依旧深绿，小溪依旧闪亮。这看过十多年的景色，正从黑夜中缓缓苏醒，几声清脆的麻雀的欢叫使得清晨活动起来。一切都没有变化。

可是峨觉得自己很不一样了。似乎多了什么，又少了什么。她拉上窗帘回到床上，环顾室内简单又舒适的陈设，需要的东西一样不缺，没有一样多余之物。一面墙上挂着大玻璃镜框，里面摆着一行行植物标本。镜框旁挂着那耶稣受难像，从悬挂的地位看来，主人显然不是教徒。主人的目光在这像上停留了一下，下意识地抬起手腕，腕上的表没有了，光滑的皮肤上露出浅浅的印痕。

昨晚的音乐会，那不同寻常的音乐会！

峨常参加音乐会，据说是个音乐爱好者。按照她的情况，完全可以学一种乐器或声乐，在圣诞节前后来一段四重唱，像有些名媛那样。但她很怯场，情愿在门口收票。许多非正式演出要靠热心人做各种事。峨从来算不得热心人，在收门票上倒很认真。一套白衫黑裙，成了她的工作服。认真地把守着门，晚来的人在节目进行中一律不得进入。

昨晚音乐会在明仑大学附近一所私立大学举行。峨和同学吴家馨，还有家馨的表哥仉欣雷，被峨称做掌心雷的，一起骑车去。吴家馨的哥哥家毂也是明仑学生，因此她在女生宿舍借住，准备功课。

音乐会的组织者是一个团契，教会学校都有这种小社团，时常举办活动吸引学生参加。这时来的人不多，负责人见他们来了很高兴。他们到了以后，峨立刻站在门口。开演后还有人来，因为估计晚来的人都有特殊原因，破例放进。

峨坐下时已演过几个节目。她听音乐素来不是很专心，倒也不像有些人喜欢在音乐声中遐想。她不是喜欢幻想的人，甚至讨厌嵋那样常常耽于幻想。音乐给了她一个生活的空白，她可以理直气壮地呆坐着，不受任何干涉。今天她更心不在焉，台上演唱什么，简直记不清了。直到著名女高音柳夫人上台，她才猛然想到这是音乐会。

柳夫人本名郑惠杭，一直冠用夫姓，称柳郑惠杭，是国立北平艺术专科学校教授，也是能开独唱会的很少数歌唱家之一。她唱的第一支歌是《阳关三叠》，声音高而较宽厚，不像当时一般歌者唱到高处总有逼窄之感。等到唱完最后一句"西出阳关无故人"，她垂下头，一任掌声回荡，并不鞠躬。

过了一会儿，伴奏伸长了脖子朝她望，她也不示意开始，却忽然抬头，讲起话来："大家都知道，卢沟桥今天有一场战争，一场伟大的战争。我一辈子唱的歌也比不上前方战士的一颗子弹！我刚刚决定说这几句话，非说不可！我们应该慰劳前方战士，鼓励他们继续打，努力打，奋勇打！我们都是后盾，坚强的后盾。若是没有他们，哪儿能容我们唱歌听歌！"

大家热烈地鼓掌，她沉默片刻，唱第二支歌。油印节目单的下一个节目是《圣母颂》，但她唱的是《松花江上》。"爹娘啊！爹娘啊！什么时候才能欢聚在一堂?"

歌声一落，台下人纷纷站起。有人喊口号："坚决保卫华北!""北平不是沈阳!"有人跑到台前扔纸币、铜板。

一个中等身材的壮实青年走上台，举起两臂让大家安静下来，大声说，明天准备慰劳二十九军，原没有想到在这里捐款。感谢柳夫人这样协助，现在可以捐款作为劳军之用。

这时有人拿出两个大纸箱，伴奏跑进后台找出几个木盒。听众向台前拥过去，向盒、箱里放东西，有的就扔在台上。

峨很尴尬，她身上没有一个钱，也没有饰物。吴家馨站起来，一面走出座位一面取下手表。峨很感谢她的提醒，忙也摘下手表。掌心雷迟疑片刻，也跟着拥到台前。盒子已经装满，台上有一堆堆的钞票和铜子儿。首饰不多，表不少，因为听众大都是青年学生。还有一副假牙，带着亮晃晃的钩子，峨看了很难受。

两手曲在脑后，靠在枕上的峨又抬起手腕看看，细细的手腕有些发红，表没有了。那是父母亲给她的十五岁生日礼物。

峨想，要是娘再给一个，一定不能要，那样才真是自己捐的。

她把日历推开，把一个精致的方形小闹钟拉到面前，准备以后与它为伴。

"大小姐，醒了吗?"因为上房只有峨一人，赵妈临时在走廊凸窗处搭床睡。孟家人从来起得早，她走进来自作主张拉开窗帘。"昨晚上太太打了几次电话，不放心呀。下回还是跟着太太，别另外跑，又不是太平年月。"这话她昨晚已经说了不止一遍。

峨不答，把脚后的鹅黄绸夹被拉上来，翻身装睡。

赵妈又说："时间倒是还早，再睡一会儿。什么时辰开早点? 我告诉柴师傅。"

"我不吃，什么也不吃，不用开饭。"峨索性用被蒙着头。

赵妈知道大小姐脾气各色，不再多话，自去收拾房间。

峨又回到昨天晚上。散场后，团契负责人特地叮嘱大家结伴回家，注意安全。她和吴家馨、掌心雷，还有明仑大学几个同学一起骑车。他们不止一次骑车走这条路，一边是一个小村庄，一边是一溪潺潺流水，常常是一路说笑，兴高采烈，一致认为这普通的乡间景色十分美好。昨晚还是这条路，这溪水，这村庄，有淡淡的月光笼罩着，安谧而明净，感觉却全不同了。他们意识到生活就要发生巨大变化，不可想象的变化。他们兴奋，又有些忐忑不安。

"我想了一整天，"掌心雷说，"我们也许不能念书了。"

"我愿意上前线，应该上前线。"吴家馨说。

"我也愿意！"好几个人热情地说。

"孟离己，你呢？"掌心雷的声音。

峨平常不爱说话，常常等人问。她仍然感到会场的气氛，觉得上前线，把侵略者打出去，是青年人的使命。想了想，却说："不知道上学怎么办。"

路边村庄里一声狗叫使他们沉默下来。一只狗开了头，别的狗都跟上来，此起彼落。好像不只是守夜，还有什么伤心事要大喊一通。声音在黑夜里传得很远，远处似有回声。

"这些狗！它们也闻到战事了。"谁在对狗叫加以评价。

几个人到学校大门，门已关了。校警盘查了几句，开门时说："都什么日子了！还有心思乱跑！"

真是的！什么日子？峨想着。这是民族危亡，国难当头的日子。她看着静静垂着的已遮不住晨曦的窗帘，不知窗外在经历什么变化。

这时赵妈又推门进来："有人送来一封信，还打听卫少爷什么时候回校。信放在高几上。"

书房门口有一个红木高几，凡有来信书报等都放在上面，等弗之自己拆看。赵妈本不用说的,所以来说,是因太太不在家,要加倍小心。

娘昨天电话里说了,城门一开就回来。卫表哥什么时候回来我们怎么知道? 这样的日子,我该做什么? 看来还应该复习功课,大学总是要考的。

峨想着,翻身下床,胡乱梳洗了,拿起生物书读。她要投考明仑大学生物系。读了一会儿,觉得这样时刻根本不该自己一个人在家的。

"娘和爹爹就是不关心我。"她有些愤愤,有些委屈,书上的字变成一串花纹,她用手一行行指着,大声念:"种子——胚胎——花粉——"

念了几行,她扔了书凭窗而望。忽见庄无因在草地那边双手捧着书,骑在自行车上,一面骑车,一面看书,缓缓行进。

峨素来不喜欢孩子,少年也包括在内,但对庄无因却另眼相看。不只因他学业优异,不只因他能骑在自行车上看书,还可以自如地拐来拐去,主要因他的性情与众不同。他很有礼,礼貌下透露着冷漠,冷漠下似乎还蕴藏着奥妙。峨隐约地觉得自己与他有相通之处。

"喂! 你怎么能在炮火声中这样专心?"峨说,其实四周很安静。"你知道打仗了吗?"

无因俊秀的脸上还是那种冷淡,战争尚未影响他的生活。他下了车,弯腰在草地上折了一朵小黄花。

"要是你,考大学吗?"

"当然。"无因望着那朵小花。

"你看什么书?"峨问。

无因把书一举,答道:"解析几何。"遂又把小花一举,"有一次嵋采了这种花说给你做标本。"

"大概是你帮嵋采的?"峨微笑。

"不是我,是她自己。"无因认真地回答。

峨还想说什么,但只冷淡地点点头。无因也点点头,上车继续看书。峨看他走远了,自己到前门张望。

方壶前有一个圆形矮花坛,当中是一株罗汉松,还有些花草之类围着。光洁的路从柳树间弯过一座假山,通往校门。

峨站了一会儿,侧耳听有没有汽车声音,不经心地望着假山,正见一个人从假山后转出来。

峨一见来人,顿觉太阳亮了许多,花草也格外美丽。她很是高兴。

来人生物系萧澂是教授中最年轻的一位,不过三十五岁左右,白面长身,风神疏朗。他向方壶走来,先给人一种潇洒脱尘之感。生物系学生都很崇拜他,认为他的学问、办事能力甚至于外表都臻上乘,可谓"完人"。

"萧先生,爹爹还没有回来。城门不知开了没有?"峨向前迎了几步,"您请里面坐。"

"听说是一早就开了,我还以为他已经回来了。"萧澂微笑道,"我这有个东西请你爹爹看。"他在门口有些踌躇,不知是否要等一下。"你怎么没有进城?不去看婚礼?"

"我去听音乐会,昨晚有柳夫人唱歌。"

"郑惠杬吗?"萧先生很有兴趣地问。

"您认识她?"峨直觉地问。

萧先生未答。这时传来汽车声。

"来了!"峨高兴地说,她似乎已很久没有见到家里人了。

车到门前,孟樾夫妇相继下车,峨走过去拉住母亲的手。碧初望着她,觉得这一晚女儿不知受了多少委屈,心头酸热,挽着她到内室去了。

孟、萧两人在客厅坐定,萧澂拿出一张类似传单的纸。

"刚有学生送来的。这样就好了。"

纸上油印的字迹不大清楚,弗之却看得明白。那是中国共产党为日军进攻卢沟桥而发的通电。

"平津危急! 华北危急! 中华民族危急! 只有全民族实行抗战,才是我们的出路。"通电最后呼吁:"武装保卫平津华北! 为保卫国土流最后一滴血! 全中国人民、政府和军队团结起来,筑成民族统一战线的坚固的长城,抵抗日寇侵略! 国共两党亲密合作抵抗日寇的新进攻! 驱逐日寇出中国!"

"这是符合全体中国人的心愿的。"弗之说,他安静地将通电放在一旁。

"我也这样觉得。国共合作共御民族之敌是我们唯一的出路。"萧澂睁大黑白分明的眼睛,"我认为你看了会大为高兴,你这个 Sincere Leftist。"

弗之一笑:"正因为我 sincere,我是比较客观的。现政府如同家庭之长子,负担着实际责任,考虑问题要全面,且有多方掣肘。在我们这多年积贫积弱的情况下,制定决策是不容易的。共产党如同家庭之幼子,包袱少,常常是目光敏锐的。他们应该这样做。"

"这也是事实,大学中人,看来没有主张议和的。"萧澂说。

"在城里听说卢沟桥已经停战。大概有这样几项办法:双方部队撤回原防;中国方面驻守军换防,由河北保安队驻守。你想日本人会守信约吗? 不过是拖延几天时间,哄一哄人罢了。"

弗之说着,站起身踱来踱去,随手翻看红木高几上的信、报,抽出一张油印纸,和萧澂带来的通电完全一样。

"这儿也有一份。"他们对望微笑,都猜到是谁安排送来,只是心照不宣。

"卣辰处一定也有。"弗之说。

"我今天下午去南京,到庐山去。全面抗战是不可避免的,还要反对把北平作为文化城的谬论。"萧澂说,"缪东惠的那个提案是四六骈文,听起来倒是音调铿锵。"

"以前有这种幻想还可谅,现在就不可谅了。估计政府不会这样做。前市长的做法还可以说是幻想,现在就是纯粹的投降。"

弗之说起前市长,两人都想起那次告别的场面。前市长袁某人对文化城的设想颇有兴趣,曾大力修缮东、西四牌楼,把木架换为洋灰结构,又修建通往颐和园的路,还出了一本装帧精美的《故都文物略》。可是对日本人不肯全面逢迎,终于卸任,被限期离开北京。他临行时在北京饭店举行告别宴会,邀请了各界名流,弗之和子蔚都参加了。席间袁市长手持空酒杯,到几个主要桌面,把酒杯一举,向外一照,并不说话。菜未上完,市府秘书走过来对他说,时间已到。他默然片刻,说:"这一点时间也不给吗!"随即站起身,向四方拱手,离席去了。当时满场肃静,无一人再举箸。

这是几年前的事了,想起来还很沉重。子蔚道:"谁能想象这是在中国领土上!我走后,局势不知会怎样发展,寓所有系里同人照应,可不必费心。"

弗之颔首道:"如果时局可能,我大概在二十五日左右动身往庐山。"

这时孟峨出现在客厅门口:"爸爸,校长办公室来电话。"

弗之去接电话。峨走过来靠着一个高背藤椅站住,向子蔚微笑:"学校是不是要搬家?"

"还不知道。我想这是迟早的事。"

"我还考不考大学呢?"峨一半像问自己。

"当然应该考,唯其国家有难,更要在艰难中培养人才。不然国家谁来支撑?"

子蔚一向觉得峨有些古怪,矫情,不像嵋那样天真自然,当然嵋还是个孩子。

峨又问了:"生物系呢?该学生物吗?"她似乎很困惑。

"我当初选定这门学科,是从对哲学的兴趣开始的。人生太奇怪了,生命也太奇怪了。我想学生物有几点好处:它不像数学物理那样,如果天分不够,会学不下去。也不像文科那样,若不到最出色,就似乎很平庸。一般来说,总可以成为专门人才。"

这是说我很平庸,才应该上生物系吗?峨脸红了:"其实我也觉得生命很奇怪。"

弗之进来,对峨一挥手,要她退去,一面对子蔚说:"秦校长从南京来电话,要我代召开一次校务会议,要大家坚守待命。他今天动身到庐山,参加第一期座谈会,迟到了。"

"好。那我下午走了。不知何时再见。"子蔚站起身说。伸手去拿那份传单。

"这个就放在这里一并处理好了。"弗之忙说。心想,子蔚幸无家室之累。不过这话不能说,说出来会有些嘲笑意味。他看着子蔚骑车走了。

峨又出来,叫爹爹接庄伯伯的电话,见萧澂已走,怅怅地说:"娘还说让留他吃饭呢。"

弗之说:"咱们商量一下,乘这两天城门还开,你和娘最好进城。你要好好复习功课。"

"那爹爹呢?"

"我留在学校。"弗之回答,拿起高几上的东西,先进书房,才去接电话。

"我在实验室。"卣辰在那边说。

"我刚到方壶,你真快。"

"卫葑不在我这里。"

"有人找他吗?"

"凌太太打电话,说他一早就不见了。"

51

"登个寻人启事?"

"怎么登?走失爱婿一名?"卤辰幽默地说,"要是看见他,说实验室也等他。现在还能正常工作,做一分钟是一分钟。"

两边都放下电话,去抢那一分钟。

二

果不出弗之所料,休战的第三天,日军违约向宛平县大举进攻。战事持续,到七月十三日中午,在永定门外发生激战,北平南城一带听得很清楚。一阵阵枪炮声,让人不时激灵灵打个冷战,虽然天气还是热得闷人。北城听不见枪声,但炮声隆隆,不时传来。人们也惊惶,也兴奋。街谈巷议,是咱们的队伍打到哪里哪里了,好像我们拥有一支所向披靡的军队。报纸空前畅销,尚未普及的收音机更成了稀罕物儿,凡有的就常开着听新闻。

香粟斜街三号大门内和整个北平城一样,气氛非常。吕老太爷这天诵经已毕,着急地等报纸,催问过多次。有时他弄不清到底是炮声还是雷声,快到中午忽问是不是要下雨。赵莲秀高声解释那是愈来愈紧的炮声。遇到任何情况绝不隐瞒,这是她在老太爷身边多年受的训练。

"这么说,是越打离城越近了。"老人自言自语,一面在宽敞的客厅里踱步。客厅是旧式方砖墁地,只在一组主要的座椅间铺了块旧地毯。他总是沿着房间当中一行方砖走,从不踩错行。赵莲秀就坐在靠窗处一张格外旧的高背椅上。椅背上的花呢破了,用颜色近似的碎布缀补得很谐调,却仍看出旧来。她以为坐这样的椅子才合自己身份。平常她手里总拿着活计,有时缝有时织,因为没有什么实际用途,常常是缝好织好又拆了重做。这时因为心里乱,一个绣花绷子放在椅旁几上,半天没有动。

"这么说,是越打离城越近了?"老人踱过来时,转脸向莲秀说。

"听她二姐说,得商量商量往哪儿避一避呢。"莲秀声音依旧很高,这是习惯,但声音有些怯怯的。这是因为几次时局紧张时,亲朋中有的往南方,有的往天津租界,老太爷都反对。

"避什么?"老人站在客厅中间,停住了。

"爹起来了?"绛初掀帘子进来,随着她是一阵炮响。"时局不好呢。大炮打过来,不知落在哪儿,德国医院有房间,好些朋友上那儿去避着。子勤的意思让伺候爹去住两天呢。"

老人仍站着,好像不大懂。

绛初又说:"爹和孩子们一起,他们准得高兴得了不得。"

"孩子们是要找个安全的地方。"老人沉吟地说,"去德国医院——"

"缪府一家,凌先生一家,还有好几家亲戚都去。子勤他们公司几个副经理的家眷也要去,可还没有房间。咱们的房间已订下了。"绛初忙说。

"孩子未尝不可以去。"老人说,"你安排吧,我是不去的。你三妹什么时候进城?"

"今早上电话又不通。现在打起来,谅必进不了城了。嵋和小娃都在玮玮屋里写大字。"绛初停了一会儿,忍不住问:"那就吩咐开午饭,爹吃点什么就去吧。"

"我不去!"老人说了就继续踱步,意思是不要再打扰他。

"爹不去,我们怎么放心?把爹撇在家,也不成个道理。"

"你们只管去。"老人一面走一面温和地说,"我今年七十六岁,能亲眼看见中国兵抵抗外侮,死也瞑目。只莲秀陪着就行了。"

"那里什么都方便,爹不过就是上车下车——"

老人仍一面走一面摆一摆手,示意不要说了。

绛初知道劝也无用,只好说:"那只好随爹的意思。"转身要走。

莲秀忙走过来,轻声问:"她二姐,要不然请老太爷往后面楼下住两天?"

"我早就想着了。你先劝劝,我还有事料理。"绛初说着,走出门去。

外面已近正午,因为廊前搭着卷棚,院子里已经按规矩洒了两次水,压了些酷热。绛初到自己屋里,先吩咐刘妈打点衣物,又按铃叫了听差刘凤才来,交代收拾后楼。

"后楼避避流弹倒可以,街上几家邻居刚刚来问能不能遮蔽他们几天。"刘凤才小心地说。

"全是心理作用。"绛初不耐烦地说,"收拾好了再说。"

这时电话响了,是岳蘅芬打来。先说她和雪妍已经在德国医院,一家一个房间,打仗的时候也就可以了。问澹台家什么时候去,又说秦校长眷属也在那里。问碧初进城没有,接着才问有无卫葑的消息。

"卫葑不在家吗?"绛初倒有些诧异。

"第二天就出城去了,说是有要紧事。"凌太太抱怨地说,"这已经快一个星期了,前几天有电话来,说今天进城,看来也来不了。"

绛初安慰了几句,挂了电话。略一定神,往玹子屋里来。

玹子住前院西首小跨院,三间小北房,两明一暗。院子没有正经的门,只从廊上的门进去,大家就称之为廊门院。房子全像绛初上房那样装修过,棕色地板绿色纱窗,中西合璧的布置。最突出的是满屋摆满了洋囡囡,实际也不全是娃娃,还有各种各样的玩偶,几乎世界各地区的都有。有的碧眼金发花边帽短纱裙,有的云髻高耸长裙曳地,还有穿着花格制服头戴高帽的苏格兰士兵。

玹子大言不惭地说自己是送子娘娘。刘妈听了说:"我们小姐说话也太那个了。"绛初说自己年轻时就够惊人了,现在玹子更胜一筹。为夫为父的子勤就说这是有其母必有其女。这句话他是常说的。

这时玹子正在里间挑衣服,五颜六色各样纱绸衣服堆满一床,她身上正穿着一件水红巴利绸连衫裙,上身嵌了两条白缎带,好像背带的样子。她站在穿衣镜前,左顾右盼,踮着脚滑了几个舞步,裙子飘飘然撒了开来。

"你没听见炮响?怎么全像没事人似的,还有这份闲心!不怕日本打进来!"绛初嗔怪地说。虽说嗔怪,看见女儿的娇痴模样,沉重的心情稍觉轻松。

"我们不是上德国医院吗?我们不用怕日本人。"玹子把"我们"说得重,似乎他们这样的人什么也不用怕。"今天下午六国饭店有舞会,保罗来带我去,"她随便看看案头小钟,小钟上有个小人儿拿着槌子,按钟点敲响一面小锣,"三点半来。我从西交民巷往医院去找你们,不回家了。别忘了带着她。"

玹子的眼光落在靠在床头的一个大娃娃上,这娃娃一身白缎童衣裙,突出的额头,大大的蓝眼睛,它名叫秀兰,是照当时好莱坞红童星秀兰·邓波儿的名字起的。

保罗的请帖是前十天送来的,那时候还没有打仗。绛初望着玹子说:"舞会可能取消了。"

"才不会呢。"玹子习惯地把头一扬,稍稍侧着头说,"美国人,才不怕小日本呢!"

绛初也很相信美国的力量。想了一下,觉得在六国饭店总是安全的,遂起身要走。这时听见刘凤才在门口咳了一声:"美国领事馆麦先生来了,是不是请在外客厅?"

"请进来。"玹子抢在绛初面前吩咐。保罗有一次说过要看看她的众多玩偶,而她身上衣服正好见见客,以免埋没。下午还不知选定哪一件。

绛初不以为然。且不走开，到外间坐定。一面说，这是通知舞会取消了。

玹子说："他是来 confirm 一下，催请。准的!"一时院子里皮鞋响。

刘凤才打起帘子，一位身材高而匀称的美国青年出现在门口，他流利地讲着汉语："这是澹台夫人？我看出来您和小姐很像。我的意思是说，小姐很像您。"

"欢迎你来舍下。随便坐。"绛初站起来。

玹子从里间出来了，颜色娇艳的衣服配着冰雪般的肌肤，真使人像花朵一般。

麦保罗目光闪亮，上去躬身握手。仍向绛初有礼貌地说："卢沟桥的炮声，使你们受惊了吧?"

"这些年时局从来没有稳定过，炮也响过不止一次了。这次不知能打多久。"

寒暄几句后，保罗仍没有提舞会的事。

玹子忍不住问："今天的舞会怎样？没有影响吧?"

保罗微笑："我正要请问，你以为你能参加吗?"

"怎么不参加?"玹子好像对这个问题很感诧异，"什么事也妨碍不了我们的计划。"这跳舞的计划似乎很神圣。

保罗没有说话，只看着玹子。蓝眼睛里那点惊羡赞叹的光辉消失了，只是干干地看着。

绛初微感不悦，提高了声音说："麦先生是要去的了？我们刚刚还在说，以为这次舞会取消了呢。"

麦保罗转眼对绛初说："舞会照常举行，我们没有和日本打仗。我来是想解决我心里的一个问题，我坦率地说吧。"

他向玹子欠了欠身，说："希望澹台小姐不怪罪。这次卢沟桥事件，对中国是了不起的大事，我以为，中国要觉醒了。我就想，像你这样上等人家的小姐，怎样对待？你兴奋吗？为自己的国家着急担心吗？我想，你至少不会参加今天的舞会。"

"明白麦先生的意思了。"绛初站起身说，"麦先生很忙吧？"

"我以为，你没有兴趣参加，你的内心才符合外表。你如果有兴趣，我三点半还是来接你。"

麦保罗不顾一切地把话全说出来，便也站起身。

玹子听了这一番话，先想的是这外国人真可笑！然后不觉满脸通红，超过了身上的水红衣裙。她看了一眼身边案上一个雕花厚玻璃盆，简直想抄起扔在麦保罗头上。但她很快恢复了正常态度，嘴角浮出淡淡的不屑的微笑，缓缓站起，说："为了维护你心目中的美好形象，我看还是不必了。"

"我想你没有生气吧？"麦保罗有点惶恐，诚恳地说，"我们是朋友，朋友要坦白。"

"每个中国人都是爱国的，不用别人指教。"玹子说，"除了汉奸。"她忽然想到，汉奸的定义不知究竟是什么。

麦保罗默然，约有半分钟，告辞走了。母女两人也默然良久。玹子回到里间，脱了新衣服，只穿着白绸衬裙，把床上的衣服全撸在地下。

"妈妈在这儿吗？"是玮玮的声音，接着人冲进来，抱住愣在那儿的绛初。

绛初看见玹子感觉轻松，看见玮玮，便简直是心花怒放。她带着笑容，抚着玮玮的肩，那头顶她已经摸不着了。"什么事？"

"嵋让我问问，我们不去德国医院成吗？公公不去，我们陪他。"

你就听嵋的主意！绛初心里嗔着，面上仍堆着笑，"大家都去，公公说不定晚一天去呢。"

"我才不去！"玹子在里间说，口气斩钉截铁。

"这群小祖宗，你们还要怎么样？我还不够烦，不够乱吗？"绛初加重语气，沉下脸看着里外屋姐弟两个。

这时刘妈掀帘进来说:"公司黄秘书来了,说老爷中午不能回家,让黄秘书帮着料理送您上德国医院。"

"请黄秘书上房坐,就开饭,我就来。"她又看了两姐弟一眼,没有说话。一会儿,刘妈又在帘外说凌太太电话,绛初便到上房去了。

电话里岳蘅芬催绛初快去。"看你们的房间空着,好几家打听想住,京尧给挡住了。"

"凌先生也在医院?"绛初没想到。

"这儿总得有位先生,全是妇孺之辈怎么行。"蘅芬回答。

绛初沉吟了一下,说:"房间麻烦你们给留着,我们就去。万一不去,我打电话来。"

"怎么万一不来?多少人要一个房间要不到手呢。大人孩子坐上车不就来了?不光是躲不长眼睛的炮弹子儿,万一有流散的乱兵——这都很难说!"

"我这儿政出多门,不像你,一声号令,先生小姐立刻服从。"绛初说。

"哎呀!说起来,我们雪妍还没喝橘子水呢,我去张罗去。"对于蘅芬这样的人,四时从来什么都出产。

绛初挂了电话,和黄秘书说了几句。黄秘书身材瘦小,一说话眼睛鼻子都挤在一起,只是唯唯诺诺。绛初知道和他商量不出什么,遂给子勤打电话。子勤匆匆地说既是孩子们要陪老太爷,怕是不好勉强。其实影响大局的是玹子忽然不肯去,绛初不好说。

"要不然就上后楼,那儿还有地窖子。"子勤出主意。

"这还用你说!你什么时候回来?"绛初说。

"总得到晚上。"电话里传来有人在问他什么,"我尽量早回来。"

绛初不等他说完,先挂了电话。

又是接连的沉重的炮声，催着绛初立刻往后院走。刘妈问是不是先吃饭，绛初说让黄秘书和孩子们先吃。三个孩子要跟着她上后院。玹子关紧了房门。好在黄秘书不是客人，见帮不上忙，自去了。

绛初等人走过夹道到正院，又穿过上房东头平常总关着门的小夹道。现在门开着，刘凤才带人刚收拾过了，还没有来得及换那坏了的电灯泡。夹道里很黑，小娃紧紧抓住嵋的手，玮玮拉着她另一只手臂。

一出夹道小门，虽然是红日高照，却有一种阴冷气象。蒿草和玮玮差不多高，几棵柳树歪歪斜斜，两棵槐树上吊着绿莹莹一弯一曲的槐树虫，在这些植物和动物中间，耸立着一座三开间小楼。楼下是一个高台，为砖石建筑，高台上建起小楼，颇为古色古香。油漆俱已剥落，却还可看出飞檐雕甍的模样。一个槐树虫在绛初面前悬着，玮玮立刻勇敢地向前开路。

"妈妈，慢点走。"他不时叮嘱，似乎碎石小径上有什么惊险障碍。他们弯过几块乱放的大石，到得楼前，见楼门大开，刘凤才和另一个听差，还有两位南房客人，正在擦拭门窗和桌椅。

三个孩子叽叽喳喳往楼上跑，绛初忙喝住。

刘凤才过来问："太太下地窖子看看？那儿最安全，就是太窄逼了。"说着上前带路。

地窖子入口在楼后廊子上，入口处木板已经打开，里面刚刚清扫过。这是冬天为赏雪取暖烧地炕的地方，整个宅院只有这座小楼有此设备。赏雪要是觉得冷，就太煞风景了。

绛初往下走了几步，见这小块地方勉强可以放两张床，就吩咐把老太爷的帐褥安放在这里，让玮玮和小娃陪着。女眷们在楼下。

玮玮等三人早跑到廊下草丛中，那里有一条小渠，原是从什刹海引来活水，现在早已干涸，只有白闪闪的碎石头在沟底。

59

小娃跑去抓了一把,"好烫!"他叫着把石头扔了。玮玮和峒高兴地拍手。

绛初又喝道:"这么大太阳,晒着怕不中暑,快上廊子来!"

峒忙牵了小娃的手走上廊子,玮玮却钻入草丛中不见了。

"看有蛇,别乱钻!"绛初着急地说。

刘妈忙拿起一根竹竿,跟着钻进草丛。

"街坊们来躲两天的事,太太看着怎样?"刘凤才提醒道。

绛初看着这房间很像石洞,前后有几扇窗已经脱榫。心里盘算着在房当中放两架屏风,可以隔出内外。她知道邻居是不能得罪的,尤其在这种时候,可心里总不情愿。

已经够乱了,还添乱!她想着,一面吩咐,"把这儿隔开,两个门出入,让他们从后门进来。"

这时,孩子们高兴地叫起来:"公公,公公来了!"果见吕老人拄着拐杖,莲秀在旁边搀扶,在烈日下走过来。

"爹怎么来了?还没有收拾好呢。"绛初忙迎下来,"早点儿过来也好。"

老人慢慢上了台阶,坐在室中。莲秀提着一个平底浅边竹篮,从里面拿出湿手巾递过去。老人没有接,眼光环视周围,"有两年没有来这里了。这里住上十来个人没问题。"

绛初此时还没有吃午饭,有些烦躁。心想老人只知关心别人,也不问自己家里人,便不搭话。

刘凤才赔笑说:"太太已经吩咐,这就抬屏风去。开后门很方便。"

老人往后墙看去,那后门是钉死了的,门外就是什刹海了。心知不让走正门穿过几层院子是绛初的主意,轻轻叹道:"邻居们怎么方便怎么走吧,谁知道能走几天!"

他起身走到楼梯口,想上楼看看。绛初拦道:"刚刚玮玮他们要上我就没让上,这楼梯年久失修,爹走更不方便了。"

老人温和地看着她说:"你也够累了。我到这里,就是安全地带了。"又对围在身边的孩子说:"赵婆婆说你们都没吃饭,随大人吃饭去吧。"

绛初又前后察看了一番,领着孩子们去了。

老人让莲秀扶着,缓步登楼。刘凤才要先上去扫,他也不听。刘凤才也跟着上来,开窗户,擦椅子。窗子一开,一阵风过,确比下面凉快。

老人凭窗而立,见什刹海如在院中,半湖荷花开得正盛,笑着对莲秀说:"想不到咱们让大炮撵着来赏荷花了。"

莲秀说:"这里风大,站一会儿还是下去吧。"

湖上没有一点风,荷花荷叶纹丝不动。左边一带长堤,搭着凉棚,棚下原有各种吃食玩物摊子,今天可稀稀落落。右边湖外房屋栉比,还有耸立在蓝天下的鼓楼。虽然炮声隆隆,这里还是很安静。对一个城市来说,是太安静了。

老人轻敲窗台,自语道:"把吴钩看了,栏杆拍遍,无人会,登临意。"莲秀不敢接话。老人转脸对她说:"这时候,人人都该效命沙场,而老朽无用。你我登临于此,不知还有几回!"

莲秀赔笑道:"什么时候想上来,不就上来了。眼下楼上不安全,还是下楼为好。"

老人不答,反而坐在一张旧椅上,望着半湖荷花出神。

荷花在骄阳下有些发蔫,但那颜色对一双昏花老眼已足够鲜艳了。渐渐地,鼓楼后面的钟楼也浮出了轮廓,两楼参照,线条十分和谐。

"要是这些建筑一旦毁于兵火,何以对祖先!我们这些不肖子孙,就不能御敌于国门之外!"老人想着,脑海中出现了划北平为文化城的建议。那意思就是说,强盗来抢劫时,主人说,不要抢了,这东西你也不要,我也不要,算是共同所有,还不行吗?难道强盗会满足于此?这是天真,还是愚蠢,还是怯懦?我吕清非生于天地之间,国难临头竟没有一点用处!

"怎么?上楼了?应该下地窖子呀!"楼下传来绛初的声音,声音很大。

刘凤才又格登登上楼来,赔笑说:"太太请老太爷下去呢。"

像是证明下去的必要,接连几声重炮震得窗格子嘎嘎响。

老人起身下楼,绛初迎着,神色很不高兴。那潜台词是,我够烦够乱了,还添乱!她板着脸说:"庄太太打电话来,说他们在东交民巷一位外国朋友家。问三妹她们在哪儿,说让嵋和小娃去住几天。爹说怎么样?"

"我看弗之未必愿意。庄家虽是通家之好,可连庄家也是住在别人家呢。"

绛初沉吟了一下,说:"那就看看局势再说。"

这时楼下已用屏风隔开,屏风那边,不少人轻轻走动说话。是邻居们往这里来了,他们生怕打扰了主人。

"预备点茶水点心什么的,哪能全都随身带来。"老人说。

"爹下地窖子躺一会儿吧,别操心了。中午还没休息,看累着。"绛初说。

老人点点头说:"按说跑反我也算是有经验了。"遂下到地窖子,躺下休息。莲秀把纱帐放好,退了出去。

地窖子里很阴凉,四壁砖墙,涂抹着些许青苔。老人觉得这地方有些像监狱。

"三女在学校里不知怎样?我至少不要再给二女添麻烦。"老人想。渐渐有些睡意,迷糊中仿佛在少年时躲土匪。

那时土匪在河南安徽交界处称为杆子。百姓因为没有生活出路,数百年间拉杆的就没有断过。吕老人在他家这一房是独子,每有匪来,父母都先把他藏在一个偏院的夹壁中。有几次因为土匪人多,家中主要人物都转移到寨外小山上,只留下护院家丁。

有一次他们又来到山上,山中林木清幽,像个好玩的去处。清非觉得有趣,乘家里人忙着收拾坐卧处,跳上一块大石往山下望,忽见浓烟滚滚,不少人喊起来:"起火了!起火了!尚书府起火了!"

因吕家在嘉庆到同治年间出了四位尚书,后来虽家道不甚兴旺,当地百姓仍称为尚书府。当时四周人有跑的有喊的,十分慌乱。远处浓烟中蹿出白中泛红的火苗,一蹿丈把高,看得很清楚。清非愣在那里,吕家人早在一迭连声找他,有人抱他下来,送到母亲身边。不多时有护院家丁来报,说土匪攻进寨墙,把吕氏祠堂烧了。

祠堂对一个人实在可有可无。和清非更有切身关系的,是在这次骚扰中,土匪抢去十几个地主家的人作人质,其中有他新近下了红定的未婚妻,邻县的一位抚台孙小姐张梦佳。张家立即托人联系,两天后便赎还,可在吕家这边已有物议。只因张家也是大族,当时在政治、经济方面情况都超过吕家,无人敢提出退婚,但说闲话的不少。少年清非却觉得对方更增加了神秘色彩,有时简直把她想象为一位侠女。他没有想到过,在他推翻满清政府数十年的革命道路上,梦佳可以算得是启蒙者。

梦佳当时多么年轻!"一袭轻纱惊窈窕,翠鬟香冷花枝绕",这是新婚后清非赠她的词句。她简直轻得像个肥皂泡,透明的,彩色缤纷的,又总不是实在的。那时候肥皂还是少见的东西。她的声音也很轻,像是从远处飘来的。

"土匪里也有好人,礼数周全得很。"梦佳在枕边轻轻说起那次经历,"也是不得已,人若有出路,谁愿意铤而走险啊!"

那是清非第一次从另一个角度看社会问题。清非在光绪年间中了举,若照当时的人生公式,以后该考进士,做大官,为清朝效命。但在进步思想影响下,不少人都已看清政府腐败,民不聊生,要寻找国家民族的出路。

"老太爷睡醒了?"是莲秀平板的声音。

紧接着是绛初加重语气的声音:"缪七爷差人送来一封信,写着亲启。"

吕老人从历史中醒过来,意识到中华民族现在正值生死存亡的关头。抗战救亡,就是中华民族的出路。人老了,真奇怪,总是往几十年前退回去。他接过信和莲秀递过来的放大镜,认真地读。看着看着,忽然坐直了身子,哧哧几下把信撕作几片,用力摔在地下。

"爹这是何必!"绛初说,"究竟什么事,也得有个对策。"

莲秀捡起纸片,拼着给绛初看。信的大意是说,若北平成为战场,稀世文物毁于一旦,则吾人纵有数千身命也难抵偿。不见英法联军和八国联军吗?他建议立即劝说停火,请老人签名。

"炮声震耳,忧心如焚。凡所陈闻,皆思有以上报祖宗,下安后代。区区此衷,诸希垂察。"

绛初看到最后几句,心里有些糊涂,只说:"缪家听差的还等着呢。"

"用蓝笺回。"老人平板地说。

蓝笺是老人不回信的通知,纸上有淡蓝色花纹,只印"吕清非拜"四字,接到的人便知不愿联系。老人六十多岁退出政治舞台,用这蓝笺打发过多少麻烦。

"只用蓝笺,不合适。"绛初总想周全些,"附几句话吧?"

"我是要写几句,写给看得懂的人看!"老人笑笑说。

莲秀这时已在一个小儿上摆满老太爷经常用的笔墨纸砚,还有那一部《心经》,一部郭象注《庄子》。

蓝笺在一个小提匣里,绛初拿了一张退出,想着自己还得有个附笔解释一下,心里默默措词。到前边写了几句客气话,打发缪家听差去了。

这时玹子开门出来要吃饭,后面跟着玮玮等三人。

"妈妈吃过没有?"玹子问,笑盈盈地,像什么事也没有发生。"我饿了。"说着去翻起居室的吃食柜子。

刘妈笑说:"刚刚问大小姐,说是不想吃东西,才收了饭桌。"

"下碗面吧,好不好?"绛初对玹子用商量的口气,向刘妈一点头,就变成命令:"快着点儿! 让他们吃完就上后楼去。"

一会儿,刘妈端了一碗虾仁面来,面上摆着粉红的虾仁和鲜嫩的绿菜。玹子说好吃,玮玮等原没有好好吃饭,也要吃。于是又要了一碗,三个人分,都觉得格外有味。

他们以为战争就是这样热闹好玩,像吃虾仁面一样轻轻易易。

三

城门几天来都是关的时间长,开的时间短,也无定时,就像战事忽然激烈,忽然平静。报上有充满爱国热情的社论和学生请缨的志愿书,也不断出现和谈的消息。弗之要碧初带峨进城,碧初想送峨去,自己还回来陪弗之。本来学校每天有校车进城,但这些天都不开。

一天碧初携峨坐老宋的车进城,车到西直门外,城门关着。等了一阵,不知什么时候开。碧初第一次觉得北平的城墙这样有用。"也能挡住敌人就好。"她想。下了车,仰望巍峨的城楼,上面的茅草刺向天空。峨坐在车里一言不发。

老宋去打听消息,一会儿小跑着回来,说这儿不能多留,还是快回去。只好又回学校。好在电话除十三日那天不通,后来每天总有几小时可以通话,可和绛初联系。只是嵋和小娃从未离过自己身边,好几天不见,又在战时,真是牵挂。

这天,卫葑到方壶来,说仗打得好,士气很高,几个大学要联合劳军。

他自结婚次日回学校后一直没有进城,岳蕙芬多次打电话给碧初抱怨,责怪卫葑,还带上庄先生。可卫葑实在是忙,一面忙着和庄先生做实验,他们很怕实验半途而废,希望快些做出来,一面还忙着各种活动。他的活动也实在是多,现在要组织劳军,只是其中一项。

"前几天音乐会上,柳夫人也募捐劳军来着。"峨说。

"那次是去了。没有办好通行证,到军队驻地没让进,只是交了慰问信和慰问品。"卫葑说,"这次先联系好了,明天就去。"

"我也去!"峨忽然说。

弗之夫妇一愣,互相望了一眼。因为峨素来不喜热闹,不喜活动,所以诧异。

峨并不注意父母的神色,只询问地望着卫葑:"不添麻烦吧?"

卫葑不好回答,也询问地看弗之和碧初。

"当然可以。"弗之说,"峨是代表,代表我们全家。"

"应该去的。"碧初也说,"只是一切要听葑哥的话。"

"跟着大家走就是。要唱几个歌,你反正会的。"卫葑笑笑说。

"看你很累的样子。"碧初对卫葑说,"能进城时,还得抽空看看雪妍。"

"事情还是好办的。不当亡国奴是人同此心,要不当亡国奴就得把敌人打出去,这是心同此理。"卫葑说,"雪妍要到学校来和我在一起,岳母不让。"

卫葑在结婚前就称岳蕙芬为岳母,在他有些调侃意味,因为他心里想的是姓氏而不是称谓。

"那间新房五婶娘布置得这么好,怪我们无福。"因新房没有派上用场,卫葑心里一直歉然。

弗之笑说:"这该日本人来道歉。有几位教授要写公开信给南京,我要签名的。"

卫葑兴奋地说:"我想得到。"

碧初也说:"我们送点什么慰劳品?绣几个字完全来得及,我来约几位太太赶一赶。"站起身就去找材料。

卫葑知道,去年冬天百灵庙大捷时,这位表姊曾和十几位太太一起为前方将士捐制棉衣,通宵达旦。

"明天派峨带来吧。"他说着便走,不肯留下来吃午饭。

次日一早,峨骑车到学校大门口,见停着三辆大卡车,有好些人已聚集在车旁。峨放车时,听见有人叫"孟离己",抬头见是吴家毂和吴家馨两兄妹,三人都很高兴。

家馨说:"我们以为你不会来,要预备功课。"

"你不也要预备吗?"峨说。

"本来家馨不能来,要来的人太多,她是硬挤进来的。"家毂说。

"这都是为了尽自己一份心。"谁在旁边接话道。

大家站着说话。卫葑在卡车前和几个人商量什么,向峨招招手,问:"你们小姐谁坐司机台?"小姐们都不肯坐。

峨把带来的布包交给卫葑,那是碧初等赶制的横标。不多时人来齐了,大家爬上卡车。峨和家馨的旗袍都撕开了叉,谁也不注意这点尴尬,都很兴奋。似乎他们去见一见拿枪打仗的人,就能保证胜利,就能保证他们不做亡国奴。

峨和吴家兄妹坐了最后一辆车,前面的车带起大团滚动飞扬的尘土,不多时,大家都成了土人。清晨的凉爽很快在阳光的逼迫下消失了,虽然大多数人都戴了草帽,有的女同学打起阳伞,还是很闷热。汗水在人们脸上冲开几条沟,到目的地时,人人都成了大花脸。幸好路旁有条小溪,大家胡乱洗了脸,排成三列纵队走进营房。

一小队士兵整齐地站在场地上。峨和家馨都觉得人太少,她们以为可以看见千军万马,漫山遍野的英雄,精良整齐的装备。眼前这一小队兵显得孤零零的,看上去也不怎么雄壮。

"这是哪儿?"她们不约而同互相问,后来弄清楚这是南苑营房。有两个军官走上来和几位带头的代表握手,表示欢迎。

这时又有车开来,是城里的学生们到了。场地上民多于兵,各种服色簇拥着一小队黄军装,兵士不再是孤零零的了,有一种热腾腾的气象。

峨不认识代表学生讲话的人,他激昂慷慨,但稍有些官样文章。卫葑代表大家赠送慰劳品,有毛巾、罐头等物,摆在一排方桌上。他打开峨带来的布包,让三个同学把那横幅拉直。那是一条花布,上面用红布剪贴了"国之干城"四个大字。

卫葑站在这横幅前讲了几句话:"将士们有抗敌重任,只能有少数人来接受慰劳。我们来的人也不多,可不只代表北平学生,每个学生还代表他们的家庭。可以说!我们代表的人可多呢!我们代表广大的人民群众,支援你们,拥护你们,永远是你们的坚强后盾!你们以血肉之躯做国家的钢铁长城,靠了你们,中华民族才能免遭灭亡!"

大家都很激动,七手八脚把那横幅挂在房檐下。一个军官向队伍走了两步,还没有讲话,沉重的炮声响了,一声紧似一声。

大家沉默了一会儿。那军官喊口令道:"一——二!"兵士们立即大声唱起歌来。嗓音是沙哑的,调子也不大准,可是歌声这样雄壮而悲凉,以后许多年,峨总不能忘。

歌词的最后两句是"宁愿死,不投降",先唱一遍,又放在高音唱。两个军官也跟着唱,后来学生们也一起唱起来。在隆隆的炮声伴奏下,"宁愿死,不投降"的歌声越过田野,在万里无云的晴空里飘荡。

学生们带去的节目取消了，他们应该立刻离开营房。峨和吴家馨不约而同地跑过去，把自己的草帽送到兵士手上。峨的草帽有讲究的花纹，送给了一个稚气十足圆圆脸的小兵。吴家馨的草帽朴素得多，送给一个表情呆板的中年人。他们很快爬上卡车，开回学校。

路上，没有一个人说一句话，只不时有人起头唱那首歌："宁愿死，不投降！宁愿死，不投降!"他们好像是和兵士们一起发过一个重誓，用生命做代价的重誓。"宁愿死！不投降!"这是我们中国人的重誓啊！

回到家，峨觉得不舒服，饭也不吃，晚上就发起烧来。校医院有一位祝医生是他们的家庭医生，这几天阻在城中，没有到校。只好请了在校的医生来，说是中暑，开了药。峨服过后，夜里忽然吐泻不止，碧初一夜起来好几次照看。次日停了吐泻，温度仍很高。又拖了一天，听说西直门每天上下午各开一次，决定进城治疗。

学校因值假期，并没有很多具体事务，弗之觉得和碧初进一次城未为不可，又叫人通知卫葑是否愿搭他们的车。可是卫葑不在倚云厅，说是劳军回来便不知何处去了。到实验室看时，只有庄先生在，说前两天卫葑都住在实验室，现在轮到他了。弗之便和碧初携峨进城，赵妈也随来。

他们顺利地到达香粟斜街。嵋和小娃高声笑着直扑上来，玮玮也不落后。因后楼照顾病人诸多不便，弗之夫妇和峨仍安顿在西院。很快请了祝医生来，说是急性扁桃腺炎，休息服药会好的。

三个孩子在后楼玩了几天，不大新鲜了，也挤在峨屋里，争着拿东西。玹子听说峨去劳军得了病，也来看望。

"你怎么想得起来到兵营去!"玹子睁大眼睛，神情活像那个玩偶莎丽,"你去一趟,就能打胜仗吗!"

"莫非你认为我们打不了胜仗?"峨有气无力地说。

"谁这么说来着?"玹子只管笑,"我说你不值得,去一趟,生一场病。"

"千千万万值得的!"玮玮大声说。

玹、玮姊弟性情不同,但感情很好。玮玮对姐姐的谬论大都是以男子汉的大度一笑置之,很少像今天这样。峨、嵋姊妹性情不同,感情也不好,两人常常故意顶撞。这时嵋对姐姐却十分羡慕并同情,羡慕她到过英雄的兵营,同情她生了病。心里也很不以玹子的话为然,一双灵活的眸子在玹子身上打转。

"你们都反对我?"玹子还是笑着,"这几天时运不佳,净碰上些爱好战争的分子。我可不管,无论什么时候,我爱怎么着就怎么着,别想让战争影响我。"

"你不是还上后楼躲炮弹吗?"玮玮说。

他本来还想提麦保罗,怕话太重,没有说。

玹子觉得自己犯不着陪在这儿。人家舒服地躺着,自己还得和小孩子拌嘴。

"得了得了,我没话跟你说。"她对玮玮说,也就等于向峨等告辞。径往碧初房里问安,见碧初和赵妈在整理嵋和小娃的衣物,弗之不在屋里,略说几句,自去了。

弗之此时在吕老太爷屋里,谈着刚到的报纸。报上发表了蒋介石委员长在庐山关于时局的谈话,阐明中央政府的最低立场是希望和平,准备应战,对内求共存,对外求生存,措词比较强硬。

老人已先让莲秀念了一遍,又用放大镜仔细看过。他对弗之说:"我前半生反对满清,后半生反蒋,老来退居什刹海,不问世事。要是蒋能够团结全国人民打这场仗,我拥护。"

弗之说:"现在最主要的是国共合作,团结抗日。我们前几天看见过共产党为抗日发的宣言。"遂讲了宣言大意。

吕老人很高兴地说:"中国的希望在此。也许这一次抗日战争,是我们国家的转机。"又说,"令表侄卫公子是个出色人物。我印象中一般理科的人不关心政治,他似乎不只关心,还很起作用。"

弗之知道老人从宣言想到卫葑,因说:"我们也不了解他的身份。他以前念书很专心,是卤辰的得意弟子。这一年课外活动多,学习似乎退步了。他能力很强,爱国心热,只是以后学问上要受影响。"

老人沉吟说:"不过总得有人把精力花在政治上,不然国家民族的命运谁来掌握?老实说,我年轻时,是耻于做一个潜心研究的学者的。这话和你说不合适,你们学校绝大部分都是踏实的学者。无论国家怎样危难,这份宝贵的力量在,国家就有希望。我现在是没有报效之力了。前几天缪东惠遣人来要我签名,惹我很想写篇反签名的激昂慷慨的文字,结果只写了两首歪诗。我说要给懂得的人看。"遂命莲秀取出一张诗笺,递给弗之说,"本来觉得胸中有千万句话,写出来却是这样平淡,拿回去看吧。"

弗之将诗笺接在手中,又说些学校情况。回到西院,和碧初同看那诗,只见写的是《感怀二首》。

其　一

忧深我欲礼瞿昙,痛哭唐衢百不堪。
宵焰蛾迷偏伏昼,北溟鲲化竞图南。
齐竽竟许逐群滥,卞璞何曾刖足惭。
谁使热心翻冷静,偷闲惯觅老僧谈。

其　二

众生次第现优昙，受侮强邻国不堪。
自应一心如手足，岂能半壁剩东南。
时危再奋请缨志，骥老犹怀伏枥惭。
见说卢沟桥上事，救亡至计戒空谈。

老人目力不好，手也颤抖，但字迹大体周正。有几处笔画重叠，仍可辨认。两人读诗后默然半晌。

弗之说："以后的子孙或贤或不肖，不知能不能体会我们的心，体会有一个不受欺侮的祖国多么重要。"

"爹这样的热心人也少见，还说'热心翻冷静'呢，谁见他冷静过。"

"从长远看，学校必是南迁，爹也应离开北平。他虽久已屏迹政坛，仍然是一个目标。"

"离开北平？"碧初一怔，"我们不打了吗？"

"抗战是一定的。不过今后北平局势不会平稳，学校办不下去。不知道最高决策如何，我只是这么说说。"

经过几天调理，峨的病渐痊可。弗之和几位教授商定写给南京的信稿，即准备出城。怎奈从二十日起战事又紧，城门几天不开。二十六日日军侵占廊坊，次日大举进攻南苑，枪炮声飞机声终日不绝，到晚才稍安静。

人们不清楚战局究竟怎样，却都在一种振奋的状态中。街上不时传来消息：东单设了工事，长安街上堆了沙包。只是奋勇抗敌本身就让人高兴。

二十八日黄昏，吕贵堂喘吁吁地跑到后院，一路大嚷："打赢了！打赢了！"

大家围住他，他说是刚从街上听说我军攻占了通州和丰台。吕老太爷也扶杖到阶前，整个宅院洋溢着喜庆气氛。

半个多月来,人们不敢在院中乘凉,窗户上挂了黑幔子以防空袭。这天因为有胜利消息,虽然战事激烈,反有一种平安之感。刘凤才又从外头听说西交民巷一带挖了战壕筑了工事,几个人在垂花门前讨论,玮玮等三个孩子也凑了过来。

刘凤才说:"咱们中国军队不是不能打,二十九军大刀队英雄无比! 刀光一闪,鬼子连逃也来不及。"

澹台家的孙厨子说:"要能当兵,我也去! 我给他们做好吃的!"

吕贵堂说:"二哥说得对! 咱们军队不是不能打! 照说每个人都能干,敢干。只有联合好了——"

照北平习惯,对人开口都该称爷,吕贵堂却依家乡规矩,称听差为二哥。

刘凤才不与这外乡人一般见识,对孙厨子笑笑说:"军队做饭可没那些个材料,你能做出什么来!"

孙厨子说:"越没东西才越显本事。"

刘凤才故意问贵堂:"您怎么打算?"

贵堂抬头看看融着幽幽月光的天空说:"国家有难,万死不辞。"

刘凤才和孙厨子都笑起来说:"转文的劲儿不小啊! 现在可是要真刀真枪!"

玮玮很感兴趣地看着这几个成年人说:"我也愿意去打仗!"

大家听了都笑。刘凤才说:"打仗哪有少爷们的份儿? 再说你还小。"

玮玮说:"还小? 也许是。没有少爷的份儿这话不通,都是中国人,都有保卫国家的义务和权利。"

刘凤才笑笑说:"少爷的志气大,可我总不信能让你去打仗,太太也不能让你去。"

吕贵堂说:"我看不见得。老太爷就能让去。"

说话间赵妈来找嵋和小娃。嵋拉拉玮玮的袖子,玮玮不理,他还要在这里谈论打仗的事。

赵妈带两个孩子走了,走过了藤萝院,对嵋说:"小姐家家的可不能凑到听差一堆儿,他们说的有什么好听!"

小娃说:"吕贵堂要去打仗,玮玮哥也要去呢。"

嵋忙说:"那是说等长大了。"

"我看怎么打也和你们关系不大,少不了你们吃喝。"赵妈叹气道,"乡下人可就难了,出捐出税再加上出兵,足够一折腾!"

这几天战局紧张,来后楼避难的邻居多,屏风往东移了两次,绛初为自家人留的地盘缩小了。弗之不去,碧初要陪他,峨也不去,只两个孩子照旧去,那里热闹好玩。今天赵妈领他们到西院盥洗,小娃说不去后楼了,要挨碧初近些。嵋也不愿意离开。五人一起坐在外间,并没有多的话语,只一种和谐的安宁的气氛,使他们都感到像在方壶一样,战争似乎暂时变得遥远了。

"孟太太没歇着?"刘妈先在帘外问了一句,遂掀帘进来。是绛初遣来报信,说缪府电话:保安队起来抗日,攻占了通州和丰台,给日军重创。

这话刘妈说起来是这样:"缪太爷知照我们太太,保安队把日本鬼子打垮了,得了通州丰台,赶明儿还要往回夺廊坊呢!"

胜利的消息确实了,大家十分高兴。

"赶明儿还要往回夺廊坊呢!"小娃学着说,大家都笑。

弗之的兴奋又不同于众人,兴奋中有些不安。也许靠我们的民族正气,真能击退敌人,保住疆土? 他见大家高兴,不觉念道:"万姓馨香钦国土,通州已下又丰台。"

孩子们睡了以后,弗之夫妇在院中小立。月光如水,花丛上浮着一层银光,两株垂柳如同精工雕刻,静静地垂着。四周没有一点声音。

"怎么这样静?"弗之轻声说。和这几天枪炮声比起来,这时真静得奇怪。"也许准备明天大战。"

碧初说:"前两天晚上也很安静,只有零碎枪声。"

"现在是零碎的也没有了。"

人们在寂静中进入梦乡。夜已深了,不知何时出现了一阵嘈杂的声音。

弗之在睡梦中觉得有什么把他推向睡梦的边缘,推了几次,他忽然醒了。定了定神,分辨出是车马和脚步声,从南面传来。他起身出房到西墙下细听,沉重的脚步声似乎就在墙外,但他知道,其实是在地安门往北海后门一带。脚步声整齐而有节奏,每一下都像是重槌敲在北平的土地上。他听了一会儿,回身到廊上。

碧初也出房来了,轻声说:"像是过队伍?"

"从东向西!"弗之迟疑地说。这样整齐的脚步声,怎么从东向西? 他思索着,忽然想到自己的诗,"通州已下又丰台",好像是一种嘲弄。

月光溶溶地流泻,花丛中什么东西扑拉一下。在沉重的脚步声中,忽然响起一阵孩子的哭声,声嘶力竭的任性的哭声,尖锐地刺着黑夜。

弗之夫妇不安地互相望着。一时哭声渐弱,远处辚辚车声和脚步声越来越急促,像潮水像雷声,汹涌轰鸣,在拥抱着人们入睡的寂静的黑夜里散开来,震动着凝聚着中华文化的北平的土地,也震动着这一对中年夫妇的沉重的心。

四

弗之永不会忘七月二十九日清晨北平城内的凄凉。好像眼看着一头振鬣张鬃、猛毅髭髯、紧张到神经末梢的巨兽正要奋勇迎战，忽然瘫倒在地，每一个活生生的细胞都冷了僵了，等人任意宰割。

弗之自己也是这细胞中的一个。他因半夜未睡，早上起身晚了，正在穿衣。碧初已到孩子们房里去了。

"三姑父！"吕贵堂在外间叫，接着冲进内室，扑通一声跪在地下，抱住弗之双腿。

"怎么？什么事？"弗之一手穿袖，一手去扶。

"完了！全完了！"吕贵堂抬起头，满脸泪痕，"咱们的兵撤了！北平丢了！"

昨夜兵车之声果然是撤退！弗之长叹，扶起吕贵堂来。

贵堂问："您说告诉老太爷吗？"

碧初闻声走过来，一手扶住床栏，定定地望着弗之，一面眼泪扑簌簌落下来。

"晚一会儿，让太太们去说。"弗之略一沉吟道。

"南边的工事都拆了。昨天还严严整整，今天躺在那儿，死了一样。三姑父，您说怎么办哪?!"吕贵堂呜咽着说，不等回答，掩面跑了出去。

"我出去看看。"弗之扶住碧初的肩，让她坐下。不等她说话，便匆匆往街上来。

这些天虽有战事，北城一带铺面大都照常开。而这时所有的铺面都上着门板，街心空荡荡，没有人出来洒扫。绚丽的朝阳照着这一片寂静，给人非常奇怪的感觉。

地安门依旧站着，显得老实而无能，三个门洞，如同大张着嘴，但它们什么也说不出。它们无法描绘昨夜退兵的愤恨，更无法诉说古老北平的创伤。它们如同哑巴一样，不会呼喊，只有沉默。

地安门南有一个巡警阁子，阁子里没有人。再往南有一个修自行车小铺,门开着。弗之走过去,见一个人蹲着摆弄自行车。

站了一会儿,这人抬头说:"我打门缝里瞧着了,难道咱们真不能打?"过了一会儿又说:"前面的沙包都搬走了,您自个儿往前看看。"

他们并不认识,可在这空荡荡的街上,他们觉得很贴近。因为他们的命运是共同的,他们就要有同一的身份——在日本胜利者掌心中苟且偷生的亡国奴!

弗之摇摇手,转身回去。太阳已经很高,有些人家开门出来取水,人们的表情都很沉重。弗之觉得腿都抬不起来了。快到斜街口,就见刘凤才在那儿张望。一眼瞥见,跑上来拉住说,孟太太着急,叫他出来看看。

到家后,碧初泪盈盈地说了一句:"往后日子怎么过啊!"弗之没有应声。

近午时分,绛、碧二人去到上房。

莲秀出来说:"睡着呢,说了不愿意见人。"

绛初立刻放下脸来,说:"谁告诉了?"

"迟早要知道的。"碧初忙道。

莲秀低着头,半晌才说:"吕贵堂进来,颜色不对,老太爷问出来了。"

绛初叹了一声,碧初红了眼圈。二人下了台阶,见院中鱼缸里荷叶零落,两只莲蓬烂了半边,觉得十分凄惨。

绛初给缪东惠打电话问情况。缪得知弗之在,便请谈几句。

两人招呼后沉默半晌,缪东惠说:"前天南苑战事激烈,副军长佟麟阁、师长赵登禹都牺牲了。"弗之哦了一声,说不出话。那边又说:"只是北平的文物保全了,让人放心。"弗之又嗯了一声,不肯说话。那边继续说:"北平市嘛,现在由张自忠代市长,还兼察冀委员长。老实说,这些事我还是从报馆朋友处知道的,没有人通知我。"

"北平眼看不属中国,秋生兄还打算干下去吗?"弗之问。

"弗之兄此问不当。哈哈,"缪东惠干笑几声,"不是我愿不愿,是人家愿不愿。北平不是中国的了,还不是要看人家的眼色?我只是放不下我们的北平城,祖先传下来的北平城!"停了一下,缪又说:"城门下午开。学校不知怎样办,这是大家都关心的。"

"我要尽快出城,国虽破,人仍在!"弗之不再多说,挂断了电话。

一会儿,庄太太来电话说,她和孩子们都好,如弗之出城,请告诉卤辰她愿意出城去陪他。"孩子们很安全,"她迟疑地加了一句,"我很惭愧,我们太安全了。"

弗之说不出话,说话的能力似乎都随着北平失去了。他放下电话就打点出城。

碧初要同去,弗之不允,说城外有老柴李妈足够伺候,城里几个孩子需人照管。碧初想想确实不好都交给绛初,无奈同意弗之一人去。

好不容易等到下午,弗之自坐老宋的车出城。街上还是冷冷清清。只有很少几家小门面开门,都是家无隔宿之粮,不开门不行的。沿途并无盘查阻拦。

车到校门,校警照例举手敬礼。弗之命停车,问有无惊扰。回答说前几天日本飞机在清河扔炸弹,听说伤亡不大,校内还平静。

校警说完这些,问道:"听说宋哲元军队撤走了? 您说这是真的?"弗之点头。

校警忽然哇地哭起来。老宋愣在那里,半天不开车。

弗之先往庄卤辰家。因庄太太喜爱中国情调,住了这种中式房屋。从两扇红门进去,阒无一人,满院荒草,侵上台阶。

弗之站了一会儿，才有听差出来说庄先生在实验室，好几天没回家，饭都是送去吃。弗之点头，上车回到方壶。

淡黄色的纱帘依旧，房中摆设依旧，弗之却觉得一切都大变样了。他一个个房间走过去，都开开门看看，只觉得空落落的，还有些陌生。他留着书房门不敢开，不知道他的著作罩上亡国奴的气氛会是怎样。

"老爷回来了！路上好走吗？"柴发利和李妈从下房的过道小跑着过来，高兴地围着弗之，"太太呢？小姐们和小少爷怎么样？"

问过头几句话，两人又渐渐恢复了平日的拘谨，垂手站着。

"你们都辛苦了，受惊了。"弗之温和地说。

这时远处响起飞机声，越来越近，盘旋一阵往西飞，接着是轰然巨响，一声接一声。

"扔炸弹了。"老柴说，"老爷往图书馆底下避避才好。"

弗之不答，停了一会儿说："你们去吧。"

老柴说："这几天大家都往图书馆地窨子里去，我让李嫂子去，我看家。她也不去，就都没去。"

弗之点头，微笑说："好，一切照常。"两人不再说话。老柴退下，李妈在房中收拾。

飞机投了十余枚炸弹，仍在空中盘旋。弗之估计这是轰炸西苑。在城里往后楼下躲，在学校往图书馆地窨子藏，这就是今后的命运。

他慢慢走到书房，鼓起勇气推开门，看见乱堆着的高高的一摞摞书和横七竖八的文稿，心里倒安定了许多。他在桌前站了一会儿，抚摸着压在文稿上的水晶镇纸。但他不能坐下来，他得马上和秦校长联系。

电话不通，飞机仍在头顶。他觉得不能在家里，必须往秦家去，商量办法。正要往外走，卣辰来了。两人一见，都觉得对方苍老了许多,但都没有提起。

"实验快完了,只要再有三天时间。"卣辰不等问便说。然后歉然微笑,"我就知道实验室!"

"玳拉说要来陪你。"弗之传达过这话,心知卣辰不会让她来。又说:"学校是要南迁的,这种局面维持不了多久。"

卣辰说:"你们文稿一夹,书籍装箱,迁起来容易,我们的实验室怎么办?一年半载盖不起来。一个好学校的条件是师资和设备,咱们这后一条取消了。"

"前一条永远会有,只要人不死!"

"那也难说!"

过了些时,飞机声消失了。卣辰说他很饿,大概忘记了吃午饭。

"贵管家可能忘记送了吧?"弗之问,一面按铃叫柴发利送点心。

点心送来了,卣辰道:"现在多吃点,以后还不知日子怎么过。"埋头且吃。到一个细瓷蓝花碗和一个高脚瓷盘都空了,他忽然问:"我吃的是什么?"

弗之也没有看,又揿铃问柴发利。

柴说:"送来的是馄饨和火腿萝卜丝饼,我才学着烤的。是不是味儿不对?兴许做的法子有错?"

卣辰忙说:"很对,极好。"

柴又说:"晚饭预备的也是这个。老爷看行吗?"

实在是没有别的菜了,柴发利是变着法子做。弗之说什么都行。

正说着,有人揿门铃。柴去开门,惊喜地说:"是秦校长!"

秦巽衡很瘦削,但不单薄,总给人可倚靠的感觉,是一位从外表到内涵都极典型的大学校长。明仑大学十来年里接连换了好几位校长,都是勉强维持半年就下台,到秦巽衡来才稳定。他应付当局,团结教授,教育学生,三方面都有办法。卢沟桥事变后不久,他从南京赶回。他此时站在客厅里,神色沉稳,并不觉得是在战争中,头顶上刚有飞机扔过炸弹。

"我正要往你那边去,卣辰来了。"弗之说。

"飞机过了,我出来看看。"巽衡声音低沉,说话很慢,好像常在推敲自己的话。学生说秦校长三年决定一件事,决定以后,一天就要办完。

"我猜你城门一开就会回来。"遂说了些撤军情况,叹道:"赵、佟两位都牺牲了。上个月佟麟阁到学校来参观,还动员了几十名学生到他那里工作,这些学生不知怎样了。"

停了一会儿,弗之说:"我们现在也只有遣散学生了。大概不少人要参加救亡的。"

"学校怎么办?"卣辰问。

"南迁。弗之回来很好,今晚开校务会议,讨论怎样准备南迁。"

"南迁?"卣辰不由得反问一句。

其实这是在意料中的,学校也不止一次讨论过。但在北平被弃后,从秦校长口中说出,都觉得有不同的分量。

"只此一路。还有什么办法?"

"中国好在地方大。"弗之苦笑,"到危急时候,衣冠南渡,偏安江左,总能抵挡一阵。"

"我们总希望不致如此。然而这是近百年历史决定的——只有逃难了。"因为看穿了百年历史,巽衡自然沉稳。卣辰轻轻搓着双手,说了几句搬迁仪器的事。

过了一会儿,卣辰要回实验室去,巽衡要到学生宿舍看看。他们走了以后,方壶周围竟是死一般寂静。这寂静沉重地向弗之挤过来,挤过来,使他快步走到书房,关上了门,仿佛要把死一般的寂静关在门外。

当晚校务会议开过以后，接连几天，弗之上午都在办公室照料遣散学生。每人发二十元旅费，能组织到一起的，便三三两两结伴往长沙。本来暑期中留校学生不多，可也有这样那样问题。下午他大都到图书馆照看整理书籍。虽说书已运走一部分，剩下的还很多。书库里很乱，一箱箱的书堆得很高，书架上的书有的歪着有的倒着，有些善本书就搁在肮脏的地板上。那地板是厚玻璃的，平常总是擦得纤尘不染。从下层往上看是迷蒙着云雾的乳白色的天，从上层往下看是一片半透明的湖水。就从这天地间，走出多少卓伟之才，加速人类的进步。弗之非常爱这书库，爱这里蕴藏着的人类的宝贵的精神，爱这里贮存着的知识，甚至也爱这玻璃地板。他不止一次从地板上拾起一本书，因为不知该放到哪里，总是交到管书人手中。他用袖子擦去书上的浮尘，还用袖子擦擦地板。

"孟先生！我们收拾了有什么用！现在还能运出去？等于给日本人整理。"一个图书馆职员抱着一摞书，看见弗之的举动，苦笑道。

弗之一怔。作为教务长，他和校长、秘书长、图书馆主任等商量过不止一次，现在怎样运法却还未定，也许真的运不走了。但是他必须说一句话，这句话在他身体里长大着，他似乎觉得自己的身躯也高大了。

"我们会回来！"他几乎在嚷。收拾书的人抬头看他，有人用沾满灰尘的手擦眼睛。

"我们会回来！"有人喃喃地说。

弗之从图书馆回家，见如血夕阳沉落，简直想对着整个校园大声喊："我们会回来！"

他心里充满着愤懑、痛苦和惭愧。这些感情这样沉重，使他几乎抬不起双脚，勉强拖到方壶门前。

门前花坛中的那株罗汉松，一半罩着红光，一半绿得发黑，显得孤单极了。弗之加快脚步进入内室，忽见碧初坐在她平素坐的安乐椅上。她一见弗之立刻站起身，想笑，可是眼泪涌了出来。

弗之迎住，轻声问："怎么了？怎么了？爹和孩子们都好吗？"

碧初点头，几次拭着泪痕，呜咽着勉强说出来："他们都好，你放心。"她哽咽着，慢慢说了路上的遭遇。

碧初是和玳拉一起来的。车子到双榆树一带，路上站着不少日本兵，举枪拦住车，问她们往哪里去。见是英国领事馆的车，不理玳拉，单把碧初带的一个包打开检查。包内是些换洗衣服，一个兵用枪尖把衣服挑起来，又扔在地下。碧初和玳拉都不说话，眼光随着衣服往路边看时，两人都紧紧抓住了对方的手。

路边是双榆树巡警阁子。阁子前横躺着两具尸体，一个仰着，一个伏着。阁子门口还躺着一个，半身在里半身在外，都是巡警衣着。门上绑着一人，是老百姓，垂着头不知是死是活，光头在阳光下发亮。碧初不敢看，却不由得仔细看，见这人慢慢抬起头来，脸上一块碗口大的红记明晃晃的。

"广东挑！"她一惊，再看旁边，果然有一副打翻的挑担，精致的小抽屉散落一地。

碧初又怕又怒，简直要叫出来，想质问，想抗议，想哭，她脸上的表情必是很不平静。一个日本兵举起枪对着她。

"你们要怎样？"玳拉用英文说，说中文反正他们也不懂。"你们是正规军人吗！举枪对着妇女！"她接着解释她们是明仑大学的家属，要回家去。另一个兵毫无表情地望着她，也向她举起了枪。

碧初和玳拉各自对着一只黑洞洞的枪口，心几乎停止了跳动。她们不约而同松开对方的手，坐直些，不再说话。

这时一个小头目模样的兵走过来，向车窗里张了张，不耐烦地向他的兵一挥手,两个兵退下去了。司机还不敢开车,伏在方向盘上,尽量缩小身体。小头目等了一会儿,敲敲车窗,让他走,他才忙不迭发动汽车。

不知是车子不好还是忙中有错,马达响了半天车子也不动。这几分钟对碧初和玳拉真像一个世纪一般长。

车终于动了。司机还不敢开快。走不多远,听见后面一声枪响。

两位太太猛然回头,见那广东挑身子向前扑着,肩上是血肉模糊的一团。玳拉用手遮住眼睛,细长白嫩的手指不断颤抖。碧初两手紧握,自己轻声说:"不怕! 不怕!"她的舌头发木,再吐不出别的字来。

弗之此时只能站在碧初身旁,含糊地说:"别哭,别哭。"他觉得对不起她,让她受这样的惊吓。那种沉重的心情延续着,更添了不能保护妻子的羞耻,使他说不出话。

"湖台镇上的铺子都挂日本旗了。"碧初呜咽着说。

"学校唯一的办法是南迁。"弗之说,"我们唯一的路是随着学校,离开北平,我们得详细商量这事。等学校的事都安排妥当,好吗?"

弗之说着,轻抚碧初的肩,这在他是了不得的温存了。

碧初渐渐平静下来,抬头看着弗之:"其实没有什么可商量,走就是了。吃苦我是不怕的,只是——好了,你下午——"她断续地说,一面紧紧拉住弗之的手。

"秦校长后天要离开了,明天校务会议上就宣布。"弗之说。

碧初慢慢松开手说:"你该吃饭休息,我已经好了。"说着站起自往浴室洗脸。然后二人往饭厅来。

次日上午,北平明仑大学在圆瓴举行了在北平的最后一次校务会议。先生们坐在一边是落地长窗的客厅里,面对花园里满园芳菲,都不说话,气氛极其沉重。听差往来送茶和饮料,大家也很少碰一碰。

秦校长照例坐在那把乌木扶手椅上，用他那低沉的声音慢慢说："北平已失，国家还在，神州四亿，后事可图。我们责任更为重大，国家需要我们培养人才。我在庐山，和蒋先生谈到北平学校前途。蒋先生说，华北前途，很难预测，一城一地可失，莘莘学子不可失，教育者更不可失。学校在长沙已有准备，我明日往南京教育部后即往长沙等候诸公。"

他说了仪器图书陆续搬运的情况，会上议决由化学系教授周森然偕同事务主任等留守学校，直至所有人离开。历史系李涟因谙日语，也参加这一工作。周森然因为父母老迈、妻子多病，已决定留居北平。

"听说两三天后日军要进城驻扎，可能会占据校舍。"周森然说。

"只好由他。"巽衡道，"只是同仁们陆续南下，最好在天津有接应。"

天津因有租界，活动方便得多。先生们皆以为然。

卤辰忽然灵敏地说："我去英租界当接应。"

大家原都没有想到他，不觉一愣。再一想，觉得确实合适。

巽衡望着大家，略有迟疑，说："另外还有庶务人员，事情倒是不太复杂。"

弗之望着卤辰清澈的眼睛，心头一阵灼热，大声说："只要卤辰把心思从实验上借回来，再复杂的事也能办。"

见无人反对，巽衡点头。遂把天津接应站讨论了片刻，确定由庄卤辰负责，料理南下人员的经费和图书、仪器等的转运。

大概从英租界受到启发，周先生说："不知能否让美国领事馆出面保护校舍？"他的声音很轻，似乎在问自己。

"皮之不存，毛将焉附！"弗之说，"没有用的。"众人亦以为无用。

周不再说话,停了一会儿,他大声哭着说:"当遵秦先生命。我其实是得好好把学校交给日本人。"

他这一哭,好几位先生都潸然泪下,随即呜咽出声。

"我以为,我们能够回来。"秦巽衡一任眼泪流淌,站起身声音颤抖地说。他先和周、李两人握手,又和卣辰握手,再和每个人握手告别。

和弗之握手时,他说:"我先走一步。"

夕阳的光辉照在这两张痛苦而不失威严的面孔上,照着滔滔滚下来的热泪,照着衣衫上发亮的泪痕。

第 三 章

一

　　中国军队撤离北平后,炮火停了。香粟斜街三号宅院里似乎又恢复了事变前的秩序,但这只在表面上。忽然不用担心炮火,人们心里都空落落的难受。吕老太爷最初几天仍认真地要报纸看,他不相信已成为历史的事实。他照常坐在书桌前,用放大镜仔细在字里行间寻找我军反攻的消息。

　　八月九日这天,报纸很晚才来。他忍不住对莲秀说,撤退也许是宋哲元施展的妙计。打开报纸看时,赫然两行大字:"日军昨由永定朝阳广安三路入城"。还登载了日军司令告市民书,写着"亲爱的父老们,本司令现在入城来维护治安",最后是"请放心吧"。那就是说,侵略者命令被侵略者放心地听他宰割!

　　从这天起,老人不再看报,每到读报时间就在椅上呆坐。绛初说,莲秀还是应该代老太爷看报,知己知彼,了解些外头的事为好。绛初自己却不看。

　　八月中,澹台勉受命离开北平到武汉商讨南边的电业。他走后,绛初用全力安排这座宅院中的生活,她不知道正常的生活能过多久,但是总要尽力维持。

　　玮玮等三个孩子头几天都蔫蔫的,做什么都提不起兴致。渐渐生活正常,绛初又来督促功课,也安排了玩耍的时间。孩子

87

们开始琢磨怎样玩。

后楼中躲避炮火的邻居，早已回家。荒凉多年而热闹几天的后院，重归寂静。玮玮却发现了小夹道的锁可以用铁丝捅开，随时可到后院而不必麻烦刘凤才。

这天午睡起来，他照例飞一般跑到西小院，见嵋和小娃也刚起来，小娃正因为什么对赵妈发脾气。"就不，就不，就不！"还用力蹬着两条小腿。赵妈知道他平素最讲道理，现在这样，孩子实在也是不顺心啊。她一点不恼，仍笑嘻嘻地劝他喝下冰糖桂花绿豆羹。

嵋懒懒地坐在窗下，拿着一本书，秀美的头略侧着，全神贯注在书上。玮玮觉得，这简直是嵋的永恒的形象。

"咱们上后园子玩玩。"玮玮带几分神秘地说。

小娃转移了注意："你能开门吗？"

玮玮说："当然有办法！"

赵妈向嵋笑道："关了后园子才几天，又新鲜得很了。"

正说着，峨从小厢房过来，问小娃嚷嚷什么。大家都不说话。

玮玮搭讪道："他想三姨妈。"

"这几天城门开了，娘和爹爹就回来。"峨拉着小娃的手，倒说了几句安慰的话。

后园里毕竟经过一番整理，甬路从杂草丛生的地面分明地弯过去，路旁不知何时挖了一个坑，里面有不少纸灰。他们弯到楼后，在那条干涸的小溪边玩。那里已由吕贵堂收拾过了，两边的蓬蒿已除去，显出弧形的"岸"。玮玮铲土，堆成各种形状：方的是楼，长的是飞机制造厂，圆的是碉堡。嵋和小娃帮着搬鹅卵石，小手不断倒换着把石子堆在土丘边，然后受命装日本人。玮玮装中国军队，一阵机关枪把一以当千的日本兵打得落花流水。

"躺下！躺下！你们都死了！"玮玮得意地大叫。

两个孩子不愿躺在地上，愣愣地站着。

"我要发一个战报！"玮玮大声说，"公公看了一定高兴。歼灭敌军两千人！"

"我们来写战报吧。"嵋机灵地拉着小娃的手跳过小沟，跑到楼台下，这样他们就可以不用躺在大太阳下的泥地上了。

"这儿有纸笔。"她敏捷地从后楼里找出纸笔，坐下来写。又抽出几张纸给小娃："你也来。"

玮玮便不深究装死问题，一同来起草战报。经过三方讨论，拟出战报如下："香粟集团军总司令澹台玮率将孟灵己孟合己击毙入侵日寇两千人。"

嵋又说："玮玮哥也代表一千人。"遂将笔轻轻一提，改为三千。

小娃高兴地看着小姐姐有偌大本事，大声喊："打赢了！打赢了！"

三人正玩着，有人走上台阶。原来是绛初和玹子，刘凤才挑了一大挑书报杂志跟在后面。

"你们孩子们在这里！"玹子说，"妈妈，告诉他们吗？"

绛初看见玮玮满头的汗，心浮气躁的样子，有些责怪，绷着脸不说话。

玹子遂又说："玮玮你这样大了还玩打仗，小娃玩玩还差不多！"

"要不是打日本人，我才不玩这个。"玮玮说。

绛初乃道："你十二三的人了，领着弟妹在大太阳底下折腾什么！如今北平是日本人的天下了，巡警通知说让把有一点犯禁的书报都烧了，过几天说不定要搜查。你们都懂事了，烧了什么，不能说，也不用跟公公说，他要生气。"

这时刘凤才已经在楼前路旁坑里点起火，把一堆书报抖搂开放进火坑。玮玮才明白这坑的用途，呆呆地看着火苗蹿起来，吞食着周围毫无抵抗力的纸张。其中有不少是历史书,凡有日本字样的都拿了来。还有《三民主义》《孙中山讲演集》等。烧着烧着,刘凤才拿起一大张纸投入火中。

这纸好熟悉!玮玮跳过去一把抢出来,果然是他画的地图,外国军队侵略图。

"怎么烧我的地图!"玮玮生气地抱住这张纸。

"是我拿来的。我是要和你商量的。"绛初尽量放轻了声音说,"凡有一点可能惹事的书都烧,何况你这明写着侵略的地图。好孩子,以后打走日本人,咱们再画。"绛初伸手拿那张图。

玮玮退后一步不给,说:"日本人为什么要管我们家的事?"

玹子冷笑道:"这就因为我们是亡国奴!"

"亡国奴?凭什么说我是亡国奴!"

嵋和小娃站在玮玮旁边,嵋拉拉他,轻声说:"因为北平让日本人占了呀。"

正闹着,弗之夫妇从柳树下走出来。小娃忙跑过去拉住碧初的手,把脸藏在她身后,碧初的一件家常墨绿绸衫马上湿了一片。嵋也泪莹莹地靠过来。

弗之走过去拿过玮玮手中的地图,说:"你爸爸不在家,靠你照顾妈妈姐姐,该帮着料理,不该生事。北平都保不住,怎能保住一张地图!烧了这张图,以后收复真正的土地。"又从待烧书报中拣出一面青天白日旗,"这也是要烧的了。"说着把旗覆在图上,郑重地放在火中,肃立静默。

众人不觉都肃立,默然看着火舌缓慢地吞噬着旗和图。图的纸边卷起来,黑色的纸灰竖立着,火舌过去许久才落下。旗当中的白日烧着了,火苗在燃烧的太阳下也是白的,几乎看不见。刘凤才用木棒捅一捅,那白日渐渐化为灰烬,火苗在青天上爬行。

"不肖!不肖子孙!"弗之痛心地克制着,不让眼泪落下来。

眼泪从玮玮好看的眼睛中夺眶而出。他让泪水肆意流着，并不去擦。他是在极正规的教育下长大的,深爱家庭、社会和自己的祖国。祖国在他心目中是至高无上的,而他却不得不目视这样的焚烧,不得不参加这样的对亲爱的古老的北平城的祭奠,不得不忍受对他自己和祖国尊严的践踏!

绛初揽过玮玮来,抚着他的手,眼看着旗和图俱都烧尽,对弗之夫妇说:"已告诉峨整理西小院的书了,好在你们城里书不多——学校里怎么样?"他们急于谈话,都到楼中站着。

"二姐,弗之就要走了。"碧初温和地说,"还要和爹商量。"

"这有什么好商量的!"绛初说,"学校的人都得走,留着真变亡国奴! 你们还算好,还有个商量。子勤说走就走,哪里有什么商量!"

"学校已经迁往长沙了。我后天动身,先到天津。"弗之温和地说,"子勤兄走得急,处在战时,真不得已。他们公司安顿妥当,必然要接家眷。"

"我们也先不走,弗之一个人行动总方便些。"碧初轻声说。

绛初不语。一会儿才问:"东西都搬进城了?"

"搬了一部分。柴发利跟着照顾,慢慢收拾吧。"

"小狮子呢?"小娃问。

碧初弯身看着小娃慢慢说:"正要上车,它从口袋里挣出来,跑回屋去,找了半天也找不着。"

"它丢了?"小娃眼睛里盛着泪。

碧初安慰道:"还有李妈在,李妈会喂它。"

小娃和嵋互相看了一眼,互相鼓励忍住眼泪。他们懂得,在这样的时刻,一只猫实在微不足道。

"子勤兄和弗之离开,是天经地义的事。"碧初仍向绛初说,"咱们走也只在迟早。最要商量的是爹。"

"爹? 爹七十多岁了,还能拿他怎么着?"绛初说。

"我们想,舅父必须离开北平。他虽年迈,多年不参加政治活动,但他早年参加革命和后来与蒋的不合作,是许多人都知道的。难保日本人不想利用他的名声。"弗之说了,又加道:"子勤兄也曾说过,说北平若有失,舅父最为忧心。"

"话是如此。"绛初知道弗之的话有理,"行动起来,种种不便,恐难预料。"

绛初的话也有理。三人等烧完了书,命把后园锁了,孩子们不准随便来。估计老人午睡已起,便往正院上房来。

吕老人听到弗之要走,嘉许地说:"好!走是当然的,一个接一个越快越好。"

"这几天津浦路正通,以后恐又有变化。我和庄卣辰一起到天津,卣辰留在天津,我在那儿结伴往济南转车。"

"好。这里三女和二女可以彼此照应。"老人点头,忽然咳起来。

莲秀上前捶背,递痰盒,漱口,一系列动作熟练敏捷。

弗之看着碧初,碧初说:"弗之最不放心的是爹。我们想,爹也应该离开北平,不然太不安全。"

"我就不必讲安全了,饭袋而已,平安储存了,意义也不大。"老人微笑地说。

"舅父应该考虑离开北平,仰人鼻息的生活,恐难忍受。"弗之试着说。

老人忽然想起来,说:"以前亮祖不止说过一次,请我到昆明住一阵,赏腊梅花。总想着要去的,一年年拖下来。现在要逃难——其实到云南办学校也不错。"

"是啊,大姐那儿正好住。"绛初搭讪着说。

"路远迢迢,不知哪里更近。"老人仍微笑说,看看两个女儿,"只要你们两个还在家,就先凑合着。弗之的意思嘛,我知道了。"

“爹说，不知哪里更近，这话是什么意思？”碧初在房里替弗之收拾行装，在好几件衣服上设计暗袋，交给赵妈去缝，心里想着老人的话。

弗之似乎有点明白，他想想，只说：“我担心你的担子太重。老人有老人的想法，只好看开些。做儿女的，尽心便是。”

碧初盈盈欲涕，弗之知她并不全为老人。因说：“此去长沙，一切都得看战事情况，才好定夺接你。估计不会太久。”

这时刘凤才在帘外说：“卫少爷和凌老爷来了。”

弗之、碧初甚为惊喜，弗之走以前，正要见这两个人。

他们迎出来，见凌家翁婿已进月洞门。京尧一下子拉住弗之的手，卫葑叫了一声五叔，各人神色都有些凄然。到房中见了碧初坐定后，互述近日情况。京尧一家一直在德国医院，前日方出。

“出来看见满街日本旗，真觉得是换了个天下，自己不知身在何处！”京尧感叹，“蘅芬和雪妍都很好，只是记挂卫葑。卫葑前天刚回家，这样大的事变，几天不在家中，倒叫家人悬念。”京尧说着责怪地看了卫葑一眼。

卫葑只作不见，对弗之说：“庄先生的实验到底做完了，得到难得的数据。这点庶可安慰。”

说起孟、庄即将离京，弗之问京尧有何打算。

京尧沉吟地说：“国家有难，像我这样无用之人也思报效，且我世居北平，倒是想往南边看看。只是蘅芬想着若是离开我们那个窝，不知要受怎样折磨，能活几天。”

碧初说：“生活里没有受不了的事，只要习惯了，便好。”

“就是怕习惯不了。”卫葑略带嘲讽地说。

京尧又看看他，对弗之说：“据缪老看，什么地方都没有北平安全。这样的文化名城，任何人不敢轻易破坏。任何人在这城里,都可以托庇,受到遮护,如鼠在器旁。何况我们不是鼠,并不做有碍他们的事,我还是教我的书。老实说,我也觉得要改变我的一套生活习惯,很痛苦。"

"日本人会让你这样逍遥?"

弗之和京尧是多年老朋友了,深知他的生活习惯并不复杂,不过是悠闲二字。这悠闲的情调和北平城很相配。长长的小胡同,悠悠的鸽哨声,二十四番花信风伴着挂得高高的鸟笼子,仿佛到处都渗出这样一种气氛,把久住的人都熏得透透的。这些人又熏染着北平城,形成一个看不见的网,很难钻出去。

"你以为就能平安无事等着吗?"

"我等着,我是要等着我们的军队打回来。"京尧真切地说。

弗之站起身,走到京尧面前说:"你和我们一起走吧,或者和卫葑一起走。下学期明仑聘你任教,开什么课都随你。你今年四十六岁,以后的日子就用来等着吗?"

卫葑也说:"我一直和爸爸说,还是应该离开北平。岳母和雪妍先留着,五婶也并不随着一起走。"

碧初说:"我会照顾蘅芬她们,以后和她们一起走。"

"她不会走的。"京尧轻声说,然后笑笑,"我也给拴住了。"他用力向沙发深处靠,好像要把身体缩小,减少人们的注意。

"我有时觉得和你很熟,你的一举一动,我都能说出缘由。有时又觉得你完全是个陌生人,猜不透,简直猜不透。"弗之走到窗前,看着窗外。

"有什么好猜的。"京尧又笑笑,"全在面上摆着:懦怯,颓唐,贪图安逸……其实,走,对于我这个人很必要。"

说到走,京尧的眼睛里透出一点亮光。他是聪明人,多少了解自己。他知道自己需要走,需要变动。也许这变动能把他从多年的陷阱中救出来?总要挣扎一番吧?但他不自觉地向后靠,坐得更舒服些。

"从根本上变动一下，换个土壤，生活会大不同的。和五叔、庄先生一起走吧！要走，越快越好。"卫葑恳切地说。他几乎想说如果嫌太仓促，他愿意陪岳父一起走，可是他管住自己没有说。

"回去再商量，"京尧细眼睛里的亮光黯淡下来，"再商量。"他长长地叹气。

随后又说了些孩子们的情况。碧初陪他们往正院看过吕老人，又要往前院看绛初。卫葑让京尧先去，自己又往西院来，见弗之背着手在廊上站着。

"五叔！"卫葑向前紧走两步，"五叔！我说过最近要离开北平，不过不是往长沙，想来您也猜着了。"卫葑说，"也许以后我还会回学校，我喜欢学校生活。"

"雪妍怎么办？"

"还不知道，她不能跟着我。她受不了。大概只好暂且分开，生离总强于死别。"卫葑勉强一笑。

弗之无话可说。卫葑不用人叮嘱，他有比任何个人更强大的后盾。

这时，玮玮等三个孩子跑进来，大家欢呼："葑哥来了！"

卫葑把小娃一下子举得高高的，然后放在肩上。嵋拉着他的衬衫，玮玮笑着站在一旁。

"我要出远门，有公事，今天和你们告别。"卫葑再把小娃举一举，放下地，对他们三人郑重地说。

"打日本鬼子去吗？"玮玮问。

卫葑愣了一下笑道："不一定拿枪才是打日本鬼子，每个人做好自己的工作就是打日本鬼子。譬如你们还该好好念书。"

玮玮眨眨眼睛不说话。

"峨呢？"卫葑问。

弗之忙命嵋去小西屋叫峨出来，其实他们在院中说话，峨早应听见。小西屋隐在一树马缨花后,湘帘低垂,静静的毫无声息。

嵋一会儿出来说:"姐姐说现在不想见人。"没有一句告别的话,嵋也不会添。卫葑知她怪僻,也就罢了。

"你和爹爹去一个地方吗?"嵋仰头问。

"现在不是,也许以后我们会在一起。"卫葑想的是,也许他会去长沙,也许弗之会到他所在的地方,那当然在很久以后。

"最好在一起,"小娃仰头说,"我想爹爹的时候就可以顺便想你,免得另外想。"

这几句有些可笑的孩子话使得气氛更严肃起来,都没有再说话。

一时玮玮陪卫葑去前院。弗之和孩子们送到月洞门前,卫葑深深一鞠躬,疾转身穿过院子,转进夹道。

玮玮一面走,恋恋不舍地说:"葑哥多久才能回来?"

"姐姐做什么呢?"弗之问。

"不做什么,靠在床上发呆。"嵋答。

两个孩子随弗之进屋。"我们和爹爹一起走,好不好?"小娃拉着爹爹的衣襟说,"我夜里做梦,梦见玮玮哥的地图竖在那儿,怎么也不倒。"大家默然。小娃又说:"爹爹不在家,很可怕。"

"怕什么? 好孩子。"弗之俯身抚着小娃的头,慈和地问。

小娃黑如点漆的眼睛大张着,里面写着答案:"就是怕你不在家。"

弗之自知问得多余,把两个孩子一手一个揽在身边,慢慢解释他一人先去的道理,安顿好了,娘会带他们随后就来。

次日一天,对香粟斜街三号来说,时间消失特别快,尤其在西小院里,时间一点不肯停留。言语留不住,针线缝不住,开箱关箱锁不住。

到了傍晚,一切都准备妥帖,碧初把每一张钞票都用手揉软,分放在暗袋中。行李不过一箱和一个网篮,一本书也不带。晚饭后,行李都放在客厅门前。

弗之特别叮嘱峨道:"你是最大的孩子,要帮助娘照顾好家,也要照顾好你自己。嵋和小娃在家不出门,你可得去上学。有抗日的心很好,千万不要参加活动。你还太年轻,念好书,国家有许多事等着你做。"

"我去送爹爹。"峨忽然说,"我和娘去送爹爹。"

"现在还能大摇大摆在车站送别吗?我们都是丧家之犬!"弗之苦笑道,"娘也不去送。"他看着碧初。

碧初原低着头,这时抬头说:"我在远处看你进车站,好不好?"

"不必。"弗之说,"无论送到哪里,终须一别。"

对于不知归期的人来说,那别离是何等的艰难啊!

又一天清晨。只有吕贵堂拿了行李送弗之往车站。

碧初跟着两辆人力车走到胡同口,弗之一再挥手要她回去。她站住了,眼睁睁看着两辆车跑起来,那大张着嘴的地安门把弗之吞了进去,车子越来越小,高耸的景山在晴朗的天空下越来越高了。

峨等姊弟起床后,见碧初在房中默坐。孩子们围上来时,她摆摆手,随即起身照常收拾有些凌乱的房间,平静地说:"爹爹已经走了。"

二

当孟弗之在明朗的晨光里踏上征途时,凌京尧和岳蘅芬正在带有锦缎帐顶的软床上拌嘴。他们说的全不是实质性问题,只是互相抢白挖苦,和开始时讨论的事全无关系。

为京尧是否应该离开这一问题而拌嘴已经不是第一次了,每次总不等京尧把理由全说完,蘅芬便怒气横生:"本来好好的日子,你存心不让人过。家里剩两个妇道人家,亏你想得出!虽说我们北平城里亲戚多,可人家能替得了你为父为夫的责任吗!"

"为父为夫固然有责任,七尺男儿对国家也有责任呀。再说你就没有为妻为母的责任?"

京尧在弗之面前强调不能走,是想让弗之帮助他攻破那不能走的理由,对蘅芬,就要把能走的理由说清。

"什么叫为妻为母的责任? 我倒要听你说说,好照着办。"

蘅芬翻身坐起,靠到另一头床栏上,把豆青色绸夹被掀在地上,穿着白绸绣花睡衣的身躯和她的话一样透着不讲理的劲儿。京尧也坐起来,靠在床的这一头。

两阵对圆。才待发话,蘅芬又抢着说:"我自从嫁你,得了什么便宜? 吃穿用度,不都是岳家的? 你每天除了两眼朝天叽里咕噜念念法文诗,就是盯着戏台看戏,老爷当得现成。到时候拍腿一走,讲忠心讲志气,怎么这么容易!"

京尧说了一句:"谁叫你们家挑着了我! 也不是我挑着你!"

蘅芬登时气得两眼发直,用手指着京尧,喉咙里咯咯地响着喘气,说不出话来。

"谁叫你们家挑着了我!"这句话正触着蘅芬痛心处。想当年岳家虽非北平首屈一指的富户,也是数得上的人家,岳蘅芬也是名媛之流。可能出于一种商人想攀官的心理,岳老人看上了故尚书幼子凌京尧。当时凌家已没落,京尧不过是个刚留学回来的穷学生,蘅芬的母亲反对。可蘅芬自己不知怎么,想起那两眼朝天的潇洒劲儿,就魂梦不安。悄悄和母亲说了,又有父亲做主,遂成就了这亲事。

结婚以后才知道,京尧不只是书痴还是戏迷,一个月有三十个晚上上戏园子。戏台上的一切对他似乎比真实的世界更真实。他真心实意地为舞台上发生的一切悲喜哭笑,可对身边的事倒很漠然。他很懒散,起居从无定时,教书也不认真,高兴起来能讲几个小时,有时连着几星期不上课。学问只停留在兴之所至,总达不到更高水平。有人说他的法文是咖啡馆里学来的,带一种自由自在的味道,他也并不在乎。岳家的经济情况保证了他的生活方式,所以也就不在乎和蘅芬之间究竟有多少理解,一晃过了二十余年。

而在蘅芬这一边,她心高气傲,养就的一副小姐脾气。以为自己的夫婿应是钟天地灵秀第一等人物,没想嫁得这样一个名士。可这是自己挑的,在当时岳府那样人家,还是少有的事。有父母时可以向他们抱怨,没了父母,也只好怨命罢了。可不是,谁叫自己挑中了他呢!

蘅芬喘着气,眼泪扑簌簌掉下来。平时京尧不等到这地步,就心软投降,这次却只愣愣地发呆。蘅芬为了离他远点,下了床,鞋也不靸,把地下的绸被一踢,走到靠窗的美人榻上放声大哭。

这美人榻是专门从南方定制,用藤皮编成,花样很复杂。榻前细木镶嵌的地板上铺着乳白色波斯花纹地毯,上面又铺着细席,直到床前。这时,蘅芬秀气的光脚在上面踹着,哭声充满了房间,把京尧包得紧紧的。

京尧很想大声说:你像个泼妇!但他忍住了。大闹一场就能冲出家庭吗?他很难过,为自己难过。他觉得自己身上美好的情操已不太多。需要理解、同情来帮助他克服缺点,做一个堂堂正正的人。可是他得不到。在他想要振作变好一点的时候,似乎有千斤重担坠着他向下拉,他以为这就是他的家庭。

可他又真负担过什么家庭责任?他从未养过家,虽有个教授头衔,却不是第一流,又不在头等学校,薪金不高,只勉强够他自己零用和给妻女买点不实用的小礼物。他走,对这个家毫无影响,对于他却是人格的需要。这点蘅芬一点不懂,只顾把他这皮囊紧紧抓住,不管他的灵魂到了多么可怜的地步。

两人都觉得自己是天下第一可怜人。蘅芬需要人来劝,京尧偏不劝。他们的卧室在楼上一端,走廊上还有玻璃门与外面相隔,怎么闹也无人听见,倒是不怕出丑。

僵持了一阵,京尧渐渐冷静,又恢复那点漠然劲儿,冷冷地说:"七点钟,我按铃用早茶。"

他用早茶的时间并无规定,像他整个的生活一样,所以每天得按铃。至于这习惯,是他从巴黎带回的,其实他在巴黎也是穷学生,好像是旧家子弟那点遗传的懒惰,让他喜爱这点享受。

说起早茶,蘅芬想起女儿,他们要一起吃早饭。女儿的命也不好,遇见卫葑这么一个不着家的女婿。虽说日本人入侵是大事,也不能结婚次日便不见踪影,好几天才回来。京尧要走,说不定还是他在怂恿。她想着,不恨日本人,倒觉得这翁婿二人着实可恨。可为了女儿,总要在女婿面前留规矩。这样想着,渐渐止了哭。京尧看看表,便按铃。

系白纱围裙的女仆阿胜推门进来,捧着托盘,把茶具放在藤榻一端的大理石心硬木圆桌上。茶具是一色英国韦奇伍德瓷器,十分雅致。

阿胜感到房间里沉重的气氛,赔笑说:"有新摘的白兰花,一会儿太太梳头用吧?"蘅芬不理。

阿胜看看京尧,见他还靠在床栏上跷着腿,不敢说什么,退出去了。

京尧自管换了一条腿跷着,两眼望着天花板。蘅芬则惦记许多待料理的事,长叹一声,进盥洗间去了。关于京尧走的问题仍和讨论前一样,没有互相接近一点。

"爸爸妈妈起来了吗？"门外响起了雪妍清脆的声音，门随即开了，雪妍窈窕的身影飘进来。她穿着新的淡绿起翠绿深绿墨绿三色花绸旗袍，脸上带着清晨新鲜的光彩，滑到京尧床旁。

"早茶都摆好了，还不起来。"她嗔着，转身到小桌前拿起茶壶，斟了两杯茶。

"妈妈呢？"马上到盥洗间推门一望，见蘅芬站在墨绿色洗脸池旁，望着镜子发呆，脸上还有泪痕。

"妈妈哭了？"雪妍问，抱住蘅芬的肩，"妈妈不哭。"这是她从小就会说的一句话。

蘅芬在镜中看见雪妍年轻的脸，立刻把全部注意转移到雪妍的幸福上了。

"卫葑也起来了？"

"早起来了。"雪妍半低着头微笑，又抬头关心地问，"您为什么哭？是不是爸爸又说要走？"

蘅芬点头，用手巾捂住脸。

"跟您说您别生气，卫葑也说要走。"雪妍迟疑地说。

她心里认为卫葑应该走，而且很想跟卫葑一起走。只要和他在一起，哪怕海角天涯。可是若都走了，岂不剩母亲一人。她望着母亲手中的毛巾，不敢往下说。

对蘅芬来说，卫葑要走是意料中事，他不走才奇怪了呢。二十多年都是他们三个人一起生活，只要维持住这三个人就算美满，女婿终隔一层，只是苦了女儿。也许过些时中国能打回来。蘅芬想着，胡乱收拾了，便拉着雪妍往餐室走，不理默坐喝茶的京尧。

"爸爸也来。"雪妍有些抱歉地说。全是因为卫葑，凌家的早餐都提前了。

餐室在楼下，和客厅相连，都有很大的穹形窗户，嵌着五颜六色的玻璃。这房子是蘅芬的父亲所遗。嵋来过几次，觉得这

101

里有点像教堂。

平常蘅芬等三人不用正餐厅，只在旁边预备侍候上菜的小房间吃饭，那里收拾得很舒适。卫葑在，就移过来，仆人们都知道这规矩。这时餐桌已摆好，器皿闪闪发亮，鱼状的筷架和餐巾套环是一色的景泰蓝。桌角还有个宽口镂花玻璃花插，随意插着雪妍从花园里新掐的花。卫葑正站在桌旁，对着这漂亮的桌面出神。

"喂。"雪妍示意她们来了。

卫葑忙迎上来问安。他的脸色有些疲惫，不像个兴高采烈的新郎。

"回来这几天了，还没有休息过来?"蘅芬说，"饭菜合不合口味? 记得一次你说同和居的银丝卷好，昨天特别叫他们做了，你尝尝。"

三人说话间入座，早有旁边伺候的听差盛上糯米粥。卫葑不免问:"爸爸呢?"

"他吃饭哪有定准儿，前两天是为了陪你。你们前天到孟家去了?"蘅芬且不吃饭，先要谈判，"孟先生叫你们都离开北平?"她看见卫葑才猛然想起，除了这翁婿二人，还有人更可恨。

卫葑很难回答，只笑道:"我和嵋、小娃玩了一阵，不知道五叔和爸爸说什么。五叔今天早上走了。我想，北平以后很难生活。我已受聘在明仑大学任助教，学校搬了，我只得随着。若留下，实无生计。不能总靠在您这里。"

他不觉往周围看看，战争的脚步似乎还停留在门外，只是还能停留多久?

蘅芬此时心里是另一种烦恼。她原来设想的女婿是明仑大学高材生、青年助教，留学回来成为名教授是必然之路。以后以他们家的经济实力和卫葑的社会地位，用花团锦簇形容还嫌不够! 而且卫葑显然和京尧不同，京尧有多懒散，他就有多严谨，京尧有多粗心,他就有多精明,正好支撑门户。可是发生了战争,一夜之间一切都变了!变得这么古怪,她的家,也就是她的世界,势必遇到很大困难,这翁婿二人不想主意照顾,倒都要走,把一切担子都扔给她!

蘅芬沉默,然后平板地说:"是一家人不用说两家话,怎么说靠着我?这个家还要靠你支撑啊!"

卫莳见已经说起这问题,便索性说下去:"这场战争,是多年酝酿的了。日本人不会只满足于得到华北,中国方面势必会全面抗战。我们让人欺负够了,全国百姓谁不愿打?岂不闻哀兵必胜啊!不过若以为咱们家能平安坐等胜利,是太天真了。我劝爸爸走,不要说七尺男儿于国家的责任,为自己打算也不能留!"他恳切地望着蘅芬说,"爸爸在文化界有些名望,很可能被逼为日本人做事。"

他没有用汉奸一词,雪妍感谢地在饭桌下抓紧他的手,也望着母亲恳求地说:"咱们都走吧,妈妈!咱们四个人都走!"

蘅芬浑身一震,说:"你说什么?你也要走?"

雪妍说:"不是现在,让爸爸和莳先去,看看情况,我侍奉妈妈随后去。"

"这个家呢?"

"妈妈,您说的是房子,家具,花园?这一切,这是从属于人的,人可不能从属于它们。无论到哪儿,只要咱们四个人在一起,就是咱们的家!"

蘅芬看着女儿,慢慢地摇头,她觉得女儿变了。结婚才几天?都照着女婿想的想了!当着卫莳,她不好发火,只冷冷说一句:"无论到哪儿!我无所谓,头一个受不了的是你!"

"我受得了!我受得了!"雪妍有些撒娇地说。

蘅芬沉着脸且吃粥。卫莳乖觉地说:"这也不是一下子能定夺的事,再和舅公仔细商量商量看。"

他示意雪妍不要再说。三人各自心不在焉地用了早餐。

总算把这大问题提出来了，卫葑觉得是个收获。蘅芬不理他们，自往各处巡视。

卫葑夫妇携手回到卧室，那是在楼的另一端，格局与蘅芬的仿佛。卧室外间是个小起居室，一套新的藤编家具，式样别致，两把躺椅，椅背斜度可以调整，各自旁边有一个矮圈椅，一张藤制圆几上摆着马蹄莲、康乃馨等花店送来的花，是雪妍自己订的。靠墙摆着一对红木多宝橱，式样流利灵巧，是缪东惠送的礼物。卫葑在凌家，只在这小天地中觉得自由，可看见这多宝橱，心里便有些压抑。缪东惠似乎有一种什么力量，把他的家拉向和他愿望相反的方向。

"葑！"雪妍到自己屋里，动作也格外轻快起来。她先走到卧室看看，又走出来，一面唤着"葑！"这一个字对于她，是无边的幸福，是永恒的生命，世界上任何东西都抵换不了的。

"雪雪！"卫葑不由自主提了声音，雪妍娇嗔地望着他。

他拉着她光滑的手臂，捺她在躺椅上坐了，自己坐在矮椅上。两人默默对望，显示着青春的鲜亮的脸上都不觉漾起笑意。卫葑拿起雪妍的手，从指尖儿起向上吻，一个挨着一个，不让有一丝地方没有吻到。雪妍半闭着眼睛，简直想像猫一样打呼噜。

"我真不想说，可是必须告诉你。"卫葑喃喃地说，把雪妍两只手都放在唇边。

对着妻子无限信任的目光，卫葑心中充满了柔情和歉意。妻子对于他，像水晶般透明，看得出每一根神经上颤动着对他的爱，可是他不能把他的一切都告诉她。他有较诸爱情、家庭、学问都更高一层的事业，他以为那是极神圣的，关系到全人类的幸福和进步。

"你明天就走？"雪妍明亮的眼睛里透露出信任、理解和淡淡的哀伤。

卫葑能说的也只是这日期了。"那还不至于,可以留一星期。可是事情发展很难说,也许要提前。"他沉吟着,"我一定来接你。"

"什么时候?"雪妍的笑容充满着希望。

什么时候?卫葑不能回答。他把那柔嫩的指尖抵住自己的嘴。

"我们不能一起走吗?"雪妍在乞求,"我不会拖累你,还会照顾你。不信吗?"

"不信。"卫葑顽皮地说,"我怕你把饭烧糊了,不好吃。"

"我想一锅饭总不能全都烧糊,"雪妍思索着说,"我吃糊的,把不糊的留给你。"

雪妍的神气那样认真,卫葑觉得心头汹涌着柔情,把他们两个一起漂起。

有人敲门。"小姐,太太请您去。"是阿胜的声音。房里没有回答,她又说:"缪太太,还有几位太太来了。"

雪妍仍不答,只望着葑,等到他放开手,才慢慢说:"我就来。"

"这位舅公近来有什么活动?"卫葑代雪妍理着稍乱的鬓发。

"他们家也在德国医院住了一阵。他倒是很照应我们。现在想来是每天研究佛经吧。"雪妍微笑着向卫葑脸上猛然一啄,"对不起,请一会儿假。"便轻捷地滑走了。

卫葑从未独自留在这房间里,也从未好好看过这里的陈设。这时他漫不经心地在里外两间踱步,沉浸在无边的幸福和极大的苦恼中。幸福和苦恼都使他激动而且沉重。雪妍对他真诚的爱使他有时简直觉得消受不起。而他不能用全部生命来回报,甚至不能说明这一点,简直有些欺骗的意味。他不能告诉她他的活动,深夜的会议,隐蔽地收听记录延安广播,秘密送往各有影响的教授家里。他不能告诉她他实际的去向，他并不往长沙，而是先到苏区，他的道路是艰险的。他怎能保证她的幸福？他能不能兑现自己的诺言来接她还是问题。

怎么会娶了雪妍？卫苹回想这表面上极美满的婚姻。目光落在卧房中小螺钿桌上，桌上有一个带搭扣的秋香色软麂皮本子。

昨天晚上，雪妍曾对他说起这本子。她略偏着头，两手把本子捧在胸前，微笑着对他说："这是我的灵魂。"随即扑到他怀中，说："都属于你。""是日记？""日记。"卫苹眼前浮现出她捧着这本子的模样，几乎是虔诚的。他体会到，她也许希望他看一看，因为她愿意把每个细胞都交给他，而言语有时不够灵便。

卫苹在螺钿桌前站了一会儿，郑重地掀开这本子，第一页上写着"我的新生"。原来这日记是从她一年前第一次看见卫苹开始记的。

卫苹踌躇了一下，又掀过一页，这一页有讲究的凸出的花纹，上面放着一张小纸条，写着"献给我亲爱的丈夫，让它永远追随你，陪伴你。"

雪妍知道自己不能追随丈夫，陪伴他，所以嘱托日记本了。

卫苹的手有些发颤，慢慢又掀了一页。

1936 年 7 月 12 日　星期一

今天真是个奇怪的日子！

放暑假已两天了。爸爸早就说要到香山小住，今天全家来到这座小楼。我本来要和同学看电影，还要到澹台玹家去，想明天来，但是他们要今天来，就来了。

卫苹看见这本称为"新生"的日记最先出现的名字竟是澹台玹，不禁诧异。

这里真比城里凉快多了。这么绿！我喜欢这绿色，只是知了叫得这么响,很烦人。

午睡很长,妈妈说睡糊涂了——当然说的是爸爸。我要的刨冰是从香山饭店取来的。

她是不是在拖延,怕写出那最重要的事?先记一个澹台玹,又记下刨冰。

刨冰上有一颗大樱桃。我正要吃这颗樱桃时,孟先生一家来了。说他们一家不大对,没有孟峨,而有一位亲戚。这位亲戚是一位年轻潇洒的学生,在明仑大学物理系做研究生。

他的名字是卫葑。我不知道"葑"是什么意思。我觉得他整个人像在一个光圈里,把房间都照亮了。

卫葑微笑,我以孟家亲戚、潇洒的研究生的面目出现了。

我站起来,把刨冰撞翻了。那桌子摆得不对。我赶快上楼换衣服。孟嵋跟了上来,小姑娘极伶俐,絮絮地说着她学校里的事。我很想听,可是都没听见。带的衣服太少了,简直没有可挑拣的。还是嵋替我决定,选了那条有点发亮的淡黄色裙子,那颜色在绿树的背景上很好看。

他对我微笑。"听说凌小姐是心理系学生,为什么学心理?"

我能告诉他我也不知道吗?其实学什么都一样,我不想太费精神,而一个大学毕业的头衔对小姐们是很必要的。

"我喜欢。"我这样说。

他似乎也喜欢这样的回答。

卫葑努力回想。是的,他记得那条淡黄色的裙子,但是对穿裙子的人并无很深印象,他心中有些歉然。

他们没有停留多久,便要回明仑。卫葑说后天他还要来香山，想安静地准备论文。问他住哪儿，说在山下，租的房子。孟伯母说那儿不管伙食。我忽然对妈妈说："请卫先生住在我们这里好不好？我们这里很方便。"大家都有些意外的样子。孟伯母最先笑着说，本来你们这儿多的是房子，该给人方便。爸爸妈妈不知说了句什么。妈妈认真地看看我。

　　他先有些踟蹰，看着孟先生，后来答应来。

　　我真庆幸今天来香山。

其实她该晚一天去的。她会找到比我更能保证她幸福的人。

1936 年 7 月 15 日　星期四

　　他来了。带着不少书，还带着他满身的光辉。他一进门，整个房子都亮了。这里树太多，房间里很阴暗。

　　妈妈安排他住楼下小房间。他关着门，吃饭时才出来，礼貌周到，只是和爸爸一样，有点心不在焉。

　　我在看一本英文小说，《小妇人》。我喜欢那三姑娘，娴静的、充满爱心的珮司。

　　下午约他去香山饭店游泳，那游泳池很大。他不去，说要念书，我和别的朋友去了。可是很没意思，沉在水里太凉，坐在池边又热。后来在廊子上吃冷饮，冷饮也不堪下咽。

　　他在做什么？

1936 年 7 月 20 日　星期一

　　晚饭后好几个朋友约去散步。他也去了。大家在说最近上演的《天空情侠》，都说好看极了。我懒得说话，他也不说话。后来有谁说起几个月前学生抬棺游行的事，他忽然说了一大篇话,说死者郭清是爱国学生,年轻人应该关心国家大事。有人悄悄问我他是不是政治系的,我暗自好笑。

他说的话都是对的。

认识他已八天了。应该说他是一个全面发展的人。他极聪明,他摆弄的那些公式我一点也不懂,他有一种范围很大的热情,他爱国! 爸爸也爱国,只是爸爸似乎想不出该为国家做什么事。他这样漂亮,是我见到的世界上最漂亮的人。

他是我的理想,我的梦。

卫葑嘴边漾起一丝微笑,一丝含有苦意的微笑,他从此便陷入矛盾的混乱中了。他觉得雪妍很可爱,但只是可爱,像一朵花、一只鸟那样可爱,她决不是他恰当的伴侣。他的伴侣应是志同道合的同志而不是不谙世事的小姐。他劝过雪妍,尽可能描绘甚至夸大自己的缺点,但是都失败了。等到暑期过了,离开香山时,他们已经难舍难分。凌家人都把他看做未来的姑少爷,而他还在挣扎。

顺手翻,这一页上记录了他的挣扎。

1936 年 8 月 30 日　星期日

要开学了,我们明天回城。妈妈说他尽可住下去,他不肯,说早该走了。不懂他的意思。

天凉多了。今天清早我们往双清去,他叮嘱我加件外衣。两个月来,他一直很少正面看我。我一直怀疑他认不认得我。看来还是认得的。

他的脸色很阴沉,近来常常这样。我想他和我一起时,不像我这样高兴。其实我也不是高兴,只是心甘情愿,毫无道理的心甘情愿。

沿路有各种不知名的野花,他不时摘一朵给我。有一次递花时竟看我,先是长长的叹息,然后说:"你听过这话吗?华北之大,摆不下一张书桌。"我难道是傻瓜吗?一点国家大事都不知道吗?他微笑。我想问他,是不是和我散步浪费了他的爱国时间。但我忍住没说,那太没有礼貌了。

双清门前的台阶最有意思,上着上着,眼前忽然出现门中的大树,树下的池塘,塘边的小路。他慢慢说:"生活中也是一样,会忽然出现想不到的事。这门造得有趣。"我说:"没想到这里有门,可进不进来由你啊。"但这里并没有别的路,除非退回去。

"可是时光不能倒流。"他说。他难道也觉得已经印在心上的,是拂拭不去的吗?

卫葑掩住日记本,回想去年的挣扎。他一月份参加抗日宣传团,随即参加中华民族解放先锋队,二月加入共产主义青年团,六月转为共产党员。他以为无论有多少条性命奉献给事业都是不够的,不曾想过要匀出一点来。可是雪妍闯进来了,她的柔情像一面密织的网,把他笼罩住了。他想挣扎出来,开学以后决定不进城,不进城却忍不住天天打电话,有一次通话一小时四十分,只好自己取消了对自己的禁令。可是还不肯心甘情愿,要折磨雪妍和自己。

掀开日记本,已是白雪皑皑的冬天了。

1936 年 12 月 23 日　星期三

他今天对我说,他不想结婚,他这样的人不该结婚。我不知道该怎样对答。他是在警告我,我们的关系不能再发展了。总觉得他的话没有全说出来。很想问他,是他根本认为不该结婚,还是认为不该和我结婚。话到口边,又咽住了。我怎敢问什么结婚不结婚呢!

我们在起士林吃西餐,他的神色严肃,太严肃了。我很委屈,眼泪都滴到汤盆里了,只好尽量埋着头。他看见了,但不看我,自己只管摆弄刀叉。过了一会儿,问我这几天上的什么课,口气像是一个教导主任,我也回答不出。走出东安市场时,我要他一起回家坐一会儿。他不肯,说有事,自往灯市口那边走去了。我忽然发现正下着雪。他急急地走着,满天的雪花向着他缓缓地飘落。我坐在汽车里看着,想追上去,随他要上哪儿,便送他去,但我没有。雪花渐渐遮没了他的身影。我只好回家。

　　有一种没有着落的感觉,我好孤单!该怎样对妈妈说?妈妈会不会看不起我!

底下是一片模糊的墨迹,显然是泪痕。若是事情就此了结,还是雪妍之福了。他是打算结束这关系的,五叔五婶都提醒过,这样等于是在戏弄雪妍的感情,也是戏弄自己的感情。他屡次下狠心,到这天才做出这样委婉的暗示。可是其效果只是几天不通电话。

他没有想到自己会这样思念雪妍。她那小傻瓜的脑袋里有那么多聪明的见解。譬如说,她觉得蝴蝶花像个滑稽的面具,他就看不出来。她那纤细的身躯里有那么多足以支持他的力量,无论是政治的或物理的繁乱,都会在她身边宁静下来,理出头绪。断了和她的联系,好像断了水源,他觉得一下子变痴呆了。庄先生都很惊异他的变化。庄先生一直劝他听从自己的心,这时他似乎知道自己的心了。

恰在这时,一位领导他工作的同志老沈约他见面,专门谈他的恋爱问题。说是需要加强上层关系,可以考虑这样的婚姻。

他决定了。决定以后忽然又迟疑,怕雪妍家里不同意。他从未认真想过凌京尧夫妇的态度。认真想想,觉得他们很可能看出这本是不相配的。他应该先得到她父母的许可。

记得是今年旧历正月初二,他去凌家,大客厅里很多客人,他把京尧找出来,两人在书房坐。京尧听他讲话,还以为讲的是一出戏,后来忽然明白,跳起来拍着他的肩,一连声说好孩子好孩子!他说还要问蘅芬的意见——忘记当时怎样称呼她了。京尧很有权威地说,没问题没问题。

接下来的日子是春天,怎样的春天啊!

翻开下一页的日记,他怔住了。

1936 年 12 月 25 日　　星期五

　　昨天是 Christmas Eve,妈妈请了许多客人,也有不少我的同学,我下去略作应酬便回房了。她们没有我也会高兴地玩,而我怎么也打不起精神,因为没有卫莳。没有他的世界,还算得是个世界吗!

　　我在阳台上站了许久,北风吹得紧,半个冰冷的月亮,照着冰冷的大地。我想得很多。夜深时,妈妈到我房里,她知道是怎么回事。她劝我说世上好人多得很,我年轻,可挑选的机会很多,何必为一个人这样烦恼。我想我不应该使爸爸妈妈担忧,便把我的打算说出来。

　　我要进修道院去。妈妈听了大吃一惊,一把抱住我,泪如泉涌。我没想到有这么严重。我愿意进修道院,像学校里的嬷嬷那样,侍奉天主,平静地过一生。这很简单,也很幸福。

卫莳从不知道她竟有这样打算。他心头发颤,继续看下去。

　　后来妈妈说,她要去问他,请他来求婚。我不高兴。我情愿做修女,也不肯去问他。他其实已经说过了,他不想结婚。他生命的首要目的是他的事业,我懂。但我会妨碍他吗?我的每一个细胞都会为你焚烧,哪怕只得到你一个微笑然后化为灰烬!

　　谁能帮助我呢?天主?他在哪里?

底下又是模糊一片。卫萆忍不住把本子紧紧抱在胸前。这时一只柔软的手搭在他肩上,他伸手抓住,放下日记本,抱住写日记的人。

"我怎么承受得起!"卫萆喃喃地说。

"我急着跑回来。你看了?"雪妍略带娇嗔地问。

卫萆直看着妻子温柔的、充满无限感情的眼睛,轻轻叹息。

"不要求你告诉我什么。"

雪妍眼圈微湿,娇艳的粉红直延到光润的腮边。她当然很想知道丈夫的一切,但她更尊重丈夫的意愿。

"最难得的小妻子。"卫萆拭去粉红面颊上的一滴泪,"那些太太们有什么事?"他不经意地问。

"又要打麻将。我劝妈妈不要打,妈妈不听,怕得罪人。"

"你不怕得罪人?"

"我只怕得罪你。"

紧紧抱住这小傻瓜!愿时间永远停留在这一刹那!

三

过了几天,凌京尧在小起居室里喝茶,一杯又一杯。

他经常喝红茶,加一点牛奶和蜂蜜。茶是普通的祁门红茶,蜂蜜是凌家西山老佃户送来的自养自割的蜜,看上去滑腻透明,有些像猪油。这蜂蜜来自老尚书的关系,和岳家绝无关连。京尧本不喜甜食,却总要在茶里放一点蜜,那似乎是独立的象征。他前几年和梨园界来往密切,随着几位瘾君子,染过芙蓉癖,倒是及时戒掉了。这时他端着茶杯在幻想中漂浮,心中感到十分苦涩,很想抽上一口。

阿胜来收拾房间,他就逃似的到阳台上坐。地锦和牵牛花从玲珑的格子上爬过来,成为一个滋润的绿帐。这绿帐能挡住八月的骄阳，却挡不住时代的暴风雨和心中的波涛。

楼下的听差来报，缪老爷来了，太太说请小姐也去见见。京尧只管坐着，没有下楼之意。一会儿，听差又来传太太的话，问老爷是不是还没有起来。京尧皱眉盯着听差看，听差还以为自己脸上出了什么毛病。又过了一会儿，京尧才下楼去。

凌、岳家客厅很大。当中摆着一套红木家具，雕镂极工。西头是维多利亚式沙发。一架三角钢琴，亮锃锃摆在当地，很少人弹。

客人来都在东头，东头陈设随季节而变，现时是全套藤椅竹榻，件件都是艺术品。艺术品上坐着缪东惠，他身着莹白纱褂，面色和衣色差不多，那风度气概，也像是件艺术品。

蘋芬和雪妍坐在她们常坐的两个椭圆靠背藤椅上。蘋芬是全神贯注，雪妍是心不在焉。

"听说国军撤退时，曾想把故宫付之一炬，是美国领事劝阻了。想想真有些后怕。"缪东惠对京尧微笑点头，继续说他的话，"北平生活秩序恢复得很快，现在几乎不觉得有什么影响。日本人办事还是有点办法。"

他见京尧慢吞吞坐在对面椅上，便起身移坐到京尧旁边，带着推心置腹的神气说："不管生活怎样，我们在这儿总是亡国之人，在人矮檐之下。想走，是一个中国人的正当愿望。可是我说，像我们这样的人，走，有两不可；不走，有三大利。"

京尧转脸看着他虽已进入老年仍很清秀的脸，心想：倒要听听高见！

"我们这样的人一个特点是养尊处优惯了，且不说以后要怎样好的生活，起码总得活下去吧？现在不说别人，单说你。你想投奔南京，自然出自一腔爱国热情，可是留下的人，北平几十万老百姓就不爱国吗？孟弗之他们走是因为明仑搬迁。你的益仁没有搬迁，还要在北平办下去，九月份就要开学，办下去也不容易，

114

你该在这儿尽一份力,而不是逃之夭夭。这是一。听说孟弗之答应聘你。孟弗之的政治倾向你总该知道,为什么他没有当上明仑校长?他左倾!"缪东惠见京尧等三人都为之一震,微笑着停了一下,让他们平静下来,"这点大家都知道,虽然他的色彩不大鲜明。你靠他,很危险,不要说生活不能保证,未必没有性命之忧啊。此其二。三大利中最主要一点我已经说过多次,任何地方没有北平安全。这样的文化古都应该属于全人类。"

"可是人家要把我们从人类中消灭。"京尧机械地说。

"那是宣传。"缪东惠居高临下地一笑,"他们必须团结我们,才能站住脚。"

典型的汉奸论调!京尧暗想。但他觉得缪七舅的话里也有真实的道理,只是他来不及仔细想。

缪东惠又说:"昨天新市长来电话了,说想让我还挂副市长的名。那是伪职,我不干。他说名可以虚,希望我协助做点事。现在北平需要安定繁荣,想让我们帮助演一场戏。"

"现在演戏太早了吧?"京尧冷笑说,"习惯新处境,也得给点时间。"

"眼看天就凉了。先筹备着,也不是说演就演。"蘅芬小心地看看舅父又看看丈夫。

"后庭花又添几种,把俺胡撮弄,对寒风雪海冰山,苦陪觞咏。"

缪东惠吟罢,微叹一声,停了停又说:"这样活跃一下,对北平人有好处。"

"眼看他起朱楼,眼看他宴宾客,眼看他楼塌了。——残山梦最真,旧境丢难掉,不信这舆图换稿。"

京尧对演戏很不以为然,随即想起《桃花扇》的词句,甚觉悲凉。他用手击节,慢慢吟着"不信这舆图换稿",渐渐自己奇怪起来。他有一种馋的感觉,像想吃好食物一样想看戏,京戏昆曲话剧什么都好。只要看一看舞台，看一看大幕，看一看大幕徐徐打开，他就能沉浸在儿童的纯真的喜悦里。已经快五十天没有看戏了，他是怎么活过来的！

"既已经舆图换稿，何苦要唱后庭花？"雪妍细声说。

"吐不尽鹃血满胸，吐不尽鹃血满胸。"缪东惠没有注意雪妍，仍低吟着，轻轻一拍藤椅扶手。

"这样一办，也许能救几条性命。"他放低了声音，"日军进城驻守后，捕人多矣，据说都是共产党。还要大张旗鼓地抓呢。"

凌家三人，都不觉得自己和共产党有什么关系，但还是有不同程度的反感。

"凭什么抓人！"雪妍自语。

蘅芬猛省地说："街道上让烧书呢，查出有一点反日嫌疑的，全家有罪。七舅，我们也得烧吧？"

缪东惠忙说："当然了，我那儿也在清理。不见得来查我们，可也得准备。"他忽然不安起来，"你们清理吧。京尧想想那场戏，你懂行，准能办得不差。"

临走时他邀凌家下周去吃饭。还问卫葑在家不在，邀他也去。

蘅芬抢着说："他出门去了，要不然就来见舅公了。舅公家里一定要去的。"

缪东惠满意地走了。凌家人看他上了车，连蘅芬也透了一口气。

京尧给打发到书房。他的书房很大，四排讲究的玻璃书柜，装满了书，这些书排列整齐，但实际上并无秩序。他买书很随便，看却懒得。他很喜欢梅里美的小说，一套装帧精美的全集，倒是都看了，而且下决心要翻译。一篇《伊尔的美神》译了两年，还未竣稿。此时要他来理这些书，选出哪些该毁去，真比大力神赫克利斯清理马厩的任务还艰巨。他很想躲在角落里细细吟咏《桃花扇》，但不知这书在何处。随手打开一个书柜，拿起一本《泰绮思》，便坐在沙发上看起来。这本看过不知多少遍的书，这时不知为什么，竟看不懂。

忽然一阵低语声。他抬起头，见雪妍和卫葑双双站在面前。

"我想应该来帮帮爸爸。"卫葑亲切地说，"外文书是不是先不用理？最要紧的是事变前后的报纸杂志。"

雪妍已经在乱堆着的报刊旁翻着。她是卫葑的应声虫，凡是丈夫说的她都乐意做，而且有一种完满的幸福感，似乎她和丈夫合为一体了。

京尧只笑笑，放回《泰绮思》，顺手又拿起一本《微妙声》，那是一本佛学刊物。

"这个当然无问题了。"他向卫葑举一举，又换了一本莫里哀，怅然看着。他译过诗体喜剧《冒失鬼》，从头到尾，可是没有上演过。因为是外文书，忙又放下，再拿起的是一本《东方》杂志，随便翻着，表示他同意卫葑的意见。

卫葑觉得很沉重。雪妍那发光的脸儿使他的心发痛，京尧那无所谓的神情使他很不安。这些和时代不调和的东西意味着更大的灾难。

"为人道为正义为自由为和平而牺牲，在所不惜！"雪妍朗朗地大声念，"这是北大全体教授的坚决抗日的公开信。还有学生团体致南京电：应即停止交涉，动员全国力量，驱逐在华所有日军，保我疆域，光复河山。华北青年敬候差遣！还有呢，"她兴奋地念下去，"几位知名教授致蒋委员长电：危机一发，不能坐以待毙！有五叔签名。"她给卫葑一个微笑，"这是社评：时局已到最后关头，现在是我们准备牺牲的时候了！"

"我记得，这都是二十八日的报。"卫葑说，"二十九日撤军。"

"这几位先生不知走了没有?"京尧忽然抬头问。

"应该都走了。会有什么危险吗?"

"刚刚缪公说要大捕共产党,其实是要镇压一下抗日力量。我看不一定是共产党才抗日。"

"当然。"卫葑平静地说,"有什么具体计划吗?"

"他不见得知道,知道也不会说。"京尧又低头看书。

"他说的是好像这几天内要往西山行动。"雪妍轻声说。

卫葑好像没有听见,仍在搬动书籍。这时蘅芬来视察,神色不悦,说是厨房禀报,今天市场上鱼虾俱无,全部拿去劳军了。

"人家打你,你还得慰劳人家。这就是亡国奴的逻辑!"京尧把《东方》杂志一扔,大声说。

"妈妈来,好极了。"卫葑说,"这些报刊都让听差烧了得了。雪妍都成了小泥人了。"雪妍娇嫩的脸上透出些细细的汗珠,愈显红白,离小泥人还差得远。

"我得上楼去一下。"卫葑看了雪妍一眼,两人离开了书房。

在楼梯上,卫葑轻声说:"我得去看看庄师母。"

"你不是说这几天不出门吗?"

"一会儿就回来。"他从卧室取了那件银灰纱衫,搭在手中,在雪妍鬓边亲了一下,走出房门。到楼梯边忍不住又折回来,见雪妍仍站在当地。雪妍立刻扑到他怀中哭了。

"我一会儿就回来。"卫葑说,"别哭,别哭。"

他走出屋子,从花园里走过,仰头见雪妍在阳台上看着他,泪痕中勉强显出笑容。

"葑!葑!"她很少这样大声嚷嚷。

葑摇摇手,示意她进房去,随即大踏步走了。

卫葑走出东总布胡同,见几辆人力车停在街上。车夫们蹲在很窄的阴凉处无精打采地用手巾擦汗,他才想到已近正午。

街角的小杂货铺还未开门，他是街上唯一的行人，火辣辣的阳光和车夫们的目光都集中在他身上。

"您上哪儿？""西边不去。"有的车夫已看出他是西郊学校中人了。

目的地是东四钱粮胡同，乘电车快，但电车行驶还不正常。他决定坐人力车，只让车拉到东四。车从南小街过去，一路只有几个警察在街上走。九城十二门三千六百条胡同都毫无抵抗地暴晒在阳光中。浅蓝布车篷下的一点阴凉使得卫蒪非常不安。

车夫吃力地跑，汗水从古铜色的赤背上流下来。

"您是明仑大学的？"车夫慢下来，找话说，"一眼就能看出来，我原来专拉西边城外的座儿。"

卫蒪恨不得一步跨到老沈住处，同时又对拉车人满怀歉意。他主张废除人力车，但他也常坐，因为没有更合适的交通工具。

"这几天座儿不多吧？"他问，"够吃吗？"

"一天奔一天的嚼谷儿。"车夫把车放平了，"肚子能大能小，就是苦了孩子们——这不过刚开个头儿罢了。"

车快到东四牌楼，正有一辆电车摇摇晃晃驶过，车轮碰着铁轨，发出异乎寻常的响声。

"要是从东单坐电车就快多了。"卫蒪想，招呼车夫把车放在路边，掏出几张毛票塞过去，转身就走。

"谢您哪！"车夫大声说。

卫蒪摆摆手，大步走去。他想跑步，但克制住了，走得比平时还慢。街上铺面大都开着，顾客寥寥可数。

"不知老沈在不在。"卫蒪思忖，暗自希望老沈已经离开。他们对于逮捕早有准备，但没有料到来得这样快。

忽然一阵整齐沉重的脚步声从背后传来，他回头，看见一队荷枪的日本兵正穿过东四牌楼，向北前进。这是午间巡逻。这些前些年修缮过的牌楼彩绘辉煌，现在从这辉煌里，正在慢慢吐出一条毒蛇。

卫萚觉得头晕,忙转进一条胡同。不时回头,见刺刀一闪一闪,从胡同口过去了。仔细看周围,知是隆福寺。"无怪乎洋车不愿意走大街。"他想。他没有穿小胡同的本事,只好仍退出来,走到钱粮胡同时,大褂后背都湿透了。

老沈的住处是一所普通四合院,像当时所有北平城的住户一样,大门紧闭。卫萚拉那旧拉铃。半晌,门开了一条缝,露出半张枯皱的脸,这是那位老房东。他认得卫萚,还是用一只眼睛上下打量,然后递出一本书,轻声说:"二十九页。"便关了门。

卫萚紧紧拿着书走开了,看那书,是一本旧《花月痕》。老沈那里大概已受到注意。他只作若无其事的样子走着,看看街上还是空荡荡,不像有人跟踪,渐渐定下心来。

正好路边有一个公厕,卫萚走进去,见没有人,遂翻书来看。二十九页上端空白处,用铅笔写着"速走"两字,是老沈的笔迹。字下画一圆圈,分出三个箭头写着 A.B.C.。这些字迹都很淡,却重重地撞进他心里。他迅速地撕下这一页,着细撕碎有字迹的地方,扔在坑里。

他不敢停留,顺着地安门大街往北走。他没有目的,只知道不能回家。走到后门桥信步向西拐,到得什刹海旁。湖面水汽氤氲中透出几枝垂着头的荷叶,堤岸上柳丝也懒洋洋垂着。路上有几个人走动,都是懒洋洋的。他也尽力放慢脚步,想从纷乱的心绪中理出个头绪来。

他有一个任务:通知 ABC 中的任何一人停止近期的一次会议,然后自己立刻离开北平。三个人,一个在南城,两个在西郊。若到南城,可照原来计划乘火车,若到西郊,怎样去法?老沈安全吗?别的同志安全吗?

在学生运动中,卫萚是有勇有谋的人物,这时他感到紧张不安。反对政府当局,终究是中国人自己家里的事,斗争再严酷,他没有断过和组织的联系。现在他孤身一人,要对付凶残强大的日本侵略者。雪妍家会受牵连吗?有那缪老儿,总可以过得去。

当他决定还是乘火车时,发现已走上什刹海西堤。这里夏日的集市已中断了一个多月,现在又有些吃食玩物摊子,只是稀稀落落。一个耍猴儿的拉着个戴鬼脸的猴儿走圈子,走到一个箱子前,那猴儿自己探爪取出另一个面具换上,再接着走圈子。耍猴人不像平常一样敲锣助兴,只是机械地行动。一个七八岁满脸泥迹的男孩伸着一顶旧帽子要钱。

"你真慷慨!"

卫葑听见一句英文,抬头,见一个苗条女郎正把一张钞票扔到帽子里。再看时,是澹台玹,旁边站着她的美国朋友麦保罗。

"哈啰!"玹子从眼角看见他了,高兴地走过来,"你怎么有兴致来这里?一个人?太太呢?"

玹子不说凌雪妍,听起来有点讽刺意味。卫葑不知道有什么好讽刺的,只机械地和麦保罗招呼。

"我们出来走走,简直没什么可玩的。"玹子抱怨地说,又好奇地盯着卫葑,"真的,你怎么上这儿来,不上我们那儿去?"

"随便走走。"卫葑淡淡地说,"你们不怕热?"

"我们打赌,"麦保罗说,"我说这儿又摆起摊子了,玹子不信,立刻出来看看。"

"可现在也没有什么好赌的。"玹子的目光溜过路旁稀落的摊子。

到了八月下旬,鲜碗儿也不那么鲜了,但摊头还摆着。剥好的莲子、菱角等放在碎冰上,玹子不屑一顾,只往前走。卫葑也随着。前面是什刹海有名的饭馆会贤堂了,忽然一面鲜红的太阳旗撞入眼帘。卫葑踉跄了一下,玹子和麦保罗也停住脚步。

"都是日本人的了!"玹子冷笑说。

麦保罗同情地看看这两个中国人。卫荮恨不得跳上去把那旗扯下来撕碎，放在脚下踩！他觉得真该马上走，马上离开北平！

玹子的目光从太阳旗移到卫荮身上，她感到身边有波涛在翻腾。

"怎么样？卫先生！上我们家坐坐？"口气带几分调皮，目光表达了真诚的邀请，她看出来卫荮需要休息和镇定。

不能去。卫荮想，一面警觉地走开。三个人站在那儿瞪着太阳旗，太危险了。

玹子和保罗不由得也跟着走，慢慢走到堤边树阴下，周围没有人。

卫荮站住了，忽然问道："保罗有车吗？"

"有啊。"玹子抢着答，"停在家门口。"

"送我一趟好吗？"

"当然可以。"保罗高兴地说，"上哪儿？"

"出西直门。"卫荮说得很干脆，但心里还是不知这决定是否正确。

保罗看着他："回明仑吗？"

卫荮也看着他，没有回答。

"咱们上颐和园吧！"玹子忽然兴高采烈。她知道卫荮素来关心政治，积极参加学生运动，现在可能遇到麻烦。"我想看看颐和园。"

卫荮睁大眼睛看着玹子。ABC 中的一人就在颐和园管理处工作，而她恰好替他说出来到颐和园。但他严肃地沉默着，不表示意见。保罗询问地看他，他才说："如果你们都感兴趣，未尝不可。"三个人不约而同立刻拔脚往香粟斜街方向走去。

"不去看看三姨妈？"快到三号门前时，玹子又问。卫荮摇摇头。玹子自己也不进去，先钻进车里。

122

"好烫!"她坐下又弹起来,站不住又坐下,用小檀香扇急速地扇着自己。

卫萚和保罗各就各位,车子发动了。卫萚不由得回头看三号大门。

这不是他的家,但这里面住着他敬爱的老人和长辈,他关心的表弟妹们,他的生活从小便和他们纠缠在一起,离开也这样轻易!

这时他的心大大颤抖了一下,雪妍在阳台上的身影化了开来,遮住了一切。若说轻易,连雪妍,他的新婚的娇妻,也能就这样轻易地离开吗?

"我好难啊! 我好难啊!"他的心呻吟着。

"你拿的什么书?"车子开过北海后门,坐在前座的玹子回头问。

"《花月痕》。"卫萚把书一举,"翻翻里面的诗词。"他想不出更好的理由。

"要是你现在不看,不妨放在车座下面。"保罗一面开车,一面说。

卫萚掀起旁边的座位,把书放进去。

"好。"保罗说,"那些诗词,我永远看不懂。"

车过西直门,居然没有盘查,顺利地出了城。车子转眼过了高亮桥,向湖台镇驶去。三人不约而同都出了一口长气。

"我想你决定走西直门是对的。"保罗说,"车站要盘查的,好像就是从今天起。"

"你们看出来我要离开了?"卫萚微笑,口气很轻松,"不过幸亏遇见你们。"

"幸亏遇见你,"玹子笑道,"才想起来逛颐和园。"

"我们大概是事变后最早的游客。"保罗慢吞吞地说。

路上车和人都少,保罗的技术又好,工夫不大,车子到了圆明园废园边,这里往右可达明仑大学,往左通往颐和园。保罗放慢速度,回头询问地看了卫莳一眼。

"学校不能去。"卫莳把头向左略侧,"这就叫有家归不得!"

"最远只能到颐和园,不能再往西开了。"保罗说明。

"那就可以。"卫莳已经胸有成竹。只要找到颐和园里那个民先队员,通知过他,就可以越过西山,到冀北根据地。

他们在扇面殿小院里分手。玹子从她的镂空白皮手袋里拿出所有的钱,塞给卫莳。卫莳接下了。

"后会有期。"他说,"麻烦你回去后给雪妍打个电话。"

"说什么?"玹子认真地问。

"就说你遇到的这一切。"

卫莳觉得心里有什么东西往外涌,什么时候能不凭借他人把心里话告诉雪妍?他不想凭借他人说什么。

"好。"玹子忽然眼圈红了,"我会去看她。"

"还请和五叔五婶说一声。"

卫莳看着眼前的玹子,觉得她就是他的亲人的代表,就是他的北平的代表。他就要离开这一切了,他怎么舍得!

保罗伸出手来,严肃地说:"祝你顺利。"

"谢谢你,我会记住你的好心。"

保罗示意玹子离开。他们往院门外走去,穿过大藤萝架,不见了。

绿色的小院里只有寂静的画面,没有活物,蝉也没有鸣叫。

卫莳不由自主地跪下来,亲吻那细草茸茸的土地——

我的爱人!

我的家!

我的实验室!

我的北平城!

我会再回来的!

没有寄出的信

　　我渴望能不凭借他人告诉你心里话,雪雪,我的爱妻!我有千言万语,可就是到得你身边,拥着你,抱着你,也不能倾心吐胆,把话说尽。我反复咀嚼一封信,一封写给爱妻的信,它坠得我的心像个铅块。可我知道,这是一封永远发不出的信。

　　我们是夫妻,我们是一体。我们彼此恰是找对了的那一半,一点没有错。但我不能全属于你,我没有这个权利。我只能离开你,让你丢失丈夫,让你孤独,让你哭泣!我必须这样做,因为我们生在这样的时代!

　　你日记中记下了我们初识的那一天。当时我似乎是专心念书的物理系研究生,其实那时我已不专心于物理了。敌人的枪口对着我们,早连摆一张书桌的地方都没有了啊!我长久不只关心书桌,也在琢磨怎样对付敌人的枪口了。你后悔认识我吗?我的雪雪!

　　现在我已经过了封锁线,平安地在一家农舍中等待新的行程。请放心,我是平安的。知道自己平安,真让人高兴啊!我立刻希望你也在我身边,但我只能在心里写信,写一封没有字迹的信。

　　眼前是北方农村夏夜。我在炕上坐定下来,不由得回想过去的路,回想怎样会到这里来,心里充满一种悲壮的情绪。我是否把自己看得太重？这里有人说青年学生太罗曼蒂克了，要实际些。

一九三五年秋天和冬天，是我人生中的一个转折点，也是我们这一代许多人的转折点。明仑一、二年级有军训，军训中有一项马术，自愿报名参加。我们有几个研究生也参加了，和一、二年级本科生一起，学骑马。马跑起来真痛快！只有学过才能那样跑，就像学会游泳才能在水里悠然自得一样。我们还学了马慢跑时跳上跳下，达到一个"骑兵"的水平。教骑马的是二十九军一位王连长，他总是低声说："学好了，有一天会用上！谁知道什么时候！"这是一个三个月的训练班，可是在还差一个星期结业时，王连长忽然宣布，他明天就不来了。

同学们很惊讶。王连长只说："这是学校决定的。学校取消军训了，也是不得已啊！"原来这些活动违反《何梅协定》，即华北不设防的规定！想想看，在我们中国自己的国土上，我们没有怎样做一个中国人的自由，没有军训的自由，甚至没有骑马的自由！

王连长带着马匹出西校门，沿着白杨萧萧的不平整的道路走远了，蹄声是缓慢的，依恋的，他们再也不能到学校来了。我们自发地站在校门两旁，好几个同学泪在眼睛里转。我本来是为骑马，这时却并非为留恋骑马而望着远去的马匹。我们中国人，是像那些马匹一样，受人驱使的。

因为我们生长富裕之家，衣食、学业未受乱世影响，觉悟要慢一些。到"一二·九"运动时，我已经明白更多的道理。我明白再继续让日寇蚕食只有亡国灭种！我明白爱国无罪！我们要让政府知道！我们要求抗日！

这些其实你早都知道了。现在我眼前总不时出现倾听时的你，温柔的、专注的、带点伤感神色的你，让我感动。你现在做什么？独对孤灯？倚栏望月？千万千万不要哭啊，我的雪雪！

十二月九号和十二月十六号的游行，教育了不少人。奇怪得很，二十世纪以来，中国历史的发展是以学生运动为标志的。五四运动开创了新文化的新纪元。"一二·九"运动一年半之后，开始了全面抗战。以后还不知会有多少次学生运动来促进历史的进程。

人在世上，常不免感到孤独，因为每个人的精神世界里，总有不能与人分担的东西。就是在集体中，也不能完全融进。这是知识分子的毛病？在我二十五年的人生岁月中，有两次完全忘我，几乎达到神圣的境界。一次便是在游行中感到的。这么多拥有青春和未来的年轻人，融汇成无与伦比的力量！我们十数人一排，手臂挽住手臂，后面支撑着前面。军警算什么！刺刀算什么！这里没有一丝孤独的缝隙，一种巨大的精神力量充塞于天地之间。在冬日的田野上，在寒冷的晨光中，我们的脚步声很齐，嚓嚓地踏着残雪，觉得每走一步，对我们令人痛心的可怜的国家，都是抚慰，都是挽救！

十二月十六号那天，我们绕道再绕道，到西便门铁路门，我和十几个同学一起，用路边的枕木撞开铁门的时候，我的神圣感达到最高潮。我们喊着号子，一下又一下撞着，铁门终于开了！向后退了！露出一条缝！我们抱着沉重的枕木欢呼起来！简直像是撞开了反动统治的铁门，撞开了封锁着民族心智的铁门！

为什么这些场面占据了我的回忆？因为那种纯真的感情后来减少多了，在许多具体的斗争中减少多了。尽管后来觉悟大大提高，加入民先，很快转为共产党员。在认识你的时候，我已经不只属于我，当然也就不能全属于你了。

至于另一次神圣的感觉,是在和庄先生做完那实验时感到的。那只是一瞬间,因为我得赶快去安排有关抗日的事,没有时间品味那种喜悦。现在物理离我越来越远了。如果没有国家的独立,也谈不到科学发展。在这个世界上,我们首先得有生存的权利!

　　中国共产党能够领导我们的民族求生存,图富强。这是我的信念,我想以后可以向你说清。我曾希望我的妻也是同志,但那是理智上的。我有不少出色的女同志,却从没有想到要把命运和哪一位联系在一起。而你,我的雪雪,我怎样挣扎,也跳不出你的爱之网罗。你我恰好是彼此的那一半,在生活中却要分割开来,不通音信。我知道雪雪不会怪我,像你母亲怪爸爸那样,对吗? 只是爸爸最好离开。如果我不是走得这样仓促,我会尽力劝他的。

　　对不起你,我的爱妻! 我会写几个字,托人寄出,只不知何时能收到。

　　房东回来了,带来我们的组长。我们是编成组的。得开会了,我在想象中请你坐在一旁,参加我进入根据地的第一个会。

第 四 章

一

不知不觉间,夏天去了。

天气像是冷热水没有搅匀,热气中渐渐渗入一股独立的凉意。什刹海黄昏的风送来清爽,但是会贤堂门前高悬的日本旗令人窒息。在什刹海边上不管哪个方向都很容易看到那红红的大圆点。它把施黛的远山、披云的弯月、澄明的湖水和高高低低的房屋都染上了一层血痕。

店铺大都开张,真光、国泰等几个一级电影院陆续恢复了营业,贴出大幅好莱坞电影的广告,写着"哀感顽艳、风流浪漫"等大字。这一切都逃不脱那大红点的影子。行人在这影子里缓慢地走着,表面上是维持着北平人的习惯,但心里感到的是沉重,不是悠闲。

八月八日,蒋委员长发表告全体将士书说:"我们忍无可忍,退无可退了。我们要全国一致团结起来,与倭寇拼个你死我活。"

八月十三日,淞沪战争爆发。

十四日,国民政府发表自卫抗战声明书,痛斥日本对中国之侵略,要实现天赋人权以自卫。

许多人偷听了南京电台广播,记下了这些话。碧初也记了一份,用大字写了送给老太爷。

　　老人手颤颤地举着抄纸反复读,高兴得大滴眼泪落在胡子上,亮晶晶的,哽咽道:"这就是我们民族的转机了!"当时拿出几经修改的"还我河山"印章,另要了肥皂头,督促玮玮和小娃练习多遍,才刻在两块无人识得的黄色考究印石上。

　　后来又听说上海有一批老人请求成立老子军,赴前线杀敌。老人遂下令三号宅院内所有的人学习武术,自任教师,隔几天练一次。绛、碧二人特准免役,玹子常常旷课,峨根本不来,莲秀与吕贵堂父女不敢不参加。几个孩子很感兴趣,读书游戏再加上学拳,很快送走炎夏的威势。

　　九月上旬的一个清晨,这是北平市伪教育局经过一番努力,各中小学开学的日子。

　　澹台玮推着自行车从香粟斜街三号的黑漆大门出来,纵身上车,不理刘凤才在后面"多加小心"的嘱咐,头也不回,脚随车蹬轻快地上下,转眼已到地安门。他从七月参加卫葑婚礼后就没出过大门,这时看见迎面而来的绿葱葱的景山,山上闪亮的亭子,熟悉的街道上不多的行人,心中充满喜悦。

　　玮玮像一个十三岁的正常男孩一样,热爱自己的学校、老师和同学、教室和操场。教室里的知识,操场上的游戏,老师的各种口头语,同学间的争吵,都是那么有趣。平时假期里他们也总要到学校去几次的,今年很特别,整个假期都在家里。虽然有峨和小娃,他们可代替不了学校。爸爸走了,三姨父走了。家里没有爸爸,也很特别,但是总还有学校。日本人占领北平,能奈我玮玮何!玮玮想着,仔细看街上行人,一路倒是没有遇到一个日本人。他的车超过了飞奔的人力车和哐当作响的电车,到了灯市口,小燕子一般飞进学校大门。

　　同学来了不少,大家兴高采烈。

　　"嘿!澹台玮!"不少人叫他,他也先嘿一声,叫许多人。可是在兴高采烈里总有点不寻常的东西,老师的表情更明显,像是在苦笑。

玮玮在操场边上遇见庄无因,两人都很高兴。他们不像女孩子那样见面时又笑又跳,只是互相嘿了一声,站住了。

庄无因比玮玮高一级,初三了。他们都参加军乐队,家里又认识,遂成了好朋友。

"孟灵己住在你们家?"庄无因第一句话便问。

玮玮觉得这话不准确,我们是两家在一起,不是谁住在谁家。而且我的家就是嵋的家,嵋的家也是我的家。不过他觉得这用不着解释纠正。

"他们从欧美同学会回来,一直在城里住。"玮玮说,"我们玩得很痛快,就是不准出门。"

"城里不如明仑好玩。"无因沉思地说,"我的爸爸走了。他在天津,不回家,近和远也差不多。"

"我的爸爸也走了,比三姨父先走。"玮玮说。

两个男孩骄傲又同情地对望着。

这时又有几个同学聚过来,说他们的父亲也走了。父亲们当然都是参加抗战去的。他们高兴地在操场上说着话走来走去,以为要举行开学典礼,半天还不见动静。

"回教室去!回教室去!"各班级任老师来招呼,"不举行开学典礼了,各班说说就行了。"大家很扫兴,赶快回到教室里。

玮玮的级任老师姓方,是位四十多岁慈祥的妇女。她等大家坐好了,半天不说话,厚镜片后面的眼睛望着教桌,不像平常那样亲切地在每个同学脸上抚一遍。教室气氛很沉重,最淘气的孩子也不敢动一动。

"校长说我们不举行开学典礼了。要说的话也还是以前说的。希望大家好好读书。知识,任何时候都需要。要特别通知大家的是,今天虽然开学,却不能发新书,因为,因为教科书要修改。"

同学间起了轻微的骚动。

"干吗修改教科书?"大家交头接耳,但很快又安静下来,注意地看着老师。

"课程也有变动,究竟怎样变还不知道。一件事是肯定的,就是要加日语。"

方老师努力说出这话,脸都紫了。她仍不敢抬头看学生,两手紧张地撑在教桌上,一反平时垂手自如的神态。她不知道该接着说什么,教室里一片沉默。

"老师!"忽然一个学生举手,这是澹台玮,他的象牙般的皮肤变红了,好看的嘴角轻轻颤动。不等老师说话,他便站起来说:"我不学日语。我还是学英语。"方老师还是不知怎样回答。

又一个同学站起来说:"我也不学日语!"

接着站起好几个学生,全班响起口号似的喊声:"我不学日语!"

方老师忙把两手举起,向下按着说:"请不要喊,请不要喊。"又放低了声音,"学校有日本督学。不得了,不得了啊!"

她掏出手帕擦汗,又擦眼泪。刚拿下手帕,眼泪大滴大滴落在桌上,便用手帕擦桌子。

"请守秩序。"她呜咽地说,"会惹祸的。"

同学对于惹祸没有概念,但哭泣的老师引起他们的同情和男子汉的责任感,教室里静下来。一个坐在前排的小个子开始哭了。

"别哭,别哭。"方老师叫着这学生的名字,几次努力还是说不出更多的话。她索性转过身,面对黑板站立,勉强克制自己。这时教室门开了,校长、教务主任陪着一个穿浅色西装的男子走进来。

这人显然是日本人了。是侵占了北平的日本人,是逼走了我们父兄的日本人,是来进行奴化教育的日本人。玮玮看着这人相当文雅的脸,觉得血直向头上涌。

校长一进门,就站在方老师身边遮住她,很快讲起话来。

"同学们,这位三浦健郎先生是来教你们日语课的,他也要和你们做朋友。"校长咳了一声,"现在北平的日语教师还不多,我们是第一批开日语课的学校。三浦先生提议早点来认识你们。"他再想不出话讲,便伸手请日本人讲话。

日本人高兴地向前走了一步,用生硬的中国话说了一番,大意是:日本是个很小的国家,可是力量很大,和中国亲善的愿望很坚决。我知道,这是全北平的最好学校,学生都是聪明少年。诸位年轻朋友一定要学好日语,好一同合作。

他并不趾高气扬,可是他深信自己国家的力量。骄傲的眼光直看着同学们,大有主人翁态度。

教室里死一般安静,同学都低着头。他看了一会儿,转身出了教室,校长等人也跟着出去。同学好半天还因为羞耻不愿抬头。

传来了方老师微弱的声音:"下课!"

大多数的班都没有到时间就下课了。校门口一反早上兴高采烈的气氛,人们不大说话,有些沮丧。一部分同学仍很高兴,因为日本人没有到他们班上去,还没有直接感到日本人的压力。

玮玮又遇见庄无因,两人都低着头不敢对望。无因打算上车了,又转过脸说:"我本来想和你一起去找岣和小娃玩,现在不想去了。"玮玮点头。两人各自骑车回家。

到家时,刘凤才来接玮玮的车,一面笑道:"少爷和同学打架了?"

玮玮也不理,径直到自己房里,把书包一摔,坐在椅上发呆。

绛初闻声而至,拿着一叠崭新的牛皮纸,预备包新书。见玮玮不高兴,忙拉着他的手问究竟。

"要加日语课了,今天日本人还来训话!"玮玮接过母亲手中的纸,"书还没发呢,说是要修改。"

绛初怔了一会儿,说:"不管加什么,学了总有用。你小孩子就管学习,别的事不用管。"

"嵋他们做什么呢?"

"公公给她和小娃上课,姐姐陪峨姐看榜去了。"绛初摸摸玮玮的头,肯定他只是心烦,又安慰两句。

玮玮说:"知道,您不用管我。"随手取了一本英文简写本《鲁滨孙漂流记》来看。

他的大地图没有了,书桌上空荡荡。挂在屋里的飞机模型还是只有左翼,这两个月他没有心思装。翻了两页书,见母亲悄悄走了,起身绕着模型转了一圈,心想要把它装好,却又坐下看书,看了几页又对着模型发呆。

过了一阵,门外窸窸有声。玮玮把窗上打皱折的白纱帘拉开一点,见小娃胖胖的身躯伏在门边,便轻轻走过去猛地拉门。小娃连忙跳起,仰脸望着他笑。

"小侦探! 怎么不进来?"玮玮说。

"不知道你在做什么,怕你作业还没做完。"小娃走进来,"嵋还在公公那儿背书呢。我先来了。"他进来就奔那一套大型积木,摆弄起来,一面说:"我也愿意上学,上学多好。"

玮玮的笑容一下子消失了。

小娃敏锐地感到玮玮哥不高兴,便不说话,过了一阵才慢慢问:"学校怎么了? 玮玮哥,老师罚你了吗? 我们幼稚园的老师从来不骂人的。"

玮玮也拿起一块积木来搭,一面说:"老师没有罚我,老师很可怜——你不懂的。"

小娃垂了头,又一会儿,仍低着头说:"我懂。因为日本人来了,爹爹走了,我们回不了方壶,小狮子丢在那里了。"

他说着,黑白分明的大眼睛里浮出了泪水,向玮玮一看,便滴滴答答流下来。

玮玮到盥洗间拿手巾,自己先用冷水擦了脸,出来让小娃擦净脸,想了一下,说:"爸爸和三姨父都不在家,我们不能哭。你背了什么书?"

小娃先听话地点点头,然后不无骄傲地说:"公公也叫我背《三字经》,和嵋一样,我比她少几句。"

"我上学看见庄无因了。"玮玮想起这高兴的事,"他说要来玩,还带无采。"

"庄哥哥什么时候来?"

嵋的好听的声音飘过来,人出现在门口。她穿着红蓝方格短袄,上套白绒坎肩,颈上挂了一串乱七八糟不知什么东西,亮晶晶的,用手摆弄着,满脸笑意。

"背完书了,公公叫你们去打拳。"

她的快活传染了玮玮和小娃,两人都不觉笑了。玮玮把日语课和鲁滨孙都抛在脑后,拉起小娃,三人向正院跑去。一面叽叽喳喳计划哪个星期日请庄家兄妹来玩。

正院里队伍已经摆开。老太爷自己站在阶下正中,左边是赵莲秀,右边是吕贵堂,前面是三个孩子,小娃居中。

众人站好,老太爷四顾道:"香阁呢?怎么没来?"

"爷不用等她。"吕贵堂走上一步,想去催叫,见藤萝院中有人走来,便停住了。

香阁从廊子上跑下,赔笑说:"只顾抄稿子,让太爷等了。"她的长辫子向上束住,一件半旧绿花洋布短袄,很合身,十分利索。

老太爷赞许地点点头。他有重男轻女思想,对几个外孙女关照不多,却常看到香阁的好处。说她小小年纪,处处懂事,比小姐们强多了。在打拳的活动里,她也是高徒。

"两脚分开,略宽于肩。"老太爷发号令,然后大声念诵他自己编的几句口诀。

"前三后三,还我河山。左七右七,恢复失地!一息尚存,此志不懈!"

老人颤巍巍的声音很有力,充满整个院子。然后大家小声复诵,因怕人听见,不能大声,这是绛初特别嘱咐的。

这一套少林拳法是老人年轻时所学。少林派起自明末,其戒约首则说,"肄习少林技术者,必须以恢复中国为意志",甚合青年清非的意思。他一生到处奔走,事务繁忙,这路拳没有忘记。拳中马步有踏中官之称,即向前三步,向后三步,以示不忘中国。七之数指拳、肘、肩、胯、膝、足、头,左右各有招数。老人把这路拳简化了,教给孩子们,思想教育和锻炼身体同时进行,自己很高兴。

孩子们学拳很认真。每招每式都送到家,从不马虎偷懒,学了几次已经相当娴熟。今天玮玮更特别用心用力,每一拳出去,都觉得是打中敌人,心上渐渐轻快起来。嵋也打得好,一跳一闪一蹲身一出手,都很好看。

吕老太爷仔细观察,夸他们有进步。

"来,嵋和香阁对打一回。"老人想让她们发挥本事。

嵋比香阁矮一头,显得十分娇小。她拉拉白绒坎肩,端正站好,香阁早向后跳一步。两人一送一收,玮玮和小娃为她们加油。她们转了几个身,移到荷花缸石榴树的南边。会的招式本不多,一会儿便完。

嵋也有些累了,正要收式时,忽觉手腕发疼。定了定神,见是香阁攥住她的手腕,正向她笑。

怎么会有这样的笑容!嵋很奇怪。

这笑容好像有两层,上面一层是经常的讨好的赔笑,下面却露出从未见过的一种凶狠,几乎是残忍,一种想撕碎一切的残忍。拳里也没有这一招,为什么攥住人家手腕啊!

"啊!"嵋有些害怕,叫了出来。

香阁仍不撒手,反而更捏紧了,还盯着嵋的眼睛,好像说,你有什么能耐! 众人都不明白她们比什么。

这时莲秀快步走过来,抓住香阁的手臂,"嫩骨头嫩肉的,收了吧。"

"我和小姑姑闹着玩。"

香阁松手,她的内层笑容骤然消失了,只剩外层,十分甜美。

嵋不肯给香阁惹来责备,不让人看她发红的细嫩手腕,只怔怔地站着,不明白人怎么能那样笑。

玮玮和小娃跑过来,拥着她到公公面前。公公慈和地拍拍头,说女孩子打拳也不要花哨,还夸香阁拳脚扎实,随即传令散了队伍,带两个男孩进上房摆弄图章去了。

莲秀拉着嵋的手要走。香阁笑嘻嘻地说:"小姑姑别走,我跳绳给你看。"

嵋站住了,向她的笑容中寻找下面一层,却找不到,只觉她齿白唇红很好看。

香阁很快搬来一条窄长高板凳,拿了绳子,纵身上凳,轻盈地跳起来。她两脚轮流,只用一只脚尖轻轻一点,跳得非常之快,又在凳上,人似乎悬在空中,绳子刷刷地甩成一个圆圈,虽还不到一团白光,也令人眼花缭乱。

嵋早忘了那狞笑和发红的手腕,开心地笑叫:"我也来! 我也来!"

这时传来一阵笑语之声,绛初、玹子与峨走进正院。香阁蓦地跃下,连同绳、凳迅速地不见了。嵋则立刻依到二姨妈身边,听玹子讲话。

玹、峨二人看榜回来,玹子正形容看榜的紧张,看见孟离己三字时的高兴。

"三姨妈!"她向西小院叫。

碧初走出来,玹子更有兴致,清脆的声音凌驾一切。

峨绷着脸站在一旁,好像考上大学的不是她,或是考上了真委屈,平板地对碧初说了六个字:"考上了,第三名。"便自己回屋去了。

"看来玹子比峨还高兴。"碧初对绛初说。

在孟家人心目中,益仁这种教会学校并非正规大学,不过有此学籍可到后方转学。这是弗之走前交代的。峨没有打乱父母安排,实该感谢。

"我碰见凌先生了,"玹子说,"卫葑还没有消息。他问三姨妈和妈妈好,还有公公。"说着自己笑起来,"你们猜,对凌先生有什么说法?法文班同学编的,凌不早,净(京)迟到,摇(尧)不倒!"

"怎么摇不倒呢?"绛初不解。

碧初想想说:"大概因为他对什么都不认真,别人对他也不较真。"

"就是就是!"玹子说,"也就是在我们这种学校才能这样。"

其实凌京尧还是有认真的事,那便是演戏。

卫葑走后,家里气氛阴郁。雪妍极端忧伤,茶饭不思,日渐消瘦。蘅芬担心女儿,责怪卫葑,埋怨京尧,数不清的不如意。京尧觉得北平城像个大闷罐,他的家像个小闷罐。他最爱的话剧一时难以活动,只有和几个京戏方面的朋友谈谈戏,唱几句,走几步,可以稍觉轻松。所以近一个月来,他过从较多的都是梨园行人。他家的大客厅常常音乐悠扬,生旦净丑各部演唱得声情并茂。最初大家都觉得唱不出来,后来渐渐习惯。有人唱了第一句,就此起彼落,余音绕梁了。有些好角色闭门不出,因为京尧热心张罗,也就出来玩玩。他曾拒绝缪东惠请他参加筹备义务戏,事实上他已起到参与筹备的作用。

高朋满座,是蔷芬自幼生活的一部分,是她的习惯。在众多宾客面前,她没有苦恼的时间和空间。埋怨丈夫几句,听听他的俏皮话和别人的打趣,似乎是伉俪间最融洽愉快的时刻。所以她从不反对客人。那陈设富丽的大客厅若没有笑语回荡,那闪亮的三角钢琴若没有衣香鬓影的环绕,怎算得兴旺人家?那从藤椅到古董的诸般艺术品若无人品评,岂不枉为了艺术品!京尧从艺术中得到乐趣,她从应酬中得到乐趣,在琴歌声中,一起得到暂时的和谐。

这次义务戏题目堂皇——冬赈。虽不知有多少啼饥号寒的人受到实惠,关心演出的人倒不至于心不安。京尧就糊里糊涂兴致勃勃地办了下来,而且和缪东惠诸事看法一致,一切顺利。只在接近演期时,两人争执了一番。

演出定在十月中旬。前几天在凌宅聚会时有人似乎不经意地说,听说京尧兄是这次义演的筹备委员会副主任,这是个官衔吧。

京尧听了大吃一惊,坚决否认,说我凌某人参与此事全凭对京剧的爱好,对各位专家的倾慕,实际上无功,怎能要这个头衔。等人散了,他立即打电话给缪七爷。

缪在电话里沉吟半晌,才回答:"这事是有的,酝酿酝酿,你的呼声高,大家都拥护你。你不是这行的人,这样热心,该拥护呀。"

"不管别人怎样拥护,我不能要这头衔,理由您自然明白。"

"明白明白。这不是我一个人能做主的。还有人想往这名单里钻呢——"

"不行!绝对不行!"京尧斩钉截铁地说,"我到府上来一趟?您说还该找谁,我去找!"

缪七爷以保护的口气说:"得了得了,做事要慎重,我努力去掉你的名字就是了。"

这时京尧见妻女都在旁边注意地听他说话,又加上一句:"那就谢谢您了。我是绝对绝对不干的!"

他挂断电话,蘅芬立刻埋怨说:"叫你不要弄些人来唱戏,你不听,目标太大好惹祸!"

"让听你那七舅的话,不也是你说的?"京尧反唇相讥。

"爸爸!"雪妍粲然一笑,目光中流露出关心和赞许。她很少看见京尧这样坚决地说话,那明媚的微笑似乎在说:"到底是爸爸!"

自卫萼走后,雪妍还没有这样笑过,京尧觉得眼前光辉闪耀。

他不敢看女儿,对女儿总有一种负疚感。他自己过去的日子有些像驾云,整天飘飘荡荡。他希望女儿脚踏实地,不在梦幻中过日子。可是女儿幻想的本事比他还高,在幻想中把终身托付给卫萼,简直是一场玩笑。他和蘅芬常为他们应该负什么责任而争吵,当然也争吵不出结果来。

"戏可真是好!你们两个都去看!"京尧尽力把话说得铿锵有力,好像为妻女做了什么值得夸耀的事。

雪妍脸上的光辉消失了,恢复了她平素凄冷的神色。

蘅芬嗔怪地看了京尧一眼,揽着雪妍说:"咱们没空看那个!"两人上楼去了。

演出那天,蘅芬还是去了。这种热闹不可失去,何况还怕得罪缪七舅,还要观察京尧都折腾什么。她和缪家续弦夫人钱氏坐在一起,缪东惠和市长厅长们以及日本贵宾坐在一排。京尧自己挑了第三排右边的座位,看上场门。

京尧来的路上,一直兴奋不安,像是逃学看戏的小学生。今天虽无第一流名角,阵容差强人意。他在脑海中把演员的举手投足先演了一遍。想到即将在舞台上看到的优美形象,特别是看演出本身,如同嗜酒的人喉痒难熬,看见酒瓶已在手边一样。可是这酒是不该喝的,至少喝起来于心不安。他低头坐下来,生怕有人来寒暄,直到锣鼓家什打起来了,才松了一口气。

他慢慢抬头,想先看看久违的剧院,舞台顶处并列的两条大幅横标撞入他的眼帘。上面是"北平市各界冬赈义演",下面是"欢迎日本皇军莅临本市",都是大红绸贴金字。

下面这横标像是一根看不见的棍棒,打得京尧发晕。他定了定神,还是那发旧又发光的大幕,还是那油灰剥落、痕迹斑斑的楼座,还是窄而硬的木椅,这一切曾给他多么大的愉快!他从这里曾飞升到多么美妙的艺术世界!现在这环境却失去了光彩。锣鼓声和剧院的一切好像很不平滑,刺着他的耳朵、眼睛,使他想立刻逃走。他没有逃,又低头半晌,忽然欠起身,要看看日本人是何等三头六臂。

正好这时日军副司令由市长陪着走进剧场,锣鼓敲了一套《喜临门》。簇拥着几个日本人的中国人抬高了双手鼓掌,示意观众仿效,但应者寥寥。剧场中有一种不自然的气氛,锣鼓声也驱赶不走。

京尧的邻座是位红脸老汉,见他欠起身来去看日本人,很不以为然,冷冷地说:"石家庄丢了。挂了两天气球了。"

京尧看看这老汉,没好气地说:"您还来看戏!"

老汉一愣,不知他是什么路数,不再说话。

这时缪府听差过来说,休息时请凌老爷到休息室。京尧直瞪着那听差,未置可否。

这一台戏上半场是《花田错》,下半场是《贵妃醉酒》和昆曲《游园惊梦》。这戏码是东惠与京尧等煞费苦心安排的,没有刺激民族感情的东西。全是旦角戏,好让男性主宾们轻松一下。《花田错》的花旦伶俐俏皮,《醉酒》的青衣富贵端庄,《游园惊梦》载歌载舞,诗情画意,让他们见识见识中国的艺术!还特地安排了休息,好让宾主有接触机会。

锣鼓打起来了,大幕缓缓拉开。京尧觉得就要进入仙境,旁边的老汉忽然对着他的耳朵大声咳嗽。演员踩着碎步出来了,开始唱了。京尧只觉眼前闪着五颜六色的人形,耳边是挤出来的尖声伴着咳嗽。那丫鬟做鞋的种种表演,更让他恶心。《花田错》不该是这样的!他有些生气,生自己的气。他很想看《游园惊梦》。"原来姹紫嫣红开遍,似这般都付与断井颓垣,良辰美景奈何天,赏心乐事谁家院"的词句,伴随的音乐舞蹈,熏染着他的梦。他也要寻梦,大概每个人都有寻梦的愿望。但是今天,他那令人沉醉的艺术的梦,哪里去了呢!

京尧第一次在舞台与自己之间竖起一道墙。他只听见中间座位上日本人的大声谈笑。怎么没有墙挡住他们?好不容易挨到休息,趁众人纷纷站起,他从边门出了剧场。

"凌老爷!"缪家听差赶上来,"您上哪儿?休息室在那边。"

"我头疼,先走了,和你们老爷说一声。"京尧说。见那听差愣着,又说道:"麻烦你告诉凌太太,车等着她。"

这时已有好几辆人力车围上来抢座儿。他把夹大衣领子拉竖起来,遮住耳朵,随便跨上一辆车,离开了灯火辉煌的剧场。

街上人很少,拉车的跑得飞快,一会儿便到家。花园里一片黑暗,整栋房屋只有雪妍那一间透出微弱的光。门房见他回来,才开了路灯。他快步上楼,小跑着向雪妍房间走去。

雪妍静静地坐在窗前,拿着一本书,眼光不知落在何处。

"我可怜的女儿!"京尧心里发疼,站在门边。

"爸爸!"雪妍抬头,轻轻喊了一声。音调里有几分高兴,又有几分失望。

"我可怜的女儿!"京尧喃喃地说;"我可怜的女儿!"走过去抱住雪妍的头。

二

香粟斜街三号整天关着大门,表面上很平静,其实几层院子中每天都有不同的骚动,经历着苦辣酸涩。

十月中旬,秋风瑟瑟,夹衣挡不住寒气,不少人都穿上薄棉衣了。若照往年,吕、澹台、孟各宅每到寒露就生火取暖了。今年煤源不畅,只在老太爷上房装了火炉,别的屋子都阴森森的。正院里夏天的棚还没有拆,把院子遮了大半。逐渐微弱的阳光更显微弱,只在高大的槐树上徘徊,不肯下来。

一天上午,那徘徊的阳光忽然亮了,照得满宅暖融融、喜洋洋的。吕贵堂和刘凤才高兴地从大门口跑进来,各举着一封信。

刘凤才递给绛初,一面说:"老爷来信了。孟老爷也来信了。"

吕贵堂跑到后面西小院,嚷嚷道:"来信了!来信了!"

碧初接过,手颤颤地撕不开,进屋取剪子。

贵堂退下时记起,加了一句,说:"二姑父也来信了。"

碧初好不容易拆开了信,赶快看了一遍,知道平安,又一字一字再读。信中说,学校准备再迁昆明,明春也许能安定下来。嵋和小娃依偎在碧初膝边,睁大眼睛看信纸背面。

"爹爹很好,爹爹很好。"

碧初不断地说,不时擦着眼睛。信不长,却翻来覆去看了多遍。绛初过来又交换着看。

两位先生的信都很简单,不敢多写。子勤信中有一句"初到南昌,公司事忙。渐趋就绪,谅团聚之日不远矣",暗示安排好就可接家眷。弗之信中没有这话。

绛初顿觉处境比妹妹强,心里漾着喜悦,又侠义地想:"得等着一起走,不然她一个人怎么办。"

老人处禀告过了,相熟的人家打电话通知了,峨和玹子从学校回来高兴过了,绛初就等着玮玮回。玮玮伤风,几天没有上学,今天刚去,绛初觉得他去了很久似的。

十二点过了,刘凤才在院里说:"少爷回来了。"

绛初便一叠连声叫开饭,一面拿着信到玮玮屋里。见玮玮呆坐在书桌前,桌上摆了一摞新书。

绛初藏着信,满面笑容地问:"发新书了?"玮玮不答。

绛初拿起一本翻着,一面看着玮玮清秀的脸上堆满愠怒,遂问:"日本人又怎么了?"

"您看历史书。"玮玮翻到一页递过来。

绛初看着,头直发晕,只明白大意是说一九三一年九月十八日,日军经中国人民邀请,不辞辛苦远涉重洋而来协助成立满洲国,建设王道乐土。

"以后的书上也得写上我们邀请日本皇军驾临北平!"玮玮说,又翻到一页,"您看! 连二十一条条约也说是中日友好的标志!"

羞辱、愤怒和无可奈何的各种情绪也在绛初心中汹涌着,她暗想:"真要培养小亡国奴!"亲生儿子和亡国奴这一概念有联系,使得她心痛。但她极力克制,向儿子爱抚地一笑:"谁信这些! 每个家庭都会告诉孩子们真相——"

玮玮打断她的话,一字一字地说:"我不想上学了!"

"那怎么行! 瞧,爸爸的信!"当时绛初能拿出这信,真感到无比幸运。

玮玮忙读信,读了一遍又一遍,信中有一段要他们姊弟好好读书,只有掌握知识才能做有用的人,又含蓄地说到要谨慎。

玮玮感到父亲的关心慈爱越过万里关山支持着自己,保护着自己。他不会让我当小亡国奴,受愚弄、供驱使! 他们大人们不会放过日本人的!

玮玮挺直了腰,还是说:"能不能在家里学? 就像嵋他们。"

"我说,你们怎么不吃饭?"玹子一阵风刮进来。她抢过那本书,一看就哈哈大笑:"这才是满纸荒唐言啊,也值得这么认真!"

"轮到你上学,该怎么着?"玮玮没好气地问。

"偏偏我不上这样的学。"玹子得意地说,她十分相信自己的好运道,"要是我呀,我自有办法。"

"你有什么办法!"玮玮把书摔在地上。

"可别这样,要惹祸的!"绛初忙拾起书,说道,"好孩子,别计较这些了,日子长远得很,我们总要离开北平的。"绛初安慰着。

"妈妈,什么时候? 什么时候?"玮玮扑到母亲身上。

绛初拍拍他,心想,要是让这样的儿子当亡国奴,我宁可死!

经过和碧初商量,又好说歹说,玮玮还是去上学了。过了半个多月,又发生一件事,使得玮玮终于辍学。

地安门门洞两侧,本有东西相对的两个巡警阁子,从前是一个巡警两边站,随时变换。后来为了便于管理交通,巡警站在中间门洞北边,地安门大街上。最近那里换了日本兵站岗,虎视眈眈地看着东西南北四条街。刘凤才吕贵堂都叮嘱玮玮,骑车小心些,不知日本人要找什么岔子。

这天玮玮上学去,经过地安门时,见几个小学生正在街上鞠躬。他定睛细看,发现他们是向站岗的日本兵鞠躬。他不明白是怎么回事,想过去问,又想到母亲和三姨妈的千叮万嘱,最好离日本兵远些,便骑车冲过去。

"学生! 学生!"忽然一声大吼,吓得玮玮停住了车,又听见一阵叽里咕噜的大声责骂,半晌他才分辨出这是朝他来的。那日本兵下了圆台,几步便走到他面前。

"你! 你没有看见?"那兵指着圆台边贴着的一圈告示,斗大的字,写的是:"每天清晨中小学生过此岗必须向皇军一鞠躬。"

玮玮当时只有一个念头:不惜一切代价逃脱这种耻辱!

近在咫尺的日本兵完全是执行任务的神气,脸上并没有特别狰狞凶恶的表情。"看见了?"他等着玮玮鞠躬,这时有几个在街上闲逛的高丽浪人围上来,等着皇军差遣。

玮玮看见北面是日本兵,东面南面是高丽浪人。他向日本兵轻蔑地微笑,猛地把自行车一转,跳上车向西猛骑。在圆台旁的几个中小学生好像配合他,哗地四散逃开。东面忽然有人喊:"打倒日本帝国主义!"声音在空中飘荡了许久。

好多人怔住了,竖起耳朵还想听。日本兵顾不得追玮玮,连忙往东查看,见只有几个扶杖老人,问话听不清,说话声音嘶哑,谅来喊不出那洪亮的一声。再来查究那些学生,一个也不见了。后来据这一带居民传说,当时天昏地暗飞沙走石,喊口号的人想必借土遁而去。日本兵多迷信,以为有神佛相助,没有扩大事态。

玮玮见胡同就拐,拐了几个弯,不见追兵。很快到了北海东门,他把车扔在门口,进了北海,故意闲适地漫步,可什么景色也没看见。北海里人很少,一位五十来岁穿西服的人,向他一笑说:"逃学?"

玮玮意识到一个少年逛公园惹人注意,便不走水边大路,从濠濮涧山石中穿过。那些熟悉的大大小小的山石像是许多亲近的友人,遮蔽着他,保护着他。他在石桥上站了一会儿,加快脚步出了北海后门。见无动静,急速地跨过马路,从香粟斜街西口回到家。

这样一来,玮玮不得不辍学了。两位太太吩咐不准议论这事。底下人从外面的传说中估摸出事情大概,刘凤才孙厨子等人都认为"打倒日本帝国主义"的口号是玮玮喊的,但他们不敢说。

转眼节气过了立冬,一天天冷了,不到小雪就飘了一阵雪花。因为上海陷落,人们心里凉飕飕的,臃肿的棉衣也暖不过来。三号宅院里气氛阴沉,各在房中,久不练拳了。

变化最大的是吕老太爷。老人一向待人宽厚,体恤下人,尊重莲秀,近来却动辄大发脾气,只对孙辈还较正常。原因显而易见,大家都能体谅,只都担心后果。请过与澹台家相熟的郑医生,郑医生说,病源太大非吾辈力所能及,只能头痛医头,脚痛医脚罢了。开的无非是镇静药物,服后精神不振,把药全扔在地下。绛、碧二人因商量是否要另请高明,或往医院走一遭。

"爹决不会去医院的。"碧初说,"医生也不见得有用。不过总得有一位来观察,免得有什么变化。"

"郑大夫随时可以来,爹好像不大信他。"

"明仑校医院的章大夫在城里,可以请他。他认识爹,就不提看病,说是一起谈谈佛学吧。"

绛初听了,嗯了一声说:"素来三姑奶奶的话总是听的。三姑奶奶请的大夫总也高明些了。"

碧初深知女人的短处,不管是怎样有修养的女人,总要时不时向丈夫啰嗦几句,烦恼负担就似乎会减轻些。没有任何烦恼时,绛初还要造出些来找子勤的麻烦。这时国难临头,那烦恼真难负担。子勤又不在,她无人可说,只好对妹妹发泄几句。

碧初只作不听见,一本正经地说:"你要觉得可以,我这就打电话,约个时间。"

绛初看着妹妹一副忍辱负重的样子,把到嘴边的更多挖苦话咽了下去,转了话题:"婳儿说吕贵堂想去当兵,又不放心爹。南屋的这些人里头,也就属吕贵堂有良心。"

"吕贵堂是不能走,家里需要管事的男人。别人嘛,各人有各人的难处。还有说要走的吗?"

"有嘴说说的,说知道支撑这个大宅院生活不容易,可没有真办法。往后日子越过越难,看怎么办!"

"那就是俗话说的,船到桥头自然直了,也管不了那么远。"碧初安慰着。

"娘!娘!"嵋跑上台阶掀帘子进来,她年纪虽小,素来稳重,很少这样大声。"公公发脾气了,是吕贵堂惹的。"

两位太太忙站起身,问是怎么回事。

嵋说:"我背完《三字经》,公公还挺高兴的。吕贵堂进来了,公公问他书找着没有,不知是什么书。吕贵堂说不知道今天要,还没有找到。公公就大怒。"

嵋的小脸儿发白,她第一次亲眼看见公公震怒。绛、碧二人留她在屋内,忙往正院上房来。

上房鸦雀无声,透出淡淡的鸡舌香的气味,不像有几次老太爷顿足咆哮,声震屋瓦。

两人进屋去,见老太爷沿着他的方砖路线踱步,比平常快得多,脸上布满阴云,对她们视而不见。

吕贵堂俯着身子跪在屋角,看见她们进去,就地磕头。赵莲秀令人意外地跪在椅前。

碧初立即过去将莲秀搀起,绛初瞪她一眼,想着:"这是凑的哪一门子热闹!人家还以为犯了什么家规呢!"

"实在我也不知太爷为了什么。"莲秀迷惘地低声说,回答碧初询问的眼光。

"爹是为了找书吗?吕贵堂找不着,我们帮着找,何必发急。"绛初大声说。

碧初走到老人身边,随着来回走,并不说话。她感觉到老人胸中的愤懑,对外界,也对他自己。走了几遭,才说:"爹,停停吧,爹太苦了。"

老人又走了几步,站住了,身体有些摇晃。三个女子忙扶住,送到躺椅上歇息。

老人长叹一声,看着碧初,目光中还有余怒,说:"我想看看颜之推的《观我生赋》,《北齐书》有,随便一本《经史百家文钞》也有,偏说找不着!"

"弗之的书都在西小院,一会儿我送来。"

碧初想着《观我生赋》,记起几句:"民百万而囚虏,书千两而烟炀,溥天之下,斯文尽丧。"心头沉重,脸上却有温柔的微笑。这微笑像一副镇定剂,大家都平和多了。碧初便叫吕贵堂起来。

绛初则对莲秀说:"婶儿也是的,何必叫吕贵堂进来,惹老太爷生气。老太爷的生活靠咱们安排。叫玮玮小娃来陪着刻图章,外头请人陪着讲经,都使得。要什么书可以找我们去。我们操持不到,都得你想着才好。"

莲秀穿着古铜色暗花缎夹袍,衣服很大,瘦小的身躯在里面微晃,低头不语。其实叫贵堂进来是老太爷的命令,二姑奶奶明明知道。可莲秀不能分辩,她在吕府这么多年,处理人际关系只有一条:沉默。

"都怪我,都怪我。"贵堂已退到门前。本来没有他的事了,却忍不住说:"怪我没有能耐,辜负老太爷栽培。"

这么一说,绛初自然转向了他,冷笑道:"你要是体贴到老太爷栽培,也就不至于一本书也找不出来!老太爷忧国忧民,才要看书。你不是常说要当兵打日本吗,北平城落到了今天——"

绛初说着,又想到子勤已一个多月没有来信,喉咙发哽,停住不说。

吕贵堂等了一会儿,抬头看看碧初,见没有话,退去了。

吕老人这时怒气已消,自觉惭愧。一篇文章,读了又怎样?能帮助抗日吗!小儿般隔些时闹一阵,使得家宅不安。好像还骂莲秀什么来着,记不起了。

他用目光寻找莲秀,见她站在两位姑奶奶后面,便抬起手,弯弯食指和中指,召她进前。每次有这样的手势,就表示风暴已过,至少一周内无大波浪了。

绛初还想说话,碧初拉拉她。

"娘!"小娃在门口探头。

玮玮和小娃总是扮演风暴末尾的安抚角色,今天玮玮怕问起学校情况不愿来,小娃应召而至。他觉得公公很可怜,甚至心里有点看不起。公公不是两月前在方壶时那恬静的老人了。因为这一点,小娃也格外思念方壶。

小娃坐在躺椅一边矮凳上,用白胖的小手抚摸公公布满老人斑的瘦骨嶙峋的手,另一边是莲秀。他们把安定传递给老人,老人闭拢了眼睛,呼吸渐渐匀静。

"午饭什么菜?"老人忽然睁眼,关心地问。这种对饭菜的关心,是以前没有的。小娃觉得他很馋。

"黄鱼羹。"莲秀报告。这是许久没有的好菜了。老人点点头,静等开饭。绛、碧带小娃退去了。

过了几天,明仑来通知,让回学校取东西。李涟打电话来说,好几家太太去过了,城外尚平静,留守处很快要撤消。若去,早去为好,只是不能派人派车帮助,很不安。

碧初说李先生留守担惊受怕,够劳累了,哪里还能管着这么多人家呢。

放下电话和绛初商量,绛初说:"东西不是已经带进城了吗?还有什么值得折腾!"

碧初想去,是想再看一眼方壶,这理由太不实际,自己也否定了。

这天晚上,地安门一带停电。北风呼啸,在黑暗中似乎格外凶猛。

150

碧初在一支摇曳的烛光下为弗之织毛衣。她织几行便翻来覆去地看，理一理深灰色的毛线，再织几行。每晚这样织一会儿，似乎远人离家近些。

有人敲门。

"三姑,是我。"是吕贵堂,"卫少爷的同学来看您,在南屋坐着。"

"什么名字?"

"李宇明。说是常上方壶去的。宇宙的宇——"

碧初不待说完,忙命请进来。

一会儿,吕贵堂带了一个年轻人进来。碧初在昏暗中见他身材较矮,脸庞较宽,定睛细看,不是李宇明,心中诧异。

那人忙深深鞠躬,说:"李宇明先生着我来请安送信,说要交到您手上。还要回话。"说着递过一封信来,一面注意地看着碧初拆信。

信上写道:"孟师母:方壶花园中樱桃树旁花坛西北角砖下有一纸包,务必烧掉。相信您一定会帮助,有这个直觉。"下款写着"到方壶吃过蚕豆饭的李宇明"。这是怕碧初怀疑写信人冒名了。

碧初先一惊,怎么把东西藏到方壶了! 不知是什么东西! 再一想,本以为李宇明专会消遣时光,原来也和卫葑一路。可见爱国之心,人人皆有,尽管道路不尽一样。要烧这东西,必定于抗日有利。今有机会到我,义不容辞。因向来人说:"李先生说的事,我照办。"

那人微笑再鞠躬,说:"那就谢谢孟师母了。我也是明仑大学的,姓刘,经庄先生介绍到李宇明那里。"

"那里是哪里?"

"大家都好。得告辞了。"那人答非所问,不肯多留。

碧初吩咐贵堂送客,再去订两辆车,明天出城。那人听见,又一鞠躬,向呼啸的北风中走了。

次日清早,碧初出门上车,赵妈用细绒毡包住她的膝盖,两边掖好。车夫放下棉门帘,车篷两边和门帘上各有一小块玻璃,可透光线。车夫要用棉衣盖在吕贵堂膝上,他连说不用,好像暖着膝盖是非分之事。车夫就把棉衣横放在他脚下。

到西直门天已大亮,排队出城的人已开始向前移,提篮挑担扶老携幼各样的人都有。凡坐车的人都下来。

车夫低声说:"不碍事,我出来进去拉过好几回了。"这话他已经说了不止一遍。

碧初下车,在人群里慢慢走,忍不住打量高大的城楼。城楼巍峨依旧,它怎知换了主人!走过城门洞到瓮城,杂草锄净,地上光光的,显得比原来空荡许多。走进瓮城门,人们机械地毫无声息地向前移。

碧初很快看见一排黄衣的日本兵站在城门口,不由得紧张起来。她负有特殊使命,是否已有人知道?她听见自己的心跳得咚咚响。一边往前走,一面想:"怎么倒是我害怕!我为什么怕!"

想着渐渐镇定下来,越走近日本兵越平静。她前面几个人看样子都是市民,没有问几句话都顺利通过。挨着她站的像是一对夫妻,受到好几分钟盘问。问他们为什么两人同去,好像两人同去就有不回来嫌疑。后来日本兵做了个手势,旁边的警察命这两人站到一边,等候处理。

碧初镇定地走上前,说要到明仑大学搬东西进城。"他们一起去。"她指指吕贵堂和两辆车。

两个日本兵自问自答说了两句,警察说:"听差的。"便放他们过去了。

上了车,大家一路都不说话,好像怕人听见。

到湖台镇时,碧初命把车帘卷起来。街道上人很少,店铺都开门,似乎很平静。

碧初问车夫喝水不喝,到了明仑,怕是连水也没有的。两辆车在南大街一间小茶铺停下。

茶铺里走出一人,到车前看看说:"这不是孟太太吗? 您回学校?"

碧初一时认不得,再看,认出是如意馆送菜的老王,比原来黑瘦多了。

"您下来歇会儿,没大碍的,这儿还平静。"老王说。

碧初便下车,走进小茶铺。屋里很窄,只有半间,后面谅是住人的。

"怎么今儿个能瞧见您!"老王真诚地高兴,"先生们都好? 都走了吧? 您瞧,我卖点茶水,找点吃儿。"

"如意馆关了?"

"原先掌柜的还想拉扯着,日本人不好伺候,就关了门,各奔各的去了。说真的,大学一搬,这一带人可失了活路,日子难啊。凑合着过吧,能活下来,就不易!"

老王一面说,一面沏茶递水,两个车夫蹲在廊檐下喝着。

碧初想起广东挑。可不是,老王活着,就算不错。她坐了一会儿,给老王两块钱。

老王反复说:"您也南边去吧! 早点儿带小少爷南边去,我们还有个盼头。"黑瘦的脸上要做出笑容,倒像要哭的样子。

明仑大门有日本兵把守,一个中国人陪着。碧初拿出通知就让进去。车夫刚拉起车要走,又给挡住,叫他们搬什么东西去。车夫说讲好拉来回,那几个人不理。碧初担心车夫安全,争了两句。那中国人吃惊地看看她,低声说:"会放回去的,快别说了。"碧初无奈,只好下车走进大门。

夹道树木已落尽叶子,路面扫得干净,连路边杂草也拔得精光。小溪近岸处结了薄冰,树、路、冰都是光秃秃的。

走了一段，碧初离了大路，绕过子弟小学，从小山上翻过去。山上枯草盘结，原来的小径几乎堵塞了。她小心地登上坡顶，就见方壶、圆瓿两座房屋，门窗紧闭，门前路上铺满枯叶，已是多时无人走了。

贵堂及时上前开路，碧初不顾拦路的藤蔓，加快脚步走下坡来。阶前半枯的蓬蒿高可及门，落叶把台阶埋了一半，虽然有初冬上午的阳光，却驱不走几个月积下的荒凉和凄冷。

因为四周太静，开门的声音似有鬼气。碧初轻轻走进去，百叶窗关着，室内很黑，一股久不通风的气味扑面而来。碧初试着开灯，竟还有电，光线暗而惨淡。各房间还是走前收拾的样子，挑剩的家具堆在屋角，已经尘封，空中蛛网拦路，罩了碧初一头。

碧初抹去蛛丝，顾不得看，径往花园。过道门里一团白东西，呲的一声，吓人一跳。

"小狮子！"碧初马上意识到，柔声唤着。小狮子仍然发出战斗的呜呜声，退到猫洞前，转身蹿出去。

碧初开门出来，不及管猫，先到花园。那花坛有樱桃树遮挡，还有冬青树墙，高而严实。转过几丛丁香、迎春，便照李宇明信上所说，认准了花坛西北角的一块砖。轻轻一推，果然松动，用力移开，拿出一个小小油纸包裹，不顾脏净，忙藏在外衣里。这才左看右看，见满园萧瑟，阒无一人。快步走向厨房小院时，觉得从秦家移来的荷包牡丹，也已经枯萎了。

碧初刚到小院，忽然门铃声大作。全栋房子都响起回声，震得她心慌意乱。忙划着火柴，点燃纸包，偏因潮湿，几次都刚燃便熄。铃声歇了片刻，一会儿又响起来。这时火已燃着，因对贵堂低声严厉地说："务必烧净！"自己往前面开门。

门外站着李涟，矮胖身材如旧。只脸上神色沉重，一反过去笑嘻嘻的模样。碧初抚着胸口，放下心来。

这李涟和他的家很有与众不同之处。李太太信仰一种奇特的教派,类似会道门,李先生也受影响。似乎有一次他在课堂上大讲因果报应的奇闻,明仑校方曾有意解聘。弗之因他在明史方面有精深研究,为之斡旋,维持下来。这次派他协助留守,颇出人意料。

李涟见无坐处,站着叹道:"总算应付到今天,没有出大乱子。再过几天,我们就离开了。我恨不得马上往后方去。老太爷还好?"

"脾气坏极了,心情不好。"碧初苦笑,"本来,谁又能心情好呢!"

"老太爷又不同。"李涟认真地说,"一生为国奔走,现在亲身经历了沦陷,老人怎么经得起。听说要迁都重庆,是这里日本人说的。"

上海已经沦陷,迁都是意料中事。碧初听了还是震惊,半晌说不出话来。

"偏安江左也不可得,还得逃,还得躲!好在中国地大,有地方逃。"李涟说,"日本人打算速战速决,没有那么容易。"

"不知我们什么时候能走?弗之来信没有提。"

"总得到昆明后安定下来再说。"李涟沉吟一下说,"走时让内人和孟太太一起,好彼此照应。好不好?"

"那当然好。"碧初微笑。

"出门的通行证由日军办事处发,不让我们办。就在图书馆地窖子。上面住着伤兵,常往外拉死人。体育馆养马,能看见操场上遛马。带的人呢?怎么没见车?"

碧初说了情况,李涟说他派人去湖台镇找车,让吕贵堂随碧初去开通行证。

"有时我觉得自己好像是伪军或伪保甲长。"李涟苦笑,告辞了。

这时小狮子不知从何处钻出,跳到碧初脚下,仰头凄凉地大叫。它瘦多了，长毛结成疙瘩，脸变尖了，那厮杀面目已换了温顺的表情。

"什么吃食也没有。"碧初苦笑道，俯身摸摸它，"你怎么活过来的？等会儿跟我们进城，别再逃走了。"

小狮子就前前后后跟着碧初，在脚底下绊来绊去，不时仰头叫几声。

碧初先检查了那纸包确实已烧净，只剩下一撮黑灰。又到书房检点些字纸交给贵堂烧，自己到了卧室。

这是方壶中最舒服的一间房，她在这里度过一生最美好的时光。十多年来弗之的学问事业年年精进，峨和小娃都在这里出生。峨初到方壶，比现在的小娃还小。室中件件家具都是她精选心爱的，大都已运走。剩下镜台因形状不规则不好装车，现蒙着白布套子靠在墙边，像是已经死去。那椭圆的大镜子映照过三个孩子从小到大的各种憨态，也映照过自己青春的流逝。

"不知道还能不能再住在这里。"碧初想，有一种前途难卜的浓重的凄凉之感。

差可安慰的是总算烧了那材料，也总算又看到方壶。既然来了，总得带点东西，把镜台运走吧，再挑几件一起运。可谁还有心情临镜梳妆呢！

碧初收拾好，出门往图书馆去。穿过方壶后面的小树林，见倚云厅外拦着铁丝网，只好顺着铁丝网走。到大礼堂前才见入口，两个日本兵站着。碧初心又咚咚乱跳，她放慢脚步，一会儿镇定下来，顺利地到达图书馆。

弗之原来在图书馆地窖子有间研究室，碧初曾带峨和小娃来过。有时去楼上借文史方面的书，也往那间屋子去看看。现在不知什么人占着。

她走进地窖子的边门，抬头见盘旋上升的楼梯，忽然想起前不久峨和小娃在这里跑上跑下。他们从门前饮水处吸一口水，赶快跑上楼从上面吐下来,两人笑作一团。于是受到申斥,图书馆这样肃穆的地方怎容孩子胡闹!这时碧初惘然地抬头看,四周显得阴森森的。

一个日本兵在甬道门口定睛望着他们。她猛省地不再张望,忙找到办事处,说明来意。那绷着脸的小军官立刻开了通行证,朝她一扔。还好没有落到地上。

她们出来走过体育馆,远远见一伙兵拖住一个人,一面大声嚷叫,把那人绑在操场旁的柱子上,那原来是挂彩旗用的。十几个人转眼站好队,一个一个轮着大喊,跳上去打。那人发出撕裂人心的喊叫,使得周围的凄凉景色更添了几分恐怖。

"唉!"碧初脸变白了,回头看看吕贵堂,又低头用力放稳脚步。

"幸亏办好证才瞧见打人。"吕贵堂想。低声说,"三姑别怕,别怕。"

体育馆边的路好像特别长,那打人和被打的呼叫撕裂着寒冷的清新的空气,许久许久刺痛碧初的耳鼓。

因为找不着车,碧初只好坐在拉家具的排子车上,用手拉着草绳上了几次才坐好。吕贵堂则找了一辆旧自行车骑着。

天空灰暗,零星地飘下细细的雪花和霰珠。拉车的父子二人很费力,吕贵堂不时从后面推一把。那孩子不过十三四岁,和玮玮差不多大。脚上一双破鞋不合适,走一段提一提。

路上,车夫指了几处说,这儿接触过,死了不少人。车过双榆树时,"您瞧!"车夫指着破烂的巡警阁子,"这儿死了十来个人,有吃粮的也有过路的。"

碧初眼前出现了广东挑红白相混的脑袋,耳边还响着日本兵的呼叫。她用力抓住镜台的一条腿,稳住不要摔下去。

"不少人往西山那边跑了。我有累赘啊!"车夫低声叹息。

"奔哪条路?"吕贵堂兴奋地问。

"听说先上妙峰山，几十人凑到一起就能打一家伙。"

弯着腰用力拉车的孩子回头看，眼睛在暮色中打闪似的一亮。吕贵堂不知妙峰山在哪儿，只觉得能和外边相通，就有希望。碧初想，卫葑、李宇明也许就在那里活动。今天烧掉的东西不知是什么，总算为抗战做了一点事，有些安慰。

这几个出身、环境、思想方法完全不同的人，这时精神聚注的中心是一样的。在这阴沉的道路上，有一种亲密与和谐。

车过西直门，简单的盘查把妙峰山冲远了。他们都沉默下来。

霰珠随着暮色越来越浓密了。碧初用外衣蒙住头，不时挺一挺身子。两侧房屋愈见隐晦，北海后门早已关了，一条大街落入茫然之中。什刹海成为一片跳动的灰色，就要把香粟斜街的入口淹没了。

家，就在前面。

三

连日飞雪。

明仑的几位太太约好在庄家小聚，邀了绛初也去，并让无因兄妹来香粟斜街做客。玮等一直盼着这一天。

这天雪格外大，扯絮拉棉地在空中飞舞。峨极爱雪，常说雪比雨有灵性。她喜欢坐在廊上看雪，一看就是许久。看雪花纷纷扬扬，又浓又密，却不急促，总有那飘洒的姿态。看依着树枝的形状另生出一棵玉树，看小院地下一片银样的洁白。她很怕看洁白上凌乱乌黑的脚印，所以喜欢扫雪，把雪从践踏里救出来。

碧初赞许她的行动和道理。赵妈以此为骄傲，说："还是我们二小姐！"

峨和玹子很难意见一致,对嵋这一行为则一同嗤之以鼻。

早上赵妈扫过院子,这时甬路上又一层白。嵋看了一会儿,拿起扫帚正要下台阶,见玮玮出现在月洞门中。他那匀称的身材,红红白白生气勃勃的脸,嵌在圆门里,旁边是经过雪花装点的枯树,真如画图。从玮玮这边看,嵋穿着紫红长棉袍站在有雕饰的廊上,廊檐上垂挂着长长短短的冰柱,地下雪光映着,也十分好看。

"你这把扫帚真煞风景!"玮玮笑喊。

"别过来,别过来!"嵋也笑着,顺手扔过一把扫帚,"你从那边扫!"她命令。

两人各从甬道一头向中间扫,一会儿会合了,直起身互相看着,忍不住大笑。笑得弯了腰,跑上廊子,互相扑打身上的雪。玮玮从前院来,头发上一层雪花,亮晶晶的。

"你们笑什么?"小娃穿得圆滚滚的,从屋里跑出来。

嵋命他回屋戴绒线帽再出来,他听话地进去戴上他的小红帽。

玮玮把那帽上的绒球一弹:"听着,孟灵己孟合己! 我有好主意!"

嵋和小娃不由得肃立,抬头望着他。

"等会儿无因来,我们到后楼去玩。"玮玮低声说,"我央求了吕贵堂去开路。"

"楼上能看见什刹海的雪!"嵋的小脸儿发光。

玮玮把食指放在唇上,轻轻嘘了一声:"妈妈和三姨妈一会儿出门,咱们不必让大人知道,免得多事。"

"娘现在到上房去了。姐姐不管我们。"三个人说着进到屋里。

屋里当中生着和嵋差不多高的大洋炉子,为了省煤,封着。内室门照习惯挂着鹅黄绣花软缎棉帘,用钩子高高悬起,好通热气。

"咱们上什刹海溜冰,好不好?"小娃首先提出,他去年冬天上过一次冰。

"现在没人溜冰了,日本人都打来了。"嵋说。

"日本人和溜冰什么关系?"小娃不服,忽又歪着头说,"大概日本没有地方溜冰?"

"想必是!"玮玮说。

三个人忽然觉得日本人很可笑,又大笑起来。

这时院中一阵脚步响,赵妈在门外说:"庄家少爷小姐来了。"门帘掀处,无因和无采走进来。

"嘿!"大家大声笑着。"嘿!"这是招呼。

赵妈帮着庄家兄妹脱脱挂挂。他们是洋装,半长的大衣,毛皮领子,很精神。无因和玮站在一起,一样的俊雅,只是无因看去常在沉思,玮玮则很快活。

"长高了,长高了。"赵妈不断嘟囔,"太太关照,喝热东西。"

一会儿端进五碗油茶,是从后门桥油茶铺里买回的。茶面上撒着一层芝麻,满室热香。

几个人无心吃东西,忙着互问别来情况。玮玮和无因谈学校。无采也不上学,她素来和小娃极好,看看嵋和小娃的功课,很有兴致。碧初、绛初过来,交代几句,上车走了。五个人又到玮房里玩一阵,便悄悄往后楼来。

后园本是吸引人的地方,现在瞒着大人,又下着雪,孩子们格外兴奋。夹道尽头的门半掩,透出亮光。玮玮轻轻拉开,眼前一亮,一个箭步蹿出。无因等也跟着跑出,大家一同欢呼起来。

前边院子虽大,总有房屋,不像花园中落满白雪,十分豁亮。地下白得坦然,几座假山白得奇怪,夏天曾挂满绿虫的槐树,现在也干净了,白得严峻可敬。后楼有雪遮盖,看不出褴褛,飞檐兽脊,把匀称的白色线条,刻在似乎很近的天空上。

无因、玮玮立刻抓雪揉成团,彼此打起来。

无采做了雪球递给小娃:"打呀! 打无因!"一下子变成无因一人一方。

无因边打边想找嵋帮忙,却看不见。

"我在这儿!"嵋靠在楼窗上喊,"这儿真好看!"

无因一不留神,被玮玮把一团雪塞进领子。无采和小娃一旁拍手笑,无因赶快追玮玮。几个人又笑又叫,飞舞的雪花中只见鲜艳的颜色在翻滚。

吕贵堂从楼窗里探出头来:"小点声,小点声。"孩子们不理,继续打雪仗。

嵋靠北窗站着,什刹海雪景尽收眼底。这雪景很简单,只是白茫茫一片,远处堤岸弯出好看的深灰色弧线。在灰蒙蒙的天空衬托下,透过渐渐缓慢下来的雪花,鼓楼和钟楼呈现出浓淡不同的黑色,有些像剪纸投出的黑影。嵋衷心赞叹,多好看! 多好看啊!

打雪仗的勇士们一会儿都满身是雪,成了雪人。吕贵堂下楼先把小娃拉上来,别人也跟着上来。

这时雪已渐停,无采在东角往西看,见几个人影在冰上移动。"还有人溜冰呢!"她叫。

小娃让吕贵堂举着,也拍着手嚷:"我要去溜冰!"

溜冰的愿望马上代替了玩雪。玮玮说:"吕贵堂,你带我们去,回来谁也不准说,好吗?"他威严地看着几个孩子。

"当然!"无因也应声回答。

嵋和小娃圈在宅里已快半年,玮玮不出门也有三个月了。吕贵堂自己叹息:"中国人不能在北平城里随便走。"他想了一下,说溜冰绝对不行。又说出去一趟也许可以,他先去打探,看冰场上都是什么人。孩子们高兴得跳起来。小娃冲过去抱住贵堂的双腿,表示感谢。

吕贵堂很快回来,说冰场上有十来个学生,未见不三不四的人,大家悄悄走一遭,快去快回,让太太们知道了可不得了。

　　于是六个人分批向前院转移,又在大门洞里玩了一阵,出门往西。香粟斜街上没有行人,孩子们在雪地上跑,都不敢出声。很快到什刹海边,比在楼上看,堤岸、冰面近多了,实在多了。近处许多小丘似的堆积物,让雪盖得严严的。嵋说小山很好看,吕贵堂说那其实是垃圾,没有运走。

　　两个男孩跑到冰上,两个女孩顺堤岸走开。贵堂牵着小娃的手不放,在冰场边上走。一个女学生,身穿红外衣蓝长裤,头戴白色扁圆绒帽,看来还是初学,推着一个小冰车免得摔倒。她看见小娃仰头说话的小模样儿,滑过来做手势请小娃坐那小车。那是几根木条钉成,孩子们常玩的。她和气地看着小娃又看着贵堂,笑容十分柔和甜美。小娃也笑着,他很想坐,抬头征求贵堂的许可。

　　“来,来吧。”那女子说话了,声音仍很柔和,但语调很怪。

　　贵堂蓦地发现,这是一个日本人! 他像被什么丑怪的虫咬了一口,急忙牵了小娃的手走开。

　　日本人势必有同伴,贵堂着急回家,又不好大声叫。在堤岸上站了一会儿,见玮玮和无因往女孩那边去了。又一会儿,四人高兴地跑过来。

　　“这里有日本人。”贵堂悄声说。气氛一下子沉重起来。

　　吕贵堂忙把他的小小队伍带回家。一路上想着那日本女子柔和的目光,不禁想宅中女眷从来没有这样看过自己,这当然因为日本女人还不会看中国人的身份。他苦笑,又为自己居然挑剔宅中女眷而惭愧。“别怕,别怕。”他尽责地哄着小娃。

　　孩子们玩着各种玩具,早忘记日本人的威胁。

　　午饭在孟家。玹子不来,峨在自己房里,五个孩子高兴之极。柴师傅给他们准备的是猪肉白菜馅水饺,还有四个盘子。

他们早饿了,尤其是玮玮和无因,风卷残云一般,一口一个饺子。

小娃羡慕地看,也想快点吃,但很快就呛着,无采给他拍背。嵋说他吃得太多,叫他停止,他不依。后来他索性站在椅子上大声唱起歌来。唱的是:"砰砰砰砰,有人敲门。你是谁?我姓梅。啊梅大哥,门儿开开,请进来,你好啊?好!你好啊?好!大家都好,快乐不少!哈哈哈哈哈哈哈哈哈哈!"五个人都哈哈大笑。

前几天玮玮和嵋看了《薛丁山征西》,无因和无采看了《侠盗罗宾汉》,他们交叉着讲故事,讲得樊梨花下嫁罗宾汉,薛丁山大战狮心王。他们并不想研究中西文化之异同,只兴之所至,融会贯通。

一会儿赵妈来了,逼着小娃睡午觉。小娃硬要无采陪着,嵋和无采便拿他当洋囡囡,又拍又哄。两个男孩不屑一顾,到玮玮屋里去研究几何题。

下午绛、碧回来,因、采回去,大家都觉得一天过得很好。嵋跟着碧初,就像小狮子一样,在身前身后转,她想告诉娘上午的历险记,但没有机会说。

黄昏时分,小娃忽说肚子疼。"受凉了?娘给揉揉。"碧初拥着他坐在长沙发上,"吃得不合适吧?"

"饺子吃得太多了。"嵋报告。

碧初点头,吩咐煮焦三仙汤。那是用山楂、神曲、大麦芽炒焦煎汤,专助消化。药是现成的,一会儿端上来,哄着小娃喝了,仍不见好。

晚饭摆好,只有峨坐下来看了一下。见是油煎饺子,便不高兴,说给她剩东西吃,又看看小米稀饭,也不爱吃。到里间看小娃靠在碧初怀里,左翻右翻,十分痛苦。嵋站在旁边急得满眼眶泪,一会儿递热水一会儿递热手巾。

"你这么疼小娃,上午别带他出去呀!"峨冷笑道,"你们玩得倒热闹!"说着,自管回屋去了。

嵋本来是要说的,当成一件惊险的事说,这时反而不知如何是好,低头不敢言语。

碧初等了一会儿,柔声问:"吃了什么不合适的东西?"

"没有!真没有!"嵋急忙分辩,"我们上午在后园打雪仗,又到什刹海来着。"

碧初脸色一沉:"都谁去了?"

"我们五个人。"

这时赵妈用雪白的手巾包了热盐,要焐在小娃肚子上。

碧初接过放在一旁,说:"要是急性盲肠炎呢,不能焐。用手轻轻揉,也许能赶出凉气。"

"我来揉一会儿。"赵妈让小娃靠过来,用粗糙的手抚着小娃滑嫩的肌肤。小娃似乎舒服一些。

一时间,绛初、玹子、玮玮都来了。紧接着莲秀也来了,莲秀鼓起勇气轻声说,是不是往后园去撞着了什么,该去烧两串纸,赔个礼。她的信仰十分广泛,从观音菩萨直到狐仙,都是膜拜对象。

绛初哼了一声,众人都不搭话,倒是赵妈朗朗地说:"我看了二小姐又看小少爷,在孟家门里十几年了,我说一句。赔个礼,好处不知有没有,准保没有坏处。太太要是准,我去磕头去!"

碧初不答,摸摸小娃的头,已烧得滚烫。她和绛初合计几句,决定送医院。再晚了怕戒严,即吩咐叫老宋的汽车,带赵妈和刘凤才去。遂检点东西,给小娃穿戴。

"娘,我陪着去。"峨出现在门口。

碧初心头一热说:"你在家照料吧,帮帮二姨妈。"又看了嵋一眼,"嵋还小,你到这屋里睡,好吗?"峨不言语。

众人出门时,碧初对莲秀说:"后园子的事托婶儿料理一

164

下，宁可信其有吧。叫什么人办，婶儿吩咐好了。"

这晚偏逢停电，因宅深院大，几盏来来去去的灯笼驱逐不了黑暗，气氛格外阴森紧张。

一路并无盘查，到了协和医院急诊室，碧初挂了特别号。坐在诊室中时，小娃已昏迷不醒，经过检查，是肠套叠，得马上开刀。

"请安排最好的大夫。"碧初的口气十分坚决。

做手术依大夫的熟练程度收费，好大夫每次手术约数百元。白衣小护士看看碧初，大概掂量了一下眼前这位太太的身份。很快联系好了，请当时一位关姓名医主刀。交了现金四百元，小娃给推到治疗室做准备。碧初稍觉安心。

一阵脚步声，医院宽大的甬道里跑进一群人，有男有女，有穿军服有着便装，叽里咕噜说话。碧初悟过来这是几个日本人。一个满脸横肉的军人抱着一个孩子，和小娃差不多大。碧初忙走到另一边，离得远些。过了好半天，一位医生和一位护士走过来，两人都是满脸歉意的苦笑。

"真是对不起，"医生的口气像是他办错了事，"那日本孩子也是肠套叠，他们指名要请关大夫。医院的规矩，你已经办好手续，关大夫即刻要给你的孩子做。他们说要和你商量，另换一位好大夫——"

"难道日本孩子的命更值钱？"碧初不由得打断了他，"既然已办好手续，医院应该立刻拒绝。何况你们还是教会医院。"

"我们也是没法子，倒是有一位邝大夫，和关大夫差不多的，不过知道的人少罢了。"医生勉强地说。

"那就请这位邝大夫给日本人做，不好吗？"碧初忙说。

说着一阵脚步响，那几个日本人围了过来。满面横肉的人走在前面，他身旁紧跟着一个穿和服的日本女人，这显然是孩子的父母。那男人脸上的横肉透着焦急，女人脸上有泪痕。

"我不懂日本话,也不会英文,"碧初立刻说,"有事请和医院商量。"

赵妈见日本人过来,忙来护住碧初,刘凤才则不知躲到哪里去了。不料那日本人说起中国话来,不很流利,但能听懂。

"我们日本孩子将来的责任重大,要帮助你们建立幸福的国家。我们日本孩子,要最好的医生!"他不觉用手摸了一下腰间的手枪。

刚看到日本人时,碧初有些怕。这时只觉怒气填膺,顾不得惧怕了。我们中国孩子得把生的机会让给你们,好让你们来侵略,来统治,来屠杀!她几乎嚷出来:"你们日本孩子回日本去,回日本玩雪去,回日本得肠套叠去,回日本治病去!"

但她只能克制怒火,先故意表示不大懂话,以示日本人说得不好。然后慢慢说:"这家医院的规矩很严,我们是习惯守规矩的,何况在医院。"一面说,一面想,这些人从日本打到中国,还说什么规矩!

"何况在美国医院。"甬道的另一端走来一位高身材穿白外衣的医生,是美国外科医生戴尔。戴尔严肃地看着日本人说:"关大夫打电话给我,我愿意给你的孩子治病。"

日本人不知对方是何路数,不知怎么回答。原先那位大夫介绍说这位美国医生轻易不给人看病,手术费比关大夫还高。

护士对碧初点点头,领她到治疗室,躲开日本人。碧初一眼便见小娃在治疗床上躺着。

"娘!我害怕!"小娃睁眼抓住娘的手轻轻说。

"不怕,不怕,小娃从来不怕打针吃药,这也差不多啊。"碧初声音发颤。

护士安慰说:"手术很安全,关大夫已经在手术室了,请放心。"

手术室的护士进来推车,碧初跟着走,轻轻抚着小娃的小手说:"小娃最勇敢,爹爹在远处都知道的。要听大夫的话。"

"告诉嵋,等我回去看萤火虫。"小娃又睁眼说。

"萤火虫夏天才有,到时候你早好了。"碧初含泪道。

小娃不语,到手术室了,忽然大声说:"娘,我其实不怕。"他放开了手,想转脸看母亲,平车已推进去了。

两扇凸花玻璃门关上了。碧初又是心疼,又是着急,又是愤恨,简直想放声大哭。她拼命忍住,回身见赵妈在身边,遂扶了赵妈的手到甬道凹处长椅上坐下。

可怜的乖孩子,分明是让我放心才说不怕,若真有个长短,怎样见弗之!他才六岁,将来应该是他的。可是他躺在手术床上了,他也许再也出不了这个门,再回不了家了。

"太太!您别净想不顺的事啊!这下子一开刀,不就好了吗,还是个欢蹦乱跳的小少爷!"赵妈递过饼干,"晚上没吃饭,垫补垫补。"碧初推开了。

又一阵脚步响,日本孩子推进手术室了。那母亲也跟着,满脸的泪。碧初几乎同情她了。她走回来时,看见碧初,悲伤焦急的眼光忽然变得充满憎恨和敌意。她显然认为在他们日本人统治的地方,这医院竟让中国人选择名医,是不可思议的事。

还好她没有坐下,到别处等了。碧初从心底希望她的孩子也顺利通过手术。也许她希望我的孩子死,碧初想。管他呢,反正关大夫开刀不会照她的意愿。关大夫的刀这时不知落到哪儿了,套叠解开没有。想着又害怕起来。

甬道里忽然响起急促的脚步声,一个市民模样的人跑过来。护士小姐轻捷地追上他,说:"你是普通号,请下楼。"

"大夫说我的孩子得开刀,我实在交不出钱。"

"实习大夫做手术,费用不高。"护士安慰着。

那人面容枯槁,神情紧张,在黄昏的灯光下看去有几分可怖。他忽然大叫:"一个大子儿也交不起啊!我的姑奶奶!"

167

"走这边,走这边。"护士平静地引他从边上楼梯下去了。

夜很静,静得瘆人。碧初想起小娃出生时的情景。也是这样的严冬,方壶卧房墨绿色厚呢窗帘遮得严实。大家都说这次还是女孩,因为听人说女孩总是连着三个。孩子落地,意外的喜悦像有巨大漂浮力的船,把刚从痛苦中解脱的碧初托起。

"孟先生!是男孩!""孟先生!喜得贵子!"门外好几个声音向弗之祝贺。

弗之走过来时的表情多么好!虽然后来弗之说那是她的心理作用,儿子女儿对他都是一样的。

而小娃——孟合己是多么好的儿子,他将长成多么好的人。手术室的门怎么不开?夜好长啊。

五个小时过去了,窗外微露晨曦,一个护士从手术室出来。

碧初猛地站起,向前几步:"他,孩子,怎么样了?"

"您放心,手术顺利。"护士含笑答,"关大夫说孩子小,批准家人在病房照看。请到病房等候。"说着递过一张小卡片,是病房号。

"我就说呢,准保好!"赵妈眉开眼笑,"我留着,太太歇息吧?"

"我留着,还没有出危险期。"碧初见刘凤才走过来,对他说,"你和赵妈回去,和你们太太说,不用惦记。家里也不用派人来,帮不上忙。"吩咐了,自往头等病房来。

碧初刚到不久,就见平车推了小娃来,孩子还在麻醉中。护士轻轻移他上床,一切收拾好了,碧初上前审视,忍不住眼泪扑簌簌往下掉。

孩子面色苍白,双眸紧闭,气息微弱但是均匀。肚子上缠着厚厚的纱布,凸出一圈。

"小娃!我的儿!"碧初坐在旁边,轻抚着那冰凉的小手。

护士不断地量血压,一会儿关大夫和戴尔医生都来了,他们低声交谈了几句。

关大夫对碧初说:"孟太太请放心,小心不发炎,就好了。"

碧初心中充满感谢,说不出话。

约两小时后,小娃慢慢睁开眼睛:"娘!娘在哪儿?"

他的声音嘶哑,伸手去拔从鼻子插进去的胃管。

碧初忙护住,低头亲亲孩子前额:"娘在这儿,娘从来就没有走开。"

"我做了一个梦,"小娃费力地说,"娘和爹爹不要我了,把我扔给老巫婆。"

"老巫婆的房顶是巧克力的。"碧初含泪说。

小娃微笑,稍停又说:"可是我不吃。不知怎么峨也来了,我们就跑啊跑啊,找爹爹去!"

碧初眼泪滴在小娃脸上。小娃闭着眼感到那温热的水滴,眼泪也从眼角慢慢流下,母子的眼泪混在一起。碧初忙用手巾擦拭小娃的脸,又用湿棉花轻拭嘴唇,以减轻焦渴。

"娘不走吗?"

"不走,放心睡吧。"

小娃睁眼看碧初好好坐着,轻轻叹息,放心睡去。

下午,绛初与峨来探视。峨说她来陪,让碧初回家休息。碧初摇头。

"可你怎么受得了!总要安排轮班,我,玹子,赵妈,刘妈,都可以。"绛初说。

"娘为小娃,自己命都不要。"峨说。她其实是关心,可是绛、碧都惊讶地看她一眼。

"至少明天再说。"碧初说。

"孩子们昨天出去,是吕贵堂带去的。"绛初想起来,说,"吕贵堂自己懊恼得不得了,现在也来了,在医院门口。我看他不用上来。"碧初颔首不语。

小娃迷糊中听见这几句话,忙说:"二姨妈和娘千万别责怪吕贵堂,是我们求着他去的。到冰场我没有跑。"

"说起来都怪玮玮,他和无因是大孩子了。无因是客,都是玮玮!"绛初说。

小娃泪汪汪地用力说:"其实是我最想去。现在哪儿也不能去了。"

他从头到脚都不舒服,刀口开始疼。他不想哭,但眼泪自己涌出来。

碧初说:"没人责备吕贵堂,也不怪玮玮哥。一个人从小到大,哪能不生病,治好就行了。你还没和姐姐说话呢。"

"谁能看见我!"这是峨探病的话。不过她到床前拉住小娃的手,温和地一笑,这在她是极关心的表示了。

"小狮子找你呢,我叫赵妈多拌猪肝安慰它。"小娃知道这好意不比寻常,点头微笑又睡了。

碧初一连陪了九天,小娃已能下地。医院不让再陪,碧初请了特别护士看护,回家休整,安排料理些琐事。

下午碧初又到医院,一进甬道先觉得气氛不对,白衣人在小娃房间出出进进。

"怎么了?"她加快脚步进房,见住院医生站在床边。

小娃在昏迷中呻吟,痛苦地扭着头,身子也在抽搐,细长的脖子好像挂不住过大的头。

"怎么了? 我的儿!"碧初扑过去。

护士们扶她到沙发上,解释说孩子发高烧,正想办法。

"昨天还好好的,怎么会这样?!"碧初满眼含泪,不知如何是好。

医生含糊地说:"手术后,中期发烧是有的。只因孩子太小,有些风险,现在正治疗。"

这时关医生来了,对碧初说,已用了安神消炎药物,精神治疗会起作用,有母亲在身边赛过药石。

一会儿,小娃大概实在没有力气了,安静下来。碧初一步不敢离开。

护士透露,孩子的病是因惊吓所致。当天清晨,小娃倚枕翻看画书,那日本孩子忽然走来,手持玩具枪,对准小娃发射。枪声很响,枪口直冒火花,小娃吓得扔了书。

日本孩子冲向床前用汉语大声叫:"亡国奴!亡国奴!"护士忙拉住,哄了出去。

小娃当时大哭,过了一阵变成这样。

亡国奴!碧初立刻知道小娃不只因惊吓,也因气愤。她俯在小娃耳边柔声说:"快点好了,找爹爹去。"

"老,巫婆——从日本来。"小娃有气无力地呻吟,勉强吐出这几个字。

"没有。爹爹那儿,不会有老巫婆的。"碧初安慰着。小娃似听不见,陷入昏沉中。

"娘给小娃唱个歌。"碧初不管小娃听不听见,轻声哼着无调的儿歌,一面抚着小娃的手。

下午,绛初、玳拉俱来,拿了几种治小儿惊吓的药。医院一概拒绝,不用外药。

黄昏时分,小娃又抽搐一次,两眼上翻,口角流涎。碧初伏在床前,恨不能以身代。护士打了针,才渐平静。

"娘给小娃讲萤火虫的故事。"碧初仍不管小娃听不听见,温柔地细声讲,那是嵋和小娃都爱听的——

萤火虫在小溪上飞,一盏萤灯掉进溪水,被水蛇抢去藏在洞里。它的朋友来告诉方壶的孩子。小娃想出主意救出萤灯。全体萤火虫两行列队庆祝,亮光顺着小溪伸延,望不到尽头。

"小娃想的什么主意啊?"碧初摸着儿子瘦多了的小脸。

这是这故事的妙处。每次小娃都编出一个新主意。这时他没有回答,只在唇边掠过一丝笑影。

碧初通夜目不交睫。后半夜,小娃又发作一次,已轻多了,但仍烧得滚烫。

次日下午,护士来报有人探望。碧初见小娃睡着,便到会客室来。

缪东惠夫妇站在室中,看着门口。缪仍是风度翩翩,此时满面同情之色,见面便递过一盒药,说:"听说了,听说了,救孩子要紧。"

碧初见盒子装潢精致,用金色写着药名,是一种安神的牛黄制药,心中不由充满感谢,请他们坐了,说了小娃病况。

缪东惠道:"这样乱世,最怕生病!对吕老伯,孟和澹台二府,我从来是关心的,关心的。孟太太即请去病房照顾,我们不耽搁。"说着告辞。缪太太只是微笑,穿上大衣,轻抚大衣袖子,那貂皮在昏暗的房间中闪亮。

"真感谢,真感谢。"碧初捧着药盒由衷地说。

"小弟弟早日痊愈,大家都高兴。"缪氏夫妇走出楼道,转弯不见了。

碧初回到病房,见住院医生在小娃床边。这医生低头看着小娃说:"温度已经下降。"

碧初交过药去,医生说:"且放着罢。"声音有些异样。

小娃稍稍睁眼,微弱地叫一声"娘",又安稳睡去。碧初略觉放心。

这时听见抽咽声,见两个护士在屋角低泣,医生脸上也有泪痕。

南京陷落。

四

南京陷落,香粟斜街三号上上下下,失魂落魄一般。

嵋很伤心,那是首都! 但她最担心惦记的,还是小娃。赵妈回来后,她总跟着问,小娃疼吗? 受得了吗? 似乎赵妈是一位名医。听大人们说娘几夜未睡,她也担心。那天晚上赵莲秀去后园烧香,她也要去,绛初阻住说:"小孩子家,受不了那个。有什么罪,赵婆婆替担待了。"嵋不知需要怎样担待,又替赵婆婆担心。她问峨,被斥为多管闲事。

嵋长到十岁,还是第一次这样长的时间不见母亲。因为已对老太爷说两个孩子到雪妍处住几天,她也不能到上房露面。可能为躲灾星,绛初把玮玮打发到一个亲戚家去了。吕香阁因半年来没有文稿可抄,揽了些针黹,不常到西院。嵋每天做好功课,便在廊上站站,院里跑跑,到处都是空落落的。这么大的地方,她却觉得自己的心无处放。北风刮得紧时,她用心听,欣赏着从高到低呜呜的声音。天晴时,扒在窗台上看玻璃上各种花样的冰纹,院中枯树上的冰枝,还常常把檐前垂下的冰柱数来数去,奇怪它们的形状都不一样。有一天,她忽然觉得娘带着小娃回来了,一直跑到大门口,要到胡同外去接。吕贵堂把她截了回来。

好看的书都不好看了。她打了洋囡囡丽丽两次,明知丽丽没有错,又抱着哄半天,甚至呵斥了玩偶"小可怜"。小狮子似乎知道她寂寞,常围着她转,轻轻地咬、蹭,她都不耐烦地推开。她因为无聊,写了一段小故事,把自己形容为暴躁可怕的主人,猫和玩偶相约出逃,不认得路,只好又回来。娘回来一次,嵋高兴得什么似的。但娘没怎么注意她,又匆匆走了,好几天未回。

这天,嵋怕冷,钻在被窝里不起来。空气本身似乎也冻硬了,把她卡住。赵妈不准她睡,说天气晴朗,让她到处走走跑跑。嵋听见门响,便到峨屋门前,峨关着门,不让她进。嵋只好往前院,想看看玹子下学没有。走到廊门院前,听见哗啦一声,是砸了东西,紧接着又是几下。

在这混乱中,有玹子愤怒的声音:"打你! 打死你!"

嵋想退回去,绛初已看见了,招手让她进去。

总是雅致宜人的廊门小院,这时像个刑场。三个日本玩偶绑在阶前枯树上,满头的脏水。玹子拿了一摞玻璃杯向它们砸。她脸红红的,眼睛亮亮的,分明很激动。地下一件花格呢镶灰鼠边的外衣,是她常穿的。刘妈过去要捡。

"扔了! 快扔了! 扔垃圾堆里去!"玹子大叫。

"好了,好了。只要没伤着人,就是万幸。衣服不要了。"绛初哄着,"嵋来了,看小妹妹笑话。"

玹子不怕人笑话,又拿起杯子砸到一个玩偶身上。这是一个美丽的日本女子。一杯砸来,它的高髻歪了,脸也皱起来,似乎很痛苦,一支透明簪子落在地下。嵋模糊觉得,它也是代人受过。

"怎么玩偶里没有日本兵!"玹子捧着杯子忽然说。另外两个是穿和服的老人和红衣小和尚,湿淋淋地垂着头,可能为他们的同胞感觉抱歉和羞耻。

"凌太太和小姐来了。"刘凤才在院门口探头。

玹子把手里的杯子全摔在地下,跑进屋关了门。绛初携嵋迎出,陪凌家母女到上房坐下。

岳蘅芬无甚变化,雪妍却瘦多了,全不像夏天做新娘子时的神采,虽是笑着,却是苦相。一件宝蓝色起暗金花绲边缎袍,只觉惨淡,不显精神。凌家母女刚到医院看过小娃,说确实好多了。

嵋忽然靠在绛初身边,低声说了什么。绛初笑对蘅芬说:

"峨闷得很,想留雪妍住几天,不知行不行?"

蘅芬沉吟道:"其实和峨一起散散心也好。"雪妍微笑颔首。

绛初想起来,说:"真的,今天是冬至呢,你也用过晚饭再走。这几天乱得日子全忘了,今天玹子回来,还碰上日本兵!一队人逼着她在前面走,一个兵用刺刀挑破了她的外衣。玹子回来大发脾气。好在没有大事,你说让人悬不悬心!"

蘅芬吃惊道:"早该躲着才好!出门太危险了,这年月,还上什么学!"

雪妍说:"玹子在家?不想见人吧?"

绛初道:"就是呢。你留着晚上劝劝她。"

"我可得回去伺候别人晚饭,哪有福气在这儿吃好吃的。本该给吕老伯请安,京尧没来,就不惊扰老人家了。"蘅芬说着站身,要往孟家看看。

一行人来到西小院,一进屋门,绛初便说:"这屋子怎么这么冷!"

炉子很大,满炉的煤,只有一丝火亮。雪妍怜惜地拉住峨戴着无指手套的手,手指冰凉。

"真的,是煤不够吧?"蘅芬说。

赵妈忙捅火,用三尺多长的煤钎子在煤块中扎一个洞。

绛初责怪道:"你怎么这么节省?不怕峨冻着!"

"我不怕冷。"峨忙道。

"我们二小姐这孩子别提多懂事了。她不叫烧,省着等太太小少爷回来呢。"赵妈得意地说。

"峨倒是皮实。雪妍也是这么体贴人,可要是这么着,早病了。"蘅芬爱怜地望着雪妍,好像她还是个小姑娘。

"峨回来没有?"绛初问。

"刚才听见门响。"峨要去看,蘅芬阻住说:"不用打扰她,我们坐坐就走。"她对峨没有兴趣,觉得礼已到了,略坐一时,便告辞走了。

嵋有雪妍在,觉得很安心。这两个人素来彼此欣赏,嵋喜雪妍温柔宽厚,雪妍喜嵋天真而懂事。在这复杂的世界中,她们似有一种默契。

"遇见日本兵真可怕!"嵋想着玹子。

"我母亲建议我找点事做,可以消遣。当然不是日本人的事。看来真不能出门。"雪妍沉思地说。

嵋说:"我们迟早要去找爹爹。你和我们一起走,找蒌哥去。"

雪妍苦笑:"五叔常有信来,蒌哥嘛,连个下落也没有啊。"

"凌姐姐来了。"峨推门进来,淡淡地招呼,就好像每天见面似的,坐下垂头不语。

雪妍问她学校里情况,她不答话,尖下巴微微颤抖,分明勉强镇定自己,忽然站起身说:"刚才——刚才我吓坏了。"

雪妍走过来抚着她,问什么事。嵋惊奇地瞪大了眼睛。

"我骑车回家,遇见一队日本兵都扛着刺刀在马路当中走,走着走着就挤过来,我只好下车,尽量靠边。日本兵忽然分成两队,把我挤在当中,把刺刀横架在我头上。"

峨停了一下,嵋跑过来靠着她,连声说:"姐姐不怕,不怕。"

"我当时并不怕。"峨思索着说,"那些兵还是继续开步走,几十把刺刀从我头上过去,亮闪闪的。他们过去了,我看街上的行人,都低着头,装没看见。我觉得就算一刺刀扎下来,当时死了也没什么,可是想到日本人竟能在北平当街行凶,心里很难过。"峨坐下来,用手捂住脸,尖下巴仍在颤抖。

"玹子姐也遇上了。"嵋拉着峨的袖子,"二姨妈知道了。"

"不要告诉娘。"峨轻声说。放下手又说:"我看见玹子了。我不敢骑车,推着车走,不多久后面日本兵的脚步声响得震人,他们又返回来了。这次一队人举着刺刀,推着前面的一个女孩子——就是玹子!她很镇静,走得很快,一个兵还用刺刀扎她的外套!他们把她赶了一段,忽然全体向后转,走了。玹子站在街心愣了一阵,我叫她好几声才听见,我们一起回来的。"

雪妍从未听峨说过这么多的话,不知如何安慰。峨说过这一段,似乎好过些。她没有回自己小屋,在炉边坐着,不再说话。

晚饭本说是在绛初那里吃,峨不肯去,三人便在西小院吃了。前院送来两样菜。

吃过饭,雪妍建议去看玹子。这时天已黄昏,小院里台阶下积雪分外的白,园门外大槐树上鸦声阵阵。三人走出园门,见正院更是萧索。凉棚拆下后的木条席片,乱堆在院中大荷花缸旁。一阵风吹得落叶团团转,三人都打了个寒噤。

雪妍说该穿上大衣出来,要转身未转身时,忽见大槐树后有一个人影。那人朝她们走过来,正是玹子。

玹子巧遇卫葑并送他出走后,曾专门到凌宅报告经过,到这时也快半年了。只见她穿着藕荷色缎袄,上衬着白嫩的面庞,唇边漾着笑意,暮色中显得分外鲜艳。她走过来抱住雪妍的肩,没事人一样。

四人又往回走,进西小院园门时,忽见院中芍药圃后太湖石旁打闪似的一亮。四个人都看见了,站住脚步,谁也不说话。

这时赵妈正好从下房出来,分明也看见了。停了一会儿,急走到上房点灯,一面说:"小姐们回屋来吧,大冷天,别外面站着。"四人进屋,赵妈先拉着嵋的手说:"好小妹,什么也别说。"又向三位大小姐说:"赵奶奶那晚烧香,见一排小红灯挂在后楼廊檐上。咱们求仙佛保佑罢。"后一句声音特别大,好像是说给仙、佛听。

三人都有点发愣,嵋更是害怕,低声问:"是狐仙吗?"

赵妈忙轻声喝道:"小孩子家,胡说什么!"意思是童言无忌。嵋吓住了,不再说话。

"这么说，咱们院子里住着仙还是佛呀?"玹子定神后笑着说，"要是有本事，怎么不帮着打日本鬼子?"

赵妈不敢说玹子，只管摆手。

雪妍打岔道:"地安门这边是今天停电? 我们那边是星期二停。"

"有时候一礼拜停两回呢，越黑越显得不太平。"赵妈说着点上灯，看看炉子，倒上热茶，便往里屋收拾被褥。

"有些事科学还很难解释，譬如生命的起源，我刚上普通生物学，就觉得很神秘了。"峨不愧为生物系学生。

"那是你们没本事，研究不出来!"玹子说，"我们中国人没本事，让人得寸进尺，好好的老百姓成了亡国奴。亡国，所以成了奴! 只要亡了国，还分什么高低贵贱，都是奴!"

玹子和峨互望着，想起下午被侮辱的一幕，眼睛都水汪汪的。她们从小手心里擎着长大，若不是北平沦于他人之手，怎能受这样的侮辱!

"狐仙是咱们家供养的，白吃饭不成!"玹子冷笑道。

"打日本人怕难为它了，也许能告诉咱们一点消息?"低头坐在炉边的雪妍忽然抬头说。她心里是不信的，但又渴望着消息。

玹子笑说:"是呀! 既然狐仙神通广大，我们何不问个休咎?"

"怎么问?"峨问。

"编个法子不行吗? 这也没什么规定。"

大家觉得好玩，心里虽怀疑狐仙是否能懂得这胡乱编的法子，还是商议着搜寻出好几支彩色蜡烛。先各自认定颜色，雪妍要白，玹子要绿，峨要蓝，嵋要红，倒是互不冲突。峨说该放到太湖石上去点，雪妍说在屋里就行。玹子折中说放在廊子矮栏上，嵋没有主意，看着她几个只觉得兴奋。

赵妈心知管不了，况有凌家姑奶奶在，人家是出了阁的，更不便管。只笑着说："心里诚敬着些，别触犯着才好。"自往下房去了。

雪妍等四人来到廊上。一弯新月刚升到树梢，廊下积雪闪闪发亮。太湖石静静地立在花圃后、院墙边，玹子拿着蜡烛在栏杆上摆开。

峨正要划着火柴，园门中忽然走进一个人，脚步轻盈，带笑说："听得说凌姑姑来了，我也来望望。"原来是吕香阁。

雪妍笑道："看我们玩什么呢，你也来参加。"

众人让她认了一支黑色蜡烛，摆好，峨才一一点燃。微弱的光照着蜡烛的颜色，火焰一跳一跳。因这一排亮光挡着，显得院中更黑，好像有猜不透的神秘。

四个人的同一心愿是，打走日本人！若没有国，也就没有家，哪里还有自己！又各有不同的副题：雪妍盼卫葑消息。那三姊妹想着远行的父亲，生病的小娃。玹子和峨各有隐秘的祝愿，不便猜测。嵋则希望她们四人的愿望都能实现。至于香阁，却有完全不同的想法，以后才知分晓。

一阵寒风吹过，五支蜡烛的火焰向一边拉长了，像要飘向远方。然后缓缓恢复原状。

就在这时，一支蜡烛陡地灭了。蜡芯上飘出一缕淡淡的白烟，向黑暗里散开。

雪妍最先意识到，这是那支白的，她的蜡烛。

四支蜡仍静静地燃烧，又一阵风来，火焰左右摇晃，蓝蜡灭了，绿蜡又向远方拉长，像要飘走，随即灭了。只有红蜡和黑蜡还在亮着。

"本来嘛，嵋最小。"玹子咯咯地笑。笑声清脆地甩落在黑暗中。

她们又等了一会儿，红黑两烛仍在亮着，火焰一跳一跳很精神。又一阵风,红烛一点点暗下去,灭了,月光下依稀可见逐渐淡去的白烟在飘动。只有黑蜡仍亮着,随风拉长了火焰。众人屏息看着,又一会儿,黑烛也灭了。

大家舒了一口气,香阁说:"这全是闹着玩,只该我的先灭。全颠倒了,可见不足为凭。"

雪妍说:"命运的事,可难说。"

本来风吹烛灭是自然的事,她们却觉得心头沉重。回到屋里许久,大家都懒懒的。原只是好玩,这时却似乎要负担狐仙给的"启示"了。

一时刘妈提了灯笼来接玹子。灯笼上画着两个小人也举着灯笼。

"太太已经盼咐雇了车了,明天两位小姐都坐车上学。"刘妈站在廊子上说,把灯笼举得高高的,照见栏杆上五支残烛。

临近除夕,小娃出院。南屋客人当时只剩了几位,一听见门前车声隆隆,由吕贵堂率领出迎,他们是由衷地高兴。

汽车停稳,吕贵堂抢上前抱起小娃。

碧初忙说:"当心他的肚子。"

这时三家的底下人都赶来迎接,伸长了脖子看这位死里逃生的小少爷。

"我自己走,我自己走。"小娃脸色白里透红,笑眯眯的,挣扎着下地走。众人簇拥着到垂花门,绛初、玹、峨、玮和嵋都到了。

绛初说:"小娃会挑时间,赶在过年时好了。让全家人都安安心心迎新年。"

小娃见了嵋和玮,高兴得大声笑,拉着嵋的手直摇。他走到正院,先要看公公。

南屋客人不进垂花门,前院仆人不进正院,进上房的人就更少了。只碧初带小娃,玮、嵋跟着进了上房。因为房子太大,不

180

够暖,老人只在内室起居。

不到一个月光景,吕老人更显衰老。他半靠在床上,厚厚的一摞棉被塞在身后,正在大声咳嗽。莲秀站在床旁捶背,一面报告小娃生病的经过。

"公公,我回来了!"小娃像打胜仗似的,高兴地叫。

老人来不及回答,又咳了一阵,才伸手要小娃坐上床来。

"你可好了!这是现在医学发达,不然怎么得了!你们不早告诉我!"

碧初去接小娃出院时,才告诉老人实情。老人问了些医院情形,又问玮玮和峨的功课。拿起床边放的一本打开的《昭明文选》,指着说:"庾信的《哀江南赋》,我现在看和年轻时看就不一样了。'李陵之双凫永去,苏武之一雁空飞。'为人不能再见故国,活着有什么意思!"

碧初在旁和莲秀说话。莲秀迟疑地低声说:"老太爷不只咳嗽厉害,近来夜里还大声哭,说要下地练拳。"

碧初知是南京陷落之故,心里酸痛。

一会儿,老人又咳起来。等咳过去了,碧初带孩子们退下。走到门口,老人哑声唤道:"三女!"碧初忙又上前。

老人缓缓地说:"我看你也瘦多了。小娃好了,你要留神好生休息。"碧初忙忙答应着,低头转身出去。

本来,碧初不在家,峨是不管事的,峥还小,赵妈和柴师傅想着今年必没有任何过年的礼节了。柴师傅挖空心思,准备了一餐年夜饭,想着就算太太不回来,让两位小姐别忘了是过年。

现在碧初带了痊愈的小娃回来,三号阁宅都觉安慰,西小院更是喜气洋洋。连峨也出出进进帮忙,实际一点也帮不上。

从医院带回的食品中有一罐甜花生酱,峥高兴地拿起来问了娘,知道可以吃,便打开瓶盖。浓郁的花生香味飘出来,瓶盖上有厚厚的一层,峥便拿着瓶盖舔。

"你这么馋! 舔瓶盖子! 像什么样子!"偏巧峨看见了,立刻攻击。

峒很生气,她并不愿意这么馋。娘都准了,你管什么! 她要狠狠地气峨,便说:"你管我呢! 还让日本人刺刀架在你头上!"刚说出口立刻后悔,扔下瓶子,跑过去抱着峨的腰。

峨愣了一下,倒没有动怒,尖下巴又颤抖起来。

碧初知道了事情经过,心里很难过。她没有说峒,拉着峨的手说:"二姨妈安排得好。下学期要是还不能离开,就住校好了。"

"有希望走吗?"姊妹二人连小娃都眼巴巴地问。

"希望总是有的。"碧初安慰地说,"来,咱们安排过年罢,打起兴致。到春天,上路也容易些。"

希望鼓舞着大家,到阴历年时都很高兴。

孟家过年,依照弗之老家规矩,年夜饭前和初一早餐前要拜祖宗。祖宗牌位从方壶移来后一直存放在箱子里。除夕这天,在西小院堂屋北墙设起供桌,先摆好香炉,两边分设瓶和烛台。请出祖宗牌位,牌位的底部是个小台座,带有雕镂精细的栏杆。有一个楠木盒子,取下盒子便见牌位上刻着襄阳孟氏祖宗神位,用石绿勾勒。这是孟家祖宗遗物,已传了好几代。弗之有一弟在外交部工作,长驻国外,这牌位总在弗之处。他们祖上三代都是府道一类官员,牌位台座周围嵌有一圈玛瑙一圈碧玉,是各代人添的,东西不贵重,却可见心意。

当时新派人早已不供祖先,弗之却觉得既有牌位,总得供拜。碧初愿意一切都像弗之在家的样子,仍把拜祖先作为过年重要节目。

孩子们今年都没有做新衣。峨穿着去年的鹅黄起银花的缎袍,仍很合体。峒的桃红本色亮花、周身镶小玻璃钻的袍子短了一截。小娃为保护伤口,穿着宽大的烟色棉袍,高兴地晃来晃去。三个人都很精神。赵妈说从没见这样漂亮的孩子。她每年都这么说。

午饭时，碧初命多摆一份杯箸，那是爹爹的座位。孩子们知道，都像爹爹在家时那样，不敢大声说话。

午饭后，峒叫香阁来一起抓子儿。用娘的大毛线围巾铺在桌上，撒上五个玻璃球，再分各种不同程序拾起。有一种是一次抛起两个球，先接一个，让另一个在围巾上跳一下再接，只有毛线织物能产生这样效果。峒的小手轻巧地抛、抓、撒，彩色的玻璃球跳着滚着。她不计较输赢，谁赢了都高兴。香阁赔着笑，其实心不在焉。后来小娃要玩，便改为弹铁蚕豆，在两个豆之间用手指一画，弹一颗碰另一颗，碰上了，就赢一颗。一会儿，玮玮穿着新藏青呢面棉袍来了，也玩了一阵，赢了许多，又分给大家重来。峨过来看看，轻蔑地说："都几岁了，还玩这个，有这份闲情逸致。"只有香阁站起让座，别人都不理她。

五点多钟，天已经黑了。前院厨房叫香阁去帮忙，玮玮自回屋。这里供桌上已燃起红烛，前面铺下红毡。碧初端正站着，拿了一束香。

小娃笑叫："我来点我来点！"去年他要点就让他点了，今年还由他。他划了两次火柴没有点燃，碧初示意峨帮忙，峨扭脸不管。燃香本是峨的事，因她最长。现既让最小的当游戏，她又何必管？还是峒上去帮着点了，觉得很高兴。她不是长女也不是男孩，没什么可计较的。

碧初插好香，先跪拜了，峨等依次行礼。峒跪下去，看着明亮跳跃的烛光，觉得祖宗很亲切。

往日年夜饭都是各宅自用。吕老人这晚从不到女儿家。今年因碧初在，又只剩妇孺之辈，晚饭便开在正院上房。四人在牌位桌前站了一会儿，一同往正院去。

上房大厅中一盏暗黄的灯，好像随时要灭。大炉子今冬第

183

一次烧,红通通的,倒是很旺。碧初四人到时,绛初三人刚进屋里。玹子才从六国饭店跳舞回来,穿着豆青色薄呢衣裙,随手披了一件白色开司米小披肩,炫人眼目。她的道理是不跳舞也打不走日本人。只是到处遇见日本人,玩得窝心。女孩子们的鲜艳衣服增添了明亮,有些过年气氛。大家为让老人听见,都高声说话,显得颇热闹。

屋中茶桌条几上都摆了零食点心,最主要的是过年用的杂拌儿,平常有金糕条、糖粘花生、蜜饯等十几样东西混在一起。今年样数少多了。莲秀换上一件绛紫色棉袍,张罗着给孩子们抓吃食。

一时入座。吕老人在圆桌正上首,一边是绛初,一边是莲秀。莲秀肩下是碧初,依次下来。席上所用器皿还是旧物,一套乳白色定窑瓷器,酒杯如纸般薄,好像要融化。内容却是拼凑,四个镂空边半高脚碟装着木耳炒白菜,糖醋白菜,北平人冬天常吃的用白菜心做的芥末墩,用白菜帮子做的辣白菜。

吕老太爷看不清楚,挨个儿问都是什么菜。听到这四样时,老人一笑说:"有一鸡三味,这一菜四吃也不错啊,倒要都尝尝。"莲秀忙搛菜。

绛初说:"爹不见得咬得动。"

老人说:"咬不动也尝尝。"

吕贵堂坐在玮玮肩下,低声说:"这两天街上很紧,听说有人炸了日本领事馆,伤了不少日本要人和汉奸。"

"吕贵堂,你大声说!"玹子自己的声音就够大的。

吕贵堂又说一遍。老太爷注意听完,说:"再说一遍! 大声大声!"

贵堂回头看看房门,又大声说了。大家都喜上眉梢,昏暗的灯光也觉亮了许多。

"这才是一个中国人该做的事。"老太爷拿起酒杯,一饮而尽。莲秀担心地望着他。"可惜我老朽了。"他把酒杯重重一放,随着是重重的叹息。众人都不说话。

刘凤才提了食盒来上菜,端出一盘锅㸆豆腐、一盘清蒸鱼,摆好了,退在绛初身后低声说:"巡警郑爷说了,今儿个晚上要查户口,有日本人参加。他早些儿上咱们这儿来,免得惊动安歇。"

这样一说,刚显活泼的气氛立时沉重起来。只有老太爷未听清,问你们喊喳什么。绛初说了。

老太爷默然半晌,发命令说:"孩子们都躲到小祠堂去!"

"您呢?"

"我就坐在这儿!"

碧初听说忙走上来说:"爹也往里躺躺才好,谁知道来的日本兵通不通人性!爹躺着,不用搭理他们。"说着和莲秀连劝带架把老太爷送往里屋。

玹子等连香阁都赶紧转到后房,进到祠堂里。绛初命刘凤才往前边照看,吕贵堂在这里支应。

吩咐刚完,柴师傅跑进来,低声说"来了,来了"。刘凤才忙迎出去。

就听见一阵沉重的脚步响,越来越近。脚步声中响起老郑的声音:"刘爷,大年三十的,您瞧!"

话音刚落,进来十来个人,有日本兵,伪军,巡警和保长。老郑对付着说这一家情况,那三个日本兵并不认真听,只打量着房子。看见桌上的鱼,忽然坐下吃起来,吃得非常之快,鱼刺自动从两边嘴角退出,好像机器推着。别人都站着发怔,保长倒了三杯酒,给他们喝。

吃喝完了,他们看看户口册子,问吕贵堂是什么人。老郑说是主人吕清非的本家,又说是族人,都不懂,只好说是侄子,才点点头,懂了。他们没有问吕贵堂本人的职业,也没有问户口本上的学生们都上哪儿去了，他们似乎心中有数。

一个领头的日本小官颇为文雅地用手帕拭嘴，一面掀开里屋棉帘，见老太爷躺着，转身招呼部下离开。重重的脚步声向屋外涌去，刘凤才点头哈腰地跟在这小股喧闹后边。

"也不怕酒菜里有毒药！"吕贵堂小声说。

院子里的日本兵用生硬的中国话大声说："好大的房子！"

很显然，如果他们要，房子就是他们的——他们可绝没有这样说。

照习惯，正月初二女儿回娘家拜年。多年来，澹台家和吕老人近在咫尺，从不在初一这天到正院。今年不同了，因惦记老太爷，碧初约了绛初把初二的礼仪提前。

戊寅年正月初一，孟家人起身后，向祖宗牌位行礼。然后柴师傅和赵妈依次上前，照惯例向碧初拜年。他们向供桌跪拜，嘴里说："给老爷太太磕头。"赵妈还添些吉利话，今年的主题是平安："平平安安，一年到头。没灾没病，太太平平，喜喜兴兴！"

碧初欠身表示还礼，然后给赏钱。今年他们两人的活儿都添了，赏钱添得不多，可都很高兴。

早饭后，绛、碧二人带领孩子们到上房，每年都由吕老太爷率领在小祠堂里拜吕氏祖先。因吕家无子，老人特别注重拜祖先的形式。他总是摸着小娃头，拉着玮玮手，默默祝愿他们长成国家栋梁。

上房静悄悄，炉旁残烬冷灰，尚未收拾。八九个人蹑着手脚进到里屋，见老人歪在床上，莲秀用热手巾给他擦脸，女用魏妈正收拾屋子。老人望着壁上的一把垂着大红丝穗子的宝剑出神。

"爹醒了。"绛初先温和地说。

老人吃力地转脸看着两个女儿，眼光是淡漠的，似乎在斟酌什么,半天不说话。

碧初说:"爹累了,能起来不? 不要勉强。"商量地看着绛初。

绛初说:"就是呢,要不爹别起来了。外面屋里很冷。"

"你们去拜祠堂吧,我告假了。"老人转身向里朝墙说。

屋里静如幽谷,孩子们大气不敢出。

绛、碧二人交换了一下眼光,绛初说:"那就是了,先给爹磕头。"说着,众人都跪下。莲秀忙向旁边站了。

"你们都给我起来!"老太爷忽然坐直了身子,"我不配受你们的礼! 我对国家,什么也没有做成啊,到老来眼见倭寇登堂入室,有何面目见祖先? 有何面目对儿孙啊!"

老人的语音很不清楚,听去叽里咕噜一片。绛初不理这些,只管依礼叩头。碧初心里难受,轻轻喊了一声"爹",叩下头去。

行过礼,老人仍不转身面对众人,绛初便领大家往祠堂来。没有人问莲秀是否来,反正她是永远跟着老太爷的。祠堂里不设神主牌位,四面古铜色帷幕,挂着吕老人的祖父母、父母的画像。老人的祖父和父亲都做过一任京官,画像穿着补服。侧面挂着张夫人像,那是放大的相片。可以看出,绛、碧二人都很像母亲。

往年到祠堂行礼,都在热闹繁华中。祠堂的肃穆正好调剂一下。今年的肃穆压在每个人早已沉重的心上,就变成阴森了。北面纸窗已破,北风吹起帷幕,屋里冷如冰窖。碧初忙揽着小娃,峫也往母亲身边靠。她有些不安,甚至觉得外祖母的相片很可怕,因为那么大,那么像活人。

从祠堂出来,孩子们没有像往年那样到玹子和玮玮房里玩一阵,再在前院午餐。玮玮拉拉峫的袖子,两人互望一眼,不约而同摇摇头,大家默然各自回房。西小院里,峫要听无线电里连阔如说评书《东汉演义》,那几天正说到贾复盘肠大战。刚打开无线电,小娃连说害怕,让快关。只得各自看书。还好峨只是沉着脸,没有对谁发脾气。

都以为不会有人来拜年。下午澹台家与孟家都还是有公司和学校的熟人来交换消息。

令人安慰的是,并无与伪政权有关的人来,缪东惠也没有来。

正月初五过去了,三号宅院内一切平安。

绛、碧姊妹以为,新权贵们确实想不起老太爷了。老人在这深院之中,也许能平安隐居下去。

第 五 章

一

春天在满天风沙中来到了。

什刹海冰面逐渐变薄,终于变成一湖春水。沿堤柳树在风声中醒来,透出朦胧的嫩黄。北平人给春天刮起漫天灰沙的大风起了个诗意的名字——醒树风。不过它不以醒树为满足,树醒了,还要继续刮。刮得行人睁不开眼,刮得景山顶上灰蒙蒙的,满城像同时在生千百个火炉,浓烟滚滚。待得忽然风止树定,便早已万紫千红开过,春去夏来了。

一九三八年春天,二十四番花信没有像往年给人们欣喜。人们注意的不只是窗外呼啸的自然的风,还有门窗关不住的各式消息。自那次查户口后,听南边广播的人谨慎多了。但是人们还是知道张自忠、庞炳勋部在山东与日军激战,知道中国政府坚持抗战的决心。也不时传出新四军北上抗日,八路军开展平原游击战的消息。这都给人们极大鼓舞。四月上旬,是观赏玉兰的日子,传来了台儿庄大捷的消息。人们的心从冬天的冰洞里,向上升起,温暖了一阵。

吕老人从旧历年后,身体好些,每天可以起来走动,那淡漠的眼神还是让人看了难过。玮和嵋,同时重感冒。嵋很快好了,玮稍好时又着凉,转成支气管肺炎。全家提心吊胆,小心调养了

189

十多天,逐渐恢复。

这天绛初在玮玮房里,给他剥橘子,每一瓣都举起照看,怕有核卡着,一面听玮玮念英文。《鲁滨孙漂流记》已读完,现在念的是《格列佛游记》。

刘凤才来禀报说黄秘书来了。黄秘书职位低,薪水少,没有补贴旅费,又是一家老小,无法挪动,派做了公司留守。实际上已没有事,很长时间没有来了。

绛初对玮玮说:"念念就歇歇吧。你才好,别伤了气。"

起身到起居室,见黄秘书站在当地,身材那样瘦小,还觉得无处放似的。见了绛初深深鞠躬,满脸愁容。

"有什么事吗?"绛初本以为他来做通常问候,这时忽然感到不祥。

"是有点事,有点事。"黄秘书期期艾艾地说,掏出一封电报,"您放心,总经理平安。就是,就是他摔了一跤,有点伤,只一点伤。"

绛初慌忙看电报,上写:"澹台勉先生堕马腿折,盼夫人即来。"说是电报,已经过了一星期了。

"这是真的? 没有严重的事?"绛初拿着电报的手轻轻颤着,声音也颤着。

"没有,没有!"黄秘书心里同情,脸上五官挤在一起,好像越挤得近,越能证明他的同情。他望着绛初,照说该提出办法来。可是他实在不知如何是好,只挤着五官,一再重复:"没有,没有!"

"请孟太太来。"绛初吩咐倒茶的刘妈,"叫刘凤才去接大小姐回来。"自己走到西头书案上打开地图。南昌的位置,自子勤往那里,她已经很熟悉了。这时得研究路线,看火车通到哪里。

碧初立刻来了。黄秘书招呼道:"孟太太! 您瞧这是怎么说的!"

碧初知情后,安慰绛初说:"骨折需要卧床,所以需要家里人去,并不严重。咱们反正要走,这样倒是能快点聚在一起。"

　　两人商量一阵,只能先到武汉,再做道理。遂请黄秘书先回去。黄秘书临走时忽然想到去问问公司留着的旧人,谁能跟着去,或有什么主意。

　　碧初沉吟道:"这事情不宜招摇,万一有人阻拦,就走不成。我不了解公司情况,只是乱想。"

　　绛初点头,对黄说:"这话有理。除了平常亲近的几家人,不用跟别人说,只给打听车票吧。"

　　黄秘书脸上舒展些,鞠躬走了。

　　玹子很快回来了。她轻盈地跑上台阶,进房先站在绛初身旁,好像护卫母亲。

　　"我们什么时候走?"她问。绛初靠着女儿,感到些安慰。"玮玮呢?玮玮知道了吗?能上路吗?"玹子又问,她确定自己要陪母亲去的。

　　绛、碧两人互望着,且不说玮玮的事。

　　绛初叹道:"照顾爹的重担全落在你一人肩上了,可怎么和爹去说?"

　　"爹还有看不开的?照实说了好。"碧初说,"现在路上不平靖,要换好几次车,总得带个人才好。公司里指望不得了。刘凤才人倒是能干,可有家室,为了咱们家让他们撂下家,也不是个事。"

　　"他不会肯去。这个人我知道。"绛初说。

　　玹子接话道:"我陪着妈妈,大保镖,没有人也没关系。"

　　碧初道:"玹子当然能干。照我想,柴发利很合适。这人负责任,认得点字。在这儿五六年了,厨房料理得不错。到了南昌,做做饭也好的。以后再上路,还是个帮手。"

　　绛初努力思索着:"那你这儿怎么办?你也要走的,谁

191

跟着?"

"到时候再说。和爹一起走,还有吕贵堂呢。只要准备周密,都好办。现在事出突然,还是得有人跟着才好。"

绛初不再言语。

"怎么收拾?我来收拾!"玹子着急地问,恨不得插翅飞到父亲身边。

绛初仍思索着,对碧初说:"玹子当然跟我走,现在也顾不得耽误课的事了。麻烦的是玮玮,他病刚好,受不了奔波。要是再反复,路上哪儿找大夫去!"

碧初沉吟道:"你若放心,就把玮玮交给我。"

绛初又不语。她当然是不放心。

时间紧迫,玹子先回校办手续。校园里有几个小贩卖零食,精致的食品现在少了,那些十七八岁姑娘们爱吃的杏干糖、琥珀核桃等都还有。

玹子泛泛应付了几个同学的招呼,走过校园,心里烦乱而又有些兴奋。办手续很简单,只开一个肄业证明,以便转学。然后到宿舍收拾行李,还到峨的房间,叫她回家。峨正懒懒地靠在枕上。

"起来!"玹子不由得大声说。心想我的事多着呢,还得来叫你。

峨不耐烦地望着她,等知道了原委,立刻跳起身:"你先走了!太好了!"

"我爸爸受了伤,还好呢!"

"我帮你收拾东西。"这在峨是少见的事。

玹子招呼峨是奉命,她还有自己的联系。和几个要好同学告别,回到家又给几个朋友打电话,其中之一是麦保罗。保罗听了,说次日来看她。

当时玹子系一条荷叶边白围裙,带了香阁在收拾箱子。她们带的东西很少,几乎全部东西都要封存。起居室的家具已然罩上套子,满地书籍。玩偶们靠墙排成一队,一个个瞪大眼睛,几个日本人已经被剔除了。

保罗见玹子认真忙着,先说:"我看你这样子最好,战争有时会给人意想不到的东西。"

玹子请他坐在众多家具中的一个小凳上,叫人倒茶,没有人应。香阁忙说:"我去倒。"

"我们很惨,背井离乡,万里寻父。"玹子笑着说,"可我真有点儿兴奋,再不用担心刺刀架在头上了。尽管我舍不得学校和北平城。"

"我也很兴奋。"保罗说,"不过不管情况怎样,刺刀怎敢架在澹台小姐头上?"

玹子白嫩的脸微微红了,冷笑道:"你好天真! 因为你没有亡国!"

保罗自管说:"中国人在台儿庄打得很好,共产党军队也打了胜仗。"

"所以我想我们的命不至于太苦,能回来。"玹子的目光落在那排洋囡囡上,"它们的命是躲在箱子里等着。不知得等多少年,好在它们不会老。"

香阁拿了茶来,转动眼珠,看了保罗一眼,抿嘴一笑。玹子介绍这是一位本家亲戚。怕保罗不懂,又用英文解释了。保罗意识到,这是一种疏远但可以依附的关系。

"这是中国的人情,照顾得真宽。"他说,觉得这女孩很好看,"我很厌倦北平城了。"他目送着香阁退下的身影,"也许我也要往南方去。看世界形势,日本侵华只是开头。"

"那就更热闹了。"

"可不是,我们美国人对世界安全负有责任,我们想得多一些。"

"哎呀,我们中国人想得也不少,不过我不能代表中国。你厌倦北平,是厌倦日本统治下的北平吧,北平永远不会令人厌倦的。"

"卫葑有消息吗?"

"没有。要调查吗?"

保罗笑了,说:"我有时觉得命运很奇怪。我看最奇怪的是我学了中文,派到中国工作。"

玹子认真地说:"我也觉得命运很奇怪,我为什么是我?为什么轮到我现在离开北平,而不是峨她们?"

"孟家也要走吧?"

"当然了。"

门轻轻开了,同时探进三个头。上面的是玮,中间的是嵋,下面的是小娃。

保罗忍不住笑,招呼道:"你们好。"

玹子命他们进来。保罗说了些一路平安的话,起身告辞。

嵋一进来就蹲在洋囡囡前:"真可怜,它们要在箱子里呆着。"

"你挑一个吧。"玹子忽然说。

"真的?"嵋高兴地立刻把秀兰抱起来,"玹子姐,我知道你最喜欢秀兰,我替你照顾她。"

"还可以放几个在我箱子里带走。"玮说。

"你的箱子? 还不知道让不让你走。"玹子说。

"我也要去侍候爸爸!"玮玮说,"其实你留下好了。"

"可惜我没得支气管肺炎。"玹子温柔地抚着弟弟的肩,调皮地望着他。

直到绛初和玹子走的前一天,才决定玮玮留下。玮玮不愿意,但他有足够的理智,知道应该配合,不能再给母亲添麻烦。

绛初忍泪说让他留下时,他愣了一下,答应了,还安慰说:

"妈妈放心,我其实全好了,不会给三姨妈添乱。"

决定以后的第一件事是把玮玮的住房搬到西小院上房东里间。嵋和小娃很高兴,前后跑着帮助拿零碎东西。房子不能空,怕日本人来住,已商妥黄秘书一家来,带看房。玮玮的大型玩具航模等物西小院放不下,前院单留一间做游戏室。

绛初在玮玮房里,从大家具到小摆设都细心安排,把被褥编了号,嘱随天气换用。又特别嘱咐:"三姨妈是亲人,你凡事要听话。几种调理的药,记着按时吃。等身体好了,每天要按时念书打拳,不可荒废。千万不能出门! 公公那里,常去陪着解闷。"玮玮听着,背转身拭眼睛。

幸有嵋和小娃为伴,还有亨利留着。它也迁到西小院,见狗房放在廊上,便钻进去,不需特别解释。它把爪子搭在小门槛上,头枕在爪子上,眼睛忧郁地随着玮玮转,似乎在问:"你什么时候走?"

玮玮对母亲说:"妈妈放心,不要再把我当成孩子。从日本人进北平那天起,我就不再是孩子了。"他已经比绛初高,使得他的话格外有力。

绛初捏着手绢按按眼睛,勉强带笑道:"谁把你当孩子! 只当你是有勇有谋的大人,留下帮三姨妈的。"

玹子在旁道:"过几天又见面了,别这样想不开!"

绛初走时,不让玮玮送,玮玮也没有要送。

这一天嵋和小娃一直伴着他。晚上吕老太爷特地召他到上房陪用晚饭,把一块遍体正黄,黄中洒满红点的上品鸡血石给了他。

柴发利随绛初走后,碧初用了刘凤才做饭,赵妈洗洗涮涮,日子颇为平静。刘凤才以前学过几天手艺,久已荒疏,蒸咸煮淡,常使大家惊叹。除峨回来时抱怨几句外,孩子们都能幽默地对待。玮玮形容饭菜是笑料连台本,隔两天出现一次,然后再听下回分解。因是玮玮说的,刘凤才也不见怪。

以后玮玮日见强壮,且似长高了些,很令碧初高兴。

另一件让她安慰的事是,沦陷快一年,并无人来找老太爷。老人对他们可能确实无用了。这样的话,老人受不了旅途颠簸,留下未尝不可。夜阑人静或晓梦方回,碧初常良久地琢磨这事。原先设计的旅行都以老人为中心,现在看来,未见得能实现。走,几乎不可能,留下,也不能完全放心。日本人会在暗中注意他吗?最让她不放心的,是老人脸上淡漠而奇怪的神色,眼神迷惘地望着远方,不知看着哪里。

一家又一家都走了。

绛初走后几天,秦校长夫人打电话来辞行,说她们先走一步。

五月上旬,一个风和日丽的下午,李涟太太带了儿女来访。

李太太金士珍穿着镶本色宽边的旗袍,看不出是何时流行的样子和料子,颜色像是阴丹士林。她很瘦,但不窈窕,动作僵硬,像条木棍。她一手牵着男孩之荃,大声评论着走进西小院。

"原来你们在城里有这么大的房!前院怎么那么多人,乱哄哄的!后院是老太爷住吧?几口人啊?不瘆得慌!"

大女儿之芹牵着妹妹之薇默默地跟在后面。

碧初忙让座奉茶。让峨、嵋陪之芹等三人去玩,自己陪着李太太说话。

李太太是北平旗人中的蒙古族,据说金是清朝皇室的赐姓,何以赐,无人考。李家一直住在城里,与学校中各家眷属来往不多,她的举止口音,很带城内市民味。人皆知她的信仰奇特,常常装神弄鬼。

"文涟拜托孟太太了,我们往南边去,全靠您了。"士珍开门见山,话音里带着笑,特地称呼李涟的字,显着文雅。"我说什么也得跟住他,谁知道这仗打几年呢!"

碧初表示欢迎。正题很快说过,便家长里短闲谈。

孩子们那边,峨招呼过,转身进了小屋,不再出来。嵋引之芹等和小娃一起玩。

之芹是个极普通的温柔姑娘,两条半长辫子俱垂在胸前,脸上有种沉思的,略近呆板的神情,和她的年纪很不相称。

她见小娃拿出各种玩具汽车火车枪炮玩偶等,不禁说:"你们有这么多玩具!"随手拿起一节火车,"做得真精细。"

之薇愣愣地站着,之荃仰着头一把抢过,说:"我们要开火车呢,你看什么!"

嵋和小娃都很惊讶,只好帮同接起轨道。火车在圆圈轨道上跑起来,孩子们大声欢呼。

"你们很快活。"之芹做出一个微笑,对嵋说,"我们很少这样玩。"

"那你们下了学做什么?"

"做家务事,照看弟妹,温习功课。"之芹若有所思地说。

她还要帮母亲举行一种宗教仪式,每周一次杀鸡宰鹅,和教友一起吃喝。这点她羞于启齿。

"我也做家务事,照看小娃。"嵋天真地说,"他要是淘气不听话,就交给赵妈。"

之芹轻轻笑了:"你姐姐怎么不管?"

"她不高兴,什么都不高兴。可是我,什么都高兴。"

嵋略侧着头,那双表情丰富的眼睛盛满笑意,一副什么都高兴的样子,显得十分妩媚。

之芹沉思地望着窗外,丁香花枝簇拥在窗前,将残的细小花朵还很稠密,忽然从花底飞出一小片绚丽的颜色。

"蝴蝶!"她高兴地叫,拉了嵋的手向外跑。

"乱跑什么!一点规矩都没有!"坐在外间的李太太喝道。之芹立刻停住脚步。

"让她们出去看看?"碧初商量地说,"院子里有几棵花草可以看看。"

之芹到了院中,并未注意花草,眼光跟住蝴蝶忽上忽下。

"她上生物系高兴吧?"她问。再过几个月她高中毕业,没有人问过她想学什么。

"姐姐吗? 看不出来。"嵋也忙着看蝴蝶,"你喜欢蝴蝶? 你也想进生物系吧?"

嵋说对了,之芹是想进生物系。原因很简单,她喜欢蝴蝶,想研究蝴蝶。现在不敢想了,背井离乡,远到西南瘴疬之地,也许得辍学,帮助照料家务。

"昆明那边有蝴蝶,更多更大。"嵋说,"大姨妈一家有一次来北平,慧书带来好多呢,都搁在方壶了。"

之芹知道方壶,李涟曾带她到明仑校园去过,把一栋栋房屋指给她看。就是那次,她看到许多蝴蝶,在倚云厅前,方壶圆瓿间长满矮花的草地上,上下飞舞。

她轻轻叹息,说:"会书?"

"慧书是我的表姐,方壶是我们的家。那儿有许多萤火虫。我更喜欢萤火虫。"嵋钻进花丛中,"你要这只吗?"她用两个手指轻轻一夹,捉住一只彩色斑斓的蝴蝶。

"哦,我不要,不要。"之芹忙摇手,向悬着细花竹帘的房门看着。

"之芹! 你跟小孩子玩什么?"李太太叫,"进屋里来!"

之芹抱歉地一笑,进屋去了。

嵋很遗憾,把蝴蝶放在掌心,轻轻吹了一口气,放它自由。

屋里李太太说:"我们大姑娘是个实心坯子,不通窍。我们这娘儿四个,可给您添累赘了。"

碧初道:"之芹和我家的峨同岁吧? 可比峨懂事多了,哪能添累赘呢。"

“到底什么时候能走？真叫人烦心！文涟走后，只有一封信。”李太太说着不禁咬牙切齿，“想把我们娘儿几个甩了，可办不到！”

碧初安慰说：“李先生是去年年底走的，路上辗转奔波就得多少时间！现在的信，也没有准儿。总之咱们一起离开北平就是了。”

“孟先生孟太太为人可靠，我们这才靠了来了。”

李太太说着，硬要放下两个点心盒子。推让之际，嵋捧着一束丁香花跑进来，正和李太太打个照面。

“哟！这是二小姐？”李太太好像才看见她，上下打量着，“我可不说玩笑话，这是一品夫人的命。”

嵋毫不羞涩，也不气恼，把丁香花向母亲一举，跑进里屋去了。

碧初想，还好说的是嵋，若是峨，还不知怎样生气。又见金士珍两眼发直，想起人传她会运用“慧眼”，能见人所不见，忙打岔说：“有车等着没有？我这里有熟的车，马上能叫来。”这才打断士珍的功夫，召集她的队伍告辞。

碧初送走客人，觉得很累。回到屋里，见玮玮刚从吕老人上房回来，摆弄着一块乳白半透明的圆石。

玮玮递到她眼前，高兴地说：“公公叫刻四个字，刚才已经在肥皂上练过了。”又递过一张纸，上印着四个鲜红的小篆：剑吼西风。

“剑吼西风？”碧初抚摸着那块圆石，若有所思。

“剑吼西风！”公公并没有讲解，玮玮觉得这四个字威武雄壮，兴高采烈地拿着刻刀指指点点。

“思悲翁，不请长缨，系取天骄种，剑吼西风！”

碧初默记那首《六州歌头》，心中难过。她像绛初一样抚一下玮玮的肩，自进里屋去了。

二

碧初很累。孟和澹台两对夫妇四个人操心的事,落在她一人肩上。要考虑的不只是柴米油盐,而是严重得多的大事:在兵荒马乱中怎样确保一家人平安南去。吕老太爷的留还是走的问题,最使她焦虑。

绛初走后约半个月,弗之信到。信照例简单含糊,碧初却一看便懂。文学院已迁到云南的一个小县龟回,嘱即南去。最后有两句诗:"梦魂无惧关山锁,夜夜偕行在方壶。"

碧初抓住信贴在心口许久,展开再读,不下二十遍。然后默坐一会儿,把这行诗裁下,放在手袋中,起身到正院上房。到了门口,想想还是先和莲秀说,遂退回来,叫嵋去请赵婆婆。

莲秀进屋,赔笑说:"日子过得真快,转眼芍药开了。一会儿我剪两枝给老太爷插瓶。"

碧初往窗外看,果见两株白芍药都开了,繁复的花朵有小碗口大,清雅中透着艳丽。因说:"还是姊儿心静。我天天过来过去,就没看见。"把信给莲秀看,一面说,"走,是早合计的。不知爹的想法怎样? 和你说过没有?"

莲秀说:"没有整篇整套的交代,意思我是明白的。老太爷不会走。三姐你想,他家可走得成? 走不成哎。身体不行,这是一宗。留着还不引人注意,大家一起走,怕是一个也走不脱。"莲秀憔悴的脸上一双扣子似的眼睛充满忧虑不安,"他家像是自己有个主意,我可不敢说。"

碧初略一沉思,和莲秀同往上房。老人拥被坐在床上,温和地问莲秀:"往哪儿去了?"

"和三姐说话去了。"莲秀掖掖被角,转身在火炉上热水盆中拧了手巾,给老人擦擦眼睛,胡子。

老人的目光随着她转，依恋温顺又有些茫然。碧初觉得那像只小猫的眼光，心里很难过。

"你也要走了吧？"老人对她倒是很平静。女儿本是留不住的，从出嫁那天起，就没有指望她们奉养。三个女儿中，老人素来最喜碧初，喜她敏慧沉静心地宽厚。不过女儿再好，终有她自己的生活，这些年能在一起，已该知足了。

"爹料事如神。"碧初勉强微笑，把弗之来信说了，"早就说和庄家一起走，李涟太太也参加，现在是三家人一起，沿途会好好照顾爹。从天津坐船，船上很舒服。"

老人摇头，说："你的孝心我知道。可我好像没有这个力气长途跋涉了。"

"能隐姓埋名，安静度日，留下未尝不可，可他们能不来捣乱吗？现在虽说没有动静，往后还不知有什么花样。"

"所以你们应该快走，趁能走的时候快走。"

老人打断女儿的话，急促地说。说着咳嗽起来，脸涨得通红，又打喷嚏，又吐痰。痰落在胡子上，莲秀连忙擦拭，碧初捶背揉胸。

喘息定后，老人才说："你看我走得吗？平白添累赘。你放心带孩子们走。维持会早成立了，没有来找麻烦。我对他们没有用，会容我隐姓埋名的。我这里有莲秀，外面有吕贵堂，足够照料了。"

"现在不是太平年月，爹留在虎口，我们怎么放心得下。"碧初声音有些哽咽。

老人温和地说："不走，是留在虎口。走，说不定连你们都送进虎口。留在虎口，那牙齿不见得直落下来，若有举动，可要大嚼了。不过咱们可以再想想，当然最好有万全之策。"

碧初知道这是安慰的话，也无别的办法。回到西小院，心里七上八下，真不知如何是好，又无人可以商量。嵋知道母亲烦恼，像小猫一样跟前跟后，想为母亲分忧。到晚上上床后，碧初久久不能入睡，听见嵋也在小床上翻身。

"娘，我能过来吗？"嵋小声问，说着爬到大床上，钻到碧初被子里，"娘，我知道公公不能和我们一起走，你不放心。你带他们几个走，我留着照应公公好吗？"

碧初一把抱住女儿温热的小身子，"好孩子，亏你有这个心！睡吧，你还太小啊。"

"我不小了，你叫我做的事我都会做。"

嵋心里多想走啊，想跟着娘去找爹爹，可是也愿意留下来，如果对公公有用。虽然公公平常不见得喜欢她。

"好孩子，你留下也没有用。"碧初轻轻拍着她，又摸摸睡在里面的小娃，"若是照料生活，有赵婆婆。留下来得对付日本人，咱们处在沦陷区，没有保护。"

"咱们到南边，就有国了，是不是？娘！"嵋睁大眼睛望着黑夜，想了一下又问，"北平永远是日本人的了？"

碧初忙答："那不是！要看咱们自己有没有本事打回来。"

"那我们都要学本事！"嵋说。

靠着母亲，嵋觉得十分安心，还想说话，却不由自主睡去了。碧初摸着她柔滑的头发，心里又温暖，又酸楚。

次日，孩子们还睡着，碧初起来洒扫。赵妈本不让她做，她总要帮忙，扫廊子时见那两朵白芍药在晨光中很精神，便剪下来，放在桌上，才想起找瓶子。正往里面杂物柜中找时，听见莲秀的声音："三姐，老太爷过来了。"

碧初忙扔下手里的东西迎出来，见老人颤巍巍走进屋，莲秀和吕贵堂左右搀扶。吕香阁跟在后面，拿着痰盒、手巾等物。

"爹！爹怎么走来了！这么早！"碧初忙移过一张安乐椅，让老人坐下。

"练练腿脚，好上路啊。"老人高兴地说，他穿着一件宽大的深紫色夹晨衣,稀疏的银须飘在胸前,看来精神尚好。

"爹走?"碧初忽然精神起来。

"告诉你一件事。"老人神秘地说,"昨晚上,西山游击队来人了,要接我往山里住,只要混出城门,路不远。是不是啊?贵堂。贵堂带进来见我的,是不是啊?"

老人说着,不时问着吕贵堂,似乎需要他证明。吕贵堂连连点头,神色很不安。莲秀脸上犹有泪痕,却不敢擦。

碧初一时不明白是真是假,疑惑地望着老人。

老人继续说:"来人也是明仑学生,知道弗之,认得卫葑。说知道我一辈子奔走,推翻满清,参加辛亥革命,又主张联共,不容于蒋,愿望只有一个,想亲眼看见中国独立富强。他邀我到西山住,等着收复北平。抗战胜了,中国就能证明自己有力量生存于世界。"

"怎么去法?"碧初问。

"等你们走了。你放心走吧。等你们走了,会来接的。"老人用力地说。

这时莲秀撑不住,眼泪直流下来。

碧初猛然明白了,老人是在安慰她,想象出万全之策来安慰她。她不知说什么好,叫了一声爹,就停住了。

吕贵堂大声说:"昨晚上是我领着人见了太爷的,谈得很好。三姑只管放心走,游击队神通大着哪,他们上上下下都能安排,这点事不算什么。"老人听得清楚,脸上露出满意的微笑。

"爹说的,我都信。"碧初只能这样说,这是老人最爱听的。

老人仔细看她,见她勉强笑着,很怕她哭,伸手拍拍她的手臂,要站起来,说:"我看看孩子们。还睡着?"

众人忙来搀扶,碧初先引到玮玮屋。玮玮脸朝里躺着,一床墨绿绸薄被一半在地下。他猛然醒了,坐起身望着公公发怔。

"玮玮好孩子,你们要远走高飞了。国家靠你们。干什么都要努力向前,不能后退啊。"老人说。

玮玮有些莫名其妙,跳下床站了,恭敬地说:"是。"

老人见床头小几上放着那块圆石,拿起来凑到眼前看。

玮玮说:"刻了三回了。"

老人点头,说:"一会儿打出来我看。"

嵋和小娃在西里间,两人睡得正沉。嵋的脸红扑扑的,小娃连着咂嘴。

老人站住,摆手不让惊扰他们,眼光在小娃身上停了许久,轻轻叹息。走到外间站住了,问:"峨呢?"碧初答还在学校。

老人点点头,众人簇拥着走出西小院。碧初跟着送至上房,看老人在床上坐好,才退出来。

"三姑,"吕贵堂跟出来,踌躇着说,"爷让这么说的,他老人家觉着好像真事一样。说来说去是为了让你放心。你放心地走了,他才安心。"

"实在也没有别的法儿了。"碧初心乱如麻,强压着悲痛,"我们走!只是若说放心,怎么能够!"

我们走!这是碧初的决定。她决定后即往玭拉处商量。其时庄先生已结束天津工作,早到昆明了。她们来往几次,商定取海道前往,先到天津乘船,行期定在六月初。

因为正院太空,老太爷计划搬到前院里小院,即玹子住的廊门院,吕贵堂父女搬到南房,不用的东西都堆在西小院。

碧初主张趁几个用人还在,就开始搬,不然几个人住几十间房,阳气压不住。于是开始搬动,满院一片杂乱景象。不要的东西就给刘凤才、赵妈和上房要裁的厨子。还有些走了的南房客人也回来要东西。

碧初自己带着赵妈收拾上路的箱笼,心神不定,不知此一去何时回来,老太爷能否等到团聚。再想,这样严重的民族存亡关头,哪里还能求得亲人们都在一起!比起多少人在战火中家破人亡，还算有个盼头。再想到即将见到弗之，心里又感到舒帖。这样一时悲一时喜，收拾了好几天。

这天想起要给大姐素初带点衣料，原有几块织锦缎花色不好，还需添置些日常用物，要到东安市场一趟。嵋和小娃生长在明仑校园，很少进城，更少上街，到东安市场数得出次数，都要跟去。因邀玮玮同去。玮玮说，很快要离开了，去看看吧。

几天来一直阴雨，淅淅沥沥，到处湿漉漉，搬家具，收拾东西很不方便。

赵妈忙里偷闲，做了一个小布人，红袄绿裤，怀抱扫帚挂在门上。每逢连雨她都要做这种小人，叫作"扫阴天儿的"。大家出来进去都拨弄一下，叫它摇晃着好扫去阴霾。

碧初笑说："你这样忙，还做这个。"

赵妈说："小妹喜欢这些小玩意儿，再做一个，往后还不知道能不能再做了。"

嵋看了一眼，说："谢谢你，赵妈。"心里并不在意，只想着要去东安市场，要坐大船，到很远很远的地方，那地方长满了腊梅花，爹爹拿着一本书，坐在腊梅花下。

"扫阴天儿的"工作不努力，去市场那天仍飘着细雨。景山上云雾很重，像戴了顶大帽子，天空阴暗。碧初牵着小娃在前，嵋抓住玮玮的衣袖跟在后边。市场的道路很窄，路面是砖铺的，很多地方凸凹不平，还有积水，好像是古老乡村的街道。可是两边店铺灯光明亮，照着橱窗里各种漂亮的可爱的东西，有一种温暖从容的气氛。一个店里有这么多好看的五颜六色的绸缎，一个店里有这么多耀眼争光的珠宝首饰，又一个店里摆满硬木家具和瓷器。叫人不由得想慢慢走一走，细细看一看。

小娃来时提出要吃栗子粉，告诉他春天没有，他把条件改为冰激凌。

一间旧书店橱窗里印刷精美的英文画书吸引了嵋，她把鼻子按在玻璃上向里张望,那是《阿丽思漫游奇境记》。她读过这本书的译文,却没有见过这样好看的画。

玮玮看着,评论说,那三月兔的表情真奇怪。

碧初在前面走,又回来找他们。书店里出来一位穿长袍的伙计,请他们进去坐坐。

"没有时间了。"碧初皱眉说。

伙计满面春风准确而麻利地拿出那本画书送到嵋眼前,话是对碧初说的:"这是有名的公司出版的。您瞧才卖多少钱?五毛钱!"五毛钱当时够买小半袋面粉,也不便宜。

嵋对价钱毫无概念,抬头看着母亲:"娘,贵的话就不买。"

小娃也踮脚伸头在看,指着三月兔的滑稽模样,笑出声来。

"我说您哪,一本书几个孩子看,还不值?"伙计说。

碧初笑笑,买下了。

"娘,再挑一本,带给慧姐姐。"嵋仰着脸儿请求。

"那就挑两本吧,还有颖书呢。"碧初说。

颖书是慧书的异母兄,这些关系,嵋许久以后才明白。当时又买了一本《阿丽思漫游奇境记》给慧书。玮玮挑了一本《金银岛》给颖书。由嵋郑重捧着,宛如得胜的将军。

他们又到一家熟识的绸缎店,戴瓜皮小帽的掌柜高兴地说:"孟太太,可老没见了。"又抱歉地说,现在不比往常,跑外的伙计少了,不然来个电话就行,怎能让孟太太自己来。问清要求,好几个伙计把各种花色的绸缎打开,铺平在柜台上。有的搭在自己身上,还搭在嵋身上比试,让碧初挑。掌柜也帮着发表意见。

在黯淡的灯下,各色铺展开来的绸缎发出幽雅的彩色光辉,满店堂喜气洋洋。他们沉浸在古老北平买和卖的友好艺术气氛中,几乎忘记北平已不属于他们。

忽然有人推门进来,一句听不懂的日本话,全店堂的人都愣住了。掌柜的身先士卒,忙上前躬身接待。来人是两个日本军官,还有一个显然是勤务兵。

"您来了!您坐这儿。"掌柜的敏捷地用袖子掸掸太师椅。

日本人傲然四顾,络腮胡的下巴抬得高高的。

嵋连忙躲在碧初身后。碧初一把拖住了玮玮,把钱包给他,让他付钱,一面迅速地指定了两种缎料。

那勤务兵凑上来看碧初买的什么,碧初目不斜视,自管拉了嵋和小娃往另一边柜台看料子。等玮玮付好钱,示意他先走,自己殿后。出店门后,大家不约而同快步走了一段,快到市场门口,才放慢脚步吐一口气。

嵋忽然觉得周围景物全都变了,那迷人的光彩没有了,她只想大哭一场。谁也不提吃冰激凌,谁也不想再慢慢走走,细细看看。

出市场门时,遇见几个服饰讲究的男女和几个日本人一起,说笑着走进来,趾高气扬,从眼角里打量着碧初等人。

碧初一阵恶心,一手牵着小娃,另一手紧拉着玮玮,几乎逃一样回到家。峨看见那缎料说难看,谁也没有说话。

登程的日子越来越近。

碧初本来考虑带赵妈走,因她已过五十,自己担心能否活着回来,决定不去。她最舍不得嵋,嵋也为她不去哭过,但很快就又高兴起来。

旅行的兴奋散布在孩子们中间,几个人商量着整理东西。除了小娃外,每个孩子都有一个"私房"箱子。峨和玮都是正式箱子,装自己的衣物,嵋的则是一个象征性的小箱,装自己心爱之物。箱中放了一个小圆砚台,一个铜墨盒,上刻着"自强不息",是小学奖品。两根仿铜木镇尺,雕工细致,上写着"少壮不努力,老大徒伤悲",是吕老人所赐。还有一个很漂亮的针线匣,绿绒底,满绣十字花图案,是弗之从欧洲带回的。再有些花花绿绿的玻璃球、缎带、丝帕之类。剩的地方有限，只能带一个玩偶，得在秀兰、丽丽和"小可怜"中选一个。

峨首先淘汰了丽丽，但对秀兰和"小可怜"则不能决定，不是因为秀兰更美，而是因它是玹子姐的，她不应负人之托，中途抛弃。玮玮却说尽可扔下，也许玹子还希望它和别的玩偶一起，在北平等她回来。峨便把秀兰放在自己床上睡一晚，对它说了许多亲热话，以示告别。

玮玮最不放心的是亨利。吕老太爷素不喜猫狗之类，小狮子不显眼，留给莲秀，亨利则不能留。刘凤才愿意养它，希望得些生活费。碧初原想送人，玮玮以为刘凤才养着好，等于替他养，狗还是他的。于是说好每月到莲秀处拿两块钱，由刘凤才养。

亨利看见这一阵满院乱放着家具，很是不安，常常从院子里忽然冲到玮玮身边，把头放在他膝上。玮玮便抚着它，安慰几句。吃饭时它蹲在玮玮身边，抬头望着，张了大嘴喘气，谁也不说它没有规矩。

走的一天终于来了。

一早，吕老人先传过话，孩子们不用去见他。他准备等碧初一走，立即搬到前小院。这些天一直看着人收拾，精神似还好。因为上车时间过早，头天晚上，碧初带了峨，到上房来见老人。

上房原就空荡荡，这时几乎全空了，只有老人和莲秀每日坐的椅子还放在老位置。进门正面横放了一张花梨木矮榻，是张夫人在时日常坐卧的，原放在东里间，吕老人偶尔在上打坐。这榻现在擦拭干净，一端的雕花扶栏上嵌着螺钿，闪闪发光。

"爹，怎么把这榻摆出来了？要搬前头去？"碧初温和地问，坐在莲秀递过来的小杌上。峨靠着矮榻的栏头站了。

"你走你的，就不要管了。"吕老人不耐烦，但立刻换了温和的语气，说，"怎么样？都准备好了？"碧初点头。

莲秀说:"太爷要在这边看经,布置几把桌椅,有时过来坐坐。"

"那也好,这里清静些。"碧初估计老人留恋这房间,不再多问。

老人曾说玹子明快有余,沉稳不足,要谨慎小心为是。这时看看峨,觉得对她很不了解,很难评论,想了想说:"到了云南,转学谅不困难,弟妹还小,你要多帮助家里。自己有什么事,多和父母商量。"

峨答应"是",没有别的话。

碧初拿一个古铜色锦面匣子,打开给莲秀看。内有两只金镯、四只金戒指,还有一些首饰,一个存折,上有五百元,留给老人度日。

碧初说:"爹不要我们奉养,我知道。原来也确不需要。现在是非常时期,谁也不知道时局怎样发展,将来的生活怎样,今天一别,又何时能见面。留一点东西,也让女儿稍稍安心。"

"虽是生离,犹如——"老人吞住不说,示意莲秀收下。这些东西,对莲秀是有用的。

他看着女儿显然清瘦下来的面容,略显红肿的眼睛,又慢慢说道:"我的朋友,只要知道你们都好,就是我最大的乐事。贤内助不是好当的,你要当心一点自己。"见碧初不语,便说,"游击队是可信的。我没有别的话了,彼此保重吧。"

碧初把盒子交过,仍坐在杌子上。莲秀过来,拉着她的手。她发觉莲秀的手已经变得粗糙,却从未听她说过有什么艰难。

老人今后的生活,便靠莲秀了。碧初抚着那满是硬皮的手,心里充满信赖和感激。

"婶儿!"她站起来叫了一声,蓦地向莲秀跪下,"婶儿!你替我们姊妹尽孝心,拜托了。"说着要叩头。

莲秀大惊,早也跪下,扶住碧初,两人都忍不住热泪盈眶。

"娘你起来!"峨走过来扶起碧初,不满地说。她觉得娘这一跪简直有失体统。

"走吧,走吧!"老人平静地说。然后闭目垂头,表示不愿说话。

碧初走到门口才忽然想起,问:"婶儿有什么要带的? 给老家写信了吗?"

莲秀摇头,勉强笑道:"小家小户的,老家没有人了。见了大姐,问好就是了。"说着从椅上拿起一个大红书包,绣满各色花朵,"这是件吉物,给峨带着。"

说是件吉物的意思,只有莲秀自己理解。她每晚烧香时都把它供在香炉边,以为它是浸透了各种神佛关注的。

碧初携峨出了房门。夏夜是温暖的,芬芳的,但她们觉得北平的一切,连同这无所不容的夜,都已和她们隔得相当远了。

三

香粟斜街三号很快变了模样。

南房住了吕贵堂父女,厨房院正式厨子都走了,全空着。前院住了黄秘书一家,因为人多,分房举炊,像是个大杂院,人们随时溢向南房和厨房院。

正院无人,甬道关门上锁。吕老人和莲秀在廊门院,整天关着廊门,别是一番天地。

在这小天地里,莲秀惊异地发现,自己忽然间做了全权主人。

莲秀二十五岁嫁到吕家,已经十五年了。十五年里,她的生活就是侍候老太爷。家庭中实际女主人是绛初,亲友们有什么事都对绛初说,而对她则总是交代嘱咐:"好好伺候,得细心啊。""小心扶着,别摔着。"有人说头最怕冷,有人说脚最怕凉,好像越能对她吩咐几句，便越是对老太爷关心。她总是赔笑答应。她从未敢和老太爷平起平坐，也不敢以吕家人长辈自居。只求两位姑奶奶不挑拣她，就觉得日子过得不错。

现在很多亲友都往南边去了，留下的也各自闭门不出。绛、碧走了一个月，除凌京尧来过一次，不见任何人出现。老太爷对她越来越依恋，一切都由她做主，不必考虑别人说什么。她先有些惶惑，然后觉得少了许多麻烦，再后来竟有些得意。她极少有这种飘飘然的感觉，居然在北平沦陷后感到，不免暗自歉疚。

半个月来，吕老人的咳嗽好多了，每天可以在院里散步，从东到西来回十趟，他认真地数着，坚持走完。然后站在西头，对着廊门喃喃自语："游击队怎么还不来！"

他可能忘记了那是想象，他就依附在这想象上。这时莲秀就上前打岔，或问一个字，或问一句文章，或说些琐事。老人便把茫然的目光收回，依恋地停在她脸上。她那在阴暗上房里总是憔悴的脸，似乎滋润了些，一双扣子似的眼睛很精神。其实她十五年来没有这样劳累过。魏妈原来发愿一直侍候老太爷，一天家里来人，说媳妇死了，怎么死的不肯说，让她回去照顾孙子。她哭着辞了活，随来人走了，说是看看再来。可是一出城门，谁知还进得来不呢。

莲秀不愿降低老太爷的生活水平，尽量把饭菜调理细致，衣服还是每天换。幸有吕香阁随时帮忙，吕贵堂在外面跑跑腿。日子虽不宽裕，却还平静。她想，凑合一年半载，说不定能等到两位姑奶奶回来。

天越来越热了。一天黄昏，老太爷在院中闲坐，打量着这小院，偶然说起，每年这时候该搭凉棚。

贵堂接话道："其实自己也能搭。这院子小，方便。每年用的柱子席子还有些，明天我来归置一下，咱们自己搭一个。"

莲秀在收晾的衣服，笑说："还是他贵堂哥有本事。要不然真的搭一个?"

她看着老太爷,老人微笑地看着她,分明是要她决定。

厨房里的香阁洗完碗,走出来一面接莲秀手里的衣服,一面说:"太爷和太奶奶兴致好,反正我爹整天闲着,我也能帮忙。"

她近来乖觉地把赵字减了,但心里仍和从前一样看不起这位太奶奶。

莲秀颇知香阁伶俐且有心计,从不和她计较。这时对老太爷说:"香阁是个上进的孩子,自己背了好些古文呢。"香阁还和黄家大儿子瑞祺学日文,莲秀没有说。

吕贵堂笑说:"也就是空闲时还能做点正事。"

老太爷点头,说:"背一篇听听。"

香阁放好衣服,把长辫子甩在身后,颇为得意地正要背书,忽听有人轻轻敲门,随即推门进来。

"搬到这里来了。"来人说。

"缪老爷!"莲秀大声在老人耳边说,"是缪老爷。"

她很感动,到底人家心里惦记着啊。一面扶老人,搬椅子,一面示意香阁沏茶。

"屋里坐!缪老爷屋里坐!"

缪东惠态度还是那样从容,衣着还是那样清雅。先亲切地问过老人起居,和吕贵堂寒暄几句,又问莲秀一些日常生活的事,一面打量室中陈设。见靠东墙摆着那套旧沙发,靠西墙摆着八仙桌,上有掸瓶、酱油瓶、醋瓶、糖罐等,大概就是饭桌了,甚为简陋。连说:"吕老先生清德,众人莫及。"相让坐下,谈笑风生。

老人和缪东惠相识多年,许多见解不同,人是极熟的。一年来见他没有出任伪职,去年还为小娃送药,现又来看望,心里高兴。说些各家亲友情况,讲论几句佛经,满有兴致。

渐渐说到时局,缪东惠叹道:"战事起了快一年了,简直看不出希望!去年上海失、南京陷,现在武汉也吃紧了。只要是中国人，谁不中心如焚，五内俱结！可是大局已如此。现在最重要的是百姓，得让百姓生活安定。这一方面我是尽力而为。想想多少爱国志士，也是处处以百姓为重。凡事从这方面考虑就通畅得多。"他素来口齿清楚，现在也是抑扬顿挫。

老人听出话中有话，于是带笑说："我终日枯坐斗室，老病相缠，外头的事，知道很少。有什么高见，便请直言。"

"如果我的话不合您的意思，也请务必考虑，为亿万生灵的利益考虑。"缪东惠诚恳地说，"今年元旦成立了华北临时政府，半年来遭到不少反对，炸的烧的打枪的撒传单的都有。据我看，这样的骚扰对百姓来说，只能是帮倒忙，只能使日本人更用高压手段。有人说，我们是幸而亡国，不幸就要灭种啊！我看有道理。若有一个能使政安民和的政府，不让日本人直接管事，老百姓少吃多少苦头！这样的政府必有一位德高望重的老前辈才能立得起来，其实只要挂名即可，不用做什么事。尝读史书，每服冯道为人。那才是忍辱负重啊！有些忠烈隐逸之士，不过得一己之名。那样不顾毁誉，肯真为天下苍生出力的，才是了不起！"

老人哈哈一笑说："我无文才武略，怎比得古人！"停了片刻，用力看着缪东惠，"你的逻辑很奇怪。政安民和，是谁的天下？"他没有力气拍案而起，心里反觉平静，目光又有些茫然。

"我是真为大局着想——公若不出，如苍生何！"缪东惠努力说出了这句话。

老人微笑，端起茶杯举了一举，意思是送客。他的手猛烈颤抖，茶水泼洒出来。

莲秀忙上前接过，看了客人一眼。缪东惠只好站起。

老人也扶着莲秀站起，笑着说："缪先生无艺不精，何时又学了苏秦？这亡国救民之论，还请别处发表。"

缪东惠无奈，躬身告辞。到院中对莲秀说："吕太太不知道,日本人决定要让老先生出山。我想先说一下,真弄到硬碰硬就不好了。"

莲秀听见吕太太的称呼先吓一跳,嗫嚅说:"还得倚仗缪先生敷衍。老太爷年纪大了,有些糊涂,怕是真不行。"

缪东惠苦笑道:"我这一阵子周旋各方朋友,费尽精神,背上各种骂名。我是尽心而已,尽心而已。"

到大门口,有汽车等着。车夫开了门,他且不上,又对莲秀说:"以后的事,很不好办,你们多加小心。"

莲秀送客回来,吕贵堂在廊门迎着,两人都有大祸临头之感。到屋内省视,原以为老人会发脾气,把缪某大骂一通,却见老人在里屋安静地靠在床上,把玩着那柄龙吞虎靠镌镂云霞的宝剑。

香阁冷冷地说:"一定让取下来,说挂在墙上看不见。"

老人似乎已忘记有谁来过,把剑一举,说:"可怜这剑,只挂在墙上。"

"现在没有刀剑长矛的了,都用枪炮。"香阁不以为然。

"不请长缨,系取天骄种,剑吼西风!"老人惨然一笑。

当晚老人翻来覆去不能入睡,要安眠药。莲秀拿一片药和一杯水来。老人服过,一会儿便着急,说还不能镇静,还要一片。

莲秀说:"这是祝大夫开的好药,力量大,一片够了。"

老人不依,到底又拿了一片,才安静睡去。

次日一早,老人要到正院瞧瞧。本来在上房布置了几件家具,作为习静诵经之所。自迁到廊门院,就没有再来。莲秀招呼贵堂先去打扫,自己扶着老人慢慢走来。

迁出正院时,到处都打扫干净。半个月不来,阶前青草已长到膝盖。砖缝中冒出各种杂草,满目荒凉。

屋内刚洒扫过,有一阵清凉气息。那矮榻迎门摆着,旁边条几上设有笔墨纸砚和各种经卷,排列整齐。

老人点点头,向榻上坐了,默然不语。过了一会儿,让把《心经》递给他,轻声念诵。

莲秀觉得老人又恢复以前的习惯,颇为安慰,遗憾的是不能接着看报了。

吕贵堂往隔扇后面转了一下,对莲秀轻声说,后窗有漏雨痕迹,哪天他来修补。

吕老人念到"色即是空,空即是色,受想行识,亦复如是",抬头见莲秀站在贵堂旁边,两人身段相称,年纪仿佛,心中忽然一动。

莲秀过来问:"还点上鸡舌香吧?"

"还有吗?"

"还有些,预备在这里。"

那宣德炉原摆在案上的,香点上了,淡淡的香味散开来,充满房间。

老人微笑说:"这儿没有事,你们都走吧。"

"太奶奶要往前边操持事,我陪着爷。"贵堂说。

"不用。有人在旁边,心不静。"老人又拿起《心经》来念。

赵、吕两人见老人似很平静怡悦,便离开了。

自此,每天上午老人都到正院习静,快到中午回屋。有时吕贵堂抄着文稿陪他,有时就是他一人。

在无边的寂静中,回忆不觉成为良伴,有时老人竟怀疑那些经历究竟是否属于自己。

那劫衙的行径,想想倒有些后怕。当时他是清朝举人,和另外三位朋友参加了推翻清廷的同盟会。四人常一道研讨时局,砥砺学问,有阜阳四贤之称。其中一位年最长的刘子敏被捕,押在县狱。他和十几个年轻人买通狱卒,将刘子敏劫出。买通的过程中,狱卒曾对他说:"你也是各方都知道的人物了,不怕保不住功名吗!"

"民不聊生,国无宁日,功名越大,越令人笑!"他只简单地说,没有直接讲革命的道理。给钱,是主要的手段。几个人簇拥刘子敏上了备好的车,他匆匆向另一方跑时,那狱卒追上来。他以为要拼个死活了,不料狱卒竟塞给他一包钱,一面说:"还给你们一半,你们也要钱用的。"

那人后来不知怎样了,连面貌也记不清了。他连忙到约定好的地点,将钱交割清楚,留给刘子敏养伤。自己连夜翻越城墙逃走。好在城墙不高,由朋友帮助,用粗麻绳系腰,手持雨伞跳下去,丝毫没有受伤。那夜好黑啊,好像是向一个黑洞里跳,闭着眼睛向黑洞里跳。

拿雨伞是梦佳的主意。老人想起梦佳,总有一种温柔凄凉而又神圣的心情。他也曾寻花问柳过,但这种心情,只有结发夫妻之间才能有。结发夫妻!这形容多好!这是世间的最神圣的感情中的一种。可是他宁肯把结发妻子抛弃在惊恐、思念之中,远走他乡,隐姓埋名,从事秘密活动。他为了什么?难道为了有朝一日,为日本侵略者维持局面吗?

悲痛屈辱和无能为力的感觉侵蚀着老人的心,他勉强诵经以求安慰。在他为回忆所苦时,经卷能暂时平下胸中的波涛;在他诵经时,却常又忽然为回忆挟持而去。

他看《五灯会元》,看《坛经》,没有讲究,没有次序。大声念诵的只有《心经》。常念到"般若多罗密多是大神咒,是大明咒,是无上咒,是无等等咒,能除一切苦"时,便起反感,谁除了一切苦?然后自笑做不了佛门弟子,不免又沉浸在回忆里。

推翻清廷后,一九一三年四月八日第一届国会成立,吕清非当选众议院议员。那时吕家住在凌京尧家老宅的一个院子里。不久袁世凯专权,追捕一位激烈反袁的人士。清非曾留这人在梦佳卧房半月之久,最后这人平安逃亡日本。回想起来,真和戏台上一样。军警进来时,正有一位客人坐着。这人平素惯说大话,是个狂放不羁的人物,谁知一见这些武夫竟浑身哆嗦起来,站起要走。连说我是客人,偶然来的,偶然来的。因军警未发话,他就贴墙站着,不敢动一动。

为首的军警对清非说了来意,清非尚未答言,忽然东西两门开了,一边绛初一边碧初,那时俱都十几岁,声音清脆悦耳,同时请进搜查。军警们一怔。紧接着中门大开,张夫人出来,笑说各位辛苦,既然来了,必要彻底查清。随即闪在一旁,让军警进。为首的反倒有些迟疑。

这时碧初上前对母亲说:"云南派人送来十只云腿,五十瓶曲靖韭菜花。已经收下,打发来人去了。"这话提醒了那头目,吕老先生与滇军有亲戚关系,前几天报上登了严亮祖吕素初的订婚启事。他大概觉得有了枪杆子关系就不好办,多一事不如少一事。一般寒暄几句,说这是例行公事,连忙走了。那客人还在墙上贴着。

那客人的卑缩样儿还在目前,姓名却想不起了。二女、三女的终身总算所托得当。大女到严家是续弦,房中还有一妾,虽有了慧书,日子不一定舒心。只是照大女的禀性,未见得感觉到。

人要是都能不觉得就好了,那真"能除一切苦"了。我们不乏好男儿奇女子,中国,竟到了民族危亡的关头!中国人如同蝼蚁一般,任人践踏!怎能让人甘心,放心,心如止水呢!

老人每天习静,在《心经》与回忆中穿插,表面上生活很规律。不觉又过了半月。

一天傍晚,夕阳晕红已褪,满院蝉鸣。莲秀给老人洗沐须髯,先用湿手巾擦透,再捧盆漂洗,最后用干手巾擦,根根银须在暮色中闪亮。老人捻须而坐,问莲秀近日贵堂抄稿来源如何。

"听他说益仁大学有些先生还在做学问,稿子有。只是大家都穷,物价涨了,抄写费反降了。"莲秀收拾盆盂手巾,看看老人,又说,"他也没有多说。"

"我想起来，"老人有些迟疑，"把以前的诗整理出来，可以看出这一段历史。"

"那当然好。"莲秀响应，"让贵堂帮着抄吧。"

"香阁呢？有事情做？"老人想想，说。

"香阁针线活不少，比裁缝便宜，做工又不差。"

说话间，有杂乱的脚步声，似乎不止一个人进院门来。

"吕老先生，有客人！"是黄秘书的声音。接着走进三个中国人，三个趾高气扬的中国人。两个官员模样，一个随从一类。

黄秘书一路鞠躬，"这位就是吕老先生。这位是——"再鞠躬。

这些人不理，就像没有这个人，板着脸对吕老人说："我们是江市长派来的，请老先生出任维持会委员。"说着递过一张大红聘书，约有一尺半长，烫金字闪闪发光。

老人见来了伪员，纹丝不动，仍一手捻须，一手拿过靠在椅边的拐杖，挡住聘书，说："请转告江朝宗，我是中国人，不任伪职。"

来人对老人的态度似有准备，并不争竞，用手摸摸桌子，把聘书放在桌上。又拿出一张请帖，说："市府明天宴会，请光临。聘任的事，三天内见报。告辞。"随手把请帖交给莲秀，转身就走。

"扔出去！把这些都扔出去！"老人突然暴怒，用手杖敲地，大声喝道。遂扔了手杖，一把抢过请帖来撕，但纸太硬，撕不动，就向那几个人扔去，纸又太轻，飘飘地落下了。

那为首的人回头冷笑，又说一遍："三天内见报。"

老人愤怒已极，挺直身子，把手杖用力向他扔去。手杖落地的声音很无力，紧接着是沉重的关廊门声。

莲秀忙上前扶住老人，让他缓缓靠在椅背上。老人急促地喘息，莲秀为他揉胸捶背，轻声唤着"老太爷，老太爷，莫生气，莫生气"。

一会儿，吕贵堂大步走进来，后面跟着香阁，莲秀才出一口长气。吕贵堂一见桌上聘书和这番情景，已明白端的，心里真如火烧。

他等老人渐渐平静，先问莲秀："是不是托凌老爷转缪老爷，想个法子拖一拖？"

"不用去！哪里也不用去！"老人高声说，"我有办法，你们不用担心！"

莲秀和贵堂交换着眼光，莲秀的眼光中有疑虑和担心，还有乞求和信赖。她有几分猜到老人的办法，却又不敢那样想。

老人似乎也猜到她的想法，忽然紧紧抓住她的手，用力说："你不要管我的事！"他把你字说得很重，好像世界上除"你"之外，别人都可以管。

顺从是莲秀的习惯。她垂下眼帘，轻声说："先到屋里躺下吧，什么都别想。"于是伺候老人到房中睡下。

都安置好了，吕贵堂忍不住说："还是和凌老爷商量一下的好。太爷年纪大了，我又不懂上头的事，请太奶奶拿个主意。"

莲秀欲言又止。香阁在旁说："怕太爷是要等游击队吧？"

贵堂看着莲秀说："那是想象，怎当得真！"

莲秀眼眶红着，说："你去一趟吧。北平城里，也没有别人可告诉了。"

贵堂嘱香阁在外间陪着，立刻去了。

不想贵堂一去，一夜未回。老太爷睡一会儿醒一会儿，自言自语，不知说的什么。

莲秀叫香阁在后隔扇里搭几个凳子睡了，自己守着老太爷，等着吕贵堂。半夜香阁醒了，见爹还不回来，起身披衣坐着，轻声埋怨。

莲秀想要安慰她，找不出话。两人相对，电灯光很昏暗，四

219

周的黑暗好像正挤过来,随时可能挤灭电灯光并使她们窒息。

"莲秀,莲秀呢!"老人在里屋叫,莲秀忙走进去坐在床前。老人轻声说:"我没有事。你还不睡?"

莲秀努力推开心头的沉重,打起精神说:"我跟了老太爷这么多年,如今是生死关头,能不能听我一句话?不管怎样,活下来就是好,留得青山在啊。说不定这几天游击队就派人来。"

老人摇摇头。"那都是梦!都是痴人说梦!你不用担心,谁要寻短见?明天让贵堂找凌京尧去。"

莲秀不敢说已经去了,含糊应着:"也许凌老爷他们能帮着辞了。"

老人笑了一声,说:"你休息吧,明天的事不会少。"

莲秀躺下来,眼睁睁看着黑夜,不敢合眼。

黎明时,刚迷糊过去,听见老太爷一声大叫:"你们滚!滚!"她吓得赶快跳下床。老人还在叫"滚!"一手压在胸前,无目的地挥动,像在推着什么。

莲秀俯身问:"老太爷!老太爷!怎么了?"老人几次挣扎才睁开眼,眼中满含惊恐,看见莲秀,舒了一口气。

"梦魇了?不怕,不怕。"莲秀像对孩子似的哄着。

老人下意识地摇头,一滴眼泪从小眼角流出来。

"我得起来。"老人说,"到正房念经去。"

"这么早!念经用不着这么早。"

"自己定好时间,不能错过。"老人坐起穿衣。梳洗了,也不肯吃东西,便要往正房去。走到外间,往四处看,问道:"那东西呢?"

"收在杂品柜里。"莲秀知道问的是聘书。

"以后退回去。"老人平静地说,脚步也很平稳,扶杖走出廊门院,没有回一次头。

前院黄家还未起来,满院静悄悄。开了甬道门,走过藤萝院,只见一片幽暗。

莲秀无话找话说:"天然的凉棚,只是太阴了。"

老人不理,径直走去。

因这些天老人来念经,正院收拾出一条小路,旁边砖缝中蒿草及膝,在晨曦中显得颜色很深,草尖上露珠闪亮。老人目不旁视,专心地走着,拐杖清脆地敲着砖地,引起轻微的回声。

正房门开了,一缕微弱的阳光落在台阶上。阶边散放着几根木条。

莲秀希望老人回头看看那阳光,故意装着绊了一下,"啊呀"一声,说:"这木条可以搭凉棚。"

老人仍不回头,专心地走进正房。他靠着矮榻,手抚那嵌有螺钿的靠背,似乎很安心,微笑说:"你走吧。"又皱眉严厉地说,"你记住,我什么也不用!"

"爷说不用什么?"

莲秀扶他坐好,便去整理条案上什物。先拈了三小块鸡舌香放在炉内,见所剩不多,又拈回两块,节省着用。四面看并无危险之物,想他安静一会儿也好,因问:"爷是打坐还是诵经?"拿起《心经》准备递上。

"你走吧。"老人摇摇头,眼光是茫然的,似乎看不见莲秀。

莲秀放回《心经》,理理老人的衣服,说:"那我做了早饭就来接你。"

莲秀走到门口,回头见老人正襟危坐,垂了双目,似已入静,忽然觉得莫大的悲哀侵上心头,一下子冲到老人面前,说:"我陪着你,行不行?"

老人并不睁眼,用力说:"你走吧!"

莲秀悄然站在一边,老人感觉到了,睁眼不耐烦说:"你走!"

莲秀不敢违拗,只好走出房门,下意识地看看手表,是五点五十分。

莲秀回到廊门院,第一件事是生炉子。煤球炉子封不住,得天天生。香阁不在屋内,想是回南房或打听消息去了。她手上操作,心里很不安。

炉子生着,早上照例的事做得差不多了,见黄秘书透过烟雾,从廊门探头,说:"吕太太做早饭?"他走进来,低声说,"劝劝老太爷,应了吧。决不可能让他老人家真做什么,猜着就是要一个名字。我们得保护他老人家。"

他的声音很低,莲秀觉得他的声音越来越远,忍不住大声说:"你不用这么小声音,老太爷不在屋。"

黄秘书一惊:"不在屋?在哪儿?"

"在哪儿!在哪儿!"莲秀心里似有重槌在咚咚地敲。

"在哪儿?在哪儿!"她扔下正在搅拌的棒子面,撇下吃惊的黄秘书,冲出廊门,向正院跑去。

莲秀轻轻推开正房门,见老人端正地躺在矮榻上。她抢步上前,只见老人双目微睁,面容平静,声息俱无。

"老太爷!老太爷!"

莲秀恐怖地大喊,想推醒老人。可是永远做不到了。

等莲秀完全明白是怎么回事时,一下子跌坐在地下,两手捂着脸。她不敢再看这世界。室内的寂静束紧她,使她透不过气。这样坐着不知多久。

"也许能救活!去找大夫!"这一闪念使她猛跳起身,向门口冲击,几乎和大步赶来的凌京尧和吕贵堂撞个满怀。

"你们来了——"她向后退了几步,差一点摔倒。吕贵堂忙扶住,随即和跑来的香阁一起,扶她坐在门口那把旧椅子上。她浑身簌簌地发抖。

凌京尧站在榻前审视,"吕老先生,我来晚了!"他喃喃道,伤心地想,来得早了,又有什么用呢。转身嘱吕贵堂速请位医生来。贵堂忙忙去了。

京尧见条案上有一张纸,用一个安眠药空瓶子压着,纸上写着核桃大的毛笔字:"生之意已尽死之价无穷",另有一行:"立即往各报发讣告!"这是老人的遗嘱了。

京尧一见这遗嘱,更明白老人是以一死拒任伪职,不禁百感交集,眼泪夺眶而出。身子不觉伏了下去,跪在榻前痛哭,又不敢放声,只好一手用力抓住短栏,勉强压着哭声。

莲秀见凌老爷哭,反镇定了,扶着香阁走过来,陪着跪下。一面拭泪,说:"凌老爷别哭了,老太爷就仰仗您了。"

凌京尧不答,只管哭,直到医生来到,才站起身。这医生在地安门大街开私人诊所,吕家人从未请他看过病。他按规程检查了遗体,宣布"没有救了"。拿起药瓶照着看,又嗅了一下,说:"这是平常攒下的?"随即询问地看着贵堂,意思是谁付钱。从贵堂手里接过钱后,叮嘱快些殡殓,天热,有了气味,日本人要追查的,便走了。

京尧强打精神和莲秀商量发讣告。贵堂先到榻前,磕了三个响头,站起来向门外走。他忙着去发讣告,这是老太爷用性命交代下来的啊!走到门口又退回来,想起讣告还未写。莲秀不知老人出生年月,说:"得问二位姑奶奶。"

京尧无法,想,越简单越好,就写了一句:"吕清非先生于一九三八年七月七日仙逝。未亡人赵莲秀。"由吕家父女抄写多份。

香阁伶俐地打了水来给京尧洗脸。京尧洗过脸,和贵堂立即分头去报馆。

莲秀用一条白被单盖住老人,她的手发颤,被单抖动着,她以为老人又呼吸了。掀开看过复又盖上,如此好几次。

一会儿,黄秘书连同黄家人,保长,巡警都到了,并无人深究老人死因。大家张罗后事。

快到中午，京尧、贵堂先后回来，说讣告明天见报。

京尧叫莲秀一起掀开被单，用手抹下老人眼皮。这时遗体已硬，抹了两次不下来，第三次才使老人"瞑目"。

莲秀悲苦地想："老太爷盼着谁？不放心什么？"她答不出来。

她忽然觉得，自己和老人从来就距离很远，就像现在一样远。她能了解他的一切生活需要，却从未能分担一点他精神的负荷，也从未懂得那已经离开躯壳的东西。她每天对着他的生命之烛，却只看见那根烛，从未领会那破除黑暗的摇曳的光。

只要有钱，沦陷的北平城还是方便，一个离开这世界的人所需起码的物件和人手下午俱已齐备。

凌京尧认为最好等讣告刊出再让缪东惠等人知道，和莲秀、贵堂商量，立即入殓，暂厝正房。等报过姑奶奶，再做道理。

牌位写好，香烛摆好，正房布置成灵堂。棺材放在正中，铺好了蓝绸枕褥。京尧忽然觉得躺在里面很舒服，望着棺木发呆。

"凌老爷，入殓吧？"吕贵堂低声问。

京尧用询问的眼光看莲秀，见她倚着香阁站着，一双扣子似的眼睛红肿了。遂想，她没有任何牵挂了，也许最好的归宿是寻自尽。立刻又觉得这想法很不该，抱歉地点点头。

莲秀示意香阁不要跟着，自己走到吕老人身旁，并未踌躇，和吕贵堂还有两个殡仪馆的人一起，抬起老人，放入棺内。

蓝绸棉被盖得严实，洗过的银白胡须齐整地摆在上面。老人似乎很舒服，他的嘴角略向上弯，像要睁开眼睛招呼谁，叫一声"我的朋友"！

殡仪馆的人举起棺盖。没有人要求慢一些，再看一眼亲人，没有呼天抢地的痛哭，满室沉默。

棺盖缓缓落下了，因要报姑奶奶，暂不上钉。

京尧环视四周，一种凄凉，直透心底。老人死了，世上有多少人了解他？他拼一死保住清白，其价值又是什么？世上又有多少人了解自己？自己的下场又是什么？不禁悲从中来，又一次痛哭失声，泪如泉涌。

莲秀沉默地跪下来。吕贵堂父女随着跪在稍后处。京尧明白，他们和自己一样，不过是些不相干的人。世事常常如此，由不相干的人料理最重要的事。可哭的事太多了，岂止吕老人之死！

京尧哭了一阵，心中好受一些。吕贵堂起身过来含泪劝道："凌老爷节哀，凌老爷节哀。"他想不出别的话。

京尧渐渐止了哭，又向灵柩深深三鞠躬。

上了香，化了纸钱，该做的事都做了。众人陆续散去。

京尧等四人慢慢走出房门，看见院中青草踩折一片。那没有踩到的，仍旧欢快地生长。

棺中人语

无边的黑暗。

我的躯壳处在狭小的匣中,可以再不受骚扰了。这黑匣保护着我,隔开了生和死。

路太长,也太艰险。我那第三只脚敲在地面的响声,诉说着它也已疲倦,难以支持一个衰老的身体。那就无须支持罢,我常想。

因为自己的存在已成为累赘,只有否定,才得干净。现在我用自己的手做到了,得到这片黑暗,这片永恒的遮盖一切的黑暗,什么也不用再扮演。

这否定是我常关心的。但是没有机会,没有一个由头。如今我利用这一着,不只否定了我的生,也否定了利用我这存在的企图。何幸如此! 此之谓死有轻重之别了。重于泰山,远达不到,只可说重于我那第三只脚吧。

我常慨叹奔走一生,于国无补;常遗憾宝剑悬壁,徒吼西风。不想一生最后一着,稍杀敌人气焰! 躺在这里,不免有些得意。确实想喊一声:"我的朋友! 你们怎样想?"

黑暗聚拢来,身上似乎又渐沉重,片刻的得意消失了。京尧,不要这样哭。这不像个已过不惑之年的堂堂男子。女儿怎样? 能闯过诸般辛劳吗? 孙儿怎样? 能做到无愧于一个中国人吗? 我们的胜利,需要多少年? 多少年?! 我一

226

辈子担心惯了,难道死,能改变一个人吗!

越来越重了,一生肩负的事都从四面八方赶来,挤在棺盖下,压在我身上了。

我好恨! 我还没有顶天立地做过人,总在耻辱中过日子。如今被赶到这窄小的匣中,居然还会得意!

我好恨! 没有了哭声,没有了叹息,不知过了多久。

时间不会停顿,而我是再也起不来了。

只好冷笑。连嘴角也弯不动了。

又是无边的黑暗。

第 六 章

一

尽管扫阴天儿的小人儿从早到晚拿着扫帚,孟吕碧初一行人等离开北平这天,还是下着小雨。

天色阴暗,绿树梢头雾蒙蒙的。巍峨的天安门、正阳门变矮了,湿漉漉的没有精神。前门车站满地泥泞,熙攘而又沉默的人群显得很奇怪。人们都害怕随时会有横祸飞来,尽可能不引起注意。人来人往,没有喧闹,没有生气。谁也不看谁,像在思忖自己生长的地方属了别人这奇怪事。

一切都有秩序,和一年前的逃难情景大不相同了。孟家五人在车站上会着庄家三人。有两位英国朋友来送玭拉,在软座找好座位。一会儿,李太太金士珍带着三个孩子来到。一行共十二人,大家都有些兴奋。

雨水在车窗上慢慢地流着,小娃扒在窗上,想看清楚外面,伸手去擦。玻璃外侧仍有雨水,他就耐心地看车窗。

"北平哭了。"他忽然大声说。

碧初坐在另一边,慌忙站起叫他到这边来。他不肯,又指着窗说:"北平哭了。"三位太太两位姑娘都皱眉,也不好呵斥。

北平确是哭了,嵋心想。但她知道不好这样说,拿出画书让小娃看。小娃不看,还望着车窗。

北平哭了。古老的、凝聚着中华民族文化的北平,在日寇的铁蹄下颤抖、哭泣。车站漏水,滴滴答答,从房顶接出去的一个破旧的铁皮棚不断向下淌水。眼泪从北平的每一处涌出来,滴进人心。

什么时候北平能不哭啊?嵋想,也许到我们回来的时候?

车开了。这个小旅行队伍的每个人都在想,我们会回来。

玮玮对小娃说:"我们会回来。"

斜对面的李之芹对玮玮笑,轻声说:"我们会回来。"

车厢里没有人说话,只听见车声隆隆,节奏愈来愈快。窗外的雨愈来愈大,雨声和着车声,给人波涛汹涌之感。这波涛催促着南去的人,快去! 快去! 而何时能够北归,要看你们的出息了。

"我们要回来的。"玮玮充满信心,拍拍小娃说。

"铁轨不会有问题吧?"金士珍低声说。见碧初和玳拉都不回答,又说:"我昨黑夜里梦见一节铁轨断了。"

她梦里还有一朵花,插在铁轨上,她想不必和俗人说那么多。碧、玳两人仍笑笑,她们都不习惯在公众场合高谈阔论。士珍又和峨说话,峨素来对人总是淡淡的,更无结果。

到天津住了一夜,次日上船,船名"东顺号"。坐船对孟家孩子是新奇经验。那么大的怪物,装那么多人! 小娃头一眼看见船,就几乎欢呼起来,嵋也很兴奋。

船上迎客的人一见玳拉,就引他们上梯,去大餐间。到上面才知是房舱客人,大家又拖着拉着下来。

峨对李之芹说:"明白为什么叫大餐间了,就是吃西餐的意思。"

"是为外国人坐的。"之芹小声说。

"我不是外国人,我是中国人!"玳拉右手提着一个皮箱,往左边用力歪着身子,快活地说,向之芹眨眨眼。

他们拖着拉着在房舱里安置好了。每间四个床位。碧初带小娃睡下床,嵋在上床。两个孩子好奇地立刻俯在圆窗上向外看。对面峨在上床,李之芹在下床。这是碧初安排的。峨怀着不与你们一般见识的心理,不声不响收拾东西。之芹抱歉地笑着,放好东西,就往另一个房间去。

这间里玳拉和无采住上床,士珍和两个孩子分用下床。

之芹悄声埋怨母亲:"怎么让庄伯母睡上头!"

士珍大声笑道:"我就说嘛!瞧我们姑娘说我了。"

玳拉忙说:"我方便,我上来下去的方便。"她那有资格穿旗袍的身躯,确实活动方便。

士珍见两个孩子站在当地发愣,吩咐之芹道:"领他们外头看看,怪碍事的!"一面拉开网篮找什么。

玳拉好心地说:"最好别出去,等开了船再说。"之芹便拉着弟妹挤在床脚讲故事。

无因出现在门口,敲敲门。

士珍笑道:"瞧你们孩子这个规矩,门开着,还敲门!"

玳拉问:"你们那儿怎么样?"

"很好,"无因说,"妈妈有事吗?要我帮忙吗?"

士珍又抢着说:"孝顺!孝顺!你的孩子怎么这么乖!长得也漂亮!"

她目不转睛看着无因,心里奇怪他怎么没有一点外国人样子,不像无采,一看就是混血儿。

无采爬下床来说:"我上哥哥那儿看看。"

玳拉也走出房,让李家人在房里。

无因和玮玮与另外两个男客人在一间。碧初正帮玮玮理东西,玮玮站在旁边不知干什么好。一时安置好了,大家都到孟家房里,坐在床沿上等开船。

门外过来过去背着提着大包小包的人渐渐少了。一会儿,甲板上混乱的脚步响,拖拉的铁链响。

"起锚了。"无因对嵋说。他曾随玳拉到英国去,坐过大海船。

"呜——"汽笛响了,船开了。

等到秩序正常,孩子们获准到甲板上去,已近中午。岸已经看不见了,船在茫茫的海水中劈着浪花前进。

嵋站在甲板上惊诧极了。海这样大!她忽然想,如果从空中看,在无边无际的水中,这只船一定是很孤单的。她伏在栏杆边,望着下面近乎黑色的海水,越往远处颜色越浅,从黑变蓝,大片的深奥的蓝,整个眼睛都装不下,直到天水尽头,尽头处变成一条灰色的线,那该是多么远!

嵋觉得自己的小身体简直承受不了这样的伟大,只好闭上眼睛。

"这甲板上没有椅子,没有遮阳伞。"无因想让嵋坐下,可是这船和他坐过的不一样。他坐过的船上有舒适的座椅,鲜艳的遮阳伞,到处摆着鲜花。他觉得嵋应该上那样的船。

"当然了,现在是战时。"玮玮说。他曾随父母到北戴河避暑,到过海滩。现在置身海中,觉得新奇。"好的船,都去打仗了。"这是玮玮想当然的看法。

"中国没有海军,也没有在海上打仗。"无因说。他不想驳玮玮,但总要说实话。

"是没有海军,也没打海仗,可是好的船应该都去打仗。也许它们已经去了。"玮坚持着这矛盾的说法。

这时头顶飘起了轻柔的音乐,他们抬头,原来鲜艳的遮阳伞在上面甲板上,露出两三个尖顶。栏杆空格处探伸出来的悬垂植物,在海风中轻轻摇曳。栏杆上俯着几个漂亮的外国人,正在指指点点地说笑。

原来一切美好的东西都在,只是他们没有进入那等级罢了。

玮玮扭头看那无尽的海,不再抬头。无因觉得好的船没有去打仗,似乎对玮玮不起。他碰碰玮,表示同情。

“往那边看机器去!”两个少年跑开了。小娃想追,被嵋一把拉住。

“你对弟弟很好。”站在旁边的之芹说,眼睛盯住自己的一双弟妹。

“我喜欢弟弟。”嵋说,“小娃是我的洋囡囡。”小娃向她噘嘴,表示抗议。

“我也喜欢我的弟弟妹妹。”之芹沉思地望着海,一手玩弄着胸前的辫子,“不过有时候他们很讨厌,非常讨厌。”

嵋忽然想到,如果小娃讨厌,现在已经没有赵妈可交了,为证明自己可以对付,拿出手帕给小娃擦汗。

之芹注意地看她,笑笑说:“你说话行动像大人,像懂事的大人。你姐姐怎么不管?”

“姐姐脾气不好,我该懂事些。只要她不发脾气,大家就都高兴。”

“只要别人不对我发脾气,我就高兴。”之芹自言自语。

这时之荃推了之薇一下,两人都摔倒了。之荃不肯自己起来,坐在甲板上哭。之芹去扶,拉起这个,躺倒那个,甲板上人都往这边看。嵋忙牵了小娃,回舱里去。

晚上各人早早回房。半夜时分,忽然有人在远处敲门,有说话吆喝之声。这群人一间间房过来,原来是查票。他们到玳拉房里盘查最久,不明白外国人何以坐房舱。无因闻声过来帮忙解释。后来查票的知道是教授夫人,才退去。玳拉耸耸肩,对无因苦笑。

李太太说:“你这是自找罪受。我要是你呀,早回英国了。”

“倒霉的事,英国也有。”玳拉说,见无因穿着睡衣,忙道谢,说:“快回去睡罢。”

李太太又评论:"没见娘还谢儿子的,也就是你们礼多。"

无因退出,因毫无睡意,便到甲板上来。黑夜沉沉,海水似乎窒息了。轮船行过处翻起浪花,像是海的唯一开口。

"海底下有什么?"无因凭栏站立,向黑暗中探索。

天、海和黑夜,结成巨大的实体,在他面前,蕴藏着无限的奥秘。他忽然感到孤独和渺小。

孤独,他很熟悉。虽然他有一个少年应有的一切,还有超乎普通需要的智慧教育和多方面的文化教养,那是科学家的父亲和外国继母给予的。但他的内心是孤独的,封闭的,从不向任何人打开,也没有这愿望。

渺小则是新的感觉,使他很惊异。他不仅觉得自己渺小,也觉得人的力量渺小。不禁有点悲哀。

忽然一阵脚步声,黑暗中几个人拖着一件长东西走到对面船舷,轻声喊一二三,把这个东西抢起,抛下船去。落水声被轮船前进的声音淹没了。

"在这里干什么?"几个人用手电照着船头,只见玮玮在那里,背后是一片黑暗。无因忙走过去和玮玮一起。

"你们是那外国人家的孩子?请回房间去。"说话人带广东口音,因他们和外国人有关,后面的话客气多了。

两个少年站住不动。那些人下舱去了,有人说了一句:"死人有什么好看!"

那是一具尸体了。无因的悲哀加重了。海底有什么?海底有尸体。看来海也是无力的,它无法拒绝强加于它的东西。轮船大声驶过,犁破了海面。难道它乐意吗?海是什么?海是容纳一切的。尸体是什么?尸体是失去了生命的。而生命又是什么?

玮玮同情那葬身鱼腹的人。那人是谁?世界上再没有他了,他的家人再也找不到他了,会伤心的。

真可怕。他说出来："死，很可怕。"

"确实很可怕，彻底消灭了，连空气都不是。"无因说。

海会不会彻底消灭？他用力看着海和夜，仍是黑沉沉一片。

"我想，勇敢的人应该死在战场上。"玮玮说。

"可是不打仗也会死人，没有日本人的话，中国人也会死。"无因说。

"总不至于这样草率轻贱。"玮玮恨恨。

是的，死不能草率轻贱，生更不能！生命是什么？生命是尊贵的，高尚的，无可替代的。无因想到这些形容的字眼，却没有得到一个完全与之相等的名词。

次日早饭桌上有人悄声说，昨夜统舱死了人，扔到海里了。这人是偷上船的，没有同伴，无人查问。可不能让香港方面知道，不然以为是传染病，全船消毒，麻烦就大了。

无因和玮玮交换眼光，都找话和峨说，不想让她听见。

到上海时，这支小队伍中又掀起一阵感情的波涛。在上海只停几小时，不准下船。港口船只云集，岸上高楼矗立，船上、岸上到处是太阳旗，还有别的国旗。

碧初等随众旅客在甲板上，忽然有人说："快看！"

只见在上海南面，蓝天下飘着一面旗，青天白日满地红，看得清楚。那是四行孤军被囚在闵行以后，每天要升起的旗，是沦陷区唯一的升起的中国国旗。它是再没有皇帝统治的自由中国的象征，中华民国国旗！

"八百壮士！"玮玮轻喊一声。

八百壮士死守四行的精神，和每个中国人的心是相通的。碧初的眼睛潮湿了，玳拉抚着她的手臂。她们率领的小队伍自然肃立，向远方的旗行注目礼。

正在这时，上来了一小队日本兵。

众人不约而同垂下了目光。碧初、玳拉和士珍悄悄把峨与之芹拉到身后。大家很紧张，没有人看那些兵，也不敢再看那面勇敢的旗帜。

日本兵靴声噔噔地列队走到船尾去了。一个军官在玳拉面前停住，看看她，也走过去了。

峨轻嘘一口气，她记得架在头上的刺刀，心里很恨，又因有这经验，自觉有点了不起。这些情绪纠缠着，成为最简单的一种情绪，就是讨厌之芹，讨厌她忽然拉住自己的手，手心黏黏的全是汗。峨有洁癖，她瞪一眼靠在身边的之芹，想要抽出手来。

碧初回头，立刻转身扶住之芹："李大姑娘，你怎么了？"之芹摇摇头。

金士珍也来扶住，说："就你事儿多！"

玳拉说之芹大概要晕倒，几个人连扶带抱，让她进房睡下。只见她脸色惨白，直出虚汗。

金士珍慌了，不知怎么好。碧、玳二人商量，先让她抿些糖水，又找出多种维他命捣碎灌服了。

过一会儿，她脸色恢复过来，渐渐好了。之芹的脸色渐好，士珍的脸色就不大好看。若是在家，就要发作埋怨，说女儿照应不好自己，怎么帮着照顾弟、妹和家？岂非大大的失职！

之芹没有起来吃晚饭。嵋吃饭中间还去看她，折了一只纸鸟，说："李姐姐喜欢蝴蝶，我不会折，你就想象这是蝴蝶吧。"说着用手一拉鸟尾巴，鸟翅扇动了一下。嵋格格地笑。

之芹微笑，接过纸鸟，捏捏嵋的小手，轻声说："快去吃饭。"

嵋跑开了，一会儿又来，拿了一小碟苹果片。之芹坐起来，略吃几片，觉得好受多了。

这时金士珍已吃完饭，用餐厅的小毛巾擦着嘴走进来，大惊小怪地说："孟妹妹心眼儿真好，这么招呼之芹。之芹真不争气，上路本来就艰难，还生病！也太娇气了！"

"李姐姐就是有点儿晕船，一会儿就好。"嵋辩解地说。

士珍撇撇嘴,大有嫌她多管闲事之意。嵋对之芹笑笑,自去吃饭。

餐厅里人大都散了,桌上全是用过的盘碗杯箸,又脏又乱。

碧初温和地说:"饭都凉了,吃馒头吧。"舀了一勺刚添上来的热汤给嵋。

嵋慢慢把馒头泡在汤里,忽然抬头问:"为什么有些人是那样的?"

"世界不是方壶,你慢慢就知道。"碧初温柔地鼓励地微笑。

玮玮已带小娃到甲板上转了一圈,走来坐在嵋旁边,说:"无因提议,明天一早,起来看日出。"

"小娃跟着我吧,怕起不来。"碧初说。

嵋低头慢慢搅弄着泡软的馒头,一滴眼泪落在碗里。

次日清早,无因兄妹和玮、嵋一起,到甲板上来。无因引他们到右舷,说:"这是东边。"

夜色正在淡去,显出海上一层薄雾,像一层纱帘。渐渐地,这纱帘也消失了,大海清楚地显露出来,没有遮掩,也很平静。但是再没有遮掩也觉得有看不清楚的地方,再平静也觉得有一种汹涌的力量,只因为它是大海,太大了,太深奥了。这几个小人儿怀着崇敬的心情,凭栏远望。

"也许我将来要研究海洋。"玮玮轻声说。

"你不是要飞吗?"无采说,"我来研究海洋。你的飞机在海上飞的时候,我就大声叫你。"

无因问:"嵋,你呢?"

嵋望着远方说:"我要研究人,研究为什么人和人那么不一样。"

"我们先研究天下为什么有日本鬼子这种东西,先把他们打出去!"玮玮也望着远方。

天尽头处出现一片通红,从天上直映到海里。海上是一条笔直的灿烂的路,跳动着五彩霞光。

天边的红在变化,粉红、浅红、朱红、绯红、大红、红得透亮红得发白的红,好像一个极大的熔炉,正要倾出它的成果。红色中心的边缘处透出浅紫、深紫以及难以形容的各种颜色,慢慢洇开来,染在天边海上。

孩子们兴奋极了,两个男孩伸长头颈,两个女孩踮起脚尖,强烈的光照得他们睁不开眼睛,不得不时时转脸看着别处。

"出来了!太阳出来了!"玮玮兴奋地大叫。

嵋赶快睁眼,看见天边从诸般绚烂中正涌出一个通红的球。这球往上一跳,像有人拍了它一下。紧接着又一跳,离开海面挂在天边,静静地望着深沉的大海。

耀眼的朝霞仍在变幻着绮丽的色彩,变成一片粉红。奋勇前进的船和船上的人都沐浴在粉红色的光辉里。

孩子们透一口气,发现碧、玳、峨等人就在旁边。小娃站在凳子上,此时跑过来拉住嵋的手。两个母亲向他们微笑。峨本来感染了大自然的生动神色,看见他们,把脸一绷,扭过头去。

玳拉对碧初说:"我想起拜伦的诗剧中有一段描写太阳落山,说太阳是物质的神,最主要的星,极上权威的主宰。太阳的气魄真了不得。"

"Which mak' st our earth endurable and temperest the hues and hearts of all who walk within thy rays!"无因自然地念道。

"Sire of the Seasons! Monarch of the Climes!"玮玮也接上一句。

玳拉惊异地望着玮玮:"你连曼弗莱德都念过了?"

"玹子念过,我跟着看看,只记得这两句,并不懂。"玮玮答。

无因忽然问嵋:"你猜我正想着什么?"

"太阳会不会死。"嵋抬起鲜艳的小脸儿,快活地答道。

无因感谢地一笑。朝阳渐渐灼热,在甲板上投出凌乱的人影。人们移动着,影子也在变幻。

"下午就到香港了。"有人说。

二

三天以后,碧初等人又在从香港到海防的轮船"大广东号"上的房舱里了。这次上船,少了庄无因,他留在香港进暑期学校。玮玮住在上面一层,和一个陌生人同屋。碧初颇不放心,开船半天,已上去看过几次。

这次乘船不再是新奇经验,各人自寻排遣。碧初和之芹各织毛线,小娃玩随身带的积木,峨躺着沉思。嵋看一本从香港旅馆里随便拿到的小说,不好看,便扔了书,回想这几天在香港的情况。

"香港真讨厌!"这是嵋的评论。

记得到的那天,烈日炎炎,照着拥挤的旅客。不知为什么,"东顺号"不能靠近码头,得换乘小船登岸。说是小船也不很小,像小敞厅,没有座位。嵋一手紧拉住母亲衣襟,一手提着自己的小箱和全家的盥洗用具,只看见人的背和各种箱笼。她头疼,但不愿声张。

上岸后庄家有英国朋友接走了,他们和李家人乘车到旅馆。

小娃说:"真奇怪,这旅馆不会动。"

嵋也觉得地不动很奇怪,原来在船上不觉得,到岸上才知道有差别。现在的"大广东号"很平稳,仍不觉得动,可能再上岸才觉得。

那天头真疼,真像要裂开来似的,到旅馆不久,忍不住吐了。喉咙也疼,晚饭的一碗面只能喝汤,不想吃。于是受到姐姐的攻击:"真是暴殄天物!"其实她自己也吃不下。

那天晒得太厉害,北平哪有这样毒辣的太阳!北平的太阳多好!北平的太阳是透过各种遮挡照下来的。高大的槐柳阴凉,还有席棚呢!

第二天好多了,想跟娘上街买东西,峨还要乘登山电车。可不让我去,只好在房间里走走站站。从窗中看对面高楼,几乎可以摸得着,街上的人小如玩偶,忙忙地不知为什么。我靠在一把大椅子上,很希望进来个小偷或强盗。真的,想想还有点遗憾,没有人来把我抢走。那才好玩!

李姐姐来看我。她还是不大舒服,还得照看那两个讨厌的小孩,还得照看我。她妈妈和娘一起出去了,我知道娘和姐姐都不欢迎,只是没办法。

我靠在椅子上睡着了。娘回来了,大家拿着大包小包的东西。有我的两件衣服,那盒子很好看。一件白上衣蓝裙子,一件桃红色的什么东西。我不理他们。娘揽着我在椅子上坐了一会儿,和我抵头,试我的额头热不热。娘很累。我又庆幸没有坏人来,不然娘该多伤心呢。小娃把别人送他的糖全给我,我不要。他说给存着。

第三天无因无采来接玮玮和我到山顶去,坐汽车去的。又看见海了,海水好亮啊!海边有人游泳,花花绿绿的太阳伞摆满海滩,有很多外国人。玮玮说,这里不是日本人的,可也不是中国人的。那条卖吃食的街真热闹,桌子都摆在街上。开车的人说旁边一座楼是饭馆,外国人常去,当地人叫它鬼楼,我和无采笑了一阵。

到了山顶,风很大,我们靠栏杆站着,看这繁华的小岛。可惜不属于我们中国了,历史书上说的。玮玮昨天来玩过了,他说还是今天有意思。无因说,有一位英国数学教授在这儿开一个月的暑期班,他准备参加。他说数学是一切科学的根本形式,劝玮玮和我都留下,他们上学,我只管玩,然后一起走。

我才不留在这儿玩呢,我要和娘一起去找爹爹,爹爹在龟回等我们。这时登山缆车轰隆隆爬上来了,像一条爬虫。无采建议坐一回。大家坐好了,前面座位的人忽然回头说:"你是孟家二小姐吧? 你叫孟灵己。认得我吗?"

原来是掌心雷,穿得很时髦,油头粉面。他说他从长沙来了好几个月了,不想到昆明上学了,要留在香港。他在长沙住在一所空宅子里,不知中了什么邪气,大病一场。他从前见我不大理的,这时不喘气地说了一大篇,我只好耐心注意听。

电车从绿阴中穿过,很快到了山下。掌心雷邀我们去吃冰激凌,我们不去。他说晚上来旅馆看望,便和朋友一起走了。我们先笑他的名字,又笑他说话的神气。缆车又上山了,可以看见大海! 海似乎在往后退,退得很慢。这里的海是亮灿灿的蓝,宝石一样的蓝。可我还没见过蓝宝石。

无因给我们买冰激凌。风太大,弄得无采和我满身都是冰激凌,黄一块,白一块。我们想笑,但是风吹得透不过气来,笑也笑不出。

我们又去庄家住处,无因一路劝玮玮哥和我留下。庄伯母说,只要玮愿意,上暑期学校没有问题;嵋留着没有意义,也没有人照管。无因才不再提这事。玮玮也不愿意留,他愿意和我们在一起。

那些商店真好看,据说全世界的东西都有。其实北平也有全世界的东西,还有全世界没有的东西。无采要买铅笔,我们走进一家小礼品店。我随便看着玻璃柜,忽然发现一只镯子,乳白色的,躺在玫瑰红的衬垫上。那是一片弯圆的芦苇叶,叶尖上有两个亮晶晶的小虫,翅膀张着。

"萤火虫!"我不觉叫起来。

玮玮说不大像,比真的好看多了。

萤火虫不好看,可是会发光。溪水上的那一片光,能照亮任何黑暗的记忆!

无因说:"如果谁给嵋画像,就画她坐在小溪边,背后一片萤火虫。"

一片萤火虫。

"就像去年七月七号那天傍晚,你和小娃在方壶外面那样。"

"这是狄安娜,这是阿波罗。"我指着两个虫说。无因微笑,他很少笑,一笑就像萤火虫一样亮。

"那天我们本来要到方壶去看萤火虫的。"玮玮惋惜。

那些亮晶晶的小东西,今年还在小溪上飞吗?

玮玮哥和我都觉得玹子姐会喜欢香港,可惜她没有来。

嵋在床上滚了一下,船身好像在晃动。这船和"东顺号"不大一样。从舷窗看去,天似乎很低,大海依旧是平静的,是不是有鱼群撞到船上了?

小娃的积木倒了。他很耐心,倒了再搭。

昨天晚上掌心雷果然到旅馆来了。姐姐很高兴。他们有许多共同的熟人,他又说起长沙的生活,荒凉的大宅子,主人逃难去了。上课时日本飞机轰炸,有的先生还是照样讲。他不喜欢那种生活。香港生活安逸,他有亲戚,可以念书,做生意也好。他问娘和姐姐的意见。娘很客气地说:"这样大的事别人很难拿主意。现在是国难当头,总要共赴国难才好。"

"不能共赴国难也不能逃之夭夭!"姐姐不那么客气。

掌心雷脸有些红,连着把眼镜托举好几下,又说他也许要去昆明,要看这里生活情况。后来姐姐说他很实际,实际得不像中国人。

今天早上无因到船上送行,他一人留着,一点不怕。我们都站在甲板上,他送我一个漂亮的纸盒,装的竟是那只萤火虫镯子。

送我的吗?我简直不敢相信。

送你的。无因没有笑容。庄伯母说,他可以自己安排他的费用。大家都说这镯子好看。我举着它看海,一片蔚蓝上有一个乳白的圈,萤火虫似乎在海上一闪一闪。别人喜欢镯子,只有我们几个人了解那萤火虫,包括小娃。

小娃都哭了,他了解最深刻!

嵋从上铺探身看小娃,船身猛地向一边倾斜,她一下子滚到墙边,小娃的积木哗的一声倒了。

"娘!"她和小娃同时叫起来。

"可能要起风暴。"碧初凑到舷窗上看,天色很黑,海水也很黑,像沉着面孔。这时是下午六点,夜,照说还不该来。

忽然房门开了,金士珍站在门口,大声说:"狂风起来了,乌云压来了,海浪比香港的楼还高。"她鬓发散乱,一件半旧阴丹士林布旗袍歪歪扭扭裹在身上,衣领敞着,两眼有一种兴奋奇怪的光,"海浪上站着牛头马面,小鬼夜叉!我看见了,我都看见了!"

之芹忙起身要她坐下,低声恳求道:"别说了,快别说了。"

船仍在晃动,士珍站立不稳,一下子扑到碧初身上。碧初忙站起,就势捺她坐下。小娃赶快爬到上铺挨着嵋坐,玳拉和无采率着李家两个小的也过来了。

这时船上茶房走来说客人最好都在自己房里,免得乱了秩序。不能开晚饭了,真刮起大风,盘碗都搁不住的。预备有面包,一会儿送到各房间。

之薇、之荃都要在这屋和之芹在一起。

之芹苦笑道:"孟伯母庄伯母不要笑话,我母亲想象力太丰富。"

士珍似听不见这话，还是念念有词。忽然指着船外说："拿刀的这人我熟，拿绳子的这人不认识。"

碧、玳两人好说歹说劝她回房，渐渐安静下来。这边之芹忽然呕吐，俯在脚盆上，抬不起头。客人中呕吐的很多，只听见一片哇哇的声音，此起彼落。峨说有点难受，但没有吐。

一会儿果然送来了香肠面包，无人取用。碧初惦记玮玮在上层，要上去看。船越摇越厉害，她向前走几步又退后几步，只好坐在床上。

"开门，大家开着门！"茶房用广东话大声嚷。他从餐厅走过，从一边猛地滑到另一边，摔倒在地。另一个茶房也摔过来，撞到他身上。幸好是人，不是桌子。餐桌本有铁钩扣在地上，有几个钩子坏了，桌子在厅中滑来滑去，撞在墙上，发出沉重的声音。

舷窗外一片漆黑，浪头浇上来又退下去。船剧烈地摇晃，每次倾斜似乎都在三十度以上。各人在自己铺位上有节奏地滚动着，倾听着巨大的风雨波涛的声响。

碧初说："不能织毛活，也不能看书，背诗好不好？"

峨立刻响应。"春江潮水连海平，海上明月共潮生，滟滟随波千万里，何处春江无月明！"峨细嫩的声音朗朗地压过了船外风雨。小娃不时打断她，碧初不时提醒她，房间的气氛是安静平和的。

《春江花月夜》背完了，小娃接上："松下问童子，言师采药去，只在此山中，云深不知处。"碧初在下铺望着床板大声称赞。

"娘，挑最长的背。"峨从上面探出脸儿来。

她不等母亲说话，开始背《长恨歌》，峨也偶然懒懒地插一句。之芹很羡慕，用心听着。她服过镇晕药物，浑身有些发软。

电灯忽然灭了。峨正好滚过去碰在小娃身上，两人咯咯地笑。

"真讨厌!"峨说。

碧初心知什么机器坏了,有些害怕,镇定了一下,拉着床栏站起来:"你们继续背诗,我得看玮玮去。"

这时有人在餐厅一头喊:"预备救生衣! 预备救生衣!"声音凄厉,一直喊过去了。

之芹与峨都坐起身,碧初忙用手电找救生衣,每个房间四件,她不声张,发给四个孩子每人一件,自己往屋外走。

"我一定得去看玮玮。"她低声说,几乎是自言自语。

"娘,我跟你去。"峨与嵋都要下床,又滚到床里去了。

"你们不要动,听娘的话,千万不要动。看好小娃,我一会儿就回来。"碧初严厉地祈求。

她用手电照着,拉住床栏,门拉手,门外扶手,到了餐厅。餐厅空无一人,一头点燃一盏汽灯,可以看见奔跑的桌子。碧初观察片刻,小心不让桌子碰上,拉住墙上可以拉的任何东西,一步步挪向楼梯。她很快掌握了规律,船向自己这边倾斜时赶快走几步,向对面倾斜时,便拉住墙上钉住的一道扶手,小心站好。楼梯在对面,她乘着一次船的倾斜,松手滑过去,正好到楼梯下。她什么也来不及想,赶快攀登。楼梯上全是水,滑下来两次,终于上去了。

甲板上的景象真吓人,黑暗里波涛压顶,高不可仰,山崩一般落下来,几次就浇得她浑身透湿。每次船歪过去,甲板似乎已浸在海里,随时有落海的可能。她胆战心惊,小心翼翼地拉住扶手。好在玮玮房间离楼梯不远,在一次船身向里倾斜时可以走到。

"什么人在甲板上? 快下去!"一个水手熟练地跑过来,用手电照着,先用广东话,又用不熟练的普通话说:"你发疯了! 快回房间去。"

"到这间房看看孩子。"碧初吃力地拉着栏杆,走进过道。

"玮玮!玮玮!"她叫,推开房门。

玮玮正躺在床上,忙跳起身,一道电光闪过,看见湿淋淋的碧初。

"三姨妈!"他抢步抱住碧初让她坐在床上,"怎么上来的!"

碧初看见他已全副披挂,穿好了救生衣,放心地一笑。

同房客人坐起来说:"这风暴难得遇见!"他的广东普通话很难懂,"我走这条路已经十几年了,第一次遇见这样大的风暴!我,做药材生意的。"

"三姨妈怎么没穿救生衣?"玮玮用毛巾擦碧初的头发。碧初笑笑未答。

"在甲板上走要当心!"那药材商人说,"你放心,澹台玮是好少年,很聪明喽。"

"玮玮,"碧初定神拉着玮的手说,"你要好好照顾自己。如果有救生艇,轮到你就上。不要惦记我们,拉扯太多,反而不好。"玮玮迟疑地点头。

碧初从衣襟里拿出一个小皮包,里面有一百块钱,递给玮玮,帮他放在救生衣口袋里。按了按口袋说:"你千万听姨妈这句话。我和庄伯母一起,还有两个姐姐,不用人照顾。你不要分心。"

那药材客人微笑道:"不会出事的,这是'大广东',这船大!要是'小广东',早让风吹得上天喽!"

"但愿如此。还请先生多照顾他,谢谢您。"碧初向药材客人欠身。又严厉地对玮玮说:"我下去了。你不要管我,两个人彼此照应反而容易乱,我已经走惯了。"说着敏捷地走出房门。

一道电闪为她照见船舱边的扶手,碧初等着船向里倾斜。玮玮追出来,在她身后,不敢做声。船向里歪过来,碧初稳当地走到楼梯口,下去了。

高耸的波涛落下来,砸在船上。雷声滚滚,就像绕着这条船。

药材客人把玮玮拉进房间,说:"只有等着,只有等着喽!"

碧初回来时顺利多了。这时电灯已经亮了,昏惨惨一点光。她估计玳拉也没有救生衣,想到茶房间去要两件。走过玳拉房间,见之芹在里面和玳拉说话。

"我想李太太可能有病,把之芹找了来。"玳拉见碧初过来,苦笑道,"她一定要跪在床上,摔下来,还跪着。这不,头上摔破了。"她的北平口音比碧初地道。

金士珍仍跪在床上,两手拉住床栏,左额角有一点血痕。之芹叫她,也不应。两个小孩缩在床角,大睁着眼睛。

之芹无奈说:"我母亲有她自己的想法。庄伯母只当没她这个人,随她好了。"

不想这话士珍却听见了,跳下床揪住之芹的辫子,打了她一巴掌。

这时船又歪向一边,众人摔作一团。之薇吓得哭起来。碧、玳二人忙站起,珍、芹还坐在地上。

之芹愣了一会儿,站起来又去扶士珍。

士珍推开她,自己站起,指着她说:"你这没良心的小狐狸!别人不知道我做什么,你也不知道吗!我这是为全船人求命啊,当没我这个人?没我这个人,你们都试试!"

众人都愣了,不知该怎么办,实在也站不稳,碧初只好说:"好了好了,还是各自躺着吧。"又问玳拉救生衣够不够,玳拉说她带了一个游泳圈,不用救生衣了,原来还以为可以游泳呢。

不想士珍一见这游泳圈,抢过来套在颈上,仍是念念有词。碧、玳二人懒再理论,各道安置。碧初带了之芹回房。

之芹没有哭,倒向碧初解释:"我妈是热心肠的人,就是信神信得太迷,行为显得古怪。"

碧初道："任何人迷上什么都古怪。明白这一点，也就不觉得古怪了。"

之芹感激地望着她，两人各自躺下。

船还在有节奏地摇动，除了风浪和餐桌撞墙的声音，房舱里很安静。风暴还没有过去，惊恐已经过去了，人们似乎习惯了。

嵋和小娃没有想到怕，因为太困，有些迷糊。峨像弟妹一样觉得一切都可笑，他们笑时她却要干涉。其实她自己认为，那撞墙的桌子最可笑，看它们滑来滑去，她几乎要笑出声来，在摇滚中随时用被角遮住脸，掩住笑声。

后半夜，之芹忽然大声呻吟。碧初正眼睁睁望着暗黄的灯光，闻声立刻坐起，问道："怎么了？"之芹不答，仍在呻吟。

碧初下床去看，见她双目微睁，额角渗出冷汗，一手抚胸，一手紧紧攥拳，似乎在忍受极大的痛苦。看着不像晕船，脉搏细而急促。

碧初俯身问："是不是哪儿疼啊？"

之芹指指心口，勉强说："疼，疼得厉害——"

"在家也疼过？"碧初问，急忙搬出小药箱找药。

之芹点头，努力说："心脏有病——"

碧初找出苏合香丸，想去问李太太。想想决定不去，把药塞入之芹口中。"嚼碎，慢慢咽，别呛着。"她轻托之芹的头，让她吞药。峨、嵋都坐起，同情地低头下看。

过一会儿，之芹安静了，大家躺下。约一小时左右，她又呻吟起来。

碧初不敢再给药，拿一片人参给她含着，要去告诉李太太。她走出房门，忽然发现走路容易多了，桌子碰不到墙，就又滑回去。这说明船稳多了，风暴要停息了，她大大松一口气。不觉倚在房门上休息一下。她太累了。

"三姨妈！浪小多了，咱们平安了！"玮玮从楼梯口跑过来，情不自禁地叫着。他还穿着救生衣,像个小水手。

"好孩子,脱了救生衣,还放在手边。"碧初慈和地望着他,示意他进房间去。自己到玳拉屋里,见李太太和两个小孩已深入梦乡,发出均匀的鼾声。玳拉却未睡,正站着琢磨船身晃动减弱多少。两人商量,叫醒士珍也无用,还是过这边来。

她们到这屋,见之芹已经好些,正对玮玮说:"不知道什么时候能回北平,我很怕回不去了。"

玮玮坚决地说:"怎么会回不去! 就是打上几年几十年,也会回去!"又转文道:"岂不闻大难不死,必有后福? 李姐姐身体会好起来。"

一丝微笑飘上之芹嘴角,惨白的脸微微晕红了。她含着参片,渐觉恢复。大家又松一口气。

船行越来越平稳。风暴过了,太阳出来了。船上忽然涌出许多人,甲板上,过道中,餐厅里,人们都面带笑容。

"可捡了一条命!"

"不知沾谁的光,船上有大命人。"

"沾轮船的光! 换只小船早不行了!"

快到中午时,果然有消息说,昨夜风暴中,有两只小轮船沉没。

大海的力量是神奇的,不可捉摸的,可不能惹它发怒啊。嵋又到甲板上来,站在栏杆边时,心里充满了崇敬和畏惧。海可以温柔,可以咆哮,可以平静,可以沸腾。因为它自己蕴藏着力量,它的丰富和千变万化是人们不了解的。

又过了一天,船抵海防。人们登岸后先觉平稳,稳得奇怪。嵋和小娃摇动身子,脚下却丝毫不动。小娃用力迈着脚步,好像要踩动陆地。嵋则轻轻地走着,生怕给陆地增加太多分量。

大家很快习惯了这平稳,现在面临的是安南海关的检查。海关人员粗暴地把旅客的行李打开,翻检一通后扔到一边,自个儿整理去！三家的箱笼不少，三位太太看见前面的人打开箱子，衣物横飞的光景，暗暗皱眉。还好弗之托了中国总领事来接，把他们的箱笼挑出，没有检验。

庄家母女要乘内燃机火车直接到昆明，由这里的朋友接走。仍是孟李两家到旅馆住下。

碧初对士珍说："最好带之芹仔细检查一次，看到底什么病。"

士珍说："这孩子从小病就多，心也重，上医院的次数也数不清了。说实在的，这一年她又上学，又做家里事，累得不轻！原来的一个用人走了，现在没有这份儿开销呀。"

她说话时爱抚地看着之芹。下船以后士珍一直很清醒，无人问她在船上是怎么了。

之芹还是很不舒服，但她忍耐惯了，不说出来。听见大人谈话，她忍住眼泪走开去要洗之荃的衣服，可是没有力气，只想躺着。到晚上忽然剧泻，神色甚为委顿。士珍着急，说这样子怎能上火车，由旅馆请了医生来，给了些止泻药。

次日清晨，孟、李两家大小九人上了入滇的火车。这车通往云南境内碧色寨，再换小火车到龟回。车很空，人不多，有几个安南人，像是小贩一类。座位顺着车壁围成一圈，当中放行李。

峨嘟囔："这哪儿是人坐的车，是货车！"李太太倒没有说话。

车开了，车门大敞，无人来关。近车门处风很大，大家都往里面坐。峨还是负责照管她自己的小箱和全家盥洗用具，她把它们放在大箱子上，和一些小件行李在一起。大家一路上听说，安南小偷很有名。他们技艺高强，金银钱钞，衣帽鞋袜，小至一条手帕，无所不偷。果然，在河内一次饭间，孩子们的遮阳帽全部失踪。现在玮玮故意坐在离门不远处，好包围他们的行李。

滇越铁路在山谷中沿红河铺设。河水在万丈崖底急促地流着,在山中盘来盘去,发怒般打着漩儿,漩涡相连,简直看不出水流的方向。车行几个小时,很少见江水有平静处,总在奔腾咆哮。山上是亚热带特有的浓密的、湿漉漉的绿,显示着抑制不住的活力。

"猴子!小猴子!"玮玮在车门口叫。

只见一群猴子在树枝间游戏,有的跳来跳去,有的抓住藤蔓一荡很高。孩子们高兴地为它们鼓掌。

快到中午时,兴奋的情绪逐渐低落,大家都很累。座位硬得像要戳进肉里,孩子们坐立不安,但谁也没有埋怨。直到晚上,火车停了,车站上有人招引住店。

碧初等拣一个衣着干净的人,随着走了许久,住进一家店。大家筋疲力尽,有的坐着,有的躺着,都不吃饭。

一时之芹又泻了几次,晕得抬不起头。碧初摸她,额头火烫,和士珍商量是否回海防去,到玳拉处想办法。

"不要紧的。"士珍有把握地说,"她抗得住。到碧色寨就好了,我有办法。这孩子,净让人操心!"张罗着给之芹吃些止泻药,自己静坐一旁,似在作法。

嵋为了安慰之芹,把那只萤镯放在她枕旁。

之芹微笑,轻声说:"装好了,别丢了。"

嵋收起那镯时,见上面有两个通红的小虫,拂落了,把镯仔细放入小宝箱中。再一看,之芹枕边有好几个虫,自己床上也有,气味难闻。问了碧初,才知是臭虫。

"臭虫很漂亮。"小娃说。

次日中午,车快到边境车站老街了。大家都蒙蒙眬眬,半闭着眼。

"怎么?做什么?!"碧初忽然叫起来。

只见一个头上缠着头巾的安南人一手提起一只箱子,扔下车去。那是孟家人装换洗衣物的,看上去颇为讲究的箱子。就在碧初叫声里,他又顺手抓起嵋的小箱,随即纵身跳下车去。

"小偷!""扒手!贼!""抓住他!"

孟、李两家人大声叫嚷,同车的安南人不闻不问,平静地坐着。

嵋追到门边,被玮一把抓回。她正好看见那贼翻身爬起,对她招招手。这里地势平坦,跳车不会滚下山谷,看来这是久惯此道的车贼了。

嵋哭了。她那珍贵的装着美好记忆的小箱子落在一个贼手里!

"娘!"她转身扑在碧初怀里,把眼泪涂在母亲衣襟上。

"不哭,好孩子。哭没有任何用处。"碧初冷静地抚着她,"只要人没有损伤,东西是身外之物。"

玮玮安慰说:"纪念品也可以换新的。"

小娃说:"那人大概太饿了,没有饭吃。"

"这贼算识货,你们家的东西好,贼看上了。"金士珍说,听去有点幸灾乐祸的味道。

车里渐渐静下来。在轰隆轰隆行车声中,车角有呻吟之声,是李之芹躺在那里。

"你怎么了?哼什么?"士珍推开靠在身上的之荃,往车角走去。

"不舒服——"之芹吃力地说,"晕得很。"

"晕车吧?不是不泻了吗?"士珍回来找仁丹。

嵋站起身,一手用娘的手绢擦着泪,一手拉着娘的衣袖,跟着到之芹身边。

之芹又是冷汗满额,一件月白竹布旗袍,颈下已经湿透。面色惨白,双目紧闭,口鼻似乎都不在原来地方。嵋吓了一跳,躲在碧初身后。

"李家大姑娘,你是心口疼?"碧初俯身问,解开她的衣扣,顺手拿过峨的薄披肩盖在她身上。

之芹轻微地点头,用力睁眼想看看四周。她自登旅途就不舒服,一直忍耐支撑,现在实在忍不住,也不想努力支撑了。

"还是吃救心一类的药吧? 好不好?"碧初和士珍商量,一面命峨把药箱拿过来。

苏合香丸在之芹嘴里打转,半天咽不下去。后来咽下去一小半,吐出来一大半。参片也咽不下去,大概舌头咬破了,嘴角流出血来。

士珍代她拭了血迹,觉得严重,不知如何是好,大声哭道:"你再忍忍,快到碧色寨了,到了就有办法。"一面拉峨过来,"叫她! 她喜欢你,叫她! 叫她等等!"

峨也想哭,拉着之芹的手叫:"李姐姐,你等等!"她不懂等什么,自己添话:"你等等,我们给你捉蝴蝶去。"

之芹睁开眼睛,看了峨一下,用力问:"澹台玮呢?"

玮玮忙走上前说:"李姐姐,到了龟回,我们捉顶好看的蝴蝶给你。"

之芹脸上似乎掠过一丝笑影,用力说:"你们很好——很美——"

她攥住峨的手,越攥越紧。碧初想让峨走开,轻轻抚着之芹,但峨的手抽不出来。

峨有些怕,仍轻声叫:"李姐姐,你等一等!"

之薇、之荃在那边哭起来。之芹的手忽然松开了。

"你们哭什么! 姐姐病得要死啦,还哭!"士珍大声呵斥。

峨拉着这两个孩子,望着这边摇头,意思是不用吵,她管着呢。

之芹闭上眼睛,表情仍是痛苦的,它留着,永不会再改变了。她细瘦的身躯下渐渐透出一片湿痕。生命已经离开她,这身体,再没有主宰的灵魂了。

离她最近的是嵋。嵋靠在碧初身上，怔怔地望着横在面前的之芹的身体。母女两人都觉得胸口上有东西顶着，这东西艰难地化成热泪。待泪流了下来，碧初才想起把嵋拉开，坐到一旁。

"怎么了！我的孩子！你怎么不等等！这叫我怎么和你爹交代！"金士珍伏在之芹身上号啕大哭，一面跺脚，"你怎么不等等呀！尊神在碧色寨等你，等着救你！你连这点福分也没有！"

她哭得很伤心，之薇、之荃跌跌撞撞地走过来，惊恐地拉住她的衣襟，一边哭，一边学着跺脚。

碧初一手拉着小娃，一手揽着嵋，峨和玮站在旁边。他们也哭泣，但声音很低。两组高低不同的哭声，再也唤不醒这正当妙年，对人生充满憧憬而在奔驰的火车中撇下了躯壳的姑娘。

李之芹，终于没有能踏上自由祖国的国土，没有能看到蝴蝶泉。那等在碧色寨的尊神，竟没有这点本事，到两百公里外来救她。

三

龟回本是滇南较繁荣的小城，兴建滇越铁路时，城中人士拒绝由本地通过，于是铁路绕道而行。碧色寨成为大站，得到一切交通发达的好处。龟回落得安静，保持着古朴的风格。这城很小，站在城中心转个圈，东西南北四座城门近在眼前。城门却也雉堞俱全，且甚为讲究。城南一个小湖，雨水盛时，大有烟波浩渺之概。几条窄街，房屋格式不一，有北方样式的小院，南方样式的二层小楼，近城处还有废弃的法国洋行，俱都笼罩在四季常青的树木之中。满城漾着新鲜的绿色，连那暮霭，也染着绿意。

在朦胧暮色中,孟樾一家和来接的朋友走过十字路口。抗战以后,已来了不少外乡人,还是有人围观。

"又来了!又来了!"孩子们用云南话大声叫。他们大都戴一个沉重的镀银项圈,挂一把小锁,好锁住他们,留在人间。一个绣花的肚兜,显出慈母的功夫,下面却光着,露出自然的伟大。

李家人留在碧色寨办丧事。孟家人还没有从死亡的阴影中解脱,他们阴郁沉默,慢慢拖着脚步。亲人团聚的欢喜抵消不了那种毫无救援,听任死神支配的恐怖。

尤其是嵋,方壶和香粟斜街的日子,都隔在一具遗体的那一边。她已经不是原来的孟灵己了。在碧色寨车站上,碧初曾领她去洗手,用肥皂洗了好几遍。这也许能洗掉什么不洁净的东西,却洗不掉她的经历、她的感受、她为李之芹大姐姐的悲伤。她有一种无法说清的情绪,似乎不是为之芹,而是为她自己,为爹爹和娘,为所有的人,想要大哭一场。

嵋没有哭,只是低头拭泪。孟家人都有坚强的自制力。玮玮轻拍她的头,她便抬起眼睛,浓密的睫毛上挑着半圈小水珠,像碎钻石般亮晶晶。

玮玮很难过,为了所经历的一切,也为了嵋。他低声安慰:"来接的钱先生说,城外有一个洋行大花园,我想里面有萤火虫。"

萤火虫的小灯笼又能亮多久呢?它们累不累?嵋吃力地迈着步子。

他们原以为下了火车会上汽车,最好来个马车。直到那位笑眯眯的钱先生催他们走,才知道路是要自己用腿走的。

街两旁站着许多人是做什么?他们知道李之芹这个人吗?她再也不能走了。

嵋牵着玮玮的袖子,跟着大人一步步走到芸豆街,他们的家在这里。

芸豆街小院的建筑是凹字形两层楼。孟家住楼下,楼上是钱明经夫妇。那位叫钱明经的笑嘻嘻的先生以精明著称,有人说他的名字顺序应颠倒过来。这座房子,便是他找下的。他们已经来了几个月,一切俱已就绪,有余力帮助孟家人。因估计碧初等在车上未必进午饭,楼上预备了点心。

楼上三面廊子,雕花木壁,做工尚称细致。东厢是钱家客厅,四扇隔扇大开,空气流通,斜阳的光辉照着室内雅致的陈设。室中央摆着硬木圆桌,四周是同样的圆凳,一色细花雕饰。圆桌上摆着温热的甜粥和果酱煎饼。

"你们不像逃难来的,哪儿来的这些东西?"碧初看见摆在两头的太师椅,大理石靠背,螺钿镶嵌扶手,不禁走近去仔细端详。"什么年代的? 考证出来了吗?"

钱太太郑惠枌道:"这都是房东的家具,明经喜欢,和房子一起租下了。只有客厅这几件,别的房间什么都没有。"

"这对椅子我看是顺治年间的。保存得多好!"钱明经得意地说,"这里离个旧锡矿近,有些做锡生意的商人成了财主,咱们的房东就是一位。还有好东西,他运到昆明去了。"

"东西少些好,"弗之说,"省得收拾。尤其不能要考究的东西,哪有那精神照管。"

"这里是未经开发的处女地,没有人搜罗过,准能找出古董来。"钱明经兴致勃勃,笑嘻嘻的。

"你还有这闲心啊?"惠枌略有些嗔怪。

说话间,大家落座吃粥。明经介绍道:"这里有一家甜粥小店,也算得县城中的闻名去处。主人姓雷,人称雷稀饭。你们尝尝,和北平口味不一样。"

大家尝粥,都说很好,但都吃不下。明经见孩子们闷闷的,便说:"别看龟回是小地方,原先海关设在这儿,检验滇越铁路的货物,有不少商人来往。有一家很大的洋行,现在关了,学校就在那花园里头,还有一个跑马场呢。过几天我带你们去玩。"

"我还没骑过马呢。"小娃正啜粥,以为坐的还是家中椅子,向后一靠,哐的一声,翻倒在地。碧初忙去抱他,大家都慌忙站起。小娃很想哭,但见这么多人都看着他,拼命忍住。

"孟合己很勇敢。"明经看着他。

"你怎么知道我的名字?"小娃挣出娘的怀抱,仍端正坐好。

"在方壶见过你们,不止一次。"明经笑道,"只有澹台玮没见过。"这种郑重的称呼,孩子们听了很高兴。

他又专对玮说:"我见过你父亲,只见过一次。"

"爸爸的伤全好了,他们就要到昆明去。"玮玮说,按按口袋里的信。那是父母的信,弗之交给他的。他预备一个人静下来好好看。

"柳夫人现在哪里?"碧初问。

"现在昆明,可能要到重庆去。"惠枌答。

"哪个柳夫人?"峨在人多时很少说话,这时好奇地问,"是唱歌的吗?"

"是歌唱家柳夫人,她是钱太太的姐姐。"碧初答,又对惠枌说:"我们家的孩子都喜欢音乐,可是没有这方面的天赋。"

"我上星期到昆明开会,听说惠杬找不到钢琴,子蔚帮着在一家教堂里借到了。"弗之说。

峨听得钱郑惠枌是柳郑惠杬之妹,不觉看她几眼。见她着一件暗蓝色布旗袍,周遭用花布镶细边。鹅蛋脸儿,眉目清秀,不及柳夫人妩媚,却有一种飒爽之气。

惠枌见峨打量她,因笑道:"我是学画的,也学过些乐器。现在是家庭主妇,主管我们两人的生活。"

说着向明经领首微笑。又向碧初说:"内地生活费用便宜多了,火腿两毛钱一斤,鸡蛋一毛钱一百个。活下去很容易。"

256

明经说："看她多熟悉市场，足见是个好主妇。只是这里文化落后，风气闭塞，书籍缺乏。到县图书馆看看，什么书都没有！"

弗之道："学校的图书大都运到昆明了。在龟回上课不是久长之计，还要搬家，搬到昆明。"他对碧初抱歉地一笑，"你看，你刚到，又说搬家的事。不会马上搬，还得几个月。"

碧初道："国家有难，搬几回家算不得什么。"

"给你找了一位女仆，这儿叫帮工，一会儿就来。"惠枌道。

正说着，钱家的帮工王嫂带来一个妇女，说是姓张，就叫张嫂。碧初和她谈了几句，留下做事。孟家人遂都下楼。

楼下正房里空荡荡，只有几张木板，拼起来，就是床了。弗之在厢房暂住。一张行军床歪斜着支在当地，窗下一张未上油漆的白木案上书稿凌乱。奇怪的是一面墙边放了许多大大小小的饭碗，一摞一摞，排了两排。

"这是怎么了？"碧初笑问，"要开饭馆？"

"你们来了，要吃饭啊。"弗之理直气壮。

碧初仔细看时，好些碗都是用过的，没有洗。只好忍着笑，分派打扫收拾，说："比我想象的好多了，我以为得住草棚呢。"

"问题是没有办法吃饭写字。"峨冷冷地说，"总不能席地而坐吧？"

"爹爹能想到预备几张床和饭碗，就不简单了。"碧初说，"应用的东西，慢慢再添置，不用忙。"

"抗战期间，一切从简。"玮玮刚看到一张《新滇日报》，报上有几个结婚启事，都有这句话。

峨瞪他一眼，不再说话。

以后孟家人回想起龟回的生活，都觉得像是激流中间短短的一段平静温柔的流水，让他们绷紧的心弦松弛一下。脚踏在中国自己的土地上，头上没有日本统治的压力，那种自由的感觉,没有当过"亡国奴"的人是感觉不到的。尽管因为语言不同,习惯不同,有时会生出背井离乡的惆怅,那小县城色彩浓郁的民俗,亚热带景色的诗情画意以及家人的团聚使他们常处于欣悦的状态。

外来人的经济情况优越得很。云南省自己发行的滇币有新旧之分,一元新币换十元旧币。中央法币一元换十元新币,相当于百元旧币。有的卖鸡鸭蔬菜等生活用品的摊贩还用旧币。外来的人等于平白加了数十倍工资,难怪钱明经可以兴冲冲准备搜拣古董了。

这种经济优势当然不能消除所有不便,对于碧初来说,首先没有得心应手的下人使唤,样样要自己操心。弗之与峨,是做惯老爷和小姐的,想不到帮忙或不肯帮忙。倒是嵋和玮,常常问:"娘,有事吗?""三姨妈,有事吗?"当然也帮不上忙。

对于孩子们来说,这里的生活打开了新的天地。这里没有明仑校园或香粟斜街三号的高墙,使他们不知人间烟火。芸豆街小院和龟回县城的生活是相通的。

每到赶集时,卖菜的,卖果子的,卖竹制品草制品的,各种叫卖声不断传来。孩子们随时受到云南语言的熏染。最初大家都奇怪声音何以如此之近,再一想,整个县城没有多大,随便走到哪儿,都很容易。出门不用经过几重院子,跑几步就到街上。真像捉迷藏,原来躲着的街道,忽然冒出来了,横在眼前。街上店铺有限,内容简单,但他们觉得很有趣。

雷稀饭老板早成了熟人,见了孩子们总要邀请:"进来坐下子嘛,给你家盛一碗!"

那稀饭在大锅里冒着小泡,透亮的,黏黏的,好不诱人。但他们总是说谢谢,从不接受邀请。稀饭老板又会大声称赞:"先生家的公子么,懂礼数!"

最吸引玮、嵋的,是雷稀饭旁边的一家书铺,卖书也租书。

最多的是武侠、侦探和公案小说,诸如《七剑十三侠》《青城十九侠》《福尔摩斯侦探案》《亚森罗蘋侠盗案》,还有《施公案》《彭公案》等。

来看书的大都是城里的居民,他们对迁来的学校中人有一种敬意,就像湖台镇居民一样,总是对玮和嵋笑,自谦地说:"我们瞎看看。"

有一次,玮玮做主,借了一部书,名叫《芙蓉剑》,以后又借了续集《凤凰剑》,都是以宝剑为信物的武侠加言情小说。嵋看得很起劲,晚上还在昏暗的煤油灯下看。

"嵋,你看什么?"碧初一手拿着正在折叠的衣服,一手来拿嵋的书。"这是什么? 剑仙侠客?"

碧初近来有时要发火,自己也觉得,便有意识地克制自己。她放下衣服,停了片刻,才把书大略翻了一下,仍还给嵋,拍拍那黑得发亮的头,说:"现在该睡觉了,自己关灯。"

第二天,碧初向玮、嵋宣布,他们得每天随弗之到学校去做功课。

玮对嵋耸耸肩,嵋对玮闭一下眼睛,其实两人都很高兴。他们习惯于规律的生活和不断获取新知识,闲散长了并不舒服。

"我做什么? 娘,我也要去!"小娃拉拉娘的衣襟。

"你吗? 天天走去走回,你行吗?"碧初抚着他的手,低头商量。

嵋马上帮助小娃:"让他去吧,我会照顾,还有玮玮哥呢。"

碧初向玮玮抱歉地一笑,说:"你多管着些,你当总司令。"

总司令啪的一声立正。小娃高兴地大声笑了。

明仑大学有注重体育的传统。办军训,上早操,都比别的学校积极。龟回这里,宿舍集中,场地方便,每天升旗跑步,是体育课内容之一,由当地驻军一位连长任教官。不少学生懒得早起,叫苦连天。

弗之素起得早,常来参加升旗仪式。他喜欢看鲜艳的国旗冉冉升空,让蓝天衬托着,迎接新的一天,觉得晨风孕满希望,朝霞大写憧憬。学生们不很整齐的步伐,显示着青春的活力,和祖国的力量。

校园的年轻人中增加了三个孩子。他们有时随弗之早来,但从不到操场,只远远站着。

第一次看见国旗从绿阴中升起时,玮玮高兴得跳将起来,又赶紧肃立,等国旗升到杆顶,才大声叫嚷:"又看见了! 又看见了!"

嵋和小娃也高兴地拍手。他们曾亲手烧了国旗,现在,又看见了!

大花园里纠缠扭结难以抵挡的茂密植物中,有一排平房,其中有弗之的一间办公室。窗下一张白木长桌,没有油漆,三人每天在桌前学习。弗之请来一位教逻辑的先生教玮玮数学。嵋和小娃则仍是背诵诗词古文,念简单的英语,写大字小字。

每天下午,他们在校园里探险。循着青石板铺的宽道,走过五十米长的蔷薇花架,绕过园中的主楼,走上一条窄道,因为植物太茂密,就知难而退。以后胆子越来越大,把一条条窄道都试过,有缝可钻就挤过去。

有一次,他们沿着一条弯曲的小道,踩着侵到路上的枝蔓叶茎,走进一块凹地,只觉鲜艳明亮的色彩扑眼而来,原来是一片荒花在四面绿墙中跳动。繁茂的花朵上飞舞着大大小小的蝴蝶,他们还从未见过这样多的一起飞舞的蝴蝶!

三个孩子呆呆地站住,看那花朵,看那蝴蝶。蝴蝶的颜色在阳光下变幻着,带动花朵的颜色也在变幻,如同片片流动的彩云。四周的绿为这变幻的彩色稳住阵脚,好像在说:"看吧看吧,难得有人看见! 看吧看吧,难得有人看见!"

嵋想,要是李之芹大姐姐在就好了,她该多高兴! 但是她没有说出来。

他们站了一会儿,玮玮见隐约有一条小路向一边的小丘上伸去,便引嵋和小娃爬上小丘。他们推开眼前密密的枝条,眼前的景色使他们大吃一惊!他们发现自己站的地方相当高,下面是一个形状不规则的大潭,水色墨绿,深不可测。周围树木纠缠在一起,阴森可怕。那黑色的水中,似乎就要跳出什么妖魔怪物。

"我怕!"小娃拉住玮玮,小声说。那些蝴蝶和花已经让他害怕,这潭水更神秘了。

嵋也害怕,但她不说。她似乎觉得李之芹姐姐住在这潭水里,这时正从水底向上升起。照说李之芹不可怕,可她还是怕。

"这气氛——"玮玮喃喃地说,"回去!"便率领他的兵急忙向原路逃走了。

这次探险后他们有几天没有到园中漫游。小娃不大舒服,不能到学校。嵋接连梦见之芹站在潭水上,周围上下飞舞着蝴蝶。玮玮则想趁这时没有小娃累赘,再到那潭边去看个究竟。虽然碧初一再告诫不准胡行乱走,他还是说动了嵋,再做探险。

玮和嵋这次有意避开那蝴蝶纷飞的热闹,走了一条新路。这路很细,旁边的树木却高大,走一小段便似乎进入森林了。路向下斜,越来越潮湿。

嵋拉着玮的上衣后摆,战战兢兢:"玮玮哥,你说这儿有蛇吗?"这园子里蛇多是有名的,他们还没有遇见过。

"不知道。没有遇见就别想它。"玮玮说,顺手从路边捡了一根木棒。

他们很快进入一个小峡谷,两边土丘,丘上参天的大树,遮天蔽日。不少树根露在泥土外面,像是有力的筋肉。路仍下斜,转过豁口,那潭黑水猛然呈现在面前。

这次他们站在低处,离潭边很近。潭水平静得吓人,似乎下一秒钟就会冒出一个大龙头或是别的什么。潭水四周的土丘上各种植物形成一圈围墙。他们屏息静立,忽然听见对岸有窸窣之声。

"蛇来了!"嵋低声说。

玮玮想:"要是蛇,还好办。"他怕是什么没有见过的东西,又希望是。他们定睛望着对岸,不敢动一动。

"啊咿——啊咿啊——"一阵啸声从对岸传出,紧接着从茂密的植物中走出一人。

玮玮先不觉得那是人,拉着嵋想跑,脚却钉住了似的。再细看时,原来是李涏先生。

"终有一死!终有一死!"李涏衣着邋遢,神情疲惫,大声自语着沿潭边走来,忽然发现了两个孩子,"你们怎么到这儿来了?当探险家吗?"

"您怎么来了?找李姐姐吗?"嵋几乎说出来,忙咽住,抬头望着玮玮。

玮玮说:"我们来玩,打扰您了。"

"这儿不错,很好玩。这是黑龙潭,我起的名字。"李涏微笑,"我到这儿躲一躲,亲近自然。也有学生来这儿看书。还没见小孩子来。"

"蛇!蛇来了!"嵋大叫。

只见潭边草丛里,两条蛇笔直地竖着上半身,嗖嗖地窜向潭的另一边,随即隐在草丛中不见了。

"不用害怕,这园子里没有毒蛇,据说如此。"李涏安慰道,又说,"害怕也不要紧,那不是最坏的感觉。"

"您说最坏的感觉是什么?"玮玮好奇地问,"是痛恨?是悲伤?"

"最坏的是那种让人难受的感觉,"李涏似乎在考虑,慢慢地说,"是厌恶。"他忽然打起精神,说话节奏快了一倍,"还有黄龙潭、白龙潭呢,都比这个潭小。今天你们该回家了,下回我带你们玩。"他点点头,矫健地登上土坡,一下子就不见了。

"他去找蝴蝶了。"嵋辨别着方向。

这时黑龙潭似乎已经不那么神秘,一缕缕夏日的阳光从树枝间隙照下来,也少了些阴森。但两个孩子却觉得心里沉甸甸,逃一样离开了。

孟家人根据"食不言,寝不语"的古训,不准孩子们在饭桌上多说话。只是晚饭后,大家一起闲坐时,才争相发言。这天晚饭后,嵋说了黑龙潭探险经过,并学说李涟的话。

弗之对碧初说:"李先生怪自己没有去海防接,总想着如果去接了,不至于的。"

碧初说:"千说万说,若不是日本鬼子打来,李大姑娘何至于这样。"停了一下,黯然道:"也怪我没有坚持留在海防治病。"

弗之摇头,道:"有李太太在,你怎么管得了。"

"孤魂万里,真是可怕。"玮玮忽然说。

他从阴森的黑龙潭想象着荒无人烟的林莽和在林莽中飘荡的游魂,由衷地替李之芹害怕。

"子蔚来信,这星期要来龟回,商量学校再次搬家。"弗之对碧初说,"七月中旬在昆明举行转学考试,我看峨可以随子蔚先去昆明。"

碧初沉吟片刻,说:"二姐他们大约下旬到昆明,或者玮玮也一起走,都先到大姐那儿住。"

孟家到龟回后,素初曾遣人来问候,要接孩子们去,但他们都不愿去。

玮玮说:"我想晚点,好不好?"他想着那大园子里还有许多隐秘处没有去过。

"跑马场还没去呢!"小娃叫起来。

"再商量吧。"碧初说。只有峨不说话。

过了几天,萧澂来到龟回,当晚在孟家吃饭。他还是那样潇洒,穿着依然讲究。到后特地到厨房看碧初,称赞正在拣掐豌豆苗的峨"真能干",给嵋和小娃带来糖果,向玮介绍昆明飞机厂的简况。大家把萧伯伯喊得震天价响,峨尤其高兴,自告奋勇要炒那豌豆苗,碧初含笑答应了。

　　子蔚带来最重要的消息是中央政府陆续从武汉撤退。我方为阻挡敌军,六月份在花园口炸开黄河堤,大小淹了十七个县,有灾民百余万。政府又封锁新闻,最近才透露。这一年来,人们经历了不少撤退,很明白抗战的艰巨与持久。但中央政府——抗战的领导核心——的迁移总是大事,让人心头沉重。

　　弗之沉默片刻,评论说:"中国兵法里有火攻水攻,但要得当,若借不来东风,岂不烧了自己。"

　　"还有关于你的事。"子蔚背着手,来回踱步。

　　弗之推推厚重的眼镜,定睛看着子蔚颀长的身材。

　　"也是关于我的事。"子蔚站住了,踌躇道,"关于你有一种说法。说你和那边有联系,至少是思想左倾吧。这些议论你早知道了。还有亲属问题,说是老太爷已往那边去了。真是无稽之谈!"

　　"株连攀附是中国人的老习惯了,我们不必计较。"弗之笑道,"我的思想则在著作中,光天化日之下,说左倾也未尝不可。无论左右,我是以国家民族为重的。我希望国家独立富强,社会平等合理。社会主义若能做到,有何不可。只怕我们还少有这方面的专家。当然,学校是传授知识发扬学术的地方,我从无意在学校搞政治。学校应包容各种主义,又独立于主义之外,这是我们多年来共同的看法。"

　　子蔚点头道:"学校的工作是教和学。若无广博全面的教,不受束缚的学,不能青出于蓝。现在说关于我的事。到昆明后学校做长时期打算,教育部要派人协助建校。有人建议由我来

264

任教务长,这实在很可笑。"

弗之听了,感到不被信任的不悦,微微一笑。若卤辰在,定会睁大眼睛,奇怪国共合作还分思想倾向。其实斗争无处不在,我们都是书生,有些呆气。子蔚多谋,且善于掌握分寸,是很好的人选。

想到这里,他恳切地说:"这建议我同意。"

"我不同意。"子蔚坚决地说,"我不像你那样认真执着,鞠躬尽瘁。我还要听音乐,打桥牌。秦先生仍以为你最合适。我们应该坚持。明仑以后困难很多,你年事长,声望高,工作方便得多。"

"这点工作,在你不过谈笑间的事。"弗之笑道,"听歌聆唱之余便打发了。明仑难得集中了这么多第一流的头脑,怎样能让大家自由地充分发挥能力,是最大的事。"

子蔚微叹道:"听说本地有些人以为明仑设备差,不让子弟上。可是青年争相报名,比报本地学校的多多了。当然是因为有这些头脑。"

他想到弗之博闻强记的本领,曾戏称这头脑相当于北平图书馆。又想到各系的学术泰斗,想到对中文系教授江昉的议论,因说:"对江昉江先生也有议论,说他学鲁迅,又学得不像。"

"岂有此理!"弗之大声说,随即克制,放低了声音,"春晔的性格我很了解,他绝没有一点软骨头,这确实像鲁迅。但他不想学谁,他是一派天真烂漫。其实我不赞成鲁迅的许多骂人文章,太苛刻了。"他推推厚重的眼镜,修长的手指在夕阳的光线中有些透明,慢慢地说:"我们有第一流的头脑,也有第一流的精神。"

"要有所作为,还得先求生存。"子蔚道。

"这是中国知识分子的悲哀。"弗之慨然道。

他们互相望着。

晚上,弗之向碧初说了子蔚的话。碧初在铺床,转过脸说:"真的,爹怎样了? 他常幻想游击队会来接他,是不是真来了?"

"估计不会。"弗之沉吟道。

碧初默然半晌,说:"子蔚这样坦率很好。其实你早该辞去行政职务。年纪渐长,以后怕吃不消。"她铺好床,先躺下了。

"我的抱负是学问与事功并进,除了做学问,还要办教育,所以这些年在行政事务上花了时间,到昆明就辞掉好了。现在书已快写完了,真是大幸。"

弗之说着,奇怪碧初早睡,走过来看,才见她精神不好,容颜惨淡,因安慰道:"这不是什么大事,有人议论,总免不了的。"

"我不是为这个。我是有一种大祸临头的感觉——不知爹怎样了。"碧初的声音很轻。

"不要瞎想,爹那里谅不会有错的。今天菜很好。你太累了,太苦了。"

"苦日子还在后头呢。"两滴清泪,流下碧初苍白的腮边。

四

约两周后,峨与玮随萧澂到昆明去了。此后一个月,孟弗之终于完成了他的四十万字的大书《中国史探》。在颠沛流离中能够完成一部著作,实在是大幸事。

这天,他一早就在小房间里通读最后一章,十点多钟,他读完全稿最后一句,放下笔,深深吐一口气,心里充满了兴奋感激之情和一种解脱之感。这部书中倾注了历史学家孟樾对历史、社会、人生的看法,在那第一流的头脑中酝酿多年的精深思想,化为文字固定在纸上。他感谢所有支持他的人,最主要的是碧初。

"我写完了!"他想跳起身大喊一声,他当然没有。正好碧初从窗前过,他敲敲窗:碧初侧脸微笑,手中鲜嫩的云南苦菜映着她憔悴苍白的面容。她没有停步,向厨房去了。

"太累了。"弗之想,心里很抱歉。他想和妻子说这句话,但他没有进厨房找妻子的习惯。钱明经记得一副坊间对联:"自古庖厨君子远,从来中馈淑人宜",认为贴在孟家厨房最为合适。

书的印刷出版,早有安排,也是明经介绍的。原来弗之没有想到,龟回小城十字形的两条街上,竟有一个石印小作坊。已经说好了,书一脱稿,即可送去。

张嫂在院子里,他又敲敲窗:"请太太来。"

一会儿,碧初来了。

"你太累了——写完了。"弗之轻声说。

"写完了?"碧初苍白的面颊上飞起红晕,她很兴奋。丈夫的事业的进展也是她的成功,也是她的家庭的成功。

"我没有什么。你才真不容易啊!"碧初微笑,俯身看那手稿。光滑的手臂放在白木案上,使得那枯槁的白木显出润泽。

无论繁重的家务怎样消磨了精力,妻子还能为丈夫的著作真心高兴。弗之觉得这更不容易,伸手把碧初掉在颊边的一绺黑发捋上去。"我想现在就送去。"

"得好好包起来,怎么拿呢?小娃长大,就好了。"碧初说着,敏捷地拿来了旧报纸,灵巧地叠着、包着,把大摞稿纸包成两包,再蒙上包袱皮,捆扎停当。

弗之穿上长衫,一手提起一包掂了掂。

碧初轻轻一笑,道:"你这样子像去走阔亲戚的穷师爷。"

"那可不能拿着稿子去啊。"弗之也一笑,提着稿子走了。

小作坊在城的东门边,地势低洼,路边杂草丛生。若不是预先知道,很难想到这里有印刷设备。

老板见弗之进来，奉如天神下降，把桌凳擦了又擦，吩咐学徒用水吊子在炭炉上烧开水。沏好茶，又忙着说话："孟先生在鱼回，谁人不知哪个不晓！大学校搬来，是我们的福哟！不然这一辈子，你说是见得着咯？"

张罗半天，才容弗之说话。弗之说明来意，他又兴奋地说："荣幸得很，荣幸万分啊。"

很快谈妥，印两百部，印费三十元。老板原说需时两个月，弗之说学校要迁往昆明，一个月印出最好。

"你家的书，不敢怠慢哟。赶一赶，赶一赶。"出于一种朴素的对知识的敬仰，老板大有赴汤蹈火之意。

一切顺利，弗之交过稿子，老板恭敬地捧过，又说些云南风土人情。弗之告辞时，他忽然说："慢得，慢得。我这里有件东西，请孟先生过目。"

老板转身捧出一件东西，蒙着绿锦套子，放到桌上打开。是一个红漆砚匣，漆色很深，锃光发亮，侧面略有断纹。打开匣子，露出一块椭圆形的砚台，一边微有压腰。砚石纹理细腻，上端有一个乳白色圆点，圆点中又有一点淡青。衬着这圆点，镂出几缕流云，云下面雕出个蓄水小池。摸起来只觉光滑如婴儿肌肤，若磨起来，必然温润出墨无疑了。

"好砚台！"弗之捧着这砚，不由得赞叹。

"这是一方宝砚。"老板说，"名为烘云托月。你家看铭文。"

弗之翻过砚台，见后面刻着几行小字，字迹秀丽，刻的是："巧匠如神，斲兹山骨。雨根乎云，唯龙嘘其泽；水取诸月，故蟾舍其魄。方一滴于金壶兮，恍源淖而委汐；洒载试臣隃糜兮，用浮津而辉液。魄余磨之未抵夫穿兮，犹得摩挲以当连城之拱璧。"最后刻着："蛟门为莲身先生勒铭。"莲身必是砚主了。蛟门是谁？

弗之稍一沉吟，想起这是康熙年间进士汪懋洪的别号，其诗词书法，俱称于世，无怪字迹这样飘逸潇洒。那么这砚至少已有三百余年了。再看砚匣,边上有四个中楷:"蛟门铭研",几处闲章,一作"三昧"、一作"雪缘"、一作"商鼎汉樽之品"。有小字云:"莲身先生不知何许人也,于光绪卅三年丁未十月得此砚于昆明,温润绝伦,间为妙品,名为烘云托月。"署名邹清。看来这邹某得砚后,专作此匣保护。

弗之看了,不觉感慨道:"这样为主人钟爱之物,怎么流落出来!"

老板说:"此砚当前主人衣食不周,想脱手,要求个明主,也是宝剑归于勇士之意。"

"主人什么人?"

"不必提起。"

弗之便不再问,说好售价五十元,这是一笔大数目了,老板很高兴,定于次日到孟家取款。当下弗之用包袱布包了砚台,慢步回家。

弗之走进院子,见李涟从客厅迎出来,神色不安地说:"五个学生得疟疾,两个高烧昏迷,诊所没有金鸡纳霜了。有人叫学生跑摆子,有人叫士珍驱赶疟鬼,我又不好阻拦。"其实看样子是已经阻拦,而且引起过内战了。

"学生当然不会信这些。"弗之匆匆放下砚台,和李涟一起赶往学生宿舍。他很想让李涟问一问李太太,为什么不能驱赶攫取之芹姑娘性命的恶鬼,莫非因为是在外国,鬼不服管教?

"是照看园子的老头儿来找的。不知怎么的,她和当地人颇多联系。"李涟大声叹息。

"李太太没有到学生宿舍去吧?"弗之问。

"没有。我不准她去!去了学生会把她打出来。"果然已经阻拦过了。

因学校搬迁费时太多,今年暑假很短。宿舍很拥挤。三个学生正在疟疾发作期,一个冷得上牙磕打下牙,另两个处于高烧昏迷状态,一个无意识地呻吟,一个一声不响。还有两个不在发作期,神色委顿,靠在床上,有一个手里还拿着微积分习题。

"孟先生! 李先生!"诊所的医生和几个看护的同学见了弗之和李涟,都很高兴。医生是昆明人,马上报告,因为无药,他毫无办法。他有几个草药方子都已煎服,没有止住发作。

同学们望着弗之,年轻的脸上充满了信任。那发高烧一声不响的学生选过弗之的课,大概姓孙,是一位极为英俊的青年,也极聪明,这时满脸通红,五官似乎都肿着。

弗之几乎要喊一声:"亲爱的孩子!"他摸摸这同学的头,对李涟说:"文涟,你看是不是谁到昆明去一趟? 去取药。"

"当然好!"李涟振作起来,"我去! 真的,我去!"

弗之本想钱明经门路多,现李涟要去,可能也想逃避内乱,未为不可。

"事不宜迟,火车时间过了吗?"

"还有半小时,赶得上。到碧色寨住一晚。"李涟很有精神,"我不回家了,我有车钱。"说着便请医生开药单。

医生也精神大振,说:"来得及,摆子打几回不碍事。"他迅速地开了所需药品。李涟急忙走了。

弗之摸摸同学们薄而硬的被褥,蚊帐大都破了,大洞小洞,正好给蚊子出入。记起刚从长沙迁来时,他曾到过这宿舍,遇见两个学生争一个靠窗的床位,互相说不好听的话。他把两人都责备了几句。后来钱明经说,学生听他劝说,还算给面子,明经自己决不管这些事。弗之想,这些年轻人,比峨大不了多少,都远离父母,不像在北平时,有舍监、工友等精心照顾。他以前也从不到学生宿舍的,现在怎能不管。

"这蚊帐可以缝一缝,免得进蚊子。"弗之自己从未动过针线,却想学生可能高明些。

"就要离开龟回了,凑合着过。"一个满脸稚气的同学说。

他正伏在床边,钻研一本很厚的外文书。

"孟先生,"另一个年纪稍大些的同学走过来说,"我们毕业了,下星期便要离校。想请您在纪念册上题词。"

"可以。"弗之说,"找好工作没有?"

"有人到重庆,有人到昆明。我到战地服务团。"他又微笑地重复说,"我已经毕业了。"

在长沙时,有学生辍学参加战地服务团。"匈奴不灭,何以学为!"他们有理由。当时弗之曾在早操时讲话,劝同学留下来读书。

"现在我不会反对。"弗之也微笑。

"可能还派我们回华北去,那儿需要人。"学生平静地说。那工作当然是艰苦而危险的。

"我叫吴家毅。"因为妹妹家馨和孟离已是朋友,他不止一次到过方壶。

弗之并无印象,默然片刻,点头道:"过两天到我办公室来拿字。"又对同学们说,"虽然要离开,蚊帐还得带着。蚊子是龟回的,蚊帐不是龟回的。还得请这里的蚊子别给昆明的通消息。"大家都笑了,那正发寒战的同学也咧咧嘴。

弗之又到别的宿舍看了一遍,出校园时托门房去李家告诉一声。

这时天已正午,进城的路两旁是郁郁葱葱的灌木,缺少树阴,太阳直晒。他脱了长衫,拿在手上,只想快点回家。快进城门时,见一个高个儿木棍似的女人吃力地提了一个木桶,歪歪斜斜走来,盯住他看,随后笑道:"这不是孟先生吗?您这身短打扮,可认不出来了。"

弗之仔细看,猜着大概是李太太。她自到龟回后,从未往孟家来过。

"叫人给李太太送信去了,文涟到昆明去买药,三两天就回来。"弗之有点紧张,以为她要大发雷霆。

"那好!他张罗他的,我张罗我的。"李太太不动声色,"我煮了一桶草药水,治摆子,也有预防作用。"说着把桶提在弗之面前。药汁上盖着一张荷叶,荷叶边上聚集着混浊的泡沫。

"李太太这是——"弗之不知她要做什么。

"给同学们送去。"士珍有几分自豪,"我在北平就在医书上看见过,这种草药治摆子,这儿百姓也说。城墙边上就有。"说着提起桶往前走。

弗之只好转身跟着。心想,巫和医本有联系,李太太热心肠,想救人,不知这药有毒没有,怎敢让学生饮用!到校园门房,便让士珍休息,命门房请医生来。

一会儿,医生来了,见了这一桶浑水,皱眉说:"草药我已经试过几种了,没得用的。弄不好——"

未等他说完,士珍随手抓起一个碗,舀了半碗药水咕咚咚喝下,然后说:"怕有毒吗?我喝这碗你们看!"弗之不由得有些佩服。这药水至少无毒,因和医生商量,是否可用。

"快送进去喝吧!疟疾鬼怕这种气味。"士珍要来拎桶。

她一提疟疾鬼,弗之和医生不约而同都不想用这药。

弗之说:"李太太很辛苦了,煮药送药为同学,这种精神,各家太太们都该学习。这桶水放在这儿,一会儿赵医生会分派。"

他的语气和婉,但很坚决。士珍还要说话,弗之又说:"孩子太小,李太太还是回去照顾孩子。宿舍里还有赵医生,你不要操心了。"

"那么你们快点让病人喝。"可能士珍认为药水送到校门可算尽到救人之责,没有多纠缠,自己回去了。

弗之和医生提桶到僻静处,把药水倒在草丛里。只听呼啦啦一片响,离草丛相当远处蹿起三四条蛇,竖着上身向远处滑走了,两人都吓一跳。

"倒没有闻见特别的气味。"医生说。

"大概疟疾鬼闻得见。"弗之说。

三天后,李涟回来,带回许多药品,击败了疟疾鬼。

又一个星期一,弗之到学校参加升旗仪式。规定时间已过,操场上学生不多,没有排队。年轻的体育教员跑过来说,这几天换了一个教官,常常迟到。说话间,那教官慢吞吞走来。他衣领敞开,帽子歪戴,一手拿国旗,一手拿着一根云南特有的长水烟袋,懒洋洋走到旗杆前。

不负责任!弗之生气地想。低声批评道:"你迟到了。"

"你说哪样?"那兵大概有点醉意,立刻沉下脸来,把国旗扔在地上,"老子见不得!"

弗之不禁大怒,大声喝道:"你失职! 你怎么把国旗随便扔! 你是教官吗?"

"连长派我来的。我是排长! 陈排长! 怎么样吗! 老子这边收容你们这些难民就不错!"排长接连说了些粗话,一面挥舞那根烟袋,几乎打着弗之的肩。

几个学生上前护住,几位先生也走过来。弗之且不理论,命学生升旗,大家肃立。

升旗后,陆续有学生蹑手蹑脚进入队伍。弗之讲话。他说:"抗战已经一年多了。敌人想速战速决,三个月吞并中国,他们没有办到。因为我们的民族觉醒了,终于认识到团结的重要,共同投入抵抗外侮的战斗。这次抗战,是我们民族的转折点,我们的生机! 同学们知道折筷子的故事,一只筷子容易折断,一束筷子折不断。每个人负起自己的责任,贡献出自己力量,哪怕这力量极微薄,合在一起,便不可挡。前一阵有同学病倒,好在现在都已痊愈。我到宿舍去,看见同学们在重病中做习题,没有桌椅,就在床沿上摊开书读外文,真是非常感动。大家历尽艰辛,万里跋涉来学,我们教师拼着老命来教,无论环境怎样艰苦,我们会把学校办好。孟子说,天将降大任于斯人也,必先苦其心志,劳其筋骨,饿其体肤。同学们经过这些磨炼,在这民族存亡关头,一定能担当起救亡重任!"接着讲了迁往昆明的决定和具体安排。最后说:"在战争中能办学校,是前方将士创造的条件,可以说,学习的每一分钟都是前方将士的血肉换来的。我们读书不忘前线。必要时,我们也要奔赴前线杀敌!现在,我们的责任是为国家培养各方面专门人才,这是国家的需要。希望大家努力。"

讲话后,学生跑步。弗之不想和陈排长纠缠,往办公室走去。一阵脚步响,那人追了上来。弗之不知他要怎样,停步沉着地望着那剽悍的面容。心想,他也许参加过或将要参加残酷的战斗,也许在战场上很勇敢,也许不懂国旗的意义,更不懂教育的意义,看来彼此太不理解了。

"啊哈!你是孟先生,孟老先生!"不料陈排长换了面孔,满脸赔笑,一手整整衣领,"听说了,听说了。你家是严师长的亲戚!"说着递过长烟袋,"吸一口,赏个脸,多美言!"

如果这人真用烟袋劈头打来,弗之倒觉得好得多。他以严师长亲戚的身份而存在,真是莫大的侮辱。

"我不是!"弗之一字一字地说,推开胸前的烟袋,大步向前走去。

陈排长愣了一下,大声嚷着什么,转身走了。

朝霞在南湖上映出一片通红,显得沉稳而欢快。垂柳和茂密的灌木丛固守堤岸,镶出一道绿锦条。几只野鸭扑拉拉掠过水面,飞不高又落下来。四顾无人,弗之感到莫名的悲哀和孤独。

远处传来学生的歌声:"枪在我们的肩膀,血在我们的胸膛。我们来捍卫祖国,我们齐赴沙场!"这是同学们常常唱的,今天特别雄壮悲凉。

弗之在办公室处理些公事,领过薪水,时近中午,便回家去。快到蔷薇花架,听见有人说捐款多少。原来有人募捐。

树上挂一个小黑板,树下摆一个小桌,桌旁立一个大牌子,上写:"先生同学们,为前方将士筹募药品,请伸出支援的手!"几个同学在收钱,写收据,其中有吴家馥。

"听说九江陷落时,很多士兵生病,拼了命,力量也不大。"有人在捐钱,和同学交谈。

"天气热,营养不好,生着病,怎么打仗!"中文系两位先生说,各捐二十元。

吴家馥把捐款人名写在黑板上,姓名不断更换。

弗之默默看了一会儿,微笑着点头招呼,拿出钱夹交了二十元。

小桌边聚集的人愈来愈多,一个职员也刚领了薪水,毫不迟疑地捐了五十元。

吴家馥感动地说:"还要养家,少捐点吧。"

"家眷没有来。"那职员笑笑说。

弗之已经走开了,回头见黑板上写了他和那职员的名字。

"也许不该买那砚台。"他想。

他走了一段路又回来,拿出薪水的大半一百五十元捐出去。吴家馥等人没有表示,他们认为孟先生该多捐。

弗之看见黑板上数字,心里舒服些,他这时想的不是前方将士,而是不能愧对自己的名字。他转身又走开了。

"孟先生,您回家?"吴家馥追上来说话。

"你要的字写好了。"弗之打开随身携带的蓝格布包袱,拿出一张字交给吴家馥。并说:"九江陷落,黄梅也失陷,武汉在撤退。你们还往那边去?"

"战地服务团就是要到前线去。"吴家馥看着校园中葱茏茂盛的植物,说:"这一段日子是艰苦些,却是人生的宝贵经历。以后的日子更会艰苦。报国之志得偿,也算不虚此生。我们永远忘不了母校。"

"好,为国保重。"弗之说,走了几步又回头问:"你是哪一系的?"

"原来是生物系,到长沙后转中文系了。"吴家毂肃然鞠躬。举起纸幅打开,上面写着:"不入虎穴,焉得虎子!"

嵋和小娃从树丛间跑出来,依在弗之身边。夏日的植物染绿了他们的单薄衣服,染绿了两双黑白分明的眸子。

"他走了?"嵋问。

"我们也要走了。"弗之回答,亲切地看着两个孩子。

第 七 章

一

　　不像西南高原的气候总是温暖和煦，到十月中旬还是花繁叶茂，北平的四季是分明的，分明到使人惊异节气的准确。过了立秋，暑热纵然号称秋老虎，却必透些凉意，更让人不好对付。之后是处暑，言暑气至此而止，自然凉爽宜人。到寒露时分，阵阵秋风，染黄了满城碧树，人们便得到准备棉衣的警告。

　　吕老人逝世后，第三天，市里来人强将灵柩运走火化。此后赵莲秀卧床两个多月。她不是想躺着，只是没有力气起来，一种孤单和负疚的感觉压得她起不来。一直依赖着的大树倒了，她这藤蔓该向哪里缠绕？她不用再张罗老太爷的衣食，照顾老太爷的起居，她的生活没有了目的，没有了中心内容。而她自以为没有照顾好老人，有负姑奶奶重托，那种自责更使她身上有千斤重，似乎还是痴呆好过一些。每天吕贵堂父女给她吃便吃，给她喝便喝，她没有任何反应。

　　时间是医治痛苦的良药，莲秀并不需多么大的剂量。强劲的秋风渐渐揭开了蒙罩她心神的帷幕。秋风从残破的窗纸间吹进，在屋里打转。她靠在床栏上，从什么也不觉得，渐渐觉得凉风从肩头掠过，吹动放在床头的报纸。

　　这几份刊有吕老人去世讣告的报纸，一直在莲秀床头放着，已经蒙上一层灰尘。莲秀不知道这讣告在一定范围内引起的同情和议论。相识的人传说着老人的忠义气节，不胜慨叹。她也不知道四天后报上还登过一则小消息："北平市政府拟聘吕清非为委员，吕不幸确于七月七日凌晨猝死。"这消息使那些从未听说过老人名字的人也知道他的死和被迫任伪职有些关系。也有说是日本人直接下毒手的，还有日本人强迫喝毒药的绘声绘色的传闻。

老人去世后第三天，日本人确实来过，来开棺验尸。莲秀似乎是怕回忆起那情景才躲避在痴呆的境地两个来月。日本人中国人各两名，是缪东惠陪着来的。他们看了死亡证明，到灵堂观察一阵，缪和他们低声说着什么。

一个日本人用生硬的中国话问莲秀："棺材里有什么？"

莲秀愣住了，答不上来。

"棺材里有什么？"那日本人提高了声音。

"没有什么。"莲秀说。

"她的意思是，除了吕老先生遗体，没有什么。"站在莲秀身后的吕贵堂不得不说话了。

日本人怀疑地看看莲秀，和缪东惠说了几句。

缪向莲、贵二人苦笑道："他们要开棺。"

莲秀头上嗡的一声，日本人竟敢惊扰死者！老太爷有知，莲秀挡不住啊！

来的四个人各自拿出口罩戴上，他们显然有准备。两个中国人移开棺盖，一股刺鼻的怪味散出，使得在场的人都透不过气。衣冠楚楚的缪东惠面色惨白，直向后退，退到矮榻边，一手扶着榻背，一手拿出丝手帕捂住口鼻。两个日本人向前，举着一张照片，认真地看了，点点头。

莲秀依稀觉得老太爷的胡子在闪亮，脸上还有惨然的冷笑。贵堂走了几步，把挂在矮榻上的手杖递给她。

"惊扰老太爷了,都是莲秀的错!"莲秀自责地想。她不知会受到什么报应,恐怖地倚着老太爷的手杖。

中国人盖好棺盖,随即传达日本人命令:棺材不能搁这儿,太不卫生,立刻火化。缪东惠似乎赞成,连连点头。又关照地对莲秀说:"吕太太,搁着可不好,要惹祸的。"

日本人走后,莲秀和吕贵堂商议,都认为老太爷灵柩不能烧。三位姑奶奶还不知道,把个人没有了,尸骨无存,太说不过去!商定了下午去禀报凌京尧。

不想中午就来了一辆卡车,几个伪军,由保长领着进来,要移棺木去火化。

"你们不能抬!"莲秀扑上去伏在棺木上,"还没有告诉姑奶奶呢!"

"什么姑奶奶!"一个小头目问,"你是吕家什么人?"

莲秀又答不出,只是抱住棺木不放。

贵堂连连对保长说:"随他们便,吕太太没说的!"

香阁和黄家人一起跟进来,忙上去拉,几个人用尽力气,把莲秀拉开了。

堂屋里一片沉默,只听见钉棺盖的声音。

向外抬灵柩了,这回莲秀站住不动,她已经没有一点力气挣扎喊叫。眼看灵柩抬出堂屋,她向前迈一步扑地跪倒了。她的一切都装在棺木里,抬走了。

"惊扰老太爷了,都是莲秀的错。"莲秀在飒飒秋风中回醒过来,最先的明白的思想仍是这句话。她看着一切依旧的房间,也明白她的生活中,再没有老太爷了。

吕香阁掀起门帘,端着一碗粥,走到床前,两手捧住碗,不肯放下。吕贵堂随着进来,随他进来的还有风,摇着他的旧灰布夹袍的下摆。那天他本来要跟着棺木去领骨灰,跟到大门口,保长喝住了他。他们什么也没有得到。

"手冷吧？"他关心地问女儿，又关心地问莲秀："今天怎么样？"

莲秀不觉得自己怎样，却忽然看见了贵堂的破夹袍，里子破了，耷拉下一块布。香阁倒是穿着件雪青色毛线衣，放下热粥碗，还不断搓着两手。真的，怎么没想到为这父女二人准备棉衣呢？

老太爷有好几件薄棉袄，可以给贵堂穿。那古铜团花缎的太老气，驼色的合适些。薄棉裤哪条好？藏青的还是深灰的？

莲秀想着，觉得自己并不很衰弱，想要下床。坐起身时，忽然惊恐起来，又靠回去。怎么能有这样的念头！把老太爷的东西私自给人！两位姑奶奶不在家，谁给她这权力！

"香阁，你们这阵子辛苦了。"她温和地说。说几句关心话似乎还在她权限之内。

"赵奶奶好了，比什么都强。"贵堂很高兴，端起粥碗递过来。

莲秀接了，心中十分感激。暗想以前总是自己站着，给老太爷递东西，现在居然有人给自己递东西，不要折损了福分。

"今天什么日子？"她啜了一口粥，随口问。

"今天是霜降。"贵堂答。

可不是，真该冷了。

见莲秀似要下床，贵堂到外间去了。香阁搭讪地说："您就下来？头晕吗？"

莲秀摆手，慢慢走到桌旁坐了。总觉得香阁身上的毛衣眼生，因问："这是你自己打的？"香阁不说话。

一时香阁出去了，吕贵堂代答："是黄家给的毛线。这一阵子，香阁和黄瑞祺常在一起说话。小伙子在他们一家亲戚的杂货铺里帮忙，有饭吃。黄家人对香阁也很好——黄太太话里话外,有求亲的意思。"

莲秀觉得这样的事很陌生,就像香阁身上的毛衣一样。她下意识地转身看着摆在条儿正中的观音菩萨,半天才想起这是老太爷过世后,她从角落里请过来的,因为这是她唯一的依靠了。以前老太爷自己诵经,却不喜礼拜神佛,偶像都得藏着。

"好久没有上香了,菩萨不怪罪才好。"

莲秀想着,站起来要烧香。贵堂不禁伸手要扶她,伸出手又赶快收回。莲秀倒不觉得,站起来两脚发软便又坐下。

"先坐着,不忙活动。"贵堂看着别处,一会儿也出去了。

"爹,你说黄家的事干什么! 还得我愿意呢!"香阁在外间说,声音不大,但很尖。

"你愿意不呢? 我看这是好事。你有了着落,我也放心。"贵堂的声音很浑厚。

回答是一声冷笑,这和香阁以前的赔笑很不一样。以前倒没有注意香阁会这样笑。

"拿钱来,我上街买咸菜去。"香阁的声音。

"今天买点新鲜菜吧,别光吃咸菜了。赵奶奶好些,可以吃东西了。"

又是一声冷笑,笑声延长到屋外,大概香阁接过钱,走了。

这些都有点奇怪,莲秀不懂。她慢慢起身把观音像擦了一遍,又躺下了。

过了几天,莲秀好多了。她急于做一件事,到后院礼拜过往神祇,包括狐仙在内,为另一世界的老太爷求平安。

晚上房间里真静,香阁不知哪里去了。九点多钟,莲秀决定到后园去。现在不必像老太爷在世时那样,得找个借口,现在愿意上哪儿就去,愿意留多久就多久。她忽然有一种自由的感觉,这简直比前几个月的得意还不可恕。

莲秀费力地从箱子里翻出一条很厚的大围巾,不自觉地走到镜子前,披上围巾。还没有看清自己的模样,忽然觉得一阵惶恐,怎么有心思照镜子! 她不敢正视镜中的人,踉跄几步退到房门前,离镜子远远的。

门外脚步声响,不止一个人,没有贵堂。

"不要紧的,赵老太睡着呢。"是香阁的声音。怎么总是听见香阁在说话,莲秀不明白。

"说实在的,我很恨这地方,恨北平城,包括我爹和赵老太!"香阁的声音很轻,但很尖,尖得扎人。自老太爷过世后,香阁变多了。

"你恨的我也恨。"是黄瑞祺讨好的声音,"你愿意的我也愿意。"

"我就愿意走,上哪儿都行。最好明天就走!"香阁轻轻笑着。

"只要跟你在一起,上日本也行!"

"好像有人请你上日本似的! 冲你那几句破日本话! 你上回说什么剧团招演员,广播电台招唱歌的,好的送日本上学,真选到我,我就去。"

"给日本人做事,总不好吧?"黄瑞祺的日文是这一年在高中学的,他没有想到会对谋生有用。

"我知道我是中国人。中国人也得吃饭,也得活。我不像孟家、澹台家的小姐,什么都现成,我得自己奔出路。你在杂货铺卖东西,不也是顺民?"似乎是黄家孩子捅了她一下,她哎呀一声,说:"我去找那位凌老爷,他和那些演戏的人熟。"

"你爹不会同意。"

"管不了那么多,他有本事让我上后方也行呀。他在这儿过得不错,有赵老太。你没看出来,他们要好着呢。"

香阁的尖声尖利地扎进莲秀的心,她心里立时成了乱糟糟一片,说不清是惊是怒是羞是怨。她想分辩,想质问,却说不出来。腿软得站不住,一手扶着门框,一手撑着门边的木椅,连发抖的力气都没有了。

香阁走过来掀起门帘,薄薄的红唇轻轻向下一撇,说道:"赵奶奶起来了?瑞祺哥到我这儿拿点东西。"

遂一甩帘子,招呼黄瑞祺往后房去。黄瑞祺略带歉意地看看莲秀,脚下随着香阁进了后房。

莲秀猛然站直身子,从门旁取下后院甬道钥匙,几乎是冲出房门。身后传来一阵笑声。她忍住眼泪,踉跄地摸出廊门院,定了定神。

"幸亏有菩萨可以告诉,幸亏有菩萨明鉴。"她断续地想,加紧脚步走过几层院子。开甬道门时,见门是虚掩的。莲秀无心考究为什么,只急速地进了后院,靠在就近的一棵树上,哭出声来。

一弯残月照着荒凉的后院,蒿草比去年更高,小楼比去年更旧,在幽暗的夜光中呈现为幢幢黑影。这熟悉的气氛使得莲秀心安。

她哭了一阵,忽听见声响,是一只野猫噌地蹿上墙头,不见了。泪眼蒙眬中,只见小楼里有一点红光,渐渐化成几盏很亮的小红灯,一排挂在檐前。一会儿,这些灯飘飘摇摇聚成一盏。拭泪再看,又没有了。

"菩萨惦记苦命人。"莲秀一点不怕,反觉得在世上不那么孤单了。说实在的,两个娃娃背地里说话算什么!这些年在老太爷身边变娇气了。

她慢慢走到平素烧香的大石前,往一个凹处一摸,香炉还在。她没有带香火,只好摆上香炉,悄然站着,一时想不起该祝告什么。过了一会儿,才在心里念诵,求老太爷在那世里过好日子,求几位姑奶奶各家平安。关于自己,她平素总求免灾免病,为的伺候老太爷。现在她还有什么理由这样求告?求菩萨清查自己？

　　她想起老太爷在《心经》里夹着一张纸条，上写着"莲秀择人自嫁，万不可守"。这纸条凌老爷也看了。她感激老太爷没有忘记安排她，可是也得对得起老太爷，对得起这么多年的情分。他为国捐躯，总不能有损他的颜面。记得老太爷常说吕贵堂老实可靠，还有几分内秀。怎么想到吕贵堂！她心里很乱，不觉害怕起来。

　　忽然响起脚步声。"赵奶奶，是我。您别怕。"是吕贵堂，从小楼那边走过来。

　　莲秀猛地站起身。她这时最不愿见的就是吕贵堂了，可是又从心底感到安慰。

　　贵堂站在大石那边说："实不愿打扰您烧香，又不放心。我在门边上等着，送您回屋去。"

　　莲秀想说："你走，不用管我。"见吕贵堂低着头，身材不高，却还是比她高许多，不算结实，却显得那样牢靠，不由得一阵心跳。这世上，除了这个人的关心，自己怕是什么也没有了。

　　冷冷的月光照着这两个人，各站在大石一边。

　　吕贵堂心里说："真对不起老太爷，我是禽兽！可我怎么敢欺心！再说现在什么世道！只是赵奶奶太孤单了。"他自己并不孤单，他那耷拉着半幅下摆的夹袍口袋里，有一封信，一封无比重要的信。

　　莲秀心想："若是我没到过老太爷身边，能遇到这样的人就好了。现在怎么也不能给老太爷丢脸，让人背后说！"这样想了，自己又害怕又委屈，倚着大石哭起来。

　　"您好好哭一场，别闷在心里。"贵堂走近了，见她裹在大围巾里的双肩十分单薄瘦小，心中充满怜惜。他很想抱住她，彼此可以在冰冷的深夜里得到温暖。为什么不呢？真的，为什么不呢？他向前一步，立即猛省地后退，停了一下，说："还是我先回去?"

"那也好。"莲秀想这样回答,可是说不出。她很想靠着他的肩痛痛快快地哭,因为她和他是平起平坐的。她从没有敢靠着老太爷的肩。

她慢慢抬头,忍着哽咽拭泪,泪眼蒙眬中见小楼里又漾出一串红灯,定睛再看,又没有了。

贵堂见她往小楼看,忽然拉着她的手臂:"走吧,回屋去。"

莲秀一怔,恨不得跟着他走,不管走到哪里,像香阁她们说的。可是脚下却定定地站住不动。

"我是说,夜凉了。"贵堂松开手,抱歉地说。他心中的一点柔情急速退去,露出坚硬而多棱角的现实。

两人默然不语,秋风呜咽,吹起了大围巾的穗子和破夹袍的下摆。

"香阁和黄瑞祺刚刚在屋里说,他们想走。"莲秀想起香阁的话,不由得口吃起来,"还说要去找凌老爷。"

"我也正想往凌家去一趟呢。"贵堂似乎有点高兴,"不瞒赵奶奶说,我也想走。本来该守住爷的阴宅,现在无需守了。到后方去,不能当兵打仗,可以当个文书什么的。"

莲秀看了他一眼,扣子似的眼睛在黑夜中闪了一下。

"您是不是也走?投奔三姑去。您本来就是那边的人。"

扣子黯淡了,莲秀摇头。

"你们都走才好。"她迟疑着,没有说出香阁的想法,她没有这种习惯,"我可不能,我得留在这儿。这是老太爷过世的地方,还有老太爷的东西。"

"到底是老太爷调理的人。"贵堂想。他们谁也不再看谁。不再存在的老太爷,像一堵坚实的墙,把两个有血有肉的人分开了。

又一阵秋风,大围巾的穗子和破夹袍的下摆又一次飘起,蓬蒿弯出了波纹,发出深深的叹息。

二

两个月来,东总布胡同凌宅发生了很大变化。生活的恶浪压顶而来,把凌宅的优裕舒适砸得粉碎。凌京尧自己的精神和肉体也被撕成片片,再也合不成原来的京尧了。

缪东惠得到通知要到吕宅验棺时,本来建议请凌京尧同往,日本人说不必了。缪回来后即着妻子去告诉岳蘅芬,让他们小心行止,不可惹怒日本人。

"听见没有?"待缪太太走后,蘅芬顿时发火,目标当然是京尧,"早就说吕家去不得。虽说是老交情,吕老先生的色彩太重。几个女婿都是有地位的人,还不够人注意的!我都明白这道理,你不明白!"

"你意思是说人死了也不闻不问,让赵莲秀一人管?"京尧冷冷地说。

"吕家亲戚朋友还少吗!我们算什么正经亲戚!"蘅芬说着,自然地想起卫葑,怒气有些转移,"走了的,也不知去向,哪里像个正经人家子弟!说不定要给我们家惹祸呢。"

她这样说时,绝未想到凌家会真有一天遇上祸事。她以为对于他们这样的人,一切都会逢凶化吉。

七月中旬,凌宅大门前开来一辆小汽车,下来几个人,请凌先生警察局走一趟。

京尧上车时很平静,脑子发木,学问阅历这时都不起作用,只想着"是福不是祸,是祸躲不过"这句老话。

日本警官乌木阳二是在缪家见过的。这人会说中文还通法文,曾和京尧大谈一通梅里美和波德莱尔,头头是道。这次见了,京尧觉得那两位法国作家很倒霉。

乌木板着脸问了三个问题:吕老人的死因,卫葑的去向,京尧本人有什么抗日活动。抗日竟问到自己头上来,使京尧觉得有些可笑。他几乎想说,心里未尝不想抗日,但行动是绝对没有。不料乌木拿出一张照片,是一九三二年他导演《原野》的剧照。阴森的树林里有一个路碑,上面写着"九一八"。

京尧愣住了。当时全体演职员为布景中这路碑很兴奋,它能说出大家不能说的。那字是鲜红的,照片上看不清。

"森林里要记里数。"京尧想了一下,说。

"书上没有。"

"书上不能写出舞台设计。"

"为什么是九一八?"

"设计舞台的朋友这样写的。"好在他已经离开了。

"你是教授,也是导演,好好导演自己生活。"乌木平静而冷淡地说,示意他可以走了。

京尧以为送他去监狱,不料是回家。家人见了,难免痛哭,而他知道这不过是个序曲。他想对蘅芬说,留着点儿,后头还有戏! 却不忍让雪妍听见这话。

和蘅芬比起来,雪妍显得镇定得多。她疑惑地说:"咱们家也算得'顺民'了,怎么抓您去?"又迟疑地问:"想必受了卫葑牵累?"

"没有的事。"京尧微笑,"几个学校走的人多了,我说他跟学校走了,他们不查考。"

"那究竟为什么?"两双相像的明眸盯着他。

"我想得出的只有一个大原因,"京尧说,"因为我们是亡国奴!"

过了几天,他们知道了具体的原因。乌木阳二带了两个人亲临凌宅。当面约凌京尧出任华北文艺联合会主席。

"我不行。"京尧立刻回答。

"愿意做的人其实不少。可是我们认为只有凌先生合适。"

"我不行!"京尧以极大的努力克制自己,没有说"我不做",而是有礼貌的"我不行"。

乌木阳二没有任何表情,略一扬手,两个随从立刻亮出一副手铐,铐住京尧双手。

"你被逮捕了。"乌木阳二用法文说。

比捻死一条虫还容易! 真应该离开北平,当初怎么会以为沦陷了的北平还能住! 来不及了,来不及了! 京尧心里在呻吟。

"夫人小姐处我们通知。"乌木阳二微笑道。

于是京尧在日本军官的微笑里,进了北平市第一模范监狱。不知监狱怎样就能得到模范的称号,京尧为此纳闷。

第一次审讯很简单,乌木阳二没有出现,换了一个人。在日本军服下,每一个不同的人,都变成一样的工具。京尧机械地回答了一般的问题。第二次审讯时,乌木阳二出现了。他用法文说,有证据说明京尧留下来负有特殊任务,是国民党方面的。

"从来没有注意过谁是国民党。"京尧有些诧异。

"那你知道谁是共产党?"

"看不出有必要的联系。"京尧觉得简直不可思议。

"这联系很简单,只要你答应我们的请求,我们不咎既往。"

"我不做!"京尧愤愤地说。

乌木阳二怜悯地看了他一眼,扬扬手。

经过地狱的煎熬还能有完整的灵魂吗? 让每个人来试试!

京尧第一次受刑时心中充满愤怒,最多不就是死吗! 他大发脾气,跺脚大骂。几条壮汉连踢带打把他推倒,一团红红的灼热的东西在他脸前一晃。他刚悟过来那是烙铁,两个膝盖处已经剧痛难忍,一阵焦糊气味散开来,那是他的血肉的气味!

他想,再也走不了路了,我也无需走路了。

等他躺在牢房的稻草上,从昏迷中醒来时,他最先想到的是死。想到吕清非真聪明，能准备好死的手段。他这时唯一的办法是撞墙，可是他没有那么大力气撞死。这墙真脏！

他想到家中的墙，各个房间饰有不同的花纹，房间里闪耀着妻女的容光。他那锦绣丛中生长的妻女，不知为他哭得怎样了。尤其是雪妍，她还年轻，她不该哭泣。可自己再没有办法，没有力量照管她们了。

一点清醒很快又被昏迷驱走。他觉得自己正在一个没有尽头的狭窄的黑洞里穿行，四面伸出刀枪剑戟扎得他疼痛难忍。他还是得努力钻过去，黑暗中这里那里突然闪出妻女光润的脸，他只能断续地想："顾不得许多了。顾不得许多了。"

这可怕的黑洞，怎样能钻出去？怎样能摆脱呢！

几天之后是水刑。京尧被领到一个很大的桶旁，桶中装满染有血污的脏水。他先觉得恶心，不知那些人要怎样。猛然间鼻子给夹住了，紧接着头朝下脚朝上给按进了脏水桶！拎出来后就有好几双皮鞋脚在身上踩，水和血一起从他的身体里向外喷！然后再浸再踩。

京尧只剩下一点意识，觉得自己不知是什么东西，反正早已不是人了。

水刑之后好几天他什么也不能想，那黑洞更狭窄了，简直透不过气。他一定得钻出来！稍清醒时，他为自己大声哭了。他觉得自己很可怜，这些苦有谁知道？谁同情？谁怜悯？他试图绝食，那些菜根粗粝，他本不要吃的。绝食两天后有人来强迫打针，然后带他到一间大房子门前。

门打开了，里面是铁丝网，十几只猛犬在里面跑跳，互相撕咬。它们听见开门，血红的眼睛一起盯住京尧，它们认得出谁是囚犯！

我不怕死，可是怕自己变得血肉模糊的那一刹那！我不怕死，可是怕那些尖牙利爪！我不怕死，可是——我受不了！

"我们成全你。"押送的一个中国人说。

铁丝网就要打开了,猛犬都拥过来,伸出鲜红的长长的舌头。有人在京尧背上推了一把。

"我投降!"凌京尧不由自主地举起两手,喊出声来,用的是法文。

乌木阳二很快到了。目光中还是那几分怜悯。他用法文问,是否今后能听皇军指挥,共图东亚共荣大计。京尧全身发抖,机械地点头,努力向后退,躲开那些恶狗,随即晕倒了。

不再回牢房,也没有回家,而是先到一个简陋的小医院养伤。缪东惠来过一次,悄悄地说了一句:"想不到你走在我前头!"

前头后头又怎样?京尧麻木地看着他,心想,这样的楚楚衣冠,在恶狗爪下会是什么样子。

养伤时,他常常想起巴黎墓园中,波德莱尔的坟墓。诗人的半身像塑在石架上,手托着腮向下看,下面是石雕的诗人自己的平躺的身体,闭着眼睛,已经死去。

京尧曾不止一次在那里徘徊,思索生和死的问题,心里沉重不堪。这时想起那坟墓,眼前出现的是自己的尸体,是撕得粉碎的、认不出是凌京尧的一团血肉,那怎么能雕得出?也许有人会有办法。

他渐渐好了,体力恢复多了。医院特准家里送吃食。看到送来的他平素喜爱的鱿鱼汤,禁不住呜咽。他的身体似乎已经从黑洞里钻出来了,他的心却永远留在了那里。微带酸辣的美味的汤咽下肚时,竟觉得还有些值得。他为这念头惭愧万分。

寒露前,凌京尧获释回家。蘅芬和雪妍的眼泪把他全身都浇湿了。可是这至情的眼泪纵如滔滔东海,也洗不去他身上的疤痕,心上的重荷。

他沉默了几天。一夜,把事情对蘅芬说了。蘅芬倒不很吃惊,她最先的反应是怎样对雪妍说。

秋风愈加凉了。地锦叶子落了一平台,草坪不知什么时候早变黄了。凌家三人,晚上常在京尧卧房外的起居室里厮守着,倾听屋外秋风的脚步。

一个晚上,雪妍见父亲身体好多了,十分温婉地提出了那问题。

"爸爸!"她叫了一声,"爸爸答应了什么?"她本没有哭,一说话,滴下泪来,"爸爸,我们走!我们走吧!"

答应了什么?答应了把灵魂永远抵押在黑洞里!还来问我!

京尧很委屈,很恼怒,他不想克制自己,厉声说:"梦话!废话!"他受了这么多折磨,他的心塞满了痛苦和耻辱,他也得发泄出来。"风凉话!"他又加了一句。

"爸爸,是我不好。"雪妍从未受过这样的喝斥,吃惊又自责地半跪在榻前,一手抚着父亲的膝,觉得母亲的眼泪滴在自己头上。她一点不怪父亲,知道他发怒的原因其实不是自己。

遍体鳞伤的可怜的父亲,雪妍愿意分担你的一切痛苦,可是你究竟答应了什么?答应了什么?

雪妍的神情是温婉的,目光却是执拗的,最温婉的性情往往有最执拗的一面。她要知道父亲为生还付出的代价。

"雪雪!"蕗芬拭着红肿的眼睛,轻轻拉她,"不要说了。雪雪,爸爸以后会告诉你。"

京尧感谢地看了妻子一眼,他回来后这一周,蕗芬从未责备他。结婚这么多年,他第一次觉得妻子是爱他的,而他实在不值得任何人爱。他想像以前一样拍拍雪雪的头,但他甚至不敢抚一抚她的手。他只看着妻子,用尽平生之力,说出了:"拿烟灯来!"

蕗芬揽住吃惊的雪妍,轻声说:"我们不能瞒你。现在只有这个办法。爸爸有内伤。而抽鸦片是符合日本人心意的。"

阿胜很快端了烟盘来。明亮的玻璃圆灯罩和镶着一块碧玉的景泰蓝烟枪使得京尧阴暗的脸色透出一点亮光。他好像找到了依靠,心上平静许多,唇边浮出一丝苦笑,伸手去拿烟枪,自语道:"久违了!"

雪妍用手遮住眼睛,她不忍看。随即爆发地扑过去,拽住烟枪,哭道:"爸爸为什么这样伤害自己? 原来戒烟多受罪,怎么能又抽!"

京尧立刻又激动起来:"这是我唯一的自由! 我要保护这点自由! 就是女儿,也不能管我! 我不需要别人管!"

他慢慢坐起身,看见那双可爱而又执拗的眼睛透过泪光在询问:"你答应了什么? 答应了什么?"

"雪雪,你不要管我,"京尧的声音很温和,但不是友好的,"爸爸不值得你管。"

"如果我有一个不值得管的爸爸,那我怎么办呢!"是迷失在黑洞里的微弱的哭声。

蘅芬拿过烟枪放在盘子里,抱住雪妍的头,呻吟道:"有我呢,有妈妈我呢。我的孩子!"

"把那张报给她看!"京尧颤颤地指着一个小螺钿柜子。蘅芬迟疑着,不情愿地走过去取出一张报纸,颤颤地递给雪妍。

益仁大学法国文学教授、著名戏剧家凌京尧出任华北文艺联合会主席。

这两行字像枪弹一样跳入雪妍眼帘,把她打昏了。她觉得天旋地转,但她很快镇定下来,慢慢地说:"是了。我只要知道事情真相。"

"那你知道了。"京尧伸手去拿烟枪,手颤得拿不起来。

雪妍直直地坐在靠垫上,定睛望着烟枪。

"瞧你! 连这个都不会拿!"蘅芬又开始了责怪。

烟枪攥在暴露着青筋的手里了。雪妍知道,一切又都按照凌宅的方式进行了。自己属于什么方式?总之不属于这里。嫁过的女儿不好总住在娘家的。

三人都不说话,但房间里的空气比大声争吵还紧张。这时阿胜怯怯地来报,有吕贵堂父女二人来访。

还有人敢来,还有人屑于来。

"现在还见客!又是吕家人!"蘅芬说。

京尧看着自己手中的烟枪在颤抖。

"请进来,到这里来。"雪妍吩咐。她从不在父母面前吩咐下人,那应该是父母的事。但这时她必须说话了,说得很坚决。

看见无人反对,阿胜退下去。一会儿吕贵堂父女进来了,带着秋天的寒意。

"凌老爷,凌太太,贵堂打扰了。"吕贵堂深深鞠躬,香阁跟在后面含糊地叫了一声,站到雪妍旁边,好奇地望着室中的一切,包括三个主人。

雪妍默默捡起报纸递给贵堂。

吕贵堂揉揉眼睛,再揉揉眼睛。凌老爷是读书明理人,是好人。现在该是什么人了?这是什么地方?他忽然很害怕,真不该带香阁来!

"我真的不知道。原打算跟随您往后方去——"话一出口立刻觉得不合适,嗫嚅道,"我意思是——贵堂意思是——"他不自觉地按按长衫口袋,惶恐地想,那信怎么才能交出去。

"没有关系。"京尧手中的烟枪还在颤,"我不会告发的。"

没有人说话。京尧平静了一些,用烟枪指着椅子示意吕贵堂坐下。"赵奶奶可好?后来有什么事吗?"

"没——没有什么事。都好。都好。"贵堂回答,红了脸。

蘅芬疑惑地望望他,这时电话铃响,是乌木阳二打来的。京尧一拿起电话筒,口气不觉颇为恭顺。那边先问身体情况,后建议约请一些文化界人士开一次茶话会。又说有一个好消息,请京尧往日本参观。

"去日本?"京尧反问一句。

"就是参观游览,增加了解,没有别的事。下个月怎样?"

"一切听阁下安排。"京尧用法文说这句话。

"听见没有?叫我去日本一趟。"京尧放下电话,神色十分疲惫。忽然笑了一声,说:"你们都去内地,我去日本!"

"您若是要人服侍,我愿意跟去。"吕香阁鼓起勇气说。大家都吃惊地看着她。"我愿意去内地,也愿意去日本。我就是不愿意呆在北平。"凌家富丽的陈设促使香阁如此表态,她必须冲出廊门院,去打开自己的天地。

"我看北平很好。当我愿意去日本吗!"京尧干笑一声,对着蘅芬说。

贵堂十分尴尬不安,不知怎样才好。香阁这样冒昧!他求助地望着雪妍,踌躇着不知该怎样称呼,凌小姐还是卫太太。那温柔的让人看了心软的脸上堆满悲哀,更使他惶惑。

"到客厅去坐坐。"雪妍说话了。

贵堂又按按长衫的口袋,有希望了。他询问地看了京尧又看蘅芬,鞠躬后还不敢走。

京尧不耐烦地挥手,父女二人才随雪妍出去。

厚重的玻璃门轻轻关上了。房间里的烟灯点燃了。火苗在灯罩里显得平稳而舒适,等待鸦片烟膏送上来。

三

"雪雪,你恨我吗?"干哑的声音,是从烟灯上飘过来的。

"雪雪你来!"声音遥远而有力,是从山山水水的那边传过来的。

一昼夜后,雪妍坐在廊门院的旧椅上,耳边萦绕着这两个声音。

她两手插在鸽灰薄呢大衣口袋里,摸着一个已经很皱的信封,是吕贵堂昨天到凌家时悄悄交给她的。信封上写着她的名字,那熟悉的亲爱的笔迹!她一见这笔迹,就觉得灰暗的世界亮了起来,自己有了依靠。信封内有一个纸条,上有四个字:雪雪你来。

雪雪你来!

她听见这召唤,任何艰难险阻也挡不住她奔向他身边。她来了。她不自觉地移动穿着黑色半高跟鞋准备跋山涉水的脚,碰着了随身带的小蓝箱,到底提着它走出自己的家了。一年来她总在理这箱子,绸单夹棉,换过了四季衣服。她曾不止一次提到父亲面前,准备立刻随他走。而总是又回到自己房间,悄悄地哭泣。现在箱子在脚前,父母亲已陷进泥沼,任何的召唤也拔不出了。

雪雪你来!

这召唤来得太晚了。昨天吕贵堂带来口信,要她到香粟斜街三号见李宇明——她和卫萚结婚时的伴郎,一起上路。信来早一些也许能使父亲离开陷阱?现在连自己的去向也无法说明了。这一昼夜间,她屡次走到父母房前,只想再看看他们,也许再争吵几句,但都没有进去。蘅芬来看她时,觉得她可能需要散散心,同意她到吕家看望赵莲秀,并住一晚。

可以看出来,家里又要宾客盈门,母亲是有几分高兴的。可怜的以应酬为生的母亲!她习惯了在衣香鬓影中周旋,习惯了在这栋房子里走来走去发号施令,习惯了她从小没有离开过的一切。她离不开,雪妍却要离开了。雪妍怀着悲痛,怀着期冀,又一次理过小蓝箱。这时,阿胜来请她去父亲房里。

京尧点着了烟灯,没有烧烟,正定定地看着那火苗。雪妍开

295

门,他抬头苦笑,说:"雪雪,你恨我吗?"

雪雪,你恨我吗?

那是诀别的辞句,临终榻前的问话。

雪妍走过去抚着他青筋暴露的手,没有回答。她不能审判自己的父亲。那素来自由自在心不在焉的父亲躺在烟灯旁,简直像一个无助的婴儿,她实在放不下他。父亲的痛苦是巨大的,是母亲不会经受也无法分担的。她心里汹涌着一种感情,恨不得把他抱走。

"我对不起你。我们没有时间了。"他就得下楼去听人宰割。他很忙,被宰割的忙。"我怕见不着你——雪雪,你恨我吗?"

父亲素来白净的脸上笼罩着一团黑气,久不见笑容了。自己走后,谁来做父母之间的媒介,把他们彼此认为属于异国的语言翻译明白?谁还能使得父亲发出会心的畅笑? 其实,自己就是留着,也做不到。一个亡国奴的身份,能把人压死,闷死,就算不直接死于非命的话。

父亲心里是明白的,明白时间不多了,他其实也会明白我的去向。雪妍很想说,怎能恨您呢,我的父亲! 但她哽咽着说不出。

京尧慢慢站起身,拍拍她的头,取了靠在榻边的手杖,走出房去。他瘦多了,身子在驼绒袍子里晃荡,脚步很不平稳。

雪妍想追过去扶,听见阿胜说"走好"的声音,便立住不动。双扇玻璃门关了,父亲干哑的声音留着。

雪雪,你恨我吗?

雪妍知道该恨谁,但她似乎生来缺少这种感情。她提着小蓝箱走下仆人楼梯,迈出家门时忽然转回,在客厅后面的一个备用小间向里张望。

她要再看看母亲,向她告别。厅里三个大花吊灯都亮着,照着错落陈设的数十盆菊花,满堂辉煌,客人已经不少。她一眼便看见母亲穿着亮蓝地洒细白纹薄呢旗袍,像是笼着轻纱,罩一件蓝白相间的横条毛衣,脸上堆笑,轻倚在钢琴上,和几位艺术界人士谈得似乎很有趣。倚琴是蘅芬心爱的姿势,虽然她从不弹琴。

雪妍希望母亲转过眼光,向她这边望一眼,但母亲迎到门口去了。进来几个日本人,抬着脸看厅中一切。母亲那从容大方又有几分讨好的态度,使得雪妍掩住脸。

她还得再看一眼父亲。他不知缩在哪个角落。忽听见鼓掌,父亲从菊花丛中,迟疑地、畏缩地出来了。他缩着肩,驼着背,和母亲一起,双双站在一个日本人前,像在忏悔,像在由那人重新证婚,像是一对被捕入笼的小老鼠!

雪雪,你恨我吗?

雪妍忍不住泪,转身急速走出后门,上了车,又不断回头望。她在这里度过了二十三年的家,已经没有什么可依恋。这栋房子依旧,而真正的家正在消失,就像薄暮中的房屋在视线中消失一样。

莲秀一阵咳嗽把雪妍拉回那张旧椅。莲秀很抱歉,她知道凌家小姐的心悬两地的痛苦,不愿打扰她,寒暄过后就由她坐着出神。放在旁边的茶换了两回,雪妍并未觉察。

"又一个万里寻夫。"莲秀想着,心里漾过一点羡慕和悲哀。她咳得满面涨红,雪妍站起身给她轻轻捶着。

"香阁呢? 不在这里?"

"大概在黄家和黄瑞祺在一起。"莲秀觉得这是好事,她很愿意香阁及早有着落,"那孩子人不错,够好了。"

雪妍不知道黄瑞祺是谁,不好评论。心想,不管怎样兵荒马乱,人还是要活下去。只问:"怎么这样咳! 吃药没有?"

"贵堂买了——是让香阁买了药——我也没吃。"莲秀勉强回答,有些尴尬。

雪妍不好说话,仍坐着沉思。天已黑下来许久了。秋风吹着落叶,沙沙的响声和着阵阵寒意透进屋里。

雪妍心上的两个声音在厮杀,一声"雪雪,你恨我吗?"又一声"雪雪你来!"前一声的凄惨撕割着后一声的幸福,锥骨钻心。

莲秀为表示亲热,一会儿摸摸雪妍衣服厚薄,一会儿摸摸茶杯冷热,每个动作都伴随一阵咳嗽。

"吕贵堂怎么还不来!"雪妍忍不住问了。

"这可不知道。他在南屋,没事不上里边来的。"莲秀转过脸去,恰见吕贵堂出现在门口。

雪妍惊喜地站起,没有多话,即随贵堂走过几重院子,进了后院。满院枯树荒草,十分凄凉。

贵堂有些神秘地低声说:"这后院您没来过吧?李先生在这儿住过好几次了。"转过枯树,见楼门紧闭,悄然无人。贵堂上前轻叩三下。

门轻轻开了,一位商人模样的年轻人站在面前,手里拿着一件什么东西。

"李宇明!"雪妍叫出来。

屋里很暗,雪妍却觉得李宇明很明亮。他是从卫葑身边来的,这就够了。

"卫葑很好。"李宇明忙先说这句话。这几个字使得雪妍盈盈欲涕,她有多少关于卫葑的话要问啊。

宇明接着说,他们知道她的处境,要她尽快去。后天要送一批药品,她如愿意协助,可谓一举两得。这当然有风险,但他相信会成功。

"你知道吗?"宇明略带顽皮地说,把手中的东西向上一抛又接住,那是一只网球,在台阶旁捡的。"我们那时候称你为圣

298

母,圣母总该是平安的。"

"我并不怕。"雪妍迟疑地微笑了。不只能登上去见卫莳的路程,还能协助工作,这多好!多少能代爸爸赎一分罪吧。

"只是,你们不怪我吗?我父亲——"

李宇明自豪地一笑,他确信自己掌握了政策:"你是你,凌京尧是凌京尧。"

雪妍听见父亲名字后面没有任何称谓,光秃秃的很刺耳,不觉脸色微红。

宇明有些抱歉,他没有办法,只能这样说。他放下网球,尽量清楚地交代了有关事项:明天清晨,在前门车站,他穿海蓝色绸大褂,带黑色皮箱。雪妍只需行动跟随,不可显出是一起上路。吕贵堂希望他的女儿也走,正好作为女伴。

"香阁吗?"雪妍眼前浮起香阁俊俏伶俐的样儿,想起她要离开北平上日本也行的话,略感不安。随即抱歉地看着贵堂,说:"她这么想走,现在走成了,该多高兴。"

"此一去还靠您调理她。往后慢慢地让她投奔三姑去。"贵堂远远站着,恭敬地说。

"你还没有问目的地是哪里。"宇明提醒,望着雪妍苍白的脸。

"是卫莳所在的地方。"雪妍不假思索地说,大理石般的脸上泛起淡淡的红,在昏暗中现出朦胧的光艳。是的,只要是卫莳所在的地方,至于那地理上的名词,她并不关心。

"第一站是安次县,卫莳可能就在那里接你。你是回去探母病的。如果我出事,你别理会,只管继续走。"宇明说。

"你会出事吗?"雪妍关心地问。

"不会的,我想能逮住我的人还没有生出来。"宇明自信地微笑。

雪妍急忙在满布灰尘的木桌上轻敲三下,这是女学生的规矩。她们以为说不怕什么常常会惹来灾难,敲三下木头可以化解。

宇明懂得这游戏,心里很感谢。他想了一下,说:"我不得不说,你得在报上登一个脱离关系的启事。"

"有必要吗?"雪妍声音发颤。

"有必要。对你,对卫葑,对凌京尧,都有必要。"见雪妍不语,又说,"药已在吕家了,你带几盒就可以。"

"香阁还可以带一点。"贵堂还想说"我也愿意走,也可以帮着运药品",但踌躇着不敢说。自己文不能出谋划策,武不能舞枪弄棒,也许是添累赘。

宇明高兴地和他握手,一副代表伟大势力的样子,口气有些居高临下:"谢谢你,那启事你可以送到凌家,让他们发。我得感谢小刘好眼力。"小刘去年到孟宅送信,对吕贵堂怀有信心,介绍宇明来的。

于是吕贵堂什么也没有说。

李宇明送雪妍出来,很觉轻松。他从雪妍带药想到孟太太吕碧初销毁文件,心中对妇女充满敬意。这些圣母!孟太太的安详温和总使他安慰,不然他也不会把文件藏到孟家花园。眼前的雪妍显出女子的真正德性:似乎软弱,却有承受力。她的雅致衣着也使他满足又惘然。那朦胧的鸽灰色引起他遥远的久已忘怀的梦。这才是女子,这才是人类美好的那一半。

"澹台玹有消息吗?"新郎新娘早已分开,伴郎伴娘更不在话下了。宇明开玩笑地想。

"五婶走时说,澹台家也要到昆明去,现在不知怎样。五婶一家总该到了。"

李宇明转脸看着小楼,夜幕掩盖了它的破旧。

"这小楼是个好地方。你知道吗,我没敢上楼。等胜利以后,再来好好看看什刹海。"他说着俯身在落叶中捧起一抔泥土，深深一嗅，"新鲜极了，好闻极了——人，总是要回归泥土的。"

雪妍觉得他很累，大概卫葑也是这样累。"雪雪你来"的声音充塞在她心中。她就要来了。一年来，她像个被遗弃的孩子，在无垠的沙漠中等着盼着，没有出路，没有方向。现在有了明天。明天她就可以登上驶向卫葑的车了。她要抚慰他，守护他，抱着他的头，用催眠曲摇着他。如果有疲劳，让她感觉，如果有疾病，让她承担，如果有危险，让她遭受。雪妍的脸泛着光辉，使得宇明很感动。

回到廊门院，雪妍发现香阁已经在准备行装，那红红白白的俊俏面庞堆满喜悦。她什么时候知道走的好消息？刚刚是去和黄家儿子话别吗？莲秀竟一点不知道，真有些莫测高深。

"凌家姑姑！"香阁的声音好脆，"你的衣服要是搁不下，可以搁在网篮里。"她带一个装得半满的小网篮。

贵堂拿来十盒药品，有金鸡纳霜、阿司匹林等，要往网篮里装。

"呀！这不行。哪有药搁在网篮里的！"香阁笑着接过药，交给雪妍。

雪妍先是不解地望望吕贵堂，一面接过药盒，随即明白了，香阁怕带药惹麻烦。

"一人五盒！"吕贵堂坚决地说。

"不用了，就放在箱子里好，"雪妍忙说，"我的箱子有夹层。再说，探母病带点药也可以的。"她有卫葑在那里，应该由她担负风险。香阁离开了黄家儿子，牺牲已经够大了。

香阁有几分得意地拿过箱中放不下的衣服，细细审视一番，因为都很普通，有点失望，但还是仔细折叠装好。一会儿把网篮收拾好了，又理一个印花布小包袱。摆弄整齐后，两只伶俐的眼睛打量着雪妍，走过来说："我帮帮忙？"

"不用了，我可以。"雪妍已经收拾好，有两盒药装不下，就放在手提包里。

"其实手提包最安全，黄瑞祺说一般不看女人的手提包。"香阁笑着说，对父亲满面愠色视若不见。

"那就好了。"雪妍说，"你的朋友随后也去吧？"

"他？"香阁习惯地撇撇嘴。这动作很俏皮，很好看，很适合她。"他爱上哪儿上哪儿。"

雪妍温柔的脸上透露着不解。

"我们谁也不拴住谁。我们都还小。"香阁快活地说。

还小，这真是莫大的幸福，雪妍想。

"你很放得开。"

"往后你就知道了。以前谁也不知道我。我爹怕我当汉奸，才这样忙着让我走。你很惦记凌老爷，我知道。我可一点不惦记我爹，有人惦记他。"香阁的口气很放肆，眼光活泼泼乱转。

雪妍很不舒服。香阁的眼光似乎有两层，外面的像狗，里面的则像狼，温顺罩住凶狠。她不敢多看，也不敢多想。她没有多少时间了，她得写脱离关系的启事。在北平的最后一夜，一切都这样陌生，树叶的沙沙声也和自己窗前的不一样。

将来会怎样？不管怎样，她有那召唤，最亲爱的人的亲爱的声音，召唤她奔向自由国土，属于自己的国土。她慢慢写出一行字：

凌雪妍启事：现与凌京尧永远脱离父女关系。

写了觉得不妥，又写另一个：

凌京尧与凌雪妍脱离父女关系。

这样可以让父亲少担干系。不过反正是脱离关系了，还有什么干系可言！

看着这两张纸，雪妍觉得头晕目眩。在黯淡昏黄的灯光下，面前隐约有一盏巨大的烟灯,发着乳白色的光,烟灯上渐渐显出父亲的脸,忧愁地望着她。

雪雪,你恨我吗?

不恨不恨!不过一定得脱离关系!你从开头就太软弱了,亲爱的父亲!要烧着你了,快躲开!妈妈,救救他!

雪妍着急地想伸手拿开烟灯,却一阵冷汗,身子软得不能伸手。

烟灯没有了,赵莲秀正在她身旁,一面抓住她的手掐着虎口,一面急促地咳嗽,脸上带着歉然的笑容。扣子在闪亮,是泪光。

"好了,好了,别这么折磨自己了。不写也罢了。"莲秀好心地说。

雪妍在床栏上靠了一会儿,看手表已是深夜两点。"你还没有睡?"

"烙了五张白面饼给你们路上带着。"这是莲秀所有的白面了,"说实在话,凌小姐是有福分的人,有地方可投奔,还有这么多牵挂。"

雪雪!你来!

我来!真的,能走,是现在中国人的莫大福分。北平城实际只剩下一具躯壳,凌京尧也只剩下他的形状了。在刺刀下,在烟灯旁,往这古老、庞大的躯壳上涂抹些"文化",也许会骗得一些人把灵魂放在烟灯上烧吧?

雪妍忽然拿起笔来,坚决地又写一遍:

凌雪妍启事:现与凌京尧永远脱离父女关系。

她把永远两字描了又描,然后装进信封,放在案头看了一会儿,倚着床栏,让大滴眼泪安静地落下来。

后面房里,忽然响起一阵笑声,是吕香阁在梦中笑。笑声很

303

脆,很清亮,在黑夜中飘浮,发出丰满的回音。

　　笑声过去了,哭泣停歇了,连压制不住的咳嗽也暂时停息,无边的黑暗吞噬了一切。

　　天亮了,几缕朝霞的光染在香粟斜街三号门前的白影壁上。影壁前落叶随风团团转,胡同一片寂静。

　　两个纤细的身影从大门里出来,踏着落叶迎着朝阳走去了。

间　曲

【南尾】乱纷纷落叶滚尘埃,冷清清旧天街。瘆人心一壁素白,刺人眼朝霞彩。恨深深一年时光改,凄惶惶割舍了旧楼台。问秋风何事吹痛离人泪满腮。

道路阻雾迷关隘,衣衫薄影断苍山寨。把心儿向国托,身儿向前赶,魂儿故土埋!且休问得不得回来!

一九八五年四月五日开笔
一九八七年十二月二十六日书成

305

后 记

这两年的日子是在挣扎中度过的。

一个只能向病余讨生活的人，又从无倚马之才、如椽之笔，立志写这部长篇小说《野葫芦引》，实乃自不量力，只该在挣扎中度日。

挣扎主要是在"野葫芦"与现实世界之间。写东西需要全神贯注，最好沉浸在野葫芦中，忘记现实世界。这是大实话，却不容易做到。我可以尽量压缩生活内容，却不能不尽上奉高堂、下抚后代之责。又因文思迟顿，长时期处于创作状态，实吃不消，有时一歇许久。这样，总是从"野葫芦"中给拉出来，常感被分割之痛苦，惶惑不安。总觉得对不起那一段历史，对不起书中人物；又因专注书中人物而忽略了现实人物，疏亲慢友，心不在焉，许多事处理不当，亦感歉疚。两年间，很少有怡悦自得的时候。

别的挣扎不必说了，要说的是：我深深感谢关心这部书、热情相助的父执、亲友，若无他们的宝贵指点，这段历史仍是在孩童的眼光中，不可能清晰起来。也深深感谢我所在单位中国社会科学院外国文学研究所的理解和支持，否则，还不知要增加多少挣扎。

小说第一、二章以"方壶流萤""泪洒方壶"为题在《人民文学》一九八七年五、六月号连续发表。当时为这部小说拟名为

《双城鸿雪记》，不少朋友不喜此名，因改为《野葫芦引》。这是最初构思此书时想到的题目。事情常常绕个圈又回来。葫芦里不知装的什么药，何况是野葫芦，更何况不过是"引"。

又一年年尽岁除，《野葫芦引》第一卷《南渡记》终于有了个稿子。不过想到才只完成四分之一，这四分之一也许竟是浪费纸张和编者、读者精力的祸端，又不免沉重。

不管怎样，只能继续挣扎上前。

一九八七年十二月二十六日

南渡记

东藏记

东藏记

作者手迹

（奉城会）到此暂驻文旌，痛残山剩水好叮咛。逃不完急煎

煎警报红灯，嚼不烂敷蹋；苦莱薹青，咽不下弯曲；米虫　寒窗

是鹭腥。却不误山茶童子面，蜡梅髻翁情。一灯如豆　敷圆图

暖，丝喇叭壁报米。见一代学人去世，青史彪名。东流

水送葛岭山去，岂此是嘶鸣声！

作者手迹

东藏记

《野葫芦引》第二卷

宗璞 著

人民文学出版社

图书在版编目（CIP）数据

野葫芦引.东藏记/宗璞著.—北京：人民文学出版社,2019（2021.11重印）
ISBN 978－7－02－014766－3

Ⅰ.①野… Ⅱ.①宗… Ⅲ.①长篇小说—中国—当代 Ⅳ.①I247.5

中国版本图书馆 CIP 数据核字（2018）第 288268 号

目　录

序　曲

【风雷引】百年耻,多少和约羞成。烽火连迭,无夜无明。小命儿似飞蓬,报国心遏云行。不见那长城内外金甲逼,早听得卢沟桥上炮声隆!

【泪洒方壶】多少人血泪飞,向黄泉红雨凝。飘零!多少人离乡背井。枪口上挂头颅,刀丛里争性命。就死辞生!一腔浩气吁苍穹。说什么抛了文书,洒了香墨,别了琴馆,碎了玉筝。珠泪倾!又何叹点点流萤?

【春城会】到此暂驻文旌,痛残山剩水好叮咛。逃不完急煎煎警报红灯,嚼不烂软塌塌苦菜蔓菁,咽不下弯曲曲米虫是荤腥。却不误山茶童子面,腊梅髯翁情。一灯如豆寒窗暖,众说似潮壁报兴。见一代学人志士,青史彪名。东流水浩荡绕山去,岂止是断肠声!

1

【招魂云图】纷争里渐现奇形。前线是好男儿尸骨纸样轻,后方是不义钱财积山峰;画堂里蟹螯菊朵来云外,村野间水旱饥荒抓壮丁!强敌压境失边城!五彩笔换了回日戈,壮也书生!把招魂两字写天庭。孤魂万里,怎破得瘴疠雾浓。摧心肝舍了青春景,明月芦花无影踪。莽天涯何处是归程?

【归梦残】八年寒暑,夜夜归梦难成。蓦地里一声归去,心惊!怎忍见旧时园亭。把河山还我,光灿灿拖云霞,气昂昂傲日星。却不料伯劳飞燕各西东,又添了刻骨相思痛。斩不断,理不清,解不开,磨不平,恨今生!又几经水深火热,绕数番陷人深井。奈何桥上积冤孽,一件件等,一搭搭迎。

【望太平】看红日东升。实指望春暖晴空,乐融融。又怎知是真?是幻?是辱?是荣?是热?是冷?是吉?是凶?难收纵,自品评——且不说葫芦里迷踪,原都是梦里阴晴。

主 要 人 物

孟樾（弗之） 明仑大学历史系教授

吕碧初 弗之妻

峨（孟离己） 弗之长女

嵋（孟灵己） 弗之次女

小娃（孟合己） 弗之子

吕绛初 碧初二姊

澹台勉（子勤） 绛初丈夫

玹子（澹台玹） 绛初女

玮玮（澹台玮） 绛初子

吕素初 碧初大姊

严亮祖 素初丈夫

荷 珠 亮祖妾

严颖书 亮祖荷珠子

严慧书 亮祖素初女

吕香阁 吕家远亲

卫 葑 孟弗之外甥、明仑大学教师

凌雪妍 卫葑妻

李宇明 明仑大学教师，卫、凌好友

掌心雷（仇欣雷） 峨同学

麦保罗 美国外交官、玹子男友

殷大士 嵋同学、玮玮好友

米老人、米太太（宝斐） 流亡的犹太人夫妇

庄卣辰 明仑大学物理系教授

玳　拉　庄卣辰妻

庄无因　庄卣辰子

庄无采　庄卣辰女

萧澂(子蔚)　明仑大学生物系教授

江昉(春晔)　明仑大学中文系教授

钱明经　明仑大学中文系教师

郑惠枌　钱明经妻

郑惠杬　郑惠枌姊、萧子蔚恋人

李涟(文涟)　明仑大学历史系教师

金士珍　李涟妻

白礼文　明仑大学中文系教授

尤甲仁　明仑大学中文系教授

姚秋尔　尤甲仁妻

第 一 章

一

昆明的天,非常非常的蓝。

这是一种不可名状的蓝,只要有一小块这样的颜色,就足以令人赞叹不已了。而天空是无边无际的,好像九天之外,也是这样蓝着。蓝得丰富,蓝得慷慨,蓝得澄澈而光亮,蓝得让人每抬头看一眼,都要惊呼:哦! 有这样蓝的天!

蓝天上聚散着白云,云的形状变化多端。聚得厚重时如羊脂玉,边缘似刀切斧砍般分明;散开去就轻淡如纱,显得很飘然。阳光透过云朵,衬得天空格外的蓝,阳光格外灿烂。

用一朵朵来做数量词,对昆明的云是再恰当不过了。在郊外开阔处,大朵的云,环绕天边。如一朵朵巨大的花苞,一个个欲升未升的氢气球。不久化作大片纱幔,把天和地连在一起。天空中的云变化更是奇妙。这一处如山峰,层峦叠嶂,厚薄相接处似有溪流落下,那一处如树丛,老干傍着新枝。这一朵如花盆中鲜花怒放,那一朵如小船,正待扬帆起航。它们聚散无定,以小朵姿态出现总是疏密有致,潇洒自如,以大朵姿态出现则如堆绵,如积雪,很有气势。有时云不成朵,扯薄了,撕碎了,如同一幅抽象画。有时又几乎如木如石,建造起几座七宝楼台,转眼便又坍塌了。至于如羊如狗,如衣如巾,变化多端,乃是常事。云的变化,随天地而存,苍狗之叹,也随人而在。

奇妙蓝天下面的云南高原,位于云贵高原的西部,海拔两千米左右。高原上有大大小小的坝子一千多个。这种坝子四周环山,中部低平,土层厚,水源好,适合居住。昆明坝可谓众坝之首。昆明市从元代便成为云南首府,在美丽的自然环境中,出了些文武人才。一九三八年一批俊彦之士陆续来到昆明,和云南人一起度过了一段艰难而又振奋的日子。

明仑大学在长沙和另两个著名大学一起办校,然后一起迁到昆明。没有宿舍,便盖起简易的板筑房,即用木槽填土,夯土为墙,用洋铁皮做屋顶,下雨如听琴声。这在当时,是讲究的了。缺少设备,师生们也是自己动手制造。用铁丝编养白鼠的笼子,用砖头砌流体试验的水槽。缺少图书,和本省大学商借,又有长沙运来的,也建了一个图书馆,虽说很简陋,但学子们进进出出,读书的气氛很浓。人们不知能在这里停留多久,也不知明天会发生什么事,却把每一天都过得很充实。

孟樾终于辞去了教务长一职。起初萧澂不肯受命,很费了周折,后来答应暂代,弗之才得以解脱。根据明仑教授治校的传统,教授会议选出评议会,是学校的权力机构,校长和教务、训导、秘书三长是当然成员,另有从教授中推选的评议委员一同组成。到昆明不久,弗之被选入评议会。

那次评议会后,子蔚笑道:"各种职务偏找上你,有人想干呢,偏捞不着。"

"世事往往如此——我们只是竭尽绵薄而已。"弗之说。

除了生活的种种困难,昆明人当时面临一个大问题——空袭。一九三八年九月二十八日日寇飞机首次袭击昆明,玷污了纯净的蓝天和瑰丽的白云。以后昆明人便过上了跑警报的日子。一有警报,全城的人便向郊外疏散,没有了正常生活秩序。过了几个月,人们跑警报居然跑出头绪来了,各人有自己一套应付的方法。若是几天没有警报，人们反而会觉得奇怪，有些老人还怀疑是不是警报器坏了，惦记着往城外跑。

孟家和澹台家到昆明都已三个多月了。澹台勉的电力公司设在昆明远郊小石坝。澹台勉本人在重庆还有差事，时常来往于昆渝之间。因为估计会调到重庆，便把玮玮安排在那里上中学。玮玮虽然很不愿意离开孟家一家人，也只好和嵋与小娃洒泪而别。

孟樾一家，都喜欢昆明。昆明四季如春，植物茂盛，各种花长年不断。窄窄的街道随着地势高低起伏，两旁人家小院总有一两株花木，不用主人精心照管，自己活得光彩照人。有些花劲势更足，莫名其妙地伸展上房，在那儿仰望蓝天白云，像是要和它们汇合在一起。

孟家人也愿意融进这蓝天白云和花的世界里。他们住的地方颇特别，是当地一位军界人士的家祠。这祠堂有很大的花园，除正房供祀祖先外，还有几间闲房，大概原是上祭时休憩之所。孟家便在这里安身，权且给人看祠堂。花园另一头，有一个家用戏台，现在不论戏台或楼座、池座都隔成小间，学校租来给单身教员居住。

吕碧初对这环境很满意，她对孩子们说，想不到逃难逃进了花园里。花园进门处有好几株山茶，茶杯大小的花朵，红艳艳的，密密地开满一树，一点不在乎冬日来临，更不知道战争带来的苦难。屋前一片小树林，最初他们不知是什么树，便问收拾园子的申姓老人。老人耳背，问好几次都听不清，总是说："你家说哪样吗！哪样？"一次忽然听清了，便大声回答："是腊梅哟，你家！"

山茶花过后，腊梅开花了，花是淡淡的黄，似有些透明，真像是蜡制品。满园幽香，沁人心脾。这正是孟灵己——嵋所向往的腊梅林，在她的想象中，腊梅花下，有爹爹拿着一本书，坐在那里。

在现实生活中,腊梅林可不是诗和梦想的世界了。林边屋前,飘着一缕缕白烟,那是碧初在用松毛生炭炉子。她已经很熟练,盘好松毛,摆好炭,一根火柴便能生着。只是烟呛得难受。

"绿蚁新醅酒,红泥小火炉",碧初想,也得经过点火的过程。"关上门。"她向屋子里大声说。

嵋和小娃在当中一间房里做功课。

嵋抬头说:"娘,我们不怕烟。"

碧初不耐烦,说:"瞎说!快关上。"

嵋连忙站起身关门,娘的脾气和声音一样,都比以前大多了。她知道娘很累,总想帮忙,有时反而惹碧初生气。

碧初蹲在地上,用一把大蒲扇扇炉子。白烟一点点散去,炭渐渐红了。这时临时的帮工姚嫂挑着一担水走来,把水倒进廊檐下的水缸。

"你把青菜洗一洗,好吗?"碧初手酸腿软,拉着身旁的桌腿才站起来。

"今天不做饭了,我家里有事情。你家。"姚嫂说,一点没有商量的余地,倒是舀了一壶水放在火上。

到昆明数月,孟家已经换了好几个帮工了。有的听不懂话,拨几拨也不转一转。有的太自由,工作时间常常忽然不见踪影。这姚嫂乃是附近小杂货店老板娘的一位农家亲戚,说"家里有事情"自是天经地义。

她见碧初有些措手不及,便出主意:"街上买碗米线嘛,好吃喽,又快当。"

是的,街上小吃店多,也不贵。昆明人就常常以之充饥。碧初等刚来时,也经常去小店。但这毕竟是临时性的,总要自己做饭才是正常人家。

"喊妹妹去端回来也使得,你家先生不消跑了嘛。"姚嫂继续出主意,一面盖好缸盖。

"你去吧,我们有办法,明天早些来才好。"碧初微笑着说。

姚嫂转身走了,很快消失在腊梅林里。

门轻轻开了,探出两个小脑袋,轻声说:"娘,我们做完功课了。"

小娃跑出来,看见一只松鼠在梅林边,便拔腿去追。峨过来拿起蒲扇。

"不用扇了,"碧初说,"火上来了。"她一阵头晕,歪身坐在竹椅上。

"我来做饭,我会。"峨自告奋勇。她穿着峨的大毛衣,身子在衣服里晃动。她学姚嫂的样,两手在衣襟上擦擦。

碧初说:"往后有你做饭的时候,今天还是上街吃饭吧。"

小娃跑过来,大声叫:"上街! 上街!"峨也高兴。他们很乐意上街,街上无论什么都好玩,无论什么都好吃。

"等这壶水开了,爹爹也该回来了。"这时碧初正可以休息一下,但一眼看见地上的菜叶子,便吩咐峨扫地。峨拿起扫帚,小娃连忙拿起簸箕。

一阵清脆的笑声和着腊梅的香气传来。从小径上笑着跑过来的是澹台玹,臂弯里抱着几枝腊梅。她穿一件银灰起暗红花纹的半长呢外衣,里面是夹旗袍,特别是只穿了短袜套,露出一截小腿。虽比不得在北平时的打扮,也很引人注目了。她脸儿红红的,大声叫道:"三姨妈! 我来了!"

澹台一家在昆明附近小石坝居住,玹子住在大姨妈严家,经常到孟家来。台儿庄战役后,严亮祖师长已升为军长,一切都是方便的。

后面慢慢走来的是孟离己——峨,一手也举着一枝腊梅,像举着一面旗。因为家里房间少,峨不愿和弟妹挤在一起,情愿住校。弗之、碧初赞成她和同学们多接触,希望她能开朗些。她穿着藏青色呢外衣,夹旗袍长袜子,布鞋,倒是包得严实。

"这里真是没有冬天,腊月天气,你们都穿的春秋衣服。"碧初说,"只是玹子,你这么着不冷吗?"

"只能说是凉快。"玹子放下花枝倒水喝。

"现在有一种流行病,名叫'摩登寒腿症'。"峨说,"嵋,快拿花瓶来!"

嵋还在往簸箕里撮菜叶,站起身看了一下,看在那几枝腊梅分上,说了一句:"就来。"弯身拿起簸箕到屋后去倒。小娃跟着她。

"我在新校舍遇见爹爹,爹爹不回来吃晚饭。他和庄伯伯要去拜访什么人。"峨说。

"正好今晚上不做饭,大家吃米线去。"碧初觉得精神好多了。起身解下围裙,一面说:"你们又掐花! 这是别人的园子。"

"这么多腊梅树,掐不完的。"

玹子跟着碧初进屋,说着大姨妈的家事。峨也进屋,自去找衣服带到学校去。

嵋在廊檐下拿起一个瓦罐,添了水,把腊梅一枝一枝放进去。这瓦罐虽简陋,却插过许多美丽的花。腊梅枝上的黄花,清癯幽雅,引人遐想。插好的瓦罐如一棵小树,立在木案上。

"嵋,你和小娃都洗洗手。"碧初在屋里说。

嵋拉过小娃,舀水淋在他手上。

"真凉!"小娃直吸气,但一点不躲避,洗过了,站在矮凳上给嵋淋水。

玹子出来了。"擦干,快擦干!"她连笑带嚷,"生冻疮可不好受。"嵋忙用毛巾先擦干小娃的手,再擦自己的手。"好些同学生了冻疮,手脚都有。红肿一片,真难看!"玹子抬起自己的雪白的手审视着。

"你这样的手,不知能维持多少日子。"峨提着一个布包出来,还在检点包里的衣物。

"维持一辈子,你不信吗?"

峨冷笑。碧初出来锁门,大家一起穿过梅林,出了祠堂大门。

这是一条僻静的石板路。那时的昆明大大小小的街都是石板铺成。大街铺得整齐些,小街铺得随便些。祠堂街是一条中等街道,往南可达市中心繁华地区,那里饭庄酒肆齐全。往北便是城门了,街上有好几家米线小店。碧初等选择了靠一个坡口的店。坡很陡,下去不远就是翠湖。大家称这店为陡坡米线,坐在其中,往坡下望去,有一种倾斜之感。

暮色渐渐围拢来了,小店里电灯很暗。人不多,店主人见有人来,大声招呼:"你家来了,你家请里首,请里首。"说是这么说,实际上不过两三张桌子,没有里面外面可言。桌子都有一层油腻,但也不算太脏。

碧初要一碗氽肉米线,多要汤。并且吩咐每人碗里打个鸡蛋。峨要一碗豆花索粉,即粉丝。另外三个人都要卤饵块,两碗免红,即不要辣椒。

"是喽!"店主人大声重复一遍,好像是在传达,随着话音,自己转到灶前操作,他是自己吩咐自己。只见他手里的小锅一起一落,火苗也随着忽高忽低。炉边案上一排作料,长柄勺伸过去飞快地一碗扎一下,搅在锅里。一锅一锅地做,费时也不长,只氽肉米线要把肉氽出味来,算是复杂工艺。

粉丝最先来,一层雪白的豆花上洒着碧绿的韭菜碎末,还衬着嫩黄的鸡蛋。峨看看碧初,听得说"来了就先吃",便不理旁人,自己先吃。

"宿舍里传着一个鬼故事,"玹子对碧初说,"我是不信的。你们,"她拉着嵋的手,让她塞住耳朵,"你们把耳朵堵上。"

"那就不用说了。"碧初说。

"其实也没什么,"玹子想说什么不能半路停止,"说的是新校舍那地方原是一片乱葬岗子——"她见嵋和小娃不但没有堵住耳朵,倒注意地在听,便缩住了,自己下台:"我就说呢,其实也没什么。"

"我怎么不知道?"峨有些好奇。

这时店主人端来四碗东西,把免红的两碗放在嵋和小娃面前。卤饵块经各种作料煮得透亮,浓香四溢,米线显得清淡多了。

"先吃再说。"碧初招呼大家。小娃饿了,扒进一口饵块,忽然把碗一推,张了嘴喘气。

"怎么了? 怎么了?"碧初忙问。见他噎住的样子,忙命:"快吐出来!"嵋跑过去为他捶背。

"辣!"小娃噎了半天,说出一个字。

玹子用筷子敲敲碗对店主人说:"说是免红嘛,咋个又放辣子! 小娃娃家,吃不来的哟。"一口流利的云南话。

店主人赔笑道:"不有摆辣子,不有摆不有摆,莫非是勺边边碗沿沿碰着沾着。换一碗。"

"多谢了,不消得。"碧初用北方口音说云南词汇,"放点汤冲冲就行了。"于是酱红色的浓汁冲掉了。小娃咬着减色的饵块,还是觉得好吃。

"学校的饭怎么样? 还是有石子儿?"碧初问。

"不只有石子儿,有一回还吃出了玻璃碴子。"峨说,意思是我在学校比你们在家苦多了。

"倒是有不少新鲜蔬菜,可惜做得不干净。"玹子说,"我从大姨妈家带些咸菜肉丝什么的,大家抢做一团。"她看看碧初说,"他们的厨子很和气,做什么蛮方便的。"

峨已经吃完了,忽然拍拍嵋的头,说:"我晚上有一堂英文课,在新校舍。你陪我去好不好?"

峧抬头看着姐姐,有点受宠若惊:"可以呀,我的功课做完了。"两人又询问地望着碧初。

"晚上该有人陪,你下了课回来吧?"碧初说。

"当然了,我不会让峧一人走,放心。"

她们出得小店,见天已全黑了。玹子要送碧初回家,碧初不让,说:"我有小娃呢。你是不是往公馆去?晚上走路小心些,明天要穿上长袜子。"

玹子、峨、峧顺陡坡下来,青石板在刚降临的夜色中闪着微光,一边墙头探出花叶繁茂的树枝。三人都觉得这陡坡很神秘,好像要降到地底下似的。后面有几个人大步走过她们身边,其中一个人提着灯笼。光逐渐远去,使得陡坡的尽头更遥远。

到了坡脚,又走一段路便是翠湖了。两边水面,当中一道柳堤。这里是昆明人的骄傲。

玹子走另一条路。峨、峧姊妹站定了看着她走远,才上柳堤。水面风来,两人都拉紧衣服。

"冷吗?"峨搂住妹妹。这在峨是少有的关心了。

峧往姐姐身上靠一靠,算是回答。她忽然问:"我一直不明白,为什么我们和大姨妈家不如和二姨妈家那样好?"

峨一愣,说:"不用你操心。"自己想了一下,又说:"现在两家处境大不同了。可能是爹爹自鸣清高,不愿受人恩惠。"

峧默然,模糊地觉得爹爹很值得敬重。

"你走得太慢!咱们跑着去吧。"峨怕迟到。

"赞成!"峧说。两人略一蹲身,便跑起来。

她们慢慢跑,却足够使青春的血液流得更畅快。路边柳树向后退去,柳枝在黑暗中连成一片,像是一幅帐幔。湖水的光透过帐幔映上来,滋润着路、桥、亭,还有这两个快活的女孩。

"加油!加油!"她们越过几个学生,学生笑着拍手叫道。

"不理他们。"峨叮嘱。

峨本想说谢谢,及时咽了下去,改成了"咱们快点儿",她们跑上坡,拐弯,进了称为南院的女生宿舍。

这里原是一座大庙,大院套小院,空房甚多,荒废多年,神像早不知去向。明仑迁来以后,缺少房屋,便租来稍加修葺,作为女生宿舍。

峨领嵋穿过前院。纸窗上显出一个个年轻的身影,一阵阵清脆的笑声和着琅琅读书声在院子里飘荡。她们进一个窄门,到了一个长方形的院子,两边两排房屋,各是一个大统舱,却收拾得颇为宜人,两边用花布帘子隔开,成为四人一间的小房。走进峨的那间,室内只有一个人,正伏在案上,似在抽咽。

"吴家馨!你怎么了?"峨拍她一下,忙着自己放东西,拿书本。吴家馨不理。"我上英文课去,时间来不及了。"峨说,拉着嵋便走。

"她怎么了?"嵋关心地问。

峨说:"不知道。我什么都不知道,你是什么都要知道——快跑。"

她们出大西门,到凤翥街,这时正有晚市,街道两旁摆满菜挑子,绿莹莹的,真难让人相信是冬天。连着好几个小杂货铺都摆着一排玻璃罐子,最大的罐里装着盐酸菜,这是昆明特产,所有女孩子都爱吃。风干的大块牛肉,称为牛干巴的,搁在地下麻袋上。还有刚出锅的发面饼,也因学生们喜爱,被称为"摩登粑粑"。伙计很有滋味地吆喝着这几个字:"摩——登——粑粑——哎!"街另一头的糯米稀饭挑子也在喊:"糯——米——稀饭——"调子是"1——3——2 6——"两边似在唱和。铺子、摊子、挑子点着各色的灯,有灯笼,有电石灯,有油灯,昏黄的光把这热闹的街调和得有些朦胧虚幻。

人们熙熙攘攘,糊涂一片,像是一个记不清的梦。峨、嵋只好放慢脚步。好在街不长,一会儿便穿过,然后是一条特别黑的街道,峨邀嵋做伴,主要是因有这一段,这里让人不由得想到乱葬岗子。再横过城外的马路,就是新校舍的大门了。门里是一条直路,两旁是一排排房屋,黑暗中看不清楚,倒是觉得很整齐。路上来来往往的年轻人,大都是疾走如飞,不知忙些什么。

峨拉着嵋进了一间教室,已经有十来个学生了。这里灯光也不亮,电灯和油灯差不多。峨示意嵋坐在后面,自己和同学们坐在一起。刚坐定,教课的美国教师夏先生进来了。

夏正思是一位莎士比亚专家,对英诗研究精深,又热爱中国文化。在明仑已经十来年了。明仑南迁,许多人劝他回美国去,他不肯,坚决地随学校经长沙到昆明,也在大戏台下面分得一间斗室,安下身来。他本来只教文学课,这一班大二英文属公共外语课,因无人教,他就承担下来。每次除讲课文外,还要念一两首诗,同学们都很感兴趣。

大家都坐在有一块扶手板的木椅上,夏先生也一样。他身躯高大,一坐下去椅子吱吱作响。嵋怕他摔倒,欠起身来看。

"这是谁?"夏先生看见她了,"你可以坐到前面来。"

这时应该是峨答话,但她不响。嵋不知怎样好,心里暗暗生气。好在夏先生并不追究,开始上课。

课文用油墨印在很粗糙的纸上,是培根的一篇散文《论学习》,每人一份。夏先生示意坐在前面的同学给嵋传过去,嵋站起来说谢谢。好几个人回头看她,她有些窘,很后悔陪姐姐来。姐姐总是这样不管别人的。

课堂上全用英语。《论学习》中有一名言:"天生的才智如同自然的植物,需要培养,那就是学习。"夏正思从植物这个字忽然联想到昆明的植物,说昆明的植物似乎不需要特别培育,因为自然条件如气候、水分等很合适植物的生长。一次他泡了衣服有几天没有洗,衣服上居然长出一个大蘑菇。"可见我懒而脏。"夏先生得出这个结论,大家都笑了。

嵋不知道大家笑什么,自己坐着,想法子打发时间。她看大家的头,女生大都是短发,齐到耳下,没有很短的。有几个人梳辫子,中间分缝,两条辫子垂在胸前,从后面看好像头发很少,怪可怜的。大多数男生头发乱蓬蓬,像一团野草,这团野草不管怎么压,也还是顽强地生长。少数人头发经过认真梳理,服帖而光滑。她看来看去,发现有一个人是她认得的,这人是掌心雷,顶着一片油光水滑的头发。

　　"原来他也到昆明了,可从来没听姐姐说起。"嵋想,"要是能从香港带冰激凌来多好。"

　　过了一阵,夏先生开始讲诗了。今天选的是华兹华斯的《我们是七个》。诗中描写一个孩子有六个兄弟姊妹,两个已去世,躺在教堂墓地里。但他顽固地认为"我们是七个"。嵋只懂这一句,但全诗流畅的音乐性,抑扬顿挫的节奏,使得她坐直了用心听。

　　"嗒——嗒嗒,嗒——嗒嗒,嗒——嗒——嗒。"夏先生打着拍子,摇头晃脑。

　　很久很久以后,嵋还记得在一片昏黄的灯光笼罩下那本不属于她的一课。

　　下课了,峨站在教室门口等嵋,掌心雷却走到嵋身边。"孟灵己!你可长高多了。还认得我吗?"

　　"当然认得,你又没长高。"

　　"我没长高,可老多了。"

　　他们在新校舍的正路上走,一轮大大的淡黄色的月亮从远山后升起。

　　"我落课太多了,得多补学分。"掌心雷似乎是没话找话,"总算注上册了。"

　　"我们都以为你不会来昆明。"峨应酬地说。

　　几个女学生从后面笑着追上来,一个叫道:"姓孟的,你们走得这样慢!"另一个说:"这儿还有一个姓孟的呢。"她拍拍峨的肩。

峨不答理她们,嵋不知道该怎样表示,看着这几个人走远了。

仉欣雷指着一条岔路说:"从这里过去,就是我的宿舍。那房子像一条破船。住在里面,觉得自己挺英勇。"

"英勇?要牺牲吗?"峨冷冷地说。

"不够格,不够格——其实这种生活也很有趣。我给自己的床做了一个纸墙,一捅就破。"

"我们都用帘子,布帘子。"

"我们也有用布做墙的,用纸的人多。"

走到校门口,峨让仉欣雷回去,他问可不可以送一程?峨未置可否。这时街上行人已少,三人不觉加快脚步。

走到南院门口,峨突然对嵋说:"让仉欣雷送你回去好不好?我不回去了。"

这是姐姐又一次背叛!嵋很生气,大声抗议:"你说好一起回家的,你答应娘的。"

"我去看看吴家馨。"

对了,吴家馨这时不知还哭不哭。嵋不响了,停了一下,说:"那随便。"

峨也想了一下,忽然发现该去看家馨的是仉欣雷,他是表哥。便说:"你不去看看吗?她常常哭,都成了哭星了。"

"明天再说吧,我还有功课。孟家小姐们,希望明天能见面。"仉欣雷略略弯身,转身走了。他可能怕峨又生出新主意。

姐妹二人不走翠湖了,顺文林街向前,下坡上坡,很快到了那一片腊梅林中。腊梅林里,有淡淡的幽香包围着,有弯曲的小径牵引着。

"吴姐姐为什么哭?"嵋忍不住问。

“她一个人在昆明,她想家。”停了一会儿,峨忽然说:“还因为她喜欢一个人。我还不知这人是谁。喜欢一个人是很难受的事,你说是吗?”

“怎么会呢?”嵋不懂姐姐的话,也不想研究这课题。她很快活,一跳一跳地去摸腊梅枝。她知道梅林尽处,有她们亲爱的家。

二

太阳从新校舍东面慢慢升起,红通通的朝霞又唤醒自强不息的一天。新校舍在夜晚显得模糊不清,似乎没有固定的线条,这时轮廓渐渐清晰,一排排板筑土墙、铁皮搭顶的房屋,整齐地排列着。墙脚边这样那样的植物,大都是自己长出来的,使土墙不致太褴褛。铁皮屋顶在阳光抚摸下,泥垢较少的部分便都闪闪发亮。学生们为此自豪,宣称“这是我们的‘金殿’”!

金殿是昆明东郊一处铜铸的建筑物,似亭似阁,可以将阳光反射到数里之外。新校舍的光芒,岂止数里呢?

体育教师从一排排宿舍之间跑出来,身后跟着稀稀拉拉几个学生。学校希望学生早起跑步做早操,但是响应者很少。年轻人睡得晚,视早起为大苦事,一般都勉强应付几天便不再出席。

“一二三——四!”体育教师大声叫着口令,“一二三——四!”跑步的队伍齐声应和。人不多,声音倒很洪亮。

学生陆续从宿舍中出来,有的拿着面盆,在水井边洗脸,有的索性脱了上衣用冷水冲。有的拿着书本,傲然看着跑步的队伍。也有人站着两眼望天,也许是在考虑国家民族的命运,也许是在研究自己的青春年华该怎样用。

太阳在房舍间投下一段影子,教室门都开了。一会儿,图书馆门也开了。图书馆是校舍中唯一的砖木建筑。

不知什么时候，孟弗之已经在图书馆里了。他穿着一件旧蓝布衫，内罩一件绸面薄棉袍，手边放着一个蓝花小包袱。用包袱包书是他入滇以后的新习惯。他每次到新校舍来都要到图书馆看看。这图书馆和明仑的图书馆真不可同日而语。沿着露出砖缝的墙壁摆着的书架，都未上油漆，木头上的疤痕像瞪着大眼睛。书架上整齐地放着报纸杂志，有《中央日报》《云南日报》《扫荡报》《生活导报》等等，还有《今日评论》《哲学评论》《新动向》《国文月刊》《星期评论》《思想与时代》《云南大学学报》《燕京学报》等刊物。

"孟先生，这么早。"出纳台前的职员招呼。他正在擦拭没有尘埃的桌椅。比起北平来，昆明的灰尘少多了。作为图书馆主要内容的书籍，就更不成比例。出纳台里面倒也密密排着十几行书柜，有些书籍堆在墙边，是从长沙运来。运了一年多才运到，还没有打开。

弗之点头，随手拿起一份报纸。报上有一篇分析空袭的文章，说前几个月空袭虽没有重大伤亡，却给人生活带来很大不便，警报期间还发生盗窃案件。新的一年里空袭会更频繁更猛烈。

这时学生渐渐多起来，出纳台前排起一个小队。学生见到弗之，有人恭敬地打招呼，有人赶快躲开，有人置之不理。弗之神情蔼然，他坐在那里，整个室内便有一种肃穆气象。

有人在门外大声议论明晚时事讨论会的题目，显然是社团积极分子。

一个说："汪精卫上个月出走越南，不知怎么想的。"

另一个说："怕日本人，卖国求荣！"

一个说，他明白无误是汉奸。又一个说，就算是汉奸，他的说法也要搞清楚，好反驳。好几个人都说看庄先生讲什么。

弗之听了有些感慨,想起庄卣辰曾说起座谈时事的事。只知微观世界而不知宏观世界的卣辰,抗战以来,又在天津办过一段转运事务,对外界的事关心多了。

他走出门,一个学生对他笑笑说:"孟先生有课?庄先生每两周给我们分析战局,很有意思。"

"好。"弗之说,"讲过几次了?"

"两次。"学生答,忽然他手指着远处大声说:"预行警报!"

大家都朝五华山方向看去,山顶的旗杆上果然升起了一个红球。若不是它预示警报,这个红球在蓝天白云之下倒是很好看。

"今天这么早!"好几个人说。

"我去上课。"弗之向大家点点头。学校惯例是有预行警报照常上课,空袭警报的汽笛响了才各自疏散。预行警报和空袭警报的间隔有时只二十来分钟,有时要一两个小时,有时有预行而无空袭,对预行不采取措施可以不至于荒废时间。

弗之进了教室,站在教桌前,慢慢解开包袱,把中国通史的讲义拿出来。这一学期弗之开了两门课,继续讲通史,增加了断代史。

凄厉的汽笛声响了,是空袭警报。

"今天接得这么紧!"有人低声说。

汽笛声从低到高,然后从高处降低下来,好像力量不够似的,稍停一下又从低到高。弗之抬抬手臂,表示不上课了,慢慢地放好讲义,包起蓝花布。学生们陆续向外走。最初有警报时人们很慌乱,有人真的拔脚飞奔,成为名副其实的跑警报。后来习惯了,都悠闲起来,似乎是到郊外散一次步。

一个学生走到教桌前小声嗫嚅道:"三姨父。"

弗之抬头,见是碧初的外甥严颖书。他中等身材,肩背宽厚,是个敦实样儿。他去年考入历史系,学业还算不错。因知道不便在广众前认亲戚,他平常上下课都不打招呼,这时的称呼也是含糊不清。

"有问题吗?"弗之亲切地问。

"这个星期天是母亲的生日。"他说的母亲指的是素初而不是他的生母荷珠。"父亲有帖子送过来,您能来吗?"

"玹子昨天说过了。"

"有车来接全家人,怕小娃他们走不动。"

"这一点路,比跑警报走得近多了,不要接,我们会来的。"弗之说着走出教室门。

"您往哪边走?"颖书似要随侍左右。

"我回家,你去后山吧,小心为好。"弗之自己仿佛不需要小心。颖书鞠躬,向后山走了。

弗之和人群的走向相逆,尽量靠边。

"弗之,你往回走?"

忽听见招呼,见庄卣辰夹在人群中匆匆走来,遂立住脚说:"你走得快,肯定不是跑警报。"

"当然不是。"卣辰穿一件深色大衣,拿着手杖,眼光还是那样天真清澈,脸上却添了许多皱纹,大概皱纹里装了不少时事报告。他指一指几排房屋后面的实验室:"老地方。"

弗之知道,每有警报,卣辰都到实验室守护,怕电器着火,怕仪器失窃。他觉得对实验室的惦记比对警报的恐惧还难受,还不如在实验室守着,炸弹来了也知道是怎么掉下来的。秦校长和朋友们几次告诫,他都当成耳旁风。卣辰也知道,有警报时,弗之的习惯是回家坐在腊梅林里。有些文章便是那时构思的。

"我还有个防空洞,紧急警报来了可以钻进去。"

"我有铁皮屋顶呀。"

两人笑笑,各奔前程。

市民们从挂红球开始,便陆续疏散,这时街上已没有多少人,空荡荡的好像是等人占领,让人看了心酸。弗之走到祠堂街,见一个少女扶持着一个老妇还夹着个大包袱,气喘吁吁走向北门。

少女埋怨说:"我说嘛,东西不消拿得!费工夫!"

"不消拿得!炸不死也饿死咯。"老妇回答。走过弗之面前,一个小包从大包袱里掉出来。是那种云南人常用的傣族刺绣包,总是装细软物件的。弗之见她们只顾快走,便拾起来追了几步递过去。老少二人各用混浊的和清明的眼睛望着他。

"好人哟,好人哟。"老妇喃喃自语,费力地走了。

弗之进了腊梅林,缓步而行,欣赏着阵阵幽香。走到门前,见门上挂着锁,知碧初等已往防空洞去了,遂也往城墙走来。

城墙的这一段很高,如同一个小悬崖。崖下原有一小洞,为狸牲出没之所。附近两家邻居和申大爷商议,邀了弗之参加,修了这个防空洞。其实上面都是浮土,很不结实,峨和玹子都说它只能防手榴弹。不过躲在其中有一种精神安慰,也就不细考究能防什么弹了。此时弗之走到近处,见杂草中城墙有好几处裂缝,心想以后还该让妻儿到郊外去,便是邻居也最好不用这个洞。

汽笛猛然尖锐地响起来,一声紧接一声,声音凄厉。紧急警报!五华山的红球取下了,怕给敌机作目标。

弗之走进洞去。他只是想和妻儿在一起。离洞口几步处有一个木栅栏,栏内黑压压地坐着许多人。逃、躲、藏,这就是我们能做的吗!

"爹爹!爹爹来了!"清脆稚嫩的声音划破了黑暗。

"莫吵嘛,莫吵。"杂货店罗老板不满地轻声说,意思是怕敌机听见。

碧初和三个孩子挤得紧紧的,给弗之腾出地方。这洞很窄,靠两边墙壁用砖搭了座位,人们便促膝挨肩而坐。弗之挤过去,挨着嵋坐下了,另一边是罗老板。

"孟先生,"罗老板还是小声说,"你家说,今天飞机可会来?"

"已经拉了紧急警报,照说敌机已经到昆明上空了。"弗之说。

众人都不说话,注意倾听飞机声音。黑黢黢的洞里声息皆无。

半晌,小娃忍不住了,小声在嵋耳边说:"讲个故事吧。"

"莫要响,莫要响!"罗老板干涉。

这时忽然一声猫叫,"喵——"声音很好听。原来昆明老鼠猖狂,猫很珍贵,老板娘把猫也装在篮子里带来。

另一家邻居的孩子学着说:"莫要响,莫要响。"

猫不愿待在篮子里,更大声叫起来。

罗老板喝道:"不听说!等着掐死你!"

就在猫叫人呼中,远处传来"轰隆轰隆"的沉重的声音,大家,连那只猫忽然都静了下来。敌机来了。

刚刚倾听了飞机的声音,现在得注意炸弹的声音了,下一秒钟这一群人不知还在不在人世。飞机响了一阵,声音渐渐远去。

"喵——"猫儿又大叫起来。众人都舒了一口气,想着今天不会扔炸弹了。

忽然飞机声又响起来,愈来愈近,似乎来到头顶上了。真像猫玩老鼠一样啊,让老鼠松一口气,再把它捺到爪子底下!猫儿配合飞机,又大声叫了,声音不那么好听了,有点像紧急警报。

另一家邻居说:"咋个整?你这只猫!"

这时峨忽然在角落里说:"让它叫。敌人又不会土遁,能在洞口守着?飞机远着呢。"

过了一阵,飞机声又愈来愈轻,终于消失了。

约过了一顿饭时刻,解除警报响了。一声声拉得很长,没有高低。

"解除了！解除了！"大家愣了几秒钟才纷纷站起。

罗老板大声说着顺口溜："预行警报穿衣戴帽,空袭警报又哭又叫,紧急警报阎王挂号,解除警报哈哈大笑。"

"哈哈大笑啰！哈哈大笑啰！"别人应和着向外走。

他们出了防空洞,见天空还是那样蓝,云彩还是那样飘逸,腊梅还是那样馥郁。

后来得知,敌机那天的目标不是昆明,只是路过。

这个星期天是严亮祖军长夫人吕素初四十五岁寿辰。因吕家三姊妹都在昆明,正好聚一聚。嵋和小娃很高兴,他们很久没有给带出去做客了。碧初则很发愁,因为想不出怎样安排衣服。最缺衣服的是嵋,她长得太快。大半年的时间,原来的衣服都穿不得了,天天穿着峨的一件旧外衣上学。几个刻薄同学见了她就相互拉着长声学街上的叫声:"有旧衣烂衫找来卖!"嵋不介意,回家也不说。但是碧初知道无论如何不能穿这外衣去严家做客。

没有讲究的纱衣裙了,没有赵妈赶前赶后帮着钉扣子什么的了,没有硬木流云镜台上的椭圆形大镜子了,碧初只能在心里翻来覆去想办法。自己和峨的衣服都不合用,算计了几天,忽然看中一条压脚的毯子。那上面有一点浅粉浅蓝的小花,很是娇艳。暗想:这毯子做件外衣倒不俗。可谁也没有本事把它变成外衣。

碧初对弗之抱怨自己没本事,弗之笑道:"我看那旧外衣就不错。要不然把这毯子披了去,算得上最新款式。"

碧初低头半晌说:"也许到那天就不冷了,不用穿外套——唉,这究竟是小事情。"

到了素初寿辰这天上午,天公不作美,天气阴沉。碧初已经不再想外衣的事,忽然来了一位救兵,是钱明经太太郑惠枌。她常到孟家串门。这天来时提了一包衣物,说她的姐姐惠杬托人带来两件外衣,其中一件太小,正好给峨穿。

"你知道我们今天要到严家去?"碧初问。

"不知道。现在去吗?"

"下午去,你快坐下。今天是我大姐的生日,我正愁峨没有合适的衣服呢。"

那外衣的花样是深蓝、品蓝、浅蓝三种颜色交错的小格子,领子上一个大白扣子。马上叫峨来,一穿,正合适。

"这就叫有福之人不用忙。"惠枌说,轻轻叹息。

碧初见她似有心事,因问怎么了。惠枌欲言又止。

碧初笑说:"你还有什么瞒我的? 惠杬不在昆明,有什么事说说心里轻松些。"

惠枌说:"人家看我很闲在,我可有点烦了,也许该找个事做。"

碧初高兴地说:"我看你该做事。若不是这一家子人,我也要出去做事。"

"你不同了,你的生活满满的,要溢出来了。我的日子——你们要出门,改天再说吧。"

碧初目送她穿过腊梅林,心想她该有个孩子。不过这年月,只怕难得养活。

下午天气更阴得厉害,竟飘了几片雪花,只是在半空中就化了。可以说上半截是雪,下半截是雨,到处湿漉漉的。

碧初张罗三个孩子穿戴完毕,自己换上从北平带来的米色隐着暗红花的薄呢袍子。峨说怎么不戴首饰。碧初说应该戴一副红的,可是只有绿的。峨说戴绿的才合适呢。峨瞪她一眼,意思是你懂什么。

"娘若不戴首饰,让大姨妈家的人小看了。"所谓大姨妈家的人专有所指,大家心照不宣。

峨居然会动心眼,关心和人打交道了,碧初想。遂由两个女儿侍候着,戴好那一副心爱的翡翠饰物。耳坠如两滴鲜亮的水滴,衣领的别针同样晶莹润泽,只是衬出的脸有几分憔悴。

"找鞋子!找鞋子!"小娃大声说,"我来背着,到了再换。"大家没有抱怨天气,都兴高采烈。

"三姨妈!"门外有人叫,严颖书进来了。"我来接你们。"还是孟家人刚到时,他随素初来过一次,这时见室内还是那样简陋,不禁说:"这房子该修理了——"

峨冷冷地别转脸去。碧初怕她说出什么不好听的话,忙招呼大家上车。

汽车在石板路上慢慢开,从祠堂街到翠湖西,开了十五分钟。

严公馆在一个斜坡上,倚坡面湖,是一座不中不西、亦中亦西的建筑。大门前有两座石狮子。进去是窄窄的前院,种着各种花木。二门在正院的边上,不像北方的垂花门在中间,正对北房。三面有二层楼房,楼上楼下都有宽大的走廊。

弗之一行人下车进门,门房里出来两个护兵擎伞遮雨。只听里面一阵笑语之声,严亮祖和吕素初出现在二门,下了台阶。

严亮祖是滇军嫡系部队中一员猛将。大理人氏。那里各民族聚居,白族最多。严姓人家是彝族,原有几亩土地。亮祖父亲早亡,家道中落,全凭自己奋斗。他身材敦实,和颖书很像,豹头环眼,络腮胡子,有点猛张飞的意思。他参加过台儿庄战役,因指挥得当,作战勇猛,立有战功。后来在武汉保卫战中领一路兵马在鄂东南截击敌军,不料大有闪失。现在回昆明休整,等候安排,他自己时刻准备再赴前线。

亮祖为人甚有豪气,早年在北平和吕清非纵论天下事,颇得老人嘉许。正好吕家给素初议婚,提了几家都不中意,亮祖求婚,便答应了。曾问过素初意见,她只说凭爹娘做主。外边的人都以为在一片婚姻自由的新口号中,素初此举必因纯孝。家里人都知道她不过是懒得操心,怎样安排就怎样过罢了。

素初穿一件大红织锦缎袍子,两手各戴一只镶翠金镯子,左手加一只藕荷色玉镯,那就是翡翠中的翡玉了。她的面容平板,声音也很平板:"三妹你们有一阵没有来了。"

素、碧二人挽了手进到客厅。客厅里摆着成套的硬木家具和沙发,也是中西合璧。

一座大理石屏风前站着慧书,她走上前来行过礼,便和嵋在一起说话。

"嵋都快有慧儿高了,肯长哟。"亮祖说。大家暂不落座,把孩子的高矮议论了几句。

慧书那年十四岁。那个年纪的女孩几乎无一不是好看的。只是细心人会发现她的面容于清秀之中有些平板,灵气不够。幸亏她继承了父亲的大眼睛,这双眼睛不善顾盼,却是黑得深沉柔软,望不到底。她神色端庄,似有些矜持,看上去比实际年龄大些。她应该是家里的宠儿,可是她似乎处处都很小心。这是严家的特殊情况造成的,知情人不用多研究便可得出这一结论。

这时半截子雨下得更大了。人报澹台先生、太太到,大家都出来站在廊上迎接。

"从重庆来办事,正好给大姐祝寿。"澹台勉坠马摔伤后,经过接骨,伤腿比原来短了几分,走路离不开手杖。

"看看子勤多老实,就不会说专程从重庆飞来拜寿吗!"绛初笑说。她穿一件雪青色隐花呢夹袍,套一件同样料子的马甲,这大概是重庆流行的服饰。戴着一副钻石耳环,手上戴着一只配套的钻戒。

亮祖对两位姻弟说:"抗战期间,大敌当前,作为军人,我现时却在家里,实在惭愧。"

子勤、弗之都说："亮祖兄为国立功,天下皆知。部队休整,是必需的,怎说惭愧。"

大家叙礼落座,严家几个亲戚也都介绍见过。众人都觉得还少一个重要之人。

素初问严亮祖:"请她出来吧。"

亮祖点点头,命颖书去请。不知情的人会以为去请的是严家老太太或长一辈什么人。一会儿,颖书陪着一位中年妇人来到厅上。

这妇人进门先走向素初,一面说"荷珠给太太拜寿",一面放下手里的拜褥,跪下去行礼。

素初像是准备好的,把身边拜褥一扔,跪下去回礼。众人都知道这是亮祖自家乡带来的姜荷珠了,又深悉这位如夫人的厉害,纷纷站起。

荷珠自幼为一户彝族人家收养,其实是汉人。她的穿着颇为古怪,彝不彝、汉不汉、今不今、古不古,或可说是汉彝合璧、古今兼融。上身是琵琶襟金银线小袄,一排玉石扣子,下身系着墨绿色团花长裙,耳上一副珍珠串耳坠,晃动间光芒射人。手上三个戒指,除一个赤金的以外,另有一个碧玺的,一个钻石的。如有兴趣研究,荷珠会讲解碧玺在宝石中的地位和钻石的切割镶嵌工艺。

在华丽的衣饰中,衣饰主人的脸却很不分明,好像一帧画像,着色太浓,色彩洇了开来,变成模糊一片。就凭这模糊一片,主宰着严家的一切。

当下荷珠走到绛、碧面前,说:"二姨妈三姨妈到昆明大半年了,我没有常来走动,真是该死。"众人听她用词,都不觉一惊。"我们太太身体差,小事情都是我管。今天备的寿酒不合规矩,请多包涵。"大家不知她说的是什么规矩,也不好接言。

绛初说:"我们玹子在大姨妈这儿住,也承荷姨照应了。以

24

后我们到重庆去了,玹子留下上学,更要麻烦了。"

荷珠说:"麻烦哪样!有事情喊护兵嘛,不麻烦!"

严亮祖请大家坐。荷珠也在下首坐了,一面观察玹子的细绒长外衣,又招呼嵋到身边研究她的新外套,一面吩咐颖书什么,两眼还打量着碧初那一副翡翠饰物。

一会儿,护兵送上茶来,一色的青花盖碗。

"照我们小地方的规矩,来至亲贵客要上三道茶。头一道是米花茶。"亮祖说话底气很足,使得献茶似更隆重。

大家揭去盖子,见一层炒米漂在水面,水有些甜味。孩子们嚼那炒米,觉得很好吃。

"近来战事怎样?敌军占领了武汉,下一步亮祖兄有什么估计?"弗之客气地问。

"敌人下一步,可能会打南昌。"亮祖沉吟道,"还会腾出兵力往北方骚扰。当然我们也不是他参谋长。敌人原想三个月结束战争,现在已经一年半了,咱们拖也要拖垮他!听说蒋委员长有讲话说,就一时的进退说,表面上我们是失败了,但是从整个长期的战局来讲,我们是成功的。"

"滇缅公路上个月建成了,以后昆明的经济地位和战略地位都更重要了。"子勤若有所思。

"你是说滇军的地位也更重要了。"弗之和子勤相处较多,也较亲密。他懂得子勤话中有话,滇军在最高统帅部看来,究竟不是嫡系。

亮祖哈哈大笑:"云南这地盘就是要有军队保护——我们总是听中央的嘛。"他忽然收住笑声,若有所思。停了一会儿,说:"我在湖北打了败仗,你们可听说?"

子勤道:"听说一些。"

亮祖道:"虽然没有完成截击的任务,我们也是拼了命了。敌人以十倍于我的兵力来攻,我们在山头上,弹尽粮绝,硬是用石块木头打退敌人七次进攻！滚木礌石嘛，你们历史学家知道的。"说着，豪爽地笑了几声。

弗之见座中人多，不好深谈，只说："去年我们到昆明不久，正看见五十八军出征，数万人夹道欢送。有些人哭着喊中国万岁！滇军必胜！那种气势真让人觉得中国人不会败的。一两个小战役的胜败，兵家常事。"

这时护兵上来换了茶杯，这次是红色盖碗，碗中有沱茶蜜枣和姜片。孩子们喝不来，转到屏风后，见摆着一排竹筒，大小不一，颜色各异，有上了漆的，有素胎描花的。慧书介绍，这是水烟筒，抽水烟的。

玹子听见，走过去拿了一个摆弄着，笑嘻嘻地说："听说滇军在台儿庄，英勇善战，有个特点是人人手持烟筒，日本鬼子还当是什么秘密武器呢。"

"那还不是水烟筒。"亮祖又哈哈笑，说，"那指的是大烟枪，鸦片烟！鸦片烟也是云南的特产啊。不过说人人拿着烟枪，那是开玩笑！"

这时大家都不好搭话，因为严府是用鸦片烟的。亮祖从前抽，这几年戒掉了。戒不掉的是素初，她在鸦片的作用中到达人生中最奇妙的境界，不忍放弃。荷珠只管烧烟，有时还替素初烧，自己是绝不抽的。

"若说鸦片是一种武器也可以，"停了一会儿，弗之笑道，"只是这枪口是向内的。我们真的秘密武器是中华民族不屈不挠的精神。只管向前，永不停止，御外侮，克强敌，不断奋斗，是我们的历史。《易经》上乾、坤两卦的象传，有两句话：天行健君子以自强不息；地势坤君子以厚德载物。这是对乾、坤两卦的一种解说词，也是古人的人格理想。君子要像天一样永远向前行走，像地一样承载一切、包容一切。"

大家都有些感动。亮祖说，什么时候请给军官们讲一讲。

弗之说当然可以。

这时护兵来献第三道茶，这是一道甜食，莲子百合汤。用的是金色小碗，放有调羹。

荷珠见茶上好，起身告退，说还要去照管厨房。

大家又随意说些话，绛初站起身说："大姐，我们往你屋里看看。"

三姊妹一起往厅外走，身材都差不多。玹子和峨注意看自己的母亲，她们发现，绛、碧二人有多相像，素初和她们就有多不像。不像的主要原因还不在相貌，而是素初缺乏活力，她的举止有些像木偶随着牵线人而活动，那牵线人不知在哪里。

素初住东厢楼上，楼下住的是慧书和玹子。西厢楼下是颖书，其他房屋都归亮祖使用。荷珠另有一个小院，那是个颇为神秘的所在。

当时三姊妹到得楼上，素初拿出钥匙开门。

绛初说："自己家里还锁门！"

三人进屋，首先撞入眼帘的便是矮榻上的烟灯和烟枪。

绛初不等坐定便说道："大姐，你还不戒烟？弗之说鸦片是杀伤自己的武器，人为什么要杀伤自己！要杀伤敌人才对！咱们三姐妹难得在昆明聚了大半年，现在我又要随子勤去重庆。玹子不愿意转学，只好留下住大姐这里，你多照料，我也和玹子说，多照料你。"

碧初说："最要紧的是大姐的身体。这些年的日子也不是好过的，抽上烟不怪你。今天是你四十五岁寿辰，就下个决心戒了吧。爹这时在北平，不知做什么呢，他始终不知你这事。就当爹现在和我们在一起，咱们四个人说定了，你戒烟！"

素初低着头把两个镯子抹上来又抹下去，半晌说："我抽得很少。"

"很少也是鸦片烟！"绛初说，"我们见一次劝一次，怎么一点儿作用也没有！你也要替慧书想想,有什么闲言碎语,岂不影响她的将来!"

素初苦笑道:"看各人的命吧。他的家本来就古怪——我不是不想戒烟,可是戒了又有什么意思!"

绛、碧两人还从没有听素初说过这样有主张的话,两个对望了一下。忽听见一种咯咯的声音,从窗下一个小纱柜里发出来。

"好像蛤蟆叫。"绛初走过去看。

素初忙说:"莫要动,看看可以。"

碧初也好奇地凑过去。两人都吓了一跳,向后退了几步,询问地望着素初。

纱柜里蹲着一只很大的癞蛤蟆,花纹丑怪无比,瞪着眼睛在喘气。

"这是荷珠养的,她养了好些古怪东西。"素初解释。

"她养随她,为什么放你屋里!"绛初几乎叫起来。

碧初的眼圈红了,揽住素初说:"大姐,你不能凡事都听别人摆布啊。"

素初忙用两手做一个压低声音的姿势,自己小声说:"她养了好几只,谁过生日就在谁屋里放一只,过三天,是要吸什么气。亮祖颖书都一样,家里只有慧书有豁免权——亮祖做的主,他喜欢慧书。"素初脸上掠过一丝安慰,"今年还算好,有几年放的是蛇。"

绛初对碧初说:"咱们和弗之、子勤商量一下,由他们出面和亮祖谈一谈。姨太太就是姨太太,哪能这样欺负人!"

素初忙挥着两手说:"不行不行,千万不要!这么多年都过来了,我的日子我明白。"停了一下,又说:"而且亮祖也不容易。他的事我不清楚,可是觉得出来,他不容易!家里不能再乱了。"

碧初沉吟道:"外人干涉不好,以后慧书长大会起作用。最好爹爹有信来,大家一起说说爹怎样惦记大姐,吕家还是有人的。"

"爹很久没有来信了。"三个人心里想,可是都不说。自碧初离开北平,只收到过吕老人一封信,那信走了好几个月。

"路太远了。"碧初叹息,忽然想起爹说的那句话:"路远迢迢,不知哪里更近。"心里猛然咯噔一下。

一阵楼梯响,孩子们叽叽喳喳跑上来。素初取出一块花布,将那小纱柜盖了。

小娃跑在最前面,冲进房里问绛初:"二姨妈,玮玮哥什么时候到昆明来?我们都想他。"

嵋笑着举起一只手,表示附议。

绛初说:"玮玮也想你们,想到昆明来上学。可是在重庆也有好中学,在家里,总方便些。"

慧书不说话,站在小纱柜前,停了一会儿,忽然大声说:"二姨妈,三姨妈,让玮玮哥来这边上学吧,和玹子姐一起。就在颖书房里隔出一间,很方便的。昆明天气多好,去年暑假我到重庆,热都热死了。小娃要打秋千,下着雨打不成,滑下来可危险——"她一口气说着,没话找话。

绛、碧两人听出来她是想掩盖纱柜里的咯咯声,便也大声找话说。

不多时,护兵在门外叫:"报告!请用饭!"

除了嵋和小娃,大家都松了一口气,鱼贯出房下楼。素初和慧书留在后面锁门。

雨已经渐渐小了,天边灰暗的云后面透出一点亮光。

饭厅在客厅旁边小院里,已经摆了三桌酒席。亮祖、子勤、弗之还有严家几个亲戚都在桌边等候。三姊妹进来后,荷珠忽然出现了,帮着安席斟酒,一副女主人姿态。素初是寿星,和亮祖坐在中间,默然不语。

桌面中间一个大拼盘,有称为牛干巴的风干牛肉、宣威火腿、酱肉片、白肉片、乳扇乳饼、牛肝菌、青头菌、鸡油菌等,排出一个端正的寿字。

大家坐定,亮祖一举酒杯,说:"我们一般不过生日,一年年,赶着过生日,来不及! 今年难得二妹、三妹两家人都在昆明,素初也算得整寿,是荷珠想着,操持请大家聚一聚。"

他这话不伦不类。绛初听了,马上站起来说:"大姐过生日,我们恰好赶上了,真是难得。其实大姐是我们三姊妹中最能干的,我们差远了。我和子勤祝大姐以后的日子幸福康宁。"

碧初因也站起说道:"二姐说得对,大姐的才干,我们远远不及。若论彼此关心爱护,我们三姊妹可是一样的。弗之和我祝大姐平安快乐。现在全国上下一致抗日,大姐能做点什么事才好。"

亮祖看两个小姨子捧她们的姐姐,颇觉有趣。说道:"到底是亲姊妹啊,若是这时爹也在昆明就好了。"他把爹这个称呼说得很响亮,"我说过请他老人家赏腊梅花。"

接着,玹子等都来敬酒,笑语间上了几道菜。

"这是红烧鸡枞,是我们厨师傅的拿手。"荷珠伸手指点介绍,手上的戒指亮光一闪一闪。

这时亮祖的副官进来,附在耳旁说了什么,亮祖随他出去了。走到客厅,副官递过一封信,说:"北平来的。"信封已经破损,角上有两个墨字:讣告。亮祖忙打开看:

大姑奶奶二姑奶奶三姑奶奶
严姑老爷澹台姑老爷孟姑老爷

　　吕清非先生于七月七日晨逝世,暂厝上房。莲秀侍候不周,请姑奶奶们回来责罚。

署名是赵莲秀,日期是一九三八年七月七日晚。若是等到次日写讣告,就不能写暂厝上房这句话了。

亮祖想先压住这消息,一回头,见荷珠站在身旁,便说:"明天再说吧?"

"明天都散了,不如现在一句话省事。"

"至少饭后再说。"

"你也忒婆婆妈妈了。"荷珠拿过讣告,径自走到饭桌旁交给素初,一面说:"北平来的。"

素初一见讣告两字忙站起来,两手扶桌说:"爹爹——"

绛初读过信,泪珠连串落下,口中埋怨:"也不写明原因!"

碧初觉得那张信纸有千斤重,拖着她从高山顶坠落,身子轻轻摇晃。她强自镇定,直到离开严府,一滴眼泪没有落下。

三

昆明冬日的田野,北方人很难想象。似乎是冬天遗忘了这一片土地,春夏秋都不肯让出自己的地盘,各自交错地显示着神通。绿色还是均匀地涂抹在村庄旁小河边,一点赭黄偶然地染在树梢。便是有一点没有覆盖的土壤,也显得那样湿润,明显地在孕育着生命。

蓝得透亮的天空上,有一朵白云,淡淡的,像一片孤帆,随着孟弗之一家人默默地行走。出小东门,石板路愈来愈窄。跨过一条小河,绕过两个村庄,他们继续走着,要走得远些,更远些。

灌木丛上的露水还没有干。

峨和嵋,轮换着和弗之用扁担抬一只篮子。本来弗之要一手提,被大家否决了。篮里装着一只公鸡、一方猪肉、四个白面馒头、四个宝珠梨,还有一瓶酒及杯箸等物。他们要找一块好地方为吕老人上祭。

碧初从严府回到家便病倒了,发烧,不思饮食,躺了几天才能起床。父女们生离成为死别，本是可以料及的，不过在老人跨过生死界限的重要时刻，没有侍奉在旁，做儿女的于悲痛之外又有悔恨歉疚等复杂情绪，使得悲痛格外沉重。

"不知究竟发生了什么事。"这句话碧初向弗之说了不下几十遍，"若是病，完全可以写清楚，爹也不托个梦来。"

弗之心里有点明白。吕老人早就觉得自己活着是个累赘，是附痛赘疣，自己动手除去是很可能的。只是这话不能和碧初说。

祭礼是嵋率领姚嫂准备的。姚嫂杀鸡煮鸡，嵋煮一方猪肉，细心地拔猪毛。她要把肉皮收拾得干干净净，这是给公公的啊。

峨从学校回来，认为这简直是多余。"带点毛有什么关系，反正是扔在那儿。"

嵋抬头看看姐姐，仍只顾拔毛。碧初挣扎着蒸了白面馒头。宝珠梨是云南特产，汁水多而甜，用它做祭礼是峨的主意。

三姊妹本打算联合祭奠，因各家活动不同，乃分头行事。玹子原要参加孟家郊祭，又因父母即将离开昆明，便回小石坝去了。孟家五人在田间走着，他们走完田埂，又走了一段石板路。走过一条小岔路，见一片树丛中有一个小丘，绿色覆满。

弗之问碧初："就在这里？"

碧初点头。大家将丘前稍做清理，摆开祭品。菜肴前放了杯箸，按人数斟了五杯酒。

小娃忽然说："娘，我去给公公舀一碗水。"

峨、嵋随他去找水，不远处有一条小溪，潺潺地流着。小娃舀了水端回丘前，大家肃立。

碧初拿着一束香，待弗之点燃后轻轻晃动，火光画了个圆圈，随即熄灭。二人居前，三个孩子在后，行三叩首之礼。

碧初持杯在手说："爹，你走了。我们离开家不过一个多月，你就走了。爹究竟是什么病？出了什么事？我们姊妹三人都不在跟前,真是不孝!"说着放下酒杯痛哭失声,匍匐在地。

峨等也都泪流满面,要上前劝慰。弗之示意不必,让她痛快哭一场,以减轻悲痛。

弗之取了一杯酒,心中默念:"舅父一生忧国忧民,一腔正气,在沦陷区,必然是过不下去的。我们不知详情,我却知道,舅父的精神,上昭日月,下育后人,永远不死!"将酒酹地,撩衣行跪拜之礼。

峨等依次敬酒、行礼,小娃还加一碗水,他一面哭,一面高声道:"还我河山,公公教我的,还我河山!"

他想着公公教他刻图章,在肥皂上刻过这几个字。稚嫩的童音在绿丛中回绕,像是一个誓言。

香头上那点红逐渐矮下去,颜色渐暗,终于熄灭了。大家又站了一会儿,弗之示意收拾东西。

碧初已止了哭,低声问:"东西还拿回去?"

"拿回去吧。祭神如神在,已经用过了。"弗之说。

"不要暴殄天物。"嵋说。她相信这符合公公的想法。

他们收拾东西往回走,走上石板路,走下田埂,到了离城最近的村庄。蓝天上那朵白云,仍在追随着。

"天这么好,"碧初忽然说,"既然出来了,就多待会儿,怕有警报。"

"都这个时候了——"弗之一句话未完,见远处五华山顶升起三个通红的球,遂改口说:"就在这儿休息一下也好。"他见碧初面色苍白,是走不动了,忙向附近小树林找了个坐处。

碧初靠着峨坐下,嵋和小娃跑开去。"不要走远!"碧初叮嘱。

约有一顿饭时刻,空袭警报响了。树林里人渐渐多起来,都是从小东门出来的。还有几副吃食担子,其中一个卖豌豆粉。顾名思义,那是一种豌豆做的食物,加上各种作料,微辣微甜,孩子们很喜欢。小娃不觉多看两眼,峨忙拉他走开。他们知道日子艰难,从不提出要吃什么,穿什么。

"孟家二小姐和小娃在这儿。"一声招呼,是李涟一家人来躲警报了。说话的是李太太金士珍,她还是那样僵硬的瘦,倒是不显得憔悴。两个孩子之薇、之荃也望着那豌豆粉担子。峨上前说话。"都这么高了,长成大姑娘了。"士珍评论。

"我们和孟姐姐去玩。"之荃大声说。四个人跑到树林西边小河旁,这里离城已很近了。

李涟夫妇见了弗之夫妇,得知孟家是来郊祭,李涟立即向北方三鞠躬,弗之二人忙一旁还礼。

士珍却不行礼,大声评论说:"依我看,老先生实非善终。"

碧初正怀疑吕老人死因,颤声问道:"究竟是怎样的呢?"

士珍不答,似在入静。

"莫非被日本人——"碧初自言自语,眼泪滴滴答答落下来。

"不至于,哪至于呢!"弗之打岔说,"老人已仙去,不要再琢磨这事了,不然反惹不安。"

峨也说:"娘瞎想什么!"

碧初道:"不知姌儿怎么过活。"

"谁也管不了许多。"峨说。

李涟说起给学生发放贷金的事。学生们离乡背井,都在长身体的年纪,凑合吃饭。老滇币作废,新滇币以后也要作废,法币贬值,物价涨得快,伙食越来越糟。有些学生开始找事做,看来找事的会越来越多。

"年轻人历练历练也好。"李涟说,"最近有一个药店要找个会计,也就是记账,很好学。好几个学生争着去,叫我很难办。"

峨忽然走过来说:"爹爹,我想找个事做。"

"你?"弗之微怔。峨素来不怎么关心家的,看来也知道操心了。"不要，还不至于。你才二年级。家里还过得去。"

李涟见状，说："孟离己去最合适。生物系，和药有点关系。"

"不可以。"弗之阻拦道，"好几个同学要找饭吃呢，峨不能去。"他的目光逐渐严厉起来。峨不情愿地走回母亲身边。

士珍在说话，一半对碧初一半是自言自语："云南这地方很奇怪，我常见的神祇大半都看不见了。眼前净是带色的云啊、霞啊，还有雨，成串的雨。弄得我真跟断了线的风筝一样，没着没落的。要不然，吕老太爷的事，我能不知道？"她停了一下又低声说，"这里有些女人兴养蛊。知道什么是蛊？就是有毒的蛇蝎、蜈蚣什么的。养蛊得练，练好了用手一指，就能让人中毒！"

峨好奇地问："你的教和这些有关系？"

士珍不高兴地说："瞧你这人！我们和这些邪门歪道可没关系！两码事！你别瞎搅和！"

若是平常什么人这样说话，峨定要给个脸色。因士珍不是平常人，也就不能以常理对待。峨一点不生气，也不检讨问得冒失。

树林里，几副吃食担子生意很好。人们端着碗，有的站、有的坐、有的蹲，稀里呼噜地吃着。空气中飘着食物的香气。

碧初惦记嵋和小娃，有气无力地说："峨，你去看看嵋他们干什么呢，叫他们过来。"峨刚迈步走，碧初又说："他们的地方要是好，就不用过来，不用凑在一起。"

士珍大声笑道："你这是父子不同舟的意思。今天不要紧，今天飞机不会来。"

正说着，紧急警报响了，树林里忽然静下来。随着警报声，一下子地上少了好些人，不知藏到哪里去了。

"不要去了，不要走动。"碧初温和地对峨说。

弗之走过来说，看见孩子们在河岸下坡处捡石子，地点很好,李涟留在那里照顾。碧初点点头。

河岸边,李涟靠着之荃坐下来。孩子们对紧急警报并不陌生,仍在捡石子。捡了堆起来,一会儿又推平。嵋不参加这游戏,只望着蓝天遐想。

没有多久,敌机来了。

十八架飞机,排成三个三角形,在蓝天上移动,似很缓慢。那朵白云还在那儿。飞机穿过了它,直向树林上空飞来。

之荃指着天空嚷嚷:"日本飞机!"

小娃拾了些石子儿要扔出去,自己说:"当机关枪。"嵋忙制止了。

这时飞机已到头顶,轰隆隆的声音震得人心发颤。除了这声音,四周是一片死寂。

"快卧倒! 快趴下!"不知是谁喊了一声。

嵋本能地把小娃推倒,自己也趴下,心想有什么事就护住小娃。

天仍很蓝,白云仍很悠闲。

"我们要是都死了,天和云还是这样。"嵋暗想。

一架飞机俯冲,那时的飞机扔炸弹时都俯冲,以缩短距离。在这一刹那,嵋感到十分恐惧,那感觉像是有一只手把身体掏空了。她想跑去找母亲,可是动弹不了。这时蓝天里多了几个黑点儿,一个比一个高一点,向下坠落。

"炸弹!"嵋猛省,正要翻身抱住小娃,轰然一声巨响,她什么也不知道了。

三个炸弹落在小河对岸,排列整齐。炸弹碎片飞起成弧形,恰好越过嵋等藏身的河岸,掀起的红土落在震昏了的嵋和小娃身上。

之薇、之荃离得稍远,震得眼前发黑,不禁放声大哭,泪水和着红土糊在脸上,连眼睛也睁不开。李涟赶忙一手揽着一个。

忽有一架敌机俯冲,用机枪扫射地上的中国人,机枪的哒哒声十分清脆。李涟护着孩子,抬头定定地看着敌机。等敌机飞走了,过来看嵋和小娃。

小娃身上土较少,先醒过来,只觉浑身无力。他见嵋在不远处,大半身让土埋着,忙爬过去,一面扒土,一面叫道:"小姐姐!你醒醒!"叫了几声,嵋仍不睁眼。"是不是以后只能给小姐姐上祭了啊!"小娃想,几乎心跳都停了。但是他不哭!

李涟等帮着把土扒开。一会儿,嵋醒了。她先不知自己身在何处。天还是那样蓝,那朵白云还在不经意地飘着。外公,警报,飞机,炸弹在她脑中闪过,她随即意识到,自己已经死过一次了。

弗之一行人赶过来了。之薇、之荃见到士珍,都停了哭。嵋和小娃依在碧初身侧,觉得十分平安。

小娃凑近碧初耳边,说:"娘,我觉得过了好些好些年了。"

"我已经死过一次了,娘。"嵋在心里说。

这时士珍议论着,那边炸死好几个人,很可怕。她脸色苍白,语调紧张。

树林边传来哭声,是死者的亲人在忍受死别的痛苦了。一个人哭道:"小春啊小春,你才十二岁,你才十二岁!"小春,是最普通的女孩名字,十二岁,刚刚是嵋的年纪。这个不相识的同龄人已经消失了。

敌机又飞回来了,在空中盘旋。

美丽的蓝天,你就放纵敌人的飞机这样任意来去吗?丰饶的原野,你就忍受敌人的炸弹把你撕破吗?

小娃挣扎着站起来,大声问:"爹爹,我们的飞机呢?为什么不来?"

"我们的飞机?我们积贫积弱的祖国,哪里有飞机!"弗之深深感叹。又见小娃那样小,满身红土,却站得笔直,专注地望着自己,关心着我们的空军,心里一阵酸热,温和地说:"可以说我们根本没有国防。我们的人民太贫困,政府太腐败——这些你还不懂。"

飞机转了几圈,飞走了。紧接着,小东门一带传来轰隆巨响。人们屏息凝望,见几簇火光,从地上升起,在阳光中几乎是白色的。

"小东门起火!小东门起火!"人们压低了声音说。

忽然一个人大声叫起来:"我的家!你鬼杂种炸我的家!"他跌跌撞撞向河对岸跑,被人拽住了。

"等下嘛,等一下。"有人劝他。这里很多人都住小东门一带,又有几个往城内跑,要去救火。

李涟大声说:"防空系统有消防队,大家跑回去没有用啊!"

人们不听,三三两两走了。

弗之和李涟对望一眼,都在痛恨自己的无能。

"我看见日本兵在机舱里得意地用机枪扫射,那女孩——不共戴天!"李涟恨恨地说。

"不共戴天"!

弗之在心里咀嚼这四个字,一面叹息,世界上,什么时候才能没有战争啊。

敌机没有再来,解除警报响了。留下了尸身和炸碎的肢体,留下了瓦砾和仇恨。

弗之一行人走回城内。经过小东门,见火已熄了。人们在倒塌的房屋前清理,有几个人呆呆地坐着,望着这破碎的一切。一棵树歪斜着,树上挂着什么东西,走近时才知是一条人腿。大人忙用手遮住孩子的眼睛,往路的另一边走,似乎是远几寸也好。

嵋看见了,她像被什么重重地撞击了一下,有些发晕。她尽量镇定地随着大人走,不添麻烦。心里在翻腾:可怜的人! 一定是住在这里的,没有跑警报去,如今变成鬼了。鬼是什么样子? 鬼去打日本人才好,日本人太凶狠了。跑警报的也死了,不知死了多少人,有几个新鬼? 可千万别到我家来啊。

谁都没想到,他们已经没有家了。

进城后李涟一家往南,弗之一家往北。他们走上祠堂街,就觉得异样。邻居杂货铺关门下板,祠堂花园高墙里冒着黑烟,有些人在祠堂大门出出进进。

杂货铺罗老板从大门出来,见到弗之说:"你家去外头躲了,大命人呀。防空洞塌了,我刚刚看过。"

"伤人没有?"弗之忙问。

"不有伤人,不有。"罗老板摇手,神色于愁苦之中露出一点侥幸的安慰。"我们也出城了,走亲戚去了,神差鬼使!"他欲言又止,终于还是说了:"你家先生的住处也塌了。"

弗之一行人听得明白,没有说话,忙走进门。见几个人抬着担架过来,是另一家邻居。心下一惊,问道:"不是说没有伤人吗?"停下看时,见是看祠堂的申大爷,闭目躺着,微微喘气。

一个人说:"他是震伤,不是炸伤。"

"送医院吗?"

"试试看。"

弗之示意碧初拿些钱,碧初早拿了一百元递过来。弗之交给邻居,邻居说:"孟先生好人! 快看你家房子去!"

孟家人走过腊梅林。林中靠防空洞那边落了一枚炸弹。炸弹坑看不见,烧焦的树林还在冒烟。黑烟下还是郁郁葱葱的梅林,迎着他们。

他们站在家门前时,觉得神经已经无法承受苦难的砝码了。

他们的家已成为一片废墟,房前面一个炸弹坑,可以装下一辆老式小汽车,幸亏这是一枚小炸弹。瓦砾之间,还有半间屋架挺立。半截土墙上贴着峨和小娃写的大字。那时他们正在临九成宫字帖。

他们怔在那里。没有哭泣,没有言语。时间仿佛停滞在炸弹坑边。

"坐一会儿吧。"半晌,弗之说,从碎瓦中拖出一个凳子来,让碧初坐下。

"毕竟我们一家人都在!"碧初苍白的脸上掠过一丝微笑。是啊!在这战乱之中,一家人团聚在一起,可谓不幸中之大幸了。

坐了一会儿,碧初发令动手收拾。我们人还在,我们还有头、还有手呢!

"我的书稿!"弗之猛然叫道。

碧初沉静而哀伤的眼光抚慰着他。"没事的,"她说,"那箱子在床底下。"他们本要带着它,因祭物已很重,便给它找了个好地方。

峨、峨姊妹扑向瓦砾堆,床拉出来了,书箱完好无损。

弗之打开书箱,见书稿平安,全不知已经过一番浩劫。他慨叹道:"这下子咱们全家都在一起了。"

他们继续刨出几件桌椅箱笼,排列在炸弹坑边。饮水器皿都已粉碎,没有水喝。

这时腊梅林中走出一个人来,这人风度翩翩,神采俊逸,穿着浅驼薄毛衣,深灰西服裤,依然北平校园中模样,正是萧澂萧子蔚。

"我们一回来,就知道城墙防空洞塌了。好几个人跑去看,知道你们不在,也没有人受伤,才放心。"子蔚轻叹,"没想到房子震塌了。"

"日本飞机炸得真准,正好在房子前面,要是炸弹落在房子上,可就什么也没有了。"

“谁叫弗之是代表人物呢。炸弹也找有代表性的地方掉。”子蔚故作轻松,对碧初说。

碧初知他的用意,勉强一笑。

峨特别感动,心想萧伯伯真是好人,总在宽慰别人。

“大戏台那边收拾了一间屋子,孟太太先过去休息吧!我们张罗搬东西。”子蔚说,“我去找个挑夫。”

说话间又来了几位先生和庶务科的人。都说现在找不着人的,还是大家动手,随即抬的抬提的提,还有人找来扁担,挑起两个箱子,往大戏台那边运送。

弗之命嵋陪母亲先去休息,嵋说:“让姐姐去吧,我帮着搬东西。”

她在倒塌的土墙边出出进进,身上原来的泥土未曾收拾,现又加了许多,红一块黄一块黑一块,颇为鲜艳。小娃则成了个小花脸,前前后后跟着她。一些小东西,其中有龟回买来的砚台,都是他们两个刨出来的。

峨提了一个网篮,陪碧初先走了。众人又刨了一阵,有些埋得深的,只好以后再说。弗之不知怎样感谢才好。

一个职员说:“用不着谢的,明天说不定炸到我头上。还得给我——”他本想说还得给我收尸呢,说了一半,咽下不说。大家都拿了些什物,往大戏台走了。

嵋和小娃走在腊梅林中,忽听见马蹄嘚嘚,越来越近。

“骑兵!”小娃说,“骑兵没用!”

他们站在一棵腊梅树下,望着祠堂街。一会儿,一骑云南小黑马跑过来,进了大门。一个干净的、英俊的少年骑在马背上,两眼炯炯有神,脸上则是平静的,像是刚从书房走出来。不是别人,正是庄无因。

“庄哥哥!”他们两个大声叫起来。庄无因跳下马,把马拴在腊梅树上。一手一个拉住他们俩,三人半晌说不出话。

"我们听说了,我立刻骑马来了。"无因目光流露出关切和一点凄凉,"你们害怕吗? 累吗?"两人低头不答。

"听着,"无因果断地说,"你们俩到我家去住,爸爸妈妈派我来说这事。"

"哦,不。"嵋果断地摇头,"我们要和爹爹和娘在一起。"

"庄哥哥,我们还要守着腊梅林。"小娃说。

"孟合己很有想象力。"无因轻拍小娃一下,"好,这话等会儿再说。"

三人走到大戏台,见进门处的玻璃震碎了,两扇窗掉了下来。没有大损伤。孟家栖身之处是戏台顶上的小阁楼。因楼梯过于窄陡,上下不便,没有人住。这时阁楼上很热闹,楼梯不时有人上下。

峨拿着盆巾走下来说:"从窗口看见你们了。娘说让你们先去洗脸。"她向无因点点头。

"庄哥哥骑马来的。"小娃报告。

"你能在马上看书吗?"峨问。

"不能。"无因回答,随即转脸对嵋说:"马太快,会摔下来。我骑车看书,因为自行车是百分之百听指挥。马做不到,只能百分之八十——也许更少一些。"

两个孩子在公共用水的地方洗脸,很快洗出一盆泥汤。峨吩咐再洗一遍。嵋和小娃很迟疑,他们不敢多用水。水是雇人挑的。

"你们快成夏洛克了。"无因说,"你们洗,我去挑水。"

"你知道井在哪儿?"峨冷笑。

"想找就能找着。"无因说话间已跑出几丈远。

水很凉,两个孩子不想再洗,但觉得姐姐这样来招呼真是天大的面子。既然无因肯挑水,就多用些。他们又洗一遍,水的颜色浅多了。经峨认可,一起上楼。

秦校长和夫人谢方立在房间里。谢方立较碧初大几岁,面容清秀,于慈和中有几分严峻,似是从秦巽衡那里分来的。碧初用毛巾擦着小娃的手脸,怕生冻疮。

谢方立也拉着嵋教她轻轻搓手,一面说:"你们三个孩子精神都很健康,都是经得起事的。"她本来想到的是两个孩子,及时纠正了。又叹息道:"这里和圆甑方壶的日子没法子比了。"

"他们倒是从不叫苦,知道怕苦也没有用。"碧初擦干小娃的手脸,命他走开,自和谢方立低声说话。

小娃走到弗之身边,听他们讲话。

秦校长说:"从去年九月二十八日敌机首次来炸,今天是最严重的一次。这一阵对敌机轰炸有些麻痹大意,看来还是得疏散到乡间去。前些时在城西看了几处房子,几个理科研究所设在那儿。修房搬迁仪器等事都得抓紧。卤辰他们几家家眷已在西里村住下,这样最好。文科研究所设在哪儿好?"

弗之说:"严亮祖的一个副官在东郊龙尾村有一处房,愿意借给我们,给研究所用很合适。我还没看过。"

秦巽衡大喜,说:"那好极了。我叫人和严军长联系,请他介绍去看房。除了研究所,眷属也要快些疏散。孟太太身体不好,这样跑警报是受不了的。"

"我们在龙尾村一带找房子吧?"弗之看一眼憔悴的碧初,又看一眼盛放书稿的箱子,叹道:"逃到昆明来还要藏,还要躲!曹操曾说,我辈为盛世之英杰,乱世之豪雄。我们是否盛世之英杰还不可说,可真是乱世的饭桶了。"

巽衡微笑道:"饭桶才好。饭桶里出人才!"

小娃靠在弗之身边,忽然说:"有了造飞机的人,就能有飞机了。"

巽衡膝下无子女,见小娃点漆般的眼睛,专心望着,不由得摸摸他的头,说:"多有几个小娃这样关心的人就好了。我们学校有航空系,就是培养造飞机的人才。"

弗之说:"小娃从小喜欢飞机。"

小娃沉思地说:"我可不喜欢杀人的飞机。"

"庄无因挑水来了。"峨、嵋在窗前站着,看见无因很稳地挑了一担水往公共用水处去了。

姊妹俩向碧初说怕多用水的事,谢方立笑了,说:"人都这样想就好了。"

一会儿无因上来,向大人招呼过了,走到碧初身边站立。

"在西里村住,得自己挑水吗?"谢方立问。

"有时候挑。雇了人的,可是有时候不来。"

又说了些话,秦氏夫妇告辞。

无因提出要嵋和小娃去西里村住几天,说这是爸爸妈妈和无采的意思,说了忙加上:"也是我的意思。"

碧初望着弗之,弗之望着嵋和小娃,说:"你们自己决定。"

嵋立刻说:"我们和庄哥哥说过了,我们要和爹爹和娘在一起,一刻也不离开。"

她靠着碧初站着,很想抱住娘,但她已不是小姑娘了,已经快赶上娘一样高了。

"多谢你,无因。"碧初轻声说,"他们去住当然高兴,就是不愿意离开家。由他们吧。"

无因心里颇为失望,脸上却不动声色。他总觉得和嵋在一起有一种宁静的愉快。他和玮玮讨论过,找不出是什么原因使嵋能安定别人、抚慰别人。

三人都不再提这事,话题转到学校里的事,无因分析他们的中学小学大概要搬家,全体都得住校。

"同学们住在一起,一定好玩。"嵋和小娃意见一致。

"上课下课都在一起,一定麻烦。"这是无因的意见。

一时子蔚来招呼吃饭。单身教职员组织了伙食团,吃包饭。

轮流管理,有采买、监厨等,安排周密。现由厨房给孟家人单做了饭,大家下楼去。峨等喝了很多米汤。米汤稠而黏,汤里煮了好些大芸豆,有小娃的小手指长。

饭后,峨等三人送无因走。在祠堂大门前,无因跳上小黑马,在原地转了个圈,随即蹄声嘚嘚,向北去了。他出城再向西可以快些。

在马要转弯时,无因回头一笑,他很少笑,笑起来有几分妩媚。似是说,我们不怕!我们会活得好!

这一笑停留在峨的记忆中,似是一个特写镜头,和那骑马的身影一起,永不磨灭。

暮色渐浓,从阁楼的窄窗望出去,可以看见几缕红霞。

峨说家里住不下,"又没有我的住处。"恰巧吴家馨来看望,两人一起到南院去了。

弗之把两个煤油箱叠着放,一面念念有词:"这是书桌。"又拖过一个竖着放,"这是椅子。"

峨和小娃分别擦着煤油灯的灯罩和灯台。峨不断向灯罩呵气,借着湿气好擦。灯罩被擦得纤尘不染,透明得几乎消失在空气中。他们为爹爹点上这盏明光锃亮的灯,这一天的惊慌、劳累、仇恨和屈辱等感觉,都减轻了。

"三个孩子里,最让人担心的是峨。"碧初靠在床上看着他们,轻叹道。

弗之有同感:"没有办法,担心也没有用。"

他们对望了一下,彼此都感到安慰。

弗之放好稿纸,端正地坐下,仿佛还在方壶的书房,背后挂着那副大对联:"无人我相,见天地心"。砚台里还有余墨,他蘸饱了笔,写下几个字:"中国自由之路"。

楼梯咯噔噔响,有人上楼来了。

楼下有人说:"严太太当心。孟太太就在楼上。"

弗之忙站起，嵋和小娃迎到门口，果见吕素初进房来。

素初先向弗之说："亮祖到省府去了，不能来，叫我问候你们，受惊了。慧书要跟着来，怕添乱没有让她来。"然后几步走到碧初床前，两人唤了一声"大姐""三妹"，都滚下泪来。

弗之带两个孩子走到角落里，让她们姊妹谈话。

"大姐，"碧初说，"我们没什么事，不过我这些时身子虚弱些。今天是爹救了我们一家。若不是到郊外去给爹上祭，我们就埋在城墙底下了。"

"听亮祖说，今天投弹地点在东南郊，炸毁民房百余间，死伤上百人，是最严重的一次轰炸了。今天我们没有走，想着不会来炸，还真来了。当时慧书在家。飞机来时，荷珠不停地念咒。"素初只是叙述，没有任何褒贬的意思。

两人对碧初的健康情况讨论了一番。素初说："我们明天一早到安宁附近的宅子里去，也就是我和荷珠。别人有差事的有差事，上学的上学。"

碧初暗想，不知带不带那些毒虫。

素初又说："三妹一家就到龙尾村住吧。虽是乡下房子，还宽敞。"

"大姐，我正要和你说，托你们和房主商量。弗之的意思，把那房子借给文科研究所，他们正需要房子。你们同意吗？"

素初沉吟道："那你们住哪里？"

"在龙尾村找民房，离文科研究所近，也方便。"

素初从来不对任何事作评估，见碧初这样说，便道："想来房主也不会不同意，反正房子闲着没有用。"她说着拿出一个绣花小包袱，"三妹家遇见这样的事，总得添置什么——"

碧初不等说完，坐起身伸手接住包袱，说："弗之的脾气大姐是知道的，我们决不能收。"

素初见她态度坚决，叹息一声，不再勉强。

"倒是要托大姐办件事。"碧初从床里边拿出一条宽腰带，里面是从北平带出的全部细软，摸出一对金镯子，递给素初一只："我人地两生，你替我卖了吧，可以贴补家用。"

素初无语，接过了放进小包袱，起身告辞。

月光如水，抚慰着这刚经过轰炸的高原城市。人们睡了。

碧初斜倚枕上，累极了，却不能入睡。她望望窗外的月色，又看看弗之伏案的身影，陷入了沉思。

孟樾的那一盏灯还在亮着，继续亮着。

炸不倒的腊梅林

好一片月色！照得腊梅林亮堂堂的。弥漫在空中的焦土味和血腥味已经不大觉得了,清爽的腊梅树的气味随着月光飘散在这里,似乎这里什么也没有发生过。

我望北方,我的这扇窗是朝北的。远处天空有一丝极薄的云。爹,你是不是从那上面向下望?你究竟遇到什么事?怎么不给女儿托一个梦?

可叹人有记性,也可庆幸人有记性。若是没有记忆,人只顾眼前,大概会快活些。就连今天的轰炸也已是过去了。可我们怎能忘记!我们从北平逃到云南,走过国土的一半,还没找到一个安身之所!今天若不是给爹上祭,怕早已葬身黄土之中了。爹离开我们,只是一种方式,爹用死这一方式救了我们。我知道,这是爹要的。我不哭的,爹,有灰尘落到眼睛里了。

大姐刚刚送来钱,想要周济我们,我没有要。明天二姐也会送来的,我当然也不收。二姐不会奇怪的,倒是亮祖早就说过,三妹一家太娇情。"这帮教授读进去的书比大炮还硬!"是吗?要是这帮读书人自己能化为大炮就好了,可又没有这样的本事。

武汉已经失守,湘桂一带战争也不容乐观。真要一步步打回去驱逐敌寇,收复失地,谈何容易!抗战不是一年两年完得了的,以后的日子还要艰难,我们必须靠自己。这是爹的教训,也是中国人从古到今的祖训。永远要自强不息!其实世上无论大小事,大至治国兴邦,小至修身齐家,归根到底都得靠自己。我操持的只是一个小小的家,每个家都有自己的原则,是不容更改的。

弗之辞去教务长的职务以后,时间充裕多了。他能专心著述,是我的愿望。我自己没有职业,对社会没有贡献,弗之应该多做,把我欠的给补上。他写文章,一支笔上上下下飞快挪动,我看着都累得慌。我总说慢点好不好,何必赶得这样紧!他说简直来不及写下自己的思想,得快点啊,不知道敌人给我们留多少时间。看秦校长和萧先生的意思,迟早还要弗之分担学校的事。学校培育千万人才,是大事,他不会怕麻烦不管的,可人的精力有限。我不能分他丝毫精力。

到云南日子不长,东西消耗很快,精力也用得快。我常觉得自己气力不够,身体是大不如前了。我不知道自己能支持多久,也许有一天就随爹你老人家去了。那就得靠大姐二姐来照顾三个孩子——还有弗之谁来照顾?孩子们没有我,总还会过下去,他们终究要离开父母的。弗之没有我,可怎么活呢?我是死不得的。

可是真太累了。

爹,你不要担心。搬到乡下去,不用跑警报,可能会好一些,能多有时间料理家里这些事。只是弗之和孩子们要上课,怎样照顾他们?怕再也难找到腊梅林了。大姐和荷珠到安宁附近住,想必是天天打麻将消磨时光。其实大姐和我一样是应酬不来的,只是个戴着眼罩的小毛驴,只管向前拉磨。倒是二姐,在牌桌上一边搓牌一边比首饰,十分挥洒自如。应酬这里的官员太太们,这本来就是她的生活内容的一部分,要迁到重庆可能更适合她。

无论生活怎样艰难，都是外在的，都要靠自己去对付战胜。现在最使我担心的是峨，我不知道她会走怎样的路。

峨的古怪是亲戚们都感觉到的。论环境、教育、遗传，她和另两个孩子毫无差别。可是她就这么不一样。近来她似乎和家里好一些了，显得懂事些了。不料昨天我听到片断的话，令我猜疑不止。

昨天下午我在林边屋前拣菜，峨和吴家馨回来了，在林子里站了一会儿，轻声说话。听峨说，不要告诉我娘。不知道她们说些什么，似乎各有一个秘密。吴家馨的是关于男朋友的，峨的是关于家里的。我一方面高兴峨还没有交男朋友，那真让人担心！一方面我又不安，关于自己的家，能有秘密，多么奇怪！

人的禀性各异，不可强求。峨十二岁时，家里为小娃周岁煮红鸡蛋，峨两手拿三个有剪纸花纹的鸡蛋说好看。嵋跑上去要一个，峨无论如何不给。我说厨房里多的是，给一个吧。峨一句话不说，两手用力，把三个鸡蛋捏碎了。

那时的峨正是嵋现在的年纪。现在嵋已在扫地洗碗，操心着不要暴殄天物了。

嵋和小娃最让人担心的是长得太快，营养跟不上，会得病的。我要看住的是他们的身体。而对于峨，我要管的是她的心。可那怎么管得住！我得打起千百倍的精神领她走那些还不可知的迷魂阵，这种迷魂阵其实是在自己的心里，因外界环境的变化而更诡秘。

只怕我精神不够用。我也不愿让弗之分心。爹，你老人家要帮助我。

月色这样好，照得腊梅林枝桠分明。那些枝丫是我晾衣服的地方。我把衣服晾在树枝上，一下又一下抻平，还要不等全干，再展一遍。自从离开北平，我们从来没有熨过衣服。可是我们的衣服仍然平平整整,就在晾衣服时这一下一下的功夫。

这样的月色!把高原的残冬装点得清寒澄澈。爹,记得我在老家时学过吹箫吗?我吹的是曾祖母用的旧箫,很粗,颜色暗红,很容易吹。我拿着箫坐在园中草亭上,爹说,箫声和月色最相配,箫是联系着大自然的。王褒《洞箫赋》中有句云:"吸至精之滋熙兮,禀苍色之润坚。"这是说箫身。又形容箫声:"风鸿洞而不绝兮,优娆娆以婆娑","其巨音……若慈父之蓄子也,其妙声……若孝子之事父也。"可是现在,爹,我再没有慈父的荫庇了,要行孝也不可得了。好静啊,这腊梅林。后来弗之送过我一对玉屏箫,较细,可惜没有带出来。这箫颜色金黄,上面刻着杜牧的诗:"青山隐隐水迢迢,秋尽江南草未凋。二十四桥明月夜,玉人何处教吹箫。"爹记得吗?二十四桥明月夜!全都陷在敌人的铁蹄之下,山河残破,民不聊生,箫声呜咽,归途何处?

弗之也说箫是从大自然来的,声音和着月光最好。可是我只在方壶花园里吹过很有限的几次,以后不曾再吹。爹也不曾问过我,爹知道,我的生活里,有更丰满更美好的东西。我教过峨、嵋和小娃一首儿歌:"一根紫竹直苗苗,送与宝宝做管箫。箫儿对准口,口儿对准箫,箫中吹出新时调。"

我教育孩子们要不断吹出新时调。新时调不是趋时,而是新的自己。无论怎样的艰难,逃难、轰炸、疾病……我们都会战胜,然后脱出一个新的自己。

腊梅林是炸不倒的,我对腊梅林充满了敬意,也对我们自己满怀敬意。

我们——中国人!我们是中国人!

月近中天,弗之仍在写着。

爹,我知道,你正从云朵上望着我们——

第 二 章

一

　　敌机的轰炸,驱赶了许多人迁居乡下。因弗之和峨要上课,孟家迟疑着没有搬。嵋等上的昆菁学校动作较快,旧历年后不久,迁到距城二十里的铜头村。村后一座不大不小的山,山上两座齐齐整整的庙,昆菁即以之为校舍。靠山腰的一座名为永丰寺,做中学部;近山顶的一座名为涌泉寺,做小学部兼住女生。当初修庙的人大概不会想到这一用途。施主们往庙里舍钱财算是功德,其实把庙舍出来是最大的功德。

　　昆菁校长章咏秋是法国巴黎大学教育学博士,是一位老姑娘,献身教育事业,无暇结婚。她对学生管束很严,德、智、体三方面并重。她一直倡导寄宿,认为寄宿对中小学生的教育全面,可达到较高水准。只是昆明的家长们不习惯。大家说章校长是法国留学的博士,实行的一套却是英国式的,现在不习惯也得习惯了。她对住宿的装备也很注意,虽说战时不比平常,还是要求被褥一律用白棉布套,盥洗用具要有一定尺寸。但有一条特别声明,外省迁来的教师们生活清苦,其子女装备可以从简,不必严格按照规定。

　　碧初的习惯是一切按规章办事,不管特别声明,几个晚上飞针走线,为两个孩子准备好了白棉布被套和必要的衣物。他们

52

两人需要四个盆,只有一个是新的,新盆平整光滑,碧初安排给嵋用。嵋大些,又是女孩,该用新的。

不料嵋说:"这盆好看,给小娃用。"

小娃说:"当然是小姐姐用。我会弄坏的。"

"小娃这么小就住校,你用新的。"

"不嘛不嘛,我愿意你用。"

两人推让,碧初眼泪都落下来了,勉强笑说:"一个盆也这样推让。等抗战胜利了,全用新的。嵋不用让了。"

嵋想想,接受了。

被褥用黄油布包着,捆上绳子,打成行李卷。碧初和嵋打了好几次,终于束得很紧,很像样。每个行李卷上扣着盆,用绳子勒住。

严慧书乘车来接嵋二人。她带一个行李袋,是从滇越路过来的外国货,另有一个包装着盆杯等物。她文静地招呼大家,不多说话。去铜头村没有交通工具,若不是自己有车,只能雇挑夫挑行李,人跟着走。素初提出来接,碧初便应允了。谁让是亲姊妹呢。

车到铜头村,不能向上开了。慧、嵋等循山涧旁的小路上山。山上树木森然,涧中白石磊磊,一道清泉从山顶流下。小路砌有歪斜的石阶,每一磴都很高。司机扛着慧书的行李,一个护兵扛着一件,一手和嵋抬着另一件。走了一阵,见一条岔路,引向树丛中的房屋。

"到了!到了!"小娃叫道。

"这是永丰寺。"护兵说,"涌泉寺还在上头。"

岔路上有几个高中同学,有的提着行李,有的空手,是已经安排好了。忽然从路边树丛中冒出一个人来。

"庄哥哥!"小娃大叫。

果然是无因。他快步走来,接下嵋手中的行李。

"这是我的表姐严慧书。"嵋介绍。

慧书目光流动，微笑道："庄无因我认得的，只是没有说过话。"她用普通话说，自己又加一句："我的普通话说得不好。"

无因也认得慧书，他不接话，认真看了她几眼，然后说："不像，不像。"

"不像什么？"嵋问。

"不像你孟灵己。"

大家笑起来。小娃心里很赞成。他认为天下最好看的人是母亲，其次就是嵋了。他很难承认有人像这两个人。

一时来到山门。门上写着"涌泉宝刹"四个大字。寺内神像都已移走，只留了前殿中的四大天王和韦驮，据说是给村民们烧香用。

"韦驮是治安警察，手中的金刚杵专打坏人。"无因说，"你看他的脸很和气。"

四大天王就不同了，身材高大，只有执琵琶的一位是白面书生的样子，其他几位面目很是狰狞。其实他们司掌风调雨顺，都是为人造福的神。

大家先送小娃到藏经阁，向舍监交代了，才向罗汉堂——女生宿舍来。无因不肯到女生宿舍，自回永丰寺去了。

女生宿舍里两排木板通铺，一边睡十个人，另一边有门，睡八个人。慧、嵋到宿舍时，床铺已大致占满，只剩下了门边的位子。护兵提着行李问："放哪点？"

屋里许多人走来走去。一个中年妇女招呼慧书："严小姐来了？我们小姐早来了。"这人身份似在家庭教师和仆妇之间。

"我们小姐"者乃云南豪门之一殷姓人家之女，和慧书同班。人是小姐，却取名大士，不知何故。大士此时坐在通铺顶里边，床已经铺好。紧挨着她的床位空着。

"严慧书！你来睡这点！"大士招呼。空床位是她占下的，免得她不喜欢的人来住。

"好呀。"慧书应着走过去,"我两个挨着。"

护兵把行李放上,帮着打开。那个中年妇女过来说:"不要你们动手,我来我来。严太太好放心哟,不派个女人招呼。"

嵋在门边的床位上安顿下来。刚解绳子,两个盆掉下来,响成一片。新盆摔出一个疤,嵋抚着它,心里很懊恼。

"嘿!哈!"大士笑了一声说,"孟灵己!一个盆就是摔破了,可值得这么表情丰富!"

嵋不解地望着大士。以前没有注意看她,原来真是个美人胚子。肌肤细腻如玉,眉眼口鼻无不恰到好处,合在一起极生动极灵秀,还显示着勃勃生机的野气。

"你是孟教授的女儿。我晓得。"大士说这话时,似乎自己已经熏染了些学问。昆明人很尊重学问。"你放着行李,阿宏会来收拾。"

"不消得。多谢多谢。"嵋的口气完全像个大人。女孩们都笑起来。

大士跳起身,在通铺上走来走去,毫无顾忌地踩着别人的被褥。大家都像没有看见似的,只管做自己的事。

"李春芳!你去打盆水来,放在廊子上。"大士发号施令,"赵玉屏!你去教室看看,里首可有人。"

她的同学听话地各自去服役。她吩咐完了轻盈地一跳,跳到靠门这边铺上,向嵋走过来。

"你,莫要踩我的床!"嵋正弯身对付床底下不平的地面,她想把盆摆平。这时猛然站直了,坚决地说:"请你莫踩我的床!"

好几个人惊异地看着她。慧书赶过来轻轻推了她一下,眼光望着大士,有些惶惑,也有些歉意。

大士先是一怔,随即一声不出,转身跳回她的根据地。

这是个奇怪的夜晚。嵋先有些害怕。舍监走后,她用被子蒙着头,很快睡着了。

山上松风阵阵,摇着少年人的梦。嵋看见四大天王排着队从她面前走过,手里举着法物,宝剑、琵琶、伞和一条蛇。宝剑在跳动,琵琶在鸣响,雨伞一开一合,蛇在顺天王身上盘动。四天王的脸都很和善,不像泥像那样狰狞。嵋向他们提问题:"我们什么时候把日本鬼子打出去?"他们不回答,只管玩弄各种法物。

"妈妈!妈妈!"忽然一个同学在梦中尖叫。这是那赵玉屏,她家是上海人,母亲来昆明后不服水土,不久病逝。

好几个同学醒了,也随着尖叫起来。有的叫妈妈,有的叫爸爸,也有的叫祖父祖母的,还有的喊的是打倒日本帝国主义,打回老家去,不要轰炸等等。接下来是一片哭声。

两个舍监提着马灯仓皇地跑来,连声说:"怎么了?为哪样?"摸摸这个,照照那个,也照见她们自己一脸的惊慌。

大士在墙边,起先没有出声,后来哭起来了,马上变为嚎啕大哭,哭得泪人儿一般。

舍监心想,你有什么苦处!一面吩咐小舍监扶她到舍监室去好生安慰。自己对女孩们大声说:"住宿有住宿的规矩,半夜里大呼小喊,是个什么样子!"

满屋哭成一片,嵋也觉得悲从中来,泪流不止。只有严慧书一人没有掉一滴眼泪。她拥被坐在床上,有些紧张地看着大家,及至舍监把大士扶走了,她下床来捅捅嵋,低声说:"你怎么会跟着哭!"就坐在嵋床边拉着嵋的手。

嵋慢慢平静下来,渐渐地这一边的人都不哭了。

大舍监说:"好姑娘哟!头一天住在山上不习惯,过一阵就好了。"她又拉拉这个的被,摸摸那个的头,见大家不再出声,才离开宿舍。

那时人们都说是黄鼠狼成精作祟。很多年以后,嵋和慧书才知道,那是集体发作歇斯底里,少女群中最易发作。医学上有此一症。

次日上课,老师们大都讲一段迁到郊外办学的意义,要求学生更努力学习。

语文老师姓晏,名不来,是明仑中文系学生,到昆明以后生活无法维持,休学一年来教书。他不修边幅,衣服像挂在身上,头发竖立寸余长。但是讲起课来神采飞扬,极有吸引力,而且经常随时随地发表演说或高歌一曲。

这时他却没有讲话,只在黑板上写了几个大字:勿忘躲藏之耻!写完了,自己愣着看了一会儿,便讲课文,那是他自己选出油印的梁启超的《少年中国说》,发黄的纸上印着这样的文字:

"若我少年者前程浩浩,后顾茫茫。中国而为牛为马为奴为隶,则烹脔鞭棰之惨酷,唯我少年当之;中国如称霸宇内,主盟地球,则指挥顾盼之尊荣,唯我少年享之……故今日之责任不在他人,而全在我少年:少年智则国智,少年富则国富,少年强则国强,少年独立则国独立,少年自由则国自由,少年进步则国进步,少年胜于欧洲则国胜于欧洲,少年雄于地球则国雄于地球……美哉,我少年中国,与天不老;壮哉,我中国少年,与国无疆!"

一堂课,最顽皮的同学也肃然正坐,一动不动。

中午女生们回涌泉寺午餐。寺中大殿是饭堂,一排十几张长桌和神坛成直角,直到门边。座位按班级排定,长桌两边坐,六人一组,共用三菜一汤。一个饭钵,菜是烩青菜,炒豆腐渣,还有腌酸菜炒肉丝。腌酸菜是昆明特殊的食品,女孩特别喜欢。

嵋坐下了,发现对面一行是初三班,正对面座位上是殷大士。大士把一张细纸递给右边同学,命她擦拭碗筷,又把碗递给左边的同学,命她盛饭。一切妥当后,她拿出一个圆罐,很快地把罐中的东西拨到嵋碗里一些,又拨到自己碗里一些,便把罐藏过了。

岷为这友好举动所感动，对大士一笑。

"炒鸡枞，火腿酱。"大士低声说。

岷不解她为什么这样低声说话，自顾用这两样好菜就着饭，米也似乎好多了。

不知什么时候，章校长站在她旁边，看了一会儿，说："孟灵己，你吃的什么？"岷不知该怎样回答。校长温和地说："你大概不知道，我们学校不准带私菜，所有同学都要吃一样的饭。要是准带菜，就显出差别了。明白吗？"

岷立起，垂头说明白了。校长轻抚她的头，让她吃饭，严厉地看了大士一眼，继续巡视。大家都松了一口气。

大士的菜早埋在饭下面了，这时慢慢吃着，一面对旁边的同学说："我料想她也不敢说菜是我的，说了试试！"

岷不明白她说什么。因不准剩饭，勉强将碗中饭菜吃了。

后来岷向慧书说起这事。慧书说，大士当然知道规矩，但她从不认为任何规矩可以管她。一次她上课传纸条，老师查问，一个同学说是她带头传的。她恨上了那个同学，天天冷嘲热讽，那同学一学期都没好日子过。

"所以她说你不敢说菜是她给的。"

"我不是不敢，我是觉得不应该。"岷沉思地说，"她给我菜是好意。"

"不敢和不应该是可以分清的。"慧书也沉思地说，"可是常有人分不清，那样倒简单。"

"把胆小没骨气栽给别人确实最简单。"岷说。

两个女孩哲学家似的对望着。

过了一个多月，同学们大致习惯了山上生活。这里不怕敌机骚扰，警报声也听不见。不需要跑警报，生活规律多了。女生们每天上下山跑四趟，沿着淙淙的山溪，用手分开向路当中伸展的各种枝条,上下石阶如履平地。她们熟悉了两个庙宇的建筑,便向山下扩大生活范围。

在永丰寺到铜头村的路边,有几户人家,素来在路边卖点香烛和零食。自学校迁来,这几户人家添了好几样年轻人喜爱的食品。一样是木瓜水,那是用木瓜籽揉出黏汁,做成胶冻,吃时浇上红糖水,凉凉的,甜甜的,渗入少年们的胃里和心中。还有一种豌豆饼,是把豌豆炸过了,做成凸起的杯盖大的饼,香而且脆,很适合在强壮的牙齿下碾磨。这些食品都非常便宜,嵋在零花钱有限的范围内,有时也买一点,和小娃分享。每次给慧书,慧书总是不要的。比起同龄的女孩,她一点不馋。

一天下午,嵋因下课较早,和赵玉屏在山上闲走。这时正是春末夏初,杜鹃开遍山野,有红有白,或粉或紫,像大块花坛,把整个山坡都包起来了。茂盛的树成为绿色的天幕。老师常告诫同学们不要到草丛里,怕有蛇。可是几个月来还没有发现一条,同学们便不在意。到得杜鹃花开了,更是满山乱走,去亲近那美丽的杜鹃花。树阴间隙显出明净的蓝天,不时飘过一缕缕白云,和下面的彩色相呼应。

嵋二人循着一条杜鹃花带信步走到三家村附近。她们没有带钱,也不想买什么,只是被怒放的杜鹃引了过来。不知不觉到了一家屋后,绕过一个柴火垛,忽见眼前一片红色。花丛中一个红土矮棚,在蓝天下显得分外鲜艳。空气里有一种淡淡的奇怪的香气,院中横放着大段黑色的东西,细看是一口棺材。

"女娃娃,要哪样?"从矮棚中发出了问话。她们随即看见棚中躺着一个人,一个完全红色的人。

"不要哪样,我们走着看看。"嵋回答。

那人在一盏简陋的灯上烧着什么,把它捺进一个竹筒底端,从上面迫不及待地吸着。吸了几口才说:"买东西,去前首嘛,莫要乱走!"

嵋二人向后转,看见一个瘦小的女人站在柴火垛边,正望着她们。女人干瘦,似乎已经榨干了一切水分。背上还驮着一个不小的婴儿,脑袋在背篼上晃来晃去。

"学生,女学生!出去莫乱讲。"她语气温和,从背兜里婴儿身子下面掏出两个豌豆饼,递过来时脸上堆着苦笑。

"不要,不要!"两个女孩连忙逃开,跑了几十米,听见那女人大声叫:"青环!又死到哪点去了!"

两人不敢回头,快步跑上山去。跨过大片杜鹃花地,到了山涧边,才放慢脚步。嵋猛省,那红色的人是在抽鸦片烟,在杜鹃花丛中抽鸦片烟!她告诉赵玉屏,说她见过的,大姨妈家里有。

"鸦片烟很害人。"赵玉屏说。想了一下,又说:"听说严慧书的母亲会放蛊,我不信!"

"谁说的!"嵋气愤地说,"我大姨妈人顶老实。她要是会放蛊,世界上就没有好人了。其实——"她说着,忽然想起荷珠,想象中荷珠伸手一指,飞出一道白光或黑气。她知道这不是她该评论的事,便停住不说。

这时山坡上走下来一个背柴的人。一般把砍柴人称作樵夫,这背柴的人却是个年轻女子,只有十六七岁,肌肤黑黄。昆明劳动妇女多是这样颜色,据说是离太阳较近的缘故。她走到一块大石头前,用随身带的木架支住柴捆,站下休息。见嵋和赵玉屏正望着她,便一笑,露出雪白的牙齿。

嵋直觉地感到这人便是那"青环",她也一笑,说:"背柴吗?"

女子道:"给学校送了四五天柴了,今天给自家背一捆。"

赵玉屏问她可是住在三家村,她答说她是龙尾村人,来这里姑妈家帮忙。想想又加了一句:"我姑妈死了。"

嵋、赵二人马上联想到那一口棺材。她们不约而同向山上走,想赶快回到学校。在山涧转弯处见到晏老师临溪而立,不知在想什么。她们悄悄走过转弯处，不敢惊扰。

"孟灵己，我看见你们和背柴女子说话。"晏老师仍面向溪涧，像在自言自语，"她从这里走下去，我提醒她歇一会儿。"

"她的姑妈死了。"嵋说。

晏老师叹道："云南的男人常常躺着，云南的女人只有死了才躺着。"

嵋二人对望一眼，觉得老师真是无所不晓。随即报告了看见红土棚中的红人在躺着吸鸦片烟。

"已经明令禁烟了，抽的人总算有点顾忌。"晏老师转过身说，"也不能一概而论，说他们没出息。我们到昆明以前，滇军打过台儿庄战役，牺牲的人成千上万，他们的妻子随着自尽的也不少。现在又有二十万人上前线呢。"

两个女孩肃然望着山上的榛莽和杜鹃花，知道下面的土地是红色的。

过了些时，发生一件事，在昆菁学校引出一场不大不小的风波。

随着杜鹃花漫山遍野而来，山下庄户人家种的蚕豆熟了。三家村小铺添卖盐水煮蚕豆，一分钱一茶盅，用一张纸托着，女学生一路吃回涌泉寺。从小铺门口可以望见近山脚处的蚕豆田，绿油油一片。星期六回家时，走过这一片田，可以看见满田饱满的豆荚，似乎撑不住了，风一吹，一阵窸窣，像是悄声在说"吃我吧，吃我吧"。

晚自习课都用汽灯照明。汽灯打足了气，照得满屋亮堂堂的。一排排黑发的小头伏案做功课，虽然是破壁纸窗，却秩序井然。嵋的班主任一次曾说，咱们学校要出人才，不出近视眼。但是汽灯往往支持不到下课，不知是气不够还是油不够，到后来就渐渐暗下来，同学们便收拾书包，随意走动。嵋则常常在昏暗的灯光下看小说。虽然碧初屡次说她，并委托慧书监督，她还是没有下决心改正。

一天晚自习课又到了灯光昏暗时刻。嵋那几天正在读《红楼梦》,刚读到葬花词,这时拿出来,仍从葬花词开始读。

"孟灵己!"殷大士不知什么时候坐在嵋旁边了。昏暗掩不住她唇红齿白,两眼活泼澄澈,亮晶晶的。"孟灵己!"她说,"有件好玩的事。莫看书了。"

"说嘛。"嵋掩上书。

"下山偷蚕豆去!在田边煮来吃。可好玩!"

"哪几个去?"

"我两个,我们班的李春芳,还有高中的人。叫上你们班的赵玉屏。"她停了一下,声明道:"严慧书不去。"

正说着,严慧书进来了。有同学议论:"怎么的,都跑我们班来了。"

慧书对嵋说:"你自己拿主意。我是不去的,我看你也莫去。"

"严慧书!莫拆台呀!"大士低声叫起来。又对嵋说:"月亮大得很,满山亮汪汪的,青草香呀香。我跟着我爹夜里打过猎,太好玩了!"

"我们去猎植物!"嵋兴高采烈,对慧书抱歉地一笑,说:"慧姐姐,你也去吧,去一会儿就回来。"她觉得散发着香气的月夜在召唤她,她不能待在屋里。

"你要去你去。"慧书淡淡地说,转身走了。

"严慧书越来越正经了。"大士撇撇嘴,语气是友善的,"她这人,没有你天真。"

"她比我懂事多了。"嵋很快收拾好课桌。

这几天章校长到重庆去了。大舍监家中有事,不在学校。小舍监觉得半个学期过去了,女孩们对寄宿生活已经习惯,不用太费心照顾,只在临睡前查看一遍,便自回房高卧。

她到嵋等宿舍来时,见几个女孩坐在铺上,神色有些兴奋。便说:"咋个不睡吗? 快睡喽!"

"是了。"女孩们回答。只有大士倚墙坐着,一点儿不理。

小舍监特地走到她面前赔笑说:"早睡才能保证早起,上课不打瞌睡。"大士仍不理。"好了,好了,有事喊我。"小舍监搭讪着退去。

各宿舍灯都熄了。寺庙浸在如水的月光之中。殷大士为首的一行人蹑手蹑脚开了庙门。她们走过四大天王面前,觉得他们像是老朋友了,如果他们能动,一定会一道去夜游。大士还向持琵琶的一位做个鬼脸。

好一个月夜! 庙门前的空地上如同积着一洼清水,走在上面便成了凌波仙子。天空中一轮皓月。月是十分皎洁,天是十分明净,仿佛世界都无一点杂质。几棵轮廓分明的树如同嵌在玻璃中。黑压压的树林,树顶浮着一片光华,使得地和天的界限不显得突然。

这是云南的月夜,昆明的月夜,这是只有高原地带才有的月夜! 这里的月亮格外大,格外明亮。孟弗之曾说,月亮两字用在昆明最合适,因为这里的月亮真亮。

嵋抬头对着明月,忽然想,照在方壶的月亮不知怎样了? 它也是这样圆吗?

"孟灵己!"赵玉屏叫她快走。

女孩们轻快地跑下山,一路低声说笑,月儿随着行走。两旁的山影树影被她们一点点撇在身后。大片杜鹃花在月光下有几分朦胧,也像浸在水里,浸在不沉的水里。

嵋忽然说:"我们何必去偷蚕豆! 在这儿看月亮就很好嘛。"

"你这个人,说话不算数! 说好去偷蚕豆,你偏要看月亮!"大士不满地说。

她有一种猎取的愿望,要打着什么才好。她手里若有枪,就会一枪一个打蚕豆。

穿过一个小树林,蚕豆地已经在望。小径弯了两弯,便到地头。每一棵豆梗都负载着饱满的豆荚,形成墨绿色厚重的地毯,让月光轻抚着。大家站在田埂上看了一会儿,大士首先跳进田里,敏捷地摘了几个豆荚,剥出豆仁,放在口中,嚼了两下,又吐出来。

"大小姐家家的,偷吃生蚕豆,可是饿死鬼!"高中生王钿玩笑地说。她在田埂宽处拢起些细枝,拿出一个大搪瓷缸,命李春芳去舀水。

"下来,下来!"大士向嵋和赵玉屏招手,"先来摘,我怕你们谁也没有摘过豆。"

嵋迈进豆地,觉得脚下泥土软软的,身旁的豆棵发出青草的香气。她抬头看月,向月亮抛出一个豆荚。那是一只豆荚的船,可惜永远到不了月亮。

一会儿李春芳打了水来,也来摘豆。四个人很快摘了几大捧。王钿始终在田埂上招呼着,不肯下田,只负责剥豆荚,照看煮豆。

远处一个黑影渐渐移近,女孩们有些害怕,互相靠近。

赵玉屏尖声叫了起来:"狼!狼!"

那东西对着火光跑过来,向王钿摇尾巴,原来是一只野狗。

"我就说呢,没听说这里有狼。"王钿舒了一口气。

那狗转了一圈,见没有什么可吃的,转身向来处跑了。

"这条狗好傻。"大士说,"它一定奇怪这些人在干哪样。"

嵋想着,觉得很可笑。

赵玉屏先笑出声,大家都跟着笑成一团,清脆的笑声在洒满银光的豆田上飘荡。她们笑那狗,笑摇摆的豆梗,笑煮在缸里的豆,也笑自己夜里不睡来偷豆!笑和歇斯底里一样,是女孩间的传染病。王钿也笑，但不断地提醒："轻点，轻点嘛！"

一时间豆摘够了，也笑够了。大家坐在田埂上剥豆吃。那是涂着月色的豆，熏染着夜间植物的清新气息的豆，和着少年人的喜悦在缸里噗噜噗噜跳动的豆。

如果她们在这时结束豆宴回校，就会和大大小小的一些淘气事件那样，级任老师训几句，也就罢了。可她们还坐着东看西看。

大士忽然叫："我的纱巾掉了！豆梗上挂着，可看见？"

果然不远处豆梗上飘着白色的纱巾。这种尼龙东西从尚未正式通车的滇缅公路运来，当时是大大的稀罕物件。

"赵玉屏！你去拿来！"赵玉屏没有迟疑，几步跨到田里，取了纱巾。

"哎呀！"赵玉屏忽然尖叫一声，向豆荚丛中栽倒了。

"蛇！蛇！"嵋看见一点鳞光从赵玉屏身边游开去，她顾不得害怕，跳下田去扶住赵玉屏。大士等也围过来，把赵玉屏扶到田埂上。

那时女孩们都和大人一样穿旗袍，穿起来晃里晃荡，很容易查看腿上的伤。只见赵玉屏小腿上一个伤口，正在流血。王钿说要块布扎一扎才好，不知什么蛇。

大士忙拿过玉屏手中的纱巾递过去："快点扎！"

王钿看着这纱巾，有些迟疑。

嵋大声说："人要紧还是纱巾要紧？"

王钿瞪她一眼，忙动手扎住伤口上部，免得毒血上行。垂下来的纱巾角很快变红了。

"快点！快点！咋个整？"

女孩们慌了，商议一阵，大士和李春芳去找小舍监求救，王钿和嵋守护赵玉屏。大士两人向山上跑了。嵋把自己蓝布旗袍下摆撕下一块，又不知伤口该不该包扎。

嵋拉着玉屏的手。玉屏说:"我怕得很。"

"不怕,不怕,"嵋说,"不要紧的,不会是毒蛇。"其实嵋自己也很怕,怕赵玉屏中毒,又怕忽然再蹿出一条蛇,咬自己一口。"真的,没听说这里有毒蛇。"

王钿说:"赵玉屏你能走吗? 我们扶你慢慢移动才好。谁知道她们什么时候来!"

她们扶玉屏慢慢上山。到永丰寺桥边,山上下来人了。是李春芳领着小舍监,还有一个男护士、一个校工抬着简易担架。这男护士便是代理校医,虽说不是正式医生,经验倒很丰富。他提灯看过伤口、血色,宣布不是毒蛇所咬,大家都透一口气。

"殷大士呢?"嵋问。殷大士应该在这儿陪着!

"我让她睡去了。"小舍监说,"她也帮不上忙。"

大家回到学校,把赵玉屏送到卫生室,一切收拾好了,代理校医说最好有人陪着,还要招呼服药。王钿已先撤退了。舍监看看嵋,又看看李春芳。两人都愿意陪,小舍监说那好那好。

嵋忽然大声说:"该叫殷大士来陪,是帮她取纱巾才碰上蛇。"见舍监不理会,便不再说话,自己拔脚跑回宿舍。

宿舍里大多数人都在梦乡,有些人被惊醒了,大睁着眼睛。大士已经躺下了,慧书却坐着,大概预料到事情没完。

嵋快步走到大士的铺位前,很坚决地说:"殷大士! 你起来!"

大士本想问问赵玉屏的情况,见嵋气势汹汹,便不肯问,反而说:"我起不起来,你管得着!"

"我管得着! 你起来! 去招呼赵玉屏! 人家帮你取纱巾,挨蛇咬了,你倒没事人似的! 你起来!"

大士冷笑道:"你是老师? 是校长? 是主席还是委员长? 你凶哪样? 你凶! 你凶! 喊人来赶你走!"

她的声音很大,许多人都醒了。

慧书跳下床来,紧张地拉着嵋连说:"不可以,不可以!"

嵋又吵了几句,小舍监进来了,立刻命慧书劝嵋到门外,自己去安慰大士。

"不公平!不公平!"嵋觉得十分委屈,眼泪滴滴答答流在衣襟上。

"莫要不懂事。"慧书说,"惹她发脾气何苦来!我们还要上学,好好上学才对。我就说你莫要去偷豆嘛。"见嵋不语,又说:"公平不是人人讲得的。妈妈有一次说,公平是专给读书人讲的。"

嵋觉得表姐很怯懦,不再说话。哭了一小会儿,忽然站起,抹抹眼泪,往卫生室跑去。慧书摇摇头,自回宿舍去了。

嵋到卫生室,见赵玉屏安稳睡着,李春芳伏在椅背上也睡着了。月光从窗中流进,满地银白。嵋坐在小凳上,想着"公平是专给读书人讲的"这句话。世上许多事自己确实还不懂。她也管不了许多了,伏在床边睡着了。

不知过了多久,嵋忽然醒了。她站起来去看桌上的钟,好给赵玉屏服药。她看见椅上换了一个人,不是李春芳。是谁?是殷大士。

大士定睛看着嵋,嵋也看着大士。

这时赵玉屏醒了,低声说:"孟灵己,我好多了。"

"殷大士也在这儿。"嵋说。

次日,殷大士闯祸的消息传遍全校,被蛇咬伤的人到底是谁倒似乎不大重要。

下午上自习时,训导主任把殷等五人召到办公室,训导了一番,责成她们还豆钱。最后说:"女娃娃咋个会尾起男学生的样!下次再犯,要严办!校长早有话了。"说着看了大士一眼。

大士上小学时,曾经挨过打,章校长亲自动手,打了十记手心。事后校长到殷府说明情况,是大士打破同学的头,又不听教诲,才用体罚。家长倒是明白,不但不怪罪,还感谢再三,说章校长这样的人太少了。

大士当然记得这事,嘟囔了一句"乌鸦叫喽",意思是校长是乌鸦。众人只当没听见。

傍晚时分,庄无因上山来看望。嵋正在庙门前池旁小溪里洗东西,小娃在旁边看。两人抬头忽见无因站在山崖边树丛前,很是高兴。

"嘿!等一下,就洗完了。"嵋说。

她在学校里称无因为庄哥哥,被同学讥笑,说什么哥哥妹妹的,难听死了。于是只有小娃一人照原样叫了。

"庄哥哥!"他大声叫着跑过去,和无因站在一起。

"听说我们的事了?大概不是全部。"嵋问。

"只知道偷豆的夜间行动,前后必定有些因果。"

嵋一面漂洗东西,一面讲述夜间的事,讲得很详细。无因和小娃认真听着,不时惊叹。

讲完了,无因说:"全部过程都像是孟灵己所作所为。"

嵋道:"我还以为你会说不像我做的事呢。"

"为什么不像?当然像!你素来有点侠气的。"

嵋觉得好笑,却没有笑出声来。一时洗完了,三人并排坐在山崖边石头上,看太阳落山。

太阳在蓝天和绿树之间缓缓下沉。近旁的云朵散开来,成为一片绚烂的彩霞,似乎把世上的颜色都集在这儿了。天空还是十分明亮澄净,东边几朵白云随意飘着,一朵状如大狗,另一朵像是长鼻子老人,都在向太阳告别。

太阳落下去了。天空骤然一暗,朦胧暮色拥上来。云、树的神气都变了,变得安静而遥远。

"北平的太阳这时不知落了没有。"无因若有所思。

"昨天夜里月亮好极了,我也想到北平的月亮是不是也这样圆。"嵋说。

"据说昆明的月亮格外大,格外亮,圆的时间格外长,因为空气稀薄的缘故。"

"我记得北平的月亮,也亮,也大。"小娃也若有所思,"月亮照着——"

"萤火虫!"三个人一齐说出这三个字。那亮晶晶的,在溪水上闪烁的萤火虫,在梦里飞翔的萤火虫。

"我家的门是棕色的,你家的门是红色的。我有时梦见回去了,可是两家的门都打不开。"嵋说。

"都是日本鬼子闹的。"无因说。

"小日本儿,喝凉水儿,砸了缸,亏了本儿,压断你的小狗腿儿。"小娃大声念诵儿歌。这首儿歌是用普通话说的,他们好久不说了。

"在城里住时玮玮哥常带我们做打日本的游戏。"嵋说。

"你们香粟斜街的大门上有一副对联,我记得。"无因道。

"我也记得。"嵋说,"我们喊一二三,一齐说,看谁记得清。"

"守独务同,别微见显;辞高居下,知易就难。"两人一齐大声说。小娃拍手大笑。

"孟合己,考考你。"无因对小娃说,"我家小红门上有什么对联,记得吗?"

小娃闭目想了一会儿,嵋忍住笑捅捅他,说,"别想了,开玩笑呢。小红门上根本就没有字。"

"双亲大人倒是想用一副对联,还没来得及。好了,说正经的。今天级任老师找我谈话——"

这时严慧书和几个同学从庙门出来,看见他们,便走过来坐在嵋身旁。无因乃不说。

四人随意说了几句闲话。慧书对无因说:"好几个人问我,哪个是庄无因?说是你用英文和英文老师说话,代数老师有不会的题还问你呢。"

"代数老师不会做题？没有的事。我们有时讨论讨论,都是老师教我的。"

"庄哥哥就是了得嘛!"小娃素来崇拜无因,这时高兴地说。两个女孩更露出钦佩的神色。

"好了,好了。受不了啦!"无因皱眉。

"哦!下午殷大士家来人送东西,妈妈给我带了点心,吉庆祥的点心。我去拿来。"慧书跳起身,拉拉身上鹅黄色短袖薄毛衣,轻盈地跑进庙里去了。

"今天级任老师告诉我,让我暑假考大学,不用上高三了。"

"你要上大学了?"嵋觉得上大学很遥远。

"是啊。人都要长大,连小娃也要长大。"

他们默然坐着。几只小鸟飞到近处树上,啾啾叫着,似乎在彼此打招呼:天晚了,该回家了。

"我走了。"无因站起来。

"还有点心呢,"嵋说,"慧姐姐好意去拿。"

无因摇摇手,大踏步向山下走去,很快消失在树丛间。

圆而大的月亮升起了。

二

空袭依然威胁着昆明。

跑警报已经成为昆明人生活的一项重要内容,像吃饭睡觉一样占一定的时间。有一阵空袭格外频繁,人们早早起身,烧好一天饭食,不等放警报便出城去,到黄昏才回家。有一阵空袭稍稀,人们醒来后最先想到的还是今天会不会有警报。如果有几天没有,人们会在菜市上说点废话:

"日本鬼子轰炸没有后劲,飞机给打下来了。"

"几架?"

"十多架。"

"我听说二十多架!"

说完这些无可追究的话,哈哈一笑走散。

日本空军大概在养精蓄锐。让昆明人享受了几天平安之后,就在嵋等偷豆后约一周,又一次大举轰炸了昆明。

随着警报声响,明仑大学的师生都向郊外走去。他们都可谓训练有素了,不少人提着马扎,到城外好继续上课。一个小山头两边的坡上,很快成为两个课堂,一边是历史系孟樾讲授宋史,一边是数学系梁明时讲授数论。孟樾讲过了宋朝积贫积弱的原因,讲过了诸多仁人志士的正气。现在讲到学术思想的发展,讲到周濂溪的《太极图说》。他的历史课是很注重思想史的。梁明时讲到第一位对数论做出巨大贡献的欧洲人费马。数论是费马的业余爱好,他的创见大都写在给友人的信中。

梁明时自己也是一位奇人,他从一个小地方中学毕业,便在中学教数学。几年后顺利地考入美国普林斯顿大学数学研究所,得了学位回国。他在数论方面有卓越成就。他的信念是:"哪里有数,哪里就有美。"他因患过小儿麻痹症,左手举不起来,右手书写却很流利。架在土坯上的小黑板上布满各种数字和符号。

"现在说到无限下推法——费马在给友人的信中提到这一个定理:形如 $4n+1$ 的一个质数可能而且只能以一种方式表达为两个平方数之和——"这些玄妙的话传入历史系学生的耳鼓。

数学系学生则听见:"太极图说'唯人也得其秀而最灵。形既生矣,神发知矣,五性感动而善恶分,万事出矣——'"两位先生有力的声音碰撞着,大家听得都笑起来。

紧急警报响了,讲课依然进行,没有人移动。传来了飞机的隆隆声,仍然没有人移动。空中出现了轰炸机,队列整齐,黑压压的,向头顶飞来,愈来愈强的马达声淹没了讲课的声音。两位先生同时停止了,示意学生隐蔽。

"升空了,我们的飞机升空了!"学生们兴奋地大喊。只见我们的飞机只有两架,勇敢地升空迎战。下面高射炮也开始射击,但究竟火力太小,敌机仍然从容地飞,开始按着次序俯冲投弹了。一声声爆炸,震得地面都在跳动。

"新校舍起火了!"好几个学生同时叫。果然新校舍上空浓烟滚滚,是中了炸弹。

"卣辰!卣辰在实验室!"弗之猛然想到,心里一惊,恨不得走过去看个明白。

"不知新校舍的人都跑出来没有。"梁明时喃喃自语。

他们没有办法,他们只能等着。

庄卣辰本来已经接受劝说,不守实验室,参加跑警报。近来因为学校购买了两件珍贵仪器——光谱仪和墙式电流器,他总觉得走开不放心。几次空袭都没有飞机来,他认为跑出去实在浪费时间,不如留下看书思考问题,倒是清静,守实验室只算附带的事。

他坐在实验桌前,读一本新到的物理杂志,那是一九三八年春剑桥大学出版的。仪器大都收在实验柜中,光谱仪和电流器靠墙放着。本来电流器应该放在墙上,因为怕弄坏,每次课后都拆装,放在特制的柜子里。光谱仪的核心是光栅,它有一本书的一半大小,能把光线的本来面目光谱显示出来。卣辰不止一次对学生说:"穷物之理不容易,得积累多少人的智慧,我们才能做个明白人。"这些仪器就是具体的积累。光栅体积不大,本可以拆下带走。但卣辰觉得带出去不安全,还有别的仪器呢,总之是不如守着。

四周很静。他解开长衫领扣,读得专心,没有听见远处的隆隆声。及至飞机轰鸣直逼头顶,他才猛然意识到敌机来了。

窗外红光一闪,巨大的爆炸声震得他跳起来。眼看着一排排校舍倒塌下来,洋铁皮屋顶落下时发出金属的声音。"这样近!"他想,下意识地取出光栅掩在衣襟中,又把值夜的棉被盖住电流器,才走到门外。敌机飞得很低,似乎对准了他,机舱中的人清晰可见,而且咧着嘴在笑!又是一声天塌地陷般的巨响,他什么也不知道了。

庄卣辰醒来时,发现自己好好地站着。他倒不了,因为半截身子埋在土中。他仍紧紧抱着光栅,光栅完好无损。这时还没有放解除警报,人们纷纷回到新校舍来救护。人们跑过来时,见庄先生如一尊泥像,立在废墟上,眼泪将脸上泥土冲开两条小沟。庄先生在哭!人们最初以为他是吓的,很快明白了他哭是因为高兴,为光栅的平安而高兴。

"光——光——"他喃喃地发出声音,却说不出一个句子。他下半身被泥土紧紧箍住,身上像有千斤重。泥土经过压力粘在一起,很难铲动。人们怕伤着他,只能铲、手并用,慢慢挖。

弗之和梁明时大步走来。弗之在卣辰耳边叫了一声,卣辰睁眼一笑,把手中的光栅交给弗之。

"好了,好了。"他喃喃地说。

"江昉中弹了!江昉先生中弹了!"

有人从大门那边喊着跑过来。弗之忙将光栅递给明时,拔腿向大门跑去。

明时举着匣子说:"与之共存亡!"

大门附近人不多。江昉靠墙半躺着,闭目无语,满脸血污,长衫上也是血迹斑斑。

弗之赶了几步:"春晔,春晔!伤在哪里?"

江昉不答,头上仍在冒血,沿着脸颊流下来。

"快送医院!"弗之大声说,立即命一个学生往校长办事处要那辆唯一的车,一面拿出大手帕笨手笨脚地包扎。过了一会儿,血又渗出来,江昉仍未醒来。

"不能耽误!"弗之说。

周围几个年轻人抢过来背起,一面问:"孟先生,送哪里?"

最近的诊所在正义路,大家往城中跑去。还未到大西门,江昉醒了。

"怎么回事? 谁背着我?"

"你醒了!"弗之高兴极了,脚步更快。

学生们说:"江先生,你受伤了,送你去医院。"

江昉看见弗之跟着跑,说:"是孟弗之! 你们快放我下来。我不会死,我是炸弹炸得死的吗? 我不会死的!"

弗之听他声音有力,便示意把他放下,一面大口喘气。

江昉从血污中眯缝着眼看,说:"你倒不必跟着跑。"

这时学校的车已到,两个学生扶江昉上车,陪往医院。弗之又往新校舍来。

卣辰身上的泥土已清理得差不多了,他站立不住,两手扶着一把椅子。

秦校长正站在旁边,说:"坐下来好了,坐下来好了。"

话未说完,卣辰扑通一声栽倒,几个人上前扶住,随即半扶半抱,把脚挖了出来。长衫下摆埋在土中拉不出来,便剪断了。

担架早准备好,卣辰躺上去时,喃喃道:"我——我——"他想说自己没有受伤,但还是说不出话。

明时抱着光栅对他说:"你看,这就是我们的高明了,我们教数学的,不需要这些劳什子。"忙又加了一句,"你放心,我已经说了,与之共存亡!"

人们在低声议论,说房顶塌下来时庄先生幸好在门外,又幸亏倒在身上的是土墙。几个人抬走了庄卣辰。

弗之对秦巽衡说了江昉的情况,估计是皮肉受伤。巽衡点头。一面指示庶务主任开图书馆的门,匀一间阅览室放仪器。梁明时郑重地将光栅放了进去。

原来实验室是震塌的,人们在清理瓦砾,小心地挖掘。那一排起火的房屋火势渐小,人们稍稍松一口气。

"发现两个人!恐怕已经死了!"救火的人跑过来报告。

秦等忙到火场边,见两具尸体躺在草地上,下半身俱已烧焦,本是少年英俊的面目已经模糊,大概是起火时上身扑到窗外,才没有全部成为焦炭。

很快有学生认出,两位死者是化学系学生,参加步行团由长沙到昆明的。他们像千百万青年一样,有热血,有头脑,有抱负,原是要为国为民做出一番事业的,可怜刹那间便做了异地望乡之鬼!

火场上飘过来白烟,似要遮住一切。秦巽衡、孟弗之和梁明时,还有其他人等都肃立,良久不语,一任浓烟缠绕。

这次轰炸,大学区另有重伤三人,轻伤十余人。庄卣辰果然无伤。江昉仅受轻伤。敌机扔炸弹时他在校门口,本来他是要穿过新校舍到山后树林中去的,走过校门时忽然被横在门前的土路吸引。路是黄的,两边翻起红色的泥土,如同镶了红边。他想着土路不知通到哪里,竟忘了自己是在跑警报。他把这条路望了半天,忽然敌机来了,忽然砖头瓦块横飞,忽然小小的砰的一声,什么东西把他撞得晕了过去。好在只是皮肉受伤,到诊所缝了几针,并无大碍。

后来和弗之说起,弗之微吟道:"路漫漫其修远兮,吾将上下而求索。"

江昉认真地说:"果然。"

轰炸以后人们都感到沉重压抑,犹有余惊。过了些时,却有一次警报使人兴高采烈。那兴高采烈的人便是澹台玹。

那天她和几个同学一起也往后山跑警报。在山坡上遇见峨和吴家馨。玹子说,她不和孟离己在一起,因为孟离己总像压着什么解不开的心事,让人吃不消。峨说她也不和澹台玹在一起,因为澹台玹总是晃晃荡荡,什么事也没有似的,更让人吃不消。于是峨等翻过山头去了,玹子等留在山坡上。

　　这里离新校舍很近。那天来的敌机少,扔的炸弹不多。一颗炸弹落在离玹子数米处。本来这几个年轻人是死定了,可是炸弹没有爆炸,掀起的泥土也不多,玹子等不但没有受伤,也没有落一身灰土。轰炸过后,从地上跳起来的玹子还是整齐漂亮,和早上刚出门时差不多,和她一起的几个同学也都不显狼狈。

　　"哎呀!咱们的命真大!不知托谁的福。"玹子说。

　　"当然托澹台玹的福!"一个男同学说,"敌机飞得这样低,准是看见你了。"

　　"所以就扔炸弹?"

　　"真的。要是有高射机关枪就好了,我来打,准打得日本鬼子落花流水!"

　　当天下午,玹子和同学们先看了一场电影。是一部外国片,有人在台上翻译,说的昆明话,电影里的故事就像发生在云南。晚上又在冠生园聚会,庆祝大难不死。冠生园是当时昆明最洋气的地方,大玻璃窗,白纱帘,捧一杯热咖啡或热可可,几乎可以忘记战争。晚上每桌一个红玻璃杯,里面点燃各色小蜡烛,衬着黯淡的灯光,显得很温柔。来一次比吃米线坐茶馆要贵一些,却也不是很惊人。

　　玹子和她的朋友喜欢这里,隔些时候总来坐坐,还常给素初、荷珠带几块洋点心。因为住在严家,常和颖书一同出入,颖书也不时参加聚会。这晚除了大难不死的几个人,还有颖书。

　　七八个人围坐着,桌上摆着花生米、南瓜子等零食,突出的是一盘堆满花色奶油的点心,每人有一杯喝的东西。

一个同学举杯说:"俗话说大难不死必有后福,咱们都是必有后福的大命人,学校里要是多有我们这样的人就好了。"

又一个同学说:"今天是大命人,明天还不知怎么样呢。"

玹子说:"明天?明天我英语考九十五分,严颖书西洋史考九十分。"指着一个同学说:"你统计学考八十分。"

"为什么我最少?"那同学不平。

"因为你心里装着别的事——我也不知道什么事。"

不知是谁低声唱起了《流亡三部曲》:"泣别了白山黑水,走遍了黄河长江。流浪!流浪!逃亡!逃亡!"歌声凄婉。

"逃到昆明还要逃!我毕业以后是要拿枪杆子的。"又一个同学说。

"我们得自己造飞机,"航空系的一个同学说,"我们若不把先进技术学到手,永远得挨打。"

一阵脚步响,茶室里走进几个外国人。因有滇越铁路,过去昆明常有法国人来,现在又有滇缅公路,来的外国人更多了。

这几个人中一个身材匀称的金发青年向玹子这群人望了一眼,忽然愣住,站在门前不动,神色似有些诧异。

"咱们是不是得决斗?这人好没礼貌。"有人作骑士状,声音很小。

玹子正研究一块蛋糕,准备咬上大大一口,抬眼看时,正好和金发青年目光相对。

"麦保罗!"玹子高兴地叫了一声,放下叉子,站起来。

保罗也高兴地叫起来:"澹台玹!看着就像你!"他大步走过来,似要拥抱玹子。

玹子笑说:"这是中国,我们说中国话。"

她的同学评论道:"他乡遇故知。严颖书,你认得吗?"

颖书摇头。

玹子给大家介绍:"麦保罗,麦子的麦,保护的保,四维罗。"

又问这姓名的所有者:"什么官衔?"

"美利坚合众国驻昆明副领事。我来了一个多月,重庆去了四个星期。准备下星期开始找你,以为至少得找一个星期才有结果。"

"这叫作踏破铁鞋无觅处,得来全不费工夫。"

"铁鞋?"

玹子用英语又说了一遍,美国人都注意听,说中国人想象力丰富。

美国人坐另一桌,他们喝酒。麦保罗先在玹子身边坐了一会儿。他从北平回到美国约一年,又被派出来。大家说起近来的轰炸,说起教授学生的伤亡情况,又说起我军两架飞机损伤一架,以后更难迎战。

保罗说他在重庆也经历了很多轰炸,还有夜袭。重庆是山城,挖了很多隧道作防空洞,不过他从不钻隧道,觉得那比炸弹还可怕。总而言之,中国需要空军,没有空军是不行的。一些美国飞行员注意到这问题了,一位叫陈纳德的资深飞行员正以私人身份帮助训练空军。

保罗的语气很友好,但同学们听了都不舒服。中国需要空军还得美国人帮助张罗!

颖书因问美国情况,保罗说美国政府有它的政策,当然是根据美国利益,不过一般美国人都同情中国。有的人不关心世界大事,对亚洲的战争不甚了解。但只要知道中日在进行一场战争,就都认为日本没有道理,本来侵略和被侵略的事实是明摆着的。

说着话,外国人一桌唱起了歌,唱的是《Home, Sweet Home》。中国人也唱起来。同学中除严颖书和另两个云南籍的同学外,都是离乡背井,久不得家庭的温暖。唱着歌,不觉眼眶潮潮的,心里发酸。

窗外月光很亮。隔着纱帘,可以看见街上行人很少,更显得一世界的月光。

几个茶房快步走过来,说有预行警报,要关门。

"警报!夜袭!"这在昆明还是第一次。电灯熄了,人们纷纷站起来。有人下意识地吹灭了蜡烛。

"还早呢,飞机还没来。"有人说,又点燃两支。

离开时大家凑钱付账,差的数便由玹子出了。保罗说送玹子回住处,玹子邀颖书一起坐车,颖书略一迟疑,答应了。

街上一片死寂。五华山上挂着三个红球,里面有灯,很亮,像放大了的血滴。人们大都躲在家里听天由命。

保罗慢慢开着车,玹子叹道:"不知道我的家人现在在干什么。重庆常有夜袭吗?"

保罗尚未回答,忽然一阵凄厉的汽笛声,空袭警报响了,把匀净的月光撕碎了。三个红球灭了。

保罗问颖书:"咱们去哪里? 到府上还是出城?"

颖书看着玹子。因长辈们到安宁去住了,玹子常住宿舍,少去严家。

这时玹子说:"不如到大观楼看看,月亮这样好。"

保罗不知道大观楼在哪里,颖书帮着指点,便出小西门,顺着转堂路驶去。河很窄,泊着几条木船。

"记得前年夏天送卫葑出北平吗?"保罗说,"今天又一起出城跑警报。"

玹子道:"我不跑警报。我们是夜游。卫葑始终没有消息。也许三姨父他们有消息,不告诉我。"

不多时车到大观楼。玹子等下车绕过楼身,眼前豁然开朗,茫茫一片碧波,染着银光,上下通明,如同琉璃世界。

三人不觉惊叹,保罗大叫:"这就是滇池!"兴奋地向昆明人严颖书致敬。颖书很高兴,说以前也未觉得这样美。

"还有一件绝妙的东西呢。"玹子说。她指的是大观楼五百字长联。

五百字长联挂在楼前,此时就在他们背后。漆面好几处剥落,字迹模糊,月光下看不清楚。

玹子说:"不要紧,我会背。"她随手捡了一根树枝,指指点点,背诵这副长联。

五百里滇池奔来眼底,披襟岸帻,喜茫茫空阔无边。看东骧神骏,西翥灵仪,北走蜿蜒,南翔缟素。高人韵士,何妨选胜登临。趁蟹屿螺洲,梳裹就风鬟雾鬓。更苹天苇地,点缀些翠羽丹霞。莫辜负四围香稻,万顷晴沙,九夏芙蓉,三春杨柳。

玹子先念上联,正待念下联,保罗说:"先讲讲吧,脑子装不下了。"

玹子便大致讲解一番,又把下联中"汉习楼船,唐标铁柱,宋挥玉斧,元跨革囊"几句历史典故作了说明。

颖书也用心听,虽说上了历史系,这些内容他一直只是模糊了解,心想玹子不简单。

玹子似猜中他在想什么,说:"有一次我随三姨父一家来,三姨父讲了半个钟头。'元跨革囊'这一句我印象最深。忽必烈过不了金沙江,用羊皮吹胀做筏子,打败了大理国,统一了云南。三姨父说,忽必烈的这条路是一条重要的军事通路。我只记得这一点。也许我记错了,地理我是搞不清的。总之西南的路非常重要,若丢了西南几省,保着上海南京都没用呢。这长联他让我们背下来,你猜谁背得最快?"

"是你?"颖书说。

"错了,错了。是嵋。"玹子说。又向保罗解释:"嵋是我的小表妹。"

"见过的。"保罗说,"三个孩子从门缝里伸出头来,中间的那一个。"

"记性真好。"在这三个可爱的小头出现之前,似乎还有一个记忆,保罗想不起了。

三个人坐在石阶上,对着滇池,似已忘记空袭的事。

几个人走过,一个说:"外国人?外国人也跑警报!"

保罗笑说:"一样是人,能不怕炸?"又转向玹子:"对了,前天在英国领事家里见到庄卣辰太太和无采。我问过她孟先生住在哪里,好去找你。"

那天保罗见到庄家母女,是因为一位参加修滇缅路的英国人携妻子和八岁的女儿在昆明住了半年,不想女儿上个月患脑膜炎去世,工程师夫妇决定回国前把女儿的所有玩具赠给无采。

"玩具里有许多玩偶,有的坐有的站,倒是很神气的。我当时想这礼物应当送给你。不过那英国人要把这些小人送给一个在昆明的外国孩子。"

"无采是半个,凑合了。我可不是孩子了。我的那些小朋友不知何时再能相见。"玹子叹息。

这一声叹息使得保罗的心轻轻颤了一下。月光下的玹子像披了一层薄纱,有点朦胧。

保罗忽然笑说:"平常看你,说不出哪里有点像我们西方人,现在却最像中国人——很可爱。"

"若是考察澹台这姓,可以考出少数民族的祖先来。"玹子道,"我的祖父是四川人,本来西南这一带少数民族很多,是'蛮夷'之乡,而你们本来就是蛮夷呀。"说着格格地笑个不住。

"我的祖父祖母都是爱尔兰人。我的父母是传教士,他们在昆明住过,就在文林街那一带。因为有了我,才回美国去。我听他们说过滇池,所以我觉得滇池很亲近。"保罗一本正经地说,觉得坐在水边的女孩也很亲近。

玹子转脸看保罗。世上的事真巧真怪，她曾有一点模糊印象，觉得保罗和中国有些关系，却不知其父母曾在昆明居住。

停了一会儿，她说："这么说昆明是你的故乡了？"

"我有这样的感情，但是在这一次遇到你以前，我简直没有想这件事。"保罗沉思地说，"我们忙着做现在的事，计划将来的事，很少想过去的事。"

这时一只小船从水面上划过来，靠近石阶停住。划船女子扬声问："你家可要坐船？绕海子转转嘛。"

玹子跳起身："要得，要得！"便要上船。保罗递过手臂。

颖书不悦，心想，还要我夹萝卜干！便说："玹子姐你等一下。我们是来跑警报的，又不是来耍！飞机不来，我们回去好了。"说着，起身拍拍灰便走。

玹子将伸出的脚收回，知颖书为人古板，不便坚持。仍说："要得，要得。"扶了一下保罗的手臂。

"哪样要得？你家。"船女问。意思是究竟坐不坐船。

"太晚了，不坐了。要回家喽。"玹子说。

"两个人在一处就是家，何消回哟！"船女说。见玹子不答，说："我也回家去了。"

玹子口中无语，心上猛然一惊。看保罗似未懂这话。两人望着船女把桨在石阶上轻轻一点，小船转过头，向烟波浩渺处飘去了。

两人快步追上颖书，上了车。三人一路不说话。路上行人稀少，到小西门，知警报已解除了。

三

严颖书乘麦保罗的车送过澹台玹后不肯再坐车，快步走回家去。进门见二门上的夜灯黑着，估计是为刚才的空袭警报。

院内有护兵在走动,颖书问:"可在家?"

一个护兵答称军长没有跑警报,从下午就在家。

颖书想去看看父亲,走到楼前却返回自己房间了。他和严亮祖素来很少交谈,但他以抗日军人的父亲自豪,常常想着父亲。他的书桌前挂着父亲的大幅戎装照片。还有小幅素初和荷珠的合照,两人都穿旗袍,宛如姊妹。他在脸盆中胡乱洗了手脸,便躺下了。躺下了,可是睡不着,心里乱糟糟的。

这玹子,和外国人来往,而且是老交情了。二姨妈也不管管。好在现时两位母亲不在家里,她也少来了。不然,怕把慧书带坏了,慧书大概觉得她比我还亲近呢。想这些做哪样!没得用场。爹从湖北回来休整几个月了,说是休整,其实是打了败仗的缘故。胜败兵家常事,总不至于怎么样吧。最重要的是把日本鬼子打出去!今晚一定打不出去的,且睡觉!

就在颖书朦胧迷糊之际,院子里一阵喧哗。

"太太们回来了!"护兵们在招呼。

人不知从哪里涌出来,廊上的灯都开了,不过若说亮度,怕还不及月光。

颖书坐起,见荷珠推门进来了。

"妈,你们回来了!咋个这么晚?"

荷珠揽着儿子的肩,勉强笑着:"我们在城外听说有警报,等了些时,这时才到。"

"有什么事?"

"你爹差人去叫我们,说有事——一定不是好事。"

"可是要出发?"

"不像。"

忽然一阵楼梯响,有人歪歪倒倒下楼。

"像是喝得有几成了——你明天还上课,你只管睡。"荷珠说着,自出去了。

"摆牌桌!"亮祖在院中一声吼。

马上,客厅的灯亮了,八仙桌上铺了毯子,麻将牌倒了出来。严家人对豪饮豪赌都司空见惯,但半夜里兴师动众的难道专为打牌?颖书也自纳闷,一面穿衣出房。

他屋里灯一亮,就听见亮祖大声说:"严颖书!你出来!"颖书忙快步走到客厅。

严亮祖一身白布裤褂,皱得像抹布,神色倒还平静。素初穿着家常阴丹士林蓝布旗袍,发髻有些歪了,没有来得及进房收拾一下,便听话地坐在这里。

"爹,亲娘。"颖书叫。大凡特别标明亲娘的,就不是亲的了。

亮祖命颖书和副官坐下,自己哗哗地洗牌。

"爹,有哪样事?"颖书小心地问。

"打牌!你只管打牌!"亮祖厉声说。又吼道:"倒酒来!"

大家摸了牌,战战兢兢打了两圈。荷珠出来了。她已从容地换上她那彝不彝汉不汉的衣服,比宴客时朴素多了,簪环首饰一概俱无,只左手无名指上戴着那钻戒。

副官起身,让荷珠坐了。大家默然又打了几圈牌,亮祖忽然把牌往桌当中一推,大声说:"不打了!"大家不敢搭话。

过了一会儿,荷珠说:"你有哪样话,说出来大家明白。颖书一早还上课呢。"

"好!你们听着!"亮祖一字一字地说,"今天我得了消息。中央下了命令,撤了我军长的职务。"

"咋个说?"荷珠反问一句。

"撤了我军长的职务,因为我打了败仗。还有人建议枪毙我,是殷长官拉了些人说情,才算保住一条命。"

"哦!"素初脸色苍白,站起身又坐下去。

荷珠下意识地抹动钻戒,亮光一闪一闪。说:"不去打仗,

84

好事嘛。免得提心吊胆的。"

"我不去打仗！我不能打仗！降职我不怕。现在干脆不用我了！我一个抗日军人，眼看着国土沦丧，民族危亡，不能带兵打仗！我可还算是个人！"

"爹！"颖书叫了一声。

亮祖只顾说下去："运筹帷幄，决胜千里，当然重要。指挥嘛！可终归都要士兵去打，要人拼，要人命啊！胜仗是弟兄们的鲜血换来的，败仗也没有少流血！台儿庄一战怎么打的？到后来，我自己拿着手枪站在阵地上，不分官兵，谁往后退就打谁！我严亮祖的枪法还用说！"他握拳向桌上重重一击，震得牌跳起来。

"军长，"素初怯怯地说，"莫伤了身子，日子长着呢。"她很想拍拍他，摇摇他。他太苦了，他要承担多少责任，除了辛劳，还有委屈。但她从没有爱抚他的习惯，只看着荷珠，希望她能给些安慰。

荷珠站起身出去了。一会儿又进来，两手放在身后，握着什么东西，走向亮祖，又退了几步，两手从头上甩过，左右挥动。原来她握的是一条蛇！

"妈，我不想看。"颖书知道荷珠又要弄点假巫术了，他很烦这些。蛇在荷珠手中翘着头，一闪一闪吐信子。

"哈！蛇胆酒！"亮祖的注意力稍稍转到蛇身上。

只见荷珠用一把匕首刺向蛇的七寸，然后飞快地划到蛇尾，取出鹌鹑蛋大小的蛇胆，用小碟端上来。

"清心明目。"亮祖说。

"平肝败火。"荷珠说，用牙签扎破了蛇胆，将汁倾入酒中，一杯白酒马上变得绿莹莹的。她微笑地端起蛇胆酒，站在死蛇旁念念有词，双手外推，绕牌桌走了一圈，将酒放在亮祖面前。

"军长，你家请。"她坐下了。早有护兵过来收拾地上，泼了水,撒上松枝木屑。

人说荷珠这些把戏是专为驯服亮祖用的。但亮祖并不信这些招式,他知道这些不过是荷珠巩固自己地位的一种伎俩。多年来,她花样翻新,他则从不和她认真。这时见面前这杯绿莹莹的酒,心上倒是平静了些,再看素初和儿子,心想,总还有这几个人跟着我!于是手持酒杯,长叹一声,说道:"出牌!"

牌局在继续,亮祖却在沉思:我怎么会打败仗的?战役后已经总结了又总结,原因很多,诸如新兵多,仓促上阵,各部队缺乏通讯联络,兵站组织不健全,后勤补给跟不上等等。这都是滇军的鲜血换来的教训。但凭他的指挥,新兵也可以掩其短。问题是他能够指挥士卒,却不能指挥上级长官。他的部队当时的任务是内线防守,他主张不能只是消极防御,要抓住适当时机出击,要以攻为守。他曾几次建议,并亲往见战区司令长官,要求出击。

长官回答说:"最高司令部叫我们防守,我们就防守。若是出击,打赢了自然好,若有损兵折将,谁担当责任?再说最高司令部综观全局,其决策不是我们全能明白的。你不要擅离职守,自讨苦吃。"

"哈!自讨苦吃!"亮祖随手出一张牌,喃喃自语。

大家都是机械地摸牌出牌,到这时没有一家成功。

"自讨苦吃!"亮祖继续想,"这也是一种精神啊!若是弗之,一定会讲出一套道理。可我是想要自讨苦吃而不可得啊!"

他似乎又站在他所守的最后一个山头上,指挥士兵把滚木礌石往下砸。石头木头滚下去,敌人一阵嚎叫。生为男儿,便有守卫疆土的责任,更何况我是军人,军人!

一个军人的形象出现在他眼前。隐约中他觉得,他的获罪与这人有关。那是他的秘书秦远,一个正派能干的军人,一个共产党。亮祖信任他,因此失去了上级的信任。

"是这样吗？是吗？"亮祖不愿想这复杂的问题。

他忽然站起，在松枝木屑上踱了两个来回，说："今天我把话和全家人说清楚，慧书不在家，你告诉她。"他指一指素初，"我严亮祖当了几十年英雄，算到了头了。可是不管英雄也罢，罪人也罢，我这保国卫民、杀敌抗日的心没有变，就在这点！"他用拳头猛击自己的胸膛，仰天长叹。

素、荷站起来。颖书走到父亲身边，想说劝解的话，却不知说什么好。

亮祖对颖书说："我看你莫读历史系了。有什么用？历史都是假的！"

颖书说："大概是真真假假，有真有假。三姨父有一本书专门讨论这个问题。"

"我知道孟弗之写的历史一定是真的，哪怕杀头！"亮祖说。一面转身一步步有力地走上楼梯，回房去了。

荷珠端了那杯蛇胆酒跟随，回头对颖书说："你睡一会儿吧，没有多少时间了。"

素初跟着走到楼梯口，自己呆呆地站住。

"素初！你也上来。"亮祖站在楼上栏杆边吩咐。

素初一愣，正要上楼，听得荷珠说："太太回来还没有洗脸收拾呢，先休息吧。"

亮祖便不再说话。素初只希望亮祖平安，别的事并不介意，自回房去了。

亮祖躺在床上，窗前小桌上杯盘狼藉。他一下午都在喝酒。若在平时，荷珠定要埋怨护兵，这时却自己收拾着。

一会儿，荷珠在床边坐了，说："既然城里没有事，就和我们一起到安宁住着好了。安宁的宅子你也没有住过几天。"

"我倒是想回大理去，看看能做些什么。"

"回大理去!"荷珠高兴地说,握住亮祖的手。大理是他们生长的地方,总能引起不少回忆。

少年亮祖随寡母在荷珠居住的村子做工。有一天,荷珠坐在村外一棵大尤加利树下。亮祖从那儿走过,婆娑的大树前这小小的身影吸引了亮祖的目光。她正在哭。

"喂!哭哪样?"亮祖说,在她身旁坐下来。这时村里有人叫荷珠,她抹抹眼泪,跑走了。

以后他们常在这里遇见,渐渐熟了。荷珠家是养蝎的,颇为富足。她头上的银饰、身上的叮当零碎比一般女孩子要多些。可她还是哭。她说,她哭是因为她不是阿爸阿妈的女儿,人家告诉她,她是野地里拾来的。

"怎么证明你是还是不是?"

"阿爸阿妈从来都对我好,从不嫌弃我。可真的我是拾来的。"她伸出穿草鞋的脚,露出小脚趾,"我的这个脚指甲有两半,我家人都不是这样。"

亮祖看自己的脚指甲,果然没有两半。小脚指甲两半是汉人的标志,他觉得这个不知来历的小姑娘可怜可亲,很想保护她。

一年年过去了,他们过从日密。严家母子的小破屋里常有荷珠的身影。她嘴甜手快,帮着做这做那。只是严母看不惯她,背地里说她是妖精派来的。

亮祖对母亲说:"你家像是坐在高台阶上堂屋里首挑人的哟。看看我们这四面破墙,勉强笼住个房顶罢了。"

严母本着卫护儿子的慈母心肠,认为荷珠本人和她的毒物必有害于人,不料却是荷珠两次救了亮祖的命。

当时云南贫瘠闭塞,匪患猖獗,打家劫舍,时有发生。上任的官员有时路上被匪劫持,到不了任。各村寨在土司带领下都有自己的武装。亮祖十六岁参加村寨的护卫队,因为勇敢且多计谋,不到二十岁便成了带领百余人的头目。年轻人锋芒外露,难免招人嫉恨,土司手下的一个小头人诬陷他通匪。就在他和弟兄们打退一批土匪,在村外休整时,头人安排好要除掉他。

恰好那天头人家老太太要用全蝎入药,荷珠去送蝎子,经过堂屋,听得头人说:"严亮祖这个娃娃,若是不除,将来他会服哪个? 莫非让他为王当大土司? 今天一坛酒,就了结他!"

荷珠暗惊,见廊下摆着犒军的酒坛,一个精致好看的小坛放在大坛上面,正是她家造的毒酒,用二十一种毒虫制成,名字却好听,称为梦春酒。

荷珠不动声色,送过蝎子,一直跑到严家,告诉严母那酒的颜色特点,说最好根本不要饮酒。亮祖有了准备,得以逃过此祸。

既然有人生心谋害,亮祖的日子好过不了。在一次和头人口角中,他用刀划伤了头人脸颊。头人大怒,连开两枪,亮祖都躲过了。小头人仍然不肯罢休,亮祖只得领了他的队伍逃进山去,真过了几天土匪生涯。以后他常开玩笑,说自己是绿林出身。

过了几天昆明派官兵来剿匪,亮祖成了剿灭的目标。他不想抵抗,便让弟兄们回村去,自己只身在山里躲藏。

一天他走在悬崖边,一脚踏空,掉了下去。幸好掉在一蓬野竹上。亮祖定了定神,可怎么上得去呢?

"阿哥呀!"忽然竹丛中响起女孩的声音,不是别人,是荷珠!

"你整哪样? 你也掉下来了?"亮祖十分诧异。

"捉毒虫。"荷珠举一举手里的陶罐,好像他们是在街上遇见,"我才不会掉下来。"

荷珠是拉着麻绳下来的。这绳绑在崖边大树上。

"你可捉够了?"

"够了，够了。"

荷珠先上，检查了麻绳系扣，才让亮祖上。亮祖到了崖顶，拉着荷珠的手说："咋个报答你！"

荷珠那不分明的扁平脸上红红绿绿，大概是泥土和植物或是什么虫子的汁水。她没有说话。

但是母亲还是反对这位姑娘。她相信以亮祖的聪明才智一定能结一门好亲。她临终时逼着亮祖立誓永远不以荷珠为妻。

妻也好，妾也好，他们是分不开的。他们的感情中有乡土的眷恋、生死的奋斗和少年的记忆。不要说严家换过的几个小妾，就连素初也不过是外人。

月亮西斜，廊上的一排花影也斜了淡了。天快亮了。殷府送来密信，嘱亮祖不可活动，静候宣布处分。

四

铜头村后小山上的日子，相对地说，较为平静。

庙宇之中，一切都很简陋，但书声琅琅，歌声飞扬，还有少年人的言谈笑语，使得破庙充满了朝气。便是四大天王的面目也不是那样狰狞了，他们受了感染，似乎随时要向孩子们问一声"你们好"。

嵋和别的少年人一样，心灵在丰富，身体在长大，头脑在明白。她喜欢自己的学校、老师、同学，喜欢这山、这庙和庙里的神像。只有一样她不喜欢——上纪念周。

当时所有的学校每星期一第一节课都是纪念周，内容是升国旗、唱国歌、背诵总理遗嘱，然后校长和各方面负责人讲话。学生们按班级排成纵队，从大殿直排到台阶底下。整整一节课都要肃立，嵋不喜欢的就是肃立。其实她也不是不喜欢，她站不了，站到后来头晕眼花，两腿发软，真盼着有什么东西靠一靠。

她觉得自己没有出息,总是坚持着站完这一课。

这一天上纪念周,从背诵总理遗嘱时嵋就觉得不舒服。

"余致力国民革命凡四十年,其目的在求中国之自由平等,积四十年之经验,深知欲达到此目的,必须唤起民众,及联合世界上以平等待我之民族,共同奋斗……"她勉强支撑着,用力随着大家背诵,千万不能在读总理遗嘱时倒下。

接下来是章校长讲话,讲的是修建操场的事。昆菁学校自迁到乡下后,没有一个正式的操场,山上没有足够的平地。学生在庙前的砖地上或大雄宝殿前的院子里排好队,做做操,便是体育课。后来做了篮球架,但场地当中有两个旗杆座子,无法比赛,只能练习投篮。章校长向本地军政商各界募捐,决定在永丰寺下一个山坡上修建操场。当时很有人反对,说国难期间,这样做未免不合节约原则。章校长说,我办什么事都要尽可能办好。办教育要有德智体三方面,下一代人必须有健全的体魄,才能担当抗敌兴国重任。再说修建操场,学生也要参加劳动,做小工,对他们的成长有好处。在各方协助下,操场已施工,招募来的村民把山角挖下一块。这次纪念周上,便是动员运土,规定从校长起到高小学生,每人每天把一筐土运到永丰寺后山沟,怎样运法自己决定。

章校长声音清亮,嵋听来却觉得愈来愈远。她头晕,冷汗涔涔,怎么也站不住了,只好靠住前面的赵玉屏。

"怎么了?怎么了?"赵玉屏小声问。

嵋脸色煞白,双目紧闭,向赵玉屏身上靠得愈来愈重。

这时晏不来走过来,说:"孟灵己,你不舒服?"即令几个学生搀扶她回宿舍。

学生晕倒已不是第一次了。大家都知道是贫血所致,躺一躺就会好。

嵋躺了一会儿,果然渐渐有了力气。这时章校长已讲完话,最后说身体不好的同学可以不参加运土。

"我要参加的。"嵋想。

当天下午开始运土，高中生一肩挑，初中生两人抬。嵋这班经过晏老师组织安排，两人一组。本来照体力应该男女生搭配，但当时中学生时兴配对，那是一种集体创造，云南话称为"兴"谁和谁，意即起他们的哄。晏老师不用男女生搭配，而是男女生分开。嵋和赵玉屏一组，两人都很高兴。晏老师一再嘱咐要少抬。

挖下来的土是红的，愈是内层的土愈红得新鲜，像是挖出了大地的内脏。学生们运过一次土，身上总沾些红色，大家嬉笑着互相拍打。也有同学对这种劳动不以为然，说这是学校省钱，我们可是交了学费的。不管怎么说，各班都要按规定完成任务。夕阳西下时，就见山路上一串红土担子在两边绿树丛中慢慢移动。

嵋和赵玉屏抬了一筐土，刚走出操场，见章校长领着殷大士来了。大士伸伸舌头，扮一个鬼脸。章校长一贯穿银灰色西服裙，这时换了蓝布中式衫裤，到场上取了筐，命大士拿着，便去挖土。

"校长！""章校长！"几个手执铁锹的人叫，要给她装土。

章校长一面环顾四周，说："土运得很快，咱们能早些开运动会。"一面和大士抬起筐来，把筐放在靠近自己这头。

走了几步，大士说："我这边轻得很。"要把筐拉过去。

校长说："不必，你年纪还小，该抬轻的一头。"

她们快步走着，赶上前面的一抬。抬土人之一是那偷蚕豆的高中生王钿，她正在大发议论："咱们学校做的事，从来没有听说过。你当这些女娃娃们是哪个？一个个都是小姐喽。喊小姐们抬土！抬土是下等人的事。"她回头一看，见校长和大士在后面，忙喊了一声："校长也来了！"一面下意识地放下自己的筐，跑上去替大士抬筐。

章校长摆摆手说："你们赶快。"自和大士向前。

嵋和赵玉屏跟了上来。近来嵋才知道,王钿是殷家远亲,来上学一半是因为殷家让她照顾大士姊弟。王钿让过校长,便慢条斯理地理筐上的绳子。

嵋等了一会儿,后面已跟上好几抬担子。有人调皮,故意说:"好狗不挡路!"王钿并不介意。

嵋忽然想起吕香阁,不知她怎样了。又站了片刻,才过去。

嵋等走到永丰寺后,把土倒进沟里。那一条深沟已经快让红土填满了。一个只穿破背心的汉子正在用力耙平新倒进的土,他的长发和破背心的半片都在晚风中飘起。这正是晏不来。

"晏老师,耙土只有你一个?"章咏秋招呼道。

晏不来似未听见,只顾用力一锹一锹扬土。后来的人倒清了土筐,有的马上在树丛间绕来绕去捉迷藏,有的站着看山色。

晏不来忽然倚锹仰天大声吟道:"若有人兮山之阿,披薜荔兮带女萝。"接着说道,"痛饮酒,熟读《离骚》,方得为真名士!"

章咏秋知道这位老师素来疏狂惯了,便也和同学们站在一起,听他说什么。

他却不再说话,大声唱起歌来,唱的是:"手把着锄头锄野草啊,锄去了野草好长苗啊。"耙了几下土,又唱《抗敌歌》:"中华锦绣江山谁是主人翁? 我们四万万同胞!"他指挥同学一起唱,有些人唱起来,不够整齐。他自叹道:"跟不上! 艺术教育跟不上!"说着转过头来,忽然看见章咏秋,便大声问:"章校长,我说得对不对?"

章咏秋微笑道:"晏老师愿意的话,可以开讲座,教歌讲诗,好不好?"

"能给我时间,特此致谢。"向嵋们指一指,"你们要来听啊。"

章咏秋示意两个高中同学跳进沟里帮着耙土,一会儿便完工。大家各回宿舍。

峧和赵玉屏、殷大士一同走。走过新铲平的操场,见红通通一片铺展开来,三人都很高兴。

大士说:"我们来赛跑。"

三个人并排跑,大士跑得最快。峧拼命追,不久便有些头晕,还勉强跑。又跑了一会儿,没有注意脚下一块石头拦路,突然一绊,人仆地栽倒了。

赵玉屏在她后面大声叫起来:"孟灵己摔跤了!"忙跑上来扶。

峧忙翻身坐起:"没关系,不要紧。"

她想要起身,左膝盖一阵钻心的疼痛,又跌坐在地。

大士跑过来,站在一边说:"你两个,你两个,一个蛇咬,一个摔跤,轮流上演。"

峧看膝盖,鲜血淋漓,还有些小石子沾在上面。

坐了一会儿,大士忽然想起似的,问:"可走得?"一面和玉屏上前搀扶。

峧站起来,一歪一拐倚着两人走回涌泉寺。先到卫生室,准校医一看,说,又是你三个。用双氧水给峧冲洗,见伤口很深,一块肉翻起来,直皱眉头。处理完了,用纱布棉花包好,外缠绷带。峧的左膝凸起一大块,活像个伤兵。

这时慧书赶来了。她上周末回家,这星期一下午才返校。她平常就少说话,这几天似更矜持沉默。见大士也在陪着,颇感意外,说:"你回宿舍吧,有我在这里。"

大士说:"已经包好了,大家走。"遂由严、赵扶着峧。

峧的膝盖不能弯,一跳一跳地走,自己先格格地笑起来,殷、赵也忍不住笑,只严慧书不笑,一本正经地走路。

刚进宿舍门,小娃闻讯跑来了。小娃长高了,皮肤很白,眉眼端正,大舍监说他真是粉妆玉琢。这一屋的女孩都喜欢他,叫他小娃。他总大声抗议:"我是孟合己。"

这时他对别人的招呼一概不理，只严肃地望着嵋的膝盖。

"赵玉屏！你去端饭来！"大士又在发号施令。一眼见王钿也站在一边，又说："王钿！你打洗脚水！"

慧书忙止住，说："莫要麻烦了，你们先去吃饭，这里我和孟合己招呼。"

小娃听说，忙拿起盆跑出去打水。因大家盥洗从来都用凉水，他先到取水的池边，转念一想，快步跑到卫生室。卫生室门开着，一个热水瓶在桌上。小娃认为卫生室的东西该给病人用，把热水倒进盆里，端着就走。

"孟合己偷水！"小娃的同班殷小龙，即大士的弟弟，不知从哪里冒出来，大声叫。

"哪个偷水！卫生室的水，洗伤口嘛。"

"我说你偷水就是偷水！"小龙是个极淘气的孩子，总想寻衅闹事。两人吵了几句，小龙说："下江猪！下江猪偷水！"

"老滇票！老滇票废掉了！"

小龙大怒，跳上前一拳，打在小娃左肩上。

小娃站稳了，还小心地端着水。"殷小龙你听着，我没时间同你打。明天，明天我们决斗。"

小龙大为高兴，说："好好好，明天下午下课以后，山门边见面。"

"一言为定！"小娃怕水凉了，赶快走。

嵋把脚浸在温热的水里，感到十分舒服，对小娃一笑。她不知小娃为这一盆水做出的决斗允诺。

上次赵玉屏被蛇咬伤，人们都担心有毒，幸亏伤口很快好了，并无别的问题。这次嵋摔伤，大家看着很普通，以为很快就会好，都不太在意。

不料到后半夜，嵋发高烧，从脚一直疼到头，身子有千斤重，怎么摆也不合适。嵋不愿惊动别人，强忍着昏沉地睡。

早上大家起来,都从她床边过。好几个人惊诧道:"孟灵己脸好红哟!"

慧书过来一摸,果然烫手,赶忙请了准校医来。

准校医见嵋高烧昏沉,腿上红肿,连说发炎了发炎了,主张送她回家,让家人照顾。

这时两位舍监和晏老师都来了,因见天气阴沉,不会有警报,大家议定送嵋回家,在城里找医院方便。几个人山上山下跑了一阵,找得一辆马车,停在山下,让嵋坐在椅子上,由两个伙夫抬了下山。

嵋歪在椅上,凉风一吹,清醒许多。见周围许多人,想笑一笑,可是却哭了出来,眼泪滴滴答答流个不住。

慧书安慰说:"很快会好的,我陪你回去。"

嵋用力摇头摇手,说:"不用,不好,我会照顾自己。"老师们商议,由小舍监送去。

小娃一直站在一旁,人以为他会争着一同回家,可他只悄悄站着不响,一双黑白分明的眼睛盛满关切和不安。

"小娃,有什么事吗?"嵋用衣襟擦着眼泪问。

"我没有事。小姐姐,大后天就可以见到了。"小娃说,语气很坚决。

嵋想叮嘱两句,却没有力气。忽然觉得一阵奇寒撞进身体,打起颤来,抖个不停。

"莫不是打摆子?"晏老师自语。一面催着抬起椅子,又嘱小娃去上课。大家便下山。

路过永丰寺,正值一节课下课,同学们跑过桥来看。殷大士穿一件月白布旗袍,很普通,却罩了件镂花白外衣,不知什么料子,在同学中很显眼。

她拉着嵋的手说:"莫抖了,莫抖了。"又说,"我的主意不好,我不该要赛跑。"众人都诧异大士肯这样说话。

嵋用力说:"我自己摔的,和你没关系。"

慧书直送到山脚下,帮着铺好一条棉絮,让嵋躺好。忽然问:"怎么不见庄无因?"

真的,怎么不见庄哥哥?嵋想,随即想起,说:"他要准备同等学力考大学,不来上学了。"慧书低头不语。

小舍监坐在嵋身旁。马车走了,蹄声嘚嘚,沿着窄窄的土路前行。嵋没有力气看什么。这一次寒战过去了,她又昏睡过去。

车子吱吱扭扭走到半路,下起雨来。车夫把自己的油布雨衣搭在嵋身上。小舍监坐在车夫身旁,撑着伞,伞不够大,两人各有半边肩膀湿了。

"快着点!快着点!"小舍监催促。

这种马车,任凭催促,是走不快的。好在雨不很大,下下停停。好容易到得城里,已近中午。他们一径来到祠堂街,小舍监找到阁楼上,只有碧初一人在家。

碧初三步两步冲下阁楼,扑到马车边,一把将嵋抱住,见她昏沉,还在呼吸,才喘过一口气来。立即决定就用这车往泽滇医院去。小舍监交代清楚,自回学校。

碧初拿了应用衣物,给弗之留了字条。坐在车里,拥着嵋,用湿手巾轻拭嵋的手脸。

嵋慢慢醒了。很慢,像是从谷底升起。她在母亲身旁!还有什么地方更平安更舒适!

"娘!"嵋叫了一声,声音从通红的脸上迸出来,充满了感情。

"嵋吃了苦了!嵋吃了苦了!"碧初摇着她,"咱们到医院去,到医院就好了——就好了,就好了——"

嵋在"就好了"的声音中迷迷糊糊,觉得自己像是漂在一片澄静温柔的湖水上。

她再次醒来是突然的,一个沉重的声音惊醒了她。那是一句话:"先交六百元押金!"

峨十分清醒了,她已经躺在医院的一条长椅上。她见母亲正在挂号处窗口说着什么。那句话是从窗口扔出来的。她要回答,她的回答是:"娘,我不要治病,我们没有钱,我不要治病!"

碧初回头看她,摇摇手,又和挂号处交涉:"我带了五百多,还差一点,一会儿就送来。请千万先给孩子治一治!"

她拿出家里的全部现款,五百五十九元八角七分。现在的日子已不比去年,如果再过几年,五十元也拿不出来了。

窗口里把钱推了出来,啪的一声关了窗户。碧初愣了一下,决定去找医院院长。

这时一个穿白大褂的人走过来,看了一眼碧初,说:"这不是孟太太吗?"随即自我介绍,他姓黄,是外科医生,曾托朋友求过孟先生的书法。

他知道了峨的病,感慨道:"你们这样的人,连医院都住不进!"立刻用平车将峨推到诊室检查,很快确定峨患急性淋巴管炎,俗名丹毒,由伤口进入细菌引发。寒战是细菌大量进入血内所致。也没有交押金,就收峨进医院。

病房两人一间,只有峨一人住。这是黄大夫经过外科主任安排的。人们对迁来的这几所大学都很尊重,愿意给予帮助。

碧初心里默念:"云南人好!昆明人好!"安排峨睡下了。有护士来打针,打的是盘尼西林,即青霉素,这在那时是很珍贵的药。

碧初见峨平稳睡着,便回祠堂街去筹钱,她不愿欠着押金。上坡下坡走了一阵,想起还没有吃午饭,遂向街旁买了三个饵块。饵块是米粉做的,一块块放在炭火上烤熟,涂些作料,便可吃了。碧初不肯沿街大嚼,托着这食物直走到家。

弗之正在楼门迎着,说:"我这是倚闾而望。峨怎样了?"

"是丹毒。已经开始治疗,不要紧的。只是现有的钱不够交住院费。"

"正好学校今天发了一百元补贴。"弗之说。

碧初微叹,心想嵋是有点运气的。遂两人对坐以饵块充饥。

过了片刻,碧初说:"住院可以应付,家用还得添补。前些时托大姐卖了一只镯子,贴补了这一阵。再拿一只去卖吧。不知大姐什么时候从安宁回来。"

"上午在秦先生那边开会,听说亮祖的事。"弗之迟疑地说。

"亮祖什么事?"碧初忙问,放下了饵块。

弗之说:"你只管吃。说是最高统帅部撤了他的军长职务。"

"哦!"碧初舒了一口气,"我还以为战场上受了伤或是怎么了呢。"

"不让他上战场,我想这比受了伤或怎么了还难受。"

"可因为什么呢?"

"因为他打了败仗。不过我看恐怕不只因为这个,你记得亮祖和爹很谈得来?"

"因为思想?"

"大概有点关系。"

两人默然,都觉得沉重。嵋的病不过关系一家,亮祖的去职对个人来说也许没有什么不好,但是这在同仇敌忾、举国抗日的高昂精神中显示了不谐和音。这种不谐和音肯定会越来越大,关系到国家民族的命运。

嵋在医院颇受优待,治疗顺利。家人亲戚同学时来看望。星期天,碧初携小娃来了,小娃左眼眶青了一块。

"这是怎么了?"嵋忙问。

"摔的。"小娃用手捂着脸,含糊地答道。

"怎么连眼眶都摔伤了?"

"就说呢,像是打的。怎么问都不肯说。"

碧初把带的东西放好,去找医生了。

小娃左右看看,低声说:"我告诉你,我和殷小龙打架了。我打赢了。公公教过我们打拳!"

"为什么打?打架总是不对的。"

"他要打嘛。因为一盆水。"遂把用热水的事说了。

嵋默然半晌,说:"我就奇怪,哪儿来的热水!你还有哪儿伤了?殷小龙哪儿伤了?"

"他是右眼眶。我们在山门外场地上画了两条线,在中间打。谁退过了线,就是输。"

"他输了?他没有赖吗?"

"好多人看着呢。他也没有想赖,挺守规则的。"

"都是光明正大的男子汉!"嵋笑道。

"娘来了!不说了。"小娃摇摇手。碧初进来,脸色很忧虑。

一时素初携慧书来,两人神色都有些异常。素、碧二人低声说话。素初告诉,亮祖的处分已经宣布,撤职留在昆明居住,可在省内走动。卖镯子可以交给副官办。他们全家要到安宁住一阵,慧书也去,大考时再来。

碧初告诉,嵋的病不只是丹毒,还有较重的贫血和轻度肺结核,需要较长期调养。

慧书坐着揉一块手帕,不怎么说话。她带来一本书《苦儿努力记》送给嵋,还有四个芒果,是殷大士送的。

素、慧刚走,弗之和峨来了。快到中午,挂出了红球。孟家一家人在狭小的病室中团聚,不想跑警报。嵋说最好大家还是走,不要管她。

碧初说:"不会炸医院的,屋顶上有很大的红十字。"

峨冷冷地说:"那可说不准。"

没有空袭警报,球取下来了。

"我们真得搬到乡下去。"碧初心里这样决定。

第 三 章

一

　　孟弗之一家终于在一九三九年夏初迁到龙尾村。当时理科教员大都在西郊,文科教员大都在东郊,江昉、李涟、钱明经等人都已迁去。

　　龙尾村有山有水。山不高,长满各种树木,名字也很好听,唤做宝台山。水不深,小河一道,清澈见底,唤做芒河。据说本是蟒河,村民改做芒,是由不远处的大河龙江分来。这地方似与龙有着什么关系。村里村外,山上河旁,遍生木香花,那是一种野生灌木,可以长得很高,围护着普通农舍。花开如堆雪,且有淡淡的桂花香气。孟家人对龙尾村的记忆,是和木香花缠绕在一起的。街道只有一条,两旁店铺大致和昆明市内偏僻处相仿。房屋多在街边巷内,形式大同小异。比较正规、有点格局的,大都两层,有正房和东西厢房,正房楼下正中无墙,算是个敞间,是一家人起居之所。厢房一边楼下是厨房,一边楼下是猪圈。孟家人的新居便在猪圈上面。

　　这厢房比大戏台的阁楼又小了许多,楼板很不结实,走起来吱扭吱扭响。而且木板间有很大空隙,可以看见楼下邻居几只猪的活动。它们散发的特有气味和不停的哼哼声透过地板缝飘上来,弥漫全屋。起初碧初很不习惯,把家什擦了又擦,衣服洗了又洗,总也去不了那种气味。到自己也发出一种猪圈味时,就不觉得了,似乎一切都很自然。

　　让人长久不能习惯的是厕所。厕所在另一个堆柴火的院子里,在柴火堆中有一个大坑,大小如同炸弹坑。稍窄处搭着木板,供人方便。其余部分是敞着的,里面五颜六色,白花花的蛆虫在蠕动,胆小的人真不敢看。最可怕的是坑里还养着猪,它们哼哼着到木板下来接取新鲜食物,还特别欺生,遇生人来,似有咬上来的架势。所以城里人来用这坑时,大都手持木棒,生怕被咬上一口。

　　这家房东姓赵,行二,在村里算得个殷实人家,除养猪外,鸡、狗、猫是少不了的。还养了一匹马,它在柴火院中有专用的马厩。主人善待众生,给它们很大自由,厕所猪和厨房猪时常交换场地。养的狗是那种笨狗,两眼上各有一块白毛,称为四眼狗的。它反应很不敏锐,在家中也有它的地位,大门旁的稻草便是它的窝。至于猫,更是受到尊重。昆明的猫,常在对鼠的讨伐中染病而亡,猫价可观。房东一家在敞间中放一矮桌,那是全家包括猫的餐桌。开饭时,全家三代祖孙六人坐了三面,另一面摆着饭钵坐着猫。盛饭时猫也有一碗,舀汤时猫也有一勺。女主人给猫碗里浇上汤,还用勺子把饭按上几按,怕有饭团,不利下咽。马是大牲畜,有自己的独立性。这匹马个子不大,力量不小,耕田拉车都来得。每于劳动后黄昏时分,站在马厩中喝用脸盆盛的稀饭,态度从容自得,很是文雅。嵋和小娃常伏在栏杆上看它吃饭。马不时抬起头来看看两个孩子,眼光是温柔的、友好的,像是要招呼一声"你好"。

　　为了方便,教员多集中在几天上课。弗之的课排在一周的前三天,后四天在乡下著书,无须跑警报,时间充裕多了。那时没有交通工具,来去都是步行。最初,一次走两个多小时,有时近三个小时,后来两个小时便可走到。碧初特把他常用的蓝布包袱改为挎包，可以斜背在背上，再拿一把雨伞，很像古时赶考的举子。

碧初形容她一周的生活是头轻脚重。每星期一，弗之一早离家，只剩一个人时，觉得猪的哼哼声也有几分亲切。周末孩子们回来，大家挤在厢房，一种温暖安谧的气氛，连峨也很快乐。星期天下午嵋和小娃走回学校，好在龙尾村和铜头村较近。峨有时和他们一起走，有时到星期一和弗之一起走。嵋出院后身体一直不好，但她还是坚持上学。

这个星期一清晨，碧初送弗之到村外，见他在晨风中沿芒河大步走去，步履轻捷，背却有点弯了。

"什么时候搬回城去就好了，免得这样奔波。"碧初寻思。弗之拐弯不见了，她把河旁的路、路边的树看了一会儿才回家。头一天孩子们都已回学校，赵家老小尚未起床，院子里静悄悄，只赵二嫂在楼上倚窗梳头。

孟家和钱明经家隔一条街，共饮一井水。井在钱家院子里，孟家雇人挑水，一天两担。每到星期一，洗涮太多，水不够用，碧初常自己到井边打一桶水，提回家。因为附近人家共用这井，钱家的院门是不关的。钱明经不满意这一点，但是这小院独门独户，三间小北房，没有任何牲畜，这样的规格实在难找，对这口井只好将就了。

碧初到家后且不上楼，取了水桶，径往井边。到钱家见院门虚掩，轻轻推门进去，没有一点声息。井边有一个专为打水用的桶，系着长绳，她在井边站好，吸一口气，把这桶缓缓放下，摆动长绳，打起半桶水。

忽然屋内一阵低微的笑语声。公用的井在院中确实不方便，碧初想着，提水时一阵头晕，不觉松了手，水桶落进井中。

"惠枌！"碧初叫道，想让钱明经来帮忙。可是没有答话，再无声音，院子里似乎没有人。莫非听岔了？"惠枌！"碧初又喊了一声，刚出口赶忙缩住。她记起惠枌前天进城去了，郑惠杬从重庆来，碧初还说怎么不来乡下住几天。想必惠枌昨天回来了。

想到这里，便不考究，转身回家。正遇赵二出门去马厩，听说桶掉进井里，说道："打井水丢了桶是常事。"一会儿便挑了一担水来，说桶已取出了。碧初遂坐在敞间小凳上洗衣服。

房东一家陆续来到敞间。赵二嫂淘米做饭，当时多用煮而后蒸的方法，称为捞饭。煮出的米汤很好喝，但也常被拿来喂猪或倒掉。专蒸饭用的饭甑，有一个尖尖的盖，像顶草帽，小娃还曾要求摸一摸。

赵二嫂煮着米，一面切辣椒。辣椒鲜红，辣味像颜色一样浓烈，她站在案板旁边，毫无反应。碧初在屋角，一个接一个打喷嚏，而且泪流满面。

"我看你家不像个能干活的人。白生生的手脸，瘦掐掐的身子，经不起哟。上海人嘛！上海可有辣椒？"村里人认为一切外乡人都是上海人。

"习惯就好了。"碧初走到廊檐下站了一会儿，又坐下洗衣。

赵二嫂把煮好的米捞上饭甑，米香四溢，辣椒气味渐淡。她蹲在洗衣盆边望了一会儿，说："我看你家莫如找个帮工，可合？管饭就好，工钱随你家。"

弗之曾说过的，得找个人帮忙。碧初却想自力更生，每月薪水入不敷出，多一项开支怎么安排？不过自己身体真是一天不如一天，不可弄到油尽灯干的地步。

因随口说："若是住处近，一星期来帮几天可好？"

赵二嫂答说："就是近嘛，就在街子头上。不瞒你家说，这姑娘是我的外甥女。我姐姐过世了，后娘不容她。她时常住姑妈家，不想姑妈又过世，姑爹的相好更不容她。这姑娘有点不吉利，不过对外人无妨的。"

"姑娘在哪点？"碧初同情地问。

104

“赶马帮去了，一个多月回来。”

“女娃也赶马帮？”

“咋个不赶？女娃娃样样都做，只有赶马帮靠男人为主，别的还样样比男人多做呢。”

门旁草堆上的四眼狗汪汪了两声，转个身又躺下了。郑惠
枌站在院中，笑盈盈地。

“我已从城里走回来了，早不早？”惠枌轻快地走过来，手里
提着一个花布包。“我碰见孟先生了。他说你要记住吃药，他
忘记说这一句话。我一进村子，先上你这儿传话。”

“你从城里来？”

“就是呢。家都没回呢。你洗这么多衣服！我帮你洗。”说
着拿个小板凳坐下来。

“不消得，不消得。”碧初用云南话说，两人都笑了。“已经
打上肥皂了，泡一会儿，再来搓洗。上楼去坐。”遂用水瓢舀了
一点水洗手。

“你真节约，其实水又不缺。”

“挑着麻烦。”她刚想说桶都掉到井里了，想想又没有说。

两人楼上坐定。惠枌从布包里拿出一盒水彩颜色、一盒油
彩颜色、一排画笔让碧初看，说：“姐姐说，我只管照顾钱明经，
太不像我们郑家人。没有合适的事做，在家里也不能搁下画笔。
我先画几张给你当墙纸。”

“我这墙配吗？”碧初笑道，“倒是惠杬的事怎么样了？”

所说惠杬的事乃是指惠杬离婚的事。郑惠杬结婚十年，商
量离婚已九年半。她以柳夫人之名蜚声乐坛，人们却大都不知
那柳先生在哪里。现在比较明确，他在上海守着许多财产不肯
出来。人分两地，要办什么手续更难。

当下惠枌说：“她的事且搁着，反正已经这么多年了。我也
有些麻烦事呢。姊妹的命怎么都有些像，你们三姊妹都嫁了好

人,我们两姊妹都要离婚。"

碧初吃了一惊,道:"何至于呢?"

"这事我从年初就在考虑,昨天才和姐姐说出来。"惠枌说着并不显沮丧,反似是兴高采烈。"我如果认真画画,可能活得会更好些。"她看见桌上碗里有泡萝卜,拈起来吃。

碧初从小柜里取出一个大口瓶,里面泡的萝卜红红白白,很是鲜艳。

"刚和房东学的,昨天孩子们吃了一大瓶,还有这些。"

"想想真有意思,泡萝卜也算好吃的东西了。"惠枌嚼着萝卜说,"离婚嘛,也不是现在就摊牌,还要再看看。他在外面有人已经一年了,听说是跑滇西的玉石贩子,在当地是个大户,称为什么寨的,和近处大土司很要好。时常接济钱明经,弄得我都不敢用那些东西,不知是哪儿来的。"

碧初想到晨间的笑语声,不知该不该说。若论和惠枌的交情,该告诉她,却不惯发人隐私,而且疏不间亲,最好由惠枌来说这些话。一面想着,吃过丸药,坐在桌前梳头。

碧初打开发髻,一下一下梳着,小镜子里映出她消瘦的面庞,让浓密的头发衬着,格外憔悴。

"你的头发还是这么好。"惠枌说。

"掉了许多。这么长,梳着、洗着都麻烦。"碧初随口说,忽然愣了一下,对着镜子问:"要不然,剪了好不好?"

惠枌在旁也一愣,说:"多可惜,不过也实在是麻烦。"

"真的,剪了还省得买头油。"碧初对镜顾盼片刻,下了决心:"你就帮我剪了吧!"站起身拿过一把大剪子递给惠枌。

惠枌先不敢接,说:"你就不和孟先生商量?"

"我们曾说过,他还说剪了好,免得梳头太累。等一下,我先把头梳通了。"说着放下剪刀,又拿起梳子,一下一下梳着。

这头发还是母亲帮着梳过的。那时梳的是辫子。母亲当时

106

有一套梳子,大小九个,背上镶着螺钿,极其精巧。只要在母亲房中梳头,绛、碧就要把每个梳子依次用一遍。那套木梳随母亲睡在棺中,已是三十年了。

碧初长叹一声,放下梳子,示意动手。

惠枌把那黑瀑布一样的长发分成四绺,攥住一绺,拿起剪刀,比画了一下,说:"我要剪了?"

"剪吧,别犹豫。"碧初微笑地闭上眼睛。

一会儿,四绺头发委蛇在地。惠枌把刚过耳朵的短发细心地修理整齐,从镜子里看,碧初显得年轻了许多。

"好看,好看!"惠枌高兴地说。

"倒像个新派人了。"碧初轻叹,起身收拾剪下的头发,把它编成四根长辫,用一块旧布包好,塞在箱底。两人像完成了一件大事,相视而笑。

"我们往芒河走走。"惠枌说。

碧初知她不愿回家,同下楼来。见那一盆衣服,忽然想到,芒河水清亮无比,何不到河里洗衣服。惠枌听说,好像得了一大发明,高兴地抱住碧初的肩。

赵二嫂正要下地去,听见商议,有些惊诧,说:"你们也下河! 莫要跌下去!"一面拿出捣衣的棒槌。

碧初甚是感谢,和惠枌两人找了个箩筐,抬了衣服往芒河而来。

芒河有丈余宽,水面很高,近岸处不深,水清见底,游鱼可数。堤岸遍植杨柳,有些大石块深入水中。

碧、枌二人找了一块上下方便的石头,蹲着洗衣。眼看着衣服经过在水中摆弄,愈来愈干净,心中也觉清爽。

碧初拧干几件,又把几件捶了一遍,感慨道:"大自然真是神奇,还安排一条小河,让我们洗衣服。"

惠枌应道:"也安排出日本人,赶我们来洗衣服!"

一会儿,两人的脚都湿了。惠枌要脱鞋,碧初不肯,于是各行其是。惠枌赤脚站在石头上,轮换着伸一只脚到水里,蓝布旗袍的下摆沾了水,沉沉地坠着。

碧初笑说:"好一幅浣衣图。"

惠枌接着:"对了,昨天在城里听萧先生说,你们的亲戚卫葑娶的是北平岳家的外孙女。她居然离开北平,往西北一带去了。"惠枌这样说,是用地理概念代替政治色彩。

碧初惊道:"我们很久没有卫葑和雪妍的消息了,怎么也没听萧先生说起。"

"你可以想见,萧先生说什么,其实含了我姐姐的话。是姐姐说过,贵阳音乐会后,她在一个朋友家中见到卫葑夫妇。"

碧初放下棒槌,望着惠枌的脸:"不但有了消息,还亲眼看见了?"

"可不是! 他们在花溪的朋友家,也帮着做饭洗衣服,还种菜呢。"

"没有适应不了环境的人。不过雪妍是特别娇养的,真难为她。"

"姐姐也这样说。我以为卫葑是孟先生一边的亲戚,没有当成一件大事告诉你。"

"他的亲戚也是我的,是我们家的。这是件大消息。"

她们把漂好的衣服拧干,放进箩筐。这时发生了另一件大事。

对面堤岸上,走过一男一女两个人。一个低头,一个抬头在说话,状极亲密。这位先生不是别人,正是钱明经。

早上的话还没说完,碧初心想。希望他们不往这边看,走过去了事,免生尴尬。

可是石头猛地摇了一下,惠枌站起身,一手扶住碧初,两眼定定望住对岸。

等那两人走近了,她忽然叫道:"钱明经!你早上好!"

钱明经像给定身法定住了,一动不动。

那女子忙向旁走开几步,带笑说:"我是来找钱太太的。我那里到了几只玉镯子,货好,价钱真便宜,想求钱太太帮着问问,有哪位要。"

"找错人了。"惠纷也带笑道,"谁听说现在学校里的人还买首饰,少发国难财为好。"

似是给国难下注脚,远处天空出现了二十余架飞机,接着传来轰隆的声音,是绕着昆明在飞。几个人都屏住气,不知要扔多少炸弹。

过了一会儿,飞机飞远了,蓝天还是那样明净。生活中的甜酸苦辣仍在继续。

碧初说:"钱先生请便,我会招呼惠纷。"

钱明经平静地说:"我送送客人就回来,她往落盐坡去。"一面示意那女子,两人向龙江走了。

落盐坡是江河分岔处的小村。那女子提着一个小箱,想是玉器。

惠纷捡起一块石头砸过去,石头勉强落到岸边草丛里。自己冷笑道:"今天真开眼。"

碧初劝她穿上鞋子,免得着凉,说衣服已漂好,该回家了。

"我再没有家了。"

惠纷用手捂住脸,停了一会儿,站起身收拾。

她们回去晾好衣服,碧初让惠纷楼上坐,自在敞间安排午饭,把昨天剩的饭菜煮了一锅烫饭,端上楼去。见惠纷坐在床沿上垂泪。

碧初心里难过,想郑家姐妹当初在上海,有大小乔之誉,不想婚姻都这样不幸。惠杬还好,另有知音。惠纷嫁后,连画事俱都荒废,太不值得。可是世上的事,事先怎能预料。

她摆好碗箸,忽然又一阵头晕,跌坐在椅上,咳个不住。惠芬见状,忙收泪过来招呼。两人互相劝着吃了几口饭,登时精神都好多了,原来饭的作用这样大。

"果然人要靠物质才能生活。"惠芬半是自语,"这烫饭好吃。"

"昨天烧的牛肉,剩了个碗底儿,倒进锅里了。"

昆明的牛肉,很有水平。街上有牛菜馆,专卖熟牛肉,最普通的做法是用大锅炖煮,香烂无比,一碗过后老板娘还会主动添汤。碧初每星期总要煮一锅肉,让孩子们尽量吃,自己总是等那碗底。

"你的毛病,到底是怎么回事?先要把病弄明白才好。你吃的不过是一般滋补的药,有用吗?"

"一个毛病是血流不止,从在龟回就有的,后来好些,后来又坏了。一个月里断断续续总是不得干净,所以头晕乏力。另一个新添的是咳嗽,还不知原因。"

惠芬道:"这次嵋住院,你也没有检查一下。"

"那阵子好像还好——实在顾不了这么多。"碧初停了一下,又说,"李太太说什么医院里有她的会友,还说要介绍去看病。"

"李太太?我可不敢信。"惠芬说着,忽然想起上个星期赶集时遇见金士珍,心里格登一下。怎么说不信?人家李太太说中了。

那天惠芬与钱明经到集上采购一周的食用之物,正在一个摊子上讲价钱。金士珍从背后把惠芬拉开,悄声说钱先生头顶有粉红、翠绿两种颜色,定有妖人缠绕。惠芬因说,难道遇见白娘子了?

士珍郑重地说白娘子岂是随便人能遇上的!他自己七情六欲太重,家庭恐难维持,最近便见分晓。

一般人算卦占卜多不肯直言，士珍却是见到就说，惹得许多人厌恶。惠枌疑她听到什么传言，发挥想象力加以编造。钱家夫妇不和已不是新闻了。

　　这预言惠枌本不肯说，因提到李太太，便和碧初说了。

　　碧初说："什么事信则有，不信则无。你的事不是一时半会儿能了结的，最重要的是保住健康。你现在睡午觉！"

　　惠枌躺在孟家外间床上，很想摒却思虑进入睡乡，本来今天起得太早，可是越不愿想的事越向眼前涌来。

　　她记起初见明经的情景。那一年她刚从圣约翰大学毕业，又入上海艺专学画，在一个画展上见到他，确是人品不俗。他已在明仑大学任教，发表过多篇甲骨文研究的文章，这学究的成绩不合他翩翩佳公子的形象，而他恰又是小有名气的诗人。

　　他们一起看画，看到两张水粉小画，一幅画面上雨意朦胧，一幅风力遒劲。他在画前站了许久，说它们充满诗意。画上没有署名，正是她的作品。后来她问他许多次，是否先做了调查，他始终矢口否认。

　　后来他们在明仑大学校园中西院居住，那是一个中式小院。室内挂着他写的甲骨文和她的画。她画了许多北平西郊景致。圆明园废墟，在暮霭中如同一只停泊的大船。香山红叶，背后衬托着苍翠的松林。她学画多年，第一次发现红和绿在一起这样相配，这样美！还有樱桃沟玎琮的流水，该让惠杭和着水声唱一曲。她陶醉在自己的小家庭和各种美好的事物中，直到偶然发现一封信，使她如梦初醒。

　　那是很一般的情节，像通俗小说中常有的。钱明经和一个女学生有不同寻常的关系。他承认了，悔罪的话说了几车。她相信他，没有张扬，还在系里替他遮掩。外面看着，他们两人还是一段好姻缘，内里却有不少磕绊了。七七事变前约半年，他又和一位京官太太来往密切。因京官常在南京，他便常陪伴这位

111

太太,以慰寂寞。后来大家忙着往南边去,这事不了了之。惠姈曾说事不过三,明经说哪里敢有下次。

在龟回倒过了一段平静日子,惠姈打起精神料理家务。明经颠沛流离之时却得了研究文物的癖好,龟回的硬木镶螺钿家具在昆明卖了好价钱,贴补了一阵家用。他的兴趣很快转向玉石、宝石,结识了一些行家,也结识了那女玉石贩子,后来得知,那是一个小地区的土司。

钱明经具有多方面才能,可算得天分很高。作为学者、诗人,他都有成绩,最奇的是他还有商人细胞,对买进卖出心里的算盘打得极快。

他们迁居乡下以后,明经也是三天在城里教书,回家时常带些玉器,早晚摩挲鉴赏。一次带回一个小香炉,只有墨水瓶大小,通体莹白,雕琢细致,笑对惠姈说,这就是羊脂玉了,给你供观音菩萨。惠姈开玩笑道,我从来不拜菩萨,想必是有拜的人,让你挂心。不想明经沉下脸来,把香炉收了。渐渐地,惠姈知道在诸多玉器后面,有一个女人,这女人笃信观音菩萨。

惠姈曾卑屈地把自己和那几位相比,看不出自己有什么不如人处。只能说明经有寻找外遇的天性,也有得到外遇的条件,让他去吧,这一次到了头了。

有人敲门。碧初开门,见钱明经站在门口。

明经很自然地笑说:"孟师母这几天身体可好?惠姈在这里打搅了。"

碧初将请进、请坐、请用茶几道程序做完,关切地推了推用被子蒙着头的惠姈,自下楼去了。

明经弯身轻声说:"今天你既然看见了,我不能再瞒你。不管有什么话,我们回家说,这样重大的事总不能在孟家谈。"

楼下的猪哼哼着走来走去,表示这里确不是谈判之所。

惠姈推被坐起,冷冷地说:"有什么好谈的!简单得很,离婚就是了。"

"离婚才复杂呢。"明经赔着笑脸,把鞋拿在手上,要为惠枌穿鞋。"如果只吵吵架,倒是简单。吵架也得回去吵。回去吧,请太太回去。"说着鞠了一躬,上来穿鞋。

惠枌想一脚把他蹬开,却怕发出声响,总不好在这里大打出手。且回去理论!那三间屋有自己一半呢。因夺过鞋穿上,整好床铺。

明经忙拿了花布包,两人下楼来。若不知底细,外面看着依然是一对璧人。

碧初在敞间补衣服,送两人出大门,暗忖可能惠枌又要妥协。钱明经为人不坏,只这风流脾性让人怎么受得了。

钱、郑两人回到井旁小屋,一进门钱明经就说:"在这样残酷的战争里,有这样一个家,你舍得拆散?"

惠枌不答,在摇椅上坐了,那是明经从寄售行买来的洋家具。她看着一边卧室里长可及地的土布帷幔,一边书房里四壁图书,有一层专放玉器,叹息道:"离婚不是容易的事,现在的生活先得安排。你住书房,我住卧房,饭食自理,咱们井水不犯河水,各人过各人的。"

明经听说,忽然"扑通"一声跪在当地,把惠枌吓了一跳。

明经跪着说:"我只求你一件事。江先生让我把这几年的著作整理出来,下个月系里要讨论我升教授。只求你忍一忍,一切等我升了教授再说。"

惠枌道:"你升什么教授?是明朝家具还是宋代瓷器?是云南玉器还是缅甸宝石啊?"

明经起身拿过一叠文稿,虽是土纸,装订整齐,又是几本杂志,刊登着他的甲骨文研究文章。说:"那些女人只看我长得好,她们不懂,难道你也不懂!"

"难道你也不懂!"这话重重地撞击着惠枌的心,惠枌两手

113

捂着脸,泪水滴滴答答顺着手臂流下来。

黄昏时分,李涟从城里回来,带来消息:明仑办事处被炸,毁了一处院子,一名老校工当场炸死,正房未受损伤。特别对孟太太说明:"孟先生很好。今天的课是在坟堆里上的,下午又在大戏台顶上写书呢。"

过了几天,嵋和小娃放暑假了,只峨说要找事做,在城里方便,隔几天才回来一次。

嵋又有低烧,医嘱隔日注射一种肝精补血,并服用抗结核药物。落盐坡有一家医生,成为附近的简易诊所,可以打针。落盐坡来回七八里路光景,碧初带着嵋去了几次,嵋说认得路了,自己能去。碧初不放心,又由郑惠枌陪着去了两次。这天,惠枌有事进城了,乃决定嵋自去打针。

嵋拿着草帽站在敞间,听着碧初嘱咐:"走路要专心,不可东张西望。若是遇上敌机,飞得近了,不管怎样,先在草丛里躲一下。打针的人是医生太太,也要称医生,记住了?"

嵋答应着戴上草帽。帽子是旧的,但有一条花布带垂下来,就好看多了,那是嵋自己缝上去的。

小娃送她到门外,拉拉这根带子。小娃本来要跟着,路太远了,他听明白道理,便留在家看《西游记》。

嵋自己上路了。她沿着芒河的堤岸走走停停,遇上几个挑担子的,还有几条狗伸着舌头跑过。约走了半个小时,便到了落盐坡。这村在山坡上,夹在龙江与芒河之间。坡脚有一深潭,潭上游水流很急,到这里猛然落下,几块大石伸到水中,水花溅起,雪白一片。嵋忽然明白这里为何叫作落盐坡。

村人常用急水冲洗衣服。潭下游水势缓慢多了,据说这潭和龙江相连,这里落下的东西,过些时能在龙江发现。飞舞的水花落进潭里,变成一片涟漪,缓缓向下游流去。

"女娃娃,找哪个?"一个背着娃儿的妇女问。

"去找医生。"嵋答。

"医生家来了外国人。"这位大嫂可能觉得外国人比外省人来自更远的地方,应给予更多注意,"两个人,老头有五六十岁,还有他的女儿,有的说是婆娘。你从龙尾村来,龙尾村住的外省人多。"

婴儿的头摇来摆去的,嵋向他笑笑,走上坡去。

医生的家门在一堵半截墙后面,可以设想它是影壁一类的东西。嵋进门,见一个外国中年妇女穿一身鲜艳的大花连衣裙,在西厢房前搬砖,不知做什么用。她对嵋点头微笑,头发垂下,遮住半边脸。

嵋进东厢房,那是医生的家,屋里很乱。医生太太手里抱着一个孩子,另一个大些的靠在她膝前,她一口一口喂两个孩子吃东西。

"哦!你来了,等一下。"嵋把针药放在桌上。

医生太太喂完孩子,把他们安顿好,拿过在屋外炉火上煮着的针盒,自己疑惑:"到时间了?"一面嘟囔,一面拿出来,钳子没夹住,针头掉到一个纸篓里。

"没关系,没关系。"她一面说一面不动声色地装好针头吸药。"要是掉在地下,就给你重新消毒了,可懂?"又说,"我们要搬家了。搬到城西去,那边房子便宜些。你看看这里哟。"她朝院外努嘴。

嵋看见外国人还在搬砖,便问:"他们是新来的邻居?"

"就是呀。我们不喜欢,房东喜欢,多收钱呀。外国人倒不要紧,我告诉你,他们是犹太人。"

"犹太人有什么不好?人都是一样的。"这是嵋受的教育。

"听说他们到处挨人家赶,赶来赶去赶到落盐坡来了。他们不吉利。"

"那是赶他们的人不对。"

"小姑娘懂哪样!"说着,打过了针。孩子之一开始哭,医生太太忙去哄。

嵋便走出房门,一直走到那犹太女人面前,友好地说:"早上好。"

那女人抬头看她,头发甩向后面,露出额角直连到左腮的一个大疤痕,当初缝伤口时不够精细,肌肉外翻,很吓人。嵋装作没看见。

女人微笑,放下手中的砖,也友善地说早上好,又指指自己的疤痕,说:"对不起。"然后向厢房叽里咕噜说了几句话。

一个高大的犹太老人出现在门前。他开口说话,使嵋十分惊奇,他说的竟是地道的山东话。

"小姐你好。请允许我介绍自己。我姓米,大米的米。这是我的妻子,米太太。"

米太太习惯地向嵋伸出手,手上满是泥污,连忙改为又摇手又摇头,意思是不能握手。

"我们砌花坛,把野花移到院子里。"米老人说。

嵋慢慢地清楚地自报家门。

米老人注意地听,随即说:"是不是孟家的小姐?我知道龙尾村住了很多有名的人,以后我要来拜访。"他把"人"说成"银",标准的山东方言。

嵋很想问他怎么会说山东话,但忍住了。米氏夫妇请她屋里坐,她说要回家。她正要向院门走去,米家的第三位成员出现了。

那是一条狗,一条很大的,深棕近乎黑色的狗。它的脸很长,高兴地喘着气,对着老人摇头摆尾,四个蹄子不停踩动,很快转到嵋跟前低头要舔嵋的手。

"不要,不要!"嵋把手举起来。大狗以为和它玩,用后脚站起来,比嵋还高半头,咻咻地喷出热气。嵋不由得向后退了几步。

"柳!"米老人喝了一声,向它发出训令。它立刻卧倒在嵋的脚边,抬头看着她。

"这是柳。"米老人介绍,"它已经认定你是朋友了。"

嵋弯身摸摸柳的头,它的毛皮光滑得像缎子一样。

"柳。"嵋轻轻唤它。它把头枕在自己的脚爪上,眼光里充满笑意。

"它是我们的孩子。"米太太的中国话怪腔怪调,她指一指米老人,"山东话。"又指一指自己,"山西话?"三人都笑。

米老人送嵋到半截墙边,问道:"小姐可知道世界上有一个民族,叫作犹太民族吗?"

"知道的。"嵋小心地说。

"我是犹太人,德国犹太人。"他严肃地说。

"欢迎你们。"嵋由衷地说,抬头望着米老人的脸。米老人很想拥抱她,但他只感谢地握一握她的小手。

嵋有些累了,慢慢下坡。觉得有什么跟着,回头见是柳。它轻轻摇着尾巴,脸上的表情极温顺,似乎在问:"让我送一程?"

嵋摸摸它,和它并排走。不知不觉转了弯,走到村子另一面。只见一条大河,从远处奔腾而来,便是龙江了,河水与芒河的气势大不相同。稍往下有一块白色大石,如同一条船,石旁榛莽纠结。这里很少人迹,在夏日的晴空下令人生苍凉之感。

柳忽然向后退,然后猛地纵身一跳,抓住一只从草丛飞起的鸟,便要大嚼。

嵋说:"柳,你这样野蛮。"

柳来不及看她,且对付眼前的食物。嵋不愿看,转身跑下坡自回家去。

嵋在家门口正遇见孟弗之从城里回来,便跑过去接爹爹手里的伞:"爹爹,今天这样早。"

"发米了。"弗之说。果然一个挑夫挑着一担米,跟着他。这一担米是作为工资的一部分,发给教师们的。米不知在仓里放了多久,已经发霉,呈红色,然而有米吃总是好的。

碧初正在敞间择菜。弗之见她面容憔悴,整个人像是干了许多,心中难过,忽然记起贺铸的一句词:"更几曾珠围翠绕,含笑坐东风",马上将"更几曾"改为"待几时"。待几时?谁也不知道。

他看着眼前的米。嵋已经俯在箩筐旁捡出好几条肥大的肉虫,一面说:"爹爹,我今天在落盐坡看见两个犹太人,他们姓米,大米的米。"

弗之道:"听说是搬来了一家德国人,原来做过驻青岛领事。"

"那位先生说山东话。"嵋证实。

"他们还有一条很大的狗,名字叫柳,名实不相符。"

弗之想了一想,说:"那大概是德语狮子的发音。纳粹上台以后,从一九三三年实行排犹政策,一九三五年停止犹太人的公民权。人说有家难回,有国难投,他们没有国,没有家,简直是无处可去啊。有些国家惧怕纳粹,也不容他们住下。我们不一样,中国的土地上能容纳各种各样的人。"

"我们到底是生活在自己祖国的土地上。"碧初抓过一把米,让米粒顺指缝流下,"米,到底不是糠啊。"

弗之也抓起一把米,米虫在蠕动。我就用这米,养活自己的妻儿。他心中暗想,赶集时,无论如何要买一两斤好米,给碧初煮粥用。

二

龙尾村街口外,沿着芒河,有一片松林,树间空地很多,上有枝叶遮盖,形成一片天然的棚子。这就是历来附近村庄赶集的地方,云南话称为赶街子。七天两头赶,隔五天赶一次。到了集期,各村的人提筐挑担都到这里。有卖的,有买的,有不买不卖只逛的。粮食以米和豆子的种类最多,肉类则牛马猪羊俱全,禽蛋蔬菜,水果干果,还有一担担木柴、一挂挂松毛、一堆堆焦炭,以及针头线脑、小梳子、小镜子,各种生活日用品摆满了松林。当时物价在涨,但还不到飞涨的地步。有敌机来,人们抬头看看,该做什么还是做什么,心里恨一句:谁能挡得住我们过日子!

大学的人已有好几家在集上出现。几个人在买松毛、木柴和炭,炭堆一块块一层层整齐地摆着,好像不是燃料,而是什么艺术品。若说艺术品,也有两三个摊子,席地摆着几块石头,旧盆旧碗,也有粗糙的小件玉器。在这"文物"摊前站着一对青年夫妇,在低声讨论什么,正是钱明经和郑惠枌。

钱明经拿着一个铜板大的玉环,说要送给惠枌。

惠枌冷冷地说:"要添项目还得谈判。"明经讪讪地放回去。

原来他们来赶集,是明经刻意安排的,好让人知道他们没有大矛盾。他知道惠枌识大体,能替他遮掩,心里有些感激,想讨好,也为了让人看着是一对和美夫妻拿着玉环讨论。他反正随时准备碰钉子,并不在意。

不远处,李涟一家人走到青菜挑子前站住。李家人出动时,总是金士珍牵了两个孩子走在前面,李涟勉强地跟着,倒也不太落后。这是一挑芥菜,又肥大又水灵,北方罕见。金士珍蹲下挑拣,李涟抬头看着各种摊子。挑子后面松林边有几只蝴蝶在飞舞。

惠枌故意走近,在士珍耳边说话。士珍站起来盯着钱明经看。

明经忙奉承说:"李太太仙术,村里人都知道了。是不是有许多人来求看病?"

士珍摆手不答，将惠纷拉到一边低声说话。士珍的悄悄话是这样的："头上的妖气没有了，想是收心了，给你道喜呀！男人有点花花肠子，也不算什么大事。我们这一位，"她朝李涟看，"你当怎么着？也不是省油灯！"一口地道的北平腔，让惠纷很觉亲切。至于收不收心，她并不信。

这边李涟和钱明经说话，怕挡住别人买菜，一同走到松林边。

几只蝴蝶飞远了，明经见李涟看着蝴蝶，不知蝴蝶引起他思女之情。发议论说："云南的蝴蝶很好看。我觉得这东西很不可爱，我总要看穿了它，看出它毛虫的样子。'庄生晓梦迷蝴蝶'，为什么庄生梦见自己变成蝴蝶，为什么不变成别的什么，有人考证过吗？"

李涟道："喜欢蝴蝶也就是因为它好看，小孩子哪管那许多。"

李涟的话明经并不懂。两人互相看看，说起学校最近酝酿的考核，有两个教授名额，要在中文系和历史系各提升一人，他们两人都提出了申请。

李涟问中文系提出几个人，明经道："提了三个人在研究，比较起来我是最年轻的，可是著作最多，讲课最受欢迎。"

"那还用说。我们也提了三个人，我年纪最大，资格最老，著作也不算少，但是讲课总不对学生的胃口。这几年我从来没有在课堂上讲神怪之事，也算是知过必改。我的希望不大，我无所谓。"

"听说孟先生最近有一篇批评朱元璋的文章，很有趣。是你老兄帮着写的？"

李涟道："哪里是我帮着写的！我不过查查资料，有时一起谈谈，引出他一些见解。孟先生一定要署上我的名字，本来是不敢当的。"

"批评些什么？杀功臣吗？"

"批评的是朱元璋立储不当。如果传位给朱棣，可以少一次战争，对老百姓有好处。建文帝年轻，生长深宫，缺乏各方面经验，又不愿冒杀叔之名。成祖虽是次子，一样是子，不是别的什么，宋朝还有兄终弟及的例。更因他封藩北平，势成已久，传位朱允炆，就是一个战争的局面了。"

钱明经问："不过，要说的究竟是什么？"

李涐想了一想，说："从历史得出教训，要审时度势，因势利导，能避免战争最好。当然，这说的不是外侮。这一篇文章是孟先生一系列论文的一篇，还有好几个题目呢，都是宋史方面的。"

钱明经见他知道这么多，心里有些不舒服。本来自己和孟先生是很熟的，因和惠枌闹别扭，不大好意思登门，消息不灵通了。

遂转过话题道："江先生有一篇关于神话的文章发表了，读到没有？"

"听说有新见。你近来诗写得不少，有集子吗？借来看看。"李涐一直奇怪像钱明经这样左右逢源的人，如何能写诗，故此要看。

钱明经大喜，说："有，有。自己订的，可能有书局要印刷。我的甲骨文研究文章，也要印的，有人出钱。我要请孟先生作序。"

"怎么不请白礼文？他是正宗啊。"

李涐说的这位白礼文，是古文字学专家，明经自然很熟。但他为人怪诞，让他写序，说不定狠狠把作者冷嘲热讽一通，故此明经不愿惹他。

这时之荃跑过来，依在李涐膝旁，把手里的扑克牌拨过来拨过去，一下一下地吸鼻涕，很有节奏。

李涟为儿子拭了鼻涕，吞吞吐吐地说："现在大家生活都困难，也就是你还差不多。如今滇缅路通了，你更是如鱼得水了。"言下甚是羡慕。

他抚摸着之荃的头，看着之荃手里的纸牌，那是孩子们唯一的玩具。

明经心不在焉地答应着。他经营的这些，照他看都是鉴赏活动。尤其一想到玉器，便想到和玉器有关且令他能够出书的那个人，不觉有些飘然。他讨厌这拖鼻涕的孩子，想往惠枌身边去。

这时一阵蹄声嘚嘚，一人骑马从芒河边缓辔徐行，后面还跟着一匹马，驮着两只煤油箱，到集市边勒缰站住，跳下马来。

这人一身短打扮，黑紧身衣裤，有些像江湖侠客，腰间插着手枪，面色倒是温和。

他走近李、钱二人，颇有礼貌地问："请问你家，可晓得白礼文教授住哪点？"见二人迟疑，忙说："我是大土司派来送东西的，要见白先生。"他一指马背上的东西，又说了土司的地名。

钱明经打量来人，沉吟了一下，料得不会给白先生惹麻烦，便告诉了进村路径。那人称谢，上马而去。

惠枌和士珍说了一阵话，这时走过来问是什么人。集上已有村民在指点，说像是远地瓦里土司家来人了。土司如同土皇帝，大家有这样一点模糊印象，不去深究，各自回家。

似要证实金士珍的话，接着几天，钱明经安稳在家，没有出去活动。他只用两周时间，写出五篇唐诗短论，又写了几首新诗，自己颇为得意，拿给惠枌看。

惠枌本不想看，经不住他苦苦哀求，勉强拿在手中，看了几行，不由得一口气看完，随口说："关于王维的这点意思，很让人——"

未说完停住了，目光停在一首新诗上。题目是"小村夜月",最后两行是:"只一盏摇曳的灯,照着我孤零的身影。"惠枌不觉抬头看他。

"惠枌,我知道你想什么。"钱明经道,"你想的是,钱明经孤零?笑话!他拈花惹草热闹着呢。是不是?"

"你错了,我想你确是孤零的,因为你只爱你自己。"惠枌放下稿子,仍旧补袜子。

钱明经有些诧异,随即一笑说:"这就是知夫莫如妻了。这稿子还有别的用处,你能想象?"

"没有兴趣。"

"那我出去了。天黑回来,不会让你只有一盏孤灯。"他的口气很有讽刺意味。

惠枌并不在意,心想,真的,其实谁不孤零?谁心底不是冷的,需要人来焐热?谁心底不是渴的,需要滋润?一针扎在手指上,忙用纸拭去血滴,怕弄脏袜子。

钱明经拿着稿子走出门来,他要为升教授去打探消息,目标是江昉和白礼文家。顺路先到李涟家,送诗集。诗都写在草纸上,还是惠枌手订的。李涟家在宝台山脚,猪圈鸡窝都是以山脚为墙搭出来的。两扇白木门虚掩,明经正要推门进去,忽听见一阵诵经之声,又有香烛和酸菜混合的气味,知是李太太在聚会。踌躇了一下,还是推开门,见有四五位妇女坐在院子里,李太太也在其中,低眉合目,发出高高低低的声音。据说她们念的是密宗的一种经,明经却一直怀疑密宗是否承认她们。当时李涟正在敞间看书,房东在腌菜,大家各行其是,互不相扰。

"文涟!"明经叫了一声。

李涟抬头,忙迎了出来,苦笑着向院中扫了一眼,说:"外头坐,外头坐。"

明经交了书,说:"多提意见。你忙你的,一会儿还要做饭,是不是?"

李涟道："自从没有了之芹，这可不是就是我的活！凭良心讲，太太是个能干人，只是——"说着苦笑。

明经的下一个目的地是江昉家。一路思忖几个被提名人的情况，自觉很有优势。江昉的房间在楼上，十分狭小，一扇窗对着宝台山，不多的书籍分门别类，摆得整齐。

此时江先生正伏在煤油箱搭的书桌上工作，满案纸张和摊开的书。钱明经鞠了一躬，坐在对面，拿出一盒骆驼牌香烟献上。

江昉眼睛发亮，接过了，说："你可真有本事！"忙不迭划火点燃，深深吸了一口。

江昉很瘦，脸上纹路深而阔，眉毛很浓，几乎遮住眼睛。他正在写一篇关于《九歌》的文章，是他的《中国上古文学史》的一部分。

明经看着桌上的文稿，很诚恳地说："关于《九歌》的作者，各家意见不一，我看江先生的说法最为可信。"

江先生享受着久违的好烟，似听非听。过了一会儿，把烟戳灭，放在一个瓦碟上，存着等会儿再用，怕说话间烧着浪费了。

"有什么消息？"问了一句，不等明经回答，自己先说道："南昌失守后，我军反攻，说是收复了飞机场、火车站，到底怎样了？现在报上消息有点难以捉摸，得学会看报。"

明经敏捷地说："看报看字里行间，这是中国老传统了。"他不想多讨论时事，把几篇文稿递上。"暑假里偶然兴之所至，您看看有意思没有。"

江昉接过，随手翻着。他喜欢聪明人，很欣赏钱明经，认为他很有才气。有才气又不懒惰，就很难得，不过明经揽的事也太多了。可不揽这些事，哪儿来的骆驼烟呢。

"你关于宋玉的研究，很站得住的。系里要推荐你，孟先生是赞成的。只是关于甲骨文方面要有人推荐，当然是白先生最权威。系里讨论时希望他不反对。"

这位白先生是一位奇人,钱明经浑身解数使用不完,唯独每次和白先生打交道,心中总有些嘀咕。

"不管怎样,要去看看白先生。"明经自忖。口中却说:"有文章在,随他怎么说。"

"估计不会有不同意见。"江昉看看瓦碟,拿起那半支烟。"现在研究古文字不容易,材料太少。"

明经说:"我到云南后就没有摸过骨片,还是写出了文章。"又说了几句闲话,随即告辞。

江先生抬起头,目送明经离开。忽然间,他从椅子上跳起来,口中连呼:"真好,真好!"

明经以为是说他的文章,不觉大喜。

谁料江昉两步跨到窗前,指着宝台山说:"真好,真好!多绿!多么绿!"

他是让宝台山的绿感动了。阳光照亮了深沉的绿色,大片绿色中有几处鲜红的线路,那是云南的红土地,衬得绿色格外的绿。

明经站在楼梯口,顺着江先生的思路说:"这一带地名大都和龙有关,应该有关于龙的传说故事。"

"是呀,是呀。就是呢!"江昉满脸的得意,几乎有些顽皮,说:"我近来听到龙的传说了,还讲给别人听。等到再传到我这里已经完整了许多,你还没有听说吗?"

明经笑道:"我落后了。"

"那传说是这样,有一条龙没有及时行雨,受到处罚。它的身子化为龙江,须须爪爪就是那些小河了。江水河水滋养着这一带的土地,说是九万年以后,它可以离开人间。"江昉的目光又落在窗外的山上,"这一山的绿简直是我这小破屋的屏风呢。屏风上画着龙,画着各种鸟和花,画着神话和诗。"

江先生顾不得抽烟了，拿起笔来，接着写。他这学者兼诗人的气质是人所共知的。

明经蹑手蹑脚下楼去，刚到敞间，又听见楼上大叫："钱明经！"便连忙转身上楼，在门口探头问："您叫我？"

江昉点头，说："前天在城里听了一次庄卣辰的时事讲座，这个搞物理的书呆子讲得头头是道，有分析，有见解。他说德国占领捷克几个月了，希特勒不会满足的，欧战要起了。"

明经笑说："根据什么定律推算的吗？"

江先生思路又转，说："你说自杀是不是值得佩服？"

明经一时摸不准江先生的想法，略有迟疑。江先生等不及，自己说："当然值得佩服！觉得生之无益，决然一死，需要勇气。屈原是这样的。不过更值得佩服的是拜伦，战死在疆场上！这比寿终正寝好多了。生命的火焰燃烧到最灼热的时候陡然熄灭，在撞击中熄灭！多么壮丽！你记得《哀希腊》中的句子吗？"

他用英文背诵，发音准确，音调铿锵。背了一段，停下来仰天长叹，又问："钱明经，你知道我叹息什么吗？"

明经仍探着头，说："我猜您也想上疆场。"

江先生大笑，说："你猜对了一半。"挥手让明经退去。

明经走出来，马上把江先生撇在脑后，心里打点怎样和白先生说话，决意一定得掌握谈话主动权，说明自己的愿望。

白礼文家又是一番景象。敞间靠墙挂着几只火腿，下面扔着木箱和麻袋，明经马上猜到火腿的来源。屋里炭火上坐着砂锅，噗噗地冒热气和香气，那是白先生最喜爱的云南火腿炖鲜肉。云腿是他四大爱好之一。

听差老金坐着打盹儿，明经咳了一声，老金猛一激灵，揉揉眼睛："哦，是你。"

白礼文的父亲是成都大地主，这老金是从家里带出来的。先跟着到北平，然后跟着逃难。

"白先生起来了？"这是下午四点多钟。

"看一下嘛。"老金往敞间后面去了一转，出来说："叫你呢。"他对谁都是这个口气。

钱明经走进去。这间房比一般房间大，堆满了书和杂物。有人形容白礼文的住处发出的气味，像存着几十只死老鼠，其实还要复杂得多。墙上和破箱子上贴了几张书法，倒是龙飞蛇舞。写字本也是钱明经的爱好，抗战以来少有这种心思了。在杂物和书中间，占据主要位置的是一张床。

白礼文此时正躺在床上吸鸦片烟，看见明经进来，说道："吸一口？"欠身递过烟枪来。

明经鞠躬不迭，退到墙边，跌坐在一堆破烂上。

"好的，就坐在那边。"白礼文自管吞云吐雾。

这是他的另一大爱好，是在四川家里当公子哥儿养成的习惯，一直受到大学同仁的强烈反对。在北平时戒了一阵，到昆明以后故态复萌。他振振有词地还击各种批评："难道怪我吗？只怪云南的烟太好！"

这时他已差不多过足瘾，放下烟枪坐起来，精神百倍。

精神足时，便要演习第三大爱好，那就是骂人。白礼文骂人不分时间地点，不论场合听众，想说便说。有时一句话说了一半，想停便停。课堂上也是他的骂人阵地，学校当局对他简直没有办法。

秦巽衡、孟樾等人主张学校要兼容并包，不拘一格网罗人才，白礼文的古文字知识无人能及，也就对他睁一只眼合一只眼。

谁也不知道他的知识从何而来，他不像别的先生们进过中外名牌大学，他常说文凭对他没有用，他凭的是真才实学。他从四川出来时年纪还轻，到明仑任教以前，在一个考古队工作，用他的话说就是干那挖人家祖坟的勾当。

在一次发掘中挖出些瓦片,上有怪字,都被一位特聘的古文字学家给解了。当时有一个淘气学生,捡了村野间一块普通瓦片故意考那位专家。专家沉吟半晌,不敢说那些纹路是什么。白礼文却在旁喝了一声:"休要鱼目混珠!"吓得那学生说出真相。以后又有类似的事,证明白礼文才学不同一般。

他进明仑以后,发表了不少专著,都有独到之处,只是几大爱好令人难忍。孟樾等有时议论说,独行异节,也不能太离谱。也有人说他解决问题是碰巧,其实他看见了学生捡瓦片,才解决了瓦片问题。这就不得而知了。

钱明经准备在白礼文说话之前先发制人说出来意,不然就很难插嘴。

"白先生,我来找您有要紧事——"

一句话未完,白先生一阵咳嗽把话打断了,等咳嗽过后,马上抢先说话:"昨夜晚我做了一个梦,梦见一群日本王八蛋拿机枪扫射,我前头站的是蒋委员长,他转身挥手让大家逃。光头里有啥子主意?就是逃嘛,躲起嘛,藏起嘛!如今逃到马厩猪圈边,还要讲课,做学问。孟弗之他们精神好,精神总动员了呀。莫要看老孟他一本一本出书,沙子堆山,成不了事哟。江昉更是小儿科,什么不失赤子之心,童心未泯,就是没有长大,不成熟嘛。钱明经搞甲骨文好有一比,坐着飞机看蚂蚁,你看见啥子?"

这些类似的话他常说,同事们并不介意,但是下面的话就让人不得不反对了。"抗战!抗战!抗战就是了,咱们这弯弯曲曲当不得机枪大炮,教给学生有啥子用场?"

同仁们对他这种论调时常驳斥。孟樾多次在公开演讲中说:"保卫疆土,当然重要,保存以至继续发扬中华民族的文化同样重要,我们的精神家园只能丰富扩展,万不可失。"这些话对他如同耳旁风,他仍是怪话不断。其实他很爱他的古文字研究,如果真让他放弃所学,他是决不肯的。

白礼文滔滔不绝地说着,忽然敞间传来一阵响声,很像警报。他赶忙下床找鞋:"鞋呢?鞋呢?"一面说一面用脚在地上划拉。

钱明经也帮着找,很快找到,白礼文趿拉着鞋往外走。

"这是上哪儿?"明经问。

"跑警报!"有促狭人说这是白先生的第四大爱好。

白礼文直往外冲,和老金撞个满怀。

老金说:"是水壶响。上回闹过一次了,这壶有点子怪,老爷不记得了?"

白礼文定定神,看见敞间炭火上坐着水壶,火腿砂锅已拿下,放在一旁。于是恍然大悟,用头从左至右画一个圈,深深吸气,说:"香气跑走了,可惜呀可惜。"仍趿拉着鞋回到床上坐下。

明经不等他坐定,直截了当说明来意。

白先生闭着眼睛,又用头画了一个圈,说:"你是要当教授?哈哈,教授有啥子好当?我看你还是跑跑滇缅路,赚几个钱。这钱好赚呀,是个人就行!"

钱明经大声说:"听说白先生热爱古文字研究,怎么叫我去跑滇缅路?莫非是怕我抢了你的饭碗?"

白礼文一愣,大睁了两眼,冷笑道:"我是怕丢饭碗的人吗!两担红米有什么抢头!至于学问中的奥妙,那些弯弯曲曲,你想抢还抢不去呢。"

"白先生的学问谁敢抢!像我们不过在门口看一看,怕连门都找不着呢。就拿女子的女字来说,本来样子像一个人坐着,被绳子捆住。有人偏要抬杠!我看白先生的见解了不起!"

白礼文听说,精神大振,用手指蘸了唾液在桌上画着,让明经看。虽说仍掺杂着骂人,却主要说的是学问。

明经心里说总算说到正题了,便就白先生所谈,也发表意见。

白礼文很高兴，说："无怪乎都说你是聪明人。"

明经趁机提出请白先生写出对他评教授的意见。白先生点头，算是答应了。

这时老金进来擦桌子，端上砂锅，明经连忙告退。

白礼文早就盯住那砂锅，口中喃喃有词，说的是："今日煮的香稻米，云南特产，可吃过？瓦里大土司送的。他约我给他家老太太写墓志铭，一趟趟送东西，算是定钱。可他老太太还硬实着呢——能多得点定钱才好。你留下嘛，用一碗？"

白先生表示留人吃饭，真是破天荒。明经连声说不必不必，心想谁还没有吃过香稻米！赶忙走出院门，他那聪明脑袋也觉混乱。

"跑滇缅路！笑话！"他想，"别看我各样的能耐有一点，这古文字和诗的研究我是不会放弃的，这教授的板凳也一定要坐，哪怕冰冷铁硬！"

明经走出小巷，不想回家，沿着芒河缓步而行，暗自思忖："说我跑滇缅路！白老头的话当然反映一些人的看法。岂知我做这些事，不过换换脑筋而已。我虽然分心，比你们专心的并不差。"

他常怀着一种心情，就是要比一比，和别人比，和自己比。他的外遇的癖好，潜意识里也是要把"她们"比一比。

晶莹的河水安详地流着，夕阳的光辉在水面跳跃，战争似乎忘记了这个小村。一群暮鸦飞过，洒下一阵聒噪，倒显得周围分外静了。

芒河转弯，一排树屏风似的站着。从树后转出三个人，迎面走来。其中之一是文科研究所一位姓魏的老职员，招呼道："喂，钱，你看谁来了？"

"啊？哦！"明经不觉大叫一声。

三

迎面来的人站住了。另两人一男一女,俱都黑瘦干枯,一副风尘仆仆的模样。他们微笑,伸出手来握,仍然彬彬有礼。

这是卫葑和凌雪妍。再不是婚礼上的景象了,那一对漂亮人儿不知何处去了。昆明的人还没有变得这样多。

"你们?是你们!"明经双手握住卫葑的手,眼睛打量着雪妍的变化,暗自叹息。

卫葑说:"我们从贵阳来,乘长途汽车。昨天上午到的,已经跑了两次警报。今天没等解除就往这边走,走了三个多钟头。"

"我们挺好的。"雪妍加了一句。

"当然是去孟家了,是吧?走这边。"

老职员说:"他们俩住大戏台,我从祠堂街来,就一起走了。"

"多谢带路,不然难找呢。"雪妍说。

他们一路说话。卫葑说他们先到阜阳老家,然后到重庆,在贵阳也停了几个月,一下子两年过去了。

"我们筹不到路费,不然早就来了。"这就是卫葑这一段的公开履历。

他们走过一个巷口,明经指一指说:"第二个门便是。"自和老职员走开了。

卫葑夫妇走到门前,听见一阵清脆的笑声,是嵋!又有孩子在叫"娘",是小娃!他们互相看了一眼,整整衣襟进了门。

敞间里两家人正在吃饭。一边较大的矮桌周围坐着赵二一家人,包括那只猫。紧靠楼梯脚下的小桌边围坐的是孟家人,除了峨。赵二在讲什么,引得嵋笑。小娃要讲《西游记》,先请娘注意。

这时大家看见有陌生人进来,赵二站起,问:"找哪位?"

嵋忽然跳起,扑下台阶抱住雪妍叫道:"你是凌姐姐!"

大家顿时乱作一团,互相招呼,互相问话,还有赵家人热心张罗:"可请过了?这边请嘛。"请过就是吃过的客气用语。他们三下两下吃完,让出桌子。

雪妍拉住碧初的手,眼泪扑簌簌掉下来。勉强笑道:"见五婶就如同见到家母一样,什么苦处都想起来了。"

"先吃饭再说。"碧初、弗之看见他们都十分高兴,又见那干瘦模样,不免心中凄然。

碧初马上想到雪妍会知道吕老人逝世的情景,但她很镇定。"还是先洗脸吧。"

嵋和小娃忙着拿盆倒热水,赵二嫂还特别从楼上拿下来一个热水瓶。

不一时碧初让大家坐下,自己在一旁烙饼,炒鸡蛋。两个孩子继续吃碗里的红米饭,并不向大桌看一眼。

"五婶,"雪妍道,"我们也要吃红米饭。"

弗之笑道:"你们只管听指挥,连我也是一样。"

大家且说话,话题从最近的长途旅行说起。乘长途汽车实在拥挤,山路颠簸,再加上时常抛锚,不能按时打尖,看见飞机也不敢开,只能停在路边树下。有一次车坏了,在路边停了两天,前不搭村后不着店,大家饿得发昏,都把带的食物搜刮出来给司机,怕他饿坏,开不了车。

卫葑说着叹道:"中国人受的苦难太多了,这真算不了什么。"

碧初道:"雪妍自幼娇生惯养,如何经得起这些。"

雪妍笑道:"人的韧性很大,到哪一步说哪一步,没有受不了的。我们经历的事三天三夜也说不完。"她口唇开合时有亮光一闪,那牙齿仍然雪白。

赵二过来说,大门上头有一间搁家什的房,架有木板,够两个人睡。大家感谢不迭。一时饭毕,嵋负责洗碗,小娃当然帮忙。

大人们上楼,䓖、雪见一切虽很简陋,却很洁净,因说:"这样的乱世,能有一间房可以避风雨,令人生羡。"

碧初望望弗之,自问雪妍何时离开北平。

雪妍道:"我是去年十月份到河北乡下。"

"想必知道先父的死因?"碧初颤声问。

雪妍站起来,说:"五婶知道了?"

弗之说:"收到讣告,只不知过世的原因。"

雪妍道:"我常在考虑这事,想着见了你们怎么说。"

"照实说。"弗之抚着碧初的肩。

雪妍清楚地说:"他老人家是自尽。"

众人都站起。

弗之重复道:"是自尽!"这正是他估计的。

碧初泪落不止,桌子湿了一大片。

雪妍遂说了吕老人不肯出任伪职,敌人逼迫,乃以一死抗拒的情况。又说:"家父参加办理后事,回来说吕老先生舍生取义,义薄云天,后辈学不到了。"说着也流下泪来。

碧初忽问:"那棺木呢?停在家里?"

雪妍略一迟疑,说:"日本人怕有假,开棺验后,运出火化了。"

"烧了!"碧初反而不哭了,冷笑一声,"倒也干净!"

大家沉默半晌,雪妍哭道:"五叔五婶不知道,我爸爸他生不如死,出任华北文艺联合会主席了。"

弗之、碧初一愣。碧初见雪妍穿着藏青粗布旗袍,两手捂住脸,手臂从宽大的衣袖中露出,真是骨瘦如柴,头发虽梳得平整,却如枯草般干黄,心中难过。忙扶她坐下,只道:"好孩子,好孩子。"卫葑握住雪妍的手。

弗之在小屋内踱了几步,大声说:"京尧性格软弱,绝对应该和我们一起出来!"他停了片刻,转身说:"老一辈的人过去了。还是说说我们自己的事吧。"

碧初却问赵莲秀等的情况。雪妍说了,还说她带了吕香阁同行。

碧初微惊,道:"带了香阁?她在哪里?没有给你们惹事吗?"

"惹事必有生事的土壤。"卫葑沉思地说,"说来话长,只能说个大概吧。"

一时嵋和小娃跑上楼来,碧初打发他们在里间睡了。四个人挑灯长谈。

卫葑于一九三七年七月逃出北平,先在河北一带游击队做点文书一类的事,入秋后和一批抗日学生一起到延安。大家满怀爱国热情和革命抱负,觉得延安的天格外蓝,延安的水格外清,走在街上穿着一色灰布制服的人都很亲。

在招待所住了些时候,同来的人大都或工作或学习,分配了去处,只有卫葑,迟迟没有安排。熟人议论,说卫葑已是助教,且是理科,在北平做过地下工作,必有合适的事。

又过了些时,组织上找他谈话,确定他任抗大文化教员。负责谈话的人叮嘱:"你不只教文化,也要向工农兵学习。"当然了,卫葑完全同意。

他的工作很忙,教的是相当于初中的数学。学员们自十六七岁到三四十岁不等。有几个从长征路上过来的小鬼,十分聪明,虽没有上过几天学,领悟迅速。

卫葑自编了几套教材,给班上不同程度的学员。他并不觉得做这些事是大材小用,只觉自己不会打枪种田,能间接起些作用也很好了。他很认真,几乎有一种神圣感,这些学员将来都是部队中各级军官,是要打日本鬼子的!学生也很欢迎他,说他讲课明白,没有架子。

卫葑的生活简单,头脑也尽量不去想复杂的事。过去的日子愈来愈淡漠,只有雪妍的影子深刻在他心间。

在各机关中,除了卫葑,还有北平、上海、天津来的青年教师,大家不免多在一起谈谈讲讲。有人戏称这几个人是"教授俱乐部"。

一天晚上,几个人沿着延河散步,谈论了一阵时事,因为消息少,可谈的也不多。

一个上海人从口袋里掏出几个枣子分给大家,不免说起吃来。每个人都有自己特别怀念的食物,北平来的怀念涮羊肉和豆汁,上海来的怀念那极细极糯一碗两个的大汤团。说着说着,话题转到当前他们每天往肚子里送的饭菜。

一个说:"我们吃的是大灶,不知中灶、小灶怎样。"

一个说:"让你吃大灶,你就不要管别人。"

那一个还说:"可我们已经不是学生,也算各有专长,总该有点区别吧。"

一位上海来的丁老师说:"吃什么我倒不在乎,只是一律要向工农兵学习,大会小会检查思想,有点受不了。我来这里是要贡献自己的知识,不想这里并不尊重知识。"

这话一出,大家忽然沉默下来。

过了一会儿,一个天津来的文艺理论家说:"只有知识不行,得有正确的人生观、世界观。也只有向工农兵学习,才能走正确的路。"

老丁笑说:"你可知道列宁说过,严重的问题在于教育农民?"

话不投机，说了几句，也就散了。

不想过了几天，老丁所在单位开批判会，吸收"教授俱乐部"的人参加。会的内容是帮助老丁，教育老丁不要因为有点知识就趾高气扬，只有接受工农兵再教育才是革命的路，抗日的路。

批了一阵，有人提出"教授俱乐部"的问题，说这样的小圈子对革命事业只能起腐蚀作用。"俱乐部成员"都听得一身冷汗。主席让卫荭发言，卫荭敷衍了几句。

又过了几天，老丁来找卫荭说要离开延安。虽没有明说，言下之意是劝卫荭也作考虑。后来"俱乐部"又走了几个人。卫荭好几夜未能入睡，坐起来思索，眼看着窑洞外的月光越来越浓，又越来越淡。他也认为不尊重知识是不对的，但这一点迟早要改变。难得的是这里有一致的理想，除了打倒日本帝国主义的近目标，还有建设人人平等的社会主义的远目标。他的物理学做不到这些，他还要再看看。

此后，卫荭不大和原来圈子的人来往了。倒是有时和学员们一起到田间劳动，说说笑笑，颇为融洽。

一天，他上完课，在树下一块大石头上给一个学员讲代数题，有人朝他走来，拍拍他的肩，说："是卫荭同志吗？"卫荭站起来，见是在北平领导他的老沈，不觉大喜。

老沈在北平时以中国大学学籍掩护工作，看上去已有三十多岁。卫荭曾和他有数次联系，最后听他安排完成了联络任务，逃出北平。

老沈微笑道："我们见过几次的，我怕你不记得了。"遂说了现在的名字，那是最近公布的管理机关事务的负责同志的名字。他们握手，老沈说："我知道你是可靠的同志。"

他似乎对卫荭各方面都很了解，并没有问生活习惯不习惯等一般的话。

卫莘说:"如果能安排出时间,我想和你谈谈。"

老沈道:"我找你。"说了几句时局,便走开了。

又过了几天,另一位负责同志找卫莘谈话。说无线电台需要技术人员,要调他去,他是学物理的,可以用上自己的知识。

卫莘忙声明他研究的是光学,并不懂无线电。负责同志似信非信地看了他一眼,说堂堂的大学研究院毕业,不会弄个无线电,岂不笑话,试试吧。卫莘想想确也不难,便答应了。

当天搬家,搬到山坡高处,这有些象征的意思,他升级了。安顿好行李,便去见台长。正好电台坏了,几个人正在检修,说是已修了两天了。见他来,都很高兴。卫莘马上参加战斗,约用一个小时,便都修好。

他很快熟悉了工作,提出一些新办法,电台得以长期正常运转,向全国各地发出延安的声音。想起抗战初起时,他收听共产党的文告,传送各家,心情何等紧张,何等兴奋!现在居然在为正常转播消息工作,却不觉得怎样激动。他还特别谨慎小心,绝不过问自己工作范围以外的事,并仍在抗大教几节课,让自己与各方面都有些距离。

当时各地来参加革命的青年不少,年轻人朝夕相处,难免有感情纠葛。有的发展顺利,成为夫妻。有的不能成,又不能散,十分苦恼。有好几个女青年看上卫莘,常来他的窑洞。

卫莘很烦,用毛笔写了一张"卫莘凌雪妍结婚启事",那是一九三七年七月北平各报刊登过的,还用木板做了一个框,装起来挂在墙上。但是纸上的雪妍威力不大,还引人问个没完。

卫莘原以为雪妍受不了革命的艰苦生活,不想她来,这时又因生活较安定,便想无论怎样,两人还是在一起好。

一个傍晚,卫莘从抗大回来,路上迎面走来一个人。因在坡上,显得格外高大。他头发全向后梳,前额很宽,平静中显得十分威严。

那人见卫葑走上来,问:"学生子,做什么工作?"卫葑答了。那人又问:"需要介绍我自己吗?"

"不需要,当然认识您。"

"那么,介绍你自己吧。从哪个城市来?"

卫葑一一说了。不想那人一听明仑大学,倒有点刮目相看的意思,紧接着问:"我问你一个人,不知可认识——孟樾,孟弗之,可认识?"

卫葑很感意外,说明仑大学的人自然都知道孟先生。

对面的人说:"我倒是想找他谈谈,不谈别的,就谈《红楼梦》。"说着哈哈一笑,走过卫葑身边,说:"把爱人接来嘛,何必当牛郎织女!"

卫葑当时并未把这话当最高指示,仍在踌躇。有一天,李宇明忽然出现在他的窑洞,才最后决定接雪妍来。

李宇明常跑平津一带,任务是运输各种药物和生活必需品。新郎和伴郎见了面,两人感慨地对望了片刻。

宇明第一句话便说:"我到香粟斜街去过几次了。"接着说了吕老人的死,凌京尧出任伪职的情况。

卫葑说:"太老伯令人敬佩。凌某不离开北平,这是必然的下场。只是雪妍,雪妍怎么过!一定得接她出来!"

"我去!"李宇明慷慨地说。

于是,就有了"雪雪,你来!"的字条。过了好几个月,它才到了雪妍手上。

雪妍把这几个字印在心上,销毁了那纸条。她和吕香阁随李宇明顺利地经过安次县,又坐大车骑毛驴,到达一个偏僻的、三不管的小村。

一路上,雪妍对一切都很镇定,对有些盘问不动声色地回答,对简单恶劣的食住都无怨言。尤其是中途在一个小镇上,香阁病倒,在炕上躺了两天,不思饮食。雪妍像一个真正的护士一样照顾她,高价买了一点白面为她做一碗面糊,撒一点盐、香油和葱花,稍区别于糨糊,劝她无论如何吃下去。

香阁吃了,有点精神,呜呜地哭起来。说早知道这样,还不如在北平不出来,在老家也没有受这样的罪。

雪妍强打精神耐心地收拾张罗,见锅里还有点面糊,让李宇明吃了。宇明觉得这是他一生中吃过的最好吃的东西。

上路时雇到一头小毛驴,雪妍让香阁骑。走了一阵,宇明建议轮换。雪妍还不肯骑。

香阁跳下来,硬扶雪妍上驴,轻轻说了一句:"卫太太,你是好人。"

望着雪妍苍白得近乎透明的脸,宇明在心里说:"你是圣母。"

走了两天,香阁完全好了。仍然对李宇明很殷勤,对雪妍也很照顾。她本是机灵人,想做什么,自然能做好。但她不时流露出惊讶和失望,她提出"人往高处走"的说法来讨论,不懂凌小姐——卫太太怎么能吃这样的苦。

雪妍当然是凡人,环境对她是巨大的考验。她最不能忍受的是小店里小虫的骚扰,还有就是无处下脚甚至遮拦很少的厕所。眼泪有时禁不住夺眶而出,她只能赶快拭去,不然会生冻疮。她并非不觉得苦,而是她的心能战胜这些苦。她是奔着她的那一半、奔着团圆去的,也是奔着收拾破碎山河的理想去的。她不是凌京尧的女儿,她是卫蓁的妻子。这使她对农村粗糙的生活有一种强烈的同情。

雪妍无法向香阁解释这些,有时说一些抗日的道理,似乎都是教条。香阁只撇撇嘴,笑一笑,笑容仍旧璀然粲然。

渐渐地,李宇明有些怀疑香阁去解放区是否合适。她在机灵活泼之下,似乎有一种已经凝固的东西,不像个不到二十岁的年轻人。

李宇明一直送她们到目的地——一个山坳里的小村。这里是转运站。宇明临别时向雪妍交代了要注意的事,说香阁如不能去延安,想办法去后方也好。

　　那天正下大雪,天上地下一片白,雪妍送他到街口,有些担心这样的天气上路太难了。宇明不能等,他已经耽误许多时间,为了卫葑和雪妍,也为了多增加一份力量。现在他必须走,还有任务。只是下一段和雪妍同走的人不知什么时候到,她要自己应付周围的一切。不过雪妍让人放心,她这样聪明,这样勇敢,而且——这样善良。

　　雪妍穿着路上买来的紫红色棉布小袄,站在雪地上,望着他。

　　"多谢你,李宇明。路上要多加小心,我也替卫葑说这句话。"她微笑,伸出手来告别。

　　李宇明握住这温柔的小手,忽然俯身,在手背上吻了一下。

　　雪妍有些吃惊,并不见怪。她知道他们是多么苦,多么需要温情。

　　她说:"我知道的,你是我们的真正的朋友。"

　　"你不知道。"李宇明在心里说。他微笑着向后退了一步,转身从山坳里走出去,留下一串脚印,很快被不断飘下来的雪覆盖了。

　　凌、吕二人在一户农家安身,等候卫葑的下一步安排。这户农家姓王,一对老夫妇,儿子冬天出去跑小买卖,一个极矮的似乎没有发育好的媳妇,带着孙子栓柱,每天在炕上纳鞋底,针脚匀净细密。雪妍很羡慕,说做一手好针线是一种美德。

　　香阁说:"那比识文断字容易多了。我有好些年不纳鞋底了,等到了地方,"她说着迟疑了一下,因不知道这地方在哪里,"我给您和卫先生各做一双鞋。"

　　雪妍说:"怕还要拜你为师呢。"

媳妇做饭,雪妍常去帮忙或帮着照看孩子。香阁反对,说:"咱们是给了钱的。问她见过这么多钱吗!"

媳妇听见了,斜眼看了她一眼,没有接茬儿。

雪妍没有带一本书,虽有纸笔,也不敢写什么,帮忙做事,心里倒觉舒畅些。她还用粗线给孩子织背心,因心灵手不巧,凑合织起。孩子穿上,王家三个大人都很高兴。

香阁不肯做事,每天出去串门,也可以说是在农村做调查研究。

一天,媳妇对雪妍低声说:"和你一起来的姑娘说你是地主家小姐,她是使唤丫头,这话可不好啊。"那时地主还未被批斗,但已经渐不时兴。

雪妍忙道:"我家不是地主,是教书的。再说我一人出来,和家里已然没有关系。"

媳妇点头说:"知道,知道。你是万里寻夫,家里不让出来,经过三击掌的,王宝钏似的。"

后来雪妍婉转地要香阁少串门,少说话。香阁收敛了几天,之后却更变本加厉地走动。不只自己出去,还有些人上门来找。王家人很觉讨厌,和雪妍说,最好和村长商量,换一家住才好。雪妍求情再三,才勉强获准住下去。

转眼年尽岁除。一天,雪妍在炕上呆坐,忽听门外有男子的声音,以为又是找香阁的人。却听王家媳妇跑到院中,那人也进门了。媳妇催着栓柱叫爸爸,原来是王家的儿子回来了。

雪妍撩起权作窗帘的花布片,见王家儿子背着一个箩筐,手里拿着一个拨浪鼓,递给栓柱。孩子拿着,歪着头迟疑了一下,张手要抱。那人抱起儿子,口中叫着爹娘,在丁冬的鼓声中,和媳妇进屋。雪妍看得泪流满面,强忍着不让自己哭出声来。

不久香阁回来,知道了便往北屋去看,立刻就听见她有说有笑的。一会儿回屋来,说王家高兴得不知怎样好了,打了二两酒,我还喝了半盅呢。又说王家儿子长得不错,比他媳妇强多了。雪妍笑道,你倒是看得清楚。

王家儿子名唤王一,起这样的名字无非是为了省事而不是为了深奥。自从他回来,这院子变了许多。歪倒的墙修起来了,母鸡咯咯地很有精神。香阁也不大出门了,常帮着王一夫妇做这做那。雪妍整日枯坐,度日如年,只盼着有人来接。

春天不知不觉来到山谷。村边的小河化出一个个圆洞,坡上垂下的冰凌一点一点滴着水。

雪妍暗自筹划,再过些时如果还不见人来接,便要离开这里去西安,再设法联系。

她和香阁商量,香阁一笑说:"怎么这么巧!我正盘算走呢。不过不是和你一起,是和王一。王一带我走!"

她很有几分得意,把头一扬,眼睛亮亮的。雪妍先一愣,立刻镇定了,问他们怎样走法。香阁说她也不知道,反正有王一带着。

雪妍知道她无法管束香阁的行动,也不想求她,乃向王一打听路。王一指出可以往西到山西,虽是一路大山很难走,却是安全的。他很坦然地说香阁要和他一起走,他们要往县城去贩货,不到山西。王一果然身材匀称,眉目端正,人很精明。北方农民大概因有各民族混血,得到许多优点。

当晚雪妍听见王一夫妻吵架,矮媳妇哭诉:"你是中了邪了!哪有跑买卖带个女人的!你就不看看那是什么妖精!把我们娘儿俩连咱的爹娘都能吃了!"

王一很平静,只说人家让帮忙带一带,你多什么心。雪妍听着,很替这小院中的几人担心。

香阁要自行其是,话已挑明,几天来对雪妍分外亲热。她的道理是,不知哪天再见着,别让孟家人记恨我。她抢着给雪妍端汤倒水,雪妍十分感动,叮嘱道:"你路上虽有小王做伴,一切要自己小心,做事要合规矩。小王一家人,老的老,小的小,要劝他回来。你还是往后方去找五婶最合适。"

香阁应声道:"我不投奔他们还投奔谁?"

雪妍拿出一百五十块钱给她做盘费,她并不推让,伸手便接了。又问:"那件紫红小袄您穿不着了,我穿走吧?"

雪妍点头,看她拿针线笑吟吟地把钱缝在衣襟里,心想以后自己一人留在这野谷山村,出了什么事谁也不知道,真是心乱如麻。

又过了几天,香阁对雪妍说:"村长请你去一趟,想是有什么消息了。"

雪妍急忙拣了一根柴火棍拄着,走过短街上一摊摊泥水,去到村长家。

村长诧异道:"没有啊,没有找你。想是传错了。"

雪妍忙赶回来,想问个究竟。不料还没有到门口,就见矮媳妇在门前跳着脚哭,老王夫妻在劝。原来王一和吕香阁已经走了。

几个月无话,事情说来就来。第三天,村长忽然带了几个学生到王家,他们便是李宇明安排和雪妍同行的伴,其中两个女学生是天津的,两个男学生是东北的。

"天无绝人之路。"雪妍想着,简直有点受不了久盼的希望来到眼前。

村长说开春了,敌人可能要扫荡,让他们快走。雪妍临行前给了王家一百元,老夫妻千恩万谢,说除了嚼裹儿,还够他们的棺材本了。

雪妍叮嘱要让栓柱念书。矮媳妇哭着说:"各人是各人的事,我不怪你。"雪妍眼圈红了,他们都应该怪谁呢?

东北学生老邢知道路,果然是向西翻山到山西。当时的二战区属阎锡山管,那里有招待站接待各方抗日力量,有长途汽车通往各个城镇。大家有这个目标,精神振奋地告别了王村。路越走越难,越走越险,不只大石小石坑坑洼洼,还到处是水,投宿时都成了半截泥人儿。

一个女学生脚上起了泡,红肿了,坐在路边哭,雪妍在旁劝慰。

老邢对雪妍说:"听说你是北平首富人家的掌上明珠,你倒不怕吃苦。"雪妍微笑不答。

第二天傍晚上到山梁,见远处几个山坳里一片片火光,把山都映红了。

看着看着,东北学生忽然叫道:"这是日本鬼子扫荡啊!那边着火的不是王村吗!"

大家明白过来,也只有站着看的份儿,不知怎样才好。一个说,快走到根据地吧!好早点参加抗日工作。雪妍想,房东家的老小不知怎样。后来知道,这次敌人突袭七个村庄,所到之处鸡犬不留,老王夫妇俱已遇难。只矮媳妇带着栓柱和村人逃到山里,为王家留下一条根。

雪妍等紧赶慢赶走了十来天,到了一个市集,居然有几家饭铺,灯火暗淡,却也令人感到温暖。东北学生说吃点热汤水吧。

大家进屋来,一个学生见桌上摆了好几个瓶子,拿起一闻,是醋。不由得大声说:"到了山西了!"大家都拿着醋瓶又看又闻。

雪妍坐下来,觉得头昏眼花,连看醋瓶的力气也没有了。一会儿,觉得身边有人坐下,离她很近。她勉强转脸看看,不由揉揉眼睛,再仔细看。看过便扑倒在那人肩上,晕了过去。

是卫葑!卫葑来接她了。

卫葑在电台一段时间,工作出色。但不知哪儿出了毛病,台长对他颇存戒心。背地里说,汉奸的女婿怎能留在如此重要的机构。

不久,老沈对卫萚说:"晋西北开拓根据地需要做宣传工作的人,你去吧,也可以锻炼自己。"

卫萚没有意见,想着雪妍从山西那边来,正可以去接她。

又过了几天,老沈说:"有了新安排。现在解放区的青年很多,有些可能仍适合在国统区工作。你原是明仑大学的教员,回到明仑,可以在学校里扩大影响。"他拍拍卫萚的肩,又说,"这对你再合适不过,我都为你高兴!"并且同意他先往二战区接爱人,再往昆明。

卫萚和雪妍在昏黄的灯光下居然辨认出对方。老邢弄清原委,忙想办法给他们找了一间房,让雪妍休息。

雪妍醒来,见卫萚正俯身看着她,一手抚着她的头发。两人明知这不是梦,却仍觉是在梦中,都用力握着对方的手。生怕稍一松开,一切便会消失。

"五叔,五婶。"卫萚对弗之夫妇说,"现在我们到了一起,一切困苦都没有那么严重了。"

大公鸡在院子里引颈而啼,猪们起来走动。天已亮了。

流不尽的芒河水

䒱，我是在和你说话。这是近半年来我们第一次分开。你随庄先生送学生到邻县去，今天已经是第九天了，我觉得是太久了。想想以前分开的日子，真不知怎么忍受过来。

芒河的水很清，流淌疾徐有度。你发现了吗，它愈靠近城流得愈慢。在这条河边，我们终于有了一个家。站在家门前，可以看见在绿树间流动的河水。我们沿着芒河走到龙尾村，找到了亲人，又沿着芒河找到了安家的地方。

见到庄先生和玳拉，你一定会描绘我们的新居。这小小的西厢房虽然破旧，却足以蔽风雨。别忘了我们隔窗可见一畦彩色的花，那是邻居的小"花园"。米先生和米太太是善良有趣的人。本来庄家希望我们住到西边去，那边有房子。其实落盐坡很理想，离五婶又近。

你说我像一个持魔棒的仙女，使我们的小窝不断地变化。告诉你，在你离家的这几天里，我们的家又在变。十几个凑来的煤油箱做成我们的床、桌、凳，现在还有沙发！没想到吧？那只两面缺板的木箱铺上干苞谷叶，盖上一块布，我坐着实在舒服，像摇篮一样。可惜你坐不进，勉强坐进去怕就像上了夹板了。两只箱子拼成的桌，铺上米太太送的花桌布，打了绉边的，当中摆一个大肚子瓦罐，挤满野花。你回来一进门，一定会反复地说："我们可爱的小窝！我们美丽的家!"蕻,我们能生活在自己的国土上,能自由地布置这一小块简陋的地方,在这充满苦难的世界里,众多不幸的人之中,我们真是一对幸运的鸟儿。

该把新的生活告诉我的父母,可是我的父母在哪里?我已经从心上把他们挖去了。那里已是一个巨大的、无法弥补的洞,盛满了血泪和苦涩。你有时拍拍我的头,说,只管想他们,只管向他们诉说,血缘是割不断的。你是宽容的,大度的。我却无法消除那尖锐的痛苦。

雪雪,你恨我吗?听见爸爸呻吟吗?

我听见爸爸在问。

我亲爱的父母,可怜的双亲啊。我是雪雪,我不是亡国奴,我是自由的雪雪啊。

若是还在北平家里,我大概不会工作。表面的舒适实际是个大樊笼。现在我要工作,而且就要找到工作了。蕻,你不为我自豪吗?这是我要告诉你的最重要的事。你走的第二天,我去看五婶,遇见夏正思,他和萧先生一起过来走走,谈话间说起外文系需要法文教员。夏正思除几门英文课外,还要教法文,他一直想找个人帮忙。他随意问我,学过法文吗?我鼓起勇气,说"是的"。你知道爸爸认为那是最美的语言,教我从小学的。中学毕业后那两年在巴黎的生活,虽然上的学校并不严格,也帮助了我。夏先生和我用法文谈话,谈了约半小时,我居然应付自如,要用的都想起来了。夏先生高兴地问:"你喜欢诗吗?""喜欢,可是对我来说,已经太遥远。"他说:"怎么会呢,诗,永远不会离开人的。"他念了一段缪塞的诗:"今晚,我经过草原,看见在小径上,一朵花儿在颤抖,枯萎,那是一朵苍白的野蔷薇。有一朵绿色的蓓蕾在它身旁,在树枝上轻轻摇荡。我看到一朵新的花在开放,最年轻就是最美丽:人也是这样,永远日

147

新月异。"问我谁是作者。我答了,而且说出题目《八月之夜》。他和我握手,说:"我想你能胜任,我要推荐你!"我多么幸运!

过了两天,我交了一篇作文,写的是落盐坡这个小村,许多想法都是嵋的。你能想象吗,我用法文把它们表现出来,是那么合适。我自己送进城去,夏先生看了很是赞赏。他领我去见系主任,他的名字似乎是王鼎一。王先生瘦瘦的,很严肃,他说他要听夏先生的意见。夏先生对我挤挤眼。据说想要这个助教职位的不只我一人。我想我是其中最少经验,功课最不好的,而且不是科班出身,可是我最有希望。

我就要是你的同事了。本来明仑不准夫妇同校,临时教课总是可以吧!

米太太送桌布来时还带了一块自烤的小蛋糕,当然给你留着。我们三人在院子里谈话,他们的英语很流利,米先生还会法语,可惜我不会德语。对了,谈话时还有一位,你一定猜到了,那就是柳。它蹲在地上,谁说话就看着谁,它的耳朵很有表情,高兴时向后抿着,兴奋时就竖起来。如果它开口插话,我想大家都会认为本该如此,而不会奇怪。

今天上午有飞机飞过,想来城里又有警报了。飞机过了,落盐坡还是这样安静,似乎被世界遗忘了,只有小瀑布的水声传得格外远。这样艰难的岁月,这样困苦的生活,遗忘倒是好事。

等你回来。煮糊了的稀饭,太咸太淡的菜蔬,对你都是最可口的,是吗? 连青菜都烧得咬不动,真是大本事! 你说过的,是吗?

等你回来。看了几页夏先生借给的《巴黎圣母院》和邵可侣的法文课本,慢慢靠近那已经非常遥远的情绪,至少

148

不要让它再往远处飘去。幸亏我在念心理系时不用功,倒是读了不少小说和诗。我缺乏严格的训练,我对夏先生说了。他笑笑,说:"我发现了就会辞掉你。"

又是一天了,下午你就会回来。你猜刚刚我去做什么?我去洗衣服了。村口处那一潭水!在王村如果有这样一潭水,大家该多么高兴。水很清,深处不能见底,近岸处很浅,正好拿小板凳放在石头上,坐着洗东西。看着河水到这里变成一个小瀑布落下来,真有意思。流水不断,就像生命延续没有尽头。我看着迸散的水花,觉得它是活的。

一位大嫂摸摸我洗的东西,凑近了看,有些惊异,说,粗布衣裳哦。我说,是了嘛,很舒服的。她想想说,逃难过来的,好东西带不出来呀。我说,好东西有哪样用?只要一家人在一起就行了。她忽然眼圈红了,大滴眼泪落进水里,先用手背又用湿衣服擦,我愣住了。她呜咽着说:"没得你的事。我们家的那个人在湖北打仗打死了。"我真不知说什么好,只能说他是为国牺牲,我们都是靠他们普通的一兵一卒保护,不然的话,日本人横行,谁还能活!大嫂说:"我那人是排长,一排的人都死了。我们村子有好几个呢。"想想又说:"怎么就会有这样的人,杀别人,抢别人。你们院子里的外国人,也是逃难出来的。"我无法对她讲什么。我想,凭武力是绝对征服不了一个民族的。如果一个民族能被武力征服,那它本来就不配生存。

芒河的水中,有汗水,泪水,也有流不回来的血水啊。

水花仍在迸散着,飞舞着,细细的水珠不时溅到我旁边的青石上。忽然想起那故事,那咏雪的诗句"撒盐空中差可拟"。这水花有些像盐粒,所以这村子叫落盐坡呢。其实说它像一小堆雪也可以,一小堆跌落的雪。落雪坡?落雪坡!

我站起来时，给小凳绊了一下。大嫂说，可得千万小心，这个潭深得没有底，通着龙江的。我想应该做一个栏杆，让洗衣人能扶住。不过现在谁能顾得上，有这水，就算很好了。

　　你应该回来了。如果芒河的水能行船，来去可以省力多了。好在天并不热。你路过龙尾村，会去看五叔他们吗？我想你不会，不过也许有什么事需要去。你不会耽搁久的，是吗？我到院门外看那潭边的坡，没有一个人。你走到哪里了？

　　我对着满桌发黄的纸写我的第一个教案。院门响了，你进门了。我不起身迎你，我等着你俯在耳边问："写什么呢？我的雪雪。"

第 四 章

一

这是一九四○年五月的一个夜晚。

欧战爆发已有九个月了。英、法对德宣而不战。德国占领东欧后，又向北欧进军。它的得逞大大刺激了日本军国主义当局，军人们不再甘心于中国战场上的相持局面，再次掀起战争狂热。春天，日寇以二十个师的兵力进攻枣阳、宜昌。这是自武汉会战以来，最大的一次攻势。我军英勇抵抗，枣阳一战中，第五战区右翼兵团总司令张自忠壮烈牺牲。宜昌距重庆仅约四百八十公里，是重庆的门户，攻占宜昌，还可以之为根据地，便于空袭重庆。宜昌于六月十四日陷落。我军在江陵、当阳、宜昌、荆门外围严守，形成对峙局面。日寇又在华北推行"囚笼政策"，即以"铁路为柱，公路为链，碉堡为锁"，目标是打击八路军根据地。战斗十分残酷。

这里用一些历史材料和数字，也许比空洞的描写更能给人清楚的印象。自五月十八日至九月四日，日本空军对重庆、成都等重要城市进行了空前猛烈的大轰炸。共出动飞机四千五百五十五架次，投弹两万七千一百零七枚，计一千九百五十七吨。中国空军击落击伤日机四百零三架。人民伤亡不计其数。

这是五月的一个夜晚，昆明的一个夜晚。

昆明不是日寇空袭的主要目标,但也承受着钢铁的倾泻。塞满了惊恐和劳累的日日夜夜,丝毫没有影响这里知识的传授和人格的培育。夜晚皎洁的月光和温柔的星光,与思想迸出的火花相辉映。

三三两两的年轻人跑进新校舍大门。一个说,快点嘛! 一个说,赶得上。

一个衣衫整洁、头发服帖的学生从门里出来,停住脚步问:"跑什么? 白天还没有跑够!"

有人回答:"听庄先生讲时事。"又用手一指,"你就没有看见布告!"

门边墙上果然贴着一张小纸,写着:"庄卣辰先生时事讲座,第十八期。题目:欧洲战场,地点:第四教室。"

问话的人是仇欣雷。他正要到文林街女生宿舍去找孟离己和吴家馨,这时见了布告,便也转身朝第四教室走去。又见人们都往小操场走,原来因为教室坐不下,改在操场了。操场上点着大汽灯,很亮。并设有专人守望,如有红球挂出,立即熄灯。

场内椅子、小凳都是自己搬的,也有人坐在几块砖头上。欣雷一眼便看见峨和吴家馨坐在后排。澹台玹和几个外文系同学靠边站着,似乎准备随时撤退。

庄卣辰从前面座位上站起,几步迈上权作讲台的矮桌,转身面对大家。他还是一身旧西装,打着领带。人群很快安静下来,听庄先生讲话。

"今天这一次,是讲座开始以来人最多的一次,我们不得不换地方。"卣辰的声音清亮地传得很远,"这不是我的讲话有什么吸引力,而是世界局势的变化太让人关心了。欧战爆发快一年了,德国法西斯肆意横行,阻挡是十分微弱的。它占领捷克不费一兵一卒,波兰人民虽然有二十多天的抵抗,也终于被占领了。可叹英国、法国的强大陆军坐视不管,没有援救。他们希望德国满足于得到的领土,可是,强盗会满足吗?不会的!上个月德国进攻北欧,丹麦投降。值得讲一讲的是挪威,挪威不肯投降。德国进攻奥斯陆时,原以为可以长驱直入,德使馆甚至派出人员迎候德国军舰。不料挪威海军和炮台猛烈开火,击沉了德军的旗舰。我们为挪威欢呼!挪威国王哈康二世和他的政府知道力量悬殊,不能正面迎敌,退到北部小镇,沿途都有挪威军队伏击德国追兵。哈康二世拒绝德国的诱降,通过广播号召军民抗击德寇。挪威政府驻足一个小村,德军把这村子炸为平地,其实挪威政府已转移到森林里。这都是十多天前的事。那里的茂密的森林,二十年代我到过,真像随时会有山妖出现。我觉得挪威的精神和他的山山水水分不开,和易卜生、格里格也是分不开的。

"今天要着重说的是,英国首相换了。张伯伦下台,丘吉尔上台,组成了保守党、工党、自由党的联合政府。请听丘吉尔在下院的演说:

"'我没有别的,我只有热血、辛劳、眼泪和汗水贡献给大家。

"'你们问:我们的政策是什么?我说:我们的政策就是用上帝所给予我们的全部能力和全部力量在海上、陆地上和空中进行战争,同一个在邪恶悲惨的人类罪恶史上还从来没有见过的穷凶极恶的暴政进行战争。这就是我们的政策。你们问:我们的目的是什么?我可以用一个词来答复:胜利——不惜一切代价去争取胜利……'

"我们的抗日战争,不是孤立的。"

听众中间有人带头喊口号:"抗日必胜!"大家跟上来,排山倒海一般。

庄卣辰又联系分析日军的动向。有人悄声议论:"庄先生知道这么多,是有内线,通着英国。"许多消息,确是英国领事馆收录的新闻稿。

仉欣雷一面听,一面看着人群,发现孟先生和别的好几位教授都在座。孟离己旁边坐的是庄无因。可不是,无因一年级快上完了,而自己很快就要毕业了,已经老了。

"抗战已经快三年了,还不知道要打多久。"庄先生继续讲话,"我们知道的是,无论三十年,三百年,我们都要打下去! 赶走日本强盗,收复失地,建设我们伟大的国家!"

学生又喊起了口号:"抗战必胜! 还我河山!"口号声在黑暗中飘得很远。

庄先生讲完了,主持会的中文系学生孙里生说,希望孟先生讲几句话。大家热烈鼓掌。

弗之站起,先对庄先生表示感谢。说了解天下事才会更懂得自己的事。接着说:"庄先生说,哪怕三十年,三百年也要打下去。同学们可能想,三十年,我们都老了,三百年,我们都不在人世了。可是中华民族是不会死,也不会老的。世上的公理,人类的正义也是不会老,不会死的。

"四年级同学很快要离开学校了。我年年这时都有一种成功的感觉。这是因为大家完成了学业,都将是国家的栋梁之材,教师才会有成功感。我感谢你们——有些话,到时候再说吧。"

人群中的四年级同学都觉得孟先生正看着自己。

有人问:"什么时候说?"

弗之笑笑,摆摆手。庄卣辰也站起来,和弗之说着什么。许多人上来围住先生们,问这问那。

庄无因站着等父亲。他长高多了,长长的秀气的眉眼仍然略显忧郁,加上清澈的目光,使得他有些大彻大悟的样子。他入学以来,以功课好、相貌好、年纪小、少言笑这几个特点在同学间颇受人注意,他却一点不在意。

他坐在峨旁边,只见面时点点头,自始至终没有说一句话,也没有问起嵋。

比赛沉默,嵋当然是比得过的。她也不理他,自和家馨走开。走到场外遇见玹子,大家站住说话。

玹子见仇欣雷走过来,指着说:"又来一个要毕业的。好像什么都没学呢,怎么就要毕业了!走吧,都到宝珠巷去。"

严家女眷常在安宁居住,玹子就在宝珠巷一家人家租了一间房。经济上不太拮据的明仑学生多有租房住的。

大家走着,家馨随在欣雷旁边,怯怯地叫表哥。

吴、仇二家的表亲,是拐着几个弯的,关系不密切。自同学以来,家馨对仇欣雷一直有好感。她随哥哥吴家毅从北京到长沙入学,家毅毕业后去了战地服务团。虽有师长、同学的关心,但身边有一个亲戚,自是不同,可以说是一种依恋。而家馨却常为得不到欣雷的注意而苦恼,甚至常常哭,被嵋等称为"哭星"。

仇欣雷从来不大注意她,觉得她太平常了。他注意的是嵋,嵋的性格有特点,家庭也不同一般。在北平时当然显得清高,到昆明后虽然生活艰苦,却仍十分受人尊重。而且嵋的亲属关系很好,这是他慢慢发现的。

几个人走到大西门,嵋说不想去宝珠巷了,问玹子星期六去不去龙尾村。

玹子说,想去看三姨妈,可能过几天去。不然很快毕业了,在哪儿工作还不知道呢。

玹子和她的同学们转进巷子,又回头说:"玮玮闹着要来昆明上大学,听说了吗?"

嵋答道:"没听说。"

嵋等三人在街上走,仇欣雷要请她们吃米线,她们都不想吃。他又建议去茶馆坐坐,那里零食虽不多,芝麻糖、牛皮糖、瓜子、花生米总是有的。她们同意了。

这小茶馆灯光昏暗,门前台阶上排开几只烟袋。一种烟杆细长,足有一米,烟锅却小,顶在头上。一种胖大,是一截粗竹筒,抽水烟用。

茶倌见有客人,习惯地去取烟袋。转念一想,这些学生不抽这个,赶忙放茶杯,提着大壶冲水。又推荐道,有刨冰,加果子水,你家可请?

那刨冰是新兴的冷食,一碗冰碴子,浇上红红绿绿的汁水,甜而且凉。茶倌见无异议,便端了来。峨和家馨用小勺吃着。

欣雷连忙抓住时机,说:"我有要事讨论。"

峨便推开刨冰,说:"那我先走了,你们讨论。"

欣雷急道:"就是要和你讨论,你怎么走!"

峨有些诧异,看了他一眼。听他继续说道:"孟离己,记得你在香港说的话吗? 你说大家都该共赴国难,不能逃之夭夭。这话我常想着的。"

别人能记住自己的话,是让人高兴的事。峨没有想到他这么留心。"哦,我说过吗?"

"你说过的。孟伯母和嵋他们都在旁边。"欣雷赶快说,"我就要毕业了,家里要我去香港,可是我想留在内地。听说资源委员会需要经济情报人员,可能派到东南亚一带。你说怎么样?"又捎带地问家馨:"你说呢?"

家馨见他只和峨说话,早已眼泪汪汪。这时只看着正在融化的刨冰,且不答话。

峨沉思道:"资源委员会是干什么的? 我不知道。"又一想,随口说:"似乎和二姨父有点关系。"

欣雷不觉大喜,说:"我也是这么觉得。总之,这是一条报效国家,又能发挥所学的路。"

峨觉得没有表态的必要,转过话题问家馨道:"好像下星期野外课改在这星期了?"

家馨道:"周弼老师通知了,大概是萧先生下星期有事。"

峨拿着一粒花生米,慢慢地捏着。

仇欣雷忽然说道:"有人瞎起哄,选出明仑第一美男子,你们猜是谁? 就是萧先生。"

家馨说:"我同意。"

峨不觉脸红了一下,灯光很暗,谁也没注意。

"孟离己! 吴家馨!"几个人招呼着走过来。其中一个是刚才主持会的孙里生,头发竖着,直冲霄汉,应该说这是当时流行的发式。一个女生何曼,是外文系的。她年纪较大,是转学来的,待人处世,很有经验。

孙里生道:"庄先生讲国际形势很精彩,讲国内形势好像材料不够。"

欣雷道:"我听着都很新鲜。"

何曼说:"丘吉尔的演说真让人感动。欧洲战场的局势变了,日本鬼子也要收敛些。"

他们说些闲话后便坐下来。孙里生又走开和刚进来的同学招呼,大都是社团负责人。

当时各种社团如雨后春笋,遍地皆是。有以政治思想为名的,如民主社、自由社。有一个众社,意即以群众为师,何曼是负责人。有以学术、文艺为名的,如文史社、新诗社。各社团都出壁报,各抒己见,思想很是活跃,且大都与有关的教授有联系。有的社团还有不同的政治倾向,愈到后来愈明显。

何曼说:"参加社团活动对我们吸收知识、明白事理很有好处。吴家馨参加过几次众社的活动了,很有意思,是不是? 社会上有些事看不明白,大家一起讨论就明白了。"

家馨道:"我参加过青年会团契活动,也很得安慰。众社的活动似乎更科学,更关心社会。至于为什么,我也说不上来。"

何曼笑道:"能感受就好。下次活动,孟离己参加吧? 我们还要请孟先生讲演呢。"峨笑笑不置可否。何曼又说:"澹台玹

157

总没到宿舍来,我在英国小说选读课上倒是常见她。你们两个谁是姐姐,谁是妹妹?"

"我若是比她大,能比她低一班吗?"这是峨的答话。

欣雷道:"看着你们,真羡慕。我什么也不能参加了。"

那边几个同学似在讨论什么,很热烈。何曼走过去看看,拿回两个凉薯放在孟、吴面前。

欣雷道:"你看是不是?连凉薯也没我的份了。"

三人出了茶馆,往女生宿舍去,各人有各人的心事。

到了宿舍,欣雷说:"我总算心里有点底了。"

峨看着家馨道:"我们又没说什么。"

欣雷道:"你们都不是凡人,不用说什么。我是最实际最普通的凡人,也可以说是俗人,出力不多,要求也不多。"他说得很诚恳。

峨、家馨二人回屋后,除讨论欧洲战场外,又谈论几句仇欣雷。

峨说:"其实谁都是凡人,这么说说还有些意思。"

家馨道:"你说他有意思吗?"

"你可以鼓励他发展得有意思些。"峨不在意地说,自收拾睡下。

家馨又呆坐许久,直到整个宿舍熄灯才睡。在枕上又擦了几次眼泪。

过了几天,峨和家馨去上野外课。这本是一年级普通植物学的一部分,她们没有上过,现在来补,和一年级的学生一起上。

这天,天气阴暗,细雨迷蒙。转堂码头上一群学生等着上船,约有二十余人。他们大都戴草帽遮雨,打伞的人极少,打的都是那种红油大伞,很笨重,保证不会淋湿。女同学多穿蓝工裤,有几个人还是竹布旗袍。码头边错落地种着几株柳树,雨水顺着枝条轻缓地流下来,似乎柳枝的绿色在流动。

树下有几处小地摊摆着白兰花,多是小姑娘在张罗。女同学便有买的,挂在工裤前襟或旗袍纽扣上。也有问了价钱不肯买的,小姑娘会及时减价,说:"相宜了!相宜了!"意即真便宜。年纪较小的同学拉着柳枝,把水甩到别人身上,也洒在白兰花上。

"萧先生怎么还不来!"几个同学踮着脚往城门里看。萧子蔚的专业在生物化学方面,因是系主任,他常接触普通课,带学生采集标本,和学生增加了解。教这门普通植物学的周弼年纪尚轻,正在水边安排船只,不时也向城门里张望。

昆明城墙不高,城门都矮小,小西门不知是什么时代的建筑,却也有一种森然气象。城门中出出进进的人渐多。抗战以来,昆明人起床早多了。据说,几个学校刚搬来时,人们还不习惯早起,市政府派出警察,沿街大呼小叫,敲着门窗催各店开门。这时挑菜的、担柴的都已进城。一个人用洋铁汽油桶装着清亮的水,跟在背粪桶的后面。用洋铁汽油桶在当时是很神气的。

"萧先生来了!"一个女同学最先发现。果见萧子蔚在人丛中走来,穿一件米色纺绸衫,不是旅行装束。渐渐走近,看出他的神色有些疲惫。

大家围上去恭敬地说话。子蔚含笑和大家招呼过,便走到台阶上和周弼说话。不一时,两人走上来,周弼拍拍手,要大家聚拢,听萧先生讲话。

子蔚道:"我看见大家早早来等着出发,很高兴,我和大家一样盼着这次远足。我们学生物的人必须了解大自然,了解大自然可不是容易的事。也许大家奇怪我为什么在码头上讲话,也许有人已经猜到,今天我有别的事,不能陪各位去上这有意思的一课。我想不必再改时间了。周弼周先生会讲解这次课的主要目的,指导你们操作。这里我只讲一个小故事,给大家助兴。西山的最高处称作龙门,整个的洞室神像,连行走的通道都是在石壁上凿出来的。那石刻艺术家最后去修整魁星的笔，要使它达到艺术的高峰。可能因为过于小心，反而把笔尖凿掉了。"他停了一下，"魁星没有笔，主掌文运的魁星失去了笔！据说当时艺术家拾起落在地上的碎石片，跳崖投湖而死。"

同学间漾过一阵叹息。子蔚接着说："我很喜欢这传说，为那位艺术家追求完美的精神而感动。我们从事科学工作，也要尽力不断地追求，纵然完美可能是永远达不到的，但是我们的精神体现在我们的努力之中。其实我很想和大家一起去采标本，摸一摸新鲜的植物。但是我只能说一句：请大家原谅。"

子蔚微微弯身，和附近的同学说了几句话，转身看见峨和吴家馨站在柳树下。

他走过她们身旁，见吴家馨不很精神，便嘱她注意身体，今天走不动的话，可以在华亭寺一带采集植物，不要勉强。

峨望着他，等他说话。他想不出对峨说什么，只笑笑，走过去了。

周弼招呼大家分上两只船。这种船在滇池一带是较大的一种，有半截船篷。大家让吴家馨坐在里面。

峨站在船尾，看着被剪开又合拢的水面，心中若有所失。

船过大观楼。白天阴雨中又是一番景象，亭台楼阁似蒙了一层轻纱，轻纱连着水波飘动。本地同学为大家指点，这是近华浦，那是溯洄洲，那是积波堤，还有些私人别墅，称为这庄那庄。周弼说，这里植物很多，今天来不及看，大家自己来时，可以注意。

峨想起去年秋天随父母来时，见到一种白色大花，父亲说是曼陀罗花。玹子说怎么叫这么个古怪的名字。弗之说曼陀罗本义是圣坛，至于为什么以此义名此花，不得而知，以后峨会解决这一问题。

峨当时听了不在意，这时猛然觉出，父亲对她的殷切希望，

160

也是对年轻一代人的希望。萧先生讲的魁星笔的故事,也是对大家的期望。

船到滇池中心,四面碧波,远处西山如人躺卧,又称睡美人山。众人胸中舒展,有的唱歌,有的乱喊乱叫,招呼别的船。

一时船到高硗码头,大家离船登岸,循一条小路上山。路旁树木蔽天,野花遍地,还有清脆的鸟声在飘荡,整个的山似乎都在欢迎这些年轻人。不断有人问周弼,这是什么花,那是什么草。

周弼笑道:"我有多大学问,能知道这么多?"他和孟、吴二人走在一起,倒是指出许多植物名字。

大家上得坡来,眼前出现一座大庙,这是华亭寺。还来不及瞻仰佛舍精严,只见山门外许多人或坐或卧,有的站着谈话,有的在柴堆上烧煮什么。这些人神色困顿,衣衫倒不十分褴褛。

周弼想了一下,说:"是了,这是滇越铁路边的难民。"一问果然如此。

敌寇为断绝物资运来中国,猛烈轰炸滇越铁路,众多难民便是逃避轰炸而离开家园的。敌人并和法国协商,到七月二十日,派出了日本驻河内办事处,拆除了老街铁桥上的铁轨,使一切援华物资无法运输。这是后话。

难民们见学生上来,有人问:"可有米卖?镇子上没得米了。"周弼安慰了几句。学生有穿两件上衣的,便脱下一件赠给难民。

虽是夏天,山上夜晚很凉。山门里廊庑下排着一卷卷被褥,打开便是一个个铺位,这是优等难民了。

周弼等无心观看大雄宝殿等建筑,到寺后一块空地,大家坐了,上野外实习课。周弼讲了诸点要求,如何辨别植物,如何采、制标本,如何鉴别有毒的花草、保护自己。特别提出一种叫荨麻的植物,叶子上都是细毛,皮肤碰着如蜂蜇火燎,立即红肿。又说,云南是一个大的植物王国,只这西山,就有两千多种植物。其中颇有些有毒,但毒素也能利用。我们要了解整理,也要发掘利用各种植物。

孟、吴二人不与小孩子为伍,往山上走,很快到了太华寺。太华寺难民少多了,颇有禅房花木深的幽趣,殿宇虽旧,仍然可观。天王殿石坊有一联:一幅湖山来眼底,万家忧乐注心头。大雄宝殿上有一匾,写着:动如不动。二人见了,都觉心中一动。

殿内香烟缭绕,有人在求签。一个老和尚敲着木鱼。求签者似是无家可归的异乡人,要卜一卜前途,从竹筒中掣出签来,冷笑一声,走出殿去。

"我们也求一个。"家馨忽道。

"要磕头呢。"峨踌躇。

老和尚忙说:"鞠躬也可以。只要心诚,不鞠躬也可以。"

家馨先求。她觉得若问抗战何时胜利这样大事,佛祖未见得能知,还是问自己的事。

她恭敬地鞠躬,在和尚的木鱼佛号声中,取出一签,上写着:"强求不可得,何必用强求!随缘且随分,自然不可谋。"她看了,默然不语。

老和尚见峨站在一旁,问:"这位小姐也求一签?"

峨心中有一个正在形成的愿望,她想了一下,走到供桌前,并不鞠躬,求得一签,字句和家馨的一模一样。

"莫非竹筒里只有这个签?"她问老和尚。

老和尚说:"大错!大错!你两个的签一样,因为你们问的事差不多。这是个好签呀,一切顺其自然,本该如此。"

家馨低声说:"你问一件你自己最重要的事,看求出什么来。"她说的是峨心中的结,峨对她说过,那是一个秘密。

峨肃立,深深三鞠躬,掣出一签,用手遮住,过了一会儿才看。上写:"不必问椿萱,要问椿萱友。来从来处来,走向去处走。"

峨念着,说:"真啰嗦,这么多字。"

家馨接过看,说:"很明确嘛,指出去问谁。"

峨点头。去问谁,她心里已定好了。

两人继续向上走,见有些一年级学生已走在前面了,一路大声说话。一个说,最好能制出一种毒药,让日本兵喝了昏睡不醒。一个说,不要他们的命吗? 可真慈悲。又一个说,说不定今天就有人定下要在云南研究植物了。

峨听到这话,心中不觉又一动,脚步慢了下来。草丛中有几朵大花,峨自恃穿着长裤,走上小路去采。大花颜色绚丽,她谨慎地用草纸垫着采下了花。脚背忽然一阵疼痛,不觉"哎呀"一声,叫了出来。

"怎么了? 怎么了?"家馨忙上来扶。

峨大声说:"你别动!"自己退出草丛,两只脚都红肿了。

周弼走过来看了,说是碰着了荨麻。

峨说:"我还穿着袜子呢,平时还舍不得穿呢。"

周弼说:"袜子太薄,荨麻的细毛无孔不入。不过,这附近一定有降它的东西。"左看右看,掐来几片叶子,放在峨脚上,果然清凉舒服。

峨把那朵大花放在权作标本夹的旧讲义夹里,仔细抚平夹好。她一瘸一拐,走了一段,觉得很费力,便让周、吴二人先走,自己在路旁石上休息。下望滇池,碧波轻拍苇岸,远处浮着一只只木船,灰色的帆,倒给水天增加了些凝重。

她又翻检已得的标本,花艳草奇,各不相同,深叹大自然的奇妙。又想起那两个签:"随缘且随分,自然不可谋","来从来处来,走向去处走"。

"废话!"峨暗道。

好几个一年级学生过来了,峨起身和他们一同向前。

二

生物系在新校舍有两间实验室。一间为学生上课用,诸如解剖青蛙、分辨植物等都在这里进行。一间为教师用,生物化学方面的基础实验便在那些瓶瓶罐罐里变化着。实验室处于一片苗圃之中,花朵四时胡乱开放,给泥墙土壁点染了浓艳的色彩。

萧子蔚在设备简陋的房间中刷洗器皿。这本是实验室工人的事,实验员也不做的。现在说不得了。校工常缺勤,实验员身体不好,子蔚又不愿像有些教师那样使用学生,便不时亲自操作。只见他系着围裙,带着橡皮手套,熟练地转来转去,指挥着他的玻璃兵。

那天他没有和同学们一起上西山,是因为上午聘任委员会开会,讨论下学年的聘任名单,也讨论一些别的问题。下午送郑惠杭回青木关音乐院。一公一私。惠杭搭乘便车,子蔚直送她到曲靖。次日,惠杭和同伴在车上坐好,车开动了,车窗外轻飘着一块熟悉的花手帕。车和手帕都越来越远,子蔚站在路边,一时不知身在何处。

曲靖一别,不知何时再相见。这次惠杭到贵阳,是某军司令请她劳军,开过几场音乐会。她到昆明,原也打算开音乐会,后来实在抽不出时间。她情愿单独为子蔚唱,有一次,一口气唱了十四首歌。那其实也是音乐会,但比一般的要丰富得多,每首歌都浸透了感情和希望,一般人无福听到。

他们到平政街天主堂去过几次,那里有一架闲置钢琴,刚到昆明时,子蔚曾为惠杭借过。现在这琴久未调音,对惠杭来说,不合用了。但是他们还是愿意到教堂坐一坐那硬板凳。那里没有雕刻的廊柱,五彩的玻璃,但仍有一种气氛。怀抱圣婴的玛丽亚,从一个简单的木台上望下来,使人感到平和宁静和肃穆。他

164

们在寂静中倾听自己的心。

这两颗心已经碰撞很久，那是一首婉转曲折充满欢乐和痛苦的曲子。相识是从音乐会开始的，子蔚永远不会忘记惠杬的第一声歌唱。那声音像是从天上飘落，他在地上去找她，看见她坐在鲜花后面。他没有花，只有一颗心。

不幸的是，当时惠杬已不是自由人，子蔚只恨没有早回国一年。他们摆脱不了越来越深的感情，也摆脱不了那尴尬的处境。他们得到许多同情，也受到许多指责。他们没有办法，两心的融合是无法分开的。

子蔚有一个手摇留声机，唱片很少，他们认为最珍贵的是巴哈的《马太受难曲》，没有一点宗教倾向的人也会为这部音乐震撼。惠杬在上海时担任过《德意志安魂曲》中的女高音独唱，她唱勃拉姆斯的艺术歌曲也是为人称道的。她很熟悉《马太受难曲》，但没有正式唱过。听留声机时听到感人处，她会站起身随着轻声唱，唱着听着，两人都不由自主地流下泪来。

参加听唱片而且一同流泪的还有一个人，那就是美国教授夏正思。他是热切的古典音乐爱好者，闲暇时间几乎都用来听音乐。人们传说夏先生可以三天不食不眠，沉醉于音乐世界。甚至警报也不能打断他的乐曲。天上飞机隆隆响，地上交响乐在飞扬。他什么也不怕，他有音乐。这一位音乐爱好者很赞赏郑惠杬，说中国几乎没有好的女高音，因为她们不够胖，瘦人没有力气。但是郑惠杬是个例外。

他们也见一些朋友，孟家人、庄家人都来过。玳拉还安排在英国领事馆举行了一次小型音乐会，音乐不多，大家谈话很愉快。

最让惠杬忧心的，是惠枌的家庭问题。她认为惠枌性格软弱，承受不了离婚。她没有去钱家，都是惠枌来城里叙姊妹之情。

惠枋终于走了。曲靖一别，不知何时再相见。这个念头在子蔚心上萦绕。

念头终于转到那天的聘任会。会上还讨论了学生贷金问题。和逐渐上涨的物价比较，贷金数目太少，要和教育部交涉。因生活困难，学生做工补贴自不必说了，有些教职员也从事业余活动。个人的事也不必管，如钱明经。有些化工方面的专家想开办小型工厂，如做肥皂之类，有人以为不妥。讨论了一下，大家还是认为这应由个人负责，学校不干涉。

会议正式讨论了下一学年发聘书问题。讨论集中在三个人。一是物理系卫葑。三七年学校自北平南迁，助教讲师不发路费，大都于一年内报到，很少人像卫葑离开这样久。便有人提问：三年时间，他到哪里去了？

卫葑到延安去过，许多人知道。当时也有别的人去参观，有人留下，有人回来。这终究不是在会上说的事，大家顾左右而言他。庄卣辰坚持说反正他来了，他是物理系最合适的教师。卫葑的才学人皆知晓，最后通过聘任。

外语系王鼎一提出解聘一位法语教员，她是法国领事馆官员的夫人，教课很不负责。讨论决定下半年不再聘任。这人是夏正思介绍来的，正好他向系里提出聘凌雪妍，聘一解一，大概他已经考虑到替换。

王鼎一本人是美国耶鲁大学文学博士，素来看不起留学而没有得到学位的人。他介绍说凌雪妍不把在国外的生活夸张为留学，可见诚实。会上有人提出夫妇不能同在一个学校任教的惯例。秦校长认为非常时期可以不按常规，而且一文一理不相干扰，随即顺利通过。

会上还讨论了钱明经、李涟等人的晋升，有人对钱明经的业余活动有非议。江昉说，业余活动，个人负责，这点大家看法是一致的。要是业余抽大烟打麻将，不也是活动吗？只要学术水平确实达到标准就升职。也有人说钱明经确实多才,活动没有影响教课。

有人提出,若论教课不负责任白礼文数第一。据学生说他上一星期没有上课,这一星期虽然人到课堂,可没有讲一句有关学业的事,从上课到下课铃响就是骂人。是不是该管管他?

江昉道:"我是管不了的,弗之找他谈谈?"弗之未置可否。

还有一位英国回国的古典文学专家尤甲仁,上一年已经聘任,但他没有到职,现在继续聘任。最后通过了钱、李的升职,大家散了。

子蔚和弗之一起走,因问白礼文情况。弗之说早有很多意见,江昉很想解聘他。但他的学问实在好,只能先拖着。

弗之说着,顿了一顿,说:"我的一篇文章惹了事。"

子蔚站住说:"前天吃饭时听人说起,好像重庆那边不高兴。不知是什么文章?"

弗之说:"就是讲宋朝冗员的。冗员是宋亡的一个原因,当时宋朝人口不多,官却很多,官无定员。州县土地是固定的,官员却不断增加。真宗咸平四年,节度使就有八十余人,留侯至刺史数千人,费用之大可想而知。"

子蔚道:"这正好作为借鉴。"

弗之道:"我正是这个意思。只是文章中写到一些人求官用的卑鄙手段,不知得罪了什么人。"

"得罪了法不要紧,得罪了人就麻烦了。"子蔚道。

弗之苦笑道:"就是呢。我真无意反对什么人,只是希望国家能健康些,封建的积垢太多了。"

子蔚要看那篇文章。弗之答应送一本杂志来,又说:"还要写一篇关于贪污腐败的,那是宋亡的另一个原因。"

因为各自有事,当下没有深谈。

子蔚的思绪又回到曲靖,那个古旧偏僻的小城,如今长留心上了。城边一个小池塘,满是红泥稀浆,也算是池塘。几个晒得黑油油的孩子在塘里游。惠杬轻声说,这水太脏了,会得沙眼的。子蔚回她一声叹息。

"萧伯伯!"有人轻声唤他,转脸见一个女学生站在窗外,一头齐耳的黑发,脸庞瘦削清俊,下巴尖尖的。背后的花圃做了衬托,使她如在画图中。

子蔚先一怔,马上说:"哦,孟离己,有什么事?"

峨已经在窗外站了一阵,这时走了进来。"我来帮忙,可不可以?"

"快洗完了,你坐吧。"子蔚一面收拾一面问:"学习有困难吗?"

峨不答,忽然警报响了。

子蔚问:"你来时没有看见挂球吗?"

"见了的。"

"怎么样? 躲一躲吧?"子蔚卸下行头,他算好了时间,在来警报以前做完。

"我不想躲。"峨淡淡地说,"萧伯伯,你怕吗?"停了一下,说:"我有事想弄明白,请萧伯伯帮助。"

子蔚望着她,似乎问:什么事?

峨说:"两件事,今天先解答一件。"她的口气很执拗。

"好吧。"子蔚叹口气,坐下了。见她半晌仍不言语,因问:"那天植物课怎么样? 好玩吗?"

峨递上手里的标本夹,子蔚打开,诧异道:"这是一种热带花,云南也不多见。我们得找字典查一查它的名字。"

"我们叫它特级剧毒花。"

"它有毒?"

"没发现。不过这样叫叫。"

"这样艳丽的东西和毒物倒是相近。"子蔚沉思地说。

"它旁边有荨麻护卫。"峨说。

子蔚忽然想起霍桑笔下的剧毒花和那与花朵同命运的美人，心想可以叫它做"拉帕其尼女儿花"。因说："有一个短篇小说叫作《拉帕其尼的女儿》，其中有一棵毒树。看过没有？"

"没有。"峨答。

三三两两的学生从窗前走过。有人叫："萧先生，快点走。"

人群过后，便是寂静，等待空袭。

子蔚只管看标本。又停了半晌，峨开口道："萧伯伯有没有不耐烦？我是在聚集勇气。"

"你尽管说，什么问题都会解决的，不要怕。"子蔚温和地说，自己倒有些不安，不知峨要说些什么。前年他受弗之托付从龟回带峨到昆明，并帮助照料她转学，他感觉峨的性情相当古怪。

"我们到西山，我还做了一件事。"峨开始说，"我去太华寺求签。"

"上上大吉？"子蔚微笑道，"记得你原来很喜欢基督教。"

"我需要一个神。"峨沉思地说，"我把心里的问题去问菩萨，得的签却指引我问别人。那签是这样的：不必问椿萱，要问椿萱友，来从来处来，走向去处走。"

"要问椿萱友？"

"是的。"

"所以来问我？"

"是的。"峨站起来，略提高声音："我的问题是，我是不是我父母的女儿？"

"你怎么会不是他们的女儿？"子蔚也站起身。

"我有一个印象，只能说是印象——我是他们抱养的。"

子蔚大吃一惊，望着峨不知怎么说才好。

"我七岁时,家里有个李妈,她责备我,我打她。她说:你不用横,你和我们一样——还不如我们呢,你是土堆上捡来的!我没有去问娘,这是什么意思。后来李妈又说过几次。她恨我。后来也有别人说我和嵋他们不太像。"

子蔚只管看一个玻璃瓶。一会儿,他望住嵋清秀的年轻的脸,说:"嵋,你对我这样信任,我很感谢。希望你也能信我说的话。你的父亲从国外留学回来,一年后你出生。我那时在明仑做学生,亲眼见你的母亲穿着宽大的衣服在校园里散步。我还没有资格参加你的满月酒,但确实知道孟先生得了女儿。你可以问你的姨母。或者,你可以问秦太太,谢方立。她从你没有出生就认识你,我相信她的话和我的是一样的。"

嵋一直半低着头,这时不觉叹息了一声。这回答是她所期望的。她早有信念在心底,她是孟家人。但是阴影很可怕,阴影会吃掉真实。她感谢萧先生拭去阴影,抬头看了他一眼,几乎要把第二个问题提出来。

飞机隆隆的声音迫近了,似是绕着城飞。他们都不觉看着房顶,看它会不会塌下来。飞机去了,没有炸弹。嵋心里巴不得来一个炸弹,把她和萧伯伯一起炸死。

子蔚推开门,看见天空中几个黑点越来越远,对嵋说:"敌机也许还会回来,你还是到后山躲一下才好。"

嵋心想,这是赶我呢,便说:"谢谢您告诉我。"一面往外走。

子蔚皱眉,说:"停一下,嵋,你到底信不信呢?"

"我怎么不信?我信的。"

"你本来就是孟樾和吕碧初的女儿!好好地孝敬他们,不要再想那没来由的编造,那实在很可笑。这些年一个无知仆妇的话,影响了你的生活,真不值得——可也由于你的性格有些古怪才受到影响。"最后一句话子蔚没有说出来。

"我知道了。"嵋含糊地说。

"要为你的国,你的家和你自己争荣耀!这荣耀不是名和利,而是你的能力的表现,你整个人的完成,还有你和众生万物的相通和理解。"子蔚停住了,沉思片刻,问:"我可以把这事告诉你的父母吗?"

无边的寂静使两个人都感到压抑。峨想了一下,摇摇头,她情愿有一个不为父母所知的秘密。

峨的尖下巴轻轻抖动,似乎想说些什么。

子蔚不等她说话,先说道:"应该告诉他们。你首先要和父母互相理解。不了解情况,怎么能让他们懂得你?你又怎么能懂得他们?"

峨弯了弯身,像是同意,退了出去。她向后山跑去,路上见有些跑警报的人已经往回走了。她不理有些人的招呼,自己跑到一棵树下坐了,要理一理纷乱的心。她先哭了一阵,让眼泪畅快地流下来,连身上也觉轻了许多。而且这重压是萧先生帮助移去的。她几乎庆幸自己有这个秘密,可以说给他,可以听他说,可以与他分享。

树侧有小溪潺潺流过,她把手帕浸湿,拭去泪痕。在清澈的水上,她看见萧伯伯光润的脸孔在晃动,似乎在向她笑。

她心中涌起感谢。感谢她的父母,他们有这样好的朋友。再去问秦伯母?绝不需要!萧伯伯的话抵得上千万人的证词。亲爱的娘,生我养我,还要为我烦恼,为我担心。

峨很想抱住母亲,像嵋常常做的,但她知道自己见了母亲,也不会伸出双臂的。

峨最后一个回到宿舍,吴家馨和别的同学都笑,说,孟离己跑警报多认真!

学年考试到来了,学生们无论用功不用功都感到压力。峨这次对考试特别认真,仔细地全面复习功课,那本是考试的目的。几周来,她虽没有回家,却觉得和家里近了,和同学们也近了,也和生物学近了,还有,和萧伯伯更近了。她在一种平静的心情中结束了一年的学习。

假期第一周,有一个救护班,教授救护伤员的知识,以充任临时救护应付轰炸。峨和吴家馨都参加了。

一个下午近黄昏时分,在一个本地大学的操场,人们听过讲解后,分成一个个小组进行实习。来参加的多是各大学高年级的学生,这时仍按学校分组。峨和吴家馨、何曼等人轮流充当伤员,让人包扎。

峨的头绕满绷带,只露出两只眼睛。

何曼说:"你的眼睛让白绷带一衬,倒是很黑。"

峨问道:"平时不黑吗?"何曼不好答话。

吴家馨道:"不了解孟离己的人,会以为她很尖刻,她是——"说着想不出词来,自己先笑了。

峨道:"我替你说,是古怪。"

她眼睛一转,见四周白花花一片,都是缠着绷带的"伤员",有人走来走去指点。心中暗想,学到的这点本事,千万不要派上用场。

除了包扎,还有编担架、抬伤员等项目,实际上是童子军的课程。

因为示范的教具不够,峨和吴家馨在一旁等。她们坐在台阶上,望着地下的野花,各自想着心事。

太阳落山了,暮色中走来一个人,膀臂健壮,步履有力。他走到她们身旁站住,原来是严颖书。

"你们也来了。"他说普通话,像有点伤风。

峨看看他,不作声。

家馨说:"你也来了。"

"我们力气大,另有一个担架队。教具太少,没有组织好。应该多联系几个部门,动员不够广泛。"颖书评论。

他去年加入了三青团，入团宗旨是抗日救国。团员们一起学习三民主义，一起读书游玩，也很有向上的精神。

有几个颖书的同学走过来，几句话后，唱起歌来。歌词是这样的：

> 大道之行也，天下为公，选贤与能，讲信修睦。故人不独亲其亲，不独子其子，使老有所终，壮有所用，幼有所长，鳏、寡、孤、独、废、疾者皆有所养，男有分，女有归。货恶其弃于地也，不必藏于己；力恶其不出于身也，不必为己。是故谋闭而不兴，盗窃乱贼而不作，故外户而不闭。是谓大同。

这是《礼记·礼运篇》中的词句，表现了人们从古便有的理想。理想总是美好的，只是调子唱起来有些古怪。

何曼招手要她们过去，轮到她们实习了。颖书等也跟过来。

一个男生说："下个月有人要到海埂露营，你们也去才好。"他说"有人"指的是三青团。

何曼对峨等摇头，俨然以女生代表的口吻说："我们不去，我们下月有读书会。"他们现在读的书是《大众哲学》。

颖书等自去他们的担架队，峨等继续实习。这次包扎的是足部，一时间一片白的头变成白的脚。天色渐暗，白色更加鲜明。

一个人拿了汽灯来，挂在树上，然后站在树下讲话。他说，对付空袭，一条是疏散，一条是救护。前者预防伤亡，后者减少死亡。他感谢大家为抗战出力，并希望大家好好练习，这很重要。

"更重要的怎么不说！"何曼声音相当大，"最重要的是我们要有空军，保护自己的领空！"

"是呀，是呀。"吴家馨等附和。

这本是极浅显的道理,小娃都早就认识了的。可是只有道理有何用!

训练结束了,颖书等又走过来和峨等一起走回学校,路上展开一场争辩。

颖书说,需要空军是明摆着的事,问题是国家太弱,一时强大不起来。这也不能怪谁,这是因为满清政府的腐败以及以后的军阀混战,没有力量建设国防。

"并不是怪谁。"何曼平和地说,"疏散、救护当然重要,我不过想到有空军保护更重要。"

颖书道:"荒废的时间,耽误的事得由我们补出来。"

何曼沉思说:"目标常常是一致的,问题是办法不一样,走的路不一样。"

大家不说话。一个男生忽道:"我们唱的歌是天下大同的理想,应该有很多不同的路去实现。"

"从不同到同。"峨说了一句。

经过翠湖,颖书对峨说:"母亲她们在安宁很安逸。放假了,你和表妹们何不到安宁住几天?"峨不作声。

翠湖的堤岸对于同学们来说已是太熟悉了,水中的桥影、树影在夜光中又清晰又模糊。

峨回到宿舍,在大门洞里,看见两个人坐在墙边椅上,他们像寻得了失去的宝物一样,向她迎过来。那是她的父母!

她有些矜持,唤了一声:"爹爹,娘。"便站住了。

三人默默地站了一会儿,都觉喉头哽咽。

峨低声说:"娘怎么也来了。"

碧初感觉很累,微微喘气。因门洞里人来人往,只商量好峨一放假便回家。峨不再多说,低着头走开了。

三

毕业的这一天终于来到了,对于澹台玹来说,这真是不平常的一天。

早上七点钟,明仑大学举行毕业典礼。天很明亮,玹子觉得这一天天亮得特别早。

到了操场上,听见别的同学也在说:"天这么早就亮了。"

"大概是因为你没睡着。"有人回道。

同学们按系排列,大家有完成学业的欢喜,又有走向社会的不安,更有对时局的担心。年轻的脸上都有些兴奋,他们要走上人生的新路程了。他们互相招呼,大声说话,可能以后再也见不着了,且多说几句。

玹子夹在同学中间,穿一件竹布旗袍,淡蓝色短袖薄毛衣,白鞋白袜,这是她考虑了好几天才选定的。衣服简单朴素,穿在她身上凸凹分明,还是引人多看两眼。

外文系在经济系旁边,仉欣雷离得不远。他问玹子到哪儿做事,玹子说:"没想好呢!"因问仉欣雷到哪儿。

仉欣雷说有几个事情等他挑,大概要到重庆去。

这时一个同学低声说:"原来你认得大小姐呀!"玹子听见也不在意。

典礼由萧澂主持,他的话很简单,然后宣布毕业名单。听到自己名字的同学,都在心里暗暗答应一声:"到!"也有人答出声音来,在肃静的操场上传得很远。

听到"澹台玹"三个字时,玹子做了一个立正的姿势。要出现在抗战救国的岗位上,她觉得自己真有几分了不起。

名单宣布完了,秦校长开始讲话。他说:"抗战进入第四个年头了,欧战爆发也已一年了。形势是严峻的,我们看不出什么时候能取得胜利。你们是抗战以后的第三届毕业生。前两届学生多在抗日救国的事业中做出了贡献,我相信你们也会是母校的光荣。母校将永远为你们骄傲。"

秦校长沉着有力的声音撞击着每个同学的心。

典礼安排在清晨,为的是避开通常的空袭时间。但是今天很特别,秦校长刚刚讲完话,就有一阵低语的波浪从人群中涌到主席台前:"挂球了!""挂球了!"远处五华山上果然出现了血滴般的红球。

秦校长扶扶眼镜,幽默地说:"看来敌机也知道诸位今天毕业,想来联系一下。"

按照惯例,学校到空袭警报的汽笛响时才疏散。几位先生交换意见后,免去几个讲话,宣布肃立默哀,那是为了参加战地服务牺牲的三个同学。最后由孟樾代表全体教师讲话。大家凝神聆听老师们对自己的嘱托。

"同学们,"弗之刚开始说话,空袭警报响了。弗之看看秦、萧两位先生,随即果断地说:"我的话今天不讲了,在诸位离校前,我们还可以有自由参加的讲演会。现在我祝大家在工作中尽伦尽职,前途无量。"

萧澂走上前说:"我们不得不散会了。诸位的毕业典礼是在警报声中结束的,我想谁也不会忘记。现在我们唱校歌!"

"自强!自强!行健不息需自强!自强!自强!行健不息需自强!"

校歌的最后两句音调十分高亢,年轻的声音汇集成响遏行云的雄壮歌声,压倒了凄厉的警报声。子蔚宣布典礼结束。

大家慢慢地离开操场,向校舍后山坡走去。玹子和同学在一起,看见何曼在前面,几个同学正听她讲一本新书。这时卫葑就在不远处,走过来向她祝贺。

玹子说:"毕业即失业,没饭吃了。"

卫苇说:"玹子小姐会失业?岂不是奇闻?"

玹子想要扮个鬼脸,脸上显出的却是嫣然一笑。

卫苇不再搭话,走向何曼,和同学们谈论着那本书,一路走了。

玹子有些不快,略一迟疑,不跑警报了,转身往住处走去。

几个同学招呼她:"澹台玹,你怎么往城里走?"还有两个同学跟上来。

玹子摇摇手,她要自己静一静。

街旁的小店还没有开门,在警报声中,只听得各家大呼小叫,督促起身。一会儿,三三两两往城外走,倒是不用再关门。

玹子一路想着卫苇的神色,觉得他很不可理解。不知凌雪妍对他有多少了解,她太简单,卫苇是太复杂了。

"可这些和我有什么关系。"她用手帕轻轻扇着自己,像要扇走这些念头,"真有关系的是保罗。保罗姓麦多可笑。"

这一年多来,玹子和保罗的感情大有发展,已到可以论婚嫁的地步。玹子和母亲说心腹话的时候,便把保罗作为一个候选人。那时一般家庭还不能接受一个外国人,绛初夫妇比较开明,并不以种族为嫌。又得知保罗的父亲虽是穷牧师,祖父却很富有,便觉得可以考虑。小巷曲曲折折,前面的路谁知道呢。

宝珠巷内玹子的小窝又是一番景象。房间在楼上,很小。一张蜡染粗布幔子从房顶垂下,遮住两面墙。一张小床罩着同样花色的床罩。三四个玩偶挤在墙角,拥着一个站在矮几上的洋娃娃。她金发碧眼,穿着藕荷色的短裙,举着胖胖的小手,似乎在观察什么,十分可爱。

玹子进得门来,先拉拉洋娃娃的小手,对她说:"我毕业了,可是还没有吃早饭呢!"随即冲了一杯奶粉,坐在窗前,慢慢呷着。牛奶太烫了,她走到廊子上,倚栏看着一株梨树。梨树枝繁叶茂,小小的果实刚显形状,挂满枝头。

不知为什么,卫萐的身影又在眼前闪过,"怎么又想起他!真是莫名其妙。"

过了一阵,解除警报响了。房东家的人议论,今天怎么这么快,大概是敌机拐弯了。

院门"呀"的一声开了,走进来一位和洋娃娃一样的金发碧眼的年轻人。他走过院子,向上吹了一声口哨。

"保罗!"玹子向楼下招手。

人进来了,带着明亮的笑容和一束玫瑰花。

"九朵花,祝贺鹏程万里。"保罗献上花,特别说明数字。他知道"九"是中国最大的数字,随即是面颊上的一吻,这已是他们通行的礼节了。

保罗说:"我就知道你没有跑警报。"

玹子笑笑不答,让保罗在椅子上坐了,说:"同学们一毕业都变化很大,好些人离开昆明,不知会遇到怎样的生活。"

"只有澹台小姐不搬家。"保罗笑说。看着坐在蜡染布床罩上的玹子,觉得她真是光彩照人。

玹子已找好工作,因她中英文都能流利应用,曾有几个选择。一个是美国驻昆明领事馆,他们认为玹子一定会工作得很出色,曾多次劝说。但她不愿和保罗在同一机构,没有应允。重庆有两个部门要人,绛初夫妇很希望她去。她不愿离开昆明,也没应允。

她选定的事有些迂腐,是在云南省府里的一个处做翻译工作。大家都以为这不过是玹子闹着玩,其实她倒是认真的。她说:"人人都要为抗战出力,这也是我的宗旨。"又加一句,"好报那刺刀割衣之仇。"

这时,玹子看着保罗:"本来每天往西走上课,以后每天往东走上班就是了。"

"对宝珠巷来说,省府在东面。对中国来说,美国在地球那一面。你不往东,不往西,最后要到对面。"保罗说。

随他到美国去,这是保罗多次暗示过的,他总没有找到他认为足够庄重的机会正式提出。

今天,玹子毕业;地点,在这艳丽的小窝。他走出了暗示,觉得自己好像被什么光亮指引着,站起身一步就跨到了门外。然后又转身跨回来,站在玹子面前郑重地用英语发问:"澹台玹,你愿意嫁我吗?"随即又用中文说了同样的话。

玹子早就预料到保罗会提出,有时甚至奇怪他为什么还不提出。这时听见他的话很是感动,她其实早就在等这句话了。

她沉吟了一下,郑重地望着保罗,说:"我想一想,从地球的这一面到那一面去是件大事。人不是要倒过来了吗?"说着两人都笑了。

"我知道你要和家里人商量。"保罗说,"其实我们也是很尊重父母的意见的。"

"你已问过父母了?"

"当然。"保罗说,"他们觉得这是上帝的安排,我在昆明找到你,一个黑头发的中国人。"保罗拉住玹子的手说:"你知道我从什么时候就有这个想法吗?"

"大观楼跑警报的夜晚,在湖水旁边。"

保罗一下子把玹子抱起,在房中转了个圈,大声说:"真聪明,太聪明了!"

玹子挣扎着下地,把手指放在唇边,意思是不准吵闹。"坐好了,你们美国人会好好地坐着吗?"

"还会打坐呢。"说着保罗坐在椅子上垂下两手,好像很乖的样子。玹子看看他又看看洋娃娃,不觉笑了起来。

他们商量一天的活动。玹子下午要和同学们聚会,晚上要去听孟弗之讲演。保罗下午有工作,他们决定一起吃午饭。

保罗说:"那终身大事呢? 我等着。"

"不会等很久的。"玹子轻拍保罗的手臂,"我要回家一趟,去重庆。"

他们下楼走过房东的厨房,房东太太用一种异样的眼光看着玹子,每次保罗来她都是这样。玹子想大声说:"这是我的未婚夫。"但是她只是笑笑,挽住保罗的手臂走出去了。

本来是万里晴空,天边缀着朵朵白云,像氢气球一样不知会飘向哪里。他们刚走出巷子,忽然下起雨来。

"你的衣服要淋湿了,应该开车来。"保罗常常不开车,他情愿走路。

云朵从天上飘过,雨点很大,还夹着碎冰雹。他们在街旁店铺的廊檐下走着。走到另一条小巷口,忽听有人说:"进来坐一下嘛,雨还要下的。"这是一家小店的老板娘在招呼。

他们两人互相望着,才想到并没有商量好要到哪里去。

这是一家新开的小店。看起来还干净,他们便走了进去,在一张小桌前坐了。老板娘满面堆笑,问要哪样。墙上歪歪斜斜贴着纸条,写着玉溪米线、石屏豆腐之类。他们要了一碟石屏豆腐,那是一长片豆腐在炭火上烤过再涂上辣酱。

玹子看看保罗又看看豆腐,忽然又笑起来。

保罗拍拍她的头,故意说:"小姑娘,你看见食物这样高兴,是不是饿坏了。"自己拿起一块豆腐咬了一口,辣得他跳了起来。玹子见状,更是笑个不止。

店里没有别人,一时成了他们俩的天下。老板娘倒是大度,不以为怪,自做她的事情。

这时有个年轻女子,挑了一担菜,淋得落汤鸡似的,像是刚买菜回来,轻声向老板娘交代,说了几句话,就把菜挑到后面。走过店身时,正看见玹子笑得弯了腰,忽然一愣,停住了脚步,马上又往后面去了。

雨渐渐停了,蓝天亮得耀眼。二人不想再坐,站起身走出店去。玹子无意中回头，见那女子对老板娘说声"买炭去"，转身向另一方向走了，湿衣服贴在身上，显出好看的曲线。

玹子心中一动，觉得这身影好像在哪里见过。她无暇仔细去想，只顾和保罗说话。他们中英文并用，说的话有些自己也不懂，但就在这呢喃中两人十分快乐，谁也没有提起吃午饭。

这一天，他们出门遇到一场雨，又见到一个似曾相识的人，没有吃午饭。

下午，外文系为毕业同学举行简单的茶话会。系主任王鼎一平时颇赏识玹子，曾建议她留校。这时他对玹子说，去省府工作可能会失望的，不如仍在学校教书。玹子笑说，原来希望就不高，只不过换换环境。师生亲切话别。

几个同学一起吃晚饭，大家都有些闷闷的。有人说，毕业是大事，应该告诉父母，可现在不知道父母在哪里。又有人说，父母不管在哪里，总会保佑你的。倒是前面的路会不会保佑我们，很难说。又说些个人的去向，也就散了。

晚上的演讲会还是在操场举行。按照孟先生的意思，不要汽灯，皎洁的月光足够亮了。时间还不到，操场上已经有不少人在来来去去。各年级的学生差不多都来了，教师们也来了不少，江昉、李涟和钱明经都来了。玹子们搬了砖头坐在"讲台"前面。

孟先生坐在操场边一个树墩上看着大家，那树墩很大，正好做讲台。

场上渐渐静下来，他说："我本来是想和历史系的同学叙叙家常，萧先生说可以和大家谈谈。我没有什么金玉良言，只是大家远离父母，也许愿意听听年长人的话。诸位现在面临着人生的新起点，又处在一场全民族同力以赴抗击侵略者的神圣战争中，境况必然会复杂一些，生活必然会艰难一些。人生在世会遇到许多想不到的事，谁也不能未卜先知，但是我想四年的大学生活会帮助大家走好自己的路。

"大家知道中国历史上有几次由于异族侵略，政权南迁，文化也随之南迁，称为衣冠南渡。一次是晋元帝渡江，建都今天的南京，中原士族也纷纷南迁。一次是北宋末年高宗渡江，建都今天的杭州，这是又一次衣冠南渡。还有一次是明末福王渡江，建都南京，这是第三次衣冠南渡。这三次南渡的人都没有能够返回自己的家园。我们现在进行的战争，不只为一国一家，而是有世界意义的。我们为消灭法西斯反人类的罪恶而战，为全人类的正义而战。我们今天不但过了黄河，还过了长江，一直到了西南边陲，生活十分艰苦，可是我们弦歌不辍，这很了不起！只要有你们年轻人在，我们一定能打回去，来一次衣冠北归。这是我的信心，当然信心是虚的，必须靠大家的努力才能成为现实。

"努力是多方面的，每个人的能力有大小，命运有好坏。能力可以说是各人的才，才是天授。天授的才如果不加以努力发展，等于废弃不用。努力可以完成人的才，但是不能使人的才增加。使才能充分发挥作用，这就是尽才。除了本身的努力以外，还要依靠环境才能尽才。这就需要有个合理的社会。对于每个人来说，能够尽其才的环境是顺境，妨碍尽其才的环境是逆境。诸位出去工作，可能遇到顺境，也可能遇到逆境。在顺境中我们要努力尽才，在逆境中也要在环境许可的条件下尽我们的努力。任何时候，我们要做的，最主要的就是尽伦尽职。尽伦就是作为国家民族的一分子所应该做到的，尽职就是你的职业要求你做到的。才有大小，运有好坏，而尽伦尽职是每个人都应该努力去做的。

"近来我常想到中国的出路问题，战胜强敌，是眼前的使命。从长远来看，中国唯一的出路是现代化，我们受列强欺凌，是因为我们生产落后，经济落后。和列强相比，我们好比是乡下人，列强好比是城里人。我们要变乡下人为城里人，变落后为先进,就必须实现现代化。这就需要大家尽伦尽职,贡献聪明才智,贡献学得的知识技能。只有这样,我们现在才能保证抗战胜利,将来才能保证建国成功。"

弗之讲话,有时用问话口气,似在和同学交谈。讲了约一小时,停下来请大家发表意见。

有人递条子,月光下勉强认出:"孟先生说的现代化令人兴奋,可是怎样做到? 我要去延安,你觉得可以吗?"

又有一个条子上写着:"读书能救国吗?"

孟弗之说:"如果我们的文化不断绝,我们就不会灭亡。从这个意义上讲,读书也是救国。抗战需要许多实际工作,如果不想再读书,认真地做救亡工作,那也是很重要的。我觉得去延安也是可以的,建国的道路是可以探讨的。"

这时有学生站起来说:"孟先生鼓励同学去延安,是不是有些出格?"

又一个同学大声说:"那是自由之路!"

又一个学生站起来,宽宽的肩,正是严颖书,他说:"我们要抗战胜利建国成功,最好的指导应该是三民主义。"

当下有人反对,有人赞成,几个人同时说话。

弗之拍拍手:"大家热心讨论,这很好。是不是请哪位先生也讲几句话?"

江昉站起,缓缓说道:"我常听见同学们唱一首《天下为公》的歌,歌词取自《礼记》。我们的祖先就向往着一个平等、富足的社会,经过两千多年我们还是没有达到。现在,我们也许可以有更新的、更科学的理论来引导。"

大家都明白,他讲的是马克思主义。江先生接着说:"我完全同意孟先生的意见,抗战的道路还很长,也许必要的时候,我们都得上前线。不过在学校一天,就要好好学习,认真读书。"

场上一片沉默,气氛很严肃,大家在思索自己的道路,有个女同学嘤嘤地哭了起来。

弗之温和地说："生活对同学们说实在是太沉重。可你们要记住,你们背负的是民族的命运,把日本鬼子打出去,建设现代化的国家,要靠诸君。也可以说你们背负的是全世界、全人类的命运,因为我们是在和恶势力作战,正义必须取胜,反人类的大罪人必败。"弗之环视大家,最后说："无论走怎样的道路,我相信你们都会对得起自己的父母之邦。"

散会后,玦子和同学们一起走,心想,三姨父今天的讲话似乎有些沉重,不像平常那样风趣。我的路会是怎样的?

她想着,走出校门,见保罗在马路边等她,便把道路问题抛在脑后了。

他们不想随着人群,就站在黑影里。过了一会儿,见几个同学陪弗之一起走过来,峨和吴家馨跟在后面,家馨在擦眼泪。两人等人散了,才去上停在不远处的吉普车。

弗之等人踏着月光缓步走着。几个学生直送弗之到大戏台,一路讨论中国现代化和才命问题。

四

放暑假了。

峨随着弗之沿芒河默默地走,问一句答一句,很少说话,但父女两人都觉得彼此离得很近。峨吐露了她的秘密,就是消除隔阂的开始。

"爹爹,我替你背着挎包。"弗之还是那套装备:蓝花布斜挎包,红油纸伞。

"书很沉。"弗之温和地说,"你拿着雨伞吧。"

峨接过雨伞,扛在肩上。弗之不觉微笑,到底还是孩子。

他们走完了绿荫匝地的堤岸,走过村里唯一的街,拐进小巷,进了院门。满院立刻热闹起来,在狗吠猪哼一片杂乱声中,听到峨和小娃的脆嫩声音:"爹爹姐姐回来了!"

嵋跑上来接过挎包,小娃接过雨伞。楼梯响处,碧初扶着板墙下来了,神气喜洋洋的。

峨走过去靠近母亲,碧初伸手搂住峨的肩,两人都有千言万语,又似乎无话可说。

晚上弗之到大门上头去睡,让碧初和峨睡一床。峨抢着收拾床铺。

碧初说:"峨,你当时怎么不说,怎么不问娘呢?"峨不作声。"也怪娘粗心。"碧初叹道。

峨拿起母亲的手贴在脸上,仍不作声。以后母女间再不提这件事。

猪圈上的生活是艰难的,但孟家人仍然充满了朝气和奋发的精神。由于峨的贴近,家里更是和谐快乐。

嵋自从生病后,身体一直不好,勉强上了半年学,终于休学在家。小娃一人住校很不方便,便也没有上学。他们每天读书写字,并帮助做家务。整个板壁都贴满了他们的成绩,像是举办书法展览。腊梅林里房壁上贴的九成宫被炸剩了半边,嵋重新临过,又贴在墙上。嵋贴这张字时,想起埋在泥土中的那一刻,不由得抖抖身子。

"像一只狗,"她想,"亡国的人都像猪狗一样。"

他们还画画。小娃的内容主要是飞机,各种各样的飞机。嵋乱涂水彩风景画,不画飞机,但却和小娃做过同样的梦,梦见这些飞机和敌机周旋。敌机一架架一溜黑烟加一个倒栽葱,没有一架近得昆明。小娃在梦中数着:九架,十架,十一架——

过了几天,弗之和碧初向孩子们宣布了另一件喜事:他们要搬家了,搬到宝台山上,文科研究所的一个侧院。那里的房屋原已破烂不堪,现经修理,勉强可以住人,比猪圈楼上已是强过百倍了。

他们搬家的前一天,来了一位陌生客人。这客人其实已在白礼文家出现过,是瓦里大土司家的管事。他带来两箱礼品,除了火腿乳扇之类,另有一对玉杯,作嫩黄色,光可鉴人。

客人呈上一封信,信中内容是弗之没有想到的。瓦里大土司联合川边邻近小土司,邀请孟樾先生全家到他们那里住一段时期,不需要设帐讲学,只在言谈笑语间让他们得点文气,就是大幸。弗之看信,碧初递过茶来,那人忙不迭站起道谢。

弗之看完信叹了一声,想,大山丛林之中,真是躲藏的好地方啊,可谁能往那里去!

他请客人坐下,问了两句路上情况,说:"上复你家主人,多谢他们想到我。能为各兄弟民族服务是很有意义的事。但是我是明仑大学教员,有自己的工作,职责在身,绝不能任意离开。希望以后贵处子弟多些人出来上学,再回去服务桑梓。现在许多学校内迁,正是好机会。"

那人道:"大土司素来敬重读书人。我们那里都盼着有你家这样的先生住上一阵,长了不敢想,住一年,也好调理一下,休养休养。"

弗之暗想,一年?一年以后,还不知是什么情况,遂说:"我写一封复信带回好了。"从网篮里找出墨盒毛笔,婉言辞谢。

这时孟府邻居两只猪打起架来,吱哇乱叫。小娃隔着楼板,大声劝说:"不要打了,我们明天就搬走了,讲点礼貌呀!"

嵋跑上楼来,手里拿着一个筥箩,要打米做饭。她伸手从米罐里拈出几条米虫,从楼板缝扔下去,笑盈盈地说:"真不懂事,有客人呢!"

那人看得明白,对碧初说:"这样的少爷小姐,你家好福气。"碧初微笑。

信写好了,那人接过收好,忽然跪下叩头。弗之吃了一惊,侧身说"不敢当"。

那人道:"我们没有读过孟先生的书,只知道要尊敬有学问的人。今天到府上看见你们的生活,心里甚是难过。"

弗之诚恳地说:"生活苦些无妨,比起千万死去的同胞,流离失所的难民,我们已是在天上了。只要大家同心抗日,我们别无所求。"

那人告辞,坚持留下礼品,说如果连礼品都不收,回去要受处罚。弗之也不拘泥,收下食物,坚把玉杯退回。

那人紧紧腰带,大步下楼去了。只听见大门外蹄声嘚嘚,想是扬鞭而去。

弗之对碧初说:"大理那一带古时有一段时期称为南诏国,当时武力很盛。公元七四八年,其二世王阁罗凤打到四川,俘房了一个县令,名唤郑回,还有一些能工巧匠。阁罗凤任用郑回为南诏国宰相。后来人说南诏国王为兴国政到四川抢了一个宰相帮助治理国家,也真是求贤若渴了。想象当时情景,一定很动人——其实,我真希望你能有个地方好好休息,你需要休息。"

碧初说:"千万不要有这样的想法,我们怎能离开学校?我近来精神好多了,你没觉出来?"说着整好手边杂物,不觉又咳了几声,和嵋一起下楼做饭去了。

次日,赵二找了两个人挑东西,送他们上山。钱明经和郑惠枌来帮着拿东西。赵二媳妇拉着孩子站在门口,赵二的爹娘也颤巍巍出来相送,还有猫狗围绕,大家依依不舍。

赵二媳妇道:"孟太太,我那外甥女这几天该回来了,不知怎么还没来。过一两天,等她来了,我告给她上山去,你家看看?"

碧初为节省,已经有很长时间没有用人。近来身体实在不好,弗之又说刚搬家,有个人帮帮正好。遂答道:"有空让她来一趟吧。"

大家肩挑手提往小山上去，一趟就搬完。

孟家人一年来与猪为邻，现在有土房三间，脚踏实地，已是十分满意。当中一间还有个窄后身可放一张床，正好给峨住，更是喜出望外。

峨很高兴，说："这是给我预备的，连房主人也关心我了。"

碧初把能找到的好看一点的东西都拿给峨装饰房间，小娃跑来跑去帮着做事。嵋独立地对付那些放在地上的锅碗瓢勺。

峨要在墙上挂植物标本，无非是些干草干花，放在一块硬纸板上，固定好，再把硬纸板挂在墙上。峨敲钉子伤了手，嵋自告奋勇："我来，我来。"两人把硬纸板挂好。

两姊妹站在一起端详挂得正不正，全家人忽然发现嵋已经和峨一样高了。

小娃先叫出来："你们两人一样高！"他跑过去站在一起，努力伸直身子，已到嵋的眼睛。

弗之与碧初相视一笑。孩子长大了，会走了，会跑了。前面无论有多少艰难困苦，他们自己能对付了。

近中午时，卫葑和凌雪妍来了。两人已经习惯了落盐坡的山水，神态安详。雪妍穿一件海蓝色布旗袍，用鲜艳的花布镶边，是照郑惠枌的样子做的，十分称身。她仍然是一位窈窕淑女。卫葑却是短打扮，裤脚挽起，挑着一副担子，只是儒雅英挺的神气使那挑子也有些特别。他们先去赶街子，买日用品，还想买些东西带到孟家一起午餐。不料米价猛然涨了三倍，他们带的钱不够，连计划的必需品都没有买齐。但还是带了一大块牛肉来做汤。

"这就是封锁的结果了。"钱明经说。自七月一日起，英国封锁滇缅公路，七月下旬，经法国同意切断了滇越铁路。"强盗也是有人帮助的，这就是这个世界。"

卫葑道："法国自巴黎失陷以后，似乎连招架之功也没有了。英、法对日本也这样姑息,总会有一天自食其果。前几天看见玳拉,他们在昆明的侨民也奇怪,丘吉尔上台后怎么这样做。"

搬家的喜悦被战争的局势蒙上一层阴影。但他们在阴影中过惯了,能在阴影中制造出光环来。

大家帮着放好家具,也就是安排、拼凑各种煤油箱。弗之的书桌是最先安置的,仍是四个煤油箱加一块白木板,那是他的天地。他把龟回得的砚台仔细擦拭一遍,和笔筒等物放在一起,理着书籍纸张,忽然说:"上周校务会议上,秦校长说省府决定开仓放米,想是粮食十分短缺。倒没有听见赵二他们说什么。"

惠枌一面擦拭门窗一面说道:"来井边打水的有议论,说柴价也涨了。大家都恨日本鬼子,他们真是要掐死我们。"

惠枌说话,明经忙接上来:"井水处听议论,想想怪诗意的。再想想,物价反应得这么快,准有奸商活动,发国难财。"

卫葑道:"也是,若是没有奸商,封锁的影响不至于表现得这样快——其实也不只是奸商,经手的人还不知怎样做手脚。听说放米时,米已经少了三分之一。"

弗之怒道:"有这等事! 官员和奸商勾结,这就是腐败!"

卫葑道:"这是确切的,不知以后是否查得出来。"

几个人这边说话,碧初率领孩子们在院子里对付火炉,准备午饭。雪妍参加这些劳动,十分灵巧。

碧初笑道:"士隔三日,当刮目相看。雪妍真是历练出来了。"

惠枌走过来,说:"我真羡慕雪妍运气好,来昆明时间不长,就在明仑大学找到事做。怎么没人找我教画呢? 我真奇怪。"枌、雪二人在北平时无来往,现在已经很亲近了。

雪妍微笑道:"其实现在教英文的事更好找。学法语的人不多,正好学校缺一个教法语的,让我碰上了。"

"委员长夫人精通英语,所以官太太们学英语成风。"钱明经说。

碧初说:"就是呢,找玹子教英文的就不少。"

"听说她到省府工作,是吗?"卫葑问,心里奇怪玹子怎么找了这样一个工作。

钱明经道:"她该上美国领事馆嘛。"这话一出,大家都觉得不合适。惠枌瞪了钱明经一眼。

雪妍本想发表一些自食其力的想法,因碧、枌二人都无工作,又说起玹子,便不说话。

昆明夏日的天气十分温和清爽,她们一边说话,一边做事,不时抬头看一看几乎透明的蓝天。蓝天、绿树使她们心中透出了光亮,什么阴影也遮不住。

卫葑和钱明经一起走到院中,四周看看。

卫葑说:"可以搭一个小厨房,找几根木头就行,屋顶用木板加松枝,反正昆明不冷。"

明经略一踌躇,也说:"搭厨房不费事,我能找到材料。得用一些砖才好。"

碧初道:"什么时候起,都改成建筑行了?"大家都笑。惠枌嘉许地看了明经一眼。

饭间,来了两个年轻教员。他们到文科研究所查书,顺便来看看。碧初忙递过碗筷,让茶让饭。两人连说:"孟师母的饭好吃,我们都知道。"

当下大家拿起筷子,一大碗肉皮酱,一大碗苦菜,还有一大碗各种豆,一会儿就净光见底。

弗之望着碧初的短发,说:"从前妇女梳头,挽个髻插上钗环,想来真有用处。"

钱明经接道:"正好截发留宾,拔钗沽酒啊。"

碧初道:"现在头发短了,无发可截,无钗可拔,只好吃些苦菜罢了。"

雪妍轻声道："五婶剪了头发显得年轻多了。不用拔钗了，还有牛肉汤喝。"说着站起给大家盛汤。牛肉切小块，投以青菜，人人称赞美味。

下午大家散去。卫葑整理挑子，和雪妍说着哪几样是代米家买的。弗之听见，问他们米家情况。

卫葑说："米太太虽比米先生年轻，因受过伤，身体差得多。城里倒是有人来看望，但是日常琐事也帮不上忙。"

雪妍叮嘱碧初好好休息，遂和卫葑一起下坡去，远看很像一对走亲戚的乡下夫妻。

孟家搬家以后，峨因在广播电台找到临时工作，进城去了。碧初因为劳累，又病了。家务大半靠嵋料理，弗之、小娃都听她指挥。

一次，弗之和嵋一起生火。很容易生着的松毛，在他们手里不听话，只出烟，不出火苗。后来发现空气不够，用木棒把它挑空，就生着了。煮一锅饭大半是黑的，大家甘之如饴。

嵋还负责洗衣服，因为昆明缺少肥皂，都用木炭灰泡水代替。灰水除垢力很强，衣服洗得很干净，只是人手受不了。碧初手上大大小小的口子，就是灰水沤出来的。碧初不让嵋用灰水，嵋为了洗干净衣服偷偷用一点。

宝台山上的风光和猪圈上大不同了。一条石径从山脚上来，转过几块大石，才到院门。站在门前可见芒河在流动，两行绿树遮掩着水波。另一边，有一层层山峦，在明月下颜色深深浅浅。又有各种高高低低的树木，杂生着许多不知名的野花，都是持久不败，而且一种谢了一种又生。颜色虽不是绚丽光艳，却总把灌木丛点缀得丰富深远，好像这颜色透过了绿树，直到山边。孟弗之常独自绕山而行，脚下的云南土地给了他许多活泼的思想。

因为猪圈上空间不够，弗之有很久没有写字了，迁上山来以后写了一个条幅。写的是宋人词句："山下千林花太俗，山上一枝看不足。春风正在此山间，菖蒲自蘸清溪绿。"

钱明经来时看见，说孟先生的字骨子里有一种秀气，是学不来的。便拿去找人裱了，挂在书桌对面。

又一天，钱明经领人挑一担砖来，堆在墙角，预备盖厨房。安排妥当后，和弗之坐在书桌前谈诗。

这时有一对陌生夫妇来访，两人身材不高，那先生面色微黄，用旧小说的形容词可谓面如金纸，穿一件灰色大褂，很潇洒的样子。那太太面色微黑，举止优雅，穿藏青色旗袍，料子很讲究。

弗之很高兴，介绍给碧初和明经，说这位是刚从英国回来的尤甲仁，即将在明仑任教。他想不起尤太太的名字，后来知道叫姚秋尔。

两人满面堆笑，满口老师师母。尤太太还拉着嵋的手问长问短。两人说话都有些口音，细听是天津味。两三句话便加一个英文字，发音特别清楚，似有些咬牙切齿，不时互相也说几句英文。他们是在欧战爆发以前回国的，先在桂林停留，一直与弗之联系，现在来明仑任教。

尤甲仁说，英国汉学界对孟师非常推崇，很关心孟师的生活。

弗之叹道："现在他们也很艰难，对伦敦的轰炸比昆明剧烈多了。"

甲仁问起弗之著作情况，弗之说："虽然颠沛流离，东藏西躲，教书、写书不会停的。"又介绍明经道："现在这样缺乏资料，明经还潜心研究甲骨文。他又喜欢写诗，写新诗。可谓古之极，也新之极了。"

尤、姚两人都向明经看了一眼。姚秋尔笑笑，说："甲仁在英国说英文,英国人听不出是外国人。有一次演讲,人山人海,窗子都挤破了。"

尤甲仁说:"内人的文章登在《泰晤士报》上,火车上都有人拿着看。"

钱明经忽发奇想,要试他一试。见孟先生并不发言,就试探着说:"尤先生刚从英国回来,外国东西是熟的了,又是古典文学专家,中国东西更熟。我看司空图《诗品》,'清奇'一节——"

话未说完,尤甲仁便吟着"娟娟群松,下有漪流",把这节文字从头到尾背了一遍。

明经点头道:"最后有'淡不可收,如月之曙,如气之秋',我不太明白。说是清奇,可给人凄凉的意味。不知尤先生怎么看?"

尤甲仁马上举出几家不同的看法,讲述很是清楚。姚秋尔面有得色。

明经又问:"这几家的见解听说过,尤先生怎样看法?"

尤甲仁微怔,说出来仍是清朝一位学者的看法。

"所以说读书太多,脑子就不是自己的了。这好像是叔本华的话,有些道理。"明经想着,还要再问。

弗之道:"江先生主持中文系,最希望教师都有外国文学的底子,尤先生到这里正是生力军。"

明经暗想,连个自己的看法都提不出来,算什么生力军。当下又随意谈了几句,起身告辞。

弗之因让尤、姚喝茶,尤甲仁道:"秋尔在英国,没有得学位。不过,也是读了书的,念的是利兹学院研究院,她也有个工作才好。"

弗之想,似乎英文方面的人已经够了,法文、德文方面的老师比较缺。便说:"可以去见王鼎一先生问一问。"

姚秋尔说:"我当惯了家庭妇女,只是想为抗战出点力,有份工作更直接些。"她说话细声细气，不时用手帕擦擦脸颊。

甲仁详细问了中文系的情况，提出开课的设想。弗之说这些想法都很好，可以和江先生谈。两人告辞时，把嵋和小娃大大夸奖一番。

虽在穷郊僻壤，孟家客人不少。学校同仁、街上邻居常来看望。有一位不速之客，以后成为他们家庭中的一员，那是一只小猫。嵋和小娃在山上的石板路上发现它，只有大人的拳头大，眼睛还没有睁开。他们用手帕把它包起，捧回家来。碧初说，大概是有什么较大的动物把它叼出来，又扔下了。这小东西命大，他们用眼药瓶给它灌米汤，它居然活了而且长大。嵋给它取了一个名字，叫作拾得。拾得的尾巴有三节，这是暹罗猫的特征。毛皮是银灰色，越来越亮，人人夸它好看。

来的客人中最让人兴奋的是庄卣辰一家。那天庄家人到时已是下午。他们四人轮流骑一匹马，从西里村走了大半天才到。大家到院门外迎接，见庄太太骑在马上，其他三人步行，从两侧木香花夹道的石板路走上山来。小山上到处都是木香花，人随便到哪里一站，都如在画图中。庄家人到了门前，大家亲热地相见。

庄无因是大学生了，看起来有些严肃。见面时嵋有些矜持，没有像小娃一样跑上前去招呼，而是站在母亲身后。无因看见了她，两人对望着不说话。嵋把头一歪，忍不住笑了起来。

无因说："你长这么高了，还笑呢。"

无采长得更高，头发眼睛都是黑的，但轮廓过于分明，不像东方人的纤巧柔和。她和庄太太都穿着小格子衬衫蓝布工裤，看起来很精神。

大家进屋去，稍事休息，便分成三组活动：两位先生、两位太太、四个年轻人和一匹小黑马。嵋认识那匹小黑马，这种云南马长不大，毛皮光滑，灵巧矫健。无因把它拴在门前树上，它温顺地站着,时时用目光寻找无因。

"它认识你。"小娃说。

嵋要打水给它喝,无因说:"一会儿到河里去喝吧。"他拿出带来的马料喂它,小马亲切地舔他的手。

傍晚时分,无因等四人牵了马到河边去。他们带了一个桶,把水打上来给马喝。嵋和小娃都想骑马。

无因说:"这马很听话。"说着,一纵身跳上马背,在河堤上跑了一个来回,便让嵋上马。但嵋穿的衣服根本无法跨上马去,无怪乎无采穿工裤。

她很不好意思,转身说:"不骑了,不骑了。"

无因先不明白,很快发现嵋确实不能上马,旗袍拘束着她,那受拘束的、纤细的身材正在变成少女。

无因说:"我抱你上去。"

嵋说:"让小娃骑吧。"便拉着无采跑开。

小娃站在一块石头上,很轻易地上了马,坐得笔直。无因牵着马慢慢走,嵋和无采在旁边拍着手笑。那时照相是一种奢侈,他们没有照相机。这是现成的图画:一轮夕阳,一匹小黑马,两个神气十足的男孩。

"你来牵牵马。"无因对嵋说。

嵋伸手去接缰绳。无因见她手上有几道血印,手娇小,手指长长的,血印也长长的。便问道:"这是怎么了?"

嵋忙把手藏在身后,说:"没什么。"

无因说:"我知道,这是用灰水洗东西的缘故,我听妈妈说过。"

嵋仍不答,轻巧地从无因手中拿过缰绳,又拍拍小黑马,自管向前走。

无因恨不得马上搬两箱肥皂到孟家,但他只能说等封锁解除了会好些。

嵋牵着马走了一段路又走回来,姊弟二人一个马上,一个马下。在柳阴下,溪水旁,又是一幅图画。

晚饭间,大家谈起龙尾村这个名字。弗之说,听说龙江上游还有龙王庙,江昉先生收集了这一带关于龙的传说。当下简单讲了,大家都很感兴趣。无因提出明天去看看龙王庙什么样。

玳拉笑说:"无因到这里简直像换了一个人。"

大家商量,因碧初走不动,大人们都留在家里。

次日,四人带了馒头和马料往龙王庙出发。先让小娃骑在马上,沿河堤走去。嵋穿了一条峨的旧工裤,这回上马方便了。她仍戴了那顶旧草帽,草帽下的脸儿显得十分鲜艳。他们沿路大声唱歌,跑一阵走一阵,很快把宝台山抛在后面。

轮到嵋骑马,她学无采的样子踩好脚镫翻身上马。几个村人走过,大声招呼,问嵋上哪里去。听说是去龙王庙,便说龙王庙是两间破房子。

一个人开玩笑道:"好好骑,长大赶马帮呀!"

走着走着,小娃说:"真的,我们可以组织马帮,帮助运输。"

无因惊讶地说:"小娃怎么这么有头脑。"

无采说:"你以为头脑都让你一个人占了。"

他们走过落盐坡,那小瀑布在阳光下闪闪发亮。嵋指点着,那就是莳哥和凌姐姐的家。

往前转过一个山坳,暂时离了龙江。又转了几转,忽然一条大河横在面前,水势很急,和着流水的声音,似乎有人在呼喊吵闹。他们沿着江走,看见一群人在岸边。再走近时,见那些人一面呵斥,一面拳打脚踢。被打的人倒在地上,有人拎起她的头发,可以看出那是一个女子。

"你们干什么!"嵋跑了几步大声说。无因拉她没有拉住。

这时是无采骑在马上,那些人见她有点像外国人模样,暂停住手,大声问:"你们是干什么的?管什么闲事!"

嵋说："我们是学生,你们凭什么打人? 而且,而且——"她想不出用什么词。

有两人逼过来说："她是放蛊的,土司给定了罪。你们莫非也是同伙?"

这时无因不得不走上前说："我们不管你们的事。"一面示意嵋上马去。

嵋不听,说："我不认得什么土司,有事情要讲道理嘛!"

他们这边理论,忽听岸边有人喊道："跑了! 跑了!"

只见那女子跑下江岸,长长的头发飘起来,给山水涂上一点黑色。她纵身跳入水中,没有多大声响,也没有溅起多少水花,人打个转就不见了。

"自尽了! 自尽了!"这时有人喊。

岸上的几个人对嵋说："你们把人放跑了,跟我见土司去。"

嵋着急地说："怎么不救人?"

一武夫道："还救人呢,救你自己要紧。"说着向前逼近。

无因无采和小娃紧紧围住嵋。无采用英文问无因："他们是什么人? 怎么办?"

无因灵机一动,也用英文模仿牧师讲道的口气,大声讲话。那些人不知是什么咒语,都呆住了。

就在这时,从龙王庙方向跑过来两匹马,马上人见这里有事,勒住马观看。原来是瓦里大土司家管事,带着一个跟随。

管事立刻认出了嵋和小娃,跳下马来说："是孟家的少爷、小姐在这儿。"那些人都认得这管事,马上散开了。无因说明情况,那武夫也说了一遍。

管事皱眉道："是平江寨土司定的,真不好办了。反正人也跳江死了,你回去禀报就是了。"

那些人见有管事出来干涉,就不再说什么,往山坳里另一条路去了。

197

管事对峭等说："今天要不是我碰见，你们要吃大亏的。平江寨虽然小，那女土司了得。"无因等连忙谢过。

管事得知他们要去龙王庙，说："两间破房子有什么看头，我劝你们今天莫去了，还是回家吧。我要到龙尾村去请白礼文教授，从那里还要进城，就不陪了。"说着上马扬鞭而去。

等管事走远了，峭禁不住哭起来，无采和小娃也掉眼泪。

无因不知道说什么好，安慰了几句，让峭骑上马，慢慢走回去。

山和水都不再是那么明亮，鸟儿也不叫了。

峭在马上不断抽咽，想那女子能奋身跳入江水，必是岸上的生活太可怕了，比那能吞噬她的江水更可怕。她为那女子哭，也为他们自己哭，哭自己的无能，不能救那女子。不过，庄哥哥多么聪明，他赢得了时间。无因告诉大家，他讲的话是爱因斯坦的一段讲演。

庄、孟两家大人奇怪他们这么早回来，得知发生的事情以后，很有些后怕。两位母亲把峭和无采搂在怀里，轻声安慰。小娃也凑在母亲身边。他们都担心那女子怎样了，难道就这样随便逼死人吗？可是又有什么办法。

晚上碧初对弗之说："所谓的平江寨女土司，好像就是和钱明经来往的玉石贩子。说那女子放盅，肯定是冤枉。"

弗之叹道："这世界冤枉的事还少吗！愚昧加上专制，只有老百姓受苦。"

第二天，庄家人往落盐坡去看卫葑夫妇，从那里回西里村去。孟家人送他们到芒河畔。

无因指指峭的手，峭低声说："就会好的。"抬起眼睛一笑。

当下两家人告别，仍是玭拉骑马。蹄声和着流水声渐渐远去。

过了几天，赵二媳妇带了一个姑娘上山来，说是找的帮工。

嵋一见她就叫了一声"青环",果然是铜头村见过的背柴女,一笑露出雪白的牙。

"我们见过。"嵋告诉母亲,"我在铜头村山上看见她背柴。"

青环走路一瘸一拐,赵二媳妇解释说,在她姑父那边砍柴摔着了。当时说好青环留下帮忙。赵二媳妇走了,青环望着她似有什么话要说。

不一时,赵二媳妇又转回来,对碧初说:"我本来想瞒着这件事,也叮嘱青环不要说,怕你们忌讳。可再想想,瞒着对不起人呀!我同你家说过,青环命不好,她跟着一队马帮,管做饭。走到平江寨,前面的路太险,照规矩女娃都不向前了,就在女土司家做些粗活。不知怎么得罪了上头,这时马帮里接连死了两个人,硬说是青环放的蛊,把她关了一个多月。她逃出来跳江回到龙尾村。其实她哪会放蛊,上哪点去养蛊!"

青环怯怯地说:"那天遇见好人了,不然就没得命了。"

碧初大声说:"青环只管留下做事,我不信这些。谢谢你告诉我。"

赵二媳妇道:"做人要做得明白。你家愿意留下她,也是积德。"

青环留在孟家,腿慢慢好了。她人不甚灵巧,但十分勤快。把孟家收拾得窗明几净,碧初精神也好多了。

嵋悄悄对碧初说,她认出青环就是那天跳江的人,她没有死。

碧初说:"真是命大。"因怕青环伤心,都不问她。

快开学的时候,一天,白礼文来访。他趿拉着鞋,手里拿着一把蒲扇,不知做什么用。

他和弗之天上地下谈得很高兴,忽然问:"老兄现在正写什么文章?"

弗之道："正写一篇反贪官污吏的。"

白礼文说："好嘛,好嘛,该反,该反。这世界不自由嘛。烟价涨得吓死人,买不起了哟。"他站起身,来回踱步,弗之以为他要走了。他忽然转身坐下,跷起脚来,伸长脖子说："和你老兄商量一件事,瓦里大土司请我去讲学——说是已请过你了,你不去——我是要去的,那儿的烟是绝妙的。"

弗之道："这要看你的课怎样安排,问过江先生了吗?"

白礼文说："他这个人你知道,把人都当拉磨的驴。他能放我走吗?"

弗之道："春晖为人热心认真,课程有统一安排,我劝老兄务必商量一下。"

说话间,白礼文忽然叫起来："什么香? 你家炖肉了?"耸着鼻子使劲闻,要把那香味吸进去。

一会儿院子里传来炒菜的声音,弗之笑道："就在我家用晚饭吧。"遂出去对碧初说了。

饭前白礼文到院外方便,厕所的土墙里砌着几块砖,砖上有纹路。他扒在墙上看了半天,又用手摸索,直到小娃来叫他,才回来吃饭。

因快开学了,碧初想给大家增加营养,炖了一锅肉。白礼文风卷残云般吃了一多半,尽兴而去。

不知不觉间,暑假随着芒河的流水漂走了。

第 五 章

一

开学几天后,接连几个星期,白礼文没有出现在课堂上。选古文字学的两个同学,一个经常缺席,剩下的一个找江昉先生反映情况。江昉回到龙尾村,特到白家,但见人去房空。房东说,走了,走了,大土司派人来接的!

江昉不由得勃然大怒,噔噔地跑到孟家,质问弗之:"学校还有没有一点规矩,一个鸦片鬼,能负起教书育人的责任吗?"发作了一通,坐在椅子上生气。

弗之听明原委,说:"没有想到他这样不辞而别,看来一时不会回来,还是先找人代课要紧。"

最恰当的人选是钱明经,不用讨论就定了下来。

江昉又噔噔地跑到钱明经家。钱明经很高兴,前面的障碍自动消失了。他殷勤地请江昉坐,一字排开三杯茶。一杯是云南普洱茶,一杯是丽江雪山茶,产在玉龙雪山上,还有一杯不知是哪里弄来的北平花茶。

又拿出一条骆驼牌香烟,给江先生点上一支,说:"消消气,消消气,这门课换换人也好。白先生学问固然是大,可是教课有点落伍了。他若是霸着讲台,还真不好批评他,这样倒也好,倒也好。"又笑着说:"这话若是让白先生听见,一定反驳说,钱明

201

经骨片没摸过多少,敢说我落伍!你不落伍,几千年以前的事你懂吗?"说得江先生也笑了。

钱明经接着把讲课的计划简要地讲了一遍,倒像是早就有准备。

这实在是个别情况,绝大多数教师都十分认真,哪怕只有一个学生也不肯马虎。

一天,弗之和秦校长谈起白礼文的情况,两人都觉得他不再适合留在学校。

弗之叹道:"这人极有才,要是能戒烟就好了——可那是不可能的。"

又说些别的事情,秦巽衡道:"各方面的事很复杂,你那篇讲宋朝冗员的文章,重庆那边注意了。有个要员说孟弗之越来越左倾了,竟写文章抨击国民政府。"

弗之道:"谈不上,谈不上。我认为研究历史一方面要弄清历史真相,另一方面也要以史为鉴,免蹈覆辙。这不是好事吗?最近我又写了关于掠取花石纲和卖官的文章,还是要发表的。"

"道理很明显,但是有时简单的事也会变得复杂。"巽衡顿了一顿,又关心地说:"还有人说你鼓励学生去延安,以后可能会招来麻烦。"

弗之微笑道:"我也鼓励人留下来,只要抗日就好。老实说延安那边的人也对我不满,说我右倾。"两人相视默然。

这种夹攻正是一个例子,表现了国共双方在团结的口号下,从未完全消除分歧。随着抗日战争的艰巨和持久,军事摩擦日益频繁。一九四一年发生了千古奇冤的"皖南事变",国共合作团结抗日的局面出现了明显的裂痕,有识之士无不忧心忡忡。山河残破如此,怎能再禁得起内耗。

昆明重庆等地,在残酷的轰炸下,生活各方面的供应越来越困难。到一九四一年暑假,许多学校发不出教职员工的工资。

教职员兼职做点小差事的很多,可是大多数人的心还是放在学校这边,很少完全改行。师生们在艰苦的环境中用心教,努力学。又因昆明不在国民政府直接统治之下,可以得到各方面的信息,自由思想的空气很浓。这里还有第一流的头脑在活动,传播知识和追求真理从未停止,成为大后方学子向往的地方。

澹台玮终于获得父母的同意,到昆明上大学了。他随重庆电力方面几位官员搭乘一架美国飞机来昆明。在飞机上的三个多小时里,他一直想着未来的生活。重庆的教师、学生的生活很苦,昆明的师生生活更苦,布衣蔬食,有时连饭都吃不饱。当然这是澹台玮最不在乎的。

从玹子的信中,他已知道各家兄弟姊妹的情况。颖书、慧书仍在按部就班上学。峨今年毕业,她很想留校,做萧子蔚的助教。但萧先生没有同意,而是介绍她到省植物研究所工作。嵋因病,曾经休学,今年也要上高中了,脑袋瓜里不知道又有多少新奇想法。小娃知道他考上昆明学校,曾寄给他一张飞机照片,表示欢迎。

"我真坐着飞机来了。"玮玮想,"可惜不是中国飞机。"

飞机经过好几次颠簸,到达昆明巫家坝机场。严颖书来接他,一起到严家。宅子里空荡荡的,只有几个护兵,严亮祖连同女眷仍在安宁。

颖书说:"就咱们两人,你就住在这里吧。"

玮玮说:"我是要到学校去住的。"

颖书道:"你不知道学校什么样。"

"什么样也没关系。"玮玮答。

护兵摆上饭,一时玹子也来了。玮玮和玹子分别不久,还是觉得久未见面似的,十分高兴。

玮玮本打算先往龙尾村看望三姨妈一家,因严家的车次日要往安宁,正好用这车看望大姨妈。玹子要上班不能去。

安宁小城在战乱中真是很安宁。因为有温泉,许多年来,有钱有势人家都在这里拥有别居。有的比较简陋,有的则很舒适。

严家的房屋在一片树林边上,是两排平房。玮玮和颖书到时,前排客厅里有两个护兵在收拾。

玮玮问:"大姨妈在哪里?"

颖书说:"大概在念佛。"引着玮玮沿过道走到一间小屋,果见吕素初坐在大木椅子上,手里拿着一串念珠。玮玮不敢打搅。

这时旁边屋里出来一位衣饰华丽的中年妇人,见玮玮踌躇,笑道:"这是玮少爷?还不快请太太。"

玮玮心知这是荷珠,忙先问好,又说:"我没有事,等等无妨。"

颖书入房,叫了一声"亲娘"。

素初吃了一惊,转头看见玮玮,并不说话,脸上漾出笑容。

玮玮把问候的话说了,交了带来的礼物。

荷珠命人收好,说:"二姨妈太多礼。我们这里地方偏僻,没有好招待,况且现在还住着别的朋友。"

玮玮不知自己是否受欢迎,只管望着素初。

窗外一阵清脆的笑语声,两个女孩从树林中跑出来。前面是严慧书,已经是亭亭少女了。后面的一个随着慧书跑过窗下,一抬头正好和玮玮打个照面,两人都愣了一下。

"殷大士!"慧书回头叫。

大士跟了上来,低声说:"你家来客人了。"

两人转到前面,走进客厅。慧书给玮玮和大士介绍。

两人互相打量,暗自惊讶,心里说着同样的话:"世界上竟有这么漂亮的人!"

慧书说:"大士正要走——"

大士打断道:"哪个说我要走,莫非你要赶我走。"说着格格地笑。

大士家的别居在约一里以外,比严家的房子漂亮多了。但总是大士来严家玩,慧书很少去。

慧书微笑道:"就是要赶,你是赶得动的?"

玮玮忽然说:"嵋那次摔跤——我说的是孟灵己,就是和你在一起。"

殷大士又格格地笑,说:"好事不出门,坏事传千里。对了,你是孟灵己、严慧书的表哥,我知道了。"四人坐下说话。

一会儿,素初念完佛,叫玮玮进去。

大士也站起身,说:"我去去就来。"

开午饭时,玮玮不见大士,心中若有所失,因问:"你那个同学呢?"

慧书道:"回家去了。不过我猜她还会来。"

说着大士果然回来了,洁白如玉的脸儿红扑扑的,身后跟着一个护兵,拎着一个大蒲包。

"你们猜这是什么,这是螃蟹,我去厨房偷的。"像要证实她的话,蒲包里伸出好几只蟹脚。云南没有螃蟹,这可是珍馐。

玮玮问螃蟹从哪里运来,荷珠道:"玮少爷,这是殷小姐的好意,从哪里运来,她怎么说得清。"遂命人拿去收拾了。

一时蟹熟,端了上来,荷珠又道:"这是要喝点酒的,就用开远杂果酒吧!"

北平的宅门中,吃螃蟹都有一套器具:剪、钎、锤、砧,吃起来很方便。严家没有这些,只用牙咬手剥。大士不耐烦,吃了两个夹子肉,就不动手了。荷珠单剥了肉,盛在小碟里给她。慧书倒是细细地剥,慢慢地吃。

玮玮说:"没想到离开北平,什么都成了稀罕的。重庆人也喜欢吃螃蟹,他们蘸辣椒。"

荷珠说:"你们外头蘸什么?"

玮玮道:"一般都用姜和醋,这要看各人喜好,公公就什么也不用。"

素初一直沉默不语,这时低声说:"爹是这样。"

颖书道:"可惜我没有见过公公。"

荷珠从鼻子里笑了两声,不知是什么意思,一面吩咐摆上姜和醋。但大家都学吕老人,不碰那些作料。

"严慧书,"大士不喜欢螃蟹,把碟子一推,说道:"你们明天都到我家去玩,我们爬山去。"

慧书不禁想起偷豆的事,轻声说:"还好,不是爬树。"

大士看了玮玮一眼,心里嗔着慧书多话,马上绷起脸来,离开饭桌坐在沙发上。

玮玮自顾和颖书说着大学里的事,并不理会。颖书明年就要毕业了,说起找工作很难:"学历史没有什么出路,像三姨父那样的大学者,世上没有几个。"

"哎呀呀!"荷珠爱怜地说:"不合,不合,你找工作有什么难,只消一句话嘛。殷小姐过来吃菜。"

大士见别人都不理她,顺水推舟坐回桌上来。

颖书不管母亲打岔,接着说:"孟先生爱学生,大家都知道的。他从不拒绝和学生谈话,除了上课听讲,和他谈话也得教益。"

玮玮问:"都谈些什么?"

颖书说:"随便什么。时局、社会、学问,我们主要还是谈历史。不过,我可不是做学问的料。"

一时饭毕,颖书陪玮玮到屋后山上走走。林中树木苍翠,小路蜿蜒。他们转了一阵,见有一块平地,一个军人模样的人正在舞刀。刀光牵动着绿色,玮玮心里不觉想到"绿林好汉"这四个字。

那人见有人来,收住了刀,原来是严亮祖。玮玮上前行礼。亮祖先不记得,随即想起这是素初二妹家的外甥。

他长啸一声，把刀扔给护兵，说："你从重庆来？重庆那边怎么样？"

玮玮知道他指的是政局，不好回答，只说："轰炸得厉害，听说美国组织志愿航空队，也许能杀一杀敌机的凶恶。"

亮祖说："这个听说了——如果要打共产党，我在这边洗洗温泉也好。"又看着玮玮，"听说你们和老太爷学过拳的，可是？"说着拉开一个架势，"一起练练，我是没学过。"

玮玮没有想到，但毫不犹豫，跳起身一拳打去。亮祖格开，两人你来我往，打了几个回合。

亮祖一拍巴掌停住，哈哈大笑，说："你大概很久不练了，还是看得出吕家拳脚。"

玮玮拿过护兵手上的刀，见刀锋很薄很亮，刀背隐蕴着淡淡红色。他说："公公有一把宝剑，好看极了。"

亮祖道："这刀很普通，但是可以杀人。"

颖书说："爸爸回去用饭吧，我们都吃过了。"三人一路说话走回家来。

到屋门口荷珠迎着，说："饭菜都准备好了，就是一道鳝鱼丝，等军长回来下锅。"陪着严亮祖走到后房，自去厨房炒菜。

这里颖书引着玮玮去看自家的温泉浴室。浴室很简陋，一面是石壁，三面由青砖砌成，从池底不断向上冒水泡，水面上一层热气。

玮玮道："地球很奇怪，我本来想学地质的。"

颖书道："我从前也想过，想看看地球里面什么样，不过那一定很累。"

玮玮在池边站了一会儿，把手伸在水中，果然水质滑腻，温热得当，往手臂上撩了几把水，很觉舒适。

忽见水里摇动着一道亮光，"蛇！"玮玮大叫一声。那蛇摆动着身子钻进石壁中去了。"水里有蛇。"玮玮又说。

颖书毫不在意，说："这是常见的，没关系。有时出来好几条呢，我们相安无事。"

玮玮心想，蛇大概认得你们。后来慧书说大士家的浴室比较讲究，玮玮也不想领教。

次日，大士一早来到严家，穿一条蓝白相间的格子布工裤，戴一顶新草帽，帽檐一边宽一边窄，一看就不是本地产品。她兴致勃勃要去爬山，还说中午到她家吃饭。

临出门时，忽听见后房一阵叫嚷。有女人跑出来，惊慌地说："二太太发病了。"颖书、慧书连忙跑进去。

玮玮也要跟进去，大士低声说："你去做什么，你又不是严家人。"玮玮踌躇。

这时颖书跑回来，叫玮玮进去。"亲娘叫你。"把大士一个人撂在厅上。

后房里，人仰马翻。荷珠倒在地下，两眼直瞪瞪的，两腿乱蹬。这是荷珠的拿手好戏。素初木然坐在一张椅子上，并不说话。

过了一会儿，还是荷珠自己慢慢发号施令："一个亲戚三十三。"

颖书讲解道："妈要一个亲戚喂她三十三勺水。"正好玮玮合适。

玮玮只好拿颖书递过来的汤匙给荷珠喂水。果然，荷珠渐渐清醒。颖书、慧书扶她在椅子上坐了一会儿，荷珠慢慢扶着墙回自己的屋去了。那里常年摆着毒虫，很少人进去。

这边素初摆手道："你们出去玩吧！"

大家来到厅上，已没有大士的踪影。慧书说："大士岂是等人的，我赶快去看看。"一时回来说："说是已经进城了。"大家甚为扫兴。

玮玮悄悄问慧书："荷姨是什么病？"

慧书道:"这叫遭魔,其实是装的。但要不顺着她,就会闹出大事。"

玮玮叹息道:"大姨妈怎么过!"

慧书不语。停了一会儿,说道:"可记得香粟斜街姓吕的父女两个? 那女儿叫吕香阁,前几个月来过一趟,借了一笔钱去。"

"她也到昆明了?"玮玮随口说。香粟斜街房屋宅大院深,绛初治家又严,玮玮对吕家父女并无太多印象。

当天下午,玮玮知道有车进城,便要回昆明,严家人留不住。

玮玮一径来到大戏台,找到阁楼上。弗之正在煤油箱上写什么,抬头道:"你先去安宁了?"说着站起身高兴地举手摸摸玮玮的头,道:"你怎么学生物呢?"

玮玮笑道:"正好接替峨姐。我其实对历史也有兴趣,不过——"

弗之接道:"不过学了没有用,是不是? 你先坐一会儿,这是你的床。"

那是四个煤油箱搭的一个板铺。玮玮坐了,觉得比在严家舒服多了。

过了一会儿,听见有人上楼,叫了一声"弗之!"推门而进,原来是萧澂。

弗之做了介绍,说:"这是新弟子。"

"萧先生。"玮玮怯怯地,毕恭毕敬地鞠躬。

子蔚在龟回时,常见玮玮。现见他长成一表人才,从心底感到喜爱,说:"澹台玮,我很想摸摸你的头。"

玮玮道:"刚才三姨父已经摸过。"三人大笑。

子蔚是大戏台伙食团团长。现在物价飞涨,为了节省,他们在腊梅林边开了地,自己种菜,收成很好。因还有人要参加,乃与弗之商量,邀着下楼去看菜地。弗之不包全伙,只种了很小一块。子蔚是主力,种了很大一块。这时秋菜正旺,满畦绿油油的。

两位先生为新参加的人分派好了地块,便要挑水。玮玮见子蔚拿起桶,便抢着去挑,一连挑了三趟。子蔚、弗之也各自去挑了一趟。

水桶引着夕阳的霞光在菜地里浮动。清水从一棵棵蔬菜间流过,慢慢渗入土中。

玮玮弯腰仔细看,说:"菜喝水呢!"

子蔚拿着一个小铲,在菜边松土,说:"这是帮它喝水。"

玮玮忙也拿了根树枝帮着松土,弗之在菜畦另一头修整畦边。

菜地旁边有一小块花生地,玮玮俯身仔细看,见花生的茎两头都在土中,便问为什么。

子蔚讲解道:"这是花生的特性,先长出茎,茎再扎入土中才结果实。"又高兴地说:"你是能问为什么的学生。"

玮玮仔细地给花生浇水,笑说:"这是我的第一课。"

玮玮到龙尾村住了两天,见碧初身体衰弱,嵋仍有些低烧,虽有青环帮忙,生活很不轻松,心里难过。但孟家人似乎安之若素,很有点"人不堪其忧,回也不改其乐"的意思。

嵋对玮玮笑说:"我们还没有到箪食瓢饮的地步,我们还有锅。"他们从见面就不停地说话,晚上坐在方桌边,点了许多灯油,只是峨不在家。

玮玮回到昆明已是开学。他办完了一切手续,不要人陪送,一个人扛着行李到宿舍来。见一排泥坯的房子,进去看是一间大统舱,同学们用报纸糊成一个个小格子。有的报纸破了,随风飘动,小旗子似的,很是新奇。还有些床空着,玮玮选了一张放上行李。

一个同学从小格子钻出来,问:"你是新生吗?哪一系的?

从哪儿来？我带你去看校舍。"

玮玮随他走在路上，迎面过来一人劈头便问："你看中国要走欧美民主的路，还是苏联社会主义的路？我看各有利弊。"说着就大声讲他的见解。

引路的同学说苏联好，又来一个同学说欧美好，争了一阵，各自走路，彼此也不问姓名。

到了图书馆，引路的同学进去了，让玮玮自己参观。玮玮走到校门口，见墙里墙外都贴着小字报，从学术论文提纲、时事评论到各种广告，如自荐家教、出让书籍、旧衣等，不一而足。墙外一溜吃食小摊，五颜六色，空气中弥漫着混杂的香味。

玮玮在食堂亲眼见了"八宝饭"，那是玹子常宣传的。玮玮习惯干净，把饭里的稗子和小石子都挑出来，一会儿便是一小堆。旁边有人议论说，像个小姐。这时真有一位小姐走过来，原来是玹子。

玹子含笑道："未来的生物学家，有何感想？"

玮玮说："倒是有感，可还没想呢！"匆匆吃完，要带玹子去看宿舍。玹子说她不去男生宿舍。

玮玮道："那我送你回去。"

玹子不解地问："你怎么不问保罗呢？好像没这人似的。"

玮玮忙道歉，说真没想起来。

二人出了校门，沿着红土马路走了一段，穿过城墙豁口，很快来到翠湖边上。

玮玮问："你真要结婚吗？"

玹子道："那还有什么假的——可是保罗不在昆明时，我觉得他很模糊。有一次在梦里，我拼命想他的样子，却想不起来。奇怪吗？"玹子慢慢说着，若有所思。

玮玮很少看到姐姐这样的神色，小心地说："是不是因为他是外国人？我们对外国人的样子不熟悉。"玹子摇头一笑。

因为美军航空队有一部分在昆明训练,米线、饵块等小吃已不能满足需要,金马碧鸡坊一带开设了许多西餐馆、咖啡馆,已蔓延到翠湖边上。澹台姐弟停留在登华坡前,面对着一个一间门面的小咖啡馆,咖啡的香气直飘到店外,屋檐下写着"绿袖咖啡馆",两盏对称的灯照得雪亮。

玹子的微微的惆怅已经消失,早又是一副玲珑剔透的模样。她一指店门,说:"保罗就在这里等我们。"

他们推门进去,里面光线幽暗。保罗站着和一个衣着鲜艳的女子说话,见了玹子忙迎上来,那女子自往后堂去了。

这些天,玮玮见了好几位多年不见的亲友。有的长大了,有的难免留下岁月的风霜,只有保罗金发碧眼,神采依旧。

保罗选了一张桌子,让玹子坐下。自己坐在她身边,让玮玮坐在对面,玮玮觉得很不习惯。

一时,那衣着鲜艳的女子送上咖啡点心,保罗介绍道:"这是店主,在航空队那边也有分店。"

玹子打量这人,见她穿一套红白相间的大花衫裤,头上挽着髻,横插着一支玉簪。

她摆好杯盘,一抬头:"玹子小姐,玮少爷。"

"吕香阁!"两人不约而同叫了出来。保罗有些诧异。

"你怎么在这里,来了多久了?"玹子问。

香阁答道:"来了一年多了,又在附近县里待了好几个月,最近才开了这个店。"

"怎么没有听三姨妈说起?"

"一直打算去看看,实在忙不过来。"

这时又有人进来,香阁忙去招呼。

玹子想起,保罗求婚那天在豆腐小店看见的那女子,必是香阁了。因和保罗说起吕家的关系。

保罗忽然道:"在香粟斜街,这女子来送过茶,是吗?"

玹子道："你倒记得清楚。"

"吕小姐常常说,她有几位祖姑都是有学问的上等人家,看来就是你们和孟先生家了。"保罗微笑道,"这也是她的招牌。"

香阁自从离开凌雪妍,和王一一起做些小买卖。后来遇到几个学生到后方去,就撒下王一,跟着学生走到桂林。在一次轰炸中,有两个学生遇难,香阁坐在路边,满身灰土,眼泪在脸上冲出两道白痕。这时,过来一位个旧锡商,拉着她在小摊上买了两碗面,她就跟着到了个旧,做了外室。

过了约一年的安生日子,不想锡商一次出门,数月不回,战火中哪里去讨音信。香阁将房中能拿的东西拿了个干净,只身来到昆明,在小店里做些杂活,又到附近县里混了几个月,结交了一些人。

她知道教授们一个个收入微薄,自己尚且衣食不周,想必拿不出钱。便打听到严家住处,寻到安宁要了一笔钱,开了这个绿袖咖啡馆。她本来生得俏丽,办事快当,且有手腕,当时外国人渐多,她应付起来,像是熟人一样。客人知她从北平辗转来到此地,都很同情。又有几个祖姑的招牌,咖啡馆在众多的小店中,倒还兴旺。

当时香阁并未详说,只讲了些开店的困难,托玹、玮问各家好,自去张罗客人。三人随意说话,玮玮讲述了重庆轰炸情况,大隧道防空洞窒死万人的惨案。保罗说等航空队训练好了,保卫中国领空是不成问题的。

"如果有机会,我就去参加空军,保卫自己的领空。"这是玮玮的话。

店里响起了轻柔的音乐,正是那首英国民歌《绿袖》。保罗和玹子的熟人过来招呼,大家随意谈话,忘记了吕香阁这样一个微不足道的小女子。

二

开学几天后,澹台玮见到了中学的好朋友庄无因。无因随父亲去澄江县为那里的一个师范学校讲授物理,培养物理教师,晚了几天到校,到校第一件事就是找澹台玮。

两个好朋友还像在中学时一样,"嘿!庄无因。""嘿!澹台玮。"好像他们昨天刚见过面。

两人见面时,响起了凄厉的警报。他们随着人群走到后山,坐在一个坟头上说话。

无因说:"重庆炸得更厉害,你们怎样躲?"

玮玮道:"多半是钻洞。我们学校搬下乡了,来警报照样上课。"

无因道:"有时,我们就在坟堆里上课,还带着黑板呢!"

他们很快离开了警报话题,互诉别后情况。

无因说物理世界真是神秘的世界,无穷的变化,无穷的谜。通过物理,他和他的家增加了了解,尤其对父亲,便是玳拉和无采也更亲近许多,他也不懂是怎么回事。

玮玮说,他也不知最后怎么确定上生物系。他曾想学地质,也曾想像他父亲一样学电力工程,那些似乎太具体了。他想研究活的东西,生命是世界上最神秘、最奇特的。

无因道:"物理的公式也是活的,你用用看,它们的力量可大了。"又问,"见到嵋了吗?"

玮玮道:"当然。嵋越长越好看了,慧书也一样。"他心目中最好看的还没有说出来。

无因沉思地说:"可是我以为嵋应该是长不大的。"

玮玮问无因学校里的社团情况,无因一无所知。

忽然间紧急警报响了,声音急促尖锐,大家沉默地望着蓝天。随着轰隆轰隆沉重的声音，一队飞机出现在天空，很快到了昆明上空。可以看见飞机的肚子很大，大概是装满了炸弹。敌机一架一架轮流俯冲投弹，市区起火！火光在阳光中伸展。

玮玮和无因不觉都站起身，玮玮举起手臂叫了一声："美丽的昆明城！"

旁边的同学叫道："卧倒！快卧倒！"

果然飞机向学校区飞来，继续俯冲、投弹、升起，好像在表演，无人干预的、自由自在的表演。

飞机过后，良久，卧倒的人才慢慢起来。玮玮和无因相视苦笑，他们的学业、生命在炸弹下面是那样脆弱。他们无法再继续谈话。

傍晚，玮玮和几个同学到市中心去，正义路的几家商店，火势还很大。沿街摆了几排棺材，还有裸露的尸体没有收殓。学校区火已熄灭，断瓦颓垣中传出哭声。入夜没有电灯，满城鬼影幢幢，一片凄凉，大家愤恨不已。

两个月过去了，跑警报仍是必修科目，人们也还是健康地、充满朝气地生活着。

玮玮很喜欢自己的生活，简单又充实，自由又规律。在教师心目中，他是出色的学生；在同学心目中，他是好伙伴；在女生心目中，他是和庄无因分庭抗礼的漂亮人物。他在自己的床前也做了一个小格子，用的是孟家的废字纸，满墙的字如同在舞蹈。这房顶是洋铁皮的，雨声格外清脆，大家称之为铁皮音乐。它常摇着这些年轻人入梦，好像是梦境的伴奏。让玮玮遗憾的是它的陪伴并不长。

一天，玮玮下课回来，看见前排宿舍的同学正在往外搬东西。几个人围着议论，说是要换房顶，让他们到教室暂住几天。当天晚上，管宿舍的老师到玮玮的统舱，对大家说了原由。

原来是学校因经费短缺，卖掉洋铁皮，好找些贴补。年轻人对于头上是什么房顶并不在意。有人说了一句,无怪乎摩登粑粑也涨价了。另一个抱怨说伙食越来越不好了。

老师说:"没办法呀！物价涨,经费不加,这叫巧妇难为无米之炊。卖屋顶是秦校长说的,本来要和同学们一起讲讲情况。现在铁皮的买家要得急,只好动手了。"

玮玮问:"他们要铁皮做什么?"

"谁知道呢!"那老师说,"可能一转手就能赚钱。"

"那我们自己不会赚?"玮玮说。

那老师笑说:"你也太刨根问底了。"遂定了日子,等前排宿舍的同学搬回去,他们就搬到教室。

次日一早,玮玮看见前排宿舍全都没了房顶,四堵墙好像张着大嘴在呼叫。工人抢在警报之前开始工作,到下午跑警报回来,房椽上已经有一层薄木板,上面再盖上草就可以避风雨。若不是昆明的天气温和,这样简陋的屋顶,只能为秋风所破了。

再过一天就要拆房顶了。这天正好下了一阵雨,玮玮躺在床上欣赏。雨声叮咚,使他莫名其妙地有些伤感。玮玮是不常伤感的。四个同学在附近的床上打扑克,不时发出表示惊喜、遗憾和悔恨的声音。另一位铁皮音乐欣赏者请他们小声些。玮玮不干涉,他想着一切都是要过去的,这"音乐"、这纸牌的游戏,都要过去的。

玮玮看着光亮的铁皮,不知不觉睡着了。一会儿醒来,雨已停了,牌局也散了。他跳起来要上图书馆去,走到门口不由得大吃一惊。一个女孩抱着一个排球站在门口,她穿着那条深蓝浅蓝格子裤,套着一件大红毛衣,笑盈盈地望着他。不是别人,正是殷大士。

"你怎么来了?"玮玮奇怪地问。

"不欢迎吗?"大士说,"我们今天和人赛球,赛球后可以回家。"

那时昆明各学校盛行排球,大士是校队,专打头排中。

玮玮说:"既然来了,进来看看吧。"

大士跟进来,一点也不觉得是男生宿舍。看见玮玮的小格子,轻声笑个不住,引得旁边同学往这边看。

玮玮忙引大士出来,问道:"你要做什么?"

大士一愣,说:"我不要做什么。"

两人走出校门,沿着红土马路走去。

雨下得时间不长,马路湿润恰到好处。太阳已西斜,树影长长的,伴着人影。

大士觉得澹台玮似乎不大高兴,心里有些委屈。为了怕澹台玮不记得她,特地穿了这条他见过的格子工裤。这样想到别人,对于大士来说实在少有。

两人走了一段路,出于礼貌玮玮找话说:"你进校队多久了?"

"我从来就是。"大士说,于是讲起关于排球的种种有趣的事。当时打的是九人排球,位置是固定的,通常都是由头排中扣球、吊球,这位置是最能出风头的。"最初,我常常犯规。老师说要是你不能守规则,你就不要玩球。"

"看来运动很有用。"玮玮说。

"你打球吗?"大士问。

"我在中学常打篮球,现在还没有被人发现。"

两人把排球篮球讨论一阵,不觉顺着马路走到城北门。大士要往莲花池去,玮玮说进城吧。

他们走过祠堂街,大士指着大戏台说:"听说许多教授住在戏台上,孟灵己的父亲也住在这点?"

玮玮道:"可不是,还有我一张床呢!"

他们说着话不觉走到翠湖边,虽已是初冬,湖边杨柳依然很绿,有些水鸟在水面嬉戏。他们在树下站了一会儿,望着远天的云和近处的水面。

大士忽然说:"你有母亲吗?"

玮玮奇怪地说:"当然有,不是每个人都有吗?"

大士笑着说:"我就没有,我有的是继母。"

玮玮安慰道:"继母也是一样的。"

大士瞪了玮玮一眼,低头不说话。

他们走走停停,大士告诉玮玮,她出生三天以后母亲患产褥热去世,"我是我母亲的刽子手。"

玮玮摸摸大士抱的球,说:"你怎么这样想? 不能这样想。"

"我从来没有和别人说过这想法,和父亲也没有说。"

玮玮不知说什么好,又拍拍那排球。

说话间,离绿袖咖啡馆已是不远。大士忽然把球一抛,玮玮不提防,没有接住。球滚到马路当中,玮玮跑了几步捡回来。

这时从咖啡馆快步走出一个女子,乃是吕香阁。她在窗内已经看到玮玮和大士走过来,很觉诧异。又见他们扔球、捡球,心想抛绣球了,更是好奇,出门去看。她迎着玮玮问长问短,不住打量大士,还邀他们进店去吃点心。

大士不耐烦,对玮玮说下次再来找你,自往前走了。

玮玮忙道:"等等!"把球抛给大士,一面说晚上有实验课,也向堤上走了。

吕香阁站着望了一阵,冷笑一声,进店去了。

玮玮搬家这天乱哄哄的。大家的东西乱放在地上,还没有整好,来了警报,大家只好先跑警报再说。回来时便少了好些东西,其中有玮玮的一套被褥,是绛初打点的好卧具。玮玮想了一下,决定到大戏台去,那里有煤油箱等他。还有几个同学见教室实在拥挤,也出去另找地方了。

玮玮跟着大家一起搬床搬东西,收拾好了已是薄暮。走出校门时,遇见颖书,专来邀他去严家住。

玮玮说他想去大戏台,帮着浇浇菜。

颖书有些不悦,说:"你这样,亲娘还当我不热心。"

玮玮道:"大姨妈忙着念佛,哪里管这些事。"

颖书欲言又止,一直陪玮玮到大戏台,说也要看看三姨父。

那天弗之恰好不在城里,玮玮到管房的老人处拿了钥匙,开门进房。

颖书凭窗站了一会儿,转过身来,犹豫地说:"我母亲进城来了。"

玮玮一面理东西,心想,这样我更不去了。

颖书见他没有搭话,遂说了几句闲话,告辞走了。

玮玮送他到大门口,即去看萧子蔚。

萧先生很高兴,问了搬宿舍的情况和同学们的想法,叹道:"这真是不得已。有人建议把秦校长的车也卖掉,反正他常常走路。秦校长说,他虽不坐,学校总还应该有辆车。想想也是。你看我们就这样过日子。"

子蔚房中书籍不多,除了生物学就是音乐书籍。他让玮玮随便取阅,玮玮取了一本《一九四〇年生物学年鉴》。

子蔚笑道:"要是我一定先取音乐书,这叫不务正业。"

两人同到饭厅用饭。这个小伙食团约有二十来人,今天是周弼监厨,他向玮玮介绍道:"我们有人采买,有人监厨,也就是帮着做饭。"又对大家说:"今天的萝卜汤是自己菜地里的。这已是最后一批菜了。"

子蔚看看墙角的萝卜堆,说:"还够吃两次。"

玮玮道:"我还想着来浇菜呢!"有人说,那得等明年了。

次日是星期天,玮玮起晚了,近中午才出门去找玹子。在陡坡口上忽见从下面冉冉升起一人,又是殷大士。她今天不怕人记不得了,换了件灰绿色旗袍,罩一件墨绿色长毛衣,含笑望着玮玮。

219

玮玮于高兴中有些不安,心里暗道:"这人也太胆大了。"

大士开口道:"我来和你一起跑警报。"

"要是没有警报呢?"玮玮道。

说着两人都笑了,倒像是他们盼着来警报似的。近来警报确实少了一些。

"我们提前跑警报吧!"大士说。

玮玮道:"我是要去找姐姐。"

大士说:"我还以为你站到这里等我呢!"

两人站在坡口说话,忽然坡下迅速地上来一个人,叫道:"殷大士,家里有客人,太太找你呢!"

大士把脸一板,说:"又不是我的客人!"拉着玮玮就走。

玮玮忙道:"我真的要去找姐姐。"

那来人说:"澹台玮很懂事。"

玮玮诧异道:"你怎么知道我的名字?"

大士道:"你也会知道她的名字,她叫王钿,是个暗探。"

玮玮有礼貌地点头,说:"你好!"见她们堵住坡口,便说要回去拿点东西,仍进祠堂去了。

这里大士往城外走,说:"我自己跑警报。"王钿追上去劝说,两人出北门去了。

玮玮回到阁楼上,眼前拂不去大士的影子,心里很是不安。他知大士生母早逝,虽得父亲宠爱,究竟缺乏入微的关心,养成个霸王脾气,其实心里很需要润泽。

玮玮想了一会儿,仍出门去找玹子。不料玹子不在家,想必是到保罗那里去了。他在街上吃了一碗米线,缓步回到阁楼上,给父母亲写信。

门上有剥啄声,玮玮起来开门,又是殷大士!她绷着脸,神情似怒似怨。

玮玮心中暗想,这可怎么得了。

220

大士开口道："孟教授在吗？我找他老人家请教人生问题。"

玮玮说："孟教授不在，有一个澹台玮在这里。"

两人互相看着，同时大笑起来。

玮玮问："你怎么知道上阁楼？"

大士道："想找还会找不着！我和王钿订了君子协定，她放我自由一天，我保证这一学期都不惹麻烦。她其实也懒得管我，但她不得不听吩咐办事。"

两人坐下来，有一搭没一搭随意说话，都十分快活。

大士说："你是我的好朋友，我要领你去见我父亲，让他带我们去打猎。"

玮玮说："我没有打过猎，而且不主张打猎。"

大士问："为什么？我觉得打猎痛快极了。我小时候坐在父亲的马上，现在我自己骑马了，追着动物跑，最让人兴奋。"

玮玮沉思道："这是说你去追逐一个目标，可那不是建设，而是破坏。把一个动物活生生打死不是很残忍吗！"

大士垂头想了一下，说："我们打的无非是狼、狐狸之类——不过，我以后不打猎了。可能一枪下去有个小崽子就没得父母了，我倒愿意父母双全才好。"说着忽然哭起来。

大士的心从小披着一层铠甲，却掩藏着无比的温柔。

玮玮心中充满了同情，恨不得去抚摸她黑亮的头发，但只递给她一杯水和自己的手帕。

号啕大哭，跺脚大哭，摔东西骂人，在大士都是常事，从没有像这一回哭得这样文雅、深沉、痛快、舒适。

她抬起一双泪眼对玮玮说："明年我高中毕业，家里想让我去美国上大学，我是不去的。"

玮玮道："留学也很好啊！不过抗战胜利了，你可以到北平上大学。你不知道北平有多好。从地理环境上讲，北平其实也是一个坝子，四面有山环绕。从住的人来说，到处是学生，好像到处都有读书声——这是一种气氛。”

大士道：“听说北平学校时兴选校花，你姐姐就是校花。我见过你的姐姐，她真是个美人。我想你的母亲一定也是个美人。”

玮玮笑道：“当然是，还有我的父亲也很美。他是实干家，从不说空话。”

大士轻叹道：“你很幸福。”

玮玮说：“什么时候我要把你介绍给他们，说这是我的好朋友。”

大士轻轻擦拭着脸，拭出一朵芬芳的笑靥，一大滴泪珠还挂在睫毛上。泪珠映出了玮玮脸上的笑容，那是一个青年男子诚挚的、充满热情的笑容。

这是那永远刻在心上的一刹那，一个人一生中有这样的瞬间，就可以说得上是幸福了。他们命运不同，寿夭不同，但在生命的最后时刻，都在心上拥抱着对方的笑容。

这时，他们隔着煤油箱默然相对。

“澹台玮！”子蔚在门外叫道，“你是不是一直睡到现在。”一面推门进来，见房中坐着一个少女，因问：“来同学了？”

玮玮忙站起介绍道：“这是嵋和慧书的同学——殷大士，她是我的好朋友。”

大士已经猜到这是萧先生，默默地站起鞠躬。

子蔚和蔼地微笑道：“那你是在昆菁中学读书了？我每次去植物所，都从铜头村经过。”又随意说了几句话，才对玮玮说：“我没有什么事，不过出来走走。”转身下楼去了。

大士拿起玮玮的手帕，仔细叠好，说：“洗了给你。”

玮玮送她到门口，心中有些不安，不知接待大士是否合适。

大士说：“我的代数很糟糕，下星期我带习题来，你教我做可好？”

玮玮踌躇道：“下星期我要到龙尾村去。”

大士说：“那么就下下星期。”一扬手人已经到了坡口，像沉下去似的，很快不见了。

坡口米线店传出锅勺相碰，碗碟叮当的声音，还有店主人的大声吆喝：“豆花米线两碗，免红！卤饵块三碗，免底！”

玮玮站在祠堂门口，怔了一会儿，转身进门。

过了几天，玮玮搬回宿舍。房顶上有好几条缝，是木板有缝而草没有盖好。同学说不仅是一线天，而是数线天。

月光照进来，照出了几何图形，在这月光的画中，年轻人正好编织自己不羁的梦。

一天，玮玮在跑警报时遇见颖书。颖书说：“王钿这几天常去找我母亲，不知要干什么。”

玮玮笑道：“莫非要放蛊？”颖书脸色一下变得青白。玮玮忙道：“我是说着玩。”

颖书脸色渐渐恢复，说：“你要当心，我是为你好。其实我要和你说一件正经事，你可要参加三青团？”

玮玮摆手道：“我不参加任何政治团体，我父亲就是这样。”

颖书道：“参加一个政治团体，大家可以一起来实现抗日救亡的心愿。”

玮玮沉吟道：“这很难说。”

两人沉默了一阵。左右都飘来教师讲课的声音，他们仍在利用跑警报的时间坚持在野外上课。

这时周弼和吴家馨走过来，吴家馨对玮玮说：“今晚众社有读书会，大家谈心得，你来参加吧！”吴家馨是特地从黑龙潭来。

玮玮问：“孟离己怎么没有来？”

吴家馨说：“她也参加过好几次，今天大概不想来。”吴家馨也确实说不出孟离己的许多为什么。

玮玮说："我们好像进入一种逐渐分裂的状态,很多不同的事要选择,很费脑筋。"

吴家馨道："你来听听大家讲话,很有趣的。"

一时解除警报响了,遂各自散了。

晚上玮玮去参加众社的聚会。先讨论时事,有人讲了一些国民党贪污腐败的情况,官吏勾结奸商抬高米价的事情。又读一本讲解唯物史观的小册子,玮玮觉得很新鲜。

会散以后,有些同学意犹未尽,要去坐茶馆,打几圈扑克。玮玮跟着出了校门,经过城墙豁口较偏僻的地方,有两个学生模样的人走过来,问道:"你是澹台玮吗?"

"是的。"玮玮答道,黑暗中看不清两人的面容。

其中一人又道:"请往这边来,有点事商量。"

玮玮不在意地跟着走,仍在想刚才的聚会。

走了一段路,玮玮猛省地站住问:"到底什么事?"

两人并不答话,低吼一声,四只拳头同时伸出,一下子把玮玮打倒在地。幸亏玮玮学过拳脚,早已翻身跳起,向后跳开。

两人没有料到玮玮有这点功夫,一个人再向前动手时,另一人将他喝住,说:"我们奉命通知你不要和殷家小姐来往,你是明白人,不用多说了。"说罢两人扬长而去。

玮玮觉得自己肩上火辣辣的疼,四面是无边的黑夜,真好像落入了武侠小说。自己站了一会儿,只好慢慢走回宿舍,对有些同学的招呼都没有看见。

渐渐地,除了肩膀,腰也疼起来了,看来打手是分工的。玮玮躺在床上,觉得身上的疼还好受些,心里的烦乱更叫人难忍。

"为什么我不能和大士接近?为什么这样对我?教室、实验室和运动场以外的生活竟是这样野蛮。殷大士知道了会哭吗?父母知道了会怎么想?三姨父和萧先生知道了会怎样做?他们会责备我吗?我做错了什么呢?"

玮玮用被子蒙着头,忍不住呻吟。一个同学走过来问,是不是发烧了。

玮玮说,不过有点不舒服,不要紧的。辗转反侧,几乎彻夜无眠。

次日玮玮勉强去上课,在教室里忽然悟到,那两人不打他的脸,是不愿留下太明显的痕迹。经过几节课的思索,玮玮决定不把这事告诉别人,尤其不能告诉玹子。玹子会去质问,这样对殷大士很不好。

晚上他早早上床休息,除了伤处疼痛,浑身像有什么东西箍住,怎么躺都不舒服。

忽然睁眼见玹子站在床前,连忙慢慢坐起,说:"你怎么肯进来。"

"我怕你走不动,你疼吗?一看就知道你不舒服。"

玮玮慢慢穿鞋说:"我照常上课呢。出去说吧。"

玮玮领着玹子到实验室坐了,他有钥匙。

"你怎么知道?"玮玮问。

"下午荷珠到我办公室去了,说是去看殷太太,顺便和我说句话。她说殷家不准殷大士和你来往,已经闹翻了天。"

"我们不过才见了两次面,何至如此。"

"据荷珠说,打人的是一个想攀亲的人家,这样的人家不止一个。"

"说不定一家一家轮流来?"

玹子道:"现在还摸不准是哪一家,我们弄清楚了总要说话。"

两人商量了一阵,决定先禀报孟弗之和萧子蔚。

玹子说,她在宝珠巷加租了房子,有里外间,让玮玮去住着养伤。

玮玮笑道:"哪儿就那么严重了。"

临分手时，玮玮问起保罗。玹子说："又去重庆了，他很忙。"

孟、萧两先生商议，认为这事不宜张扬。不然对两个年轻人都不好，还可能涉及地方势力和学校的关系。玮玮应以学习为主，一时不和殷大士来往也好。玮玮也同意，只和玹子说，再来找怎么办？

玹子出主意说："可以对她说，大家都年轻，上学不可分心。"

玮玮心里想，她不会听的。

玹子笑说："说起来，殷大士真是一个美人，带野气的美人很不多见。"

玮玮说："她也说你是美人呢！"

玹子道："我吗？我是带傲气的美人。"

玮玮没有料到这担心很容易就解决了。

约两周后，也就是大士要来做代数题的星期日，玮玮收到一封信："我不能来找你做代数了。父亲要带我到重庆去，说是那里很好玩。可能一个月回来，再还你手帕。"

信没有上下款，字迹也充满了野气，纸上有一滴墨水的痕迹，玮玮想起那一滴大大的泪珠。这样的分别虽然省事，玮玮心里总像有一种莫名其妙的东西在缠绕，不知何时才能和大士再见一面，在繁忙的功课和各种活动中，不时会漾起一缕思念。

殷大士到重庆上学去了。传言说这似乎是一种人质，谁知道呢。

三

十二月中旬的一天，天气很晴朗。又是一个跑警报的日子。红球挂出了，空袭警报凄厉地响起。人们三三两两地往外走，并不觉得今天会有什么不同。

孟弗之因学校事忙,约有十来天没有回家了,现在随着跑警报的人群,走出东门回龙尾村去。他要告诉碧初和孩子们珍珠港事变的消息。乡下看不到报纸,家里没有收音机,若是没有人来来往往,什么大事也不会知道。

他想着战争的局势,日本和美国作战,日本多了敌人,我们则多了朋友,这是好事。学校的艰难情况让人忧心,还有玮玮近来的遭遇。关于宋朝冗员的文章,不过是腐败的一个方面。这一年又写了好几篇文章,要写的还多着呢。又想着近来关于陈纳德十四航空队的消息,说已有多架战斗机到昆明,要在空中打击日军的侵袭。飞行员在昆明、仰光两地受训,不知何时开始战斗,又不知什么时候有我们自己的飞机。这大概是千千万万中国人一致的想法。

路走熟了便不觉得远。这两年,弗之常走路,发现若是跟着一个目标就会走得比较快。现在他随着一匹小黑马,快步走着,心头渐觉轻松,不觉已到了龙尾村外的松林。看见一行行各种摊子,许多人来来去去,知道今天又是赶街子。

人群中走出一双小儿女,正是嵋和小娃。两人抬着十几挂松毛,嵋手里还提着一篮菜,小娃个子矮,松毛滑到他这一边。

嵋说:"推上来,推上来!喊你推上来嘛!"

弗之快步走上去,要接过松毛。

"爹爹!"两个孩子大喜,按住松毛。

"我们会抬。"嵋说,"娘又病了,不过今天好一点。"

三人来到芒河堤上,忽听飞机声响。不像轰炸机,弗之心想。蓝天上飞过一队飞机,机翼上没有太阳旗。

"我们的飞机!"人群中有人在喊。这一队飞机果然是截击日机的,它们向天边出现的敌机飞去。

九架沉重的轰炸机排成三行,我方的战斗机向它们开火。

它们身手灵活，忽上忽下，对着笨重的轰炸机射去炮弹、枪弹。一排排火光，一阵阵闪亮，一个火球向下坠落，在空中炸开，亮光四处迸射。紧接着又一个火球落下来，那是日本飞机！横冲直撞、无人阻挡的日本飞机掉下来了！糟践生灵，万恶不赦的敌机掉下来了！

赶街子的人都扔了手中的东西，拍手大叫："打下来了！打下来了！"一时"打倒日本帝国主义！"的口号声此起彼落。

小娃抽出竹竿，一面跑，一面挥舞，喊着"加油！加油！"像是在球场上。

弗之伫立堤上一动不动，像一尊石像。

嵋仰头问："爹爹，是不是要打回北平去了？"

弗之长叹一声："不那么容易啊！"

天上的敌机转头逃走，我方飞机紧追下去，留下一阵轻微的爆炸声。弗之招呼小娃回来，拾起松毛串好，三人一起回家。

后来据说这次空战打下日机三架，习惯了挨炸的昆明人个个觉得自己长高了几尺。

这就是嵋和小娃的梦啊！打下日本鬼子的飞机！

宝台山的路由石块歪斜地铺成，石缝中的草还是很绿。小娃曾在这路上崴过几次脚。

嵋一路絮絮地告诉家里的事，青环让她的姑父叫走了，娘有几天不能起床，多亏钱太太和凌姐姐轮流来帮助料理。

快到家了，两个孩子飞跑进门，大声说："娘，打下日本鬼子的飞机了！"

碧初正坐在矮凳上洗衣服，惊喜地站起来，只觉两眼发黑，天旋地转。弗之抢步向前扶住。

嵋和小娃一起跑过去夺过碧初手中的衣服，说："娘又不听话了，我们刚出去一会儿，你怎么就干活！"

碧初微笑道："我已经好多了。"一面重重地靠在弗之肩上。

"幸亏爹爹回来了。"两个孩子心里默念。

三人扶碧初进房,靠在床上,弗之觉她身上微微渗出冷汗,心上发愁,说:"上星期还好好的,今天怎么这样了?"

碧初勉强道:"没有什么,这病时好时坏,也是常事。我应该听嵋的话。"

三人垫枕头掖被子,招呼了一阵。拾得也挤在脚边蹭。

碧初叹道:"福气够好的了,还要什么。"

弗之告诉了日军偷袭珍珠港、日美开战的消息。

碧初高兴地说:"好像是有了盼头。"

嵋和小娃马上找来地图,要指给碧初看。

弗之说:"先让娘休息吧,我们听嵋的指挥。"

嵋让小娃做功课,自己熟练地晾好衣服,用洗衣水把房间擦拭了一遍,然后到厨房做饭。

这时有人从晾的衣服中间走过来,是江昉先生。

江昉两眼放光神情兴奋,嘴上的烟斗有节奏地一动一动,大声说:"到底有这一天! 我刚才在山上观战,你们这儿看得见吗?"

弗之一面给碧初倒水,一面说:"在芒河堤上看见了,赶街子的人都兴奋得大呼口号。这回世界局势大变化,似乎有点希望,至少敌机的轰炸会减少些。"

两人坐下,江昉说:"你们的桌椅真干净。轰炸了这么久,咱们居然都没死。我看外部的情况有变化,内部的问题渐渐出来了。听说中央军某部克扣军饷,士兵生活很苦,还有冒领军饷的。这些人发国难财,该下十八层地狱。"

弗之道:"那开仓放米的问题,也是叫人寒心。有权的平价买进,高价卖出,一转手就是多少万,可老百姓吃什么!"

江昉说:"人心远不如以前那样齐了,'壮士军前半死生,美人帐下犹歌舞',现在也许还不到这么严重,可是前景堪忧。"

弗之道:"贪污是历朝的大祸,所谓'一任清知府,十万雪花银',这是老百姓总结出来的。"

江昉道:"清朝就更不用说了,一部《官场现形记》留下了真相。"说着站起,踱了几步,转身道:"听说延安那边政治清明,军队里官兵平等,他们是有理想的。"

弗之道:"整个历史像是快到头了,需要新的制度——不过那边也有很大问题,就是不尊重知识,那会是很大祸害。"

江昉不以为然,说:"知识固然重要,但对我们来说,和人民大众站在一起最重要。"

忽听里间一声脆响,是茶杯落在砖地上的声音。

弗之忙进去看,见碧初面色苍白,勉强微笑道:"连杯子也拿不住了。"弗之俯身安慰。

江昉站在门边叹道:"内人前天来信也说是病了,她的体质还不如孟太太。你们可要熬着,要熬出头啊!"他的家眷在成都,总说是要来,可是没有来。

一时碧初睡了,弗之扫了地,仍请江昉坐。

江昉拿下烟斗:"我看你关于宋朝冗员的文章口气太温和,那根本原因在于长期的封建制度。你刚才也说我们的制度走到头了,怎么不写进去?"

弗之苦笑道:"已经受到盯梢了。你知道我这个人素来是不尖锐的,可是总遇到这样那样的麻烦。进步的人说我落后,保守的人说我激进,好像前后都有人挡着。"

江昉磕磕烟斗,说:"我只有来自一方面的批评,自由多了。我要做到想说什么就说什么,这叫不自由毋宁死啊!"说着哈哈大笑。抬头看见墙上挂着弗之写的条幅,不觉念道:"'菖蒲自蘸清溪绿',这意境很好,可是这样的乱世,谁做得到?"

弗之沉思道:"若能在心里保存一点'自蘸清溪绿'的境界,就不容易了。"

江昉说：“想法会影响行动，要是真做起来，岂不是自私自利？”

弗之微笑道：“我想你也盼着有一天能够得到纯粹的清静，好遨游九歌仙境之中。”

江昉磕磕烟斗，说：“你看透我了。”仍把烟斗放在口中。

弗之忽然想起，从柜角找出一包烟丝，递给江昉：“这是舍亲送的，我又不抽烟。”

江昉接过，笑说：“他多送些才好！”

门外一阵笑语，听见嵋在唤：“荮哥！凌姐姐！还有你，柳。”

果然从晾的衣服中出现一个很大的狗头，似乎在笑。雪妍随弗之进来看碧初，卫荮和江昉很自然地走到一边说话，柳坐下来看嵋做饭。

嵋现在是烹饪能手了，先做什么，再做什么，同时做什么，很符合运筹学。她一面手上忙碌，心中却在背诵《吊古战场文》，那是娘布置的功课。

“沙草晨牧，河冰夜渡。地阔天长，不知归路。寄身锋刃，腷臆谁诉？”“鼓衰兮力尽，矢竭兮弦绝，白刃交兮宝刀折，两军蹙兮生死决。降矣哉？终身夷狄。战矣哉？骨暴沙砾。”

战争多么可怕，它把生命夺走，能不能把正义留存下来？我们总算亲眼看见日本飞机掉下来了，这就是正义啊！那蓝天上的战场该怎样凭吊？正想着，有什么牵动她的衣服，那是柳，它用目光把嵋的眼光引向炭火。

“哎呀，米汤溢出来了。”嵋赶快打开锅盖，支上筷子，一面说：“好柳，多谢你提醒我。”柳便伸出一只爪子要和嵋握手。“现在不行，你看，你看，忙着呢！”嵋说。

柳怏怏地放下爪子，起身转了一个圈，仍坐在嵋身边。它喜欢看做饭已是出了名的，无论是米太太还是雪妍做饭，它都关心地坐在旁边,好像随时要帮忙。

大门边,江昉和卫葑谈了一阵,要下山去。刚迈出庙门,卫葑见他长衫下摆撕了一个大口子,连忙说:"停一停,江先生,衣服破了。"

江昉低头一看,笑道:"可能好几天了,我都不知道。"

雪妍在屋里听说,很快拿出针线,蹲下身来缝那破绽。柳马上走到她身边坐下,比她还高。雪妍对它一笑,它似乎也在笑,柳和雪妍是最好的朋友。

一时缝好,江昉拱手致谢,下山去了。卫葑拿起水桶去挑水。雪妍回到屋中,见弗之的一件破衣服,便拿起来补。

碧初精神已好多了,听说柳来了,让它进屋。柳和碧初握手,眼光十分亲切,像是在问,你好些吗?

雪妍道:"我看五婶好多了。"

碧初道:"刚才又晕了一阵,睡了一下好一些。"

雪妍道:"这几天,米太太身体也不好,她怀孕了。"

碧初惊喜:"这是喜事,他们有后代了。"

雪妍叹道:"这后代还不知漂泊到哪一天。他们要来看望五叔和五婶。"

说起这个犹太家庭,大家都很同情。世界上居然有没有祖国的人,多么奇怪!周围的人常因看到他们而为自己有祖国,且在为她受苦、为她奋斗而感到骄傲。

雪妍缝好衣服,见一支洞箫插在瓦罐里,便拿起来抚摸。笑说这也是件传家宝,那天听见嵋吹,声音像从远山中飘来似的。

这时,小娃做完功课走过来,拿起洞箫便吹,吹的是一支古老的曲子《苏武牧羊》。苏武留胡十九年,在冰天雪地中牧羊,不肯投降,终于归汉,回到自己的祖国,自己的家。

小娃吹出的箫声并不美妙,但似乎传达着一个信念。

柳忽然低吼一声向门外跑去。不多时,卫葑挑着一担水走进来,后面有两个外国人。柳围着他们转,好像久不见了。

那两人是米先生和米太太。米先生打着领带,拿着手杖,米太太穿着长裙,拿着一本书。半边头发向前梳,遮住半张脸,这是她的发式。

屋里窄小,只米太太进屋去。她说知道碧初不舒服,早想来看望,只是怕打搅。

碧初靠在床上,微笑道:"我这病没什么,头晕一阵,过去了就好了。从落盐坡走来,累不累?"雪妍用法文翻译。

米太太习惯地用书遮住脸上的疤痕,对碧初说:"雪妍告诉你我们的好消息了吗?我怀孕了。我做过一回母亲,但是现在没有孩子。我知道,你是个成功的母亲,你会给我经验和福气。"

碧初轻声叹息,她并不认为自己是成功的母亲。三人低声谈话,脸上都是喜洋洋的。

弗之请米老人在院中坐了,他们谈论珍珠港事变后的局势,谈论云南小村的环境。弗之关心地问起米家的生活。米老人很有外交家的风度,谈吐有趣,态度可亲。

他说,他和妻子都极喜欢这个小村。龙江、芒河常让他们想起莱茵河。他在莱茵河边长大,从来认为德国就是自己的祖国,愿意为她而生、为她而死。一九三三年,他从任上被召回国,随即以莫须有的罪名——也许是十分明确的罪名,只因他是犹太人——被驱逐出境。

弗之叹道:"犹太民族是伟大的,经过几千年的漂泊,被排挤、被驱赶,还保留着自己的文化和传统,立足于世,这是多么不容易!希特勒排犹就是反人类,他发动的侵略战争也证明了这一点。"

卫葑放好水桶走过来,说:"什么时候能完全消除种族之间的隔阂就好了,当然希特勒的残酷的灭绝人性的行为,不是因为隔阂,而是因为政治的需要。"

米老人说:"蔚很了解我们。我常想,他不只是一位出色的物理学教师。"

卫蔚笑道:"我还是一个出色的邻居呢!"

嵋走过来,说:"你还是一位出色的兄长。"

米老人赞许地看着嵋。大人孩子,屋里屋外,大家愉快地谈话。

这一上午,孟家为了截击日机的胜利和一个小生命的孕育,处在一种节日的气氛之中。

一九四二年的元旦来了,春节来了。几个月来轰炸显著地减少了。不用跑警报,真是稀奇事,战争似乎暂时隐退了。

孟弗之和李涟两家和文科研究所的单身教员一起过节。他们在地上铺满了松枝,踩上去软软的,松树的气味充满全屋。有人拿了红纸来,嵋和李之薇糊了好些小灯笼,错落地挂在墙上。蜡烛不够,只点了几支,房间便大变样。烛光跳跃着,松枝的绿色映上来,使得陋室像一个绮丽的梦。这是大家在东躲西藏期间的一个特别的、充满希望的节日。

春天来了。昆明因四季不分明,花事从来不断,春天不像北方的来得那样热闹,而是淡淡的,在一种"巧笑倩兮,美目盼兮"的意味中悄然来到。宝台山上,一片片五颜六色的野花次第开放,宛如一块块花毯包裹了山坡。

在文科研究所墙外的空场上,要举行一场劳军演出,这个消息使得这一带的村民们都很兴奋。

军队派人来搭戏台,用了两天时间。嵋和小娃天天跑去看,眼看戏台逐渐成形,两个孩子有一种成功的踏实感觉,这是在建设什么,而不是在破坏什么。抗战前嵋还看过几次演出,小娃一次也没有看过。他一直在问,是不是真的人在台上走?

知道演出剧目是《群英会》以后，碧初给他们讲了《群英会》的故事。他们都看过《三国演义》，诸葛亮、周瑜都是熟人了。

演出这一天，小娃问了好几次天怎么还不黑。好容易天黑了，几个汽灯打足了气，挂在台前，亮得耀眼，皎洁的月光不知移到哪里去了。士兵们军服整齐，村民们都穿着最好的衣服，早早坐好等着看戏。孟家人可没有以前出门做客的准备了，只要穿得够暖就行。场地中有一块地方是给大学的，这是近几年来，大家第一次轻松地聚在一起。

大幕是用几块军毯缝制的，挂得不很正，锣声一响，还是顺利地拉开了。那不知是什么剧团，唱念做打颇能传神。诸葛亮出来了，蒋干、黄盖出来了，周瑜出来了，净、丑、老生、小生，各种不同的音色和颜色鲜艳的服装组成了一个想象的历史中的世界。

台下人除了看戏各有不同心事。凌雪妍本来不想来，她怕看见戏台。她那酷爱戏剧的父亲，做汉奸也还没有离开戏剧这个行业。但既然整个村子包括米家夫妇都那么高兴，她也就来了。台上的歌唱，使她想起北平家中票友们的聚会，声音也是那样清亮，也是那样婉转，可是生活像一盆浊水，把每个人身上都涂满了血痕和泥浆。父母亲现在怎样了？他们一定衰老了很多。父亲还是那样心不在焉吗？母亲还那样处处计较吗？那舒适的家该是多么的空。

台上的戏很热闹，雪妍却不停地拭眼泪。卫葑感觉到了，问是不是不要看了，到五叔家坐一会儿。雪妍摇摇头。

米太太想起她那一段演员生活。她演过各种名剧的配角，有一次汉堡上演瓦格纳歌剧《尼伯龙根的指环》，连续演了四个晚上。她曾扮演守卫莱茵黄金的仙女，还参加了几句合唱。那是她演员生涯的顶峰，一直不能忘记。可惜大卫没有看见过她化装仙女的模样。

她握住米老人的手,两人都感觉到对方手的力量,在一片陌生的颜色和声音之中感到安慰。他们都热爱德国文化,认为它也是自己的,可是有人硬把它撕开。她想着,觉得心痛头也痛,渐渐地这疼痛集中到小腹,觉得真像在撕裂什么。米先生把她的手一捏,问是哪儿不舒服。她指指肚子,头上冷汗渗出,简直坐不住。雪妍也发现了,唤了碧初一起扶她往孟家来。刚进院门,一股鲜血从宝斐腿间流下,她小产了。

　　碧初忙让她躺在峨的床上,找出些旧衣物和棉花、草纸一起垫好。换下来的衣裤中坠着一个血团,那本是一个小生命。

　　碧初悄声说:"如果血流不止,就有大危险,怎么办呢!"

　　雪妍提醒:"五婶平常吃的药——"

　　"可不是! 我这里还有云南白药。"

　　说着忙找出药瓶,调好粉末,让宝斐立即服下。两人又煮米汤、烧热水,忙着照护。

　　米先生握着妻子一只手,用意第绪语念圣诗。

　　弗之、卫葑在门外,商量到赵二家借马去请医生。

　　最近的医生也有二十里,卫葑说:"事不宜迟,我这就去。"

　　还未出门,见李太太赶来了,她大声说:"有病了,是尊神要祭祀,我来解。"

　　弗之忙劝说:"他们宗教信仰不同,不可造次。"

　　李太太不满地说:"我是要救人啊!"口中念念有词,在院中走来走去。

　　不知是李太太法术无边,还是云南白药有效,宝斐出血渐少,慢慢睁开眼睛,大家都松了一口气。

　　不多时卫葑跑回来,说赵二赶马帮去了,他从近处领来一个草药郎中。得知米太太情况好转,便把那郎中打发走了。

　　李太太在月光下左右旋转,舞了一阵。听说病人渐好,自己很觉满意,站在卫葑面前笑说:"真该有喜事的是你们俩,怎么还没有动静?"

卫葑不知怎样回答,只好说:"多谢李太太关心。"

李太太发议论道:"生和死是一块抹布的两面。尊神拿着这块抹布抛来抛去,可就得出人的命好命坏来了。"又问弗之:"孟先生说是不是?"

弗之说:"李太太热心助人,现在总算没有危险了,还是去看戏吧!"

这时传来一阵锣鼓声,她就踩着鼓点走了。

米老人见宝斐神色平稳,便把她的手放在被中,掖好被子,捡起那包血团要去掩埋。卫葑找来铁铲簸箕,陪他走出院门。

演出正进行到高潮,周瑜要诸葛亮立下军令状去借东风。小生的唱腔嘹亮,老生的音调高亢,在山野间传得很远。

他们向山的另一边走去。那里有一片小树林,树密草长。见有人走来,夜鸟扑拉拉惊飞了。

米老人选了地方,靠着一块石头,挖了一个小小的穴。他把那血包放进去,盖上土,用铁铲轻轻拍拍。这里埋葬着他的骨肉,一个异乡人未成形的亲生子。他不知道自己还会不会有后嗣,一再画着十字。眼泪滴在手指上,在冷冷的月光下,成为亮晶晶的冰痕。

那天晚上大家胡乱凑合过了一夜。嵋和小娃看戏回来,不知道发生过什么事,只高兴家里有这么多客人。小娃兴高采烈,一个跟头翻到床上,这是刚学的。嵋一直默默的,似乎满腔心事,把床让给米老人,自去碧初房中睡凳子。

卫葑和雪妍坐在厨房台阶上,共披了一条旧毯子,好像又回到从山西跋涉而来的路上。荒村野店,瘦马破车,后来想起倒觉得很可回味。最重要的是他们两人在一起,他们是完整的、充实的、丰富的,这尤其是雪妍的感受。

卫葑在雪妍耳边轻轻告诉了李太太的话。

雪妍先嗔着："你坏！"在卫葑手上轻打了一下，随后又说："若是有了，怎么养得活！"

"岂有养不活之理，且看他有什么样的爸爸妈妈！抗战都能胜利，孩子怎能养不活！"卫葑说。雪妍良久不语。

月到中天，把树影照成一幅水墨画，凉意渐重，两人更靠紧些。

"我常觉得生命很单薄，不知什么时候就会结束，似乎应该有个延续。"雪妍说着，打了一个寒噤。

卫葑搂紧了她，说："你今天太累了，睡吧，睡吧。"可是自己毫无睡意。

这些年来，卫葑经历了很大的变迁，对许多事都看得平淡了。今天这个生命的血团，给了他想不到的震撼。他的生活常在矛盾之中，他越来越觉得自己信奉的事业并不可爱。它需要撕裂，需要熔铸，这些都需要一副硬心肠，而这正是他缺少的。延安的生活他不满意，昆明的生活更让他失望。他最大的安慰是身边的娇妻，但这对一个男子汉来说是不够的。也许，也许他该有个儿子。

他用毯子把雪妍盖紧些，又久久地望着那一轮明月。

次日一早，卫葑找了两个村民，用竹椅把宝斐抬回落盐坡。

卫葑和雪妍走过那飞溅着水花的瀑布时，都感到那瀑布虽小，却有些壮丽的意味。他们没有说，互相看了一下，便读出了对方心里的话。

犹太女人小产的事在村里传开了。女人们很惊异：她们也能生孩子，老天爷保佑！好心的邻居还送去一包保胎的草药。

米老人连连道谢，两手一摊，苦笑道："只是胎已经没有了。"

"还会有的，我们中国地方好啊！"这是一个村妇的回答。

宝斐躺了十多天，渐渐复原。有一天，城里来了好几位外国人，他们一起祈祷，房里传出了诵经的声音，音调很是苍凉，那是《希伯来圣经》的诗篇，他们常常唱的。

"不从恶人的计谋、不站罪人的道路、不坐亵慢人的座位，唯喜爱我的主的律法，昼夜思想，这人便为有福。他要像一棵树栽在溪水旁，按时候结果子，叶子也不枯干。凡他所做的，尽都顺利。恶人并不是这样，乃像糠秕被风吹散。因此当审判的时候，恶人必站立不住。罪人在义人的会中也是如此。因为我的主知道义人的道路。恶人的道路却必灭亡。"

这是他们的信念，是几千年来善人的信念。

因宝斐病吓坏了的柳，一直耷拉着尾巴，现在也慢慢精神起来。它跟着客人走来走去，常常伸出前脚，有时做人立状。有的客人不喜欢它，它被关在门外，但还是竖起耳朵用心听里面的动静。

宝斐烤了一个大蛋糕，和米老人一起送到孟家致谢。他们说，那天真惊扰了，幸亏孟太太有经验。这里不只有知识的人好，村民们也给他们很大安慰。

村里人对这对犹太夫妇的身世逐渐了解，于是有了流传在云南小村中的犹太人的苦难故事。

流浪犹太人的苦难故事

　　每个人都有自己的故乡。故乡总有一片人可以依附的土地。人说离乡背井，也就是说离开自己依附的土地和饮用的井水，那是巨大的灾难和痛苦。你们漂泊，东藏西躲，但你们有一个来处，有一片土地和土地上的水井。你们有目的地，要打回老家去！

　　对于我们犹太人来说，没有来处。世界上没有一寸土地可以寄托思念。我们被自己确认的国家处极刑，到处被人拒诸门外。大地茫茫，云天高渺，哪里是国？哪里是家？

　　我是富商的儿子，受过良好的教育。曾在几处德国驻外使馆工作。在青岛任领事三年，永远忘不了我作为正常人的那最后一段日子。

　　一九三三年我被召回国，我和宝音——我的第一个妻子，我们是青梅竹马、一起长大的原配夫妻——都很高兴。我们很高兴回家去，那是我们亲爱的故乡。不料在我深爱的故乡，等待我的是监狱！他们将我逮捕又释放，释放又逮捕，没有一次审讯。愈来愈重的仇恨布满大街小巷。一次，宝音去买面包，面包店老板把她推出门外，关上门，并且上了锁。我们见人不敢说话。当时已有暴力行动，只好设法逃亡。我们在西班牙、意大利停留了几年，拉丁美洲的亲戚建议我们去那里居住。我们得到的签证是假的，到岸后不

240

能入境。我们想到别的拉丁美洲国家，没有一个国家愿意接纳。

但愿世上任何人都不要经受我们所经受的。所有的门都对我们关闭。我们好像头朝下，倒悬在空中。记得中国文字曾用倒悬形容老百姓的苦难。可是我们究竟有什么罪！宝音在路上得病，此时又气又绝望，病情急转直下。到现在我也不知道她究竟是什么病。我们在走投无路时，得知中国可以接纳我们。到中国去，这是众多犹太人的一线生机。可是宝音没有等到这一天，她在甲板上断了气。临终前她挣扎着说的最后一句话是"到中国去"。

船员把她扔进大海，我没有任何说话的权利。她睡在溅起的浪花之下。若不是有我的宗教管着，我几乎要投身大海和她一起去了。

我又回到欧洲，没有一个国家肯和希特勒作对，接纳犹太人。好不容易在意大利获准停留两天，我弄到去上海的船票。

到中国去！

这一次来中国和前次大不同了。我曾代表的那个国家现在视我为罪犯。我只能逃，逃到中国来。

相对地说，船上的生活是平静的，我得到暂时的休整。每天看见无边的天，无边的海，身上的重压似乎移到天和海中去了。感谢主赐给我这两周的休息。至少不用奔波，一切很正常，到时候有饭吃。我几乎希望永远在海上飘摇。除了休整，还有希望，活下去的希望。

可是有些人在饱受折磨之后，突然的平静使他们精神崩溃，发作歇斯底里。不只女人，连男人也发作。他们哭，叫，在甲板上奔跑，有时会引起众多人的嚎啕大哭，哭声撼天震地。希望你们永远不听见！在这巨大的悲痛中，我能做的,只有祈祷。

我们中有一位妇女,身材瘦长,三十多岁,前面的头发总是垂下半边,遮住半个额头。后来才知道,那是为了遮住伤疤,一道血红的刀痕。

可以猜到了,她便是我现在的妻子。

她不哭,不叫,总是沉默地坐在甲板上望着大海。

人们很快知道了彼此的身世。在纳粹大屠杀大逮捕大清洗的夜里,她失去了丈夫。她扑在丈夫的尸体上,刽子手们又给她加上了一刀,砍中额头,鲜血流遍全身。但她没有死,那鲜血淋漓的模样使得凶手们以为不需要再加一刀。她带着儿子逃亡,一切都为了儿子。在一个混乱的车站上,她的儿子被人群踩死。他才五岁,连妈妈都没有来得及喊一声。

她几乎失去了逃亡的意志,活下去还有什么意义?她只是呆呆地坐在旅馆很脏的走廊上,一动不动。人们告诉她已有的船票多么难得,靠它可以到达一个犹太人能活下去的地方。几个素昧平生的同胞把她架上了船。她仍呆呆地坐着,在甲板上。

我常靠在栏杆边眺望大海,也看着她。她简直像一座犹太人苦难的塑像。海风吹拂着她的头发,发间殷红的疤痕忽隐忽现。我望了许久,慢慢走近她说:"请你哭一哭。"

她不理我。

我坐在她身边,轻轻地说:"你看我这样老了——可我们的民族要活下去——我的女儿——"

两天以后,她忽然伏在我肩上,啜泣起来。

他这样老了,走路有点歪斜。但他的腰不弯,背挺直,总能及时矫正方向,看起来还是很精神。我已经几天只喝清水了。他拿了汤来，我觉出汤的滋味。他拿了饭来，看着我慢慢一口一口吃下，他那满是皱纹的脸上掠过一丝笑意。犹太人也有笑的权利！

我们在甲板上散步，互相搀扶着。没有多的话，我们在沉默中达成一项契约，我们要活下去！为了他的妻子，为了我的丈夫和孩子，为了千千万万我们的同胞。让那些刽子手看一看，犹太人是杀不尽的。

我们得活下去！

船经过苏伊士运河时，埃及犹太人到船上来慰问。我们祖先的流浪是从这里开始的。我们流浪了上千年，到处留下痕迹，我们不会消灭。

在埃及的同胞上船来，我们一起祈祷。他们赠一些小东西，手电筒、打火机之类。我得到一块手帕，上面印着埃及金字塔。

我们的金字塔在哪里？

每次船到港口，大家都提心吊胆，怕有反犹太分子上来捣乱。他和我总是站在一起，拉着手。他轻声说："不要怕，我的女儿。"

船离上海一天一天近了。他向我描述中国。我知道中国土地大，历史长，人口多。中国人正在进行一场保卫家园的伟大战争。我们像寒风中冻得半死的麻雀，终于找到可以栖息的地方。

上海犹太人救济委员会的代表在欢迎来沪难民的致词中说："欢迎前来上海。从今以后，你们不再是德国人、奥地利人、捷克人、罗马尼亚人。从今以后，你们只是犹太人。全世界的犹太人已经为你们准备了家园。"

从今以后，我们什么也不是，我们只是犹太人。我觉得自己像被剥得精光，挂在树枝上——究竟还有这一棵可以依靠的树。

我们分住在为单身男女提供的房舍里，经常在犹太教堂见面。

他懂得许多国家的文字。上海租界的商业部门有时找他做些翻译的事。有一天，一家石油公司邀他到中国后方去，可以随时有零活。第二天，他拿着一朵花来到我的住处。他说他已经考虑好几天好几夜，好几个月了。如果我们分离，他会很不放心。所有考虑的结果，集中为一句话："你愿意和我一同去吗？"

当然不是做女儿。

我们的年龄相差很大，但我们的心没有隔阂。我的容颜可能如妖鬼，但他总是以赞赏的眼光看着我。似乎我过去的丈夫也正通过这目光关注我。

我，宝斐·谢安愿以大卫·米格尔为夫。

我接过他手中的那一朵花。

到昆明后不久，公司负责人回美国去了，留给我们许多日用品，还有柳——我们的朋友。这是上帝安排的小家庭。我们看着云南湛蓝的天空，我们听着落盐坡活泼的水声，我们喝着奔流的龙江水，我们吃着种在自己门外的粮食，我们不死。

我们不死！

在小小芒河的堤岸上，一对犹太夫妻在慢慢行走，继续他们祖先流浪的脚步。

第 六 章

一

在战争的岁月里,漂泊流浪的岂止犹太人。在苦难的中国大地上,人们被炮火驱赶着,把自己的家园遗失在遥远的记忆里。记忆虽然遥远,却永远是鲜明生动的,让人回想、思念,感到又沉重,又丰富。毕竟还是有乡可离,有井可背,可以有打回老家的愿望。

孟家人逃出北平已经四年了,又出昆明城,躲藏在乡下也已三载。自珍珠港事变以来整个战局有了变化,日机轰炸有所收敛。根据同盟军的需要,中国派遣了远征军到缅甸和英军联合作战。但是,英军先是贻误战机,后又配合不力,腊戌等几个大城市相继失陷。远征军一部分退往印度,一部分回国,沿途遭受敌人追击,又经过毒蛇出没、蚊蚋成阵的森林,十万大军入缅,只有四万归来。而日军向滇西进逼,云南西部成为战略重地。五月间,日军攻下了畹町、芒市、龙陵、腾冲等几个重要城市。昆明人从长期轰炸中刚得到一些喘息,又受到边城沦陷的威胁,大学乃有迁校的议论。但是一般来说,生活比轰炸时正常多了。后来,迁到乡下的各学校陆续回城,但大学的先生们,动作素来不敏捷,只有少数人在城里找到房子,大多数人仍然安居在田野间。

快放暑假时,下学年的聘任成了人们关心的问题。有一天,李涟从系里带回一封给孟弗之的信,一个大信封,名字写得有栗子大,一看那龙飞凤舞的笔迹,就知此书法只能出自白礼文之手。

"好久没有消息了,居然有信来,大概要回来了。"弗之打开看时,果然是白礼文过足了云烟云腿的瘾,表示要回到学校教书了。他明白白礼文擅自离校一年,再回来任教是很不合适的,又知江昉的明确态度。但心下很可惜白的才学,若不聘他,这才学不知会有怎样的结果,便想再了解一下各方面的意见。不料过了几天,白礼文突然出现。

白礼文依旧趿拉着鞋,好像在一个村子里串门一样。进门向弗之深深鞠了一躬,这在他是少有的礼数,喊一声孟先生,便自己坐下。仆人老金挑着一担行李,放在院中,拿下两只火腿,摆在桌上。

白礼文说:"你若是说我送礼,可就小看我了。我是想,也就是孟弗之还是个好人,该吃这火腿。"

弗之说:"我自然懂。老兄这一年生活怎么样?"

白礼文说:"好!好!好得很。土司家老太太去世了,我写了碑文,词藻华丽不同一般啊!还有哪个人写得出!"说着从挎包里拿出一卷纸,递给弗之欣赏。

弗之展开大致一看,心想,这种谀墓之文,写到如此也是一绝了。

"那土司特别敬重你老孟先生。"白礼文说,"他读过你几篇文章,把你的《中国史探》弄了一个手抄本——当然是叫别人抄,也算得个通灵性的。对我可差得多。"他突然停住话头,不说下去。

孟弗之问:"老兄现在有什么计划?"

"现在要找个住处。"白礼文回答得很干脆,把两只鞋轮流脱下,在椅子腿上磕灰,"再找个饭碗。"

孟弗之说:"饭碗问题从长计议。现在大家都回城了,你还愿意住乡下?"

"城里房子不好找,又不如乡下自由。"

这时碧初出来,要弗之跟她到厨房,低声说:"惠枌他们的房子空着,东西也搬得差不多了,钥匙在我这里,莫若先给白先生住?"弗之点头,过来对白礼文说了。

白先生大喜,当时接过钥匙,从桌上拿回一只火腿,说:"你家人少,一只也够了。"自往山下去了。

在城里找房子,钱明经当然属于最先成功的一批,他恳切请求惠枌一同返城。惠枌犹豫过,因想既不能离婚,也只能努力和好,在城里画友们来往较方便,便同意一起返城。碧初等都觉得她家的危机已经过去,暗自欣慰。

白礼文进入钱家空屋,依然榻燃烟灯,壁悬火腿,过他的悠闲日子。跑警报这一项内容基本取消,他便恢复了以前的写字癖好。他每写一字,必从甲骨文、大篆、小篆、汉碑、魏碑、宋体的字体演变一直写下来,写时墨汁乱溅,写好了,字纸乱飞。然后再费很大工夫把它们拘管起来,一排排贴在墙上,很得意地对老金说,每一个字都是文字演变史。老金一旁点头,含糊地说:"活了,活了!"没有几天,原来很白的墙壁变得斑痕累累,白礼文没有一点不安。

赵二担水上山时,描述白先生的情况。

碧初惊道:"弄得这样,怎么交还房子?"

弗之说:"你放心,钱明经是不会回来住的。"

碧初迟疑地说:"惠枌可能会回来住。前些时李太太从城里揽了些缝补的活,她的针线不快,想改做食品来卖。她邀我和惠枌一起做,这对她是个帮助,惠枌说这个挺好玩。"

"你呢?"弗之问。

"我也觉得有趣。"这是碧初的回答。

次日，弗之进城主持他的两门课考试，然后在大戏台上看卷子。历史课本来是不时兴的古董，但是每年选他的课的人还是不少。学生说孟先生的课不仅有史实而且有思想，历史经过他的梳理，真有拨开云雾之感。踊跃选课是一回事，考试答卷又是一回事，答卷中高分的向来不多，今年也不例外。

下午，秦巽衡遣人送来一个条子，请弗之晚上到他家便饭。弗之看完卷子，填好分数，便到秦校长家。那是两进院子，秦家住在后院楼上，前面是明仑大学办事处。

弗之走进院中，谢方立正在楼上，靠着走廊栏杆摆一个案子熨衣服。穿熨过的衣服是秦巽衡保留的一点奢侈习惯。

"孟先生来了，请上楼。"谢方立招呼着。

巽衡正在看文件，起身迎了两步，让弗之坐下，说："滇西的局势不好，幸亏有怒江隔着，高黎贡山挡着。咱们的军队是很英勇的，但是问题也很多。"说着递过一份材料，是讲保山被轰炸的情况，毁房伤人很多。巽衡苦笑道："教育部要我们再做迁校的准备，当然这是件从长计议的事。"

弗之道："我看迁校的意义不大。云南真的失守，中国的前途也就完了。"

两人又讲了些战局和学校的状况。

谢方立端茶进来，说："屋里有热水瓶和茶叶，我就知道没有倒茶。"弗之站起，谢过。

巽衡说："方立从来是远视眼。倒是有一件急需解决的事，教育部要每个学校开修身课，还要报告每学期教学的情况。你是知道的，几个学期换了几个教员，都压不住台。有人说，是不是请孟先生出来镇一镇——这是件吃力不讨好的事。"说着，询问地望着弗之。

稍等了一会儿，弗之慢慢说："我算了一下，已经换了四个教师了。这其实不是教师的错。同学对这门课有一种看法，认为是国民党强化思想的课，谁教效果也是一样的。不过，我来试试未尝不可，不然怎么交代。无非是你乱你的，我讲我的，沉得住气就行。"

巽衡微笑道："若论沉得住气，谁也比不上你。"

"我讲三民主义恐怕不行。"

巽衡忙道："可以广泛得多。我想这也可以讲成一门有趣的课。"

"只要不被哄下台来就好。"弗之回答，遂就这样定了。

弗之说起白礼文的问题，他们很快得出一致意见：任何一个集体都要有纪律。学校中有各种学术思想的自由，但是在纪律方面人人平等。

天渐晚了，谢方立留弗之用晚饭。办事处有厨房，一切都还方便。饭间，谢方立说起几位太太商量着贴补家用的办法。有人要做点心，有人接洽了缝制锦旗的活。本来各位太太都是知识妇女，现在也只能从手艺上做些添补了。

弗之道："当初，卓文君当垆卖酒为的是一己的感情，诸位太太的这些活动是在国家危难时，间接帮助教育事业。碧初和李太太她们也在想着做点什么。"

"孟太太那样能干，必定有好主意。"谢方立说。

弗之微叹道："她身体太差了，我是劝她不要做的。"

又过了几天，在聘任委员会上，没有很多争论，大家同意江昉的意见，对白礼文不再续聘。

江昉在会上说："我个人对白礼文没有意见，我们还可以对饮三杯，同游无何有之乡。但是学生不能轻慢，课堂不能轻慢，如果不负责任，不守纪律，在课堂上，在学生面前怎能站得起来。"

白礼文得知这个消息以后，连声叹气，说："我的这些弯弯曲曲没有人懂啊！难道我真的要你们装着米虫的饭碗！"

弗之特地到水井小院看他，他正写大字，一个破碗里装着半碗墨汁。一支粗笔上下翻动，一时写完，自己"哎呀！哎呀！"赞叹了半天，并不觉有人进来，举着字要去挂在墙上，才看见弗之。

弗之拿着纸的一角帮他挂好，见写的是《说文解字》中关于鱼的一段："鱼，水虫也。象形。鱼尾与燕尾相侣。"许多鱼字神态不一，俱都生动可爱，心里一动，忍不住说："礼文兄，我们同事也不是一年两年了，你的才学不同一般。事情你已知道了，我有个念头，说出来你可见怪？"

白礼文光着两眼，看定弗之不说话。

"我是想，你是不是可以下决心戒烟？我知道戒烟很难很痛苦，不过以你这样一个奇人应该做得到。你只要戒了烟，就不会这样漠视纪律，聘任不成问题。"弗之说得很恳切。

白礼文仍不答话，提起那支破笔，又写了几句："曲曲弯弯字，奇奇怪怪人，花萼出云霞，妙境不可论。此中有真意，明白自在身。"写到这里，两眼瞪着墨碗，似在构思。

弗之接过笔来，替他续了两句："若谓能割舍，岂是白礼文！"两人相视不语。

弗之复又写下一个地址，是四川某市一所师范学校的，说："这学校要我荐人，据说待遇优厚。老兄若愿意，可去看看停留一阵。"

白礼文也不致谢，两人对鞠一躬，弗之辞去了。

这里白礼文坐在榻上，半晌不动。老金递过烟枪，他摇手不接。过了一会儿，忽然满屋疾走乱叫："那东西呢？我那东西呢？"又躺在榻上，体会他那"明白自在身"了。

过了几天，他离开了龙尾村，先在昆明闲荡了一阵。也有本地大学聘他，他不肯就，又偏不往四川那个市去，不知在何处躲藏。

学校里对白礼文的离去反应冷淡。虽然他在文字学方面造诣极高，但了解的人不多，没有足够的影响，倒不如吕碧初、郑惠粉、金士珍几位太太的活动引人注意。

距龙尾村不远，有植物研究所等几个机关，碧初等看中这个地方，计划在那里摆一个卖吃食的摊子，可以卖馒头、包子等各种北方食品。每天上午做一批，一次卖光。碧初是提调，操作可在惠粉家。惠粉在城里住了一阵，不很愉快，回来参加卖吃食，倒还有兴致。钱明经没有回来，整个水井小院都可利用。和面、发面、剁馅、擀皮、包成包子，金士珍都很熟练。她很热心，说这是积德，对人对己都有方便。

开张的这天，弗之不在家。碧初早早起身，见峨和小娃睡得正好，帮他们掖掖被子，又交代青环几句，便往惠粉家去。沿石板路走下山，空气清新，路旁的木香花、杜鹃花蹭着她的衣角，觉得像是去做一件大事业。又想，大姐二姐知道这事一定不以为然，爹可不同，爹会支持我，说三女有勇气。

到了水井小院，金士珍已经到了。材料是头一天预备好的，三人操作起来，配合默契，井井有条。不到两小时，一锅大葱肉馅包子，一锅芝麻糖馅包子，还有开花馒头和椒盐花卷，都已蒸得。来打水的人，称赞好香，孩子们也探头探脑。赵二推小车帮着运输，把它们送到研究所附近，在一棵大树下摆好摊子。

三人各选一块石头坐了，都说想不到有这样一天，成为引车卖浆者流。

惠粉发议论说，其实引车卖浆也是劳动，以之生活，也是神圣的。她说是这样说，真有人来买东西，她感到很不好意思，不愿收钱拿货。还是士珍手脚快当，担负起大部分销售任务。十点钟左右，附近机关的人休息，见有热气腾腾的食品，不少人来买。一个休息时间已差不多卖光，士珍和惠粉轮流推空车回村，剩的东西三人分了，够各家中饭。过了几天，附近的人都知道有个"太太摊"，东西别致好吃，差不多天天都能卖光。

碧初虽然劳累，身体并无不适，笑着对弗之说："天下无难事。"说着顿了一顿，"这也算是难事就笑死人了。"

弗之心里酸热，把她粘在面颊上的一缕头发捋上去，说："不是这个事情难，而是肯做这种事情，解去习俗的桎梏，这一步难。"

碧初没有料到，遇见了一件不愉快的事，那就是峨的反对。在计划时峨没有什么反应，不料这个星期六回家来，一进门就郑重地对碧初说："娘，我不赞成你摆摊，尤其是到我们研究所附近去摆摊。"

碧初正在厨房准备晚饭，忙擦手，过来问："怎么了，有人说什么话吗？"

峨在自己房里说："无非是说生活艰苦，太太们很不容易。我是说我的想法，你身体不好，做这个能有多少贴补，简直像小孩闹着玩儿，瞎起哄。"

"这事是李太太提的，大家帮着干，究竟有多少收入，要做了才知道。"碧初有些不悦，走进峨的房间："嵋刚替你擦了屋子，连耶稣像也取下来擦过了。"

峨忽然把手中的书一摔，说："嵋什么都好，我看就是她撺掇你干这种事，真是毫无意义！"

碧初不懂她为什么发脾气，仍耐心地说："晚上等爹爹回来大家商量。你不知道李家情况，比我们更艰难。"

峨不耐烦地说："就娘爱管闲事。"拿书蒙着脸不再说话。

傍晚弗之到家，两人分析，峨并不是那种做作之人，说的话也有几分道理。晚饭时，弗之鼓励峨再讲讲自己的意见。峨只淡淡地说："无所谓。"便不再开言。

嵋和小娃不想惹着姐姐，闷声不响，埋头吃一碗炒米粉，不时互相看上一眼。孟家饭桌的气氛本来已很融洽，这一晚忽降冰霜,好在第二天就过去了。

另外使人尴尬的是李太太。她劳动好,只是在卖东西时,常要指出来人的休咎,弄得不愉快。

峨提过意见后,太太摊向远处移了,顾客还是这些单位的人。一次,峨和几个同事一起走,士珍上前拦住。

峨说:"李太太莫非要推销?"

士珍摆手道:"不是,不是。"指住一人说他面有黑气,三天以内不要出门才好。

那人哈哈一笑,每天仍旧走来走去,过了三天,特到太太摊前买东西。

士珍说:"我知道你心里得意,可你不知道我天天在为你化解啊!"

又一次,一位女职员走过,穿一件花布旗袍,梳了两条长辫子,很是俏丽。士珍直瞪瞪地看着她。

碧初怕她说出看见了什么,低声说:"李太太,我们只管卖东西,别的事少管。"

士珍不听,起身随那女子一直走到龙江边,见那女子往坡下去了,遂回来,附在碧初耳边说:"有东西下江去了,不碍事。"

对这些事,峨倒也没有说话。

做食品有些操作上的困难,都一一克服了。惠纷原来不会,可是学得很快,说这比画画容易多了。她还建议做上海小点心,用柴锅烤,总不成功。碧初用糯米做一种甜糕,倒很受欢迎。

一个月过去,真的有所收获。碧初将收入分为四份,李太太两份,自己和惠纷各一份。因李太太出力多,也因她最需要。

她们也去赶街子,杂处在一排排摊贩中,在食物的热气里若隐若现。

最初,村民都来围观,受到赵二媳妇的呵斥:"有哪样好看!看一眼就要买,不买走远点。"

碧初忙说:"看看怕什么,不看不知道是什么东西。"

惠枌用流利的云南话招呼着。士珍把包子花卷往小孩的衣襟里塞,大家十分亲热。

一天,碧初和士珍在街子上卖食品,这里的销路远不如机关附近,将近中午还没有卖完。松林中有些摊子已经撤去。

这时河堤上走来一个女子,在稀稀落落的人群中显得十分娴静优雅,正是凌雪妍。

她走近了,笑盈盈地喊了一声:"五婶,李太太,我来帮忙。"

金士珍说:"你手里提的是书包,装的是法文讲义、文学书本,这里有我们这几双油手,就够了。"

士珍不是刻薄人,说这话本是好意,但听起来有点讽刺意味。雪妍当下站住,只管看着碧初。

碧初说:"雪妍该帮忙。不过你从城里回来,走了那么远,先坐下歇歇。"随手推过一张小凳。

雪妍不坐,把书包挂在树上,看见摊前有些碎纸,就去扫地。

碧初说:"看摊子本来用不了三个人。惠枌今天就没来,你还是休息一下。"她怜惜地看着雪妍白得透明的脸,觉得她越发瘦了。

说话间,有些人来买东西,一时剩的东西不多,乃商量着收摊。三人推着小车顺"大街"往水井院来,惠枌迎出来说:"我刚不去,就有替工了。"

碧初让士珍把没卖完的食物带回家去,自和枌、雪站在井台边说话。

"你们真了不起——"雪妍一句话没说完,忽然两眼发黑先靠在碧初身上,随即晕倒在地。

碧、枌大惊,将她半扶半抱在床上躺好,替她解领扣,揉胸口,想着她可能是中暑,可是昆明极少有人中暑。惠枌冲出去找医生。

碧初拉着雪妍的手，觉得冰凉，脉息微弱，连声唤着："雪妍，你醒醒，你醒醒！"忍不住眼泪滴滴答答掉下来，滴在雪妍脸上。

雪妍果然醒了，睁开眼睛勉强微笑道："五婶，我这是怎么了？"

"你不要动，喝点水吧！"碧初找出杯子。雪妍要坐起来，一抬头就又重重地倒回枕上。"别动，别动呀！"碧初说着去找勺子。

这时惠枌领着那草药郎中跑进房，见雪妍已经醒了，放下心来。

郎中上前诊脉，琢磨了一会儿，起身向南方鞠了一躬，然后对碧初郑重地说："这是喜脉。"

三人俱都大喜，只程度有所不同。当下郎中开了两味安胎药，嘱咐莫要劳累，接了诊费，辞去了。

"作为女人还有什么更神圣的事！孕育生命，把人送到世界上，真是再伟大不过了，何况这是自己和自己所最爱的人的共同延续。我有了孩子，我的孩子还会有孩子，所以我不会死。"雪妍想着，不自觉地去抚摸自己的腹部，没有发现一点异常。

碧初微笑道："现在还摸不着，不久你就会随时随地感觉，一会儿也离不开。"

"很难受吗？我有些怕。"雪妍慢慢坐起来。

碧初道："每个人反应不一样，不过无论怎么折腾总是会很快乐。"

惠枌心里也为雪妍高兴，但却有一种空落落的感觉。自己似乎是再没有做母亲的希望了，有他时，没有得到，现在连他都没有了，还能增加什么。一面想着，一面到外间调好两杯炼乳，端过来。雪妍感激地接过，慢慢喝完。

碧初拿过杯子又递在惠枌手中，关心地说："你自己也注意保养。"

当婚姻成为负面的力量时,那种消耗、那种内伤是什么也比不了的。惠枌摇摇头平淡地笑了一笑。

当下雪妍要回家,碧、枌两人商量要送,雪妍坚决不让,说自己有数。碧、枌两人送她上了芒河堤岸,才各自回家。

雪妍缓缓走着,每一步都很小心。她拥有两个生命,真是了不起,只是这样会影响教学了。她自教书以来,学生反映极好,这是谁也没有料到的。她虽不是科班出身,知识却是活的。她除用课本外,还自己用法文编写一些小故事,又做了一些名著的梗概,同学们都很爱听,提高很快,尤其是会话,比较流利。那时的教学,较注重读写,而听说是比较差的。

想到工作,雪妍不无惘然。若是晚两年也好,我可以教出一班学生来,现在要中断几个月了。可是这是莳要的,这是他的孩子,我们都属于他,他不会嫌早。

雪妍胡乱想着,已到落盐坡。她像每次进村时那样,在小瀑布前站了一会儿,感受一下四溅的水花,然后走上坡去。卫莳已迎出来,拥她进门。

雪妍跨过门槛时,抬头望着卫莳一笑,眼波流转,低声说:"莳,我们是三个人一起进门。"

二

昆明已经和前几年大不一样了,繁华多了。主干道正义路的人行道上,行人摩肩接踵,还有很多洋人,大多是美国空军,背上大字写着"来华助战洋人,军民一体佑护"。他们常常开着吉普车在街上横冲直撞,还要招一招手,喊一声:"哈啰!"

人们有的伸出大拇指,说:"打得好!"有的哼一声:"神气什么!"

晓东街一带,开设了各种好看的店铺,衣服用具、珠宝首饰、酒楼饭肆,令人眼花缭乱,尤其是一家新式电影院开张后,把昆明人的生活都改变了。

昆明原来的电影院都很简陋,演外国片时一个翻译坐在观众席里大声解说。所有的男主角都叫约翰,所有的女主角都叫玛丽。银幕上有人开门,就说"他开门了"。银幕上有人哭或笑,就说"他哭了""他笑了"。有的大学生忍不住插嘴,帮着解释几句,被几个翻译围在电影院外,好生威胁。异国风光配上抑扬顿挫的云南腔调,也是老昆明一景。

新开的南声电影院可不同了。它完全取消了这种"同声翻译",用字幕来解说,显得文雅多了。它似乎和好莱坞关系密切,经常演出最新影片,使昆明人能紧跟世界潮流。每星期天演出早场,半价。学生中的影迷大有人在,嵋也是其中之一。

嵋已经休学两年,这时和小娃一起进城上学,有机会看电影了。小姊弟又回到了腊梅林。他们的旧房子被震塌已数年,仍是一片断瓦颓垣,枯木败叶把炸弹坑填了一半。他们久久地站在坑边,想要再找出什么东西,找回的却是那令人难以忍受的记忆。他们眼看着敌人毁掉了自己的家,可是无法抗争,只有逃避,只有躲藏。收拾园子的申姓老人已经下世,接替他的是一个聋哑人。他指指自己的嘴和耳朵,对他们微笑。他们无法告诉他,这里曾是他们的家。

他们仍像迁往乡下以前一样,住在大戏台上,那低矮的空间,现在越发低矮了。一块旧蜡染布为嵋隔出一个角落,正好放一块铺板。因为房顶低矮,用的布不多,嵋感到很安慰。小娃侵占了澹台玮的煤油箱。他们都有了栖身之地。

嵋在自己的角落里,常常吹箫,那是她在看过《群英会》后学的。《群英会》演过很久了,不知还有谁记得。它在嵋的记忆中却永不磨灭,像小溪上的萤火虫,照亮了她的童年。那大幕前亮得发白的灯光,像是催化剂,把嵋这些年对死亡的恐惧、对疾病的战斗和生活里的各种体验,催熟了。她进入了少女的芳华年代。

戏剧里错综复杂的故事和颇为传神的表演,对于嵋来说都不存在。她的记忆只集中到一点,那就是周瑜,就是舞台上周瑜的形象。那头上跳动的雉尾,背上彩色的旗帜,举手投足的潇洒,托出了一个活泼泼的美少年。他统帅千军万马,连诸葛亮都给他立军令状。嵋本可和父母讨论三国时的各种问题,但她只悄悄地到文科研究所,查找关于周瑜的记载。

管书库的老魏很觉奇怪,问:"孟二小姐,你是要写文章吗?"

嵋很吃惊,说:"怎么成了二小姐,你不是一直叫我孟灵己吗?"

老魏说:"你长大了,不能再叫名字了。"

他帮助嵋找到了《三国志》中的《周瑜传》。嵋觉得那传很枯燥,只是知道了周瑜还是音乐家,"曲有误,周郎顾",有"顾曲周郎"之称。此后便常常在院中吹箫,希望呜咽的箫声能让一千多年前的周瑜听见。这想法她连碧初也不告诉。

碧初见她有兴趣便常加指点,家里人都说她吹得越来越好了。有时她故意吹错,周郎也不曾来。箫声留在了宝台山,现又在腊梅林里呜咽着,把月光、星光都牵引下来,使这阁楼浸在淡淡的光辉中。

嵋和小娃上的学校名为华验中学。这是大学师范学院设立的一所有实验性质的中学,计划将中小学十二年缩短为十年。嵋上高中,小娃上初中。人们也不再称小娃为小娃,而叫他合或合子。先生们送子女来上学时,常戏言道:"我们送实验品来了。"

各学校现在都能正规上课，不需要以草莽坟堆为课室，而华验中学却开始了较为浪漫的教学生涯。他们没有校舍，没有教室，一切都在打游击状态。他们用大学的和别的中学的空教室，趁别人不上课，便上一堂两堂。有时索性在大树下，黑板挂在树身上，树阴遮着，清风吹着，好不惬意。他们用大红油伞遮挡小雨，好像在细雨中长出了一片红蘑菇。蘑菇伞下年轻的脸儿个个神情专注，上课时听见落在自己头顶的雨声，真是空前绝后的伴奏。

他们的教师很不一般，好几位大学教授来对付这些实验品。教嵋这一班几何、代数的老师是梁明时的学生。梁明时有时也来上几节课，同学都很感兴趣。有人说，你们这一班若是不出一两个数学家，可真对不起梁先生。梁先生说，别的什么家多多益善，数学家和哲学家则是越少越好。

嵋向弗之学说这话，弗之笑道："因为这两样东西能让人越学越糊涂，若能越学越明白就是万幸。"

一次在几何课上讨论一道题，大家提出不同的证法，嵋提出的想法让梁明时很惊奇。

梁先生说："哎呀，孟灵己，你有一个胡搅蛮缠的脑子。"

后来他又对孟弗之说："你家孟嵋很能胡搅蛮缠，这是好现象。"

弗之微笑道："幸亏她在现实生活里，倒是循规蹈矩。"

梁先生睁大眼睛，想了一下，说："若是倒个个儿，可怎么得了。"

曾在昆菁中学教语文课的晏不来，现在正在文科研究所就读，专门研究宋词，也来兼职。嵋们在他的班上都背了好几百首词，诗是额外。他吟诵晏几道词"从别后，忆相逢，几回魂梦与君同。今宵剩把银钉照，犹恐相逢是梦中"，念得摇头晃脑，潸然泪下。同学们不大懂，最多想起了周瑜或什么电影明星吧。

实验品就这样吸收着雨露阳光，很争气地成长。

嵋在学校里最好的朋友是李之薇，她们同班，住得也近，上下课同路。她们还同叩过死亡之门，在炸弹坑里被黄土覆盖过，这一体验谁也不能忘。

李太太这几年在信仰方面不那么活跃了，人变得比较迟钝。之薇承担了大部分家务，对她的学业颇有影响，但她很少抱怨，顶多在路上向嵋诉说几句。

有一天，之薇没有来上学，次日告诉嵋，她的母亲又遇见不知哪一路神仙了，幸亏这几年神仙来得少，不然还不把人累死。

嵋说，应该研究一下李伯母信的什么教，听大人们说宗教是精神的一种寄托，也是一种补充，如果变成负担就不大好。

之薇说，她自己是坚决的无神论者。她觉得宗教带给人的完全不是美好圣洁的境界，它带给人的只有愚昧和盲从。之薇说着往左右看，她是怕过往神灵听见。

两人都为自己高妙的见解高兴，一面走，一面笑。

嵋最高兴的是听音乐，常与合子到子蔚那里听音乐，无因和玮玮有时也来。子蔚的唱片比前两年有所增加，有时夏正思带了唱片来。嵋在这里第一次听到了歌剧《茶花女》序曲。那美妙的声音使她的精神丰富了，饱满了，使她胸间似乎有一团火，慢慢胀开，又似乎有清水滋润着全身。在乐声中，她好像又看见了周瑜。若有人知道她的这种联想，可能会就音乐无国界、音乐直接诉诸心灵等问题做一篇大文章。

学校不是世外桃源。不少高中生参加社团的活动，有些老师便是大学社团中的积极分子。晏不来是众社成员，除关心词和诗以外，很关心社会。

一天语文课时，他大步走进课室，颇有些气急败坏，大声说："同学们，你们知道发生了什么事！香港沦陷以前，当地的文化组织安排一些文化人乘飞机离开香港，可是他们没有走成。什么原因？因为这些座位要用来运狗！用来运那些哈巴狗！把人留在敌人的铁蹄下，把逃难的机会给了狗。能想象吗！能容忍吗！"

晏不来一拍桌子，头发根根竖起，真到了怒发冲冠的地步，"你们知道这是谁干的吗？就是刘克榛！"

嵋等模糊知道刘克榛是财政部长，是重庆豪门之一，却想不出这些人和自己有什么关系，也从来没有想到去了解。原来他们把自家的狗看得比国家的人才还重。天下有这样的人！

晏不来又讲了一些情况，说使得狗登上飞机的主谋是刘克榛的二女儿。

"豪门势力能这样为所欲为，掌握了撤退的交通工具，这是什么国家！真是腐败透顶了啊！"

好几个同学同声问："那留下的人怎么办，他们会死吗？"

"希望不会！"晏不来又是一拳砸在桌上。

下午，昆明各学校联合组织了示威游行，参加的人很多，嵋这一班几乎全参加了，他们喊口号："打倒飞机运狗的刘克榛！""反对腐败！""反对特权！"

有人议论，刘克榛固然可恨，但似乎还不如日本人可恨。另一个说，我看比日本人还可恨，他这是自己毁灭自己的国家，自己作践自己的老百姓，还有比这更可恨的吗！

嵋抬头看着天上的白云，觉得像是一群狗在奔跑。孟家人素来善待生物，认为一切生命都是可珍贵的。但是狗们依附着权势，抢夺了人的机会，也就成为权势者脸上的金印了。

她想起街上的乞丐，想起受苦难的青环，又想起殷大士。殷大士会不会让狗坐上飞机呢？嵋摇摇头，想摇掉这个想法，她得了一个结论：很难说。

当地位能让你为所欲为时，个人的道德堤防是很薄弱的。这是过了若干年后，嵋才明白的一句话。

"打倒飞机运狗的刘克榛！"

"反对贪污！"

"反对腐败！"

"反对奸商！"

"反对特权！"

晏不来老师前前后后跑来跑去，紫红色的脸膛愈发红紫。他解释说，奸商大都是和特权勾结的，最近开仓粜米的案件就是一个例子。

他们从大西门一带，走过翠湖到正义路。市民们驻足观看，有些惊异，评论说："娃娃们吃得饱了，整哪样？"也有人说："学生们有良心！"

那是昆明的第一次学生游行，以后见得多了，有人更了解，有人更反对。

游行很顺利，没有受到干预。他们不知道，这时在省府会客室中，秦巽衡、萧子蔚还有一位本地大学的校长，正在和省府负责人谈话，气氛很紧张。省府方面有人要派军警维持秩序，已经列队待发。秦巽衡等知道学生游行，就怕发生对抗事件，连忙赶来商量。解释说这是学生的爱国热情，目标不一定合适，但只可疏导，不可对抗。

一位负责人严厉地说："此风不可长，学生只管念书好了。"

子蔚道："学生的主要任务当然是念书，不过关心国家大事也是应该的。"

这时护兵在室外喊了一声"敬礼"，殷长官来了，穿着灰哔叽长衫，藏青团花马褂，看去不像行伍出身，倒有几分学者气度。他素来敬重秦巽衡等诸位先生，一一招呼过了，听大家又讨论了一阵，才说："我看这不是小事，要化小才好。如果派军警干涉，事情就更大了。不如让学生们走一走，消消气就完了。"

巽衡听说，心上顿然一松，说这样最好。当下殷长官命军警散去,大家又坐了一阵方告辞。

秦校长和子蔚坐一辆车,在一条横街上,正遇学生走过大街,喊着口号,还有横标,写的是"反对腐败""反对特权"。

秦巽衡暗想,这样的游行不可能是完全自发的,谁叫你用飞机运狗呢! 不觉长叹一声。

等学生走过了,车子转进正街,先送子蔚到大戏台。秦、萧两人分手时,互相望了一眼,他们都感到从此是多事之秋了。

游行队伍走到小东城角一带,忽然下起雨来,雨不大,却也足够浇湿衣衫。队伍有些乱,带队的大学生建议大家唱歌,唱的是"生死已到最后关头","旗正飘飘,马正萧萧,好男儿,好男儿,报国在今朝"。人们振奋起来,下点雨反而更有趣了。

又走了一会儿,雨停了,大家踏着泥泞的路,各自回校、回家。

有的女学生在祠堂街拐角处买花生米,那里的花生米炒得格外香脆,在学生中很有名气。嵋是看也不看,她要留着钱看电影。为看电影,她甚至克扣自己的饭费,还让合保密。

这时有人赶上来,拍了她一下,塞过一包花生米。

"玮玮哥!"嵋很高兴,"我就知道是你。"

她接过花生米。这里的花生米大而红,嵋看着那一粒粒红衣果仁,马上吃起来。

"我就知道你想吃。"玮玮说,"花生米是万能的。一个同学过生日,卖两件旧衬衫,买一包花生米,每人分得四五粒,也是一次不错的、意义重大的宴会。"

"我可不分给你。"

嵋把头一歪,一手把花生米捧在胸前,一手捏起一粒,在纸袋里捻去皮,往嘴里送。

他们一路讨论花生米和国家大事,回到大戏台。合已经在煤油箱上做功课,见了玮玮,高兴得跳起来。玮玮因地盘被占,不常来了。

"玮玮哥,我刚才在路上想,"嵋说,"如果殷大士有这样飞机运狗的机会,她会这样做吗?"

"她不会,她怎么会!"玮玮斩钉截铁地回答。

嵋模糊知道玮玮和大士有来往,却没有想到他这样斩钉截铁。她不知大士在玮玮心中的地位,别人已不适合评论。

其实,殷大士离开昆明以后,只给玮玮来过一次信,说她玩得怎么样的痛快,好像根本没有上学。玮玮屡次想写信,拿起笔又放下,始终没有写。

他很想和人谈一谈这种心情,可是总没有适当的时机。现在他和嵋与合子在一起,仿佛又回到了香粟斜街的大院子,他想和表弟表妹说说心事。具体过程是不必谈的,那是属于大士和他两个人的,实在也太简单,没有什么可谈。他想说殷大士不是那样的人,但又觉得很难描绘,只又坚决地重复:"她不会,她怎么会!"

四只黑漆漆的眼睛瞪着玮玮,"你这样了解殷大士!"嵋惊叹。

玮玮苦笑:"我希望能更了解她。"

合天真地说:"殷小龙说他的姐姐是坏人,老是和他的妈妈作对。"

玮玮大声说:"不准这样说。"

合怔住了,嵋伸手搂住合的肩,轻声说:"我们不和玮玮哥讨论这些。"

她感觉到在玮玮心里有一个非常值得尊重的东西。

"小娃,有一天,你也会有这样的感觉。"玮玮抱歉地一笑,"一个本来是很遥远的人,忽然间变得很近。"

"你说的是在心里。"嵋沉思地说。

"当然!我说的就是殷大士。"

"身无彩凤双飞翼,心有灵犀一点通。"嵋随口道。

玮玮在心里把这诗句念了好几遍,若有所悟。他会背很多诗词,甚至还有很长的英诗,只是很少接触李商隐,缘故是澹台夫妇都不喜义山诗。

这时,他让嵋拿出晏不来自编的教材,三人一起读诗,且读且互相讲解,忘了吃饭。三人在诗境里徜徉了一阵,合先说饿了,已过了用饭时间,便商量着上街去。

天已昏黑,祠堂街很暗,眼看着市中心的灯火一片片亮起来,五华山上的灯也亮了。这山顶好久没有挂红球了。

昏黑中有一个人走过来拉住合的手,说:"孟合己你们上哪儿去?"

大家定睛细看,见这人衣冠楚楚,戴一副金丝眼镜。

"哎呀,你是仉欣雷!"合先叫出来。

"你不是到重庆工作了吗?"嵋问。

"说来话长。"仉欣雷道,"你们是要上街去吗?我陪你们去吧。"

走了几步,知道他们还没有吃饭,又说:"我请你们吃西餐。"

玮玮客气地说:"不好麻烦你,我会带他们。"

仉欣雷很感慨,说:"澹台玮是大学生了,要刮目相看。昆明也得刮目相看,繁华多了,全国的名菜馆都开到这儿来了。可是大学校舍更破旧了。"

玮玮说:"连房顶都卖了,你听过这样的事吗?"

"我去看过了,房顶铺着稻草,真成了茅屋。"

四人走进一家小西餐馆,欣雷让他们坐下点菜,自己出去了一下。

玮玮低声说:"要菜吧,我带着钱呢。"自要了一个牛肉。嵋、合两人要了一个奶油烤杂拌。他们三人都爱喝西菜汤,各自要了一份。

欣雷其实已经吃过饭了，又要了汤和咖啡，望着他们几次欲言又止。

嵋说："你怎么又到昆明来了？"

仉欣雷道："我是在资源委员会工作，听说过吗？原来派我到新加坡去，还没去呢，东南亚就沦陷了。现到昆明办事，正好看看你们。重庆的人都知道教育界生活很艰苦，太太们摆摊贴补家用，传为美谈。孟先生和伯母身体好吗？"

"姐姐在植物研究所工作，你们通信的吧？"嵋答非所问。

"我写三四封，她才简单答一答。这叫作不平等通信。"

"不写信，不是不想写。"玮玮慢慢地说，"只是不知道怎样写。"

"很有启发，不过有几个字就很好了，可以说是一直有联系。我就是这么个不挑剔的人。"

汤菜上来，大家吃着，谈着。灯光下见仉欣雷较前似胖了一些，神气多了。

欣雷说："香港沦陷，家里不能转寄钱，幸好我已经工作了。工作中见的人各种各样，万花筒一般，和你们说你们也不明白。"

玮玮说起飞机运狗的事，欣雷道："重庆也游行了。人不能逃难，狗逃难，是中央政府的奇耻大辱。我在香港的伯父，倒本来就没有要逃，逃到哪儿去？只能老老实实过日子吧。不知以后会不会带上一股顺民味儿。"

嵋说："我可不愿当顺民，我情愿逃。"她把面包切成小块，仔细抹上黄油，一小口一小口吃，合也照样。

欣雷说："照说，人都受环境影响，可你们无论环境怎样坏，总有一种清气，或说有一种清贵之气，很奇怪。"

玮玮沉思地说："虽然吃的是'八宝饭'，我们却处在一个拥有丰富精神世界的集体中,那力量是很大的。"

"又有启发。"欣雷说,"比如说,学校再怎么穷,有这些人在,昆明就有一种文化的气氛。"

玮玮道:"又好像有一种诗意,与众不同。"

一时饭毕,欣雷说他明天要去植物所找孟离己,问嵋这是不是一个好主意。

"这汤很好喝,我们好久没有喝了。"嵋又答非所问。

玮玮要付账,才知欣雷已付了。三人谢过。

欣雷道:"一点诚意,能多有机会就好了。"

四人出了餐馆,先送嵋、合回大戏台。欣雷住在一个朋友家,和玮玮各自去了。

三

玮玮等在用晚饭时,峨已回到宝台山家中。

从研究所到宝台山路并不远,峨走了约一小时,走走停停。路边树枝拂动,小溪潺潺。路不宽,却是平坦的,但峨心里的道路是崎岖的,一穴一洞,一坡一坎。她有一件早已要做的大事,现在来到眼前了。她觉得自己在洞穴里转,在坡坎上爬,真要去做想做的那件事,需要多么大的勇气! 可她不甘心,她要去挖掘底蕴,问个究竟。

她走完脚下的路,迈过自家的门槛时,心里的关坎也越过了,她做出了重大决定,明天一定去完成自己的心愿。

"怎么今天回来了!"碧初很惊喜。弗之也从里间走出来欢迎女儿。

"明天进城开一个会,关于分类的。"峨放好书包,倒水喝。"回来住一晚,看看你们。"她在房间里走来走去,俯身看看弗之的文稿,摸摸碧初正在织的大红颜色毛活,显得很高兴。

267

不过碧初感到,她在高兴中有些沉重。峨永远是看不透的,她若是能结婚就好了。结婚能把最不平常的人变成普通人。她若是现在结婚,也不算太早。真是光阴似箭,转眼间就这么大了,可是还看不出她喜欢谁。她似乎有心事,那是决不透露给任何人的。也许萧先生知道一些?峨很信任他。到庙里求签,签上的话也去问他。可是这种事,谁知道呢。碧初想着,叹了一口气。

"娘!"峨走过来挨着母亲坐下。虽然她仍常常和家里闹些小别扭,却已从心底觉得从母亲得到的力量是无穷的。那些年怎么会怀疑自己是养女,现在倒是觉得即便是养女,碧初也是真正的母亲。她希望明天去做那件壮举前,和父母在一起。

"峨,你知道这是给谁的吗?"碧初拿起那毛活,在峨身上比了比。

峨不响,她知道家中好久没有添置新东西了,这自然是母亲劳动所得。

碧初拉拉织好的毛衣边:"肥瘦还差不多。"

"太鲜艳了,我不要。"峨说。

"女孩子不能穿得太素,你看这边用的是桂花针,不像普通上下针那么紧。"

弗之也说:"我看这颜色不错,喜洋洋的。"

峨听见这话,真的高兴起来,这一切都是吉兆。

晚饭有破酥包子,是碧初她们学做的云南食品,上午剩下不多,三家分了。

峨说:"植物所要在大理设一个研究站,无人愿去,说是日本兵打来,那里要比昆明先沦陷。"

弗之说:"若是真的打到大理,战局也就难以收拾了。"

碧初说:"只好在点苍山打游击了,就是没用也要打的。"

峨想,娘的口气真像公公,总想着游击队。

268

弗之和碧初忽然想起什么,对看了一眼,几乎是同声说:"是不是你要去大理?"

峨一笑说:"我不去,我这里的事多着呢! 而且——离你们那样远。"

弗之碧初略感放心,虽觉得她的话不很明白,也不再问。

饭后,峨帮着刷锅洗碗,还拿起毛活织了几行,又让小猫拾得卧在膝上。拾得偏不肯,她也不生气。

当峨在梦的边缘上徘徊时,那种忐忑不安的沉重又压过来了。

明天,明天要决定她的一生。她为什么选择明天做这件事?就因为明天要进城开会吗?

迷糊中她做了一个梦,梦见她和一个人一起走在悬崖上。崖壁陡峭,崖底深不可测,身边的人面目模糊,她认识又似乎不认识。他不是生人,可又不是熟人。那人把路让给她,自己靠边走着,一脚踏在横生的树干上。峨惊叫:"小心掉下去!"随即惊醒,天已经亮了。

清晨,峨与碧初同出家门,东山顶刚有一点红光。两人在小山坡下分手,峨走了几步又回来。

"忘了什么吗?"碧初问。

"不,不是。我不过看一看娘。"

碧初慈爱地拍一拍峨背着的书包:"慢慢走吧,什么事不可强求啊!"后来,碧初一直想不出为什么要说这句话。

峨走得很快,路边阡陌向后移去,不久便离开了芒河。经过两处村庄,人家门前都挂着一串串的苞谷,金灿灿的,旁边是红辣椒,红通通的。她已走过了坡坡坎坎,现在感觉到很平静,让往事自由地在心上来往。

她不知道什么时候就有了这个意愿,要去找他,说明一切。

是在她要考大学之前,他从松树后走过来,飘飘然,似乎来自一个理想的世界。北平很遥远,但是那些印象,那些情绪永远不会遥远。她随他从龟回搭乘电气火车到昆明,他一路指点着沿途风景,又讲了很多关于火车的事。他似乎什么都知道,不只是生物。到昆明后,他们从车站坐人力车去学校。昆明道路高低不平,有些坡很陡,他们把行李放在车上,自己下来走。车夫很不安,说:"坐上嘛,坐上嘛!"他们没有坐,上坡时还帮着推。路上不时有人招呼:"萧先生到了。"他照料她住进女生宿舍,自己离开了,缓缓地走在青石铺成的街道上,长衫飘起,似乎正在走向另一个理想的世界。

她想追过去,说我跟着你。这句话伴随她很久,现在她要去说出了。

快进城时,峨走上了新修的汽车路。那是一条运输物资的简易路,有一段路边很陡,像是个悬崖。坡底的村子正在晨炊,浸在一层薄雾中。

路上人渐渐多了。她的时间充裕,便放慢了脚步,准时到达了会场。有些从郊外赶来的人都迟到了。

这会不大,很专门。周弼和吴家馨都到了,周弼说:"本来要请萧先生出席指导,萧先生说他不搞这一行,不要做这种空头指导。"

会中各人提出自己的研究情况。峨也发了言,并拿出自己做的分类标本,其中有那朵艳丽的毒花。大家都觉得很有收获。

下午,会议结束后,吴家馨约峨往学校看看,峨说有事不能去。自己绕着翠湖想心事。

她要进行的壮举已经临近,还要积蓄力量。她以为那问题的回答,是与否各占一半。不过,一定要问清楚。糊涂的活不如清楚的死,这是她给自己的警句,哪怕有一分希望,也没有什么可踌躇的。

绕了三圈湖堤,在一棵树下站了一会儿,峨迈步往大戏台来,一直走到东面包厢,那是萧子蔚的居室。

峨敲门。

她进去时,子蔚正在英文打字机上打字,从半卷的纸上抬头看她,问:"是来开会吧? 会开得还好吗?"

峨靠门坐了,简单说了几句,便不说话,只顾捻着书包的带子。

房中很静,子蔚站起身。他没有穿外衣,系着背带,越显得长身玉立,风神疏朗。他走到桌边旧椅上坐了,似乎问有什么事。

峨说:"记得在一次空袭警报间,您曾帮我解答了我的出身问题吧? 我现在心里很平安,我爱我的父母。"

子蔚微笑:"正应该这样,我记得你是求了签的。"

"是,我求了不止一个签,还有另外一个签。"

子蔚觉得又要有难题,皱眉道:"需要我解吗?"

"没有别人。"峨说,"我并不强求,我只想问清楚。"峨的神色有一点悲壮意味,"那个签,我没有说过,您要听吗?'强求不可得,何必用强求,随缘且随分,自然不可谋。'这是佛说的。我是强求吗?"

子蔚忽然明白了。年轻人执拗的梦是可怕的,他不能让这梦牵着她走,迅速地说:"峨,你不必问,我已知道了。我们从来就是朋友是不是? 我对你是坦白真诚的,你要听我的话。"峨站起身,垂首而立。

"你要问的问题是,我为什么不结婚,是吗? 我很感谢你的关心。我没有结婚,并不等于我没有爱人。我有一个世界上最美最好的女子,我们相爱已不是一年两年,许多人都知道。这不很正常,但大家都尊重我们,你也会的,是吗?"

峨觉得自己就站在那横生在悬崖边的树干上,拼命咬着嘴唇,咬出血来,也不擦拭。

"她是谁?"峨心里已很清楚,但仍执拗地问。

"你是知道的。"一种悲伤的情绪把子蔚笼罩住了,他仿佛看到什么东西在死去,尽量平静温和地说:"峨,这是事实,我们不必再谈了,我不会对任何人讲——你根本什么也没说。"

峨从树干上跌下,跌进了深渊,头上一片漆黑,她再也爬不上来了,可是她站得笔直,默默地向萧先生鞠躬告别。

子蔚还礼,说:"我们是平等的朋友,你要听我一句话。你这样的年纪,追求的人总是有的。恕我冒昧揣测,你现在万不可任性轻率结婚,我想你的父母也是这样希望的。"

峨再鞠躬,转身几乎是夺门而出。

我怎么能经受得起!可我居然站着,居然行礼,居然走出来跑下楼。我在大门口,忍不住回头,看见你在窗口,我不会再麻烦你。

是的,世间的事不可强求。我站在街旁决定了下一步,走出城门遇见第一个认识的人,如果他和我说话,就嫁给他。

我走在城外土坡上,觉得眼前白茫茫一片,好像是湖水。有几个人从我身边走过,有一个似乎认识我,对我点头微笑,他没有说话,走过去了。

眼前的湖水越来越高,我觉得快要走进水里了。

迎面忽然有人叫:"孟离己,你在这里!"

我站定了,仔细看,他是仇欣雷。

仇欣雷说:"我从早晨就在找你,先到植物所,又到龙尾村。没想到在这儿找到你。"

我没有话,我说不出话。

"你怎么了?你要上哪儿去?我陪着你。"他小心翼翼地接过我手里的书包,转身随我向前走。我们来到一片坟地,在坟堆里转来转去。"孟离己,你究竟要上哪儿去,这里有什么好探望。"

有什么好探望！我看着每一个坟头都很可爱。它们都是值得探望的。

走过坟地,有一个小茶馆,仉欣雷要坐一坐。"我这一天都在走。"他说。

我看着他的脸很模糊,不过我认得他是仉欣雷。

"我本来是在重庆的,你不问我怎么会突然出现吗?"

"要问的。"我听见自己说。

"好了,你说话了。"他开始喝水,他喝了很多水。"我从重庆来,有公事也有私事。私事就是找你,我要找你问一件大事。今天可能不合适,我看你精神不太好。"

"问吧。"我听见自己说。随便什么事我都会同意。

"你真好。"仉欣雷高兴地说,"我们的时间不多,就说吧。这个地点很别致,可能合你的意思。你大概已经猜到,我的请求是和你结婚。"

"可以。"我说。他跳起来,他准没想到这样轻易。

"真的?"

"真的。"

"什么时候?"

"任何时候。"

他定定地看着我:"孟离己,你处理问题很奇怪,你本来是不平常的人。"他望着我,我望着门外。

"天已经黑了,你不觉得吗?"

"我觉得的。"

但我眼前还不断出现白茫茫的湖水,水波向我涌过来。

"你是不是有些不舒服?"我听见他问,好像是。"我送你去大戏台休息吧!"

"不!"我听见自己说,我不想再进大戏台。"我跟着你走。"

我听见自己说。

他又跳起来,打翻了茶杯,不再说话,拉着我的手走出茶馆。

我们又走回了坟地,我眼前不再有湖水。虽然暮色浓重,每一座坟都看得很清楚。我希望有一个坟堆打开,我就走进去,把他留在外面。他紧紧拉着我的手,也许是怕我跑开。我们没有目的地,绕着坟堆走,终于走出了坟地,站在路边上。

"你真的跟我走吗?"他问。

我点头,这是我的决心。

他仍牵着我上了土坡,走进城门,走过大戏台。我用手遮住脸。我们一直走到市中心,他好像不知该怎么办,走来走去,在一家旅社前停住了。

"听着,孟离己,我看我们只好在这里休息了,我们总不能走上一夜。你反对吗?"

对于想走进坟堆的人,不会怕走进旅馆。旅馆里面很暗,他要了两个房间。

上楼时,他低声说:"看那些人的神色,好像我们是私奔。"

我不觉得,我什么也不觉得。房间很小,我坐下来,马上觉得很累。

"你累了。"他说,"我们明天就结婚。"

"我说过了,我无所谓。"

"不过总得吃东西,米线? 蛋炒饭?"

"我吃不下。"

他摸我的头,"我看出来,你是遇到了什么事,以后会告诉我,是不是?"他要了一盘东西,很快吃完。"你看我一切正常,足可以支持你,我们明天就结婚。"他站在床前,双手揽住我的肩,吻我的脸,"无论你怎么怪诞,总会带来好运气。"

这时,无论他有什么要求我都不会拒绝,想毁坏自己的念头在我心里燃烧,无论通过什么方式。

他只又吻了一下我的手,仍说:"我们明天就结婚。今天我们都休息,你好好睡一觉,什么都别想,有我呢!"

他走到门口,托托眼镜,对我一笑,出门去了。

我有些感动,我毕竟没有精神失常,我想说谢谢你,但是没有说。

次日,峨醒了,不知道自己身在何处。她居然睡得很沉,她太累了。

仉欣雷从隔壁房间走过来,又吻她的手,说:"我的未婚妻,我们该做什么? 是不是该到龙尾村禀报双亲大人。"

"随你。"峨说。

仉欣雷很高兴,也有些不安。这么多年的心事,就这样轻易地解决了,实在有些奇怪。峨素来是古怪的,也许这就是她处理终身大事的方式,她遇了什么事以后总会知道。希望她不会改主意。

他们出北门,向东去,走在红土马路上。天很蓝,树很绿,不断有军车开过。这一条路,村民们很少走。他们走过一段窄路,来到那陡峭的悬崖。正走在悬崖边时,开来一长队军车,轰隆轰隆没有尽头。

"你走边上。"欣雷照顾着峨。

就在这一转身时,一辆军车忽然向边上偏过来。他们急忙躲闪,一脚踏空,崖边没有横生的树干,两人滚下坡去。

峨被一丛灌木拦住,手脸都扎破了,满脸血迹,但没有大伤。她定定神猛省到,仉欣雷呢? 挣扎着站起,见欣雷直落坡底,在一块大石旁一动不动。

"仉欣雷!"她大叫。一面手足并用,爬到坡底去。

"仉欣雷——"她的叫声淹没在轰隆轰隆的马达声里。

坡底有村子,有人围拢来看,想要救他。

一个人说："大石头滚过,受了内伤。"

"没得气了。"另一个人说。

峨到他身边,见他身上干干净净没有一点血迹。

"仉欣雷!"峨扑到他身上叫。没有一点回应,他死了。

"你是他什么人?"村人问。

"我是他的未婚妻。"峨眼前又出现了白茫茫的湖水,她挣扎着说:"植物研究所。"

湖水涌上来,将她和仉欣雷一起淹没,她晕了过去。

植物研究所很快来了几个人,其中有吴家馨和周弼。家馨一看死者,突然放声大哭。

村人又问:"你是他什么人?"

家馨抽咽着说:"我是——我是他的表妹。"

这时,峨已经被移到一家床上,她在屋里,欣雷在屋外。他们刚要走到一起,就永远分开了。

吴家馨留下照料,两个同事用马车送峨回家。

弗之进城上课去了。碧初见峨满脸血迹,昏昏沉沉,倒是十分镇定,一面为她擦拭,一面轻声呼唤:"峨,我的好女儿。"

峨睁开眼,唤了一声"娘",虽然低微,却很清楚。碧初这才将她安置好,送走同事。

峨不食不语,躺了两天。大家都知道她和一个同学在一起遭遇车祸,那同学不幸身亡,俱都惋惜。

两天后,峨起来了。

碧初端来一碗蛋花汤:"你清醒了,先不用想,不用说,喝碗汤吧!"碧初瘦了一圈,眼白发红,眼圈发黑。

峨勉强将汤喝下,慢慢地说,要去参加欣雷的葬礼。

碧初说:"你需要休息。"

"我怎能不去? 我一定要去。"

峨坚持着手扶墙壁往外走,碧初才说已经葬了,资源委员会办事处出来管的。

峨听见了，又好像没听见，半晌，自语道："已经散了。"又半晌，说："娘，我应该登一个启事，这是我应该做的。"

"什么启事？"

"我和仉欣雷的订婚启事。"

碧初惊诧："你订婚了？"随即叹道："可怜的孩子！"

"他很普通，可他是好人。我们那天本来是要一起来，告诉你和爹爹。"

"既然他已不在人世，还有必要吗？"

"很有必要，我答应了的。这对他会是安慰。"峨说着，断断续续，忽然伏在碧初膝上失声大恸。

碧初也泪流满面，一手理着女儿的头发，一手拍着她的背，轻声说："哭吧，哭吧！有什么事告诉娘。"

峨哭了一阵，只说仍觉晕眩，抽咽着躺下了。

弗之在城里已听说这事，回来后知道原委，与碧初都觉得峨的订婚很突然。峨像是受了什么打击，仉欣雷的死更是突然，世事这样难测。他虽已在另一个世界，信用是要守的。

于是过了几天，昆明几家大报上出现了"仉欣雷孟离己订婚启事"，仉欣雷的名字加了黑框。众人看了无不叹息。

碧初几次对峨说："你不愿说的事可以不必说，娘尊重你。可若是能告诉我一些，让娘放心，好不好？"

峨听了，只是哭，后来便不搭理，如同没有听见。

一天夜里，碧初翻来覆去不能入睡，她推推弗之。

"醒着呢。"弗之说。

碧初道："峨的事，我觉得和萧先生有点关系，至少他会知道峨怎么想的。"见弗之不答，又推推他的手臂："峨对仉欣雷平素没有好感，而对萧先生却有太多的好感。"

只听"咚"的一声，是拾得从纸窗进来，跳到地下。两人心里发沉,都不言语。

一会儿,弗之道:"子蔚为人光明磊落,这必是一件尴尬的事,我们不能问,也不必问。幸而峨没有做出让人更痛心的事,只是仉欣雷太不幸了。"

"他如果活着,我们要当儿子待他。"碧初用被角拭去眼泪。

在峨他们那天绕来绕去的坟地里,添了一座新坟。一具薄棺,装殓了俗人、好人仉欣雷,给他远方的父母留下了永远的思念。

孟家人曾全体来到坟前,他们从宝台山采来一些无名野花,撒满坟头。弗之、碧初默默地站着,祝祷逝者安息。嵋与合绕着这座新坟走了一圈,他们很希望仉欣雷活转来。他们长大了,要请他吃西餐。峨没有与家人一起来。

过了些时,植物所又一次酝酿建立大理研究站,峨立刻报名。

一九四二年冬天,峨动身往大理,临行前,到欣雷坟上告别。

她在坟边静坐了许久,眼前又出现了那一片白茫茫的湖水,水波涌上来,又退去了。走进坟墓的不是她,而是他。他在坟里,她在坟外,阴阳两隔。

而在峨心底,另有一座坟,埋葬着另一个人。

峨走的那天,碧初本也要来送,但车从城里近日楼出发,从龙尾村进城实在太累。

峨抱住母亲的肩,在耳边说:"女儿不孝,娘不要再加我的罪过。"就这样离开了家。她先和植物所的同事们在女生宿舍住了一晚,不肯到大戏台。

第二天,从早晨便下着小雨,天阴沉沉的,地湿漉漉的。弗之携嵋与合赶到近日楼发车处相送。玹、玮和颖书都到了。这几天雪妍身体不好不能来,卫蒶特到宝珠巷托玹子带一信致意。

玹子穿紫红薄呢夹袍,套灰绒衫,颜色鲜亮,活泼地招呼说话。她送峨一支自来水笔，说好带。晨光中见弗之的背有些驼，面带愁容，显出很深的皱纹，不觉心中一颤，想三姨父见老了。

有人低声说："庄无因来了。"果见远处一骑黑马，跑到车队边站住，无因跳下马来，见过弗之，从背包里拿出一个精致的标本夹，递给峨。峨接了，见标本夹上贴了一张纸条，写着"送给未来的植物学家孟离己"，底下一行是签名：庄无因。颖书看了称赞。他送了峨一个手电筒，已经装进行李了。

快开车了，研究站负责的吴先生走过来对弗之说："孟先生放心，我们会照顾孟离己的。"

峨一直挨在弗之身边，这时拉着嵋的手，说："嵋，我在家没管什么事，从今后，家里就更要靠你了。"

嵋觉得从来没有和姐姐这样亲近，用姐姐的手拭去自己脸颊上的泪水。

峨又把手搭在合子肩上，没有说话，两人互望着。合子抱着她的手臂，哭了。

峨没有哭，低着头，对弗之说："爹爹，我走了。"

车开了，车尾突突地冒着黑烟，歪歪扭扭地开远了。大家目送车队远去，又站了一会儿，各自分头去上课。

无因走到嵋身边似乎要说什么，却没有说。

年底，吴家馨和周弸结婚。他们请了萧先生做证婚人。

萧先生讲话，祝贺他们，夸赞他们是很好的一对，最后忽然说："有人告诉我，在庙里求到一个签。签上说，凡事要顺应自然，不可强求。这就是说不要勉强做不可能的事。可是有时候什么事也没做，也给别人带来了痛苦，想想真是难过。"

家馨听了这话愣了一下，眼圈红了，随即强笑着转过头去和别人说话。众人听了都有些莫名其妙。

这次婚礼，仉欣雷和孟离己没有能参加。

四

仉欣雷死,峨的订婚和离开昆明,除孟家人外,在玹子心里
引起的波澜最大。她模糊觉得,峨喜欢什么人,但绝不是仉欣
雷。她见庄无因来送行,曾想峨喜欢的是不是无因,又笑自己瞎
猜。由于峨的性情,生活里就会遇见一些磕绊的事,她自己则该
永远是一帆风顺的。峨是秋天,她是春天,峨总是带着薄暮的色
彩,她则常保持朝霞的绚丽。"命运是性格使然",谁说的记不
得了。用在峨身上,再正确不过了,可是用在自己身上是怎样
呢,她有些怀疑。

玹子工作以后,事情不多,常有闲空。省府办事人员一般都
起得晚。玹子虽然娇惯,却有吕老太爷家训,不能晚起。她散步
到办公室,无论什么时候也不会迟到。要翻译的文件不多,下午
常常没有事,乃应王鼎一之邀,兼了一门会话课。又有好几位云
南太太请她教英语,她便适当地挑了几个学生。能说一口流利
的英语,陪着丈夫出入交际场合,是当时官太太们的心愿。这样
的人她见得多了,可以周旋。太太们知道玹子是大家小姐,对她
优礼有加。

玹子的生活节奏正常,内容也不单调,但她并不像以前一样
总是很高兴。她觉得自己不是读书人,也不是做官人,不是古怪
人,也不是平常人,她是个外人。这时她又心中一动,想这是不
是峨的感觉?

她也知道烦恼有一个主要原因,那就是和保罗的关系。小
厢房中那一句"你愿意嫁我吗"犹在耳边。两年过去了,她还没
有回答,是不是也要等画上黑框呢?保罗很可爱,对她是真心
的,可是于细微处总有些不能投契。

是不是自己还不够洋,或是保罗还不够中国?可是庄先生

和玳拉也很美满。不过,他们可能也有遗憾,真是冷暖自知了。

当时渝昆间已有班机来往。保罗求婚后,玹子到重庆和父母商量。三人都觉得真要确定下来,还是需要时间。

澹台勉有一个论点,不同文化背景的人结合,必须有一个前提:一方无条件崇拜另一方,玳拉对庄卣辰便是如此。玹子自问,她还到不了那样的地步,所以一直没有回答。有时他们在一起很快乐,彼此看着对方是个玻璃人儿。有时又很不了解。一次保罗说,他的两个朋友喜欢在街头看漂亮女孩子,并且打赌以五分钟内见到或见不到论输赢。保罗觉得很有趣,玹子觉得太无聊。为这样不相干的小事,两人会争论半天,想想真也莫名其妙。

领事馆有各种聚会、茶会、音乐会等,联系各界人士。玹子自然是常出席的,帮着安排招呼,有她苗条的身影,流利的话语,整个气氛便很活泼融洽。保罗说她是味精。她有时却不高兴,觉得自己像个雇员。

一次聚会上,有两位大学的先生说起一个人的病,这病是斑疹伤寒,据说是由虱子传染。其中一位随口说,从前没有见过虱子,现在什么也见着了。

保罗听懂了,一方面同情他们居然也受这些小虫骚扰,一方面怀疑有人带了虱子来。散会后,命人把那间客厅彻底清扫。

玹子很反感,说你们美国人就不生虱子?!

保罗一摊手,说:"在战壕里是另一回事,不过这里不是战壕。"

玹子使气道:"这也是战争使然啊,你就不懂。"

保罗不知她为什么不高兴,睁大了眼睛,那蓝色似乎在融化。玹子便想起那洋娃娃。

这一天,玹子上班去,见翠湖堤岸绿柳飘拂,三两只水鸟在水面嬉戏。她却打不起兴致,懒洋洋走到省府高台阶,觉得自己真奇怪,怎么能在这样一个衙门里工作。

办公室没有人,玹子在办公桌前翻看昨天的报纸。过了一会儿,几个同事陆续到了,开始照例的闲谈。

一个说物价涨得太快,柴米油盐都涨了。说着看了玹子一眼,又说澹台小姐是不问柴米油盐的。玹子想一想,咖啡似乎也涨了价。

又一个说,房租涨得最多,你们自己有房不觉得。玹子笑说:"我可没有房。"再想一想,房租从上月就涨了三分之一。这里大都是云南本地人,又多是富裕人家,近来也开始议论物价了。

这天还有一个专门话题,云南富翁朱延清,明天晚上要举行一次盛大舞会。有喜欢管闲事的便打听都有谁收到请帖,只有玹子、主任和一位什么人的亲戚得到邀请。

玹子对富翁的印象很模糊,随口问这位朱先生是什么人。那什么人的亲戚笑着说:"澹台小姐在官府也不只一年了,怎么心里没有个名单?查一查,昆明的大百货店都是这位朱先生的,还有个旧锡矿,他有多少股份就说不清了。"玹子并不注意听,只顾翻着报纸。

一时,主任拿过两个文件请她翻译。一个是中翻英,是一篇关于麻将牌的介绍。叙述了麻将的发展史,讲解了各项规则,文字通顺,简明扼要。另一篇是英翻中,是一篇外国记者的文章,报道某地一次小规模的政府军"安抚"暴民的行动。那记者评论说,在中国的土地上,在抗日的大旗下,不安的局面已相当明显。国共冲突已不是一天两天,使人忧心。这两份材料搁在一起有些滑稽。

玹子不动声色,很快译完记者的文章。不想主任走过来,叮嘱那麻将牌的材料等着要。照习惯等着要也可以做上三五天,玹子把译好的和没有译好的都塞在抽屉里,准备下班。有人送来京戏票,请她晚上看京戏,说是重庆来的好角。又有人请她吃晚饭,说是新雅酒楼来了一个好厨师。还有人请她看新上演的电影,是一个文艺片。玹子想看,但不愿被人请,一律回绝。这时送来了今天的报纸,等着大家明天看。

富商请客,大概是要加强和各界的联系,邀请的范围很广泛。有许多美国人士,保罗也在其中。地点在他的大观楼别墅,称为朱庄的。

次日傍晚,保罗开车来接,吹着口哨快步上楼,见了玹子,大声称赞她美得像个精灵。

玹子穿一件翠绿色绸夹袍,袖子到肘弯处,披了一块纯黑色镂空纱巾。那翠绿色是一般人不敢穿的,经玹子一调配,用黑色镇住,越显得她肌肤雪白,顾盼流动。

保罗笑说:"小姐今天这样高兴,穿得这样好,有一个中国词怎么说的?"

玹子告诉他是盛装。两人说笑着下楼来,驱车前往大观楼。

这别墅坐落水中,有竹桥相通。院中两处茶花还在开放。大厅里客人已经不少,有军、政、商各界要人,重庆来的官员,还有不少美国人,也有大学里的女学生。两人都有熟人,周旋了一阵。有人低语,美军司令官哈维来了,还有几位省府高级官员。主人亲自引他们入座。

那主人约有四十左右,倒是温文儒雅的样子。他招呼过主宾,到人群中走了一圈,特地在保罗和他的同事们间说话。

保罗介绍了玹子。朱延清眼睛一亮,说早闻澹台小姐大名,今天总算见着了。

这时,有听差来低声问话,朱延清点头。乐队奏乐,主人请哈维开舞。哈维环顾四周,走过来邀玹子。玹子很高兴,两人跳了两圈。众人加进来跳,满场飘动的衣衫中那点翠绿最为显眼。有人悄声说:"那是澹台玹。"

司令官舞技高超,玹子跟得轻盈。一曲之后,自有女士来请哈维。玹子和保罗跳第二个舞,保罗很为她骄傲。旋转中,似乎有人在舞池外桌旁看着他们。掠过那边时,玹子注意到,坐在桌旁的是严亮祖。

一曲结束后,玹子到严亮祖桌上问候,见他眉间两道深痕,如刀刻一般,心想大姨父老得更多。

严亮祖微笑道:"你看我也来了,都说我该出来散散心。"又问他们姊弟怎么许久不到家里去,说素初念佛好静,仍在安宁。"今天本来也请了慧书的,她不肯来。"他要玹子坐下吃点心,说点心很不错。

说了几句闲话,亮祖又说:"我也没有几天闲散了,给了一个勘察水利的差事。做什么就得像什么,我不会拿它当闲差对付。"

同座的人说:"严军长的脾气哪个不晓得。"

这时,朱延清走来招呼,说,战争期间能注意到水利是很明智的。

又一曲响起,朱延清邀玹子跳舞。这一场是快步华尔兹,朱延清改跳慢步,慢慢地说话:"听说澹台小姐在省府工作,很忙吧?"玹子想起那麻将材料,不觉一笑。

朱延清又问:"来昆明有四五年了吧?"玹子说很喜欢昆明,亲戚朋友们也喜欢昆明。

朱延清说:"我们这个土地方能有这么多有学问人的聚在这里,像得了杨柳枝洒的甘露!"玹子又是一笑。

玹子又被别人邀跳了几场,几圈转下来,不见了保罗。她想休息一下,寻一个角落坐了喝茶。转头忽见保罗站在通往平台的门边,和一女子在说话。那女子穿一件杏黄色团花缎子旗袍,挽着髻,插着簪,正是吕香阁。

玹子端着茶杯看了几分钟。香阁先看见她,指了一指,两人一起走过来。

保罗说:"今天的舞会是吕小姐帮着操持的。"

香阁说:"多亏省里这些太太们说好话,不然哪里就轮到我了。"

这时,又有人来请玹子跳舞。玹子刚踏上音乐的节拍,见保罗和香阁也翩然起舞,心里十分不悦,自觉也无甚道理。舞会的后半,每一支曲子似乎都很难听。

严亮祖不跳舞,坐着慢慢喝茶,虽是闲坐,神气也很沉稳威武。旋转间玹子见吕香阁依在他身边说了一会儿话。玹子颇感奇怪,又一想,这门亲戚吕香阁当然是要攀的。舞伴觉得她有些心不在焉,连说自己跳得不好。

不久严亮祖离开了,朱延清送他到门边,又来请玹子跳舞,却让哈维抢了先。许多人的目光都聚在那点翠绿上。

舞会散后,保罗要带吕香阁一起进城。玹子本想和保罗到大观楼台阶上坐坐,重温一下船娘说的话——"两个人在一起就是家",在温柔的夜色中,也许就可以把事情定下来了。可是却跟着一个吕香阁。玹子一路少话,自思这大概是天意。

此后几个星期,玹子见了保罗总是淡淡的。保罗几次提到香阁,说一个女子闯出几间店,很了不起。玹子都不搭话。

一次,两人议论起中国政府和美国政府的不同。保罗说,关于中国政府的传闻很多,有些腐败的情况让人很难想象。

玹子明知保罗说的是实情,却故意说:"美国就没有腐败吗?我看也有。"

保罗认真地说:"当然也有,可是和这里比起来,真算不得什么了。"说了忙又解释:"政府归政府,中国人个个都是高尚的,尤其有一个中国人最完美,你猜是谁?"

玹子瞪他一眼,说:"中国社会毛病很多,我们还没有从封建社会走出来,我知道的。"这话是她听卫荭说的,不记得什么时候了。

保罗说:"没有民主,社会就像一池死水,不能把脏东西冲洗掉。"

玹子说:"我看人性中最坏的一点是自私,唯利是图是大毒根。"

保罗忽然说:"图利也是对的。"

玹子大声说:"我说的是唯利是图,听得懂吗?"

保罗不再说话,停了一会儿,说:"记得中国抗战开始那天,你还要去跳舞,记得吗? 你现在变得多了。"这一点玹子倒是同意。

若说唯利是图,吕香阁可以算得上一个。她除了开咖啡馆,还利用各种关系,帮助转卖滇缅路上走私来的物品,那在人们眼中已经是很自然的事了。也曾几次帮着转手鸦片烟,但她遮蔽得很巧妙。保罗以平等之心待人,总觉得社会给香阁的起跑线太低,她能这样奋斗很不容易。若说理论,玹子驳不倒保罗,要说事实,她也不知道多少。

舞会以后,朱延清几次邀请玹子出去玩,玹子只参加了两次小宴会。朱延清用意已很明显。

又过了一阵,有一天,玹子下班出了省府大门,忽然有人拍拍她的肩,说:"玹小姐,你下班了?"

回头一看,见这人簪珥鲜明,穿一件对襟及膝的褂子,下面是彝族长裙,颜色鲜艳,脸面却很模糊,正是严家的荷珠。

荷珠说:"玹小姐好久不到我们家去了,自从军长遭了事,走动不便。"

玹子说前些时见到大姨父了,看来气色还好。

荷珠道:"军长和我回城住了,多少事要料理呀! 哪能像太太那样心静。我们到新雅坐一坐,难得遇见了。"玹子说下午有课,荷珠道:"总要吃午饭的!"

不由分说,拉着玹子到酒楼上坐定。玹子只要一碗面,荷珠还是要了两三个菜,把这家菜馆夸了一通,言归正传:"玹小姐,我是受人之托和你商量件大事。本来这话应该由太太来说,或者请三姨妈出面。太太不管事,三姨妈家里烦心的事很多,何不省事些? 我是粗人,话说得不对,你不要怪。"

玹子素来自以为别人说了上半句,她就能知下半句。这时实在不知荷珠要说什么,睁大眼睛还是觉得她的脸很模糊,礼貌地问:"荷姨要做什么,我能帮忙吗?"

荷珠微笑道:"昆明城里有一位朱延清先生,你是认得的,我就是受他之托。他的太太前年去世,昆明城里的小姐们多少人想嫁他!"

玹子不等她说完,大声说:"我明白了,不用再说了。朱先生好人品,自有佳偶,和我没有缘分。"说着起身就走。

荷珠追着,还说:"朱先生不会久居昆明,将来是要移居美国的。"

玹子强忍怒气,冷冰冰地与荷珠分了手。回到住处,气得把那些可爱的玩偶们扔得满地。同时也有些伤心,想自己真是老了,竟有人提出续弦的话。正好澹台玮来了,玹子说了这事。

玮玮也生气,说:"这荷珠也太没有礼貌了。不理她就是了。不过你和保罗的事到底怎样?"

玹子道:"就是呢! 成还是断不好再拖了。"

玮玮沉思地说:"这很难吗?"

"当然很难。"

过了一会儿,房东用托盘送上饭来。经玮玮劝说,玹子才拿起筷子,一面说:"我们好久没有和爸爸妈妈一起吃饭了,我很想寒假回家一趟。"

玮玮道:"我也想,可是不行。我寒假要加课,萧先生自己开一个短课,讲生物学科的发展。听说重庆、贵阳都要有人来听的。"

两人商量着要去看一次三姨妈，这倒是可以说到做到的。

过了几天，他们收到家信，是加急的。说澹台勉奉派往美国，约需两年。本来绛初不想去，后来还是决定同去，他们想先到昆明来一趟。信中嘱咐，保罗的事不知怎样了，不宜拖得太久。玮玮千万不可交女朋友。关心惦念洋溢满纸。两人盼着和父母见面，不料紧接着又来一封信，说行期紧，不能来昆明了。玹、玮同到龙尾村看望，碧初也收到信，只能两年后再相见了。

且说荷珠见玹子不悦而去，心想这小姐脾气也太大了，也许是害羞，不见得事情就不成吧！若是办不成，叫那朱先生看不起我荷珠。

其实朱延清不认识荷珠，办这事是经人转托。荷珠虽然掌管严家大权，却总觉得自己地位不够重要，能给富翁办点事，可以显一显能力。

她下坡来，一直走进绿袖咖啡馆后院，叫了一声"香阁"。香阁正在卧房整理账目，忙迎出来请她屋里坐。听过这事说："那玹姑是最难缠的，你这事做冒失了。你还提美国，她们这样的人才不想着去美国呢，眼下就有美国男朋友。"

"哦，我整天在家里，哪里知道这些。可订下了？"

"像是没有。我觉得，要打散也容易。"

荷珠大感兴趣，两人低声喊嚓一阵。香阁听见荷珠身上似窸窣有声，忽见从她衣袋里伸出一个小小的黑头，接着那东西很快爬上荷珠肩头，掉到桌上，原来是一只壁虎。

"你随身也带着？"香阁奇怪地问。

"还有呢。"荷珠伸手掏出一条小蛇放在桌上。那蛇盘卷起来，竖着头，一动不动很乖的样子。壁虎却又爬上荷珠的肩，滴溜溜转动着小米大的眼睛。

荷珠淡淡地说："我是养毒虫出身的。这些都是善物，不咬人。你还好，要是那些小姐见了不知怎样叫唤。"

香阁好奇地问:"那慧书怎么样,她怕吗?"

荷珠道:"她见惯了,不怎么怕。她讨厌这个家,其实是讨厌我。我知道她的心思,总有一天要远走高飞的。"

香阁忽道:"人说你会放蛊,能不能把人迷住,听你指挥?"

荷珠板起脸,摇手道:"说不得,说不得。说了有大祸。"

其实荷珠自己明白,所谓蛊,就是让众多毒虫相斗,那最后仅存者,当然是剧毒之物,用来伤人性命不成问题。至于手指一指就能让人中毒,实在是瞎话。现在这一行业还有,产物大多用来入药,别的为非作歹也无人管。荷珠养这些东西,只是为了与众不同,让严亮祖不要忘了梦春酒。

至于吕香阁,她的本事不在饲养毒物,而在心计。她的前途是嫁一个好人家,若和中国的正经人家论婚嫁,她的过去是一个大障碍。她现在有好几个美国男朋友。美国人观念不同,他们不追究过去,只着眼现在。保罗近来和她渐熟,也被列做外围,香阁觉得他条件、品貌都好,人又天真,是那种可以落网的。

"若是真抢了玹子的人才叫热闹呢!"香阁从眼前的毒物想到猎物,又想到自己的职业,问荷珠要不要喝一杯咖啡。

"我不喜欢这些洋的东西,你还不知道?"荷珠说着,伸手把肩上的壁虎拂进衣袋,又拎起小蛇,"把这个留给你做伴吧!"

香阁退后一步,连声说不敢当。

"我倒是有一件东西送你。"转身拿出一盒化妆品,是一套旁氏粉霜膏露。当时一瓶旁氏已是奢侈品,这样成盒成套怎不叫荷珠心花怒放。她几乎要问香阁要不要毒物,她可以供给。

送走荷珠后,香阁来到厨房,张罗下午的生意。她和两个帮忙的姑娘一起动手,一会儿,店里便弥漫着咖啡的香气,点心从冠生园买来,是现成的。店拐角处新摆了一架屏风,画着牡丹、芍药等花木,十分鲜艳,小店更添了些曲折。再加上轻柔的音乐,颇吸引人。

不多时客人陆续到来。有两个辍学跑滇缅路的年轻人，进来靠窗坐了。香阁见是熟人，过来招呼。两人低声说，又有一批化妆品，旁氏面霜、蜜斯佛陀口红、香水、指甲油等等都有。问香阁要不要，若是没有现钱，搁着寄售也可以。香阁哼了一声，说这点钱还拿得出。

他们的货就在门外吉普车上，有四个煤油箱，遂搬到后院，很快料理清楚。

那两人说："过境时很麻烦，美国军车就方便多了。"

香阁道："化妆品很好出手，别的东西也可以商量。"

那两人道："跑一趟吃苦受累不说，还要担惊受怕，你当是容易的。"

香阁笑道："马达一响，黄金万两，吃点苦也值得。"送走两人，又到前面来。

这时已经上灯，客人更多了，多有美国下级军官带着女伴，他们不只要喝咖啡，还要喝酒。酒也是近来新添的项目，种类不多。自从添了酒，店里更拥挤了，香阁有意将店扩大。

她前前后后张罗着，手里端着杯盘，口里应付着客人，脑子里断续地在琢磨发展大计。忽然有一个想法，可以把发展自己和破坏别人结合起来。

夜深人静，吕香阁坐在床边，她的两结合计划已经完成。首先是向保罗借钱，她要描述自己的梦想，那就是开一家舞厅。如果保罗肯借钱，澹台玹必然不高兴，这是第一步。还有第二步，第三步，还要仔细规划。她很快进入梦乡，而且睡得很好。

玹子有几天没有看见保罗了。保罗来过，她不在家，留了条子，说领事馆有唱片音乐会，问她可去，她也没有回复。可是她时常想着麦保罗，想见他，又懒得。他们之间热烈的感情已经过去，现在有的是过于理智的考虑。

这一天,玹子上班经过绿袖咖啡馆,信步走进去,想喝杯咖啡,提提精神。

咖啡馆里照旧很暗,还没有客人,只觉得新添置的屏风后面有一些响动。玹子走过去,看见男女二人靠得很近在低声说话,正是保罗和吕香阁。

香阁见玹子来,更把头靠在保罗肩上。这样停了几秒钟,玹子觉得比一个世纪还长。

保罗忽然警觉,抽身站起,向玹子走来,还是满面可爱的笑容,说:"我们一起喝咖啡吧。我本来是到大学那边去的,走过这里就进来坐坐。"

"我也是,不知怎么神差鬼使。"玹子平静地说。

保罗为她斟奶加糖:"晚上有事吗?"

"晚上要加班加到十二点。"玹子笑容可掬。

保罗睁大蔚蓝的眼睛,说:"你是生气了吗?我没有错。"

这时吕香阁也走过来搭讪,一口一个玹子小姐。说今天用的是保山咖啡,别看是土产,很不错的。

他们坐了一会儿,保罗送玹子往省府去。

路上两人都闷闷的,保罗又解释:"我没有错。吕香阁一个女子没有亲人,做到现在这样,我想这很难。她想借一笔钱,扩大咖啡馆,我愿意帮忙。"

玹子觉得他们之间正在升起一座冰墙,那墙就像自己脚下的台阶一样,一步步升高。

玹子还是平和地说话。到了省府门前分手时,保罗问这个周末的活动,玹子微笑着摇头。

保罗定定地看着她,轻声说:"好像事情不太妙。"

玹子心中酸苦,做出了那艰难的决定。他们观念的不同是从根上来的,恐怕今生很难一致。

玹子终于和麦保罗分了手,连订婚那一步也没有达到。

第 七 章

一

　　大西门内一条大街上，和宝珠巷相对并排有三条小巷。钱明经在如意巷有他的如意住所。卫葑在蹉跎巷有一个落脚点，但他们还住在落盐坡。本来明经为他们找了房子，因尤甲仁无处住，便让给尤家了，那就是刻薄巷一号。这些名字是后人附会，还是当时就这样叫，无人考证。

　　尤甲仁到明仑上课，很受欢迎。他虽是中文系教授，却开了十八世纪英国小说选读和翻译等，再加上本系的古典文学课，真显得学贯中西。他上起课来旁征博引，古今中外，名著或非名著，只要有人提起，无不倒背如流，众人俱都佩服。姚秋尔也经钱明经介绍在一家中学找到教英文的事，以她的才学应付几个中学生自是绰绰有余。他们于教课之暇，游览昆明名胜，极尽山水之乐。一晃几个月过去了。

　　刻薄巷一号，院子小巧，颇为宜人。居室南向，楼上楼下各两间。楼下住着数学系教员邵为。邵太太刘婉芳也是天津人，很活泼，没有什么心眼儿，是个好邻居。尤家住在楼上，依姚秋尔的习惯，室内布置简单朴素，只有一本厚重的牛津字典，略显特色。他们生活安排妥当，对钱明经却很少感谢，倒是常常表示同情，说钱明经太忙了，说钱太太找不到事，还是不肯俯就的缘故。话的意思深远,表面上是说钱太太有身份,暗指他们夫妇不和。聪明如钱明经,最初也不在意,时间一长,大家都觉得在尤甲仁丰富的学识下,隐藏着一种让人捉摸不透的东西。

这一天下午,尤甲仁兴致勃勃地回到家里,姚秋尔正伏案改作业,抬头妩媚地一笑,问:"有什么新闻?"这是他们彼此间常问的一句话。

尤甲仁拿出一张报纸,指着孟、仇的订婚启事。"未婚夫死了三天,才登的这启事,以前有抱着木主结婚的,现在还有画着黑框订婚的。孟弗之怎么这样!"

姚秋尔眨眨眼睛:"说不定人家早海枯石烂过了。"两人会心一笑。

尤甲仁坐下喝茶,一面指着带回的书,说:"若说到海枯石烂,倒是有一段趣闻。刚刚我到夏正思那儿借书,用英文谈话。他说好久没有听到这样流利的英语了,触动了乡思,和我说了从前的事,还有一段恋爱经过!"

姚秋尔掩过作业,坐到甲仁身边:"快说!"

"夏正思说,他的家住在大西洋边。他年轻时有一个情人,曾三次要结婚,那女士都变卦,弄得他要跳大西洋。"

姚秋尔格格地笑:"怎么没跳呢?"

"他正要跳时,忽然觉得有一种力量抓住他的头发,转眼间他已经坐在家门台阶上,他想是自己不该死。虽然没有死,活得也不好。他常常碰见原来的情人,而这情人又常常换情人。他再不愿意看见她,就远离家乡来到中国了。"

姚秋尔起身做晚饭,一面嗔着:"太单薄了,不好听,不好听。"

过了几天,同仁间流传着夏正思失恋的故事,果然丰满了很多。尤其在投海这一段,加了找情人告别这样十分感伤的场面,在海边徘徊时又加了种种渲染。

这故事几次出入刻薄巷,离原来的人和事一次比一次更远。雪妍先听说,乃告诉碧初、惠纷。这样把别人的伤心事当作笑谈,她们都很不以为然,好在夏先生不知道。

萧子蔚一直独身,自然也成为尤甲仁关注的对象。他对人说,这几个老"百曲乐"(bachelor,单身汉)研究研究可以写部言情小说。对独身人的议论是免不了的,但都属于同情的范围,自尤甲仁夫妇来后,发表的言论便带有刻薄巷的特色。

大家见他们轻薄,都不与之谈论。他们似有所察觉,稍有收敛,但仍免不了以刻薄人取乐。他们这样做时,只觉得自己异常聪明,凌驾于凡人之上,不免飘飘然,而毫不考虑对别人的伤害。若对方没有得到信息,还要设法传递过去。射猎必须打中活物才算痛快,只是闭门说说会令趣味大减。正好邻居刘婉芳传播新闻颇具功力,邵为的数学领域对于她犹如铜墙铁壁,她由衷羡慕尤、姚的和谐融洽,并且佩服他们的学问。她听秋尔讲一些似秘密非秘密的事,再讲给别人听,觉得自己也添了本事。

孟离已的新闻,夏正思的故事,传过以后清静了一阵。

一次,中文系安排尤甲仁演讲,他不讲诗,不讲小说,不讲理论,不讲翻译,讲的是"莎士比亚和汤显祖"。戏剧不属他的本行,但他信手拈来,就可以胜任。他讲了莎士比亚几个重要剧作的梗概,大段背诵,抑扬顿挫,声调铿锵,很有戏剧效果。又把《牡丹亭》中几段著名唱词,一字不落背了下来,可惜他不会唱昆曲,不然更加好看。虽然整个演讲内容丰富生动,却没有说出比较的是什么,思想上有什么同异,艺术上有什么差别。同学们听了,有人赞叹,有人茫然。

江昉听说,随口说了一句,外国有些汉学家就是这样的,只知抠字眼背书,没有自己的见解思想。这话传到刻薄巷,尤、姚两人顿觉无名火熊熊上燃。

重庆有两名记者,因所写报道触犯禁律而被关押。江先生在一个刊物上发表文章,批评这种不民主的做法,并提出保护人权问题,意见尖锐,文词犀利,同学们都很赞成。也有人说,江先生越发左倾了。

尤甲仁素来不发表带有政治色彩的言论,有人说他清高,有人说他自私。同仁间议论时,他对关押记者不置可否,而对江昉的文章大加攻击,说:"现在民主人权很时髦了,无怪乎以前有人说江昉善于投机,这可不是我说的。"

过了些时,两名记者仍未获释,几个社团联合举行了一次规模很小的座谈会表示声援。江先生慷慨陈词:"人长着嘴就是要说话的,不让人说话,岂不是不把人当人看。"

这话先在墙报上发表了,又被几家开明的报刊引用。尤甲仁看到了,对李涟说:"我看江昉一味唱高调,伪装进步,只想讨好。"

李涟是老实人,反问了一句:"怎么就是伪装,又向谁讨好?"

尤甲仁愣了一下,没有回答。

孟弗之本来是极赏识尤甲仁的,听见这些话,心中的评价也打了折扣。话难免又传到江昉耳中,江昉自然心感不悦。但他心胸宽大,素来不与人在无谓的事情上摩擦,只做没听见。

尤、姚两人无事,常到绿袖咖啡馆闲坐,看窗外的水波垂柳。两人还以垂柳绿袖相唱和,有几首诗登在报纸副刊上,颇得好评,人谓多才。吕香阁也常坐在他们桌上闲谈。他们知道香阁是孟太太亲戚,又和凌雪妍同出北平,很感兴趣。

"只你们两个人走吗?你们胆子真大。"姚秋尔问。

"有人来接的,是卫葑的同学,叫李宇明的。一路骑毛驴,住小店,走了好多天,还没出河北省。"

"听说他们到延安去过?"尤甲仁问。

"李宇明把我们转手交给别人,我等不得,先走了。他们后来准是去了。"

姚秋尔说:"听你的话,李宇明像是个人贩子。"

香阁左右看了看,低声笑道:"人贩子倒不是,可我看出来了,他喜欢卫太太。"

尤、姚一听,精神大振,问了许多细节。吕香阁本来善于无中生有,但她想象力不够,只能说个大概。经过了尤、姚之手,越来越丰满,真成了一部言情小说。

谣言的传播就像瘟疫,在有知识的人群中也不例外。凌雪妍万里寻夫,像是个小唱本,其中一段"伴郎代新郎"更是浪漫,编造了雪妍和李宇明的感情纠葛。其实以尤、姚之才,完全可以另起炉灶来创作,但他们是要伤害活人,才感到快乐。制造谣言还要传递谣言,这才完整。

雪妍和卫夐一周有两三天住在蹉跎巷小屋,姚秋尔和刘婉芳都不时来串门。雪妍生性不喜论人长短,有什么话就听着。见她们讲得眉飞色舞,觉得自己是在做好事。

姚秋尔把关于雪妍的"唱本"说给别的女教员和太太们听。她们中有人当场反驳,有人劝秋尔不要再说,也有人听着却不再传,似是一座长城,信息传不过去,秋尔十分失望。好在还有刘婉芳。她对雪妍本来就很注意,曾说扔了万贯家私,跟了一个穷光蛋,真是不可思议。听了秋尔的"唱本",连连叹气,说怎么又找一个穷光蛋。

虽然刘婉芳自己也是嘲讽对象,因为那些措词高妙,她无力深究,也就不理会,倒是热衷传话。一次,她到惠粉家闲谈,推心置腹地说了这"唱本"。

惠粉十分恼怒,说:"哪有这事! 太伤人了,千万不要告诉卫太太。"

婉芳好心地说:"你说没有这事,那就是有人造谣,她若是蒙在鼓里也不合适。"

惠枌想这话也对,谣言这种东西越辩越传播,不辩也传播,真是难办。这几天她正帮一位画家朋友准备画展,想稍闲一些就去找孟太太商量一下,现在这种时候正经的烦心事还理不过来,偏有人有闲心嚼舌头。

心里想着,不觉用上海话骂了一句:"舌头嚼,烂脱伊!"

同仁间不时有小聚会。一天下午,尤家组织了一次朗诵会,大家朗诵自己喜欢的一段小说或诗歌,据说这是欧美传统。夏正思念了《卡拉马佐夫兄弟》中的一段,尤甲仁念了《双城记》中的一段。别人也各有选择,气氛随着不同的朗诵转变,又专注又活泼。

雪妍用法文朗诵《恶之花》中的几行,她不只发音自然,而且声音柔糯好听。一缕温和的阳光照在宽大的半旧白绸衫上,衬着她的脸格外鲜艳秀美。

她念完了,夏正思笑道:"《恶之花》都让你念成'善之花'了,你该念《五月之夜》或《八月之夜》。"

雪妍微笑道:"我也喜欢缪塞的诗,这一首,"她举举手中的书,"说真的,我一直不大懂,现在也不大懂。"

又有几段朗诵后,有人说,怎么不见尤太太。这时姚秋尔和刘婉芳在廊下煮饵丝加调料,招待大家。雪妍好意地走过去,想参加劳作,不想正听见姚秋尔低声说:"两个人喜欢一个人,感情都很热烈,像《双城记》里那样,这种情况是有的。咱们以前说过——"说着一笑,"咱们卫太太和卫先生的老朋友李宇明的那一段。"随即放低声音,说个没完。刘婉芳虽已知道这谣言,仍听得津津有味。

雪妍听见"卫太太和李宇明"这几个字,遂悄然听了一段,顿觉五脏翻腾,血往上涌,立刻走到院中,问姚秋尔:"尤太太,你说什么!"

姚秋尔用抹布擦擦手,转过身赔笑道:"我没有说什么,我

297

们聊天呢!"

雪妍道:"我听见你们议论我。"

刘婉芳走过来挽住雪妍道:"卫太太别多心,我们真没说什么。"

雪妍知道她们不会承认,总不好自己再做张扬,她也不会和人吵架,只觉头晕恶心,连忙走出尤家大门。

房间里有人建议,请雪妍再念一段《五月之夜》。却见姚秋尔进来说:"她先走了。该我了吧! 我念《简·爱》。"

尤甲仁道:"何必念,背就是了。"

姚秋尔道:"我的脑子可装不了那么多。谁都像你!"拿着《简·爱》念了一段。她的发音有地方色彩,这是无人请她教会话的原因。

一时刘婉芳用托盘端了饵丝过来,倒是有些心神不宁的样子。

雪妍从刻薄巷出来,绕进蹉跎巷,又气又伤心,脑子里像是塞满了杂草,又胀又疼。这些人太卑鄙了,居然把李宇明说成儇薄子弟,好像和她有什么私情似的。看来学识丰富的人不一定心地高贵。人还是太笨,竟没有一条法律能有效地惩治造谣诽谤者,一任谣言的毒汁伤害别人。

雪妍一阵头晕,手扶墙壁站了一会儿,胎儿在她身体里拳打脚踢,好像是说:"我在这儿呢!"她有些安慰,喃喃地说:"有你,还有你。"

惠粉正从巷口过,见雪妍靠在墙上,连忙过来扶住,问:"怎么了,你怎么了?"

雪妍强忍眼泪,告诉了刚才的事。

惠粉恨道:"这是亲自动手了。"

雪妍望住惠粉,说:"你知道这谣言?"

惠粉道:"没有人相信的,你放心好了。先到我家去坐坐。"

298

她们到惠枌家坐了。惠枌招呼雪妍洗脸整妆,迟疑了一下,说:"我说一句也许是不该说的话,这事不必对卫蒮说。"

　　雪妍还没有想该不该说,可明白实在是没法说。当时只默然不语。

　　惠枌又安慰道:"你和卫蒮太美满了,所以有人要来加点胡椒面。"

　　雪妍一面洗脸一面流泪,说:"这不是胡椒面,是毒药!"

　　惠枌故意说:"你太不关心我了,想想我是什么处境。你的日子是天堂,什么诽谤谣言也动不了你半分。"

　　雪妍忙问:"你们的画展怎么样了?"

　　惠枌迟疑道:"给老同学帮点忙,我也就是找点事做罢了。这一来事情又太多了,今晚上还有人请吃饭,商量什么事都得吃饭。"

　　一时雪妍好些了,两人出门,惠枌直送雪妍到家,才转身自去。

　　雪妍进家时,卫蒮正在与何曼谈话。

　　何曼笑说:"凌老师回来了,我们的话也谈完了。"

　　何曼选了雪妍的法文课,很赞赏雪妍的教学,学生们为她总结了六个字:又灵活又认真。当下说了几句法文课的事,何曼辞去。

　　卫蒮翻弄桌上纸张,半响不说话。雪妍搁下自己的委屈,系上围裙,要去做饭。走过卫蒮身边,轻轻拍拍卫蒮的手臂。

　　卫蒮拉过雪妍的手放在脸上,说:"雪雪,我要告诉你一件事,我们都不要伤心。近来有人从延安来,说李宇明跳崖自杀了。"

　　雪妍睁大两眼,泪光莹然,连说:"怎么会呢!"

　　卫蒮说:"宇明是很坚强的,绝不是那种自杀的人。不知详细情况是怎么样的。"

他们心里同时在想，吕老太爷不是最坚强的人吗？他不是也自杀了吗？那是在最不得已的情况下对敌人的反击。可是李宇明是在延安，革命圣地延安，那青年寄托理想的地方啊！

"荙，我真不明白。"

"我也不明白。"

他们所说的不明白的内容并不尽同。卫荙不明白革命队伍内部何以这样残酷。雪妍不明白世上怎么总是有人在伤害别人，也总是有人受到伤害。她几乎想说出那谣言，但那是对他们三个人的伤害，何必让荙分心。

李宇明已死还遭受这样的诽谤，雪妍想着又流下泪来。卫荙也无法把心中所想全部清楚地说出，伸手拉雪妍坐在身边，雪妍索性低声哭了一阵。他们互相依偎着，就是安慰了。

过了一会儿，雪妍到厨房去，饭总是要吃的。卫荙取过桌上的材料，那是何曼拿来的整风运动的学习文件，是她刻写钢板油印出来的。她和卫荙商量要在组织里学习。

卫荙拿着文件，眼前却闪着李宇明的身影，无人知道李宇明在跳下山崖的最后一刹那是怎样想的。可惜没有鬼魂，梦也不能托一个。

两天以后，卫荙才知道老沈来到了昆明，何曼安排他们在植物所后山见面。山上一片松林，阵阵松涛吹过头顶。卫荙和老沈握手的时候，两人心里都很难过。

老沈讲了延安整风情况，说大大清理了阶级队伍，抢救了失足者。尤其是文艺座谈会上的讲话，给整个的新文化指明了方向，一定要好好学习。抗日战争还很艰苦，延安比这里苦多了，可是大家还是很快乐，因为我们有信心。

卫荙讲了教员的一些情况，因为政府腐败日益严重，人心不满，原来拥护政府、积极抗日的人现在对政府也有离心倾向。有理想的年轻人向往延安的越来越多。老沈说这是很自然的事，他走过国统区,见有些地方因兵源不够,强拉壮丁,就像囚犯一样,捆绑着送上前线。卫葑说这边倒没有见。老沈说各种腐败情况也会蔓延的。

最后才说到李宇明去世的消息:在整风运动中他受了审查,没有能从大局着想,也有人说他是失脚落下崖去的,这也很可能。组织上考虑,暑假期间,卫葑可以到延安学习一段。卫葑听了有些兴奋,随即又有些疑惑,不过反正不是现在就走,还可以考虑。但以后就没有再见到老沈。

组织内成员学习文艺座谈会讲话,大家觉得那真是字字新鲜、道理深刻。立场问题当然是要最先解决的。那些腐败官僚和被苛捐杂税压得透不过气来的老百姓,看问题会一样吗?在文艺为工农兵服务这个问题上,有些人提出,如果只为工农兵服务,那别的人群呢?是不是会有一种为大家喜爱的文艺呢?虽然有些问题搞不清楚,但它们都是经过思考而出现的。大家都觉得自己在亲近着一种崭新的能造福人类的理论,要通过思考去理解它。

惠枌帮助举办展览的画家赵君徽颇有名气,曾在巴黎留学又居住了几年。近两年回国后,在国立艺专任教,一直住在重庆郊外,这次入滇来赏云南山水。惠枌婚前便与他相识,当时都认为他必成大家。这次见他的画确实颇多上品,以国画为主,大量运用西洋画法,也有部分油画。经过各方协助,借了一个中学的礼堂,有画友们帮忙布置,画展终于开幕。

这天,惠枌是总招待,兼管签名。赵君徽穿着藏青薄呢西装,系小方格领带,神态潇洒,站在门前,迎接来宾。来宾有昆明各界名流,秦校长夫妇也来了,还有省府几位官员。赵君徽陪着一起观看,他们在一幅长卷前站了片刻。

这幅长卷上画了八位高僧,个个神采非凡。报纸已有介绍,说是画家的理想寄托。赵君徽自己笑说,酝酿这幅画便有十年之久。当下有些记者围着照相。

这时签名桌前来了几个人，穿着讲究，举止斯文。惠枌旁边的人大声说"朱先生来了"，殷勤招呼。惠枌不解。

这时钱明经也来了，签了名，对惠枌一笑，低声说："要义卖，就找这一位。"眼睛向朱延清一转。惠枌不理，又去招呼别人。

明经走过去和朱延清搭话，像是很熟的样子。这时赵君徽得到消息，自己走过来请朱延清到秦校长身边，一起参观。

签名桌前来人不断，惠枌不时走开去，招呼来宾。又回来看见签名簿上有刘婉芳的名字，接着看见刘婉芳正和钱明经在说话。她说："钱先生能耐大了，我早听人说了。今天你要买几张画啊？"

明经道："我买不起。"

"那谁信呢！"婉芳道。

一面说着话，随着钱明经看画，明经不怎么搭理。

一时孟先生和萧先生也来了，赵君徽和惠枌都过来招呼。

朱延清和明经走在一起，说："老实说，我没有一点艺术细胞，不过倒是喜欢看看。"

旁边就有人说钱先生的太太是画家啊，钱先生自然懂。

明经笑道："若是老实说，今天不是看你的鉴赏力，而是看你的钱包。"大家都笑。

刘婉芳在旁听见，便凑过来对朱延清笑着，眨眨眼睛，也是明眸皓齿。

钱明经便说："邵太太不是问义卖的事吗，今天就要看朱先生了。"大家继续看画。

有一幅没骨花卉，画的是几朵牡丹，其中有一朵含苞待放，花苞顶上一抹轻红，越往下越淡，惹人遐想。惠枌布置时，便注意了，把它摆在明显位置。

朱延清走过时，原不注意，明经指点道："看这一幅。"仔细看时见旁边题着一行小字："十五泣春风，背面秋千下。"延清心想，画上没有秋千啊！却不便问。

刘婉芳又凑过来，天真地笑问："怎么没有秋千？"朱延清不觉也对她一笑。

婉芳大喜，便又指着一幅墨荷说："荷花哪有黑的呢？可是倒真好看。"

朱延清随口问："邵太太也喜欢画？"婉芳摇头。

当下朱延清表示要买这两幅画，墨荷标价八千元，牡丹却无价。

惠枌走过来说："那幅牡丹是非卖品，没来得及贴条子。"

明经在旁说："再画一幅才好。"

朱延清很客气地说："若是赵先生能再画一幅，当然不按现在的标价了。"

过了一阵，赵君徽送走秦、孟、萧几位先生，才走过来说："再画一幅可不是这个样子，也许不如，也许更好。"

刘婉芳抢着说："只有更好的。"

朱延清道："我知道。画画要有灵感，写诗呀，作曲呀，都是一样，叫作烟士皮里纯，对不对？"

钱明经道："我想经商也需要灵感，有时想求神问卜算个卦，就是要索取灵感。"

一面说着，又走过那八位高僧，下面写着"非卖品"。朱延清另买了两幅人物画，要到展览结束才能取。

朱延清走时，要用车送明经夫妇。惠枌还走不开，钱明经便婉谢了。

朱延清见婉芳在旁，便问："邵太太住在哪里，送你回去？"刘婉芳笑出声来，跟着到胡同口上车。

这里惠枌等收拾展品，一面谈论展览的情况。卖出的画不少。

君徽苦笑道："每次卖画,我都像断腿折臂一样难过。"

惠枌想了一会儿,问："还画一幅牡丹吗?"

君徽看着她,说："那神态是画不出来了,不过可以应付一下。"

君徽要请大家吃晚饭。惠枌做好自己的事,和钱明经一起先走了。

二

学校每月初有月会,多由秦校长和几方面负责人讲一讲情况,也不时有来宾讲话。三月初的月会,秦校长陪着一位穿长袍马褂的矮胖子来到会场。他介绍了这位王某人,在同学间引起轻微的骚动,那是一个国民党宣传部门的重要人物。

王某人安详地注视着这骚动,稍有得色,大概是觉得自己名声很大吧。咳了两声之后,他用纯粹的四川话讲演,表情生动,语言有力。其中最精彩的一段如下:

"我来自陪都,来自蒋委员长座下,到这里看到大家努力学习很高兴。每个人头上有一个脑壳(他指指自己的头),大家用脑壳学习,用脑壳考虑问题。可是莫要忘了每个人的脑壳分量不一样,有的轻些,有的重些。万幸的是我们有一个最丰富、最重要的脑壳,那就是委员长的脑壳。抗战大业、建国宏图都要靠这个脑壳。领袖的脑壳与众不同,他也是大家的脑壳——"

"可是要把别的脑壳统统砍掉?"一个学生用四川话大声问。还有同学笑出声来,又有同学高声说:"我们关心的不是脑壳,关心的是肚子。"

王某人瞪了秦校长一眼。秦校长举起两手往下按了按,说:"请安静,请安静。"

"说起生活问题,抗战期间苦嘛是苦一些喽!大家都一样嘛!只有认识到要拥护领袖的脑壳,事情才好办。我在重庆多次讲到领袖脑壳与众不同的论点,受到支持,受到拥护。哪个敢说人头都是一样的,你称称看!"

讲演好不容易结束了,"领袖脑壳论"成为年轻人嘲讽的对象。第二天,大门口出现了好几种墙报。有一幅漫画,画着一个矮胖子,长着一个大头,里面写满了"领袖脑壳论"字样。旁边一个小头,头上许多洞,洞里显出各种蛇蝎猛兽,下面写着:这就是领袖脑壳!

王某人对同学们的表现深感不满,他等着解释,可是秦校长并不提起。

午餐时,他悻悻地说:"贵校学生在公共场合好像不大守秩序。"

秦巽衡道:"确实是这样,我们不反对年轻人发表意见,这表示他们有兴趣,要是没有反响就不好了。"

王某人道:"随时随地要记住,领袖脑壳是最优秀的,有这样的领袖脑壳是中华民族的大幸。"秦巽衡默然不语。

王某人回到委座身边。他并不能直接见到委座,写了书面意见上呈,表扬了自己拥护领袖思想之功,批评了明仑等大学放纵学生之过。这样,又引出几桩事来。

许多学生靠贷金过活,贷金已经增加过,但是赶不上飞涨的物价。现在学生的贷金已不够起码的饭费,昆明的大学联合起来又一次向政府申请增加贷金数目。先是由秘书部门起草了一个文件,在办公会议上讨论时,大家觉得说服力不够,公推弗之加几句话。弗之当下加了几句反映学生生活的话。

呈文到了重庆,教育部说经费困难,拨不出款。在商量的过程中,有人称道呈文颇有文采,像是孟弗之的手笔。乃又有人说,无怪乎明仑的学生那样张狂,是有些教授支持的。讨论了几个回合,贷金数目没有增加。

过了些时,那飞机运狗的人物,捐了一笔巨款,给明仑等大学的学生改善生活。

同学们听了哗然:一个政府官员,这么多钱从何处来?有这么多钱,还有用这钱收买人心的活动,只能说明政府的腐败。

"我们不要这样的钱。"这是大多数同学的看法。也有少数人认为,这是政府人士的好意,拒绝只能表示不合作,没有任何好处。这主要是一些三青团员的主张,但他们在同学们中间影响日小,不起作用。

教师大都认为不能接受这笔钱。在教授会议上,庄卣辰、梁明时等都发表意见说,学生生活急需改善,是明摆着的。因为营养不良,约有一半以上同学严重贫血。我们自己的生活就不必说了。现在政府增加贷金还未解决,为什么他一个人就这么慷慨。有人建议将此款送给难民,也有人建议用来慰劳滇西抗日将士。校方最后决定委婉陈词,说学校不接受个人馈赠。对明仑大学的这种做法,一时传为奇谈。

孟弗之本来是受注意的人物,现在王某人对他更为关注,特地把他的几篇宋史文章找来看了,认为这简直是攻击中央政府。便组织了几篇文章反驳,大都是"居心叵测""意欲何为"这类的词句。

大家对孟先生都很关心。这天,孟弗之和李涟一起走回龙尾村,路上说起这事。

弗之道:"本来让你也署上名字,是不愿埋没你的劳动,现在惹出事来,好在没有提到你。这观点是我提出的,很不应该连累你。"

李涟道:"怎么说得上连累,孟先生的看法,我都赞成的。我们写文章不过是一种言论,何必这样怕。"

弗之道:"怕的正是言论。不准说坏话,且不准说古人坏

306

话。一说到缺点，就好像别人故意栽赃，真不可解。我又在想下一篇文章，关于'乌台诗案'的。"

两人一路说着，离龙尾村已经不远。走过一个小村，听见村里有哭喊之声。两人站住了，看到几个穿黄衣服的兵，正在村口小店闹事。因哭喊得急，两人走过去看，只见这些人有的头缠白布，有的少一条手臂，有的缺一条腿，架着双拐。这家似无男人，只有几个妇女哭嚷。

弗之心里叹道，又是伤兵。因滇西战事紧张，在楚雄设有伤兵医院，离昆明不远，时有人来闹事。

这时这几个人野性发作，大声吼道："我吃一碗饵块还要钱，不是老子拼命，你能在这儿卖饵块！莫说是一碗饵块，老子要你的人也中。"

李涟说："弟兄们辛苦，老百姓都知道的。"

一句话未完，那独臂伤兵，拿了一块板子照李涟打来，李涟一闪。弗之为护住李涟，用手里的蓝花包袱一挡，这一板正打在弗之左臂上。板上有个钉子，划开皮肉，顷刻间鲜血流淌。几个伤兵这才回过神来。见这位先生受了伤，却并不慌张，依然神气凛然。

那独臂人扔了板子，把在抽屉里抢的钱放在桌上，忽然嚎啕大哭，与一伙人歪三倒四地走了。

这里李涟帮弗之脱去长衫，老板娘拿了些布片紧紧扎了，一面骂着强盗祖宗三代，一面收拾桌上的钱。

弗之叹道："听那人口音是河南人，离乡背井出生入死成了残废，他们心里也苦啊！"

老板娘把小锅摆在火上，要煮米线招待。孟、李连忙告辞，慢慢地走回家去。

弗之伤臂，伤口并不很深。当时碧初用酒精擦洗了，敷上白药，紧紧扎住。不想过了两天，伤口发炎，手臂肿痛，发起烧来，还附有消化道的症状。

明仑校医从城里赶来诊治,除做外科处理外,说是得了斑疹伤寒,这是他经常的诊断。经常的治疗是不准吃饭,每一小时进一碗流质。

弗之笑道:"净饿是贾府秘方,到了二十世纪,可以一小时喝一碗汤了。"

碧初道:"这就是进步。"和青环煮汤煎药,精心护理。

炎症控制住了,所谓的斑疹伤寒却迁延不去。弗之总有低烧,有两周未去上课,大家都很着急。又到泽滇医院看了,给了一种很贵的药和针剂。这时孟家的情况已比不得嵋住院的时候了。碧初勉强拼凑,还是不够药费,最后向学校借了钱,才取药回家。弗之服用后果然症状见轻,在家调养。

这些年,碧初已练就勤俭持家的本领,现在也无法安排。首饰已卖得差不多了,值钱的只剩那一副翡翠耳坠和别针,是碧初最心爱之物。现在也说不得了,只是不知怎样能卖得好价钱。

这一天,卫葑和雪妍来看望。雪妍身子已很不方便,还帮着里里外外收拾。

碧初让他们早些回去,雪妍道:"还有要紧事呢。"拿出一个锦匣,递给碧初,说:"托人卖了,添补些家用也好。"

碧初打开,见是一只白金镶钻石的手镯,两颗大钻都有红豆大小,围着许多碎钻,晶光闪闪,且做工极为精巧。

碧初惊道:"这是做什么?"

雪妍和卫葑站在一起,恳切地说:"五叔的病需要调养,这是我们一点孝心。"

碧初道:"英雄所见略同,我也正想着卖东西,就卖那一副翡翠。"

卫葑道:"那副翡翠听说是太公公传下来的,怎么好卖。还是卖这只镯子,这是雪妍的意思,也是我们的孝心。"

碧初不收,雪妍急得眼泪直转。碧初想想,不忍过拂好意,便说:"先放在我这里吧。"

两人高兴地鞠了一躬,又给拾得洗澡,惹得它怪叫。然后别去。

星期天,嵋、合都在家。嵋说,慧书说大姨妈很关心爹爹的病,让她来看望。慧书已进一所本地大学的教育系。

碧初叹道:"大姨妈整天念经,像要退出红尘了。慧书倒是懂事的,念书也知道用功。"因和嵋商量卖首饰的事是不是可以问一问荷珠。

嵋想了一下,说:"荷珠最爱张罗事,可是万万托不得。"

碧初说:"可怎么办?"又让嵋看那只钻石手镯,"记得这是雪妍二十一岁生日时,她父母给的礼物,我见她戴过的。"

嵋道:"这是凌姐姐一片心,先放着吧。"

碧初道:"我也这么想。"

说话间,钱明经来了。他特为从城里来看孟先生,在病榻前坐了一会儿,便在外间和碧初坐下说话。

嵋倒了茶来,明经称赞道:"一转眼,嵋已经是个好帮手了。"

碧初道:"可不是,现在有事都和她商量。"

明经拿出一个鼓鼓的信封,说:"我对孟先生和师母的敬重不用说了,这点钱是我和惠枌的心意。"见碧初沉吟,又说:"以后还我们就是了。"

这时,嵋忽然说:"娘不是要卖那翡翠吗?钱先生能帮忙吗?"碧初见嵋出言冒失,瞪她一眼。

谁知明经一听,马上说:"师母那副翡翠我见过几次了,真是好东西,卖了可惜。"

碧初微笑道:"身外之物罢了,只要它有个好去处。"

明经道:"可不是,东西也要有知音。要不然我拿去问问价钱？”

碧初叹道："这些年，你和惠纷对我家的帮助很多了，也不知道什么时候能不再添麻烦。"

明经沉吟了一下，道："这事最好不告诉惠纷。她不喜欢这些事。"

碧初点头，叮嘱嵋道："不用多说。"

遂拿出一个小螺钿盒子，在桌上铺了绵纸，把翡翠别针和耳坠摆出来。正好有一缕阳光照在别针上，宛如一汪碧水，耳坠不在阳光中，也闪着亮光，碧莹莹的，鲜润欲滴。

明经大喜，连说没想到："这首饰这样好看！请师母放心，准有好消息。"

碧初道："你的钱，我先收下了，以后扣除就是了。"

明经说："钱，师母只管用，生活不能再简朴了，身体要紧。这东西纯净无比，不多见，黄金有价玉无价，我是不懂，随便说。"

嵋说："有人懂的。"碧初又瞪她一眼。

明经道："童言无忌。"因问是不是现在就可以拿走。

碧初道："自然要拿去让别人看。"

一面望着那副首饰，眼中含泪。拿起别针抚摸了一下，捧进里屋，和弗之轻声商量。

弗之说："一切由你做主。"

明经在外间大声说："先看看再说，也许还拿回来呢！"

碧初出来，道："一定卖了才好。"便把首饰放进螺钿盒，递给明经。

明经接过，说："天还不晚，可以赶进城去。"

嵋早下了一碗面来，明经笑道："我正饿了。"匆匆吃过辞去。

那别针是孟家祖传之物，耳环是后来在北平配的，别针也重新镶嵌过。碧初少带簪环,却极喜这一副饰物,弗之知道不到万不得已,她是不会让给别人的。只因时局日险,将来不知会怎么样,若是身体不好是不行的,必须有钱调养。

他慢慢起身,走到外间坐了,故意说:"据考证,簪环镯链都是奴隶的镣铐,这下子你自由了。"

碧初先愣着,回过神来说:"这东西随我们几十年了,如今走开,是舍不得。"

她想着嵋的那句话"有人懂的",钱明经大概要找女土司去,自己没想到这一点,心下很是不安。

弗之见她若有所思,安慰道:"毁家纾难也是应该的,咱们还没有做到,现在总算不用跑警报了。等我好了,咱们就搬回城去。"

提到回城,碧初稍有些宽慰。腊梅林中倒塌的房舍已在重建,房主人曾在一次酒宴上请孟先生一家仍回去住。只是造造停停,房屋不多,进程却慢。

傍晚时分,孟家正要开饭,嵋在厨房炒芥菜,合子熟练地帮助擦桌子,摆碗箸。

忽听院中脚步响,声音很沉重。

青环正在院中收衣服,问:"找哪个?"

来人说:"孟樾先生可在家?"

碧初出来,见两个军警模样的人,因问:"什么事?"

那两人说:"有事情,请孟先生走一趟。"

碧初道:"他正生病,你们是哪一部分的?到底什么事?"

那人迟疑了一下,含糊地说了一个部门的名字,就要进门。

碧初还要再问,弗之听见,走出来问:"你们究竟是什么部门?"

来人道:"孟先生已经出来了,请跟我们走。"

弗之道:"有请柬吗?有传票吗?是要戴手铐吗?"

"那倒不敢。"两人说着,挟持弗之向大门外走去。

碧初顿觉天旋地转,几乎跌倒,勉强靠着墙,合忙上前扶住。

嵋追出大门,见一辆吉普车停在门口,爹爹被挟持着坐上了车。她扑上去一手拉住车门,大声叫:"你们留下地址!"那两人不理。

车开了,嵋跟着车跑。弗之怕她受伤,大声喝命:"快回去!"

嵋眼见那车歪歪扭扭,顺着石板路下山了。当时顾不得哭,跑回家和碧初商议对策。那时学校同仁大都已迁进城,只有李涟还在,便命青环去通知。

一时李涟跑着来了,上气不接下气地说:"我看得立刻报告学校。我去,我走得快。"

嵋说:"我和李先生一起去。"

青环忽然说:"我会骑马,我去吧。我去找赵二借马。"碧初怕她一个人不安全。青环说:"这条路,我闭着眼睛也能走,不用担心。"

当时没有别的办法,只有让青环去。碧初马上写了一封短信,交给青环。青环把信藏好,飞奔下山,不料赵二和他的马都不在家。赵二媳妇帮着向别家借,有一家的马病了,有一家的马就要生小马。青环急得直流泪,说:"我连这点事都办不成。"只好回到山上。

几个人商量,还是由李涟步行前去。嵋也要去,碧初叹道:"你要是个男孩就好了。"

合子大声说:"我是男孩,我去!"

碧初说:"你还太小。"最后还是由李涟和嵋一起去。

这时入夜已久,没有月光。两人快步走下山来,走几步跑几步,恨不得马上赶到学校。快到堤岸转弯处,依稀见一个人影,越移越近,两人都有点紧张。

忽然嵋大叫一声:"爹爹回来了!"果然是弗之慢慢走来。

"怎么回事?"李涟忙问。

弗之心跳气促摆手道:"到家再说。"

嵋说:"爹爹慢慢走,我回去告诉娘。"便转身向山上跑了。

这里李涟捡了一根树枝,让弗之扶着,走十来步就歇一会儿,好容易走到山下,碧初已经领着嵋、合迎过来。回到家中,大家分析,可能是抓错人了,也可能是先给一个警告。

碧初说:"不管怎样,赶快休息最要紧。且先睡觉。"

这一晚弗之想了很多,他被带走时,心里是一片空白。时下各种思想很活跃,骂政府的也很多,他是再温和不过的,怎么会摊上了被捕?莫非是绑票?可是也还没有当"票"的资格,看这两个人似乎也不是土匪。

那时,天还没有黑透,芒河水的光亮依稀可见,车沿河走了一段,似乎是向城里开,转了几个弯,弄不清方向了。天渐渐黑得沉重,压得人透不过气来,不时需要大口喘气。弗之努力调整呼吸,想无论如何要应付这局面,不能晕倒。

又走了一阵,忽然前面一阵亮光,来了一辆车。两辆车都停了,两车的人都下去,在路旁交头接耳一番,各自上车,吩咐调头。又开了一阵,车停了,才知道是回到了村外芒河边。那两人叫他下车,说:"回家吧,不送你了。"

当时真不知道自己身在何处,简直像一场梦,没想到这么快就能回来,时间虽不长,可足够长记不忘。若只是对他一个人,还简单些,不过既然有这样的行动,以后怎么样很难说。学界安危实堪忧虑。因为他教修身课,有些学生认为他帮助政府压制思想自由;因为他以史为鉴,当局又认为他帮助另一方面。要想独立地走自己的路,是多么艰难。

他觉得自己好像走在独木桥上,下临波涛,水深难测。他头晕,伸手去拉了一下碧初。"勿使蛟龙得",他想起这诗句,深深叹息。

碧初轻轻拍拍他,柔声道:"睡吧,睡吧。"

"只要自己问心无愧,哪管得了许多。"弗之这样一想,渐渐迷糊睡去。

次日,李涟到学校报告此事,大家无不惊诧。秦校长和各有关单位联系了,都说从未派人抓过教授,对孟先生都是知道的,不会有这样的事。

又过了一天,还查不出眉目。秦巽衡和萧子蔚同到孟家探望,弗之又细述了那晚情况,三人谈了很久。

秦巽衡说:"这事当然是有人策划。昆明各种机构很多,中央和地方有矛盾,关系复杂。这次的事情也可能是一种试探,因为弗之的色彩不那么鲜明,以为好应付。这是我替他们想。"

弗之微笑道:"有些事可能很难查清,一部历史也就是写的历史,究竟哪些是真,哪些是假,谁能明白。中国官场积垢太多,清理改进是必要的。我写那几篇文章,只不过希望有一个好政府,可没有推翻谁的意思。若拿我试探,就认准我好了,希望不要再骚扰别人。"

子蔚道:"现在的社会还没有独立的文化力量,我们其实都很可怜。不过我总相信民主是必然的前途,只是需要时间。"

三人都以为这事虽无人承认,还是应该向省府和有关方面提出抗议,要求保障人身安全。秦、萧二人还带来一个消息,说严亮祖已经复职,并且议论,现在起用能打仗的人是明智的。

子蔚带来了峨的信,是寄到祠堂街的。碧初等三人先看了。信很短,只说很惦记家里,惦记娘的身体,她一切都好,大理虽离前线较昆明近,并不觉战事的影响。四周安静极了,除了研究植物没有别的事,有时觉得自己也是一棵植物。这是峨走后的第三封信,内容都差不多。

碧初说了一句:"点苍山上想必较冷,饭食如何也不说

314

一说。”

秦、萧辞去后,孟家人又拿着峨的信看了半天。

峨忽然说:“我们都到点苍山的庙里去,那里还有各种各样的花。”

“再逃吗?”合子迷惑地问。弗之心里一颤,伸手抚他的头。

“到点苍山的庙里去”,这话引起弗之许多想法。每个人都有自己的路。峨的将来可以大致放心,她会在植物学上做出一些成绩。可是国家的事、社会的事还是要人管的。他写的几篇文章自问是为国为民,政府方面也太不能容物了。很快就要期末考试了,自己的病还不好,让人发愁。

正乱想着,碧初端了药来,说:“别的都是外面来的,身体最要紧。”拿小勺舀起药汁,轻轻吹着,望着弗之一笑。

“我会好的。”弗之也一笑。

过了几天,殷长官差人来慰问,言词很客气。说在本省土地上发生这样的事,对孟教授无礼,很是遗憾。弗之对来人有一个简短的谈话,说的是保障人权问题。后来江昉建议将这个谈话在报刊上发表,弗之没有同意。

这事知道的人不多,却也不断有人从城里专来看望。

一天上午,一辆汽车开上山来,车外两边踏板上各站着一个马弁。青环正在大门口扫地,以为又有祸事来了,忙跑进去报知。

这时车子停在门外,马弁跳下车来,开了车门,走出一位威武军人和一位轻盈的女学生,原来是严亮祖和慧书。

那马弁站在院中大声报告:“严军长来拜!”

弗之碧初忙迎出来。慧书上去拉着碧初的手,唤了一声“三姨妈”,垂头不语。

大家进屋坐了,严亮祖说:“素初很惦记,但她是不出门的了。你的情况我都知道了,我想我们连襟都会时来运转,我不久

315

就要到滇南打仗去了。"

弗之说:"前两天,听说你复职了,军务忙,还来——"

亮祖打断道:"当然先来看你们,这些年不敢走动,简直没有个照应。"谈了一阵,忽然大声说:"你是不是做梦啊!"

弗之一愣,说:"也可能吧。"两人对望着哈哈大笑。

这时,马弁搬进大大小小十来箱东西,有美军用的奶粉、可可、咖啡、肉罐头等。还有本地土产,乳扇乳饼等。另有两大盒哈什马,是那时流行的补品。

弗之道:"搬了个小仓库来?"

亮祖诚恳地说:"我们只希望三妹一家人身体都好,抗战还没有完。"

弗之道:"抗战胜利了,路也还远着呢。"

慧书和碧初到里间,拿出一副檀木念珠,交给碧初,说:"这是娘念佛用的。娘说,这念珠上,佛号已经积得没数了,给三姨妈家挂上避邪。"

碧初心下感动,见那念珠雕镂十分精细,珠珠相连不断。满屋里看了一下,便挂在那副弗之自写的条幅上,因问:"大姐现在用什么?"

慧书道:"还有一副好的,娘说这副佛号多。说也奇怪,我有时也拿着念珠念几句,心里倒像安静许多。"

"有你,大姐不会受人欺负。"

慧书迟疑地说:"荷姨不知从哪里听说,三姨妈要卖那副翡翠。她说殷长官夫人想要看看。"

碧初道:"真不巧,我已经托钱明经办这件事了,他必然是先给那女土司看。"

慧书道:"三姨妈的这副首饰很少见,荷姨的意思是由她经手会有好价钱,她要我这么说。"慧书顿了一顿,"她办这些事必定于她脸上有光,这是我估计。我想她会好好办的。"

"她既然知道这事，必定知道东西不在我手上了。"碧初想了想，说："你回去说，荷姨的好意三姨妈心领，她若是已经和经手人有联系，就请她帮着争一争价钱。我们是要靠这笔钱过日子的。"

"明白了。"慧书低头说。

碧初要去张罗饭，慧书阻挡说："爸爸都想好了，若是三姨父精神还好，大家一起到黑龙潭公园去走走。好不好？"

外面弗之兴致也好，收拾了一下，四人坐上了车，留青环和拾得看家。

车子开过芒河，不久便到龙江边。龙江水势很急，江心涌起波浪，一浪接着一浪赶着向前。车子经过植物所，说起峨在大理的情况。

亮祖说："你们放心，我看峨小姐一定会成为一个植物学家。"

碧初道："但愿像大姨父说的。"

车到黑龙潭，两个马弁不知从哪里抬了一张椅子来，让弗之坐。弗之连说不敢，坚不肯坐。

众人慢慢走着，观看景致，都觉精神一爽。

亮祖引路，说："我带你们到一个好地方。"

众人走到高处殿阁的后面，见围墙边有一个小门，出了小门，是一大片松林，树下长满青草，又夹杂着杜鹃花。这里的杜鹃花并不成片，一堆堆，一丛丛，好像摆了什么阵势。此时花的盛期已过，滞留的花朵仍很艳丽，执着地留恋这覆盖着青草的地面。本来不觉得有风，越往前走，越觉得头顶松涛阵阵。

亮祖道："怎么样？我是个武人，这地方还不俗吧！"

弗之有些累了，在一个树墩上坐了，说："在这里隐居倒不错。"

"我可不是隐居的人，一听说能够复职打仗，我才又活过来了。"

碧初叹道:"弗之能是吗？我看也未必。"

弗之道:"是知我者。"

马弁过来在草地上铺了一块油布,放上一壶茶,亮祖挥手让他们走开。大家细听松涛,细观花阵,俱都忘了烦恼。慧书自己跑开去看一条小溪。

亮祖忽然说:"我一直有个想法,军人总要做阵亡的准备。此次出师必然非常艰苦,我要把慧书托付给三姨妈三姨父,以后让她随你们到北平去上学。"

碧初不觉眼睛湿润,说:"亮祖兄不要这样说,我们会照顾慧书,你也会长远照顾她。"

弗之说:"到北平上学很好,亮祖兄尽可放心。"

亮祖微笑道:"我知道是用不着托的,姨妈是最亲的了,何况又是你们这样的人。"

说话间慧书已经站在碧初身后,走上前向弗之鞠了一躬。

碧初说:"我从来就说,慧书是个懂事的孩子,会有好运气。"

又休息了一阵,亮祖命马弁摆好椅子,坚持让弗之坐上。弗之确也走不动了,坐上,由马弁抬着,一直下到黑龙潭边。

公园外有些米线、饵块小铺,自不是说话之地。当时有些单位借用公园房舍,亮祖吩咐向一家研究所借得房间,代办酒肴,俱已备妥。大家入室坐下,有人端菜上酒,招呼伺候。

亮祖命说:"除了上菜都走得远远的。"又看着几个冷盘,说:"老一套。"

弗之用药不能饮酒,大家且喝茶。

亮祖举着茶杯说:"前面的路确实很远。打日本人我不怕,抗战必胜的信念我是从未动摇,我怕的是下一步。"

弗之道:"无法抗拒就只能逃了。逃有各种方法,也不只是

318

换地方才是逃。比如白居易写的《新丰折臂翁》,因为'兵部籍中有名字',所以'夜深不敢使人知,偷将大石捶折臂'。这也是一种逃,他是为了保全一身。如果不只为保全自己就更难办了。"

"也许需要牺牲自己来保全大局。"亮祖沉思地说。

弗之看定他说:"那不是上策。"

一时,马弁端上热菜,大家用饭。

亮祖介绍:"今天只有两样菜能说一说,一个汽锅鸡,一早就炖上了,一个是炸荷花瓣,附近有一片荷田,他们有这样吃法。"

汽锅鸡端上来,浓香扑鼻。又有鸡汤煮的粥,亮祖特别说:"这是慧书交代的。"

饭间说起颖书,颖书毕业后高不成低不就,闲了一阵。现在总算找到事了,在某师部任参谋,管理后勤工作。回来过两次,看来长了见识。

弗之道:"颖书读书是认真的,我们谈话不多,觉得他这两年思想变活泼了。"

亮祖笑道:"他最爱听你讲话,影响是显然的。"

这时端上最后一道甜食,果然是炸荷花瓣,酥脆且有一种清香。

一时饭毕,先送弗之夫妇回家。慧书又拉着碧初的手问:"什么时候搬进城?"

"总是在暑假里,那时就近些了。"碧初答。

互道珍重,严家父女别去。

又过了几天,钱明经送来一大笔钱,那副饰物果然卖了。他没有说详细的过程,只说荷珠来联系了,想压低价钱,讨好殷长官夫人。他说,孟先生又不是《红楼梦》里的石呆子,这事办不通的。倒是女土司想了些门路,卖得这笔钱。据说买主是一位

319

尼泊尔王子。

"这也不算明珠暗投吧!"他有几分得意地说。又特别声明,前次赠款已经扣除了。

碧初十分感谢,说这笔钱正好帮助弗之复原。几次欲言又止,最后说:"托你办这事我觉得很对不起惠枌。"

明经立刻明白了,说:"我们的事师母是清楚的。在我心里并没有人能超过惠枌。"

碧初道:"我想她更是如此。"

两人又说起凌雪妍即将生产,碧初心里安排,这笔钱要分她一些度过产期。

明经说:"现在物价飞涨,钱不能存,最好有个处理。"

碧初说:"多亏你想到,就托你办。行吗?"明经想了想,答应了。

经过调养,弗之身体显然好转,时常起来走动,又坐在书桌边,写下了两门期末考试题,请李涟带去。

碧初开玩笑道:"真是好多了,我可没有许愿呀。"

青环在旁道:"我许愿了,我猜不只我一个人许愿。"

拾得忽然跳上膝来,拱着弗之的手臂,许愿的大概还有它。

三

期末考试结束,凌雪妍在小屋中改了最后一份卷子,深深叹了一口气。她终于做完自己应做的事,没有拖沓,没有耽误,现在可以专心迎接自己的孩子了。卫葑本要她就在城里待产,雪妍说产期还有一个月呢,还是到落盐坡住几天再进城来。雪妍离开前,把小屋擦拭了一遍。他们已在着手换一处房子,也在蹉跎巷,房间大些,可容三口之家。他们每次去看,都商量着这儿摆桌,那儿摆椅。卫葑更是悄悄地做些小设计,如修个炉台什么的。他想，雪妍下次进城来，要让她大吃一惊。

从城里到植物所已有马车，挨着车帮加两块木板便是长凳，座位谈不上舒适，但总可以节省些体力。他们从小东门上车，车行比步行还慢，遇有颠簸处，卫葑便扶雪妍下车慢慢走。一路望着蓝天绿树，渐近碧野清波，两人不时发出会心的微笑。

卫葑低声说："雪雪，你猜我在想什么？"

雪妍轻声回答："我只能告诉你，我在想什么。不久的将来，我们会是三个人一起生活。一起出门，一起进门，一起来来去去。"

这正是卫葑所想，他不由得拉住雪妍的手抚摸着，惹得一车的人都用快活的眼光看着这对年轻人。

一位老嬷嬷指着雪妍的肚子，说是男孩。

卫葑道："女孩也是一样的。"

老妇人先下车了，别的人说："老人说的吉利话，莫要改她的话。"

两人忙答应："知道了。"

从植物所到落盐坡路并不远，他们一路讨论婴儿的名字，设想了几个男孩名和女孩名，讨论热烈，但没有结果。毕竟雪妍身子沉了，这样转移目标还歇了好几次，一周前步行进城，只歇过一次。

他们刚到家门，便出来一位主人，热烈地欢迎，那是柳。柳绕着他们欢蹦乱跳，又堵住门口，伸出两只前爪，一人一只，握一握，然后几乎是把他们裹挟进门。米先生、米太太的热情也不逊色，因时近正午，送来米饭、油酱豆和芥菜汤，并劝解柳不要打搅。柳一直随着雪妍走来走去，这时便趴在西厢房外守望着。

这里的空间大多了，蓝天毫不吝啬地伸展着，没有轰炸，没有难民，小村十分安静，只有龙江水日夜流淌。过了两天，因有活动，卫葑进城去了。

碧初带了钱和青环,还有那副钻石手镯,来看望雪妍。雪妍说她能吃苦,她不需要钱。碧初拍拍她,说这是孩子话,坚持把钱和青环都留下。

　　临走时,拿出那手镯,说:"这是我给婴儿的。"

　　雪妍急道:"怎么五婶还是不收。"

　　碧初道:"我已经收过了,这是给小宝宝的。钱的问题已经解决了。你若不听我的话,五婶是要生气的。"

　　雪妍无奈,把东西收好,两人到米家稍坐。

　　"五婶来看我们了。"雪妍说。随后又用法文和宝斐说话。

　　谈话间,米先生严肃地提出一个问题:"我一直想研究一下你们的称呼。我知道蒚的母亲和孟先生是堂姐弟关系,照中国的习惯,蒚应该称孟先生五舅,怎么叫五叔呢?我这个问题冒昧吗?"

　　碧初微笑道:"米先生对中国的亲戚关系的用语这样了解。卫蒚是应该称呼我们五舅、五舅母,只因他的母亲——我们的堂姐是一位新派人物,她说对父母的亲戚应该同等对待,一定要这样叫。卫蒚的父亲也很新派,说是随便怎么称呼都可以。好在卫家没有一位五叔。"

　　米先生点头道:"平常听蒚说起,他的父母是很有趣的人,因为身体不好没有出来做事。"

　　雪妍慢慢地说:"他们很想离开沦陷区,这对于两个病人来说太困难了,他们把一切理想抱负都托付给了儿子。"

　　宝斐高兴地说:"他们的儿子要有儿子了。"

　　米先生和米太太去送碧初。雪妍站在院门前看他们走下坡去,觉得即将出世的孩子一定是一个幸福的人。

　　有了青环帮忙,日子更觉轻松,雪妍每天和米太太慢慢地打点婴儿衣物,做些针线,设计着、商量着,小院充满了安详的喜悦。

雪妍于期待的喜悦中有些恐惧,不知这一关能否过得去。

她也思念父母,思念她那两眼望天、心神不在这一世界的父亲,还有那事事操心、随时都在责怪别人的母亲。如果在他们身边,拉着母亲的手就不会不安,就不会害怕。

她已离家四年多,起先不愿意写信,家中消息也是辗转得到。后来怕父母熬不过思念,写信给母亲通些消息。信不敢多写,都要几个月后才到对方手中。不知他们现在怎样了,日本人又逼迫他们做了些什么? 这念头像块大石头让人觉得压抑、沉重。

又想起李宇明的死和那恶毒的流言。哀悼使她的心像有一个洞,落进了同情的眼泪;流言使她的心上像有一个硬痂,时常会尖锐地发疼。

青环见她闷闷的,说:"想要给你讲点故事开心,可是我的故事都是不开心的。"

雪妍道:"我听说你这个姑娘又能干又勇敢。"

青环摇头道:"我这个人是背时精,没人敢娶的。"说着眼圈红了。雪妍不愿深问。青环又道:"你真不知道我的事? 我问句话莫要说给别人:孟太太当真连你也没告诉?"

雪妍微笑道:"我们是不喜欢议论人家私事。"

青环叹道:"你是有福的,虽然父母不在身边,孟太太待你有多好!"

渐渐地在断续的谈话中,青环讲述了自己简单又奇怪的故事。

她十来岁时,被人拐卖,换了几户人家当丫头,最后落到平江寨,伺候女土司。那女土司人很漂亮,很贪,喜欢钱财,尤其喜欢玉石,有一屋子玉器。那地方潮湿,蜈蚣很多,都是很毒的,有养蛊和放蛊的说法,但她并没有亲眼见过。女土司用几味草药和蜈蚣一起捣烂,据说专治不治之症。

有一天，青环收拾屋子，从一个大瓦罐里爬出两条蜈蚣，咬在她手背上，手马上肿起来，连手臂都肿了。毒蜈蚣咬人和毒蛇差不多，有时可以致命，可是青环没有死，红肿消得也快。女土司奇怪，放几条蜈蚣在桌上，命她去擦桌子，她跳上桌子把蜈蚣踩死了。女土司很生气，说："我看你就是个放蛊的。"

青环说："我不合分辩了几句。我怎么会放蛊！我连毒虫都没得养。那女人更有气，说我的意思是她养毒虫了。以后就处处和我作对，一定要坐实我放蛊。也有人说她是要害我，来祭那些玉器。"

雪妍惊道："这像是几百年前的事。"

青环苦笑道："孟太太也是这么说，可是我们这些人就是活在几百年以前。我从平江寨逃出来，找回了家，母亲不久死了，又到姑母家，姑母不久也死了。去赶马帮，有人病死，都赖在我身上。我做了什么？我什么都没做。我真是不吉利吗？"

雪妍心上刺痛，低声道："谣言真伤人啊，伤了人叫人无法还手。那女土司分明是个造谣的，你要好好生活。活着才能证明，你和蛊没关系。"

青环摇头，低头做活。过了一会儿，抬头说："这次赶马帮，走到离平江寨不远，死了两个人。马锅头说是我放蛊，我又落到女土司手里。她说你逃呀，怎么又回来了，就把我关起来了。我黑夜逃出来，走了两天，在龙江边让来追的人赶上了。幸亏遇见嵋他们，我才有机会跳龙江逃命，居然没有淹死。后来也没有人找我。"

雪妍想起嵋说过，看见有人跳龙江，原来真就是青环。当下安慰道："你不要想着自己不吉利，正相反，你是大命人，经过这么多灾难还好好的。你该好好地活着，这是你的权利。"青环慢慢点头。

卫葑走后的第三天傍晚，雪妍忽然觉得不舒服，随后肚子越来越疼。米太太说大概是要生产。三人不知所措,商量着派青环去请碧初。青环一路飞跑先到赵二家借马,牵上山来。

碧初正招呼弗之服药,听见擂院门的声音,心下一惊,药汁泼洒了些,忙用手巾擦着。听青环说了情况,便交代嵋、合照顾爹爹,要往落盐坡去。

嵋很不放心,说:"娘我去行吗?"

碧初道:"傻孩子,你不懂的,好好照顾家。"她本不会骑马,青环说:"我会照顾的,我是赶马帮的。"果然虽夜色渐沉,却一路安稳。

赶到落盐坡,见雪妍勉强坐着,额上汗珠一滴滴往下落。碧初忙命烧开水,极力回想着自己生产时的情况,垫好被褥纸张,让雪妍靠着自己,帮她用力。

雪妍几次觉得死亡就在身边,就差一步,用力拉着碧初的手不放。碧初教她调整呼吸,有节奏地用力。

一直折腾到晨光熹微,雪妍忽然觉得身上一松,好像五脏都给掏空了。紧接着一声婴儿啼哭,把晨光惊得一跳,一个小人儿来到世上。

雪妍软软地松开手,大家也都松了一口气,包括守在门外的柳。米太太用意第绪语高声念了一句祝词。碧初剪了脐带,把婴儿抱给雪妍看。

雪妍昏昏沉沉,再无一点力气,望着婴儿喃喃地说:"你就是我的儿子?"

碧初忙加了一句,是男孩。

当下招呼雪妍躺好,洗过婴儿,包了一个蜡烛包,放在床上。碧初见母子安稳,才觉自己头昏眼花。跌坐椅上,休息了一阵,才渐渐好了。

天还没有大亮,卫葑回来了。他又惊又喜,向碧初鞠了三个躬,对米太太和青环也鞠躬致谢,又伏在雪妍耳边说些什么。雪妍眼中含泪,唇上带笑,抓住卫葑的手沉沉睡去。

从此,这个小家庭有了三个人。尽管他那么小,他是希望,是将来,是最强大的。

照碧初的意思,仍让青环在这里伺候。卫葑说五婶太辛苦,过了半个月,让青环回去了。他另找了一个小姑娘帮忙,但她不愿洗脏东西,乃由卫葑承担了伺候月子的主要劳动。他做得精细体贴,有条不紊。雪妍抱着婴儿,坐在自制的沙发上,发号施令。这是她从不肯的,现在她需要这样。因为她已经用全部力气给予了生命,因为她是母亲。

满月时,嵋、合代表父母来看望。他们很惊异人一开始时这样小。婴儿还没有名字,雪妍说这名字是要请五叔五婶起的。

嵋自告奋勇说:"我代他们起。我送他一个名字,就叫阿难。"

卫葑道:"阿难是佛祖的侍者,也是大弟子,他还有一个同伴叫迦叶。"

雪妍说:"这名字不错,总不能叫释迦牟尼吧。不过他姓卫,卫难不太好。"

合正仔细研究小娃娃,说:"可以加个不字。"

大家念了念,嵋说:"可以把不换成无。卫无难,怎么样?"

卫葑望着抱着婴儿的雪妍,说:"难总是有的。"忽然提高了声音,"叫凌难怎样,凌驾于困难之上,正好是妈妈的姓。"

大家拍手,卫凌难也趁机大哭起来,声震屋瓦。

"卫凌难,你要保护我们没有灾难啊!"雪妍轻拍婴儿。

"会的,会的。"卫葑虔诚地应和着。

下午时分,郑惠枌和李太太带着之薇、之荃来了。之薇整齐地梳着两条小辫,模样轮廓颇像姐姐之芹。他们还带了一篮面点,有花卷、甜糕等。

李太太进门先夸婴儿,随后又夸面点。拿了一块甜糕,在婴儿眼前晃着说:"小贩是好久不做了,这次是专为你做的。"

卫葑招呼客人,端茶倒水,不时伏在雪妍耳边说几句话。两人又不约而同地望一望那蜡烛包,好像怕他会突然不见。

惠枌心下好生羡慕,想着有贴心的丈夫和自己的孩子,大概是女人最大的福分了。

李太太似乎明白她的心思,发议论道:"女人就是命苦,生孩子受多少罪,可还要自找这个苦,以苦为甜这才叫真命苦。"

卫葑笑道:"这就是伟大的母性。若没有这种以苦为甜,人怎么能延续?"

士珍道:"伟大的母性,这是男人的论调,哄哄我们。"

惠枌道:"李太太说风凉话了,你什么都有了,可以这么说。"

大家笑一阵,说到搬进城的事。各家都已找了房子,估计到秋天,这里就没有学校的人了。可是城里也不安稳,从滇西、广西、贵州,日本人都可能打进来。

惠枌伏在蜡烛包上,看那张沉睡中的可爱的小脸,轻声说:"打来也不怕,我们有卫凌难呢!"

金士珍兴高采烈,说她看见满室彩霞,这样幸福的小家庭如今世上还有多少呢?新生儿,前途无量!父母必定会享他的福。卫葑听着,谢谢她的吉言。

又过了些时,雪妍身体渐好,都觉得她比产前更有精神。他们已定好下个星期搬家,再稍后几天,米家也要搬走。

卫凌难虽是早产儿,却很健康,一天一个样。他在蜡烛包里很不安分,会一点点往上蹿。上半身蹿出了褓褓,两手在空中挥舞,使雪妍佩服不已。

"真能干,宝宝真能干。"这是她自编的儿歌。他的哭声嘹亮,米太太说像是英雄齐格弗里德的号角。

每次喂奶,雪妍都觉得很神圣。乳汁的热流把她和婴儿缠绕在一起,连卫莛都在这以外。

卫莛开玩笑道:"我真有点嫉妒他。"

雪妍正照习惯对着墙喂奶,回头一笑。乌黑的短发衬着雪白的脸庞,半开的嘴唇红得鲜艳,幸福的光彩洋溢开来,似乎有一个大光环笼罩着他们母子。

卫莛觉得自己的心在膨胀,忍不住上前抱住妻儿,吻她的头发。

落盐坡小瀑布的水,有着冲刷的力量,卫莛在打着漩涡的水里漂洗东西,总是很高兴,还联想到流体力学的问题。

回来说给雪妍,雪妍叹道:"真不该让你去洗东西。"

卫莛说:"我高兴。"一面熟练地把各种破衣烂衫挂得满院,又搬了椅子让雪妍坐在房门前。"现在周游世界。"他指着一块布说,"这是美洲。"又指着一块布说,"这是欧洲。"一块布上有一大块黄印,"这是澳大利亚的独石。"一会儿又说:"我带你去太阳系逛一逛。"就随便指着,这是火星、这是木星地乱说,引得雪妍笑个不停。卫莛屋里屋外忙着,还不时摸一摸雪妍的手,抚一下她的头发,看她坐得是否舒适。

"哇——"齐格弗里德的号角响了,米家夫妇应声而出。宝宝睡觉时他们都不敢大声说话,这时,米太太跑去抱起婴儿,在当地转了几圈,才递给雪妍。婴儿一到母亲怀中马上不哭了,雪妍笑着抱他进房。

米太太跟进来,在雪妍耳边说:"亲爱的雪妍,我来宣布我又怀孕了。"

雪妍高兴地抓住她的手,骄傲地说:"我们是永远存在的。"

现任的母亲和未来的母亲目光相遇,都十分感动。

院门口一阵笑语。"庄先生。"卫莛从破衣烂衫下钻过去迎接,果见庄卣辰夫妇走了进来。

"雪妍,我们带来好东西了。"玳拉边走边说。

雪妍忙到布幔后整理衣服。婴儿已经吃饱,便由宝斐抱出相见。卤辰、玳拉放好大包小包的食品,有奶粉、可可等。卫葑介绍了婴儿的名字。

雪妍出来了,和玳拉拥抱。玳拉说人们看到这样年轻美丽的母亲,和这样漂亮的婴儿,心中自然会生出爱的力量,和平的力量,可以战胜一切困难。

她从手提袋里拿出一封信放在雪妍手中说:"这是我们带来的真正的好东西。"

雪妍已经感到这信的分量。这信封上写着卫葑、凌雪妍收,又写着孟樾、庄卤辰烦转,生怕收不到。

庄先生说:"让雪妍看信,我们院子里坐。我们专门送信,借了车来的,车停在坡下。那小瀑布很美。"

卫葑笑道:"洗东西很方便。"

米先生煮了茶来,大家谈话。雪妍颤颤地打开信,一眼便看出这信是爸爸写的。

"亲爱的雪雪和葑,我已辞去了那职位了。他们已经把我的名字用烂了,把我榨干了。有些新秀想要这个头衔,(你能想象吗?)有人接替,终于放了我。"

雪妍很久没能看到父亲的笔迹,这字迹的飘逸和他那心不在焉的神气有些像。这是好消息,可是过去已不能更改了。母亲说北平城内生活很苦,缺粮少菜,但他们还好。雪妍为父母得到的待遇感到一阵羞愧。

她把信读了好几遍,渐渐平静下来,走出房门递信给卫葑。卫葑读了一遍,向大家说了,都说是好消息。雪妍抱着婴儿,把信放在褓褓上。

玳拉笑道:"三代人团聚。"几个人心中都有问号,这真正的团聚究竟在哪一天。

庄家也在筹划搬进城,因小黑马无法安置,一直迁延。已看中一处房子,离蹉跎巷不远,还未谈妥。

因车在坡下等着,他们不能久坐。卫莛送他们下坡,到瀑布边,汽车夫正舀水冲车,说这水真好,就是石头太滑。雪妍抱着婴儿,站在院门外送他们离去。

快开学了,卫莛系里有些事,进城去住两天。

雪妍觉得身体已够强壮,不想什么事都等着卫莛。这天下午,她用棉被把熟睡的婴儿围好,心里说这是堡垒,妈妈为你做的堡垒。

她提着装脏布片的竹篮刚出房门,卧在院中的柳立刻迎过来。它把篮子衔在嘴中,四只脚不断地捯动,似乎在高兴地说:"你好了,你又要去洗衣服了。"随着走出了家。

雪妍站在院门前,听见小瀑布的水声,如低吟、如细语。她循着蜿蜒的石阶下坡,身体有些摇晃,连忙扶着路边的树站了一会儿。柳抬头关心地望着她。

"没事!"雪妍说,拍拍柳,两个慢慢走到那潭水前。瀑布声越来越强壮,"齐格弗里德的号角",雪妍轻快地想。潭边有人在洗衣服,都热心地问小娃娃可好,说雪妍养得不错。

一个妇人站起来时,扶了扶脚下的石头。雪妍又一次想到这里真应该装一个栏杆,给大家方便。

一时间,洗衣人都散去了,只剩下雪妍和柳。她把布片在水中刷洗,又想起远方的父母。他们可知道雪雪在做什么?他们什么时候才能见到阿难?很快洗好了,她要赶回去看阿难是不是要冲出堡垒。

水涡旋转着,她有些头晕,站起身时也去扶脚下的石头,可是身子一歪,很轻地,没有一点声音地滑进水里。雪妍似乎听见卫莛那一句"雪雪你来!"又听见爸爸的那一句"雪雪你恨我吗?"她不要离开,她不要恨,她要紧紧地抱住亲人,可是她周围只有抓不住的水。漩涡推着她旋转,瀑布的水声淹没了她的呼救。她向下沉,向下沉,似乎回到了北平家中自己的小天地,那两扇玻璃门沉重地关上了。

柳在潭边来回急走,大声狂吠起来。近处没有人,它毅然跳进水中,赶上衔住雪妍的衣服,撕下一块衣襟,却拉不起雪妍,它自己也向下沉去。

雪妍不见了,柳也不见了。瀑布的水花,不断落下,如盐如雪。

有人听见吠声,赶过来看,只有装满干净布片的竹篮静静地在青石上。

卫葑办完了公事,到新居去查看。玳拉的朋友回国,留下一张沙发床,卫葑要了,摆在室中。他想起北平,那精心布置的新房没有用上,现在有一张旧床就很好了,床很软,雪妍一定会高兴。

时近中午,不知为什么,他越来越不安,在巷口匆匆吃了一碗米线,就出城去。他走得很快,几乎是目不斜视。就要到家了,他默念着。可是离家越近越觉不安,走过瀑布,水还是那水,石还是那石,好像什么也没发生过。

上坡时遇见几个村人,同情地招呼"卫先生回来了",都是欲言又止。

"什么事? 出了什么事?"

卫葑大步进了院门,冲进屋里,屋里站着不少人,有米家夫妇和村里的几个熟人。

婴儿还在熟睡,在堡垒里。

"雪妍呢?! 雪妍呢?!"卫葑发出一声嚎叫。雪妍在哪儿? 是不是在和我捉迷藏? 快出来! 快出来!

米先生把他摁坐在椅子上。村中一位长者对卫葑说,有人看见雪妍带着柳去洗衣服。又听见狗叫,叫声很急,赶去时人和狗都不见了。已经打捞过了,这潭通着龙江,是捞不上来的。屋角果然竖着两根长杆,卫葑冲过去抓起就走。众人忙拦住。

米先生说,让他去看看,他怎能不看。

于是有人拿着长杆,有人拉着卫葑,又到潭边。

"雪雪——雪雪——"卫葑大喊,声音在石壁上撞碎了,消失了,哪里有雪妍的身影。

消息传到孟家,大家都惊呆了。碧初痛哭失声,弗之泪流满面。合子刻了一个图章,刻的是"凌雪妍不死"。他边刻边哭,不让人看见。

嵋哭得抬不起头来,她想起香粟斜街小院里最先熄灭的那支白色蜡烛。她做了一篇祭文,把雪妍比做凌波微步的洛神,她写:"洛神之美在其形,凌姊之美在其韵。奈何水花拥之,波涛载之,河伯掳之。"

写到这里,实在写不下去,纸也湿了一大片。她便把眼泪和这未完成的祭文献给凌姐姐。

三天以后,有人在龙江大石头处,发现了雪妍,宽大的白袍,像一朵花,她安卧其中。人们把她抬起,放在临时编就的竹床上。卫葑在竹床边相守,如此三日夜。

大家帮着在铜头村那边买得一口棺材,什么木料现在也考究不得了。又在龙江坡上圈了一小块地,村中的老石匠刻了一个石碑。

下葬那天,晴空万里,太阳光没遮拦地照下来,烤着大地,烤着河水。似乎要把河水烤干,惩罚它的暴虐。河水上一片白光,闪亮着,奔腾着,发出呜咽的声音。

学校来了很多人。弗之扶杖携全家走来,王鼎一、夏正思和系里的人,庄卣辰全家和卫葑的熟人,澹台玹、玮还有李涟、钱明经、尤甲仁等都到了,还有不少学生。

雪妍睡在棺中,一床素花棉被裹得严实。人们看不见她,却都感觉她的音容笑貌,仍是活生生的。

嵋抱着阿难站在棺前,阿难大声哭,嵋小声哭。忽然有人指着大石头说,那是什么?嵋把阿难交给青环,向坡下跑去。人们把柳拉上来,放在当地。柳死了,嘴里还紧紧咬着那块衣襟。

卫葑在葬礼上忍住不哭,他知道这是雪雪希望的。在把嵋的祭文和合的图章放进棺里时,他的眼泪夺眶而出。他想扑在雪雪身上,放声大哭,可还是强忍住了。他和一个村人一起钉好了棺材,每一颗钉都像钉在自己心上,又和几个人抬起棺材放进穴里,夏正思、钱明经、李涟等都帮忙。大家想起尤甲仁夫妇对雪妍的诽谤,不自觉地对他们侧目而视。

卫葑向穴中投了第一铲土,玹子过来在阿难手中放了一点土,小手还抓不住东西,自然地落进穴中。

一座新坟很快筑起,坟前的青石碑上刻着"爱妻凌雪妍之墓",一行小字是"卫葑率子凌难立于民国三十二年八月"。

从此,雪妍远离尘嚣,只对着滔滔江水,失去了人间的岁月。

她不是一个人,她有柳陪伴。人们把柳连它紧咬着的衣襟,葬在雪妍坟侧。众人向雪妍行礼后,又向柳恭敬地鞠了一躬。

整个葬礼中阿难都在哭着。回到他的床上,他还在哭。这不只是运动的哭,这哭声中充满了悲痛、困惑和恐惧。

卫凌难之歌

卫凌难的歌是接续生命存在的歌,是不死的歌。

我大声哭。因为我没有了母亲。我习惯依靠的柔软的
胸,吮吸的温热的乳汁,都不见了。我伸手便可以摸到的实
在的脸庞、头发和那一声"宝宝",都不见了。人们把我抱
来抱去,在许多颜色和许多声音里穿行,想冲也冲不出去。
我只有哭。

几天来送到嘴边的东西都很陌生,我先是用力挣扎,想
逃,想躲,我要那属于我自己的。后来,我太累了,太饿了,
我吸下了别人的乳汁。有人大声叫:"行了,这个孩子能活
了!"人们把我从这一个母亲胸前抱到那一个母亲胸前。
她们温柔地拍我,摇我,给我吃奶。我怎么会死? 我不
会死!

他们议论,老石匠爷爷家母羊下了小羊,可以让卫先生
牵去。一天,人们牵来一个东西,是柳吗? 不是。它的头和
柳很不像,父亲说这是羊。它有奶,它会养活你,你要感谢
它。羊叫的声音很奇怪。青环站在羊旁边,我认识她。她
摸摸羊,又摸摸我,说:"我照顾你们两个。"

我们要走了。米先生和米太太,还有许多村人,送我们
上车。米太太拉着我的手,摸摸她的肚子,说着什么。米先

生大声说出来:"我们的孩子和阿难是兄弟。"

我们离开这块地方。我在这里出生,我的母亲在这里死去,我吃遍了这里年轻母亲的奶,带走一只羊。

人都不见了,父亲抱我走进新家,把我放在床上。他看着我,我看着他,他忽然呜咽道:"卫凌难,这是我为妈妈和你准备的家。可是她不存在了,只有我们两人了,只有我们两人了。"随即伏在我身上痛哭,我也哭。于是我从里到外都湿了。父亲闻到了气味,一面抽咽着,一面为我整理替换。

我是卫凌难,我没有母亲。

父亲常常和我说话,他说战争是个恶魔,它吃掉许多人,吃法很多——战场上的枪炮、对后方的轰炸、疾病、瘟疫,还有完全意料不到的灾难。只那恶魔翅膀的阴影,也可以折磨人到死。家里常有客人来,他们轮流抱我,讨论许多事。我知道日本鬼子在哪里进攻,又在哪里轰炸,鬼子制造恶魔。他们不准人活,因为他们是鬼子。

我是卫凌难,我生在战争年代,在生和死的夹缝里,我活着。

过了些时,我从来往的人中分辨出两个女子,一个人们叫她何曼,一个父亲让我叫她玹姑。她们都常来,对我很关心。

一天晚上,何曼和父亲谈话时间很长,似乎是何曼要父亲去什么地方。

父亲说:"我怎么能扔下阿难不管?"

何曼说:"你可以托付别人。比如说交给我,我们是同志。"

父亲没有说话,走过来看我,惊异地说:"他睁着眼睛,像是在听。"

何曼道:"你真会想象,他懂什么!"

而玹姑以为我什么都懂,她对我说:"你看玹姑很漂亮是吧?从前还要漂亮呢!"

她们的意见常不一致。青环对爸爸诉苦:"何小姐说奶要凉一些,澹台小姐说奶要热一些,你家说咋个整?"爸爸回答,不凉也不热。

我吸着不凉不热的羊奶,终于会发出一个声音"妈妈"。

"妈妈!"我大声喊。

"喊吧! 喊吧!"回答的是爸爸。

爸爸要到什么地方开会去。他问我喜欢何曼还是玹姑,我就大声哭,哭是我的歌。我要我的妈妈,我自己的妈妈。

爸爸慌忙抱我、拍我,说:"我也是一样啊!她永远不会离开我们。我们是三个人——"爸爸指指心口,跟着我哭。后来他说:"还是青环率领你和羊吧,还有五婶一家呢。"

爸爸不久回来了,见我好好的,说:"我是试试看,能不能离开你。可惜生活不能做实验,不能重来一次。"

生活是一阵风,哪怕吹得山摇地动,过去了,就回不来了。生活是流水,哪怕有一层层漩涡,逝去了,也是回不来的。如果生活能够重来一遍,每个人都是圣人了。这是爸爸的字句。

爸爸不在家,我吸完不凉不热的奶,只能躺着看屋顶。天似乎黑了,我想要一点什么,可是我不知道要什么。这时,忽然有一种很响的声音,很刺耳,很怪。

青环冲进屋里一把抱起我,连说:"警报! 警报!"

院子里有人说:"这么久没有警报了,怎么又来?"

青环抱着我不知怎样好。走到院门又回来,不断地说:"阿难呀,咋个整?"

天确实黑了,人来来去去看不清楚,有人招呼青环:"我们出城去,你可走?这要你自己拿主意。"

也有人说:"这么晚了,飞机不会来的。"

青环只管说:"阿难呀,咋个整?"

过了一会儿,玹姑来了,她拿了一床小被,把我包起,放进儿童车。

青环不说咋个整了,只管推车,跟着玹姑快走,有时一人推,有时两人抬。

青环称赞道:"玹小姐,你家好能干。"

人在黑暗里散开,我看见一个非常大的屋顶,上面嵌着什么亮点儿,在眨眼。我们坐在一条小河边,我睡着了。

不知过了多久,我听见玹姑说:"我们回家去。"于是,又推又抬,走了一段。忽然有人说:"你们在这里,我到处找。"是何曼的声音。她们说着话,走得很慢,我可以慢慢看那非常非常大的屋顶。

爸爸说,阿难跑了第一次警报,但愿也是最后一次。

何曼身上常有一种气味,爸爸说那是油墨味。玹姑身上也有一种气味,爸爸说那是薰香味。我不喜欢油墨味。可是爸爸说:"那代表一种理想,我向往那理想。可是我也更喜欢衣香。"

爸爸还说:"战争把时间缩短,逼人忘记,逼人选择。阿难,你知道十字路口吗?我现在就站在十字路口。"

我是卫凌难。父亲告诉我,生活里会有许多十字路口。我该怎么办?

我只有哭。哭是我的歌。

第 八 章

一

岁月流逝,自从迁滇的外省人对昆明的蓝天第一次感到惊诧,已经好几年过去了。这些年里许多人死,许多人生,只有那蓝天依旧,蓝得宁静,蓝得光亮,凝视着它就会觉得自己也融进了那无边的蓝中。它没有留下一点敌机破坏的痕迹,它这样宽阔,这样深邃,连妖魔鬼怪也都能融成美丽的蓝。

在这样的天空下,在祖国的大地上,人们和各样的不幸、苦难和灾祸搏斗着,继续生活,继续成长,一代接着一代。

在疏散到东郊的人家中,孟家人是最后一家返城的。腊梅林房舍造造停停,可也终于造好了。弗之身体已经复原,碧初也还可勉强支撑。全家人打起精神,收拾这些年慢慢增多的书籍、文稿,那些千变万化的煤油箱,还有衣服被褥锅碗瓢勺等。

他们对这小村十分依恋。这里的山,这里的河,那些花草树木,还有那关于龙的传说,都印入了他们逝去的岁月。

这里还埋葬了他们的亲人凌雪妍。大家都走了,只有奔流不息的龙江,和永远忠诚的柳与她为伴。嵋、合商量着要向凌姐姐告别,碧初没有让去。

李涟先一步返城,又带人来村里帮忙,用一辆大车和几个挑夫,就大致搬运完毕。最后孟家人雇了赵二的马车,装了剩下的东西,四人坐了,一个篮子装了拾得,一路"喵呜"着,沿着芒河走去。绿色的小山和绿色中透露出的房屋都渐渐远了,看不见了。

"我们还会回来吗?"合子问。

"我们回来参观。"嵋说。意思是,不是回来躲藏。

弗之叹息。心想,也许我们还要藏还要躲,将来的事还很难说。

腊梅林在等着他们,那房屋很是简陋,但终于是从炸弹坑里站起来了。他们回到了这里,离北平总算近了一步。无论有多少依恋,都超不过对北平的依恋。他们收拾房间布置桌椅,怀着依恋,怀着希望。

一个房间用板壁隔成两半,嵋、合各有了自己的地盘。他们可以隔着板壁说话,很快就发明了一些暗号,暗号也没有特别的意义,不过是一种招呼。

嵋躺在床上,记起那天轰炸的情景。自己是从泥土里爬出来的人,说是坟墓也可,留下的不只恐怖还有屈辱,她抖落身上的泥土,像狗一样。他们没有哭。他们站在炸弹坑边,从泥土里刨出自己的家,也没有哭。这时想起来倒想大哭一场,不知为什么。

"嗝、嗝",合子在敲板壁,意思是:小姐姐你睡着了吗?嵋回敲,告诉他我没有睡着。"嗝、嗝",合再敲;"嗝、嗝",嵋回敲。他们敲出了快活的节奏,不久进入了梦乡,做着返回北平的梦。

大戏台的先生们都来看望。玹、玮更是高兴,不仅常来,有时还分别在嵋、合两室中住宿,他们称之为"挤老米",他们喜欢挤老米。

绛初夫妇建议玹子到美国留学,玹子迟疑着,手续办了一半又停下了。她常去照看无母小儿卫凌难,来时总向碧初请教育儿方法。

凌雪妍再也不会回来了。嵋在竹书架上摆了一张雪妍在北平家中的照片,雪妍倚栏而立,背后是一片花海,哪一朵花也比不上那绮颜玉貌。大家只有多拍拍阿难,抱抱阿难,掩住心中的叹息。

还有一个人能来而没有来的,是庄无因。玮玮说他念书念疯了,好像生活在另一个世界。庄家因为城里无处养马,一直踌躇,还没有搬回城。

开学后不久,一个星期天,是明仑大学校庆。学校借了一处会馆举行庆祝会,众先生携眷参加。自躲避轰炸,大家分散在东西南北郊,这是一次大聚会。

秦校长致词说:"抗战以来大家备尝艰苦,可是从不气馁。我们已经过了这么多年跑警报的日子,现在总算脱身出来了。时局仍不容乐观,我相信我们无论在什么样的情况下,都会同心协力竭尽绵薄,把合格的人才交出去。滇西是一个重要的门户,我们必须打胜。打胜仗有一个重要条件,就是和盟军很好地合作,那就需要翻译人才。我们学校无论哪一系的学生都通晓英语,需要时都可以做出贡献。已经有同学参加了远征军,为抗战直接出了力,这是值得欣慰的。今天让我特别高兴的是,我不只看见一年一年学生们毕业之后为国效力,也看见孩子们都长大了,他们会是一份力量。我记得孟合己要造飞机,是不是?"

他用眼光找到了坐在父母身边的合子。

合子站起身,朗声回答:"是的,我造飞机不只为了救国打日本,也要让人类能飞起来。"

先生们以赞许的眼光看着他。弗之和碧初惊异地互望,原来合子已经紧随着嵋,长成一个少年了。

又有几位先生讲话,都说到近来的战局。庄卣辰特别做分析说,现在欧洲形势好,日军的战线拉得很长,有些招架不住了,可是他们还会在中国战场上做困兽之斗。我们如果不收复滇西失地,就会受到几面夹攻,说不定会成为难民。他讲话后,众人议论:要做难民,可往哪里逃呢?

接着是即兴表演。大家随便走动,嵋和几个同学在一起,忽然看见庄无因站在面前。无因穿一套米色西装,系着绛色领带,沉思地望着嵋。

"嵋,"他难得地微笑,"我们好久不见了。"

嵋第一次看见无因穿得这样整齐,觉得有些陌生,遂不觉评论道:"你很神气。"说了又有些不好意思。

无因道:"你才神气,你已经完全是大人了。"

嵋穿一件普通的竹布旗袍,是峨的旧衣服。显眼的是衣襟上有三朵小红花,是嵋自己绣的。套一件空花淡蓝短袖毛衣,是玹子给的。素朴的衣装衬出嵋苗条的身材,行动间已显婀娜。

这时,司仪宣布下一个节目是华验中学的小合唱。嵋垂下眼睛,又抬起,略微弯曲的睫毛罩着柔软的眼睛,向无因笑笑,忙和同学们跑上台。这神气无因见得多了,他总觉得嵋在抬起眼睛的一刹那,一切愿望都会实现。

他们唱的是那首《多年以前》。音乐老师说,要让父母们回想起多年以前的故事。

有几位先生唱昆曲,唱的是《长生殿》的九转。他们唱到"我只为家亡国破兵戈沸,因此上孤身流落在江南地",众人都觉黯然。

弗之、碧初听着这曲子,都想到凌家父女。雪妍已升仙界,凌京尧现在不知怎样了。

庄卣辰为玳拉讲解这曲子,玳拉对碧初说:"我听过凌京尧先生唱昆曲,虽然不懂却觉得好听。"

正好夏正思和几个外语系的教师在旁,夏正思叹道:"他们怎能忍受雪妍去世的消息。雪妍最会教书,我很奇怪这能耐是哪里来的。"

碧初轻声说:"因为她心里总想着别人。"

聚餐时,年轻人俱都离开了父母,聚在一起。庄家兄妹和孟家姊弟还有别的几个小朋友,把菜肴拿到回廊外一个石桌上,大家或坐或站,高兴地谈话。

嵋告诉无因峨的近况,无因沉思道:"你姐姐是一个奇特的人,不过你是一个更奇特的人。"

嵋说:"那么你是一个更更奇特的人。"

他们端着盘子坐在回廊拐角上,随意谈话,似乎是接着昨天的话题,没有间断。

无因明年大学毕业,父母师长都要他参加留学考试,他则宁愿上本校的研究院。

"你说呢?"他问嵋的意见。

明年,好像太遥远了,眼前滇西的战事好像倒近些。

"晏老师经常给我们讲时事,他讲时事和讲诗词一样,热情奔放。"嵋说。

之薇在一旁道:"拍桌子,打板凳,经常吓我们一跳。"

"很有感染力?"无因仍望着嵋。

"有一点。"嵋咬着一块点心说。

无因看见露出的黑色的馅,"枣泥馅的?"嵋点头。"我再去拿几块给你。"

这时,梁明时走过来,说了些关于数学课的事。

嵋问:"为什么代数比几何难?"

"也有人觉得几何比代数难。"梁明时说。

"我就是。"之薇轻声说。

梁明时道:"若要回答,可以说因为几何是几何,代数是代数。也因为孟灵己是孟灵己,李之薇是李之薇。"

大家想想,都笑了。又说起嵋等现在看的书,其中有纪德的小说《窄门》,写一个盲人的故事。梁先生说他喜欢这本书,原来梁先生也看小说。

无因拿了点心来,梁先生问是不是枣泥馅的,原来他也喜欢枣泥馅。又有别的先生走过来和他们说话。航空系的女教授徐还来找合子,说了一阵飞机的事。

尤甲仁夫妇略事周旋,先走了。刘婉芳本来和他们在一起,这时走过来找邵为。邵为在一座花丛前正和梁先生讨论着什么,叫她心里很烦。

"你们整天讨论这些抽象的东西,做不出一件好衣服,开不出一桌好饭,有什么意思。"她想着,低头看身上的半旧藕荷色绸袍,这破东西不知道还得穿几年。在回廊上看见嵋、之薇等女孩穿着朴素,却掩不住青春和智慧的活力,又羡慕又不以为然。

她已经有了不去打扰邵为的习惯,倚栏望了一会儿,见他面容清瘦,一副营养不良的样子,心下怜惜,眼前却又浮出朱延清的潇洒形象。开画展那天,朱延清送她回家,虽没有说几句话,那派头那气度,不是一般人比得了的,好像随时可以送人一辆汽车。

她叹了一口气,忍不住叫了一声:"邵为,走不走?"

梁先生听见,忙命邵为过来。

邵为赔笑道:"你在这里,我拿几块点心来好吗?"

"谁要你的点心。"

邵为不知她何故生气,只好说:"回家吧。"婉芳一路用手帕拭眼睛。

嵋看见这些,心想,凌姐姐不会这样对荸哥。分手时,大家都觉得很不圆满,因为没有卫荸和凌雪妍。

大家陆续散去。几个年轻人还恋恋不舍不愿走开,他们要无因讲一讲什么是相对论。

无因捡了一块黄泥,在石桌上画了个简单的图,他的讲解深入浅出,若是爱因斯坦本人听见,可能也会赞许。

讲了一阵,无采说:"好了,好了,真都那么爱听吗?不爱听就走开。"

无因语气很温和,仍拿着黄泥在桌上画,大家仍围着听,可是他越讲越深,大概要进入另一个世界了。

无采要走,嵋拉住她,说:"再等一会儿。"

梁先生又走过来,说:"你们还不解散,家长都等着呢。"低头看那黄泥图,说:"从图论的角度看,你这条线不对。"拿起一块泥改了。无因立刻明白,连声称谢。

嵋说正演《人猿泰山》,四人商量去看。于是禀明了大人,一起往南声电影院来。影院前人山人海,挤得水泄不通,好像全昆明的人都集中在这儿了。

无因说:"这也是难民,精神的难民。"

他们没有票,嵋说:"我们想当难民还当不上呢。"

"谁说的?你们站着不要动。"

无因一面说着跑开去,不一会儿,就拿着四张票回来,是从票贩子手里买的,当时称为买飞票。无因当时已经在教家馆,除自己零用外,还可以贴补家用。

这时上一场散了,街上人更多了。

"买花来!买花来!"几个中学生,推着一辆板车,堆满鲜花,车上插着横标,大字写道:义卖。下有两行小字:逃难同胞是我们的兄弟姊妹,请解囊相助。虽已是下午,花色仍很鲜艳。

无因立刻上前买了四朵红玫瑰,给嵋和无采每人两朵。

"白先生!"忽听合子有礼貌地招呼。果见白礼文站在车前,仍是衣冠不整,趿拉着鞋,看见他们,似乎不认识,随手抓了十来朵花,说是要买。

卖花的女学生说了价钱,他先一愣,然后拿出钱来,一面说:"我就是来上当的,不上当,怎么安心。"

随手把花递给合子,说:"告诉老孟,我真的回四川了。"随

344

即挤入人群。合子捧着花发愣。

"我帮你们扎一扎。"卖花人说,很快扎成一个花球。

大家向人群中去找白先生的身影,哪里还寻得见。

他们找到座位,灯光渐渐暗了。银幕上照出一位女子,一面咬着一个又红又大的苹果,一面在看书,很是悠闲。忽然间人声鼎沸,一群野象狂奔而来,把小小的村落踏平了。在断瓦颓垣中,站起一个小男孩,他哭着喊妈妈,喊来了几只大猩猩,一只面容温柔的母猩猩把他抱起,他成为猩猩家族的一员。这就是《人猿泰山》故事的开头。那书当时很流行,电影根据书改编,更加流行。

走出电影院时,无因评论道:"人和动物可以建立深厚的感情,甚至胜过人际关系,虽然它们不说话。"

"比如你的小黑马。"峨举着玫瑰说。

合子说:"我想到柳,它的忠诚无与伦比。"

无因道:"狗的忠诚是奴仆的忠诚,马的忠诚是朋友的忠诚。"

峨、合不以为然,说:"大家从来没有把柳当成奴仆,它是我们的朋友。"

无采忽然说:"马和狗是不一样的,我想哥哥说得对。"

峨、合没有养过马,无话反驳,都沉默了。

峨垂下头,慢慢地说:"我觉得,我觉得很对不起柳。"

无因看着峨想了一下,郑重地说:"我道歉,我知道柳是朋友,也是我的朋友。其实我也很对不起黑马,我们把它卖了。没有办法,城里没有它住的地方。"

住在城里不再需要马,这是主要原因。无因知道,可是他不愿意这么说。他们已在翠湖边的先生坡看好房子,已可暂住,不久即会搬来。同院有一位英国汉学家沈斯,正在把《中国史探》译成英文。

四人一路说说笑笑,一起到腊梅林来,把树上的鸟儿都惊飞了。

　　因、采见过碧初,便到嵋、合子这边,东摸摸西看看,说墙上怎么没有贴大字。

　　嵋笑道:"我早不写大字了,我再写字就是书法了。"又见过道里放着几块木板,嵋说:"玮玮哥要给我们做书架的。"

　　无因道:"我和澹台玮的想法常常很像,可是做起来我差多了。"

　　说了一阵话,门外有人喊"三姨妈",原来是慧书来了。

　　她看见无因十分意外,急忙转身到碧初房里去了。一会儿又过来,对无因说:"你就要毕业了吧?"

　　无因道:"就是,我明年大学毕业。嵋高中毕业,她要上数学系。"

　　"谁说的?"嵋问,一转念又说,"也可能。"

　　合子道:"你这是自找麻烦,你常常不会做数学题。"

　　嵋把头一歪,道:"我爱走迷宫呀!"

　　大家又说些学校里的事。因、采辞去,三人送到门口。他们从陡坡下去,真像是沉入了地底。

　　慧书要在梅林里坐一坐,嵋让合子先回屋。腊梅未开,梅树自有一种清气。两人默坐了一会儿,慧书拉着辫梢,抚平辫梢上的蝴蝶结,欲言又止。

　　嵋说:"你一进门我就觉得你有心事。"

　　慧书说:"什么事瞒得过你。我是有事找三姨妈,只跟你说点临时的。"

　　嵋说:"你说临时的我也当永恒的听。"

　　慧书因道:"我的功课一点不难,同学里很少用功读书的,本来就是为得一张文凭。"

　　嵋笑道:"好做嫁妆。"

慧书轻拍了她一下，叹道："真的，我们都长大了。我自找麻烦，选了一门微积分，真太难了，你帮我补习好吗？"

嵋说："慧姐姐找错人了，我怎么能帮人补数学！"

慧书道："你不是要上数学系吗？"

嵋笑道："是有这个想法，只不过是因为梁先生也爱吃枣泥馅的点心。"她垂下眼睛，随即抬起，"要人帮你学习，我想庄无因最合适。我来问问他有没有时间。"

慧书大喜，说："你怎么会想到他呢？"

嵋故意说："你其实也想到了。"慧书望着远处微笑不语。

两人回到房中，慧书和碧初谈了许久，晚饭时不肯留下，说家中有事料理，自别去。

又过了一阵，大学中的剧团和中学联合举行了一次颇具规模的义演，以支援前线，赈济难民。演出的是话剧，王尔德的《少奶奶的扇子》，莫里哀的《伪君子》，曹禺的《家》等。

华验中学有一个青鸟文学社，是几个高三学生组织的，晏不来老师指导，嵋也参加。他们传看各种书籍，偶然也煞有介事地讨论。一次谈到梅特林克的《青鸟》，他们读到的是散文形式的童话。晏老师说，这原来是一个剧本。他忽然眼睛一亮，说："我们何不演呢？"

当时找不到原著，晏老师根据译文改编成剧本，在大、中学里的爱好者中传看，大家都很赞赏。于是晏老师自任导演。当时设备简陋，演童话剧简直是不可能，不过有晏不来这样热心的导演，没有什么是不可能的。

晏老师从开始就认定，嵋演剧中主角最为适合。嵋觉得很有趣，她也要上台了，和周瑜一样。晏老师想让合子演弟弟，合子摇头，说他情愿看戏，不愿演戏。后来由无采女扮男装，扮演弟弟。之薇的角色是大黑猫。剧本的词句经过晏老师润饰，已带有古典诗词的意味。有的同学说不容易背，嵋这一班的人早有训练,都很喜欢。

演出的时间在十二月,有人穿了薄棉袍,有人还穿着短袜,这是一个乱穿衣的地方。

排演时,嵋穿了无采的洋装,无采穿了合子的衣服。他们在台上走来走去,之薇不出场时,在幕后当提词。无采常常忘词,有一次忘了词,又听错了提词,自己觉得可笑,就笑出声来。嵋也跟着笑,一时台上的演员和台下的几个观众都大笑不止。晏不来叹道:"做了大学生就不会这样了。"

真的演出了,玹子和慧书动员了云南军政界的夫人们,买了很贵的票。这种童话剧为她们所未见,看了以后评论,说这戏教人学好。庄无因、澹台玮都邀了熟人来看,反应不一。报上有文章,称赞这是一个美丽的童话,也是一次美丽的演出。

但是没有想到除了这些美丽的评论,还有极严厉的批评,说这童话本身就大有问题,只讲调和不讲斗争,只讲安分不讲进取,让中学生演这样的戏显然是不恰当的。

晏不来受到众社朋友们的批评,很懊丧。他们说不应该教中学生念太多诗词,也不应该演《青鸟》。这当然是有来头的。

晏不来不能心悦诚服,颇为灰心,和嵋谈起。

嵋不能懂,说:"在这样的乱世里求一点内心的平静,也不行吗?人岂不太可怜。"

戏演过了,嵋见到了、也懂得了一些从前没见过也不懂得的事,而真正出人意料的事还在后头。

一个星期天,嵋拎了一个篮子,篮中有两斤面粉四个鸡蛋,到城墙边的轧面铺去。那里有一个轧面机,可以把原料轧成均匀光滑的面条,这是孟家人爱吃的鸡蛋面。

她走过一个茶馆,仿佛听见有人招呼。顺着靠在台阶上的粗细烟袋往上看,见晏不来老师坐在一张桌前对她招手,便走了进去,又见同桌几个大学生都是满面怒色。

晏不来说:"我们辛苦劳动了几个月,义演收入本来是给难民添置衣被药品的,这笔钱你知道上哪儿去了?"

一个学生说:"你做梦也想不到,这笔钱到了赈济机关,全落入私人手里。"

另一个学生说:"这是贪污!你怎么不说得简单点。"

晏不来说:"我有同学在赈济机关,知道这些事。卖画、卖花、义演、展览得的捐款都到不了应该去的地方。"

"他们怎么做得到!"嵋说。

一个学生说:"花样多着呢,报假账伪造收条,真要查起来,给点贿赂也就过去了。"

嵋想,连白先生的上当钱都在里面了,可那些贪污的人要这些钱做什么用呢?她就这样问了。几个大学生都说她简直是从童话里来的。

晏不来说:"这种行为对童话也是一种亵渎。"大家商议要组织调查团。

嵋并不像他们那样气愤,安慰说:"总会有惩罚的吧!"众人听了这句不着边际的话,倒得了些安慰。

嵋在轧面机前看着微黄的面条瀑布似的从机器里流出,不像每次那样欢喜。鼹鼠饮河不过满腹,鹪鸟巢林不过一枝。这是最近嵋从《庄子》上看来的。再有钱不是只有一个肚子吗?为了没用的东西让别人挨饿受冻,让自己身败名裂,真是何苦。

嵋想着,付了轧面钱,提着沉甸甸的篮子回家去。

过了几天,报上登出一条消息,对各种义卖、义演的收入去向提出质疑。孟家人在饭桌上议论。

弗之说:"官官相护,真正的犯罪是查不出来的。"

嵋说:"反正有这事,有人揭发。"

弗之说:"只怕揭发的人需要想办法保护自己。"

合子瞪着一双黑白分明的眼睛,说:"岂有此理!"

弗之叹道："世上的事你们知道得还太少。"

果然，不久报上又有消息，说学生们在工作中利用捐款大吃大喝，又说确有人贪污已畏罪潜逃。

晏不来说："报纸要反着看。说是畏罪潜逃，其实是揭发了别人的罪，受到恫吓，才不得不躲起来。倒打一耙，移花接木，都是那些人的惯技。躲藏是不得已的办法，先求得个安全吧。"

有同学问，这不是诬陷吗？晏不来苦笑道："当然是，可又有什么办法！"这事让同学们很愤怒。

揭发人是孙里生，他给晏不来代过课。他的每堂课都是一次讲演，很有条理，从不拍桌子打板凳，只是头发永远在怒发冲冠的状态。

峨等都希望孙老师平安。"他会的。"晏不来很有信心，"他会到一个安全的地方。"

下一个星期，峨又去轧鸡蛋面，走过茶馆时便想，若能为孙老师的平安出点力才好，可惜鸡蛋面起不了多少作用。

二

慧书那天说家中有事，确是实话，家中的事使她很烦恼。那烦恼像一团烂泥粘在她身上，又像一团迷雾，看不清里面的路数。她把事情告诉了三姨妈。

碧初听了一惊，说："这些年没有这些事了，怎么又来了！此事万不可办，亮祖兄会听你的话，你要认真劝他。以后需要你劝的事还不只这一件呢！"

慧书得了三姨妈的支持，心下稍觉轻松，缓缓走过翠湖，路也似乎清楚多了。五华山华灯初上，已不是跑警报时的暗淡。一山一水之间，沿街有人家，有店铺，宛如画图。忽见"绿袖咖啡馆"几个字明亮地射过来，慧书心中一动，便走进去看看。

咖啡馆生意更好了。灯光很暗,音乐很轻,外国人多,和以前不大一样了。音乐正是那支《绿袖》曲子,婉转地回荡着。那架屏风隔出了小天地,引人遐想。

慧书一走进来,立刻发现这不是一个单身女子来的地方。正要转身出门,吕香阁已经殷勤地迎了上来:"慧小姐来了,这可是小店的荣幸。"

慧书说:"对不起,我大概走错路了。"出门便走。

香阁大声问严府一家都好,送出约五十米,低声问:"慧小姐找我有事吗?"

慧书微笑道:"没有事,不过闻名来看看。"

香阁也微笑道:"你说'闻名'话里有话。这里来的人多,有些事我也管不了。我一个女人自己开店挣碗饭吃,那难处不是你们小姐能懂的。"

慧书温和地说:"好了,我知道了,不要送了。"

香阁看看来往行人,说:"府上大概很热闹?"随即决断地说:"严军长这事,我不愿意。不知是哪个王八羔子出的馊主意,拿我当一碟小菜。"

慧书没有料到她这样直接,愣了一下,说:"既不愿意,回掉就是了,大家都少麻烦。"

香阁本来一直满面堆笑,忽然绷起脸。那张俊俏的脸儿一绷起,好像下面藏着积年的冰雪,寒气逼人。她拍拍慧书的肩,回咖啡馆去了。

慧书站了一会儿,才走回家去。一路温习前天晚上发生的事。严亮祖出征在即,家中不再有前些时的清静,常有客人来往。一些内眷也来看望,都是荷珠接待。素初另辟了两间屋,作为静室,终日诵佛,连饭也是送进去的。慧书已移到楼上居住。

前天晚上,听见父亲屋里一阵摔瓷器的声音,夹杂着荷珠的大声喊叫,仔细听好像是父亲要娶什么人。

荷珠吵了一阵,严亮祖忍耐不得,大喝一声:"你再吵,把你拿出去正法!"果然没有声音了。

过了一会儿,荷珠敲门,要进来说话。慧书无奈,让她进来坐。

荷珠头发散乱,披着一件花袍子,一进门就说:"你爹要娶一个妾。"

慧书很吃惊,说:"怎么会呢!"

荷珠道:"是真的。不是别人,就是太太的亲戚,吕香阁。"

慧书更觉诧异,说:"他们认识?"

荷珠道:"吕香阁几次对我说军长好威武,好像是在什么跳舞会上见过,要请我们到咖啡馆坐坐,给她增光。也怪我多事,只想着让他散散心,带他去了。那吕香阁不是人,不知是什么妖精,当时就眉来眼去。后来她又自己去拜访军长,不知灌的什么迷魂汤,把军长迷上了。"

慧书第二天要考微积分,听她说了一阵,便道:"我明天要考试,荷姨早些休息吧。"

荷珠又说了许多吕香阁如何奸诈,才悻悻然自回她的小院去了。慧书用手电把荷珠坐过的椅子仔细照过,生怕落下毒物。

吕香阁自那次朱庄舞会上见过亮祖以后,便设法亲近,咖啡馆见面后单独去看望他已非一次。她大概是要试试自己的手段,给咖啡馆扬名,果然甚得亮祖欢心。

一晚,亮祖对荷珠说,那女子长得好,人也精明。

荷珠忽然道:"娶回来吧,我们做姐妹。"

亮祖倒是没有想过,听荷珠如此说,就想了一下,说:"未尝不可。"

荷珠似乎很高兴,真的去和香阁说了,回来报告说,香阁也很高兴。

亮祖并未多用心思,那晚随口说了一句:"谢谢你了。"

不想荷珠变了脸,跳起来指着严亮祖说:"跟了你这么多年,还没看出你的心肠。我是试探你。"

严亮祖公事很多,觉得这简直是捣乱,瞪起一双环眼,说:"你是疯了心了,我是你试探的吗?"

荷珠哭着说:"偏要试探你!"

亮祖说:"我就偏要娶那女娃!你这人真奇怪,你几时怕过我跟前有别人?这么多年了,连太太都在你下头,你还要怎样!你就去办吧,出发以前就办。"

当时荷珠摔了两个茶杯,吵了一阵,到慧书房里。

前晚的事温习过,已到家门。慧书先往静室省视母亲。

端坐椅上,手持念珠,是素初永恒的姿势。慧书耐心地坐在椅边一个矮凳上,等素初告一段落,慢慢地说了这事,并说:"我去看过三姨妈了。我原有个念头,想再有个人,而且这人还是吕家的亲戚,分荷姨的势,还能照顾娘,也许娘会好过些。三姨妈说,我这是孩子话。"

素初摇手道:"我心里很平安,若要分荷姨的势是做不到的,也不必。"

慧书道:"三姨妈要我一定挡住这件事。看荷姨的意思也是要我去劝爹。我刚和吕香阁说了几句话,觉得这人真的比荷姨更难对付,而且她也不愿意。"

素初道:"真的吗?"

慧书道:"爹大概很少考虑人家愿不愿意。我看她倒是真的,这样倒好了。"

素初抚摸着慧书柔软黑亮的头发,叹息道:"你小小年纪为这些事操心,娘对不起你。"

慧书低头不语,半晌说:"我去劝爹。本来就要出发,哪有这些闲心,传出去影响爹的声望。"

这时,女仆董嫂进来收拾桌子,原来午饭的碗箸尚未撤去。

慧书责备了两句,又强要母亲站起,在院中走了两圈。

素初说:"今天的功课尚未做完,你也去吧!"

慧书往自己房中放下书包,略事休息,就往荷珠房里来。院门很窄,迎门趴着一条蜥蜴,约有一尺长,两边各盘着一条花蛇,见有人来,把头昂起。慧书虽已见惯,每次来还是不免心惊。

荷珠从窗里看见,说:"只管走,到了我这儿,什么毒虫也不用怕!""咝、咝"两声,两蛇复又卷盘起来。

慧书进屋站着说话,荷珠道:"我知道你不敢坐。"

屋中收拾整洁并无异处,可是什么时候会出现什么毒物就很难说了。

慧书不好意思,勉强挑一张木椅坐了,说:"我看见吕香阁了,她先和我说起,说她不愿意。"

荷珠道:"她和我说愿意得很,巴不得和我做姐妹呢!她愿不愿意是小事,须得军长拿定主意。"

慧书说:"我要劝爹的,可是爹不一定听。"

荷珠从一个黑陶罐中倒出一杯酒,酒呈绛红色,异香扑鼻,中人欲醉。

荷珠把酒杯端在手中,说:"这是梦春酒,你爹知道的。这酒倒出来,就不能倒回去。你爹若是不转弯,"她举了举酒杯,"这酒也就不用倒回去了。"

慧书勉强安慰道:"荷姨主过多少大事,爹的脾气你还不晓得。我想他不过是说说,哪里有空。"

荷珠冷笑道:"我为他死他也是不知道的。"当下把那杯酒连杯放进一个小罐,盖上盖子,"你从小不多说话,可我知道你是明白人。你爹的脾气执拗,也只有你能劝他。"

慧书道:"荷姨也不要太当真,我看这事办不成。"

说着站起身,走到门前。椅子底下蹿出几条活物,她不愿看,匆匆走了,回到自己房中才松一口气。她房里悬有各种锦缎幛幔,都是用花椒水泡过的,既可装饰又有实际用处。

这晚亮祖没有回家,慧书也翻来覆去不能入寐。偌大一个房屋都压在肩上,太沉了,让人喘不过气来,她恨不得把这个房屋掀掉,把这个家掀掉。她要远走高飞,只要与一个人为伴。这人最近能为她补课,是绝好的机缘。这样一想心里便平静了,甚至有些快乐。

次日傍晚,慧书才见到父亲。亮祖只要在家,总要和慧书谈话。他需要谈话的对手,就是颖书在身旁,慧书的谈话也高出一筹。

当时亮祖进门说:“你这里的花椒味太重了,这味道可会伤身体。”

“不会的,已经这么久了,连我自己都有了花椒味。”

亮祖在常坐的椅子上坐了,问起学校的情况。

慧书说:“我的事爹不用分心了,倒是爹让我操心了。荷姨说了,爹要另外娶人?”

“可不是,我差点忘了。这个人你认识,说是叫什么吕香阁。”

慧书道:“我们这几年过得还清静,再娶个人不嫌麻烦?”

亮祖道:“我看那女娃乖巧机灵,好玩得很,来了不合适再打发出去就是了。”

慧书叹道:“现在可不比从前了,娶个人又嫁出去不当回事。就算留着,也于爹的名声有损。”亮祖沉吟不语。慧书又说:“娘是不管事的,荷姨坚决反对。”

高祖说:“其实这事是她提起的,她说是试试我,我也要试试她,有多大度量。”

慧书说:“大家好好的,何必要试探来试探去。爹,我昨天到荷姨房里去了,她倒出一杯酒,说那酒倒出来以后是不能倒回去的。”

亮祖心头一沉,大声说:"梦春酒!这次她这么认真!我下星期就要出发了,回来再说吧!"

一时,护兵来请用饭。饭桌上整整齐齐都是大理家乡菜。荷珠仔细梳妆过,脂粉均匀,亲昵地斟酒夹菜,耳上珠环,腕上翠镯不停地晃动,好像没那回事。慧书心想这也是一种本事。

饭后,亮祖原来的副官秦远来访。亮祖解职后,秦远离开军界,因在湖北战役中伤了左腿,说是回家养伤,去了两年。这次亮祖复职,起用的人员名单里仍有秦远,但是未得批准。秦远得知亮祖即将出征,特地来看望。两人彼此不问这两年情形,开口便说当前战局。

秦远说,滇南的形势不如滇西紧张,日军原想从河内攻昆明,也有人说那是虚晃一枪。滇西的战场和印度、缅甸相连,远征军出师不利,这边显然更为重要了。其实,滇南不如滇西需要精兵猛将。又笑说自己这些说法都是从报纸缝里看来。

亮祖笑道:"我知道你有看报纸缝的本事,也差不多嘛。"

秦远道:"军长在滇南完成任务后,很可能调到滇西,那是最好。也还有另外一个可能。"

亮祖看着他,说:"打共产党?"

秦远点头,说:"国共两党,武力相见,是中华民族的大不幸。我说这话,是两方面都不讨好的。我和军长说,意思也简单。"

亮祖略一思忖:"你建议我不要去打共产党?作为军人,我要打胜仗。我打了一辈子仗,土匪出身嘛!"笑了一声,接着说:"可我本心并不想打仗。最好有那么一天,世界上完全消灭了战争。当然,那是不可能的。"

秦远说:"事物总是在矛盾斗争中前进的,其实也不必表现为武装斗争的形势。军长出征在即,我这么说该坐禁闭。"说着拿出一个木雕烟斗,说:"这是我自己做的,军长留着用。"

亮祖接过,把玩了一下,微笑道:"我记得你手很巧。"

秦远道:"本想送本字帖,可以带着看看,没有找到好的。"

当时,高级将领大多愿意有儒将之名。写几笔毛笔字,买几张画,都很时髦。两人谈论了一番书法,护兵上来换茶。秦远站起身,见中间案上横放着那柄军刀,就是亮祖随身佩带经常练习的,秦远曾亲为擦拭。

这时,他不觉走过去捧起,说:"久违了。"

亮祖见他左脚微跛,关心地问:"伤还没好?"

秦远道:"不妨碍走路,这是最好的结果了。"

亮祖命人拿出一盒膏药,说是疏经活血止痛的。

秦远接过,告辞。虽是便装,却立正行了军礼,亮祖直送到大门,握手而别。

亮祖出发在即,多有亲友看望。澹台姊弟也来过,说他们会常来看望大姨妈。

出发前一天,弗之和碧初特来看望,赠送了一匣毛笔,一本字帖,是褚遂良的《乐志论》。亮祖很高兴,说在军旅之中,写几个字有助布阵发兵。

弗之打开字帖,说:"这是小摊上遇到的,是戏鸿堂法书中的一本,不成套了,这本倒没有残破。"

《乐志论》开始的几句是:"使居有良田广宅背山临流沟池环市竹木周布——"

亮祖看了赞道:"好地方。"

弗之道:"退隐的好地方。"

两人从书法谈到战局,亮祖忽笑道:"颖书是你的学生,虽不是做学问的料,人却老实,以后也希望能得三姨父一家照顾。"

弗之道:"自然还是跟着亮祖兄成长。"

碧初见大姐独处静室,又瘦了许多,抚一抚她瘦削的肩膀,心里很难过。最难过的是,她对亮祖出征似乎不怎么关心。真是心如止水了,这是习静诵佛的结果。

碧初明知各种宗教都是一种寄托,借以排除现实的痛苦,而佛教的做法似有些和自己过不去。回来和嵋讨论,嵋笑她是凡夫俗子,毫无慧根。说着,又相顾叹息。

亮祖出发这天,素初出了静室,与亮祖同用早饭,慧书也在。

三人默坐了一会儿,亮祖想说什么,欲言又止,只拍拍素初布满青筋的手,长叹一声,起身要走。

正好荷珠进来,说:"怎么我一来,军长就要走了。"马上又改口道:"正是该出发了。"早把帽子拿在手上,递过来。

亮祖对她说:"你要好好照顾这个家。"

三人直送到门外,慧书喊了一声:"爹!"

亮祖回头看着妻女,摆摆手。走了几步,又回头,见三人站在门前,虽有旭日的光辉照着,还有几个护兵在旁,却显得冷清孤单。扭过头,上车直驶北门外大操场。

朝阳在这里十分明亮,大队士兵已列队等候出发。亮祖在队前一站,全体队伍刷的一声立正,十分精神。还有部分官兵在远郊县驻扎,从那里上车。

这时,殷长官和当地驻军司令等人到了,各有讲话。

最后,严亮祖说:"这两年我严亮祖日夜盼望上前线,今天总算又要去见见那日本鬼子了。他们还能蹂躏多久,还能盘踞多久,要看我们弟兄的本事了。弟兄们!我们有没有本事?"

底下齐声回答:"有!"如排山倒海一般。

亮祖向殷长官行礼请行,殷长官握住亮祖的手,说:"你是专打胜仗的。家里有事我们会照顾。"

亮祖出征多次,这是殷长官第一次说照顾的话。

一辆辆军车开过来,载着年轻的士兵开走了,他们离开了昆明,可能再也不会回来。

亮祖的车在部队最后,后面还有辎重车,一辆接着一辆,车声特别沉重。这时,有许多人还在梦乡,有许多人开始了一天的工作。有些人站在路旁,自动挥手送别,他们见得多了,不像头几年那样热烈。人们受尽了战争的折磨,盼望有个尽头。结束战争的唯一办法就是打胜仗,人们盼望打胜仗。

"打胜仗!打胜仗!中国男儿当自强!"歌声在远处飘荡,越来越远。

父亲走了,慧书扶着母亲,先到自己房里。素初顺从地上楼坐下,她拉拉悬挂的幛幔,似很安慰。

慧书问:"娘肯不肯搬回来住?和我一起。"

素初摇摇头,说:"说实在的,娘已是半个出家人了,怎么好搬回来。好在你明白懂事,能照管自己,娘也就放心了。"又摸摸慧书的被褥,转身说:"该回去做功课了。"

慧书只好送她到静室,叮嘱董嫂好生伺候,仍回房中。

这一天对于她有两件大事,一件是爹走了,另一件是庄无因补课。无因不愿到严家来,也不愿让慧书到先生坡去,便只好把腊梅林权作课堂,说好这天下午开始上课。慧书把老师没有留的习题也演算了,找出问题好听讲解。

这时院中有许多人说话,忽听见一声:"妹妹!"是颖书的声音。

慧书惊喜,忙到廊上看,果是颖书回来了,便大声说:"哥哥,爹走了!"

颖书道:"我知道爹今天出发,没赶上。"

这时荷珠也出来了,颖书顾不得和母亲说话,说:"我先到操场去,也许还没有出发。"

说着坐原来的车走了。荷珠捧着水烟袋,坐在客厅里等。

过了一阵,颖书回来了,对荷珠说:"看见爹了,看见他坐在车里,他也看见我了。我知道爹要出发,一直计划着回来一趟,不想师部出了点事，今天才赶到。"

荷珠见他风尘仆仆，显得黑瘦，命他先去休息。颖书说不累，要去见亲娘。

荷珠拦阻道："她是怕人打搅的，你还不知道！先睡一觉再说。"

说着慧书下楼来了，兄妹多时不见，比平时觉得亲热，只是荷珠颇感不悦。慧书很快觉察，便也说让颖书休息，晚上再说话。自己仍回房，做微积分练习。

下午，慧书自往腊梅林来。先到碧初房中说话，后在嵋房中等候。又做了七八道题，才见嵋和无因一起回来了。

无因说，嵋的房间太小，还是到当中一间的方桌上。那是嵋、合小时候做功课的地方。

无因看了慧书的教科书、习题，了解了进度，就问慧书哪里不懂。

"几乎是全不懂。"慧书不好意思地说。

无因道："那我们从头来。"便从第一章讲起，然后当场做习题。

一时合子也回来，大家蹑手蹑脚，怕影响授课。

嵋也在自己房中做数学题。今天的数学题有些捣乱，不像平时顺利，有两道代数题做不出，便放下了，到厨房去。晚饭是她的事，洗米、择菜，步骤极合运筹学。一时粥香四溢。

她一面做饭，案板边摆了一本英文小说，是王尔德的《孽魂镜》，不时看几眼。不知什么时候，无因站在她背后也在看这本书。慧书走过来，嵋才发现身旁还有一个读者。

慧书说，颖书回来了，要赶快回去。又向无因道谢，问下周补课的时间。

无因不答，只看着嵋。嵋说还照今天这样好不好，就这样定了。

慧书走后,嵋、无因两人又看了几页《孽魂镜》。

无因说:"这书看得人毛骨悚然,不看也罢。我倒要看看你的数学题。"

嵋看了厨房一眼,觉得可以离开,乃道:"正好,我有两题不会。"就进房拿出书来。

无因说:"不光看书,还要看练习呢!"

嵋说:"我的练习不用看。"

无因说:"准是做得不好,我会帮你。"

嵋把本子藏进抽屉里,自己站在桌前笑个不住。

无因只好看那两道题,马上明白,说:"要上数学系的一定不会做这种题。"

无因只写出一半,嵋已看懂了,很快做出下面的一半。

无因道:"看来还是可以报名的。比较起来令表姐迟钝多了。"

嵋笑道:"人家又不上数学系。"

无因道:"教着没意思。"

嵋把头一歪,说:"世界上哪有那么多有意思的事。"

这时合子也做完功课,无因又帮他装无线电,三人一起盘桓。晚饭后,无因始去。

颖书所在师部设在楚雄,他的工作是后勤管理,管着两个伤兵医院,一个被服厂,和他所学的历史全无关系。

一个医院克扣伤兵饭费,能活动的病员已闹过几回事,饭食没有改进。这几天病员计划好,把医院院长打了。师部派颖书去调查处理这事,当时关了几个人。

颖书也知根本办法是清查医院的各种弊端,怎奈这实非易事。他几次要清查医院账目,都有人出来阻挡。有一次,他和师部各方面都说好了,得了师长命令,到医院清查。拿出的账目倒是清楚,很快知道这是专做出来给检查人员看的。有人对颖书说,现在还有一套账的地方吗,全都是两套账。

这两年亮祖虽然卸去军职,却分得一项考查水利的工作,也常不在家。颖书总未能把自己的见闻和父亲一起探讨,这次本想深谈,又没有赶上。他躺在房中,看着父亲戎装的大照片,想着这时父亲的队伍不知开到哪里了。

晚上与慧书谈,慧书不爱听。说,这不是我的世界。她从敞开的门中望着外面蓝黑的天空,心想,这不是我的世界,我会走得远远的,永远不回来。

不想颖书替她说:"我知道你要走得远远的。我也想走得远远的,可不知道往哪里走。"慧书无语。

颖书觉得家中无趣,很想去找孟先生谈谈,又怕打搅,乃在晚饭后去找澹台玮。

他走过翠湖,堤上静悄悄的,绕着湖心亭走了一圈,见亭旁一块大石上坐了一个人,正支颐沉思。认出是卫葑,便走过去招呼。

卫葑站起,说:"听说严军长今天出发了,你回来送他吧?"

"只远远见了一面。我若是昨天到就好了,就为伤兵闹事没处理完。"

借着一弯斜月的微光,觉得卫葑颇为憔悴。忽然想到凌雪妍去世已经大半年了,不知说什么好。

"我要去找玮玮,心里烦得很。"半晌,他说。

卫葑指一指那块石头,温和地说:"坐下谈谈吧。"

两人虽相识,并未单独谈过话,这时坐下来,各有一腔心事。

颖书忍不住说:"我工作这两年,才知道什么叫贪污。医院克扣伙食,到伤兵嘴里的不过是淡汤寡水,哪能养得好身体,这就是这次闹事的起因。其实被服厂一样克扣,把一斤棉被报成三斤。医院甚至有人贪污药品,有一阵几个伤兵伤口发炎,打盘尼西林无效,都牺牲了。一个小军医偷偷告诉我,那一阵子打的盘尼西林其实都是清水,真的药给拿出去卖了。后来出了一件医疗事故,就赖在这个小军医头上,把他开除了。"颖书停了一下,说:"我不是一个细致人,可也不是石头人,我想离开,又不知往哪里去。再一想,还得打日本呢。总得凑合着坚持下去。"

卫葑说:"我们都有一个理想,有的完整,有的不完整,总希望世间能有公平。现成的公平是没有的,只能自己去创造了。"

颖书沉默半晌,说:"周围的坏事我都斗不过来,有几个朋友也不济事,可怎么创造!"

卫葑诚恳地说:"老实说,我也很苦恼,有时也不知往哪里走。听了你的话,觉得总该走出鲁迅说的'铁屋子',走出一条路来。"

颖书道:"不然就被压扁了。打牌斗酒是常见的,也不能过分。师部有几个人整天醉醺醺,靠着吹牛拍马很吃得开,打仗时多送几条命就是了。看着他们,我有时也有点羡慕。我怕以后自己也会变成造假账的了。"

卫葑道:"你不会的,早就看出来你不会。我要找几本书给你看,我们学着创造公平。"

"那很难。"

"是的,很难,很难。"两人都觉得心上轻松了一些。

月亮上升,水中亭影清晰可见,湖草摇荡,游鱼唼喋。卫葑长叹,世上若是只有翠湖就好了。

三

卫凌难在摇篮中哭着喊着,用力地吮吸着羊奶,已经有大半年了。

宝珠巷和蹉跎巷很近,澹台玹常过来看望,眼看着阿难一天天长大。她从来没有想到一个活的婴儿比玩偶更可爱。渐渐地,他那漆黑的眼睛,会从左到右、从右到左跟着她转来转去。他的小手会有力地抓住她的手指不放。

有一天,那光润的小脸上居然绽开了一个笑容。玹子大惊:你还会笑,真了不起。一面很自豪,因为她是第一个看见阿难笑的人。

她觉得那笑容很像雪妍,还有那双眼睛。忍不住对卫葑说了,卫葑感谢地望了她一眼,转过脸去。

一天傍晚,玹子下课来看阿难,在巷口遇见姚秋尔。姚秋尔照例很有礼貌地打招呼,问往哪里去。

"随便走走。"玹子说,并不停步,往巷子里去了。

姚秋尔站着,伸长脖子,心里马上有了一个话题可以加工,这对于她是很好玩的事。她手里正拿着一本英文二流爱情小说,马上要把眼前的事和书中的人物交换。

玹子一进院门就听见阿难的哭声。赶进房去,见他挥舞着双手,哭声很有节奏。玹子很少抱孩子,这时很勇敢地抱起婴儿。

"不要哭,阿难不要哭。"婴儿果然不哭了,把头向她怀里乱拱。

玹子明白了,感到很不好意思。他是要吃奶,他还没有忘记。因院内住户都反对添一个羊邻居,卫葑只好在巷子深处一个棚子里给羊安了家。青环是去挤奶了。

正不知怎样对付时,青环端着羊奶进来了,见状忙说:"玹小姐,多谢你家了。"马上到廊下煮奶。阿难等不得,又哭起来。

玹子说:"三姨妈不是让配合吃奶粉吗?"

青环答道:"这两天吃完了。"

玹子叹息,卫葑哪里顾得上这些。

"我去买。"她说。把阿难放回摇篮,怜惜地拍拍他。自己如释重负,又有些歉然。走出门来,迎面正遇见何曼,遂说要去买奶粉。

何曼举举手里的包说："已经买来了,卫葑托我买的。"

"那好极了。"玹子说。

两人说了几句闲话,玹子离开,心中颇觉怅怅,自己也不知为什么。

回到宝珠巷,房东说有人找。玹子上楼来,见门上留了字条,是办公室里那什么人的亲戚写的,约她星期天到大观楼坐船。玹子只道是同事们一起出去走走,并不在意。

星期天上午,果然有车来接。一出小西门,便见夹道树木绿得耀眼,远山近水,都洋溢着春意。不久便到大观楼,众人一直到正楼前面石阶上船。船是订好的,比一般的干净。

玹子一面和众人搭讪着,自己走到船尾坐下,望着远山近水,心中清爽。转脸看见那五百字长联,不觉数年往事注到心头,又想起那个月夜。

自她回绝了保罗以后,仍做普通朋友来往,近知保罗即将卸任回国,心想还不知哪年才能再相见。保罗独自回国,有一个人肯定最失望。玹子不愿让那名字干扰眼前清丽的景色,站起身不再想下去。

"你家坐稳了。"摇船的少年说,他衣服尚整洁,面容却是憔悴。

这时那亲戚走出来,向玹子称赞这里的景致。指着西山说:"这是睡美人,像不像?"玹子只笑笑。

那人说:"都说澹台小姐性情变得沉静多了,好像是这么回事。"

玹子心想,这与你们什么相干,却说道:"是变老了。"

那人忙摇手道:"哪有这事!"舱里的人叫她进去打牌,她便邀玹子也进去。

玹子是会打牌的,绛初就打得很好,不像孟家连牌也没有。

可是她不愿和这伙人一起玩,转身对摇船少年说:"你十几岁了?"

少年答道:"十七岁了,活到十七岁不容易哟!我是从死人堆里逃出来的。"

玹子乃详细问他的生活。少年说:"我原住在保山坝子。保山那次大轰炸,我一家都死光了,一村的人也没有剩几个。我跟着熟人沿路做小工到了昆明,总算找到摇船的事。你们哪里知道我们的苦。"少年一面摇船,一面断断续续地说,"我现在算是有饭吃了,没饭吃的人多着呢,一摸一大篓。"

有人站出来发话道:"莫要摇太远了,到朱庄去,有人请我们吃饭。"那少年便拨转船头,向朱庄摇去。

绿水环绕,绿树葱茏,一座隐藏在绿色中的房屋越来越近。大家上岸,眼前一个六角门,横匾写着"别有洞天"。

进得门来,沿着曲廊走到一个平台上。玹子忽然发现这便是那天开舞会的朱庄,当然是朱延清的产业了,此时也不好告辞。

这时厅中有人大声笑着说:"今天是贵客降临,欢迎欢迎。"果然是朱延清。

朱延清身穿浅驼色长衫,行动间露出笔挺的西服裤管。他先向率队而来的那什么人的亲戚表示感谢,又和众人招呼,然后特到玹子面前,说:"又是好几个月不见,我是不敢来打扰。"

玹子笑笑,在同事间闲谈,似并不觉朱延清在侧。

大家进厅落座喝茶,厅中先有几个商人模样的人,在看一支自来水笔,说那支笔值五六千元。又有人捧着一支翡翠如意,说是要送给朱延清镇宅。

玹子暗想,这些都是发国难财的奸商。

有人欣赏着那满堂硬木家具,说朱先生这里什么都好,也不缺镇宅宝物,就是缺个女主人镇一镇。

又有人帮腔："那谈何容易,朱先生的条件我知道,难得很啊!"

玹子专心看一幅画,是一幅唐伯虎的仕女,一看便是赝品。又有一幅郑板桥的月下竹,只觉满纸的俗气,想必也真不了。

朱延清走过来说："我这是附庸风雅。这里挂的哪幅好哪幅坏,澹台小姐给鉴定一下。"

玹子说："我哪里懂。"这时眼光落在一幅青绿山水上,画中弹琴人是个清丽女子,着红衣,倒觉有意思。

正看着,有人招呼,竟是刻薄巷的刘婉芳。

婉芳看着她笑,话却是对朱延清说的："那天画展上买的画没有挂出来?"

玹子从未到刻薄巷一号去过,只点点头想要走开。

朱延清道："真的,那天赵君徽画展,澹台小姐怎么没有去?"

刘婉芳抢着说："小姐忙着呢,各种应酬多得很。"

玹子看了她一眼,说："邵太太怎么知道?"

婉芳眨眨眼,说："你们这几位小姐是昆明的名人啊!"

玹子冷笑道："好好的人不当,当什么名人!"

这时仆人来请用饭。有人说："听说朱庄的建筑不同一般,参观一下可好?"

朱延清便引着众人从厅侧一扇门进去。临水是两个小厅,一个全用乳白描金家具,是欧式布置,一个全用玫瑰色装饰,有东方情调。都是大玻璃窗,俯身似可触到游鱼。

刘婉芳道："听说朱先生在西山脚下还有一座别墅,那房子更有趣。"神色甚是艳羡。

玹子也觉得有趣,站在窗前数着游鱼。

这时众人大都走出去了,朱延清忽从一个雕花案上拿了一卷纸在玹子面前打开,原来是西山别墅的图样。

朱延清低声说:"这里的你已经看见了,纸上的你还没有看见,请笑纳。"说着把图样递过来。

玹子不由得大怒,又不好发作。

外面有人大声说:"卧房更漂亮了。朱先生快来介绍。"

朱延清见玹子不看,只好放下图纸,出去周旋。

玹子心想,谁还看你的卧房!自己悄悄穿过大厅,到平台上。见那少年的船还在那里,便急忙上了船,命摇回城去。

这时有仆人赶上来说:"就要开饭了,小姐往哪里去?"

玹子摆摆手说:"快划!"

少年一面用力划船,一面说:"不瞒你家说,我们常来讨剩饭菜。这里的剩饭菜吃上一顿,就能顶上一天两天。"

玹子想,世上的不平事,自己不知道的还多得很。这少年眉目清秀,若有机会,未必不是人才。但现在看来,他这辈子只能为吃饱饭而挣扎了。

少年说:"远征军从缅甸撤回来,兵们都累得小鬼儿一般。你们在昆明就没看见?"又说:"日本鬼子凶狠,硬是拼着命过了怒江。"

玹子道:"他们强渡怒江,我们都扫荡干净了。"

少年流泪道:"还有两个摸到我家呢!那时我还有家啊!他们要吃的,我们把他们捆了。"

"后来呢,得报告吧?"玹子说。

"报告什么,打死了就埋了。"

两人都不再说话。到岸后,玹子给少年二十元钱。少年千恩万谢,说自己名叫苦留,以后愿意常为小姐做事。

玹子心乱如麻,自回宝珠巷去。走进院子,抬头见卫葑坐在廊上,拿着一张报纸。乃快步上楼开了房门,问:"来了多久了?我一会儿就要去看阿难。"

卫葑道:"不过刚坐下。"又指指报纸,说:"广西那边的战事也吃紧了,我们连续丢了好些地方。报上的报道不明确,可是字里行间总看得出来。"

玹子说了遇见保山少年的情况。卫葑道:"隔着怒江对峙的局面总不会太久,好在世界的战局有些明朗。"

玹子倒了茶,进房去换了一双绣花鞋出来,叹息道:"我看苦日子还在后头。"卫葑似乎想说什么而有些踌躇。玹子望着他清瘦的面庞,心中一动,不觉说:"这些年,我们都老了。"

卫葑笑道:"你怎么会!"

玹子道:"真的,我自觉性情变了许多。以前爱热闹,什么场合都能应付。现在——"现在怎样,想不出适当的词。

"现在只能说是更懂事了。"卫葑微笑,"所以我要和你商量一件事。"他平常很少来,来了当然是有事。

"是关于阿难吗?"玹子睁大眼睛。

"正是要把阿难托付给你。我问过五婶,现在问你。"

玹子觉得眼泪直涌上来,说:"可你要到哪里去?"

"我要离开一段时间。阿难会给你很大累赘,也许还会逃难。"

"逃难时我抱着他。"

"也许会没有吃的。"

"总会有的,阿难不会挨饿。"

"他还会生病。"

"我会找人治病。对阿难来说不是我一个人照顾他,有三姨妈一家,还有我的父母。"

"澹台老伯和伯母可能会认为这影响你的前途。"

"我嫁不出去了吗?"玹子拭去眼泪,笑着说。

她觉得阿难不是一个普通的婴儿,而是在抗战中死去的生命的延续。她要抱着他,爱护他,给他吃,给他治病,看他长大,并没有想到自己所处的局面。

玳拉曾对卫葑说,玹子是一位小姐,带孩子会使她很尴尬,你不如求婚。

卫葑想了很久。雪妍在他心中占据了一个至高无上的宝座,这宝座虽在一天天升高,他还需要时间来确认她已离开。但他需要地上的帮助。他从来对玹子就有好感,不止一次想起玹子做伴娘时的姿态。大半年来,玹子对阿难的关心出乎许多人的意料,也让他极感动。可是他总觉得玹子应该有更好的自己的家,他对玳拉说:“我不能。她有许多更好的选择。只是我知道她会帮我,我希望这时间不会长。”

“你可以放心。”玹子微笑,把雪白的双手合在胸前,像是在做一个承诺,“我愿意照顾阿难。”

这时是卫葑觉得眼泪在眼眶中转,嗫嚅着说了声:“多谢。”站起身要走。

“你还没有吃午饭吧?”玹子问。

“我回蹉跎巷去,青环会做的。”卫葑说着走到门边。

这时房东太太在楼下叫:“澹台小姐,有人送东西来了。”很快送上来一个花纸包着的长盒,还用一个托盘托了两碗饵块。

玹子示意卫葑坐下,把饵块推到他面前,自己拿起那纸盒,随口说:“什么人送的什么破东西。”打开一看,里面是一个锦缎盒子,贴着纸签,上写“西山别墅图纸”,便把锦盒一扔。

卫葑问:“什么东西,不是定时炸弹吧?”

“你看好了。”

卫葑拿起一看,忽然明白,这是一个求婚人的礼物。朱延清在昆明,人说起来大都知道,格调算是高的。

“玹子,”卫葑小声地问,“你不觉得可以考虑吗?”

这时玹子心中的怒气不同于对朱延清,也不同于对荷珠,怒气中夹杂着自己也说不清的酸苦,转脸冷笑了一声:“你可是认错人了!”她一双雪白的手,拿着木筷想要撅断。

卫萚很觉抱歉,心想自己要推一个累赘给她,又不能保护她,一时说不出话来。

过了一会儿,玹子放下筷子,说:"我还是那句话,你可以放心。"指一指图纸,"我会让人送回去。"

卫萚走出宝珠巷,不想和人说话,只顾信步走去。不觉来到翠湖,走近湖心亭,仍在常坐的一块大石上坐了,望着水面沉思。

走还是留,卫萚已经考虑很久了。他早就献身的理想,并不时刻都是那么光亮。而现实的黑暗,使他窒息。那天和颖书在这里相遇,颖书说的情况,可见这边的黑暗难以更改。弗之短暂的被捕,更无疑是一个警告。他终究是必须往老沈那边去的,他应该去促进那个理想的光亮。也许那不过是一处乌托邦,不过他还是应该试一试。按照他的决定,他应该把阿难托给何曼,可是他做不到。他要在心里为自己对生活的爱留一个地盘,那只有玹子配占据。

在后来的各种会上,有人为卫萚做了总结:他信他所不爱的,而爱他所不信的。并谆谆教导,既然做不到信自己所爱的,就要努力去爱自己所信的。这就是改造主观世界。这是一条漫长的路,也许终生无法走完。

"卫先生。"一个学生走过来招呼,他们常见卫萚坐在这里。

卫萚抬头说:"我在想一道物理题。"

澹台玹常到蹉跎巷,颇引人议论,而真正的新闻发生在刻薄巷。

一天,邵为回到家中,见刘婉芳不在,这也是常有的事。可是天色已晚,还不见婉芳出现,遂去向姚秋尔打听。

姚秋尔同情地一笑,说:"还不知道吗?回去找一找,一定有信留下。"

邵为在房里一阵乱翻,果然在抽屉里找到刘婉芳的信。看了一半,就忍不住大哭起来。

信不过几句话:"邵为,我只能说对不起你,还有什么别的可说?因为做饭,我的眼睛给烟熏坏了,因为洗衣服,我手上的冻疮都烂了。你关心,你怜惜,可有什么用!我要离开你。我不图别的,只图不用自己做饭洗衣。"邵为哭了一阵,又拿起信来看,下面写的是:"好在我们没有孩子,你我都是自由的。我只拿了最简单的随身衣物,这里也没有什么东西好拿,你是知道的。都在一个城里,我们会见面,就算是没有认识过吧!"

"连认识过也不承认。"邵为既痛且恨,号啕失声,用手敲打自己的头。

哭了一阵,渐渐平静,似乎刘婉芳就在身边。转念想,她也确实太苦了,都是日本鬼子闹的。

这时姚秋尔走进来,说:"还不开灯!"随手扭开电灯,昏黄的灯光照着房中凌乱的一切,更显凄凉。姚秋尔说:"我看见她提了个包袱出门,有车来接的。你就不去找吗?"

邵为两手扶头,半晌说:"没有用的,就算人留着,心已经走了。"

秋尔撇嘴说:"太没有骨气了!我从来就看着她不像个全始全终的,穿的那几件衣服就够人笑上半天。"

邵为抬头看她一眼,说:"穿的衣服有什么可笑,谁像你们两位——"话没说完,眼泪纷纷滚落。

秋尔整一整身上的旧薄呢夹袍,一副高人一等的样子,说:"布衣素食很可贵的。"见无回答,又说:"我知道她上哪儿去了。现在谁还有车,还不是那位朱——"

邵为站起身打断她的话,说:"尤太太谢谢你了。"

秋尔没有制造出动乱,怏怏地退出。回到房里又和尤甲仁讨论此事。

秋尔道:"我说她穿的衣服可笑,邵为不以为然。"

"他当然是觉得可爱,狗会觉得有什么比粪更好吗?"

两人笑了一阵,把刘婉芳平日言谈举止大大嘲笑一番。尤甲仁想起莎士比亚关于女人的议论,随口背诵"Frailty,thy name is woman(弱者,你的名字是女人)!"

说着忽然来了兴致,两人往南声电影院去看电影。电影名《午夜情涛》,写一对中年男女在火车上相遇,彼此钟情,虽然短暂,却很炙热。电影散后,又随意到一家小馆吃饭。秋尔遂生联想:刘婉芳会不会回来。

"那就更可笑了。"尤甲仁啃着一块鸡骨头说。两人自矜高洁,如在云端。

尤甲仁在几个大学兼课,又常有翻译的零活,在同仁中,他们的日子比较好过,可是姚秋尔的手也是一天天地粗糙起来。

这一个周末,在夏正思家举行朗诵会。有人说起战局,都说学校再次迁移是免不了的。有人说接到天津、上海家中人来信,已经沦陷的地方倒是安静。姚秋尔心中一动。

夏正思用法文朗诵了《八月之夜》,就是凌雪妍预备念而没有念的一段。大家听了都很感叹。

尤甲仁却轻轻用法文说:"Quelle sensiblerie(自作多情)!"声音虽轻,满屋都听见。

夏正思一直走到尤甲仁面前,郑重地问:"尤,你说什么?"

尤甲仁道:"我没说什么。"

因为尤甲仁过于刻薄伤人,平素缺少人缘,这次又当众出言无礼,轮到他朗诵时,有好几个人退席。

那天晚上,姚秋尔在枕边说:"我有一个想法。"

尤甲仁道:"言论自由是人权的基本内容。"这是卢梭的名言。

秋尔伸手打了他一下,说:"我们回天津去好不好?这边逃难的日子还不知什么时候是个头。"

尤甲仁沉吟道："未尝不可考虑，我讨厌系里这些人。他们对我有看法，也许下学期会解聘我。"

秋尔在黑暗中睁大眼睛："会吗？那些人会解聘你？谁的才学及得上你！"

甲仁抚摸着秋尔的手，说："孟先生会保我的，不过，也许我们自己先走为好。生活也太苦了。"

秋尔道："天津的家业足够过活。日本人也是要秩序的，我们可以闭户读书。"

尤甲仁默然。

又有一次，因为对《九歌》的英译有几处不同看法，尤甲仁和江昉、王鼎一有所争执。意见不同，本来是可以讨论的，尤甲仁却说了许多嘲弄的刻薄话，引起议论。

有人背地里说："尤甲仁自视太高，全不把人放在眼里。"

"文人相轻也是常情，但是过于伤人，未免叫人寒心。"

又有人说："岂不知骂倒一切方算才子，越是轻薄越时兴呢。"

这话传到弗之耳中。弗之笑笑说，他平日教课还算尽责，近日又写了几篇考据方面的文章，虽没有什么新见解，也还是努力的。

因有孟先生说话，议论逐渐平息，但尤、姚的去志并未减少。

过了些时，尤甲仁和姚秋尔在翠湖边散步，心里都闷闷的。忽见迎面走来一个女子，穿着鹅黄色绸袍，披一件灰呢短披风，装束很是打眼，再一看竟是刘婉芳。

刘婉芳快步走过来，人显得白多了，也丰腴多了。

"尤先生，尤太太！"她娇声招呼。

秋尔很高兴，一半好奇一半关心，拉着婉芳的手，连声问："你怎么样？搬到哪儿去了？"

婉芳颇有得色："不过比在刻薄巷过得好些。"照尤甲仁的建议,三人走到湖心亭坐了。婉芳说:"走时心情很乱,没有和你们告别,想着总会见面的。你看这不是见面了。"

谈了一会儿话,才知原来刘婉芳同居的人并不是朱延清,而是朱延清的一个朋友,财势小多了。但虽不能呼奴使婢,却是丰衣足食,应有尽有。秋尔见她一人出来,估计她的地位是外室一类。

婉芳似猜到她的心思,说:"我的先生并没有正妻,这点你们不用担心。反正我再不愿过原来的日子了,那时,洗衣服连肥皂都舍不得用,手都成猪爪子了。现在总算有点人样。"说着伸出手来,光滑红润,一只手上带着玉镯,手背上犹有冻疮的疤痕。"战事是紧了,学校会搬家吗?"她问。

"还不知道。"秋尔答,看了甲仁一眼。

"再逃难,更没法子过日子了。我要是你们,早回天津去了,总比这里舒服得多。"

正说着话,一辆人力车停在路边,婉芳笑道:"这是我们的包车,他倒会找。"站起身,欲言又止。

秋尔等她问邵为的情况,可是她并没有问,也没有留联系地址,告别登车去了。

这里尤甲仁夫妇望着车子转了弯,姚秋尔说了一句:"好久没有坐人力车了。"

四

年轻人也有他们的新闻。一天晚饭时,合子说:"听说殷大士回来了,是殷小龙说的。"

这天,嵋从学校回来,走上陡坡,从上面下来两个人,一个便是殷大士,旁边的人竟是澹台玮。玮玮因功课忙,有一阵没到腊梅林来了。

"孟灵己!"殷大士不等走近就大声喊,"我们刚到腊梅林去了!"大士也长大了,野气收敛多了,皮肤、眼睛光彩照人。

"你回来多久了?"嵋问。

"不过十来天。"大士答,"我在重庆上学呢!这学期我回来上学,迟了几天,不过没关系,已经注册了。"

玮玮说:"腊梅林没有人,都不在家。"

"现在回去吧!"嵋举举钥匙。

他们从陡坡升上来,一路谈话。

大士说,她上的是青云大学,又得意地说:"我现在是自由人。"

后来嵋知道她家里的政策改变了,王钿的主要任务不是照管她了。

到坡顶时,正遇合子和两个同学从另一条路回来,拿着一卷纸,说是要出壁报。回到家里,合子和同学在饭桌上描描画画。

嵋等在房前藤椅上坐了,大士问嵋学校的情况,又不耐心听,打了几次岔。说到她转学,需要留一级。

"留级不好听。"她郑重地说,"不过,澹台玮说没关系。"

玮玮说:"也许对别人有关系,不过对你没关系。许多事对你都没关系。"

"我怕被未来的科学家看不起。"

两人说话,嵋渐渐插不上嘴,走进屋去看合子的壁报。合子正在画报头,那两个同学画版式,写小标题,都很专心。嵋看了一会儿,又走出来。

殷大士说:"你莫要跑开。你们都在昆明,我刚回来,怎么倒像是我和澹台玮熟得多。"

嵋笑道:"我也正奇怪呢。"

大士说:"我们出去玩一次可好?"这星期放两天春假,都有时间。

嵋想一想,说:"我怕被蛇咬。"和大士对望着笑了起来。

大士说:"娃娃家的事莫提了。澹台玮,你说去哪里?远一点才好。"

玮玮问嵋,嵋说不知道。玮玮沉吟说:"我不放春假,正好这个星期六的实验移到星期四晚上,时间足够了,我们去石林。"

嵋拍手道:"真的?这么多年了,我还没有去过石林。"

问合子,他说要参加一次航模表演,不能去。玮玮去庄家通知,无采要和玳拉出门,只有无因高兴地参加。

那时去石林交通很不方便,坐火车先到路南。开车时间在傍晚,无因、玮玮、嵋和大士四人各自背着背包,十分高兴地登上火车。车里有几排两人座位,可以四人对坐,还有一些类似长凳的座位。乘客不很多,四人拣了靠窗的座位,两个女孩靠窗坐了。

铃声响了半天不见开车,有位乘客说,这是等什么人吧。又过了一会儿,车开了。那人又自言自语道:"等的人来了。"

正是春暖花开,一路不知名的各样花朵扑面而来。大片桃花如雪,树顶凝聚着淡淡的红,如同戴着一顶顶小帽。

嵋伏在车窗上看着眼前变幻的景色,心里赞叹,发议论道:"常听说大好河山,以前也没仔细想过。现在想想,用'大好'两个字形容真是妙极了。杜甫诗云'国破山河在,城春草木深',山河是永远在的,永远好的。可是因为国破,显出的景色就不同了。"

玮玮道:"所以要'感时花溅泪,恨别鸟惊心'。"

无因道:"嵋说这些话像个女学究,也不知道什么时候起,就会说这种话了。"

大士说:"孟灵己,还有人给你做记录呢!我巴不得有人给我做记录。"说着向玮玮靠近一点。嵋抬头向无因一笑。

车行多时,天色暗了下来。车上人大都占好位子,有的躺着,有的靠着,逐渐安静下来,只有车声隆隆。嵋觉得那声音好像是从远处来的,不知什么时候,大士已经靠在玮玮肩上睡着了。

"嵋,你也睡吧!"无因低声说,"我到那边去。"

他放好背包,给嵋做枕头,到车厢另一头去了。嵋不便大声叫,只好由他。一歪身,马上睡着了。

睡了不知多久,嵋忽然醒来,见玮玮和大士还是原来的姿势。担心无因没有睡处,便走到车厢那头去看。车厢里人横七竖八,好不容易走到车门,见无因站在门外,夜色沉沉,身影朦胧,想来他一定很累了。

开门一阵寒风,嵋说:"庄无因,你要受凉的。"

无因没有转身,说:"这是新发明的称呼吗?"

嵋走出去,两人靠在栏杆上,都不说话。

火车渐渐进入丘陵地带,忽高忽低,车身摇摆,两面的山如怪兽一般扑来,转眼又退到身后去了。

无因问:"你在想什么?"

嵋望着扑来又闪去的山,说:"我什么也没想。"一面山闪过去了,又是一面山。

"你呢,你想什么?"嵋抬头,也抬起眼帘,一双灵动的眸子在夜色中流转。

无因不答,过了半晌,说:"我想——"

车身忽然剧烈地摇摆,发出很大的声音,车停住了。

"什么事?什么事?"车厢里的人跑出来,谁也不知道什么事。有人跳下车去,前后跑了几步,也看不出什么事。过了好一阵,才有车警过来,让大家不要乱走。

无因引嵋回到座位上,见玮玮和大士坐着说话。说刚要出去找他们,人太多,就只好坐着等。

"还是坐着等好。"无因说,于是俱都坐下。

玮玮说有些饿了,便把预备次日用的早点拿出来,四份三明治,是大士准备的,大家吃得津津有味。他们并不为停车发愁,反而觉得有趣。

　　又过了约一个小时,还不见动静。有些乘客说,这车不会走了,还是自己走吧,下车去了。又过了些时,才知道前面的桥有问题,几个小时是修不好的。

　　"我们到阳宗海去!"大士兴致勃勃。

　　"走去吗?"玮玮问。

　　"到前面村子看看,也许有的人家有马。"

　　"我喜欢骑马! 不过,我不会。"嵋有几分遗憾。

　　玮玮说:"不要紧的,我们都是骑手,大概最好的是无因。"

　　大士说:"谁说的! 我看最好的是你。"

　　她认为澹台玮样样都是第一,那认真的神气,引得大家都笑了。

　　这时,远天已露晨光,车上人已走了大半。四人下了车,不知东南西北,打听得最近的村子也有十几里路,需要越过一座小山。有几个村民模样的乘客向山上走,一路咒骂,意思是收交通款不修桥,钱都装腰包了。有人劝他们少说话,"隔墙有耳"。他们看看无因等人,看出他们不是常来这一带的。几个人放低声音,快步走远了。

　　路很难走,几乎是没有路。天越来越亮,他们突然发现自己处在一片红光中。太阳从另一座山背后露出半个脸,他们身上都染上了红色。这不只是太阳光,而是脚下土地的扩展。那红色的土地,也正从黑夜里显露出来。

　　"多好看!"嵋喊了一声。从红土地钻出了大大小小的石头,石头的缝隙里又钻出了许多野花,全都有一层淡淡的光。

　　大士拉着玮玮的手跳起来,说:"我常出来游玩,可还没有见过这样的天和地。"

峋这时发现自己一直是让无因拉着走的,无怪乎很轻松。

下了山,丘陵把天空切出了花边,挡住了视线。峋觉得自己的心是这样宽阔,眼前的景色都不能装满。她含笑看着无因,无因也含笑看着她。他们共有一个念头,飞起来,飞得高高的,看一看更远更远的地方。

那村子很小,盛开的木香花簇拥在门前屋后。炊烟刚起,有几户人家开了门。几个拖鼻涕的孩子跑出来看。

一个妇女一手拿着木梳,一手挽着头发从木香花后走出来。峋想起了龙尾村,想起赵二一家,觉得眼前的人很亲切。他们说要骑马。那妇人家就有马,又到别家张罗,仍是一路梳头。这里的马没有鞍鞯,只铺一条旧毯子。他们选了三匹,选不出第四匹。

无因说:"反正峋不会骑,坐在我的马上好了。"

大士说,她也不要骑,要玮玮带她骑。于是只用两匹马,有马夫跟着。蹄声嘚嘚,离开了村子。

大士嫌马走得慢,要玮玮打马。

玮玮说:"它驮两个人已经太重了,还要打它!"

走了一会儿,大士还嫌慢。马夫在旁说:"坐好了!"抽了一鞭子,那马撒开四蹄把另一匹马甩下了。

这一匹马上的人并不嫌慢,他们随着蹄声背诵着英国诗人华兹华斯的诗:"一眼望去千万朵,摇着头儿舞婆娑。"又东一句西一句地背诵柯勒维治、济慈的诗,无因会背的比峋多得多。

峋说:"庄伯母说,你能背全本《马克白斯》,可从来没听你背过。"

无因道:"会背点书有什么稀奇。"见不远处有一丛紫花,便跳下马去采摘。

马仍继续往前走,不听峋的号令。峋急得大声叫:"庄哥哥快来!"

无因跑回来,两手捧满了花,拉住马,笑说:"怎么又是庄哥哥了?"

他把花递给嵋,一纵身上马,缓缓走去,只觉得路太短了。

马行到一处高地,忽然出现一大片湖水,蓝而且亮,就好像把昆明的天裁下一块铺在地上。水边有许多树木,枝叶繁茂的树冠相连,看去似可在上面行走。

这时,玮玮的马跑回来,"阳宗海!阳宗海!"大士一路欢呼,冲上小坡,和他们并辔而立。

马夫喘吁吁地跟了上来,指点着树丛间的房屋,说是美军的招待所,那些开飞机的常来住。

两骑并辔缓缓下坡,走到湖边。马夫问可要用船,他可以去借。大士马上说要坐船,以前来时还没有船。

"先休息一下吧!"无因说,跳下马来,又扶嵋下马,拍拍马头,表示感谢。

脚下野草形成一片绿毯,挂在水旁。

"哎呀!"大士大声说,"我发现这片草地的用处了!"

"我也发现了!"嵋抢着说,"可以打滚!"果然和大士跑到靠坡的一端,从上面滚下来,清脆的笑声惊起了鸟儿。两个女孩脸儿红红的,站起来还是笑个不停。两个男孩也去试,都说是绝妙的体验。

一时,马夫带来一个独眼人,是看管招待所的,说住的人今天去石林了,房屋都空着,可以借船。指一指系在不远处房屋前的小船,又问可要吃饭,他可以烧。

无因道:"有水、有船还有饭,简直是魔术变出来的。"

玮玮和大士认为既然有饭,不如先吃饭。四人打发马夫回去,随独眼人向招待所走去。

招待所房屋简单,但舒适实用。宅边草中生有许多不知名的野花,四人走来走去,你掐几朵,我掐几朵,凑在一起都不重样。

峐抱着无因给她的紫花,说:"还是这花最好看。"

玮玮说:"大自然真是奇妙,生物界中的每一种每一类每一科都蕴藏着许多奥秘。"

峐说:"姐姐在大理真是有事做了。"

大士道:"植物有一样不好,它们不会说话。"

"可是它们会听话。"峐说,"据说有人养了两盆兰花,主人常对一盆花说话,这盆花长大开花就快得多,总是很高兴的样子。"

"你编的!"大士说。忽然又说:"哎呀,这点还有一个研究生物的呢!你是权威。"她望着玮玮。

玮玮笑道:"萧先生是权威,我是权威的学生。峐说得有道理,不过兰花并不是真懂人的话,只不过声波在起作用。"

峐一歪头,道:"我相信它们懂!"

独眼人过来招呼。四人进入厅中,见已摆好四份杯碟,有热牛奶,烤面包,煎鸡蛋,还有一小锅米饭和炒豆豉。他们让独眼人一起坐了。独眼人说,来这里住的大都是美国空军,他不懂外国话,平常简直不说话。

渐渐地,他的话多起来,他参加过台儿庄战役,是二级残废。

玮玮说:"你一定是个勇敢的兵。"

独眼人摇头,连说不见得。"老实说,真到了战场上全凭一口气,彼此影响。那次战役,我受了七处伤。别的都好了,就是这只眼睛作废了,剩下的这只也越来越看不清楚。不过,现在还能做事。"他眯起眼睛,"我这个工作不错,是个好差事,我为国家出了力了。"

"这只眼如果也看不见了怎么办?"峐问。

"到时候再说。"独眼人答。

一时饭毕,四人上船。

382

独眼人站在岸边说:"小心了,这湖水最深的地方有十几丈,莫要划得太远。"

整个湖面岸边没有别人,两个女孩并排坐在船尾,无因和玮各持一桨,很快就配合默契。船在水面轻快地滑行,湖水原已映出蓝天、白云和绿树,蓦地又加入了载满青春力量的小船,湖中若有神祇,一定会大声说"欢迎"。

湖水清澈,浅处可见一堆堆石块。

嵋俯身船边,指着说:"这像不像城门? 那儿躺着一个戴盔披甲的武士,他是守城还是攻城?"

玮玮也俯身看,说:"守就要守住,攻就要攻进。"大士说她看不出来。

无因却指着另外一处说:"那儿有一个 Sphinx(狮身人面像),他不知要给我们猜什么谜。"

于是大家向水面乱喊:"你出谜语呀! 你出谜语呀!"结果是一阵大笑。

船走过这一段乱石,湖水渐深。大士要划船,无因让给她。她不及玮玮有力,船向一边打转,大家又笑。于是嵋和大士一起划,她们下桨很浅,几乎翻不起浪花。船行很慢,但很稳。

又过一会儿,船停住了,孤零零依在湖心。四处望去,湖水最远处与天相接,大朵大朵的白云缀在天边。一会儿又变成丝丝缕缕,似乎要流进湖中,下望湖水果然深不可测。

无因说:"你们划不动吧? 我来吧。这里太深了。"调整好桨便往回划。

嵋坐在船头,忽然说:"我想跳下去。"

大士说:"晓得了,晓得孟灵己是个淘气鬼。说真的,我也想跳下去。"

玮玮用云南话说:"你两个倒很投机嘛!"

嵋在无因背后,却感到他在注视自己,大概在准备随时打

捞。一时大家唱起歌来,一首又一首。不知谁起头,吟出了那首《本事》:

> 记得当时年纪小,
> 你爱谈天我爱笑。
> 有一回并肩坐在桃树下,
> 风在林梢鸟在叫。
> 不知怎么我们睡着了,
> 梦里花儿落多少。

"记得当时年纪小",歌声渐高又渐低,大家都沉浸在那柔和的又有些迷惘的歌里。让湖光山色摇着,久久没有说话。

太阳很明亮,碧蓝的天上没有一点云,它们不知藏到哪里去了。忽然,远处传来隐隐雷声。

"哪儿在放炮?"玮玮说。

他们侧耳细听,雷声越来越近,阳光仍是明媚,没有风,没有云。

"干打雷!"他们笑。

无因用力划桨驶向岸边。一声炸雷,似乎就打在船上,大家都吓了一跳。

"你们莫太高兴了!"又是一声炸雷。

随着炸雷,骤然间下起了瓢泼大雨。雨先下了,才见乌云四合。雨点把湖面打出一个个小窝,水面上顿时一片迷茫,乌云也从天上垂下来。大家都听到雷声中的断喝,惊讶地往四处看。他们期待着水面跳出一条巨龙或什么怪兽,可是什么也没有。

"你们莫太高兴了——"那声音从聚拢来的乌云中传出,又随着雷声滚滚远去了。雨仍下着,四人衣衫湿透。

船到岸边,雨也停了,又是万里无云。碧蓝的湖水和天空一样明净。

第 九 章

战争在人们头顶上呼啸。

这是世界战场上大起大落的日子,盟军在太平洋上的进攻顺利,占领了许多岛屿。日本船只损失严重,几乎守不住太平洋上的阵地,乃企图为贯通中国南北、联络南洋交通线和摧毁美国空军基地,用主力部队开始了一场大规模的战争,先后发动了多次战役。

中国军队在各个战场上都进行了抵抗,但均告失败,兵力损失惨重。百姓流离失所,争向川滇一带逃难。日寇甚至不放过满载难民的火车,以逃难的人群为目标,肆行轰炸。人们只能疏散开来,一步一步地走向较为安全的地方。在自己祖国的土地上,这样的地方越来越少了。桂林、柳州失陷之后,贵州省的独山也一度失陷。盘踞在滇西的日寇,从来就是心腹大患。这时人们更感到腹背受敌的威胁。

昆明的课堂从来没有平静过,"还政于民,废除一党专政"的民主呼声越来越高,各学校的社团活动更加频繁有力。为了适当的隐蔽,卫葑得到通知,紧速离开昆明。

春去夏来,昆明花事依旧繁忙,人事多有变化。

卫葑走了。他没有来得及到龙江边向雪妍告别,也没有看望玹子,只到腊梅林说明他已向系里请了一年假,已请玹子做阿难的保护人。他知道五婶免不了操心,可也没有办法。弗之说:"既然已经确定了目标,就去吧!"

玹子没有能像在北平颐和园那样送卫葑离开,甚至不知道他确切是在哪一天离开的。他不见了,就像雪妍一样。何曼无疑知道他的消息,但她不会说的。自从保护人明确了以后,何曼很少到蹉跎巷来了。

玹子在碧初、玳拉的帮助下,率领青环和羊,和逐渐长大的阿难形成了非常亲爱的关系。玹子教阿难叫玹姑,可他只会叫妈妈。

玹子总觉得有些尴尬,对着那可爱的小脸说:"你会改过来的,是不是?"回答是一声"妈妈——"

对她这份承担也颇有议论,大都认为是高尚行为,也免不了有人发挥想象力,做些编造。玹子并不在意,她是要怎样便怎样的。

嵋和李之薇都高中毕业了,参加了明仑大学的入学考试。

嵋选择了数学系。弗之和碧初认为她更适合上文科,但也没有干涉。"做好一个数学教员也就可以了。"弗之说。

之薇选择的是社会学系。"若是之芹在,一定念生物。"这是李涟的话。

发榜的这一天,之薇来约嵋一起去看榜。

之薇说:"我想你一定能考上,我可不一定。"

嵋笑道:"我猜咱们俩都能考上。"

两人出了豁口,走到学校门边,见榜已贴出。工整的毛笔字写着一个个名字,看榜的人还不太多。

嵋一眼便看见李之薇三个字,是社会学系的头一名。

"你考上了!"嵋指着。

之薇盯着自己的名字看了一会儿,马上又去找嵋的名字,如果朋友没有考上,快乐也不圆满。

"我也考上了!"又是嵋先发现,孟灵已在几个名字中间。

她们笑着,拉着手伸直了手臂转了两个圈,就像小时候做游戏,唱着"伦敦大桥塌倒了",把小朋友套在四条手臂中间。她们永远不会再做那样的游戏了。

看榜的人陆续多起来,有的考上,有的没考上。榜上有名的人很高兴,落榜的人也不很沮丧。路是多种多样的。

她们走回家去。人家院墙上不知名的花朵在晨风中摇动,好像在点头微笑。

"准是考上了。"有人招呼,原来是晏不来老师。

晏不来双眉深锁,头发照旧乱蓬蓬的,好像刚起床,而又没有睡好。"看你们喜洋洋的,我猜得对不对?可是不知道还能上几天学。"两人有些吃惊,询问地望着晏老师。"战事越来越紧了——不跟你们说这些,快回家报告你们的好消息吧!"

战局虽说日紧,战争离她们的生活比轰炸远多了。还能上几天学,她们不去多想。

之薇踢过一个小石子,嵋接着踢了一脚。你一脚,我一脚,过街下坡,直到陡坡下。嵋一脚把石子踢得远远的,之薇想看它落在何处,却寻不见,两人笑个不停。

嵋忽然说:"也许会需要我们去打仗。"

"那就去吧。"之薇不假思索。

两人在陡坡上分手,各自回家。

李家离腊梅林不远,是临街的铺面房,前面开着书店,他们住在后面的一个小院中。

之薇一路想,父亲大概又会想起姐姐。母亲呢,母亲的心让神佛占据了。虽然近来教友们的活动少多了,母亲对这个家还是不能全心全意照顾。之薇心里漾过一阵叹息。

她走过书店,推开自家院门,见院中空无一人。她知道父亲在一个暑期学校讲授文史知识,为了那点兼课费。母亲该是上街买菜去了,之荃照例不知去向。之薇想大喊一声"我考上了",可是没有对象。

一时,金士珍提着一篮菜回来了,兴冲冲地对之薇说:"你别说话,我知道你考上了。"

之薇见母亲记得自己考学校的事,心里一阵暖热,接过菜篮说:"妈,您说对了。"

母女俩把篮里鲜嫩的青菜堆在地上,还有一小块猪肉。

士珍一面拿碗来装,一面说:"瞧瞧,你妈还不是那样失魂落魄吧。我可把最后的一点钱都花了。物价涨得太快,这些钱,从前够买半只猪了。"

之薇应道:"好像爸爸说,他兼课的学校今天要发薪,这菜够吃两天了。"

金士珍道:"你爸爸兼课很辛苦。这年头谁要听什么文史知识,有几个钟点就不错。"说着命之薇打米煮饭:"早点煮上,多燀燀好吃。"

之薇依言,拿着竹浅子去打米,预备拣虫,谁知米桶里已经没有米了。她把桶翻过来,也没有一粒米出现。

"妈,没米了!"之薇喊了一声。

金士珍两手一拍:"可不是没米了,这几天尽吃的米线。天还早呢,现在去买。"她用手一摸口袋,又把两手一拍:"我一个钱也没有了,等你爸爸回来再说。"

两人本来兴致勃勃地收拾菜,这时兴致减了一半。

过了一会儿,李涟回来了,进门就声明今天学校没有发薪。知道家里没米了,说有这些菜呢,够好的了。

金士珍说:"没有主食,小荃吃不饱的。"

"那就饿一顿。"李涟说。

之薇灵机一动:"我到孟家去借。"说着,拿着一个口袋往外走。

李涟喝住:"考上没有?"

"考上了。"

"孟灵己呢?"

"也考上了。"

李涟点头不语。

嵋看榜回来,澹台姊弟已经在家中,大家几乎把她抬起来。

她走过去抱住母亲的肩,碧初满面笑容,拍拍她。

弗之也从卧室走出,面带微笑,说了一声:"好。"仍回室中继续他的著作。

合子报告:"庄哥哥来过了,他什么也没说,要等你自己宣布。"

嵋到自己房间,见桌上有一个信封,打开看时,是庄无因自制的贺卡,一面写着:为你高兴! 另一面贴着几朵野花,有红黄蓝白好几种颜色,很是鲜艳。

嵋看了一会儿,把它收在抽屉里。不知为什么,她不愿别人看见。

无因已经保送入研究院。本来有一个机会去美国留学,他不肯去。庄先生也不勉强。有人说他不重视机会,是因为什么都得来太容易了。嵋却隐约感觉到他留下的原因,也许只是原因之一。

"嵋,你出来看看。"玹子叫道。她带来一件银红色半旧夹袍,要请碧初裁两件小衣服。大家围在门前木案旁,又说又笑。一个说这么剪,一个说那么裁,各自发挥想象力。

之薇走进腊梅林,先听见一阵笑语声,听声音知道澹台姊弟也在这里,便想退回去。

嵋跑过来,拉她过去,大家都向她祝贺。之薇红着脸不说话,过了一会儿,跟着嵋到房里,才悄悄说明来意。

嵋望一眼窗外,知之薇不愿声张,便不禀报母亲,自往厨房柜中取米,把之薇的口袋装满。

之薇急忙说:"有一点就行了,我看你们剩得也不多了。"

嵋笑道:"我们不要紧,这么多人呢,什么都能变出来。"

之薇轻声说:"我回到家,一个人也没有。"忙又加了一句,"难为母亲买了菜来,有了菜又没米了。"

嵋送走之薇,一时衣服也裁完了。碧初和玹子继续讨论缝纫问题。

合拿出自制的航模放在外间方桌上,请玮玮指点。

"小娃将来是要学航空的了。"玮玮赞许地说。

他想起北平住宅中的飞机模型,等到回去时,恐怕连小娃也过了玩模型的年龄了。他对模型发表了一些意见。

嵋说,晏老师说时局很紧。

玮玮道:"工学院有两个同学参加远征军,听说最近牺牲了。一个患疟疾,没有金鸡纳霜,那一带所谓瘴气就是疟疾,非战斗减员很多。另一个中弹后掉在怒江里,说是手里还拿着枪。"玮玮的眼睛一亮,声音有些颤抖:"真是壮烈。这是男儿死所。"

嵋抬头,望着他,觉得玮玮身上有一种热情,和她是血脉相通的。过了一会儿,才说:"这就是白居易形容的'闻道云南有泸水,椒花落时瘴烟起。大军徒涉水如汤,未过十人二三死。'"

玮玮说:"听说学校又要搬家?"

嵋向里屋望了一眼,说:"昨天有几位先生来和爹爹谈得很晚,好像就是议论搬家的事。"

玮玮说:"同学们都不愿意再搬,总是藏,总是躲,再搬搬到哪儿去呀?"

他们都想不出该搬到哪儿去,互相望着。

"听,"玮玮说。远处传来一种沉重的声音,是脚步声,接着响起了军歌:"大刀向鬼子们的头上砍去——"

脚步声和歌声越来越近。碧初和玹子走进屋来说,过队伍了。

大家肃然听着。脚步声，隆隆的军车声，加上粗哑的、参差不齐的歌声，显得很悲凉。

碧初推开里屋门，见弗之已放下笔，端坐在藤椅上。她用目光询问："怎么样，是不是又要逃难？"

弗之低声回答："我们已经无处可逃。"

这天夜里，又是沉重的脚步声。许多人从梦中惊醒。弗之和碧初披衣坐起，倾听着脚步声自远而近，又由近而远。十轮大卡车载着辎重，压得青石板路面在喘息。

他们不约而同想起北平沦陷时撤军的脚步声。这是不同的脚步声，这是开赴前线。

"一、二、三——四！"声音不整齐，而且嘶哑，仿佛黑夜也是坎坷不平的。但是开赴前线的脚步不能停。

夏去秋来。开学的那天，梁明时在一个长桌前主持学生注册报到，见嵋来了很高兴，说："数学系可没有枣泥馅的点心。"

嵋轻声说："梁先生会给的。"梁明时不觉大笑。

几个高年级同学在帮忙，指指点点，说："这是孟先生的小女儿，演过《青鸟》的。"嵋只作没听见。

注册后，嵋和李之薇一起到女生宿舍安排了床位，她们是大学生了。她们对学校很熟悉，不需要参观，做的第一件事是一人写了一张启事，自荐教家馆。嵋教数学、英文，之薇教语文。

嵋写着说："我想写上教太极拳，你说好不好。"

之薇把落在胸前的辫子拿到背后，答道："若是教跳舞，可能更有号召力。"

嵋垂下眼睛，故意做出考虑的样子，然后抬起眼睛，浓密的睫毛略向上弯，满眼装着调皮和笑意。她忽然站起，轻盈地跳了两步华尔兹，又向之薇伸手做了一个邀请的姿势。

之薇诧异道："还挺像，真学过？"

嵋笑道:"我是无师自通。"之薇也笑。

她们是这样快乐,青春能融化艰难困苦,从中提炼出力量。中午的阳光照在宿舍大门口石灰剥落的墙上,墙上贴着各种纸条,高高低低乱无章法。她们把自己的启事贴上去,贴好了,还站着看,觉得自己很了不起。

几个同学匆匆走过,说是去看俘虏。

嵋追着问:"什么俘虏?"

那同学看她一眼,说:"新同学?当然是日本俘虏。就在中学过去不远。"嵋、薇便跟着走。

大家高兴地谈论,一个说:"我们能打小胜仗,就能打大胜仗。"

一个说:"这些俘虏里有一个是反战的,要是多有几个就好了。他们不赞成战争,是被迫打仗。"

走到离中学不远的一个旧仓库前,门前停了一辆车,两个兵押着几个人正在上车。

这些日本俘虏看上去和中国人差不多,一个个垂着头听安排,很畏缩的样子。太阳把一排树木的影子照在车上,显出斑斑点点的阴影。

有同学低声说:"这些人也是替日本法西斯卖命。"

另一个说:"不知道他们明白不明白。"

之薇喃喃道:"鬼子也有这样一天。"

嵋却感到一阵悲哀,他们也是父亲、兄弟、丈夫、儿子,如果不打仗,不都是一样的人吗?可是现在烧、杀、抢、掠无所不为,成为鬼子,成为恶魔,害了我们多少人!

一个男同学提出让那位反战者讲几句话,押送的兵摇摇手。车开走了,一个人在关仓库门,把树影拉长了,拉断了。同学们散去了,嵋和之薇走回宿舍,一路没有说话。

傍晚,嵋回到家中,在晚饭桌上闲说着一天的见闻。

合子特地给嵋夹了一箸菜，说："小姐姐是大学生了。"

嵋说："我还看见了日本俘虏。"接着讲了当时情况。

弗之沉思道："他们也是人，但是在法西斯政策驱使下已经成为工具，被'异化'了。我们进行这场保卫国家民族的战争，不仅要消灭反人类的法西斯，也要将'人'还原为人。"

"将'人'还原为人"。嵋一生都记得这句话。

秋季始业不久，为了躲避战争，为了有一个更适合教与学的环境，学校奉命，将久已酝酿的迁校计划再一次提出。教育部提出西康作为考虑的地点。

秦巽衡和孟弗之、萧子蔚三人这一天有同样的活动。上午，到青云大学参加昆明市各校领导的联合会议，商谈当前局势，下午要在本校教务会上讨论迁校计划。上午会后，大家都觉得很沉重。正走在街上，忽然下起雨来，乃在一个饭馆房檐下站了片刻。

雨势愈猛，巽衡说，进去吃点东西吧。饭馆很热闹，杯盘相碰，饭菜飘香，加上跑堂的大声吆喝，和门外冷风疾雨恰成对比。

弗之微笑道："这真是'前方吃紧，后方紧吃'！"

三人要了简单的饭菜，快要吃完，见邻桌人在吃烤鸭，都想起北平的烤鸭和美味的鸭架汤炖白菜。

子蔚道："我们问一下有没有这个汤，想来不会太贵。"

因他们所食简单，跑堂的心怀轻视。这时，把眼一瞪，把手中抹布往肩上一搭，说："你又不吃烤鸭，哪里来的鸭骨头！用别人吃剩的，你又不答应。"三人无语，相顾一笑。

这时从里面走出一个人，穿着蓝布长衫，甚是整洁。走过时突然站住，叫了一声："这不是老爷吗！"原来是孟家过去的厨师柴发利。

他抢步上前就要跪倒行礼，弗之忙站起扶住，说："你怎么来了？什么时候来的？"

柴发利又见过秦、萧两先生,说:"我离开澹台老爷好几年了,先在南昌开了个小饭馆。后来转了好几个县,常年地逃难,逃到了昆明,就在这家饭馆做点事。想安顿得好一些再去看老爷太太,免得为我操心。"

那伙计说这几位客人要吃鸭架汤。柴发利说,这有什么。到厨房转了一圈,一会儿便端上一盆飘散着热气与香味的鸭汤。

弗之要柴发利坐了说话,柴发利不敢坐,站着说了些路上情况。他来时还算好的,现在更艰难了。可谁也不愿意当亡国奴,有点力气的都要往后方奔,不料昆明的局势又紧。

他站了一会儿,说,这些年的事,几天也说不完。现在要去谈一件生意,过两天就去请安。问清地址,先别去了。

子蔚道:"柴发利从来就是个能干人。"

弗之微叹道:"他说怕我们为他操心,看来是他为我们操心了。"

一时饭毕,雨已停了。三人走出饭馆,迎面只觉寒风扑面,是秋已深。

一路见一群群人面目黑瘦,拖儿带女,背着大包小包,正是新到的难民。翠湖旁,桥边柳下也有难民或坐或卧。两个小儿大概有病,不停地啼哭。一个母亲低声抚慰,一个母亲照屁股给了几下。被打的小儿大哭,又有别的小儿跟上。几只鸟儿扑拉拉惊飞了。

正走着,雨又下起来。三人到大学办事处时,长衫都湿了大半。有好几位先生到了,正在收伞整衣。这里没有了圆甑的落地长窗和讲究的家具,桌椅都很朴素,若和露宿街头相比已是天上了。

会上讨论了两件大事,秦巽衡简单介绍了当前的形势,说教育部已经派人去西康勘察,那里交通十分不便,谅敌人是打不到的。另因军情紧张,滇西、滇南的战场都需要翻译,教育部决定征调四年级学生到军队服役,重庆有些学校已经这样做了。

对这一问题大家意见比较一致,国难当头人人都有责任。一位先生提出学生中思想很复杂,也可能有人拒绝服役。大家都认为到了生死关头,怎能不赴国难。

秦校长说:"如有这种情况,不予毕业。"语气很坚决,大家俱无异议。

有人低声说:"早有人参军了,还有人牺牲了,现在征调还不去吗!"

征调决定了,大家心头都很沉重。战争一天天逼近,他们要送自己的学生奔赴战场,没有退路。

在搬迁的问题上意见不统一。有人说,学生从军是把精华投进去了,还躲什么。也有人说,还是搬一搬好。

弗之说:"我们现在是用两个拳头的对策。一个拳头伸出去,那就是我们的青年人要直接参加这场战争。一个拳头缩回来,就是搬迁躲藏,目的当然是为了培养继续打出去的力量。只是搬迁的得失要仔细衡量。新址安排,旅途劳顿,时间、精力和费用都要付出很多,我担心学校又要大伤元气。而且学校的搬迁对云南人心会不会有影响,这也是需要考虑的。"

庄卣辰说:"现在世界战局已经明朗,盟军反攻加速,再坚持一阵,也许能度过危机。"

钱明经谨慎地说:"孟先生、庄先生的话很有道理,只是万一有变就不好了。搬到平安的地方教学可以较为安心,也可以保存元气。"

也有好几位先生主张搬迁,只是认为西康文化落后,不很合适。

又有人说,现在哪里还能找到合适的地方。若有合适的地方,敌人一时打不到,也不会放过轰炸。

冷风夹着雨滴吹打着玻璃窗,众人都觉一阵寒意。咣当一声,风把门吹开了,把桌上的纸张吹得满地。

梁明时忽然站起来,用健康的右手扶住桌子,大声说:"我们最好找一个地图上都没有的地方,让敌人找不着。"他噙着眼泪。

这话又似实意,又似讽刺,像一柄剑刺在每个人身上。满室无言,静了好一阵,热泪在人们眼中转。

江昉站起来说:"我是不走的了,我与昆明共存亡!"

逃到地图上都找不到的地方,"我们简直没有生存的地方了!"有人几乎是喊出来。

子蔚温和地说:"搬还是留,搬到哪里,需要有全盘考虑,需要和教育部再商量。"

秦巽衡站起身说:"大家的意思我清楚了。我们也许搬走,也许留下,也许会和敌人周旋。前途还不能确定,更加艰苦是必然的。可是我知道,"他环视大家,声音呜咽,一字一字地说:"不论发生什么事,我们——我们决不投降!"

"我们决不投降!"

这句话在刚劲的秋风中滚过树梢,滚过屋顶,滚过天空,有力地撞在每个人心上。

间　曲

【东尾】数载飘泊，停行脚，多谢闲村落。似青萍依在岩石侧，似杨花旋转千山错。见木香花绵延无根底，腊梅花香透衣衫薄。酒花儿少斟酌，泪花儿常抛堕。为教贼子难捉摸，无那，向何处藏，向何处躲！

头顶上暂息泼天祸，脚底下留多少他乡客。秃笔头缠绳索，病身躯遭顿挫，鼙鼓声从来惊魂魄。怎般折磨，打不断荒丘绛帐传弦歌，改不了箪食瓢饮颜回乐。将一代代英才育就，好打点平戎兴国策！

一九九三年秋——二〇〇〇年夏

后　记

在蝉声聒噪中,《东藏记》终于脱稿。

《东藏记》是《野葫芦引》的第二卷。写作的时间拖得太长了,差不多有七年之久,实际上是停的时间多,写的时间少。至于书中人物在我头脑中活动的时间,就无法算计了。一九八八年,《野葫芦引》第一卷《南渡记》问世以后,我全部的精力用于侍奉老父,可是用尽心力也无法阻挡死别。一九九〇年父亲去世,接着来的是我自己一场重病。记得一九九一年下半年,写《三松堂断忆》时,还是十分不支。一九九三年先试着写了几个短篇,下半年开始写《东藏记》。一九九五年发表了第一、二章(载《收获》一九九五年第三期),一九九六年写了第三、四章,一九九七年又是一场病,直到现在病魔也没有完全放过我。但是我且战且行,写写停停,停停写写,终于完成了这部书。

从一九九六年起,目疾逐渐加重,做过几次手术。现在虽未失明,却不能阅读,这两年写作全凭口授。再加上疾病的袭击,外界的干扰,我几次觉得自己已无力继续,但又不能甘心。亲友们分为两派,一派从我的健康出发,劝我搁笔。一派偏爱《南渡记》,认为不写完太可惜。他们说:"你不能停,写下去是你的责任。"

是的,写下去是我的责任。

我写得很苦,实在很不潇洒。但即使写得泪流满面,内心总有一种创造的快乐。我与病痛和干扰周旋,有时能写,有时不能写,却总没有离开书中人物。一点一滴,一字一句,终于酿成了野葫芦中的一瓢汁液。

在写作的过程中,曾和许多抗战时在昆明的亲友谈话,是他们热心地提供了花粉。他们中有些长者已经离去。我对他们深怀感谢。我希望,我所酿造的可以对得起花粉,对得起那段历史。我也参考一些史料,当然我写的不是历史而是小说,虽然人物的命运离不开客观环境,毕竟是"真事隐去"的"假语村言"。我还是那句话,小说只不过是小说。

近年来,外子蔡仲德是我任何文字的第一读者。堂姐冯钟芸教授曾读过全部《南渡记》原稿,又读了《东藏记》前五章,细心地提出意见。本书的责任编辑人民文学出版社杨柳女士以极大的关心和耐心守候着这部书,这样的编辑不多见了。

记得写《南渡记》后记时是在严冬,现在正值酷暑。此卷虽完,还有《西征记》《北归记》,也许还有别的什么记,不知又需要多少酷暑严冬。路还长着呢,只不知命有多长。

二○○○年七月二十四日
距第六个本命年生辰前二日,时荷花盛开

〔招魂之區〕份乎里渐现奇形。前几是好男儿屍骨趁樣轻，

屈方。足不文錢財積山峰；畫堂里蟹螯菊朵来立外，村野

向水旱飢荒抓壯丁！

实写天庭。孤魂五里，怎破得瘴疬霧濃。縱心胖捨了

青春景，明月芦花无影踪，春天惟何处是歸程？

西征记

《野葫芦引》第三卷

宗璞 著

人民文学出版社

图书在版编目(CIP)数据

野葫芦引. 西征记/宗璞著. —北京:人民文学出版社,2019(2021.11重印)
ISBN 978-7-02-014766-3

Ⅰ.①野… Ⅱ.①宗… Ⅲ.①长篇小说—中国—当代 Ⅳ.①I247.5

中国版本图书馆 CIP 数据核字(2018)第 288267 号

目　录

序　曲

【风雷引】百年耻,多少和约羞成。烽火连迭,无夜无明。小命儿似飞蓬,报国心遏云行。不见那长城内外金甲逼,早听得卢沟桥上炮声隆!

【泪洒方壶】多少人血泪飞,向黄泉红雨凝。飘零!多少人离乡背井。枪口上挂头颅,刀丛里争性命。就死辞生!一腔浩气吁苍穹。说什么抛了文书,洒了香墨,别了琴馆,碎了玉筝。珠泪倾!又何叹点点流萤?

【春城会】到此暂驻文旌,痛残山剩水好叮咛。逃不完急煎煎警报红灯,嚼不烂软塌塌苦菜蔓菁,咽不下弯曲曲米虫是荤腥。却不误山茶童子面,腊梅髯翁情。一灯如豆寒窗暖,众说似潮壁报兴。见一代学人志士,青史彪名。东流水浩荡绕山去,岂止是断肠声!

1

【招魂云匾】纷争里渐现奇形。前线是好男儿尸骨纸样轻,后方是不义钱财积山峰;画堂里蟹螯菊朵来云外,村野间水旱饥荒抓壮丁! 强敌压境失边城! 五彩笔换了回日戈,壮也书生! 把招魂两字写天庭。孤魂万里,怎破得瘴疠雾浓。摧心肝舍了青春景,明月芦花无影踪。莽天涯何处是归程?

【归梦残】八年寒暑,夜夜归梦难成。蓦地里一声归去,心惊! 怎忍见旧时园亭。把河山还我,光灿灿拖云霞,气昂昂傲日星。却不料伯劳飞燕各西东,又添了刻骨相思痛。斩不断,理不清,解不开,磨不平,恨今生! 又几经水深火热,绕数番陷人深井。奈何桥上积冤孽,一件件等,一搭搭迎。

【望太平】看红日东升。实指望春暖晴空,乐融融。又怎知是真? 是幻? 是辱? 是荣? 是热? 是冷? 是吉? 是凶? 难收纵,自品评——且不说葫芦里迷踪,原都是梦里阴晴。

主要人物

孟樾（弗之）　明仑大学历史系教授

吕碧初　弗之妻

嵋（孟灵己）　弗之次女、明仑大学学生、远征军医
　　　　　　院工作人员

合子（孟合己，乳名小娃）　弗之子、中学生

峨（孟离己）　弗之长女、点苍山植物站工作人员

澹台玮　碧初外甥、明仑大学学生、远征军翻译官

澹台玹（玹子）　澹台玮姊

吕绛初　碧初二姊，玹、玮母

严亮祖　滇军将领

严颖书　亮祖子

严慧书　亮祖女

吕素初　碧初大姊、亮祖妻、颖书母

荷　珠　亮祖妾、颖书母

李之薇　明仑大学学生、远征军医院工作人员

冷若安　明仑大学学生、远征军翻译官

江昉（春晔）　明仑大学中文系教授

萧澂（子蔚）　明仑大学生物系教授

庄无因　嵋好友、明仑大学学生

殷大士　澹台玮恋人

谢　夫　美军上尉

布林顿　美军少校

高明全　远征军师长

彭田立　游击队队长

丁　昭　远征军医生

哈察明　远征军医生

陈大富　远征军医院院长

老　战　民夫

欢留、苦留、福留　远征军官兵

吕香阁　吕家远亲

第 一 章

一

　　昆明下着雪,雪花勇敢地直落到地上。红土地、灰校舍和那不落叶的树木,都蒙上了一层白色。天阴沉沉的,可是雪白得发亮,一切都似乎笼罩在淡淡的光里。这在昆明是很少见的。学校的大门镇静地站着,不管两侧墙壁上贴着多么令人震动的标语、墙报,它都无动于衷,又像是胸有成竹。

　　几个学生从校门走出,不顾雪花飘扬,停下来看着墙上,雪光随着他们聚在这里。各样的标语壁报,或只是几句话,有的刚贴上去,有的已经掉了一半,带着厚厚糨糊的纸张被冷风吹得簌簌地响,好像在喊叫。

　　"这是你的战争! This is your war!"

　　这条标语最是触目惊心。是的,战争已经不是报纸上、广播里的消息,也不是头顶上的轰炸。它已经近在咫尺,就在你身边,在你床侧。敌人,荷枪实弹的敌人正在向你瞄准。

　　"这是你的战争! This is your war!"

　　标语下面有一张漫画,画中有一个全副武装的年轻人正在查看手中的枪。

　　几个同学在漫画前站了一会儿。有人很兴奋,有人在沉思。他们走开了,在雪地上留下杂乱的脚印。又有几个人走过来了,

1

大声议论着滇西战场的情况。

一个说:"那是什么战场,根本没有场,全是原始森林。"

另一个说:"不但要打日本鬼子,还要打毒蛇猛兽。"

大路两旁的吃食摊子仍然飘散着米粥、面饼、醪糟的香味,可是却没有了平常的热闹气氛。人们匆忙地来去,显得有些紧张。

前几天,学校举行了征调大会,也是一次动员大会,秦校长在会上宣布了教育部征调四年级男生入伍的决定。因为盟军提供了大批新式武器和作战人员,他们和中国军队言语不通,急需翻译。这正是大学生的光荣职责,其他年级的学生也可以志愿参加。孟弗之、萧子蔚、江昉等先生都在会上讲了话,要求大家共赴国难。这些天,共赴国难已形成一种气氛。同学们都感到国家需要我,胜利需要我。

孟弗之挎着他的蓝花布挎包从校门走出,他刚上完课。无论时局怎么紧张,教学必须坚持到最后一刻。他身边有几个同学问他怎样看这次征调。

弗之指一指墙上的标语说道:"我认为这次征调是完全必要的。我在会上已经讲了,我们的老百姓以血肉之躯,前赴后继,艰苦抗战,可以说已经到了最后关头。现在盟军送来了新式武器,需要人去教我们的士兵使用。这是实实在在的工作,不光是热情和空话。"

又有人问:"那天大会讲了,还需要志愿者。做志愿者有条件吗?"

弗之微笑答道:"首先是爱国热情。英语也要有一定水平,我想一个大学生的英语水平足够对付了。"

他看着周围的年轻人。谁将是志愿者?他不知道。可是他知道那些挺直的身躯里跳动着年轻的火热的心。墙边还有学生和教师三三五五在讲话。

弗之沿着红土道往北门走,回腊梅林去,免得穿过凤翥街一带闹市。他回头看了一眼那醒目的标语,"This is your war!"转身拉一拉挎包,这挎包似乎比平日沉重得多。走了一段路,迎面走来几个学生,恭敬地鞠躬。弗之不认得。

　　一个学生走近来说:"孟先生,我们是工学院的,从拓东路来。我们是三年级,自问英语也可以对付了,愿意参加翻译工作。听说是要考试?"

　　弗之说:"是的。其实就是参加训练班,能胜任的先走,差一点儿的提高一下。"

　　他还想说几句嘉奖的话,却觉得话语都很一般,只亲切地看着那几张年轻的,还有几分稚气的脸庞。乱蓬蓬的黑发上粘着雪花,雪水沿着鬓角流下来,便递过一块叠得方正的手帕。一个学生接过,擦了雪水,又递给另一个,还给弗之时已是一块湿布了。

　　雪越下越大了。弗之把那块湿布顶在头上,不顾脚下泥泞,加快了脚步。

　　这时,后面有一个年轻人快步跟上来,绕到弗之前面,迎面唤了一声:"孟先生。"

　　弗之认得这人,是中文系学生,似乎姓蒋。他小有才名,文章写得不错,能诗能酒,能书能画。

　　"孟先生。"那学生嗫嚅着又唤了一声。

　　弗之站住,温和地问:"有什么事?"

　　蒋姓学生口齿不清地答说:"现在四年级学生全部征调做翻译,我——我——"

　　弗之猜道:"你是四年级?"

　　那人忙道:"是,正是。不知征调有没有例外?"

　　"什么例外?"

　　"我的英文不好,不能胜任翻译。并且我还有——很多创

3

作计划——"

"无一例外。"

弗之冷冷地说,并不看他,大步走了。

蒋姓学生站在红土道旁,看着弗之的背影,忽然大声说:"你们先生们自己不去,让别人的子弟去送死!"

弗之站住了,一股怒气在胸中涨开,他回头看那学生。

学生上前一步:"只说孟先生是最识才的,叫人失望。"

弗之转身,尽量平静地说:"你,你无论怎样多才,做人的道理都是一样的,不能打折扣,一切照学校规定办。"

弗之慢慢走,自觉脚步沉重。这些天,投笔从戎的呼声很高,多数人义无反顾,可也有各种言论反对征调,说是给国民党做炮灰。像这样赤裸地说自己不愿去,还是第一次见。

"真难!"弗之叹了一口气。

走到城门外,正遇见江昉从门里出来,倒是打着一把伞。

两人都站住了,江昉把伞举过来一些,先开口道:"这次征调学生实在是万不得已的做法,政府虽然腐败,国难是大家的。"

弗之听了心里安慰许多,这话江昉在征召大会上也讲了,讲得还要淋漓痛快。那次大会之后,江昉受到一些进步学生的劝说,说他的讲话帮助了国民党。江昉辩了几句,那学生话中有话,似乎他的意见是有来头的。

"我现在是凭良知办事。"弗之说,"意见真是五花八门。你们系里的一个姓蒋的学生,竟然说自己有才,要求免征调。"

"我还没有退化到只凭良知的地步。"江昉笑说,"这学生我知道,才是有些,提出这样的要求,人品也可见了。"两人略一举手,分头走了。

弗之进了祠堂大门,见腊梅林一片雪白,雪水从树枝上滴滴答答落下。不禁想起北平的积雪,房檐上挂着的冰凌,什么时候能再看见？这里到底是存不住雪的。他走过泥泞的小路，进家门时鞋已经湿了。

碧初从里屋迎出，接过那蓝花布挎包，苍白的脸上浅浅的笑靥，使弗之不只感到挎包分量的减去，也觉心上轻松。

碧初轻拍他的手臂，低声问："饿不饿？"

弗之摇头，自去里屋脱长衫、换鞋。

碧初说："今天早饭晚了，那皂角太难煮了！没有迟到吧？"

"没有，我会保持从不迟到的记录。"

"孟太太。"有人在门外叫，接着走进一个人，原来是李涟，一面说，"到系里去找孟先生，不见，现在跟着来了。"

弗之让座。李涟说："这几天，学生的情绪好像还好，这对年轻人是一个大关口。有的人说，能有机会直接为抗战出点儿力，以后胜利了也心安；有人说，正不想念书呢，到丛林里打仗多浪漫；可也有人不想去。也有闲话，说校长和先生们是向上面邀功。"

弗之叹道："竟把在存亡关头共赴国难的大事说成这样，真不知还有没有作为一个中国人的良心。人总是有各种各样的，但共赴国难这个大前提是不能改的。"

李涟迟疑道："还有人专门托我呢，托我在孟先生面前说话。"

弗之平静地说："我想，我已经知道了。你说的是不是中文系的一位学生，姓蒋的？"

李涟道："就是，他叫蒋文长。去年我到大理调查，他也在，写了几首蝴蝶诗，写得好。我们有些来往。我知道学校不会同意他的请求，不过，他既然托了我，觉得总该说一说。"

弗之微笑道："我在路上遇见他了，所以都知道了。这样的人，不能为国家民族尽职责，无论怎样多才，都是不足取的。你要帮助他认识这一点。不过，我已经感觉到他是不会去的。对于这类学生,秦校长早有过话:不予毕业。这是说他没有完成作为一个大学生的责任。"

李涟有些不好意思,含糊地说了些什么。

这时碧初端过两碗黏黏的皂角汤,笑道:"且当莲子粥喝。"

弗之和李涟接过,不再提这事。

在弗之和李涟讨论蒋文长时,在大戏台楼上,澹台玮正在萧子蔚的房间里。玮是三年级,但学分已够四年级。学生处告诉他,他可以作为四年级的学生服役,也可以作为三年级的学生留下读书。他带着一个想法,来见萧先生。

师生两人对坐在小木桌旁,讨论着生物学的问题。子蔚感到玮有些心不在焉,已有些猜到他的心思。

待讨论告一段落,玮说:"萧先生,我要做的事是要和您说的。"

子蔚微笑道:"不是商量,是通知?"

玮道:"也是商量。"他停顿了一下,说,"我只觉得战场和敌人越来越近,科学变得远了,要安心念书似乎很难。"

"如果你是在征调之列,我绝没有阻拦的道理,可是你并不在征调之列。生物化学是新学科,需要人开拓,要知道得到一个好学生是多么不容易。我相信你会完成我来不及完成的工作。我也很矛盾。"

子蔚站起身,走到窗前。雪已停了,腊梅林上的雪消了大半。玮也走到窗前,默默地望着窗外。

去军队服役,玮并不是突然想到的。这些年不断有人离开学校,去战地服务,或去延安。他越来越觉得救亡的职责是在所有的中国人身上,他也要分担。远征军出师不利,怒江西岸腾冲、龙陵一带沦陷已近两年。把敌人赶出国境,这是离他最近的责任,他怎能不去!他不止一次想到高黎贡山和怒江,还想到高山树顶上和江水翻腾的波浪上闪动着的月光。他已经是个大人了,他应该在这次战争中投进自己的一份力量,哪怕是血和肉。

过了一会儿,玮转身向着子蔚。"战争不会很长了,我会回来的。"

"那是当然。"子蔚说。

师生走到室中,玮向子蔚鞠了一躬。

子蔚向前一步,拉着他的手郑重地说:"我尊重你的决定。"

玮再鞠一躬,走出房间,回头说:"萧先生,我去了。"

子蔚默默地看着他下楼,又到窗前,看他出了楼门,沿小路往腊梅林中去了。

碧初在屋里,看见玮从腊梅林中走过来,便知道他是一定要走的了。可怎么和二姐交代?

玮进门叫了一声"三姨妈",碧初拿出弗之的鞋让他换了。玮随碧初走到弗之书桌前。

弗之放下手中的笔,沉思地看着他说:"已经报了名了?"

"还没有。"玮说,"我觉得该来说一声。我就要去报名。"

碧初在旁说:"可你是三年级,没有征调你。"

"作为志愿者也是本分。"玮说得很郑重。

弗之站起,大家走到外间方桌边坐下。弗之和碧初看着玮,爱抚的眼光流露出关心和一个问号。

玮马上回答:"已经和姐姐说了,给爸妈打了电报。"

弗之两人互望一下,点点头。

腊梅林里传来一阵歌声,"骑驴灞桥过,铃儿响叮当——"

门开了,嵋与合子走了进来,他们笑嚷:"这样的雪可没法子踏雪寻梅,只能踏泥了。"

玮笑接道:"好在梅就在门前不用去寻。"

两人放了伞和书包,嵋站在娘身旁定睛看着玮,说:"玮玮哥,你是要去寻什么了,我知道。"

玮微笑道:"不过是寻一个本分。"

弗之叹道:"如果人人都知道自己的本分就好了。"

一时,峨帮着碧初摆上饭来。玮见她左手缠着绷带,便问:"是冻疮?"

峨把左手藏在背后,低声说:"不要紧的。"

峨与合子每年冬天冻手,四只小手又红又肿。今年峨的左手冻疮破了,有铜板大小的疮口,只好包着。

他们没有什么好吃的,但无论什么菜蔬一经碧初调制便不同一般。玮总说,三姨妈家的饭最好吃。饭间还有那"莲子粥",玮喝了许多。

饭毕,大家一起收拾桌子,峨忽然问:"这次征调有女生吗?"

"没有女生。"玮看了一眼三姨夫,接着说,"不过好像可以作为志愿者参加。"

峨自己说:"我是随便问问。"一面收拾了碗筷,要去洗。

碧初说:"你的手这样——"

合子马上接道:"我来。"

他抢着到厨房洗了碗,一会儿出来,与峨一起,送玮走过腊梅林。

在大门口分手时,玮说:"我晚上要和同学在一起,不一定回来了。"

峨、合两人又跟着走到陡坡前,眼看着玮玮哥沉下去了。

合子说:"小姐姐,你在想什么?"峨不答。合子又说:"我知道你在想什么。你也要去。"

峨歪头看了看他,一笑。

玮下了陡坡,一直走到学校的征调办公室。那里中午似乎也没有休息。这时,人并不多,玮在门前来回走了两趟,便一直走进去。

管事的是社会学系一位教授,姓翟。他见玮进来,温和地问:"哪一系?"

玮报了名和系,旁边一位办事员查看放在桌上的表格,对翟先生说:"名单里没有澹台玮这个名字。"

玮解释说:"我是三年级,但系里说我可以算是四年级了。"

"这么说你是好学生。"翟先生拿起另外一堆表格,"三年级学生可以志愿参加服役,国家是需要的。不过你要通过考试。"玮点头。

办事员拿出生物系名册,找出玮的名字,便递给他一张试卷。

翟先生轻轻拍他的肩,说:"慢慢答,不着急。"

屋里除了办事人员,只有他一个报名者,显得有些冷清。试题很简单,想来是十分需要翻译。"楚虽三户,亡秦必楚。"这句话在玮心头掠过,他很快交了卷。

翟先生要他坐等,很快看完试卷,说:"上午已试过一批学生。你很好,明天去报到吧。"一面递给他一张录取通知书。

通知书更简单,写着他的名字和报到日期、地点和一句话:欢迎参加反法西斯战争。报到日期就是明天。

翟先生说:"你赶上了这一批。"

玮疑惑地打量着周围,这么简单的手续就决定他到炮火中去了,简直不可思议。他向翟先生鞠躬,走到门外,这时雪已停了,而且化得没有一点儿痕迹。

他跨过坑坑洼洼的泥水,向教室走去。他要去上一堂课,快到门口忽然想起四年级的课已经停了,便转身走向实验室。

实验室前的小花圃里,有些植物仍然一身绿衣,不显衰败,有几株还顶着花朵。花朵刚着雪水,湿漉漉的,不很精神。

玮凝神望了片刻,忽见一人转过花丛,穿着半透明的乳白色雨衣,帽子掀在颈后,衬出一头黑发,原来是玹子。

玮说:"是找我吗?怎么知道我在这儿?"

"爸妈来电报了。"玹子说。

"他们不知怎么着急。"玮微叹。

"还好,很理智。"玹子说,递过一张电报纸。

电文已经译好:"玮儿,一心报国,岂可阻拦,唯望一切谨慎。"

玮默默地看了几遍。父母明知阻拦也是没有用的。

他把录取通知递给玹子,玹子也默默看了好几遍,两人各拿着一张纸站在花圃前。

半晌,玹子说:"我帮你收拾东西吧。"

两人走到玮宿舍。宿舍里纸壁依旧,已经有些空床。有人在收拾衣物。一个同学问玮是不是明天去报到,大家可以一起去。一个新生以羡慕和尊敬的眼光看着这些大哥哥们。

忽然"啪啪"几声,从房顶落下几团泥,一团正落在玮的床铺正中,泥点溅开来。

玮笑道:"还好不是子弹。音乐没有了,来一幅图画。"

新生问:"什么音乐?"

便有人解释,以前雨点儿在洋铁皮屋顶上发出叮咚的声音,宛如音乐,现在换了茅草屋顶,便只有图画了。

像一切学生一样,玮的东西很简单,只是书多一些。书的种类多种多样,玮把几本生物学方面的书和几本诗集包在一起,对玹子说:"逃难时带着这几本就行了。"

玹子提起那包书,拎了拎,微笑道:"我尽力。希望不至于——"想了一想又说:"我一手抱着阿难,一手提着你的书。"

玮说:"对了,还有阿难呢。只管把书扔了,我不过随便说说。"

他们收拾好东西,理出一个小箱子,把一些杂物分赠给适当的人,把简单的被褥卷好,以免再溅上泥水。

一个同学说:"明天我帮你打行李。"

玮笑说:"你当我不会?"

玹、玮二人提了那些书和要存放在玹子处的东西,同往宝珠巷来。

玹子的小窝仍然很舒适。洋娃娃只剩了一个,仍然站在那里,举着手臂。

玮拍拍它的头说:"我知道那些伙伴都到哪儿去了。"玹子微笑不语。

过了片刻,房东在楼下喊:"澹台小姐,可要开饭?"

自从玹子和保罗疏远以后,房东认为玹子本来是个好人,态度殷勤多了。

当下玮说:"就早点儿吃饭吧。吃过饭去看一下阿难。"

"我也这样想。"玹子说,便到廊子上吩咐开饭。

"我真感谢爸爸妈妈这样支持。也是离得太远,我想妈妈要在身边,会哭着不让我去呢。"玮说。

玹子擦了桌子,摆上一瓶红葡萄酒,说:"做译员不一定上战场。"

玮说:"我可是要上战场。"

玹子望着玮,她那总是光彩照人的脸上,显得心事重重。

"我们关心的是你的平安,我想还有很多人都是这样,包括——"

"你说殷大士? 我不告诉她。还有庄无因,我要告诉他。他不会劝我去还是不去,我们互相尊重。卫葑有消息么?"

玹子摇头,轻轻地说:"我觉得自己担负的事情太多了,现在又加上你的。"

玮笑道:"你现在说话像个老姐姐。"

"我自己也觉得变得多了,你倒没有怎么变,还是那个玮玮。"

玹子斟了两杯酒,递给玮一杯,一面说:"以壮行色。"

一缕阳光照在酒杯上,亮晶晶的。两人举杯对碰一下,将酒一饮而尽。

饭后,两人到蹉跎巷。玮一看见阿难,就大声宣布:"变得最多的是阿难!"

阿难站在房间中央,腰上拴着一根长带,由青环拉着,正在勇敢地摇摇摆摆学步。

他看见玄子,就挥舞着小手迎上来,高兴地大声笑着,叫"姑——妈,妈——姑"。

玄子弯腰,将他抱起,笑说:"真沉,太沉了。"

阿难伏在玄子肩上,扭头疑惑地望着玮。

"你不认识我么?"玮不知道怎么样介绍自己。

他一下子想起自己的童年、少年时代,想起什刹海边的大房子,他的各种玩具,他的飞机模型和地图。

他在地图上已经越过了万水千山,现在却要跨出最重要的一步,这在地图上没有多远,可是也许会改变他整个的人生。

"如果我死了,你会记得我么?"他忽然在心里说,看着阿难。因为他小,所以他最有希望——这大概是玮要来蹉跎巷的重要原因。

玄子把阿难放进婴儿车,让玮看着,自己和青环到廊下商量什么事。阿难不依,又大声叫"姑——妈",这称呼好尴尬。

玮顺手拿起床边的一个玩偶,来哄阿难,果然宝珠巷的许多玩偶都到了这里。它们都老实地待在自己的位置上,一副各得其所的样子。

阿难可不安分。一面推开玮递过来的玩偶,一面仍大声叫着"妈——姑"。

玮把婴儿车前后推动着,不解地问:"你这么不友好么? 对了,你要的不是洋娃娃。你要的是枪,是不是?"

阿难无意识地点头又摇头,两只黑如点漆的眼睛煞有介事地打量着玮。

"真像凌姐姐。"玮轻叹,忽然心里有些烦乱。明天便要开始新生活,这重大的决定难道不应该早些告诉她,那原在远处,现已移居在他心上的人?

阿难安静地望着玮,似乎也在想什么。两人对望了一阵。

这时廊下有人大声说:"小姐在这点,我送炭来了。"玮隔窗望见,一个瘦小的少年把一筐炭码在廊下。

玹子进屋来,从提包里拿钱。一面说,送炭人名叫苦留,是从保山逃难过来的。那正是玮要去的方向。玮在心里陡然升起一种亲切之感,便走出去,问了几句保山的情况。

自那日苦留划船送玹子回城以后,便有时来蹉跎巷做些力气活,和青环姐弟相称。

这时苦留恭敬地回答玮的问话,说保山是个好地方,和昆明坝子差不多;日本鬼子太狠了,那次大轰炸给了保山几万个孤儿,自己就是一个。说着和青环对看一眼,眼光中流露出依恋的神色。

玮觉得,苦留整个的人就像一块炭,依恋的神色使炭软化了。

玮说:"我就要到那一带去。"

苦留说:"你家是去打鬼子?我佩服。"

玮离开时建议玹子把阿难移到宝珠巷去,以便照顾。他在这间屋里时,真觉得自己像个男子汉了。他走出蹉跎巷时,却又犹豫起来,不知道怎样去找他最想见的人。

玮和殷大士来往,都是大士来找他。他从未去过殷家,这时去找她是很冒昧的。他走过翠湖边,走过严家。他知道殷宅就在这附近,在那一片水波、几丛绿树之后。

玮站在一座桥上,连那所房子也没有看见,就转身回学校去了。

二

晴朗的日子没有几天,天空又变得阴沉沉的,像随时要撒下雨雪。

嵋坐在教室里,这正是她陪姐姐峨来上英文课的那间教室。如今自己也是大学生,在这里上课了。教室房顶的洋铁皮换成了茅草,屋角有一条裂缝,原来很窄,现在变宽了。它也长大了,变老了。七年了,还没有走出战争。是在等着我们去打胜仗么?

这一节课是江昉先生的《楚辞》,是选修课。有些理工科的学生也选读,还有从拓东路特地赶来的。他们说,听江先生的课,如同饮一杯特制的美酒,装的是中华文化的浪漫精神。讲义是江昉自编的,他正在校勘《楚辞》,把研究心得和他诗人的创造力融合在一起,使得这门课十分叫座。这些日子因战事和学生从军,人心波动不安,这间教室现在还是坐满了人。

嵋在椅子的搁板上摆好讲义和笔记本,正襟危坐。旁边的同学在小声说话,一个同学上前把黑板仔细地擦了一遍,一面哼着"打胜仗,打胜仗。中华民族要自强——"

打胜仗,打胜仗!嵋心里想着,再不打胜仗,连这教室都老了,都要死了。

江昉抱着一摞书走进教室,把手中的书摊在桌上,口中叼着的烟斗放在讲台上。他从不含着烟斗上课,只不时在桌子上磕一磕。他拿起粉笔,在黑板上写了"国殇"两个大字。教室里一阵翻讲义的声音,随即是肃静。

江昉坐在椅上,两眼望着屋顶,慢慢地吟诵:"操吴戈兮披犀甲,车错毂兮短兵接。旌蔽日兮敌若云,矢交坠兮士争先。凌余阵兮躐余行,左骖殪兮右刃伤。霾两轮兮絷四马,援玉枹兮击鸣鼓。天时怼兮威灵怒,严杀尽兮弃原野。出不入兮往不反,平

14

原忽兮路超远。带长剑兮挟秦弓,首身离兮心不惩。诚既勇兮又以武,终刚强兮不可凌。身既死兮神以灵,魂魄毅兮为鬼雄。"

他的声音低沉而洪亮,抑扬顿挫,学生们随着声音认真地读着诗句。读完全诗,江昉把摊在桌子上的书又摆整齐。这是他的习惯,带了书来,摊一下就算是用过了。

默然片刻以后,他开始讲,先介绍了《国殇》在《九歌》中的地位,便逐句讲解:"'操吴戈兮披犀甲',照我近来的研究所得,'吴戈'应该是吾科。《御览》三五六引作'吴科'。科是盾牌,戈是长矛,一个是守一个是攻,联系到下一句'短兵接',则用不上长矛。所以前一句应该是持盾而披犀甲,这样便于短兵接。"

江昉讲话时,微阖双目,有时把烟斗在桌上磕一磕。讲完这两句,他问大家:"我说得够明白?"稍停了一下,又接下去讲。

讲到"首身离兮心不惩"这一句时,激昂起来:"首身分离是古来一句常用的话,用具体的形象表示死。人死了,可是其心不改,精神不死。屈原在《离骚》中有句云'虽九死其犹未悔',一个人,一个国家,一个民族,就要靠这点精神。最后一句'魂魄毅兮为鬼雄',有的版本作'子魂魄兮为鬼雄',这样一来就差一些,还是'魂魄毅兮为鬼雄'好,这个'毅'字很重要。"

他起身到黑板前写字,只听"哧"的一声,长衫的下摆被椅上露出的钉子撕破了,现出里面的旧棉袍,有好几个破洞,棉絮从破洞里露出来。

江昉并不觉得,只管讲述,同学们也视而不见。嵋想,应该随身带一个小针线包。江昉写完板书,就捏着粉笔站着讲,棉絮探着头陪伴他一直到下课。

江昉放下粉笔,几个同学围上去提问题。一会儿,人散去了。

嵋早从老校工处拿来了针线,走上来说:"江伯伯,我来缝一下，不然走起路来不方便。"

江昉看看嵋，有些惊异地说："你真长大了。"遂脱下长衫放在教桌上。

嵋把撕破处对好，飞针走线，针脚匀净细密，这是碧初特意教的。一时缝毕，将长衫递给江昉。忽然想起一个人，曾给江伯伯缝过长衫，便有些黯然。见破棉袍几处破洞中有一个较大，遂俯身下去又粗粗缝了几针。

江昉抓着长衫，愣了片刻，说："我知道你想起了谁。我也想起她。她为我缝补过，那时棉袍还没有破。"

他穿上长衫，对嵋点点头，脸上斧劈刀削般的皱纹更显深重。

嵋的思绪撇开凌姐姐，又想到"面目枯槁、衣衫褴褛"这几个字，好像有人这样形容庄子。屈原的死如同琴弦的崩裂，如同夜空中耀眼的闪电，留下滚滚雷鸣，响彻古今。庄子则用生命的膏汁点燃着丰富的思想，把自己烧尽。先生们也是这样，会不会？大概那也是值得的。

江昉走后，嵋收拾书包。这时庄无因走了进来，手里拿着一把伞："就要下雪了，知道么？"

嵋不响，收拾好书包，两人去还了针线包，嵋才说："我给江伯伯缝长衫，江伯伯的长衫似乎特别爱破，有一次是凌姐姐缝的。"

无因微叹，雪妍去世了，嵋接着做，世事就是这样的。

他们在教室后面的树丛中，随意走了两转。又下雪了，下得很急，不像昆明的雪。无因用伞遮住嵋，自己一边的肩膀很快湿了。

两人转过几间教室，不觉走进了图书馆。图书馆本来不大，因人少，显得空荡荡的。他们在最里面的长桌前，对面坐了。无因取出一叠粗纸，开始笔谈。

"解析几何有问题么？"嵋的下节课是解析几何，无因特来做课前辅导。

"现在的问题不是解析几何，我有更重要的问题。"

无因脸上显出一个大问号。

"我在想，社会需要我们做什么？我们最应该做什么？我想去从军，像玮玮哥那样。"嵋在"从军"下面重重画了条横线。

"你从军能做什么？我很难想象。"

急雪在窗外飞舞，敲打着薄薄的玻璃窗。窗隙中透进了冷风，有同学过去将窗关紧。这一切他们两人都不觉得。

"我做我能做的一切。"这是嵋的回答。

"澹台玮的事，我不发表意见。对于你，我可要——"无因把后面的字涂去了，改写成："我可以做些建议么？"

"我知道你的建议，应该好好读书，可是现在更需要我们的地方是战场。"无因看了不语。

嵋又推过一张纸来，上写着："我只是烦了，连教室都老了。我想去加一把力，打胜仗，好结束战争。我想，那也是我们的本分。"

"当然我也有这样的本分，不过我也有别的本分。你也有别的本分。"

嵋抬头望了无因一眼。他那轮廓分明的脸上有一点儿微红，素来沉静又有些冷漠的神情显出了几分温柔。

嵋心想："无因很好看。"不觉"哧"地一笑，仍低头看那张粗纸，写道："你应该继续读书，你会有大作为的。其实玮玮哥也会有大作为。你没有被征调，也不需要你做志愿者，你不欠什么。"

"也许战场上的每一个生命都会有大作为。我相信你就会为这世界增添很多，增添什么我不知道。"

"莫非是数学定理？"嵋抬起眼睛又一笑，微向上翘的睫毛挂着几颗晶莹的水珠。

无因忽然低声说："你知道那个童话么？一个女孩子一说话就吐出珍珠宝石。"

"能吐出精米白面更好，我要去上课了。"嵋写道。

两人相视无语。无因收起那些粗纸，两人走出图书馆。急雪已经过去，几点雪花缓缓飘落。无因打伞送嵋到教室，便自走了。

嵋不知这节课讲些什么。看着年轻的教员，只觉得他很像一个士兵。

下课后，几个同学议论滇西情况。敌人占领了我滇西土地，切断了滇缅公路，一切外援物资都靠空运。这条空运道路非常艰险，飞机在山谷中飞行，又有敌机拦截，坠落牺牲常有所闻。大家愤愤不已。

有人说战场听起来太远了，应该走进去，每人都出一把力。还有人问，孟灵己下节有课么？马上打自己的头说，已经第四节了，没有下节了。嵋摆摆手，自管回家。

走过另一间教室时，正遇李之薇出来，两人遂一起走。

"我正要去找你，刚好碰见了。"之薇说，"你知道吗？我有一个大决定。"

"我也有一个大决定。"嵋说。

两人对望，都笑了。不远处有人大声叫李之薇，之薇对嵋点点头，跑开去。

嵋走过中学时，见弟弟孟合己和几个同学站在校门前。

"是在等我？"嵋走近了，温和地问。

合子已经很高，比嵋高出小半头。有一段时间比身量时，他总是到小姐姐的眉间，现在是嵋只到他的耳上了。他行动举止极像父亲，肌肤白净又似母亲，现在是高中二年级学生。

他对嵋说："我们去大学报名了，没有成功。"

"人家不要我们。我们年纪太小。"几个同学抢着说,"我们磨了半天,老师说我们该好好读书,把我们轰了出来。"

嵋看着他们,觉得自己已经不是小姐姐,而是大姐姐了。

他们沿街走去,合子说:"我去报名,你觉得奇怪么?"

"你不去我才觉得奇怪。"

合子郑重地回答:"管报名的老师安慰我们,说你们还赶得上,后来又自己说但愿你们赶不上。"

"我是要去的,"嵋说,"好叫你们赶不上。"

"我知道你要去。"合子说,"那天你问玮玮哥招不招女生,我就知道了。"

"孟灵己!""孟合己!"马路两边有各自的同学在招呼,他们分别说了几句话,才一起回到家里。

碧初在厨房里,正坐在小板凳上,守着饭锅看报。有一篇文章讲几个民夫在森林里救出一个美国飞行员,把他送到一处独家村养伤。

嵋蹲下来搂住母亲的肩,想说话又没有说。这时饭锅开了,碧初忙起身照料。

"等爹爹回来再说。"嵋想。

晚饭后弗之才回来,嵋与合子端过一个炭盆,让他烤烤手脚。碧初也走过来,坐在对面椅上。嵋、合各自拿了小板凳偎在父母身旁。

弗之下午去送过一批出发的学生,他说:"我站在那里,看着眼前那些年轻的脸,一个个都显得那样聪明活泼。我们不得不将他们送上战场,我们不得不如此。我难过的是,自己不能去。"

嵋与合子互相看了一眼,都不说话。灯光昏暗,弗之长叹一声。

这时嵋忽然大声说:"爹爹,娘,我要去从军。"

碧初猛然站起来，一手扶住嵋的肩。

"你?"弗之说，"可你是女孩子!"

合子委屈地说："我已经去报过名了。可是说我们年纪太小了。"

嵋说："我认真考虑过了，我要为胜利加一把力。"

"阿爷无大儿，木兰无长兄。"弗之喃喃自语。

"我不必'市鞍马'，也不是'替爷征'——不过，也算是代爹爹完成一个心愿吧。"

嵋说着，望了母亲一眼，不觉流下泪来。碧初也已泪光莹然，一大滴眼泪落在嵋的额上。弗之伸手拭去了这滴泪，又抚着嵋的头，手在微微颤抖，默然不语。燃烧的木炭由红转白，发出轻微的声响。

这一晚，弗之夫妇很久不能入睡。就嵋的性格来讲，她做出什么事，他们都不会惊异。谁都有责任去打胜这场战争，难得有这些好青年。可是嵋究竟是女孩子，年纪又小，叫人怎么放心。玮玮是男孩子，而且绛初虽远，一定会设法照顾他，一定会的。他们能给嵋什么? 只能是一副小小的行囊，装着她打胜仗的信心。

次日，嵋清早到李之薇家。之薇正在小天井里生炭炉子。

"我来问你。"

"我也要问你。"

之薇站起身来，用手揉着被烟熏红了的眼睛。

"我已经准备好了。"嵋说，"很顺利。"

"我这里可不顺利。"之薇向房门扫了一眼，低声说，"妈妈和我吵，她不准我去。"

嵋眼睛里出现一个问号，意思是怎么办。

这时房门开了，金士珍走了出来。她昨晚诵经太久，起得晚了，头发很乱，一件旧阴丹士林布大褂没有扣好。她并没有要整理一下的意思,就走到院中站住,冷冷地望着嵋。

"参军上前线,昨晚薇儿和我说了。参军上前线不是要去杀人吗?大神是不让杀人的。杀人是犯戒。"

"伯母,我们不是去杀人,是去救人。"嵋说。

"您不也是赶过疟疾鬼,和别的魔怪吗?"之薇说。

"那是魔怪,不是人。"

"要是坏人呢?坏人杀人就不能阻挡、不能反抗吗?"

嵋稍提高了声音,一面暗想,眼前遇到的是不是和平主义的想法?

这时金士珍两眼一瞪,两手一拍,在院子里绕圈小跑起来。

之薇知道母亲又要有一场发作,拉着嵋走到门外,低声说:"你先回家,等一会儿我来找你。"

嵋说:"明天也可以的,不过你不要太勉强。"说着自回家去。

之薇回到院内,见母亲仍在慢跑,口中念念有词。过了一会儿停下来,坐在炭炉边上,拿起蒲扇扇火。

之薇不理她,回到自己屋内整理衣物,她要看父亲的态度。她想父亲会支持她,如果也说不通,她就一走了之,反正腿长在自己身上。

近中午时分,李涟回来了。他上了两堂课,又和几个学生谈过话,在回家的路上,他就知道自己越来越走近一个难题。

之薇要从军,他赞赏女儿的勇气,他也知道在之薇心里,除了爱国心、勇气等以外,还有一种厌倦,想离开这个家。他只有支持她。昨晚他没有表态,是因为不愿意当时和金士珍起冲突。他知道妻子常常是不可理喻的,他们这些信徒似乎另有一套思维方法。

他坐在方桌前喝着茶,大声说:"之荃中午要练篮球,不回来了。"

士珍在里屋擦拭着什么,并不搭理。李涟觉得今天的午饭好像要没有着落,他不知怎样对付难题,也不便催促午饭。

一会儿,之薇从楼上下来了,做饭常常是她的事,她不想失职。

"薇儿,"李涟定了定神,唤了一声,和之薇一起走到院中,"我可以明白地说,我支持你从军,国难当头,谁都有责任。若是说不通,就只管去好了。"

之薇抬头看着父亲,眼前的父亲从没有这样为她担当过什么。她哽嗫着说不出话,勉强笑了一下,走到厨房门口,回头说:"我去做饭。"

午饭时,三人都不说话。那时各家的饭菜都很简单,李家的饭桌上总有一碗豆腐渣,那是金士珍喜欢的。今天之薇炒菜时多放了油,她想安慰母亲。她会有很长时间不能为这个家做饭了,母亲会很累。

士珍看看女儿,想问问她为什么多放油,她遇到的是歉疚的目光,而不是挑战的神气。

"我遇见荷珠了。"李涟说。

"严家小老婆?"士珍问。

李涟点点头,"我只是和孟先生一起见过她一次,她倒记得我,走过来和我说话。她说滇西一带毒虫很多,这些虫咬人会让人死,可是做成药会让人活。我真不知道她怎么想起来跟我说这些。"

"听说她是养毒虫出身。会友们有人知道她。"士珍不经心地说。

吃完午饭,金士珍在之薇房门外张望了一下,没有说什么。

"妈,"之薇唤道,"我下午只有一堂课,要不要带点儿菜回来?"李家素来下午买菜,因为便宜。

"你顺便吧。"士珍说,"钱又快用完了。"

下午,李涟和金士珍进行了严肃的谈话,这在他们夫妻间是少有的事。

金士珍很平和地说:"你支持薇儿从军,你当我不知道?"

"像薇儿和孟灵己这样的孩子,实在是很难得的。"李涟避开了问话。

"孟灵己去,给老孟先生增光,别人会学她的样。薇儿去没有什么用,何况我们还需要薇儿工作帮助家用呢。"

"对于一个家来说也许是一种牺牲。可是人不能只有家。还有神,还有——"

"还有国!"金士珍说。

"还有毒虫需要消灭。"李涟说。

这时他们已经达到一种默契,消灭毒虫是在神佛的慈悲以外的。因为有了这种默契,士珍没有再发作。

又一天上午,之薇特地到父母的卧房仔细擦拭了摆在墙角的小供桌。桌上杂乱无章地摆着一些莫名其妙的东西,有已经干硬的昆虫,如螳螂;有奇怪的人像;还有一些大大小小的石块,照之薇看来都是碎砖破瓦。但这是母亲信仰的一角。

金士珍坐在床上,她体会到之薇的好意,想说什么,把手在床沿上一拍。之薇回头见母亲面容憔悴、神情黯然,心上一酸,走过来想抱住母亲。

但是她没有这个习惯,几次张口,只说:"如果家里真需要我,我就不去。"

士珍摇头,并不看她,说:"小处需要你比不上大处,你去吧!"

这是之薇没有想到的,她一歪身坐在母亲身边。母女依偎着,许久没有话。

之薇把家里收拾干净,又洗了几件衣服晾好,自己对镜梳头。士珍走过来为她编好两根发辫。

"妈,我去报名了。"之薇说。

士珍点头,又伸手理了理女儿的衣襟。

之薇一径来到腊梅林,嵋一见她便笑道:"同意了?"

之薇点头,把肩上的辫子向后一甩。

嵋想,连所谓的"大神"也同意打日本侵略者,可见我们抗战是全民的了。

碧初知道之薇未用早饭,拿出家里仅有的三个鸡蛋,吩咐嵋煎了,撩两个在之薇盘里,自己为之薇倒上酱油,又亲切地拣去她肩上的一根头发。

"娘,我们去报名了。"嵋站在门前说。

碧初站在门内,看着她们走进腊梅林。

两人一出大门,见之荃从街那头跑过来,手里捏着一张很皱的钞票。

他把钞票塞在之薇手里说:"妈说,你没吃早点。"

之薇默默地接过来,低头把这张钞票看了一会儿,塞进口袋。

走到报名处,那里已经有几个志愿者,都不是一年级的。

翟先生看见她们说:"你们两个也来了? 家里大人同意吗?"他特别看看之薇。

"全同意!"两人齐声说。

翟先生翻阅了一下学生名册,又递过一张表格,她们郑重地签名。于是在志愿者名单上,多了孟灵己和李之薇两个名字。

嵋和之薇做完了这件大事,走回家去。两人默契地走到翠湖边,走那条绕湖的路,各自想着心事。

忽然有人唤道:"嵋! 孟灵己!"

原来她们不知不觉走到严府门口,一个身着军服的年轻人站在那里,正是严颖书。他正要进家门,看见她们过来,便停住招呼:"是来看亲娘吗?"

嵋有些尴尬,她已经很久没有想起还有个大姨妈了。其实,素、碧二人时常来往。

"大姨妈好吗? 慧姐姐呢?"嵋随口问。

"你自己去看。"颖书说。

"你什么时候回来的?"嵋一边问,马上想起母亲说过,颖书已从某师部调到楚雄一家医院,常回昆明办事。

"一个月总要回来几趟。"颖书说,看看嵋身边的李之薇。

"我的同学李之薇。"嵋介绍,"我们已经报名从军了,也快要是军人了。"

"女孩子也从军?!"颖书有些惊异,"玮玮已经去了,就够了。"想了一下说,"你们能做什么呢? 不过我当然是欢迎的。"

"需要做什么就做什么。"嵋转脸对之薇说,"这是我的表哥严颖书,他在楚雄的一家医院里,他有资格欢迎我们。"之薇笑笑。

颖书说:"三姨父、三姨妈身体好吗? 我常想去看望,又怕打搅。"

嵋说:"你来怎么算打搅? 何况他们喜欢学生。"

颖书说:"我可不是好学生。"又道,"进去坐坐吧。"

嵋有些怕看见荷珠,遂说:"我走以前要来的,今天先回家去报告。"又说了几句话,两人沿着湖堤向前走了。

颖书站在石阶上,有些感慨:嵋这样的女孩也从军了,也算是一种没有力量的力量吧。

学校和教育部反复磋商以后,决定不再搬迁,和昆明共存亡。这是大家的心愿。学校实在也经不起再搬迁了,已有两个月未发工资。

这晚,碧初在灯下缝东西,弗之走过来说:"缝什么? 灯这么暗,不要缝了。"

碧初叹息道:"你没看见峨的手冻成什么样了?想缝一双棉手套,反正家里有旧布,总比买的便宜。"

弗之默然半晌。碧初又缝了一会儿,见他还坐在那里,便说:"总有办法的,只要大家在一起,我什么也不怕——现在,峨又要走了。"

弗之站起叹道:"这也是她的志气。"在屋里踱了几步,说,"今天在秦校长那里开会,看见教育部一件来文,提出要给参加学校管理工作的教授们发特殊津贴。"

碧初停了针,说:"为什么单给你们发津贴,那大家怎么办?"

弗之道:"就说呢。不患寡而患不均,当时,我提出不可以接受,全都赞成。"

碧初微笑,继续缝纫,小小的银针在手里飞舞着。

弗之又坐下,摸摸厚厚的手套,说:"中文系几位先生说要出售书法,研究所有个人叫晏不来的在张罗。这个,我可以参加,有些人喜欢我的字。"

碧初说:"这是好主意。不过,写字也是很费精神的。"

"这点精神还有。"弗之说。

他们有了一个小计划,稍觉兴奋。弗之走进里屋,坐在桌旁,看着从龟回得来的那方古砚,想了一会儿,打开砚盖,磨起墨来。

碧初走过来问:"现在就写,有纸吗?"找出两张粉连纸,这种纸很不着墨,只能凑合。

弗之并不挑剔,提起笔来,一气呵成,写了一个条幅,是杜甫《前出塞》中的第六首:"挽弓当挽强,用箭当用长。射人先射马,擒贼先擒王。杀人亦有限,立国自有疆。苟能制侵陵,岂在多杀伤。"

写完意犹未尽,又写了第八首:"单于寇我垒,百里风尘昏。

雄剑四五动,彼军为我奔。虏其名王归,系颈授辕门。潜身备行列,一胜何足论。"

写完自己看看,尚觉满意。

次日,弗之将条幅交给晏不来。晏不来举着左看右看,说:"孟先生的书法,写老杜诗,太传神了。'苟能制侵陵,岂在多杀伤',总结了历来我们的民族战争,我们是反对侵略,为正义而战,并不愿多伤害生命。"又说,社会上喜欢书法的人不少,但出得起价钱的人不多,"得到孟先生支持,希望情况会好些。"

一日黄昏,碧初上街打酱油,回来时见一个人在大门口张望。这人戴礼帽穿长衫,提着一大篮东西,是个商贩的样子。

他一见碧初,立刻迎上来说:"太太,您不认得我了?"原来是柴发利。他随即接过酱油瓶,跟着走过腊梅林,来到孟家。

碧初让座,说:"听先生说你到了昆明也有好些日子了,怎么才来?"

柴发利不肯坐在桌旁,见墙边有个小凳,便坐下了。说:"上次遇见老爷,一直想早点儿过来看太太。饭馆事情杂,前些时和合伙的人有点儿纠纷,总算解决了。"

柴发利到昆明以后先在一家饭馆做厨师,因为手艺好、人能干,帮着店主管理。不料有人对店主进谗言,说外乡人不可靠,他只好自己出来另开了一个小饭铺,倒是生意兴旺。这时,他拿了五六斤肉,两只鸡,来看望旧主人。

不久,弗之回来了,看见柴发利很高兴,留他晚饭。

柴发利说:"还是我来做,让太太歇一会儿。"

说着便到厨房,见缺油少酱,只墙上挂了一串干辣椒,地上放着一棵芥菜。便把两只鸡都收拾了,炒了一盘鸡丁,一盘回锅肉,一盘芥菜,端上桌来,显得很丰盛。

他说:"鸡都洗好了,现在来不及,明天煮上就行了。"

"怎么这样香?"嵋在门外问,随后走进屋。

柴发利惊喜道:"这是二小姐?都这么高了。"

碧初微笑道:"小娃还更高呢。想想都多少年了。"

峣向柴发利打了招呼,又对娘说:"来通知了。"递给碧初一张纸,纸上写着:"三日后到曲靖医士训练班报到"。

弗之也接过看了,眼光落在峣缠着绷带的手上,说:"小心不要感染了。"

柴发利说:"老百姓都知道学生从军的事了,我若也能出力才好。"

碧初道:"做出这么好的饭就是出力了。"

柴发利问:"小少爷呢?"

碧初道:"到玹子那儿去了,练习英语会话。"

柴发利又关心地问了澹台一家的情况,说:"玮少爷从小就是好汉。在北平大街上喊'打倒日本帝国主义',吓得小日本一愣一愣的。"

晚饭后,大家坐着说些闲话。柴发利说:"现在昆明也有旧货流通市场,有些旧东西倒像是古董似的,也不知是真是假,有的价钱很高。"

弗之忽然想到那方古砚,向碧初看了一眼,觉得她不会不同意,转身进房拿出砚台,先对碧初说:"卖了吧?"

碧初点头,一面又说:"你还要写字呢。"

"瓦砚也一样写。"弗之说,又转过身对柴发利,"托你办件事,这是我心爱之物,现在也说不得了。你拿去,若有识货的就卖了吧。"

柴发利说:"我想老爷这里的东西必然是宝物,让它流落岂不可惜。"

弗之道:"累赘的东西已经卖得差不多了。这件东西本是外来的,留着也是累赘。"

柴发利见那砚台光滑温润,上有镌刻,伸手抚摸,连声说好。

弗之说:"你拿着。"

柴发利踌躇道:"我是不懂,该索价多少呢?"

弗之道:"这种东西没有价钱,要有个知音才好。"

柴发利拿了几张旧报纸,将砚台小心地包好,便去了。

三日后,峨戴着母亲缝制的温暖的手套,告别了父母,和之薇一起到曲靖去了。

弗之的字很快卖出了,只是价钱不高。晏不来说,可以再写几张,最好用好一点的纸,便于装裱。这次的纸影响了买者的兴趣。

弗之果然又写了一首稼轩词送去,写的是那首《破阵子》。他们在晏不来的小屋里,看着摊在桌上的一张张字,随意谈话。从书法谈到诗词,谈到辛弃疾,不只词好,且能从百万敌军中,活捉叛徒,豪勇之气,千载下令人折服。

晏不来忽然说:"江先生这些时很不高兴。"

弗之忙问:"为什么?"

晏不来道:"江先生鼓励学生从军,受到有些进步学生的批评,说这是帮助腐败的政府。江先生对这样的批评不以为然。可是,据说这种批评是有来头的。"

"只能凭良心办事了。"弗之喃喃道。

"我也不以为然。爱国、从军也要受批评!"晏不来愤然道。

他本是热血青年,反对飞机运狗,反对贪污腐败,很有正义感,也在进步一路。自从《青鸟》演出受到进步方面批评后,想法复杂了许多。

"晏老师!"一个学生一面叫,一面走进屋来,看见孟先生,止住了脚步。

晏不来说,这是中文系学生朱伟智,他常常主持学生活动。弗之想想,似乎有些印象。

晏不来的有些消息,都是从朱伟智那里来。他们年纪约差十多岁,意见又常常不同,却是好朋友,是那种常常吵架的好朋友,最近为从军事还大吵一架。

朱伟智看见孟先生,有些拘束。

弗之温和地说:"你也喜欢书法吗?来看看这些字。"

朱伟智看见那首《破阵子》,不知是孟先生写的,连声说好,又批评道:"书法不用说了,好看。这词,很有豪气。可是结尾表现出封建思想,要不得。"

晏不来问:"怎么是封建思想?"

"'了却君王天下事,赢得生前身后名',还不是封建思想?"朱伟智振振有词。

晏不来瞪大眼睛说:"有你这样读书的?我告诉你该怎样读书!"

眼看两位好朋友又要吵架,弗之随便说了几句话,辞出。

稼轩词是写在一张好纸上的,却不像预测的那样,能提高多少售价。写字需要准备工作,如不能有序地进行,也不能常写。弗之两人的小计划浅尝辄止,没有多少实效。

那砚台到了小饭铺,有人见了喜欢,出了一个好价钱。柴发利又把砚台仔细擦拭一遍才交出去。孟家得到这笔售款,维持了一段时间。

过了几天,孟家又来了一位旧相识,那是吕香阁。

碧初正坐在外间桌旁择豆角,吕香阁一进门,便轻盈地跪倒在地,倒把碧初吓了一跳。

碧初忙站起说:"快起来,弄脏了衣服。"

香阁端正地磕了头,才站起身,面颊上挂着泪水,却是满脸堆笑,开口说:"这么多年了,同在一个城里,我没有来看望祖姑,真是天大的罪过。"

碧初摇手道:"不要说这些。这样的乱世,都能平安就好。"

香阁用手帕在脸上按了按,说:"其实,我哪一天不想着祖姑？前一阵听说姑爷爷身体不好，最近听说连嵋姑也参了军。我要再不来看望，就不是人了。"说着把带来的一个圆盒放在桌上，打开盒盖说："这是冠生园的蛋糕，我那里专卖冠生园的东西。祖姑自己择菜？我来，我来。"自己坐了，抓了一把豆角，一根根掐去两头，一面笑问："是这样吗？"

严亮祖出征以后，要娶香阁为妾的事不了了之。香阁已经从严家得到一些关系，知道军界颇有些高级将领喜欢书法，又知严军长深重孟先生。孟家虽无现成的用处，亲戚关系是要时时抬出来的。

这时，她择了几个豆角，站起说："我给祖姑切蛋糕。"见墙边橱上有茶具、水果刀，便拿了，将蛋糕切开，向碧初面前推了推。

碧初笑笑，说："你的事，我也听说一些。咖啡馆能开上几年，很不容易。"

"不瞒祖姑说，"香阁仍坐下来择豆角，"我开这咖啡馆也靠了祖姑们的荫庇。客人多，不断添项目，现在要扩大门面，这也准备了不少时日了。筹资金啊，跑关系啊，总算有了些眉目。要把新店布置得像样些，很想求一幅姑爷爷的字，挂在店堂里。"

碧初见香阁来，知她必有所求，没想到她求字，踌躇了一下，说："你知道他身体不好，久不写字了，写字是要费精神的。"

香阁赔笑道："当然，当然。一幅字的精神，下一幅就不能重复，我知道的。其实就是有旧的，写坏了的，有几个字就好。"说着，恳求地望着碧初。

碧初说："听说你那里是外国军人活动的场所，他们也喜欢这个？"

"怎么不喜欢？！"香阁道，"店里挂上名人书法是件有气派的事。"

碧初打量她的装束，一件紫红色半长大衣，里面是黑色薄呢

31

旗袍。

碧初岔开话题说："你父亲有消息吗？"

香阁道："来了这么多年只接到两三次信。说真的，我也写得不多。"

碧初叹道："那边的日子不知怎样过。还有婶儿，住的地方是有的，别的可怎么办呢。"

两人说了些过去的事，香阁又拉回话题，吞吞吐吐地说："不瞒祖姑说，讨几个字，是想付一点儿钱。"

碧初有些不快，冷下来说："你付多少钱？"

香阁笑了两声，说："只管开价。"

这时天色渐晚，门外有人叫三姨妈，玹子用婴儿车推着阿难来了，看见香阁，说："你在这里？"自和碧初说话。

香阁素来对玹子有些发怵，逗了一会儿阿难，说还要来看祖姑，自去了。

碧初说了香阁来意，又说："前几天也商量过卖字意图，还真的卖了几幅。"

玹子道："其实字也不是不可以卖，艺术家也卖画。不过三姨父卖字，吕香阁买字，这世界也太奇怪了。"

说着，拿出一张报给碧初看，报上有一个标题，《现代花木兰》，报道女学生从军的消息。文中有一行说：孟樾教授幼女孟灵己是数学系一年级学生，业已从军，现在曲靖接受训练。

碧初说："多少人都去了，何必单说她。玮玮在译训班怎么样？"

"那里生活还好，"玹子说，"他很快就习惯了。"

阿难在婴儿车里扭动着，向碧初伸出两手，发出"抱——抱——"的声音。碧、玹二人都笑了。碧初抱出阿难来，轻轻摇着。两人热心地讨论阿难的喂养：羊奶，蛋黄，稀粥，菜泥——心里同时想着，阿难最需要的，是一个和平的时代。

晚饭时，弗之回来，碧初说了吕香阁来求字的事。

弗之说："写不写由你决定。"

碧初说："照说写幅字没有什么，只不知道她挂在什么地方，想起来有点儿别扭。"

弗之道："那就不要写了，我近来也没有兴致。"

碧初心想，连一个好砚台都存不住，确实没有兴致。

三

澹台玮在译员训练班的生活很规律，也相当平静。每天的课程有机械知识、武器知识、美国风俗习惯和英语等。他很快对那些武器发生了兴趣，和教官、同学处得很好。

他的同屋是一位南洋华侨，专门回国抗日，大家都叫他阿谭。从一九三九年起，有很多南洋华侨回国参加抗日，其中很大一部分担任司机和车辆维修的工作。他们活跃在滇缅路上，为内地输送大批物资；有很多人壮烈牺牲，或死于敌人的轰炸，或死于山路的险恶。

阿谭原在新加坡一家公司有很好的职位，新加坡沦陷后他辗转来到昆明，投身抗日。他个子很矮，虽然年轻，额头上却有很深的皱纹，他总使玮想到七个小矮人。

玮和阿谭很快成了好朋友。阿谭为玮描绘了一幅热带图画。说那里红豆树很多，小小的果实落得满地，像铺了大片红毯，看来是可以"多采撷"了。华侨都时刻不忘自己是中国人，"相思"是向着祖国缠绕的。他没有去过北平，说打胜仗后一定要去瞻仰。

玮说他要陪阿谭欣赏古都。春来北平城内外花事不断，人家院中大都有丁香、海棠，自己卧房后窗便对着一架藤萝，黑漆大门上的对联是张之洞写的。阿谭不知道张之洞是谁。玮告诉他张之洞是近代史上的重要人物，在政界、学界都有很大影响，并对中国工商业发展有贡献。他们从地理谈到了历史，从张之洞谈到李鸿章，为中国近百年的情况又慨叹又激愤。

阿谭在新加坡自幼受英国教育，英文很好，在译训班中是佼佼者。美国教官很快发现了他，请他帮助改作业。

时间过了两周，玮还没有告诉大士他已从军。每天从早到晚他的工作排得满满的，不得一点空闲，但只要稍有空隙，大士的影子就会挤进来。

一天晚上，玮和阿谭一起回宿舍，走过传达室，一个护兵模样的人迎上来，向玮敬礼，说："是澹台玮先生吗？"随即恭敬地递上一封信。

玮接过信，一见信封上飞舞的字迹，便知是大士的，那护兵自然是殷府的人了。回到宿舍，玮慢慢地打开信。

> 澹台玮，你投笔从戎了！我是从孟灵己那里知道的。你很伟大，我很佩服你，真的。我本来要来找你，你是我一天到晚最想看见的人，真的。我真的到译训班来过，军纪很严，进不去。爸爸和我前天做了同样的梦，妈妈的坟被水淹了。爸爸要我明天一早到镇雄去。那是我们的老家，那里交通很困难，知道吗？
>
> 我去，当然只是象征意义。不过，我想这对爸爸是安慰。我回来就来找你，我相信你不会离开昆明。
>
> 你学会开车要带我出去玩，我要坐在你旁边。

署名是：我是殷大士！

玮看完信，在窗前站了许久。夜色朦胧，点点灯光渐远渐暗。他想，有电灯可是没有电话，要是能给她打电话多好。

打字机嗒嗒地响起来，阿谭开始打字。

玮忽然问："阿谭，你有女朋友吗？"

阿谭一愣,抬头看着房顶,半晌才说:"有过。"仍低头打字。

是不是有一段伤心事? 玮想起一句雪莱的诗:too deeply to tell (沉痛到说不出),心里有些歉然。

次日,玮又收到一封信,是庄无因写的,信放在传达室,很简短。

澹台玮:

　　我不知道要说什么,只是忽然很想看见你,随便谈谈,以后见到的机会少了。我知道当正义的事业需要你时,你不会迟疑。你是这样的人。而我,总是在迟疑。

　　学校外的事千头万绪,而战争中的事更难预料。请记住,一个名叫庄无因的人,永远是你的好朋友。

玮读了信,心中感动,眼前浮现出无因睿智明澈的目光和略带忧郁的神情。玮也想看见庄无因。他写了一封短信。

庄无因:

　　你会从嵋那里知道我的全部情况,所以我没有另外通知你我从军的事。我要去为胜利尽一份力,不然我会不安的。我知道,你在学业上从没有半点儿迟疑。科学成就是超乎战争的。我们会有机会见面的。

你永远的朋友澹台玮

玮把信从邮局寄出,并对阿谭说起庄无因,才能不凡,是他的好朋友。阿谭微笑地说:"有好朋友是人生幸事。"

又约过了一周,一天傍晚,玮下了课,又和外国军官一起,把一门拆开了的火箭炮装回去。这位教官本事很大,能够闭着眼拆装好几种武器,曾做过多次表演。

这时他带领玮一起动手,眼睛也是半开半闭。他对玮说,他在滇西的朋友抱怨那里缺少好翻译,言语不通简直无法工作。他们装完,几乎还想再拆一遍,因发现时间已晚,才停了手。

玮到食堂时,平常坐的一桌已经满了,便端着饭菜到不常坐的一个角落,见有空位便坐下。这里的人都不熟,他点点头,只管自己吃饭。人们议论着学校里从军的情况。

一个同学说:"女同学也从军了。"

又一个同学说:"她们能做什么事?"

"总会有事做的。"有人随便接话。

玮不经心地听着。这时一个声音说:"听说孟灵己也从军了。"

玮有些诧异,他诧异的不是嵋从军,而是这人怎么会比他先知道。

他抬眼看去,见说这话的是数学系四年级的同学,名叫冷若安。冷若安有些数学天分,解过几道数学难题,深得梁明时赏识。他生得不俗,目深鼻直,皮肤白净,倒有些外国派头。可能因为他也在数学系,玮想。

冷若安见玮抬眼看他,便说:"我在梁先生那里听说的。梁先生说这很像孟灵己做的事。"

玮说:"你认得她吗?"

冷若安微笑道:"我知道她,我还知道你们是亲戚。"

一时饭毕,两人一起走出食堂,好像已经相当熟了。

他们走过操场,有同学在那里唱歌,唱的是《松花江上》。

有人叫:"冷若安,你也来唱!"冷若安摆摆手。

玮这时注意到他的声音很好听,便说:"我们去唱几句。"

他们走过去,站在篮球架下唱歌。很快便由冷若安独唱,仍是那首《松花江上》。他唱得十分悲凉,那声音有几分忧郁,又很丰富,似乎包含着许多联想,像一束湿润的绿叶,在清风中摇动。

有的同学用手蒙着眼。一时唱毕,一个同学说:"梁先生说,哈姆雷特的声音大概就是这样的。"

玮听了不解,再想想,似乎有几分道理。

以后玮常和冷若安在一桌吃饭,日渐接近。又是一天傍晚,晚饭后,他们和几个同学一起走出校门,到篆塘边散步。

晚霞映进流动的河水,活泼地摇动着。大家议论战局,议论盟军在欧洲战场和太平洋上的胜利,一面向大观楼那边走去。

他们走了一段,见路边有个茶馆。像所有的昆明茶馆一样,台阶前摆着几个粗的水烟筒、细的旱烟袋。

冷若安说:"茶馆是个有意思的地方,我有好几道数学题就是在茶馆里解的。"

正说着话,茶馆里走出两个人。两人都是五短身材,一个较瘦一个较胖。瘦的便是中文系学生蒋文长,他和冷若安同过宿舍。

"哈!你们都从军了。"蒋文长眨着眼,他的眼睛很细却很亮,露出一道窄窄的光。他向冷若安说:"我的英文太糟糕,去了不起作用。当初肖邦也没有留在波兰打仗,而是去了法国。我反正是拿不着文凭了。"

玮有些诧异,国家在存亡关头,想的不是驱除敌寇,而是文凭。蒋文长的事他也知道,有些才名,拒绝征调,还没有直接听过这样的议论。

冷若安宽容地说:"人各有志。"

蒋文长指指身旁的人说:"这是栾必飞,他才聪明呢。上了一年社会系,再上两年中文系,又上了一年外文系,现在又在历史系,永远到不了四年级,没有什么责任。"

栾必飞因为胖,显得更矮,头小身粗,整个的人像一个松塔。

他有些不悦,吃力地抬头看着这几位译训班同学,一面说:"见笑了。"

蒋文长继续说:"像他这样很好嘛!逍遥、轻松,随便说怪话也没有人注意,我想你们都不认得他。"

大家果然都不认得他,不知说什么好。

冷若安又说:"人各有志。"

玮想,冷若安是个好人。志有不同,但每个人都有对国家对社会的责任。一味逍遥,在一定的时候就是逃避。便说:"可以逍遥的时候,逍遥当然好。现在如果大家都逍遥,只好当亡国奴了。"

栾必飞转动小头向玮看了一眼,说:"不是有你们去打仗吗?"

一个译训班的同学从鼻子里一笑,平和地说:"我们打仗,你们逍遥。"

话不投机,这两人向城里走去了。玮等仍在河边散步。

一个同学说:"允许自由转系本来是好事。最初入学时,可能不清楚自己要学什么。可是也就出了些混混儿。任何规则都有人钻空子。"

又一位同学说:"他们觉得自己很清高。蒋文长有一次在中学演讲,就说自己很清高。"

有人问:"他讲什么?"

那同学说:"总是文学吧,他写的东西不少了。"

冷若安说:"其实,上战场可以使自己的生活更丰富。不过,好像有一派文学是不讲从生活中来的,清高到不食人间烟火。"

玮想,"清高"是个好词,可是它要有个界限。若是取消了社会责任感,就是自私的代名词。

河水在潺潺流着,路边卖烤饵块的小贩用大蒲扇扇着炭火,挑担人刚卸下糯米稀饭的挑子,摆在炭火旁边。他们为人们准备着宵夜。

玮等不说话,都觉得流水、道路,还有路边的茶馆、食摊,都是这样亲切,都是这样可依恋,都是他们要保卫的。

在回译训班的路上,同学们三三两两地拉开了,玮和冷若安走在一起。

两人默默地走了一会儿,冷若安向玮说到自己的身世。他说,他是从石头里跳出来的,因为到现在他也不知道自己的父亲是谁。他从小跟着母亲生活在弥渡的一个小山村里,在那里,他们是外来户。照说,孤儿寡母异地他乡,会受到歧视。奇怪的是,村人对他们都很好,对他的母亲很敬重。他相信,母亲肯定有一段故事,没有来得及告诉他。

"她怎样了?"玮关心地问。

"我十六岁时,她忽然去世。"冷若安说,"大概是心脏病。那时我在昆明上中学,住在据说是姨母的家中。"

玮很感动,因为冷若安这样信任他,告诉他自己的身世。冷若安有很好的天赋,很有教养,一点不孤僻,绝不像一个孤苦伶仃的人。

"也许姨母以后会告诉你。"玮说。

"她什么也不知道,什么也不关心,只是照安排管理我的生活。"冷若安平静地说,"而且,去年她也去世了。"

玮不知道说什么好,停了一下郑重地说:"你有梁先生和数学。"大家都知道冷若安是梁先生的得意门生。

"我是一个幸运的学生。"冷若安说,望着远处。

"你们说什么?"两个同学从后面赶上来。

"说那茶馆。"玮随口说。

"我们在说战争。"同学说。话题转到了几千里外又近在身旁的战争,大家谈论着走进了译训班的大门。

转眼这一期译训班结束了,译员们要分往各军事部门服务。一天下午,开会宣布分配名单。玮分配在炮兵学校,校址就在昆明附近。那是很多人羡慕的职务,待遇好,生活比较正常,最重要的是不上前线。

当天晚上,玮先到宝珠巷报告消息。玹子心知这必是母亲活动的结果。绛初有好几封电报来,没有具体说她的办法,口气是他们对玮玮很放心。

玹子把玮玮看了一会儿,说:"峗也从军了,到曲靖医士训练班学习了。她和小娃去找过你,门口不让进。"

玮说:"我听说了,是听数学系的同学说的。"

玹子说:"和你们比,真觉得自己老了。"顿了一顿,又说,"学校有几个月没有发工资了,三姨妈那里近来似乎很拮据,我们吃了饭去。"

两人来到腊梅林时,弗之不在家。

碧初听了消息,很高兴,说:"这下子二姐可以放心了。"

玮说:"我已是军人,只要需要,随时会有调动,说不定还是要往滇西那边去的。"

碧初微叹说:"前面的事谁知道呢。对了,峗从曲靖有信来,还问玮玮哥分在哪里了。"

谈话间,大家都认为峗很可能被派往滇西伤兵医院。

玮笑着说:"如果我负了伤,就去找峗。"

碧初说:"你说什么!谁也不准负伤。"

玹、玮告辞,合子送他们到陡坡。他们经过腊梅林,腊梅还没有开,但仍有淡淡的暗香。

合子说:"玮玮哥,你去炮兵学校最好多训练高射炮,把鬼子飞机统统打下来。"

玮说:"要有制空权,必须要有飞机,战斗机、轰炸机,各种各类,这任务等着你。"

合子有些神秘地说:"我已经到航空系看过好几次模型了,徐还先生叫我去的。"

玮玮送玹子回去,决定由玹子告诉父母自己分配的消息。他自己在翠湖绕了一圈,才回宿舍。

阿谭分配在保山某通讯学校。宣布名单的第三天晚上,分配到滇西的人定于两日后出发,都忙着准备。

玮回到宿舍,却见阿谭躺在床上,用被子蒙着头,因问:"怎么了?"不见回答,便走过来轻轻掀开被角,只见阿谭满面通红,睁不开眼,原来正发高烧。

医生来看,已经烧到四十二度。当时送到附近医院,玮和几个同学便在那里护理。昆明当时有一种急性病,专门欺负异乡人,想是阿谭不服水土,便得了。

后半夜,负责分配的教官来到医院,看阿谭的情况很严重,皱着眉连说:"这怎么好,这怎么好!"

玮道:"已经算平稳了,刚才才吓人呢。"

教官说:"你不知道,保山那边要人很急,没有翻译,那些美国军官成了聋哑人了。"

玮略一定神,说:"我去。不知我的英文够不够格?"

教官没有料到有人会放弃炮兵学校的职位,也略一定神说:"你还不够格?我们商量商量。炮校倒是还没有开课。"

第二天,阿谭清醒些,有人告诉他澹台玮的决定,阿谭很不安。玮来看他时,他很怪自己的身体不争气。

玮说:"你回国,为的打日本。打日本有各种途径,训练好了炮兵打得更远。"

"等我好了,还是我去。"阿谭用力说,他哪知这病一两个月才得痊愈,愈后也需休养。

玮的亲人们不知道他的决定,玮也没有特地再去告诉他们。

他只告诉了一个人,那就是殷大士。

出发前的夜晚,他写了一个短笺:"大士,我分配到保山了,我会写信给你。"信是短得不能再短,可是内容却无比的多。

他仔细地封好信封,走到殷府门前。门内值班的正是那天送信的护兵,接下信说:"小姐明天回来。"

次日清晨,澹台玮上车出发,很多人还以为走的是阿谭。

兵车向前方开,一辆接着一辆,尘土把它们包裹起来,像一条黄色的粗带,缓慢地向前移动。山势起伏,忽高忽低,路崎岖不平,车里的士兵有时会突然跳起来,像坐在弹簧上。

虽是冬天,山也仍是绿的。有的地方露出一块红色的土地,像被人砍了一刀。不知不觉间,车上的人会发现自己正在悬崖上,走过悬崖,忽然又是荒无人烟的开阔的土地。然后又是群山交错,分不出头绪。忽然在什么地方就会有一处房屋,没有人家依傍,称为独家村。

昏暗的太阳正在西沉,在尘沙的遮蔽中,一天都是朦朦胧胧,不肯清醒,现在暮色渐重,更是模糊。士兵们沉默着,只有轰隆的车声向四野奔逃。

澹台玮坐在驾驶舱里。他清晨离开昆明,在这局促的小空间里已经坐了十个小时。起先,他坐得笔直,睁大了眼睛看外界的景物,觉得每一道山、每一条水都在召唤他。他在心里说,我来了。

渐渐地,睡意袭来,也许那就是疲倦,几次他都挣脱了,坐在司机旁边是不能打瞌睡的,那会影响司机。

天几乎全黑了,他看不见车窗外面。车摇晃着向前爬,不断左转右转,转弯处一块很大的白石头让他忽然清醒。他又想着,我来了。

他的思绪很乱,总是向一个人围过去,他却偏要拉开。他睁大了眼睛看窗外,想着峏不知道什么时候来,她那么瘦削,那么轻盈,走在群山中,不知道是什么样子。

但那不是他真要想的,思绪仍向那最重要的人涌去。

"我已经写信通知她了!"这一句斩钉截铁的话让他平静了许多。

玮不觉打了个盹,迷糊间见大士朝他走来,手里抱着一个球,一脸娇憨的笑,说:"你学会开车,要带我出去玩!"

玮说:"我是去打仗的,你怎么只知道玩?"

"他们不会让你去打仗,你训练别人去打仗。"大士说。

玮说:"不爱听这样的话,我是要自己上前线的。"

大士忽然以手掩面,哭了。

玮慌了,说:"别哭,我在这儿呢。"

只听大士说:"你在这儿呢! 你在这儿呢!"声音和人都越来越远。

"快要到了!"驾驶兵侧过脸来,一只手离开了方向盘,似乎是放松一下,赶快又恢复了原来的姿势。

玮清醒过来,睁大眼睛,远处果然有更浓重的一片黑色,那便是楚雄。快到了,反而觉得路长。车又走了好一会儿,渐渐走近一座大庙,车队停了下来。

玮跳下车,看见纷纷下车的士兵都成了土人,好像刚从地底下钻出来,他自己身上也有一层土。

大庙里点着好几盏汽灯,他们要在这里吃晚饭。庙中大殿权做食堂,一个脸盆装饭,一个脸盆装菜,大家蹲在地下取用。有人不习惯蹲,盛好饭菜就站到一边去。

玮也站起来,想找个窗台。四处看看,没有合适的地方,总站着也很显眼,便又蹲下,后来就席地而坐。

"会习惯的。"另一位翻译官贾澄对他说。贾澄是土木系四年级,年纪稍长。

"当然。"玮含糊应着,很快吞下了饭菜。

"你吃的什么?"老贾笑问。

玮微微一愣,说:"我们吃惯了八宝饭,这饭菜可能还少了一宝,是七宝饭。"意思是杂质还不够多。几个翻译官都笑了。

这时,那位驾驶兵从大殿门外走进来,对玮说:"有一位小姐找你。"

玮想,怎么嵋这么快就来了,连忙起身。

"澹台玮!"忽然响起一个清脆的声音,他惊讶地转头看,见大殿门口站着一位亭亭的少女,灯月的光辉都照着她一个人,不是别人,正是殷大士。

玮大吃一惊,向她走过去,踩翻了别人的饭碗也不觉得。

"澹台玮!"大士又叫了一声。

大殿里忽然安静了下来,所有的目光都集中在他们两人身上。

"你! 你怎么来了? 你真的来了!"

玮想引她到一个什么角落,可是这里没有角落,他只好引她站在殿门边。

"我无法请你坐。你不是刚从镇雄回来么? 现在是要到大理去玩?"

"我是来找你。"

玮心里隐隐有一种欣慰,又有一些气恼:"来找我? 我已经给你写了信。"

大士直直地看着玮,眉目如画的脸庞上,一抹嫣红,黑白分明的眼睛里有一层泪光:"我来找你,是要你回去。"

"回去? 亏你想得出来!"玮忽然发现大士身上很少土,一件银灰薄呢大衣,不失本色。便问,"你怎么来的?"

"坐在车里。"能够挡住尘土的车,必定很高级。

"大士,"玮温柔地低声说,"你知道回去是不可能的。"

大士一把抓住玮的手,四手相握,四目相视,他们一时简直忘记身在何处。

"好小姐! 可追上你了!"台阶上冲上一个人,原来是王钿。她上前抓住大士的衣襟,"你跟我回去!"

玮抽出一只手,轻声说:"大士,你回去吧,这是战争,你明

44

白吗？"

"我不明白！我要你也回去。"大士说。

"好小姐，莫说孩子话。"王钿拉着大士向外走。大士把她一推，王钿一个踉跄跌在门槛上。

人群中有人喊"敬礼"，师长进来了，后面跟着殷府的一位副官。王钿赶忙站起，和副官交换了一下眼色。

师长走到殿中央，并不看玮和大士，径自大声说："现在紧急出发！"接着宣布哪一部分立即上车，哪一部分留宿楚雄。

大殿中的人纷纷行动，有人陆续往外走，有人还在关心地看着门旁的年轻人。

师长向外走去，在玮肩上轻拍了一下，一面对大士说："你是殷大士？你怎么不从军？你没有祖国吗？你没有责任吗？"他向阶下走去，蹲在地下的士兵都站起来。

大士愣在那里，红扑扑的脸庞顿时变得煞白，随即又涨红了，与灯月争辉的眼睛装满了泪水，不觉松开了一直攥着的手。

玮倒忽然抓紧了她的手，低声说："你回去吧。我会回来的。"

大士泪流满面，也低声说："我这回看见你了，死也值得。"

玮轻轻俯下脸去，在大士的脸颊上很快地吻了一下。

大殿里活动的声音忽然停止，许多人心头一阵酸热，有人抬手去擦眼睛。

王钿生怕大士再有什么出格的举动，从后面抱住大士的手臂。玮早已松开手，大步向殿外走去，跳下台阶，跑过庙外小桥，直奔自己的驾驶舱。

"澹台玮！"他又听见那清脆的声音，不由得转过头去，见殷大士站在殿外台阶上。她没有追过来，灯月的光辉仍照在她一人身上。

玮把头伸出窗外，大声说："我会回来的！"

他看见大士扬了扬手臂,又听见她呜咽的声音:"我——等——你——"

"我——等——你——"这声音在黑夜里散开来,终于消失了。

驾驶兵跳上车,他们的车和别的几辆车离开车队,向前赶夜路。

他从反光镜里,看见大士的车向相反方向开动,那辆车在黑夜中显得很亮。

他想再看一看大士,可是他没有看见她。他从此再也没有看见她。

澹台玮军中日记

某月某日

殷大士,你真勇敢。我想没有一个女孩子会像你这么做。可是没有用,这是战争。我除了奔赴前线不能考虑别的事。真的,你为什么不从军?我写日记给你看吧。也许过些时,你会又突然出现在我眼前。

看见你是前天的事。

山路艰险,夜行车很慢,我于昨天下午到达保山城郊一个村庄。我们在这里离开了兵车,换乘吉普车,开到另一个小村。同时到达的还有老贾。小村很破旧,车停在一座较大的房子前,大概原是村里祠堂一类建筑。

一个中国军官和一个美国军官一起跑出来接我们,中国军官姓邓,美国军官姓谢夫,他看见我们非常高兴,立刻倾盆大雨般讲述这小村的情况。我想他一定觉得和人说话很快乐。

老邓说:"我们得赶快去吃饭! 不然饭馆要关门。"他领我们走到村边一个小饭铺,一路解释说,"这个通讯学校,也就是训练班吧,刚刚成立,什么都不正规,你们来了能开课就好了。"

小店中白木桌子,油闪闪地发亮,饭菜简单,却有一盘生猪肉。据说吃生肉是保山这边的习惯,我和老贾都不敢吃。邓连副(我们很快知道了他的官级)认为生肉最是美味,蘸了辣椒酱油稀里哗啦地吃着,一面极力劝我们尝一尝。我和老贾都敬谢不敏。走回祠堂时,正值夕阳西下,远天红通通的。这是又一天的日落了。

因为房屋不够,我们必须露宿。从昆明出发时,已领到吊床、水壶和头盔等物。屋外有一座小树林,我们各自选好位置,拉好吊床。这床有帐子,钻进去后,四面塞紧,不怕虫蚁叮咬。树林茂密,能看见的天空不很大,隐约的光不知是星还是月。吊床摇来摇去,我想欣赏林中的夜晚,可是很快就睡着了。

某月某日

今天,我已开始工作,准备通讯班开课。教员是美军通讯上尉谢夫。下午,邓连副要我和他一起去保山城内看房子。保山是一个悲惨的城市,到处是断瓦颓垣。这是那年敌机轰炸留下的结果。若要恢复元气,必须把敌人彻底赶出国门。看的房子原是一个小学,炸毁了一半,经过匆忙的修补,勉强能遮蔽风雨。这就是通讯班的住址,再过几天就能在这里开课。

某月某日

作为一个通讯兵,要有爬杆的本领。今天,谢夫和一个下士表演爬杆,他们身材都很高大,穿上带着弯钩的工作鞋(脚扣),手里拿着工具,简直像一辆小装甲车。他们到了树下,噌!噌!噌!向上攀去,很快到了树顶,真如猿猴一般。谢夫是军事通讯学校毕业的,知识全面,技术熟练。下士是德国裔,照美军规定,德国裔不能到欧洲战场。他爬树较谢夫略差些,也很不错。

某月某日

我们已经露宿好几天了。每天都睡得很晚，来不及想，就睡着了。昨晚睡得早些，躺在吊床上轻轻摇着，不觉想起大士。我已经好几天没有想起她了。我也想起爸爸妈妈，他们可能还不知道我正在树林里，在一张吊床上摇着。姐姐在做什么？嵋和合子又在做什么？阿难和那些洋娃娃的关系现在不知怎样。

忽然扑通一声响，我坐起身看，见老贾和吊床帐子一起堆在地上。绳子断了，老贾在帐子里嚷。他挣扎了半天，才出了帐子。我们重新系好吊床，我却很久不能入睡。想是睡得太早的缘故。

某月某日

今天，我从摇晃的吊床跳下地来，老贾一声喊，把我定住了。他喊："离开吊床！离开吊床！"我定了定神，向他走过去。走到他身边，转过身来，见我的吊床下有一团黑黑的东西。

"蛇！"老贾小声说，好像怕谁听见。我也不喜欢这种阴险的东西，但是我并不怕，仍走回去收拾吊床。老贾忙把自己的吊床收拾好，站在一边等我。这时有两个瘦小黝黑的孩子仿佛从地下冒出来，走到我面前，帮助折叠。"你们不怕蛇吗？"我指一指那团东西。

"这种蛇讲理。"一个大一点的孩子说，"莫碰它，不咬人。"

小的孩子说："也有不讲理的蛇，和日本鬼子一样。"

"你们的爸爸妈妈呢？"老贾远远地问。孩子不回答。

床折叠好了，没有惊动蛇。它仍盘做一团，一动也不动。

我拾起昨晚扔在树边的两个空罐头,放进一个袋子,两个孩子都看看罐头,又恳求地望着我。

"你们要这个?"他们点头。我很想给他们一个没有打开的罐头,但手边没有。

回到营房,一个当地的炊事兵说,那是保山孤儿院的孤儿,他们的父母都被炸死了。

老贾很希望能不再露宿,他很怕再掉下来,掉在一条蛇上。我也觉得那是很糟糕的事。

某月某日

我们搬进了保山城边那所只剩了一半的小学,开始上课了。一共三个班,谢夫和两个下士,我、贾和后来的王,六个人分成三组任教。学员中有些新兵,大家的领悟力参差不齐,所以有时需要反复讲解。我们三个译员从早到晚忙个不停。除了上课,拆电台,装电线,讲原理,美国人什么都想知道,常来问一些小事。街上的标语,店铺的招牌,他们都有兴趣。

他们见一群傣族妇女在说话,我们也不懂,他们笑我们不懂中国话。中国实在太大,太复杂了。

某月某日

今天又来了一位较高级的美国军官布林顿少校。我们的训练要加紧,不断有新学员来。增加了班次,每班上课的时间缩短。今天兵士们背着 walkie-talkie(对讲机),在野外训练,它像个大箱子,很沉。

又来了两位译员,工作稍微松了一些。布林顿要求我多为他做翻译,他对中国文化很感兴趣,是一个有修养的人。

某月某日

　　美国军官曾用各种罐头招待过中国军官。今天老贾发起,我们也凑钱请一次,由那位炊事兵办理。下午,我在营房门口又遇见那两个不怕蛇的孩子,一个手里提着两只鸡,另外一个提着一大篮新鲜菜蔬。我叫他们不要走,等我一下,跑进房去,拿了一个果酱罐头,一个牛肉罐头,想给他们。在院中遇到一个学员,说上节课没听懂,遂讲了一阵。等我再到大门口,两个孩子已经送完菜走了。

　　晚上停电,饭桌上点了两盏煤油灯,大家喝了几杯酒,兴致都很好。一个愣头愣脑的美国少尉问,今天这顿饭你们出的钱和实际我们得到的肯定不相等。我们问他什么意思。他说中国人都贪污,这个厨子肯定也贪污。我说:“你的了解很片面。”老贾已有几分酒意,一拍桌子,站起来大声说:“你要道歉!”那人也一拍桌子,像是要打架。布林顿喝了一声,把那少尉说了几句,又说:“我们要留着力气上战场。”

　　贪污肯定是有的,因为没有严肃的法纪约束。

　　我们要做的事太多了。

　　布林顿不是职业军人,入伍前是位颇有名气的律师,他的头脑很清楚,是让法律训练的。他上大学时曾学过两年桥梁专业,后来觉得人和人之间更需要桥梁,那是法律。

　　我们就要上战场了。

某月某日

　　我和 B 到师部开会,师部是两间茅草房子。师长看见我说:“是你!”原来他就是那天楚雄庙里的那位师长,姓高,名叫高明全。军中关于他有好些传闻,他能双手打枪,骑野马,智斗敌寇。我见了他有些不好意思,他却很亲切。大家的谈话很有条理,解决问题很顺利,不像有时谈话不能集中在一个问题。午饭后,我到屋后看看,勤务兵老赖对我说:"听说你是哪家的公子,你害怕吗?"我说还不知道。老赖说:"我教你一个法子,你打开一颗子弹,把里面的炸药吃了,就不怕了。"我笑说:"如果抽烟,就要炸死了。幸好我不抽烟。"他又说:"或者你求师长派你去处决一个人,你杀过人就不怕了。"杀人也会成为习惯么?我不要杀人,我要保卫国家,伸张正义,消灭强权,消灭法西斯,我要和平。到了战场上我是不怕的。

某月某日

　　早饭时,不见布林顿,一个美国兵说他去外面看线路。一会儿,B回来了,很严肃地对我说:"这里架线的任务很重。植物太多,它们的生命力太强了,长得太大了。"他不会发"澹台"两个音,总是叫我"玮",倒像家人一样。

　　他常给我看他家人的照片,妻子很秀气,两个女儿胖胖的。他还喜欢夸口,说他的妻子是世界上最贤淑的女人,赛过中国和日本妇女。我想日本女人多的是奴性(也许我不够了解),中国妇女虽然在封建压迫下,却具有真正的伟大。她们貌似柔弱,却极有韧性,这也是水的特点,所以贾宝玉说女人是水做的。我怎么会没有一张大士的照片。其实英文没有一个词可以准确地表达"贤淑"两个字。贤淑是中国妇女最高的美德,大士好像不符合这两个字。难道符合什么道德标准才可爱么?

某月某日

　　今天收到爸妈的来信。他们非常惊异。信件来往太慢了。他们在收到我的信以前就知道我到了前方。我很抱歉。可是我没有别的办法,我必须如此。

希望爸妈不要过于为我焦虑。他们的生活很丰富,这是万幸。

某月某日

这几天会议很频繁,师部搬到较远的一个村庄里。所谓村庄只是一家房屋,这房屋比较大,房间很多,据说原是土司或头人一类的人物住宅。我们有时也在此留宿。

今天清晨,高师长约布林顿巡视中国营房。在一个山坡上,有一片帐篷,也有自己搭建的简易房屋,一切都井然有序。布林顿很佩服,他说:"听说高师长枪法很好。我原来在工作之余练习射击,在运动会上得过名次的,想见识一下高师长的枪法。"高明全道:"其实我这几年常在练写大字。少校对枪法有兴趣,我们可以打一盘。"遂吩咐勤务兵到外面空地上摆两个靶子。

高师长的书法颇有名气,不只在军中。桌上摊着几张斗方,连起来是"还我河山",笔势遒健有力。看来高级将领很时兴写字。大姨父练刀写字双管齐下,他的字更为粗犷,很有气势,像他的刀法。当然,他们的字都不能和三姨父比。

高师长知道我从未打过枪,就说:"你也试试。"我们到了临时的靶场,两个靶子摆在空地的一头。高明全请布林顿先打,布林顿也不客气,站好了,端详了一阵,举起手枪,停了一会儿,放出一枪,又停了一会儿,放出第二枪,然后移动了一下脚步,放了第三枪。这一枪正中红心,前两枪也都在靶上。高师长笑道:"好枪法。"拿起手枪,似乎很不经意,手一抬,啪!啪!啪!三枪连中红心,周围的人鼓掌叫好。高师长把枪递给我,又告诉我怎样拿枪,怎样扣扳机。我想我是连靶板也打不中的,不料一枪打去,正中红心。大家哄然大笑。

下午,研究工作,为大反攻做准备。

某月某日

布林顿要往师部送一个文件,他本来要一个美国兵送去,想想又说:"还是玮去吧,你认得路。"我跳上一匹马,马在门口转了一个身。布林顿追出来说:"带件武器。"就把他的手枪交给我,他分明是不大放心。马跑得很快,这种云南马最能走山路。它比我更认得路,路很窄,两旁都是榛莽,我随时按一按腰间的手枪。到了师部,高师长很高兴。见我带着手枪,赞许地说:"已经用上枪了。"又说:"这一路倒还平静。"我交了文件,师长问和美国人相处怎么样,他们有什么意见。我说,美国人很友好,为打法西斯而来,目标很明确,尤其是非职业军人更合得来。

这时一个参谋跑进来对师长低声说着什么。师长递给我一张军报,就和参谋一起出去了。报上有一段二十七团在瓦山打击敌人的报道。那里敌人经常从缅甸境内来犯,我方把他们逼在一个河谷内,全歼来犯敌人,我们也损失了八十名士兵。

一次小战斗就损失八十名士兵!开始反攻后不知要有多少牺牲才能得到胜利。

老赖告诉我可以走了。我骑马循原路返回,跑得比去时快。

某月某日

布林顿率领我们到山中架线,几个美国和中国通讯官兵,还有几个民夫带着发电机、大盘的电线、各种工具。山上树丛盘结,无路可走,只得先开路,大家披荆斩棘配合很好,进程很快。

晚上,师部赵参谋打电话给布林顿,要谢夫到江边指导架线。

某月某日

今天和谢夫一起到江边,我第一次见到怒江。它真是一条愤怒的江,江水不断地打转,好像前面有一堵看不见的墙,要奋力推倒才能再向前流。幸亏有这条愤怒的江,把敌人挡在对岸。

江岸上利用坡势挖出浅洞,覆以草棚,便是一个个工事。江防的营长说守江一点不能疏忽,敌人曾有几次夜袭,他们用橡皮艇渡江,只要有一小股敌人上来就是很大的骚扰。两年来,部队多次换防,一分钟不敢懈怠。营长很年轻,目光炯炯,大概能够看到西岸。

我们住在工事里,这个洞中铺着干草,这是很难得的,因为东西大多是湿漉漉的。没有料到,我们赶上了一场战斗。

枪声把我惊醒,我跑出洞外,江面上隐约可见十来只船,正向岸边靠拢。卧倒!旁边的人对我大喝一声,接着一阵密集的枪声,是守江的兵士向来犯的敌人发射的。我伏在地上,下面有一个凹处,看见几个敌人从橡皮艇上跳下,冲上岸来。枪声很脆,士兵从我身边跑过,上岸的敌人倒下了。一个敌人一直跑上坡,我们的人已经冲到江边把他包围了。他中了好几枪,倒下了。剩下的跳上船,很快随着江水流去。

我以为我们已经胜利了,其实哪里这么轻易。远处有火光,正是我们要去的下一个渡口。电话报告,敌人正袭击那里,而且已经进入工事。营长命令留下一个班守卫。我说我也算一个,谢夫大声说:"我们!"他指指营长,又指指我,指指他自己,他当然也算一个。营长点点头,带领士兵们向着火光跑去了。如果敌人用声东击西之计再来侵犯这个渡口,只有拼死抵挡了。他们没有来。远处的火光、枪声继续了很久,终于平息了。营长回来让我们立刻离开江岸。

我怎么没有枪?我没有太多的感想,只要有一支枪!

第 二 章

一

在大理和永平之间,离大理较近的山坡上,有一座伤兵医院。这里原是一个仓库,从一九四二年开始改建,经过一年多的修整,现在是一所正式的医院。这就是孟灵己和李之薇要去工作的地方。

她们从曲靖上车,车在路上时常抛锚,修了半天修不好,只好换了一辆车。三天以后才来到永平郊外一座小山下。山坡并不高,车子不能全始全终,开到半坡,又抛了锚,再也发动不起来。同车来的有十多名学生,还有从昆明医院里抽调的人员。大家都下来,提着简单的行李向医院走去。

旷野的夜很亮,没有月亮,星星也不多,但是草木、山峦似乎都发着微光,显出柔和的轮廓。

来接的人建议走小路,说那比公路近得多。小路有石阶,崎岖陡峭,大家一步步向上爬,没有人说话。

一会儿,忽然到了一片平地。先看见一座高山,好像他们正在上面走的山又长高了,在黑暗中很雄伟;再看见低矮的房屋,显得有些畏缩。

他们走进门,有人领他们到旁边一个小院,那是女兵宿舍,嵋和之薇很自然地把行李放在一起。领队的人说:"不对,李之薇在这间屋,孟灵已在那间屋。"

两人默默地对望一眼,嵋便提着行李走到另一个房间。这时她只有一个愿望,就是睡觉。她来不及思考、感慨,一下子就跌入梦乡。

一阵尖锐的呼喊把嵋惊醒了,同房间从昆明同来的两个护士也都坐起来,她们开灯,灯不亮。又一阵喊叫声传过来,她们渐渐明白了,那是伤兵。他们是不是很疼?是不是要什么东西?可是她们不能随便走动,这里有军纪。

不久喊声消失了,嵋再也不能入睡,她看着外面的亮光,还是不能思考、不能感慨,也没有一点儿感伤。

这是战争。嵋只有这一个念头,用这个念头解释一切。

第二天,经过谈话,嵋和之薇都有了工作。之薇到化验室,嵋到会计室。嵋很奇怪。

谈话的人说,医院需要会计,你不是学数学的吗?

嵋无言以对,见到之薇时忧心忡忡地说:"我一定会算错账,怎么办?"

之薇对化验倒觉胜任,她们在曲靖学习过,可是没有学过会计。她也替嵋发愁,说:"不光是对错的问题,任何单位的账都是很难弄的。"

"咋个整?"嵋自语。

一个护士对嵋说:"你们不用到病房,是万幸的事。伤兵很难伺候,像你们这样的小姐对付不了的。这是照顾你们了。"嵋一时觉得自己很无用。

"你那表哥是不是在医院?"之薇怯怯地说。

嵋说:"他在楚雄的医院,这里已过了大理了。我不记得那些番号。"之薇不语。

嵋想若是颖书在这里就好了,随即自己又为这种想法觉得惭愧。

下午之薇到化验室,先帮着洗瓶子,晚饭时和嵋坐在一起,告诉她说:"我已经在为抗战工作了。"

嵋摇摇头说:"我在一个房间里坐了半天,连会计室的门都没让进。有一位军医来问了几句话,全不着边际。"

过了两天,之薇开始取血了。嵋也进了会计室,在门边一个小桌旁坐着,桌上有一架算盘。

嵋心想我至少会打算盘,多打几遍好了。可是没有多久,一个人把这算盘拿走了。"借我用用。"他说。嵋只有呆坐着。

"我要喝水!"忽然传来一声清楚的呼喊,这呼喊很有力气。嵋本能地想起身去倒水,随即管住自己不动。那呼喊重复了几次后渐渐低了下去。

嵋忍不住向坐在斜对面的会计说:"我去给伤兵倒水好吗?"

那人惊讶地看着她,说:"你不要管,你管不了的。"

又过了一阵,又传来另一种惨叫,一种挣扎的、声嘶力竭的惨叫。

嵋又忍不住问斜对面的人说:"我能为他们做什么吗?"

那人有些不耐烦,说:"再过几天你就听不见了。我们都听不见。"

晚上,嵋伏在床上给家里写了信,也给峨写了信。这里的山和点苍山是不是连着?因为灯光太暗,她一手拿着硬纸板凑近了灯光,只能写简单的信。她也给庄无因写了几行字,她想象不出无因在这种环境里会怎样,写完她又把信纸撕掉了。这里的邮差两三天来一次,信都交给收发,若是不交就会错过,要等下一班了。

一天上午,医院开大会,院长讲话。一间大房间坐得满满的,前面摆了两张小方桌,几个人围坐着,那是医院的领导集团。

一个宽肩厚背的年轻人拿起新到的人员名单,翻了几页,忽然抬头往听众这边看,他先看见了李之薇。

之薇也看见他,心想:这分明是严颖书。两人不好招呼,对望一下,算是注目礼。

院长简单讲述了医院的历史和现在的规模,他有一个口头语,几句话间便插一句:"可合(对不对)?"照云南乡音是"咯活"。

后来之薇说,她什么都不记得,只记得"咯活、咯活"。让之薇一形容,嵋觉得听见的好像是打嗝儿。两人不去考究院长姓名,有一段时间暗自称他为"嗝儿"院长。

院长讲完概况,介绍坐在小桌前的几位军官。嵋一直低着头,忽然听见严颖书的名字,抬头一看,果然是颖书站起来。

嵋几乎叫出来,连忙停住,心想,他是到这里巡查吗?

院长接着说:"这是医务处主任。"又介绍了两个人,他们倒真是来巡查的。一位点点头,没有发言;一位简要地报告了战争形势。

他说,敌人占据了怒江西岸的腾冲、龙陵等几座城市,切断了外国援华物资的通道,和我们隔岸对峙已经两年。现在欧洲战场形势大好,我们的任务是准备反攻,把敌人赶出国门。

讲完后,院长又做了补充:"近来在保山西南,发现一股鬼子兵,打了一仗。可合?这不过是零星接触,伤员还不多,我们要做艰苦工作的准备。"

正说着,外面忽然又响起了惨叫声。嵋想,最重要的事,就是应该让他们不要惨叫,不然这算什么医院。

好像回答她的想法,院长说道:"这里是伤兵医院。可合?这里住的都是荣誉军人,老实说,荣誉是一个词。你们遇到的现实,照你们学生看来,可能很残酷、惨烈,可能让你们吃不下去饭。这都是小事。饭么,饿了就会吃的。"

这句话嵋很久都记得:"饭么,饿了就会吃的。"不过,也不像说的那样容易。

院长讲话后由严颖书介绍医院的医务情况。嵋不知道颖书是否学过医,听来倒也头头是道。

嵋和之薇以为颖书会来看她们,他却没有出现。从护士们口中知道严主任到医院不过半个多月,为人谦和。过了几天,他才到嵋坐的小桌旁,领嵋到医务处,那里正好没有人。

他让嵋坐下,开口说:"我调到这个医院了。"

"那么说我没有记错,我记得你是在楚雄。"

"是的。这边的医院要发展也需要整顿,把我调来了。你看我成了医疗方面的管理人才了。"颖书有些自得地说,"你不能在会计室,那是个是非之地。我想不出你能做什么。"

"我真的很无用?"嵋有些沮丧。

照颖书的想法,嵋这样的人是属于"锦上添花"一类,现在需要的是"雪中送炭"。不过他已经安排好了,让嵋去管理病案和资料。

嵋说:"如果需要护士,也可以做的。我听见伤兵叫着要喝水,到现在也不知道喝到了没有。我想我可以为他们做些小事情。"

颖书不看她:"这里有这里的办法,你还是和资料打交道的好。我们都商量过了。"

这时一位高而瘦的医生走过来,向颖书说:"手术室的消毒设备太差了。有一个伤员的病案找不到,现在连姓名也不清楚。"

颖书介绍他姓丁名昭,是这里最好的医生,成都华西医学院毕业的,已经在这里工作两年了。

丁医生神色疲惫,整个的人显得很干瘪。嵋觉得他至少已经工作二十年了。

他们谈了一会儿,颖书引嵋走出病房的院子,看见山脚下有两间平房,并不相连,相隔十来米,一间便是资料室了。里面很乱,过去的档案和新来的材料都堆在一起,嵋站在当地,愣了一会儿,试着找下脚的地方。

颖书抱歉地说:"原来有一位管这些材料的,前些时候走了。"

那人其实是到前线接伤员,中流弹身亡。颖书不愿意说"死"字,恐嵋害怕。嵋倒没有注意,她全心想着怎样给医院建设一个新的、有用的资料室。

颖书又叮嘱嵋去领手套、口罩和一些文具,最后说:"三姨妈不知怎样不放心呢。"他没有说,这是他能想到的最安全的工作了。

颖书离开了,嵋领了东西,再次回到资料室。小屋在山坡下,背后的山就是刚来那天晚上见到的,白天看来倒也不是崇山峻岭。山坡长满了各种植物,一片叶子花林开得正盛。

嵋立刻把山叫作"小苍山",把这简陋的小屋叫作"小苍山山房"。她要写信告诉无因,可是到现在她还没有给无因写信。她开始整理那些乱糟糟的文件,把它们分门别类,首先是要整理好病案。

那年日寇大举向滇西进攻,我方在怒江对岸拦击,后来撤过江来,有些伤员辗转到了这里。一部分人已经不在人世,一部分已经出院,都留下了材料。这些材料显然是很不全的。有的连名字也没有,只有番号。

嵋一面整理,心里一阵阵悲哀。她来不及一张张看,只把它们整齐地摞在屋角。她想,只要有地方放就不能扔掉。有些材料较新,它们的主人大都仍在医院。两年来,两岸常有小规模战事,西岸的游击队也很活跃,不断有伤员送来。

嵋看着一个个名字,心想:是他在叫疼吗?是他要水喝吗?这里距病房较远,听不见任何声音,战争似乎也远了。

当晚,嵋和之薇坐在床沿上,交换一天的情况。

之薇说:"我在化验室听说,一起来的人都有了事,可是医院的人手还不够。过两天听说要有人往保山一带去,工作就更紧了。"

嵋说:"我把那些乱东西理好,就不需要很多时间了,还是可以参加一些护士工作。"

之薇说:"严颖书不会让你做的。"

嵋有些不高兴,说:"那就不对。"

之薇说:"丁医生知识很丰富,人也和气。显然比别的人水平高。"

嵋说:"我也这样觉得。"

这时有人在外面叫李之薇,出来看时正是丁医生。

丁医生说:"来伤员了,要取血化验。"

两人跟着丁医生到前面,见人们正抬着几个担架进来。两人急忙跑上去要帮忙,却插不上手。

抬担架的都是民夫,他们熟练地把担架抬到病房,又帮助护士将伤员抬上床。之薇不再理嵋,和护士们一起迅速开始工作。

走廊里灯光很暗,严颖书和丁医生在商量什么。

"陈院长到保山去了。"颖书说,"我可以带医疗队去河谷。"

人们穿梭般走来走去,很快集合了一小队人出发了。嵋跟着丁医生到病房检查。

这是嵋第一次来到病房,新来的几个伤员在呻吟,一个在呻吟中迸出几个字:"水——水——"

嵋想找点水,被护士长喝住了。

护士长大声说:"不能喝水,知道吗?!"

停了一会儿,丁医生从病房出来,说:"马上手术!"

一个护士跟着丁医生进了手术室,要做术前的准备工作。

嵋愣在门口,忽然听见丁医生大声说:"你怎么了?"又见手术室的医士扶了那护士出来,慢慢走到护士台前坐下。

医士说:"她头晕,她有这毛病。"

这时夜已深,显然做手术的人手不够了。丁医生走出来,见嵋愣在那里,说:"你上过救护班吗?你来帮着清创。"嵋便随着进了手术室。

那房间设备简陋,房顶挂着两盏汽灯,很亮。要做手术的是那位要喝水的伤员,他已昏迷,他的左上臂受伤,创口腐烂,正在高烧。

这里除了丁医生和那位年轻的医士外,只有嵋。她机械地,可是相当灵巧地照着医生的吩咐做着一切,她把刀、剪、锯等用具依次递上,直到一只手臂离开了它的主人。手术完了,嵋好像从一场大梦中走出。

丁医生拭去额头的汗,有些遗憾地说:"伤口发炎好几天了,不然不至于全部截去。"然后看看嵋,说,"你不错。"又看看医士,说,"小洪,你也不错。"

嵋和洪医士把伤兵推回病房,她想留下守护,洪医士说他会来看的。

医院暂时落入了沉寂。嵋慢慢摸回宿舍,却怎么也不能入睡,也不能思想,她只想扑在母亲怀里哭一场。哭什么,自己也不清楚。

次日清晨,嵋想到病房去看看,因知道不应该乱走,便还是直接来到山房。她看着已经相当整齐的新病案架,想着应该建立一些必要的制度,一边继续整理病案。

颖书等下午才回来,又带回几个伤员。走廊里都摆了床铺。

一天很快过去了。嵋回宿舍时,到病房张望,她寻找那个刚做过手术的伤员。他仍在高烧中,微微睁着眼。嵋知道他什么也没看见。他动了动干裂的嘴唇,却发不出声音。

一个护士走过,说:"你在这点干什么?"

峭说:"想给他喝点水。"

护士递给峭一块棉花,让峭用棉花蘸了水,轻拭伤员的嘴唇。

伤员的眼睛睁大了些,闪过一线亮光,峭心上一阵安慰。

又过一天,峭很惦记那伤员,巴不得早一些去病房看望。黄昏时,她在山坡上走了几步,采了几朵野花,这里随时都有不知名的野花。

她用一张旧纸罩着这束花,走到病房门口。那张床已经空了,她以为自己走错了房间,邻床的伤员用力说:"他死了。"

峭愣了一下,仍把手里的花放在空床边的小几上,默默转身回到宿舍。她应该去安慰别的伤员,可是她一时做不到。

这些伤员的去处是小苍山另一侧的坟场,这片土地是他们用生命保卫下来的。他们就葬在那里,多少中国人葬在那里。

一批伤员要出院了,这是一件快乐的事。医院开了欢送会,"嗝儿"院长给伤员们发纪念品,致词说:"你们都是有好几条命的,受了伤没有死,路上经过转运也没有死,到这点经过治疗也没有死。可合?以后你们还会有好几条命的。"

出院的伤员中,有很小一部分还要回到前线,全院人员向荣誉军人鞠躬致敬,特别又向返回前线的几位军士深深地鞠躬。

峭问颖书:"荣军怎么安排?"

颖书道:"楚雄有一个荣誉军人院,昆明也有,别处也有的。"

这时,丁医生走过来问峭:"你能帮助翻译英文资料吗?"

"我试试看。"峭说。

丁医生递过一份材料。这么好的纸,峭心想。

一连两天,峭全神贯注对付这份材料,那是国际救护组织来的一份类似伤兵救援条例的东西。头几页还好,渐渐生字多起来,她译不下去,望着窗外发愣。

"你从哪点来的?"忽然像从地底下冒出来一样,一个干瘦的、黑黄的人就像一片枯叶站在窗前,很郑重地向她发问。

嵋吓得从椅子上站了起来,向后退了两步,问道:"你是谁?"

"我是惠通桥来的。"那人说,又问,"你从哪点来的?"说着到了房门口。

嵋下意识地用椅子把门顶住,那人并不想强行进来,仍是喃喃自语:"我是从惠通桥来的。"走开绕过山脚去了。

惠通桥,嵋是知道的。那一年在怒江西岸激战后,我军撤过江来,果断地炸毁了惠通桥,浩荡江水把敌军拦截住了。有些士兵没有来得及过桥,随着桥身落进江水。

"从惠通桥来的",说这话的一定是那次战役的参加者。那么这奇怪的人大概也是荣誉军人。

嵋搬开椅子,走出门,向山脚走去。她穿过一片叶子花林,远远望见那一片坟墓,只觉得一片白光。走近时,见每个坟墓前面都有一小块白石,没有名字,也没有做成碑,只是一块石头,被高原的阳光照得发亮。

坟场的另一端有人声。嵋站住了,停了一会儿,见几个人绕过一个个坟堆走过来。是严颖书领着几个老兵,这些人都是留院服务的荣誉军人,有的甩着一只空荡荡的袖子,有的架着拐杖。

颖书看见嵋,有些奇怪,走过来问:"你在这里做什么?"

嵋说,刚才见到一个奇怪的人,他不说话,只说是惠通桥来的。那些老兵互相看看,一个说:"就是他了。"

"你知道炸惠通桥的事?那是万不得已的做法。"颖书说,"当时一起随军过江来的还有民夫,他们亲眼看见没有来得及过桥的人被滔滔江水卷走,也许正是他的乡人、兄弟。当时江岸上就响起一阵哭声,这在战争中是很少见的。后来,竟有几个人出现了精神障碍,想来是极大的悲痛和恐惧所致。"颖书说话间,几次用手抚腰,"你见到的人姓战,是怒江西岸潞江县的民夫,他随军撤过江来,在医院治疗过。"

"从惠通桥来的。"嵋想了一下说,"他大概永远记得炸桥的那一刹那。"

颖书说:"他失去了全部记忆,只记得那恐怖的一刻,所以不停地说。治疗没有能让他完全恢复正常,现在留在这里照料坟场。那时为了阻止敌寇进攻,特地成立了破路工程处,从长官司令部调来专人指挥,征调了数百民夫。他们挖断公路、炸毁桥梁,炸惠通桥就是最大的破坏。也只能这样,才阻挡了敌军。"颖书望着远处,又说,"他就住在山脚那边,你不可以去。"

嵋想问,你来这里做什么? 但知道不能问。

颖书不等问,自己说道:"我们来看看这边的地,"他指一指稍远处一个斜坡,"看能不能盖几间病房。"

多盖病房意味着要容纳更多的伤兵。嵋心上沉甸甸的,低声问:"我可以走了吗?"转身走了几步,又被颖书叫住。

颖书先说:"丁医生问你愿不愿意去手术室? 他说你能帮得上忙。"

嵋有些诧异,说:"你是问我自己的意见? 我怕手术室。"

颖书说:"老实说,我也怕,你还是在资料室做吧,你做得不错。不久,还会有新的医生来。"停了一下,随口问,"李之薇的工作怎样,她习惯了吗?"

嵋抬起眼睛说:"她很好,似乎比我更能适应新的环境。"

颖书道:"这样就好。你回去吧,不要出来闲走,我会来看你们。"他走开了,肩宽背厚的身体有些佝偻。

嵋回到小苍山山房,又拿起那份英文材料,生字依然在那里。

"应该有一本字典。"她想。她仔细读了好几遍上下文,精神却不能集中,耳边断续响着那一句"我是从惠通桥来的"。

她把英文材料放在一边,去摆弄那些病案。现在这些病案比以前清楚多了,完整多了。她将新入院的伤员病历重新誊写了一遍,抬头见天色已晚,便起身整理桌上什物。

有人敲门。嵋想,怎么没有看见有人从窗外经过。

"是我,"门外的人说,"我是丁医生。"

嵋连忙开门,见丁医生立在门外,递过一本书。

嵋接过一看,是一本医学英汉字典,高兴地说:"我正需要字典。"

丁医生说:"这还是我从成都带来的,凑合用吧,不打搅。"走了几步,回头说:"你也可以下班了。"

嵋站在门前,见丁医生往坟场那边走去,心想他大概也是从那边来,不知去做什么。

这时视线所及,都被小苍山的阴影遮蔽,天上落下和地上升起的同是一种沉重。嵋愣了片刻,迅速地收拾好东西,锁好屋门,快步向宿舍走去。

过了十来天,果然来了两位医生。两人都从昆明的一所医学院来,姓张的一位戴深度近视眼镜,人颇木讷,他不愿做外科,也不适合做外科。永平医院内科一直没有像样的医生,他去倒也合适。另外一位姓哈,叫作哈察明,相貌端正,眼睛很大,似乎很能干,知识比洪医士多。他进了外科,丁医生很高兴,可是不久,就发现哈察明为人有些特别。

一天,丁医生和科里几个人讨论伤员情况,结束后,哈察明留下来,很神秘地对丁昭说:"昨天我看见护士长递给严主任一条花手帕。严主任好喜欢哟。"

丁昭很奇怪,说:"那又怎样?"

"事情都是从小处开始的。"哈察明说。

丁昭道："我只知道严主任做事公正,护士长工作负责。你说的和工作有什么关系?"

哈察明笑说:"就是要从小事看一个人啊。"

他大概还向别人说过这事,有几个护士知道了,告诉了护士长。这护士长姓铁,三十多岁年纪,像一般护士长一样,头脑清楚,手脚快当,嘴上也来得,医院上下都称铁大姐。

一个傍晚,在食堂里,大家正坐着吃饭,护士长叫哈察明站起来,大声对他说:"我给伤员缝腰带,顺便也给严主任做了一条,因为他腰疼。这犯了什么戒?哪来的花手巾?你造的什么谣!你不是叫哈察明吗?你可没察明白。"大家都笑了。

哈察明并不觉得窘,喃喃道:"反正是给了一样东西。"

一个护士大声说:"我还看见你刚刚拿了一碗米饭呢。"

别的护士也要说话,铁大姐制止了。

以后又有类似的事。哈察明简直是谣言制造者,可是他并不是存心如此,只是他这样看,也这样想。

嵋和之薇说他察而不明,好像哈哈镜照人走了样。恰好他又姓哈,很快给他起了一个外号,叫哈哈镜。

他还特别喜欢规劝别人,而且总是一副忧心忡忡的样子,似乎被规劝者不听他的话就会大祸临头。

一天下午,他到小苍山山房来,给嵋送一份资料,自己坐下,说:"听说你是哪位教授的千金,亲戚都是达官贵人。"嵋只管看那些材料,冷淡地看了他一眼。哈哈镜面有得色地说:"你可不能自高自大啊。我知道你昨天在大门口和人吵架了。"

嵋诧异地问:"我什么时候和人吵架了?"

"你自己想想嘛。"哈哈镜又做神秘状。

嵋想了一下,不禁笑出声来。她昨晚在食堂门前向一条觅食的狗说话,问它可吃饱了。炊事兵很奇怪,问她和狗有什么说的。声音很高,竟被发展为吵架。

遂问:"你还要造多少谣?"

哈哈镜不快地说:"说话要谨慎。吵架内容我都知道,你一定是嫌给的饭菜少了。"

嵋哭笑不得,不再理他。后来嵋和之薇分析,说哈哈镜有时是认识问题,对一件事看法过于偏执;有时是捕风捉影,甚至无中生有,只能说是想象力太丰富了。

他在医院很快成为特殊人物,只是工作尚可。大家知道他的特点,都敬而远之。丁医生认为永远不能让他独立做手术,根据他"洞察一切"的眼光,说不定会将不该切除的器官切除下来。

嵋觉得哈察明像一个人,过了许久才想出来,他像《老残游记》中的王姓清官。王太守自命是清官,把他认为有问题的人都用站笼站死。

嵋跟之薇和丁医生说《老残游记》,可是他们都没有看过。嵋只好自己分析:这样的人一方面很偏执,一方面缺乏同情心,后者是主要的。

嵋想着,有些头痛。前面还不知有多少人和事呢,哪里管得了这么多。

二

一个月过去了,上次的小战斗结束了。医院的工作相对地说不十分紧张。一部分人员得到一天假期。因上午大扫除,直到中午才得休息。

嵋和之薇端着装满饭菜的饭盒从食堂出来,走回宿舍去。现在她们常常把饭拿回宿舍,这本是不允许的,不过很多护士都这样做。

"孟灵己,你的信。"收发兵递过一封信来。

昆明来的,是爹爹的笔迹。爹爹和娘还好吗?小娃呢?还有无因。嵋几乎想扔掉饭盒拆看来信,但只能忍着,捧着饭盒和信回到宿舍。取出了信纸,在枕上把它抚平,先看见一个"嵋"字,略略一惊,她几乎已经渐渐忘记自己是嵋了,她只是孟灵己,一个伤兵医院的杂务人员。

嵋儿:

我们收到你的信了。我们放心又不放心。你虽然年纪小,却素来有主见,能独立。听大姨妈说,颖书也调到永平医院了。有颖书在那里,又有之薇在一起,凡事总有个照应。玮玮哥在保山教练通讯兵,我们已把你的地址给他,也许你们能见面。你睡得够吗?吃得饱吗?尽可能不要睡得太晚。

家里少了你和姐姐,好像空了一大块。学校发薪水了,日子尚可。我们身体都还好,不要惦记。就是爹爹睡得太晚。他只有在晚上有时间写书。

下面是爹爹写的几行字:

我在考虑一个历史问题,我想它插不进你的生活。我们读的历史,都是写的历史,和真实是有距离的,能测量出有多远就好了。你们在创造历史,能留下你们创造的真实,又要多少斗争。——爹爹。

下面又是娘的笔迹:

我和小娃有时为爹爹抄稿子,小娃的字很好,学期考试全班第一名。玹子常来看我们,有时还抱了阿难。之荃进入学校篮球队,已经赢了好几场比赛。无因在物理学年会上有一篇论文,很受重视,他要去你的地址。我们会常写信的,你也要常写信。信太慢了。小娃说这信好像绕地球一周才到我们家。还没有见到姐姐吗?她很久没有来信了。

大概为了证明自己的字好，小娃也写了两行：

　　小姐姐，那天我随爹爹去领薪水，忘记带图章，爹爹叫我回去取，可是人家要下班了。我在附近小店里，买了一小块肥皂（零卖的），用铅笔刀刻了爹爹的名字，成为一个图章，顺利解决问题。这图章存着，等你回来看。

嵋不觉微笑，又把信翻来覆去地看，觉得太简单了。

之薇不想打搅嵋，只默默地吃饭，觉得今天的腌酸菜蚕豆瓣特别咸，一面吃饭一面喝水。

"你看吧。"嵋递过那张信纸。之薇匆匆看了一遍，因为他们提到之荃，感到一点欣慰，又想自己的家信不知什么时候来。她把信还给嵋，没有说话，端起杯子喝水。

嵋又看信。真的，这里离姐姐其实不远。这些山一定是连着点苍山的，循山路往东走，就会见到姐姐了。可以把她的情况告诉爹爹和娘，我们全家又会在信上团聚了。玮玮哥也不远，他会来看我吗？

"快吃饭。"之薇轻声说，为嵋倒了一杯水。

嵋把信塞在枕下，又掀起枕头看看，坐在枕边，很快便把饭吃完。

女兵院的后面有一道小小的泉水，从山坡上流下。她们常到那里洗东西。

之薇说："我去洗碗，你再看一遍吧。"

嵋也不谦让，忙忙地又取出信来读。

之薇蹲在泉水旁，洗过了碗，见那泉水丰满清澈。忍不住用手捧水喝了两口。抬起头来猛然看见严颖书站在泉水对面。

"李之薇，你好。"颖书说。之薇站起身行了一个军礼。

"你替孟灵己洗碗？"

"孟伯母来信了。"之薇郑重地报告这件大事。

"那也不能让别人洗碗。"

"她也常替我做事的,我们是互相帮助。"

颖书正想说什么,这时又有别人来洗碗,和他说起医院的事,遂对之薇说:"你们两人不要吃晚饭了,早一点到医务处来一下。"

之薇点头,回到宿舍,说了颖书的话。

嵋笑道:"莫非是要请我们吃饭? 他早该做的。"

傍晚,她们把军装拉平,把军帽戴到她们以为是最适合的角度,那当然和正规的角度有距离。她们到了医务处,见"嗝儿"院长正在那里和颖书争辩,声音很大。

院长说:"这笔账总要有一处出,我看你管不得。"

颖书说:"无论如何,药费不能有假。"

两人懂事地走到走廊另一头。过了一会儿,院长出来了,把门很重地一甩。颖书也出来了,看见她们,便锁好门,走过来。

"我们到大理去,医院有车去拉物资。"

颖书说着,三人走到大门口,那里果然停着一辆军车。他让嵋、薇两人坐进驾驶舱,自己爬到后面。那里已经坐了三四个人,其中一位是手术室的洪医士,他在医务处兼着差事。大家友善地招呼。颖书靠着驾驶舱坐了,拍拍车顶。驾驶兵发动马达,车猛地向前一冲,歪歪扭扭向山下驶去。

嵋、薇自从来到医院还没下过山,这时,看见山坡上层叠的树木,远处的村庄炊烟袅袅升起,很是高兴。

车子上了公路。这是我们来的路,嵋想。

车行不到一小时,已经到了大理城门外。大理城墙很厚,城门高大,暮鸦点点,看去很是苍凉。

"这里是做过国都的。"嵋说,"能不能下去看看?"

之薇轻声说:"你不要异想天开,我们又不是来游逛的。"

来做什么,她们也不知道。车并不进城,绕过城墙仍到山下,这大概就是点苍山了。车停在一溜平房前,这里是一个简易仓库。颖书向洪医士点点头,两人跳下车,走进屋去和一个穿便服的人说话。不多时两人走出来,颖书招呼嵋、薇下车。洪医士坐进驾驶舱,继续赶路。

嵋、薇很是诧异。颖书仍不说话,领她们走到仓库旁边的木板房,原来是一个小饭馆,为过路车辆提供茶水和简单的饭菜。

嵋忍不住说:"颖书哥,你是不是有公事?"

"公私兼顾。"颖书说,"你们先坐下,要吃什么就说,不过这儿也没有什么可吃的。"想了一下,说,"有豆花米线。"便吩咐要四碗。

他们三人坐在方桌前,四碗米线端了上来。颖书把多余的那碗放在空着的那一面,像是在等什么人。天黑下来了。店家点起电石灯,火焰一跳一跳,发出难闻的气味。

嵋、薇睁大了眼睛看着颖书。

"不要着急,"颖书说,"你们先吃米线。"自己走出去了。

店家问:"可是等人?"

嵋、薇不知怎么回答,愣了片刻,各自埋头吃米线。忽然店门开了,走进一个人,颖书跟在后面。

嵋大叫一声:"姐姐!"

来人不是别人,正是峨。峨、嵋抱在一起。嵋连连地说:"姐姐,姐姐! 你还是姐姐。"

峨很快把嵋推开,仍旧一副平静的样子。之薇走过来叫了一声"孟姐姐"。

峨说:"你们都长大了。"说着,把手搭在嵋肩上,马上又拿开。

四人坐定,颖书解释:"我昨天到云南驿,商量接物资,遇见植物工作站的人,便约孟离己下山,今天又有去机场的车,便安排你们两人来这里。我不知道孟离己是否真的能来,所以先不说。"

之薇觉得颖书很了不起,好几次向他微笑。

峨、嵋互相打量。峨穿蓝布工裤,罩一件蓝花蜡染夹外衣,嵋觉得姐姐很好看。

峨说:"我真想不出你穿军装什么样。"

嵋说:"就是这个样。"

说着拉一拉身上草绿色的军装,军装宽大,像一个布筒,罩住嵋苗条的身体。两人都笑起来。

"还有一个节目呢!"颖书说,"回医院的车很晚才能来,你们如果愿意可以去洱海看看。"

嵋高兴得满脸放光,说:"姐姐,你去过吗?"

"我当然去过。"峨说,"其实洱海也没有什么,一个大湖罢了。"

豆花米线好吃,颖书又要了一碗。小店的木墙歪斜,到处是裂缝,嵋觉得很有趣。只有电石灯的气味提醒他们是在战时。

他们离开小店,沿着大理城墙走了很长一段路。峨、嵋亲密地说着家里的情况。嵋先说她得到的第一封家信,还说若是知道今天能见面就带来了,又说起离开昆明前的事。他们搬回腊梅林,爹爹每晚还是著书到深夜,娘的身体似乎好一些,能操持家务。吃饭时,有时说起姐姐现在在做什么,小娃说在看标本。

峨笑了,说:"我好像闻到腊梅的香气——那里不需要有我的房间了。"

"整个的家随时都等你回去。"嵋说,遂又一歪头,调皮地说,"也随时等我。"

两人只顾说话,之薇只好和颖书走在一起,脚步很是合拍。

颖书问:"怎么样,想家吗?"

之薇说:"也想,也不想。"

颖书侧脸看她,意思是不明白这话。

之薇微叹道:"严主任了解不了我家的情况。"

颖书猛然想起仿佛曾听荷珠说过,李太太信奉一种什么教,想必行为有些古怪,因说:"我想起来了——你也不知道我家的情况。"

之薇久闻荷珠大名和养毒虫的习惯,说:"也算知道一点。"

"你知道我母亲是养毒虫出身?"

之薇道:"这也不算什么特别的事,养毒虫也需要人做的。"

颖书又侧脸看她。两人因各有一位特殊的母亲,大有同病相怜之感。

洱海的月夜,水天一色,天空里孤零零悬着一轮明月,照得人遍体清凉,心神宁静,像是打了一针镇静剂。峨、嵋停住脚步。

"要是能坐船多好。"嵋转身对颖书说。

"得陇望蜀。"峨说。

"现在上哪点找船去。"颖书皱着眉头,"这是战时,又这么晚了。"

月光很亮,她们看见颖书眉头略皱,面容严肃。嵋、薇同时想到今天颖书一直少说话,忧心忡忡的样子。

嵋向左右看了看没有人,便小心地问:"颖书哥,是不是有情况?"

"是好情况。"颖书仰头向天,"不过我们的责任重大。"这时,他觉得自己很重要。

大家默然片刻。"要做的事总会来的。现在我往那边去一下。"峨指着近处的一处茅屋。

"我和你去。"嵋拉住峨的衣袖,两人向茅屋走去。

"这里有一条船,"峨说,"我来过洱海,一个人,不过是白天。"

茅屋前一股腥味,大盆的小鱼小虾、螺蛳、蛤蜊排在门前。

从屋里走出一个老人,打量着峨、嵋说:"像是认识你家两位。"峨说了来意。老人说:"想起了,想起了,上回是你家坐我的船,可是还要坐船? 晚上价钱不同哦!"

"那当然。加倍?"

老人笑了,说:"这边来。"

这时颖书、之薇也已走来。这里并没有正式的码头,只是一个小坡,放了几块石头,一只小船泊在树下。

四人上了船。老人解缆,划开去,一面说:"早先,洱海要多热闹有多热闹,白族的节日多嘛。现在日本鬼子就在身边,只能黑黢黢地过日子。我看着这个海和月亮都在打颤。"

嵋说:"月亮很亮,鬼子可遮不住。"

老人用力划桨,桨声很有节奏,一面说:"有人来坐船倒是觉得像平常日子。现在坐船的人少了,可是并没有断,总还是有人来。洱海名气大呀! 虽然兵荒马乱,过往的人也要来看看。我们住在海边,它就是亲娘,游人少了,捞点鱼虾也能卖钱。"

峨说:"我记得你家有个儿子去修机场了?"

老人说:"就是去云南驿修机场了,修好机场就留在那边养跑道。去年他娘过世都没有回来。国家事大呀! 修机场也为的保住咱们苍山、洱海。你家看,我说的可合?"

四人听了都很感动。峨说:"云南的乡民很了不起,我在这里几年,遇见许多人家都有人当民夫。"

"再往西去更多。"颖书说,"抗战离不开老百姓。"

老人说不能离岸太远。船中人已经觉得和岸上看月大不一样了,好像置身一片空明之中,整个人变轻了,升高了。

嵋小声说:"我觉得自己变成了鱼。"

"鱼是什么感觉?"峨微笑。

"很轻,很轻——"嵋的声音很轻,随即不再出声,她靠着峨睡着了。

峨把她额上的一缕黑发掠上去,嵋长长的睫毛垂着,好像被月光打湿了。峨心里升起一股暖意。嵋长大了,刁钻的嵋长大了,居然可以打仗了。

远处的岛屿似梦似幻。几只水鸟掠过船头,搅乱了月光。老人停了桨,船在水面轻轻摇动。

颖书和之薇坐在一块木板上,感觉到摇动的节拍,那是共同的节拍。他们不说话,有时互相看一眼,心里盛满了莫名其妙的欣喜。

静了片刻,老人喃喃自语:"不知道这仗还要打多久。"

颖书说:"我们就要把日本鬼子打出去了,还你一个干干净净的洱海和月亮。"

嵋忽然睁眼,大声说:"什么时候?"

大家不约而同望着颖书,好像他掌握着什么机密。颖书没有答话。

嵋坐直了身子,说:"我相信不会很久。"

老人向岸边划去,几个人都回头,看那跳动着月光的湖水。上岸后,大家又在岸边留恋地站了一会儿。月色罩住了他们,他们走不出去。

嵋说她刚刚做了一个梦,梦见昆明的月亮在洱海的月亮后面,北平的月亮又在昆明的月亮后面。

"那是什么景象?"峨笑问,很想拍拍嵋那刁钻的小脑袋,手刚举起又放下了。

"形容不出。"嵋说。

嵋一定要去看看姐姐生活的地方。颖书考虑恐难再找机会,便给了一天假,自己和之薇乘从云南驿到医院的车连夜回去了。

嵋随峨在大理城内住了一晚。这是一处普通的民家,峨说她下山时常住在这里。这家的男主人参加修筑滇缅公路,被大石砸死。女主人将空房让旅人居住。植物站的人来来往往,常在此落脚。峨轻声说着,一面整理床铺。

嵋想,姐姐变得多了,变得平常了。她希望姐姐更平常一些。她们没有来得及再多谈话,嵋早又睡着了。

峨却很久不能入睡,她索性拥被而坐。月光从破窗中照进来,地上仿佛有一缕湿痕。她上点苍山时,带着一颗受伤的心。这两年她已经逐渐恢复了平静。她处在千万种植物中,它们都是活生生的,给她安慰,给她帮助。她爱自己的家,也爱自己的国。她并不矫情,只不过各人有各人的命罢了,她没有什么可抱怨的。她看着嵋婴儿一般的睡态,心里祝福她,将来能有一个幸福的感情归宿。

第二天,两人上山去。点苍山上树木遮天,到处是淙淙泉水,石阶歪斜,多生苔藓。峨不时叮嘱小心些。走了许久,嵋觉得已经很高了,两人坐在一段枯木上休息。

嵋抬头看见远处的山峰,上插入云,便说:"这山比西山高多了。"

峨说:"点苍山有十九峰,我们自己在山里只能看见很少的几座。"

休息了一会儿,又走了很长的路,上了一段很陡的台阶,绕过翠绿的竹林,忽见一座彩色的屏风挡在眼前,原来是高高低低的花树。峨介绍说:"这是大树杜鹃。"

这时她们已来到一座古庙门前,这便是昆明植物研究所点苍山工作站。峨又说:"点苍山的许多种高山杜鹃,是从这一个高度开始,它们只生长在高处。"走进大门时,嵋不觉想起小学时住过的山寺。峨说:"这原是一座尼庵,专奉观音。是听说的,从来没见过。"庙里神像早已荡然无存,房屋也已逐渐改得适于居住和专业工作。

峨住在一个小跨院的一间斗室里。嵋一眼就看见那雕镂精细的耶稣受难像靠在墙上。

"他在这儿是不是会觉得自己是个异己分子?"嵋说。

峨不答,她觉得各种宗教大体上都是相通的,教主们应该都是好朋友,她信靠谁都无所谓。不过,她认为用不着和嵋说这么多。

墙上挂了几张好看的杜鹃花图,是峨自己绘制的,颜色、形态各异。这里离战争似乎很遥远,简直是和人间都有距离。

床上衾褥简单,嵋用手摸了一下,说:"太单薄了,不冷吗?"

峨笑着看了她一眼,说:"你倒像是我的姐姐。"

床前小几上摆了全家的照片,那是峨和人间的联系。

转过一个小山崖,他们到了峨的工作室。房屋很简陋,一排排木架上整齐地放着各种植物标本,使人肃然。墙角的小桌上放了许多瓶罐,装满了药液。房间中央有一个较大的工作台,上面摆着标本夹、标本筒和一个有支架的放大镜,还有剪、铲之类,还有纸张和几种笔,想是绘图用的。旁边放着几枝带花朵的枝条。

嵋好奇地打量着这些,怯怯地说:"姐姐,你和这些植物在一起,不觉得寂寞吗?"

峨仿佛一惊,说:"怎么会。这些花朵、叶片、枝条都是有生命的,好像是朋友,越研究对它们越了解。"

嵋说:"这是科学工作,人需要各种的科学工作。可是眼前你和谁说话?"

"我不需要说话。"峨说。

嵋不知道怎样衡量这句话。只想,花草植物当然也是伴侣,我太蠢了。

这时,一位瘦弱的中年人走进门来,说:"孟离己的妹妹来了,真是贵客。"

峨说:"这是我们的站长,姓吴。我们都叫他老吴。"

老吴说:"所谓站长,只不过能在山上待得住就是了。工作站刚建立我就在这里,这些年,陆续有人来,又陆续有人走。和孟离己一起来的有四位,只有她一个人留下来了。这些花草枝条,多一件少一件无伤大雅,可事总得有人做。"

说着,走到工作台前。峨拿起一根带花的枝条,问老吴什么。

嵋观赏那些标本,在一个单独的小玻璃柜内,平放着一朵大花,颜色非常艳丽,好像生命仍活泼地留在每一片花瓣里,忍不住问:"这是什么花?"

老吴走过来,指着那花说了一个名字,大概是学名。"这花毒性很大,采制都要特别小心,都是孟离己做的。"

峨也走过来,望着那朵花出神。

老吴又说:"我们希望它能以毒攻毒,变成一种药。可惜现在是战时,送到昆明去也没有做成试验。"

老吴走出房去。峨仍站在那朵大花前,似乎沉入了回忆。

嵋说:"我能帮忙吗?帮着写标签好吗?"

峨瞪了她一眼,塞给她两张上个月的《云南日报》,指着门边的椅子,说:"坐到那边去。"

这便是那一种剧毒花。峨在昆明西山曾见的,有人送它一个绰号"拉帕其尼的女儿"。峨在这里采到这种花,只当是本分的工作,没有再多的联想。这时,经嵋问起,那个人连同那一段荒诞的感情,忽然像潮水般袭来。她努力想挡却挡不住,回身坐在桌前,两手扶头。

嵋看了两行报,便扔了报纸,过来站在峨身边,轻声说:"姐姐,你一定有一件苦事。告诉我吧,我已经长大了,那样你会轻松些。"

峨抬起头,尖尖的下巴微微抖动,看了看嵋那天真快乐的脸儿,忽然呜咽起来。嵋把手帕递给峨,自己也流下泪来,便用手背去擦。

峨呜咽道:"我哪里有什么苦事,都是自己找的,'自作孽不可活'，我懂得这句话。"

嵋擦了眼泪说："在这样的乱世，你能安心研究科学，你是有福之人。"

过了一会儿，峨渐渐平静，冷笑道："什么有福之人！"停了一下，说，"也许是的。"又指了指门边的椅子，自己把刚才研究的枝条放在纸上，在旁边写着什么。

嵋不敢再说话，用力盯住那张旧报纸。

午饭的地点在正殿平台上，嵋见到了全站工作人员，只有十来个人。有一对研究员夫妻，还有一位老先生，鹤发童颜，身躯胖大，很有学问的样子。这些人以外有几位勤杂人员，其实他们也参加工作，如帮助挖掘植物、压制标本等，还有老吴的家属。

吴太太像操持自己的家务一样操持全站人员的食住，他们有一个十岁左右的男孩，每天到山脚下上小学。

男孩看着穿军装的嵋，问道："你打过仗吗？"

嵋说："我是护士，还没有打过仗。"

孩子说："我长大也要去打日本鬼子。"

嵋说："我已经长大来打日本鬼子了，如果还需要你长大打日本鬼子，日子可怎么过！"

那位老先生说："我们的消息不灵通，我直觉地以为，日本的日子不长了。"

"阿弥陀佛。"好几个人念诵佛号，这在他们是一种幽默。

吴太太把一大盘蘑菇烧豆腐摆上桌，说："这菌子保证没有毒。"

大家吃饭。峨并不大理会旁人，倒是嵋和大家说了不少话。不过三言两语，便知道了老先生对山中植物非常熟悉，而且他本来是山中和尚，嵋立刻在心里想了一个绰号，叫他作"鲁智深"。老吴延请他在植物站工作，很费了一番周折。因他无学历，在昆明的上级不同意，交涉了很久，才得成功。

"鲁智深"说:"我们对蘑菇的了解相当深刻。哪些有毒,哪些没毒,不会弄错。前年,日本鬼子打到怒江西岸,我已经准备在点苍山上打游击。有毒的植物可以帮助我们。"

峨好奇地问:"怎么帮助?"

"那是一种想象。"老吴说,"幸亏有怒江隔住了敌人,不需要运用那想象。我们的山山水水也会保护我们。"

"若是把毒素都能变成药物就好了。"峨说。

那位男研究员说:"目标很伟大,过程是非常艰难的,要有很多牺牲。我们现在能做些初步了解就很不容易了。"

老吴说:"我们做的主要是植物分类,要在几百万种极其复杂的植物中建立有秩序的系统,这是植物学的基础。"

峨感觉他们很伟大,好像在指挥千军万马。一阵风过,树上掉下些白色的小花朵,均匀地洒在桌面上。

"鲁智深"用手拂去,一面说:"只有大理一带有这种树。"

峨抬头望那棵树,从树枝间看到树顶上的天空,天空里一座大山,抬头再抬头也看不到山顶。山上大片娇红的颜色向上铺展开去。

"真好看!"峨叫起来,离开饭桌,跑到对面墙下,想看得完全些。但仍是一片深深浅浅的红云,没有边缘。

"那是高山杜鹃的一种,"老吴说,"孟离己的研究对象。"

"说实在的,"那位男研究员对峨说,"令姐是一位真正的植物研究工作者。她的专心无与伦比。"

"也许她真的能把毒素变成药物。"老吴说。

峨抬头,拂去桌面上又落下来的小花,很自然地说:"高山杜鹃有好几百种,是点苍山的大户。这里的有毒植物并不多,它是一座温柔的山。"峨说着一笑,对峨指了指座位说,"坐下,好好吃饭。"

一时饭毕,姐妹俩又回到峨的斗室休息。峨打量着全家人的照片,觉得还少了谁,她在简陋的书架上发现了他。

"仉欣雷!"嵋发现了这张应该有的照片。

峨也看着仉欣雷。她把照片翻过去,轻轻地说:"我对不起他。"

嵋想,大概这就是仉欣雷能在这里有一席之地的原因了。

她们略事休息,便下山了。下山走得很快,嵋觉得两条腿简直换不过来。峨却颇为轻松。

"姐姐,你练了陆地飞腾法吗?"嵋问。

峨放慢了脚步,指着路边一个凹处,说:"那里有一种草,我去看看。你可以休息一会儿。"她先用树枝敲打一阵,确定没有动物,走进草丛,采了几株,不想走出来时,却被一种藤蔓缠住了脚踝。嵋走近去想帮忙,峨把几株草递给嵋,自己拿出小刀把藤蔓割断。两人坐在路边石上,峨先取出随身带的小硬皮本,那也是一个准标本夹,把草株夹好,才去整理衣服。

她拉动裤脚时,嵋忽然叫道:"腿上怎么了?"峨的小腿上,有一条殷红的伤痕,约有半尺长,创口很不整齐。"你受伤了吗?"嵋关心地问,伸手要去抚摸那伤痕。

"一次从山崖上滚下来,幸好只伤了皮肉。"

峨推开了嵋,淡淡地说。因无医药,伤口感染,她病了一大场。峨认为这些都不必说。

嵋含泪颤声问:"你怎么摔的? 当时旁边有人吗?"

"我在山崖边采标本。那是在一片花海之间,没人见过的花海,你能想象吗?"峨微笑,"我看见高处有一丛花,样子很不同,便往上爬,要去采。一脚踏空,摔得很重。后来老吴他们来找了,你看我不是好好的吗?"

"后来你找到那丛花吗?"嵋说。

"大家都去找了,但是没有。那也许是个新亚种。"峨喃喃地说,似乎在自语。"那是什么?"路旁又一种草吸引了峨的注意。她没有去采,只站定,端详了片刻。

两人继续下山。峨不觉又走得很快。嵋勉强跟上。天色已晚,快走可能是必要的。嵋想。

到米线小店时,天已全黑,电石灯的火焰突突地跳着。她们仍要了两碗豆花米线,嵋不时抬眼望着姐姐,峨只看着米线。从云南驿来的卡车带走了嵋,她们不知何时再相见。

三

嵋在小苍山山房中,揉着酸痛的两腿,心想姐姐登山越岭的功夫比自己高明多了。这只是一件小事,就整个印象来说,她似乎变得比较平常了,不过她的平常是就她周围的环境而言,那里的人似乎都不大平常。无论是和尚道士,还是科学工作者,他们处在一个植物世界,可是也在战争的阴影中。只要是中国人,就承担着反击侵略者的一份责任,谁也没有忘记。

一个护士推门进来,她是来取病案的。

"你这小屋倒清静。"她评论道。嵋在排列整齐的病案中敏捷地取出了那一份,不需要找。"可也清静不了几天了。"护士接过病案,"像是要打大仗了,你没听说吗?"

嵋不知怎样回答。护士并不需要回答,转身走了。

一会儿,又有人送来一些医院的材料,是"嗝儿"院长让嵋抄写的。她很快处理过这些事务,继续翻译那份英文资料。

"我是从惠通桥来的。"那个枯叶般的人忽然出现在窗口。

嵋温和地看着他,说:"你的事,我都知道。你们是为国家立了功的。"

那人似乎有些吃惊,大声说:"立了功的?"

嵋站起身,要开门让他进来,想一想又停住了。那人并无意进门,只站在窗前向屋里看,像在寻找什么。

"需要什么帮助吗？"嵋仍温和地问。

那人又一惊，并不答话，仍站着不动，眼光在室内转了一周，盯住了嵋。嵋走到病案架的后面，躲开了他的视线。

"你怎么在这里？"有人说话。

嵋舒了一口气，探出头来，见是丁医生，便开了门。

丁医生递给嵋两个纸夹，说："又有一份材料，还有一份名词对照表，是我这两年积累的，也许有点用。"

没有等嵋说谢，他转身对那从惠通桥来的人说："老战，我们回去吧。"

老战认识丁医生，一面喃喃自语："立了功的？"脚下顺从地跟着丁医生走了。

转过山脚，在叶子花林中有一间土房，是老战的住处。他本来已丧失了几乎是全部的记忆，只记得炸毁惠通桥的那一刻，耳朵里塞满了炸桥的巨响。"立了功"这几个简单的字，忽然穿过那巨响，让他似乎摸索到什么。

他问丁医生，说："我立了功吗？"

丁医生有些诧异，这两年来，他还没有说过惠通桥以外的话，因说："当然，你当然是立了功的。"

老战坐在床边，大声叹气，脑中一片空白。他忘记了历史，但历史没有忘记他。一个普通的云南人，一个民夫。

抗日战争爆发，我国原来的交通要道受到很大破坏，和外面联系几乎中断。从云南边境修一条公路直通缅甸，是必要的和急需的。这条公路要通过三座大山，苍山、怒山、高黎贡山，三条大江，漾濞江、澜沧江、怒江。一般估计如有先进设施，得需要七八年才能修成，可是，实际发生的事，往往超过想象。

云南边境潞西县，处在层叠的青山中，是一个美丽的地方，是通往缅甸的必经之路。县境最西边的一个小村，处在山间一片平地上,是一个具体而微的小坝子。景颇族、傣族和汉族集聚而居。靠着几亩高高低低的梯田,傍着几道弯弯曲曲的小河,这就是老战的家。

老战有父母、有妻子,老战是汉族,妻子是傣族。老战认为傣族女人是最漂亮的,妻子认为汉族男人是最勤劳的。他们有一个刚满周岁的儿子。他们日出而作日落而息,战争的硝烟还没有飘到这里。

那是冬天,在这里山还是绿,水还是清。人们一觉醒来生活全变了样,村寨的头人挨户通知,政府征调民夫修路,为了打日本鬼子,必须修一条路。

老战他们不懂两者有什么关系,只知派的活是不能不去的。他和村里十几个年轻人背着干粮被褥,走到怒江西岸的一个小镇,那里已有许多民夫。

一个穿皮夹克的青年对大家说:"你们知道修路的重要性吗?我们现在正在进行抗日战争,打仗需要武器。可是大片土地已经被敌人占领,铁路、水路都不通,我们两手空空怎样打仗!修这条路通到缅甸,可以得到国际供应,这条路好像是一条大血管,可以给我们输血。"

一个像是组长或是队长的人走过来,不耐烦地打断说:"莫说了,你省点力气吧。"

后来老战知道,讲话的青年是公路工程师,姓孙。以后他常常给大家讲些道理。有人说:"修路是为了打日本鬼子,早知道了。"老战却很爱听。

他们过了江,在保山附近的一个村子里歇了一晚。次日,开始筑路。一锄一锄,一筐一筐,工地上人群密密麻麻,大家都不说话。他们的路要绕过一座山,这山在群山中算不得高,也已上插入云。最初,他们的工作很乱,效率不高。过了几天,渐渐有了头绪。他们分成许多组,每个组有工作范围,每天的工作差不多都能完成,进度很快。这一切都是孙工程师计划领导的,他仍旧不断地讲道理,说筑路一公里长就等于把敌人打退一百公里。

他们每天顶星星出,踏月亮回。工作的时间很长,住处又远。他们的手段很原始,没有推土机,一人挑,两人抬,像蚂蚁一样,该堆高的地方堆高,该垫平的地方垫平。有一次,炸出来的石头太大,简直像个小房子,应该再炸一次,又没有了炸药,几十个人发一声喊,硬把它推到山下去了,落到涧谷之中。

小孙大呼:"中国万岁!我们是中国人!"

民夫们也跟着喊:"中国万岁!我们是中国人!"

后来就唱出了一首民歌:"我们是中国人,团结起来打日本,大山大石难挡路,我们是中国人!"那时没有宣传队,全是民夫们自己唱出来的,很快便成了号子,响彻了高山深谷。

山腰绕过去了。随着公路向前伸展,住处越来越远,为抄近道,他们把满山榛莽走出几条小路,撕破了衣衫,扎破了皮肤,没有一个人抱怨。

这时西岸筑路也开工了,公路领导决定,西岸的民夫回西岸,离家近有许多方便,最主要是自带干粮比较方便。老战和伙伴们差不多有两个多月没有喝到热汤水了,老战回到家,两手捧着媳妇端过来的热汤碗,吹一下汤面上飘着的油花,觉得自己真有福气。

以后,由头人安排出工,还要照顾种田,大家轮换。有时一去几天,仍是自带被褥。春天来了,他们在青草中露宿,听着远处的鸟叫,那种鸟叫得很难听。老战很想捉一只,看看它什么样,可是没有闲空,有一点时间睡觉还来不及,只好在梦中捉鸟了。

工作越来越紧,村里能抽得出的人全来了,老战六十岁的父亲也出工。他把小孙讲的道理讲给父亲听。

父亲说:"没有枪炮像是孙悟空少了金箍棒,可怎么打仗?有了路,要什么都方便。"

夏天来了,连着下雨,几天不能出工。这天,雨停了,本来老战要去工地,父亲说,那些梯田东一块西一块,有的要放水,有的要堵口,儿子会做得好些。老战想,有一块田简直在山顶上,路滑难行,自己去吧。

老老战在工地上和同伴们一起踩着没过脚踝的泥浆,一锄一锄,一筐一筐,一直干到中午。忽然,一声巨响,眼前的山掉了一块下来,砸倒了几个人,大家一阵乱跑。

"塌山了!塌山了!"就在这响声之中又是一阵巨响,天崩地裂。这一工地上的全体民夫都被活埋,第三次的山体滑坡,把他们埋得更紧。紧接着是滂沱大雨,整个的山迷蒙一片,什么也看不清。

大雨过后,村人来送饭。人都不见了,眼前是一座巨大的坟墓。村人们趴在泥里哭。后来,大家把各自的亲人刨出来,在村边做了坟。老战的村边有一排,连成了一条路。

一天,小孙等几个人还有穿军装的,来到村里发放了抚恤金,又在每一座坟前鞠躬。

小孙拉着老战的手说:"路,非修成不可,是不是?"老战点头。

修路的工程夜以继日,他们把塌下的山搬走,把深陷的谷填平。很多妇女也出工,在这一地区,她们本来就是劳动的主力。她们把婴儿背在背上,也挑也抬,用铁钎子敲石头,搬石头垫路基。老战的媳妇当然也在其中。黑压压的工地上,常有亮光一闪一闪,那亮光来自傣族妇女的头饰。

据后来统计,参加修筑滇缅公路的民夫达三百万人次,而那时云南的人口只有一千六百万人。

腾冲绅士刘楚湘有一篇《滇缅公路歌》,描写了滇缅公路所经地势的奇险,更写了民众筑路的万众一心,可歌可泣。诗句云:

　　滇人爱国由天性,护靖动劳人歌咏。

兴亡原是匹夫责，百万民夫齐听令。

新妇卸妆荷锄行，乳娘襁儿担畚进。

凿山填谷开道路，路平如砥到康庄。

抗战后方同前方，举畚如炮锄如枪。

工程克期数月完，车驶昆明通木邦。

山高万仞兮，萦回下上。

谷深千寻兮，盘折来往。

石岩巉巉兮，千夫运斤。

磴道嶙嶙兮，万夫用划。

洪流汤汤兮，锢铁架梁。

溪水潺潺兮，甃石埋管。

山崩岩塌兮，葬身川原。

奔涛怒浪兮，漂尸河岸。

蛇雨虿风兮，瘴疠交加。

蝮螫兽啮兮，肢残腕断。

吁嗟乎！

滇人不惜靡身躯，但愿辚辚驶汽车。

抗战源源济军需，誓复河山歼倭奴！

公路一天天伸长，终于修成了，通车了。十轮大卡车从村子下面轰隆轰隆地驶过，老战和媳妇总是指着车队让儿子快看。他们说不出，也想不出"这是为遍体鳞伤的祖国输血"这样的词句，可是心里觉得很痛快。

老战不清楚战事的发展，却眼见军车向缅甸方向开。日本人侵略缅甸，英国请中国协同作战。这时，中国远征军出征了，要御敌于国门之外。一定要挡住敌人，不能让他踩脏了我们的田地，骚扰我们的祖先。村里人这样说。

给前方队伍运送给养是很重要的事。为了躲避敌机的轰炸，有一条增补给养的小道，那是马帮走的路。村里再次征调民夫,运送物资。老战和伙伴们一起到县城。在县政府前有十几匹马,马夫不够,老战他们很快补充进去,各就各位,向缅甸的八莫出发。领头的是原来的马帮首领,俗称马锅头。

他们一步一步跨山过水,昼行夜宿,因很难找到住处,大都把蓑衣或粗毯披在身上露宿,若能有个房檐靠一靠,就很好了。最难对付的还是下雨,他们把蓑衣盖在物资上,自己淋着,湿了又干,干了又湿。

有一天,走到一座山旁,不远有一处树林,马锅头说:"这里常有土匪出没,最好现在他们不在家。"他对老战们说,"如果土匪出来了,我和他们搭话,你们就领着马队往前赶。他们认识我。如果碰见和气的,最后走出树林的一匹马,给他们就行了。"

老战问:"如果碰见不和气的呢?"

"那就难说了。"马锅头想了一下,然后招呼马夫们,"大家抽一袋烟吧!"

一袋烟过后,他们慢慢走到树林边,不见有人出来。他们尽量压低声音,走进树林,越走树木越密,几乎看不见天,一棵棵大树看去都很凶悍。

马锅头在最前面,不时传话过来,要小心,不要碰那些树。约走了两个小时,总算走出了林子。马锅头从前面跑回来殿后。

这时林中忽然一声枪响,走出几个人来,相貌平常,都没有骑马。

马锅头也下了马,站在马旁,一副等着发落的样子。一个人问了几句话,知道这是往部队送给养,他们似乎早有消息。

马锅头说:"这里有一匹是给大哥们的。"

那土匪摇摇手,有人从林子里牵出一匹马来,马上驮着两只木箱,说:"这都是子弹。送给部队,打日本鬼子。"

马锅头惊喜不已,站稳了,向那人作揖。

那人将马向前一推,说:"领一匹生马,你还不是家常便饭?

快走吧!"转过身都进林子去了,这边的马夫们都目瞪口呆。

那匹马跟在马帮里,很守纪律,一直走到目的地。卸了背上驮物,便不再跟随马帮,想是仍回那树林中去了。

老战他们交了物品,回来又走了十几天。路上有同伴得了疟疾,民间说是中了瘴气,云南话叫作打摆子。病人一阵发冷,一阵发热,发冷时上下牙捉对厮打,发热时浑身火炭一般。治疗的办法是跑,好让瘴气鬼追不上,叫作跑摆子。

他们砍了几根树枝,做了一个架子,放在马上,让病人坐,马跑了一天,也没有把鬼甩掉。第二天,病人从马上栽下来,当时断了气。

别的运输队伍也有类似的情况。当他们走近自己的村子,看见山上青翠的梯田,有几块已经没有了主人。

前线的消息越来越紧,有很多传言,都说是中国打败了,人心惶惶。公路上出现了向后方逃的军车和溃兵。车辆堵在路上,有的车因故障不能开动,后面的人就把它掀翻,推到山下。

老战的村里出现了几个伤兵,他们衣衫褴褛,面有菜色。村里人递给他们煮好的竹筒饭,他们没等吃完,捧着竹筒就去追赶队伍。有一个伤势太重,没有走出村就倒在村头一家门口,人们想把他抬进屋内歇息,发现他已经死去。

那是一个鲜丽的五月的早晨,老战和媳妇正准备下地干活,儿子拽着阿妈的衣服。只听见街上乱哄哄的,开门看时,邻居说:"快跑!日本鬼子打过来了!"

他们赶快把家里仅有的粮食都装在一个袋子里,背着往山里跑。媳妇要去锁门,老战说:"家都保不住了,锁门有什么用!"刚走到村头,那些叫作日本鬼子的东西从后面赶来了。他们的马很快,一下子绕到人群前面。

人们夺路向山上跑,鬼子开了枪,一阵乱射。有人举起锄头,有人拿起木棒,这毕竟不是武器。不多久,死的死,伤的伤,跑的跑,只剩下老战几个人,被鬼子逼在街口。老战惊慌地向四处看,不见自己的媳妇和儿子。

"我们要吃饭,要火。"一个鬼子兵比画着说,"你来做饭。"他摸摸老战的粮食袋,把老战和另外两个村民赶进村边一个农家,"做饭!做饭!"鬼子兵说。

老战和另两个村民互相看了一眼,蹭到灶前做饭。

"看见我媳妇吗?"他低声问那两个村人,他们都摇头。可惜没有毒药,老战想。

饭还不很熟,那些东西便到锅前来盛,一会儿便吃光。一个村人趁他们不注意,溜出后门想逃跑,一个鬼子一枪打中他的脑袋。跑是跑不脱了,怎么才能换他两个!老战思忖。

没等他想出主意,鬼子兵纷纷起身,把老战和邻居背对背捆在屋中柱子上,用几束稻草引了火乱扔。屋里竹器多,一会儿便烧起来。鬼子们出门上马呼啸而去。

老战他们挣扎,脚下的稻草烧着了,火苗扑上来,绳子还没有断。忽然从炉灶后面闪出一个人,脸上涂着黄泥,原来是老战的媳妇,儿子还拽着她的衣服。她用剪刀手忙脚乱地剪绳子,先把老战解开。老战劈手夺过剪刀,三下两下剪下了同伴的绳子,几个人扑打着身上的火,夺门而出。

只见村中好几处火光,火在燃烧中发出奇怪的声音,此外没有一点声息。不久前的人喊马嘶都飘散了,许多活生生的人都成了尸首,活生生的村庄成了废墟。

老战和媳妇一人拉着儿子一只手往山上跑,拼命冲过密集的植物,手脸都剐破了,衣服撕成一条条,植物竟和敌人一样凶狠。

村民们陆续逃到靠近山顶的一个村寨里,像老战一家三口都在的人家,没有几户。他们三个人在一起,没有家也是家了。几堆人在村边,有的放声大哭,有的低声抽泣。

这里的村民端水、端饭,劝说:"莫哭了,莫哭了,哭有哪样用。"都打开家门,让他们休息。

不久,有人来招募民夫去挖路。把路挖断,好阻止敌人。领导挖路的是军队工程处的人,他们和这一带的土司联系,向各村招募民夫。熟悉地理情况的民夫一起商议,确定了挖大路,留小路的方案。他们日伏夜做,用锄用锹,很快把路面破坏得百孔千疮。

老战趴在一棵树上观看自己的成绩,果然,鬼子那东西的马到这里全趴下了。浅坑阻挡不了坦克,挖深点,再挖深点。他们在夜里干活,齐心拼死力挥动着手里简陋的工具。一天,终于看见那钢铁怪物——坦克车,栽进一个坑里爬不出来。

他们要给正规部队赢得时间,可是日本鬼子跑得更快,他们趁着在缅甸的胜势,很快占了腾冲、龙陵等地。中国军队向怒江东岸撤退。

一天夜里,老战和媳妇,还有别的人,正在挖路,有人跑过来说:"撤退,撤退!"

工程处的一个兵也说:"部队撤退了,大家跟着走吧!"

媳妇忙抱起睡在路边的儿子,人群向怒江边赶,赶过江去,可以把敌人甩在西岸。

士兵扛着步枪,拖着机枪、小钢炮,还有军车和一门重炮也夹在后退的队伍里。

有几个伤兵显然没有了力气。一个兵忽然大叫:"还不如死在战场上!"又走了两步,仆地不起。还有几个越走越慢,不见了。沿途不断有难民跟着走。突然后边响起枪声,鬼子追来了。

溃不成军的队伍像得了什么号令,齐齐地转过身,向敌人开火。他们边打边撤,大量的人群来到江边。

江水奔腾,不断地打着回漩,好像因为不甘心流走而愤怒。江上有惠通桥,这是救命的桥。人们推着、拉着、挤着上了桥,老战被裹挟在人群中也上了桥。这时他发现媳妇不在身边,手上也没有拉着儿子。他想停下来找他们,可是只能随着人流向前走,要停也停不住。

"快,快!"有人在喊。敌人就在后边,他们如果也过了桥,东岸就没有平安了。老战到了东岸,人群在岸上散开来,老战向桥上寻找,只见穿着黄色军装的那东西正在过桥,已经过桥的士兵发射了机关枪,有人反身冲上去,扔了几个手榴弹。但是日本鬼子仍然拥上桥,往这边跑。

忽然间,老战看见自己的媳妇了,她抱着儿子在日本兵前面跑,老战清楚地看见日本兵推倒了她,踩着她往前跑,这时轰然一声巨响,一阵硝烟罩住了江面。惠通桥断了。

惠通桥断了,只剩下两条粗大的钢索悬在空中。桥上的日本兵统统掉入江中,桥上的中国军队和老百姓也掉进了江里。江水愤怒地流着,打着漩涡,带走了落下来的一切。两岸忽然静了下来,只听见江声浩荡。

突然爆发出哭声、喊声,撼天震地,撕人心肺。这哭喊声很快向空中飘散了,持续的时间不长,人们还要继续战斗。

老战趴在江边一棵树下,昏迷了两天。自己醒了,一步步挨到保山,又一步步挨到永平。无论别人问他什么,他只会说"我是从惠通桥来的"。

"嗝儿"院长有一次到永平取物资,发现他在路边一个窝棚里,发现了他让他帮着挑担子,他倒还能胜任,就这样留在了医院里。他虽然还有力气,却不能交谈,他已经失去一切记忆,只记得惠通桥,交代他做什么事很费劲。后来,便让他看守坟场。他就像一片枯叶,在这里飘荡。

过了几天,丁医生在食堂看见嵋,对她说:"你也许可以和老战谈一谈,这对他有好处。"

嵋说:"严主任说不可以去他的小屋。"

丁医生说:"我和你一起去。我们在山坡上把他找来就可以了。你愿意么?"

嵋说:"当然愿意,我也觉得他需要谈话。"

当天下午,丁医生来约嵋,到老战土屋外面不远处。老战正在打扫坟场,丁医生引了他来,三人坐在一棵大叶子花树下。

老战看见嵋,忽然笑了一下,干枯的脸上好像有一丝湿润,主动向嵋说:"我是立了功的。"

"岂止是立了功的,是立了大功的。"嵋热切地回答,"就是因为有千千万万你这样的人,我们才有这一片叶子花林,才能坐到这儿说话。"

老战迷茫地看着叶子花林,喃喃自语:"我是从惠通桥来的,我是立了功的。"他把目光从远处收回,盯着嵋和丁医生看了一会儿,忽然问丁医生:"你是谁?"

丁医生非常高兴,说:"我是这里的医生,我叫丁昭,我已经认识你很久了,你不知道么?"

老战微微摇头,沉默了半晌,又问:"我是谁?"

丁医生和嵋互相看了一眼,一时不知怎么回答。

嵋说:"我知道你是一个普通的云南人,姓战。我可以告诉你我是谁。我是从很远很远的北方来的,因为日本人打来,我们逃难,逃到昆明。那年我十岁,现在我已经十七岁了。日本鬼子还在我们的国土上,我们许多人来到这里,是要把他们赶出去,让他们知道只有让别人活,自己才能活。"

老战似懂非懂地望望嵋,忽然身体左右摇动,好像受到什么推搡,大声哭起来,呜咽着说:"我的媳妇和儿子呢?"紧接着站起来,要去找什么。走了几步,又停住,回头问:"我的家和梯田呢?"

嵋也几乎要哭了,一时说不出话。

丁医生说:"你慢慢想,什么都会想起来的。"

老战身体停止了摇摆,继续哭着,干瘦的脸紧缩在一起,整个的头像是一个握紧的拳头。他不再理他们,慢慢走回坟场。

这是一个好的开头。接连几天,老战都到小苍山山房坐一会儿,说几句话。他能说的话一天比一天多,也有时一句话也不说,只管坐着。嵋便也不理他,做自己的事。丁医生常加指点,还向颖书建议,派老战到永平协助购买物品。

日子一天天过去,老战渐渐找回失去了的记忆,行为已接近常人。一天,他特地到小苍山山房来,说了一句话:"那天早上,我打了她一下。"

嵋为这句话怔了半天。也许忘记一切更能有内心的平静,也许恢复记忆更让他痛苦。这道理很深奥,她只能不想。

医院的人看出老战的变化,都说丁昭和孟灵己都是心理医生。

嵋说:"这全是丁医生指导的,我懂得什么。"

丁医生说:"以前,我可没有想起来。"

颖书笑说:"不用推让了,没人发奖章。"

一天晚上,嵋给无因写了信。她已经收到无因的两次来信,几次想写信都没有写成,这时觉得有很多话要对无因说。她最先讲的就是民夫老战的故事。

我从来没有想到要治疗老战,不过几次谈话,他竟慢慢地恢复了记忆,有些不可思议。想来人和人之间,有一种相互感通的力量。

她沉思了一会儿,继续写下去。

我现在是在战争的边缘,正在一点点走进去。我们凭信念而来,为了保卫自己的国土,不受敌人的蹂躏,为了消灭法西斯,实现人类的自由平等,为了正义,为了要达到这些光辉的词语,必须走过一个沾满血迹的通道,我并不怕。我不知道玮玮哥是怎么想的,我还没有看见他,我们相距并不远,我很希望,你能和我一起感受这一切。生活太深奥了。

峍又沉思,随后写了植物学工作者孟离己的情况,也讲到医务处主任严颖书和护士李之薇,还有医生丁昭。

她写了三页纸,直到本来就很暗的电灯光一点点暗下去。

"熄灯了,熄灯了。"同房间的护士说,"你还不睡?"

四

这一天,峍译完了丁医生交来的材料,把译稿放在自己做的一个报纸夹里,小心地捧着,到病房来。不巧丁医生和另外两位医生都到永平去了,她不放心交给别人,又捧回来,把它放在病案架的一个空格里。

一时无事,峍拿着抹布到处擦拭,在病案架后面,看见屋角堆放的旧材料,想看一看再做处理,便拿了一摞,放在桌上一张张翻阅。它们是些旧病案、旧报纸和一些文件。她看见一个大档案袋,见里面有些旧公文,旧账本,粗粗翻了一下,发现一本薄薄的小册子,翻开看时,见第一页上写着:

"我不知道谁能看到这些文字,却知道你们读它时,世上已经没有了我。"

字很大,很不工整,有的两个字重叠在一起,像是用尽力气写的。再翻一页,见一行行歪斜的字,字迹很难辨认。峍好奇地看下去。

我是一个女兵,一个中国女兵,我就要死了。

我是一个孤儿,不知道父母是谁,在长沙孤儿院里长大。后来上了护士学校,毕业后在一所医院里工作。那是我短暂一生中最安定的日子,我没有家,却有国。医院前面有一条小溪,我上下班常在溪边站站，看溪水向远方流去。我感谢上天，能让我养活我自己，我很满足。

我从没有想到自己会像溪水那样，流得那么远。

抗日战争爆发以后，战火逐渐逼近，部队在我们这个县招募护士，我很舍不得安定的生活，可是我知道安定维持不了多久，日本鬼子随时会打来。我本来就没有家，难道还要失去国吗？我和几位同伴一起参加了部队，在几处野战医院工作过。一直和我在一起的是水姐，她比我大两岁，文化水平比我高，她的父母都是小学教师，她从来就是一个出色的护士。

我们的工作很繁忙，伤员多，医护人员总嫌不够。我们也经过简单的军事训练，以备紧急情况。医院里常有伤员去世，有时医院要转移，就把他们匆匆地埋了。只要时间来得及，我们总要到临终的人床前，问他有什么遗愿。有人要写家信，他用尽力气说了上款，马上就落入了昏迷，不久断了气。有的人已不能清楚地讲话，我总是点点头，表示理解。也有人已完全不能讲话，但是眼光一闪，我知道他感到安慰。现在我自己要死了。

一九四二年，我所在的部队编入远征军。远征军是整个抗战的一个环节。为了保护滇缅公路畅通，为了不让敌人侵入国境，我们去了。

在昆明休整了几天，又有几名护士加入，有一个很小的女孩，又黄又瘦。我想她还不到十四岁，可是她说已经十七岁了。不知她是从哪里逃难来的，父母都被敌机炸死了，只剩她自己流落到昆明。她参加部队的态度很坚决，有人说："你这样小，走不了那样远。"她说："不抗日还活着干什么？"医院收留了她，我们叫她小木。我们经过了大山大水，进入了缅甸。在树林旁支起一个个帐篷，便是医院。许多人水土不服，最厉害的是吐泻不止，我们都很紧张。上级三令五申一定要挡住这种非战斗减员，可是有什么办法。

水姐从当地老百姓那里得到了偏方,那是野地里的一种草。这种草和一种毒草很相像。一次,在检查药草时,水姐怀疑其中一束不是正品,扔了又觉可惜。小木说:"我来试试。"立刻拿了一片叶子嚼着,随即叫了一声"好麻!"忙不迭把草吐出,可下半个脸都肿起来了。水姐怜惜地拍拍她,让大家仔细分辨这些草。我们都很庆幸,没有给伤员错服。天不亮我们就起来去采草,这样才不耽误一天的工作。草丛中还有各色野果,我们渐渐得知,其中暗红色和黑色的两种可以充饥。好吃是谈不上的,我们没有想到它们后来帮助了我们活命。采的药草每天都经过水姐认真的检查,这偏方加上我们的治疗总算有效。我们全体护士受到表彰,师部来人说,这个战役打得漂亮。水姐还受到特殊嘉奖,师部的人要她讲几句话。水姐平时就话少,当时只平静地说了一句:"我们为正义而战。"

　　后来,他出现了。他也是上吐下泻,狼狈不堪,我给他发药,问他姓名,他说姓路。我一天要接触很多伤病员,这一个不知怎么,有点特别。他五官端正,有一双漆黑的眉毛。他渐渐能够走动,一次,我到师部办事,回来见他站在医院门口,他远远看见我,好像叹了一口气,转身走回病房。不知为什么,我觉得安慰。

　　黑眉毛的路痊愈出院;不久在一次小规模战斗中,左腿中了一弹,又住进医院。这时他是排长。我为他清创换药,换过了药,我仍站在床边。他说:"我家门前有一条小河。"我说我没有家,我原来的医院门前也有一条河,我们都笑了。他的伤不重,很快就出院了。

　　不久,部队参加了入缅后的一次重要战役——同古会战。这时,我们的医院在一个破旧的小楼里。楼前后都落了炮弹,伤员不断送进来。我又发现了他,路排长。抬担架的人说他们的冲锋太勇敢了。连长已经战死,一排长接过战旗,继续进攻,又倒下了,接下去的是二排长,就是他。他从昏迷中醒来,见我在

100

床前,口角边漾过一丝笑意,黑眉毛一扬,忽然低声说:"等打胜仗了,我要娶你。"我点头再点头,又走到他枕旁,装做整理被褥,在他耳边轻声说:"这是第一次有人对我这样说。我同意。"

这也是我一生中唯一一次听到这样的话。

当时我不知道他听明白没有,两个钟头以后,他的眼睛永远闭上了,黑眉毛在眼睛上面弯着。

生活里没有起死回生的偏方。

因为英军后撤,我们不得不放弃了同古。我们来不及掩埋那些英勇的士兵,他们永远长眠在自己战死的地方。我把我的一件军装盖在路排长脸上,又在他耳边轻声说了一遍:"我同意。"

我们现在的任务是回祖国去。一边撤退,一边作战。为了摆脱敌人,我们走进了一座大森林。我和水姐、小木还有几个伤员在一起。一个兵两腿都中弹,我们扶着他拼命向前赶,走进森林没有多远,他忽然说:"怎么这么黑?"森林确实很黑。他两腿的伤口都在流血,已经没有绷带可换。他说:"我的腿是红的。"后来他实在走不动了,转过身去,喃喃道,"我要面对敌人。"随即倒下,死了。

敌人真的就在眼前。这里有些零散的敌人,他们在森林边缘地带活动,有时爬上树,把自己绑在树上打起枪来很敏捷,还能很快地移动位置。我们走过时,他们从大树后面打枪,我们急忙从肩上取下枪来还击。小木本来没有枪,这时,迅速地从一个失去右臂的伤员身上取得了枪,向树林中射击。水姐说这样不行,我们都会死的。小木忽然说:"你们赶快走,我往那边去。"说着,向另一个方向钻进草丛。过了一会儿,一个稚嫩的声音在喊:"打倒日本帝国主义!"同时响起了枪声。敌人向那边打枪。"打倒日本帝国主义!"小木仍在喊。枪声随着喊声渐渐远去。

我们不能等待,只能拼命地继续走。小木没有回来,她永远消失在大森林里。

有一个伤员发高烧，走一段路便要问："到家了吗？"走到一块大石边，他说，"到家了。"便靠在石上，举起两手向天，大声喊道，"反攻！反攻！"然后就断了气。又有一个伤员躺在路边，我俯下身去看能为他做点什么。他忽然坐起，问道："反攻开始了吗？我的枪呢？"随即重重地倒下了。我和水姐只能眼睁睁地看着这一切。

　　我没有力气细写我的经历，我们越走进森林深处，森林越像一个黑洞，使人透不过气。一天，我在草丛里发现了那暗红色和黑色的果实，招呼水姐来看。水姐大叫一声："你们在这里！"她先自己尝过，然后采了分给伤员，可是它们不能疗伤。伤员一个个倒下，后来只剩我和水姐两个人，再后来水姐也死了。

　　那天下着大雨，雨打在树叶上的声音像打雷一样。我们走进一个小窝棚，几片大芭蕉叶搭的，大概是前面有人住过。我们想进去避雨，水姐先弯腰进去，立刻叫了一声："什么东西！"她踉跄地退出来，迅速地从自己衣服上撕下一条布，扎在右腿膝盖下，阻止毒气散发。"这里不能待。"她说。我们急急向前，没有多久，水姐的腿已肿得碗口粗细。可能是蛇咬的，也可能是一种很大的毒蝎，也可能是别的毒物，这里是它们的世界。我们在几丛交叉的树枝下休息，天已全黑，雨仍在下，电光一闪，照见水姐血肉模糊的脸，那是蚊子叮咬加上自己抓挠所致。我们的脸都是这样，看着真吓人。水姐渐渐呼吸困难，抓住我的手，一字一字地对我说："你要让人知道，我们都是爱国青年，我们为正义而战。"她喘息了一阵，用力说，"我相信你会回到祖国。"她的手放开了，她和小木去做伴。水姐是二十二岁，小木是十八岁。

　　我要把水姐的话写下来，我听见"反攻！反攻！"的叫声，声音怎么这样大。

　　你们听见吗？

　　当时我没有死，我很奇怪，我怎么没有死。我站起来，又倒下,好像是被雨打倒了。我向前爬,爬了不知多久,迷糊中听见后面有人问:"前面是谁?"我挣扎着报了部队番号。有一小队人走过来,他们扶起我,随即讨论该怎么办。我说:"你们走吧,不要管我。"他们不听,迅速地砍了几根小树,做了一个担架。他们的力量也已经快用尽,再抬一个人几乎是不可能的,但是他们做了,我无法制止他们。只听一个声音说:"你躺好了,你很轻,你这样小。"我昏沉地在担架上,被这些不认识的弟兄们抬着。渐渐地我能走路了,我指出那些能吃的野果,大家都很高兴。

我走得很慢,拖住他们的脚步,真是一个累赘。我恍惚中听见他们谈话,一个说:"我们管不了她了。"另一个说:"扔下她?做得出来吗?"我想我简直是一个祸害,我会拖垮这些好弟兄。怎么办呢?

一次,天晚了,我又落在后面,我努力挪动脚步,忽然眼前冒出一堵黑墙,我向后退了两步,看清是一只黑熊挡在面前,它正用绿幽幽的眼光看着我,我本能地想向后逃,可是两脚像钉住了,挪动不了。我就和黑熊对望着,我想如果它吃了我,对大家都是解脱。这样一想心里很觉坦然,你盯着我看,我也盯着你看。它很容易将我扑倒,可是它没有动。"你在哪儿,你在哪儿?"前面一片喊声,有几个人转回来找我。"熊!黑熊!"他们大叫。熊略微迟疑了一下,转身向草丛里去了。他们说:"你站得这样直,你不怕吗?"我说:"不怕。"一个人觉得死更有意义的时候,是不会怕的。

以后又经历了多少艰险,我来不及写了。有人要甩掉我,但总有人救助我。我感谢救助我的弟兄,也不责怪要甩掉我的同伴。实在是太艰难了。

我们终于走上了一个山坡,在不远的平地上有许多五颜六色的帐篷,那是部队接应的地方,那些颜色直冲进我的血液里,让我头晕眼花。我们大声叫起来,我们到了。我立刻扑倒在地,躺了很久。我尽可能报告了牺牲伤员的名字,也报告了水姐和小木已一去不复返。

我又想起最早的那条小溪。

文字到这儿忽然断了。嵋勉强忍住泪水,不让自己哭出声来。

"孟灵己,"是丁医生的声音,"你找我吗?"

嵋开门,默然把手中的小册子递给丁医生。又从架上取下译稿放在桌上。丁医生很快看完那几页文字,低头寻思了一会儿,自语道:"我想是她。"

嵋询问地望着他。丁医生说:"这人我知道。她是我到这里最初接触的病员,你能想象当时的情况吗?敌军刚被截在怒江西岸,保山大轰炸后,瘟疫蔓延,永平、下关一带十室九空。我们到这里建立了一个医疗站,不知是哪个部队送来了伤病员,其中有她。"

丁医生停住了,他不想说这间小屋曾经做过她的病房,也是她去世的地方。

"她的病很重,说话很不清楚,每天还要拼命写字。我们劝她不要写了,她断断续续地说:'这不是我一个人的事。'后来不知是哪位好心人把它们搁在这些材料里。"丁医生抬头望着窗外,"她是一个女兵,我竟不知道她的名字。"

她们,她们是中国女兵,为正义而战的女兵。这就是她们的名字。

嵋用一张白纸将那本小册子仔细包好,抱在胸前。她仿佛觉得小册子里有一颗心脏在跳动。

"我们就要反攻了。"丁医生拿起桌上的文稿,温和地说。

反攻!听见吗?

嵋把手中的纸包举得高高的。

反攻!听见吗?

第 三 章

一

一九四四年春，继缅北反攻之后，中国军民盼望着的滇西大反攻开始了。这是盟国反法西斯作战计划中的一环，是我国抗日战争史上的重要一页。中国远征军载负着收复河山的使命再一次出征。这是民夫老战的愿望，是水姐、小木和那不知名女兵的愿望，这是多少中华儿女，活着的和已死去的，共同的愿望。

常说"六腊不兴兵"，尤其在云南这样的土地上。大自然能让人随时感到它的呼吸，季节变化很显著，雨季严冬行兵不利。经过缜密的研究，也为了配合国际形势，我远征军出人意外地决定五月中旬开始反攻，给敌人一个出其不意。

经过多方讨论和细致准备，部队向怒江东岸各大小城镇集结。兵车、辎重车沿路首尾相接。车不够便用骡马运输，当时专门有驮载连的编制。有的部队规定某段乘车，某段步行；有的部队是从四川全程徒步赶来。据有关史料记载，各部队限于四月二十八日准备完毕，待命出击。

保山城内外到处是军人，他们荷枪实弹，一队队走过，使得断壁颓垣、布满伤痛的保山显得既悲且壮。在队伍经过的街道两旁，不知什么时候，摆了一排排桌子，桌上摆着大盆小碗，装着生、熟猪肉，新鲜菜蔬和各种粑粑、馍馍之类，人们拿着东西，往士兵们手里塞。保山的小锅米线是有名的,一个个小锅吊在火上,一锅一锅地煮着米线,香气四溢。老婆婆、小媳妇端着锅跟着队伍跑,想让士兵吃上一口。

许多经过通讯学校训练的通讯兵到各部队服役,大大加强了部队的活力。通讯学校逐渐结束。大家都走上新的岗位。

布林顿、谢夫和澹台玮都到高明全师美军联络组工作。美军联络组以布林顿为组长,另有一名少校军医,负责美国军人的医疗。有上尉谢夫、司务长荣格等,还有四名士兵。翻译官除澹台玮外,新来一位重庆中央大学的学生薛蚡,他刚打过几场摆子,看上去病恹恹的。

这一天,美方司务长荣格要去采购,请玮帮忙做翻译。玮向布林顿说了,坐上荣格开的吉普车经过歪斜的街道,到半截城墙边,那里是个菜市场。绿的芥菜,红的辣椒,长的韭菜,扁的、圆的蚕豆、豌豆,若是单看菜摊还是一片平和景象。荣格向玮指着说着,买了芥菜、蚕豆等物,还要买西红柿。那时西红柿还不普及,走了几个摊子才找到。几堆菜蔬和西红柿后站着一个中年妇人,一个瘦得只剩骨架的少年,吃力地抱着一大筐西红柿,往菜摊上摆,一面向那妇人报告什么。

"西红柿多少钱一斤?"玮用云南话问。

妇人回答了,又介绍说:"西红柿可是少见的东西,你家去哪点买得到哟。"一面把一个又大又红的西红柿递到荣格手里。

少年抬起头,看见了眼前的澹台玮,怔了一怔,似乎有些惊喜,仍旧搬弄筐里的东西。

等他们买好了,妇人喝叫:"快帮着搬上车,可听见了!"

少年麻利地把称好的东西搬到车上,走过玮身边,低声说:"澹台少爷,你真的到保山来了。"

玮打量着这黢黑的年轻人,干瘦的身体还没有长成,已经有些弯了。

"你是苦留?"玮也感到惊喜。其实他只在蹉跎巷见过这少年一面,在这里看见,倒好像是熟人了。

"小姐他们很好。"苦留急着报告,"我——"他往左右看看,"我来了才几天,跟着亲戚混口吃的。"

他们来不及多谈,玮告诉了自己的住址。苦留认识荣格,原来他已经到小学送过两次菜。

当晚,苦留来找玮。玮问他吃过晚饭没有,他嗫嚅着没有回答。

玮找荣格要了一份饭。苦留看见这份有肉有菜的食物,眼睛发亮,好像还没有看见他吃,食物已经没有了。他吃完了饭不只眼睛连脸也亮了一些。玮注意到他其实生得眉清目秀,绝不亚于任何"少爷"。

苦留先说他是一个月以前离开昆明的,离开前见到澹台小姐。她和阿难、青环还有那只羊都很好,青环听小姐说亲戚们都惦记你。讲到他自己的情况时又停住了。

玮有些好奇,问道:"你怎么来的?坐什么车?"

苦留看了玮一眼,仿佛下了决心,说出自己的遭遇。

上个月,苦留在昆明近郊帮人挑东西。这家人从乡下搬进城,雇了四五个挑夫。苦留挑了一担被褥送到城里,又转回去想再挑一担。别的挑夫说,路太远,劝他明天打伙去。他说,今天去了,明天可以早一点进城。

自己扛着扁担出城,一直走过了盘龙江。太阳已经西斜,他抄近,走一条小路,迎面过来一队兵,把他团团围住。为首的说:"打日本鬼子人人都要去。"不由分说把他带到队伍里,算是当了兵。抓的人不止他一个,怕他们跑了,把人都用草绳拴成一串。

就这样,在昆明训练了半个月,便开往永平待命。一路上,受了不少打骂,他和另外两个人逃了出来。他没有别处可去,保山是他的家,只能回到这里。可是家也没有了,亲人也没有了。近来才找到帮着卖菜的事。

说着他呜咽起来:"我不是不想当兵,难道好山好水就让日本人占着?可是着人抓起走,囚犯似的,只有逃了。"

玮心里很乱,这就是抓壮丁,因为兵源不够,需要补充,便用这种野蛮的办法。他不知说什么好。

苦留怯怯地看着玮,说:"那天在蹉跎巷,我看你家要去投军,就想我为哪样不去?真的到了队伍里,我看那不叫当兵。"

玮说:"当兵是为了保卫国家,哪能随便抓捕,随便打骂。不过,当兵自然是很苦的。"

苦留说:"只要有饭吃,哪样算得苦。"

玮说:"这样吧,你先再想一想,打日本需要人力,每个人都要尽力。尽力也有多种办法。"怎样的办法,他也想不出。

苦留说:"我到你家这点当差可好?"

玮说:"现在马上要打仗了。我问一问,看你能不能来当一名勤务兵。"

当下又说了些这一带的情况,苦留自回去了。

苦留走后,贾澄来了。通讯学校结束以后,贾澄分配在炮兵营,已经搬到炮兵营驻地,有时还过来谈谈。玮看见他很高兴,对他说了抓壮丁的事。

贾澄说:"我知道,我的驻地附近有一个地方关了些拉来的壮丁。因为时间紧,对他们训练不够。我想这是不公平的。不过,这是战争,战争的目的就是胜利。手段不妥些,我看也没有办法。"

玮道:"你想高师长知道吗?"

老贾说:"我想他知道,军长也知道,都是睁只眼合只眼。"

如果我们的国家强大就好了,玮想,有现代化的、高效率的、没有任何腐败的政府和军队就好了。可是我们积累的问题太多了,积贫积弱,还要对付入侵的强敌。

玮举拳在桌上轻轻一击,大声说:"无论如何要先把日本鬼子打出去!"

"都怪日本鬼子。"老贾说,"现在要做好眼前的事。"

他拿出一本炮兵翻译词典,是炮兵营发的,又拿出一个本子,向玮请教一些英语问题。他们在黯淡的灯光下,为上战场做准备。

玮送走了老贾,又想到苦留。

"我要尽力帮他。"玮带着这个念头入睡。

局势的发展使得谁也不能帮谁。第二天,苦留又被部队抓了当民夫。挑东西本来是他的职业,他随着部队行动,来不及告诉澹台玮。

抗日战争中反攻的第一个战役从怒江开始。传说怒江就是诸葛亮五月渡泸深入不毛的那条江,就是"椒花落时瘴烟起""未过十人二三死"的那条江。它源出西藏拉萨北部,经西康及滇西的贡山、福贡、泸水、保山等县境,蜿蜒流入缅境萨尔温江,再流入南海的玛打万湾。千万年来,它负载着原始的生命力量,不停地奔流,江面宽一百多米,两岸都是悬崖峭壁,滩多水急,除了多少年来经人积累经验开发的渡口外,绝难通过。

五月十一日拂晓,大雾满江,只听见江流汹涌的声音,连波涛也看不清楚。突然间,一个渡口的工事内响起了电话铃声,传来了军部的命令:"立刻渡江!"

"立刻渡江!""立刻渡江!"

这命令传到一个渡口又一个渡口,士兵们像开闸的洪水,泻下了堤岸,涌上了早已准备好的木船、橡皮艇、竹筏和绑扎成一排排的汽油桶,向对岸划去。刹那间,在晨曦和雾气里,江面上泛起一片草绿色。

我大军分十二个渡口渡江。晨光渐亮,雾气渐淡,草绿色越来越浓,延伸着直到江流断处。这样的时期,这样的强渡,敌人是万万想不到的。第一批士兵登岸了,迅速地向前跑去。空船立刻返回东岸,又有士兵迅速地登上船只,继续向西岸进发。

敌人开枪了!我军飞机开始向西岸敌营轰炸。江岸上的几门大炮也向对岸射去,炮弹声,机枪声,轰隆隆撼天动地。江中的士兵有些倒下了,染红了一片江水。有的船旋进了旋涡,没有能转出来。这也挡不住一批又一批的士兵登上西岸。草绿色带着血迹向岸上、山上蔓延开来。

苦留在这一次渡江的最后的船上。他和几匹马站在一起,马背上驮着粮食。划船的民夫喝命他蹲下,他还是陪着马匹站着,他很怕它们受惊。好在这些马匹深明大义,它们随着苦留完成了任务。

这次渡江持续了一昼夜。到次日拂晓,部队大部分已过江。在他们面前的是直插入云的高黎贡山。高黎贡山海拔三千九百一十六米,北与西藏察隅县接壤,东起怒江峡谷,西至担当力卡山山脊与缅甸相邻,绵延数百里,山势险恶,气候多变。两年来,敌人在山上修筑了许多坚固的工事,居高临下,易守难攻。

我军渡江后的第一个目标是山坡上的一处工事,这里叫作灰坡。从山坡下可以看见日本人在工事外瞭望,他们怎么也不能相信中国人已经渡江。

苦留率领马匹随部队过江后,和民夫们一起到指定的宿营地卸下了粮食。山坡地不平,骡马一匹挨着一匹,前蹄后蹄很难摆平,也很容易踏空,需要马夫帮助。比一般路程要多费几倍时间,但总算全部运到。

苦留和几个同伴很快被派去搬运炮弹。连长看见他力气不大却很灵巧,说以后可以当自己的勤务兵。就是这一连担任了主攻的任务,他们从树丛隐蔽处向工事开炮,打炮以后,向山上冲锋,又是一片血染的草绿色蔓延开来。

在第二轮冲锋的时候,连长中弹,倒在地下,枪扔在一旁。苦留本不该到火线上,可是他跟着大家跑上山坡,他看见倒下的连长,立刻拾起地上的枪,向前冲去。

战争胜负的一个决定条件从来就是士气。从"九一八"日军占领我东三省算起,已经十三年了。中国人心中的屈辱仇恨和愤怒,凝成了强大的力量。反攻就从这里开始。脚底下的土,头顶上的天,都在帮助中国人。我们只有胜利,我们必须胜利!

苦留没有想这么多,也许他从来不会想这么多。他迅速地拿起枪,和伙伴一起冲上前去。他们靠近了工事,许多人倒下了,苦留也摔倒了。头顶上子弹呼呼地飞过,他趴在地上,定了定神,发现自己竟一点没有受伤。

天色渐暗,很快就全黑了。第三次冲锋开始了。一阵炮击以后,士兵们再次冲锋,他们又靠近了工事,连续使用火焰喷射器,那是美军的新式武器。工事一边腾地升起一片火光,工事里一阵惊慌的喊声,工事外一阵冲锋的喊声,苦留们冲进了敌人的工事。几个日本兵正要转到一堵断墙后面,都被飞过来的子弹打死,有一个中弹后大喊了一声,倒在同伴身上。拿火焰喷射器的士兵冲过去在他身上踢了一脚。

这次战斗结束后,苦留正式编入这个连,新任连长批准他用阵亡连长的枪。他是班中最小的兵,但一切行动都不落后。

我方负责攻击贡山南部的某军,以三个师的兵力,分从高黎贡山各隘口向上攀登。山越来越高,路越走越险,这样的山势徒手攀登都很困难,何况背着武器干粮。天不时下雨,一会儿大雨滂沱,一会儿又出了太阳,没等衣服干透,又下起雨来。在苦留的记忆里,从进山起就没见过几个晴天。

高黎贡山活了。已经荒芜的马帮古道上,竖着险峻大石的山崖边,各种高矮不同的树丛中都活跃着来自祖国各地的身影。他们负载着无限的勇气、毅力、忠诚和爱心,要把敌人清除出去,这是天经地义。他们用了三天时间扫荡了几个小工事,到了大绝地。

大绝地是一个山口,敌人在两侧山峰上都设有工事,这山口是绝对过不去的。这里不能用炮,枪和手榴弹又达不到,部队在这里受阻。团长已到了这里,在一个小草棚里和参谋们研究对策。

苦留坐在一棵折断的树干上,向山下望去,送给养的骡马循着崎岖的山道走上山来,忽然一匹马在转弯处踏空了。苦留眼看着它好像飘一样地坠入谷底,接着下一匹马也在这里踏空了,跌了下去。苦留看得心惊胆战。

旁边一个兵是北方人,姓王,说:"驮的大概是馒头,可惜那粮食。"

苦留想,听说这位老王一口气吃十二个馒头,他当然希望运来馒头,而苦留自己希望驮的是米饭。

忽然听见背后有响动,他警觉地跳下树干,拿起靠在身边的枪。树枝晃动着,树丛中露出一张小脸,随即露出了上半身。这是一个衣衫褴褛的孩子,约有十一二岁。

"你是谁?"苦留松了一口气,和气地问。

"兵哥,"孩子从树丛中走出来,他看出苦留还不算大人,"兵哥,你们要打工事么?"

苦留疑惑地看着孩子,孩子脚上穿着一双八成新的草鞋,前面空出一大块。

孩子顺着苦留的眼光小声说:"我解下来穿了,他用不着了。"又执拗地问,"你们要打工事?"

苦留也再问:"你是谁?"脸上的神气是:这和你有什么相干。

孩子说:"山里的路我熟得很,西边工事背后有一条小路,日本鬼子能知道才叫怪。"

苦留不觉大喜,拉着孩子说:"走,去见连长。"

连长又领他们去见团长,孩子说:"前两天,上来一队鬼子兵,都进了东边工事,我趴在树上看见。"

团长说:"你的意思要快打西边工事?"孩子忙不迭地点头。

团长把自己的一份干粮给孩子吃,问他的姓名,住在哪里。

孩子说叫福留,姓高,原来住在山坡上,早就没有家了。他捧着干粮,放在鼻子前闻了一闻,两行热泪从肮脏的小脸上流下来。

亲人被杀,家园被毁,这是千千万万中国人的命运。

苦留低声说:"我也姓高,叫苦留,我也没有家了,是炸的。"

团长定定地看着眼前的少年和孩子,忽然说:"我的小名也有个留字,叫欢留,不过,我不姓高。"转脸和等在一旁的参谋说话。

连长领他们走出草棚,温和地说:"团长姓陶,好人啊。我是东北人,十三年前就没有家了。我们都是孤儿。"他吸了一口气又说,"我们都是兄弟。"

福留一家住在山上,靠打柴为生。日本人修工事,拉了福留的父母做苦工,修完工事,他们把从远处抓来的苦工放回了,让家在近处的靠墙站成一排,一阵机关枪,都打死了。可是,人有子孙,子孙还有子孙。

团长当时商定了攻策,决定伴攻东山,实打西山,占了西山就好打东山了。

当天晚上,一队人举着军旗,点着火把,向东山小路行进。敌人从工事里开火,队伍隐藏起来,一会儿又出现。

这时另一队人声息俱无,悄悄地向西山进发。福留在前面带路,他们走进两山的夹缝,摸索着前进。约走了一小时,出了夹缝,爬上一个陡坡,忽然发现已经到了西山工事的背后。

"这边的墙是乱石头。"福留轻声说。

排长把福留往身后拉，说："福留小兄弟，你回去吧。"自己跑到墙边，踩着碎石头，翻身跃过墙头。

苦留们跟着一个个跳进去。几个手榴弹扔过去，敌人乱成一片。在正面等候的一部分人也冲了上来，各种枪刀全都用上了。

到第二天拂晓，我军占领了西山工事，把青天白日满地红的国旗升到工事的旗杆顶上。

好像随着太阳的出现，两架飞机到了大绝地上空。大家都很高兴，飞机来了，有办法了。它们低空盘旋，察看目标，炸弹有节奏地落下，随着巨响，满山弥漫着硝烟。苦留仰望飞机，千万别碰在山上，他想。

飞机轰炸了东山工事，毁去了部分建筑。步兵们从山口和小路两面靠近工事，有十几个兵从炸毁的缺口冲进去，可是敌人的火力还是很猛，他们都牺牲了。日军也死伤了大部，剩下的仍旧不停地射击，我们的许多战士倒在坚固的工事墙前。团长在西山工事里举着望远镜命令再上一个营。

新的兵力从工事缺口冲入，猛虎一样扑向残敌，展开了激烈的白刃战，敌人全被消灭。

苦留和几个同伴在工事里找到一些粮食，大家埋锅做饭。苦留想找高福留来，让他吃饭。团长从西山过来，也问高福留在哪里。几个兵说没看见他，大概看见打仗吓跑了。

"哪个说我害怕？"那肮脏的小脸从断墙后面露出来，身子一跃跳过断墙。

"打仗的时候你躲远点。"团长温和地嘱咐。

"吃饭的时候靠近点。"苦留加了一句。

他们经过短暂的休整，继续向前进发，一面攀登一面绕山而行，目标是打垮敌人在冷水沟的工事，夺取6559高地。这一工事临沟而建，路很窄，工事用钢骨水泥造成，前面有很长一段铁丝网。6559 高地之前还有两个小高地,也有少量日兵把守。

他们迫近小高地了,敌人在土壕后开枪,敌兵虽少,却是居高临下,占了优势。我军一面战斗一面上坡,一个班从草丛里钻过去,迫近土壕,扔了几次集束手榴弹,经过拼杀,夺取了这一小高地。这里几乎没有路,树木遮天蔽日,满地杂草和灌木丛,不知是什么植物的刺时常伤人。

团里派来了工兵,向山上修路。他们从大树的间隙中穿行,奋力清除障碍物。快到下一个高地时,敌人发现这边的动静,又开始打枪。连长命令集中火力射击,以掩护工兵的行动。

要登上这一高地须经一个陡坡。敌兵在土壕内伏射,很难上去。

"隐蔽!"上面传来命令。大家顾不得泥泞荆棘,趴在树丛里等候。

沉重的马蹄声越来越近,"炮来了!"士兵们高兴地低声传话。两匹马驮着小钢炮,循着新开的小路走过来。一切都在一瞬间,炮响了,土壕炸塌了。弟兄们冲上去又是一阵厮杀,日本兵横七竖八地倒下,只剩一个鬼子逃向他们的主要工事。

我军占领两个小高地后,在树丛中挖了战壕,准备攻打冷水沟工事。这时下起雨来。山中雾气弥漫,寒彻骨髓,一连下了五天。

苦留们俱穿单衣,没有雨具,只能冒雨露营,地下厚厚的树叶一踩一窝水,连站也无法站。他们砍下树枝,搭起简易的窝棚,又在地下铺上一层树枝,大家挤着取暖。

好几个人冻得簌簌地抖,一个老兵抖得尤其厉害,好像冷风中的一片枯叶。班长特别找了两块石头,垫上一个背包让他坐了。他的脸色越来越难看,坐了一会儿,仆地躺倒了。班长说:"快起来,要冻坏的。"

老兵不应,苦留去拉他,已经断了气。

士兵因过于劳累,饥寒交迫,体力衰竭而亡的情况时有发生。有的人干粮袋中只剩几把炒米,更多的人只背着一个空口袋。那曾一次吃十二个馒头的老王,也簌簌地发抖。

班长划了一根火柴,让大家传着烤烤手。手是烤不热的,大家看见一点不是枪炮的火光,也觉得些温暖。

连长得到命令,一营要来接防。他向士兵们说,必须坚守到午夜十二点。

就在上半夜,敌人忽然冲出工事,直扑到战壕里。这时枪已经用不上,刺刀在夜里一闪一闪。喊杀声、刀枪碰撞声,穿透了黑夜密林,山谷都在回应。

一个日本兵举着刀向苦留劈来。苦留向前一扑,抱住鬼子双腿。鬼子向前扑倒,刀砍在一块石头上。苦留从旁举起刺刀刺去,刺中了敌人的腿,但因力小刺伤不深。鬼子跳起,又举刀狠狠砍来。

这回是苦留滑倒了,头撞在石头上昏了过去,眼看刀就要落下,想吃馒头的老王,从背后扎了鬼子一刺刀,鬼子倒下了。老王大吼一声,举起刺刀左右开弓,刺中了五六个敌人,老王自己也倒下了。

月亮在阴沉的愁云后面露出一点轮廓,山峦树木黑沉沉的。厮杀的场景汇入了历史。

接防的士兵赶到了,马上清理战场,搬动尸体,搬到苦留时,苦留醒了。

"还活着?"两个兵互相问。苦留不但活着,更一点没有受伤。他瞪着眼前的人,很快分辨出是自己人。

"你能站起来么?"一个兵问他。他站起来,只见尸横遍野,积水变得黏稠,迷茫的黑夜似乎也泛着红色。他的连长和同伴都不见了。

他问:"我们连的人都哪点去了?"

那士兵神色紧张,说:"你就没看见?"

营长恰在旁边,拍拍他的肩,说:"他们不在了,可是我们的阵地在。敌人全被消灭。现在这里由我这一营接防,你可以去收容站。"

"去收容站?"苦留下意识地摸摸自己的头、腿,没少什么,他想,"我不去收容站。"他对营长说:"我还可以打仗。"

营长不再理他,迅速地清点队伍。

长 官 日 记

5 月 24 日

　　叶师长辰迴前战电:陶团围攻冷水沟,已占领北风坡高地,虽连日淫雨,我士兵无雨衣,于雨水中作战已五日,士兵冻毙十余人。又炮兵因路滑不能前进,且以雨天,步兵亦无法协助,俟天晴即继行。

雨停了又下。团长披着雨衣,从新开的路上骑马转过山崖,向北风坡高地走来,一直到阵地前下马,进入战壕。

营长报告接防情况,并说还剩一个小战士,便叫苦留来见。

团长见了说:"是你!福留在哪里?"苦留说不知道。

营长又报告说,苦留不肯去收容站。

团长拍着苦留的肩,说:"真正的中国男儿!"把刚解下的雨衣披在苦留身上。

经过一番讨论,决定申请飞机协助。轰炸可以这样进行:先打炮,飞机向炸起的硝烟投弹。这样也许会炸到山,但最终总会炸到工事,同时组织突击队趁空中攻势猛冲。

团长说他要亲自带队,又命令趁夜在山沟浅处添加石块土坯,以便通过。

团长回团部后,用无线电和师部联系,得到批准。师部知道敌人正在增援,已派另一团截击。

攻击行动必须迅速,团长立即交代由副团长暂代团务,自己仍到北风坡来,和一营营长组织好兵力,分成数个小组。

次日,果然有几架美国飞机飞来。团长命令开炮,炮弹到处,硝烟腾起。飞机连续投了十数枚炸弹,将左右山峦炸去了几块,也命中工事,炸开了沟边的铁丝网。团长率领几组士兵在炸弹声中已经到了沟边,轰炸稍停,迅速越沟而过,一直冲入工事。

又是一场撼天动地的战斗。有几个增援的日军突破截击已冲进来,日本守兵在忙乱中,一阵机枪过去把他们都打死了。这几个人以后,敌方再没有援兵出现。这时一个士兵中弹跌倒了,又一个士兵跌倒了。有人向机枪扔了手榴弹。

团长趁势跳过去,一连砍杀了十几个日本鬼子,自己也身中数弹,血从他身上好几个部位涌出来,浑身上下通红一片。他喊了一声:"中国万岁!"

陶欢留没有倒下,他正靠着一堵断墙,许久还睁着眼睛。

天又在下雨,高黎贡山上的中国远征军继续向上攀登。他们的下一个目标是北斋公房的敌堡。苦留随着队伍走,停歇吃干粮时又想起福留。新伙伴都不知道这个孩子,他只自己想着。

"嘿!吃饭的时候靠近点!"是福留!他好像从地底下钻出来似的,笑嘻嘻地说。

苦留大喜,拉福留坐在身旁,一面把干粮袋递给他。福留没有接,却从怀里掏出两个面饼,得意地递了一个给苦留:"你看,你看,我请你的客。"

苦留说:"你连粑粑都有了,好大的本事。"

面饼的来历不必问,是敌人的遗物,它们和袋中炒米都经雨水泡过,糟软又带有霉味,两人分吃着,好像吃的是一桌宴席。

营长走过来,他听说过福留的事,同意福留跟着行军。

他们逐渐靠近北斋公房。北斋公房山顶上的堡垒是一座全部钢骨水泥的建筑,上盖四层钢板,呈六角形,每面都有数个射击窗口。我军发动了几次攻势都不能接近。

福留悄悄对苦留说,前几天他都在北斋公房游荡。堡外不远处有地道口,他看见鬼子兵钻出来。苦留忙告诉营长。

营长说:"他们能出来,我们就能进去。"遂派两个侦察兵随同福留去看。那地道口通向一个山沟,在堡垒的火力网以内,外面看去无人把守,里面必定有严密的防范。

经过飞机炸,大炮轰,步兵攻击,敌人仍在顽抗。原来的副团长现任团长,他召集参谋开会,并和友团共同周密筹划,确定了步兵三面出击,空中飞机炸,地下放火烧,称为地道攻势。

因为钻地道必须熟悉地形,团长批准福留参加。他拍拍福留的头,温和地说:"去吧。"

一队人向敌堡走去,沿着悬崖边很快消失了。

苦留参加了地面攻击。那是在下午,又一轮飞机轰炸以后,敌人的射击忽然减弱了,堡内火光熊熊,随着夜色降临,火光越来越强烈,照得四周如同白昼。

士兵们冲进堡内,营长、连长都在其中,一连串的射击把要冲出来的日兵打倒在地。碉堡四周响起冲锋的呐喊声,震动山谷。士兵不断地冲进来,把剩下的敌人逼在墙角,双方刀枪并举,尸体倒成一片。营长腿上负伤,倒下又爬起来。有几个日兵逃出碉堡,慌不择路,坠崖而死。

苦留停下来喘息,忽然看见福留躺在墙边血泊中,已被砍作几段,面目勉强可以辨认,似乎带着微笑。

团长上来巡视战场,发出一声叹息。大家在山绝顶处,挖了一个长沟,让烈士们并排躺在那里,好像在守望。这里有福留,他的身体被细心地拼凑完整。营长拖着受伤的腿,把自己的军帽盖在福留的脸上。

活着的人迅速排列整齐,随着团长举手向留下的伙伴敬礼。

二

我大军渡江后,陆续有部队过江,高明全师也在积极准备。通讯连要尽快铺设一条过江通讯线路,已经架过两次,都因水流太急,无法到达对岸。他们总结了经验,调整了人力,安排了美国上尉谢夫带领两个美国士兵参加,这就需要一个翻译。澹台玮便参加了这一行动。

怒江的水汹涌奔腾,因为太急,不停地打着回漩。水面上像有一个个洞,把漂浮的东西都旋进去。中国远征军强渡怒江的伟大场面,已长留天地间。江水载负了许多人马船只,现在仍不知疲倦,继续急速地奔流。这次架线在海婆山下一个较隐蔽的渡口,两年来两岸对峙,有几个渡口民间还有来往,这是其中之一。

天刚破晓,澹台玮一行人赶到渡口,邓连副和两个通讯兵、一个经验丰富的老船工老万已在等候。老万世代居住江边,深谙怒江水性。前几天大军渡江,他来往掌船百余次。

玮向谢夫等介绍老万的情况,谢夫竖起大拇指说:"顶好!"

谢夫指挥人打下木桩,安放底座,两个人抬着绕满电缆的轮盘上了船。谢夫问玮:"你会游泳吗?"

"当然会。"玮答,"不过这条江最好不要游。"

"它太凶了。"谢夫感叹地望着脚下的江水。

老万和几个人用力逆水划着。江风很大,小船摇摇晃晃。谢夫喊了一声"放线!"电缆一段段沉入江底。因为有电线下坠,船行很艰难,勉强划了一段,遇到一个漩涡,电缆拧来拧去,船身倾斜,大家都捏一把汗。管轮盘的小兵把握不住,不知怎么顺势一推,轮盘竟掉入江中,溅起一丈多的水花,把大家浇个透湿。

谢夫大叫一声,掏出手枪,对准那个兵的脑袋。

玮急忙推开枪口,对谢夫说:"他不是故意的。"

这时船也顺着一个漩涡在转,老万喝命大家都蹲下,自己掌着舵,船慢慢转了出来。

没有了电缆,只好仍回渡口,取了备用的一盘。这个渡口不能用了,老万领他们到另一个渡口。大家复又上船,换了一个人把持轮盘,仍旧放线。

这里风似乎小一些,没有遇到漩涡,放线较顺利。因为电线的重量,船越来越倾斜,老万大声让两人坐到另一边去。快到东岸时,忽然远处一阵枪响。

"继续放!"谢夫说,做着手势,一面看着邓连副。

"不要紧的。"邓连副说,"这大概是游击队的什么门道。"

枪声伴随着他们到了对岸,没有影响架线。他们上了岸,枪声越来越远。后来知道这是游击队在搜索散逃的敌兵。

在岸上,还有一段路需要架线。从江岸上来,地势崎岖,又要隐蔽,很费了时间。玮传达着谢夫的意见和大家的问题,在江坡上上下奔走。

"我军渡江了!"邓连副忽然指着远处叫了一声。只见江面上蓦地涌出一片草绿色,这草绿色在江面上起伏,向西岸移来。这时天已傍晚,夕阳惨淡的光辉笼罩着这一切,和大雾晨曦中又是不同。

玮站在草丛中望着江面,觉得热血在全身奔流,他拾起一块小石头,向江中抛去,石头掉在山崖上。他觉得这从没有见过的山水,雄壮而亲切,都是他澹台玮的亲人。

谢夫叫他,他立刻走过去,传达了我军的意见。前面的路线有许多处需要修改。按计划,他们应返回东岸,但把守灰坡的我军要求谢夫留下,修整线路。于是玮和布林顿联系后,便和谢夫等人留下了。邓连副等人连夜返回东岸。

玮在灰坡停了两天。天好像是坏了的水龙头，关不住了，不停地下雨。帐篷不够用，士兵们搭了草棚宿营，外面下大雨，里面下小雨。这里的美军人员搭有帐篷，雨布较厚，玮和谢夫等人住里面，衣服还有干的时候。

　　第三天稍晴，美军联络官说要空投物资了。一架美国运输机从东岸飞来，向灰坡宿营地连续投了一百多袋各种物资。

　　"最好飞机都是投放物资，而不是扔炸弹。"玮想，"只是对于扔炸弹的人只能用炸弹对付。"

　　一个一个的降落伞在空中飘动，好像许多五彩缤纷的气球，慢慢飘落。物资中有食物、药品，还有大量的雨具。把它们送到高黎贡山上，又是一件艰难的工作。

　　这一天高明全师奉命渡江，开往腾冲郊外参加战斗，江面上又一次布满了船只、木筏、橡皮艇。

　　高明全站在船头，身后跟着那匹白马。这时怒江已完全为我控制，没有枪林弹雨，但在险恶的山水中，仍然显得雄壮。部队上岸后没有停留。布林顿和邓连副找到玮和谢夫，招呼他们随同部队前进。

　　玮等坐了一小段吉普车，很快爬上高黎贡山。路又窄又陡，随时可能翻车，不久便只有羊肠小道。玮等下车夹在士兵中一步一步向前走，一步步丈量着前面部队用生命夺回来的祖国的土地。

　　玮和一营营长、谢夫还有两个美国士兵走在一起。一个是那德国裔的下士，另一个名叫吉姆，原来是大学生。他总是很快乐，不时哼几句歌，都是世界名曲，因为雨声很大，人们不太注意。雨声和脚步声交织在一起，好像一股绳索把人绑住，那轻微的歌声像是润滑油。

　　忽然一声巨响，大家都本能地俯下身，因为没有足够的地方卧倒。

"有地雷!"有几个人喊,营长向前跑去。

"走左边小路!"前面传来命令。

左边其实没有路,大家在乱石草莽中手脚并用。玮等人在部队中间,等他们走到时已形成一条路了。

因为雨水浸泡,地面潮湿,地雷的威力不大,炸伤了两个士兵,队伍中添了两副担架。晚上他们就地露宿,听见远处山顶上的枪炮声,如同从云端传来。

玮靠着一块石头,黑夜中树木岩石好像怪兽。

谢夫向山崖鞠躬,他对玮说:"中国的山水令人敬畏。"

玮以为自己不可能睡着,但他很快就睡着了。睡梦中有声音在向他靠近,他猛然醒了,那是值班的士兵要大家继续上路。

薛蚡和另两个美国兵走在一起,走着走着,忽然向前一冲摔倒了。旁边的人把他拉起,扶坐路边。

玮从前面快步赶过来看,薛蚡低声说:"我只是太累了。"

玮道:"我替你背背包。"薛蚡不肯,勉强站起,继续向前走。

这时天还没有大亮,他们深一脚浅一脚走得很快,队伍必须在次日凌晨六时前到达目的地。他们经过几处两周前的战场,在冷水沟一带稍事休息。几个士兵在附近树丛中,发现一个奄奄一息的伤兵,他侧身俯卧在地,一任雨水浇灌,像是要爬,爬不动了。卫生兵把他抬上担架,用仅有的一块雨布盖好。伤兵努力睁大眼睛,露出欣喜的神色。

"这边还有一个!"一个士兵在树丛深处叫道。

这人靠着一棵矮树,披着一条麻袋。卫生兵也把他放上担架,并把他的麻袋拉拉好。他的头发胡须黏成一团,一直不睁眼。

"死了吗?"一个卫生兵问。

"没有。"另一个卫生兵说,"他比他还沉些。"指指睁眼的伤员,"可是没有雨布了。"

玮不假思索,走过去脱下雨衣,盖在这个伤员身上。谢夫和吉姆说了几句话,两人都把自己雨衣下摆剪下,在两片雨布上穿了几个孔,用绷带绑住,交给卫生兵。

谢夫对玮说:"我们的发明只能处于静止状态,不能活动。你还是穿上自己的雨衣。"

营长走过来看,发现盖着特制雨具的伤员有些特别,他说不清楚是什么地方特别,忽然问:"你是中国人吗?"那伤兵似乎没有听见,并不答话。营长又大声问:"你是中国人吗?你能睁眼吗?你说一句话。"

伤兵慢慢地睁开了双眼,从乱糟糟的毛发中露出一条缝,目光中含有恐惧,还有一丝期待。大家都已看出,这是一个日本兵。

营长迅速地走近担架,掀开"雨布"和麻袋,在日兵身上搜索。"没有武器。"他放心地摆摆手。怎么办呢,不会有人愿意抬日本人,人人自己都快走不动了。

他厌恶地向日兵看了一眼,这凶残的化身、罪恶的集合!他退后一步,掏出手枪。

玮正要制止,枪刚举起,营长自己放下了,喃喃道:"这人现在没有武器。"

营长这样明白,玮略感安慰,说:"让他去吧。"

营长想了一下,说:"反正他也活不了多久,就是带上他也一样。"

雨哗哗地下,玮和谢夫把这日兵身上的麻袋和"雨布"仍旧盖好,抬在一棵树下,这是他们唯一能做的事。

他们又加入行进的队伍,已经不在原来的位置。营长很快赶上前去。不久从前面传话,寻找澹台玮。玮和谢夫等加快速度回到一营,布林顿等都在那里。

枪炮声仍在继续,还有呐喊声、厮杀声。这一切从山顶云雾中传来,好像不在这一世界。营长说那是在攻打北斋公房,如果攻打不下,他们就不能通过那里,也就不能按时到达。

又是一个夜晚,他们在公路旁边露宿,公路已经不成为路,路面上有沟有坑,积水中掺杂着血肉,散发着难闻的气息。

远处山顶忽然升起火光,"火攻! 火攻!"士兵们大叫起来,兴奋地加快了脚步。转过几个山坳以后,火光更清楚了,白亮亮的。这时雨变小了,像是配合火攻,雨丝衬着火光,远望去如云霞一般。休息的命令从前面传过来,许多人一停下来就睡着了。

玮坐在一块石头上靠着一棵树,觉得自己有很多感想,可是也很快睡着了。

玮忽然醒了,不是因为有声音,而是因为没有声音。枪炮声停止了,雨不知什么时候也停了,四周一片寂静。没有了声音,他好像没有了依靠,他不解地望着周围。

"北斋公房攻下了!"有人在喊。士兵们纷纷站起来,传着这胜利的消息。

哒! 哒! 哒! 一阵枪响,枪声很近,有敌人!玮本能地四处张望。

"准备战斗!"营长低声说,一阵子弹上膛的声音。这时敌人在暗处,若是袭击,我们会不会吃亏,玮想。几阵枪响过后,没有了动静。后来知道那是在追捕从北斋公房逃出的敌人。逃出的鬼子不多,全被歼灭。

北斋公房的敌堡仍然高大,伫立在高黎贡山顶,在黑夜中像一个怪物。硝烟还未散尽,火还没有完全熄灭,有几处的火头还有一人多高。士兵们在打扫战场,走过的队伍把水和干粮递给他们。

"澹台少爷!"一个年轻的声音低声叫,玮惊讶地四处望。沉沉的黑夜中,实实在在站在他面前的是苦留。

"是你? 你参加了队伍!"玮高兴地大声说,两人紧紧拥抱在一起。

"澹台少爷——"

"不要叫我少爷。"玮打断苦留的话,"你是英雄,你们都是英雄,祖国的土地就靠你们一寸一寸夺回来。"

"不只靠我们。"苦留站着,简单地讲述了福留的故事,"你说他是不是山灵化身,来帮我们?"

玮沉思道:"也许是的,山灵就是我们的老百姓。"

苦留说:"我们死了很多人——我原来的团长、营长、排长和许多弟兄们。真奇怪我怎么没有死。"

玮的心很沉重,苦笑道:"因为你的名字叫苦留,苦苦地留下了。"

苦留叹息道:"福就留不下。"他又想起陶团长,"欢也留不下。"

玮把一盒饼干塞给苦留,他们没有很多时间说话。苦留离开了,走进碉堡,去整理胜利的果实。

玮站在山顶,天空悬着一轮明月,照见起伏的山峦树木。队伍络绎走上山来,宛如一条向上流动的河流,越过山顶投向战斗。

神秘的高黎贡山,千万年来,你有过这样血洗的经历吗?高悬的明月,千万年来,你照过这样悲壮的场面吗?玮在心里大声喊。

山顶的晴空难得而短暂,阴云很快从四面八方聚拢来,遮住了月光,接着飘起了雪花,一片一片如铜板般大,在空中飞舞,脚下的山峦树木隐藏在一片云雾中。

玮忽然想起不知是谁的文句:那是孤独的雪,是雨的精魂。雨死了便有雪,那么人死了呢。生命委弃在大地上,化成泥土,滋润着野草的生长。野草又要遭践踏,走向死亡与朽腐。但哪怕是一株野草,只要生存过,纵然结局是死亡和朽腐,也不是

126

不幸。

雪继续下,盖住了能盖住的一切。玮望着脚下经过血洗的、悲壮的土地,泥土化入了血肉和生命,人的精魂呢,他们应该化入了历史,悠悠然在历史的长河中流淌,没有止境。

队伍仍旧不断向山上走来,越过山头。玮转过身去,快步跟上队伍,走向他们要去打胜仗的地方。

三

高明全师在指定时间凌晨六点以前,到达腾冲郊外的目的地。这里仍是山峦起伏,不过较高黎贡山低矮多了。上万人的队伍很快隐没在山中。师部设在一个小山坡上,和美军联络组隔一个预备营。

美军联络组共用四个草棚,顶上覆盖树枝和草,枝叶垂下来好像门帘。布林顿和军医、翻译官、尉官,还有士兵分住。薛蚡因体力不济,后来在收容站休息,直到次日才到达。当时,他们很快在草棚外装好手摇发电机,向美军总部发报。

一切安顿好了,师部通知下午开会。

天很晴朗,好像云雾都被远山挡住了。玮随布林顿到师部去,走过一个小山谷,山峦凝翠,小路蜿蜒,遍地开满了不知名的野花,红黄白紫,各自仰着笑脸,对着灿烂的阳光。

两人不自觉地停住脚步,对望了一下。

布林顿自语道:"好!好!"

"这是一处还没有经过战争蹂躏的地方,这样的地方已经不多了,我们要保护它。"玮想。

各处营房都很隐蔽,只有远处有几个帐篷很显眼。

师部除了帐篷以外还有两间简易房屋,比草棚牢固,屋门外拴着那匹白马。来的美国人还有炮兵军事顾问舒尔等,舒尔是职业军人,深通炮术。老贾也来了,和玮相见,彼此都很高兴。桌椅不够,弄了些树干土坯当座位,倒也别致。一面墙用白布遮着。

高师长开始讲话,揭开白布,那里挂了三幅地图:腾冲地理图、腾冲街市图和来凤山工事图。

高师长说,腾冲的地理环境非常重要,从古以来就是我国和外国交往的交通要道,是我国的边陲重镇,为历来兵家必争之地,也是现在的滇缅公路分支终端、中印公路北段的中间站。现有明代所筑的石头城,城墙高约七米,厚四米,全为岩石砌成。环城皆有山,更为天然屏障。东、西、北分别有飞凤山、宝凤山、高良山。城南有来凤山为南关外的唯一制高点,山壁陡峭,形似钢盔,由西北向东南伸展,正好抱住城墙的南门。日寇据此已经两年,修筑了大量工事。在山上的象鼻子、文笔坡、文笔塔、营盘坡等处构筑了坚固堡垒,并于四周设置了数道铁丝网,凡可接近之处,均埋有地雷。来凤山是腾冲城最险要、最难攻的敌人防地。

高师长一面说,一面指着来凤山工事图。攻打来凤山是高师的任务,攻克后从南门攻城,其他三面各有一师的兵力准备攻城。舒尔凑上前去,仔细观察图上的标记。炮兵一定是先于步兵行动的。

高师长继续说:"日本人认为他们已经把腾冲吞下了,消化了。据可靠消息,说他们要把腾冲龙陵一带和缅北一起,建立一个腾越省。把中国的大好河山变做他们的一个省,真是做梦!"

布林顿说:"一场恶战是免不了的。"

高师长说:"不知道要有多少场恶战。"

布林顿说:"野战医院的准备工作是否都已安排到位?"

高师长说:"按照军部安排,每个师要有一个野战医院。我们已经有卫生所,还要建立正式的野战医院。"

布林顿说:"这里河沟很多,多搭便桥利于行军。"

高师长说:"现在工兵正忙于修建机场,几天后可以抽出人来。高黎贡山下龙川江上有一座桥,是通往保山的要道,已经炸坏了,如果能修好,行动会方便很多。"

布林顿说,他可以先去看看。

最后讨论了美军空投物资计划。高师长派了一位赵参谋陪同布林顿去看空投物资地点。

这时,副官来报,游击队来人了。一位一身粗布衣裤、农民模样的年轻人走进师部办公室。

一九四二年日军从缅甸入侵,守城官吏不战而逃,敌人以二百九十二人的兵力占领了腾冲。

我军某团自东岸赶到,为时已晚,奉命在腾冲、龙陵一带打游击战,制止敌人扩展,破坏腾冲与另外几个城市的联系。几年间,许多农民参加进来,成为一支军民混合的游击队。他们策划了许多次埋伏,袭击敌人辎重部队,每次都歼敌甚众,且得物资。他们神出鬼没,行踪不定,老百姓称他们为"飞军",并说有了"飞军",人心不死。

年轻人举手敬礼,显出了军人风度。高师长向大家介绍,这人是游击队的头号人物彭田立,能双手打枪,百发百中,而且多计谋、善用兵。他们一直和东岸保持联系,时常给敌人出其不意的打击,让敌人知道中国人是杀不死的。

后来玮等渐渐得知,彭田立原来不是军人,自动参加抗战,也不知他是从哪里来的。因为智勇双全,深得团长的器重,后来团长急病身亡,他就成为游击队的领导。

当时彭田立一眼看见澹台玮,心想这是哪里来的公子哥儿。高师长介绍了两位美国军官,又介绍了两位翻译官。彭田立大声说欢迎欢迎。

玮怀着敬意与彭田立握手,不觉注意到这位英雄人物生就一双顾盼生光的眼睛,那简直是女孩儿的眼睛。彭田立也打量着玮,并不说话。

高师长和彭田立站在腾冲地理图前,谈着各方面的情况。高师长传达了军长对"飞军"的指示,并说军长过山来后还要面谈。

玮和布林顿由赵参谋陪同去看空投场。赵参谋是通讯参谋,和玮等联系较多。

他们走了很长的路,还经过几户人家,房屋东倒西歪,篱笆院墙应该是爬满木香花的,也东倒西歪,不成为墙。看来是主人已无力整治自己的家园。

一位头发花白的妇人挑着一担水,正要进门,看见玮等,友善地问:"可要喝水?"

玮道谢后,找话道:"老人家年纪大了,还自己挑水。"

老妇人忽然很生气,狠狠地瞪着玮,大声说:"自己不挑,哪个挑?当家人死了,两个儿子当兵了,媳妇带着孙子跑了。我们这个村名叫上绮罗,像绸缎一样的,是个大村呀!你看看,现在还剩什么!"

玮想安慰几句,说:"老人家放心,我们正是来打日本鬼子的。"

他把这话翻译给布林顿。布林顿指指玮和自己:"我是从几万里以外来打日本侵略者的。"说着拿出一大块巧克力糖递过去。

老妇人不要,说:"我们等着。"挑着水桶进了篱笆门,把门仔细关好。

所谓空投场是一片较平坦的山地,可能遭过炮火,土色黑黄不一。工兵们正在用大小不等的白石块围出一大片场地。在这憔悴的土地上,这里那里竟然仍点缀着五颜六色的野花。和早上玮等经过的小山谷不同,这里的野花似乎更为粗犷,更富有生命力,挺身对着六月下午的骄阳。

玮看着这执拗的土地,花朵伴着焦土,鲜艳伴着破坏,忽然想起一个人来。刹那间思念、渴望混杂成一种痛苦的感情,挤在心头。

赵参谋说:"高师长一到驻地,先命令察看空投场,粮草为用兵之本。"

布林顿点头,说这片空投场很合用。

赵参谋又说:"它离士兵的营房有一段距离。"

布林顿说:"免得顺手牵羊。"两人都笑了。

玮觉得自己被劈成两半,一半沉浸在那些野花里,一半应付着眼前的翻译,对哪一方面都不能全神贯注。他愣了一会儿,强迫自己驱逐了那美丽的执拗的神情,把自己拴在中英文彼此过渡的桥梁上。

当时天色尚早,玮等决定直接去看那座待修的桥。他们走到江边,原来的桥已经从当中炸断,只剩两边桥头。废石、水泥堆在水中,河水通过,发出哗哗的声音,河岸上也堆着石块。从保山运送给养的骡马都绕道浅滩,涉水而过。

谢夫说:"我们先得知道江水有多深。"布林顿点头。

道路的一边有一个陡坡,形成一段峡谷,谷底有些烂木头,有一根很长,大概是原来桥上的。

布林顿看了谢夫一眼说:"我们可以用这木头测量江水。"

谢夫说:"谁能去拿这木头,我是不去的。"

布林顿说:"我去。"

谢夫说:"我劝你也不要去。"

玮走到路边向下看,坡陡谷深,遍生灌木杂草,多为有刺的植物,无法攀登。回身看见路这边靠山处有几丛竹子,便对布林顿说:"我们砍一根竹子,就不需要那木头了。"布林顿很高兴。

三人砍下一根最高的竹子,拉到江边。玮等走下江岸,把竹竿浸在水里,再取出刻上记号,又沿着河岸测了几处,选了一处先搭便桥的桥址。

从远处山边出现一道黑线,向这边移动,那是我们的辎重队伍。他们向下游绕去,好从浅滩处过河。忽然响起了枪声,他们遭到袭击。辎重队伍散了开来,接着是一阵枪战。那里有我们的队伍,玮高兴地想。

"回营房。"布林顿说。他们拖着竹竿快步走回去。随时随地都可能发生各种情况,他们必须在自己的位置上。

一小队士兵迎面跑步而来,原来是师部派来接应布林顿的。带头的是一位排长,他对玮说:"你们这样出来很危险。"

枪声还在响,他们转过一个山坡,又看见那几座显眼的帐篷。布林顿说:"看见吗?那出规的帐篷。"

玮说:"我真想问一问,那几个帐篷为什么搭在那里。"

布林顿说:"这里一定有计策。凡是高明人做出规的事都是计策。"

士兵们送玮等到住处才撤去。

连着几天,师部所在地没有变动。又一个夜晚。在山里,黑夜的降临是一磴一磴的,好像下台阶,最后一阶幅度最大,天突然就黑了。

玮躺在竹棚里,又想起殷大士。该放假了吧,也许正在大考。她不会把大考当回事的,没有事应该多想想我。她要是哭起来可怎么办呢,我不能递给她一条手帕。玮想着,思绪随着薛蚡的鼾声起伏。在战场上想着这些,真不像个军人。玮嘲笑自己,命令自己睡去。

一阵枪响,惊醒了竹棚里的人。布林顿最先坐起,到棚外看,玮和薛蚡也出来,见各营房都很安静,枪声正是从那几座成问题的帐篷处传来。

黑夜里,一个士兵骑马跑过来传营长的话说,刚才敌人偷袭,现已将他们包围,怕有散逃的,要加强警惕。玮向布林顿翻译了。

枪声又响了一阵,渐渐平息了,布林顿要大家都回棚里去。

玮在黑暗里站了一会儿,四周再没有一点声音,静得出奇,黑暗笼罩着大地,好像把一切都吸了进去。

薛蚡拉着树枝张望说:"澹台玮,你在欣赏风景么?"

玮回到自己的床位,仍睁大眼睛向门外看,眼皮不由自主地垂下来,很快睡着了。

次日,布林顿要去看附近的河流位置,和玮走到较高处,见那几个帐篷已经没有了,几个士兵在清理场地。正好高师长站在不远的一个山坡下,身旁有勤务兵牵着那匹白马,看见他们便走过来。

布林顿说:"莫非昨晚是师长的妙计?"

高师长微笑道:"你猜着了。那几个帐篷是故意安排的,是彭田立的计策。"

原来昨晚,游击队彭田立带着一小队人偷袭敌营,又引诱敌人追击,直到布置好的阵地,来犯的敌人全部被歼。

玮说:"真是足智多谋!"

布林顿说:"打仗有时要靠计策。美国独立战争时,华盛顿就很会用计策。"

高师长说:"最有名的就是福谷那一战。他是个军事天才。"

布林顿惊讶道:"师长对华盛顿熟悉?"

高师长微笑道:"我到福谷参观过。"说着点点头,向另一边走去。

玮说:"我觉得华盛顿最伟大的地方,就是他拒绝当国王,而且规定总统任期最长两届八年。"

布林顿说:"所以才有美利坚合众国。"

他们走过几条河流，看见已架起的几座便桥。龙川江上他们测定的那一座，已经修好。正有车辆通过，司机向他们打招呼，"哈啰！"彼此伸出大拇指。

忽然不远处有爆炸声，是敌人的炮弹。战场虽然已经向腾冲城推进，敌人在来凤山上仍然不时射击，影响着这一带的安全。布林顿和玮只好回到营地。

部队占据了一个山坡，一段道路，又占据一个山坡，一段道路。向前再向前，一个一个地打掉敌人的据点，用鲜血和生命，夺回我们自己的土地。打了两周，交战的地点接近来凤山，师部已经没有粮了。

没有粮食，需要运输，需要桥梁。龙川江上那座桥投入使用不久，很快被敌人炮弹击毁。一天，赵参谋拿来一张地图，标明附近的河流和桥。布林顿已经做过几天调查，对附近河流很了解，说他可以再去选两座适合的桥址。

这天，玮等又到龙川江上，经过观察商量，又选了一座桥址。这次他们带了工具，工作进行顺利。

正在测量水位时，江边走来一队骡马，驮着粮食。马夫们身材瘦小，和所赶的云南马倒很相称，走到断桥边，停下来歇息，才看出他们个个面目黧黑憔悴。一匹马向河边走去，它要喝水。

赶马人斥道："刚喝过，又要喝！"有几个人搭话，声音都很尖细。

玮等惊异地发现，这一队赶马人都是女子。其中一个在桥头边的断石上坐下，脱了那只百孔千疮的鞋，她脚上缠着白布，上面有大块大块的暗红色。

她抚摸了一下，抬头看见玮，招呼道："你家也来了。"

玮看出她就是在保山卖西红柿的妇人，关切地问："你的脚怎么了？"

"走得肿了破了，流血了，大家都这样。"她不在意地说，一面穿上鞋。

谢夫问玮："她们都是女人？"

玮解释道："这里的男人都上前线或者当民夫了，送给养便由女人来承担，她们是辎重运输的辅助力量。"

布林顿忽然大喊了一声："好！"

赶马人对美国人已经见惯，好几个人一起回答："你好！"

骡马队伍歇了片刻，向营地走去。随着马蹄嘚嘚，她们一步一步向前留下血的脚印。

玮等正在江岸上忙碌，又是一队骡马走来。赶马人大部分是女子，还有几位老翁。这队骡马过后，走来一个长长的队伍，走得很慢。他们是人力运输的队伍，人力还是妇女和老人。大部分人用扁担挑，一部分妇女用肩背，看来都有百十斤重。

谢夫问玮"glory"中文怎样发音，自己练习了两遍，就挥舞着手中的测量杆大声喊："光荣！"布林顿让他等一下，两人又一起大喊："光荣！"

正在行进的人们不解他们的意思，一个老翁走过来问玮："他们要哪样？"

玮说："他们不要哪样，只是对你们表示敬佩。"

老人叹气道："有哪样好敬佩。"转身大声向伙伴们说着什么，回到自己的队伍。

布林顿说："造好了桥，他们可以省点力气。"

这时天已傍晚，天色阴暗，看不见云霞光辉。玮等工作告一段落，默默地往回走。

江岸上又走来几个妇女。她们被背负的重物压弯了腰，走得很慢。玮想，这是掉队的。

她们也在桥头歇息，大口喘气。有一个包蓝布蜡染头巾的妇人还大声呻吟。谢夫想试一试她们背的粮食有多重，请玮向她们解释，一面伸手去举那包重物。

呻吟的妇女大惊,反手护住自己背的东西。玮又解释了一遍,她不听,只管摆手,断续地说:"我实在背不动了,好在快到了。你们不能动这粮食,死也要送到。"

玮等商议,赶到前面去告诉她们的伙伴。他们正往前赶,就见一个老翁牵着两匹马走过来,正是来找掉队的民妇。

玮等跟着老翁走向江岸,帮助解下民妇身上的重物,放在马上。戴蓝花头巾的妇女满面冷汗,站不起来,大家扶她上了马。另两个妇女低声说:"她的运气好啊,有的人都累死在路上。"一面奋力背起重物,随着马向前走。她们摇摇摆摆,好像随时会跌倒。

老翁对两人说:"你们可以拉着马尾巴。"

她们不响,只是奋力向前走。她们没有跌倒,一直走向夜色笼罩的群山,那里有大军宿营地。

长 官 日 记

6 月 18 日

明光之敌已向固东撤退。明光以南白石岩一带桥梁全部破坏。

瓦甸之敌四百余,附炮四门,正激战中。

桥头之敌似向龙陵方向转移。

据确报,已续撤腾冲者约三千。函、元两日,腾敌向龙陵方向增援者约一千人,似有转用反攻龙陵企图。

给养不及时,师部缺粮。骡马加上人力,多有累毙。加强空投,土司集粮。

祖国土地上的每一棵草、每一粒沙都动员起来了,哪怕滚着,爬着,都在酝酿准备,要去打赢那无论多么惨烈的战争。为了祖国,也为了自己。

看那小草 听那小草

　　一片青草,绿油油的,这里那里,颜色深浅不一。每株草都是纤细的,柔软的,形成一片,便是那样丰厚润泽,似乎显示着它们所生长的土地的力量。

　　唉唉,那是什么?

　　草地延伸开去,好几处露出败草、枯草,甚至光秃的土地,这是被砍伤了,被践踏、蹂躏过的土地。红色的土地,如同一道道纵横的血痕,红得触目惊心。

　　微风过处,草地形成一阵波浪,小草们向血痕移动,弯着腰,像要去亲吻它。

　　唉唉,我们的母亲大地——它们在叹息。

　　这是澹台玮看见和听到的。他正坐在一个山坡上,一片青草间,感到很奇怪。那和谐的、轻柔的声音在继续。

　　我是怒江边上的一株草,很小,甚至没有专属于自己的名字。

　　我是龙川江上的一株草,我也没有专属于自己的名字。

　　我是上绮罗村的一株草,谁又有自己的名字呢。

　　唉唉,它们叹息。我们不需要名字。它们继续向血痕移动,弯着腰,像要去亲吻它。

　　一个衣衫褴褛、十分肮脏的孩子,从草中走来,步履很轻,好像在草上漂浮。

"我是高黎贡山上的一棵草。"他说。

"你？你是——"玮睁大眼睛，仔细端详着肮脏的孩子，"你是福留。"

"是的，我是福留。我在高黎贡山顶上看见你了。"

"看见我了？"玮问。

"是的，看见你了。"孩子在草地上飘动。

"你累了么？坐一坐吧。"

"我已经不累了。我睡在高黎贡山顶上。那里可以通到喜马拉雅山，可以看到全世界。"

"这是小学课本告诉你的么？"玮说。

"我没有上过学，可是我现在什么都知道。"他在玮身边坐下了，坐在草尖上。

"我什么都知道。"福留在草尖上，轻轻摇着，"我看见大山大水，小花小草，我还看见很多人，各种颜色的。"

"人的肤色有不同，种族不同，国籍不同，可是心应该都是一样的，都是掌管鲜血供应的，好让人生长，让人发展。"玮沉思地说。

福留说："有些人的心给妖魔吃了，变成吸血鬼。"

"世界不属于妖魔，人们不会允许！世界是属于人的。"玮说，"告诉我你的事。"

福留说："我爬过很深的山涧，几次掉进洞里又爬出来；又钻过几个山洞，其中一个特别长，几乎钻不出来。可是我没有死，我经过枪弹的包围，踩着地雷，可它没有炸，又爬过山涧，钻过山洞，找到了那洞口。"

"听着，福留，你做了很了不起的事。"玮说，"人们会记住你。"

"许多人做了许多了不起的事。谁会——记住他们？"福留说。

福留身后渐渐升起许多人形。轮廓清晰却又飘浮不定，那是中国抗日军人。他们往上升，往上升，到了天上，从云端朝下望。这是一个序幕。

"牺牲的人太多了。"玮深深地叹息，"每一寸土地都是血肉铸成的。"

小草们向那些血痕移动，渐渐将它们覆盖。

草间又有军人出现，他们后面是一个长长的队伍，队形变化，忽明忽暗。这是抵抗外侮的队伍，是奔涌在历史长河中的正气。

小草分开又合拢，长长的队伍截断又连续，抗日军人从各个方向走来。

也许是牺牲在灰坡的连长，牺牲在大绝地的营长，牺牲在冷水沟的团长，还有牺牲在北斋公房和别的敌堡前的大量士兵。他们停住了，慢慢向上升、向上升，和云端变化着的轮廓一起，消失在白云间。

福留笑笑说："让人记住有什么意思。后人会忘掉过去的人，忘掉我，也忘掉你。"

玮觉得和自己说话的是一位有着银色长髯的哲人，不过眼前还是这褴褛又肮脏的孩子。

"总是多亏了你。"玮说。

"妖魔的堡垒迟早要毁灭，无论那堡垒怎样坚固。我只是一个偶然因素。"

偶然是必然的综合，玮想，一面说："是的，没有一个你，也一定要打赢的。因为还有许多个，许多个。"玮想寻找那些战士，放眼望去，已不见一个人影，只见地上发亮的绿草和天上悠悠的白云。

玮叹息道："无论如何，你是有用的。每一个每一个都是有用的。"

"我想是的。"福留用肮脏的小手托着头。

"可是你死了。"玮忽然惊悚。

"我不过是高黎贡山上的一棵草。"

"那么,我是昆明的一棵草——北平的一棵草。"

玮惊异地看见,大片的青草掩盖了一部分鲜红的血痕,青草还在移动,弯着腰,像要去亲吻母亲大地。

福留也在注视着那片草地。一阵风过,传来轻柔的声音:我是怒江边的一棵草,我是龙川江边的一棵草,我是上绮罗村的一棵草。

"我是高黎贡山的一棵草。"福留说,站起身向草地走去,走到血痕旁边,转过身来,对玮招招手,大声说:"我等你。"

"我等你!"玮又惊悚,这世界上另有一个人大声宣称在等他,在灯月的交辉下,那清澈的声音在兵车间回绕,好像一个誓言:我等你——

福留又笑笑,身形渐淡,消失在绿色的草地上。

忽然下雨了,大雨滂沱,好像雨水不只从天空落下,还从四面八方涌出来,形成许多洪流,无声地奔腾,急速地冲走了一切,连同玮自己。

第 四 章

一

　　永平医院沸腾起来。一方面把现有的伤员大部分送往楚雄医院，只留下不适合再转送的伤员，由张医生照管；一方面准备物资，调配人力。在准备过程中，一个隐藏了许久的问题突然显露了。

　　严颖书奉调到永平医院不久，就发现账目有问题，尤其是药品。丁医生几次诉苦，说消炎药不够，麻醉药不够，一般的阿司匹林一类的小药也不够。那时，滇缅公路不通，药品缺乏，是常有的现象。但是丁医生和护士长都说，曾见进了药的，用时却没有。颖书几次向"嗝儿"院长建议清查药品，都被压下了。为了医院里许多问题，他们多次激烈地争吵过，有些似乎解决了，药品问题却仍埋在深处。

　　"嗝儿"院长姓陈，名大富，保山人，读过医士学校。这两年把永平医院从仓库中建立起来，在医院中颇有威信。许多蹊跷事就是在威信的阴影下发生的。

　　建立野战医院必备药品，清查药品势在必行。这天一早，严颖书到大理交涉车辆，傍晚才回来。回到医院，看见很多人进进出出，神色惊慌，拿着水桶，说是失火了。他问哪里失火。有人指给他，那是小苍山山房一带。他快步跑去，见资料室旁边的一间堆杂物的小屋正冒着黑烟和不多的火苗。陈大富站在那里指挥人救火,几乎全院的人都出动了。嵋和之薇还有几个护士,一个个满脸通红,汗涔涔地也拿着水桶泼水,除了往火堆上浇,还泼在小苍山山房的墙壁上,免得火势蔓延。

陈大富见到颖书,拍着手说:"扑灭了!扑灭了!好在里头没有什么东西。"丁医生心事重重地站在那里,望着那间不复存在的小屋,里面究竟有什么东西,他很怀疑。

严颖书走近火场,觉得一阵热浪扑面而来,皱着眉问:"火是什么时候起的?"又往四处看,说,"这里又不做饭。"

陈大富干笑了两声,说:"大概是两三点钟,有人报告,我跑了来,看见火头蹿得有一人多高,好在救得及时。"

大家又浇了十来桶水,最后的火苗熄灭了。

颖书用目光邀丁医生回到自己房间,两人坐下,半天没有说话。照计划次日要清点药品、对货单,丁医生叹了一口气,说:"明天的事大概做不成了。"

颖书疑惑地望着他,说:"你说这火有点儿蹊跷?"丁医生又叹气。

有人敲门,陈大富进来了,一进来就大声说:"越是事情多,越有多的事。可合?好好的着起火来!"

"得查一查起因。"颖书说。

"已经知道了。"陈大富说。严、丁两人都望着他,看他怎样说下去。陈大富镇定地说:"起因么,哪个也想不到,一个民夫在屋后烧叫花鸡。你们就没有闻见鸡肉香?"

"民夫?是谁?"严颖书问。

丁医生喃喃自语:"岂有此理!"

陈大富说:"鸡也吃了,人也走了。好在一间小破屋,损失也不大。"

"怎么知道是烧鸡引起的火?"严颖书问。

"有人看见。"

"谁看见？"

陈大富不快地翻眼看着颖书："你是在审贼？火已经灭了，要派罪名也大不到哪里去。"

三人都不说话。陈大富掏出烟来抽，停了一会儿，问："车子联系好了？"

严颖书说了车辆的情况，确定两日后出发。还有一件重要的事：安排去留名单。严去陈留已经是默契，其他人员的去留，尚需商量。

陈大富说："我这里已经拟了一个名单。"

丁医生见他们讨论行政问题，便走出来，不觉仍走到着火的地方。救火的人已散去，废墟仍冒着黑烟。丁医生仔细分辨，闻不到烧鸡的气味。已经过了几个小时，即便有过也都消散了。且看明天，他想。

次日一早，丁医生处理过日常工作，便到存放药品的房间。房门已经打开，几箱药品在木架上。陈、严等人站在那里，神色严峻，气氛紧张。丁医生想，药品清查不成了，不过，还有些药就好。

昨晚的争辩似乎就没有停顿，仍在继续。

"清单在哪里？"颖书盯着会计室的人员，他兼任保管。这保管也姓陈，是本地人。

他期期艾艾地说："这是最新的进货单。"随即递过一张纸。

颖书看见上面只有简单的几种药品，便大声说："你应该拿出总的清单，至少这半年的吧。"

保管员望着陈大富，仍是期期艾艾地说："旧账都放在那小屋里。"

严颖书大声说："你是说烧了？"

保管员又望着陈大富。

陈大富也大声说:"就是烧了。谁想到那点会起火!"

严颖书胸中升起一股怒气,他尽量控制着自己。

丁医生走上前说:"先清点现有的药品吧,有多少是多少。"

陈大富似乎松了一口气。几个人动手清点,近期药品大致不差,除留一小部分外,大部分准备装车。

这时,护士长铁大姐提出蚊帐问题。去年夏天运来大批蚊帐,当时没有用那么多,应该还在仓库里。

陈大富好像突然想起什么似的,一拍脑袋,"哎呀,还有这事!"

颖书想,是不是也放在小屋烧了,这话当然不能出口。

"野战医院没有蚊帐怎么行,要是在帐篷里住,更得准备。"铁大姐说。

"那当然,那当然。"陈大富说,"我们查,我们查。"

严颖书说:"这也不是小东西,放在哪里,我们去看看。"

"到底进了几顶?"陈大富问保管员。保管员嗫嚅着答不出。

"东西总在吧?"颖书说,"物质不会自己消灭,先去看看。"

"不用看了,这些蚊帐放到别处去了。"陈大富看保管员神色有些张皇,果断地说,"我们会查找。"

颖书觉得胸口那团怒气正在扩大,"这都是什么规矩!"——他把到嘴边的话咽了回去。

"这边仓库放不下,"陈大富解释道,"大概放到永平城里,反正不耽误用。"

颖书知道不能再深究,勉强压住怒气。任务紧急,必须做好眼前的事。说好陈大富必须积极查找这批蚊帐,及时送往前线。

这时,一个架着单拐的女孩走进屋来。她约有十一二岁,木拐在地上发出咚咚的声音。说不出她哪里像陈大富,可是一看就是陈大富的女儿。

"你来干什么!"陈大富呵斥道,声音很硬,眼睛里却闪着怜爱的光。

"我妈喊我来看一下。"女孩低着头说。

"看哪样?"陈大富不耐烦地说。

"看你是不是走了。她怕你甩下我们走了。"

"快回去!"陈大富又一声呵斥。

女孩看见父亲并没有走,自己放心地走了。她虽然架着拐,却走得很快,木拐在地上发出咚咚的声音。

"那年保山大轰炸,把她的半条腿炸飞了。你大概不知道吧?"陈大富对严颖书苦笑,"我原有三个娃儿,炸死了两个,只剩了个瘸腿的。"

严颖书仿佛听说陈院长家人口很多,有三四个孩子。他这时不愿多问,同情地说:"所以要打日本鬼子。"

女孩的出现很自然地结束了药品和蚊帐问题。陈、严二人到办公室讨论去留名单。

对昨晚陈大富提出的名单,颖书提了好几处不同意见,最主要的是让孟灵己和另外一个较有经验的护士留下。因为护士长要去前方,最好留下几个能干的人,现在留的人手显然不够,而且他也不希望嵋上战场。昨晚陈大富不同意把孟灵己留下,他认为这是颖书要安排一个钉子。这时却说,经过一晚的考虑,他同意颖书的意见。

一切准备就绪,全院开了一次会,宣布人员分工,有去有留。嵋和之薇兴奋地听着。在去的名单里有李之薇的名字,之薇轻轻捏了一下嵋的手。在很少数的留的名单里有孟灵己的名字,嵋、薇对看了一眼。

旁边一个护士对嵋说:"你当然是不适合上前线的。"她是真的这样想,听起来却不大自然。

散会后,嵋去找颖书。严颖书正站在一大堆箱子中间安排搬运。

他领嵋走到一边,温和地说:"我知道你的来意,可我真觉得你不适合上前线。你们女孩子参军做做后勤还差不多,让你们去经历战争的残酷场面,那就更残酷了。而且留下也是需要。"

嵋说:"这么多护士都去,之薇也去,为什么我不能去。若说需要,另留一个人好了。"

颖书说:"要是可能,我把你们都留下。你算是代表吧。"

这时,陈大富走过来,他是负责留守的。

嵋说:"我想留守需要的人很少,而前方人手一定会不够。而且我们不是真的上战场,对前线来说还是属于后方。"

陈大富似乎精神一振,说:"你愿意去腾冲?"

嵋点头。陈大富趁机对颖书说:"让她去吧,我这里摆得开。"

颖书不好说什么,只好不说话,仍去参加搬运。

陈大富对嵋说:"你去吧,自己当心。"

嵋、薇为能仍在一起而高兴。晚上,她们一起到小苍山山房,把所有文件又清理一遍,其实那早已是井井有条。

嵋把门锁好,在门外站了一会儿,两人看着那小小的废墟,嵋说:"我想起那本小说 Rebecca,也拍成电影了,叫《蝴蝶梦》,你看过吗?还想起《简·爱》里的桑恩费尔德,都是一片大火,什么都没有了。"

之薇微笑道:"这可是风马牛不相及。我想这火烧在日本兵营里就好了。"

两人把钥匙送给陈大富。陈大富正站在办公桌前和几个人说话,这几个人中有要走的,也有留下的。大家互相嘱托,亲切话别。

陈大富打量着孟灵己,说:"看来你是有勇气的。"又看看李之薇,"你们赶上了时候,赶上了反攻。"他忽然一拍桌子,大声说,"反攻! 听见没有! 就是去收复失地啊!"大家都有些兴奋。

一个要走的人说:"我家的老母亲,院长多费心了!"

一个留下的人说:"那是大家的事情,你尽管放心!"

次日清晨,严颖书率领行政人员,带着应用物资分乘几辆大卡车,丁医生率领几乎是全部医务人员乘最后两辆卡车,在晨曦中出发了。医院立刻显得空荡荡的,留守人员站在大门口送行,向远去的车队挥手。陈大富脸上不自觉地露出一丝笑意。

"爹,"架拐的女孩不知什么时候出现了,她拉拉爹的衣袖小心地说,"我妈喊你回家一趟。"

陈大富已经好几天没有回家了,其实他的家就在医院旁边。

"院里事情多,没看见刚出发么! 家里有事么?"陈大富仍看着远去的车队。

"没有什么事,不过喊你回家吃碗热汤米线。"女孩抬头望着父亲,眼睛活泼地转动,像一只灵巧的小松鼠,尽管她的腿不听使唤。

"吃米线是什么大事?!"陈大富心里一阵暖热,登时想起自己确有几天没有好好吃东西了。

女孩又拉了拉父亲的衣襟,这是叮嘱。"我先回去。"她走了几步,又转过头说。

陈大富回到办公室,把小陈找来,两人密谈了一阵,又到各处察看了一番,便回家去了。

医院旁边有两排简陋的房屋,是医院自建的家属宿舍。陈大富家占了两间,一间他和妻子住,一间孩子们住。门前豆棚瓜架,倒有些乡村闲景。他一走进家门,孩子们一齐大声喊爹,有的跑过来,有的在原处做着什么。

除了那架拐的女孩桑叶,这些孩子都是保山大劫难后,陈大富收养的孤儿。最小的一个当时不过几个月,正在已死去的母亲身旁哭,陈大富把她从血泊中抱起来,她忽然不哭了,盯着他看。陈大富站在尸首堆旁、碎石瓦砾之中立下决心,一定要把这孩子养大,叫日本人看看。这孩子的名字就叫抗日,现在已经两岁多了,被母亲背在背上,小脑袋歪在一边睡着了。一个五岁大的男孩是从垃圾堆边捡来的,这孩子知道自己的名字叫救国,姓什么却说不清。另外两个男孩都是八九岁,他们是兄弟,姓万,一个叫保中,一个叫保华。在震耳欲聋的飞机声中,连串的炸弹从空中落下,人群在街上乱跑,他们随着父母要跑出城去,在混乱中失散了。保中不知怎么掉在了河里,保华趴在岸边喊救命。当时陈大富正走过河边,捞起水中的孩子,想交还他们的父母,可是再也找不到了。两个孩子的父母和许多中国保山的平民老百姓一样,化成了泥土,化成了灰烟。以后陈大富想把孩子送到救济机关,可那时孤儿院还没有成立,只好留在家中。他们自己的孩子死了两个,捡回四个,又是一个热热闹闹的家。

两个男孩跑过来搬凳子擦桌子。桑叶坐在地下一个小凳上,守着一个大簸箩,正在剥玉米粒。她剥得很快,两个玉米一蹭一蹭,金黄的玉米粒雨点似的落下来。

妻子五翠默默地看了丈夫一眼,端过一碗米线,低声说:"有肉末。"米线碗上冒着热气,油汪汪的,漂着几片碧绿的青菜。

陈大富说了一声"好",坐下稀里呼噜吃起来,把肉末和青菜嚼得很响。

五翠坐在桌子对面,默默地看着他。"他们上战场了,我们也要等着接收伤员。"他似乎是自言自语。他们家从来都是他一个人说话。五翠的话极少,可能因为需要她做的事太多了。

这时她走到炉灶旁,拿起煮米线的小铜锅,把里面的东西全添在陈大富的碗中。又从蒸锅里取出米饭做了两个饭团,塞了些腌菜和辣椒,发给两个大些的男孩,他们要上学去。自己又到屋外喂猪去了。

太阳已经升得很高。两个男孩举着饭团,出门去上学,一路走一路吃。他们从来都是这样,从不闹胃病。他们在平地上跑,有小沟小河就跳过去,还不时你打我一下,我打你一下。

陈大富困极了,他要休息一下,告诉桑叶他要睡两个钟头。墙边条几上摆着一只双铃闹钟,这是他们家的一件贵重物品。

陈大富以为自己一躺下就能睡着,他需要休息,可是他却睡不着。许多他不愿回想的事缠着他,使他不能进入梦乡。

他原在保山市一家小医院工作,在城里有两间小房。桑叶是他们最大的孩子,另外两个都是男孩。在刹那间,只剩了他和妻子和桑叶,别的什么都没有了。没有工作,没有家,有的是嗷嗷待哺的一堆捡来的孤儿。他和五翠对他们很好,尤其是对抗日。怎么能活过来,他现在都很难想象。孤儿院成立以后,他们又想送走保中、保华。两个孩子跪下来哭着说,现在的爹妈就是亲人,不愿意去孤儿院。爹已经救过他们,两人的命都是爹给的,以后活命还是要靠爹妈。他们很快就能干活,会报答爹妈的。五翠先说:"留下吧,哪里也莫去。"陈大富说不出话,好像是点了点头。五翠抱起抗日,指着几个男孩说大哥、二哥、三哥。桑叶那时还没有拐杖,坐在床上叫:"我是姐姐。"说着呜呜地哭了。五翠也哭了,陈大富的眼泪也流了下来。这是上天送来的孩子,代替他们死去的儿子。

他不由得想起那一天,那悲惨的一天。陈大富正在医院里,忽然响起一阵刺耳的汽笛声。保山人不熟悉这种声音,响了一会儿,人们才悟过来,这是警报!大家都往郊外跑。陈大富路过自己的家,带上妻儿,跑出城去。这时,敌机已到了保山上空,到处响起炸弹声、哭喊声,火光四起。他们想躲到路边的矮墙下,两个儿子跑过去了,陈大富和妻女莫名其妙地被一股气浪推到路的另一边,掉在一个浅沟里。炸弹声震得人发昏,弹片在头顶呼啸而过。一块碎片打中了桑叶的腿。飞机过去后,他们大声叫着儿子,没有回音,只看见一个个炸弹坑。他们扑到坑边用手刨土,手指破了,满手鲜血,鲜红的血和泥土中的儿子混在一起。

"我们活着。"陈大富当时想,"能把中国人全炸死么!"他抱起抗日,捡起救国,又救了万姓两兄弟。

劫难后的日子是艰辛的。劫后余生的人们一起抬尸首,清理街道,造简易房屋,他们要活下去!陈大富工作的小医院已经不见踪影,残留的人都进了部队医院。他人很能干,不久,被派到永平医院,很快被任命为院长。

那是怎么开始的?可能是看见别人私拿药品而不能说就开始了。他翻个身,想赶去那些记忆,可是它们偏偏出现了。在保山小医院时,他看见医院的主任拿了几盒注射用水,给来找的亲戚。他和一个同事说起,同事说什么值钱的东西!就当没看见好了。他知道这事不便说,他现在更不愿想,他只想睡觉。可是小陈接着闯进了思绪,小陈是陈大富的老同事,他到永平医院以后,把小陈邀来,成了心腹。大大小小的单位,大大小小的领导都有心腹,是一个普遍的现象。医院初建时,他的全家都在医院食堂吃饭,后来人越来越多,立了规矩,吃饭要付饭费。孩子们常常半饥半饱。有一天小陈拿了半瓶酒,两人在仓库门口慢慢喝。陈大富说,很想给孩子们打一次牙祭。小陈说不难不难,只要拿一盒金鸡纳霜,卖个黑市价,就足够打半个月的牙祭。陈大富当时没有说话,只瞪着小陈。小陈忙说:"不过随便说说,人还能等着饿死么?"那以后,究竟是怎么开始的?他太累了,觉得脑子里乱哄哄的,理不出头绪。他迷迷糊糊,渐渐睡去。

路面坑坑洼洼,到处是弹坑,车行很慢,永平医院车队下午才到怒江边。这时惠通桥原址已修建了简陋的便桥。为了减轻车载,所有的人都下车步行。奔腾的怒江水从桥下汹涌而过,有人低声说:"这就是惠通桥。"他们知道早到一步,就可能救活一条性命,行动都很迅速。参差不齐的脚步声伴着隆隆的车声和水声,移过江去。

峄本来属于行政人员,不知怎么却和李之薇一起站在最后一辆卡车上。她们没有到过这里,却深有亲切之感——老战就是在炸惠通桥的一刹那精神失常的,现在她们要去收复失地了。车过桥后,地势渐高,又行一阵,已入山中。她们好几次下车,还帮助推车。天黑了,前面传过话来,准备露宿。大家都蹲坐在车上,尽量缩小身体,挤着过了一夜。

次日天一亮,继续前行,经过一处,那是前些时的战场。

"救命!救命!"忽听见有人在喊。

丁医生说:"我们搜索一下,有伤员就带上。"

他们在一座破庙前看到一个伤员正向他们爬过来,连忙过去把他抬上担架。

伤员喘着气,用手指着破庙,说:"还有——"

大家往破庙里去,果然又见两个伤员。一个满身脓血,是腹部受伤,一个靠墙坐着,是腿部受伤。他们都被抬上卡车,这样就有五六个人没有站处。

"我们走路。"峄和之薇都跳下车来。

洪医士是本地人,他从车上取下一袋干粮说:"我认得路,我来带路。"另外两个抬担架的男护士也没有上车。

时间不能耽误,也没有什么可讨论的,卡车开走了。

洪医士说:"我们走过去大概要两天的时间。"

他们顺着山路走,越行越窄。渐渐地,之薇和峄都有些走不动了。洪医士让大家在一个大石头旁休息片刻,吃些干粮,继续向前走。忽然豆大的雨点打下来,土路立刻一片泥泞。经过一个村子已经空无一人,他们就在缺了半个房顶的屋子里和衣过了一夜。

第二天雨仍在下,他们一早继续前行,披着雨布,衣服还是湿淋淋的。快到中午,雨越下越大,很快从山上冲下一小股急流。嵋俯身绑鞋带,落下大家有十来米远。

李之薇回头招呼:"孟灵己,快点走!"却看不见孟灵己在哪里。急雨如同大幕遮盖了山、树和人,那股急流正在迅速扩张。

之薇张皇地大声喊道:"孟灵己!你在哪儿?"大家都大声叫起来。

洪医士说:"快跑!这水会把我们都冲走!"

李之薇一面跑,一面哭,一面叫:"孟灵己!你在哪里?"雨水和泪水在脸上糊成一片。

二

嵋醒来时觉得天空很大,雨已经停了,急流正在缩小。她躺在一处河滩上,觉得浑身疼痛,一时不明白发生了什么事。她轻轻转头,侧过脸来,意外地看见一双盈盈的眼睛注视着自己,一头银饰,显示出这是一位傣族少女。

她说话了,是很生硬的汉话:"你是谁?"

嵋说不清自己是谁,只说:"我从很远的地方来,现在在部队医院里工作。"

傣族少女拉一拉嵋的衣袖,像要看清她的身份,想了想,指指自己,说:"阿露。"又指指嵋。

嵋用力说:"孟灵己。"

阿露点点头,说:"去家里。"一面扶嵋起身。

嵋忍着疼痛,勉强起身,随着阿露,一瘸一拐地顺河滩走了一段。转过一个大峭壁,在山坡上有三间茅屋,那就是阿露的家。

嵋上台阶全靠阿露搀扶,腿一弯动,就是钻心的疼痛。上两阶歇一会儿,让疼痛在全身蔓延开来,再一动又是锥心的痛。

上了山崖,进得屋内,阿露让嵋靠在椅上,在一块木板上铺了些干草,再铺上一条花床单,又拿出一件普通的衬衫和一条傣裤,让嵋更换。

嵋背上、臂上、腿上都有碰伤,衣服上血迹斑斑。因为左腿剧痛,她以为左腿折了。看这里的情形是不会有医生的,她也不多想,默默地照阿露的安排做了,躺在草榻上休息。

阿露似乎很满意,自到外间烧火,不多时拿了一小碗姜汤和一竹筒米饭,放在床前桌上。嵋已看出阿露生得十分娇美,像一般傣族少女一样,肌肤白皙,身段匀称,眼睛水汪汪的。房间虽然简陋,却很整洁。在炮火中怎么竟能躺在这样一个柔软的榻上?

嵋打量着这些,说:"我莫非遇见了仙女?"

"仙女?"阿露不懂。

嵋说:"就是好人。"

阿露说:"我当然是好人,你也是好人。"两人不禁对望微笑。

嵋喝了姜汤,又谨慎地吃了一小半米饭,果然阿露小心地吃了另一半,她并没有多余的粮食。

山里的夜色来得早,茅屋窗户又小,窗外巨大的树木仿佛直压过来,屋内很暗。

阿露说:"你先睡吧,我去看看阿爸。"

嵋奇怪怎么一直没有听见有人声,想来一定是另一间房里住着老人。

嵋累极了,困极了,只是疼痛困扰着她。她想是不是该把左腿锯掉,可是别处也在疼,一会儿轻些,一会儿重些。要睡着的时候猛然一惊,又醒了,不能好好睡去。

她迷糊中听见树叶窸窣,虫声悲戚。忽然不知哪里传来嘤嘤嘤的哭声,不觉毛骨悚然。听了一会儿,猜想是阿露在哭。她想去安慰,又不知阿露是否需要帮助,愿不愿意人家打搅,事实上她也不能移动。踌躇了好一阵,哭声停了。又过了一会儿,阿露推门进来,坐在床前,仍在拭泪。

嵋怯怯地问:"阿露,你阿爸生病了吗?有什么我能帮忙?"

阿露忽然大声说了一句傣语,嵋从语气上猜想,她说的是:"你睡你的。"

嵋睡着了,这次睡得比较长,她醒来时觉得已经睡了好几天。想了一会儿,才想清这几天发生的事。屋内没有别人,阿露不在。她挣扎着坐起身,发现左腿已经肿得像个棒槌,皮肤紧绷绷的发亮。

她愣了一下,挣扎着下了床,看准床边一根木棒,靠着床沿蹭过去,取在手中。她左脚一碰地就是一阵疼痛,不能用力,只好拄着那根木棒,一点点蹭出房门。

中间的屋子有炉灶、桌椅,还有一个细竹编的柜子,那大概是阿露放粮食的地方,嵋想。对面的房门关着,"阿露的阿爸住在这里。"屋内没有一点声息,嵋觉得自己不能给人任何帮助,不好去打搅,又有些好奇,想结识阿露的阿爸。正要伸手去推房门,阿露进来了,她背着一个箩筐,对嵋严厉地摇摇手,又指指竹椅。嵋顺从地坐好。

阿露从箩筐里取出一些树枝木柴,放在灶下,从竹柜里取出土豆切成块,又从一个坛中取出腌酸菜,和土豆一起熬煮。那些枝柴很湿,点起来火苗不旺,满屋子白烟,两人都咳起来。

嵋看见箩筐里还有许多草叶,湿漉漉的,试着想帮忙,把它们晾开。

阿露拿过一束叶子说:"洗过的,这是药。"看来她什么都想到了。

土豆还没有烧熟,火灭了。阿露又点一次火,煮了一会儿,火又灭了,半生不熟的土豆就是她们的饭了,她给嵋盛了一碗。

嵋端起碗看着对面房门,轻声问:"给阿爸?"

阿露一愣,摇摇头,神情凄然。

那碗土豆很淡,腌酸菜太少了。嵋不知道,这一点酸菜已经算是奢侈品。她也顾不得咸淡生熟,将土豆吞下。

饭后,阿露开始煮药,一种内服,一种外敷。她把内服的药放在一个瓦杯中,对嵋说:"喝。"又把外敷的药放在一个破碗里,说,"擦。"

嵋不敢喝这种草药,望着药碗发呆,阿露又指指药碗说:"喝。"嵋却不过,一口喝下。

这时天色明亮,像是正午,阿露又指指嵋说:"睡。"又指指自己说,"洗。"便拿了些东西出门去了,想是去溪边浣洗。

嵋在竹椅上坐了片刻,忽然下了决心,走到对面屋门前,慢慢推开门,见屋角躺着一个人,穿着傣族服饰,一动不动。

"阿爸。"嵋轻轻唤了一声,没有反应。她在门口站了一会儿,猛然醒悟,那人已经死了。

嵋觉得头发像要根根竖起,背上发凉。她要关门却拉不动,好容易关上门蹭回桌边,又好容易蹭回屋里,坐在床上。

那么,嵋想,阿露的同伴只是她死去了的父亲。不知已经几天了,什么原因,现在要死太容易了,原因太多了。我如果不被阿露救起,也已死了。可怜的阿露,还有亲人吗?现在该怎么办?第一件事,是我必须能走动。嵋胡乱地想着。

一会儿,阿露进屋,想起什么,又出去,端来那只破碗,递给嵋,脸上的表情是你为什么不擦药?

嵋接过碗,放在桌上,说:"阿露,我看见了。"

阿露又一愣,把碗向嵋推了推,坐在床边哭起来。

"阿露,"嵋说,"你还有别的亲人吗?"阿露摇头。嵋说:"可我们必须把他埋了。我会好起来,可以帮你。"阿露不理。

155

嵋不知说什么好,说什么都没有用,现在她只是个累赘,她能做的只有陪着阿露哭。阿露没有亲人,而自己的亲人又在哪里?自己那亲爱的家,怎么离得那么远?

　　两人哭了一会儿,阿露站起身,用衣袖擦干泪,说:"你不懂。"一面拿草叶蘸药,教嵋擦腿,再把药渣敷上。嵋把军装撕下一条,权作绷带,把腿包好,仍旧休息。

　　过了两天,嵋的疼痛减轻,腿肿已消了很多,看来这些草药很有效。是不是可以请阿露到丁医生手下工作?嵋这样想。阿露开始在屋后挖土,为阿爸准备一个墓穴,因为还要出去找燃料,采草药,她挖得很慢。

　　嵋为自己不能帮忙很不安,阿露安慰说:"你来我高兴。"

　　在这独家村的寂静里,人确实需要一个伴,哪怕是个累赘。

　　嵋已经能够思索了,她想了很多。想到生死、战争、亲人,战争中发生的许多奇怪的事。生死的界限是那么容易跨过,纵然不在战场上,谁也逃不出战争的阴影。

　　她想知道腾冲到底有多远,阿露说很远。嵋想既然阿露知道这个地名,就不会太远。

　　她开始考虑怎么样去找部队。她拄着木棒练习行走,在屋前平地上绕了几个圈,膝盖还不能打弯。她走了一会儿,坐在一块石头上休息。

　　山坡上走上来两个人。阿露听见有人声,从屋后赶过来,原来是他们最近的邻村的熟人。他们好奇地看嵋,问阿露这是谁。阿露说这是上天送来的她的朋友。

　　那两人走到屋后,很快掘出一个深坑,又采了一些柔软的树枝,编出一个大筐。那就是阿爸的棺木了。他们把筐拿到屋里,三人一起念诵什么,那是一个简单的仪式。然后把阿爸抬进筐内,把筐抬出屋来,转到屋后。嵋想跟过去,阿露叫她不要动。

　　嵋知道老人要入土了,便扶着木棒,尽量站直,算是参加老人的葬礼。

不久，三人从屋后转出，已是办完一件大事。来人中有一人汉话比较流利，他向嵋走过来。

阿露介绍说："这是土根叔，他管这几个村子的事情。"

土根叔对她们两人说："不远的地方还有日本人。这里是许多山中间的一个山窝，很难找到，不过也要小心。"

嵋只听清"土根"两个字，别的意思也猜得不差。

她问："这里离腾冲远么？"

土根说："远倒不远，就是山路难走，那边正在打仗，我们村去了不少民夫。"他顿了一顿，向屋后望了一眼，又说，"你先养伤吧。我们知道你是部队上的，是来打日本鬼子的。"

嵋说自己的医院原来在永平，要到腾冲郊外建立野战医院，路上被水冲到了这里，又告诉了部队的番号。

土根说："知道了，遇见部队上的人就告诉他们。"两人走下山去。

阿露跪在路旁相送，然后又走到屋后。嵋拄着木棒跟过去，见一个小土堆，散出新土潮湿的气味，这就是阿爸的坟墓了。

一天，阿露去照顾她的耕地，那是山坡上小块的梯田。嵋坐在屋外，天很晴朗，远山近山层层叠叠。

那里不知住着什么样的人，嵋想。

空中有飞机的声音，这声音忽然变得尖锐和急促，紧接着一声天崩地裂的巨响，一道火光，在对面的山上冲天而起。

嵋惊得站起来，大声叫："阿露，阿露！"

一会儿，只见阿露慌张地跑来，也大声叫着："孟！孟！"

两人望着对山的火光，又惊又怕，不知该怎么办。嵋分析说，这是飞机失事了。好在树木都很潮湿，火势没有蔓延，到傍晚又下了雨，火光熄了。嵋和阿露披着雨衣站在山崖上，看见远处没有了火光，两人都放心地舒了一口气。

嵋对阿露说,这大概是运送物资的美国飞机。这一带天气太坏了,山太多了。阿露说:"他们很勇敢。"

次日,嵋和阿露一起去田里,见不远处树木中有一堆彩色的东西。嵋马上想到这是降落伞,那么就应该有人,活着的人。她把这意思和阿露说了,两人朝着降落伞走去。降落伞一半挂在树枝上,一半摊在地下。她们小心地拉开伞衣,果然,一个人躺在那里,是一个年轻的外国人,穿着飞行员服装。

"你活着么?"嵋紧张地问,并不指望回答。

那人睁开了眼睛,同时努力抬起右手,示意解下他的降落伞。降落伞着了雨,很沉重。她们努力卸下这个大东西,碰到他的肩部,他就大声呻吟。他的左肩受了伤,半边血染的衣服经过雨淋,成了黑红色。

"你能坐起来吗?"嵋问。

那人惊异地听到嵋的英语,脸上显出欣慰的神色,断断续续地说:"我是美国飞行员本杰明·潘恩,受伤了,跳伞了,你看见了。"他努力说出这些字,停了一会儿,又用力说,"我还有同伴——"就晕了过去。

她们无法把他抬到屋里,就在旁边迅速地搭了一个小窝棚,把他移过去。搬动时,看见他的背后衣服上赫然写着几个大字:"来华助战洋人,军民一体佑护。"

"来华助战洋人,军民一体佑护。"嵋默念这几个字,一下子非常感动,他们是为了共同的目标落到这山窝里。

"他在发烧。"阿露看着那飞行员喃喃地说,"他真漂亮。"

嵋看不出。他的脸上、身上粘着颜色不同的泥土,闭着的眼睛睫毛很长。

嵋告诉阿露飞行员背后的字是什么意思,阿露睁大眼睛听着,说:"明白。"

嵋在昆明街上常见背着这句话的美国军人,没想到自己竟真的接触到。她这几天只觉得自己是伤员,这时忽然记起自己是医院工作人员,还做过手术室里的护士,应该对外伤有经验。她恍惚觉得一个离开了的嵋又回来了,只是没有药品,没有器械。

她想了一下,问阿露:"有盐么? 我们弄一点盐水给他洗伤口。"

"用盐? 洗伤口?"阿露有些吃惊,怯怯地反问。

这里盐极难得,是珍贵物品,大家连吃都舍不得。阿露经过最初的惊异,不再迟疑,跑回家去,冲了一碗盐水来。她们从降落伞上剪下布条,为伤员包扎。

嵋动作很有次序,阿露诧异地问:"你会?"

"我学过的。"嵋答。

这时伤员又睁开眼睛,断断续续地说话。嵋听出来,他说的是,他从美国宾夕法尼亚州来,他问自己在哪里,说想要给家人打电话。讲了几句,又没有了声音。

太远了,嵋想。

"药——"那伤员用力说,原来他的上衣两个口袋里都装了药包。她们打开看了,嵋一面想着用过的字典,认出有一包口服的消炎药,还有一盒盘尼西林,带有注射器和注射用水,不觉大喜,对阿露说:"他有救了。"

洗干净了的年轻的飞行员,确实很漂亮。在一堆杂草中间,在生命的边缘上,虽然脸色白得像蜡,仍显出他那英俊的轮廓。

阿露注视着他,喃喃地说着什么,嵋觉得她好像在背诵一首诗。

小窝棚成了临时病房,嵋和阿露轮流守护着本杰明。嵋给他打盘尼西林,阿露给他服用消炎药,加上草药汁,用小木勺一勺一勺地喂。

本杰明有时清醒,好几次问起:"我的同伴?"嵋想应该去找。阿露到高处,四处瞭望,没有看见降落伞的踪迹,她们无法做更进一步的搜索。

过了两天,本杰明清醒的时间长了一些,他再次自我介绍,说:"本杰明,你们可以叫我本。"他看清楚了阿露,仿佛有些吃惊,脱口而出:"多么美!"

嵋把这话告诉阿露,又把阿露最初的评论告诉本杰明,本、露二人相视而笑。

傍晚又下起雨来,必须把本移到屋中,唯一的办法是阿露来背。阿露说她背得动。本说,这让他很不安,再过一天他就可以自己走。可是雨越下越大。嵋和阿露扶着本,本站不住,只好让阿露背到屋里。

本惊叹道:"阿露这样苗条,却是个大力士。"

阿露说,她们在田间挑东西重得多呢。

大雨倾盆,雨声如雷,像要把小小的茅屋冲走。屋角漏雨,流下细细的水流,阿露用一个破盆接着。

暴雨过后,天上出现一道彩虹,长而宽的绚丽的颜色,在灰暗的天空中显得既宏伟又温柔。

"虹的桥是美丽的,虹的桥是相思的。"嵋想起俄国盲诗人爱罗先珂的这两句诗,不觉想起了无因。他在干什么? 他能想象我这奇怪的经历么? 如果他遇到这些,会怎样想? 嵋恨不得现在就问他。

阿露要嵋告诉本,草药汁是他们的老药方,什么病都治,尤其是外伤,嵋已经试验过了。

本说:"我相信你能治好我。"

阿露说:"这药治好了很多人,如果不能治好你,这药方是废物。"

嵋为他们做翻译,但他们的话好像并不是通过翻译传给对方。

本说，他原是一个机械学校的教师，是飞机俱乐部的成员。"那就是业余开飞机。"他解释道。他又说，美国和中国是同盟国，要一起作战，消灭法西斯。他喜欢中国，觉得中国是一个神秘的地方。

阿露告诉他，她从来没有见过飞机，只在空中看见一个个黑点。她生长在这一片土地上，母亲早已去世，父亲最近也去世了。他去当民夫，中了日本人的枪弹，回来后发烧，就死了。

她忽然恐惧地看着本，莫非他也要死？嵋听着这些，传着这些。本和阿露一点也不觉得语言的隔阂，也不觉得他们之间有一个翻译。

本的情况似乎稳定，不过嵋知道应该把他送医院。可是哪里有医院？阿露从来没有去过医院，她得到邻村去问，最近的村子在三十里以外。阿露说，也许这几天土根叔会来。

阿露在她的田地附近，有几个捕小兽的陷阱，嵋到这里以后，还从没有过收获。

这天，阿露去巡视，很高兴地拎着一只湿淋淋的兔子回来。她对嵋说了一串傣语，又走进屋对本说了一大段话，本也回答了一大段话。嵋只断续听见："我亲爱的姑娘，你藏在深山里，等我从天上掉下来，真是奇妙。等我们打败了法西斯，战争结束了以后，你到美国去上学好么？我家附近的小树林里就有许多兔子。"他们不懂彼此的语言，可是他们谈得很开心。

阿露做了一小锅兔肉，作料仍是几片腌酸菜。她只给嵋和自己各一小块，其余的都给本。本喝了汤也吃了肉，说他一辈子没有吃过这样美味的东西。嵋觉得很安慰，阿露笑了。"这样美。"本自语。

本也说起他的飞行经历，他在昆明的蓝天上打下过日本飞机。在驼峰航线上飞行，每一次都是面对死亡。他在云雾中、山谷间穿行，随时会撞得粉身碎骨。飞机升得太高时，机身外会形成一个冰壳。他几次遇到日本飞机拦截,都躲开了。

这一次,两架日本飞机围着他打。"运输机上没有武器。"本说,"不然我打得比他们好。"

盘尼西林已经用完了,口服消炎药很难控制炎症,送本去医院迫在眉睫。可是每天不断地下雨,根本无法出门。

嵋和阿露每天讨论本的伤势和医院,本也参加。他说这个茅草屋是最好的医院,他得到了最好的护理。

可是他的体温又升高,这是阿露的手测量出来的。她们必须采取措施。

嵋和阿露商量,建议阿露去找土根叔讨办法。阿露说最好做一个担架来抬本。

这天清早,阿露去邻村了。嵋一人照顾本,觉得一天很长,本也觉得很长。他问了几次阿露什么时候回来。嵋觉得自己很无能,若是她出去办事,阿露留下来,他们两人会更高兴。

"那路很难走吗?"本问。

嵋不知道,她只能说想来还好,那是阿露走惯的。

本睡了一会儿,自己惊醒,又问:"阿露在哪里? 我怕她不会再回来了。"

嵋只好安慰他,想些闲话来说。她说:"你的名字的发音在中国话里就是笨,就是傻瓜的意思,可是你一点也不傻。"

本笑了,问:"孟是什么意思?"又自己回答,"是月亮,是不是?"

嵋说孟是一个姓,中国有一位大学问家孟子,是儒家的亚圣;姓孟的人很多,若讲谐音,是睡着了做梦。

"阿露是什么意思?"

"我想是露水,是露珠,早上在花草叶子上看得见的,很好看的。不过,也许是路,或者鹿,这在中文都是同音字。我会去问她。"嵋说。本的眼睛闪亮。

黄昏时,阿露回来了,说土根叔他们愿意把本送到保山医院,次日来接。就在这天夜里,又下雨了。雨势很猛,连着下了两天。那条溪水变得很宽,水面涨上来离崖边只有一米多。她们的路断了,没有办法,只有等待。

　　嵋问阿露她的名字是什么意思。阿露想了一下,说没有什么意思只是一种声音,阿爸叫着方便罢了。

　　"一种声音?"本说,随即哼起一个曲调,连续发出露露的声音,那曲调很好听,很活泼调皮,嵋想那是一首美国民歌。

　　"是我作的,你们不信么?"本微笑。

　　她们当然信,阿露尤其信。如果不是生活太困难,他们可以说得上是快活。

　　最糟糕的是他们的粮食快完了。阿露精打细用,把自己和嵋的用量减到最低。她用竹筒煮米粥给本,自己和嵋吃煮土豆,而且树叶越加越多。

　　她对嵋说:"我习惯了,只是对不起你。"

　　嵋摇摇头,眼中浮起泪水。心想是我对不起你,拖累了你。

　　还是不断下雨,阿露说这样不行,她必须泅水去找粮食。嵋问:"你会游水么?"

　　"当然会。"

　　可是嵋有些怀疑。生长在大山中,怎么会游水? 不过阿露是百能百巧的。她们觉得再没有支援,体力很难维持了。阿露决定要游过那一片洪水,去找粮食。

　　她和嵋走到河滩上,嵋不放心地问:"阿露,你真会游水么?"她还是不大相信山里人会熟悉水性。

　　阿露不答,冷静地望着那一片水,慢慢向河里走去。嵋一把拉住她,说:"不要冒险!"

　　这时,河对岸的路上出现一个人,背着箩筐,向她们招手,并且大声喊着什么。阿露喜形于色,也挥动着手臂。那人是土根叔,显然是送东西来的。

要是能打旗语就好了,嵋忽然想起中学时的童子军课,挥动两面小旗,就能和远处的人互通消息。

阿露和土根叔挥舞手臂踢动双腿,也收到旗语效果。他们交流的结果是阿露不要泗水,土根叔把东西送过来。

嵋问怎么送过来,阿露说她也不知道。溪水仍在流着,并不很急,可是没有回落的意思。阿露说,土根叔要办的事总能办到。

她们回到屋里等,阿露对本说他们有希望了。她讲到土根,讲到粮食,讲到土根送粮食。

本认真地听着,似懂非懂,说:"只要有你,一切都会好。"

他们足足等了一天,又是傍晚,屋外有叽叽叽叽的脚步声。土根背着箩筐进门来了,他累坏了,浑身淋得透湿。

阿露帮他卸下箩筐,一面说:"这样重。"

土根坐下来,休息了好一阵,听阿露讲了情况。他对本说:"你们都是勇敢的飞行员,来和我们一起打日本鬼子。我们是一家人,我们要尽力把你送医院。"嵋传达了。

本很虚弱,点点头,用力伸出右手。他想和土根握手,表示感谢。

土根关心地问嵋,他要什么。嵋解释了这礼节。土根走过去握住本的手,把它放进被子里。

土根和嵋和阿露商量送医院的问题。土根说:"我来的路太难走了,带一个病人是无法走的。你们尽量多维持几天,等水势小些我们尽快送他去医院。"他又对嵋说,"你的医院在找你。他们要求各村互相通知,一定要找到你。现在道路不通,你在这里算个医生吧。"

嵋知道部队已有联系,很高兴,说:"我不着急走。在这里,还能帮点忙。若说做医生,我可比不上阿露,阿露已经把我治好了。"

土根沉重地说:"坚持两天吧。"说着,一歪身在竹椅上睡着了,他太累了。

次日清早,土根叔便走了。他向山上走去,不久隐没在丛林之中。

只有等待。本的兴致还是很好,但明显地一天比一天虚弱。盐已经没有了,只有用草药汁洗伤口。嵋很抱歉地想,这种草药汁是不是会越洗越坏。

一天晚上,本说要唱歌,阿露先唱了一首民歌。本低声断断续续地唱起来,唱的是《我可爱的家》,他一开头,嵋就跟上去。

本只唱了一句,就听嵋唱,眼睛却看着阿露。唱到最后,他又加入:

Home, sweet sweet home,

There's no place like home,

There's no place like home.

家,可爱的家,

世界上任何地方都比不上我的家。

本低声说:"我们打法西斯为了你的家,我的家,他的家。"他的嘴角牵动,想要露出笑容,"这里也是我的家,是不是?"他知道自己再也不能回到远方的小树林旁的自己的家了。

第二天,本陷入昏迷状态,一天也没有吃东西。他好像已经没有一点力气。

阿露喂水,在他耳边轻轻地呼唤,他睁开眼睛,目光是茫然的。后来看见了阿露,好像明白一些。

本用眼光寻找什么,阿露把他的东西一件件拿给他看。他盯住他的上衣,衣上有肩章;又盯住上衣口袋上的一个标志,那上面写着他的名字,他所属的航空队。他要把那肩章和标志都拆下来,阿露照做了。

本又用眼光寻找嵋,嵋依照他的目光,取出口袋里的军人证。

本用力说:"交给——"

嵋听不清他要交给谁,便轻声问:"交给你的部队吧?"

本闭上眼睛又睁开,是点头的意思。

嵋小心地把那几样东西包好,又对本说,我会找到你的家,告诉他们你唱的歌。本又闭一下眼睛。

本的眼睛再睁开,仅仅来得及看了阿露一眼,又闭上了,永远地闭上了。

嵋和阿露把本放在阿爸躺过的地方,为他停灵。他实在不该死,他那么年轻,那么善良。

三天后,她们把本葬在屋后,用两个异国少女的泪送别他。本躺在阿爸旁边,青草在那里生长,还有许多不知名的野花。

许多年以后,美国军方来寻找在二战中牺牲的美国军人骸骨,在这里找到了本杰明·潘恩。

天晴了,水落了,嵋走出山谷,恍如隔世。回头看那小茅屋,只见山崖峭壁。小茅屋真的存在过么? 她怀疑,却觉得本和阿露仍在说话。

阿露:小时候我走在山里。大山小草都是我的伴,几乎看不见人。现在居然有一个外国人,隔着山隔着海,从天上飞来。我不懂他的话,可我觉得我们离得很近。

本:阿露,我从来没有想到,我会落在你家里。你的茅屋给了我最后的荫庇。我比我的伙伴幸运得多,因为遇见了你。

阿露:本,你是好人。

本:你也是好人,你们都是好人。

本的声音清亮,阿露发出轻轻的笑声,两人的声音和在一起,飘远了,飘远了。

嵋走着,眼泪不断地流下来,她用手帕频频擦拭。她不能哭,前面等着她哭的事情多着呢。

三

高黎贡山麓打郎镇,曾经相当繁荣,房屋依山而建,绿树环绕,颇具特色,是历来马帮歇脚的地方。我军攻打高黎贡山时,某师曾在这里设立师指挥所,随着阵地前移,这里设立了收容站,接纳伤员和掉队的士兵。以后,战场移往腾冲郊外,这里成了一个简易的招待所,也是过往军车的驿站。

招待所大门外墙上写着大字标语:"抗战是我们中华民族求生存、争人格的唯一出路。"

两排房屋,经过战乱,大都破损,勉强避风雨而已。每排房屋中部都有一个敞间,前面无墙,是公共场所。现在贴了各种通知和宣传品。院中有几棵叶子花树,正在开花。紫色的花朵给破败的景象平添了几分活泼。

孟灵己依照土根叔的安排,在这里等候开往前方的军车。她站在树下,聚精会神地望着大路。上午已经两次有军车开过,他们都拒绝了嵋的请求,说是车太满了。下午有一次,司机同意了,坐在副驾驶位上的人反对。嵋只好眼睁睁看着车子开走。

又有两辆车到了,它们一直驶往后院。嵋想去联系,却觉得没有希望,站在树下思索,心里复述着要搭车的理由,想要说得动人些。一阵风过,头发上、衣服上落了好几片紫色的花瓣,也不觉得。

"孟灵己?"一个声音,陌生的,似乎又是熟悉的,"孟灵己!"声音大了一些。

谁在叫我?这里有人认识我么?嵋回头看,眼前是一个青年人,穿着美军服装,态度文雅,容貌有些像外国人。嵋很容易地分辨出,他是从军的学生。

"对不起,"那人说,"我想我没有认错人。"

"我是孟灵己,你没有认错。不过——"

"我应该介绍自己。"那人微笑道,"我的名字叫冷若安,我们是同学。"

哦,冷若安。嵋立即想起,这是梁先生最得意的学生。遂道:"你是冷若安? 我知道的,不过人和名字对不起来。"

"你在这里等车吗?"冷若安问。

"就是,你有车吗?"嵋急切地问,"你往哪里去?"

"当然是腾冲。"冷若安答,"我从昆明来,是去运药品的,和斯宾格少尉一起。他开车,路好走的地方我也开一段。我们在这里打尖。"

"昆明?"嵋睁大眼睛,这是多么亲切的地方,又是多么遥远了。

"不过这次回去,什么也没看见,只看见药。"冷若安停了一下,又说,"你来,你来看这里。"

他引嵋上了台阶,走进敞间,墙壁上贴了许多通知一类的纸张。在墙角不显眼处有一张纸,上写:寻找孟灵己。又有几行小字:我院人员孟灵己于行军中散失,有知其下落者,速报腾冲上绮罗野战医院。

"我昨天就到了,怎么没看见?"嵋说。

"我刚到,一眼就看见了。"他们都笑了。

"揭掉吧。"嵋伸手揭去那张纸,"孟灵己已经出现了。"她把纸放在衣袋里。

"不知为什么,我觉得你就在这里,你果然在这里。"冷若安望着那贴过寻人启事的墙。

"我应该赶快回到自己的工作岗位。你的车能带人吗?"

嵋问。

"我想没问题,我们去找斯宾格少尉。"冷若安引嵋向屋后走去,"我们的车上有两位女士。她们到这里办事,不去腾冲。"停了一下又说,"有一位还说是你家的亲戚。"

"亲戚?"嵋想,"莫非是玹子到了?"

屋后空地上放了几张桌椅,一位美国军官和两位女士在那里喝茶。军官看见嵋,不等介绍便请她坐。嵋还来不及回答,目光先落在那两位女士身上。

在军装单调的颜色中,女士们的衣着可谓绚丽。一个穿着宝蓝色有淡色花朵的外衣,一个穿着深绿色印黄色方格的外衣,都穿着深色工裤,想是为了旅行方便。穿蓝色外衣的不是别人,正是吕香阁。

吕香阁机灵地站起,迎上来说:"是小姑姑么? 长这么大了,又穿了军装,简直认不得了。"

嵋微笑道:"你怎么来了? 来打仗么?"

吕香阁也微笑道:"我是办俗事的人,办的都是上不得台盘的事。"一面对穿深绿外衣的女子说,"这是孟家二小姐,认识吧?"

那女子站起说:"孟教授是人人都知道的。我叫和美娟。孟二小姐请这里坐。"

冷若安拉过两把椅子,和嵋一起坐下了,先和斯宾格确定了嵋能搭车,大家随意谈话。

谈话中,嵋知道和美娟是哀牢山中一位女土司。中学课本中有关于土司制度的叙述,现在眼前竟坐着女土司,嵋颇为好奇。

仔细打量,觉得和、吕两人都有一种媚态,却又不同。吕较柔和,也可以说是狡猾,和则较冷,略带肃杀之气,想是当土司当的。若是两只狐狸,前者是银色的,后者是红色的。嵋立刻又抱歉地想,怎么把人想成狐狸。

吕香阁说:"小姑姑从军影响很大,常听见来喝咖啡的学生们说起。"

嵋道:"有什么好说的。你从昆明来?"

香阁道:"是啊。我去看过祖姑,他们身体都好。真没想到会遇见你。说来不好意思,我到昆明也五六年了,不敢去见上人呢,怕嫌我做的事不光彩。"

嵋道:"工作当然是很忙的。"

吕香阁面有得色,"真忙呀,忙得四脚朝天。你还不知道么?我的咖啡馆扩大了。"

冷若安看见嵋的黑发上有一片花瓣,宛如一件饰物。嵋略摇头,花瓣落下了。若安觉得惋惜。

嵋转脸道:"这位吕小姐在昆明开了一个绿袖咖啡馆,你去过吗?"

若安道:"对不起,我只去茶馆。想来斯宾格少尉一定去过。"他又用英语说了他们的谈话。

斯宾格道:"当然了。不然我怎么认识吕小姐,而且成了好朋友。"

这时又走来一个美国军官,他从腾冲那边来。大家问他战况。他说大大小小已经打了几十次,向前推进十分困难。大家用英语谈了一阵。和美娟不会英语,吕香阁随时为她翻译。

不久,谈话自然地分成两组,三位男士说英文,三位女士说中文。

香阁说,咖啡馆加了舞厅,经营很顺手。嵋很想家,想念昆明,觉得吕香阁说的琐事都很有趣。

和美娟说:"孟小姐,我见过你的。那是你小时候,在龙尾村,不止一次。"

嵋说:"是吗?我没有印象。"她不知道,当年青环描述的,

170

用蜈蚣咬人并迫使她跳江的,便是眼前这漂亮女子。她想问问土司的职责,却不知怎样说起。

和美娟常和钱明经在一起,对学校的人物很熟悉。她说,孟先生住的腊梅林,萧先生种的菜地,她都去参观过。

谈话又会合了。吕香阁说她的咖啡馆是一个文化沙龙,她不无遗憾地对冷若安说:"冷先生不曾来过,倒是有很多同学都来。庄无因也来。"她对嵋说。嵋有些诧异,脸微微红了。

"他们有时全家来,有时庄无因一个人来。"吕香阁又说,有些不怀好意。

嵋很快镇定下来,坦然地问:"你看见无采吗?她也长大多了吧?"

"无采倒不曾见。"吕香阁想了想,又说,"对了,好像和庄太太一起来过。她长得很高。"

"我们该走了。"冷若安对斯宾格说,"山路很难走,不知要用多少时间。"

吕香阁说:"我们两人不走,住处已经安排好了。"说着安逸地拿起茶杯,对斯宾格一笑。

余人都站起身,准备上车。忽然阴云四合,天色很快暗下来,又下雨了,雨点有蚕豆般大。

斯宾格说:"今天怕走不成了。"大家复又坐下,又等了一阵,雨越下越大,便决定留宿一晚,次日出发。

嵋说:"既然这样,我先回房去。"斯宾格热情地留她一起晚餐,嵋辞谢了。

冷若安陪嵋向住处走去,说:"我倒认识你真正的亲戚,你的表哥澹台玮。"

"是吗?"嵋高兴地问,"玮玮哥在哪里?"

"我们在译训班是同学,他现在大概在腾冲。"

"那么,明天就能看见他了。"嵋说。

他们走到嵋的住处，那是这一排房屋尽头的一间，一个大通铺，只有嵋一人。墙的一角漏雨，雨水如注。

"我有办法。"嵋说。迅速地把垫在被褥下的油布抽出，做成一道墙。

冷若安说："只堵不行，必须疏导。"他把墙角的砖拿掉几块，果然水向下流去，铺面上的积水少了。

"多谢，多谢。"嵋说。

"你在这里都吃些什么？"若安问。

"大门旁边有一家小店，卖米线、饵块什么的。"嵋指着大门的方向。窗外的雨连成一片，遮住了一切，显然无法出门。

冷若安点头不语，从背包里拿出两张报纸递给嵋，说："你留着看。"自去找管事人员，安排住处。

回到敞间，见斯宾格等人摆出了食品，有面包、黄油、果酱、压缩饼干，一小罐肝酱。

吕香阁说："如果有原料，我可以做汤。"

"你做的汤一定好喝。以后你到美国来，我们去旅行，可以野炊。"斯宾格说。

冷若安拿起自己的一份，吕香阁看了说："是送给孟二小姐吧？我这里还有东西。"遂把两个苹果放在若安面前。

冷若安没有理会，向斯宾格说了一声，仍只拿了自己的一份。

嵋见冷若安拿了食物来，很惊奇，说："我并不需要吃东西。"

冷若安道："人怎么能不吃东西。"

嵋说："我吃了，你还有吗？"

冷若安道："我当然有，你放心吃吧。"

嵋说："我总在分别人的口粮。先分阿露的，又分你的。"

冷若安道："阿露是谁？你的经历好像很有传奇色彩。"

峱只说阿露是一位傣族姑娘,便不再说话,她不想说她的经历。冷若安也不再问,放下东西,说了自己住处,转身要走。

峱举着手中的报纸,说:"我看过报上的消息了。"

那是两张《云南日报》,报上刊载了昆明教授们在一次集会上的演讲。孟樾的一段很长。他说,盟国反攻顺利,敌人马上可以崩溃,但崩溃前必做最后挣扎,我们必须做战至最后的准备。太远的问题不必谈,目前急需解决的是军队的给养问题,还有医疗问题。给养必须跟上,才能增加远征军的战斗力。医疗也是保证战斗力的必要条件,反攻力量一点一滴均须珍护。

冷若安道:"我读到时,完全没有想到会遇见你。"

爹爹和我在一起,峱想。眼望着那些食物,觉得颜色十分好看,而且香气扑鼻,忽然感到饥饿难当。

"你吃饭吧。"冷若安说。

"你呢?"峱问。

"我有饭吃。"冷若安说着走开了。

峱坐在通铺上自用晚餐。饭后,又翻来覆去看报纸,上面的事都很亲切。放下报纸后,从衣袋里掏出那张寻人启事,又看了一遍。一面想,把自己弄丢了,让人寻找,这就很古怪。她把这张纸仔细抚平,仍旧叠好,放在背包里。

她注视着从墙角流下的雨水,想到杜甫《茅屋为秋风所破歌》里面的诗句:"雨脚如麻未断绝。"她和小娃一起读这首诗时,注解里说有一种本子是"两脚如麻"。当时他们讨论应该是雨还是两,爹爹说,让他们自己体会。

现在她体会到了,应该是雨不会是两。看那雨水,在墙角肆无忌惮地不断流下来,什么时候能断绝?

她想把这些念头告诉小娃,又想不知什么时候能够全家人在一起痛快地说一说自己的经历。还有,还有无因。

她拿了一张纸,写了几行字,想托吕香阁带回家,写着又自己暗笑,吕香阁岂是带信的人。便搁笔不写,把纸条也塞在背包里。

至少明天可以见到玮玮哥了,嵋想。还有冷若安一起走,不觉感到平安。

冷若安走到自己住处,见房顶正中也在漏雨,想了想,仍回到敞间。斯宾格已又摆出一份食物。冷若安坐下,见雨水在檐前形成一道帘幕,简直看不清外面景物。雨丝飘了进来,靠台阶处湿了一片,里面并无影响,说:"这里倒不漏。"

斯宾格说:"房间里漏吗?不要紧,可以用雨布。"又问两位小姐要不要雨布。

和美娟说:"我先去看看。"起身去了一趟,回来说,"我们的房间不漏。"她们显然得到了照顾。

大家吃过东西,仍坐着说话。冷若安先告辞,他回房支起了雨布,好像半个小帐篷,坐在里面静听雨声。他眼前不觉出现那寻人启事。

"孟灵己是我寻到的。"他想,感到十分安慰,却又有几分莫名其妙的惆怅。

不久斯宾格进房来了。冷若安原以为他会很晚回来。

斯宾格似乎看出他的想法,说:"我想多和小姐们待一会儿,不过太累了,明天还要开车。"

冷若安让斯宾格睡在离雨布较远处,自己靠近雨布睡了。

大雨在半夜时分停止。次日清早,大家在敞间告别。吕香阁说她会告诉祖姑,看见嵋了,嵋很好,只是瘦了些。

嵋微笑道:"最后一句可以删掉。"

斯宾格拥抱了两位女士。他并不知道她们此行目的,她们要搭车,他就带她们一程。

冷若安让嵋坐副驾驶座,自己和另一位军士在后面药箱堆里摆出了座位。车子开动了,在坑洼不平的路面上颠簸着,转过山坳不见了。吕、和两人放下挥动的手臂,长吁了一口气,仍回敞间闲坐。她们在等候什么人。

约在中午时分,一个中年人,穿一身黑色短衣裤,走进敞间。看见她们,高兴地说:"和小姐,这里可容易找?"这是瓦里大土司家的管事。

瓦里大土司曾派过一位管事去龙尾村邀请孟先生到土司府讲学,孟弗之没有应邀,是白礼文去了。

现在大土司已经去世,儿子瓷里袭位。瓷里有经营才能,做着各种生意,其中也有烟土一项,已经有几年了。这管事也不同于老管事的温厚有礼,招呼过和美娟,眼睛四处张望,显得机警精明。

当下和美娟问:"只你一个人来?"

管事见敞间里人来人往,便说:"请二位小姐到屋后说话。"

他们到了屋后一个僻静处,管事说:"这批货不得手,十天半月来不了。两位等不了那么多时间,瓷里土司说就先请回吧。"

和美娟微愠道:"说好了要和瓷里土司谈,怎么不露面?"

管事赔笑道:"瓷里土司说,过几天到平江寨去。"

和美娟道:"货没有,又来做什么?"

管事静了片刻,说:"有一箱玉器在车上。"

和、吕二人大喜,走出来看,见一辆旧吉普车停在路旁。

管事说:"就用这辆车送二位到平江寨吧。"说着,递过一叠纸,是玉器清单,"东西太多摆不开,到了再看吧,小人告辞了。"

他又机警地前后看看,向屋后走去。

和美娟对吕香阁说:"怎么样?到我那里看看。他们安排这车子到平江寨,就不会多走一步。"

吕香阁只知和美娟是平江寨女土司,这时要到平江寨去,觉得新鲜,便说:"有机会看看你管辖的地方,真是三生有幸了。"

美娟笑笑，道："你可不要期望太高。"

车子向保山方向开动。到大理停了一晚，沿途有许多军车奔赴前线。有人对这辆车投以诧异的目光，却也不来多管闲事。这平江寨在哀牢山中，从大理出发，行近楚雄时，走上一条小路，小路通向大山深处，连续拐弯，渐行渐高，路面更是泥泞难行。直到下午，车子转过一个山脚，望见远处一片树木。

和美娟指道："前面便是平江寨。还有十几里地呢。"

道路太陡，已经不能行车。和美娟要吕香阁在一块大石旁等候，她去叫人抬东西。

吕香阁说："这样荒无人烟的地方，让我一个人等着。"

和美娟安慰道："越是荒无人烟，才安全呢。"打发车子开走，自己卷起工裤裤脚，往前去了。

吕香阁坐在大石旁箱盖上苦等，前后左右四处瞭望，生怕有什么东西钻出来。路虽难走，山峦树木却颇秀美。她无心观看，只觉得等了很久很久。好不容易看见和美娟坐在竹椅上，几个人簇拥着走近了。

和美娟笑说："你看，我这么快就赶回来了。"

她另带了一张竹椅，让吕香阁坐。竹椅承受了重量，发出吱呀的响声，吕香阁生怕跌进山沟，紧紧抓住扶手。几个村民把她们和那箱玉器抬进了平江寨。

从汉朝起，中央政府施行用本地人管理本地人的政策，设立了土官。到了元朝发展为颇完善的土司制度，按管辖领地的大小，设立了不同等级的土司，他们受到中央政府的封赠，管辖自己一片领地。瓦里家受封为宣抚司，从四品，是云南有数的大土司之一。平江寨管辖约一百来户，称为蛮夷长官司，是土司最低的官级。

经过明末清初的改土归流，土司制度逐渐消亡。民国初年，云南这种边远地区，还有土司存在，权力已大减。大概是最后一

176

代了。

平江寨所属人家,分为几个村庄,房屋都很简陋,只蛮夷长官司署稍具规模,经过多年的修葺改建,已不是原来的模样。和美娟的住处倒还整齐,檐边壁上都照白族建筑习惯,有镂空花纹和彩绘鸟兽。敞厅正中供了一尊白玉观音像,像不大,但十分秀美。和美娟笃信观音,有问题便向观音菩萨请示。

她们到后,有些村人来见女土司,吕香阁自在房中休息。

一时和美娟来招呼她吃饭,说:"这是延迟的午饭,提早的晚饭。"

吕香阁最关心的不是饭,而是那箱玉器。厅中桌上已经摆好饭菜,很是简单。

饭间,和美娟说:"我们这里很穷,很闭塞。这几年受外来风气影响,各方面才有些改进。以前汽车还开不了这么近。"

吕香阁心想,这里的生活水平果然不如城市里的普通人家。

饭毕,和美娟引吕香阁到旁边一个房间。这大概是她的密室,房间不大,除桌椅外,没有多余的摆设。她们带来的箱子摆在一张矮桌上。

和美娟关好了门,打开箱子,将箱中物品一件件取出,有云南的翡翠,有缅甸的黑玉,质量都一般。两人平分,你一件,我一件,没有争执。快到箱底了,一块拳头大的玉石引起了她们的争论。这块玉作乳白色,光泽极好,顶上有一圈嫩黄色璎珞式样花纹,纹路清晰,是半成品,并未做成什么物件。

和美娟说:"这块玉不必做了。配一个硬木底座,就能卖个好价钱。"

吕香阁道:"这件好东西,怎么混在这里?"

和美娟说:"我想这是瓷里土司给我的。"

"怎么知道是给你的?我们对半出钱的呀!"吕香阁问。

和美娟笑道:"你做玉器才多久,也都是从我转手的。这点就莫争了。"

吕香阁知道争不过，只拿着那块玉，慢慢抚摸。

美娟伸手取过那块玉，放在自己一边，再去看箱底，轻声叫道："有了，有了。"原来箱底有几个布包，正是烟土。

香阁也惊喜道："有货，为什么骗我们？"

和美娟略一思索道："我明白了，你猜猜。"

香阁绕着箱子走了一圈，说："想来是怕遇见检查，我们会慌张。全不知道，就会镇定。"

美娟盯着她看："原来你真这样精明。"两人分好烟土，不再提那块玉。

夜间，吕香阁因没有得到好玉，心中别扭，不能入睡，坐着发愣。听见隔壁有声音，好像是什么东西爬来爬去。她猛然记起曾听荷珠说，和美娟也养毒虫。这可能是毒虫在爬。

她举着煤油灯，仔细查看床铺，床上很干净。偶一回头，见靠墙处有一根弯曲的长棍，向墙角移动，钻入洞中不见了。正是一条蛇！她紧紧抓着煤油灯，定了一会儿神，下意识地向门走去。刚要开门，又缩回手，门外还不知是怎样的情况。总之是不能睡觉了，她坐在床沿，闭目休息，想有情况就夺门而出，不知不觉却也睡着了。一会儿又惊醒，拉过一把椅子，用椅脚塞住墙洞，才和衣而卧。

早上起得晚了，香阁走到敞间，见和美娟坐在那里，观音像前已经上了香。有人来向她禀报，说前几天县里来征调民夫，又派出了十个人，今天出发。若是土司今天回来，没人抬竹椅了。上个月已派了二十个人了。

早饭时，吕香阁说："我们的事办得差不多了，我今天就回昆明去。"

和美娟笑道："你怎么走？"

吕香阁道："你能不能派人送我到楚雄？"

和美娟道:"哪里派得出人,刚刚说过征民夫,你没听见?"

吕香阁想说房里有蛇,话到嘴边却没有说,在山里一条蛇算得什么大事。

停了一下,和美娟说:"那批货还没有明确交代,明天瓷里土司要来我这里,你何不等见了他再走?"

香阁听说瓷里要来,便赶她也不会走了。

晚上,两人饮了几杯糯米酒,像大多青年女子在一起谈话那样,话题不觉转到两人的终身大事。

美娟很坦率:"对我最合适的人,就是瓷里土司。他家业丰厚,你别看他是土司,还想出国留学呢。只是我不喜欢他。"

香阁道:"土司嫁土司,真是门当户对,你为什么不喜欢他?"

美娟道:"你知道,我有什么大事都是观音菩萨指点,指点得我的路越走越宽。当初我到昆明上高中,也是经过卜卦。瓷里的事我在观音菩萨前算过命,没有结果,算不出来。照说,跟着他能过上好日子。不过——"

香阁忽然想到钱明经,便笑说:"你喜欢谁,我知道。"

美娟略显喜悦,又马上变成一种冷漠的神情,"钱明经?可是他不愿意娶我。也许哪天,我会——"

香阁开玩笑地说:"杀了他?用毒虫?"看见美娟的神情又变成严肃,连忙说,"开玩笑,开玩笑。"

美娟的神情缓和一些,站起来,说:"这话可不是说着玩的。"

香阁又试探道:"你和瓷里土司一起出国不是很好吗?"

美娟叹息道:"瓷里也有他的想法。他对我不错,可一切都是未知数。"说着,转过话题问道,"你呢?你现在认识的外国人不少。"

"没有一个可以谈终身的。"吕香阁回答。两人互相同情又警惕地对望了一眼。

过了一日，不见瓷里土司来。吕香阁想参观和美娟的玉器，和美娟说："过几天再说，我也没有什么好东西。"香阁便在自己屋里摆弄那些玉器，换了一个箱子，仍把烟土装在下面。

又过了一日，早饭时，和美娟换了一身鲜艳的白族服装，白上衣，红坎肩，衣裤都有很宽的花边，显得十分窈窕。头上的装饰，宛如戴了一顶漂亮的帽子，衣襟上戴着玉坠，手上戴着玉镯。香阁知瓷里土司要来，便也要换一件衣服。她带的衣服不多，左看右看，挑了一件蜜色为底、上有红蓝绿黄颜色的碎花旗袍穿了。

和美娟上下打量，说："你已经猜着了。"果然早饭后，瓷里土司骑马来到。

三人在厅上相见，香阁先吓一跳。原来土司相貌奇丑，五官好像都排错了位置。他中等身材，穿着长袍，马褂上绣着花朵，看去不知是哪个时代的人。

他与和美娟先谈了一阵田地的事，目光不时飘向香阁，每次都遇到一个灿烂的笑容。

后来谈到这批货，美娟道："有东西不告诉我们，是怕我们露馅。"

瓷里道："没有心理负担，好对付检查。"美娟请瓷里到小房间查看货物，把香阁关在门外。

一时两人出来，瓷里说："这批货卖给你们，我很吃亏。玉器普通，土是上等的。"因问："吕小姐到昆明多久了？"

香阁道："我跟着祖姑，就是孟樾先生的夫人，到昆明已经五六年了。"

瓷里很高兴，说："原来你是孟先生的亲戚。先土司很崇拜孟先生，把孟先生的书让人抄了，挂在墙上。"

香阁道："听说瓦里大土司最敬重读书人。村民都明白事理,比别处强多了。"美娟看了她一眼,轻轻咳了一声。

谈话间,香阁知道瓷里除了烟土外还有盐、茶等生意,赞叹道:"土司真是能干人。"

瓷里笑道:"你还不知道,我们这里的大小土司,辅助军队打日本,出钱出力,眉头也不皱一下的。"

吕香阁又要称赞,美娟抢着说:"抗日的道理人人都懂。便是我这小寨,也是尽所能地出钱出力啊!"

瓷里道:"也不尽然,腾冲山里的马福土司常在抱怨,事情太多,仗还打不完。"

香阁抢着说:"哪能都像瓷里大土司这样明白?!"说着嫣然一笑。美娟又看她一眼。

中午,美娟设了一席小宴。有一个薄荷牛肉,是用田埂上的野生薄荷和牛肉一起炖煮的。美娟说,知道瓷里喜欢这道菜,特地做的。

香阁说:"什么时候土司到昆明来,我做西式肉汤招待。"

瓷里笑道:"那好啊。过些时候还有货,你们再跑一趟,顺便到我那里看看。还可以看见孟先生的文章。"

瓷里盘桓了一天后离开。美娟心里酸酸的,对香阁说:"我有一个发现,瓷里土司很注意你。"

吕香阁略显得色,马上把向上的嘴角改成一个赔笑,连说:"哪有这事,哪有这事。"

又过了一天,美娟安排了一匹马,着一个老汉送吕香阁到楚雄。吕香阁到了楚雄,很快搭上军车,顺利地回到昆明,回到翠湖边上的绿袖咖啡馆。

四

六月的骄阳正在增加威力的时候,中国军队正在祖国的边陲攻克一个又一个敌人工事,一寸一寸地夺回自己的土地,可以说每一寸土地都是鲜血浸泡过的。

一天又一天,每一天都有多少年轻的生命在这里牺牲。若是灵魂都能从天空下望,他们应该已经形成一个硕大的网,庇护着自己的同伴,向胜利走去。

一天又一天,部队逐渐靠近了腾冲城。

永平医院在上绮罗村附近成立野战医院,已经近一个月了。这个野战医院属高明全师,现在运行正常。每天都有伤兵送来,一部分经过处理后运往保山,一部分留在本院治疗,也有一部分就在这里死去。

严颖书急促地走过细树干搭成的走廊。在医院入口的护士台前,听见有人对话。

"你叫什么名字?"

"我叫澹台玮。"

"你是姓澹吗?"护士不认识这个字,好奇地问。

"我复姓澹台。"这是回答。

严颖书愣了一下,向护士台走去。一个穿美军服装没有军衔标志的年轻人靠在护士台前,分明是澹台玮。

"嘿,嘿!"颖书拍了玮一下,"我们又见面了。"

玮正看着一个表格,抬头见是颖书,高兴地说:"我到医院来,就想有可能见到你和嵋。嵋呢?她也在这里吗?"

颖书迟疑地说:"她还没有来。"他不知道怎样说嵋的失踪。"先说说你吧,你怎么了?"他问玮。

"小问题。不过是蚊子咬了,不知怎么竟成了一个洞。"

玮指指卷起裤脚的右腿,小腿下部贴着一块纱布。联络组的军医回昆明休假,这纱布是他自己贴的。他们走进一个房间,那里算是一个治疗室。洪医士打开纱布,伤口发炎了。洪医士小心地操作着,用镊子夹着棉花清洗。棉花球居然掉进洞里,又夹了几下才夹出来。

"疼吗？"洪医士问。

颖书替玮说："当然疼，这么深的伤口。这里的蚊子有毒，弄不好腿都要锯掉。你收拾好了，到行政办公室来找我。"

玮点点头，看着伤口。伤口里滴进双氧水，冒起很多泡沫，洪医士一遍一遍用棉球拭去，最后塞上棉花，用绷带包扎起来。

玮想，真是莫测高深，简直像负了伤。道过谢，正要出门，不远处病房里传出一声惨叫："还我的腿！还我的腿！"另外一个声音："人家命都没有了，你少一条腿算什么。"洪医士匆匆向病房走去。

玮绕过走廊，看见木板隔出一个空间，钉着一块小木牌，上写"行政办公室"，正有人走出来。

他走进去，颖书刚从桌边站起，说："我正要再去找你，坐一会儿吧。"

玮坐下了，说："你的工作很复杂。"

颖书苦笑道："天天面对伤残病痛，还有各种各样的关系。你知道我本不是敏感的人，现在连感都没有了。"

玮想，那么嵋呢，她那样敏感，那样富于同情心。不过，他相信她会对付一切事。

彼此谈了些情况。远处炮声隆隆，颖书道："今天伤员不多，明天还不知怎样。"

玮问："前天空投了一批物资，都搬回来了吗？"

颖书道："全院人都出动了，总算没淋着雨。"

"嵋怎么还没来？"玮忍不住问。

颖书含糊其词："我原想留她在永平，那边也需要人。"

"那么她不来了？"

"她要来的。不过我们需要等待。"

玮有些不安，问："她出了什么事？"

又有人来找颖书。颖书对玮说:"你先不要走,今天有送药品的车从昆明来,可以听听昆明的事。"

颖书走出门,因为又可以拖延回答,心里庆幸。他几次想说嵋失踪了,但说不出来。回头就告诉他,颖书想。

玮在医院走了一圈,打算看看就回住处。在手术室外遇见洪医士和丁医生,两人拿着一个药盒正在看说明书。

"孟灵己在就好了。"丁医生说。玮不由得走过去,洪医士先说:"这儿有一位翻译官。"

玮要了纸笔,马上将说明书译出,只是有些专用名词他不知道中文,抱歉地说:"几个专用名词一定有现成的译法,我只能说说大意。"

丁医生看了他的译文,高兴地说:"有帮助。专名词我认得两个,可是还有几个不认得。过几天,还有美国军医来。不过,他们不能告诉中文。"又叹息道,"孟灵己在就好了。"

玮便问:"孟灵己出了什么事?"

丁医生觉得这个人和孟灵己没有关系,便不回答。这时,外面一阵乱,好几个人大声说:"昆明来车了。"

大家走到门外,见两辆卡车停在坡下。已经有人在抬东西,两个人抬着一个纸箱,走过玮面前,其中一人竟是冷若安。

玮叫道:"冷若安!你从昆明来吗?"

"我运药品。你怎么在医院里?你负伤了吗?"冷若安吃力地大声问。

玮摇摇手,一瘸一拐走下坡去,要参加搬运。人们给他一些小物件。上坡时,又遇冷若安下来。

冷若安问:"没看见她吗?"

"你说谁?"

"孟灵己呀,她跟我一起来的。"

"怎么,她回昆明了吗?"玮诧异道。这时,似乎在配合他们的谈论,好几个声音在叫孟灵己。

嵋出现了,戴着草帽,背着背包。玮第一次看见穿着军装的嵋。军装很肥大,嵋在里面摇摇晃晃。嵋走到他面前举手行了一个军礼,虽然憔悴,好看的笑容依旧。

"孟灵己!孟灵己!"还有人在叫。玮很奇怪。

嵋看见玮的腿上缠着绷带,担心地问:"你怎么了?受伤了吗?"

玮说:"不过是蚊子咬了,倒是你怎么了?"

嵋的眼泪扑簌簌落下。这时李之薇跑过来,一把抱住了嵋,拉着向一边走。

嵋回头说:"以后再说,现在先去搬东西。"一面抹着眼泪,和李之薇一起跑走了。

冷若安对玮说:"她失踪过了,是我把她找回来的。"见玮关心的样子,补充道,"她是被山水冲到一个地方,详细情况也没有多说。"

玮又搬了一阵,没有见嵋,她已被护士们拉到屋内。

天色又一磴一磴暗下来,已是回营时间。见冷若安还在卡车旁搬最后几个箱子,玮说:"到哪里去找你?"

冷若安说:"我在保山,属美国军医部门,我是运输兵,又是游击队。"说着顺手从卡车上拿下一根木棍递给玮,"正好你用。我知道你在师部美军联络组,我来找你。"

两人都知道,在战争中地址隔几天就要变动,哪有机会拜访,不过说说也很安慰。玮把木棍向上举了举,表示感谢,拄着木棍回营去。

过了几天,人们大都知道孟灵己落难独家村的事。护士们要她讲一讲,总没有机会。正好玮来换药,傍晚,和嵋、之薇同在屋外树下吃晚饭。

玮说:"我还不知道你到底经历了什么事?"

峬说:"当然要告诉你,还要交给你一件东西。"

说着,放下饭碗,跑进房去,拿来一个小盒,放在一旁,开始讲被阿露救起的经过。几个护士走过,都聚拢来,她们都喜欢听故事。

峬讲到那奇特的独家村,阿露陪伴着死去的阿爸,她的草药,本从天上掉下来。讲着讲着眼泪直淌,后来索性呜呜地哭起来,讲不下去。她记起在幼稚园时,曾复述一个孩子被后母虐待的故事,讲了几句,就大哭起来。现在千千万万的人都在受虐待,受法西斯帝国主义侵略者的虐待,必须把他们赶出去。

玮拍拍她,大声说:"不哭,不哭。"之薇和几个护士也都泪流满面。

峬打开小盒,内有肩章、布标,还有一个美国军人证,上面写着:Benjamin David Paine。这个 Benjamin David Paine 已经化入中国的泥土,不复存在了,可是中国大地坚实地存在着。

峬把这些交给玮,说:"本希望交给他的航空队。"又递过一张纸,上写着本跳伞后的情况,那是峬的报告。玮默默地接过,仔细地放入挎包。

之薇低声问:"那么,阿露呢?"

峬拭着眼泪,说:"很可能参加了辎重运输队,继续她阿爸的工作。"没有人再说话。

颖书走过,说:"你们都在这里,正好我拿着这张报纸。"说着打开手里的《云南日报》,"教授们对前方这样关心,提出的问题这样准确,令人鼓舞。"大家传看着报纸。颖书又说:"现在的医疗条件勉强对付外伤,对付各种病还差得远。"

玮道:"一次,我和谢夫到连队帮助通讯工作,看见生疥疮的士兵,还有人在打摆子。我给师长写了一个报告。他当然是知道的。"

颖书叹道:"就是。工作艰巨得很啊!我们的医院还比较正规,有的师还只是个卫生所。"

他把报纸从一个护士手中取回,交还给嵋。那是嵋从打郎镇带来的,已有很多人传阅。

嵋在永平时没有直接参加护士工作。现在不同了,她打针、取血、参加手术,俨然一个熟练的医务人员。

一天,有三个美国记者来战地访问。他们和高师长、布林顿谈过话,又到炮兵阵地参观,最后来到医院。了解了一般情况后,便问:"有一个叫孟灵己的护士在哪里?"

嵋正在打针,处理好了,走去见记者。三人中有一位女记者,看见嵋觉得很亲切,问了独家村的位置,阿露和本的情况,并且说:"谢谢你带回本的遗物。"

嵋说:"我们要感谢本,他把性命留在这里。"

记者们要给嵋照相,嵋拒绝了。女记者诧异地问:"你不想上《纽约时报》吗?"

嵋说:"我只希望快些打胜仗,盟军得到最后的胜利。"

医院新来了一些人员,其中有两位美国军医,还有一位英国人,在药房工作。这个英国人的姓照全部音译是艾姆斯里,不知谁发明的,简称他为老艾。颖书说他不是医务人员,是一个和平主义者,也在曲靖医士学校待过几个月。

因为语言关系,老艾很少和人说话,显得落落寡合,神情忧郁。不知为什么,嵋看见他,有时会想到无因。无因当然比他漂亮得多。

嵋只听见过一次老艾说话,那是在药房领药时,药方上药量不对,他指出来,要护士去换。那不是一位正规的护士,嫌麻烦,吵了几句。

他说:"你必须去找医生,医生会改的,我们都对生命负责。"

护士不懂他的话,拿着药方走了。嵋在旁边听见,对他颇生敬意。

又一天傍晚，嵋在溪边洗东西，这是她少有的闲暇时光。她洗好几件衣物，坐在草地上，抱着双膝，看着远山近树、高高的天空和长长的流水，心上一片宁静。

对岸有人沿溪走来，是老艾。嵋以为他会很快走过去，不料他停下来说："Hello，我打搅你吗？"嵋微笑摇头。老艾的下一个动作更是嵋想不到的，他一纵身，跳过了溪水，站在嵋身旁，说："我可以和你说话吗？"

"请说。"嵋站起，提起装着湿衣服的竹篮。

老艾说："这里的人不了解我，觉得我有些怪，是不是？"

"语言不通，自然不了解，这并不可怪。"嵋说。

"我是一个基督徒，我反对一切战争，人们说我们是和平主义者。因为反对战争，我拒绝服兵役。我们的国家很开明，安排了这种救护别人的工作。"

"你从英国来吗？"

"我在昆明附近一个医士学校待过两个月，我从那里来。"

嵋想，大概就是曲靖了，便说："那里很好，你怎么到前线来？"

"我愿意救人，自己报名来的。不过我不能杀人。"

"如果别人打你，你怎么办？"嵋问，"你不反抗吗？"

"战争太残酷了。"老艾答非所问，"上帝教我们爱一切人，在上帝的光辉里，把战争消灭在没有发生以前。"

"如果已经发生了呢？已经有人在侵略，在抢劫，在杀戮。"

"如果人人都像我们，就不会有战争。"

"那是空想。"嵋温和地说，向医院走去。

老艾取过嵋手里的竹篮，这是礼貌，他不能不替一个女孩拿东西。嵋想自己拿，却也不能揪着竹篮不放。他们走过一片乱草地，虽是盛夏，草却显得衰败。

老艾说:"如果没有战争,这里会成为一片美丽的青草地。"

嵋说:"有人管理,没有人践踏,当然会好。战争的作用正相反,它只讲破坏和消灭。"老艾期待地看着她,他愿意听任何否定战争的话。嵋接着说:"我们没有要战争,我们是不得已。只有把侵略者赶出去,才能消灭战争。"

老艾沉思地说:"这很遗憾。"

嵋忽然想起了墨子"兼爱""非攻"的学说,是不是有些相像?她只是在历史课上学过一点,又听爹爹讲过一些故事。

她鼓励自己向老艾说了下面一番话:"中国有一位伟大的思想家墨翟,后人称他为墨子。他主张爱一切人,反对战争。当时楚国要打宋国,墨子劝楚王不要打,楚王不听。墨子说,你们来攻打,我会帮助他们防守,把你们打回去。于是,他和楚国军方做了一次模拟战争。墨子胜了,楚王没有敢攻打宋国。你看,要'非攻'必须能守。必须有军事力量对付军事力量。要消灭战争,必须消灭制造战争的法西斯,至少在很长一个阶段都是这样。"

老艾睁大眼睛看着嵋,说:"你很有思想。"

嵋微笑道:"这不是我的思想,这是墨子的思想,我讲得也不透彻。"

他们很快走到医院门口,老艾交回竹篮,说:"我能常和你谈话吗?"

嵋点点头说:"对付侵略,只有上前线。你看,你不是已经在这里了吗?"说着顽皮地一笑,进屋去了。

之薇看见嵋和老艾一起走过来,问这个怪人说些什么。

嵋说:"他是和平主义者,可没有说清楚和平主义者怎样对付战争。"

之薇笑道:"什么事一成了主义就麻烦。其实很简单,你打我,我就打你;你侵占我的国土,我就把你打出去。"

"天经地义。"嵋沉思地说,"不过战争确实太残酷,我们是不得已。当然最好不要有战争,人和人之间要友爱,理解。那不知需要多长的时间。"

之薇忽然说:"你忘记今天是什么日子?"

嵋看着之薇,说:"我知道了,是我们两人的生日。我们怎样庆祝?我们彼此祝福,好吗?"又一歪头说,"我还比你大六小时呢。"

之薇笑道:"真会瞎说!别忘了,我比你大一岁。"

嵋、薇同辰,薇比嵋大一岁。两人拉着手,在原地转了一个圈,好像刚上大学时那样,可是她们的脚步再也不能那样轻快了。

嵋发现之薇手上戴着一个草藤编的镯子,大概是大理小摊上的东西,之薇把手藏在身后,脸微微红了。

嵋已猜到几分,说:"我知道是谁给你的。"

之薇微笑道:"你当然知道。"

嵋问:"他对你说了什么?"

"说什么?什么也没说。"

"其实也不用说,我已经看出来了。"

嵋看出来,在这一段时间里之薇和颖书的关系已经有了微妙的变化,是怎样的变化确实很难说。

这大概也是之薇的感觉,她说:"我真的说不清,不过我很明白,严颖书是天下一等一的好人。"

"那就是了。"嵋说,"严颖书当然也认为李之薇是天下一等一的好人了。这真值得庆祝,你应该得到双倍的祝福。"

嵋衷心为朋友高兴,可是自己心里又有些空,似乎有什么缥缈的东西没有落下来。

"我也要为你祝福——"之薇由衷地说。

"为我完整地从独家村回来。"嵋说。

有人敲门,是颖书。他进门便问:"怎么这样高兴?"

之薇说:"不告诉你。"

颖书说:"那我告诉你们,明天的工作不会轻松。"意思是要有较大的战斗。

嵋知道他当然不是为通知这件事而来,便要托故走开,被之薇拉住。

"嵋,你真奇怪,我就不能和你说说话么?"颖书说,略有些不自然。

"怎么不能,不过我以为你更想和李之薇说话。"嵋一本正经地回答。

颖书和之薇对望了一眼,之薇嘴角上漾着笑意。

颖书对嵋说:"我恰恰要告诉你,今天在一个会上,听说滇南那边打得很好,敌人近来发起多次猛攻,都被击退。"

嵋说:"有大姨父在那边,当然会打胜仗,我有这个信心。"

之薇说:"我也有这样的信心。"

颖书笑了,说:"不知具体的情况怎样。"

过了一会儿,颖书转了话题,说:"师部报上要表扬我们医院,也要表扬个人。有人提孟灵己。"

嵋连忙摇手道:"千万千万别提我,我只是顺其自然,什么也没做。如果你要表扬,倒是可以表扬那位和平主义者。"

"表扬和平主义?你是说老艾吗?"颖书疑惑地问。

"就是。不是表扬和平主义,而是那个者,那个个人。"嵋说,"他认真地对待生命,尽力去帮助别人。"

"我反对。"之薇说,"一般人哪里会分得清主义和者,还是表扬丁医生吧。"

"丁医生是模范,"嵋说,"这是没有问题的。你的主意不错。"

"已经收集过意见。"颖书说,"大概集中在丁医生和你。"他看着嵋。

嵋又慌忙摇手:"我不行,我不当。如果不选老艾,丁医生最合适。"

三人讨论了一阵,意见一致。那其实是医院绝大多数人的意见。又说些别的事,颖书走开,在竹廊上正遇见丁医生。

自到腾冲以来,丁昭更瘦了,脸上皱纹纵横,背也微驼。他和许多人一样,透支了自己的青春。

"几句表扬算什么,"颖书心想,"哪里能见得出这些人的心。"

丁医生站住,说:"明天的伤员不会少,病房肯定不够,我们商量把住房腾出来,我们可以住帐篷。"他说的"我们"是指几位医生。

颖书略一思忖,说:"你帮着解决问题了,我正计划再盖几间竹房。"

"严院长,你在这里。"师部一个通讯员匆匆走过来。

"找我吗?"颖书问。

"有你一封信,"通讯员递上了信,"晚上才到的。"

颖书接过,不觉心头暖热。信封上栗子大的字,写着"高明全师长烦转严颖书收",是严亮祖写的。

颖书到腾冲后,还没有接到过父亲的信。这时双手捧着,到办公室坐下,定了定神,将信拆开。

颖书我儿:

昨天,我这里打了一场硬仗,消灭了敌人一个小纵队,约五十人左右。这股敌人数目不多,却是重要阻碍。我到前沿去了,我军牺牲很多,哪一次胜利不是鲜血换来!所谓"一将成名万骨枯",这句话嚼来嚼去,越嚼越苦。

我在这里驻防已经快两年了,我们守卫在边境上,打退了无数次敌人进攻,没有让那些强盗踏进国境一步。

我知道，你们那里很艰苦，也偶然听说你的工作很出色。我们父子同在疆场，这是我们的光荣。

颖书我儿，我很惦记你，甚至有些婆婆妈妈，只希望你一切都好。我想不出应该告诫你什么，对慧儿也是一样。可见，对你们不够关心。我很惭愧。

现在有些说法，也许会有内战，我是绝不打内战的。我好像对战争已经厌倦了，觉得很累。因为很累，便要给你写信。有人说我大概身体有些问题，无稽之谈！你不必惦念。信请高师长转交，比较稳妥。慧儿有信来，家中一切如常。

父字

颖书看过一遍，又看一遍。父亲的关心使他心里更加暖热，最后的话，使他担心。在战争的艰苦劳累中，父亲应该是最后一个觉得累的，他怎么会觉得累，觉得厌倦？

颖书不能知道信上没有写的事。亮祖此次亲到前沿，为流弹所伤。他当时仍是手持指挥刀，凛然站在那里，直至战斗结束。伤并不重，失血却多。他认为，这都不值一提。

颖书把信放在一个重要的文件夹内，睡下了。迷糊中好像父亲在舞一把军刀，一招一式都非常认真，就像在安宁宅边那样。父亲放下了刀，对他笑笑，转身向远处走去，不见了。颖书沉入更深的睡眠，准备迎接明天繁忙的工作。他知道，那是最重要的。

次日，医生们果然搬进帐篷，腾出的房间可以放五张病床。不久，师部报上刊登了介绍表扬上绮罗野战医院的文章，并有专文介绍了丁昭医生。丁昭医德好、医术好，是医院里普遍的意见。颖书在征求意见中很佩服之薇的见识。在介绍丁昭的文章中，特别提到他对日本俘虏的态度。医院中有俘虏伤员，丁昭带头治疗他们，帮助他们，那确实是需要胸怀的。一个俘虏伤员被抬进医院，转送到昆明俘虏营时已能行走。临行时，他跪别丁

193

昭,成为许久的话题。

不过也有人不以丁昭为然,那就是哈察明。哈察明用他明察秋毫的眼光发现着别人见不到的事。在一次很长的手术后,夜已深了,丁医生走出手术室,觉得头晕心慌。他没有吃晚饭,他太饿了,必须吃点东西。一个护士到厨房要了两个馒头,丁医生是四川人,本来不喜欢馒头,那晚竟站在走廊里,大口地吃了下去。

"丁医生,你吃馒头?"哈察明值夜班,走过来好奇地问。

丁昭看他一眼,继续吃。吃完一个,见哈察明还站在那里,便问:"你要吗?"把第二个馒头掰了一半,递给哈察明。

哈察明没有接,他正在想深夜吃馒头和道德品行有什么关系。丁昭已看出他的心思,不再理他,吃着馒头走开了。

哈察明很快有了一种说法:丁昭城府很深,表面积极,枵腹从公,背后加餐。哈察明为自己知道这四字成语而得意。他没有说丁昭要用半个馒头拉拢他,总算留有余地。于是,医院里又出现了小小的馒头流言。许多人觉得可笑,也有人觉得"城府很深"对丁医生很合适。

各样的小插曲点缀着医院的紧张生活,好像在白色的底子上涂抹着各样的颜色,绘出不同的图画来。

第　五　章

一

随着胜利,高明全师师部逐渐移近腾冲城,已经过了上绮罗村,在一个山洼的小村里驻扎。前几天,敌人曾来搜刮粮食,村里军民大都逃走了。断墙残壁,十室九空。

赵参谋分配谢夫、玮等住在一个较完整的院落,和预备营在一起。玮走进去,见门窗都开着,桌上扔着几只破碗,地上有一只倒翻的水桶,想是逃走仓促所致。

房间不多,预备营不够分配,谢夫说正好他们愿意住在外面。屋后有一片空地,可以搭帐篷,他们愿意住帐篷。他们很快在屋后空地上搭起帐篷,挖好营沟,谢夫采了几朵野花插在帐篷门上。吉姆又去摇手摇发电机,准备发报。

这时,士兵已在村前建筑工事。他们挖了壕沟,堆起沙包,这是军部的命令,每占领一处,都要构筑工事。这里是师部所在地,执行格外严格。士兵们到达驻地,渴望休息,却不得不继续劳动。

"想在这儿娶媳妇么?"一个兵说。

"你娶媳妇,我去喝酒。"另一个兵把一铲土扬得高高的。

营长走过来检查,让他们把堆在村边的破门板、烂树干等物都搬来,堆在壕前。

"你看，"一个兵朝另一个兵挤挤眼，说，"真的张罗家私了。"两个人都笑起来。

下一个任务是攻下不远处的05高地。傍晚，高师长在住处召开作战会议，布林顿和玮、舒尔和贾澄都参加了。会上，师长先介绍了05高地的地理位置和敌军情况。大家在电石灯下研究05高地地图，都觉得高地两侧小路很重要，决定连夜在两侧布置重炮，配合步兵攻击。会议简单明了，费时不多，大家散去。

夜已深了，炮车行进的沉重的声音在黑夜里传得很远。玮在睡袋里辗转反侧，不能入睡。他想着明天要发生的战斗，担心炮的移动会招致敌人的防备，想到冲锋，想到国旗和军旗，他要看到它们在高地上飘扬。思路不从一处来，互相缠绕着。

"澹台玮，你没有睡着吗？"薛蚡问。他们用一个帐篷。

"你也没有睡着？"玮以问作答。

"睡吧，不然明天怎么打仗。"薛蚡说。

一会儿，玮在朦胧中听见有人说"回家了，回家了"，然后又是一句"我们回家了"。那是邻近的谢夫在大声说梦话。

谢夫性格内向，做事多，说话少。玮初到通讯班那天，他向玮倾盆大雨似的说了一大堆话，是因为好容易见到一个能听懂自己语言的人，以后这几个月所有的话加起来还没有那次多。他有时说梦话，不外两个内容：一个是回家，一个是呼唤什么人的名字。谢夫已离婚，家中只有老母，他呼唤什么人不好推测。

玮翻了一个身，四周一时很静，他对自己说，快睡，果然睡着了。

次日，玮和布林顿一早到师部，师长已经往高地去了。他们开着吉普车，赶到离05高地十余里的临时指挥所，冲锋已经开始。

冲锋号雄壮而悲凉。他们各自举着望远镜，镜头里的士兵们，争先恐后向山上冲锋，他们几乎是挤在一起。

"散开！散开！"师长跺着脚大叫。敌人开炮了，冲锋的士兵纷纷倒下。突然，我军从高地两边开炮，炮弹一个个炸开，很快压住了敌人的炮火。现在正是吹冲锋号的时间，师长瞪圆了眼。可是没有号声了，号手已经牺牲。

不多时，号声响了，断断续续，不很熟练。士兵们踏着伙伴的尸体，又向前冲，两边小路也有人冲上来。敌人又开炮了，因为伤亡太大，我军停止了攻击。这次进攻，没有能够收复这一高地。

高师长连夜召开会议。布林顿和舒尔也提了些意见，都认为步兵和炮兵没有配合好。

忽然间一阵枪响，值勤副官跑步来报告："敌人偷袭！"赵参谋等几个人都站了起来。

高师长不动，停了两秒钟，平静地说："听枪声还有一段距离，预备营上，固守工事。"

经过不很激烈的战斗，我方全歼来犯的敌兵，预备营也有牺牲。玮和谢夫隔着矮墙，看见有担架抬进院中，随军医士做了临时处理，几个人在商量要连夜送往野战医院。

玮隔着墙大声问："我开吉普车送去好吗？"

营长愣了一下，摇了摇手，向墙边走来，对玮说："路不好走，行车不便，而且开车目标太大。"四个士兵抬起两个担架向黑夜走去了。

这次战斗没有能收复05高地。虽然胜败兵家常事，高师长仍要求各级指挥官检查原因，并且自己做了检查。他命赵参谋，用师部的发报机向军长汇报。回电对他慰勉有加，使他稍稍宽慰，但另一个消息使他大为震惊。另一师王师长已率军攻入龙陵城内，因敌人增援，不得不又退至城外，筑壕防守。最高方面甚为震怒，认为王师长贻误战机，根据军法令其自尽。

高明全和王师长是黄埔四期的同学，平日私交很好。抗战以来戎马倥偬,经历了多少危难艰辛,喋血奋战,怎么落得一个自尽! 战争太复杂了,很难弄清谁究竟负多少责任。龙陵得而复失是事实,惩治一员将领以儆全军,可能是必要的。

一滴眼泪在高明全眼里打转,没有落下来。

经过细心准备,炮击,步兵迂回前进。两日战斗后,05高地终于打下了,部队又向前推进。玮和布林顿随高师长到高地附近处视察,他们正在几棵树下眺望四周,某团长派人来报,师部可以在前面一个村庄驻扎,师长决定立刻转移。布林顿要玮去通知还在山洼的联络组人员。

"骑我的马去吧。"师长温和地拍拍玮的肩。

玮敬礼,接过马缰,迅速地向前夜的驻地跑去。他跑过05高地山脚,眼前的景象使他勒住了马缰。从山坡直到路的另一边,躺着许多尸体。他们有的缺臂少腿,身下一片棕黑的泥土,似乎血尚未干;有的侧身,有的平躺,像是在沉睡。玮遮住眼睛,喘了一大口气,下了马,小心地牵着马走过这一段路,他和马都没有踩着死者。以后的路没有人烟,他有点紧张。

"没有人不是更好吗? 也没有敌人。"他自嘲地想,不时向四面望。终于看见联络组的帐篷了,立刻觉得温暖而亲切,夹紧马腹向前奔跑。谢夫、吉姆等听见马蹄声,从帐篷里钻出来。

"人,人,我又看见活着的人了!"玮想着,马已到了帐篷门前。玮跳下马来,不禁大叫一声,和谢夫拥抱。

"立刻转移!"他说。

师部这次转移后的驻扎地点,更近腾冲城,村名侍郎坝。可以看见远处石头城墙,像一座巨大的堡垒。这个村子比较大,遭受蹂躏的景象令人触目惊心,被敌人砍杀的尸首曝露街头,屋内还有垂死的人。"日本鬼子是人吗!"兵士们愤愤地说。

赵参谋派他们住在村东头一家,院墙已经倒塌一半。玮和谢夫走进指给他们的西厢房,看见一个老人躺在床上,身上搭着一床破被,老人脸庞干瘦,眼睛的表情却很丰富,惊恐地望着他。

"我们是中国军队。"玮说,"来打日本鬼子的。"

老人闭上眼睛,像是要休息一下,又睁眼,断断续续地发出声音,却不知他说些什么。看样子他行动不便,不然一定也走了。

玮安慰道:"我们在这里,日本人不敢来。"老人又闭一下眼睛,意思是同意。玮从背包里拿出一罐炼乳,打开了,递给老人说:"有水么?你喝一点,会有力气。"

老人看看炼乳,又看看玮,并不伸手去接,玮便把炼乳放在桌上。老人露出感激的神色。

这时谢夫对老人说:"你好。"老人又有些惊恐。

玮介绍道:"他是美国盟军,我们的朋友,也来打日本鬼子。"

谢夫指给玮看,这房间西墙有一个很大的窗,用稀疏的木条拦着,可以看见外面一大片平地,也许是打场用的。

"这里可以练兵。"谢夫说。

他们在外间打开了睡袋。这是两个月来,玮等第一次住在室内。

晚上,赵参谋来送一个文件,看见里屋的老人,因说:"他大概是这里极少数幸存的人了。那边发现有两个人被绑着,已经奄奄一息。勉强说出是鬼子逼要粮食,又打又扎。已经救下来了。"

老人喉咙里又发出断续的声音,眼睛里充满了泪水。桌上的炼乳罐已经空了。

"等着吧,"赵参谋对老人说,"等着看我们打下腾冲城。"

经过多次扫荡,我军已形成包围圈。但是,腾冲城墙高大,工事复杂。日兵龟缩在城内,极难攻下。

因为龙陵战斗不利，总司令已经换人。新到任的总司令来前线视察，为了表示欢迎和军威，高师长所在的这一军举行一次小规模检阅，并誓师攻打腾冲城。

这天天气晴朗，清早便有人在场地走动。玮从老人门前经过，老人喉咙里发出声音，像是在打招呼。玮走到床前，老人费力地举起右手，指指窗外。

玮解释道："今天开誓师大会，要打腾冲城了。"老人安慰地闭上眼睛。

场地一头已经搭起了主席台。一列列士兵从场地排向村外的山坡上，这都是驻扎在近处的队伍。他们在高低不平的地上站着，尽量保持整齐的队形。赵参谋请布林顿坐在主席台上。玮和谢夫等人站在一棵树下，站了半天，师长军长总司令等还没有到。

布林顿从台上走下来，问玮："到底是几点钟开始？"

玮看看表："说是九点钟。"表已经指到九点半，太阳已经很高，许多士兵站处没有树荫，阳光越来越灼热，好容易得到原地坐下的命令。又过了一阵，马蹄声响，越来越近，只见数骑马从村边路上跑来。

"立——正！"一声口令，全场呼啦一声站起，再没有多余的声音。马上人各自下马，走向主席台。大会由统帅高师的翟军长主持。

军长宣布，为阵亡将士默哀。大家一齐摘下军帽，低头肃立，号手吹了两遍哀悼乐句。

翟军长大声说："阵亡的弟兄们，你们听了，我们正在战斗！为你们报仇！"又低头肃立。

默哀毕，总司令讲话。总司令在东征、北伐中都是骁将，相貌却不起眼，身材矮胖，头很大，站在麦克风前用力抬着头。一个副官走过去，把麦克风降低，总司令不满地看了他一眼，似乎怪他多事。

他扫视全场,从近及远,又从远及近,说道:"稍息!"略停顿后讲道,"抗日战争已经到了最后的阶段,是我们胜利的阶段,也是世界反法西斯战争中的重要阶段。日寇占领我滇西领土已经两年了,蹂躏我家园、虐杀我国人。他要把腾冲、龙陵一带变成他们的一个省,我们允许吗?他掐断了滇缅公路,也就是掐断了我们和国际上的联系,断绝了物资供应,要我们枯竭而死!我们允许吗?五月渡江以来,我们经历各种艰险,才能站在这片土地上。我感谢大家!全国人民感谢大家!"

他举手行了一个军礼。士兵们刷的一声立正,表示回答。

"稍息!"他又说,"下面的战斗更为艰巨。大家看,腾冲是石头城。它是石头城,我们是铁的队伍,一定会收复它,把它还给中国老百姓。"

另一个军长也讲了话。师长们又推举高师长讲几句。

高师长说:"我告诉大家一件事。我们现在是军人的誓师大会,可是在场地不远的地方,有一个老人,还有两个被敌人砍伤的村民,他们是腾冲人,他们正注视着我们去夺回腾冲。为了祖国、为了民族、为了同胞、为了子孙,我们一定把腾冲夺回来!打通滇缅路,给我们遍体鳞伤的祖国输血,让他活泼起来,强大起来!"

鼓声响了。高师长骑上白马,抽出刺刀,向天一举,喊道:"流尽最后一滴血,收复腾冲城!"

千百个声音一起响起来:"流尽最后一滴血,收复腾冲城!"

高师长策马向场地一端举刀喊道:"收复失地!"

又是一阵雄壮的喊声:"收复失地!"

高师长又策马驰向场地另一头,举刀喊道:"还我河山!"

"还我河山!"响亮的、雄壮的声音回答。

高师长在场地上两次来回驰马,又在场中举刀大喊:"流尽最后一滴血,收复腾冲城!"

士兵们都振臂高呼,山鸣谷应。声音刚落,那匹白马像是知道要上战场,仰首奋蹄,三次长嘶。高师长跳下马来,亲吻马面,全体士兵都非常激动。

翟军长再次振臂高呼:"收复失地! 还我河山!"士兵们又三次呼应。

玮把那些讲话翻译给谢夫他们听,几个美国人要玮教给他们"收复失地! 还我河山!"的发音,跟着低声念诵。

玮很激动,不知怎么,他忽然想起了公公,想起他的"剑吼西风"的图章。剑拔出来了,要得到的只有胜利。

誓师会后,队伍散去。村中一座旧棚,可能是村民们系马、堆柴用的,现在空无一物,这时已摆好桌椅准备宴会。

玮等走进去时,棚内已有很多人,营长以上的军官都来了。几个师的美军联络组聚在一起,低声谈话。

布林顿对谢夫说:"怎么不见舒尔?"

忽然响起掌声,总司令和军长、师长们走进来,在主要一桌入座。近处的几张饭桌有椅子,再往下就没有椅子了,大家围桌而站。

赵参谋和副官们前后忙着,引几个联络组长坐了,走过玮身边,低声说:"连椅子都是从保山运来的。"

玮道:"反正我们不坐。"

赵参谋道:"舒尔呢? 有他的位子。"

这时,只见舒尔和炮兵团长、翻译官老贾一起进来,身边还有一个年轻士兵,不是别人,正是苦留,几个人穿过人丛走过来。

玮和苦留对望着,"我们又见面了。"玮说,"你长大多了。"

"我到炮兵团了,还不是正式炮兵。"苦留说。

舒尔介绍道:"苦留学习很快,可以成为一个好炮手。"

原来在一次战斗中,苦留临时帮助装炮弹,这是他在初渡怒江后做过的。舒尔和连长发现他心灵手巧,把他调进了炮兵营,后来又调入了炮兵团。

一道道菜端上桌来,有好几种罐头食品。有几道热菜,是从保山运来的。还有一盘生猪肉,许多人不敢问津。

总司令举杯敬酒,大声说:"任何事成功都要靠骨干,军队能打仗,要靠军官,兵是带出来的。打腾冲要靠诸位!"他举一举杯,将酒一口喝干。

大家热烈鼓掌,端起酒杯,有人杯中无酒,有人连杯子也没有,但都情绪高涨。

"靠我们。"低语声像波浪一样回荡。

总司令环视大家,说:"杯子不够,用茶杯嘛!瓶子也行。"大家笑了。总司令坐下,看着那盘猪肉,打趣地说:"孔夫子不吃生猪肉,我们进步了。"

高明全说:"陆游有两句诗,'遗民忍死望恢复,几度今宵垂泪痕。'这村子的民众大都逃走了,只剩下走不动的病弱老人和被鬼子砍伤的村民。他们在盼着、等着我们来收复失地,真是忍死盼恢复啊。"

翟军长说:"宋朝人没有做到的事,我们要做到。我练字,经常就写'还我河山'。"

另一位军长笑道:"我们这里儒将不少。"

一时,有人拿了笔墨、纸砚摆在另一张桌上,请大家即席赋诗。

总司令摆手:"这个我来不得。翟军长、高师长都是行家,要大显奇才方好。"

翟军长站起身向全场说:"总司令有话,要大家大显奇才,大家都不要过谦。谁有了,就上来写。"

大家纷纷议论,就有几位团长营长走到放笔墨的桌旁,一个接一个写下诗句。

总司令走过来看,连声称赞:"我们的将士能文能武啊!"

他自己也拿起笔来,写了岳飞《满江红》的下半阕:"靖康耻,犹未雪;臣子恨,何时灭?驾长车,踏破贺兰山缺。壮志饥餐胡虏肉,笑谈渴饮匈奴血。待从头收拾旧山河,朝天阙。"一气呵成,笔气豪迈奔放。写完又看了一遍,感觉心头沉重,这个战役又要牺牲多少生命,流干多少鲜血!无论如何,可不能蹈同侪的覆辙。他这样想着,没有注意大家的鼓掌。

高师长看见玮在旁边,便向翟军长介绍:"这是澹台勉先生的公子。"

翟军长并不知澹台勉是谁,倒是总司令听见了,注意地看着玮说:"这才是好子弟。澹台先生在美国,听说快回来了?"

玮答道:"是,前天收到家信,他们月底可以回到重庆。"

总司令点头,又和布林顿等谈了几句,各桌上的东西已经吃光。总司令再要举杯,酒也没有了。大家举着空杯一阵大笑。

苦留回到营地,班长笑问:"你吃了什么好东西?"

苦留笑道:"东西不够,连酒都没喝着,只吃了一点罐头肉。"

"这里倒给你留了一份。"班长说。果然地上摆着苦留的水壶,里面装了半壶酒,还有一小块熟肉,并有几张纸币,那是军饷。

苦留把酒肉分给别的兵,说:"我吃过了。"

不久,连长来巡查,说:"这些东西并不是人人都有,今天只发了全军的一半,明天再发。"

打腾冲的第一步骤是轰炸,飞机瞄准要依靠炮轰的硝烟。炮轰以前为准确打到目标,又先用飞机考察。舒尔受命弄清腾冲城内敌人工事,以便攻击。

一天下午,从保山飞来一位美国空军上尉,专门和舒尔研究轰炸计划。他们专门到腾冲上空试飞两次。第一次随行的炮手呕吐不止,第二次换了一个人,晕得更厉害。

舒尔问苦留愿不愿意去,苦留很高兴。上尉拍拍苦留的肩,说:"好,好。"

次日一早,天空很灰暗,飘着雨丝,舒尔等三人驾一辆吉普车驶向机场。机场是腾冲老百姓协助部队肩挑手抬日夜赶修的,已经起落过数百架次。苦留敏捷地爬上舷梯,飞机除驾驶员外正好坐三个人。

飞机起飞了,苦留觉得身子忽地腾空起来,很快被带到空中,上绮罗、侍郎坝等村庄都在脚下。他来不及多想,飞机已经到了腾冲上空,在这里盘旋,搜寻目标。舒尔和上尉用各种仪器记下目标方位。

厚重的云雾像一大块毯子,遮蔽着腾冲城。为了看清目标,飞机有时飞得很低。一阵阵高射机关枪的子弹向他们射来,飞机忽地升高,然后又低空盘旋,几乎擦过一座楼顶,赶快又升高,就这样盘旋上下。苦留头晕目眩,屡次要呕吐,他都强忍住了。

"你怎样?"舒尔从观测仪器上抬起头来,询问地看着苦留。

苦留摇头又摆手,连说:"没事,没事。"

这样的考察进行了多次,苦留已经习惯各样的旋转姿势,后来他参加了一些测试工作。上尉说他是一个好中国兵。

腾冲附近的几条河流上,架起又拆去,拆去又架起多座桥梁。龙川江上,几座便桥又经检查修固,大军辎重日夜通过,卡车、驮马、人担络绎不绝,一片繁忙景象。百姓把桥让给军队用,自己划竹筏过河,看到桥上人马,站在竹筏上大声喝彩。

经过多方准备配合,七月下旬的某一天,睡袋里的玮,被炮声惊醒,他和谢夫到山坡上看,腾冲城里,一阵阵硝烟升起。不多时,万里无云的晴空里传来滚滚雷声,随着雷声渐近,天空出现了大批飞机,黑压压的直向腾冲上空压来。据记载,这次出战的飞机有八十八架。机群俯冲、投弹、拉起,发出巨大的轰鸣声。

玮想起重庆的大轰炸，想起昆明的跑警报，想起一次一次临在头上的死亡的阴影。那时多么可怜，现在轮到屠杀者被轰炸了。"要死多少人？"他忽然这样想，快意中又有些不忍。

城墙被炸出几个缺口，步兵向缺口冲去，但还没靠近城墙便被敌人的火力网挡住。有的人已经冲进缺口，后面的队伍没有接上，都牺牲在城墙上。又经过炮击，轰炸，步兵在缺口处冲锋，一部分在别处爬城，以分散敌人兵力。

几天奋战后，我军两个营攻入城内，占据了一处房屋，开始了一间房一间房、一条街一条街的浴血争夺战。

二

巷战进行十几天了，为了加强各营在曲折的街巷间配合，军部一再严格要求各据点间要有有线联络，攻占一地便要装置电话。通讯连全部分往各阵地，工作很是紧张。

一个清晨，玮正在擦他的手枪，那是高师长送给他的，一支半旧的盒子炮。他出入带着，还没有用过，他有时很想打一枪，有时又想最好不需要用。

"澹台玮！"赵参谋在门外叫，随即走进来说，前线南城一带电话有故障，架线也数次失败。长官要求速派通讯军官帮助解决，谢夫必须前往指导。玮翻译后，布林顿和谢夫都点头。

本来布林顿要玮帮助处理文件，派薛蚡随谢夫担任翻译。谢夫则希望澹台玮同去。

薛蚡脸色青黄，坐着喝水，他这几天身体都不舒服，但还是努力工作。

"我去。"澹台玮说。

赵参谋说："师长有话，完成任务后立刻返回。"

荣格拿来两人的午餐。布林顿说："晚饭也带上吧，战场上的事很难说,也许会耽误归程。"

玮迅速把枪装好,和谢夫一起拿了工具,发动吉普车向腾冲出发。

薛蚡站在路旁,叫了一声:"澹台玮!"玮回头询问地望着他。他摇摇手,自己也不知道为什么这样叫一声。

路上有几辆向前方运输给养的辎重车,吃力地行驶。他们超过了这些车,只顾向前开去。不久,辎重车看不见了,他们走上一条路,道路崎岖不平,四望都是荒废的田野,还有几道沟渠。

谢夫说:"这条路走不了大车,不知道这些卡车怎样走。我们也许该跟着他们走。"

玮道:"现在的路肯定要近些。"

离城渐近,听见阵阵枪炮声,他们同时想起那晚江边的战斗。那是一次小战斗,他们现在要去的是一个复杂的大战场,他们要去治好我方麻痹的神经,这是无论如何也要做到的事。

路转了两个弯,到了一处地方,路旁两棵树上刮去了树皮,写着几个大字:前面有地雷。旁边有一行小字:向右有小路,远二十里。他们不能再开车,就跳下车,取下所有工具,往地雷区走去。

那里是一个小广场。走近时,眼前先觉白花花一片,地上有不少白圈,是用白石灰画出来的,也有用碎石围成的。好几处写着字,写的是:有地雷勿践踏。有些字已经看不清楚了。

玮和谢夫商量,走远二十里的小路太费时,而这里工兵已经做出了标志,可以穿行。

玮说谢夫不认得标志,自己在前面走。他们小心翼翼地在地雷间绕来绕去,一方面想快点走出危险,一方面又不得不仔细地慢慢地抬脚、落脚。好容易走了出去,上了一个小坡,回头一看,白花花一片十分刺眼。

玮以为过了坡就安全了,不料前面又是几个白圈。他急忙收回向前迈出的腿,又一把拉住谢夫,两人相视吁了一口气,站了几秒钟,才慢慢绕过去,总算平安。再往前走,枪声已很稠密。到城墙缺口处,有人接应。

那人知道他们走过地雷区时,惊道:"另有一条路怎么不走?"

玮道:"那路太远,我们怕误事。"

"胆子不小。"那人喃喃道。

他们爬上城墙,挑线用的叉竿起了支撑作用。进了缺口,他们弯着腰在低矮的房檐下跑,子弹在头顶上呼啸。穿过两条街,到了通讯连,邓连副在那里。原来的连长调往别处,邓已升为连长。

他看见谢夫和玮,高兴得大呼小叫:"来了!来了!可来了!"一把将谢夫拉到交换机前。玮连忙跟上去,听他介绍情况。邓连长说已经换了主线,不解决问题,大概是交换机的机件出了毛病,可是检查不出来。

谢夫一面听着玮翻译,一面操作。他敏捷地拆开交换机,很快说:"呵呵,在这里。"从带来的百宝囊中取出一个零件,换上了。邓连长和两个通讯兵挤着看,若有所悟。谢夫装好机器,又换了一次线,将各处接头仔细接好,果然可以通话。大家都喜形于色。

巷战在多处进行,枪炮声此起彼伏。电话把各据点连接在一起,攻守配合,如果没有电话,便是孤军作战了。邓连长简单讲述了拉线情况,说还有一个重要问题,二营和三营之间多次拉线未能成功。这两个营和敌人距离很近,是最前线,它们又各自连着几个据点,如不接通,部队便呈分裂状态。谢夫和玮决定去看看能否解决。邓连长派一个小兵领他们前去,并向小兵耳边交代了几项要传达到前线的命令。这少年是通讯兵,年纪在苦留和福留之间。他在复杂的阵地上传递信息,极为灵活。

他引着玮和谢夫走过歪斜残破的房屋,有时从这个院子翻墙到另外一家院子。

"卧倒!"小兵喊了一声,他们立刻仆倒在地。一发炮弹在附近爆炸了,尘土飞扬,他们跳起来,再跑。

又是一个福留,玮想。玮初进城时,很觉不安,也许那就是害怕,现在已很镇定,全神应付眼前的事,要去完成自己的责任,来不及有其他感觉。谢夫不时关照他:"小心!小心!"

约隔十几条街,有两处火光。枪声很清晰,很脆。

小兵指着说:"着火了,不要紧的,烧不过来。"又穿过几家房屋,到了目的地,这里是三营的一个连。连长跑过来,指着放在地上的木轮,木轮满缠电缆等待使用。

玮和谢夫明白了情况。这个据点和需要连线的营中间隔着一条宽街,大概是腾冲最宽的街了,他们要让这两个营间通电话,必须拉线过去。而枪弹在飞,炮弹在炸,人可以在间歇中冲过去,若拖着木轮放线,是无法穿过的。通讯兵觉得没有办法,到别处查看地形去了。

连长介绍说,因为情况不明,昨天已经造成误伤。

这时枪声暂停。小兵向连长说了些什么,举手向玮和谢夫行了个军礼,向街上跑去。只见他像射出的箭一样,直落到街对面的院中。

玮灵机一动,对谢夫说:"我有一个办法。"他停了一下,考虑着这个办法的可行性,接着说,"把电线用枪榴弹射过去。"

谢夫微笑道:"只有你这样的脑袋能想出这样的办法。"

他们决定试一试。向连长说了这个想法,连长将信将疑。他们把木轮上的电线卸下,在地上盘好,以减少阻力,取下枪榴弹的引信管,绑上电线,趁火力间歇时,向街对面发射。

一道黑色的弧线从枪口喷出,玮站在墙边跳起来看发射的结果。

"快蹲下！"连长急忙喊道。

玮连忙弯身下来。敌人一阵机枪，我方也是一阵机枪，这阵机枪过去，他们清楚地看见电缆挂在街对面民宅里的一棵树上。

玮提出再发射一次，连长说："只有这一盘电线。"

"我去取下来。"谢夫拿着脚扣和叉竿，一弯腰就冲出去，高大的身躯动作十分灵活。他跑过去了，快到了，忽然摔了一跤。他迅速地爬起来，捡起叉竿，跳过一截破墙，打量了一下那棵树，举起叉竿，发现它只剩了半截，可是电线在树梢上，离得还远。

谢夫立刻扔掉叉竿，蹬上脚扣，噌噌噌爬上树。在他伸手去取线时，忽然枪声大作。谢夫叫了一声，好像呻吟，从空中重重地跌了下来。一个脚上的鞋刺划破了另一条腿。那条电线还高高地挂在树上。

玮没有一点犹豫，一个箭步蹿了出去，冲过街道，跳过矮墙，来到树下。他没有脚扣，也从来没有做过这样职业性的爬树，他留心地观察，觉得可以用树保护自己。他爬上去了，到了树干分叉处，因线挂在树顶，他只能转身踩着颤巍巍的树枝，不再受到树干的遮蔽。他取到了线。

"真沉啊！"他想。他一手紧紧地抓着电缆，一手拉着树枝，两腿用力，退下树来。忽然又是一阵枪声，敌人打枪了，我方的火力压过去。

"啊！"玮叫了一声，右手用力一推，把电缆抛在地下，那是他全身的力气。他的左手无力地拉着树杈，一个兵跑过来接住他。玮受伤了。

"拉电缆，拉电缆！接头拧紧，拧紧！"他用尽平生之力，向搀扶他的兵大声说。士兵把他微弱的声音嚷出来。几个人拉起了电缆，跑了一段路，和这里的电话线接上了。

营部设在民房的敞间里，玮和谢夫都被抬进来。玮靠在竹椅上,看着躺在地上一动不动的谢夫。一颗子弹正中他的颈部,他的头歪在一边,已经停止了呼吸。

玮不解地望着眼前的中年军官,那是到这营巡查的团长。

团长说:"他死了,你受伤了。"玮觉得背后湿漉漉的,伸手去摸,一阵剧痛,使他昏沉。

"快找担架!快找担架!"模糊中听见人喊。一个卫生兵跑过来,解开玮的衣服,为他包扎。

电话铃响了。

营长拿起电话说了几句,跑过来在玮耳边大声说:"电话通了。"担架兵抬起了玮,营长又追了几步,几乎是在喊,"电话通了!"

玮听不见。

担架出了城,换了两个民夫抬着,奔往上绮罗医院。他们走的是小路,枪炮声越来越远,渐渐听不见了。他们上坡下坡如履平地,还赶上了前面的两个担架。这时天已薄暮,走到一个荒村,有几个人在村口等着,立刻上前换班,原来的民夫仍回城去。新接手的民夫抬起担架,继续向前。走不多久,就看出民夫们的力气相差很大,两个担架走得快,抬玮的这一个走得慢,玮的血浸透了包扎的纱布,又浸透了担架,一点一点滴在路上。

"快赶,快赶。"两个民夫相互鼓劲。忽然飘起了几点雨,一个民夫脱下自己的上衣,盖在玮身上。这民夫里面穿一件扎花上衣,显得很苗条。

荒野茫茫,只有一个担架在弯曲的小路上,孤零零的。

"快赶,快赶。"一个民夫又说。

远处传来马蹄声,蹄声渐近,十余骑挟裹着风雨奔了过来,为首的人是彭田立。他仍然农民装束,骑在马上,很是英武。他到担架旁边,勒住马缰,低头看担架上的人。

"是那公子哥儿?"他心头一震,转脸问民夫:"他是谁?"民夫摇头。

他是谁？他是千千万万中国士兵中的一个。

不知什么缘故，彭田立很想为这位"公子哥儿"做点什么，他环顾旷野，四周是逼近来的黑夜。他没有什么可效力，也没有什么可赠予。

"今天晚上我会打一个漂亮仗。"彭田立向躺在担架上的玮大声说。他知道不会有回答，还是伫立一会儿，然后扬鞭策马而去。骑兵们跟着他转眼消失在茫茫黑夜里。

两个民夫低声说："这是飞军。"他们也加快了脚步。

雨停了，夜已深。天空乌云散去，露出几颗星，星光黯淡，黑夜沉重。到医院时，已是半夜。

"又来一个。"负责接收伤员的护士低声说，"这是你的衣服吗？"她把盖在玮身上的短衣递给民夫，眼睛只看着担架上的伤员。如果她看民夫一眼，一定会为她姣好的容颜惊异。民夫交代清楚，要出门去，另有人问他们吃过饭没有，他们摇头。

这时，嵋走过来，和一个民夫打了个照面，都不觉停住脚步，两人对望了一阵，都叫起来。

"你是孟！"

"你是阿露！"

原来阿露和近村的一些傣族妇女做了民夫，女扮男装，比较方便。阿露和嵋都很高兴，拉着手说话。

"阿露，"嵋拍拍阿露的手说，"我很想念你，我给你写了信的。"

"我也想念你，我们那里是收不到信的。"

"我一直觉得你该到医院工作，你愿意吗？我们去找丁医生。"嵋说着，拉着阿露就向里面走。

"现在担架人手不够，我以后来找你们。"阿露的汉话较以前流利了。

"担架？对了,你是抬担架来的。"

李之薇快步走过来,说:"孟灵己,你快来! 你知道今天送来的伤员是谁?"

嵋转脸向着之薇,带着笑容:"是谁?"

"澹台玮。"

长官日记

8 月 18 日

某团亡长官二,士兵二十六,伤四十余。美通讯官谢夫亡,翻译官澹台玮重伤。我军向前推进一百余公尺。

彭田立率部伏击敌增援部队,歼敌数十人。

三

嵋几乎是跑进登记处,伤员都在那里登记,也在那里进行最先的救护。

屋里人很多,乱哄哄的。角落里,澹台玮正在接受美国军医检查。严颖书在旁边。

嵋进来了,悄悄站着,见玮紧闭双目,已经昏沉,不觉频频拭泪。

丁医生走过来,见嵋也在,便说:"这里没事。"意思是要嵋出去。嵋不解地望着他。

严颖书对丁医生说:"让她在这里吧。"马上又解释道,"他是她的表哥。"

丁医生只知严颖书是孟灵己的表哥,现在怎么又出来一位表哥。

美国军医检查完了,说:"马上要做手术,而且要输血,他失血太多了,怕手术做不完。"

"用我的血。"严颖书首先说。

"用我的血,我是 O 型血。"嵋轻轻地说。她一直含泪静静地站在一边,看着军医的动作。经过配血,嵋的血可以用。他们的血从同一外祖父母那里来,应该是合适的。

抽过血后,嵋觉得头有些发晕,心里空空的,有一种似饿非饿的感觉。

"你自己去找一杯糖水喝。"丁医生对嵋说。

嵋回屋去,见桌上摆着一杯水,之薇正等在那里。

之薇递过杯子,低声说:"快喝。"

嵋感谢地看了之薇一眼,接过杯子一口气喝了半杯。水很甜。可是嵋的心里很苦,又苦又痛又慌乱,她不知如何是好。她和玮虽是表亲,却自幼和同胞兄妹一般。嵋想,玮玮哥会不会死?要是死了二姨妈怎么活,还有殷大士呢。

"再喝。"之薇说,又递给她一块压缩饼干。

嵋休息了一阵,说要到手术室去看,让之薇先睡。之薇不肯,和嵋一起到手术室来。

两间手术室都是空投的新式设备,灯光明亮。美国军医在给玮做手术,丁医生在给另一位战士做手术。时间已经很晚,总是忙乱的医院里暂时一片寂静,刀剪碰撞的声音清晰可闻。

护士长铁大姐走过,看见嵋和之薇站在手术室门前,温和地说:"你们怎么不睡?明天怎么工作。"她们没有回答。

"我们坐到外面台阶上去吧。"之薇建议。

她们穿过略略歪斜的走廊,来到外面。走廊是为避溅雨而建,在这里是奢侈品了,有一段已经塌陷。夜色朦胧,昏暗里一幢幢黑影,是树木?是房屋?分不清楚。嵋坐下来,用双手蒙住眼睛。

不知过了多久,之薇走进去看。正好手术室门开了,澹台玮躺在平车上被推出来。之薇忙跑到门口,低声说:"出来了,出

214

来了。"

嵋跑进来,两人随着平车走向病房。树枝拼接的走廊高低不平,车过时发出砰砰的声音。

嵋不自觉地说:"慢一点好吗?"又伸手要去抬那车。推车的护士不满地推得更快了。

颖书把自己的办公室腾出来,给玮布置了一个单间。玮到了这里,美国军医拿一个橡皮圈垫在玮的背后,把他的伤口架空,并对颖书和嵋说,伤员背部中了三弹,一颗子弹穿胸而过,另两颗已经取出。手术该做的都做了,只是创伤面积太大,右肺全坏了,如果不发炎,还有希望。说毕转身走了,他还有一个手术。

一切安排妥当,玮还没有醒来。

颖书看看嵋,又看看之薇,说:"你们可以去睡了。他的麻药还没有过去,我会在这里。"

嵋和之薇向住处走去,有人从后面赶上,叫住了李之薇,这是哈察明。

他很神秘地说:"我刚刚参加了这台手术。你知道吗,澹台玮的子弹打在背上。"

嵋和之薇一起站住了,之薇问道:"你这是什么意思?"

哈察明诧异地说:"你不懂吗?子弹打在背上,证明他曾经逃跑。"

"卑鄙。"嵋愤愤地说,恨不得一拳把这人打倒。她尽力压住怒气,又说了一声:"卑鄙!"拉着李之薇进了房间,砰的一声关上房门。

嵋做了一个梦,梦见玮死了,许多人在哭。远处有一堆蛆虫,蠢蠢然爬过来。它们喊:"你们不要哭。澹台玮不值得哭,他吃糖吃多了才死的。"一个人形走过来,拿着放大镜说:"不值得为澹台玮哭。他在某天打了个喷嚏,他是故意引起上级的注意。"嵋觉得胸口堵了一大团东西,简直出不过气来,霎时间蛆虫等等都不见了。自己站在一片空地上,四周都是坟墓。一个声音说,澹台玮在那边。嵋哭着跑过去,跑着哭着,哭着跑着。她哭醒了,坐起身,在床上愣了一阵,轻轻下床,溜出房间,走向病房,她要去看玮玮哥是否还在人间。

颖书还在那里,见嵋来了,皱着眉,低声说:"已经有了知觉,但还不清醒。"让嵋立刻回去。

"玮玮哥还活着?"嵋颤声说。

玮呻吟了一声,像是回答。

"回去吧。"颖书说,"会好的。"

嵋在床边站了一会儿,抬眼看见颖书疲倦的神色。

她想说:"谢谢你,颖书哥。"可是她说不出来。

颖书不需要谢,他指指门,似乎有些不耐烦。嵋点头,顺从地走了。

玮醒来了,他不知道自己在哪里,只觉得非常非常累,经过几次努力才睁开眼睛。还没有看见什么,又昏沉过去。这样挣扎了好几次,他终于醒了。天已大亮,房间很小,他很容易就看到窗外的树。

很好看,他想。接着背上一阵疼痛,直钻到身体各个部位。我负伤了,他明白过来。太疼了,太累了,他忍不住发出轻微的呻吟。

"澹台玮,你好些了吗?"颖书数着他的脉搏,俯在他耳边说。

"是。"玮停了一会儿,又说,"不知道。"

颖书微笑:"你做过手术了,你好了。"

"谢谢你。"玮说。

颖书觉得他很明白,脉搏已平稳,便想先去料理公事,一会儿再来。他在门口遇见了哈察明。

哈察明眯着他那好看的两眼,好像在探索什么问题,对颖书说:"严院长,你为什么给澹台玮特别布置一个单间?他的级别不够,不合规则。"

颖书说:"我检讨。"一面向外走去。

哈察明一路跟着,说:"我知道你们是亲戚。"

颖书站住,回头说:"我告诉你,我们不是亲戚,我们的亲戚是冒牌的。不过,就是亲戚,又怎么样?"

"那你就更不对了。"哈察明脸上愁云密布。

颖书大声说:"告诉你,我敬重澹台玮,这就是道理。"不再理他,继续向前走。一直走到连夜搭起的一个小棚,那是他的办公室了,哈察明还在跟着。

颖书走到办公桌前,坐下了,用手搓着脸颊。他倒了一杯水,还没有喝,哈察明立在桌前又说:"你敬重他?昨晚的手术,我是少校军医的副手,你知道吗?"

颖书厌烦地望着哈察明:"你到底想说什么?"哈察明清了清嗓子,郑重地说:"澹台玮的伤口在背部,证明他在逃跑中负伤。"

严颖书猛地站起身,一拍桌子,震翻了水杯。又立刻镇定下来,问道:"你有证据吗?请注意这是污蔑。"

哈察明说:"战场上、医院里有这样的不成文法,我只知道这一点。所以你给澹台玮特别待遇是不对的。"

颖书颇为平静地说:"就算把我撤职,我也要这样做。我的良心让我这样做。"

哈察明摇摇头,大有叹息对方不可理喻的样子。

颖书说:"请回到你的岗位上去,我要处理公事了。"

电话响了,打电话的人是高师长,他从未直接打电话到医院来过。

师长说:"我知道澹台玮负伤了,谢夫牺牲了。我告诉你一个战报:两个营之间因为有了电话,避免了误伤。而且密切配合,打击了敌人,向前推进了一百多公尺,攻克了一个重要据点。这是进城以后最大的胜利。请你告诉澹台玮,让他好好养伤。"

颖书说:"不知澹台玮是怎样负伤的?"

师长道:"团长有报告。澹台玮很勇敢,是在枪弹中冒死爬到树上架线时中弹的。"

架线不一定面对敌人,颖书想,爬到树上,很可能背对敌人。哈察明的猜测真是小人啊。

高师长见这边没有声音,又说:"谢夫也很勇敢,很负责。他牺牲的消息,我已经通知布林顿了。"

玮并不知道这些辩论,他也不在乎这些辩论,他做了他该做的事,如此而已。他又在昏沉中进进出出,近中午时睁开眼睛,见嵋站在床前,很觉安慰,想要笑一笑,但没有做到,只低声说:"不要告诉爸爸妈妈,还有姐姐。"

"我不会告诉他们,等你好了,你自己说。"嵋说,接着调皮地加了一句,"还有殷大士呢。"

殷大士?殷大士如果知道我负伤了,会不顾一切地来看我,玮想。说出来的只有三个字:"她会吗?"

嵋不知玮在想什么,不好搭话。看见枕边被头有呕吐的痕迹,便问:"你是不是吐过了?"那是用麻药后的反应。

玮自己不太清楚,想一想说:"大概是吧。"

嵋带了一罐炼乳,调好了,一勺一勺喂他。玮吃了小半碗,不愿再吃。嵋劝着又吃了两勺。

玮说:"我真是幸运。负了伤正好住在这医院,有你。"

嵋说:"还有颖书,还有李之薇。"

这时,丁医生进来了,把一个纸包放在床边凳子上,对嵋说:"这里是两包藕粉,可以吃,可不要问从哪里来的。"又拉起玮的手,感觉脉搏平稳。

嵋说:"你看还有丁医生,你的下一顿饭是藕粉。"

丁医生走了,颖书进来,告诉玮高师长在电话里说的情况。玮没有反应。

傍晚,师长来医院视察,去了几个病房慰问伤员,又专到玮的床前,拉着玮的手,嘱他好好养伤。

玮费力地说:"谢谢。"

师长转身走出病房,说了一句:"战争,真是岂有此理!"

颖书报告了哈察明的想法,师长说:"把这位医生请来。"

他们来到走廊外面,大家都不知师长要做什么。哈察明来了,颇为得意地敬礼。

师长指着门前的一棵树,说:"你会爬树吗?"哈察明不解。师长说:"请你做这个动作。"

哈察明走到树前,向上爬。爬了两尺多高就滑下来了。

师长说:"你爬不上去?站在树杈上是无法考虑面对敌人还是背对敌人的。澹台玮的目的只有一个,就是接好电线,这是他的责任,他已经做到了。"哈察明垂头立着。师长又说:"想想当时的情况,你自己会怎样对待,再去批评别人!"

哈察明嘟囔道:"可是一般的看法——"

师长忽然大吼一声:"去你王八蛋的一般看法!"

哈察明吓得缩小了身子,赵参谋过来推他:"你走吧。"

次日黄昏,布林顿来看玮,玮马上问起谢夫。

"谢夫怎样?"他似乎记得谢夫已经死了,那是不是他的错觉?他昏了,糊涂了。他希望知道谢夫活着,还在拉着电线。

布林顿迟疑了一下,在胸前画了一个十字,叹息道:"谢夫很安静,我们已经把他运回来了,准备送他回国。"

玮懂了,美国军人殉国后,都不就地安葬,而是运送回国。"回家吧,谢夫。"玮想。

布林顿又说:"为了纪念他,中国方面打算给谢夫做一个虚墓。"

玮眼前出现了医院旁边山坡上的一片墓地,他去过那墓地。小路弯曲,绿荫掩映,青草覆地,很好的地方,可以安息。"只是离家太远了。"一滴眼泪顺着玮的眼角流下来。

薛蚡来看望,送来一封信。正好嵋在那里,代收了。

嵋一看信封上的字,就高兴地叫起来:"玹子姐的!"把信放到玮的眼前。

玮吃力地看着,信封上除地址外,有他自己和姐姐的名字,只看这字迹已觉无比亲切。

薛蚡说:"美国人都很想念你,你不在,我真成了香饽饽了。"

玮轻声说:"很累吧,谢谢。"

"你还谢谢我,是我该感谢你。"薛蚡说。一面咳嗽着,又和嵋说了几句话便走了。

嵋赶快拆信。玮说:"念吧。"

玮玮,我的好弟弟:

你现在在忙什么? 总是忙的,我知道。昨天收到爸妈电报,如果旅途顺利,约一周后他们可抵重庆。

这个暑假,我没有做事,也没有接受大学下个学期的聘书。我做好充分准备,去和爸爸妈妈团聚,带着阿难。美国军官们执行休假很认真。你能休假吗?

昆明最近有一件大事。教育界要捐献一架飞机,各界人士都很热心,组织了一次义卖,我参加了。这次义卖规模很大,摆了许多摊子,我负责一个糖果摊,很快卖光,收钱的人数钱都来不及。三姨父的书法极受欢迎,他是熬夜写的,有两幅售出的价钱很高。郑惠枌和几位画家卖画,也很兴旺。那天,我的糖果摊子收入最多。

嵋眼前掠过玹子姣好的脸庞,想着她在糖果摊前的动作和言词,一定都非常漂亮。

　　前几天,何曼拿来一封卫葑的信,很简短,简直好像没
有写。不过,总知道这人还在世上。

读到卫葑这一段,玮、嵋对看了一眼。这真是一个奇怪的问
题,谁也不懂。

　　报载腾冲战事激烈,非常非常惦记你。还报道了大姨
父坚守滇南国门。抗战大业千头万绪,全靠一个一个人在
那里拼!

嵋还从未见玹子说这样的大道理。可不是一个一个人在
拼! 靠的就是一个一个人在拼。她往下看,下面是一段英文,意
思如下:

　　义卖场上有一位少女飞来飞去,穿一条鹅黄色裙子,鲜
亮耀眼,哪里冷落了,她就去站一站。她跑到我摊上来,在
我耳边轻轻唤了一声"姐姐",随手抓了几块糖果,放下一
叠钱,飞走了。Guess! Who is she?

嵋一面读着,一面代玮拭去面颊上的泪水。

　　向你致敬,向颖书和嵋致敬。希望在重庆见面。

这是信的结尾。

嵋把信放在玮手中,说:"玮玮哥,我很想知道玹子姐参加
义卖穿的什么衣服。"

一丝笑意浮上玮的嘴角,笑嵋,也笑玹子。

"绿色的,我想,有花边的。不过,我不知道花边在什么地
方。"嵋得意地一歪头,让玮把信拿了一会儿,才代他收起。

又一天下午,来了几个伤员,有担架抬来的,也有自己走来
的。走来的伤员大多是上肢受伤。他们坐在大门进口处,神色

委顿,等候安排。有一个兵右臂吊着三角巾,另一个左臂缠着纱布。这些包扎都很简单,干透的血迹显得很脏。

一个护士过来登记,记下他们的名字和番号。

"高苦留,炮兵营。"那个挂三角巾的士兵说。

"高苦留。"护士下意识地重复着。

伤员们一个个走进医务室,又一个个走出来,换了清洁的包扎。苦留是轻伤,炮弹片打中右上肘,但没有伤及骨头,需要做一个缝合手术。他头晕,没有力气,手臂火辣辣地疼,一步一拖地向派定的病房走去。经过一个木板隔出的小房间,偶然抬头看见房门上写着伤员名字,字很小,好像是澹台玮。苦留一惊,凑近去看,果然是澹台玮。

苦留觉得头更晕,扶住房门,定了定神,将门推开,见病床上孤单单地躺着一个人。

"澹台少爷,是你么?"苦留低声说。

"这称呼好奇怪。"玮在昏沉中思忖。

"我是苦留。"

玮听见声音,眼前是一个模糊的人形。他终于认出了眼前的人。

"苦留?你也受伤了?"

"我是轻伤,很快会好的。"他已经看出玮不是轻伤。

玮脸上有几分笑意,目光在问苦留怎么受的伤。

"我在步兵连时,死的机会很多,可是我没有死,也没有受伤。在炮兵营伤亡的机会少多了,可是一个炮弹落在不远处,把我们都炸伤了。你不要说话,我知道你不能说话。"

这时外面有人叫:"高苦留在哪里?"苦留忙走出去,一个护士马上训话:"伤员不准串门。这是医院,知道吗!轮到你做手术,找不到人,就该不管你,给别人做。"

苦留垂头听着,跟着护士进了手术室。

一周过去了,腾冲战事很紧张。伤员很多,医院工作十分繁忙。苦留的伤势一天天好起来,玮的伤势似乎稳定。不过美国军医和丁医生并不乐观,说他没有脱离危险期,身体太虚弱了,若能到昆明调养最好,可是现在也不能上路。

手术后的第八天,玮忽然发烧。医生们说:"人体内的变化有时真是莫名其妙。"用药后,温度渐退,隔了一天又升高。他本来应该慢慢恢复的,可是没有,他似乎落在一个谷底,爬不上来。

玮在昏沉中,很容易回到北平。他已经好几次回到北平,回到他少年时居住的地方。什刹海上的冰雪、后窗外的藤萝,还有书桌上的大地图,为祖国破碎河山做出标志的大地图。他一步步从地图上走过来了。

大家都在客厅里。父亲和他一起蹲在地上玩小火车,母亲在旁不断地提醒责备,这是母亲的习惯。爸爸和他都不在意。他们迁到重庆,他在北碚上高中,在篮球场上,一个同学摔伤了,老师派他送这同学回家。老师说澹台玮可靠。他用小车推着同学和篮球,推到哪里已不记得了。

篮球变成排球,在一个女孩手里。是谁?是殷大士。她不是一个人,她和姐姐站在一起。一个是野气的美人,一个是傲气的美人。那么嵋呢,嵋不是美人,嵋是女兵。

别的人、物渐渐淡去,只有殷大士站在那座古庙前。灯月的光辉都集中在她身上,她的声音清亮而哀伤:"我——等——你——"

玮耳边响起了另一声"我等你",那是福留的声音。

福留向他跑来,跑到近处又被什么力量向后推去,他又跑来,大声喊着:"我等你——"他的声音还是个孩子。

"是了。"玮忽然明白,自己要死了。

嵋一天工作下来已经很累,她向玮的病房走去,脚步、心情都很沉重。玮的病情反复,高热,退烧,再发烧,几次折腾后,总的情况是日渐虚弱。嵋觉得简直无法帮助他。

嵋走进病房,悄然站在床边。

玮慢慢睁开眼睛,"是嵋么?"

"是我,玮玮哥。"嵋俯身向他,扮出一个笑脸。

玮低声说:"我没有力气了。"又断续地说,"我很想念爸爸妈妈,还有姐姐,很想念。你要告诉他们。你还要告诉萧先生,我不能接着他走了,希望——"他停顿了,仍看着嵋。

嵋强忍着哽咽,揣测道:"希望他有好学生?"

玮安慰地闭上眼睛,休息了一会儿,闭着眼用力说:"告诉她不要哭。"

这是诀别。玮在向她诀别,因为她代表着许多人。这以后,玮再没有很清楚地说话。

嵋和颖书商量,要给玹子打电报。两人拟了电稿,颖书拿到师部发了。

又是一个傍晚,嵋走到房门口,一个身着美军服装的年轻人站在那里,定睛看时,是冷若安。

嵋请他进房,他说:"我已经看过澹台玮了,他一直闭着眼没有睁一下。"

走廊上人来人往,别的病房虽然离得较远,还是传来伤员嘶哑的呼喊。

冷若安说:"你看,这样吵闹,他是不是听不见?"

"你看他怎样?"嵋问。

"医生怎么说?"冷若安道。

"医生说莫名其妙。"嵋说。

"孟灵己,"冷若安忽然说,"我明天又要去昆明,如果你要带信,会比较快。"

嵋的眼泪直流下来,说已经打了电报,不过她仍决定带信回家,父母也该知道。她要冷若安等一等,自己跑回房间,写了一封信,叙述玮的情况。

再到病房时,房门关着,隐约听见歌声。她推门进去,见冷若安站在玮床头,轻声唱歌,唱的是《嘉陵江上》。玮的眼睛睁得很大,用心在听。

"把我打胜仗的刀枪,放在我生长的地方。"

玮听完这最后一句,感谢地又是放心地看着冷若安,又对嵋眨眨眼,才闭上眼睛。

"他要我唱歌。"冷若安说。

"他要听这一首吗?"嵋低声问。

"他说不出歌名,我随意唱的。我喜欢这首歌。"冷若安说,"澹台玮也在重庆住过。"

嵋交过信,他们默默地站在玮的床边,希望他再睁开眼睛。

冷若安俯身问:"澹台玮,你还要听歌吗?"玮不答。他们又默默地站了一会儿。

嵋泪眼盈盈,抬头对冷若安说:"我想锁住房门,我觉得他正在离开。"

冷若安叹道:"怎么锁得住呢。"

自嵋到上绮罗后,冷若安来过两次,都值嵋有事,或值夜班,或临时做手术翻译,没有谈话。这时见面两人也没有说几句话,却觉得彼此是老朋友了。

他们走出医院,冷若安说:"你放心,我一到昆明就去送信。"走了几步,回头说,"你自己不要再丢了。"

"再丢了就麻烦你再找回来。"嵋这样想,但没有说。自己也奇怪怎么会有这样一个回答。

次日,嵋到病室看望,见颖书、丁医生都在那里。

玮慢慢睁开眼睛,睁开一半就停止了,眼光注视着半掩的窗。

丁医生无助地低下了头,他无法挽住病人的弥留。颖书紧张地看着玮的眼睛。

"玮玮哥!"嵋恐惧地低声唤道,"你不要走——"

玮确实正在离去,可是他舍不得离去。他用尽了力气睁开眼睛看这世界,窗外一小块蓝天,窗前一棵普通的树,都是那么美好。他记得天空本来是很大的,高远而辽阔,田野本来是宽广的,无边无垠。他多么想再看一看大片的天空、田野、河流、树木,还有在这中间生活的每一个人,每一个生命,告诉他们,活着是多么好。他本来应该接续父母活下去,应该接过萧先生的工作,应该拉着殷大士的手。可是他还没有起步,却转了一个方向,向那一片小草走去了,要复归于那一片小草中间了。

玮从他干涩的嘴唇中吐出不连贯的声音,人们分辨出这四个字:祈祷和平。

这不连贯的声音散向四面八方,又从四面八方回拢来,汇集成一个宏大的、庄严的声音,把人们淹没了。

祈祷和平　祈祷和平

澹台玮的眼睛闭上了,永远,永远不能再睁开。

病室内外,整个的医院,整个的村庄,从村庄延伸开去的大片土地,一片寂静。

我们的玮玮死了。

我们的玮玮他死了!嵋心里有一个巨大的声音在喊。这声音像战鼓,咚咚地敲着,从四面八方传过来。

"接伤员!接伤员!"喊声从医院前面传来,脚步声、器物碰撞声,伤员的呼痛声、呻吟声交织在一起。又一个繁忙的夜晚。

嵋擦拭着不断流下的泪水,向自己的岗位走去。

梦 之 涟 漪

我的爱儿！你可听见妈妈在叫你。前天，我们刚回到重庆，玹子打长途电话来，告诉了你负伤的消息。我们今天已经飞到昆明了。爸爸和我一起来，正在找去腾冲那边的车。爸爸说他还从来没有这样想你。我们很快就会来，我的爱儿，你千万要等着我们！

我们远在万里之外，知道你从军了。你是好孩子。我不担心，因为我已经安排好了，你会留在昆明，若去前方也是短期的。先从姐姐那里，知道你去了保山。我很怪爸爸，怪他没有把事情办好。后来收到你从保山来信，才知道原委。爸爸说，我为我的儿子骄傲。我又能说什么呢？

爸爸老了，头发花白了许多，你再见他时一定奇怪，他怎么老得这么快。爸爸说，他不怕老，也不怕死，因为他有儿子，那是我们的延续。

妈妈也老了，可是大家都不这样说。我自己知道，我也不怕，心里很踏实。现在你受伤了，似乎很重。我的心整天在翻腾，一会儿想着你发烧了，一会儿想着你没有药吃。万一——我不敢想了。我的爱儿，你千万要等着我们！

萧先生、三姨父和三姨妈来看我们。萧先生说，以后他要把全部知识传给你，还有那一块花生地、两箱唱片，你的创造会比他高许多。我和爸爸都相信萧先生的期望。是

227

了,战争快结束了。我们将得到最终的胜利。可是将来的日子也不会平安,会怎样呢?谁知道。不管怎样,只要一家人在一起就是福分。以前我常向往荣华富贵,经过这么多年的别离,我只求一件事——团聚,一家人的团聚。我们要一起回北平,我们四个人,还多了一个阿难。他算是谁呀?真可笑。

爸爸联系了一辆吉普车。我们坐上了车,正要动身,姐姐的一个熟人赶来,说是联系好了到保山的飞机。我在心里感谢上苍,这样就快多了。不料又有一个人赶来,说重庆有要事,要爸爸立刻去接电话。爸爸站在车边说:"估计我不能去了,你们赶上飞机就走吧。告诉玮玮,爸爸想他。"姐姐的熟人催着我们马上开车到机场。飞机正要起飞,我们赶上了。

飞机一个多小时便到保山,换乘吉普车。车真慢,大山、大树都挡着路,好几次我都觉得要到了,可是还没有到。我想着你的伤,心痛得厉害。你从小就是勇敢的孩子。记得香粟斜街家中的藤萝院吗?那里是孩子们玩耍的好地方,你们喜欢沿着藤萝枝干爬上爬下。爸爸的朋友一家来玩,一个孩子爬得太高,自己吓坏了,不敢下来,你爬上去拉着他的手,慢慢溜下来,其实你比他还小一岁。高中老师说,功课好的孩子大都自我保护意识很强,如果不说那是自私的话。澹台玮却不一样,他总是乐意帮助别人,总是很镇定地战胜困难,坚决完成自己担负的责任。

我的儿,你一定会战胜——战胜一切,包括重伤。我来了,会和你在一起,我们的力量就更大了。是不是,我的爱儿?你千万千万等着我啊!

绛初和玹子到上绮罗医院,先找到颖书。颖书大吃一惊,请她们坐在门廊里,托一个过路的护士去找嵋。

绛初问:"他在哪里?"

颖书说:"他还好,还好。"

嵋很快跑来了。绛初马上站起来,拉着嵋的手就往过道走。

"二姨妈。"嵋嗫嚅着,求救地看着玹子。

"病房在哪边?"绛初问,并不停步。玹子已经感到情况不对,拉住母亲。

"怎样了?"绛初缓缓转过身来。

没有人说话。

是写在天上? 是传在空中? 人们的心得到了这消息:澹台玮已经死去。

我们的玮玮死去了。

我们的玮玮他死了。

无声无形的信息,沉重地撞击着亲人的心,把心撞得粉碎。

世上很多期望是落空的,很多等待也是一样。绛初和玹子看见的是一座简陋的坟墓——一个木牌和一抔黄土。澹台玮还不满二十岁,下个月就要过二十岁生日了。她们整天坐在墓边,玹子抱着母亲,低声说还有我呢,还有我呢。她们坐了一天,又坐了一天。嵋对玹子说她们必须走了,上绮罗医院要转移,移到下绮罗去,那里更近战场。

第三天,她们又来。她们没有忘记看望谢夫,他和玮是在完成同一责任时牺牲的。人们为了纪念他,为他在这里设了一个虚墓,虚墓里放了他的帽子和一截电线。她们向这异国人恭敬地鞠躬,祝愿他安息。

最后,她们向玮告别,站在路旁树荫下,久久地看着玮的坟墓。

一位黑衣少女,从山坡下缓缓走来。她好像认得路,一直走到墓前,那是殷大士。大士定定地看着墓碑,又似乎什么也没有看见。她从手提包里拿出一封信,把信抱在胸前,站了好一会儿。然后半跪在墓前,取出火柴点燃了信,在手里拿着,让它慢慢燃烧。纸变成灰,缓缓地飘,慢慢地落。最后,她用手把纸灰拢在一起,用几块碎石压住。它们不久就会随风飘走,被雨打湿,化入泥土。

无人知道信上写了什么,也无人能代大士编出她心上的话。

玹子想招呼她,又怕打搅她。这时大士转过身来,看见绛初母女,先是一愣,随即快步走到绛初面前,跪了下去,抱住绛初的双膝。

"我的孩子——"绛初好容易哽咽地说出这几个字,伸手抚摸大士的头。

大士站起身,抬起满是泪痕的脸,低声道:"他叫我不要哭。"双手掩面向山下走去。到山脚处,一个女子迎过来,揽住她,那是王钿。两人转入灌木丛中不见了。

苦留出院了。他在重返前线以前,和他的伙伴们来到玮的墓前。太阳还在山后,天已大亮,四下静悄悄的。他们向这无言的小墓鞠躬,举手敬了军礼,又向谢夫敬礼。最后,把手放在帽檐上,向山坡的众多英灵敬礼。

"澹台玮,你好好睡吧,我要上前线了。"他没有多的话,他想不出更多的话,也不需要更多的话。

随着阵地转移,上绮罗医院迁往腾冲近郊,遗下了这里的一切。遗下了潺潺的小溪,那里讨论过和平主义。遗下了茂密的大树,那里传看过本的肩章。遗下了用竹竿和木板搭起的病室,玮和多少为正义而献身的军人在这里死去。房屋拆走了,几块剩下的木板,在风中发出奇怪的响声。也遗下了这一片坟墓,它们处在群山环抱之中,俯视着纵横的河流、高低的田野。这些坟墓的主人,保卫过这片土地,如今又滋养着这片土地,成为土地的一部分。

小草在这里生长,绿油油的,蔓延开去。

第 六 章

一

上绮罗野战医院迁到下绮罗以后,下绮罗村旁又是一片竹房和帐篷,掩映在绿树丛中。

腾冲城内巷战仍十分严酷,伤兵络绎不绝。医院人员紧张地工作,嵋也在其中。她用忙碌压制着悲痛,那是一服药剂。她除了双手的操作:打针、发药、参加手术,还在颖书办公室里帮助处理一些文书上的事。她不能回忆过去,也不想将来。她很少说话,觉得自己好像凝固了。有时候之薇问她什么话,她也不回答。之薇便说:"孟灵己,你傻了么?"

我不傻。嵋在心里回答,我只是不明白,不明白战争,不明白生和死,生和死交织成一张密网,把人罩得透不过气来。没有人能逃脱这张网。

一天,和平主义者艾姆斯里在路上遇见嵋,他已经许久没和人说话了,想和嵋讨论世界战局。他分析了盟军战场,说胜利大有希望。

嵋望着他有几分兴奋的神情,在心里说:"可是有些人已经死了。"

老艾不知道嵋的心情,发议论说:"胜利在望,我知道胜利是许多生命换来的。"他见嵋有些木讷,抱歉地一笑,走开了。

嵋推着药车在竹廊上走。高原上的夏天并不炎热,各种小生命很是活跃。一条蛇从地上滑过,留下一个碧绿的影子。打针时,一只壁虎掉在伤员的床上,它太小了,抓不住竹梁。

嵋以前看见这些也会大惊小怪,现在只平淡地想,生命,这都是生命,生命都是了不起的,可谁又逃得脱死亡呢。

"孟灵己!"护士长铁大姐站在走廊尽头的一间病房门前,大声招呼,"来了新伤员,你快来打针!"

病房门口站着两个农民模样的人,听见铁大姐的话,想进病房去,被制止了。"你们就在这里等着。"铁大姐说。

嵋把药车一直推到走廊尽头,走进病房——照规定她不能离开药车。室内一边是竹扎的宽铺,两三人一张,相隔很近,看去如通铺一般。

铁大姐指着最里面的一张竹榻,那可以说是病床了,对嵋说:"给他静脉注射。我扎了两针都没找到血管,你来!"

嵋看了一眼伤员,伤员双眼紧闭、呼吸微弱。嵋站好姿势,默念:"睁开眼睛!"拿过针头,一针下去,有回血,慢慢推动针管。

铁大姐在旁低声说:"今天我的手不知怎么不听使唤。你知道他是谁?"

嵋微摇头。液体一点一点流进伤员的血管,伤员慢慢睁开了眼睛。

铁大姐长舒了一口气。伤员的眼睛很好看,水汪汪的,睫毛很长,在光亮的后面似乎蕴含着一种温柔,倒像是一双女孩儿的眼睛。铁大姐心中漾起一阵母亲似的感情。可怜的年轻人,她想。

药水推完了,嵋拔出针来,用棉花将针眼按住。她看着这双眼睛,不觉问道:"他是谁?"

"他是游击队的彭田立队长。刚刚丁医生看过了,说他需要一位内科医生。"铁大姐又舒了一口气。

这时哈察明走过来说:"铁护士长,有人把药车随便放在走廊里!"铁、孟二人都不理他。

嵋对铁大姐说:"我的药还没有发完。"便走开了。

哈察明说:"护士离开药车是不负责任,若是有人投毒怎么办? 朝会上我要提出!"

"你可以提出!"铁大姐对他一挥手,眼睛仍看着彭田立。

其实彭田立并不需要内科医生。他太累了,长时间的休克状态是一种休息,这简单的药液已使他慢慢醒来。

"我在哪里?"他说话了,声音极轻。

"你在医院。"铁大姐回答。

"我的队伍在哪里?"彭田立问。

铁大姐不知道他的队伍在哪里,只说:"彭队长,你需要休息,先不要想队伍。"

哈察明听见,走到床头仔细看,说:"啊哈,你是彭田立队长! 我是哈察明,哈尔滨的哈,观察的察,明白的明,外科医生。"

彭田立不懂他为什么要介绍自己,看了他一眼,又闭上眼睛。

这时丁医生和一位保山来的内科医生一起来了,看见哈察明,说:"噢,你在这里。"

铁大姐说:"哈医生正在这儿查呢!"

"哪儿的话! 哪儿的话!"哈察明嘟囔着走了。

丁医生和保山的医生给彭田立做了检查,又商量了一下,都认为他应该休息。

"给你的'药'是休息和饮食。打了这一针,舒服一点吗? 你好好睡觉。"丁医生说。

彭田立听后,微微一笑,很快入睡了。他从马上跌下时,大

234

家都以为他已经猝死,不料竟好好活着。两位医生轻声讨论,认为他一定会好好活下去。

"丁医生,我的左腿疼得厉害。"宽铺上最靠外的一位伤员怯怯地说。他看去只有十六七岁,已锯去了一条腿。

丁医生走到他面前,同情地说:"我知道,我知道。"他知道小战士已经没有左腿了。

医生走出病房,站在那里的两个人迎了上来,是彭田立的伙伴。一位年纪大些,是章叔,一位年纪小些,是小董。他们有礼貌地举手行了军礼,"彭队长怎样?"

"他只是太累了,需要休息,很快会好的。现在你们可以去看他。"丁医生回答,走进另一间病房。

两个伙伴轻手轻脚走到床前,看着沉睡中仍紧皱着眉头的队长,忽然觉得自己也很累。他们商量了一下,想要轮流在这里照看。

铁大姐走过来说:"你们也去休息吧,这里有我们呢。"两人又站了一会儿才离开。

次日,彭田立可以坐起来了。师部赵参谋来看他,他精神一振,要去见高师长,商量一件事。

赵参谋说:"你无论如何要休息到明天!"

"那会误事的!"彭田立紧皱双眉,"我下午去师部。"

"你要问丁医生。"赵参谋说。

下午,彭田立的病床空了,他出现在师部办公室。

游击队在腾冲西南遇见几个日本兵,经过一场小战斗,抓获了一个俘虏。从俘虏躲闪的回答中,彭田立推测出,日军将有增援。他数夜未眠,驰马向师部来,在下绮罗附近坠马。师部也获得了敌人将有增援的情报,军部命令,他们必须在腾冲城外截住这支增援的敌军,不然还不知要增加多少次战斗,损耗多少兵力。

高、彭两人一见面，立刻讨论对策。高师部队兵力损耗很大，"飞军"又有一部分调到龙陵去了，不够承担这个任务。

"联合土司。"他们两人一齐说。

抗日战争开始以来，无论修建滇缅公路或是直接参加战斗，各路土司都是积极热心、出钱出力，彭田立对他们很熟悉。在几年的抗战中，有些土司村寨的元气也已经大伤，如高黎贡山中的段氏、瑞丽附近的多氏等。腾冲西北山里的白族土司马福还保存着一定的力量。一来因为马福的芳竹寨处地隐蔽；二来因为此处土司在清朝末年因事被废，虽仍有土司之实，在官府中已无土司之名；三来也因为马福本人性情古怪，他特别相信一种卦书，不很合群。知道敌军增援计划后，彭田立已经派章叔去他那里了解过情况，知道若要动员他参加截击，还需要大力劝说。

这时彭田立对高师长说："马福前些时卜卦，说是九月不能动刀兵，不然村寨会有大祸。"

"什么卦书知道吗？"高师长问。

"不知道，那很秘密。"彭田立答，"不过我知道，通过卜卦，他们便依靠一种黄历，那上面写着九月不能动刀兵。"

高师长沉思道："这样的想法是很难改变的。"

彭田立说："我已派人去找这种黄历。其实，这里的人平常不大用历书的。"

高师长想了一下，问："马福有什么他特别信任的朋友吗？"

彭田立大声说："对了，我也这样问过章叔。他说是在马福那里遇见一位瓷里大土司，是哀牢山的。几个小管家说，马福很听他的话。瓷里大土司念过几年书，据说他的父亲瓦里土司最尊敬读书人，尤其尊敬一位姓孟的教授。师长知道这个人吗？"

"是孟樾吗？"高师长猜测。

"不知道是不是。我觉得教授们都像天上的星和深水里的鱼一样，跟我们完全是两回事。"彭田立说。

"其实也是一样的。"高师长微笑道,"孟樾的女儿孟灵已便是野战医院的护士,大学生,志愿从军的。"

彭田立想起担架上的"公子哥儿",遂问:"那翻译官澹台玮伤得很重?"

"他已经死了。"高师长叹息道。

彭田立心头一震,眼前显出茫茫黑夜中孤零零的担架,担架急急地赶路,赶向死亡吗?

两人沉默片刻,高师长说:"我这里派后备营参加行动,也只有动用这部分人了。还得靠你劝说马福——可以让孟灵已走一趟,也许能派上用场。"

"我们晚上七点钟出发。"彭田立轻击桌面,站起身来。

高师长也站起,"我立刻向军长报告。松山已经收复了,我们不能落后。"

颖书接到师部电话后,立刻通知嵋,有一个新任务,让她和彭队长、赵参谋一起到马福土司那里,讲一讲战争形势,劝说土司参加一次行动。

嵋说她不会讲战争形势,颖书说:"那是他们两人的事,你只要在场就行了。"

"什么时候出发?"嵋问。

"现在,立刻。"颖书说。

薄暮时分,太阳从山后发出余光,像是舍不得离开大地。嵋到医院门口准备出发时,已有一个小队伍在那里。彭田立紧皱双眉站在马前,旁边有章叔,赵参谋站在稍远处。

嵋颇感意外的是,在一匹黑马前站着一个人,那是冷若安。嵋觉得有些像做梦,一天要结束了,而他们要去开始一件重大的事。

冷若安向她走来,说:"我现在接替了澹台玮的工作。"他似乎很不情愿说这句话。

"是吗?"嵋机械地回应,脑子里是一片空白。

冷若安接着说:"赵参谋通知我也去,我估计是为了和你做伴,这事和美军联络组没有什么关系。"

他们各自上了马,向山中走去。彭田立要章叔照顾嵋,不要掉下马来。嵋和冷若安都不是第一次骑马,但骑术不精。彭田立说,照这样的速度,明天早晨可以到。要是照他平常的速度,半夜就能到了。

路越走越险,夜色浓重,只听见马蹄声急促而杂乱,好几次惊醒了草丛中宿鸟,鸟儿扑扇着翅膀,大声凄厉地啼叫着飞走了。

月亮慢慢升起,从树之间洒下光痕。队伍约走了两个小时,从斜刺小路跑出两骑马,把嵋吓了一跳。

彭田立招呼大家停下。两骑马,前面一人是小董,他勒马到彭田立身旁,递过一个封套。

"找到了。"彭田立大喜。正好路旁有一座废亭,便招呼大家下马,聚在一处听他讲话。他说:"今天的任务是去动员马福土司参加一次行动。马福为人多疑,许多事都不相信,只相信一种卦书。从卜卦而相信这种历书,认为九月不能动刀兵。"他举一举手中的封套,说:"这书我们已经找到了,大家可以传看。要在很短的时间里让他相信我们,谈何容易。我们是以诚相见的,我们的目标只有一个:打败日本鬼子!这也是马福他们的愿望,我相信话总能说得通。这次去,赵参谋代表师部,冷翻译官代表美军联络组,我代表游击队。"

冷若安忙道:"我不能代表,没有委托。"彭田立只向他点头微笑,又问赵参谋有什么话,赵答无话。

嵋连忙举手道:"我有话,我代表谁?"

彭田立一愣,想了想说:"马福有一个朋友瓷里大土司,你认识吗?"

"不认识。"

"你作为孟樾教授的女儿，你代表你自己吧。"彭田立并不看嵋，又问冷若安有何意见。

若安也不再提自己的代表问题，只说："孟灵己可以代表孟教授讲几句大道理。"

"临场发挥好了。"彭田立说。他从封套中取出历书，借着月光翻阅了一下，指着书对赵参谋说："这是马福相信的历书。"说着，传给大家看。

这时，月亮已升得很高，月光很亮，景物都似浸在水中。

这是一本历书，有年月日和吉凶，但不是一般的黄历，纸很粗糙，装订简单。

嵋接过书，在月光下，见封面上印着一种图形，好像是"甲申年"几个字，她喃喃道："这是历书吗？是阴历。"

"历书都是阴历。"彭田立说。

"那么，阴历九月，应该是阳历的十月。"冷若安顺着这个思路说。

嵋不觉笑道："阳历九月，阴历才八月。这样的话，马福的顾虑是不必要的。"

"九月有祸，其实是十月。我们十月并不出兵啊！"赵参谋高兴地说。

大家都有些兴奋，好像找到一把开锁的钥匙。

彭田立嘱嵋，再好好研究一下，到时务必将这一点讲清。"话由你说出，更见分量。"他点点头，翻身上马。

众人策马向前。若不是"飞军"这几年在这里出没，熟悉地形，外人是很难找到路的。小路左拐右拐，嵋的身子左歪右歪，几次要跌下马来，她都及时控制住了。万不能再添麻烦，她想。小心地跟着前面的马匹走着。

章叔时前时后，有时教她拉紧缰绳，有时在她的马身上轻拍一掌。冷若安在她后面,不时提醒,当心树干、石块。真正的马后炮,嵋心想。

马福的村庄在一个山坳里,名芳竹寨。离村不远时,从路旁跳出两个村民,问:"你们是什么人?从哪点来,要到哪点去?"

彭田立说明要见土司,一个村民看着彭田立,说:"哦,你是游击队的,我认得你!"

"那最好了。"彭田立说着,要策马向前。

"且慢!"那村民说,"我们要去禀报。"

"那得多少时间?"彭田立不耐烦地说,"我们又不是日本鬼子!"

这时另有一人走过来,是村寨里一个有头脸的管家,因他脸上微麻,得一名字麻贵。他打量着这一小队人马。

"我是游击队的彭田立。"彭田立大声说。

"彭队长,"麻贵微露笑容,"你来过的,有两年了。下马吧,咱们慢慢走。"他一手去接缰绳,一面示意村民去通报。

这是村寨的一般规矩,来人不在马上,就减少了战斗力。彭田立下了马,把缰绳扔给麻贵。众人也纷纷下马,又走了一段路,才到芳竹寨。

这是个不小的村庄,在晨曦中显出了轮廓,比平江寨整齐多了。村边一座敞厅是接待客人的,敞厅外是一片空地,周围有柳树环绕,大概是习武的所在。麻贵请大家进厅落座。

嵋好奇地环顾四周,见壁上挂着几幅甲胄在身的武将肖像,想是古代英雄。墙边摆着弓箭、大刀、长枪等物,她觉得像是进了哪家山寨的聚义厅。

冷若安恰坐在嵋身旁,低声说:"我猜你正在想,莫非这是哪里的聚义厅?"

"《水浒传》里的。"嵋答得很轻松,心里却有些紧张。

她要遇见的准是这种历书吗?阳历、阴历,人家也许早知道了,不知道还需要什么巧辩。她用草帽遮着,伏在几上研究那本书。人都以为她太疲倦了。

有人送上茶来。他们等了一顿饭时刻,还不见马福出来。

彭田立起身在厅中来回踱步,忽然停下来大声说:"马福土司,来客人了!"

又过了片刻,才见两人从厅后步出。前面那人白上衣、蓝长裤,白衣上绣有看不清的图案;后一人相貌奇特,有几分滑稽,身着土黄色西服。这就是两位土司了。

两人到了厅上,前面一人先开口说:"彭队长,你长久没有来了!"指着同出来的人道,"这是瓷里大土司。想来都听说过吧,就是瓦里大土司的儿子。"

彭田立也介绍他的队伍,介绍到嵋时有些踌躇,先说嵋是野战医院的护士,才说她是孟樾教授之女。不想这后一个头衔对瓷里很起作用,他的小眼睛睁得大大的,打量着嵋。嵋大方地站得笔直,不予理会。

赵参谋说:"高明全师长要我向两位土司致意,本来师长要亲自来,实在分不开身。彭队长是大家都认识的,现在的事就由他负责,有重要的事情相商。"

彭田立说:"我们的时间不多,必须尽快决定。想来马福土司已经知道我们的来意了。前几天获得情报,这是两个兄弟的性命换来的:敌人要从畹町派出精锐兵力增援腾冲,腾冲之战已经到了最后关头,敌人的增援好像一股活水,必须截住。可是各方部队的任务都很重,必须有新的力量参加,才能万无一失。"

马福干笑一声:"你们的章叔前天来过了,情况我都明白。"他用眼睛寻找章叔。章叔坐在下首,欠身表示同意。马福继续说:"这次行动意义重大,你是要我参加?"

彭田立说:"收复腾冲的最后胜利全看你马福土司的了。"

"全看我马福?"马福又干笑道,"太看重我了!老实说,抗日的道理我自然清楚,我也出过力的。"

赵参谋忙说:"这一点国民政府是知道的。若是成功地截住增援,马福土司更是声名大振了。"

马福看了瓷里一眼,请大家喝茶。一面说:"老实说吧,九月不能动兵,是历书上说的。"

瓷里说:"要是在哀牢山,我一定出力!可惜离得太远了。有历书做了规定,事情很难办。"瓷里并不相信卦书历书之类,可是他很尊重马福。

彭田立说:"既是有历书,何不请出来看看?"

瓷里对马福说:"我看可以吧?"

马福示意麻贵到后面取出一本旧书,装帧较彭田立的一本略好。翻到一页,确有"九月不得动刀兵"的字样,底下一行小字:"若违必有大祸。"封面上也有一个图形。

赵参谋说:"再看看,能不能禳解。"

彭田立站在厅中,说:"一般禳解的办法是将灾祸转嫁他人。"他在厅中走了两步,大声说,"我彭田立对天发誓,如果芳竹寨因为九月动兵有了灾祸,由我彭田立一人承担!"

当下大家都很感动。马福对瓷里小声说:"他这几句话就能禳解吗?"

瓷里不能回答,便说:"照孟樾教授指出的道理,人人都要尽自己的职责。抗日的事如不参加,恐怕不妥——"他停下来,没有说下去。

说到孟樾,大家不觉都看着嵋。

嵋坦然地朗声说:"我跟着父亲学过几天《周易》,马福土司的卦书想是其中一派,必定很好。历书也是应该相信的,我要提醒的是,这些书用的都是农历,书上说的九月是农历九月。"说着,拿过马福的历书,指着封面上的图形,"这里明写着甲申年。"

大家精神一振。马福接过书仔细看了，"哦"了一声，说："是啊。"

嵋接着说："我们学生从军以来，都知道滇西土司积极抗战，对国家贡献很大，对任何抗日活动都不落人后的。"

马福说："是啊，学生也从军。"又说，"请喝茶，请喝茶。"拉着瓷里走到厅后去了。

厅上众人端起茶杯又放下，都望着厅后。不一会儿，两人走出来，瓷里在前，笑容可掬，转身等马福宣布决定。

马福先说，既然历书上的九月是阳历十月，就不影响行动。却又提出一个条件："这样吧，早听说彭队长双手打枪，百发百中，听得多了，可没有亲眼见过，我久想领教。咱们比试一下，若是真的，我不违天意，一定加入这次行动。"

对于马福决定事情的方法，大家都觉得有点稀奇，彭田立却微笑道："这样倒简单了。"

此时天已大亮，厅外空地边的柳树，距厅上约五十米左右，柳枝下垂，如绿丝绦一般。

有人把枪送到马福手中，马福举枪道："我打左起第三棵树最外面的柳枝。"一枪打去，果然指定的柳枝坠地，众人喝彩。又说，"我打右起第二棵树最外面的柳枝。"又是一声枪响，柳枝坠地。

马福把枪扔给随从，向彭田立一伸手，说："彭队长请。"

彭田立从容地从腰间抽出双枪，站稳脚步，他那双女孩儿样的眼睛满含笑意，不经意地举起双手。只听"砰"的一声，马福打中的两条柳枝的上半截同时坠地。不等喝彩声落，又是"砰"的一声，一棵柳树近树干的地方落下两截柳枝来，原来两枪打中的是同一枝条。这枝条前面的几枝却纹丝未动。

"莫非子弹会拐弯？"大家惊叹。嵋想，彭田立若是披上斗篷，就是侠盗罗宾汉。

在大家的赞叹声中,瓷里走到嵋面前,友好地再次介绍自己。几句话后,说道:"前几天在哀牢山平江寨里,见到一位小姐,名叫吕香阁,说是你家亲戚。是真的吗?"

嵋道:"也算是吧。"

瓷里又问:"是什么亲戚?"

嵋微笑道:"是那种找不出具体关系的亲戚。她是家母一边的族人。"

这时只听彭田立大声说:"马福土司,你做出决定了吗?"

瓷里忙走到马福身边,马福大声说:"打日本鬼子,我岂有不参加之理?"大家鼓掌。

彭田立说:"我早知道马福土司深明大义,抗日不会落在后边。"紧接着说,"我们休息两小时。有饭吃吗?"马福命人摆上饭来。

这时一位中年妇人从厅后走出,马福低声向她交代什么话,又向大家介绍,这是他的妻子。马妻邀嵋到另一小桌前进餐。

说话间,彭田立、章叔、小董已是两三碗米饭下肚,一盘生肉连同辣椒作料都已盘光碗净,还剩两盘炒菜。

彭田立指着炒菜对冷若安说:"这是给你留的。"

冷若安道:"我是弥渡山村里的人,什么都能吃的。"

"一做了学生就都变样了。"彭田立说。

饭后,有人领大家往客房休息。嵋随马福妻走过两条街道,进了一座宅院。这是原来的土司署,院中墙壁有很复杂的雕饰,是白族建筑的风格。嵋又累又困,来不及欣赏。

她们走进一间房中,房中有床铺、桌椅。马福妻让嵋坐在床上,想再问一两句历书的事。

嵋觉眼前景物和听到的声音都很模糊,只想睡觉。因问道:"我躺下好吗?"

马福妻说:"你躺着你躺着。我晓得你很累了,只问一句

244

话,你说历书指农历,你说得准吗?"

嵋道:"周公占卦时用的是农历,当然是农历。书皮上也写着。"

马妻疑惑地说:"也许阳历也管呢?"

嵋安慰道:"不会的。若真有什么事,还有彭队长担着呢!"一面说着,已经睡去。

在一个小神龛里放着马福信奉的卦书,旁边摆着从它下达的历书。马妻又向神龛礼拜一番,自去张罗出征的事务。

两小时后,马福的队伍已经集合。彭田立在队前讲话:"从滇西一带几个重要城市陷落,我就在这里打游击。大家的父母就是我的父母,大家的兄弟就是我的兄弟,我们一起打过许多仗。"

人群中有人喊:"哪个不晓得你田哥?!"

彭田立接着说:"明天这一仗关系重大,只能赢不能输。打赢了,都是各位的功劳,子孙后代都记得的。"

众人整队出发,有人背枪,有人持刀,还有人拿着棍棒。马福亲自率领这支队伍,另有一支队伍从村子另一端出发,前往指定地点。

彭田立和赵参谋等仍循原路返回。路两旁的树木近处低远处高,一层层的绿,直铺上山去。这里那里不时有清澈的小溪流下。景色雄壮而有些神秘,似乎有所隐藏。

嵋对冷若安道:"听说腾冲附近有火山口,不知在哪里。我真想去看看。"

冷若安微笑道:"打胜仗再来吧。"

走到那座废亭,彭田立又招呼大家下马,对赵参谋说:"请赵参谋禀报高师长,我就去执行任务了。"又向冷若安和嵋点点头,翻身上马,向另一条路上驰去,两个伙伴紧随在后。

只听三人长啸一声,不远处树丛中冒出许多人来,一时只觉得四面八方都是人。他们有的骑马,有的走路;有两匹马上驮着机枪,是他们从敌人那里缴获的。人马都向彭田立去的方向拥去,霎时之间就不见了。赵参谋、冷若安和嵋都看得呆了。

嵋忽然觉得,眼前的一切是一种继续,他们是死去的人的精魂。在山边,在林间,在这片土地上,有多少死者的精魂!精魂簇拥着、呐喊着,成为巨大的、不可阻挡的力量。彭田立继续着他们,冷若安也在继续着他们。

离师部渐近,路渐宽了,冷若安与嵋并辔而行。

嵋忽然说:"我觉得马福迷信历书是一种托词。虽然他们不是年年看历书,怎么会连阴历阳历都分不清?再说,还有瓷里土司呢。马福的妻子倒是真不明白。"

冷若安说:"我看像是真的,也许是疏忽。"又说,"你临场发挥很好,话不多,有说服力。"他停了一下,"我总想,目睹这一切的应该是澹台玮。"

嵋沉默片刻,说:"我觉得玮玮哥并没有死。"

冷若安说:"我也觉得。"他用马鞭遥指上绮罗方向,说,"就在那边。"

出发的队伍在腾冲西南郭家镇附近集合。现在的问题是,除大路外,还有一条小路可到腾冲。他们必须守好两条路。马福以为,敌人不认得小路,守好大路即可。彭田立和预备营朱营长都认为,虽然分散了兵力,但小路也必须把守,游击队熟悉地形,可以分兵负责。马福同意了,并且提出,马上把大路挖断。

又一天的太阳落山了,大路出现了三条壕沟。马福的人带来了成卷的竹签,竹签是插在草席上的,向上的一头非常锋利,草席展放在壕沟里便成为针毡。

彭田立带领了游击队中的一小部分精兵,离开大路,很快进入丛林,循着蜿蜒的小道急速向前。

有一段路全被榛莽遮掩,小董略有些怀疑,对章叔说:"这样的路,敌人能摸得着吗?"

章叔说:"田哥不会错。"

夜色越来越浓重,在丛林中几乎是伸手不见五指。人马惊扰了秋初第一拨上场的秋虫,它们奋力发出不大的声音,混合在纷杂的脚步声中。走了一阵,彭田立传令:放慢脚步。又转了许多弯,他们来到一个山峡。

"就是这里了。山峡两边各布置一道散兵线。"彭田立皱着眉头对章叔说。

队伍立刻散了开来,伏在山峡两边,一行人靠近小路,一行人藏在丛林中,有人在山顶守望。一时间这里好像全无一人,只有秋虫唧唧。

彭田立在近山顶处靠着一棵树休息,从这里可以看见无边的夜空。他从干粮袋里抓出一把炒米嚼着,像每次战斗前一样,他总是平静而安详。

"来了来了!"山顶的瞭望兵传下话来。彭田立纵身跳起,疾步奔上山顶,俯身贴近地面,听见传来马蹄的声音,越来越近。

"准备战斗!"彭田立传令。敌人越来越近了,昏暗中可以看见他们正向山峡走来。

小董举起了枪,彭田立低声说:"再等一下。"前面的敌人已经进入峡谷,忽然,彭田立吹出一声口哨,小董紧接着有节奏地连放了三枪——这是他们的号令。

一场厮杀开始了。敌人以为走小路是妙计,不会遇到抵抗,而他们恰恰是自投罗网。一阵枪响过后,已消灭了大半敌人。有些敌人爬上山峡,来夺机枪;也有些人退向丛林,隐在大树后不断射击。日军向大树附近聚集,迅速地形成一个小阵地。枪弹连续发射,我们的几个战士倒下了。藏在丛林更深处的游击队员们包抄过来,敌人拿出军刀,我方的战士也亮出各种刀棍,刀光在黑暗中一闪一闪。

这是一场血腥的搏斗，却没有呼叫呐喊，只有刀棍相碰和沉重的喘息声，还有受伤的人忍不住发出的惨叫。

彭田立从这棵树蹿到那棵树，两手交替开枪，虽然在黑暗中敌我难辨，仍是一枪打中一个敌人。

敌人的小阵地被攻下了，枪声暂歇。忽然山峡另一侧又响起枪声。"搜索敌人！"彭田立下令。

接下来是零星的战斗，有的敌人爬到树上，从上向下开枪。几个士兵从不同方向射击，把敌人打下树来。

天亮了，景物可辨，小路上、丛林中，到处是日军尸体，也有我军战士的尸体混杂其中。

彭田立要招呼小董集合队伍，见小董跪在一块大石旁边低声抽泣。彭田立几步跳到石旁，看见章叔躺在那里，一粒子弹打中他的后背，是窜入林中的敌人放的冷枪。

"章叔！章叔死了——"小董呜咽道。

彭田立低头看死去的章叔，紧接着仰天发出一声嚎叫，撕心裂肺，震得山林嗡嗡作响。他蹲下来，细心拭去章叔脸上的血污，又站起身大声道："集合队伍！"

他们赶回郭家镇附近时，那里的战斗已经接近尾声。敌人的军车在壕沟前受阻，成束的手榴弹抛向他们，炸了开来。日兵跳下军车，有的跌进壕沟，落在针毡上，再爬起已经成为一个血人。有的向田野里散开，又迅速地集结在两辆军车之间。又是一批手榴弹抛向他们，炸翻了车头和车尾。马福的村民很勇敢，他们大多会一点武功，大声呼叫着和敌人肉搏。

一个日兵手持军刀正和拿着长枪的麻贵搏斗，日兵举刀砍去，麻贵闪开，长枪却被砍断。日兵举刀又砍，麻贵躲闪不及，只听见一声枪响，日兵倒地。

麻贵摸摸自己的头，转身望去，见彭田立皱着眉头站在那里，举枪的双手尚未放下，原来两枪同发，一弹打飞了举起的军刀,一弹正中日兵头颅。

"只有你田哥!"麻贵自语,飞快地捡起军刀,迈过日兵尸首,又投入战斗。

朱营长和高师长通电话,报告截击成功,特别报告了马福土司这支兵力的成绩和游击队小路截击,彭田立的足智多谋。

高师长点头说:"谢谢他们!三天之内,可下腾冲!"

两天后,腾冲城内日军最后的据点发生大火,火光冲天,映红了半个腾冲城。我军一面救火一面攻入据点,只见在熊熊的火光下、一大片血泊中,整齐地排列着几行日军尸体。这是侵占腾冲的日军最后的兵力,约二十余人,全部剖腹自尽,一面插在旁边的太阳旗在火光中兀自摇动。团长和几位营长默然互望,团长大步向前,拔起沾满血污的太阳旗,扔进火里。

长 官 日 记

9 月 11 日

我军成功截击敌人增援,全歼敌人,缴获大量弹药。预备营一排长受伤,亡兵七;游击队亡五。巷战各路接近最后据点,亡兵四十二。

接近胜利!

一九四四年九月十四日,我军经两月余巷战后,肃清全部残敌,克复云南腾冲。

继续前进!

二

下绮罗医院奉命调整,一部分人随军前往也已血战多日的龙陵,参加那里的野战医院,一部分人回永平。已确定严颖书赴龙陵继续管理医院。

颖书问之薇是否也愿意去，之薇低声说："我愿意和你在一起。"

嵋的名字列在回永平的名单中，她没有异议。

她想到上绮罗去向玮告别，但是没有交通工具，也没有时间。她只能在医院旁边的高坡上，遥望云山远处的墓地。几个清晨她都来到高坡，只见一层层绿树，一道道山峦，然后是早晨明净的天空，覆盖着现在和过去的岁月。

一个拂晓，嵋和伙伴们登上卡车，回到了永平医院。

自大部分人员调至腾冲建立野战医院，永平医院人少多了，业务也少多了。野战医院需要转院的伤员，大多送往保山或楚雄，或直接送往昆明。经上级研究，要把永平医院建成一个荣军院，留住荣誉军人。

上级派了一个小组先来清理这里的事务，为首的是一位上尉，姓洪，很是精明能干。他们来了不久就发现，这里有一个严重的贪污案件，当事人便是院长陈大富。

嵋等回到永平以后，铁大姐得到父亲去世的消息，急忙回家去了。她的家在永平和大理之间，山路难行，不能通车。她去了几天，嵋和前线回来的几个护士正好休息。医院里很冷清，各种工作都是勉强运行，医生、护士都懒洋洋的，照顾着几个伤员。这些伤员大概是要长久住在这里了。

从去芳竹寨以后，嵋的凝固状态已经慢慢化开，这么多人都在接着玮玮哥活下去，她也自然地是其中一个。她用这空闲时间给父母写了一封信。

爹爹、娘：

　　腾冲收复了。写这五个字时，我觉得手中的笔有千斤重。多少人超乎能力范围的日夜辛劳，多少人的血肉换来这五个字！其中包括玮玮哥。二姨妈和玹子姐回去，想你们已经知道详情。

你们一定写信来了,可我收不到。信素来遗失率较高,何况这一阵我换了几个地方。

为了动员芳竹寨土司参加一次战斗,上级派几个人到芳竹寨去了一趟,其中有我,只因为我是爹爹的女儿。土司有一位好朋友叫瓷里,瓷里的父亲是瓦里土司,前几年瓦里曾经想请爹爹到他寨子里讲学、休养,那时我们住在猪圈上,你们还记得吗?瓷里还引爹爹的话,说做人要尽伦尽职。爹爹一定会说这是中国文化的力量。他们说历书上说"九月不得动刀兵",我们去游说,解释说,历书源于《周易》,《周易》用的是阴历,这里说的九月实际是十月,所以无妨。他们都信。其实,历书上明写着甲申年。

当然,真正促使他们参加截击日寇这一仗的,是爱国正义,别的都是小插曲。

我已从前方平安地回到永平医院,生活正常,爹爹和娘放心。我还没有和姐姐联系。小娃有什么新兴趣?我非常想念你们。什么时候我们能再围着火盆聚在一起?只要能全家在一起,没有火盆也没有关系。

嵋写完了信,再读一遍,自己暗笑,太简单了。她好像有许多感想,埋在心底,理不出来。

她又拿了一张纸,写下"无因"两个字。她想对他说许多话,可是又觉得他不会懂。无因也有不懂的事?很奇怪。她在信中对无因说,"我遇见了人和事,常会想:无因哥会怎样想、会怎样对待。可是竟想不出来,你觉得奇怪吗?"

嵋把两封信交给收发兵,已经不是以前的那一个了。"正好有你一封信,不用向前方转了。"收发兵说。

信封上是无因挺拔的字体,嵋赶快回到住室,迫不及待地拆开,用心读着,仿佛听见了他的声音。

峨：

　　不知道你这时在哪里，还在野战医院吗？腾冲收复了，我们的澹台玮不见了，留下的是永远的伤痛。我曾有一信给你，写了我的悼念，你收到吗？时间好像掀过一页，逝去的永远不能回来。

　　你也许已回到永平了？

峨没有收到前一封信。她遗憾地想，信是看不到了，悼念是永恒的。

　　秋天到了，在江西抗击敌人的滇军需要棉衣，他们的军装必定是单薄的。昆明开展了捐献活动，整个学校的家属都参加了，半个昆明城像个裁缝店。母亲和孟伯母都是从早到晚工作。母亲踩缝纫机，孟伯母用手，她缝得真快。记得你也会缝，给江先生缝长衫。如果你在昆明，大概也会坐在那里缝。

峨微笑了，在心里说，那么你做什么呢？无因回答——在信里说：

　　为了筹款，又举行了秋季义卖，我和几个同学一起，拼凑了一间小机器房，有几个机器玩具，无采在那里张罗。不料收入很多，只是远不及上次义卖中澹台玹卖糖果。你如果来操持，可能更多。二十万件棉衣即将送到前线，特此报告。想来你会高兴的。

峨当然高兴，却又觉得这信不大像无因写的，而又正是无因写的。如果他对大环境毫不关心，就不是无因了。

　　你知道，我很少做梦。这儿天，做了两个重要的梦，先梦见弗兰克林，他拉着风筝在大雷雨中奔跑，电闪雷鸣，一点也不怕。如果没有他，电怎么能供我们驱使！我想起他总是肃然起敬。他拉着风筝向我走来,后面是闪闪的电光。我想和他谈一谈电的问题,招呼他,嘿! 弗兰克林先生! 他回答,嘿! 庄无因先生! 忽然一声霹雳,他不见了。

再一个梦的主角是谁? 你不用想便知道,是你。

这样的思念给人力量,嵋久久地坐在床边,把信读了一遍又一遍。

因为工作不多,嵋想看一看小苍山山房,钥匙在陈大富手里。想起"嗝儿"院长,嵋竟觉得有些亲切。她走到原来陈大富的办公室,门是锁着的。

留守的张医生走过,打招呼道:"孟灵己,你回来了?"

"咱们的院长搬到哪儿办公了?"嵋问道。

"咱们的院长?"张医生微叹道,"他搬到资料室去了。"资料室也就是小苍山山房。看到嵋诧异的神色,张医生又说:"他在那里接受隔离审查。你们新回来的人不知道,老陈的案子闹大了。"

老陈的事,嵋从颖书那里知道一点,颖书还曾带过一句:"这样的事是要送上军事法庭的。"嵋觉得这样的事离自己很远,她要认真对待的是伤员,没有多想过军事法庭。

"这几天空闲点,你还不好好休息?"张医生说,"荣军院快要建立了,要来大批人呢,那可就没得闲空了。"

嵋在病房前走了一转。她第一次参加手术的手术室,还是那么简陋,比野战医院还要差。这些已经引不起嵋的感慨,她定了定神,向小苍山山房走去。两间小屋只剩了一间,孤零零地在青山脚下,后面一片叶子花林仍在开花,它们好像一年四季都在开花。小屋的门是锁着的,窗户却大开。

嵋一眼就看见陈大富坐在窗前,两手扶头,靠在桌上。

"陈院长,你好么?"嵋走到窗外,轻声说。

陈大富放下手来,吃惊地望着嵋。"哎哈! 孟灵己,你们回来了,可合? 我现在是犯人,你快点走开!"陈大富神气无精打采,声音仍很洪亮。

嵋不知道应该说什么,怯怯地说:"你需要什么东西么?"

"饿不死的。"陈大富眼光有些凄然,"你快走开,不要再来了!"

这时听见"笃笃"的响声,是木棍敲在地上的声音。小屋旁边的那一大片坟墓延伸得很远,小白石片仍旧在阳光下闪亮,比上绮罗墓地的木牌要持久一些吧。

从一排排坟墓间转出一个女孩,她一只手臂架着拐杖,一只手提着一个竹篮,看见嵋在这里,有点吃惊。

嵋连忙说:"我不碍事,我就要走了。"

女孩一面防备地看着嵋,一面走到窗前,她是来送饭的。

"爹,你饿了么?"她从篮子里取出锅来,却看着嵋,不肯打开锅盖。

嵋认得这是陈大富的女儿桑叶,也知道陈大富抚养孤儿的故事。他们过得怎样? 嵋同情地想。

她不愿打搅,便向院门走去,一面走一面听见陈大富闷声问:"你妈怎样了?"

"妈好些了。"桑叶的回答很勉强,"抗日也病了。"

嵋略一迟疑,又加快脚步,走进院中去了。

这里桑叶揭开了锅盖,是一锅米饭,上面摆着几个咸辣椒。

"爹你快吃。"桑叶守在窗前,仍警惕地四望。

"不用怕! 送饭是经过批准的。"陈大富说,把一大坨饭连着辣椒塞进嘴里,想了想问:"小陈在哪里?"

"不知道。"桑叶说,"他们不会让我知道。"停了一会儿,桑叶怯怯地、迟疑地说:"爹,妈让我问,你到底拿了多少东西? 全都说清了没有?"

"我知道的都说清了,可合? 可是还有我不知道的。"

"那是小陈知道?"女孩接着问。

"合了合了。"陈大富说,疼爱地望着女儿,"要是小陈说清就好了。"

桑叶提着放了空锅的篮子回家去,经过医院大门旁边的杂物间,她不知道小陈正隔离在这里。

小陈刚吃过食堂送来的饭,此时懒懒地躺在木板床上,算计着和专案人员的对话。他已多次宣布,自己已经全部交代清楚,可是总又出来一点新材料。他所谓的交代清楚,是把老陈不知道的全算在老陈账上。他很心安理得,要不是院长许可,能作案吗?

老陈不清楚而小陈清楚的一个主要情节,是一批蚊帐的下落。丁医生他们出发时要带蚊帐,却找不到,当时时间紧迫,不能查找。后来,小陈向老陈报告,蚊帐找到了,本来就是存放在县城仓库里,有什么可大惊小怪的,一共有二百四十顶蚊帐。老陈立刻将它们送到前方,并未查考蚊帐数目,那全是小陈经手的。反正交接手续已经随着小屋化为灰烬,这事也就结束了。

这次专案组来,贪污药品已经基本查清,只这蚊帐问题还没有弄清楚。当时帮助接收物资的人反映,蚊帐绝不止三百顶。专案人员希望两陈坦白,几次说,拒绝交代要罪加一等。老陈说,他见过这批蚊帐,但没有亲手清点。小陈则说,把蚊帐拿出去存放是陈院长批准的,只有三百顶,说不止这个数有什么证据?——小陈心中算计着,他要坚守这一道防线。

隔离室的门开了,洪上尉进来,看看桌上的空锅碗,温和地问:"饭够吃吗?"

小陈从床上跳起来,又鞠躬又敬礼,连说:"够、够,很好。"然后恭敬地站在一旁。

"你想好了吗?"洪上尉说,"你只要说清楚一点,你最后看见这批蚊帐是什么时间、什么地点。"

小陈郑重地说:"这些蚊帐从昆明运来,我还记得到医院时已经是半夜了,当时陈院长说:这回真看重我们永平医院啊。"小陈咳嗽了两声,"——这么多蚊帐可放在哪点啊?后来留了十包六十顶在医院用,别的放到县城里仓库去了。"

"是你送去的吗?你收了多少顶?送了多少顶?"洪上尉问。

"是陈院长派我送去的,除了留医院的六十顶,还有两百四十顶,都交给管仓库的老王了。"

据说管仓库的老王已死,到底数目多少,死无对证。洪上尉盯着小陈看。

小陈有些不安,说:"两百四十顶蚊帐后来都送到前方了,这不是很清楚了么?"

很清楚?说得倒轻易。洪上尉心中不悦,吩咐道:"你把刚才说的话写下来。"这材料其实已写过多次,并未出现矛盾。

为了弄清蚊帐数目,洪上尉已经多次和昆明某军需部门联系。电话很不方便,行文需要时间,只有等待。

桑叶回到家中,五翠抱着抗日坐在廊下,簌簌地抖着,抗日呜呜地哭,声音很低,她已经没有多大力气。她们正发疟疾。

五翠看见桑叶回来,强打精神问:"你爹怎样?"

"爹很好,他想得开,大口大口地吃饭。"

桑叶把空锅给母亲看,五翠唇边漾过一丝笑意。

"救国呢?"桑叶问,已经看见救国缩在自己床上,蜷成一团。

五翠说:"救国乖呀,刚刚还跟我说他没事的,躺一躺就好了。"

"妈,你冷得很吗?怎么不上床睡,盖上被子?"

"我想抱着抗日跑出去躲一躲,可是走不动。"

"真有疟疾鬼,哪个躲得掉啊!"桑叶说,"你还是上床躺

256

着。"说着搀扶母亲走到床边。她们先把抗日放好,五翠哼哼嗦嗦地躺下。桑叶走过去看救国,见他满脸通红,摸一摸额角烫手,知他冷战已过,正在发烧。

救国勉强睁开眼睛说:"姐,我没事的。"

拐杖敲在地上笃笃地响,桑叶走来走去做家务,给猪添了食水。"妈,吃点稀饭可好?"五翠闭着眼点头。

桑叶煮粥时发现水缸里水已不多,勉强煮好稀饭。五翠和抗日已经不再发抖,脸都烧得通红。桑叶摸摸母亲、摸摸妹妹,这样烫。

"妈,去医院看看吧!"

五翠呻吟道:"我们这样的人,莫去讨嫌。"

"那生病怎么办?"

"有金鸡纳霜就好了。"五翠说。

这一带的老百姓,都知道金鸡纳霜是神药,退摆子最灵。五翠不知道,老陈曾将医院的几百瓶金鸡纳霜以高价倒卖,维持着这个小家。

"我去找张医生要一点。"桑叶心想,她认得医院里很多人,觉得这位张医生比较和气。病人不能吃饭,桑叶自己也无心吃饭,把柴火熄了,给母亲和弟、妹掖好被子,转身要出门去。

"家里有人吗?"院中有人问,接着是一个清脆的女孩的声音,"陈大嫂在家么?"院中站着两个人,一个是张医生,还有一个便是刚刚在父亲那里见过的护士——桑叶猜她是护士。

张医生说:"这是孟灵己,咱们医院的护士,刚从前线回来的。我听她说,你妈病了?"

真是好人,桑叶心中默念,请他们进屋。张医生看了病人,吩咐峒打退烧针,自己拿出一瓶药来,交代吃药。

"是金鸡纳霜吗?"桑叶忍不住问。

张医生说:"我猜着就是打摆子,这一阵蚊子太凶了。"

257

桑叶伸手去接药瓶，又缩回来，说："我们没有钱。"

嵋觉得眼泪直涌上来，她想说我替你付，又知道一点同情难以对付这苦难的世界。

张医生摆摆手，意思是不碍事的，把药瓶递给桑叶。

"给病人多喝开水。"张医生又叮嘱。

桑叶去烧水，水缸已经空了，忙说："我兄弟忙着上学忘了挑水，他回来会挑的，请张医生放心。"

嵋已经打完针，正在收拾药箱。拐杖"笃笃"地在屋里响，桑叶在嵋的药箱旁放了一点礼物：一片树叶上摆着两只咸辣椒。

"带回去好下饭。"桑叶的小脸上两块灰，想是摸柴火的手带上的，眼光中充满了好感，还有一丝羡慕。

嵋怜惜地望着这张小脸，喃喃道："我喜欢吃辣椒。"

一个十一二岁的男孩进了院门，见屋中有人就停住脚步，不敢进来。

桑叶招手说："你来看，妈和救国、抗日都在发烧。"

男孩忙走到床前，见三人都昏沉地睡着，对桑叶说："早上我上学去，他们都在发冷。"

"这是保华。"桑叶仰着小脸，神气完全像是一个大人，向张医生和嵋解释道，"家里实在供不起两个人上学，保中到大理城里做工去了。"

保华不待吩咐，自拿了水桶去挑水。

"吃了药会好的。"张医生安慰道。

嵋很想安慰桑叶，可不知道说什么好。她打量着这破烂的家、床上的病人、空了的水缸和只有一条腿的女孩，庆幸自己在药箱里放了一块新毛巾。她取出毛巾放在桌上，默默地拿起那两只咸辣椒。

铁大姐探家回来，知道医院里正在调查贪污案件，对张医生说："我这次回家，在山沟里看见几顶蚊帐和医院里的很像。你说这是怎么回事?"张医生说他不管这些事。

一天,洪上尉召集张医生、哈医生、铁大姐和孟灵已等几个医院的旧人开会,希望大家把能回忆到的相关的事都说出来。

铁大姐说:"我见过这批蚊帐,那天我值夜班。记得院子里汽灯照得很亮,两辆卡车开上山来,陈院长和小陈都在。当时搬下一些药品,听说还有很多蚊帐。过了两天,发到病房六十顶,其余的不知存放到什么地方去了。后来又送到前方两百四十顶。"

洪上尉说:"这些都很明白,只不知道是不是只有这三百顶。"

铁大姐略有迟疑,又说:"我探家时发现一个情况。我们家离永平很远,很偏僻。这次我回去,看见一个亲戚家里挂着蚊帐,和那一批物资一模一样。后来又在两家看见,说是从一个小贩手里买的。"

洪上尉心中一动,问:"那小贩能找到吗?"

铁大姐道:"这种小贩来无影去无踪,货从哪里来,都是绝不肯说的。"

哈察明说:"有了线索你就该顺藤摸瓜。"

铁大姐说:"不是说了吗,这种小贩没有线索。就等你哈医生去查个明白呢!"

洪上尉心中已做出推论,三百顶以外的蚊帐是被卖掉了,究竟数目多少,卖的人是老陈还是小陈,还不能断定。

过了几天,昆明的回信来了,说送来的蚊帐是六百顶。洪上尉领着小陈到资料室,让他们互相启发。

老陈说,那天晚上他只顾招呼那些药品去了,蚊帐本来也要搬下车的,因小陈说无处存放,就直接送到县城仓库去了,那里有小陈的熟人。

"蚊帐送到县里仓库,是陈院长批准的,到那里清点,就是两百四十顶!"小陈一副义正词严的模样,说得很干脆。

洪上尉对小陈点头,好像认可他说的话,冷不防问道:"乡村里发现了那批蚊帐,是你卖出去的吗?"

小陈脸色略变,随即稳住自己,说道:"我说过了,五十包三百顶蚊帐,六十顶留在医院,两百四十顶送到前方。"他说得很清楚,但声音没有以前大了。

老陈诧异道:"乡村里发现了蚊帐?"

洪上尉仍看着小陈说:"就是,想必是有人倒卖了蚊帐。"

老陈说:"这批蚊帐我可没有插手!"

小陈说:"一切事不都是你陈院长批准的吗?"

老陈说:"我决定六十顶留医院,两百四十顶送前方,可合?咋个乡村里又有?"

小陈说:"天下蚊帐多得是,乡村里就不许有蚊帐?"

洪上尉说:"那要看是什么蚊帐!你们两个都再好好想想。"说完带着小陈走出来。

洪上尉感觉为难的是,昆明有发货单,却并没有收货单。因为运货车辆回昆明途中遇到敌机轰炸,一些账目、单据都已散失,能够查出发货单已经很好了。没有收货单,问题出在运输途中也是可能的。如果有人能证实收货的数目,当事人不承认也可以确认。

大家都没有想到,最后结束蚊帐案件的人是老战。

老战恢复记忆以后,不再说惠通桥,仍然参加一些体力劳动,很少说话。松山、腾冲的收复,大家都振奋万分,而在老战,不只是高兴、振奋,他身体里的一些细胞似乎又活过来了,一些功能也恢复了。他见人打过招呼就说:"噢,腾冲收复了,我在那点挖过路。"他挖路是为了阻挡敌人进攻,现在敌人跑了,不跑就统统打死他们。

他仍住在坟场旁边,有时跟着医院负责后勤的人去永平和

260

大理买东西,帮助搬运。他不断回忆起以前的事,总想说给人听。听一个失去过记忆的人找回记忆,起先还有人觉得新鲜,后来就都不耐烦了,很少人愿听他讲话。最近他被派到永平去了一趟,回来后小病一场。张医生要他留在自己小屋里,不要随便出来。差不多过了半个月,才渐渐好了。后勤的人想,可以给他一个正经差事,便安排他做清洁工。

这天,老战在过道扫地,嵋从那里走过,老战直起身看了半天,忽然大叫:"孟! 孟——"他想不出该怎样称呼,"你回来了!"

嵋回头看,见是老战,也很高兴,说:"老战,你身体好么?我前些时还问起你呢。"

老战说:"我的记性好得很,好些事都慢慢想起来了——这几天发烧,小毛病。你上前线了? 我们打赢了,腾冲收复了。日本鬼子要强占别人的家,天理说不过去。"老战说着,看看嵋,知道大家都有事,懂事地说:"现在你忙,什么时候我去找你家?我想起许多事。"

晚饭后,嵋坐在食堂敞间里,听老战讲话。他从惠通桥讲起,讲到炸桥以前的遭遇,日本兵烧杀,逃难,又讲到炸桥以后见到的人和事,好像把日历一张张翻回去。嵋耐心地听着,她知道谈话对老战是一种治疗,她必须耐心。

"我从永平搬来些家具。""我从大理回来。""我又去了一趟保山。"老战絮叨地说着,这都是他被老陈收留以后的事。

嵋心上忽然一亮,说:"老战,你说的事情都非常有意义,今天晚了,明天我们再谈好么?"

次日,嵋约了铁大姐,邀老战到治疗室谈话,那里没有别人。老战见多了铁大姐,更是高兴。他的思路很清楚,表达也很明白。

他说,有一次到永平去,看见一个娃儿,他追着看,人家吆喝他说,你搬东西只管搬,看什么?

"为什么看?那是因为,那个娃娃像我自己的娃娃啊。"老战说着,叹一口气。

铁大姐温和地问:"你搬了许多东西,搬过蚊帐没有?"

"可不是搬过!"

"从哪点搬到哪点?"铁大姐接着问。

"哎呀,那是昆明运来的货。"老战看着铁大姐的神情,觉得自己很重要。"当时我已经睡了,陈会计叫我出来搬东西。"

"搬的什么?"铁大姐问。

"有一箱一箱的药,还有就是蚊帐啊!"老战忽然想起来,对铁大姐说,"你家也在那点,合乎?汽灯亮得很呢。"

嵋微笑点头说,老战记性真好,说得越详细越好,鼓励他继续说下去。

"只搬了十包下来,就说莫搬了,叫我跟车到永平一个空房,才统统搬下来,大概有八九十包。六顶一包,陈会计和管仓库的老王说话,我听见的,都记得。"老战有几分得意。

"你认得老王吗?"铁大姐追问一句。

"我认得老王的侄儿,我们一块搬过东西。可是陈会计不知道,他以为我是傻子。"

铁大姐和嵋互相望了一眼,老王现在是关键人物了。

"听说老王已经死了?"铁大姐有几分惋惜地问。

"哪个说!他在乡下女儿家住着呢,就是起不了床了。"

铁大姐问:"你能找到他吗?"

"我问问他的侄儿。有时替食堂去买菜,可以遇见他。"老战想了一下说。原来孤独的老战也有交往。

铁大姐和嵋向洪上尉汇报了所得情况。洪上尉很兴奋,只要找到老王,事情就水落石出了。洪上尉要找老战谈话,铁大姐说最好还是由她们去谈。在她们的鼓励下,老战找出了老王的住址。

老王住在永平乡下,卧病在床。洪上尉带了老战驱车前往探访。老王见了洪上尉有些紧张,见了老战也不认得。谈了一会儿,渐渐想起许多事来。

他说,永平的那间空房并不是正式仓库,存放过军队物资,他一直在那里照看。小陈是熟人,提出要存东西,他记得存了九十包蚊帐,共五百四十顶。

"这个数不会错。"老王说,"六顶一包,哪有这样装东西的!应该十顶十顶的装啊。"蚊帐的装法给老王印象很深。以后这些蚊帐都陆续由小陈取走,去向老王就不知道了。

其实,如果蚊帐的事查不清楚,也不妨碍查办这个案件,两陈贪污的药品和一些轻便的医疗器械,足够把他们送上军事法庭了。

查清蚊帐问题,倒是看清一点,在整个作案过程中,小陈狡猾、主动,老陈则有些无奈。老陈的作案动机也很明显,他要养活一家人,包括那些捡来的孤儿。小陈的动机则不明确,要钱是显然的了。不过要钱做什么?他没有负担,在战时,在永平,有钱也无法挥霍。洪上尉替他想,大概是要存起来,做长远打算。

洪上尉的专案组即将押解两个贪污犯赴保山军事法庭受审,他们有可能被判处死刑。

在两陈被押解送走之前,严颖书奉调回永平医院,任即将成立的荣军院院长。他本不必管陈大富的事,但还是和洪上尉谈了自己的想法,希望洪上尉了解陈大富的家庭情况。

"老实说,这都是日本人害的!"颖书愤然。他和陈大富有多少回意见不合,拍过多少次桌子,他都想不起了,只想胜利了,陈大富应该能活下去,和他的家一起活下去。

陈大富临行前被准许回家看望妻儿。一家人围着他,十分恓惶。五翠脸色蜡黄,疟疾已退,但她还是哆哆嗦嗦、站立不稳。

桑叶给他煮了一碗米线,放了肉末和韭菜。

他出门临别时,想要叮嘱什么,却一句话也说不出来。

保华在他身边,忽然跪下抱住他的双腿,说:"爹,我替你去蹲监狱。"

救国从后面扑上来,拉着父亲的衣襟,在呜咽声里夹杂着模糊不清的话,说的是:"我也去!"

五翠、桑叶都满脸泪痕,只有抗日大声哭。

陈大富拉开保华的手说:"哭什么,我还没有死呢!"大踏步走向医院。

他对洪上尉提出一个请求,如果判他死刑,请不要告诉他的家人,待一切都过去了再让他们知道。

胜利一节一节临近了,而他们的家却像一只破碎的船,浮不起来了。

两陈上路的那一天,颖书等去送。铁大姐送给老陈一双手套。

哈医生也在,他对颖书说:"我知道你找洪上尉谈话了,你给老陈加了多少砝码?"

"我希望他活下去。"颖书平静地说。

两陈走了。经军事法庭判决,老陈是主犯,本来应判死刑,因洪上尉的说明和分析,减为无期徒刑。小陈是从犯,判无期徒刑。四年后,云南解放,狱头将他们都放了,说:"现在国不成国,法不成法,你们各自回家吧。"

老陈回家后不久,和五翠俱都病死。孩子们都已长大,各奔前程,只有抗日尚小,由老战收养。

小陈不知所终。人们在他的床下,挖出一个小袋,内有一些金块、玉器和纸币,那是他的储存。这些都是后话。

三

龙陵战役的艰苦不下于克复腾冲,得而复失,失而复得。为正军法,换帅斩将,全军震动。

每一个阵地都是血肉之躯铸成。龙陵附近的一个高地,全连士兵战死,只剩一位孤胆英雄,终于保住阵地。

民间输送的队伍始终未断,但是力量有限。大军曾有几天断粮的日子,士兵们饿得毫无力气,躺倒在地。师部也只能供应一顿稀饭。经过积极安排调援,加强空投,又有多家土司提供了大批粮食,才扭转了局面。我军日夜苦战,浴血奋斗,终于攻下了龙陵。

冷若安到高师的美军联络组已经两个多月了。联络组人员已经减少,薛蚡又病倒,只有他一人工作。他参加了龙陵战役,随部队一步步向前推进。他的工作能力不差,只英文水平不如澹台玮。

布林顿最初不大习惯,总是说:"冷,请你再说一遍。"或者说:"我说明白了吗?"

他拿妻女的照片给冷若安看,会说:澹台玮看过的。交代什么事,会说:我想玮会这样做那样做。联络组的人时常谈起澹台玮和谢夫,以他们为自豪。

比起斯宾格上尉和运送药品,这里的人和工作都要复杂些,冷若安并不在意布林顿的不适应,而是看重他们对澹台玮的怀念。

联络组管理伙食的荣格调走了,换来一个姓舒格(Suger)的管理员,原是卖领带的,现是上尉。这人和他的姓相反,尤其在中国人面前自以为了不起,一点不像"糖",倒像辣椒。

行军多有小路,有时要自己背东西,冷若安常分得最重的,他总是笑笑,从不拒绝。舒格负责分发口粮,宿营时,每人两个罐头,有时只发给冷若安一个。第一次,冷若安没有反应。如是几次后,冷若安趁全组的人都在一起进餐,郑重地向舒格说:"如果你需要计算,我可以帮忙。"

舒格说:"我需要什么计算?"

"我们这里有多少人,需要多少罐头,你可能没算清楚。"冷若安平静地说。

舒格脸红了又白。以后再没有克扣口粮。

冷若安想,若是澹台玮遇见这样的事会怎样对待?又想,没有人会这样对待澹台玮。

联络组的人和冷若安逐渐熟悉了,他们了解了他的能力和做人处事的态度,都生出敬意。吉姆尤其喜欢他,说他唱歌的声音赛过当时美国著名歌星平克劳斯贝。

在一次研究战术的会议上,冷若安遇见贾澄。贾澄对他的翻译水平有些意外,会后对他说:"我还以为你只会念数学,听说你的脑子是为数学长的。"

"数学需要很多东西。"冷若安答。他们一起默然良久。

"好了,"老贾说,"总算快到头了!"停了一下又说,"近来我和周围的人都吵了架。"

冷若安有些诧异:"吵架?有什么可吵的?"

老贾说:"在一起久了,彼此都看着不顺眼。"

"那就少看两眼好了。"冷若安说,"老实说,人难免有些小摩擦,要大事化小,小事化了。"

老贾说:"这点道理我还不懂?只是有些烦了。"

"只要我们的国家强大起来,人家看你就会不同。"冷若安若有所思。

两人又沉默一会儿,不约而同地说:"离抗战最后胜利的日子还不知有多久。"

冷若安没有参加庆祝龙陵胜利的仪式。那一天,他和吉姆到腾冲去联络那里的美军。他们开车,经过一道道夺回来的山水,觉得山水都在发亮,显示出复苏的模样,心里颇为轻松。

快到中午,他们走上一个岔道,见不远处树荫下,有几个帐篷和几间简易房屋,有些人出出进进,想是一个兵站。吉姆停了车,说可以在这里休息。

两人走向房屋,一个中年人迎出来,问是哪个部队的,又问:"翻译官?有烟吗?"

冷若安自己不吸烟,没有搜罗烟的习惯。那人不再理他,仍进屋去。冷若安两人在屋前树下坐了,拿出罐头来吃。

屋里有几个人说话,说得很快,声音不低。原来他们正在做一笔交易,买卖的是轮胎、汽油等物,都是缴获的战利品。

冷若安心上像被重锤敲了一下,那些物资都是士兵的性命换来的啊,转眼就落到这些人手里,成为发财的手段。

屋中的人忽然停住了谈话。一个声音说,他们学生听不懂的。谈话声音低了。

过了一阵,仍是那中年人走出来,见他们面前摆着罐头,搭讪着问:"买两个,行吗?"冷若安不答,和吉姆向吉普车走去。

"他们说什么?"吉姆问。

"他们说,我们打赢了,真不容易。"冷若安答,心里一阵阵发凉。

屋里又走出几个人,指点着帐篷,那里大概就是存货的地点。

吉姆继续开车。冷若安再看路上的一个个弹坑,有的树上挂着破碎的空投用的降落伞。觉得满目疮痍,心头因胜利而生的喜悦罩上一层阴影。我们的国家要强大起来真不知还要多久,他想。

他们在腾冲办完事,驱车回来,吉姆问:"你不高兴?我们正在一步步走向胜利。"

冷若安说:"我们的胜利大概不会一样。"

"怎么不一样?"吉姆问。

"很难说清楚。"冷若安说。"不过,"他微叹,"不要想太多明天的事,先把今天的事做好。"

高师补充了兵员和给养,奉命攻占芒市外围据点。永平医院人员全部撤回,由保山某医院组织了规模较小的野战医院,随军担负医疗任务。

丁医生与李之薇等人离开龙陵前,师部举行了欢送会,美军联络组部分人也来参加,一位副师长讲话,称赞这野战医院出色地完成了任务。四个月以来,丁医生做手术数百次,别的人员也都十分努力,以后都会有所表彰。

丁医生讲话说,美国军医的帮助是不可少的,他都很难用"感谢"来表达,他个人也向两位军医学到了很多技术。

军医都尔说,他喜欢中国的医生,中国医生容易合作,像丁医生这样的水平在他们国家也是上乘的。他也喜欢中国伤员,他们真勇敢,在任何地方都那么勇敢。他没有提到护士。

军医路德接着说,护士也是出色的。他看见李之薇、孟灵己还有别的护士为重伤员轻声唱歌,南丁格尔的爱心在这里到处可见。冷若安为他们翻译。

之薇脸微微红了,她们常唱的是《松花江上》《长城谣》等救亡歌曲,也常唱一首北方很流行的民歌《小白菜》:"小白菜啊地里黄啊,三岁两岁没了娘啊。"士兵大多是北方人,很喜欢听这个歌,要她们翻来覆去地唱。

副师长问之薇要不要说点什么,又笑道:"你们学生感想多啊!"

之薇用手捻着垂在胸前的辫子,想了一下说:"我恰巧是一个感想不多的人。我只觉得每个人都很伟大。"

赵参谋说:"李之薇的话虽短却很有意义,我有时也有这样的感觉。"

冷若安翻译了这几句话,几个美国人都点头。

老艾开始讲话,讲得很复杂,他见大家望着他,喃喃道:"听不懂吗?孟在就好了。"他一直认为孟灵已很了解他。

路德说:"有冷在这里。"

冷若安把老艾的话归结为三条:他反对战争;应该把战争消灭在发生之前;但有时战争是必要和有效的,那就是反侵略的战争。另外他还发表议论:在法西斯势力的侵略下,全人类的三分之二在苦难中,努力尽责拯救世界是伟大的。这个国家经历了长时间的苦难,不断在贡献力量,简直有圣徒般的感染力。

副师长对老艾说,他随时可以回曲靖去,那边也是需要人的。老艾说,他要留在前线,他对药房已经很熟悉了。丁医生说,药房确实管理得井井有条。最后副师长说,将来会和永平医院保持联系,也许他自己就会到那里去,不过先要把敌人赶出国境,把滇缅路打通。

次日,丁医生等人出发。临行时,能走动的伤员都出来在车旁送别。车开动了,"我们等着最后胜利的消息!"丁医生站在车上挥手,大声说。

部队推进后,顺利地攻占了芒市外围的几个据点。因芒市无险可守,敌人退兵到遮放。遮放在山谷之间,我军掌握了全部制高点,敌人不得不再退到畹町。这里三面有山,可以防守。敌人还不时派出飞机袭击我部队,继续顽抗。

高师的任务是攻打黑山门一带敌人的据点,其中最主要的一个是上天门。这里敌人的据点一面是悬崖深涧,一面是榛莽丛林,地势很险要,只要守住正面就很难攻下。高师在对面山头筑了工事,用望远镜可以看见敌人从据点里出来,到山坡上采摘什么,可能他们认为自己很安全。其实,再险还险得过高黎贡

269

山吗!

经过几天战斗,高师攻下了多处外围据点,两路友军也都向前推进。现在要集中力量,攻下上天门。高师长、两位副师长、参谋长、几位团长、团参谋们和布林顿研究作战计划,想从不同方向进攻。他们需要一张详细地图,原来的几张都太简单。当时派出了一些侦察人员。布林顿提出,去看一看那条深涧能不能架桥,遂和冷若安同去。他们清早离开师部,背着背包,拿着木棍,背包里装着一张简易地图和图纸,还有几个罐头。穿过几处丛林,经过几道山涧,一会儿上坡,一会儿下坡,布林顿不时举起挂在胸前的望远镜观察,在地图上做出标记。这时已是十二月,天气转寒,树木还是郁郁葱葱。他们走到一段大路上,忽然听见飞机隆隆声,紧接着天上出现一架飞机,向大路飞来,两翼上两团红色愈来愈清晰。

“日本飞机!”两人同时说,忙向路边的浅沟跑去,藏在灌木丛中。日本飞机从头顶飞过,射下一串子弹。飞机过去了,冷若安要站起,布林顿拉住他,意思是再等一会儿。果然不久飞机又折回,这次没有开枪,只向来的方向飞去了。两人从灌木丛中出来,衣服都被扯破了几处,相顾苦笑。

他们继续向前,尽快离开大路,取隐蔽处行走。仍是一会儿上坡,一会儿下坡,跨沟涉涧。走到离敌人据点不远处,用望远镜已可以看见长满苔藓的悬崖和悬崖上的据点。他们小心地走近,在山坡上看见涧底发亮的流水,还有一条小路通向涧底。他们拨开草丛,顺着小路的方向向前,到了一处,看见涧中有许多高大的怪石,其中两块大石相对,正是隐蔽的架桥的好地方。

布林顿大喜,画了一张简单的图;又考察许久,不断自语:“真奇妙!真奇妙!”然后他们从东面绕到北麓,想看一看能否从这里进攻。

时间不觉已过中午。“哪里来的烟味?”布林顿和冷若安几乎是同时说。又走了一段路，见山北麓一个山洞里冒出淡淡的烟，他们警惕地互望，站在树后观察。

只见山洞里走出几个人来，手中各拿着一块东西在啃。一个人走上一块大石，向四处瞭望。

这不是彭田立吗？冷若安心想，问布林顿："你可知道游击队的彭田立？"

"怎么不知道？我还知道人们叫他田哥。"布林顿答，一面举起望远镜，朝冷若安指的方向看去，也认为那人很像，又把望远镜递给冷若安。

"就是他！"冷若安说，"看来游击队在这里。"

两人寻路向山洞走去，他们在树丛中，听见彭田立说："嘿，冷若安你来了，正好！"他已经看见他们了。

待他们走到面前，他举一举手上的东西，原来是烤熟的野鸽。旁边的小董马上递给两人一人一只。

布林顿说："你们的日子过得不错。"

"我们碰见了难题。"彭田立说，"抓到一个日本俘虏，彼此言语不通。"果然洞边坐着一个人，穿着一身破烂不堪的日本军服。"他在树林里钻了不知多少天了，衣服都破了，我们想给他换，又觉得他不配穿得和我们一样，给他吃肉足够了。"那垂头丧气的日本兵见了布林顿，立刻坐直了身子，发出不清楚的声音。

布林顿说："你会说英语？"俘虏点头。

经过交谈，知道这日本兵姓吉野，原来驻扎在腾冲；他和十几个日兵开小差，想从腾冲逃到畹町，路上遇到日本宪兵，都被就地处决，只有他逃到山里。

彭田立说："你们把他带走吧。"

俘虏对布林顿说："我跟着你们走，我不会逃的。"

彭田立引冷若安到大石后面，低声说，他有一个计划，晚上他要去见高师长商量。现在需要他们快点把俘虏带走,因为他的游击队要转移。他说话时,那双女孩儿般的眼睛显得很温柔,和说话的内容极不相称;衣服也尚称整洁,不像整天在山林里出没。他的身边已经没有章叔,只有小董和十几个队员,他们还在大嚼野鸽。

"准备出发!"他低声说。大家都立刻跳起来,把手中的东西远远一扔,进洞收拾去了。

彭田立叫日本兵站出来,命人将他又仔细搜查一遍,确定没有暗藏的武器。一面说:"他的枪我们已经收了。"这支枪现在小董手中,这是他的战利品。

"可要把他的手绑上?"小董走过来问。

冷若安说:"我直觉这个人不会跑。对他来说,跟着我们是最安全的。"

布林顿拿出罐头送给小董,说:"早知道多带点。"

彭田立问:"你们吃什么?"

"已经吃过鸽子了呀。"冷若安回答。

只听得一声嘚哨,游击队员们都钻入树林中不见了,他们好像不是一个个走的,而是忽然消失了。洞边地上干干净净,什么也看不出来。

彭田立站在大石前,眼睛满含笑意,挥一挥手,也不见了。

"他是不是钻进石头去了?"布林顿瞪着眼前的沉沉的绿色,自言自语。

"可以想象。"冷若安说。

他们也出发了,冷若安在前,其次是俘虏,布林顿殿后。他们不能再观测地形,而是专心押送俘虏。

走了一阵,太阳已经落山。山中天黑得早,虽然走的是来时的路,冷若安仍不时拿出地图,在暮色中仔细辨认。一时经过一个山涧,水从山上流下,形成一个小瀑布,水声隆隆。忽然下起雨来,水流马上宽了许多,不能过去,他们只好退向高处。雨越下越大,看不清眼前景物。布林顿决定寻找避雨的地方,三人用手中的木棍拨动草莽。不远处大岩石下,有一个浅洞,因为有垂下的藤蔓遮蔽,雨不能飘进。

布林顿说:"我们也许得在这里过夜了。"他让吉野坐到里面,他和冷若安背靠背坐在洞口,都感到一点温暖,又都不自觉地向外挪了一点,想离日本兵远些。大家都不说话。

冷若安想,这大概就是孟灵己遇雨时的情景,她遇见的水流一定比这里大,能够把人冲走,以后可以谈这个话题。

布林顿说:"要是雨小一些,就可以走。"

冷若安说:"夜晚看不清路,这里悬崖峭壁很多。"

过了一阵,雨还没有变小的意思。三人这时有同一愿望:温暖、干净的栖身之地,一顿好饭。

布林顿说:"这山里不知有什么野兽。"

吉野搭话道:"我在这一带山里一个多月了,这里没有大野兽。"

吉野本来有些紧张,见中国人和美国人都很温和,逐渐平静。三人随便说话,话语声常被雨声淹没。

布、冷了解到,吉野应征前是大学生,已经四年级,随日军从缅甸入侵滇西;炸惠通桥的那一刹那,他正要跑上桥去,眼见上桥的同伴葬身江中,他也听见老战听见的震天的哭喊;以后驻扎在腾冲。他很想家,这么远跑到别人的国土上来,就算强占了,离自己的家还是很远。

说到家,布林顿摸摸上衣里面口袋,慎重地取出两张照片,递给冷若安。

"看得见吗?"他说,取出手电筒照着照片。一张是他的妻女,是澹台玮见过也是冷若安见过的。另一张是最近收到的彩色照片,照片中一树繁花似雪,映着一角蓝天。

"我家的山茱萸开花了。"布林顿略显得意。山茱萸是美国常见的花,树很高大,照片中,花朵成百上千地互相簇拥,呈现着成百上千的笑脸,显示着生命和欢乐。

冷若安说:"这花太好看了,简直不可思议。"把照片递还布林顿。布林顿稍有犹豫,递给吉野。

吉野受宠若惊,双手捧着,仔细看了一会儿,连连说:"对不起对不起!"

冷若安说:"弥渡也是山区,没有这里的山高大,满山遍野的花,大部分是杜鹃。小时常采来吃。"

吉野想起北海道的大雪,那才是他自己的家。他不禁诉说道:"我从头就怀疑这次战争的意义,无论加上多少好的词汇,都不能掩饰我们是侵略者。占据了别人的土地,要在别人的家里死守,没有援助,只有死守,守的不是自己的家——"吉野的话忽然中断了,他没有说出"所以我逃跑"。

布林顿和冷若安都对吉野生出一点同情。日本人把自己变成野兽,这是一个不愿变成野兽的日本人。

雨小一些了,天也完全黑了。现在走路,随时可能落下悬崖。布林顿和冷若安商量,如果雨停了,有月光,就可以走,不然,只好等到天亮。

"我可以站起来吗?"吉野问。

布林顿警惕地按住手枪,日本人苦笑道:"我太冷了,活动活动。"他扭动着身子,恳切地说,"一个人在山里是活不下去的,我情愿遇见中国人,不愿遇到我的同胞。遇到他们一定得死。"

冷若安说:"你怎么能站起来?一出洞口就会淋得透湿。你的位置最安全,淋不着雨。"

"是的是的。"吉野说,把身子更缩小些。

不知过了多久,天已黑透,雨停了。立刻有一轮冷月出现在山顶,照见山中小路,很是清楚,只是山涧流水仍然很宽。

三人走出洞来,觉得寒气逼人,他们决定等涧水稍浅就蹚水过去。一只小动物蹿过附近草丛,吉野说,这东西是可以吃的。这些日子他就靠一些小动物和野果维持着生命。

月亮到了天空正中,路和榛莽颜色分明,涧水也小些了,三人用木棍试探着蹚水过溪。

布林顿说他身材高大,若落在水里,溪水不能淹没,便走在前面探路,由冷若安殿后。涧石很滑,水寒刺骨,正走到溪水中间,吉野一跤滑进水里。冷若安敏捷地抓着他的衣领,拉住了他。吉野抓住冷若安的另一只手臂,两腿用力,好不容易爬了上来,在石头上站稳了,瑟瑟地抖着,不停地说"对不起"。布林顿警告说,下一步水很深,要小心。最后,三人都安全渡过。

山路很滑,他们在泥泞中一步步向前,生怕踏错一步坠下悬崖,有时互相拉着木棍,走得很慢,直到下半夜才到师部。

师部赵参谋等正在担心,已派一个班出去寻找。看见多了一个吉野,知道是俘虏,笑说:"这是额外的收获。"遂命人将他关押起来,准备送往保山转送昆明俘虏营。

吉野向布林顿和冷若安连连鞠躬,嘴里英语、日语相杂,不知说些什么。

吉野被带走后,冷若安取出新标记的地图交给赵参谋,然后和布林顿一起回营地去。两人在路上讨论对吉野的感觉,得出一致的结论:仇恨是可以化解的,但那必须是在正义伸张之后。

他们还没有走到帐篷,高师长的勤务兵老赖跑步追上,请布林顿回去,有事商量。他们又回到师部,师长拿着几张地图在沉吟。他问布林顿,在深涧上搭浮桥有没有可能。布林顿一面在图上指点着一面说,这里是天造地设,可以从两座大石中间穿过去,隐蔽地施工。

"彭田立来过了,他也是这个意思。"高师长说,"游击队员身手敏捷,他们打前锋。天快亮了,今天夜里进行。"

白天,翟军长和两路友军商议后,做了统一部署,将于次日进攻畹町外围最后的主要据点。

次日,天刚蒙蒙亮,畹町外围三面山头响起了隆隆炮声。一阵炮火之后,紧接着是飞机沉重的马达声,它们飞得很低,投弹后又迅速拉起,发出刺耳的声音。敌人的据点变成一片火海。忽然从深涧中升起一队服装杂乱的人影,他们在涧中的石块上跳跃,如履平地,手拉藤蔓爬上悬崖,在悬崖的一个小坡处,迅速地搭好浮桥的一头。浮桥是连夜架起的,这是最后一步。紧接着,中国士兵冲过浮桥,直捣敌人据点。

又是一阵厮杀。枪炮声、呐喊声撼动了整个山头。布林顿和冷若安在对面山头看着这场战斗。

"快看!"布林顿把望远镜递给冷若安,只见熊熊火光中,飞动着一个身影,他似乎是在火的光焰之上,火光映照着他,他引领着火光。

"彭田立!"冷若安不觉喊了一声,和布林顿对望了一眼,两人都泪流满面。

中国军队顺利地打下了畹町,缴获了大批物资。城边有一个大猪圈,尤其让大家惊喜,他们已经很久没有吃到肉了。这猪圈是日本军队设置的,养了三百余头猪。

军长笑说:"这是日本人的招待!"下令各部队分享。

高师分得了一部分,各连队杀猪煮肉,好不热闹。

高师长邀布林顿等来享用这战利品,布林顿等带着罐头和酒,大家在一间民房里进餐。这是胜利饭。

冷若安问:"彭田立现在在哪里?"他很担心,怕听到彭田立牺牲的消息。

"他很好啊!"高师长答,"有人在畹町城里看见他。我想请他来吃肉,再找他时就不见了。"

冷若安把这话告诉布林顿,布林顿也放心地舒了一口气,说:"他们有野鸽子。"

高师的作战总结说,打仗从来靠士气,正气在我一方,才能取胜。这一仗能够这样顺利,更有两点很重要,一是准备周密,一是游击队协作、配合得当。

中国远征军两路胜利会师的日子到了。一路强渡怒江、跨越高黎贡山,血战数个城市,扫荡了云南境内的全部侵略者。一路从印度挺进缅甸,打通了户拱河谷、孟拱河谷,经过多次血战,密支那大捷后,直取八莫。至此,滇缅公路完全畅通。

一九四五年一月二十八日,举行了简短隆重的会师通车仪式。虽是冬天,太阳照得空气暖融融的,雨洗后的青山,雄伟中透出一种妩媚。

畹町北面的小城芒友上空,升起了中国国旗。国旗在阳光下迎风招展,许多人仰望着它,流下了热泪。同时也升起了美国国旗,在这场战役中,也有美国人把自己的生命留在了这片土地上。中、美双方军方负责人和高级将领在简短讲话后,热烈握手。

反法西斯战争向着胜利前进! 这是重大的反攻胜利,是亚洲第一次反攻胜利。在持时数年的战争中,这一个辉煌的环节,如日月昭昭,永不褪色。

远处传来隆隆的车声,平原尽头,出现了黑压压的车队,越来越近,可以看见发亮的车身,雄壮而威武。一百二十辆满载物资的十轮大卡车,六辆医疗车,还有几辆坐满中外记者的吉普车,经过这里,络绎驶向昆明。

"中国万岁!""中国万岁!"人们欢呼跳跃,又不断地擦拭眼睛。

汽车一辆一辆驶过,欢呼和掌声包围了他们。冷若安和贾澄参加了仪式后,走到人群中,汽车还在一辆一辆驶来,像一条游动的长龙。

车辆的司机大都是美国人,他们从人群中驶过,好奇地左看右看,不时挥手飞吻。

忽然,一个驾驶员从车窗中探出头来,大声叫:"冷若安!你在这里!"这是数学系的同学。若安也大声叫着,追了几步。那同学摆摆手,车开远了。

"大头大头!"老贾忽然叫道。另一辆车的驾驶舱中坐着土木系的一个同学,他从舱里扔给老贾一样东西。"缅甸的石头!"他回头大声说。

这个庞大车队的驾驶员,一部分是一九四四年秋参军的学生。他们凭着满腔爱国热情,在国家最危急的时刻,投笔从戎,远赴印度。现在驾驶着车辆,把各种物资运到祖国,把新鲜血液注入祖国母亲虚弱的身体。

晚上,译员们聚会,有些人还不知澹台玮已经殉国,询问他的消息,知道后不免惊诧。

"怎么会轮到他死?"有人大叫,伴随着一阵叹息。两位生物系四年级学生呜咽不已。

滇西反攻战中,共有四名译员牺牲。一位在渡怒江时落水,一位在行军时中流弹而亡,一位在缅甸境内因病暴卒,还有澹台玮。

年轻人为四位同学默哀。冷若安觉得自己的心痛得厉害,他知道别人也是一样。澹台玮没有看见胜利,许多人没有看见胜利,而正因为有了他们,才有了胜利。

高师在畹町驻扎数日,重新部署工作,译员们都有新任务。贾澄离开炮兵营,到某地的培训学校;冷若安仍随布林顿到湖南一个师部;薛蚡因健康原因复员回重庆。他们各自乘车从畹町出发,奔向新的目的地。

冷若安是最晚离开的,乘车经过来时的路,看见依然青山翠谷,农人拉着水牛,在田地里的炸弹坑边操作。路旁倒着破车,有的一半车身悬空,显然是当时要把它推下山谷而没有做到。

他不觉想到,来时是步行,一步一步地走,每一步都是那样艰难,一个同伴倒下了,别人再接着走,接着打。

他向四周眺望,觉得自己也在替别人眺望,替许多许多人。车子开过了,他还回头望,再回头望——

四

远征军两路会师,将敌人逐出国境、滇缅公路畅通的消息,在永平医院炸了开来,大家一年来的辛苦有了结果。

嵋和之薇眼里含着泪水,它们要到抗战完全胜利时才能流下来。医院也没有开庆祝会,人们企盼着最后的胜利。

各部队的野战医院进行了调整,有的合并,有的撤销,一部分人分到永平医院,因为这里要设荣军院。

一天黄昏,颖书来看之薇和嵋。还是那间宿舍,窗外泉水潺潺。这里的冬天虽不很冷,泉水却带着凛冽的寒气。嵋又生了冻疮,左手背有一处溃破,之薇为她包扎起来。

颖书问:“你怎么年年生冻疮?”

之薇道:“冻疮是有习惯性的。”

嵋把左手藏在背后,问颖书道:“成立荣军院,人手够吗?现在好像人很多。”

颖书道:“绰绰有余。”他停顿了一下,“你要回昆明去?”

嵋微笑道:“你猜着了。我想回去上学。”

她说着,看着之薇。她没有和之薇商量,因为她知道,之薇的心在颖书身边,而颖书必须留在这里。

之薇看着颖书,颖书说:“我们这几天正要安排人员的工

279

作,如果不往外派人,人足够了。学生应该回去上学。"

嵋说:"如果需要,我可以再从军。"

颖书说:"希望不至如此。"

他们都知道,要取得最后胜利,还有一段艰苦的日子。

颖书说,这事要向上级报告请示,估计没有问题。他想托嵋带一封信给荷珠,又踌躇道:"你总要去看亲娘吧?"

嵋道:"我会去看你们全家。"

几天后,嵋和之薇,还有几个学生,登上了去昆明的卡车。

嵋没有来得及去点苍山。她给姐姐写了一封信,报告她已回昆明。姐姐还是在那些花里吗?嵋觉得自己变了许多,阅历让她的精神世界变得又丰富又贫乏。她没有给姐姐写这些,在花里的峨感受是不一样的。

她们在楚雄过夜,嵋不知道这里是澹台玮和殷大士见最后一面的地方。知道又怎样?这一路岂止这一个故事。在弹坑里、沟渠中,在废弃的车辆边,都隐藏着一段段生死别离的痛苦记忆。

车子到了最终目的地昆明近日楼,大家下车。嵋和之薇雇了一辆人力车拉行李,两人随车步行。经过正义路、华山西路到祠堂街,嵋一路左右观看,天还是那么蓝,街道比以前还要繁华。

她几乎想大声喊:昆明!我们的昆明!多少人的性命保卫了你,你知道么?

李家的书店门面已在眼前。之薇取下行李,和嵋默然对望,自进门去了。

"你家坐上车吧。"车夫对嵋说。嵋不肯,仍随车步行。不久到了祠堂大门,正见一个少年,从门里出来,不是别人,正是孟合己。

嵋大叫:"合子!"

合子看见一个穿军装的黑瘦少女,很快认出了嵋,他也大叫:"小姐姐你回来了!"跑过来拉着嵋的右手,没有注意那垂着的左手。

嵋说:"你长这么高了。"合子高兴地拿下了行李,两人走进了腊梅林。

腊梅已经开过,枝头还有残余的花朵,林中仍弥漫着淡淡的香气。

他们走近房屋,合子叫道:"娘!爹爹!小姐姐回来了!"随着话声已进了门。碧初正在外间缝补着什么,弗之照常坐在里屋书桌前。

碧初抬头见嵋已在面前,意外的欢喜使她头晕眼花,站起来,两腿支撑不住又坐下,喃喃道:"真回来了,怎么不写个信!"

弗之出来,拍拍嵋的肩,连说从战场回来的胜利者!又端详道:"真长大了。"

碧初说:"怎么这样又黑又瘦!又生冻疮了?"拉起嵋裹着绷带的手,心里酸痛,流下泪来。

嵋抱住母亲的肩。这一年来父母更显苍老,鬓间都见白发,父亲背更驼了,母亲手上满是针痕,嵋心里十分难过。

"休假吗?服役期满了吗?""是不是还要去?"父母接连地问。

嵋说明已经退伍,回来上学,不少学生都这样。大家从惊喜中渐渐镇定,更感到安心。

碧初说:"驱逐敌寇,还我河山,真是不容易啊!"

弗之说:"中、美、英三国《开罗宣言》规定,胜利以后,日本必须把台湾、澎湖列岛和东四省都归还给中国。到那时,我们的领土就真正完整了,我们不再是被人瓜分蚕食的可怜虫了。"

"所以玮玮牺牲了。"碧初说。大家痛惜不已,好一阵没有说话。

合子开始问长问短,问都看见过什么武器,他最关心的当然还是飞机。

嵋说:"你刚刚出门,是不是要去上课?"

合子这才想起,却不肯走,从自己的小桌抽屉里,取出那块肥皂印章。

弗之含笑,拿过印泥和纸,打在纸上让嵋看。四人在这一间小屋内,都觉得这小屋是世界上最快乐的地方。

过了一会儿,合子自去上学。孟灵己和李之薇回学校的消息很快在熟人中传了开来。

当晚,嵋检点衣物。碧初拿出一个大包,里面都是玹子的衣服。澹台玮殉国以后,澹台玹带着卫凌难到重庆去了,和父母在一起,大家都少些孤寂。她留下一堆衣服送给嵋。嵋看了看,挑了一条有暗红格的蓝薄呢裙,上身仍用自己的一件毛蓝布旧衣,前襟有暗红格的装饰,是碧初的设计。

"脱我战时袍,着我旧时裳。"碧初微吟道。这旧时裳已嫌稍短,倒是颇为时髦。

"当窗理云鬓,对镜贴花黄。"嵋接道。这两句诗只是念念而已,她们没有镜台。母女相视而笑。

次日,第一个出现的是庄无因。他来时,碧初正在外间收拾什么。

"孟伯母。"无因有礼貌地招呼。

"无因来了。"碧初放下手中的抹布。

嵋出来了,两人见面,都有些不自然。

无因看着嵋说:"日子一定很苦。"

嵋微笑道:"也不见得,不过的确很沉重。"

无因说:"到腊梅林里去,好吗?"

嵋说:"娘,我们到外面去。"

碧初扬一扬手,柔声说:"尽管去。"

她看着两个年轻人的背影,在北平时,无因就比嵋高大半头,两人一起长,现在,无因还是高大半头。见两人转脸说着什么,碧初心想,孩子真的长大了,心下安慰欢喜。

嵋和无因很自然地向城墙那边走去。那里半截毁掉的城墙,几年来,无人修葺,长满了各种杂树,像一座小山。小山前,腊梅树下,有几块断石,这里腊梅的余香更浓。两人互望,不知为什么,忽然都笑出声来,这在无因是很少有的。笑声轻轻抚摸着腊梅树,又回荡在树枝间。

无因打量着嵋,说:"我没见过你穿军装。"

嵋说:"我也没见过你穿军装,希望我们都不需要再穿军装。"

无因一点没有变,轮廓分明的脸,这时因为笑容,减少了常有的忧郁和冷漠,眉宇间颇有英气。嵋常觉得他很好看,约一年不见,似乎更好看了。

"我很难想象,战场是怎样的。不过,沉重一定是确切的形容词。"无因说,"你亲身经历了沉重,我佩服你。"

嵋把头一摇,说:"我不要人佩服。"

无因很熟悉嵋这样的姿势,摇头又歪头,明亮的眼睛含着无穷的灵气,浓密的、向上弯曲的睫毛形成好看的弧线,垂下又抬起,好像承担着多少勇气。遂道:"那么我不佩服你好了,我——"

他不知道怎么描述自己的感情。他对眼前这个黑瘦的女孩,心中充满了怜惜,比以前任何时候的感觉更深了一步。他很想抚摸那缠着绷带的手,却只矜持地望了片刻。他们都长大了,长大意味着规矩和界限。

无因不提澹台玮,嵋却知道他很想知道关于澹台玮的任何事,那是绕不开的话题。

他没有问,嵋却说:"我以后告诉你。"

无因望着远方,说:"我好像觉得,澹台玮已经告诉我了。"

他们看着眼前花朵稀落的腊梅枝，沉默了一会儿，在沉默中，香气更觉明显，沁人心脾。

"陆游有一首咏梅的词，"嵋说，"最后两句是：'零落成泥碾作尘，唯有香如故。'我常想给他改一改。"嵋黑瘦的小脸上，透出顽皮。

"怎样改？"无因笑道，"无论你怎样改，反正陆游不会反对。"

"只改一个字。"嵋说，"'唯有香如故'是消极的，意思是只剩了香气，什么都没有了。如果把'唯'改成'仍'，'仍有香如故'，就变成积极的了。什么都没有了，香气仍然存在。"

"是啊。"无因赞叹，"照你这样动脑筋，说不定会发明一条数学定理。"

"那我可不想。"嵋说，"爹爹说了，我只能做一个中学教员。"

"中学教育很重要，"无因说，"所以，需要好的教员。一个好的中学毕业生，比一个糟的大学毕业生要强。"

他们从战争谈到教育，又谈到学业。无因今年暑假将读完研究生学业，英国和美国有几所学校都欢迎他去读博士学位，嵋觉得这是一个遥远的话题。

"这个暑假你就会出去上学吗？"嵋问。

"不会的。"无因答，"有许多手续要办。这一段时间，正好帮爸爸做些事，做些实验室工作。还有澄江的那所学校，需要人辅导，爸爸很关心他们。"他停了一下，迟疑地说，"如果胜利了，我觉得你可以出去上学，不一定念完四年。"

"如果胜利了。"嵋咀嚼着这几个字，忽然笑道，"如果胜利了，你最先想做什么？——小事，不是回北平这样的大事。"

雨丝飘落下来，这就是昆明的天气，一会儿哭，一会儿笑，叫人摸不着头脑。他们不得不进房去，坐在嵋的小书桌前。

嵋问要不要喝水,无因说:"先回答你的问题。你怎样想?——不要说,我们各自写在纸条上,好吗?"

他本来要说写在手心上,因为想到嵋手上缠着绷带,便说纸条上。

嵋在小桌上拿起一张纸,那是这些年他们一直用的,粗糙发黄的纸。无因敏捷地裁开,一人一半。各人写好,交换来看。

无因写的是:"用好纸。"

嵋写的是:"好纸。"

两人又开心地笑起来,嵋更笑个不停。蓬门中纸窗下,两个年轻人的笑声充满了活力和向往,在空中飘荡。

无因看着桌上的纸,说:"前几天,无采用亮光纸做手工,爸爸和我谈起莫比乌斯带。爸爸说,这一个拓扑学原理,最初发现并不容易,后来,又好像很简单。世事往往是这样,后人不知道自己是站在前人的肩膀上,或者故意漠视前人,好表现自己的伟大。"

嵋笑道:"说真的,我还没有见过一条莫比乌斯带,只知道有一只小虫,在莫比乌斯指引下,连续爬过一张纸的两面。"

无因随手拿起一张纸,裁了一个宽纸条,将纸条的一端旋转一百八十度,与纸条另一端相连,就形成了一个莫比乌斯带,再从正中剪开再剪开,就出现了两个相连并在同一平面上不断的圆圈。

嵋接过来,看了一会儿,用手指比画着爬了一会儿,把它挂在窗上,笑说:"我要用红纸再做一个,只要简单的,不剪开的。"

无因说:"好像是一个简单的手工,可是,能想出这个道理是多么伟大。"他看着桌上的练习本,问,"你回来补功课有什么难处吗?"

嵋道:"还没摸书本呢。肯定会有的。"

"如果有,那是我的事。我来教你。"无因说,脸上显出温柔的神色。

岷望着他,似乎又回到小时候,只是于亲切中又多了些什么。随口问:"你还教慧书吗?"

"哦,严慧书?"无因想了一下,"教她很无趣。你走后不久,我就不教了。"

"她笨吗?"

"也不能说是笨,只是很无趣。"

岷想问怎样无趣,却没有说。

无因问她被大水冲到独家村的情形。岷讲了阿露和本,也讲了坐在山头看彩虹的感觉。不过,没有说她希望无因坐在身边。

现在无因就在身边了。

无因忽然说:"你信中说,我不会懂你关于战争的话。我懂的,我怎么不懂。"岷望着他,两人又笑起来。

"岷,留无因吃午饭吧。"碧初在厨房说。

岷询问地望着无因,无因知道是告辞的时候了,低声问岷,什么时候到先生坡他的家去,庄家搬进城后,岷还没有去过。

"总要去的。"岷说。

无因到厨房向碧初告辞后,岷送他到腊梅林边,看他从小路走了。

无因走后,碧初说久未见他,显得开朗多了。

岷应该去严家一趟,交付颖书托带的信。素初和慧书现时住在安宁,同在安宁的还有青环。玹子走后,青环到严家照顾素初。在佛祖的帮助下,素初已经戒烟,这个过程很长,但终于完成了。这是让人非常高兴的事。

严宅中只有荷珠一人,岷很怕见荷珠,要碧初一同去,碧初微笑道:"多少大阵仗都见过了,这点事还要我陪?你应该代颖书去看看他的母亲,总有些话要问的。"

这天,嵋来到严家。一个大院子空荡荡的。嵋到客厅坐下,屏风上还挂着几条烟枪,不知是忘记取下还是留着当摆设。护兵到小院去通报,不多时,荷珠小跑着出来了。

"哎呀!二小姐来了,你哪阵回来的?我常想着去看三姨妈,倒是你先来了,你们一家可好?太太住在安宁,慧书放假也去了,我一个人在这看房子。"说着,荷珠自己嘿嘿笑了几声,"也不知道颖书什么时候回来?"

嵋忙把颖书的信送上,说:"颖书哥很好,他的工作很重要。"

荷珠接过信,又想看信又想听嵋说话。

嵋道:"荷姨先看信。"

荷珠抽出信纸,信很简单,只说工作很忙,身体很好。一切可以由嵋当面讲。字很大,只占半页纸。

荷珠看了好几遍,说:"就写这几行?"又看了两遍,把信放在裙边的口袋里。

嵋说:"颖书哥负责整个医院的工作,很有魄力,很细心。现在要建荣军院,他的责任更大了。"

她以前没有想过评价颖书,现在很自然就说出这些看法。

"他像他爹,能不好吗?"荷珠一拍腿大声说。

嵋问:"大姨父常有信吧?"

"他是写信的人吗?有时给慧书写几个字。不瞒你说,我昨天夜里做梦,梦见他们父子俩都回来了,军长到门口就不见了。我和颖书一起找,在一个树林里找见了。军长拉着我的手说,和你耍呢。"荷珠模糊不清的脸上现出了笑容。又好奇地问:"二姨妈家的少爷是怎么回事?听人说——"

"玮玮哥很勇敢。"

嵋说了半句,停住了。她实在不想说这个话题。

"好啊好啊!"荷珠说。这并不是她关心的事,她关心的是一些传言。

"听人说,殷家小姐要订婚了,殷太太在张罗这事,你可晓得?"她见嵋没有反应,又说,"殷大士常到重庆去玩,一位部长家的公子,好像是姓景的,想接近她,一直追到昆明来。殷大士对人家说她已经嫁人了。你家说天下可有这样的小姐?把殷太太气得两天没吃饭。那是一门好亲事啊!听说她现在还老穿着黑衣服,给谁守丧啊!"说着又嘿嘿地笑。

嵋淡淡地问:"那怎么说她要订婚了?"

"那是当然的事,人家要她一起出国留学,多时髦啊!"说起出国留学,她忽然想起吕香阁,"你家亲戚吕香阁,也要出国呢。你可晓得?我那天到她的咖啡馆去,她亲口告诉我的。她结识了一位大土司,土司有办法。"

荷珠东一句西一句地说着。嵋勉强听了一阵,又说了一些颖书近况,便有礼貌地告辞了。

嵋还有一个任务,去看望萧先生,告诉他玮玮临终的话。不过,假期中萧先生总是不在昆明的。她给萧先生写了一封信,说玮玮哥怎样热爱他的学业,希望萧先生找到更好的学生。她把信塞在萧先生住房的门缝里,心里稍有一点轻松。

萧子蔚在青木关已经得到噩耗,他特地到重庆看望过澹台勉夫妇。大家互相安慰,那都是空话。他们不会再有一个好儿子,他也绝不相信会再有玮玮这样的学生。回到大戏台后,见到嵋的通报,他在窗前站立良久,看着窗下的路。澹台玮从这条路上走了,再也不会回来,再也不会回来。

随着春天的到来,欧洲的战争局势急转直下。四月二十五日,苏军和美军的先遣部队在易北河河畔托尔高会师。此时德国法西斯想只向英、美投降,而继续同苏军作战,遭到同盟国拒绝。四月二十八日,墨索里尼被处死刑。四月三十日下午,希特

288

勒自杀身亡。

这些消息,孟家人最初都从玳拉那里听到。传消息人常是庄无因,他一次次走进腊梅林,带来外国电台发布的消息。嵋与合子已经不再大声叫"庄哥哥",而是颇为平静地听他的讲述。

五月初,庄卣辰做了一次时事演讲,介绍分析了当时战局。欧洲战场的胜利令人鼓舞;美国在太平洋战场中继攻克关岛和马里亚纳群岛之后,又攻克了硫磺岛,取得了进攻日本本土的基地,现在正在进攻冲绳岛。日军强征岛上十七岁至四十五岁全部男性,居民顽抗,战争十分惨烈。中国战场获得了滇西大捷,打通了滇缅路,是了不起的胜利。中南一带仍很紧张,日本发动的豫湘桂战争又占领了两千多公里中国领土,一百四十六座城市,使六千多万中国人民流离失所。据盟军方面估计,要全面打败日本法西斯,还需要至少一百万以上的兵力,也就是说至少要牺牲数以百万计年轻的生命。

听众间有些波动。

"艰难的日子不知道还要有多久。"有人微叹。

"最后的胜利总是最艰难的。"有人感慨。

嵋和之薇坐在一起,她们不觉对望了一眼,两人心里都在想,需要时再去从军。

八月上旬的一天傍晚,碧初去严家了,弗之与合子各自在学校还没有回来。嵋一人在窗前看梁先生为二年级学生指定的参考书,看得津津有味。

"嵋!"无因在窗外叫。这是很少有的,他总是彬彬有礼,很少大声。

嵋应道:"请进来。"一面站起走到外间。

"你知道吗?"无因冲进来,有些上气不接下气,嵋询问地望着他。

"你知道吗?"无因又说,"日本投降了!"

"你说什么?"嵋简直不相信自己的耳朵。

"美国扔下了两颗原子弹。"无因道,"BBC 广播的,日本投降了!"

"就是说,我们胜利了?"嵋大声说。

合子在门外问:"你们说什么?"

"我们胜利了!"嵋和无因齐声说。

合子先愣着,听了情况以后,又叫又跳,三人忽然拥抱在一起,互相拍打着。

他们觉得一下子身上轻松了许多,再没有战争的重负了。那样的重负,有形和无形的,没有经过的人很难想象。

这就是说,他们不会再跑警报,听着敌机在头上轰轰作响,任意丢下炸弹,也许就掉在自己头上。

这就是说,千百万人可以继续活下去,性命是谁也不甘心抛弃的。

这就是说,他们可以安心学习,关注自己所爱的一切。

这就是说,他们可以回到北平去了,回到他们真正的家。

合子忽然哭了起来,嵋也流下眼泪,无因轻轻擦拭眼睛。眼泪已经在他们眼中含了许多年,这时,痛快地流下了。

弗之和碧初一起回来了,发现三个孩子在流泪。他们已经得到这个消息,也不断擦拭眼睛。

弗之笑道:"子蔚回去拿酒了,我们来喝一杯。"又对无因说,"你来宣布好消息了? 我们也是听卤辰说的。"

原来弗之和子蔚在学校听到消息,回来路上遇见碧初,一起回家。

萧子蔚拿着一瓶酒,兴冲冲地走进门,大声说:"总算盼到了这一天!"大家举杯笑语。

过了一会儿,嵋与合子送无因出去。弗之邀子蔚坐下,又斟了一杯酒,两人持杯默然。在喜悦和兴奋之上,感到一些沉重。

弗之道："日本投降，显然是原子弹的功效，这也是不得已。"

子蔚道："是啊。如果继续打下去，还不知道要死多少人。日本军阀是花岗石脑袋，让他们也知道点厉害。"

弗之道："怕的是就要开始打内战了。"

子蔚道："这是中国人面临的最大问题。"

弗之道："只有国共两党能和平相处，在胜利的基础上，共同努力，建设复兴大业，中国才能保持胜利的地位。"

子蔚道："如果战火又起，我们怎样休养生息，恢复元气？我说句梦话，最好是两党自由竞选，比赛着把国家治理好。"

弗之道："那才是国家大幸啊，免得多少生灵涂炭。"停了一下又说，"一个强大的中国，或者是一个战乱的落后的中国，对世界会有不同的影响。"

子蔚沉思地说："建设国家是每一个党派的根本利益。从这一点看，应该没有冲突。但他们都认为，必须照自己的方法做，这问题就复杂了。"

弗之叹道："我们是在痴人说梦，政治协商已经失败了。仔细想想，内战是避免不了的。两个党都是革命党，是靠武力革命的。他们各自认为，自己是为了国家利益。"两人议论一会儿，子蔚自回大戏台。

嵋与合子回来后，四人都不想睡，仍坐在外间。

嵋依偎在母亲身边，合子举着空酒杯，从房间这头跳到那头，嚷道："回北平喽！回北平喽！"

弗之道："我不信神，可是我要祈祷。"

碧、嵋、合三人望着他。弗之大声说："我要祈祷和平。"

三人不自觉地应道："祈祷和平！"这是为和平而献身者的遗愿，也是每一个活着的人的希望。

祈祷和平！

和平,这个本该如此,并不奢侈的愿望,什么时候能真正得到啊!

一九四五年八月十五日清晨,中央广播电台广播了日本正式投降的消息,在昆明激起无比的欢乐。人们不停地放爆竹,街上人群拥挤,水泄不通,人人脸上挂着笑容。从十一日开始,人们就在街上挤来挤去,随着日本投降的消息一步步证实,来挤的人越来越多。

许多美国人也在人群中大声叫喊,有的人索性喊出:"我们可以回家了!"几个人低声讨论:"从上海坐船很方便。"

"只要能回家,骑自行车也行!"

晚上,弗之和子蔚两人从祠堂街一起去学校开会,路上遇见了舞龙和踩高跷的队伍,无法穿行。

他们面带微笑,站在路旁观看,和老百姓分享着巨大的喜悦,同时也有一种哀悼的心情。为胜利付出的一切,太沉重了。中国像烈火中的凤凰,飞出来了。可是,能够飞得高吗?

内战的前景,让人忧心忡忡。

"会有真正的太平吗?"子蔚自语。

弗之默然。

几条巷子里涌出不同颜色的龙,红色的、蓝色的、橙色的,汇成龙的行列,游动着走过街道。许多人跟着跑,一路叫着嚷着。龙身内的一盏盏灯,照亮了外表的鳞甲,发出五彩的光。

中国万岁! 人们呼喊。声音不整齐,却是排山倒海一般。

中国万岁! 巨龙向前移动,身体忽高忽低,身上的灯火忽明忽暗,在一条街尾隐没,又在一条街头出现。

不知巨龙会走向哪里。

第 七 章（上）

一

全中国人和全世界人民一样，沐浴在喜悦和兴奋之中。还有什么比和平更宝贵？和平的意义包括伸张正义，打败侵略。和平得来是那么不容易，有多少生命、多少青春消逝在战争之中。人们在想起这些时，心里又是沉甸甸的。

八月下旬，昆明举行了一次游行，那是胜利以后第一次游行。八月九日，在美国向日本本土投下两次原子弹之后，苏联出兵中国东北，增加了盟军的力量。八月十五日，人们得到日本投降的消息，在极大的欢乐中，也听到了苏军在东北横行肆虐的各种传闻。人们很愤怒，中国人再不是可以随便欺侮的了，再不是"九一八"的时代了。游行队伍打出横幅："苏联军队撤出中国领土！中国国家主权不容侵犯！"很多人参加。

从八月十八日开始，同盟国制定了中国战区的受降计划，接受日本投降。在这一工作紧张而有序地进行时，中国人逐渐恢复正常的生活。

九月初，又一个学期开始了。

冷若安走进一间教室，朝阳的光辉从破窗里照进来，照见满室凌乱的课椅。黑板上横七竖八写满了胜利的字样。冷若安先将课椅排好，再去擦拭黑板。他舍不得这胜利两字，将黑板擦干净后,用工楷在两边写了两行"胜利",又在上下用花体字母写了两行"victory"。

几个同学进来了。一个女同学穿着蛋青色竹布旗袍,外罩一件蓝布上衣,在靠边的一张课椅上放下书包,注视着黑板。

冷若安回过头来,愣了一下,扔下手中粉笔,走到女同学面前,叫了一声:"孟灵己!"

"你是冷若安!"嵋也高兴地叫了一声。

"一秒钟以前我脑子里还装满了你穿军装的样子。"冷若安道,"可是你现在不穿军装了。"他觉得嵋现在的装束很好看,不过没有说。

"我只见过你穿军装。你怎么来上二年级的课?"

"我已经毕业了,留校工作了。"

教室差不多已坐满,冷若安忙回到黑板前写好最后一个花边字,搬了一张椅子,坐到另一边的角落。

这时,梁明时走进教室。"呀,呀!这是世界上最漂亮的黑板!你们说是不是?"

"是!"大家由衷地轰然回答。

梁先生向冷若安点头。冷若安拿出学生名册,开始点名。这是新学期开始时的惯例。平时上课,先生们大都不点名。嵋知道,冷若安留校工作,是做梁先生的助教,这是顺理成章的。

冷若安点名的声音很洪亮,点到一个名字便抬头看,他要帮助梁先生认识学生。点到孟灵己时,他停了一下,没有抬头,他已经认识她了。

这堂课是常微分方程导论,内容丰富而不沉重。梁先生用右手写黑板,很是自如,只是时不时习惯地拉拉没有知觉的下垂的左臂,让它活动一下。

最后的十五分钟,冷若安发给大家一个试卷,以便了解学生的程度。有三个题目,嵋只做出两题。

下课了,同学们围着梁先生。梁先生示意嵋等一下。嵋站在一边,打量这间教室。

正是在这里,她陪姐姐上过英文课,也正是在这里,她上了从军以前的最后一课《楚辞》。现在胜利了,墙上的裂缝已经补好,她在这里上自己的专业课了。如果教室有知,它能说出多少故事?

梁先生和大家谈了一会儿,一同走出教室,同学们散去了。

梁先生对嵋说:"你来认识认识冷若安,他现在是我的助教。"嵋和冷若安都笑了。

冷若安道:"梁先生,我们早就认识,不过,我认识的是穿军装的孟灵己。"

"哦,我明白了,去年你们都从军了。"梁先生说,"胜利有你们一份功劳。"

每一个坚守岗位工作的人,都有功劳。胜利是一个整体,冷若安和嵋都明白。现在的事,是要学好数学。

嵋说,三题中有一题不会做。梁先生一路讲解,走出校门,自回住处。

冷若安问嵋:"上午还有课吗?"

嵋道:"还有一堂英诗。"那是她选修的。她说着,加快了脚步往回走,走进大门附近一间教室。

这一堂课,又是一种境界。人说诗和数学是相通的,嵋还没有这样的体会,只觉得两种境界都是很美的,都是她喜欢的。

站在讲台上的是外籍教授夏正思。这门课旁听的人很多,窗外黑压压一片,却是鸦雀无声。

夏先生铿锵有力的吟诵,充分表现了诗的音乐性。他还是边吟诵边打拍子,好像敲着小鼓。嵋随着默默念诵。

下课后,嵋走出教室,又见冷若安站在那里。

"我也听课了,以前怎么没有想起来选修文学课。"他说。

嵋笑笑,自管走。走了几步,见冷若安没有随来,便停下,转身见他仍在那里。嵋也站住,并不言语。

冷若安走过来问:"你回家吗?"

嵋道:"我离开腾冲以后的情况怎么样?可以说说吗?"他们一起走出校门,沿着红土路走去。

滇西反攻胜利后,冷若安到湖南,仍和布林顿一起工作。到湖南后,他们的任务是保护芷江机场。他没有想到,胜利来得这样快,更没有想到他和布林顿一起旁观了洽降仪式。他热心地向嵋叙述他的经历。

"当时真太高兴了!我眼睛都不敢眨一眨,生怕漏掉一个细节。"冷若安说,"冈村宁次的副参谋长代表日本侵华军队献上他们的指挥刀。我亲眼看见的。这就是侵略者的下场。"

嵋欢喜羡慕的表情更使冷若安得意。话题从胜利转到日本俘虏,冷若安说:"前几年,我在昆明看见过日本俘虏。我当时很恨,恨极了,他们简直是野兽。"

嵋说:"我也看见了。后来在上绮罗医院也有日本俘虏的伤员,我们一律给予治疗。对他们实在够好的。不过,从不让护士接近他们。"

"在攻打畹町的时候,我们抓到一个俘虏,他叫吉野。"冷若安讲了那一天的经过,"我对那个俘虏的感觉和前几年不大一样。现在想起来,感觉又是不同,我觉得他们在逐渐变成人。"

"因为我们胜利了。"嵋沉思地说,"他们有了从野兽变成人的机会。"

"是的。"冷若安也沉思地说,"吉野便是一个例子。"停了一会儿,他又讲到大雨和突然猛涨的溪水,"我当时想,就是这样的溪水把你冲到独家村。"

"我奇怪那样一户人家怎样生活,他们就是那样过了许多许多年。"嵋说,"阿露不知怎样了。"

296

他们缓步而行,一时无话。路上很少行人,初秋的风吹着路旁树枝,树枝轻轻摇动,地上的影子也在摇动。

冷若安道:"我离开畹町经过永平时,曾想去看你,你知道那是做不到的,车不能停。"

那时,我可能已经回昆明了。嵋想,却没有回答。她在想着阿露,还有本,那是两段青春。

冷若安见嵋若有所思,也不作声。他们走到北门,冷若安就回学校去了。他不知道孟灵己是不是愿意他在身边,这里不是前方,在前方他有照顾的责任。他没有走到腊梅林。

这天傍晚,秦巽衡邀部分教授在一起便饭。孟弗之等到达学校办事处,看见客厅正面墙上新挂了一张中国地图,秦巽衡正站在地图前仔细观看。

"这么大的沦陷区。"秦巽衡向走进来的教授们说。

地图上做了标志,对受降区也就是沦陷区,可以一目了然。大家用心观看。"我真有些后怕。"孟弗之说,"国土已经失去了大半,要凭一刀一枪收复失地,还要多少代价!"

"胜利来得这样突然,原子弹起了决定作用。"庄卣辰直截了当地说,"我们当然同情广岛长崎的日本人民。可是不用这个手段,怎么能让日本法西斯清醒。"

大家谈论受降情况。九月二日,在东京湾美国军舰密苏里号上,举行了日本向联合国签署投降书仪式。同盟国军最高司令官麦克阿瑟主持仪式并发表演说:"我们以此严肃仪式为转折点,必须从流血和残杀的过程中,重新建立依赖和理解的世界,以期完成人类之尊严和所渴望的自由、宽恕以及正义,这是我发自内心的希望。"

日本外务大臣和参谋总长签字投降以后,各国代表签字受降。仪式结束后,十一架超级堡垒排列成整齐的队形,飞到上空,紧接着又是几批超级堡垒编队飞过,十分威武雄壮,以纪念这历史转折的一刻。

同盟国根据侵略者的占领地区划分受降区,中国地区有十六个受降区。经过严密部署,九月九日上午九时,中国战区接受日本投降签字仪式在南京举行。何应钦代表中国战区最高统帅主持仪式,与会者千余人。中国战区日本投降代表、日本中国派遣军总司令冈村宁次上将解下所带佩刀,由参谋长小林浅三郎中将双手捧呈何应钦,以表示侵华日军正式向中国缴械投降。冈村宁次在投降书上签字后呈交何应钦。仪式约二十分钟结束。

血洗的南京城,受尽铁蹄践踏的中国人民和土地,终于有了扬眉吐气的一天。打不倒的中华民族,和美国、英国、苏联一起,被誉为反法西斯同盟国的四大强国,实在当之无愧。

以后,中国军队在各受降区分别举行受降仪式。九月十六日,在广州受降,十八日在武汉受降,二十二日在郑州受降。各地受降的消息,让人一次又一次地激动。特别是十一战区的受降仪式,给人印象很深。

江昉拿了一张报纸,上有报道,大家已经看过,却仍饶有兴致地传看。

十一战区,包括北平、天津、保定、石家庄。仪式于十月十日在北平故宫太和殿前临时搭起的会场举行。室内正面墙上悬挂着孙中山像,中国国旗及国民党党旗分列两旁。四周悬挂着中、美、英、苏四国国旗及金色"V"字符号。场内放着两张铺着白色台布的长桌,一张为受降席,一张为投降席,两旁为中外来宾及记者席。受降主官孙连仲将军偕同前进指挥所主任吕文贞将军等步入会场,全体人员起立鼓掌。日军投降代表华北方面军司令官根本博中将等二十一人,在中国军官引导下进入会场,根本博等先向受降官孙连仲等鞠躬,然后入投降席依次坐定。

孙连仲将第一号命令授领证由吕文贞转交,根本博签名盖章后,由高桥坦恭呈孙连仲。旋即日军投降代表依次呈献二十一柄军刀,置放在签字桌上。然后,日军投降代表退席。平津地区受降仪式至此结束,历时十五分钟。

大家都注意到,在南京冈村宁次解下所佩军刀呈交中方,在北平,二十一把军刀摆在投降席上。

江昉说:"这是血染的军刀,如今摆在投降席上了。"

萧子蔚说:"真想看看照片,将来总会有的。"

孟弗之道:"从历史上说,中国结束了从鸦片战争以来屈辱的历史,成为四个大国之一。我不敢说强国,我们积贫积弱的情况并未改变,民族复兴的道路还很长。"

江昉说:"受降一方是否应有中共代表参加?那样会好一些。"大家没有说话。

晚饭摆上了,除了办事处简单的宴客菜肴,还有秦夫人谢方立亲手调制的几样时令菜蔬。紫的茄子,红的西红柿,绿的芥菜。有的炒、有的煮,还有放在炭火上烤熟的,十分别致。

餐桌上的气氛显示着胜利的欢喜,但并不十分轻松。弗之和江昉的话引起了思索,先生们都若有所思。

"但愿永远不要再有战争。"大家举杯默然在心里祝愿,这是每个人的希望。

现在他们讨论的是复校工作,需要先派人回北平去。秦巽衡提出子蔚走一趟,大家都认为这是最合适的人选。

子蔚站起举杯,大声道:"回去接收学校,真是梦寐以求啊!"他看着墙上的地图,索性走到墙边,研究着回去的路线。

"待从头收拾旧山河。"孟弗之说。

"要是大家能同心收拾,一起建设就好了。"秦巽衡叹息道,"现在我们只能做好分内的事。"

江昉再次指出,受降没有共方代表,是不公正的。中共已经对这样的安排表示了强烈反对。

孟弗之说："能够得到胜利,中共当然是出了力的,很艰苦,很不容易。"

大家都知道,中共已在多处地方直接接受日军缴械,国共两方的矛盾全面升级。破碎的山河仍在战乱之中。

先生们离开时,带着胜利复校的喜悦,也带着对内战的关切和焦虑。

反内战的口号从学生中响起了,学校里各种社团经常举行时事讨论会。庄卣辰本是时事专家,这时却很困惑,他觉得认识内部的事务比外部的事务难多了,人的道理又比物的道理难多了。

他来拜访弗之,正好江昉也在。他们自然地谈到在学生中汹涌的反内战热潮,都认为,这表现了学生的爱国热情。在总的共识下,三个好朋友却各有不同意见。

江昉的意见很干脆,战争是国民党挑起的,他要独霸胜利果实,怎能不打内战。听说正有大批兵力调往西北一带,应该用群众运动的方式,起到制约作用。

庄卣辰认为,抗日战争是国民党领导的,他负担着主战场,八年抗战取得胜利很不容易,现在也有维持秩序、守卫领土的责任。

"当然,共产党也不容易。"卣辰赶忙加了一句,"最好共产党也不要轻易用兵,大家商量谈判——可是谈判也不容易。"

孟弗之说："我说一句大胆的话,内战是避免不了的。"他笑笑又说,"我并不是主张打内战,我是说避免不了。上半年,中共举行了第七次代表大会。我是从广播里听到的,收音机还是卫葑留下的。"

江昉笑道："没人怀疑你。"

弗之道："中共七大决定了他们要建设新民主主义国家,长远的理想是共产主义。而国民党要建设三民主义国家,也有他们自己的进程。建设什么样的国家是问题的最本质所在,谁都不甘心妥协,只有打了。"

卣辰道:"只要能够建成独立富强的国家,人民安居乐业,谁来管理都可以。"

弗之道:"最好竞选,一个党干几年。"又自己笑道,"真是做梦!我们的民主从认识到制度都还很幼稚,需要时间。理想都是好的,要做到却是很难。"

江昉说:"共产党会把国家治理好,国民党太腐败了。"

弗之叹息:"这确实叫人痛心。"

几位先生在外间讨论。在嵋的小房间里也有着小小的讨论。

孟灵己和李之薇经过了战争生活,在学校中表现很不一样。孟灵己远不如以前活跃,专心研究数学。她似乎对人生有了看法,认为激情是很表面的东西,愿意多作思考。可能是专业的关系,李之薇在做过几次社会调查之后,比以前活泼了,积极参加社团活动,壁报编辑、诗歌朗诵等。不同的想法,并不妨碍她们真诚的友谊。

这时,她们讨论的是去不去参加一个时事集会。之薇来邀嵋,嵋踌躇不想去。

之薇批评道:"你怎么这样不关心国家大事。"

嵋道:"我觉得我们的关心用处不大。"

之薇道:"能尽多少力就尽多少力。"

嵋想想,理好桌上的书本,和之薇一起到学校去。

这一次集会是平安的。但令人深为痛心的事在进入十二月的时候发生了,数千学生在反内战的集会中遭到军警袭击。四名学生遇难,这就是"一二·一"惨案。

"一二·一"使得整个昆明城愤怒了,学生罢课,教授抗议。嵋也从数学公式中走出来,还写了几篇小文章,从百姓疾苦说到专制必倒、民主长青。

李之薇在学校里积极参加罢课活动,在家里却遭到家长的反对。李太太金士珍曾轻度中风,身体已大不如前,会友的聚会少了,也不大管之薇的事。这次的反对来自李涟,李涟很担心之薇的安全,总是劝她少出门多读书。不久,之薇发现父亲还有更深层的认识。

李涟认为打内战双方都有责任,反对一方就是绑住一方的手,这是不公平的。

之薇很诧异,父亲平常很少政治见解,这看法太反动了。

两人争吵了几句,李涟忧心忡忡地说:"你知道吗?我看见把青年们推到枪口下,实在于心不忍。"

之薇道:"我们做的是争民主的大事业,怎么说是'推'?你怎么不说反动派用枪!"

李涟默然。

罢课委员会提出严惩凶手等复课条件。当局枪毙了两个人,在责任长官去职和复课的先后上,争执长久不决。秦巽衡、孟弗之等尽力斡旋,仍不能解决。

这又是一段不平静的日子。后来,当局决定,如再不复课,将解散学校。愿意复课的学生也日渐增多。领导罢课的中共地下党云南省工委审时度势,认为罢课已经收到一定效果,可以复课。

通过这次罢课,人们对国民党的反对更进了一层。

二

胜利后,抗日军人充分感受了喜悦和骄傲。严亮祖军被派往越南,参加受降。严亮祖随从受降长官在受降席上接受了日军投降代表土桥勇逸的鞠躬敬礼,亲眼看到日军投降代表在授领证上签字盖章,呈交后又被中方军官带出会场。

心底那种完成任务后的激动,让他想举刀大喊一声:"我们胜利了!"身为中国军人,转战征伐多少个日日夜夜,终于能喊出这一声"我们胜利了!"人生更有何求!

严亮祖长久疲倦的感觉爽然若失。约有半年光景,他没有想到累。最初的激动过去后,他和所有人一样,陷入各自的工作。

受降工作是繁忙的,缴械、收编日俘,维持地方秩序,处理好和法方、越方的关系。在这期间,将领中有些零星消息,在好几处地方,为争夺受降,国共双方已有火力接触。也有零星议论:"还要打吗?""共党不灭,国不能安。""真想解甲归田。"都是点到为止,不便讨论。

三月中旬,中国军队全部撤出越南。严亮祖以为可以回到昆明,但接到的命令仍是在滇南的一个村中驻扎待命。这是一个不小的村庄,遭过几次轰炸,毁坏的房屋还没有完全修复。滇南地势多山,几乎没有坝子,田间盛开着油菜花,黄澄澄的,也都是高高低低的小块颜色,没有连成一片。

亮祖闲处无事,想着国家、军队的前途,心中郁闷,每日写写大字,练练刀法。他安慰自己说,这也是难得的闲暇。让他奇怪的是,闲暇之中,疲倦劳累的感觉又回来了。他站着的时候想坐,坐着的时候想躺,躺着的时候就不想起来。他笑自己变懒了,尽量正常地生活。

一日,取出随身佩带的军刀,就是澹台玮见过的,来到院中,拉开一个架势舞动起来。几个参谋和护兵在旁观看。

随着刀的劈、刺、砍、挑,刀光像一道白练在亮祖周身缠绕,众人喝彩。亮祖舞了一会儿,停住脚步,手捧军刀大声叹息,自己暗想,怎么又这么累。

一个护兵一直等候在旁,见军长停住练刀,上前禀报,有一个名叫秦远的人来访。

"秦远？请进来。"亮祖扔了军刀，向屋中走去。心中默念："秦远？是他么？"

室内坐着一个人，身穿便服，看不出身份。

他迎上来说："军长可好？"

"果然是你。"亮祖一把抓住秦远的手，用力摇着，"好！好！我们好好谈谈。你从哪里来？"

秦远说："我从昆明来，特地来见军长。"

"有什么事吗？"

秦远道："主要是想念军长。我们一起经过抗日战争，同过生死，共过患难。想见一见。"

亮祖道："我何尝不如此，老伙伴中你最了解我。坐吧，坐下谈。"他见秦远走路仍有些不便，便问，"腿怎样？"

秦远道："可以说全好了，并不妨碍走路，只是姿势不大美观。"

亮祖笑道："我们军人主要讲实用，美观是次要的。"

他们很快谈到目前时局。国共双方在一月份签订的停战协议，不过是一张纸，全面内战就在眼前。

秦远此来是要游说亮祖，不要参加打内战，最好能投向中共一方。他介绍了共产党建设新民主主义的理想。严军长作为抗日军人，已经有光辉的业绩。如果接下来为腐败的国民党去打能建设新中国的共产党，就毁了一世英名。如果能投向中共一边，参加建设，还有一番事业可为。

"你是说起码要做到不打共产党，最好能做到去打国民党？"亮祖沉思地说。

秦远道："我和军长无话不谈，说得可能太直接了。"

亮祖摆摆手，命预备酒菜，邀秦远喝一杯。一时酒菜摆好，两人喝了几杯酒。

亮祖道:"你这样劝我,不怕我逮捕你?"

秦远道:"我若没有这点知人之明,还做什么工作。"话题转到当时政府的特权腐败情况。秦远忽然说:"延安那边也有问题。现在经济实力太差,还腐败不起来,也看见苗头了。"

亮祖望着窗外叹道:"最好各自治理好自己的政府,莫忙打仗。"

秦远道:"老实说,我也不想打内战。可是要建立新民主主义国家,必须扫清障碍。"

亮祖把手中酒杯重重一放,说:"好容易打败了日本鬼子,大家团结建设还来不及,再打内战怎么得了。"

两人谈论了一阵,亮祖最后表示他绝不去打共产党,也不愿意替共产党打国民党。

他看看案上军刀,笑笑说:"我的刀是杀日本鬼子的,保卫国家是军人本分。难道能打自己人!"

秦远站起来走了几步说:"我替军长想,要是能归隐就好了。"又笑道,"这话是我不该说的。"

归隐?亮祖心动了一下,感到一阵疲倦袭来。停了一会儿,笑道:"你站在我的立场说话,你犯错误了。"

"当然,我还是希望你率队伍去延安,做一个起义将领。"秦远说。

"喝酒吧。"亮祖举杯,"能不能先不谈这事?"

秦远站起身,举杯一饮而尽。说道:"话已说了,我该告辞了,时间太长,会给军长添麻烦。军长再好好想一想。我会设法联系。"

亮祖也站起,两人互望,都觉得还有话没有说完。

秦远深深鞠了一躬,走出房门,又回头一字一字地说:"军长保重。"转身走了。

过了几天,亮祖接到命令,命他率部开往山西一带。看来,参加内战势在必行。

这几天中,他仔细想了秦远的话。他的原则是明确的:不能打共产党,也不愿打国民党。怎么办呢?怎么能退出这是非之地?归隐,自然好,可是,怎么能做到?告病回家也必然受到骚扰。亮祖觉得十分疲惫和厌倦,只望得到彻底的安宁。

归隐,归隐,怎么做得到呢?

在部队开拔的前两天晚上,亮祖在军部开会,显得很没有精神,一再问戴副军长的意见。

回住处后,默坐许久,取出一个纸包,里面是家信,有颖书前几个月的信,慧书最近的信。他只摸了摸,仍旧包好。命护兵磨墨,说要写字。他写一张撕掉,又写一张再撕掉,后来,留了三张,整齐地放在桌上,用那把军刀压住。自己静坐片刻,上床睡了。

夜深了,开过花的油菜梗,在夜风中摇动。村庄远处传来一两声狗叫,这吠声引起了许多和者,在深夜中显得很是凄厉。它们大声唱和之后,逐渐平息下来,仍不时有一两声,装点着夜的寂静。

次日清晨,护兵端着一盆洗脸水走进亮祖的卧室,见军长尚未起床,便悄悄退出。

过了片刻,副官来问开拔事宜,两人走进屋,见亮祖仍安稳地睡着,觉得奇怪。副官上前看视,不觉大吃一惊。

严亮祖仰面而卧,面容安详。推他也无反应,已经鼻息全无。

"军长死了!"副官叫了一声。赶快请了两位副军长来,仔细检验后确定军长已死。

再看周围环境,戴副军长叫道:"这里有遗书!"

果然,桌上放有遗书。一张纸上写着几个大字:"中国人不打中国人。"旁边一行小字:"严亮祖绝笔。"另一张是写给殷长官的,内容明确简单:"我不能打内仗。请转告国府,以国家前途为重,不要打内仗。希望共产党也要安分,不要打内仗。如果我的死能起到一点和平作用,我死得有价值!"还有一张是写给家人的,戴副军长没有仔细看。

众人哽咽道:"军长何必如此,我们明白你的意思。"

亮祖的死因很明白,死法却让人猜不透。还是随他多年的老护兵,提出一个说法,说亮祖在绿林中学得一种屏息术,方法简单,就是自己停住呼吸,在停住呼吸时,自己点一处穴道,就无法恢复呼吸。一般人是做不到的,想来军长用了此法。可见他赴死的坚决。这是他"归隐"的唯一最干净彻底的办法。

严军长的死,在部队中引起一阵波澜,引起许多人的思考和感慨,不免也有些猜测。在响彻云天的凯歌声中,掺进了苦涩的调子。

当局的说法是,严亮祖军长死于心脏病突发。一般人并不知道严亮祖有没有心脏病,没有这种病也没有关系,可以说是隐性的。遂擢升戴副军长为代理军长,派副参谋长护送严亮祖灵柩回昆明。

严颖书在永平荣军院接到戴副军长电话,得到父亲屏息自尽的消息。

他拿着电话筒反复问了好几遍:"你说什么?!"等到完全确定了,一趸跌坐在地上,又赶快站起身。

电话里仍在大声说话,和他商量下葬的事,声音很不清楚。大意是,要他直接回昆明,不必前往驻地。

他都听懂了,坐在桌边大口喘气,泪如雨下。他没有时间哭,稍平静后,向有关人请假并布置了工作,很快开车奔往昆明。

颖书到家时,严府门口已经挂了办丧事用的白幡,素初、荷珠、慧书都在厅上。他快步走上厅来,扑通跪在素初、荷珠面前,放声大哭。

素初泪流满面,慧书嘤嘤地哭。荷珠却不哭,伸手抚着颖书的头,喃喃道:"好儿子,以后全靠你了。"

噩耗来得太突然,真如晴天霹雳一般,震得严府女眷不知所措,只有荷珠还镇定些,操持着各种事情。现在颖书回来,大家都感到一丝安慰。

荷珠说,军部来过电话,说灵柩已起运,今天可到,可不知什么钟点到。颖书一路劳乏,应先去休息。便引颖书到她的小院来。

小院当门的蛇和蜥蜴仍在老位置上,时间好像在它们那里停顿了。房间里原来的瓶瓶罐罐少了许多,窸窣的声音却还依旧。荷珠眼睛通红,却不哭。两人轻声讨论亮祖的死。

颖书哽咽道:"灵柩到了便可知晓。"

荷珠说:"灵柩到了,"叹了一声,"那也就是时候了。"

荷珠拭去颖书脸上的泪,要他坐下,从箱子里取出一个雕花木盒,拿到儿子面前,说:"这是咱们家的一点积蓄,没有多少,你知道你爹不爱钱。"

打开看时,有十来根金条、两个存折,还有些珠宝玉器。

颖书说:"妈,你家管着就是了。"

荷珠凄然道:"以后不一样了,这些东西跟你交代一下。还有那些虫蚁,我已经整理过了,剩下的可以卖个好价钱。"

颖书很不安,说道:"妈,你家有什么想法?我会奉养你家一辈子,我们母子不能分开。"

荷珠抚着颖书的头,说:"我这一辈子有了你爹和你,是心满意足了,再没有什么可求了。"

颖书担心地说:"妈,你怎么不哭?你哭吧。"

荷珠摇头。几个罐子里的响声时轻时重,分明是那些东西在爬动。

母子谈了一阵,复到厅上。这时,太阳已经落山,灵柩还不到。颖书想去迎接,却不知往哪里去。

素初仍端坐在厅上等候,慧书依在旁边。有人端了茶来,她们不接。

"灵车进街了。"几个护兵跑步来报告。

颖书等忙到大门外迎接,灵车沿着翠湖驶来,很快到达严府门口。

十几个人从卡车上抬下严亮祖的灵柩,斜阳的一点余光正照在棺上。如果亮祖有知,会想到那年他离家出征时看到的是朝阳的光辉。

颖书、慧书扶着灵柩直到厅中放稳。素初早站起,在棺旁哭泣。荷珠猛地扑到棺上,开始捶棺痛哭。一面说道:"军长!军长!你怎么撇下我们走了!你赶走日本鬼子就没有事了吗?"

颖书、慧书跪在一旁也是痛哭失声。众人无不下泪。

一时,哭声渐小。副参谋长对颖书说:"你就是严公子?运输不方便,没有组织迎接,可以在家中开吊。"

拿出严亮祖遗书,递给颖书。

"中国人不打中国人!"

颖书举起遗书让母、妹观看,大声念着。荷珠也止住哭声。

颖书又拿起写给家人的一份,荷珠说:"我先看。"伸手抢过,见上写四人名字,遗书内容是:"我离开你们不是出于本心,我的本心是要大家一起好好过日子,这很难做到。我太累了,很想休息。对不起。颖书已自立,我知道在任何时候,他都不会让我丢脸。慧儿的志愿是出去上学,我也放心。素初、荷珠今后的生活,我完全可以想得出来,我无法管了,各凭自己的心做去便是。"

荷珠看过,递给素初、颖、慧看了。大家真如万箭钻心,一起又哭。副官等上来劝住。

颖书知道这不是哭的时候,忍泪介绍了两位母亲。副参谋长好奇地看了荷珠几眼，走到一旁，和颖书、慧书谈开吊、下葬的事。

天色已经昏黑。荷珠站在棺前，一手举着一个酒杯，酒色血红。她把左手的酒洒在棺上，右手的酒一仰头饮入口中，悄然向灵柩下拜，又对素初说："这些年荷珠多多得罪了。"

素初睁开半闭的眼睛，警觉地说："你要做什么？"

颖书猛回头，看见荷珠一手扶棺，身体摇晃，忙跑上前拉住母亲的手。又见棺上摆着两个酒杯，红色的酒液从棺头上流下来，不觉大惊，喊了一声："梦春酒！"

荷珠微微一笑，倒在颖书怀中。最后说："好儿子——"就断了气。

次日，孟家人得到消息，来到严府，厅上已是摆着两具灵柩。严家在大理已无亲人，不必回到原籍。安宁那片小树林中亮祖曾经舞刀的地方，正是合适的墓地。

弗之说："军人本不在乎葬身之地，亮祖兄总算亲眼看到了胜利。只是他死得突然，不知有没有什么未了之事。"

颖书告诉了他所知道的一切，并拿出遗书请弗之、碧初看。

弗之叹道："我明白了，亮祖兄所想的正是千万中国人想的，他用一死来表达。"

千万中国人所想的并不能见诸报端。几天后，报纸上登出一则小消息：抗日将领严亮祖心脏病突发，不幸逝世。

江昉见报，和弗之谈起，说："严军长身体很好，怎么这样突然？"弗之讲了经过，江昉道："严军长表示了不打内战的决心，这是死谏啊，其悲壮不下于战死沙场。他是用血肉之躯表达自己的意见，我们只会用笔墨。"

弗之说："官方要尽量缩小他的影响，所以，发那样一条小消息。"江昉叹息。

弗之写了一篇文章，阐述严亮祖之死的意义，送给相熟的报社。

编辑看过,说:"孟先生叫我们为难了,严亮祖军长的逝世当然令人惋惜,但他是患病身亡,不好联系到反内战。"不肯发表。

弗之无奈,回家和碧初谈论,都觉得从某种意义上讲,亮祖之死和吕老人有相似之处,却心照不宣,都没有说出来。

军部留守处派人到严家,建议开吊、下葬合并举行。殷长官那里也有人来,大家商量后都认为尽快下葬为好。

葬地没有问题,葬法是慧书最担心的,她估计颖书会提出两棺合冢,先和母亲商议对策。

素初说:"听其自然。"

慧书不满地说:"总要有人说话啊。如果听其自然,那就是听哥哥的了。"

素初道:"也不是。"

慧书说:"反正我不同意两棺合冢,那样的话将来娘放在哪里?"

素初不语,手捋佛珠,喃喃诵经。

后来颖书并没有提出具体意见,倒是说:"要看亲娘怎么样想。"素初只看着慧书不说话。

慧书有些着急,说:"娘,你说一句啊!"

素初说:"怎样葬我都没有意见,不过我们都该听祖母的话。"

亮祖的母亲素来反对荷珠,这是大家都知道的。颖书便明白了。

亮祖下葬的那天,军政两方都有人来,还有一些亲友。殷长官一身戎装,和夫人一起,直接去了墓地。

墓碑已经立起,棺木已在穴中,两穴两碑,一大一小,相依为伴。大碑上赫然刻着:"爱国军人严亮祖将军之墓"。小碑是经过研究的,因不知荷珠本来姓氏,写的是:"严府荷珠之墓"。墓地两旁各有四名兵士荷枪站立。

殷长官在严亮祖墓前作了简短讲话,他说:"严亮祖军长是爱国抗日军人,是人人皆知的。他打过的战役、立下的功劳也是人人皆知的。他做到了古训'武将不惜死'。现在,在可以不死的时候,他还是不惜一死。也许,他有几分迂,但他真是十分可敬。我从来就敬重他,现在更敬重他。"

讲完,转过身带头和将领们一起举手向严亮祖敬礼。

殷长官没有在讲话中申述亮祖的遗愿,他已将遗书上呈,并且做了详细说明。如果他能够,他还要劝共产党也不要打内战。他认为,打内战的主要原因在共产党,国府为了维持秩序,不得不打。现在的形势如同一驾下坡的马车,已经无法逆转。

殷夫人随大家行礼,并向严家人慰问后,自到荷珠墓前站了片刻。

孟家人都去参加葬礼,还有李之薇和吕香阁。

之薇和嵋在一起向严亮祖墓鞠躬,也向荷珠墓鞠躬。她俩觉得荷珠的死很奇特也很壮烈。

吕香阁也鞠躬,她心中很平静。这两个人就是活着,对她也没有用处了。她低声问一个认识的护兵:"那些野物还在吗?"护兵点头。香阁想,她可以转手卖给和美娟,也许能赚一点。

人渐渐散尽了,士兵也撤去,只剩下这一块墓地。隔着绿树,是空旷的田野。

天色阴暗,忽然飘起雨来。雨丝中,田野上,一个人在慢慢行走。他走得很艰难,还摔了一跤,是个跛子。他跨过田埂,绕过绿树,走到严亮祖坟前,三鞠躬后,双手抱住石碑,痛哭不已。

雨丝不断飘落,很快浇湿了一大一小两座新坟。青草还没有将它们覆盖,那不会久的。

三

严府丧事过后,素初等回到家中,各自休息。晚饭时,慧书来到母亲房中,见母亲闭目斜靠在榻上。

娘是累极了,慧书想,便静静地坐在一旁。

"慧儿,"素初睁开眼睛,慈爱的目光抚着慧书,"我们的大事办完了,我要和你说说我自己的事。"

"娘有什么事?"

素初坐起,两人坐到窗下小桌旁。这些天,她们都没有到餐室用饭,只在这里用些点心。青环推门进来,端来两碗粥、一盘乳扇和一些蔬菜放在桌上。

"娘有什么事?"慧书又问。

素初坐得笔直,郑重地说:"我想你也猜到了。"慧书定定地望着母亲。素初说:"我要出家。"

慧书的眼泪直流下来,说:"娘,你还嫌我们不够伤心吗?"

素初拉着慧书的手,眼泪滴在纤巧的手背上,另一手轻轻擦着,喃喃道:"娘对不起慧儿。"

慧书呜咽道:"以后就是娘和我相依为命了。娘除了我,还有谁?我除了娘,还有谁?我已经没有了父亲,娘还叫我没有母亲吗?"

素初拭泪道:"我怎么舍得扔下你!可是,前思后想,你有你的前途。我知道,很多年来你都盼望着离开这个家,到外面去,我只会拖累你。我有佛祖可靠,你也可以放心。"

慧书哽咽着说不出话来,两人哭了一阵。

慧书道:"娘,你有佛祖可靠,我怎么办?"

素初说:"各人有各人的缘法。你爹在时,已将你托付给三姨父、三姨妈,我还有什么不放心的?"

慧书的眼泪滴滴答答落到粥里，粥面上浮现出一片清水。

素初又交代说："二姨父、二姨妈也是亲人，还有殷府也会照应的。家里的东西一向都是荷姨掌管，哥哥是好人，不会缺你的费用。"指着墙角小桌说，"那边抽屉里，有我从小到大留下的几只戒指、簪子、手镯，想来够你留学的旅费。"又说，"那镯子是一对，是你爹给我的聘礼，你留一只，给颖书一只。"慧书点头。

青环来收拾碗碟，桌上食物一点没有动。

过了两日，一天下午，素初到慧书房中坐了，邀颖书过来，她有事要谈。

"亲娘。"颖书进门招呼道，又向妹妹点头，把手中的雕花木盒放在桌上。慧书房中错落的帐幔发出花椒的气味，让他想到母亲，想到慧书对母亲的防御。如今可以不用了。

三人说了些这几天的事。素初几次欲言又止，慧书只低着头。

颖书道："亲娘，有什么话只管吩咐。"

素初看了女儿一眼，对着一幅锦幔，慢慢说话："这些年你们爹辛苦劳累，那些硬仗岂是容易打的！千难万难赶走了日本鬼子，本该全家人静享太平。不想，他又为唤醒国人反对内战，拼了一死。若有荷姨在，这个家还能支持，现在她也跟着去了。你们两人各有自己的事业和学业，我呢，也要有我的归宿。"

慧书泪滢滢然，仍低着头。颖书见嫡母把父亲的死意说得这样清楚，很是感动。他也猜到一些嫡母的心意，又唤了一声"亲娘"。

素初微叹："我的话很简单，我要出家。"

颖书听了，望望慧书。慧书低头不语。

颖书道："在家里静修也很好，照顾、伺候总方便些。"

素初平静地说："出家和在家究竟不同，这意思我早就和三姨妈说过。那时有你爹在，有荷珠照应，你们有各自的生活，我

314

在家中可以尽心佛事。现在他们两人都去了,我在家中,对于你们是个牵挂,倒不如出家干净。去哪里我也看好了,就在安宁曹溪寺附近一个小庵,叫落雨庵的。"

曹溪寺是著名禅寺,昆明人大抵都知道。颖、慧二人常到安宁,自然熟悉。落雨庵规模小,且是尼庵,隐藏在山林之中,少为人知。慧书随母亲去过多次。那里佛像庄严,房舍依山建筑,虽有些破败,景致却好。颖书也去过,印象尚可。

素初继续说:"那里的老师太上智下圆,讲经时昆明的人都去听呢。"

颖书知嫡母在家诵经已有多年,现在家中遭此变故,自会看破红尘,想是出家之意已决,踌躇着说:"亲娘的意思我不能违背。我会照顾妹妹,只是我不能久留昆明,妹妹也不能一个人住在这宅子里。"

"慧儿总是要出去的。"素初说,"大学要回北平去,可以跟着三姨妈到北平上学。"素初爱抚地看着慧书,"还有二姨父、二姨妈,都会照应的。也可以安排留学。"走得越远越好,这是慧书的心意,素初是知道的。

大家静了片刻。"亲娘决定的事很周到。"颖书说,"这么办是最好的了。"他指着那雕花木盒说,"这里有咱们家的积蓄,我妈交给我的,可以做妹妹的生活费用。"说着,要打开盒盖。

素初伸手按住,看着颖书说:"难为你想着妹妹。我想把安宁的房子卖了,给慧书用。这些东西你留着。"

颖书说:"我做事了,有薪水。安宁的房子可以卖,这些东西也要分了才好。"

素初仍按住那盒子,眼光凄凉。

颖书想了想,觉得不是分东西的时候,说:"以后再说吧——至于那些虫蚁,我妈也交代了,可以卖掉。"

"有人买?"慧书问。

"当然有。"颖书答,"这是一种生意,那天吕香阁还问呢。"

该办的事都决定了。三人默坐一会儿,颖书道:"落雨庵那里要派人去收拾,我和妹妹一起送亲娘去。"

素初摆手:"你的工作忙,尽可回永平去,我这里有慧书就可以了。出家的事也还需要几天,不必等了。"

慧书忙道:"哥哥走以前,得把那些东西处理了。"

颖书道:"你是管不了它们,明后天我就叫人运走。"

三人起身到厅上,在亮祖像前上了一炷香,各人心中默默祈祷。

颖书看着妹妹纤弱的身躯,犹有泪痕的脸,心中难过,对嫡母说:"妹妹年纪尚小,亲娘放心,我会照顾她。"

慧书走过一步,拉着颖书的手。素初拉着颖书另一只手,轻声说:"到底是哥哥。我是放心的。"

一时,素初母女回房去了。颖书在宅内走了一转,楼上亮祖房间久无人住,却是干净整齐。又到荷珠小院来,见院门紧闭,门旁木香花正在寂寞地开放。

一个护兵走过来好心地说:"莫要进去,那些野物几天没有好好喂了,提防它们咬人。"

颖书点头,在院门外徘徊片刻,回到自己房间。

父亲的大幅戎装照片和与两位母亲的合照仍在那里,看去十分精神,可是三个人都是那样遥远。颖书无力地坐在椅上,以前和父亲接近太少了、谈话太少了,以后再不能看见他、听见他了。怎么能再见他一次,哪怕是训斥、责打也好。父亲和母亲很亲近,这是他们的幸福。自己也和母亲很亲近,却又有多少了解?颖书觉得很空,靠着床栏杆,坐了很久。

次日,颖书到绿袖咖啡馆找到吕香阁。香阁说原以为女土司和美娟会买,谁知她现在变了主意,连自己养的野物也要脱手。这些东西做药材用,要有比较科学的养法,她懒得张罗。颖书一时不得主意。

这天晚上,颖书约了之薇,在翠湖图书馆下面的茶座见面,那里清静无人。两人对望,千言万语无从说起。

颖书说:"这一年来,变故太多,我从此是无父母的孤儿了。"

之薇道:"还有我呢——事情都办完了?"

颖书犹豫道:"那些野物没有人要,我想把它们烧掉。又想着它们是我妈养的,她一定舍不得。"

之薇道:"人到头来,有什么舍得舍不得?该烧就烧了了事。"

颖书看了之薇半晌说:"这一年多你变得多了。"

之薇道:"我是觉得我自己变了很多,这现象也不知道是好是坏。"

颖书道:"你变得活泼了,本来对社会学来说,人际交往是很重要的。"

之薇说:"我很遗憾,这一年没有去看你的母亲。"

颖书转过脸去,停了一会儿说:"你最好到大理那边做民族调查,我会提供方便。"

"学校要迁回北平。"之薇说,"你能不能到北方工作?"

颖书道:"那太远了。不过,我想离开永平。父亲死后我不想留在军队里。"

之薇道:"有机会回昆明也好。"

颖书道:"你毕业后回昆明工作好吗?"

之薇哧的一声笑了,干脆地回答:"我当然愿意。"

颖书问之薇父母可好,他能不能去拜见。

之薇又扑哧笑了,说道:"欢迎,欢迎。"遂约好次日下午到李家。

两人说好了,默然相视,都觉心里有一种平安之感。

之薇把玩着茶杯，又说："到过上绮罗医院的同学们都很关心，贾澄还向孟灵己打听你的消息。"

颖书道："冷若安也寄来了一封短信吊唁，我很想见他。"想了想，说，"我们明天可以约他们先来这里坐一坐，再去你家。"之薇点头。

次日下午，冷若安、贾澄等四五个同学来到茶室，对颖书表示慰问，他们都是毕业后留在昆明的，孟灵己也来了。

大家都认为严亮祖之死意义深远，又说到当时在前方的情形，不约而同都想到一个人，那就是彭田立。

"彭田立怎么样？"冷若安和贾澄同时问。颖书讲了下面的传说。

"我只能说这是一个传说。"他说，"滇西战役胜利以后，谁也没有再见过彭田立。听高师长说，本来部队要给他军衔的，而且让人给他带过话，他的回答是不需要。以后就没有了消息。胜利的那几天，在深夜里，有人看见彭田立和他的队伍骑着马在田野上飞奔，大声呼喊，胜利了！胜利了！连着好几夜。后来又有人说，在深夜里听见人喊马嘶，枪声炮声，起来出门看时，什么也没有。"

"我觉得这完全可能。"嵋说。

"我也觉得。"冷若安说，"彭田立似乎是为滇西一战而生的，打赢了滇西战役，国家走上了胜利的道路，他就消失了。"

嵋接着说："有时我想，也许彭田立根本没有存在过，他是一种精神。这种精神浮动在滇西大地上，玮玮哥也已融化在里面。"

大家肃然，都觉得不管怎么说，这个传说很可信。

颖书说到丁昭将去美国留学，人们认为他会成为一个真正的好医生。老战情况正常，他记得很多事，起了很好的作用。提到张医生、铁大姐等，大家都觉得很亲切。

嵋说:"那位典型人物呢？还在那里继续查？"

"可不是继续查,不断有新发现。"颖书答。大家都笑。

"高师长呢?"冷若安问,"有消息吗?"

"没有直接消息。"颖书说,"大概是继续打仗。"

和谁打不言而喻。大家都有一种惋惜之感。

聚会散后,颖书和之薇要去李家。之薇邀嵋也去,嵋笑着扮了一个鬼脸,和同学们一起走了。

李涟夫妇对于严颖书已经有所了解,大家见面后,很觉亲切。

李涟说:"严军长有功于国家,从报上看到他逝世的消息,只知是暴病。后来听孟先生说,才知他的死更是重于泰山。现在大家都了解。"

"只是不知有多少作用。"严颖书说,"父亲性情耿直,做什么事尽心而已,不问代价。"

李涟道:"若是人人都能尽心也就好了。"

李太太向荷珠表示敬意,说现在哪里还有这样的烈女。对严颖书,她是十分满意。她没有想到之薇能找到这样一个好人,足以让她在人前骄傲。

她一点不掩饰自己的高兴,一跛一跛地在房中张罗水果茶食。还不时说之荃几句,要他向颖书学习。

颖书和之薇不时对望一眼。后来两人都说他们的母亲有点像。

又过了一日,颖书着人找了一位养家,请他帮助处理那些虫蚁。

那人在院中巡视一番,说道:"有的有用,有的无用,有用的我会付钱,无用的烧掉吧?"

颖书请他全权处理。不过一个小时光景,荷珠小院已经空荡荡的,没有任何生物。

颖书到孟家告辞,和弗之谈论国家前途。弗之仍说内战势在必行,共产党要实现自己的理想,国民党要维护自己的政权,两者势同水火,必以刀兵相见,这是中国人的不幸。国民党的理想色彩不及共产党,从现在的学生运动就可以看出来。颖书如果愿意离开军队也好。

颖书说,从长远看他一定要离开,现在他想把荣军院建设好,让荣誉军人的生活好一些,他们都是抗日军人啊! 在抗日战争中失去生活能力,应该有所归依。

弗之十分赞许,说颖书有乃父风。

颖书又向碧初说了昨天去李家情况。碧初连说之薇是个好孩子,和弗之都很高兴。

又过了两天,颖书大略安排了家中事务,辞别了母、妹和之薇,到永平去了。

严宅中一片萧条,安宁的房子已经卖出。绛初从重庆托人带信来,说如果慧书的学业许可,可以先到重庆等候去北平,她那里交通工具方便些。慧书的学校不很严格,同意她离校,发给肄业证书。又过了半个月,碧初和慧书送素初到落雨庵出家。

这天,军部留守处派了一辆车,碧、慧带了青环同去。走了约半天工夫,来到寺门前。寺侧有一个小潭,泉水点点上升,称为珍珠泉。落雨庵的名字便从这上升的水泡得来。泉水流成一道清溪,经过寺门,隔开了尘世与佛国。

大殿里不多的僧尼正在做下午的功课,香烟缭绕和着诵经声在空中飘荡。素初等三人在客座等了半个时辰,功课完了,一位五十多岁面目慈祥的尼姑来到面前。

"智圆法师。"素初站起行礼,又引见了碧、慧二人。

智圆师太寒暄了几句,说:"严太太来小庵出家,是和小庵有缘,今后在佛法中有大福的。"她谈吐文雅,颇见学识。有这样一位师父,碧、慧都觉得放心。

师太又说:"严太太要入佛门,三天以后可以剃度。"

碧初道:"佛法无边,自在心中。大姐能不能不剃头发,带发修行。"

素初道:"头发称为烦恼丝,要它何用?"

智圆师太微笑道:"我对这点倒不执着,看施主决定。"

素初看着慧书,慧书对碧初商量地说:"既然已来出家,头发是小事。娘愿意剃发,就剃好了。"

碧初叹息,不再说话。

师太道:"严小姐倒是达观,出家人四大皆空,何在乎几根头发。"又微笑道,"孟太太是读书人,我想就在这里给令姐起个法号,就叫纯如,你看如何?"

碧初说:"很好,很好,对家姐很适合,也适合她原来的'素初'这个名字。"师太微笑不语。

有人安排好素初的住处来报。众人进了一个院落,一排平房住着几位僧尼,顶头一间小房,青砖铺地,砖缝里长出草来,这就是素初的住房。青环打扫干净,搬进行李,慧书帮着安排妥当。

素初要诵经,碧初说:"我们先回去,三天后再来。"

素初说:"用不着来。"

慧书两行眼泪早流下来,素初拿手帕替她拭去眼泪,决断地说:"我送你们到寺门口。"

四人走到大门前,慧书抱住母亲,两人衣襟都湿了一大片。青环劝着,慧书哽咽了半晌,强忍着和青环上了车。碧初拉着姐姐的手,哭着叮嘱了几句,也上了车。

素初站在门前,眼看着车开远了,四围青山,遮断了来时的路,心中凄楚。勉强默诵:"色即是空,空即是色,受想行识,亦复如是。"

她站了一会儿,转身进得庙门。此后二十年,再没有踏出庙门一步。

当晚,慧书便住在孟家。嵋热心地让出床铺,还在床头插了一瓶野花,她知道慧书心里悲痛,需要清静;母亲也很难过。她细心地张罗了饭菜,自己到宿舍去了。

慧书早早睡下,却不能入睡。她睁大眼睛,室内并不很黑,只见小窗疏影,窗棂上并垂着两个蝴蝶结,颜色一浅一深,以为是嵋的发饰,其实正是那莫比乌斯带。

门轻轻开了,碧初来到慧书床边,摸摸她的头,掖好被角,轻叹一声,走了出去。

父亲已是永别了,什么时候再见到母亲?两个姨妈便是亲人了,还有异母兄颖书,可是他工作繁忙,能有多少关心?慧书用被角拭泪,被角很快湿了。渐渐地,她觉出这里很静,而且没有花椒气味,感到一丝安慰。这一段时间,她几乎处在绝望中,看不到将来的生活。

这时,模糊中生出一个愿望:见到庄无因。无因清秀的脸庞在她眼前打转。自己的机票已订好,一周后到重庆去。这几天里,能见到他吗?父亲见不到了,母亲见不到了,在这个世界上,只有这一个人是她最想见的,可是即使见到,又有什么用呢?

慧书动身去重庆的前一天,无因到孟家来了。他到澄江中学去了几天,回来了便来找嵋。见应门的是慧书,有些诧异,很快就明白了原委。

“是你在这里?”他的声音表达出同情和友好。

慧书请他坐,他踌躇了一下,仍站在那里。慧书穿着一件白上衣,左臂系着黑纱,很是刺目。她的脸苍白而瘦削,显出几粒雀斑,一双眼睛黑沉沉的,充满了悲伤和茫然。

无因想说几句安慰的话,又不知怎样说才合适,只说:“听说你要到重庆去?”

“是的,先到二姨妈家住。”慧书说,“以后去北平,那对于我来说是新生活。"

"换一种生活也好。"无因有礼貌地说,"有什么我能做的事,你可以告诉嵋。"

慧书用手帕掩住脸,不觉哭出声来。她很想大哭一场,勉强忍住。一会儿,放下手来,抬眼看着无因,目光恳切,脸上犹有泪痕,像是在祈求什么。

无因有些惶恐,说:"我不知道嵋的课表改了,我去教室找她。"正好碧初买菜回来,无因辞去。

次日下午,殷府派王钿带车来接慧书,去巫家坝机场。嵋与合子都有课,便在祠堂街作别,只由碧初去送。

慧书坐在车上,依偎着碧初。她一直想离开家,走得远远的,越远越好。现在她离开家了,离开昆明,离开自己生长的地方,被连根拔起,像风中的柳絮一般,向远处飘去,想停也停不住。

第 七 章（下）

一

学期结束了,八年颠沛流离的生活也就要结束了。明仑大学全校师生陆续登上归途,因为交通工具困难,复员的速度很慢。滞留的人仍在热心讨论时事,反内战要民主的活动仍在继续。只是因为已经放假,人不集中,规模小多了。

六月的下午,天气很热,这在昆明是少有的。茶馆门前摆出招牌,大字写着"刨冰"。女学生在小摊上喝木瓜水,一面用手帕扇着自己。

文林街上一所中学的礼堂内正在举行时事讨论会。讨论会由中文系学生朱伟智主持。进步学生经过一段时期的活动,逐渐引人注目,便要隐蔽。朱伟智在罢课中很活跃,主持过大大小小许多会,也已受到告诫。这两年,要民主反内战是一股政治潮流,许多人受到影响,人才是不缺的。

周弼和吴家馨结婚已经几年了。本来吴家馨参加民主活动比周弼热心,结婚以后住在植物所,离学校很远,积极性便差了。今年初得一女儿,更无暇出来活动。

日益高涨的民主运动,影响着每一个人,周弼一天天积极起来,尤其在"一二·一"惨案之后,他和所有具有同情心、正义感的人们一样,常处于激昂的状态之中。

对参加这次讨论会,周弸和吴家馨曾有一番讨论。家馨要照顾婴儿不能去,劝周弸也不要去。周弸说,现在能参加活动的人已经不多,更应该支持。

他从植物所步行赶来,清晨出发,刚刚跨进会场,一眼便看见江昉先生。他向江先生行注目礼,在后排边上坐下。他虽是生物系,却听过江先生多次演讲,楚辞、庄子还有中国神话等,他都十分喜欢,对江先生很崇敬。

江昉是这一类活动的主角,他的富有激情的发言,很有感染力。只要会上有江先生,大家的认识和情绪都会提高。许多人以他为楷模。同学们在讨论问题时常常说:江先生是这么说的。便会得到支持。

会上已有几个人发言,有人谈到"一二·一"惨案给人的教训,一个不民主的、专制的政府,又掌握着枪杆子,是多么危险。

朱伟智走到江昉身边,给他的大茶杯添水。

江昉拉拉他,要他坐下,低声说:"前天我又收到恐吓信。"

说着,拿出一张纸,纸张粗糙,字迹拙劣,上写:"你不要命吗? 你等着吧!"

朱伟智知道,已经有几位进步教授收到恐吓信,他们大都置之不理。看来,应当提防。

"江先生,"朱伟智小声说,"今天你不要讲话了。"

"什么? 你以为我怕吗?"江昉有些不悦,"我是让你们了解情况,好掌握全局。话,我还是要讲的。"

轮到江昉讲演,江先生大步走上讲台,大声说:"我的讲话没有题目,我只要问,我们到底有没有民主? 我们的民主在哪里? 为什么有些人这样害怕别人讲话!"他讲得慷慨激昂,痛陈没有民主自由之害。最后说:"如果没有言论自由、出版自由,人就变成了哑巴,哑巴当得久了,就会成为傻子。人之所以为人,就是因为有思想,人是有思想的动物。不准说话,不准思想,使中国人都成为傻子,甚至可以说都不成其为人,谁造成这样的局面,谁就是民族的千古罪人! 如果你说不是,那你说是什么?!"大家热烈鼓掌,都觉得很痛快。

散会后,朱伟智等几个人陪他走出会场,周弼赶上去,一起送他回家。朱伟智知道江昉明天还有一个活动,劝他不要去。

江昉笑笑,说:"大家都要离开昆明了,应当多做些事。"看见周弼便说,"你们说人是鱼变的,现在,人在被迫变回去,再变成鱼——沉默的鱼。"

走到街拐角处,朱伟智等站住和人谈话,江昉继续往前走,只有周弼在身旁。

周弼低声说:"江先生,你要注意安全。"话音未落,两声枪响,周弼一把将江昉推倒,自己伏在江昉身上。

朱伟智从后面跑过来喊:"什么人开枪?"

几个学生拥过来,已经不见凶手的踪迹。

人们想拉起周弼,却拉不起来。他身中两弹,血还在从背后流出。

江昉站起来,见周弼倒在血泊中,心中怒极,站在街上大声吼道:"青天白日,屠杀百姓,公理何在! 公理何在啊!"要随学生送周弼去医院。

朱伟智说:"你不能去! 也不能回家,我送你去学校办事处。"

江昉大声说:"周弼是替我死的,我算是已经死了一次了,我怕什么?"

朱伟智说:"不要做无谓的牺牲。"

说话间,已有学生把周弼抬走,朱伟智拉着江昉到学校办事处。

秦校长处理罢课事件以后,又去北平办理复校事宜,只有谢方立一人在家。办事处有几个办事人员,见江昉到来,说是遇刺,都很吃惊。大家商议,着人去请孟先生。

弗之不知何事,出门正遇钱明经。

明经说:"又出大事了,江先生遇刺。"

弗之大吃一惊。两人急步到得秦家,见江昉好好坐在那里,弗之长出了一口气,跌坐在椅子上。

江昉说:"周弼中弹了,不知死活。要不是他,我早死了。"

朱伟智把刚发生的事说了一遍,很明显,这次暗杀的目标是江昉。

谢方立和留守处办事人员见弗之来了,都松了一口气。当下,弗之派人乘车去植物所接吴家馨到医院,并提出现在保护江昉最为重要。祖国的国土上已经不是安全的地方,只有和美国领事馆交涉,在那里暂时避难。

钱明经低头,见江昉左脚踝处洇出红色。

"流血了!"他低声呼道,弯下身帮助脱下袜子,是一点擦伤。

谢方立取出药棉等物,明经道:"我来。"说着敏捷地擦拭。"涂什么药?"他问谢方立。

"只有红药水。"谢方立说。

"那就够了。"江昉自己说,"我头上有一处伤,是日本飞机炸的。现在脚上又有一处伤,是中国当权者开枪打的。"

"这样的当权者,不会持久。"弗之说。

"万幸啊,只擦着皮肉。"谢方立说。

一时包好了伤口。留守处安排了晚饭,众人都无心下咽。

弗之寻思怎样和美国领事馆联系,命人去请了外语系主任王鼎一,他和领事馆常有联系。

王鼎一素来钦敬江昉,同情学潮,得到消息立刻跑步前来。经过商量联系,江昉和几位进步教授都住进了美国领事馆。

自周弼走后,吴家馨甚是不安。她哄婴儿睡着,自己坐在床边织一件小毛衣，一面织一面胡思乱想。不知隔了多久，婴儿醒了，她抱着婴儿走来走去，隔几分钟便到门口张望，在门前可以看见蜿蜒的黄土路，看不见一个人影。又一次张望不见人影，只觉心惊肉跳，转身进屋坐下，对婴儿说："你爸爸真淘气，不管我们，自己出门去了。"婴儿转动着小脑袋，好像不同意她的话。

门前一阵车响。"吴老师！"一个人冲进门来大声叫。这是一个不认识的学生。

家馨站起身，急问什么事，学生上气不接下气，说："周老师中弹了！已经送医院了，我来接你去。"

家馨觉得四肢无力，几乎抱不住孩子，坐在椅上镇定了片刻，把婴儿托付给邻居。婴儿不肯离开母亲，哇哇大哭。

邻居说："你放心去吧，我去所里报告。"

家馨随着学生走出院门，坐上大学的那辆破车。

这时天已薄暮，昆明的路上上下下，高低不平，破车很是颠簸。

"他的伤重吗？"家馨问，这话她已问了好几次。

"不轻。"学生答。

走到铜头村，植物所的两个同事开了一辆较新的车追了上来，要他们换乘。他们上了车，果然较快。

不久医院在望，家馨觉得血向头上涌，忽然问："他死了吗？"

学生说："怎么会！"

医院门口有几个人迎着，神色黯然。

"我知道了。"家馨喃喃自语。

同学领她去的是太平间。太平间门口站了许多人，有些人并不认识周弼，听说滥杀无辜的消息，特地赶来。有人打开了太平间的门，让家馨进去。

家馨一见平躺的周弼，觉得血从头上炸了开来，立刻晕倒

328

了。两个女学生连忙将她扶到门外椅上。人们乱作一团。

"孟先生来了。"学生们低语。

孟弗之和几位教授来到太平间,向周弼鞠躬致敬,又肃立片刻。太平间内外一片压抑的哭声,沉重到令人窒息。

弗之来到家馨椅前,这时家馨已醒,弗之温和地劝慰道:"要保重自己,将来的路还很长。"

家馨挣扎着要再去看,朱伟智说:"以后还有丧葬的事,不必忙在这一时。"

太平间的铁门关上了。人们期待着孟先生讲话。弗之心头沉重,愤怒、悲痛和责任交织在一起,他站在太平间门前,看着眼前一张张激动的脸庞,想忍住要喷发出来的言词,却还是说出了下面一段话。

"国家不幸,百姓不幸,当权者用枪屠杀手无寸铁的公民,这给我们又上了一课。无论是谁,犯下这样的罪行,都要付出代价,都要赎罪!周弼倒下了,千万人会站起来!"他停顿一下,努力平和地说,"秦校长回北平办理复校的工作,等他回来,会有适当的处理,希望大家安心做好自己的事。现在,我们默哀。"

同来的几位教授站在人丛中,和大家一起低头默哀。吴家馨挣扎着站立起来,仍在哭泣。

第二天,报上登出明仑大学教师周弼中流弹身亡的消息。没有战争哪里来的流弹?!因学校已经结束,正在搬迁,剩余的力量不能再有抗议活动,却也更加强了群众争取自由民主的决心。

又过了几天,秦校长和萧子蔚都从北平回来了。一方面向当局抗议,要求严惩凶手,一方面积极安排江昉等离开昆明。

江昉不肯走,对秦校长说:"既然子弹是朝着我来的,就来好了,我不能让周弼一个人去死。"劝说无效。

这天晚上,何曼来看江昉。何曼现在是地下党负责人,很少出头露面。江昉不知道她确切的身份,却知道她能传达组织的消息。

"江先生,您的心情我们很理解。"何曼温和而坚决地说,"任何人处在您的位置上都会这样想,这样做。不过,您还有更重要的事。复员以后的民主运动需要领袖,以您在群众中的威信,您不能放弃自己的责任。"

何曼的口气代表一种力量,再没有讨论的余地。她说,江昉去重庆的机票已经买好了。次日,江昉用化名登上飞机,飞往重庆。家属从成都来会,很快一同转往延安。

秦校长回来以后,弗之集中精力整理书稿,同时也整理自己的心情。

一再发生的血案,使得国民党当局越来越失去民心。一个政府绝不能靠暗杀来巩固自己的政权。这样的行为可能暂时吓倒一些人,却同时会唤醒大多数人。弗之想到,那一年自己莫名其妙地被带上汽车"走一遭",又被莫名其妙地放回来,一切如同儿戏。人的性命也如同儿戏! 在这样的社会里,最好的办法是逍遥世外,诗酒自娱。可是,这绝不是孟樾孟弗之的做法。他不会慷慨激昂地进行斗争,却也不会缄口不言。几年来,针对时事的变化,他不断发表文章,表达意见。

在学校工作之余,弗之大部分精力用于学术著作。三更灯火,五更鸡鸣,从来如此。抗战以来,一叠叠粗黄的纸上,布满了清秀的蝇头小楷。他已陆续出版了三部学术著作:宋、明断代史各一本,思想通史一本。使弗之获得大名的《中国史探》,由英国汉学家沈斯翻译完毕,也将在伦敦出版。另有即将出版的论文集,书中都是单篇文章,却凝聚了弗之的最耀眼的思想,那是这几年逐渐发展明确的。人不只要尽伦尽职,还要有作为一个个人的权利。国共双方的争论在于要建立什么样的国,而少关注组成国的人。论文集中两篇文章,一篇"论人",一篇"论政",

都反对极权统治,从历史发展的角度提出,必须实行民主,中国才有出路。当时各刊物都不敢刊登这两篇文章,现在收在论文集中,还不知能否印出。

"孟先生在家吗?"一个穿长衫的人站在腊梅林小屋外,两手各提着一包书,扬声询问。

"哪一位?"弗之在屋内答,走出房门,见是书局的一个编辑,"请进来。"

"给孟先生送书来了。"编辑说着,把两包书放在桌上,迅速地解开了一包,拿起一本,"你家看看。"

孟弗之甚喜,接过书说:"真出版了!"

书用的是那种土纸,装帧尚好,书面上大字标题"中国自由之路",这原是副题,却比正题"中国近代史论文集"的字大。那"中国自由之路"的题目,是到昆明不久,在油灯下写的。现在,印在书上,正好作为这几年一部分工作的总结。

"你家看啊,这封面多漂亮。"编辑指指点点。

"二十二篇文章都有吗?"弗之一面翻书一面问。

"上面决定的。"编辑吞吞吐吐,又说一遍,"上面决定的。"

弗之很快地看过目录,果然,他最关心的那两篇文章不在上面。

编辑有些不安,连说:"该送稿费的时候,怕孟先生已经离开昆明了。一定汇到北平去,不会错的。"

弗之捧着书站在那里,半晌没有说话,也不让座。编辑有些尴尬,站了一会儿,觉得任务已经完成,告辞去了。

弗之初见书时欢喜的心情转换为十分复杂的情绪,大部分是无奈。

碧初从厨下走出,把书一翻,温和地说:"果然删去了。你不要为这点事生气,我们白生气,一点用也没有。"

弗之喃喃道:"这可不是小事。"

碧初道："书印得不错,你看看有什么错字。"

弗之习惯地听碧初安排,伏案逐页翻看,他用自己的文字安慰了自己,逐渐沉浸在"史论"中,有错字就标出来。这些年,他的近视程度加深很多,看书已很吃力,还是常常趴在那里,或看或写,一连几个钟头。

下午,萧子蔚来访。他从北平回来以后,校领导方面已经开过几次会。这时来看弗之,另有别事。弗之迎着递过论文集,说了两篇文章被删。子蔚苦笑道："就是了,我就是为这事。"

原来子蔚在北平遇见教育部一位姓许的负责人,这人素来对教授们颇为关心。他托子蔚带话,说删去两篇文章是对弗之的保护,有话不妨慢慢说,不必都凑在一时。

弗之道："想起来也不是大事,人家连性命都丢了,文章算什么。不过,真叫人窒息,像在一个铁盒子里。"

子蔚道："研究自然科学,本来离现实远些,可是也离不开。我已经失去了两个年轻人,澹台玮为国捐躯,还有得可说。周弼死得不明不白,真冤啊,也可以说,是暴政的一个证明。"两人默然半晌,子蔚又说："听说周弼遇害那天,你的讲话有些激动,你也要注意。"

弗之道："我明白,不过那时很难控制自己。"

子蔚道："要是我在那里,也是一样。"

弗之道："其实,我们只需要一个安静的学术环境,能够自由地发表自己的见解,又不弄枪弄刀。有那么可怕吗?"

"你说'只需要'是太谦虚了,这是一个根本问题。"子蔚说。

"是啊,思想自由,言论出版自由,都是根本问题。没有这些,一个国家很难健康地发展。"弗之说,"我们常说,人是有思想的动物。我想,这是不够的,有思想还必须能公开地说出来,人才是完整的。这些天,我常想到康德论启蒙的一段话。他说,启蒙就是使人类脱离自己所加之于自己的不成熟状态。又说,必须永远有公开运用自己理性的自由，并且唯有它才能带来人类的启蒙。他特意在'公开'二字下面加了重点号。"

子蔚笑道："说起康德哲学，我在康奈尔读书时曾选修过，只有一学期。他这段话确实很深刻，自由确是人的本性需要。"

他拿起一本新书，大声念出"中国自由之路"几个字。不觉叹息道："自由之路，可不平坦啊！"

两人又谈些学校的事，子蔚别去。

碧初过来，将桌上的书放到书架上。那里已经摆着弗之近年的著作，新书扩大了阵容，如果新书没有被删，阵容当然更加雄厚，可是，世上没有"如果"。

这样的成绩，让弗之稍稍安抚了不平静的心情。

"我们可以毫无愧色地回北平去。"弗之对碧初说。

碧初转脸看着弗之，憔悴的脸上，绽出温柔的笑容。

二

碧初的笑容也抚慰着嵋。周弼的死让嵋十分震惊，因为吴家馨和峨的关系，周弼也是她的熟人，他在自己同胞的枪口前倒下了。

嵋特别清醒地感到，不能只抵抗外侮，也要反对国内的暴政。如果没有民主，国家是自己的国家吗？她常想和玮玮哥讨论这个问题。国家必须属于全体人民，不属于少数人，也不属于哪个党派。无论哪一个党派，无论是怎样的政府，都应以人民为前提，尊重每一个人。这才是玮玮哥献身的目的。

嵋知道，父亲也很苦恼，在这样的时刻，有良知的人都会苦恼。

弗之对嵋说："中国社会封建时期太长了，转变为一个民主社会，谈何容易。要不是日本侵略，国家的事情会好一些。"

"无论如何,我们总算把日本鬼子打出去了。"峨说。

"路,只能一步一步走。"弗之说,"无论哪一党执政,道路都很长。"

碧初则说,经过抗战的艰苦,经过万千劫难,一家人还能团聚,没有缺损,就是最大的幸福。

孟弗之一家人,在腊梅林里用晚饭,四个人分坐在方桌旁。桌上摆着一盘炒豆芽,一盘拌莴笋。胜利的激动和欢欣已经渐渐平淡,内战的阴影和当局的高压手段让人心头沉重。

弗之和碧初看着眼前的一双儿女,心中有一种说不出的安慰,又不约而同地想:要是峨在家就好了,就真团圆了。现在还有几家能够团圆啊。战争遗留的破碎还未修补,还要加上新的伤痕,什么时候能到头?

"要是峨在家就好了。"碧初喃喃地说。

"我们就缺姐姐了。"峒轻声说。

门呀的一声开了,一个人跨进门来。

"爹爹,娘!"声音很清脆。

"峨!"

"好孩子!"

"姐姐!"

"姐姐!"

四人各叫了一声,都站起来,意外的惊喜使得小屋仿佛陡然明亮了。峒和合子跑过去接过姐姐手中的帆布包。

峨一手拉着父亲,一手拉着母亲,说:"我想信还没我快呢,就没写信。"

"只要人回来就好。"碧初说。

大家围着峨问长问短,峒跑到厨房,打了四个鸡蛋,倒进油锅里,哗的一声,满屋香气。

峨坐了一天车,一身是土,自去洗换。等换了衣服出来,桌上已经添了一副碗筷,新添的炒鸡蛋,嫩黄耀眼。峨和小娃同坐在一边。

峨说:"我不回来,你们正好一人坐一边。"

碧初嗔道:"什么话!"

嵋要给姐姐盛粥,小娃来抢,说他要盛,两人争了起来。另外三个人看着笑。

嵋很快让了说:"不和你小孩子一般见识。"

"谁说我是小孩子,我都比你高了。"合子回道。

峨注意到,小娃确实长得很高了。嵋看起来也很高,比在大理那次见面又长了,也好看多了。

家人团聚,简单的菜蔬不啻山珍海味。峨知道父母很快要回北平,特地找机会回家看看。女儿这样想就让父母感动,何况峨就在眼前。大家看着她,好像看不够。

弗之问起她的工作情况,峨说:"现在越来越觉得植物的奥秘探究不完,我一生的力量能做到的也是很有限的。"

弗之又问:"有没有考虑过在哪里工作?"峨说没想过。

碧初试探地说:"北平也有植物学一类的工作。"

峨道:"娘是说回北平去?除非把点苍山也搬了去。"

晚饭后,峨打开帆布包,取出两个大理石镇尺,一长一短,是送给弗之和小娃的;两个绣满花朵的针线包,是送给碧初和嵋的。

嵋高兴地拿着针线包左看右看,说花朵的风格和白族建筑有些像。

峨说:"你见过几个白族建筑?"

嵋说:"你不知道,我到土司家里去过呢。"

大家谈着别后情形,很是快乐。

话题转到昆明的形势,特别是最近的周彭遇害。峨也知道报上所谓中流弹是谎言。

弗之说,特务暗杀,实际的目标是江昉,周弼保护了江先生。大家更觉周弼值得敬重。

峨说:"真没想到周弼这样勇敢。"

说起大姨妈出家,峨说:"大姨妈从来就像个出家人,她选择对了。"大家都觉得这话有理。

合子心中闪过一个念头:姐姐也有几分像出家人。却不敢说出。

晚上,嵋在床边加了一块铺板,和姐姐挤着睡。两人迷迷糊糊,说几句话,睡一会儿,又说几句。

嵋告诉峨到土司府的情况,想起瓷里土司问起吕香阁,便说:"姐姐,你说吕香阁是什么人啊?"

峨道:"不是老实人。"

嵋道:"我在驿站遇见她,她说无因常到咖啡馆去。有一天,我和无因走过咖啡馆,知道他只陪庄伯母去过一次。"

峨喃喃道:"天下就有这种造谣专家。"

"所以才热闹。"嵋说。

碧初在房中大声说:"不准说话了,该睡了。"峨、嵋才安静下来。

次日,峨去看吴家馨,到东门坐马车。现在的路已经好多了,马车还是两边两排座位,中间放着小板凳,却也干净整齐多了。路上行人,提篮挑担的、空手赶路的,一个个从车边向后退去。

峨一路想着周弼和吴家馨。没想到胜利到来,吴家馨的小家却破碎了。用枪屠杀自己人民的政府,不准人说话的政府,还能维持多久!

在一个转弯处,走着一对青年男女,男子不时拉一拉女子,让她靠近些。峨忽然想起仉欣雷,那一对青年男女好像就是自己和仉欣雷。在去龙尾村的那条路上,仉欣雷掉下了山崖。他究竟算是自己的什么人啊？自己在心中,只因歉疚而给他的一个地位,他乐意接受吗?

车到站了,峨向植物所走去,路上遇见两个熟人,都对周弼和吴家馨深表同情。

家馨正抱着婴儿,坐在桌旁看一本资料。见峨来了,伸手把婴儿递给峨,自己掩面哭出声来。

峨让她哭了一会儿,才说:"世界上的事,谁也想不到。既然已经发生了,就只有应对。"

婴儿不喜欢峨的怀抱,扭动着伸手要妈妈。家馨只好将她接过,仍哽咽不止。

峨说:"你不要哭了,你怎么不招待我,我是客人啊。"

家馨说:"你不知道,周弼有多么好。只有做了自己的丈夫,才知道有多么好。"

峨觉得有些刺心,长叹一声,没有说话。

"我不想留在昆明了。"家馨说,"萧先生来看过我,我已经提出离开植物所,到北平或上海去,萧先生已经答应帮我安排。"

"换个环境也好。"峨说。心想,本是两个人的世界,只剩了一个人,怎能忍受。

"我的哥哥吴家穀,你记得他吗?"家馨说。

"好像见过。"峨寻思,"那年,他和我们一起去劳军? 以后很少听你说起。"

家馨微叹,说:"日子过得真快,他三八年就毕业了,到战地服务团做过几年,现在到北平了,几个月前有信来。"

"那你最好去北平工作。"峨说。

家馨说,她进城时要去看萧先生,再谈一谈工作的事,约峨一起去。峨坚决地摇头,说分派给她任何别的事都可以。家馨盯着她看,也不再提。

峨打量吴家馨的小家,家具简单,布置宜人,一定曾是极幸福的小窝。墙上挂着些植物标本,认得其中两株还是那次去西山实习,周弻采的。因问家馨,她参加的那本《云南植物分类细目》进度怎样。

家馨说:"我负责的那一部分,进度很慢。我要照料家,照料孩子,工作算是处于中间状态。有时,我想只要周弻有贡献,也就行了。没有了周弻,什么也没有了。"

峨安慰道:"你从来功课就好,现在,不是周弻的工作里有你的一份力,而是你的工作里有周弻的心愿,有他的一份,更有意义了。你说是不是?"

家馨摇着婴儿,道:"话是这样说。"

峨检查家馨的厨房,找出米、面、饵丝等物,说:"我替你做点什么?"

家馨觉得心情轻松些,说:"你能做什么,我还不知道? 请坐,喝茶。"

说着,把睡着的婴儿放在床上,自己动手操持,煮了一锅饭,先盛出米汤加上蛋黄搅匀,这是婴儿的食物。峨饶有兴致地帮忙,不时把锅碗碰得叮当响。

家馨瞪她一眼,她连忙声明:"我们一直是集体伙食。"

两人又找出些腌酸菜,就着米饭吃了,都觉得味道不错。

下午,植物所同事送来些肉、蛋、蔬菜。峨见大家对家馨很关心,自是安慰,等人走了,打趣地说:"怎么上午不送来?"

家馨答道:"这样正好,省得我麻烦。"

这时,婴儿醒了,自己咯咯地笑。两人盘桓了大半天,峨自回家去。

峨在家中住了一周,和碧初一起,为吴家馨的婴儿做了几件小衣服。假期中嵋担负着大部分家务,这几天大显身手,用简单的原料做出可口的饭菜。一家人融融泄泄,十分快乐。碧初脸上常带笑容,显得愉快而满足。

弗之对她说:"看见你高兴我也高兴,可是又有些高兴不起来,甚至有点不好意思。"

碧初马上懂了,说:"因为能团聚的人家不多?"

弗之道:"而且不能团聚的人家还要增多。"说着,长叹一声。

峨在家中很少出门。一天下午,她到生物系去办事,回来时已是薄暮。斜阳轻柔地笼罩着腊梅林和大戏台古旧的门,稍远处那片荒废了的菜地,绿草葱茏,野花从草中探出头来。她慢慢走着,看着,忽然看见萧先生从大戏台台阶上走下来,风神潇洒依旧,不觉心头一震,加快脚步要走进腊梅林。

"孟离己!"子蔚唤住了她,"你好吗?"峨站住,没有回答。子蔚稍稍走近说道:"你的工作很好,我知道的。最近关于高山杜鹃的论文,我也听说了。你会成为一个真正的学者。"

峨抬头看着子蔚坦诚而友好的脸庞,时光似乎没有留下任何痕迹,低声说:"谢谢萧伯伯。"转身走进了腊梅林。

峨要回大理去了。碧初希望她能住到全家人走。峨说:"我不能一个人送你们,还是你们送我吧。"正好永平荣军院有车,全家人眼睁睁看着峨走了。

峨走后,孟家有几天没有买菜。这天,嵋出去买菜回来,提着菜篮子走进腊梅林,后面赶上一人,接过嵋手中的菜篮子。

"我来拿。"那人说。

嵋转头看,见这女子穿了一身蓝布裤褂,很是干净利落,正是青环。

嵋高兴地说:"你来了! 你怎么样,还好吗?"

青环离开严家后,在龙尾村姨妈家里住了一阵。现在来,是有一件大事和碧初商量。

碧初在房门外洗东西,看见青环很高兴。

"我来洗。"青环蹲下来,抢过碧初手里的衣服就洗。

碧初笑笑,便把小板凳让给了她,自己检点着菜篮,见有蚕豆,遂坐着剥豆,一面随口问:"龙尾村那边的人都好吗?"

"比打仗的时候算是强些。"青环想了一下,"可是现在还要打仗,谁知道往后会怎样。"

碧初叹息道:"老百姓苦啊!你还进城找事吗?"

"我来和你家商量一件事。"青环素显黑黄的脸上透出一点红晕,有些兴奋,又有些不好意思。

"你的婚姻大事?"碧初问。

"你家猜着了。"青环只管洗衣服,洗完晾好,坐到碧初身边,拿起一粒豆,慢慢说,"我在宝珠巷认识一个人,名字叫苦留,前两年去当兵了。打走了日本鬼子,他在军队里也是个官了。上星期他来找我,说他不当兵了,逃出来了。他不愿意打自己人,要和我结婚,有个家,过安生日子。"

青环说着,想起那天苦留来时,她正在金汁河边洗衣服,苦留突然出现,把她吓了一跳。苦留说,我在村子里到处打听,总算找到你了。三言两语,就提出结婚,又把她吓一跳。她想着,不觉微笑。

这时,碧初问:"你心里觉得他怎么样?"

青环道:"我从来都觉得他很好。苦留是保山大轰炸的孤儿,比我小两三岁呢。玹子小姐认得的,他常到宝珠巷去,小姐也觉得他不错。"

碧初说:"这是喜事。"

青环接着说:"没想到,前天又有一个人来找我,也要和我结婚,这人你家认识。"

碧初道:"我认识?是谁?"

"是柴发利。"青环说。

"柴发利?"碧初有些诧异,说,"他是个正经人,现在自己开着饭馆。可是他已经四十多岁了,怎么想起来找你?"

"我在你家这里遇见过他,后来他又到宝珠巷去过两次,我也不知道他有这个意思。他对我说,有人给他提亲,他想先问我,如果我愿意,他就回掉人家。"

"这么说,你有两个求婚人。"碧初微笑道。

"他们都希望快些决定,我也不想在姨妈家常住。可是,跟谁呢?玹子小姐又不在,我只有和你家商量了。"

"你和苦留认识好几年了,你喜欢的是苦留,对不对?"

青环微微点头。"可是,姨妈说苦留从部队逃出来,自己都养不活,跟着他只有受罪。柴发利年纪虽大一些,可是有生意,有钱,生活有靠啊。"她剥着豆,继续说,"他们都是好人。我说,我的命硬克亲人,他们都不在乎。"

当时说这事时,柴发利只说没有关系。苦留说:"我的命更硬,打了这两年仗,也没有死。凶煞恶魔的日本鬼子我都不怕,你的命能硬到哪里去?"青环想着,又不觉微笑。

碧初说:"你也是好人,把这话说在前头。"想了想说,"苦留不是一般的逃兵,他是不愿意打自己人。你还是问问自己的心。"青环低头不语。

碧初又说:"若要心安,就嫁苦留。若要身安,生活有靠,就嫁柴发利。能决定的只有你自己。"

青环思忖了片刻,抬头微微一笑说:"我明白了。"不再谈这个问题。进屋去帮着收拾了一阵,和峄说了几句话。说到村子里木香花开得盛,金汁河水很清,村里人还能记得峄与合子的小时候。

碧初手上刚好有一点弗之的稿费,便拿给青环。青环不肯收。

碧初说:"这是贺礼啊!哪有不收的。这些年,我们三姊妹家你都帮过了,你的终身有托,大家都高兴。"硬把钱塞在她衣襟口袋里。

青环推不过,只得收了,深深鞠了一躬,说她决定了就来告诉,告辞走了。

嵋在房间里听见碧初和青环的谈话,觉得世界上的事,大都不能两全,能有一全也很好了,只是心安和身安不能相等。她把这个想法告诉母亲,碧初说她真是经过事的,真长大了。

嵋又告诉碧初,她在前方见过苦留,是个很好的年轻人。母女谈论,青环能够决定自己的命运,是社会进步了,只不知青环有没有勇气去过没有根基的生活。

晚上,碧初和弗之说起青环的事,弗之叹息。

碧初道:“我知道你想什么,我也是这样想。”

弗之道:“你说说看。”

碧初说:“你在想,怎么峨还没有求婚人。”

弗之轻抚碧初的手,又是一声叹息。

“也许我们不知道。”碧初安慰道,“但愿是这样。”

过了几天,柴发利来访。身边有一个女子,他介绍是他的妻子,这人不是青环。

青环以后没有再来。碧初为她拣出几件衣服,也一直搁着,想是随着苦留不知到哪里去了。

梁先生举行了一次数学讨论课,参加的人不多,都是高年级的学生,嵋也去了。还是那一间上常微分方程导论的教室。下课时,梁先生说,这堂课是在昆明的最后一课,这些教室完成了它们的任务。嵋想,这些教室确实老了,完成任务以后的老也不平凡。同学们走出教室,都说到北平再见。

冷若安和嵋一起走,冷若安说:“我想给你写封信,见到你就不用写了。”

嵋微笑道:“什么事?”

冷若安说:“我也要走了,和一批同学先到湖南,然后到上

342

海，再到北平。"

嵋说："我们在北平见面。"

冷若安道："我觉得很幸运，要不是大学迁来内地，我大概不会出去做事。"

嵋笑道："你要谢谢日本鬼子。你会喜欢北平的，就像我喜欢昆明一样。"

冷若安道："我也会想念昆明，就像你想念北平一样。"

两人走到校门口，看见庄无因和一个同学在说话。

无因看见嵋，撇下那个同学走过来，问："你今天还有课？"

嵋道："梁先生加授一堂课，讲复变函数，我是旁听生。"

冷若安解释道："这是给四年级的一堂加餐，梁先生吩咐让孟灵己也来。"

无因点点头，看着冷若安说："我送孟灵己回家。"意思是让他走开。

冷若安觉得自己还有话说，因孟灵己没有表示，也不好再赖着，便说："那么，我们到北平再见。"自去了。

嵋和无因沿马路走去，嵋说："冷若安是玮玮哥的好朋友，玮玮哥临终时，他在场的。"

无因不说话。嵋遂说了些刚才讨论课的情况，因讨论课上有一些题目是冷若安做讲解。更惹得无因不悦。

一直走到祠堂街，无因都没有说话。嵋并不在意，对无因笑笑，向祠堂大门走去。

"嵋！"无因跟过来，好看的嘴角略有些颤动，"我很无聊，是不是？"嵋摇头，拍拍无因的衣袖，走进大门。

三

明仑大学的师生员工一批批陆续离开了，昆明街上逐渐显得冷清,人少多了,有些小茶馆、小饭铺也关门了。公共汽车比前几年正规得多,乘坐的人却不多。夜里吆喝糯米稀饭的声音也稀疏了,每一声都仿佛拉得特别长。

搬运仪器和书籍是烦难的工作。整理、分类、装箱,有关人员夜以继日,辛苦异常,心情却是兴奋的、快活的,和从北平逃难来时的惶恐、压抑大不相同。

学生和教职员工中的年轻人大多走陆路。校长和一部分教授的路线是飞往重庆,再由重庆直接飞赴北平。也有人走公路到重庆,再从重庆走水路。回去的路多种多样,归心似箭则是人同此心。

大学领导方面做出决定,华验中学将不随大学搬迁,它要留在昆明,作为教育的种子,生根开花。

离开昆明的日子越来越近了,各家都在收拾衣物,准备踏上归程。经过八年的艰苦生活,几乎家家都是家徒四壁,不过破锅破灶总是有的。于是在文林街一带街边出现了许多地摊,离昆的人们在那里卖不能带走的东西。

地摊中最显眼的一个属于金士珍。除了旧衣物外,炭炉子、旧锅碗、腿脚不全的桌椅,连同那些大大小小的石块,她认为是有神力的,都整齐地排列着。一天中有大半天,她都在这里看守。之薇怕她累,有时也来看一会儿。

之薇看守时,从不争价钱,买的人给多少是多少,一角两角、五分八分迅速成交。金士珍则会为几件之薇小时的衣服和人争得面红耳赤,这些衣服是这些家当中最完好的,她省吃俭用为之薇买下的,有的只穿过几次,一不留神就穿不下了。现在要当破烂卖掉,她心里真舍不得。她舍不得的不只是这几件衣服,还有那一段艰辛的岁月。

李涟和之薇都认为,那些大小石块可以扔掉,可是它们居然都卖出了,也许是神佛保佑。

李家旁边的一个地摊,属于老魏。老魏是文研所的图书管理员,原在学校大图书馆工作,来昆明后调到文研所,是资深管理员了。他对各种文献书籍都很熟悉,教授们要找什么书,他都能手到擒来。他为人素来热心,乐于助人,还曾帮嵋查过周瑜传记,一直暗自赞许孟家晚辈如此好学,岂知嵋查书是因对周瑜的倾倒,和好学是风马牛不相及的。图书全部运走以后,他便来摆地摊。自己简直没有什么可卖,都是替别人操持。地摊上摆着十几家的东西,分成小堆,大都几角钱一堆。

一天,孟弗之从学校回家,走过这里。正值夕阳西下,照着街旁低矮的民房,大都是两层楼,木格窗向外支起,显得十分古老。楼下一排摆着破旧什物的地摊,也都各有深藏的故事。老魏和金士珍等人各坐在小板凳上,喜气洋洋而面容憔悴,给景物平添了苍凉之感。

弗之忽然觉得,大家都像被风吹起的沙粒,落到这么边远的地方。八年来,学校同仁艰苦备尝,在疾风骤雨之中,坚持教书育人,尽了自己一份责任。我们的艰难,后人怎能体会!时间虽长,总算熬过去了,要回家了。他在心里说。

"孟先生。"有人招呼,是晏不来,"我们打胜仗了,要回家了。这几天我常想到范仲淹的边塞词:'羌管悠悠霜满地,人不寐,将军白发征夫泪。'宋时守边将士不能回家,我们比他们强。"

"他们也有胜利。"弗之说,"'战胜归来飞捷奏,倾贺酒,玉阶遥献南山寿。'那胜利当然是不彻底的。"

"我们彻底吗?"晏不来说。

"我刚从学校来。"弗之答非所问,"我想再看一看我们的学校,再看一看。学校里人很少,大概都走了。"

晏不来说:"一排排破旧的空房,里面存着历史。"

"还有房屋后面的蓝天,天真大啊!"弗之说。

他们看了看地摊，弗之略一举手，自回家去。在夕阳中，他的背影拉得很长。现在，经过八年煎熬，南渡之人可以回去了，回北平去了。

晏不来看着满眼苍凉。"老魏！"他喊了一声，"我替你看一会儿？"

老魏笑道："你弄不清哪些东西是哪家的。不要紧的，一会儿就完了。"

旁边的一家，是工学院教师的家属，一位中年太太已将杂物处理完毕，正在收摊，高兴地招呼晏不来："我们后天走，你们哪天走？"

"我要走公路。"晏不来说，"大概下星期吧。"

终于可以回去了，回北平去了。

地摊三三两两，有的摆出，有的收去，不过持续了四五天，却在昆明留下了长远的记忆。

碧初把破家当交托给柴发利。柴发利说物价涨得太快，回北平去也不见得宽裕，付了过多的钱。弗之特地为他写了一幅字，写的是杜甫的《阌乡姜七少府设脍戏赠长歌》，诗云：

> 姜侯设脍当严冬，昨日今日皆天风。
> 河冻味渔不易得，凿冰恐侵河伯宫。
> 饔人受鱼鲛人手，洗鱼磨刀鱼眼红。
> 无声细下飞碎雪，有骨已剁觜春葱。
> 落砧何曾白纸湿，放箸未觉金盘空。
> 偏劝腹腴愧年少，软炊香饭缘老翁。
> 新欢便饱姜侯德，清觞异味情屡极。
> 东归贪路自觉难，欲别上马身无力。
> 可怜为人好心事，於我见子真颜色。
> 不恨我衰子贵时，怅望且为今相忆。

柴发利大喜过望。来取字时,拉着嵋要她一句一句讲解。取回家去,特制镜框装了,挂在饭馆进门处,果然增加了不少文化气氛。

文林街上几条巷子也是一样冷清。蹉跎巷中的卫葑早几年已离开,以后,阿难随着玹子去了宝珠巷,又去了重庆。

刻薄巷中的尤甲仁夫妇早有离开昆明之意。起先因战局严峻,想要逃避,后来见滇西反攻胜利,便又留下。这时已安排好行程,特到孟家来告辞。尤、姚二人在大学中人缘很差。他们自视很高,常对别人做出点评,难免得罪人。弗之素来称许尤甲仁才学,碧初对他们也没有歧视。

这天他们来到腊梅林,不巧,弗之到学校去了。碧初让座倒茶,谈话无非是人员离昆的情况,车、机的安排等。

“下学期的聘书还没有发。”尤甲仁说,“我们不好直接到北平去,想先回天津,看望老人。”

姚秋尔接话道:“甲仁还有一位叔父在堂,甲仁是最有孝心的。”

碧初不便表示意见,说道:“先在天津住一阵也好,反正离北平很近,来去都方便。”

又谈了几句闲话,尤甲仁说:“听说师母这边带不走的东西都交给一位厨师处理,办得很好。”

姚秋尔笑着说:“能不能也给我们办一办,我们东西不多。”

碧初沉吟道:“这要问柴发利自己,你们直接问他好吗?”

尤甲仁笑笑说:“还要师母写个条子才好。”

碧初写了柴发利的地址,一面说:“就在金碧路上,很好找。”还写了托付的话。

尤、姚拿了条子去找柴发利,柴发利答应代办。后来,二人觉得价钱少,又想了别的办法。

刻薄巷中的另一家,数学系的邵为,自妻子刘婉芳出走后,便已搬到单身宿舍。他和几位青年教师结伴,决定走公路水路这一条线,可以饱览山河风光。梁明时慨叹自己行动不便,不然,也要这样走。

如意巷中有另一种发展。郑惠枌因有重庆画界的关系,已经走了。钱明经的收藏这些年没有起色,有些也已转卖。剩了几件家具、字画和玉器,他自有托付的人,那就是和美娟。

这一天,两人约了在如意巷见面。和美娟不喜欢旧家具和字画,答应帮他转给合适的人,倒是问:"我记得你有几件很好的玉器,你要带走吗?"

"真好的也没有几件了,那羊脂玉香炉我是要带的。"明经说,意义深长地微笑,轻抚美娟的肩,带走玉香炉当然是重视赠玉香炉的人了。

"你看这红木太师椅,造型多么流利,我真想带回北平放到博物馆里去。可是,路太远了。"

和美娟思忖着什么人可以收容旧家具,口中说:"你认识瓷里大土司吗?"

钱明经连说:"见过,见过。"一面想他到底何时何地见过。

美娟道:"告诉你一件新闻,瓷里和吕香阁结婚了。"又补充道,"就是孟家的亲戚,开咖啡馆的。"见明经没有什么反应,在他手上重重打了一下。

明经嗫嚅道:"我觉得,我觉得瓷里像是——"他不好说完。

和美娟倒是爽快,说:"我知道你要说什么,本来是我要嫁他的。"说着,咯咯地笑了,"我要嫁他不过图个安逸,其实我心里有谁,你还不知道?"

两人并坐在一张椅上,院中有人走动,觉得很不方便。大致商量好这些东西的去向,约好晚上在和美娟住处相会。

过了两日,孟家来了两位衣饰华丽的客人,带了不少礼物,这便是吕香阁和瓷里,来报告结婚的消息。

弗之、碧初有些意外,还是为香阁终身有托而高兴。瓷里向弗之说了些仰慕的话,并说从此便是孟家的亲戚了。他将携香阁经缅甸到英国去,香阁很能干,对他一定会有帮助。

香阁话不多,一直含情脉脉地看着瓷里,十分贤淑的样子。她说绿袖咖啡馆已经卖出,她给自己置办了一份好嫁妆。

"给你爹有什么要带的吗?"碧初问。

"爹——"香阁好像才想起来,"这样吧,就说我很好,不用惦记。"想了想,又说,"我会写信告诉他结婚的事。"

瓷里说,《中国史探》已经抄录了几页,挂在墙上。听说又出了新书,想要一本。"名字叫作——"他迟疑地说,"好像是《自由之路》?"他看着香阁,香阁点头。

弗之高兴地把新出版的论文集赠他。瓷里举着书说:"我拿回去放在土司府里镇宅。"弗之知道他不会看,不过愿意用书来镇宅,也算难得。

香阁周到地问了全家大小情况,说以后总要回北平去,那也是瓷里向往的地方。

孟、庄等几位先生,都要先到重庆候机。当时,自昆飞渝的航班是不定期的。一班飞机只有十七八个座位,买到票很不容易,一次最多两三张。恰巧有一周是三次航班,学校买到两次的票,每次三张。玳拉又买到一次,也是三张。两家人计划分为三批赴渝。弗之夫妇带合子,卣辰夫妇带无采,无因和峨一批,还有一张票正好给吴家馨。

李涟一家计划走公路赴渝,李太太身体不好,走公路太辛苦。碧初和弗之商议,最好能匀出一张机票。

"我可以走公路,"峨说,"和李之薇在一起。听说那一路风景很好,还有黄果树大瀑布呢。"李涟夫妇都觉不妥。

无因知道后,便要让出自己的票,可是他和李家一起走很不方便。三家人讨论未得结果。

事有凑巧,一个英国记者买了机票,临时有事不能走,将票让给了无因,行期就在次日。票还没有拿到,说是晚上送来。

　　无因忙到腊梅林通知孟家人,他不无遗憾地对嵋说:"我们一起坐飞机多好。"

　　嵋说:"你不过早走几天。到重庆以后,我们大概还要坐飞机去北平。"

　　无因在腊梅林里略事徘徊,走到大门又折回,进屋对嵋说,想出去走走,看看昆明城。嵋说她正也想去。因和母亲说了,两人一起走出来。

　　他们踩着青石板路,沿着城墙边走去。土墙不高,树木茂密,添了身量。路的另一边多是民宅,快到市中心处,有一小座房屋,是一个公共图书馆,不知属于哪一级,他们在里面看了很多小说,还有过许多次讨论。市中心的电影院更提供了很多回忆。

　　走到高处的街道时,正值夕阳西下,落照变幻出绚丽的颜色,涂抹着昆明城。远处暮霭下一片灰色的房屋,就是他们的学校了。他们满身披着红霞,看看天,看看地,彼此对望,几乎没有说话。

　　回北平,是多年来大家朝思暮想,魂牵梦萦的事。来的人却不能全部回去了,李之芹从未踏上云南的土地,凌雪妍魂断飘落的水花之中。还有亲爱的玮玮,用他全部二十岁的青春,留守在那一片奇妙的土地上。

　　以后,多是下坡,红霞渐渐褪去。嵋的花生米小铺,无因为制作玩具购买零件的小店,仍在那里。陡坡米线已经换成了刨冰,早已没有了"免红免底"的吆喝。四周的一切是这样丰厚亲切,那是过去。将来呢,又有谁知道。

　　无因提议,到先生坡看看。嵋已经去过那里的庄家多次,有时是替父母给庄家长辈传口信,有时是和庄家小辈一起读书或闲话。那座房子极小，有一个两步可以跨过的院子，是名副其实的天井。建筑不成格局，却有特色。站在楼上，穿过翠湖树木，可以遥见西山轮廓，是嵋极欣赏的。以后再没有机会去了。

无因和嵋都愿意再一次凭栏遥眺西山，两人顺华山西路通向翠湖的大坡下来，沿着湖边，慢慢走到先生坡，见坡口停着一辆吉普车。

两人走上坡去，到庄家门前时，正好门开了。玳拉送那位记者出来，看见无因，高兴地说："回来了，回来了。"原来记者尚未取到票，这时来找无因同去取票，免得他再送。

无因抱歉地看着嵋，玳拉热心地邀嵋进屋去坐。嵋和庄伯母交谈了几句，说也要回去收拾东西，仍和无因同记者一起转身下坡。

"我们重庆见。"嵋和无因在坡口含笑互望。吉普车开走了，嵋自回腊梅林。

过了几天，腊梅林里的小屋显得空多了，各人的衣物都已装箱，弗之专有一小箱书，是选而又选后要带走的。剩下的东西柴发利自会清理。

要回家了，一家人常常相视而笑，可是，在笑里又有一丝苦涩。

庄家人是第一批，孟家人是第二批。家人走后的这一晚，嵋独居腊梅林，在房中走走看看，检点剩下的杂物，见一只箫从网篮中探出头来，便取出抚弄。她已经很久不吹箫了，试一试，居然吹响，居然吹出一段旋律，是哪一个歌剧的序曲。

箫声断续，虽然凄婉，却又欢喜。箫声吹向腊梅林，呜咽地缠绕在枝头，又散开去，消失在月光中。箫声载着一个托付，向腊梅林和笼罩着它的月色告别，向少女的无羁的梦告别，向周瑜告别。

嵋躺在小床上久久不能入睡，箫声似乎仍然未去，和着腊梅林的气味包裹着她,好像一张温柔的网。网外面,有数不清的苦难。国家、社会、家庭、个人,一道道难题纠缠在一起,人生的路大概就是这样,解不完的一道道难题。无论如何,抗战胜利了;无论如何,要回北平了。

次日,吴家馨很早来到,眼睛红红的,抱着她的婴儿,提着一个小包。快到中午时分,峒雇一辆人力车装了东西,和家馨一起走出腊梅林。大戏台剩的人已经不多,遇见几位,大家都说北平见。

峒看着夏日的腊梅林,一林深深浅浅的绿;看着大戏台,台阶上一片片青苔;看着剥落的祠堂大门,恨不得多看两眼。

李涟和之薇、之荃送金士珍到车站,人力车拉东西,大家步行。他们在这街道上走过千万次,这一次走过,不知何日再来。

飞机起飞了,在昆明的蓝天下转了一个圈。远处天边的大朵云彩像一个个花球,缀在蓝天上。

飞机越飞越高,他们抛落了这一片红土地,留下了那一段满怀信心和激情的艰辛的岁月。

间　曲

【西尾】怒江水滚波涛。霎时间,霞彩万千条,落红成阵逐浪梢。问因何颜色换了? 嚎啕! 好男儿倾热血把家国保。驱敌寇半壁江山圆图挑,扫狼烟满地萧索春回照,泱泱大国升地表。谁来把福留哭,欢留悼? 把澹台玮的英灵吊?　　魂灵儿一干立九霄,云拥雾绕。盼的是国泰民安人欢笑。怎的时干戈又起硝烟罩,枉做了一母同胞。看关山路遥,难为那旧燕觅巢。看关山路遥,挡不住新程险峭。苦煎熬,争民主谱出新时调。

后　记

二〇〇一年春,《东藏记》出版后,我开始写《西征记》。在心中描画了几个月,总觉得很虚。到秋天一场大祸临头,便把它放下了。

夫君蔡仲德那年九月底患病,我们经过两年多的奋战,还是没有能留住他。二〇〇四年春,仲德到火星去了。

仲德曾说,他退休了就帮我写作。我们有一张同坐在电脑前的照片——两个白发老人沉浸在创造的世界里。这张照片记录了我们短暂的文字合作。它成为一个梦,一个永远逝去的梦。

二〇〇五年下半年,我又开始"西征",在天地之间,踽踽独行。经过了书里书外的大小事件,我没有后退。写这一卷书,最大的困难是写战争。我经历过战争的灾难,但没有亲身打过仗。凭借材料,不会写成报道吗?

困惑之余,澹台玮、孟灵己年轻的身影给了我启发。材料是死的,而人是活的。用人物统领材料,将材料化解,再抟再炼再调和,就会产生新东西。掌握炼丹真火的是人物,而不是事件。书中人物的喜怒哀乐烛照全书,一切就会活起来了。我不知道自己能做到什么程度,只有诚心诚意地拜托书中人物。他们已伴我二十余年,是老朋友了。

我惊讶地发现,这些老朋友很奇怪,随着书的发展,他们越来越独立,长成的模样有些竟不是我原来设计的。可以说是我的笔随着人物而走,而不是人物随着我的笔走。当然,并不是所有的人物都这样,也只在一定程度内。最初写《南渡记》时,我为人物写小传。后来因自己不能写字,只在心中默记。人物似乎胆大起来,照他们自己的意思行事。他们总是越长越好,不容易学坏。想想很有趣。

《西征记》有一个书外总提调,就是我的胞兄冯钟辽。一九四三年,他是西南联大机械系二年级学生,志愿参加远征军,任翻译官。如果没有他的亲身经历和不厌其烦的讲述,我写不出《西征记》这本书。

另外,我访问了不止一位从军学子和军界有关人士,感谢他们从不同的角度给予我许多故事和感受。有时个人的认识实在只是表面,需要磨砖对缝,才能和历史接头。

一九八八年,我独自到腾冲去,想看看那里的人和自然,没有计划向陌生人采访,只是看看。人说宗璞代书中角色奔赴滇西。我去了国殇墓园,看见一眼望不到头的墓碑,不禁悲从中来,在那里哭了一场。在滇西大战中英勇抗争的中华儿女,正是这本书的主要创造者,他们的英灵在那里流连。"驱敌寇半壁江山圆圙挑,扫狼烟满地萧索春回照,泱泱大国升地表。"《西尾》这几句词,正是我希望表现的一种整体精神。我似乎在腾冲的山水间看见了。

二十年后,我才完成这本书。也是对历史的一个交代。

如果我能再做旅行,我会把又是火山又是热泉的自然环境融进去,把奇丽特异的民俗再多写些。也许那是太贪心了。完成的工作总会有遗憾的。

仲德从来是我的第一读者,现在我怎样能把文稿交到他的手里呢?有那一段经历的人有些已谢世,堂姐冯钟芸永不能再为我看稿。存者也大都老迈,目力欠佳。我忽然悟到一个道理,书更多是给后来人看的。希望他们能够看明白,做书中人的朋友。当然，这要看书中人自己是否有生命力，在时间的长河中，能漂流多久。

必须着重感谢的仍是责编杨柳，她不只是《野葫芦引》的责编，现在还是我其他作品的第一读者，不断给我有益的意见和帮助。如果没有她，还不知更有多少困难。

《南渡记》脱稿在严冬。《东藏记》成书在酷暑。《西征记》今年夏天已经完成全貌，到现在也不知是第几遍文稿了。但仍一段一段、一句一句增添或减去。我太笨了，只能用这种滚雪球的方式。我有时下决心，再不想它了，但很快又冒出新的意思，刹不住车。这本书终于慢慢丰满光亮起来（相对它最初的面貌而言），成为现在的《西征记》。时为二〇〇八年十二月冬至前二日。

待到春天来临，我将转向"北归"。那又会是怎样的旅程？

二〇〇八年十二月三十一日

西征记

北辺记

女儿记

〔夢殘〕八年寒暑，夜："夢難成。夢地裏一声"归去，心

警！怎忍見旧财园亭。先燦三施云霞，寥寥

异傲日星。却不料的楽飞燕各西东，又秀了刻骨相思痛。

輾不断，理不情，解不开，磨不平，恨今生！又心经水坚

火热，後散番陷入深井。奈何桥上横寛夐三一件三等，一

搭三迎。

作者手迹

北归记

《野葫芦引》第四卷

宗璞 著

人民文学出版社

图书在版编目(CIP)数据

野葫芦引. 北归记/宗璞著. —北京：人民文学出版社,2019（2021.11重印）
ISBN 978-7-02-014766-3

Ⅰ. ①野… Ⅱ. ①宗… Ⅲ. ①长篇小说—中国—当代 Ⅳ. ①I247.5

中国版本图书馆 CIP 数据核字（2018）第 288266 号

目　录

序 曲

【风雷引】百年耻,多少和约羞成。烽火连迭,无夜无明。小命儿似飞蓬,报国心遏云行。不见那长城内外金甲逼,早听得卢沟桥上炮声隆!

【泪洒方壶】多少人血泪飞,向黄泉红雨凝。飘零!多少人离乡背井。枪口上挂头颅,刀丛里争性命。就死辞生!一腔浩气吁苍穹。说什么抛了文书,洒了香墨,别了琴馆,碎了玉筝。珠泪倾!又何叹点点流萤?

【春城会】到此暂驻文旌,痛残山剩水好叮咛。逃不完急煎煎警报红灯,嚼不烂软塌塌苦菜蔓菁,咽不下弯曲曲米虫是荤腥。却不误山茶童子面,腊梅髯翁情。一灯如豆寒窗暖,众说似潮壁报兴。见一代学人志士,青史彪名。东流水浩荡绕山去,岂止是断肠声!

【招魂云画】纷争里渐现奇形。前线是好男儿尸骨纸样轻，后方是不义钱财积山峰；画堂里蟹螯菊朵来云外，村野间水旱饥荒抓壮丁！强敌压境失边城！五彩笔换了回日戈，壮也书生！把招魂两字写天庭。孤魂万里，怎破得瘴疠雾浓。摧心肝舍了青春景，明月芦花无影踪。莽天涯何处是归程？

【归梦残】八年寒暑，夜夜归梦难成。蓦地里一声归去，心惊！怎忍见旧时园亭。把河山还我，光灿灿拖云霞，气昂昂傲日星。却不料伯劳飞燕各西东，又添了刻骨相思痛。斩不断，理不清，解不开，磨不平，恨今生！又几经水深火热，绕数番陷人深井。奈何桥上积冤孽，一件件等，一搭搭迎。

【望太平】看红日东升。实指望春暖晴空，乐融融。又怎知是真？是幻？是辱？是荣？是热？是冷？是吉？是凶？难收纵，自品评——且不说葫芦里迷踪，原都是梦里阴晴。

主 要 人 物

孟樾（弗之）　明仑大学历史系教授

吕碧初　弗之妻

孟灵己（嵋）　弗之次女

孟合己（合子）　弗之子

孟离己（峨）　弗之长女

吕绛初　碧初姊

澹台勉（子勤）　绛初丈夫

澹台玹（玹子）　绛初女

卫　葑　弗之外甥、玹子丈夫

阿难（卫凌难）　卫葑子

严颖书　绛、碧外甥

严慧书　颖书妹

赵莲秀　绛、碧继母

凌京尧　卫葑亡妻雪妍父

岳蕲芬　凌京尧妻

殷大士　玹子弟玮恋人

麦保罗　美国外交官、玹子旧友

秦巽衡　明仑大学校长

谢方立　秦巽衡妻

庄卣辰　明仑大学物理系教授

玳　拉　庄卣辰妻

庄无因　庄卣辰子、嵋未婚夫

庄无采　庄卣辰女

李之薇　颖书未婚妻

李　涟　之薇父、明仑大学历史系教授

金士珍　李涟妻

李之荃　李涟子

萧澂(子蔚)　明仑大学生物系教授

郑惠杭　萧子蔚妻

郑惠枌　郑惠杭妹

钱明经　郑惠枌前夫、明仑大学中文系教授

梁明时　明仑大学数学系教授

刘仰泽　明仑大学社会学系教授

吴家馨　明仑大学工作人员

吴家毂　吴家馨兄

徐　还　明仑大学航空系教授

周燕殊　徐还女、合子女友

晏不来　明仑大学中文系教师

冷若安　明仑大学数学系教师

柯慎危　明仑大学数学系教授

邵　为　明仑大学数学系教师

厉　康　明仑大学数学系教授

袁令信　明仑大学物理系教授

依　蓝　袁令信妻

尤甲仁　明仑大学教授

姚秋尔　尤甲仁妻

季雅娴、陆良尧、朱伟智、乔杰
　　　　　明仑大学学生

第 一 章

一

　　嘉陵江浩荡奔流。夏天的江水改去了春天的清澈,浊浪卷起一层层白色的浪花。奔流到重庆朝天门码头下,在这里汇入万里长江,载着中华民族奋斗的历史,穿山越岭,昼夜不息,奔向大海。太阳正在下山,映红了远处的江面。沿着江岸搭起的凌乱的棚户,在远山、江水和斜阳的图景中,有几分不和谐,却给雄壮的景色添了几分苍凉。棚户里有人出出进进,岸边小路上有推车的、挑担的慢慢移动,好像江水也载着他们。

　　不知从哪里飘来的歌声,随着江波欢腾地起伏。

　　　　我必须回去,
　　　　从敌人的枪弹底下回去!
　　　　我必须回去,
　　　　从敌人的刺刀丛里回去!
　　　　把我打胜仗的刀枪
　　　　放在我生长的地方!

　　歌曲的最后一句旋律高亢,直入云天。

　　孟灵己、孟合己姊弟与庄无因、庄无采兄妹在江岸上走着。无采已长得很高,几乎超过了合子,西方少女的俏丽和中国少女

1

的文静混合在一起,显得不同一般。在这些人里嵋是最矮的,纤细的身材显得轻盈、窈窕。

"听见什么?"嵋问。

"《嘉陵江上》。"无因答。

他们确实都听见了,听见了那不知哪里飘来的歌声,中国人的歌声。

"我必须回去!"合子低声唱起来,无因和嵋也加进来:"把我打胜仗的刀枪放在我生长的地方!"

四个好朋友互相望着,又望着滔滔东去的江水。四个人都觉得胸中有一团东西,是胜利的欢乐?是理想的光亮?想哭,可是却笑起来。他们就要回家去了,把打胜仗的刀枪放在自己生长的地方。

酷热的天气使得四个年轻人的脸都红扑扑的。嵋和无采各打着一把小阳伞,两人的鬓边都缀满细微的汗珠,嵋的睫毛上还挂一滴较大的,亮晶晶的。无因笑了,递了一方手帕给嵋,示意她擦去。

嵋一笑,擦去了汗,说:"好热。"

"真的,这里天气真奇怪,"无采说,"还是昆明好。"

他们在重庆等候回北平的交通工具,已经快二十天了,说是要有飞机运送大学的先生们,又说是安排了船,可是都没有消息。

庄无因很着急,他要到美国去入研究院,早回北平可以多待几天,看一看阔别九年的家园。急于回到朝思暮想的北平,是这些游子的共同心愿。嵋是最善感最会思乡的,这时却不很急切。她与合子虽想早点回家,又觉得重庆尽管这样热,也很好玩,房屋依山而建,高高低低,看起来很诡异。在这里多停几天也无妨。

四个人目送远去的江水,在江岸上站了一会儿,转身向市内走去。他们上了许多台阶,下了许多台阶,又上了许多台阶,穿街过巷,慢慢走着。

国民政府已经于四月底还都南京,重庆萧条了一些,但还显然带着胜利的喜悦。一辆黄包车从高坡上飞驰而下,拉车人充满豪情地大叫:"让开! 让开哟!"仔细看时,四个人都倒吸一口凉气,那拉车人脚不点地,身子挂在车把上,让车自然滑落。

"好惊险!"合子说。

嵋说:"我忽然想起从前一件惊险的事,你们猜猜是什么?"

无因微笑道:"我也想到了。"

"那你说说看。"嵋说。

合子抢着说道:"我来说,是那次去找龙王庙。"

"有人要打我们。"无采接道。

"无因哥用英文发表讲话,把他们吓跑了。"嵋说,忍不住笑。

"我告诉你们了,我是背诵爱因斯坦的一段演讲。"无因说。

"我现在也会背了。"合子说。

四人说着笑着又走了一段。嵋忽然说:"我们到底没有走到龙王庙。"无因望着她,若有所思,嵋也望着他。"我们也没有走到阳宗海。"俩人心里闪过同一个念头,却没有说出来。

他们经过一条街,两边有几间杂货铺,收音机里传来川戏的唱段。川戏的唱腔很高,好像天气更热了。

"这声音真奇怪。"无采说。

"那是四川戏,懂吗?"无因告诉妹妹,"四川戏的唱腔很奔放,词句倒是很文雅的。"

无采问:"你什么时候听过四川戏啊?"

无因一愣,笑道:"我也是听说。"他忽然想起一件事,"上午李之薇拿了两张请柬给我们,要举行跳舞会。"

"这几天玹子正在说跳舞会的事。"嵋说,"不过,这跟之薇有什么关系？哦，当然是慧书托她转交的。"

四人穿行在川剧的高音中。不知不觉间，已走到大学同仁的临时宿舍。这里很简陋，原来是一所小学。小学正放暑假，便做了大学的临时宿舍。从这里到嵋、合的住处还有一段路，因为天太热，无因建议进去稍事休息。嵋、合子随父亲孟樾来过几次，这时见从大门口搭着竹排通过院子，像一座浮桥，便问为什么。无因解释说，这是因为前几天下大雨，院内积水太多不能行走，才搭起了竹排，现在下面还有积水。

他们走进大门，见之薇正和一位先生说话。那位先生身材不高，面色微黑，上唇留着一小撮胡子，时称"人丹胡子"，这正是之薇的老师，社会学系的教授刘仰泽。他正在对之薇说："今年元旦中国民主同盟提出的意见很对，很能代表知识分子。要政府停止武装冲突、释放政治犯、承认各党派合法地位。取消新闻检查，尊重集会言论自由。"

说话间，他看见进来的几个年轻人，认得是孟家的孩子，心中似有不快，停下讲话，没头没脑地对嵋说："你们住的地方没有发水吧？"

大家都有些莫名其妙。嵋说："我们刚刚听见刘先生讲话，我觉得很对，这几个问题很重要。"

刘仰泽本来转身要走，听见嵋这么说，"嗯"了一声，面色温和了些，自走开了。

几个人望着之薇，见她两条辫子照例一条在肩前，一条在背后，手里拿着一个小锅，人显得有些憔悴。

之薇说："这位刘老师对当局不满，火气很大，其实和你们没有关系。"

嵋说："现在火气大的人很多。"

无因道："天气太热。"

之薇又说："你们逛什么？到我家坐坐吗？"

嵋早已去过李家住处,狭窄、拥挤、潮湿是这临时宿舍的特点。她指指无因,说:"现在上他们家去。"

"我去买馄饨,改天来找你。"之薇说完,端着锅走了两步,又回过头对嵋说,"明天的跳舞会你去吗?"

嵋道:"慧书送来请帖了?我要去的,你也去吧。"

之薇微笑,说:"我不想去,那些人我不熟。"说着自去了。

四人沿着窄而陡的台阶向上行,合子随口问:"为什么是慧姐姐送请帖给李之薇?"

"她们是未来的姑嫂关系,明白吗?"嵋说。

合子想了一下,点点头。

他们到了这座院子的最高处,三间小房倒比较干爽。庄家住了两间,梁明时住着另一间。

他们进了庄家,庄太太玳拉在整理一只箱子。庄先生在看一张大地图,研究重庆市的街道。

他见了嵋便问:"有希望吗?"

嵋说:"不知道。"

庄先生便又去看地图。他总是在研究什么。

无因给他们倒水喝,说:"天太热了,这点路其实不算什么。我们是有走路功底的。"

大家喝水。合子咕咚咕咚喝完一杯,说:"走回北平去,我也行!"

庄先生笑道:"你说得很对,你们这样小的年纪就要讨论这样大的问题,让人很难过。我记得你要学造飞机,没有变吗?"

"是的,我一直这样想,没有变,不会变。"合子大声回答。

"赶快造一架大飞机,送我们回北平。"无采笑说。

庄太太玳拉问嵋:"母亲身体可好些?"碧初到重庆后一直在生病。

嵋答:"一天轻,一天重,也不知道是怎么回事。"

玳拉说："还是太热的缘故。"

过了一会儿,庄先生忽然想起似的,对无因说："刚刚重庆市中学物理教师有个什么学会来邀我作一次演讲,也要请你讲一次。"

无因走到父亲身边,说："我?我讲什么?"

"你在澄江已经教过半年课了,又有新发表的论文,他们都知道的。"

无因转过脸去,和嵋相视一笑,又对父亲说："我愿意去。"

庄先生道："好,这样讲讲对自己也是提高。"

无因总是略带忧虑的神色,和嵋在一起时,便似乎有一只看不见的手,拂去他眉宇间的沉郁,换上几分明快。庄先生觉得很安慰,和玳拉也相视一笑。

嵋说："庄伯伯,有人请你做时事报告吗?我也想听呢。"

庄卣辰说："让你说着了,中央大学学生会想让我讲一讲当前的形势。我不会讲的,内战有什么好讲的?打来打去,受损害的还是中国自己。可怜的中国。"他叹息了一声。

玳拉说："是啊,不都是中国人嘛,自己打自己,天下有这样奇怪的事!"

自去年胜利以来,国共两军时有小接触,到现在已经成为颇具规模的战事了。不是你进攻我,就是我进攻你,国人无不忧心。

大家又说了些话,嵋要去看梁先生,卣辰道："你们先去。他的左腿伤得很重,今天才得到 X 光片的结果,腿骨裂伤。"

嵋与无因走向隔壁,合子说："我去找之荃。"噔噔噔跑下楼去。到楼梯中间,几乎滑了一跤。好在他身手敏捷,一把抓住了旁边的柱子。合子心想,难怪梁先生要摔跤。

梁明时正坐着,把缠着绷带的左腿平放在凳上。见无因和嵋走进来,抬了抬右手。前几天因为路滑,他的左臂又不便,上台阶时摔了一跤,当时只以为伤了皮肉。

这时,卤辰也进来了,明时让座,无因给梁先生倒了水。

卤辰说:"还是照了片子才可以弄清楚。"

明时说:"好在没有骨折,只是骨裂,等它慢慢恢复吧。这两天多亏无因和无采照顾了。我这回,不但左臂有问题,左腿也有问题了,真正的左倾啊!"

卤辰说:"昨天晚报上有文章,说到你的腿伤,说国府简直是虐待学者。"

明时说:"我自己摔的跤,怎么赖到国府?胜利刚一年,复员多么不容易。"

大家随便谈了一阵。嵋说该回家了,起身告辞。

无因说:"我送你。"就和嵋一起下楼。

无采站在门口招招手,说:"我不送你。"

到大门口,见合子和之荃正在那里,他们商量次日要去跳伞。昆明没有这种运动。

之荃跟着嵋、合走了一段,说:"这么热。"自回去了。

还是高高低低的路,他们又上了许多台阶,来到吕绛初家。这条街叫做十三尺坡,可见其高。澹台勉夫妇去年回国后一直住在这里。房子很普通,却还舒适。

这里的天地不同了,二层小楼前有一个天井,虽然只是"井",却有些花木,还有一棵树,树有楼高,枝繁叶茂,很是好看。澹台一家觉得总是要走的,谁也没有兴趣去弄清这是一棵什么树。孟家人从昆明来等飞机,子勤和绛初邀他们来往。他们来后倒是打听了这树的品种,终归没有定论,也就算了。

胜利后国府还都,许多机构迁回南京,澹台一家也要搬迁,正在收拾东西。廊上两个大木箱已经各装了半箱书,是预备运走的。无因没有进去,拍拍合子的肩,望了嵋一眼,自去了。

楼上的窗开着,有人拉开白纱帘,探出头来,那是玹子。时间在她的身上几乎没有留下痕迹,依旧是粉面樱唇。

玹子掠着漆黑的鬓发,笑吟吟地问:"你们往哪里去了? 三姨妈正找你们呢。"

嵋与合子连忙上楼,先往碧初房中报到。碧初来渝后一直发烧,医生查不出原因,只好说是天太热所致。

这时绛初正在这里,她坐在床边,碧初靠在床上。姊妹俩正做闺中闲谈,议论亲戚的家事。这时她们最关心的是北平的情况。半年以前,凌京尧因汉奸罪被捕入狱,大家很快都知道了。子勤曾去北平视察华北电力,因公事繁忙,又不愿有更多的牵扯,只去看望了赵莲秀,别处都未走动。知道赵莲秀就要暂时离开香粟斜街,去陪岳蘅芬居住。

这时姊妹俩说起这事,碧初说:"婶儿是个善心人,凌太太正需要人照顾。"

两人为凌家叹息了一阵,话题转到自己最重要的家事,那就是玹子和峨的婚姻。

光阴如箭,玹子已经二十八岁,峨也二十七岁了。峨的事情有些古怪,因为峨的心是关闭的,姊妹俩每次谈及都不能深入,也就撂开了。而玹子至今也没有一个说得上是朋友的人,甚至没有可以谈论一下、稍作考虑的人,让人奇怪。事情往往是这样,越是漂亮活泼的,在寻找知心人这一方面往往落后。

绛初先是埋怨怎么出现了一个麦保罗,又数落了一阵包括朱什么清在内的各个偶然的提名人。然后话题转到卫葑,卫葑的存在实在是很尴尬的。

绛初叹道:"照管阿难我不责怪,战争期间谁都该管一管。只知道卫葑一去没有音讯,也不知道他是什么意思。他倒放心,可也要替别人想想呀!"她心里认为阿难影响了玹子,只是不好明说出来。

碧初说:"我有一句话一直没有说,我觉得卫葑总有一天会表明态度的,那就是求婚。我看玹子也是愿意的。"

绛初冷笑道:"总有一天?可他就是合适的吗?"见嵋、合进来,就不再说下去。

碧初见两人脸上汗津津的,随手把蒲扇递给嵋,说:"天这样热,出去不怕中暑?"

嵋接过扇子,先给二姨妈扇了两下。

绛初站起道:"我到厨房去看看晚饭。"便走开了。

嵋拿着蒲扇给合子扇了两下,又给母亲扇,说:"我们和无因哥去看嘉陵江了。"又说临时宿舍都搭起竹排了。

碧初道:"所以爹爹着急,又出去商量交通工具的事了。"

门口响起轻微的脚步声,一个小人儿出现在门中,他穿着一件天蓝色绸背心,罩到膝盖处,小胳膊小腿儿圆嘟嘟的。他走进房间拉住嵋的手,说:"妈——姑叫嵋姑。"

嵋蹲下去在他脸上亲了一下,说:"阿难都会传话了。"便把扇子递给合子,拉着阿难来到玹子房间。

玹子正坐在桌前写什么,阿难甩开嵋的手,跑过去依在玹子身边。

"这是你最大的洋娃娃。"嵋说。

"所以别的洋娃娃都不用了。"玹子笑说。

"这是什么书?"嵋随手拿起桌上的一本书,书的纸很坏,封面却颇醒目,上面写着《灭亡·新生》。青年中流传着许多宣传新社会将代替旧社会的书,这本书影响最大。嵋只听之薇说过,还没有看,想不到玹子倒先看了。

嵋想,怪不得这些日子玹子和以前不同了,对现实颇有批判,对当时学生中流行的民主自由的理想颇有想往,原来她有这些学习资料。

玹子从桌边拿过几张请帖,抽出两张递给嵋。

嵋问:"这是明天跳舞会的?"

"昆明也有人喜欢这种舞会,我很少参加。"玹子说,"这里很时兴这个,明天这场以后,许多人都要走了。你去看看吧,慧书也去,殷大士也去。"

慧书到重庆以后,住在澹台家,也常到殷家行馆住几天,这时正在殷家。

嵋接过请帖,随手夹在那本书中,把书举了一举说:"你看这个?"

玹子说:"这是薛蚡拿来的。"

薛蚡和玮玮在军队是同事,抗战胜利后他回到学校,现虽毕业,仍在学校参加由进步势力组织的读书会等活动。玮玮殉国后,他常来澹台家探望,给玹子带来一些进步书籍,玹子也算是读书会的成员。

年轻人大多或紧或慢地向着心目中的光明、向着想象中的太阳走去。这是潮流,也是宣传的力量。

玹子说:"我这样的人现在很少。已经不是学生,也不工作,有这些书看看,好像自己还很年轻。"

嵋很想问问卫葑有消息吗。自己又好笑,这问题怎么问玹子。于是跟她谈了几句巴金的小说。

绛初走进房来说:"你们明天穿什么衣服?"她对玹子参加舞会一类的活动一向很支持。

"妈妈看哪一件好?"玹子说着,从一个打开的箱子里拿出几件衣服摊在床上。

三人围着看,又在身上比试。绛初帮着挑定一件镂空白纱旗袍给玹子。玹子偏爱绿色,挑了一条绿缎衬裙。

绛初道:"太素了,还是白纱衬红缎好看得多。"嵋也同意。最后选定了红缎衬裙配那件白纱旗袍。

绛初又指着另一件红底白色碎花旗袍对嵋说:"这是你的。"

峨却挑中一条天蓝色间白花的两截裙子,上衣是同样的蓝色,但没有花。

玹子笑道:"你的眼光不错,我做这套衣服是费了些心的,只穿过一次。"

绛初拿着衣服让峨试了,有些大,可以凑合,就选定了。

这时,澹台家的女仆李嫂在天井里大声叫:"开饭喽!"噔噔噔走上楼来。手里端着一个托盘,上面是碧初的晚餐。一路又嚷:"开饭喽!"

"我去照顾妈妈吃饭。"峨说。绛初等人下楼去。

峨侍候母亲用过晚餐,端了托盘下楼。绛初、玹子、合子已经坐在桌旁,阿难坐在旁边的高椅上,这种高椅正是合子离开北平时的座位。一面墙壁前一排摆着四个脸盆,盛着清水。

大门响处有谈话声,孟樾和澹台勉一起进来。

弗之看上去有些疲惫,一面走一面用手帕擦拭额上的汗,一径上楼去看碧初。

子勤是坐车回来的,神气很安详,和几年前没有多大改变,伤腿似乎也好了一些。他直接到饭厅,脱去长衫,在脸盆里洗了手脸,坐下看一眼桌上的菜,对绛初说:"弗之今天的交涉有成绩,下礼拜可能安排飞机。"

"也许还是你先走。"绛初说。

"那当然。"子勤说。

"我们最后走。"玹子说,不知为什么心头有些怅惘,这在她是不多见的。她和母亲还要在重庆处理一些事,随后到南京。

一会儿,弗之也到,合子给大家盛饭。李嫂又端了两个菜上来。

"辣不辣?"合子问。

绛初笑道:"早吩咐少放辣椒了。要重庆人做菜全不放辣椒是不可能的,不放手痒痒。"

11

弗之说:"今天跑了几个部门,秦校长往南京那边通了消息,总算有确切的安排。可能是下星期四用货机送我们,这实在已经很不容易。"

子勤道:"就是,复员期间千头万绪。而且不是令出必行。真是很不容易。"

弗之又说:"听说天津封了许多杂志,这还是文的。战事也越来越升级了。"

子勤叹息道:"内战其实已经开始了。如果不打内战,恢复建设要快得多。"

弗之道:"军调小组还在做最后努力,看来希望不大。"

子勤又道:"听说司徒雷登也在帮忙,可是我看希望不大。"

弗之道:"对中国人来说,千辛万苦得到了胜利,最应该做的是同心合力建设国家。现在的局面真令人痛心。"

合子想问什么,忽然被一块辣椒呛住了,只顾喝水。

嵋对弗之说:"下午我们在宿舍那边看见刘先生和之薇说话,他看见我们就说,你们那里没发水吧?好像很不高兴的样子。"

弗之想了想,说:"刘仰泽是去年从地方大学聘来的,思想很激进。"

子勤叹息道:"这是潮流。"

天色暗下来,太阳的余威还在。大家吃了几口饭,便满面是汗,只好站起去水盆里洗脸,这就是水盆的作用了,一顿饭要洗三四次。

用餐快结束时,忽然门铃声大作,李嫂去开门,在天井里大声说:"孟老爷,有人找!"

弗之匆匆喝了几口汤,走出餐室,见两个人进门来,一位是钱明经,另外一位正是平时没有来往的刘仰泽。

弗之请他们客厅坐,明经见院中有树和两张竹椅,便说:

"就在院子里坐吧,还凉快些。"

弗之说:"也好,客厅很闷热。"请刘仰泽坐竹椅,那边绛初已在吩咐李嫂倒茶。

钱明经自向花坛边上坐了,一面说:"孟先生,刘仰泽教授说了好几回要来看你。天热,又怕你忙。今天总算来了。"

弗之说:"天气这样热,住的条件也很不好,这是大家都关心的。"

他正要说出好消息,那刘仰泽抢着说道:"在重庆住了快一个月了,国府怎么关心大学同仁?说有专机送我们,今天也说有飞机,明天也说有飞机,到现在连一个鸟翅膀也没有看见。住的地方又湿又热,李太太就病得不轻,我的太太也发烧好几天了。"他说着站起身,又"砰"地坐下去,那竹椅咯吱了一声。

钱明经忙说:"孟先生他们正交涉呢,国家这么多事要办,哪就能轮到我们呢。"

孟弗之慢慢地说:"我正要说一个好消息,今天已经交涉好了,用一架货机送我们,定在下星期四。"

"噢。"刘仰泽拉长了声音,说,"是真是假?别到时候又没有飞机,上回说航空公司可以买票,后来连飞机航班都取消了。"

弗之耐心地说:"这确实是仔细安排匀出来的,本来还说要从南京派飞机来才行。"

钱明经道:"这就好了。"

刘仰泽道:"钱先生没有家眷,不知道我们拖着病人和孩子真是难啊!"

钱明经笑道:"我这是无妻一身轻。"

弗之知道郑惠枌和赵君徽在国立艺专,就在磐溪那边。他想问惠枌怎么样,话到嘴边又咽住。

钱明经到底聪明,自己说:"郑惠枌他们在艺专生活很好,他们不急于回北平。"

大家又随便说了几句,钱、刘二人告辞。弗之自上楼去。

天色已晚,李嫂又在院中叫:"嬢嬢,薛先生来了!"

玹子应道:"请客厅坐。"慢条斯理地喝了汤,起身到客厅来。

客厅很小,迎门挂着一张大照片,是澹台玮的全身像,是在滇西前线照的,但不是戎装,十分英俊潇洒。相框左下角还嵌着一张他儿时的照片。

薛蚡刚端起茶杯,见玹子进来,便放下茶杯站起来。他旁边的椅子上放了一摞书,是今天带来的。

玹子笑问:"又送书来了? 上次的还没看完呢。我这个读书会成员不及格吧?"

"哪个说。"薛蚡道,"你上回讲的道理就是读懂了书的。"

读懂了什么呢? 玹子浅浅地一笑。

薛蚡简单介绍了新拿来的书,说:"今天有点别的事,明天上午你不出门吧?"

玹子道:"这么热的天,我很少出门。"

"那好,明天上午读书会有一位成员要来看你。"薛蚡说。

"可以啊,帮助我进步吗?"玹子微笑。

"只是谈谈。"薛蚡说,"我知道的只有这些。"

读书会成员一起谈谈是很平常的,玹子本不在意。薛蚡走后,想想却有些奇怪,什么人要来? 还这样郑重地预先通知。

她随手拿起一本刚送来的书翻看着,都是进步书籍,看了几页便扔在一旁。那明天的客人却在心中挥之不去,直到入睡前还想着这个问题。

是谁? 要来的人是谁?

二

晨光熹微,玹子醒来后的第一个念头是和昨晚相连接的。今天的来客是谁?她并没有认真想,却总不由自主地想到一个名字,略一靠近,又有意无意地闪开。

玹子躺了一会儿,让这些单一而又纷乱的念头平静下来。起身梳洗后,去看仍在熟睡中的阿难。阿难喃喃地说着什么。

玹子忽然明白了,要来的人是他。她等着他其实已经好几年了,但是很模糊很缥缈。是一种不称为其等待的等待。

阳光从窗外射进来,太阳升起了。

李嫂买菜回来,走进院子就喊:"嬢嬢有客人!"

玹子从楼上下望,见一个人身着浅米色长衫,戴着一顶纱礼帽,正向院中走来。

果然是他,是卫葑。玹子又望了一眼阿难,款步走下楼去。她在客厅门口定住了,看见卫葑正在凝神望着玮玮的照片,恭敬地三鞠躬,又肃立片刻,才缓缓转过身来。

卫葑已是中年人,免不了风霜侵蚀,却仍然俊逸潇洒,眉宇间更透着一种英气,他是经过大事的。两人互相望着,都不说话。

半晌,卫葑道:"玹子,你这些年过得好吗?"

玹子喉头哽咽,忽然冷笑道:"你这是问我?我以为你是来看阿难,还有三姨父一家的。"

"首先是你。"卫葑认真地说,向前走了两步,见玹子仍定定地站着,便微笑道,"你不请我坐吗?"

玹子微叹道:"请你上楼。"说着转身走出客厅。

卫葑随她上楼,来到阿难床前,见床中的小人儿,那吹号角的齐格弗里德已比两年前大了许多,不觉心潮起伏,思绪万千。

阿难忽然睁开眼睛朝他一笑,翻个身又睡了。

卫莘用手捂住眼睛,一滴泪滴在手心里。一会儿,又俯身去看阿难。

他长叹一声,转身对玹子说:"老实说,我首先要看的还是你,我很对不起你。"他几乎是恳求地,"玹子,你能听我说几句话吗?"

他们走进玹子的房间,房间里几只箱子仍敞开着,

玹子说:"你看我正在收拾东西,我们也要走了,大家都是漂泊者。"果然屋子里很少装饰,显得空荡荡的。

卫莘说:"胜利的漂泊者,打回老家去了。"

说着自己坐在书桌旁。看见桌上那本《灭亡·新生》便取在手中,好像要掂一掂它的分量。书里正好夹着那张舞会请帖,他不经意地看了一眼。

玹子说:"三姨妈他们可能还没有起来。"

卫莘放下手中的书,望着玹子,慢慢说道:"我是来看你的,而且有重要的事情对你说。"

玹子在书桌前坐下,说:"请讲。"

卫莘忽然笑了,说:"你怎么这样一本正经的样子,你平常不是这个样子。"

玹子说:"你平常也不是这个样子。"

两人实际并不很知道对方平常是什么样子,这时却好像从来就知道似的,而且知道得很多很多。两人对望着,都笑了。

"我来,是要跟你商量一件大事,你猜得到吗?"

玹子明亮的眼睛里仍含着浅浅的笑意,像是鼓励。

卫莘又望了一眼那本《灭亡·新生》,站起身说:"我来是向你求婚。我,卫莘,向澹台玹小姐求婚,事情就是这么简单。当然牵涉的问题可能很复杂,原则上讲就是这么简单。"

玹子眼睛里的笑意消失了,泪水渐渐充满了眼睛,大滴地滚

落下来。

卫葑拉起玹子放在书桌上的手："你愿意吗？愿意嫁我吗？一个真正的漂泊者。"

愿意吗？这些年来，也许玹子等的就是这句话。那缥缈模糊的期待，这时成为一个婚姻的契约摆在她面前。

你愿意吗？仍是卫葑的声音。你能吃苦吗？吃粗粮穿破衣行军熬夜。

我从来不怕吃苦。

精神上的训练，你能经得起吗？也许会有想不到的折磨。

只要有你在。

两只手握紧了。

我的时间很少，我们说定了我会到北平来接你。

也许我在南京呢？

那也一样，天涯海角我会来的。

八年，还是十年？

要你等一辈子。

玹子试着要把手挣脱，却没有一点力气。

卫葑轻轻吻了一下那柔软、白皙的手，柔声说道："难道我会那样傻吗？"

两人仍互相望着，仿佛都融化在对方的凝视中。

太阳升高了，灼热的阳光照在廊上，到处都很明亮，热气开始逼进屋里。玹子要卫葑等一下，自己先去向父母通报卫葑的出现。

子勤夫妇听到这个消息，有些诧异又有些欢喜。绛初更觉得有些惊恐，因为这就是说，他们唯一的女儿就要离开了。

玹子引着卫葑进房来了。卫葑先为阿难得到的照顾郑重致谢，然后说了下面的话："我的请求也许有些突兀，不过我是经过慎重考虑的。我已经向澹台玹小姐求婚，希望得到伯父伯母的同意。我不会给她荣华富贵，甚至不能给她一个正常的平静的家，但是我知道世界上只有她最适合我，也只有我最适合她。我们等待亲人的祝福。"

他说着，玹子站在他身边，显然他们的想法是一致的。

子勤很不安，他想问一句："你的党同意吗？"踌躇着还是没有说。

绛初已经站起身来，大声说："玹子，你明白你的行动有多可怕吗？"

玹子走上来依偎着母亲，低声说："我有什么不明白？我明白卫葑是个好人。"

绛初忽然哭出声来，说："天下好人多得是！儿子已经没有了，我还要丢了女儿吗？"

卫葑站在一边不知怎样是好。他看着玹子，玹子只顾看着母亲。他又望着子勤，目光里含着询问和祈求。

子勤对他微笑，走近来说："好了，我同意。"

绛初停止了哭，她想大声说："我不同意。"但是眼前的卫葑端正挺拔，神色竟有些悲凉，使得她只喃喃地说了一句什么。

子勤忙走到她身边，再说一遍："好了，我们同意。"

玹子和卫葑对望一眼，卫葑上前鞠躬。他的时间有限，他很抱歉，他只能这样简单地办理这件大事，他还要留些时间去见弗之夫妇。

玹子指了指碧初的房间，卫葑敲门进去。弗之、碧初已感觉到澹台家有重要的客人，见到卫葑，不免吃惊。

碧初道："你怎么来了？"再一想，他是必须要来的。她让卫葑坐。

卫葑只扶着椅背说："五叔五婶大概已经猜到我来做什么。我和玹子已经订婚，也得到了父母的同意。我必须来看望五叔五婶，从我到明仑上大学，一直到工作，都得到五叔五婶的照顾，如同我的父母。现在我走这样一条路,又得到你们的理解,感谢的话是不用说的,我时时在挂念着你们。将来的事现在很难预料,不知道五叔有什么打算。"弗之一时没有回答,卫葑又说,"也许有人会劝您离开北平——"

弗之想问:谁来劝我?又上哪里去?却没有说。他知道,如果卫葑不说,就不用问。便简单地回答:"我哪儿也不会去,我知道回北平后还是不会有一张安静的书桌。我一贯反对内战,你是知道的。也只能尽心而已。"

卫葑听到哪儿也不会去的话,似乎有些安慰。舅甥二人心底有很多话想说,可是他们没有交谈的条件。

"一动不如一静。五婶的身体还要好好调养,好在嵋和小娃都在身边。我的时间有限,也不多说了,希望大家能过好以后的日子。我现在就告辞。"

卫葑说完,很有些依依不舍。弗之夫妇也有些舍不得,知道他不能多留,送出房来和子勤夫妇一同站在廊上。

弗之对子勤说:"子勤兄,二姐,我和碧初道喜了。在这世界上我们算是卫葑的家长,子勤兄和二姐能够这样理解,不挑剔,我从心里感到安慰,也为两个年轻人高兴。"

碧初说:"二姐,玹子所托得人是大喜事啊!"

子勤呵呵一笑道:"我们是亲上加亲。"绛初绷着脸不说话。

是卫葑离开的时候了,他向四位长辈鞠躬,说道:"我真的抱歉,我现在必须告别。一切一切还要请长辈原谅。"又再鞠躬,说,"我只有感谢,请长辈们回房,我走了。"

他和玹子朝楼梯口走去,再回头看,廊上已经无人。

玹子一手扶着栏杆,说:"我们不能带着阿难?我们拿他怎么办?"

"我想把他托付给老家的姐姐,你看呢?"卫葑说。

"不好。"玹子说,"我看还是托付给妈妈吧。阿难已经习惯了我家的生活,妈妈也很喜欢他。"

卫葑感谢地望着玹子,说:"那是很累人的——只好拜托姥姥了。"

两人下楼来到院中,玹子低声说:"我送你一程?"

卫葑微笑道:"怎么可以呢,我还有事。"

他们在大门旁握手,卫葑走了几步,忽然转回,在玹子耳边说:"我会来接你。"

玹子泪光莹然。他们再握手,冷静地分别了。

卫葑停留的时间很短,却像扔了一颗炸弹似的,搅动了这个安静的院落,大家都有些惶惶然。

弗之夫妇对这个消息倒是甚感安慰。他们深知卫葑是可信可托之人,是一个有信念的漂泊者。绛初强忍下来的恼怒继续发作,她对碧初数落着卫葑的不是。她说卫葑是在设计一个骗局,虽然她心里明知不是这样。又说要把阿难扔出门外,她自己其实也不愿意。

碧初轻声安慰着,说:"只要不打内战,一切正常,卫葑绝对是个好夫婿。"

"他能保证什么? 他什么也不能保证,他自己都说了。"绛初冷冷地说。

"是的,他是个诚实的人。这就是他的保证。"碧初说。

玹子把自己关在房里,她想安静一下。她非常心疼母亲,她知道母亲的担忧全因为时局的不稳定。在这样的时局下把将来托付给卫葑更是不稳定,母亲怕失去女儿。如果玮玮在就好了,可是世界上没有如果。她和卫葑本来不是很了解的,他们并没有多少次单独的谈话,可是经过刚才的几十分钟,他们好像从头就认识、就相熟、就了解。

"姑,妈。"阿难在门外叫。

"进来。"玹子应道。

嵋领着阿难进来了:"玹子姐,我真的很高兴。我知道你已经想通了许多问题,你是要到延安那边去吗?"嵋的问题很直接。

"我还没仔细想过。"玹子说。

"迟早总要去吧?"嵋说。

"也要看仗打成什么样。"

阿难拉着玹子的手在自己脸上揉,意思是要玹子拭去泪痕。

嵋看见桌上的请柬,说:"晚上还是去吧?"看见玹子懒洋洋的,便说,"我想去呢,看看重庆的生活。"玹子点头。

合子来到门口,他也想祝贺,可是只说:"吃饭了。"

嵋带笑:"咱们去请二姨妈吃饭吧。"

几个人来到绛初屋内,绛初见了玹子,先板着脸,连声叹气。后来知道玹子仍要去参加舞会,才有几分安慰。她的意识里有一个深深潜伏的念头,希望玹子在什么场合上遇见真正的可心人。这种潜意识现在仍然存在,但愿老天有眼,玹子能改变心意,免得误了她自己和他们一家。

见绛初只坐着不说话,玹子和嵋一边一个走过去将她扶起。

嵋笑说:"二姨妈,怎么着也得吃饭。"几个人下楼来。

不管每个人心里怎样想,发生的事已经发生了。

大家谈论着的跳舞会,在重庆一家大银行的楼上举行。这建筑背山临江,颇有气势。玹子、嵋与合子顺着宽大的楼梯上到二楼,走廊两头都是镜子,互相映照,好像来人都将走进无限深远的地方。几个女孩子正在大厅的门边说笑,讨论的无非是最不值得讨论的事。其中有慧书、殷大士几位云南小姐,还有重庆这边的,她们大部分要回南京去。许多人穿裙子,穿旗袍的不多,但花色式样都很好看,似乎比云南的时装新式些。

"孟灵己!"殷大士忽然看见嵋,惊喜地叫了一声,便向嵋跑过去,用云南话说,"你已经来了好几天了,约你去北碚你也不来,你忙些哪样?"

她穿一条鹅黄色裙子,上身是镶嵌黑色装饰的小圆领衫。人说自澹台玮殉国后,大士的服装总有一点黑色,不知她要维持多久。

"我哪点说得上忙。"嵋也用云南话说,"只是妈妈病着,去哪点也没得兴致。"

大士道:"重庆好耍得很,可惜现在人太少了,他妈的。"她有几分得意地望着嵋,嵋确有几分诧异,她从未听见过大士用这种粗俗的语言。"不过,人少是好现象啊,大家都回南京去了嘛。"大士又说。

几位云南小姐跑过来,有的招呼嵋,有的拉着大士,叫她到那边去。说笑间,几个人都带一声"他妈的"。原来她们以说粗话为时髦,这是一种奇怪的现象。

严慧书走过来和玹子说话,她穿一袭藕荷色连衣裙,系了同样颜色的发带,精神已经好多了。四个人的话题很快集中到回北平,嵋说了下周可以走的好消息,殷大士也要去游玩一趟,她自有游伴。

这时,合子看见一位老同学,那是殷大士的弟弟殷小龙,他们打过架,也谈过心,现在都长大了。"嗨,你在这里!"这是合子的招呼,几个男孩子马上聚在一起。

大厅很宽敞,人不很多。跳舞是重庆一部分人的一种娱乐,以前殷大士在昆明时也专程来参加过。现在国府还都,重庆的官员少了,这大概是这些人的最后一次跳舞会。

庄无因兄妹也来了,他们在靠窗的一个小桌前坐下。玹子和大士已经被熟人拉走,嵋和慧书走过来和无因兄妹坐在一起。

"孟灵己!"又是一声招呼,"你看我是谁?"一个胖胖的女孩把嵋从座位上拉起来。

"是你？"嵋笑道，"赵玉萍！"

"蚕豆还没吃完吗？"慧书在一旁打趣。

这便是和嵋一起偷蚕豆被蛇咬的赵玉屏。她坐下来，和嵋一起跌入童年的无忧无虑和对将来的想往。

厅里的灯光暗下来，音乐响了，这一曲是没有人下场跳的。

一曲终止，一个魁梧的年轻人开始讲话："这种音乐活动断断续续已经举行过多次，我们也用这种形式为抗战募捐，为前方将士送医药，为小学送书本。现在胜利了，我们中间许多人都要离开重庆了，今天大家好好跳一跳吧。"

慧书低声告诉嵋："这人叫辛骁，正在向大士献殷勤。"

音乐又响起了，辛骁很快就来请殷大士。大士故意坐在桌前和别人说话，让他站了一会儿。这是很没礼貌的，但大士做来却是活泼自然，站着的人也不以为怪。场上已经有十几对舞者了，辛骁和大士参加进去，大士鹅黄色的裙子在场子里旋转着，成为一道飞舞的颜色。

玹子被一位年轻的官员请走，随着音乐转了一圈又一圈。

"这是澹台玹。"总是有人在介绍。

无因对嵋说："你要跳吗？ 我们可以学。"

嵋笑道："看看倒还好玩。"

这时来了几个外国人，他们认识无采。无采把他们介绍给嵋，便有人请嵋跳舞。

嵋踌躇地说："我不会跳。"

无采道："我也不怎么会，其实只要跟着走就行。"

很快嵋和无采都进入场地，而且跳得很合拍。

无因仍靠窗坐着。慧书没有跳舞，她怯怯地问无因："要不要让侍者拿些冰来？"无因谢了。慧书很想邀无因去廊外看江，但不敢说。

不久一曲终止，嵋和无采回来，各自用小扇子扇着。嵋笑道:"这个天不适合这样的活动。"

再一曲音乐响起时,嵋怕有人来请,赶快对无因说:"去外边吧?"又要慧书一同去。

慧书犹豫地说:"我再坐一会儿。"

嵋笑道:"坐着干什么? 我们去看江,你来过,你该领路。"

于是三人一同往外走。出门就听见远处的江声,走到外廊栏杆旁看远处的江水,和下午又不同了。月光照在江水上随着江波翻腾,从容地远去,两岸的灯光倒显得微弱了。他们靠着栏杆,良久没有说话。

"这条江上没有萤火虫。"嵋忽然说。

"太远了,有也看不见。"无因说,"我想大概是没有,不过我们很快就会有了。"

"江水和萤火虫,本来是两码事。"嵋沉思地说。

慧书听着对话,觉得他们在把两码事搅在一起讲。她是插不上话的,只默默地看着黑夜中明亮的江水。

嵋和无因说着一些不着边际毫无意义的话,又忽然相视一笑。

嵋转脸问慧书:"我们到一个新地方,总在想离开的那个地方,总在怀旧,好像变老了。你有这个感觉吗?"

慧书说:"我们站在这里,我想起在涌泉寺门前吃火腿坨。"

"那晚月亮很大。"无因好意地说。

"看,这里的月亮也很大。"嵋高兴地仰望黑亮的天空,又俯看罩着白霜的大地。

一个淡黑色的人影从对面街上急急地走过来,走到街的另一头不见了。不久又出现了几个人,也是急匆匆的,有人手里拿着棍棒,像是在追赶什么。

一个夜晚可能发生无比多的事,嵋等不想这些,只在感受山城的月色。

这时玹子照例由几个人簇拥着走过来,笑说:"天太热了,越跳越热,应该去海边游泳。"

就有人接话道:"以后去海边还不容易,青岛、烟台、大连都是我们的。"

又有人说:"大连就不见得。"大家说着话在廊上走了一圈。

在这同时,厅一个角落里发生了一场小小的辩论,话题是合子他们的行期引起的。

合子说:"我们已经等了这么长时间,好容易下周能够走了,能够回北平了。"

殷小龙说:"复员已经快一年了,交通还是那么不畅,都是共产党打内战的缘故。"

合子反驳道:"内战也不是单方面打的,国府这边也太腐败了!"

殷小龙笑道:"你们大学里的人好像谩骂政府就时髦。"

合子说:"我们照实际情况说话。没有民主政治,只能腐败。然后就会引起战争。"

旁边有人问:"什么是民主政治?"

合子说:"国民党一党专政,就不是民主政治。"他还要往下说,殷小龙又加了一句:"反正我谁都不喜欢。"

辛骁岔开话题,说:"咱们不谈这些,天这样热,越说越热了。"他拿起一杯水来喝,"还是冰的呢,现在喝水很容易,我倒想起日本人轰炸重庆的时候,我们躲在防空洞里,几乎一整天都没喝上水。"

合子道:"真的,对重庆的轰炸比对昆明厉害多了。"

辛骁道:"敌人扔下了那么多吨炸弹,并没有生效。他们发明一种疲劳轰炸,每一次来袭的飞机减少了,但是连续不停,这一批走了,紧接着又是下一批,空袭警报不能解除,人们只好躲在防空洞里。后来,实在不耐烦了,许多人不进防空洞了,这样,当然也加重了死伤。敌人还有一种坏主意,就是扔定时炸弹,不知道什么时候爆炸,让你防不胜防。我家就搬了几次,原来的房屋一次一次都被炸毁了。"

旁边一个人说:"我们小学的体育场上一排扔了四个炸弹,一会儿这个炸了,一会儿那个炸了。炸死好几个同学。"

又有人说:"据说,日本天皇曾经发令,还要狠狠地炸,把中国人抗战的精神炸光。难道中国人的精神能炸光吗?到底我们胜利了。"

辛骁道:"我们的胜利多不容易啊!咱们好好建设国家才是。现在只跳舞吧,别再升温了。该跳方阵舞了。"

便有人出去招呼玹子她们。玹子对两个表妹说:"你们这些大欣赏家,进去跳舞吧。"

方阵舞是美国一种乡村舞蹈,每组八人。大家立刻形成了四个队,你来我往,变换位置跳了一阵。八人队形跳得还很有味道,四个队互相变换就开始乱了。女孩子们笑个不停,还是玹子出来弹压,仍跳了一阵八人队形便结束。

音乐再次响起,辛骁来请嵋跳舞。嵋虽不会跳,却跟得很好,很轻很灵活。

辛骁介绍了自己,他的诸多身份中有一项是殷大士的好朋友。他对嵋说:"殷大士常常说起你,她很看得起你。"这话听起来好像应该接一句"不胜荣幸之至",嵋没有搭话。

辛骁又说他和殷大士很快要出国留学。

"学什么?"嵋问。音乐中的鼓声正好盖住了辛骁的答话。

辛骁换过话题,道:"你们要回北平了,你们给云南带来了文化。"

嵋道:"我们都很舍不得昆明,抗战八年,我们的少年留在了这里。"

辛骁认真地看了嵋一眼,把嵋轻轻一推,嵋很自然地转身接

26

上了节拍。

辛骁笑道:"殷大士说你是一位高人。"

嵋也笑道:"她也不矮啊。"

"听说澹台玹是你的表姐?你们真有点像。那么澹台玮是你的表哥了?"辛骁说。

"那是当然。"嵋说。

辛骁又说:"我知道澹台玮是个好青年,我很崇敬他。"

嵋又不搭话。玮玮哥不是舞步中的闲谈资料。

辛骁又说了一些人所共知的事,一曲终了,送嵋回座。

无因取了汽水、刨冰放在桌上。嵋舀着刨冰,告诉无因辛骁的话,说道:"我不知道说这些话有什么意思,好像没说。"

无因微笑道:"你应该知道,他是想说一说澹台玮。"

嵋不语。

这时,合子领了几个和他年纪相仿的学生走过来,介绍说:"他们是物理爱好者。"

为首的少年拿出一本科学杂志,打开了请无因看,原来是一篇文章,介绍无因和他最近发表的一篇论文。

无因有些诧异地说:"我还不知道有人这么注意这篇论文。谢谢你们。"

那少年说他们很想请无因去他们的学校,讲一讲物理知识。"我们懂的很少,但是我们想知道的很多。"这少年看去比他的同伴年纪小,个子不高,显得又天真又聪慧。

无因微笑道:"你几年级?叫什么名字?"

少年道:"我高中二年级了,我叫乔杰。我们很贪心啊!下周五好吗?"

无因说:"我很愿意和你们谈一谈,不过下星期四我们就要回北平了。"

几个少年小声商量了,好像讨论不出另外的时间。

边上一个满脸稚气的学生说,他想知道富兰克林和电的关系,"是富兰克林发现的电吗?"他问。

无因微笑道:"你也对富兰克林感兴趣? 他拉着风筝在大雷雨中跑,这种冒险求知的精神,真让人佩服。他的风筝试验从雷电中发现了电流,但是电不是他发现的。发现电到我们现在这样广泛地使用电,是一个漫长的知识积累过程。希腊人在两千五百多年前,在琥珀中发现了电的现象。英国人吉尔伯特发现了电的力量,他最先使用了 electricity 这个字。"无因顿了一顿,音乐又响起了。灯光亮过又暗,许多人起身跳舞。

这样的场合显然是不适于讨论科学的,无因说:"读几本书好不好?"遂介绍了几本书。

有人还想问什么,被他的同伴制止。他们道了谢便散去了。

几支乐曲后,有一个小节目,是由辛骁和殷大士表演的一曲探戈。他们变换步子非常灵活,辛骁一拉一送,大士很自然地抬手转身,大家都觉得很好看。

乐队休息片刻,便开始演奏《翠堤春晓》里的那首华尔兹。年轻人对这支曲子都很熟悉,有几个人同时向玹子走过来。

这时,一个人忽然走进门来,一身淡黑色,像带着黑夜。他疾步穿过场地,几乎是把别人推开走到玹子面前,拉起她的手。

"你!"玹子有些意外,却并不很惊奇,很自然地随他翩翩起舞。他们踏着节拍,好像坐在船上,从容而惬意。别的舞伴们也纷纷下场,舞步浸在乐曲里,似乎都有一些醉意。

你会跳舞?

这是那边的一种娱乐。

也是这边的娱乐。

……………

可你怎么有时间?

我经过了多少日夜才找到你,这一点相聚的时间实在是逼出来的。你很难想象。

我不深问。

为了你我考虑过很久,我永远不能把全身心交给一位同志。

我不是同志吗?

你会是的。可是会永远为我保留一小方园地。

……………

我知道你心里在问,组织允许吗?

玹子的眼睛表示她确有这个问题。

我们会努力去做应该做的事情,你也许以为这是答非所问。不过这是我所想的。

你永远在矛盾之中,因为我?

因为你代表着一种生活,一种充满人情的生活。

他们舞过了第一圈,脚步越来越慢。他们彼此越来越靠近,忽然又分开,各自一个转身,又合在一起。两人都在心里问,怎么有这样的默契?好像至少每星期六都聚会。可是他们哪里有这样的福分。又一圈舞过去了。

我会来接你。

我知道。

北平?老地方?

玹子点头,还有灿烂的一笑。

音乐变得急促,人们的步子快起来。十几对舞伴在场地上旋转成一朵大花,一层层花瓣叠合又分开,仿佛每个人都在创作一种属于自己的舞步。两个人,一个白色,一个淡黑,成为花心,在旋转中还时时透出一点红光。

"多么奇妙。"嵋和无因在场外看着,"这是一场婚礼啊!"嵋轻声说。

"是卫葑和玹子的婚礼吗?"无因像是在问自己。他和嵋互相望了一眼,又都去看那像水波一样移动着的人群。那一黑一白的花心在人群中间十分触目。

音乐大声响起来,舞会快结束了。卫荜领玹子舞到人群外,在一个节拍上吻了玹子的手,然后大步走下楼去。玹子平静地站在门边,接住卫荜下楼转身时的一个微笑。

乐队奏响了那曲《骊歌》,舞会结束了。人们互相道别。

大士问慧书:"和澹台玹跳舞的是谁?"

慧书苦笑道:"我真的不知道,我没有见过他。"

大士又问嵋,嵋说:"总是玹子自己认识的人吧。"

大士便不再问,和嵋约好在北平见。

三

次日清晨,嵋醒得很早。她脑子里还留着昨晚舞会的印象。那场面很是奇异,五彩缤纷的衣裙围绕着黑白两株花心在旋转。那淡黑色的一株就是从街上走过去的那个人。他正在躲避,正在逃,逃到舞会当中来,举行了一场婚礼。这个人又不是别人,正是她的表兄卫荜。

"孟小姐,我去买菜喽!"李嫂在楼下大声说,"泡饭在锅里,烟了半边喽!"接着一阵笑声,好像很开心。大门哐当一声关上了。

不知为什么,李嫂去买菜的时候,总要和嵋打声招呼。

嵋曾问过玹子,自己没有来的时候,李嫂和谁打招呼。

玹子一笑:"可能是和大门吧。"

这时嵋想,这不是值得考虑的问题,舞会上的婚礼才是值得研究的,研究他的出现和发展,将来会怎样。

嵋这样想着,起了床。她穿着一件浅红色圆领的绸睡衣,裙边绣着一朵水灵灵的白荷花,完全是个小姑娘的样子。睡衣是这里的一位官员夫人送的。她是绛、碧二人的老同学,来看过碧初,夸嵋秀外慧中、文武全才。她的意思大概是说文理兼通。

嵋梳洗后便到厨房,盛了一碗煳泡饭,拿了一小碟榨菜,走到天井中那棵不知名的树下坐着吃早饭。这棵树在晨光里显得格外挺拔,几条树枝生得很低,叶子绿油油的。

嵋享受着煳泡饭和早上的清凉,很觉惬意。思绪又回到婚礼上,这场婚礼当事人不知道怎样想。

这时,玹子从楼上下来,走进厨房,片刻,端着一个红漆小托盘走出来,上面有一碗泡饭和一小碟萝卜条,还有一个切成两半的咸鸭蛋。她穿一件浅绿色的绸睡衣,上有墨绿、深绿等色的小花朵,腰带松松地垂着,显得安详、娴静,略有些慵懒。

玹子脸上略带笑意对嵋说:"你这么早?泡饭煳成这样,这就是我们这几年的生活。"说着也在树下坐了,先递给嵋半个咸鸭蛋,说,"你怎么不拿?"

嵋接过咸蛋:"我看咸蛋好像不多了。"

玹子说:"一会儿李嫂会买回来。要不要萝卜条?"她把手里的咸菜碟递给嵋,"小心,辣得很啊。"

嵋撚起一根,小心地咬了一口,说:"很好,就是太辣。我吃辣的水平太低了,不能消受。"

"在昆明那么多年怎么也没长进,其实我也一样。辣椒可以让人清醒,你爱胡思乱想,应该训练自己吃辣。"玹子笑说。

嵋喃喃地说:"胡思乱想?是有一点吧。"她迎着玹子询问的眼光,"说真的,我正想着你,你和葶哥,你似乎很平静。"

玹子放下手中的食物,起身走到树的另一边,拉着一枝树枝站了一会儿,说:"好妹妹,我看起来很平静吗?我觉得自己很了不起。"

嵋问:"你愿意听我说吗?"

玹子道:"很愿意,让我做一个好学生。"便又走回来,坐在树下。嵋便把她看见的和她想的告诉玹子。

"是吗?"玹子回想着昨晚的舞会。她的感受非常复杂,到现在也没有理清楚。上午刚刚成为未婚夫,晚上突然出现在未被邀请的舞会上。而他又确曾说过他来参加舞会是被逼的。

"那真像是一场婚礼。"嵋说。

"是吗?"玹子沉思地说,"我们举行了一场婚礼?"

"是的,我和无因都这样想,很奇妙的,这场面又帮他躲过了灾难。"嵋也沉思地说,"我看过一篇小说,死囚牢里逃走了一名犯人,犯人和来逮捕他的刽子手一同饮酒,然后友好地道别。"嵋自己笑起来。

"我们可没有那么严重,追和逃是会互相变换位置的。现在追的,将来可能逃。民主自由永远是美好的词句,让人很向往,连我在内。实际上我懂什么? 我只觉得有他这样人参加的事业,一定会成功。"玹子说。

嵋看着玹子姣好的面庞,觉得从昨天到今天,玹子从感情上更坚定了她的政治方向。这没有什么好讨论的,便说道:"当然,我们都相信葑哥。不过我们现在对各方的了解都很表面。"

"怎么能做更深入的了解? 我简直没有这种要求。"玹子说。

"我有这样的要求,可是很难做到的,因为没有那样的水平。"嵋说。

"你还没有水平? 你懂得的道理比我多多了。"玹子说。

"岂敢!"嵋说,"多知道的只是一点 X+Y=Z 罢了。"

两人不语,都在沉思。这时,小院里已经有些热意,太阳快出来了。

片刻,嵋笑说:"太阳真了不起,还没有出来已经这样热了。记得那年在海上看日出,无因和玮玮哥背诵了曼弗雷德歌颂太阳的诗句。许多年后我在图书馆里读到了,很美——四季之父,气候之王,居住在这气候里的万民之主啊! 无论远近,我们的天赋精神里都有你的色彩,如同我们的外貌。"嵋用英语背诵。

玦子接道:"你在光辉中升起,照耀,沉落——"她忽然停住,微笑道,"这一段是描写夕阳的。曼弗雷德要永远离开这个世界了。"

两人不觉都向小院周围看,好像要看曼弗雷德从哪里下场。

玦子又说:"说起读书,我不如你们,我不是读书种子。读了好些英文名著,印象深的不多,倒是对曼弗雷德有些感受。不知为什么我特别喜欢这些诗句,我真的不知道为什么。是不是因为他讲罪恶和死亡,讲对宗教和精灵的蔑视,我们觉得很新鲜?"

嵋说:"似乎曼弗雷德特别被人称道的是不拿灵魂做交易,而是自己做起诉人和审判官。我还觉得拜伦这部诗剧有一种吸引人的神秘力量。神秘的力量不能说透,太实了就没有意思了。我和无因讨论过。"

"可不是,我也喜欢那种神秘的力量。其实我们都被一种力量所掌握,那就是命运。"玦子说。又忽然笑道:"你真的长大了,一口一个我和无因、无因和我,你不觉得吗?"

嵋有些不好意思,岔开话道:"你上的是夏正恩先生的英诗课吧?"

玦子道:"正是。"

嵋道:"我也旁听过,夏先生的朗读非常有音乐性,英诗真美。"她停了一下,"你很运气,你的信仰连终身大事一起有了归宿,至少是朝着一个方向。"

这时,楼上响起了阿难咯咯的笑声。

"妈——姑! 姑——妈!"阿难在楼上栏杆旁,把小脸贴近栏杆间,笑着喊:"我起来了! 我做梦了!"接着又笑。引得院中的两人也笑起来。看他的王嫂将他抱起,玦子大声说:"不要下来了,已经热了。"

清晨已经过去,楼上的人在说话,玹子和嵋都上楼去了。

十三尺坡小院表面已经平静下来。然而每个人的内心都激荡着不同的波澜。

内心最得到安慰的当然是玹子,她有了正式的期待,可是这期待又充满了未知数。整个时局一点一滴的变化,似乎都关系到她的命运。她读进步书籍有了更多的动力,她希望了解新生的一切,更希望参加到争取光明的队伍中去。这对她都是必要的。

最不平静的是绛初,她没有看见那场"婚礼",却觉得卫葑出现以后,玹子正在慢慢地远去。她常常莫名其妙地难过,悄悄地流泪,盯着玮玮的照片看许久。然后把阿难抱起来,觉得这小人儿还比较可靠。

子勤永远是稳重、平和、实事求是的,他认为女儿应该走她自己的路。他在夜深人静时常常劝慰绛初,说年轻人不需要干扰,儿女长大总是要离开父母的。至于往何处去,只能由他们自己决定。而在他自己心底,对玹子的进步未尝没有疑惑,他觉得"喜读书不求甚解"现在用在玹子身上很合适。作为国民政府的一个官员,他清醒地了解它的腐败。但中国人终于获得了抗战胜利,这是了不起的。他认为,如果全国上下同心合力,国家未尝没有前途。

他很想和玹子谈一谈,可是,他觉得很困难。一直到他要去南京的前夕,澹台家三个人才坐在一起,有一番家庭谈话。

这天晚上停电,那时各大城市差不多都是分区停电。澹台家的一盏大号煤油灯光线很柔和。玹子到父母房间来看看,见父母都在房里,便坐在母亲身边。

子勤对玹子说:"你的终身大事总算定了,我是很高兴的。妈妈也是很高兴的。卫葑的人品很好,没有什么可担忧的。只是和政治纠缠得太紧,让人不放心。虽然我在政府做官,可是我是技术官员,和卫莳不一样的。"

玹子低着头轻声说:"我懂。"

子勤继续说:"你现在读的书还是很表面的。对共产党有深入了解的人并不多,我有几位研究政治的朋友,也都在观望。我和妈妈是要到国外生活的,也许有一天你会来和我们相会,但是……"

绛初和玹子都已泪流满面。玹子呜咽地说:"阿难怎么办?"

子勤道:"凌家的情况不好。我上次去北平时间太紧,也不便去看他们。京尧现在不知是不是办了保外就医,他的身体很不好。如果他们不能抚养……"他看着绛初,没有说下去。

绛初接上来说:"我们来抚养,你去革命吧。"她心里很怪玹子,可是目光却含有无限的体贴。

"爸爸,妈妈,"玹子哽咽道,"我实在是不孝的女儿。我已经答应卫莳什么时候他来接我,我就随他走。你们身边就没有年轻人了。"

绛初拭泪道:"那不算什么。只是怎么能让人放心你,你怎么能搞政治?"

玹子低头不语,一会儿,抬头望着父母道:"车到山前必有路,总会有办法的。"

次日清晨,十三尺坡全体居民,除了碧初,都送子勤到坡下上车去南京。

院中少了子勤,好像少了许多人。合子说:"真奇怪,二姨父平常也不大在家,为什么他一走就冷清了好些?"

星期天,吴家馨忽然出现在十三尺坡小院。作为周弼的未亡人,她到重庆后本可以住在临时宿舍。因有亲戚,便住在亲戚家。她这时出现,大家都很高兴。

家馨先到碧初房间问安,碧初见她更瘦了,心里暗暗叹息,问:"孩子交给谁了?"

家馨道:"托亲戚照护一会儿,所以我得赶快回去。"她接过嵋递过来的冰水和扇子,"我要走了,好容易买到一张船票。先到上海回杭州看看,还要到北平去。前两天见到熟人,说萧先生在北平还问起我,说北平总有事做。"

嵋说:"北平熟人也多。"

家馨说:"我哥哥家縠胜利后在北平中学教书,现在也在杭州。我也许和他一起去北平。"

碧初和嵋本来知道吴家馨有哥哥,但从未注意。现在觉得吴家馨应该有个伴儿,能有哥哥也很好。

嵋说:"我记得你有哥哥,好像姐姐说起过。"

家馨说:"抗战那年我们一同去劳军。后来哥哥在昆明毕业,就去战地服务团了。"

"直接参加抗战,我一直佩服这样的人。"嵋好意地说。

"哥哥是一个很有思想有才气的人,而且很能办事。"家馨说。

说了几句闲话后,家馨又说:"上个星期有人来找我,要我到一个会上讲一讲周弼被害的事情,我拒绝了。"

嵋询问地望着她,似乎在问为什么。

家馨凄然一笑:"我不想讲,我不想对着大庭广众去翻弄自己的伤口。"她停了一下,"那些人苦口婆心地劝了我很久,我还是坚决拒绝了。"

嵋暗想,若是要自己做那样的宣讲也会是不情愿的。她给家馨扇了几下扇子,说:"吴姐姐,我觉得你很勇敢。"

家馨说:"那势必成为一种当众的哭诉,我不喜欢这样做。"

"也许以后可以写出来。"嵋若有所思。

家馨低头不语,和孟家人的谈话,使她想起仇欣雷。她现在住的人家也是仇欣雷的亲戚,除了同情家馨青年丧夫以外,也不免惋惜欣雷的遇难,他们的谈论使得家馨更增加了痛苦。

往事是应该忘记的。周弼却不同,他是自己的丈夫,是一家人,又是被政治势力暗杀,这样的伤口是很难愈合的,也许要记一辈子。

大家沉默了片刻,家馨站起说:"我好像听见孩子哭,我回去了。对了,你们什么时候走?"

"就是这个星期四,直飞北平,当天可以到。"嵋说。

"我可能要走上两个月呢。"家馨说,又问碧初,"孟离己什么时候回北平?"

碧初叹道:"我们到重庆后还没有她的消息。"

家馨道:"总会在北平相见,那时伯母身体就会好了。"

家馨和碧初道别,嵋送她出了大门。

家馨忽然问:"你们还记得仉欣雷吗?"

嵋拉住家馨的手,用力握了一下,有些责怪地望着家馨,说:"当然,他是我们的亲戚,而且永远是我们的亲戚,那是不会变的。"

家馨点点头,喃喃地说:"可是他已经死了。"

嵋脑海中一时闪过许多人,他们都死了。她没有再说话。

家馨也用力握了一下嵋的手,转身往一边路上走去,去坐公共汽车。

这边台阶走上来一个人,是慧书。她坐黄包车到坡下,自己拎着两个包上来,和嵋一起走进门去。

知道二姨父已经走了,她遗憾地说:"我前两天就要回来,殷大士他们又要到北碚,便又耽搁了。"她照旧和嵋同住一间屋,等候去北平。

晚上,绛初特地来房间看望慧书,说了些闲话,问了些殷家情况,又嘱咐她一切要像在自己家里才好。

这些话,慧书每次回来绛初都要说一遍。慧书点头应着,心中凄然。

回北平的一天终于到来了。这天一早,孟樾一家连同慧书离开了十三尺坡小院,向站在门口的绛初和玹子挥手告别。他们不久将在北平相见。

孟家人到了学校临时宿舍,和许多人一起上了几辆卡车,穿过四川的田野来到机场。

人们都穿得很多,甚至披着厚重的雨衣。那是因为带的行李重量有限制,而人的重量是不限制的,人就鼓胀起来。

简陋的候机室里,只有几条长板凳。孩子们都自觉地散开,让大人坐。

嵋和合子站在窗前,看着停在飞机场上的飞机。合子看得非常仔细,几乎要看到飞机的内部,嵋则几乎是视而不见。

"孟姐姐!"一个清脆的声音,让他们都回过头来。

只见一个清秀的女孩正向他们走过来,那是周燕殊,航空系徐还教授的女儿。她比嵋略矮些,此时因为多穿了衣服,显得有些臃肿。漆黑的短发两边向外翘起,使她在文雅中带着几分调皮。她两肩各挎着两个包,还没有上路已经是风尘仆仆的样子。

嵋笑说:"你背得好沉。"

"还有什么东西要我帮着拿吗?"合子问。

他和燕殊本是同学,那年大学校庆时合子见过徐还教授,以后又去过周家几次,和燕殊很熟了。

燕殊拉拉肩上的包,微笑道:"都在这里了。"便站在嵋身边向窗外看。

燕殊的父亲原也是航空系教授,到昆明不久,便得了斑疹伤寒,病了许久,终于不治。这也是抗战中的一种牺牲。许多人,许多人,我们回去了,他们留在那里。

三个年轻人望着广阔的田野,心中有不同的感触。有凄凉,有惋惜,更多的是兴奋:我们终于要回北平了。

"北平的天气总要凉爽些。"嵋说,"重庆真是火炉。"

"可不是,真热。"燕殊用小手帕轻拭鬓边,"我也穿得太多了。"

"到空中就不热了。"合子接话道,"也许会冷,我估计这种飞机不会供暖。"

远处的飞机舱门打开,放下了舷梯。人们看得清楚,都不自觉地整理着手提的大包小包。

"登机!"从候机室另一头传话过来。

"登机!"大家都向门口走去。

燕殊跑过去,拉起坐在长凳上的母亲,嵋、合也到父母身边,一起出了候机室。他们慢慢走着,看见刘仰泽在人群中,旁边的几个人大概就是他的家人了。刘太太看上去身体颇不错,比李太太金士珍强多了。

他们穿过一片田地,走到飞机前,再爬上舷梯。这是一架大货机,机舱里空荡荡的,摆着两排木凳。还有一把旧藤椅,大家都知道那是为梁明时准备的。

人们走进机舱,各自找地方席地而坐。孟家、庄家和李涟一家在一个舷窗下铺了几块油布,坐了下来,随身带的大包小包就成了靠垫。

有人来让孟先生和庄先生去坐木板凳,他们都拒绝,说现在的"沙发"很好。

徐还母女在另一边舷窗下坐定。梁先生上来了,有人招呼他去坐藤椅,他点点头说:"谢谢,谢谢。"藤椅恰在徐还母女旁边,他和徐还打招呼,便坐下了。拐杖掉在地下,燕殊忙过来拾起,把它靠在椅边。

明时问:"你叫什么名字?"

燕殊恭敬地回答:"周燕殊。"

明时问:"是特殊的殊吗?"

燕殊回答:"正是。"

明时道:"不是一般的燕子,而是特殊的燕子。"

"是钢铁的燕子。"燕殊低声说。

机舱门关上了,从扩音器里传出一个好听的男中音,说的是四川话:"请大家坐好,飞机马上要起飞了。机舱里木凳下面有呕吐袋。"

飞机轰鸣着,响了好一阵,又滑行了好一阵,起飞了。人们鼓起掌来。

庄卣辰忽然站起来,大喊了一声:"我们回家了!"玳拉低声用英语附和着,可惜声音淹没在引擎的轰鸣中。

飞机越升越高,白云落在下面,有时厚厚的,好像可以踩上去,有时很薄,好像可以撕扯开来。孩子们挤在舷窗前向外看,飞呀飞呀! 他们的心在喊。向着北方! 向着家乡! 飞呀!飞呀!

最初的兴奋过去,大家沉默了。

无因低声问嵋:"到了北平,你最先要做什么?"

嵋想了想:"我不知道,想做的事太多了。"又想了想,"我们大概先到香粟斜街。娘,是不是?"

她伏在碧初耳边问,碧初点头。因为他们在校园中的家"方壶"损坏严重,学校复员要办的事很多,还没有来得及修理。他们只得到城内住些时。

"其实我也不知道。"无因说。

"我要拿一块土吃下去。"合子说。

"我看你吃。"嵋笑道。

之薇问:"你们笑什么?"嵋大声把问题传给之薇。她略一沉吟,说:"我要吃一碗豆腐脑,还有炸油条。"

合子起身走过机舱,去到徐还那边。他向徐还母女提出这个问题。

徐还说:"我要去看风洞。"那是航空教学不可少的,可是昆明没有。

"我要去看爸爸。"燕殊莫名其妙地说,"我们离开北平的时候,他抱着我。"

燕殊的回答叫人心酸,徐还的眼睛湿润了。

合子心里非常抱歉这样打搅她们,忙用别的话岔过去。因为说话声音大,许多人听到了这个题目,成为旅途中一次小小的讨论。

对于这个话题,只有严慧书的心情与众人不大一样。她也兴奋,但那是因为新奇。她也欢喜,欢喜里夹缠着凄凉。胜利了,而她在胜利以后成了孤儿,内战使她失去了父母。她虽然以前随母亲到过北平,北平却不是她的家,而是一个陌生的地方。她不是还乡的游子,而是漂泊的游客。

飞机突然向下落了一截,又迅速地拉起。接着是一阵猛烈的颠簸,整个飞机都在发抖。这里那里响起了呕吐的声音。呕吐袋是飞行中必备的,很快被拿完了。机舱中几乎三分之一的人都在吐。

李太太金士珍吐得很厉害,之荃捧着呕吐袋,之薇用毛巾为她擦拭。嵋也拿了纸袋来为母亲准备着,碧初却只是头晕,并没有吐。

又过了一会儿,慧书觉得很不舒服,知道自己要吐,而呕吐袋已经没有了,她向四面看。嵋发现了她神气不对,忙站起来把呕吐袋递给她。慧书一直挨着碧初坐,这时背过身去吐了几口。

碧初怜惜地拍拍她,命嵋倒了一杯水来,招呼她漱口喝水。

嵋轻声说:"如果还想吐,不要忍着。"慧书摇摇头,捏了捏嵋的手。嵋说:"你休息一会儿吧。"便把呕吐袋拎走。

过了片刻,慧书渐觉好些,不觉向无因那边望了一眼。见无因和峨正在看一本书,无因指点着说着什么。

这时合子坐到她身边,问道:"慧姐姐,你好些吗?"

慧书道:"好些了。你们也不是常坐飞机,怎么都不吐?"

合子道:"这是飞机不好,所以会吐。以后的飞机就不会让人这样不舒服了。慧姐姐,咱们想点别的事,你到北平最先想做什么?"

慧书已经听见大家在讨论这个问题,却没有想过自己想做什么,因为北平在她的心中只是一片茫然。如果能知道自己关心的所在就好了,那会有一种归宿感。她觉得合子不会懂这些想法,苦笑了一下,没有说话。

飞机又颠簸起来,这次较轻,还是有些人吐了,慧书倒没有吐。

快到中午了,飞机在武汉加油,起落架放了三次才成功,每次下降又拉起,都给人们带来一阵眩晕。飞机终于停稳了,很快加了油便又起飞。

午餐是自备的,有人拿出带的饼干、面包和水就地开饭。玟拉在地上铺了一块白桌布,摆上几摞三明治招呼大家共用。峨摆出了一些包子、饼干之类。大家都不很积极,倒是孟、庄两位先生兴致勃勃地享用了他们的一份。

弗之对卤辰说:"以后的人坐飞机的机会一定很多,有多少人能体会我们这时飞向家乡的心情?不容易啊!"

"不容易啊!"卤辰也说,"胜利已经够沉重了,现在还有担忧。"

"我们已经够不容易了。"弗之说,"要后人了解更不容易。"

"也不见得很难了解。"卤辰说,"只要有君子之心应该不难。"

弗之微叹,望着卤辰总是有几分天真的脸,又望着窗外,喃喃自语。八年的岁月,三千里路的艰难,半日间要得到偿还。窗虽小,望出去却是无边无际的。

午餐后,机舱里又沉默下来。人们不说话,都睁大着眼睛,不肯放过能看到的哪怕是极细小的事物。这时飞机已经飞得很高,大家觉得身上凉飕飕的。有人说穿得还不够,引起一阵笑声。

时光已经到了下午,飞机进入北方的天空了。快飞! 快飞! 人们在心里为飞机鼓劲。

"北平! 我看见了!"有人在舷窗边大喊了一声,许多人拥过去看。果然远处城郭在望,飞机下面树木渐渐多起来。

"那里有一片水!"有人大叫。

"昆明湖!"有人回应。

北平! 我们回来了! 下午三时二十四分,飞机到达北平西苑机场。

飞机停稳了,扩音器里传出好听的声音:"北平,到了。"人们这时倒安静下来,坐着不动。

机舱门拉开了,一位工作人员出现在门边。他是从地面上来的,他站得笔直,大声报告:"北平,到了。"

北平,到了。这用熟悉的口音说出的几个字,大家听起来如同仙乐一般。

人们纷纷站起来,慢慢地有秩序地一个个走下舷梯。七月的阳光照着大地,远处是一片稻田,绿油油的。

"京西稻。"有人说。有几个人弯腰去抚摸脚下的土地。

两位记者正等在舷梯下,连说:"欢迎! 欢迎!"

其中一位见下来的人里没有晏不来,便问身边的钱明经:"晏不来没有在飞机上吗? 我是他的老同学。"

钱明经道:"他已经先来了。"

记者又问:"哪一位是孟樾先生?"

明经引他向孟樾走去。记者介绍自己叫陈骏,想请孟先生讲几句话。他的报纸是一家进步大报,常有教授发言。

弗之略有迟疑,明经说:"孟先生,你替我们说几句话吧,我想大家都有话说。"

弗之看看大家期待的目光,便说道:"我想我们大家最突出的感觉是高兴,我在天空上已经看见了朝思暮想的北平城,我能猜出来哪儿是天安门,哪儿是太庙,哪儿是中山公园。我好像看见了中山公园里的公理战胜坊。公理战胜,世界才能存在,人类才能存在。同时,我们的高兴不是轻松的,是沉重的。因为这是八年艰苦的斗争换来的,是多少人的牺牲换来的。我们在回到北平最高兴的一刹那,要向牺牲的中华儿女致敬。"

大家鼓掌,表示赞成他的话。

陈骏拿着笔做记录,一面说:"好,就是这几句。"

合子真的捡起一小块泥土,在嵋眼前一晃往嘴里送。

嵋在合子手上拍了一下,打落了那土块,笑说:"你还要得肠梗阻!"

合子说:"我已经舔到了。"

"什么味道?"嵋笑问。

合子道:"简直没什么味,我吃得太少了,我不想再得肠梗阻。"

学校有车来接,另有一辆车是供孟家人使用的。司机递给孟弗之一个信封,是次日学校要开校务会议的通知。李涟一家正好搭车,他们和大家告别,上了这辆车。人多车小,倒是都塞了进去。

合子最后上车,他站在门边大声说:"北平! 北平到了!"

北平，我心中的城

　　亲爱的北平，我们回来了。我们是飞回来的，本来空中就是我的天下。空中的路是胜利之路，我离开你的时候年纪太小，印象太少。记得的只是方壶，方壶后面的小溪，和小溪上的萤火虫，城里面只记得香粟斜街的住房和后花园。大人们的怀念和叙述，包括小姐姐的描述，在我心中建造了北平城。北平，你是我们心中的城。我们回来了。

　　看那田野是这样的绿，好像要胀开来。太阳照着，有些地方闪着白光。下飞机的时候，有人在嚷嚷"京西稻"。我知道那是一种好稻米，进贡用的，皇帝用的。以后再不会有皇帝了，我们能推翻统治了两千年的皇帝，也能赶走入侵的强敌。虽然我没有尽什么力，我却觉得很自豪，为每一个中国人自豪。

　　田野的绿色间也有大片荒芜的土地，大概是没有来得及种。胜利以后来不及做的事一定很多。郊外的路不很平坦，这是敌人践踏过的，胜利一年来还没有来得及修理。这里蕴藏着不平之气，蕴藏着重建家园的愿望。这是它应该有的面貌。

　　车越来越近西直门了，我们先看见瓮城，它是西直门的外围。我看见爹爹取下眼镜，擦拭眼睛。娘用手帕掩住脸，好像怕看见什么。小姐姐睁大眼睛，像要把一切都装进眼晴里。车进了瓮城,看见西直门城楼了,在澄澈的蓝天下,它比瓮城更庄严。城门是这样高大雄伟,让人几乎要屏住呼吸。这是一个古老历史的门,是一个文化的门。如果我不是早已立志征服天空,我就要来研究历史,研究你,亲爱的北平城。你代表什么?我一时说不清。在我模糊的认识里,你代表着中华民族的融合与形成,这太深奥了。但至少我可以明确地感觉到,你代表的是美,不只是山川景色,更主要是历史的美,中国文化的美。

"有轨电车!"之荃叫了一声。那车有些像碧色寨的小火车,叮当叮当在大街上开。

"看见茶汤店吗?"小姐姐指一指街旁的铺面。我看见一个大铜壶在下午的阳光里闪亮。它还是抗战前我们看见的那一把吗?不会的。

我们经过护国寺,车子驶进一条胡同,之荃他们要在这里下车。他们的门前有一棵大槐树,还有一个缺了头的小石狮子。之荃向我挥手,喊了一声:"我们先到家!"我看见李太太向四面鞠躬,李先生也向四面鞠躬。我想李太太是拜她的神佛,可李先生为什么鞠躬?爹爹正好说了:"李先生是感谢天理和众人的努力。"娘微微点头。我想,这正是爹爹下飞机以后讲话的意思。

车子要退出胡同,可是转不过身来,好容易找到一个岔口调转了头。有些孩子跑过来看车,还帮着喊:"倒!倒!"我们都笑了。他们不知道,我们是离开九年以后又回到故乡,若是知道,一定会喊"欢迎欢迎"!如果是坐飞机,就没有这些麻烦,从西苑机场回到香粟斜街,只需要几分钟;什么时候想回昆明去看看,早上去晚上就能回来。再没有任何敌人敢来侵略我们的领空,那蓝天白云是我们自己的。也许有一天,我们会飞到火星去。

车子上了大街,经过北海后门,看见什刹海了,岸边搭着凉棚,可是游人不多。天太热,每个人的心里想来也是不平静的。小时候,穿好冰鞋从后门出去,在什刹海上溜冰。那一年,我得了肠套叠。

　　车在香粟斜街三号门前停下了,那大影壁上涂染了好几处黑灰颜色,显得很脏。开车人跳下来,跑过去敲打那两扇黑漆大门,黑漆有好几处都剥落了。一会儿,门开了,忽然出来许多人帮着搬东西。车开走了,我们对着大门站着,娘好像要跌倒,靠在爹爹手臂上。我不知道他们要站多久,我知道门里再没有了公公。

　　北平,我心中的城! 我们回来了!

第 二 章

一

夏日的星空,笼罩着夜的北平,十分安详宁静。

这古老的城、这许多人心中的城,真的能腾飞吗?

一天的旅途劳累后,孟弗之夫妇躺在久违了的自己的家中,却都不能入睡。他们想着过去的日子。碧初在低声抽泣。

弗之说:"我知道你想什么,过几天婠儿回来再说。"

碧初道:"我想的是一家的事,我知道你现在想的是更大的事。"

两人在沉默中仿佛又听到渐渐远去的撤退的脚步声。他们听出了这脚步声中包含了许多不得已:形势的复杂和保存文物的愿望。他们终于打胜了,回来了。

外面很安静,弗之心里却在翻腾。胜利以来,虽然和平谈判总在断续进行,但战火并未停止。他想着,不觉长叹一声。

碧初说:"赶快睡吧,你明天一早还要回学校,早上凉快些。"

"娘。"是嵋的声音,在窗外。

"是嵋吗?"

"娘,明天我随爹爹去学校,好不好?反正这里也没有事。我去看看方壶修理得怎么样了。"

"你起得来吗?"碧初说,其实她知道这在嵋是不成问题的。

"娘!"嵋的声音里透露出一丝娇嗔。

碧初询问地看着弗之,弗之点头。

碧初遂道:"去吧。"

"娘还有什么要我做的事吗?"嵋问。

碧初说:"没事了,都早些睡吧。"

"娘,那我去睡了。"

嵋走开了,留下一个安宁的夜。

第二天,弗之清早起身,正要出门,嵋已掀帘子进房来。

她提着一个蓝花布手袋,说:"爹爹,我们走吧。"碧初轻轻咳嗽,嵋走进内室,轻声问:"娘醒了?"

碧初昨天已经累极,一夜没有睡好。这时见嵋站在床前,穿一件月白细竹布衫,已是亭亭玉立的少女,心中喜欢。

嵋抚着碧初的手说:"娘休息吧,我先去看看方壶。"

碧初叮嘱道:"爹爹要在学校住两天,你自己早些回来。"

父女二人乘有轨电车叮叮当当到了西单,赶坐学校的校车。

街上一切似乎都是老样子,可又那么不寻常。店铺大都还没有开门。

乘校车的人不多,嵋在车上远远望见明仑大学的校门,感到十分惊异。九年了,当初离开的时候并不知道要九年以后才能再见。那时自己还是个孩子,现在已经是成年人了。

"爹爹,这门怎么变小了?"她不禁问。

弗之也是百感交集,听见嵋问,不禁微笑:"因为你长大了。"

"长大了。"嵋喃喃地自语。

车子进了校门,沿着小河向前,嵋的思绪随着小河延伸。自己就要在这里上大学了,这里是自己的家,也是自己的学校。

车绕过一个小山,在石桥边小广场停住,这里是明仑大学的中心,来往各处都从这里经过。广场东北离小河不远有一座牌坊,形式很像长安街上的单牌楼,但要精致些,两个方正的石头底座,上面刻了些花纹,四周也有花纹,细看是许多名字,这些名字不见经传,也没有考证出来都是何人。牌坊里侧有一段墙,墙下后来成为发表言论的场所。

弗之领着嵋绕牌坊走了一周,便往方壶走去。路上见许多工人来去,还有运材料的汽车、马车。学校还是个大工地。

"骆驼!"嵋低声道。果然一队骆驼正沿着小河走来,背上驮着沉重的石料,它们也是重建校园的参加者。

父女二人走到方壶,一个领工模样的人看见弗之,上下打量了两眼,走上来问:"是孟先生吧?瞧这鬼子把咱们校园弄成什么样子!我从去年就在修,直到现在还没修完。"

弗之微笑道:"辛苦。这座房子还要几天修好?"

领工回头看了看说:"十来天吧,不会弄到半个月去。"

弗之在屋内各处看看,不再说什么。只对嵋说:"我去倚云厅开会,你自己进城吧。"

两人走到门口衣帽间,嵋转身看见门楣匾上两个篆字,有些惊喜。心想,你们还在这里!

"方壶"是这座房屋的名字,嵋从小就认得的,还曾和玮玮哥讨论过,说这座房子并不像一个壶。这时便叫一声:"爹爹你看,这两个字是什么意思?"

弗之转身端详着笑道:"这两个篆字在这里倒很好看。"又对嵋说,"方壶是一种盛酒的容器,《仪礼》上有记载。还有一个说法,方壶和瀛洲、蓬莱都是海上仙山,这房子有这样一个名字,也是很有趣的。你也不要停留太久,早点回城里去,免得娘惦记。"说罢自去了。

嵋目送爹爹,又看见那株在方壶和圆甑之间的罗汉松,心想,你也长大了。

嵋又走进屋内,去看九年前与合子同住的卧房,又到姐姐的那间较为独立的卧房。从这里可以看见窗外的草地和小溪,草地绿油油的,溪水在阳光下闪亮。

嵋轻轻叹息,姐姐不知道什么时候能回来。遂不再多想,她在各房间穿行一遍,见工人都在忙着,便走出后门去看那条小溪,那是萤火虫的跳舞场。流水依然潺潺,青草依然翠绿,可是时间已经过去这么久了。

忽然听见背后有人叫:"孟灵己?"接着又是一声,"嵋!"

嵋转过头去,看见秦伯母谢方立正站在圆甑的后门,向她招手,她惊喜地走过去叫道:"秦伯母!"

秦伯母问:"你们是昨天到的吧? 今天就要开会了。房子修得怎样?"

嵋答:"说是还要十来天。"

秦伯母道:"我们很久没见面,你又长大了。我是冒叫了一声,几乎认不得了。你进来坐一会儿吧,外面很热。"

嵋随秦伯母进了圆甑。见一个听差在院中搬什么东西,大概是秦伯母刚刚吩咐的。听差抬头,嵋觉得面熟,原来是抗战前就在秦家做事的陈贵裕。

陈贵裕恭敬地叫了一声"孟二小姐",嵋笑着点头,随秦伯母走进屋去。这座房子比方壶大得多,嵋一路见家具什物都差不多还是九年前的样子。

她们到了起居室,室内满地摊着书,墙边两个黑木玻璃门书柜大半空着。窗下一个长靠背躺椅,有门通着花园,门边一把靠背椅上蜷卧着一只小黄猫。秦伯母穿着一件烟色半旧绸衫,当是在整理那些书。

她对嵋道:"这是存在城里亲戚家的,倒是一点没损失。前几天才搬回来,我要理一理。"

嵋问:"怎么理?"

秦伯母道："分类上架，很简单。原来已大致分好的。"

嵋道："我来帮忙。我行吗？"

秦伯母笑道："你还不行？"

嵋很快便找了一块抹布，一本本拭去书上的灰尘，摆进书柜。

秦先生虽然是学工程的，也有很高的文学修养，收藏了不少英文文学名著。其中一套《狄更司选集》是很早的版本，书中还有铜版插图。

嵋抚摸着书说："秦伯伯和秦伯母真是渊博，有这样好的文学书。"

秦伯母道："学理工的人一定要有文化知识，这是办大学的宗旨。"

嵋又见有一套装潢考究的《圣经故事》，想到秦伯母是一位基督徒，这当然是必备的。

这时，小黄猫醒了，端坐在靠背椅上，打量客人。

秦伯母一面调整原已在上层书柜的书，一面介绍说："你看见吗？这是黄三弟，你应该见过它的祖母。"

嵋便也打量黄三弟，它很娇小，一身浅金色很好看。它对嵋打了一个哈欠，跳下椅子走到谢方立身边，依偎着叫了两声。

秦伯母摸摸它，对嵋说："猫就是这个样子。"

嵋眼前闪过几家几代的猫，包括在昆明的拾得和义犬柳，怔了一下，继续理书。

一时一箱书理完了，秦伯母道："我们歇歇，别的下回再说。你看看我们家，还像从前一样吗？"

嵋又穿过客厅，走到门前看那棵罗汉松，转身见门楣上也有两个篆字，仔细看时知是"圆甗"。忽然想起在昆明乡下见到的饭锅，有一个圆圆的草帽。那就是圆甗了。黄三弟跟了过来，嵋将它抱起看那篆字。它不感兴趣，挣扎着跳下地，跑回起居室去了。

"嵋,来吃饭吧。"秦伯母在餐室叫道。

她们在餐桌前坐定,正好秦巽衡从办公室回来了,见了嵋也很高兴。午餐很简单,米饭外不过一荤两素一汤。那汤很好喝,嵋也不敢问是怎么做的。

秦先生问嵋学数学有什么心得,嵋想了想说:"数学离人心很近。"

秦先生看了看嵋,说:"这是你的体会?学科学必须有人文方面的知识,不然便只是工匠。你大概常听爸爸这么说吧?你们家是不缺这个的。"又说,"你一定读过《阿丽思漫游奇境记》。"

嵋接口道:"那是一位数学家写的。"

秦先生道:"正是,这是一部成功的童话。他的另一部作品却是数学方面的研究成果。"又问了嵋在重庆的情况,说,"好在你们已经回来了。"

"听说慧书一起来北平了?是要上学吗?"秦伯母关心地问。

嵋道:"是的。慧姐姐一直想到北平上学,不过,她也想留学。"

说起慧书,大家都很同情。

饭后吴妈端上西瓜来,秦伯母说:"你就到后面客房休息,中午太热了,在外面要中暑的。"

嵋休息以后,只和吴妈说了一声,仍从后门出了圆瓿。

她想看看周围的环境,顺着小河走进小树林绕了一圈,走过小溪、石桥,信步走上小山。山那面是一个大荷花池,荷花一半已谢,一半还在盛开,让人联想接天莲叶、映日荷花的盛景。

转过身来,见绿树中圆瓿、方壶,还有不远处的倚云厅和小小的蓬斋,都被溪水环绕着,直如一幅好看的图画。他们小时很少上这座小山,这时觉得又熟悉又新鲜。

嵋在树下一块平石上坐下,想着离别的突然,归来的欢喜,想着逝去的童年和将来的岁月。思绪虽多,心里却很平静。

这时,一个人从旁边小路走上山来,两人对望都不觉一怔,那人正是冷若安。

若安惊喜地说:"你们已经到了?"

嵋道:"我们昨天到的。你怎么在这里?"再一想,冷若安是教员,自然应该在学校里。

若安道:"我是上周到的,我就住在蓬斋。"他向倚云厅那边一指。蓬斋是倚云厅旁边的一个小院,房子简陋些,是单身教员宿舍。"我从重庆坐船到上海,再从上海坐火车才到的,走了一个多月。你们一直在重庆等飞机吧?"

嵋道:"可不是。重庆真热,没想到北平也热。"

若安道:"你走过很多地方,我是第一次走出云南。我们的国家真大,山河真壮丽,我们的校园真美。"他指着方壶、圆甑,"这一带建筑线条都很简单,整个画面却那么有滋味。"

嵋笑道:"我也是这么想,校园很大,还有些地方很有野趣。"

嵋身边还有一块石头,若安想坐,因嵋没有发话只好站着,说道:"梁先生已经和我谈过一次,我以后的重点是拓扑学,特别是其中的不动点类理论。"

嵋知梁先生素来看重冷若安,微笑道:"梁先生不会要求我研究这些。"

若安道:"最重要的是把基础打好。"

嵋笑道:"你说话倒像个老师。"

若安道:"我本来是老师呀,不是吗?"又说,"我发现学校有音乐室,不知怎样活动。"

嵋道:"我小时候就知道这个音乐室,只是那时太小,不知道他们怎样活动。我们的音乐素养很不够。我想音乐室的活动以后会多起来。"

若安道:"喜欢音乐的人很多,蓬斋就有几个人喜欢唱歌,我们已经在一起唱过。"

嵋道:"真的,你是在哪里学的声乐?"

若安道:"我何曾正经学过,昆明平政街有个教堂你知道吗?我在那里得了一点音乐知识。"

他停了一下又说,"其实不仅是音乐知识,那位神父对我影响很大。他很喜欢我,尤其喜欢我的声音。我常常去他那里。"

嵋道:"声音本来是天赋。"

若安道:"石头缝儿里蹦出来的天赋。"两人都笑了。

嵋并不了解若安的身世,只隐约知道他是个孤儿,却觉得他从哪方面看都不像是孤儿。

只听若安自己说道:"我三岁便失去了母亲,只有模糊的印象。她身体很不好,似乎不大管我。但她不只给了我生命,也影响了我全部生活。她留给我一笔数额很大的生活费,并做了一些安排。我生活每有变化时,她似乎都在帮助我。"

嵋喃喃道:"母亲总是伟大的。"便不再深问,若安便也不深谈。

两人又随意交谈几句,若安想邀她在校园里走一走,却听嵋说:"我要去庄家看看。"

若安便没有提出,只说:"我去荷花池那边。"自走下山去。

嵋漫步下山,向校园东边走去。她很想见到无因,但又想,昨天刚到,今天便去庄家,有些不合适。走到石桥边小广场,见有一辆校车停在那里,已坐了几个人。

嵋走到车边去看,有人说:"这是加车,马上就开。"显然等下一辆车还要很长时间。她想早点到家,免得娘记挂,便上了这辆车。

见嵋早早回家，碧初非常高兴，说："我真不放心，我还记得九年前从城里回学校时的情景。"

嵋笑道："我们胜利了，已经把鬼子打出去了呀！"

嵋说了在秦家的情况，碧初微笑道："秦太太曾说，秦先生吃饭时常常不说一句话，有时就拿着报纸看。今天倒是和你说了些话。"

嵋说："我看秦先生家和抗战以前差不多。"

碧初叹道："可是将来很难说，谁知道呢？"

弗之到倚云厅，先去找萧子蔚，子蔚不在。中午，弗之到餐厅，还未坐下，就见子蔚进门来，神色疲惫，明显消瘦许多。两人握手默然片刻，便一同坐下。

弗之道："你真辛苦，在这里支撑、交涉，又想得这么周到，还派车去接我们。"

子蔚微笑道："昨天一天，从城南到城北也很累吧？这一年的事一言难尽，总算事情都办得差不多了，不会影响开学。"

饭间，子蔚叹道："我也算办过一些事，竟不知办事这么难。"

弗之道："听说学校被日军破坏得很厉害，后来国军的陆军医院又占了几座房子。你下午要讲的吧？"

子蔚苦笑道："就是，办这件事很难。孟太太她们都好吧？"

弗之又说些重庆滞留的情况。子蔚说起一个著名的文化汉奸，在南京高等法院经过公审判了十四年徒刑，听说他还要上诉。两人都觉得判得并不重，对他上诉很不以为然。

弗之问道："凌京尧怎样？"

子蔚道："听说他身体不好，正在申请保外就医，他倒是没有做什么坏事。"

两人叹息。饭后各自休息。

下午,烈日当空,先生们陆续来到圆甑。这是九年前他们洒泪而别的地方。

秦巽衡校长还是坐在他那把扶手椅上,说:"九年过去了,大家在这里重聚,这是我们天天盼望的事。现在我们最先要做的,我想大家的想法都一样——"

大家不约而同站起来,低头默哀。为了在反法西斯战争中献身的人们。

片刻,巽衡请大家坐下,接着说道:"怎样对待这样艰难得来的胜利,是我们面前的大课题。我只有竭尽绵薄之力,办好我们的大学。"

大家觉得秦校长语重心长,深知这"绵薄之力"四个字里会有多少艰辛。

会议议程有二:一是子蔚介绍接收情况,一是讨论补聘教师名单。

秦校长说:"子蔚负责接收工作,这一年来实在辛苦。我们的同仁回来得比较晚,许多事都靠他一人。当然还有事务科马守礼等办事的人,可是子蔚的责任大啊。我回来方才一个月,大事他都办得差不多了。"

大家都看出子蔚的疲惫。子蔚说道:"从去年十月回来,做了几件事情,主要是接收校舍。日军撤离以后,国军方面占了几座房子做陆军医院,交涉很难,关系到好几个系统,每个系统都出些想不到的问题。而且伤兵们抵触情绪很大,他们打仗受了伤,没地方养。后来,好容易交涉好了,最后离开时,他们还在卡车上架起机枪示威。设身处地来想,他们有情绪也很自然。最后总算解决。另外就是买了香山一带一座小林场,手续也很复杂,多得秦先生指示,这对以后学校的建设很有帮助。"遂又说了一些细节。子蔚说话素来简单明了,很繁杂的事经他一讲,便很清楚。

秦巽衡说:"这座林场我和子蔚商量了几次,最后决定买下来。不过,还要整理。还有一件重要的事,我们很幸运从昆明回来,有新的同仁参加学校工作,房子显然不够住了,以前的住宅也多破旧。也是子蔚倡议,在南门外买了一块地,建造一个新的住宅区。教育部批了款,但是不够,又向善后救济总署申请了一笔款项,现在可以开始设计了。这个新区叫什么名字,大家想一想。"巽衡说完,看着大家。

"昆庄。"徐还脱口而出。

巽衡点头道:"昆明的村庄。"

徐还曾留学德国,当时德国一位最著名的动力学教授很器重这位女学生,说想不到中国有这样的女科学家。明仑的教授们也都很敬重她。"昆庄"的命名立刻通过。

下一个问题是聘任几位教授,这是一件急事。正式的聘任在昆明时已经办理,但有几位还没有确定,现在要做出决定。

前面几位都顺利通过,到了尤甲仁,因他提早离校没有续聘,王鼎一认为他教学态度不认真,学问杂乱无章,似乎可以不续聘。他知道孟先生很欣赏尤甲仁,口气留了几分余地。有人说尤的学问确实比较庞杂,不过也可以称得上渊博。讨论了约半小时,也就通过了。

大家又谈论了许多建设学校的近景远景,一步步做下去,大有可为,于是都很兴奋。

晚上,弗之久久不能入睡,室内又热,便披衣走到院中。月光透过树枝,小院如浸在水中,弗之走出倚云厅,见天空一轮明月,不禁想起九年前离开学校时那个夜晚的凄清。那时是离开,是逃难,现在是回来,是胜利。人生能够有一次这样的体验,也不枉过。他环顾周围树木和树丛中露出的房舍,一时觉得自己和月光一样空明。

他信步往荷花池那边走去,经过蓬斋,月光中飘来一阵歌声,是男声重唱,唱的是"我们都是神枪手……"弗之停步倾听,不禁微笑。

这一首唱完了,接下来仍是男声重唱,两次开头都没有唱好,于是一阵笑声。

好像有人指挥了,又响起了歌声,唱的是威尔第的《铁砧之歌》。弗之音乐知识不多,这只曲子倒是听过,觉得有力、好听。在学校开展美育本是他的愿望,以前没有来得及实践,现在可以好好计划了。《铁砧之歌》中间停了几次,终于唱完了,又有一个男高音开始唱《嘉陵江上》,声音明亮有力,充满了感情。

弗之心想,是哪一位教师,唱得这样好?

他站在荷花池旁,池北岸有一座小山,小山上有一座钟亭,这地方从前是土地庙。荷花池中有残败的梗叶和不多的盛开的花朵,远处不高的芦苇如同小树林一般,统统溶在月光中,染上一片银色。

弗之徘徊良久,回去时,蓬斋歌声已息,但觉余音袅袅在月光中回荡。

次日上午,晏不来带了两个人来访,一位是中文系学生朱伟智,另一位是昨天来接机的记者陈骏。

晏不来是明仑大学第一批回到北平的教员,他已经不是穿着破背心站在红泥沟里吟诵楚辞、高唱战歌的中学教师,他在教学和求学期间都很钻研,到大学任教后更有造诣,已是宋词研究学者。他穿着整齐的中山装,显得很精神。

朱伟智回来更早,想来是有些关系,已经开展了一些活动。他原在化工系,因为积极参加学运,功课跟不上,转到中文系,到现在还没有毕业。

晏不来向弗之说了陈骏要采访的意图,大家落座。

陈骏先说:"前天能到机场接到大学的先生们,真是高兴,特别还想和孟先生多谈几句,连夜找了晏不来兄。"又说了些仰慕的话。

大家随意谈着回来旅途的困难,陈骏问弗之对时局的看法。

弗之感慨地说:"我们终于又回到北平了,这样的胜利不仅是八年抗战的胜利,也洗刷了差不多一百年来的国耻,我们国家的地位空前地提高。以前在列强瓜分的情况下被人欺辱,现在我们是胜利者,我们应该是非常的高兴。可是仔细想一想,就高兴不起来。在这样的大好形势之下,兄弟阋墙,同室操戈,只有让亲者痛仇者快啊。现在胜利已经一年了,内战还在扩大,真是让人痛心。"

弗之又道:"现在的局势,说起来我真有些激动。这样的大好时机,难道只落得日本人笑? 云南抗日将领严亮祖将军,因为不愿打内战,也希望唤醒国共双方都不要打内战,毅然死谏。现在有多少人记得他?"

晏不来说:"对于严将军的死,我当时感到很震撼,可是慢慢地也就淡忘了。我们能不能来唤醒记忆?"

朱伟智眼睛一亮,说:"晏老师的话有理,我们出一个专刊。"他转头看着陈骏。

陈骏道:"当然,这是一个好题目。可是,离严将军的忌日还有几个月,太远了。要有个由头才好。"

晏不来看着弗之,弗之沉思道:"会有的,是要有个由头,想想再说。"

陈骏又问到将来学校发展的前景,弗之说:"要国家兴旺,最根本是民众素质提高,也就是说根本在于教育。几十年来,我们致力于请进德先生、赛先生,但是我们做得很不够,还要努力。当然,我们首先需要的是和平环境。"

陈骏又问:"孟先生重回北平,您看它改样了吗?"

弗之笑道:"我前天刚到,只从天空中看到加入了想象的北平城,还不能说是看见北平,只是看到了校园。"

陈骏连说:"先生们是很辛苦的。今年秋天能不能开学上课?"

弗之道:"一定能,一定能上课。"

陈骏道:"听说桌椅都没有。"

弗之坚决地说:"站着也要上课。在昆明,我们在坟地里都上课,在炸弹坑里也上课。"

陈骏肃然。

又说了几句闲话,三人别去。

二

又是一天烈日当空,街上人很少。电车走得很慢,也是懒洋洋的。

一个老妇人拄着拐杖,背上背着一个长方形木板样的东西,慢慢地、艰难地在街上走着,脸上的皱纹中,一双扣子似的眼睛似乎睁不开,眯成了一条缝。这正是赵莲秀。她走进香粟斜街,走进那座黑漆剥落的大门,在垂花门前站住了,呆望着迎门隔扇上已掉了半边的福字。

正好一位中年人从垂花门里出来,看见她,稍有些惊喜,说:"吕太太,您今天回来了? 可不是,孟先生他们从南方回来了,您当然要来看看。"

赵莲秀微笑地点头,说:"我知道这些天多靠黄先生照应。"

这位黄先生正是澹台勉以前的秘书,一直住在这里。这几天他帮助孟家外面订饭、里头烧水,很是热心。

黄秘书要去搀扶,赵莲秀摇手说:"我能走。"一直走过夹道,到月洞门小院,在台阶上喊了一声"三姑奶奶",便掀帘进屋。

慧书与合子正坐在八仙桌旁复习功课。合子要转入城内的一所中学,下周就有考试,正拿着一把扇子猛扇自己的头。慧书要转入一所私立大学,也在预备功课。见了来人,他俩都不认得。

碧初和嵋在里屋收拾,听见声音,嵋很快走出来,怔了一下,立刻悟出这是赵婆婆,便唤了一声"婆婆"。

见她走得气喘吁吁,还背着一块木板,问道:"婆婆背着什么呀?"忙伸手帮她解开系在胸前的结,把木板取下,扶她坐下。合子也站起身,递过一把扇子。

莲秀睁大眼睛仔细看着嵋,说:"都这么大了!"又看着合子,有些踌躇。

合子说:"我是孟合己。"

莲秀说:"这是小娃啊! 真不敢认了。"

碧初扶着墙走出里屋,莲秀立时站起,向前抱住碧初,两人都泪流满面。

莲秀说:"我知道三姑奶奶回来,上房钥匙在我手里,没有车回不来呀。"

碧初说:"姊儿走得累了,先坐下喝口水吧。"便请莲秀坐在一张软椅上。

慧书送过一杯水来,叫了一声:"婆婆。"

碧初道:"这是大姐的女儿,慧书。"

莲秀对严家的事也知道一些,拉着慧书的手说:"你小时我也见过,一转眼都成大人了。"

慧书听她的京腔中还带有云南乡音,觉得很亲切,又低声叫了一声:"婆婆。"

莲秀望着碧初,张了几次嘴都没有说话。

碧初道:"这些年的事一时怎么说得完,总算回来了,可以慢慢地说。"

在赵莲秀心上,吕老太爷去世是头一件大事,这么多年来,她等的就是向姑奶奶们报告这件事。见了碧初,又不知从何说起,好在她有一件证物。

大家静了一会儿,莲秀站起身,小心地解开包着那块木板的一层层的布,原来是一块匾,上写:义薄云天。右上角写着:吕清非先生千古,左下角写着两行字:北平市政府,中国国民党北平市党部。

莲秀说:"这是大概半年前市政府派人送来的,当时我已经和凌太太住到香山去了,他们一直找来了。"

碧初拭泪,匾虽然小,她知道这是国家对老人死得伟大的承认。嵋把匾立在条几上。莲秀的眼睛睁大了,舒出一口气,她终于把这件证物交给姑奶奶了。

合子低声问:"匾是给公公的?"碧初点头。

年轻人都知道外公的事迹,大家沉默了片刻。

碧初说:"这么热的天,婶儿拿着这块匾怎么来的?"她知道赵莲秀住在香山附近。

莲秀道:"我等了这几天,好容易有一辆拉西瓜的马车,我搭上了,天不亮就动身,直走到现在。"一面说着,一面从怀里掏出一串钥匙递给碧初,"上房我只留了勾连搭后面的三间存放东西,前面连左右耳房都租出去了,实在是不得已啊。"说着哽咽起来。

碧初说:"这些年的艰难日子谁都知道,能保住性命就很不容易了。"

莲秀叹道:"东西是小事啊,上房是老太爷最后起居和停灵的地方。"

碧初说:"婶儿先休息,等一会儿我们去看。"

莲秀摆摆手说:"我们现在就去。"两人便带着三个年轻人一同往上房去。

上房正中前面三间的房客迎出来,让大家一直走到后面。

这里是原来吕家挂祖先画像的地方,现在堆满了东西。

碧初站在门外,不向屋内看,先向屋外看,想认出哪里是停放父亲灵柩的地方。她心里很平静。在整个中华民族争生存御外辱的战争中,父亲的死重于泰山。

里屋简直转不开身,无法走动。赵莲秀指着墙边柜子后面露出一半的相框说:"这是我偷着挂在这儿的,后来也没有搜查。"她说的后来就是吕老人成仁以后了。

嵋立刻上前招呼小娃一起把柜子向外移开,把相框取出来,就挂在柜子上方。

相框里镶着吕老人的相片,照得十分讲究。老人很有神采,注视着大家。似乎说:你们回来了!

合子心里想,这就是我的义薄云天的公公! 他多么希望公公能坐在自己制造的飞机上面,在蓝天白云中飞翔。

他凝望片刻,又打量屋里凌乱的存物,忽然在墙边的一个矮桌上发现一个好看的罐子。伸手揭开罐盖,见是一罐蜜黄色的"猪油",看去很新鲜,便问嵋:"这是什么?"

嵋伏上去闻了闻说:"像是蜂蜜。"

碧初认得罐子,说:"这是那罐蜂蜜吧? 这么多年没有坏吗?"

仔细看时,见那罐蜂蜜看去仍然滑腻如脂,颜色稍深,却没有结晶沉淀。想到人却不如物这般长久,碧初不觉滴下泪来。

嵋过来扶住碧初,说:"娘,咱们回去吧。"碧初示意将吕老人的照片取下带走。几个人走出上房,房客有礼地相送,说随时可以再来。

众人回到月洞门小院,嵋和合子立刻将公公的照片挂好,正在那块匾上面。碧初带领大家向吕老人的照片三鞠躬。

大家默坐了片刻,碧初问莲秀:"凌家的情况知道一些,现在究竟怎样?"

莲秀道:"去年凌老爷遭事以后,房子都没收了。凌太太住到香山家里老坟地的几间屋里。当时她也病着,从小娇生惯养的,哪儿经受得起啊。我去看她,合计着去招呼她一阵。这大半年她倒是健朗多了,可凌老爷不好啊,那里头的日子难过啊。说是要保外就医,要真能住到医院里,不知道准不准凌太太去见。"

碧初道:"我们都关心着这事。弗之这几天到学校去了,回来了一定会去看他。"

这时,嵋端上西瓜来,慧书又给婆婆倒水。

碧初又问:"他们知道雪妍的事吗?"

莲秀道:"听口气,像是不知道。我还是去年听二姑老爷说的。"

碧初叹息,忽然想起,问道:"吕贵堂怎么没见?"

莲秀迟疑了一下说:"老太爷过世以后,他也想上后方去,走了一回没走成,又回来住了几年。还是嫌没事干,又走了,就没回来。也就是失踪吧。"这其中的曲折莲秀不好深说。

碧初道:"香阁结婚的事吕贵堂知道吗?"

莲秀道:"香阁倒是来过一封信,当时吕贵堂已经走了。"

碧初不再问,说:"婶儿来一趟不容易,先住下,再看怎么办。"

赵莲秀见碧初神色疲惫说话无力,便说:"三姑奶奶先歇着。"便要起身。

碧初说:"合子到我们房间来,婶儿到合子屋里休息吧。"

嵋对碧初说:"娘,让婆婆住到我们房间正好,住得下。"嵋和慧书住的是以前峨的卧室,在小院的一边。

慧书也说:"这房间很宽敞,赵婆婆和我们一起住吧。"

莲秀连连摆手道:"不用不用,我到厨房边小屋住,那儿还有一副铺板。"

说着掀帘出门。嵋和慧书连忙跟着，那小屋原是赵妈的住处，几个人收拾一下，也还舒适。莲秀便住下了。

过了一天，晚饭后大家坐着吃西瓜，碧初望着莲秀欲言又止。

莲秀道："我知道三姑奶奶想问什么。"

遂把老太爷逝世前后情况细说了一遍，怎样淡泊度日，怎样怒斥日方来人。因敌人要强行发表他任伪职的假消息，他怎样服了存下的安眠药。凌老爷怎样来帮助买棺成殓，日本人又怎样来开棺验尸，然后抢棺火化。大家都泣不成声。

莲秀说完，一面哭着，心头却觉稍安。她已经做完了她该做的事，但并不觉得轻松。回到这座宅院令她百感交集，她还有许多事要想，但仿佛又想不起来，总是模模糊糊，往事的碎片一片浮起一片落下，一片又浮起。

过了两天，这些片断渐渐连在一起。这天晚上，她只坐在床边发愣，她想着老太爷对她的种种好处。

她到了吕家，已经不再是乡野间人，懂得了许多事，明白了许多道理。吕老人是想平等待她的，但她永远也达不到那样的高度。她的一生最有光彩的一段是在这座宅院里，在吕老人身边度过的。可是，她最美好的日子是和羞愧、负疚联系在一起的。如果老太爷只将她当下人看，她会轻松得多。可是怎么办呢？过去的事已经过去了，不能想了。

莲秀！是吕贵堂的声音。她睁大眼睛望着门，那时这座宅院只剩了她和吕贵堂是亲人，天地间没有别的亲人联系。只有关心眼前的人，只有被眼前的人关心，才勉强地活着。

一个人过不去的日子，两个人过来了。他们不知不觉地变得亲密，同时又很自觉地阻挡这种亲密。也许是为了逃避，吕贵堂说他要走了，要去为抗战出力。

"怎么出力？"莲秀问，"你去当兵吗？"

"不知道，"吕贵堂说，"也许当民夫，也许人家需要文书，那就好了。"

吕贵堂走了，几个月以后忽然又出现在门前。莲秀感到一阵欢喜，欢喜过后便是安慰，日子又有靠了。

吕贵堂没有说他的经历，只是不提走的事了，他们在战争的夹缝里过着小日子。

"莲秀，你看我捡了多少煤球！"声音像孩子似的高兴。然而，他们的内心都不得安宁。莲秀知道老太爷不会责怪她，甚至会成全她，可是她不能成全自己。

又过了大半年，一个深夜，吕贵堂对赵莲秀说："我很对不起老太爷，我还算吕家的子孙吗？"

莲秀哭道："我们怎么办？"

吕贵堂说："我想离开北平。"

莲秀道："离开我？"

这也许是吕贵堂真实的想法，他没有说话。黑夜吞没了一切。

一天早上，吕贵堂买了一块酱豆腐放在桌上，说是给莲秀吃粥。那天上午，吕贵堂出去就没有回来。她盼他回来，几年过去了，他没有回来。黑夜在延长。

院中有人说话，是嵋的声音："文化汉奸应该照法律一样惩罚。"

"我看应该严惩，因为他们有文化。"是合子的声音。

莲秀猛醒地从床上下来，几乎摔了一跤。她忙把床单拉平，又怔怔地坐着，看着眼前的小屋，想到凌太太这几天不知怎样了。她家的宅子多好啊，谁能想到有一天凌老爷会坐监狱，凌太太住到荒山草屋里去。

胜利以后，百废待兴。处理汉奸是一件伸国法扬正气的大事。一年以来，汉奸们大多经过法律手续受到处罚。大汉奸伏法,各级汉奸都有处理,凌京尧便是其中之一。

凌家本来族人不多,有一个远房侄儿凌枫,学的专业是考古,一向和凌京尧很少联系。京尧入狱以后,岳家亲戚各自有事,已经零落。倒是这侄儿去狱中看望,帮着办事。他知道弗之等人回到北平,来过一回。见了碧初,说京尧的学校正在为他办理保外就医,有进展再来报告。

过了几天,弗之回来。凌枫来报,说凌京尧病重,已经住在香山脚下的一个教会医院里。

这天清早,弗之向学校借了车,和赵莲秀一起往香山来。

这些年对于凌京尧来说,体肤的供应虽不差,灵魂的煎熬却如刀山火海一般。

“凌雪妍启事:现与凌京尧永远脱离父女关系。”多年以前,凌京尧夫妇看到报上的这几个字,都惊呆了,接着就大吵了一架,然后又抱头痛哭。女儿的决绝为何会引起吵架,不记得了,那锥心的痛苦记忆犹新。

凌京尧担任伪职以后,小规模的送往迎来,也免不了参加。有一次,日本人要他穿上日本军服,去医院慰问日本伤兵。那时,来找京尧的已不是乌木阳二,而是更为彬彬有礼的文化官员。京尧听到这个命令,本能的反应是不能去,可是,怎么样能够不去,他和蘅芬商量,想出了一个喝醉酒的办法。京尧本来是懂得酒的,还曾为酒写过文章,说各种酒在各种不同的程度上是人不同的朋友。却没有想到,它可以帮助他逃脱奇耻大辱。在规定去医院的那一天,他喝得烂醉如泥,根本站不起来。再加上烟瘾发作,眼睛都睁不开。

日本人来看了,“哼”了一声,把已经送来的日本军服带走了。大概因为有更显赫知名的大文化人积极参加了规定的活动,日本人对凌京尧这样的人物就不大关心了。

这一难逃脱了,但还看不到苦难的结束,他们只能苦苦挨着日子,盼望有一天能和女儿相见,纵使女儿不原谅他。

雪妍得子之后曾来过信,是凌京尧事敌以后唯一一件稍可安慰的事,他们盼望着外孙长大。不料,这封信以后,女儿再没有信来。对国家的负罪感和对女儿的牵挂形成双重的重压煎熬着他。

胜利的消息传来时,他衷心高兴,他觉得自己的苦难到了头。

中国军警来逮捕他的那一刻,他笑了两声,被人喝住。被捕半年以后,依法审讯判决,判他有期徒刑八年。他虽担任伪华北文联主席,并没有做任何实际事情,总是在烟榻上打发日子。人问他是否要上诉,他又笑了两声,说:"我要说判得太轻了。"

他知道这八年他是挨不过去的。刑期的长短对他意义不大,他觉得他对不起一切人,他在烟灯上烧尽了自己,在酒精里化去了自己。

他的学校同仁和凌枫为他多次申请保外就医,现在病情实在严重了,总算被安排到这家医院。蘅芬在病房里照顾他,这几天才被特别批准陪夜。日以继夜的辛苦,蘅芬居然支持着。京尧看着她日渐憔悴的面庞,很是痛惜。费了很大力气说:"你辛苦了。"

他们一起生活几十年,蘅芬从来没有听他说过这样温存的话,两手抱住他那只没有针管、空闲的手臂,忍不住呜咽。

京尧很想抚摸她的头发,他记得那是光亮的,有着淡淡的香气。但是他只能勉强转动眼珠,他知道自己已经到了生命的尽头。

这时,两人心里有着同一个念头,就是女儿雪妍在哪里。

京尧的眼光中表现出一个问号,蘅芬懂了,说:"她还没有回来。"为什么没有回来,这又是两人一同想到的。

"我们可以问。"蘅芬说。

京尧想到了一个人，他要告诉这人最后的话，这人正是孟弗之。

孟弗之到了医院，说是来看凌京尧，倒也没有遇到拦阻。走进病房，见岳蘅芬坐在拦门一张椅上。她看见弗之，轻声说了一句："孟先生来了。"又走到床边，在凌京尧耳边说，"孟先生来了。"京尧尽力睁大眼睛搜寻着。

弗之俯身唤道："京尧，我是孟弗之。"

京尧的目光定住了，过了几秒钟似乎才辨认清楚，忽然喘息起来，一滴眼泪从眼角流出。他努力想去拉住弗之的手，却是喘个不住。

弗之忙用两手捂住他的手，说："京尧，我们回来了。"

京尧慢慢安静下来，断断续续地说："我等的就是这一天。我要对你们说，对不起。"他连着说了两个对不起。

弗之插话道："你已经忏悔了，我们都了解你。安心吧！"

京尧数次张口，没有说出话来。

弗之迟疑一下，说："你有什么要问的吗？"

他早已知道他们要问什么，只是不知道该怎样回答。便是到现在他也不知道怎样回答，可是他必须回答。

京尧望着蘅芬，蘅芬用了很大力气说："她在哪里？我们的女儿雪妍她在哪里？"

弗之定了定神，横下心来，也用了很大力气说："我想你们已经猜到了，三年前，雪妍因为给阿难洗尿布，跌进河里。后来就葬在那个村子里，那是一个很美的地方。"又提高了声音说，"你们的外孙已经三岁多了，现在在绛初家中。卫葑已经和澹台玹订婚，你们又有了一个女儿。"

弗之鼓足勇气说了这一段话，觉得好像走了几十里路。

蘅芬的眼泪滴湿了京尧的被子，京尧闭了眼睛，神态安详，轻声说："我知道了，我可以去了。"接着又喘息起来，断断续续地说，"我要告诉你们，"他又喘息，然后又说，"我——凌京尧——我是中国人——我爱中国。"说了之后觉得还不够，又奋力睁开眼睛大声说，"我爱中国。"

他用完了他最后的一点力气，闭上眼睛松开了手，他去了。

蕙芬站在床的另一边，只呆呆地站着，并不哭泣。莲秀扶住她让她坐下。弗之拿下眼镜擦拭着。

一会儿，进来一位修女，在京尧床前画了十字，喃喃念诵着什么，让他安息。

有人来推凌京尧去太平间。弗之说："他的家人还没有到齐。"

那人用眼角看了蕙芬一眼，仍动手去搬尸体，并示意弗之抬另一头。弗之不知为什么很想让京尧多留一会儿，只站着看京尧那瘦削凹陷的脸。

门口一位医生说："不要动，监狱的人还没有到。"

过了片刻，进来一位穿警服的人。那人简单问了情况，又问弗之道："你是什么人？"弗之报了姓名、身份。

那人又问："你为什么来看他？"

弗之答道："我们是亲戚。"

那人有些诧异，很少有人这样坦然承认和犯人的关系，他点点头。

又过了一会儿，门口有人低声说："孟先生在这里。"是凌枫到了。

弗之、凌枫和医院的人一起将凌京尧抬上平车，推出病房。莲秀拉起蕙芬说去送一送，蕙芬像木头人一样跟着走。走廊里的修女看见尸体过去，又画了一个十字。

三

凌京尧去世后,碧初和弗之商量着要去看蘅芬,因碧初身体总是不够健朗,未能成行。

这天,碧初收到玹子一封信,信很简单:三姨妈,妈妈和我很快要到北平去,正在设法买机票,先到南京。去平原因你们可以想到。

碧初和弗之都想到,卫葑要到北平来接玹子了。前一时期,共产党在北平的工作相当活跃,现在军调失败,工作渐渐转入地下,卫葑很可能仍在这里。正好廊门院的房客到期,便把廊门院收拾了一下,预备绛初母女回来住。

八月下旬,绛初和玹子带了阿难回到香粟斜街。她们还要等卫葑最后的通知,确定哪一天来接玹子,那就是婚期了。母女二人见到老宅院的破败情况,都很感慨。黄秘书为她们找了一个临时的女佣四妮,四妮是河北三河县人,人很矮小,口齿还伶俐。家里过不下去,出来做事。她和阿难很快熟了,能够帮助照顾,是个帮手。

绛初问她乡下情况,她说:"好容易打走了日本鬼子,以为能过几年安生日子,谁知还是这么兵荒马乱。我哥哥让国民党抓兵抓走了,我弟弟听了共产党的动员,也参军去了。要是两兄弟在战场上见了面,该怎么办啊?今天这边打来是一个命令,明天那边打来又是一个命令,都是中国人,你听谁的啊?这日子真难过。"

碧初将这话告诉弗之,弗之叹道:"这是对内战最朴素的描绘。"

绛初母女回来的几天里,有些熟人来看望。这天,黄秘书说澹台家原来的听差刘凤才来看旧主人,还带了一条狗。说话间,刘凤才已经牵着狗出现在廊门院。

玹子在廊子上看见刘凤才和狗。人看上去倒还不太显老，狗已经老得不堪，它已经十岁了，老态龙钟，毛掉了很多，行动很困难。

玹子听玮玮说过，南去时把亨利托付给了刘凤才。她轻轻叫了一声："亨利！"心想母亲最好不要见到它。

这时绛初已经走出房来。亨利一见旧主人，便一跛一跛地奋力向前，开始大声嚎叫，好像在哭，在诉说这些年分离的苦。

绛初意识到这是亨利，眼泪滴滴答答湿了衣襟。亨利围着旧主人转了几圈，似乎还不满足，要往前院去，大家都知道它在找玮玮。

绛初说："你再也找不到他了。"亨利认真地望着绛初，似乎听懂了，趴在地上喘息。过了一会儿，又大声嚎叫起来。

玹子搂着绛初的肩，和刘凤才简单说了些话，知道他的日子还过得去，进房去取了些钱给他，吩咐他带亨利回去。

刘凤才有些不安，说："不该带它来，让太太伤心。"

玹子说："也是想见一见的。"

刘凤才便连忙带亨利走了。

第二天，黄秘书说亨利回去后仍然满处寻找，后来像是太累了，趴着不动，看时才知它已经死了。

过了几天，绛初和玹子带了阿难去看岳蘅芬，碧初、慧书和嵋也一同去。几个人坐车到了香山，见苍松翠柏、绿杨垂柳，很是幽静。

绕过一个小坡，见几间瓦屋门前，赵莲秀正在生煤球炉子。另一个妇人穿着白布褂子蓝布裤子，坐着择菜，正是岳蘅芬。几个人心里不由得一阵酸涩。赵莲秀见了他们，忙丢下手中扇子，请姑奶奶们屋里坐，又去拉岳蘅芬，说："有客人了。"

蘅芬看着大家，仍坐着不动。凌京尧去世后，她每天只是呆呆的,几次对赵莲秀说:"你当我不知道吗？为什么大家都来,她倒不来。"

这时,她冷冷地打量着众人,又对赵莲秀说,"你当我不知道吗？你看她来没来？"

绛初先说道:"凌太太,我们来看你,你过得还好吧?"

赵莲秀拉着蘅芬和众人一起进屋。屋里椅子不够坐,莲秀掀起门帘说:"里屋炕上坐吧。"又把院中的小板凳搬进来,总算都有了座位。

绛初又说:"凌太太,你身体还好吗?"蘅芬不说话。

莲秀说:"我们在这里生活还算安定,在这小村边上没有人来打扰,就是凌太太身体差一些。"

玹子领着阿难到蘅芬面前说:"这是姥姥。"

阿难懂事地向姥姥鞠躬,仍依偎着玹子。玹子把他推向蘅芬,蘅芬伸手去抱。阿难退了一步,玹子又推他上前。他靠在蘅芬腿边,抬头望着蘅芬,忽然哭起来。

蘅芬也哭出声来,抱住阿难。阿难并不挣扎,祖孙二人放声大哭。

哭了一会儿,绛初等过来劝解。玹子拉起阿难的手,阿难马上说:"妈姑。"紧紧靠着玹子。

蘅芬看着玹子光亮的脸,又看看阿难,说道:"以后那个姑字可以省去了。"

玹子在蘅芬身边坐了,蘅芬说:"雪妍命不好啊,你和卫莳的事,我都知道了,祝你们白头偕老。"

玹子说:"以后,我们会照顾你。"

绛初在一旁说:"你连自己都照顾不了,你照顾谁?"

大家不好接话,嵋大胆地说:"玹子姐走的是照顾大家的路,她会让大家生活更好。"

碧初说:"具体的事婶儿多操心,玹子和卫莳的心意都在

74

里头。"

莲秀指着桌上一筐核桃,说:"老天爷待我们不薄,这是村里人送的,他们惜老怜贫,不小看谁。"大家都感到安慰。

蘅芬哭过一场以后,似乎精神好些,和玹子、阿难说着话。这边绛初、碧初和赵莲秀商量卖房事。

赵莲秀说:"我和凌太太一起过,倒是彼此有照应。房子的事,两位姑奶奶做主,怎么办都好。"

绛初道:"总要问一问你,难道不问你就卖了?"

碧初说:"我们都知道婶儿是最好说话的,就这么办吧。"

赵莲秀又说了说蘅芬的情况。

这边蘅芬两眼看着阿难,说:"可惜我这儿一块糖也没有。"

玹子道:"他不吃糖。我们给——"想了想不知怎样称呼蘅芬,便说,"我们带了些东西来。"

玹子把带来的日用东西放在桌上,见碧初坐在竹椅上很疲倦的样子,便询问地看了绛初一眼。

绛初道:"我们回去吧,让凌太太休息。"

蘅芬道:"我不累。"神情已经不像先前那样僵硬。

说着,一行人走出瓦屋,蘅芬和莲秀一直送过小山坡。玹子让阿难和姥姥再见,阿难站住,又规规矩矩鞠了躬。蘅芬俯身抱住他,一滴眼泪滴在孩子的额上。

碧初回家后发起烧来,躺了两天。这天,玹子来看她,问起碧初经常服用的药。

碧初道:"我用的药很多,有些药也只有嵋记得。"

玹子道:"我离开父母实在是狠心。慧书妹妹为什么一定要到北平来上学?她可以跟着爸爸妈妈去美国。他们也不是马上就去,办手续完全来得及。"

碧初道:"当初大姨父把慧书托付我们,是想让她到北平来上学。现在时局这样,她考上的学校更是乱得很,想安静地读书简直不大可能。"

玹子说:"她可以到美国读书,跟我爸妈一起走。三姨妈觉得怎么样?"

碧初说:"这当然是好主意。"

玹子又说:"就当妈妈又有了一个女儿。"

慧书跟随绛初,互相照顾,本来是最合适的,但碧初不便提。现在玹子提出,谅慧书也不会有意见。

二人正说着,黄秘书在外面说:"孟太太,有客人,是外国人。"

碧初一时想不起是谁,就对玹子说:"你去见一见吧。"

玹子掀帘子出来,看见来人不觉一愣,金发碧眼,风度翩翩,正是麦保罗。

保罗见了玹子,大喜,说:"我找的正是你。"

玹子扬声道:"三姨妈,是麦保罗。"

保罗忙道:"问孟太太好。"

碧初在里面应了一声,没有多说话。

玹子对保罗说:"到前面坐吧。"便引他到廊门院来。

走到前院,保罗站住了,很郑重地说:"请问澹台小姐,我能请你到什刹海走一走吗?"

玹子说:"好久不见,当然可以。我去和妈妈说一声。"

保罗站在垂花门前,仔细看那只剩了半边的福字。若是加上一个走之,就是"逼"了。他想着。

玹子很快出来了,戴了一顶乳白色宽边帽,帽上缀了一条绿绸带,正好配她原来穿的上有圆点碎花的绿绸衫。

保罗说:"你真是随时可以参加国宴。时间怎么这样优待你,你的样子和几年前完全一样。"

玹子微笑道:"我看时间也忘记了你。"

他们出了大门,保罗开了一辆吉普车,很快到了什刹海。两人走过什刹海的长堤,那正是九年前他们看猴戏的地方。长堤上疏疏落落有几个席棚茶座,游人不多。他们选了柳荫下较隐蔽的一处,在靠水面的桌旁坐了。

茶座主人殷勤地送上凉水浸的鲜核桃和鲜菱角,说:"菱角就要下去了,核桃刚上来,两样能够碰到一块儿可是缘分呢。"他很为自己说的吉祥话得意,又送上两杯刨冰。

两人不由得互相望了一眼,又不约而同地把刨冰推到一旁。

保罗说:"我的运气真好,派我来中国三个月,这是上天给的机会让我见到你。"

玹子坐定了,望着保罗道:"你这些年好吗?看样子不错。"

保罗说:"我确实还好,所以,觉得自己有资格来找你,说我要说的话。不过,我先要问你一个问题。用英语我更能表达自己。"他坐端正了,望着玹子,"你结婚了吗?"

玹子笑道:"我已经订婚了,这几天就要结婚。"

保罗低下头,片刻又抬起头说:"订婚不算,我来试一试吧。我这些年还是一个人,起先我不明白为什么我不能找到伴侣,后来发现因为你在这里占据了位置,别人没有地方了。"他指了指他的胸口。

玹子明白了,很感动,说:"保罗,我很感谢你,可我已经对他做了承诺。"

保罗问道:"你能告诉我他是谁吗?"

玹子略一迟疑,说:"你认得他,就在这里你见过他。"

保罗又问:"他和你在一起?"

玹子道:"不,那时是我和你在一起。"

保罗向四处望了望,好像要找出那个人来。忽然说:"卫葑?"然后又迟疑了一下,说,"他的妻子去世了?"

玹子拍了拍保罗的手背,说:"你真聪明。"

保罗不解地说:"你的思想跟得上吗?"

玹子说:"女人是这样的动物,情感可以帮助思想。"

保罗说:"我怎么也想不出,你和卫葑有什么相似的地方。你相信共产主义吗?"

玹子道:"我们现在只知道要一个自由民主富强的新中国。其实我和卫葑有很相似的地方,我们都是中国人,这是八年抗战教给我的。我们容易彼此了解。"玹子说着,眼睛有些润湿,"同时我们有一个共同的特点,就是总是在向往,很不实际。"

保罗说:"你的内心所包含的比你实际表现的要多得多,也许这是中国人的一个特点。可是玹子,中国的局势非常复杂动荡,前几天,马歇尔和司徒雷登已经宣布调处失败。我看打仗是不会停的,再调处也不行。生活必然会乱,我不能想象你怎么忍受。跟我到美国去,我们会有一个安定而且快乐的家。这是我的请求,你不必现在回答。我们可以再来往一段时间,也许能找回我们失去的。"

玹子垂头片刻,抬起头,泪光莹然,说:"保罗,我认真想过了,真的很感谢你,我不会违背我的承诺。就是现在可以再做一次选择,我也不会改变。"保罗还要说话,玹子柔和地说,"不要说了,我都知道了,再说就不好了。我们永远是好朋友,不是吗?"

保罗定定地望着玹子,觉得玹子确实长大了,和九年前大不同了。不由得于爱慕中又添了几分敬重,无奈地低下头,久久不语。

玹子用手指轻叩桌面,保罗擦拭了眼角,抬起头来,抓起玹子的手,在那白皙的手背上轻吻了一下说:"我们永远是好朋友。"

湖面上有一只水鸟呼啦啦飞了起来,两人看着它飞向远方。远方发生了什么事,无人知晓。

保罗开车送玹子到家,下车为她开了车门,直送她到大门前,又递过一张名片说:"这是我的永久地址。"

玹子接过,低声说:"我没有永久地址,你是知道的。"

两人握手,保罗看着玹子跨过大门门槛,自己开车离去。

接连几天,秋雨连绵下个不停。院中的花树经过雨洗,原来已经要褪色的叶子又鲜亮了,稍减天色的阴沉。

卫葑仍然没有消息,玹子有些不安。夜里做了一个梦,不愿对绛初说,又想说一说,便到嵋房里来。

她走进月洞门里那间独立的小屋,见嵋和慧书的两张小床各靠一面墙,两人正在窗下的小桌上下棋。那是一副很讲究的黑白棋子,原是弗之有一阵下围棋,后来觉得太费时间,便停止了。回到北平以后,嵋将棋子从存物中翻了出来。

玹子在桌前看了一会儿,说:"我以为你们多高明,原来下的是五子棋。"

慧、嵋都笑了,说:"我们只会下五子棋。你也来参加。"

玹子摇头,在一张小床上坐了。

慧书已经输了两盘,这一盘有些赢的意思,问嵋道:"我们下完吧?"

嵋道:"玹子姐像是有事。"走到玹子身边坐了。

玹子用手指在嵋额上轻点了一下说,"就你机灵。我做了一个梦。"

嵋道:"当然和葑哥有关。"

玹子道:"这是容易猜的。"她迟疑了一下说:"我梦见他被关起来了,那牢房在一个山谷里,我去找他,许多人对我大喊大叫,快跑!快跑!不然连你也抓起来!我说,我找卫葑。卫葑从房顶上探出头来,挥手说快跑。我像给钉住了,抬不起脚来。许多人又喊,快跑!快跑!我说,你们怎么不跑啊?他们说我们也要跑。说着大家就乱跑起来。我用力抬脚,用了很大的力,就醒了。"

嵋和慧书静静地望着她,嵋说:"好像需要一个圆梦的?"

玹子道:"我才不信那些呢,跟你们说说,心里轻松点。"

正说着,四妮牵着阿难找来了,说:"小姐,前面有客人。"

玹子忙站起来牵着阿难走到前院,见一个学生模样的陌生人问道:"是澹台小姐吗?"随即递过一封信,说要收条。

玹子写了收条,那人自去了。

玹子拿了信回到廊门院,阿难先抓过来,举着说:"澹台玹小姐。"又指着玹子,"妈姑。"

玹子笑了,打开信看,正是卫葑的通知:后日,上午八时在颐和园扇面殿。

玹子一下子抱起阿难,让他看这是爸爸写的字,阿难咯咯地笑。

玹子把纸条给绛初看,绛初叹了一口气。

玹子搂住绛初的肩膀,说:"妈妈,我自己去吧。"

绛初说:"那怎么行,我和三姨妈商量过了。我们送你去,还要有个仪式才好。"

玹子道:"我去告诉三姨妈。"

一会儿,碧初拄着拐杖,由玹子搀扶着到廊门院来了。三人商量了一阵,绛初为玹子准备了一个箱子,里面除了简单的日常用品,还有一件灰色的棉大衣。

绛初让碧初摸那件棉大衣,说:"我做了些夹带,她不让带,非要取出来。好像确实也不大合适。"

一面说着,一面很不情愿地拿了剪子拆线。取出夹带,是两只镯子,一只翡一只翠,颜色娇嫩,温润生光,是绛初最喜爱的;还有两条镶有钻石的金链子。

绛初又叹一口气说:"我给谁呢?"

碧初说:"给玹子的孩子留着吧。"

绛初摇摇头,仍把大衣缝好,装进箱子。

碧初说："二姐真明白，就是什么都不能带。"

绛初说："我明白什么，我又不是乡下老太婆不懂道理。"

碧初知她心里难过，便不说话。

这天晚上，几个人都盼着明天是个好天。想着雨已经下了几天，够长了。

次日清晨，玹子很早起来，一切收拾好了，去看阿难。

阿难忽然醒了，睁大眼睛看着玹子，指了指门说："去。"

玹子俯身道："我去看爸爸。"

阿难猛地坐起说："我也去，看爸爸。"

玹子一怔，迟疑了几秒钟，说："好，咱们一起去。"说着把他抱起换了衣服。

绛初走过来，担心地说："他去行吗？万一哭闹怎么办？"

玹子问阿难："等一会儿出去，阿难要听话，做得到吗？"

阿难用力点头。

绛初不愿违拗玹子，这也是阿难见到父亲的一个机会。碧初等见阿难同去，有些意外，但都觉得这是应该的。

嵋和慧书过来，见玹子穿了一件暗绿色镶双边的旗袍，罩一件米白色中袖外衣。阿难穿了天蓝色带领结的衬衫，戴着一顶小帽紧紧牵着玹子的手。嵋和慧书觉得玹子真好看，尤其和阿难在一起，更好看。几个人上了车，驶向颐和园。

玹子曾多次设想自己的婚礼，虽然那时还不知道新郎是谁。一种婚礼简单到只有两个人，一种婚礼铺张到放烟火。也想到婚礼上用的服饰，婚纱是少不了的。却没有想到这样的局面，尤其是她的新郎，她要嫁过去的地方，都像在一层薄雾中。

可是她觉得这一切都很美好，都很适合她，她正在参加到使社会进步的那一边。

这天天气晴朗，万里无云。是北平秋日的好天气。

他们七点半就到了扇面殿。小殿前有许多花树，丁香和榆叶梅都已过了花期,只有几棵紫薇还在盛开,把殿前的台阶遮了大半。周围还有玉簪花开放,满院香气。

玹子让四妮带着阿难在扇面殿小院外面玩耍,嵋领着他们走动一会儿,才进小院。

八点一刻了,卫葑没有出现。八点半了,卫葑还没有出现。玹子打开箱子,取出棉大衣。

绛初问:"你做什么?"

玹子不答,把大衣铺在台阶上,让绛、碧二人坐。

碧初说:"这是妈妈给你准备的新衣服,不好这样。"

绛初叹息道:"坐吧,卫葑还不知道什么时候来。"二人坐了。

嵋和慧书到花圃靠院门的一边,向长廊望去,空荡荡的不见一人。

又等了一阵,快九点了,院门外已经有游人,玹子去看了阿难,又过来招呼慧、嵋也去坐一坐。一眼正看见卫葑从长廊下甬道沿着长廊急匆匆快步走来,这是勉强遏制不跑的快步。他穿一件灰色长衫,套着深蓝色暗花马褂,满头是汗。看见玹子,紧跑了两步,拉住她的手连说:"对不起,对不起,我来迟了。许多事是不能预料的。"

玹子用手帕拭去他额上的汗,微笑道:"这种不能预料正是预料中的。"

两人走到花圃后,绛、碧早站起来。

卫葑鞠躬道:"对不起,让妈妈和五婶久等了。"

绛初叹息道:"无论等多久,我也会给你们祝福。"

几个人站定,绛初代表女方家长,碧初代表男方家长,主持这一奇妙的婚礼。

卫葑和玹子并肩站着,向绛、碧说道:"我能得到玹子做终身伴侣,和我一起去走艰难的路,是我最大的幸运。请长辈们放心,我会尽力让她过得好一些。我们走后,阿难幸亏有妈妈照料,我的感激是无法形容的。"

他还想说雪妍在地下也怀有同样的感谢,忽然觉得不合适就没有说。岷在旁边又想问什么,当然忍住也没有说。

绛初心里很难过,玹子此一去,不知何时能再相见。她咳了两声,说道:"作为一个母亲,当然希望儿女守在身边,可是女儿得到满意的终身伴侣是更重要的。你们有自己的路。爸爸虽然没有在这里,我代表他,我们祝福你们互敬互助、白头偕老。"

碧初道:"卫葑的父母都不在了,我和弗之就是他的家长。从今以后,对于卫葑和玹子来说,五叔和五婶、三姨妈和三姨父各自都多了一个头衔,这是多么好的事。你们现在各自得到自己的那一半,便是完整的,会克服更多的困难。在生活的道路上有更多的阳光,这是我的希望。"

绛初无师自通,拉起玹子的手放在卫葑手中。两个年轻人感动地彼此相望。

玹子见卫葑的穿着很像个生意人,调皮地唤了一声:"掌柜的。"

卫葑立刻应道:"内掌柜的。"大家都笑了。

这时,已经有游人走进院来,看看他们,穿过院子又出去了。

卫葑对玹子说:"我们必须快走,有车在外面。"

绛初拭着眼睛说:"你们快走,不留你们。"

玹子说:"再留两分钟,让你见一个人。"岷早跑到院外把阿难带过来。

卫葑愣住了,喃喃道:"是你! 我的小儿子!"他一把将阿难抱起举在空中,说,"真沉。"

这是阿难第一次得到父亲的爱抚。举得这样高是母亲做不到的。

玹子在旁说:"叫爸爸。"阿难马上搂住卫葑的脖子,接连叫了好几声爸爸。忽然转脸对玹子叫道:"妈妈!"

卫葑吻他,腾出一手揽过玹子,阿难用两只小手搂住父母的脖子,咯咯地笑。

卫葑低声说:"我的儿子! 何时再见?"旋即放下阿难,拉过玹子说,"我们快走。"

这时慧书已经把大衣装进箱子。玹子和卫葑转身向两位长辈恭恭敬敬鞠了三个躬,玹子又抱住母亲低声说着什么。

绛初拭着眼睛催促:"快去吧。"

玹子又转身吻了阿难,和卫葑一起转过花圃,向排云殿那边走去。大家都跟过来,看着两人的背影渐行渐远。

阿难叫道:"爸爸! 爸爸!"两人并不回头。阿难懂事地依在绛初膝前,并没有追赶。不久,两人的背影有长廊遮蔽,看不见了。

几个人转身走出了扇面殿小院,阿难忽然大哭起来,左看右看,他是在寻找远去了的亲人。几个人俯身去哄,他还在哭,只好拉着他走,走走停停出了东门。

太阳尚未行到中天,阳光明媚,蓝天澄澈。绛初一行人簇拥着大哭的阿难走下东门台阶。

四

玹子走后,慧书搬到廊门院陪绛初住。表姐奇特的婚姻在她心中引起了波澜,她佩服玹子的勇气。又想,如果所崇拜的人能对自己有所回报,我也会随他走到天涯海角的。和二姨妈同去美国也是曾经考虑过的。严亮祖非常敬重在昆明的北平学界,所以,特别希望慧书能随三姨妈一家去北平读书。慧书本人对到哪里读书并没有一定的挑选,北平对她也是新鲜的有吸引力的,但是美国显然更新鲜更有吸引力。何况她知道,那人将在那里读书。

现在事情的发展,她随二姨妈去美国已成定局,也许这是上天对她的一种补偿。慧书写信给颖书,告诉哥哥自己到北平后的情况,包括姨妈们要她和二姨妈一起去美国的建议。

这一阵比较清闲,慧书常随嵋去明仑校园。学校虽未开学,她还是深深感到一种文化气氛。嵋陪她去拜见谢方立,不巧那天方立进城去了,没有见到。

九月上旬,香粟斜街这处宅院接到两份录取通知书,一份是孟合己的,他考取了一所著名的教会中学,只是远些,要住校。一份是严慧书的,她考取了一所私立大学。大家都很高兴。

慧书考取的大学已经开学,她虽然不打算上,也想去看一看。嵋本来要陪她同去,前一天接到无采来的电话。街口煤铺有一部电话,成了附近人家的公用电话。传话说次日是庄太太的生日,有几位英国朋友要来,请嵋也过去。这样,慧书只好一人去参观了。

慧书照着合子画出的路线到了学校。学校设备都好,但是教学显然不够严格,虽然已经开学,还有许多学生未到。院中已有几张壁报,内容大都是批评国民党发动内战并坚持打内战。有些言辞引起慧书伤心,她便不再看。

一位教师走过来,问她是哪一系的,注册了没有,应该尽快来注册。慧书含糊地回答了,心里决定不再来,便回家去。

走到香粟斜街口上,看见人正在端详街口的牌子。待这人转过身来,竟是严颖书。

慧书高兴地叫道:"哥哥!你怎么没有先打个招呼?"

颖书说:"写信太慢,我打了电报,你也没收到?"

兄妹俩说着话走进大门,先去看了两位姨妈,大家难免伤感。

颖书报告,来时特地去看了亲娘,她每天有一定的经课,生活安定,看来也很健朗。绛、碧知道素初安心礼佛,都很安慰。

颖书虽非素初所出,因为人正直厚道,很得大家尊重,两位姨妈与他也很亲近。

晚饭后,颖、慧二人在慧书房中谈了很久,这在他们兄妹之间是很少有的。

颖书说他已经变卖了安宁家中的房产和一些存物,为慧书筹备了出国的费用。慧书说自己的前途现在很难说,有二姨妈可依靠,哥哥可以放心。

慧书问母亲还有什么话,她期待着母亲的关心。

颖书明白她的心意,因为素初无话,只好说:"佛门弟子讲究切断尘缘,我想她心里是想着你的。"慧书默然。

次日,兄妹俩去明仑大学,找到李之薇家。李家离校门不远,这一带宿舍都是小三合院中式建筑,房屋陈旧,后面更有一大片苇塘衬着,颇有古意。这片住宅区称为苇庄。

之薇开门见颖书,说:"你到底来了。"这是他们早约好的。两人相视而笑。

抗战前,为了金士珍活动方便,李家住在城里。回北平后学校安排了这所小院,他们很快处理了城里的旧房屋,搬到校园内居住。院子不大,有砖铺的甬路,土地上满是青草,靠南墙有两株树。

李太太见了颖书,非常高兴。回北平后她身体渐好,很快恢复了一些会友活动,但比以前少多了。

这时,她埋怨之薇说:"你也不早说颖书要来,你瞧瞧,什么都没有准备。"

颖书笑道:"伯母,不用准备什么,一家人能在一起聚聚就难得。"

李涟道:"正是这话。"

大家说着,李太太仍一跛一跛地摆点心,张罗茶水。

之荃从厢房跑出来说:"颖书哥,你打篮球吗?"

李太太说:"去,去,一边儿去。人家颖书哥做大事的,打什么篮球。"

谈了一阵家常,颖书说他到年底就可以离开荣军院,回昆明去。

他说:"对荣誉军人应该尽心照顾,我总算把荣军院建设得有个模样了。"言下自己颇感安慰。

李涟道:"听说学校搬回来时,陆军医院占着科学馆校舍,让他们搬走可不容易,萧先生很费了些脑筋。伤兵们有情绪啊!如果多有荣军院,就会好些。国家经过这么艰苦的战争,现在是百废待兴啊!"

颖书道:"的确是这样,不过政府能不能担起建国的大任,是个疑问。再说,打内战更是不得人心的。"

李涟道:"内战是中国人的不幸。现在许多人都在批评国民政府,说他们挑起内战,我看这不尽然。"他转向之薇,"你的看法呢?"

之薇笑道:"我有什么看法?"

李涟道:"反对政府。你们提出各种口号,要自由,要民主,这当然都是对的。可是现在的学生运动就是要政府下台,帮助共产党扩大影响。"

颖书知道,未来的岳父思想右倾,不好反驳,只笑道:"这些年,我确实改变了很多。我在军队里看到许多腐败、愚昧、不人道的现象——"

李涟打断他说:"哪里没有腐败、愚昧、不人道呢,我看谁也不能保证。"

颖书看看之薇,转过话题说:"这个小院真好,要种点什么。"

李涟转脸看着小院,也放松口气说:"还没有来得及。明年你来,就有花草了。现在我们每人有一个房间,比昆明好多了。唉,我们读书人只要能安静地坐冷板凳就行了,可是这也不容易。"

李太太说:"你们说的都是瞎话,打仗有神佛管着呢。"

之薇道:"神佛为什么不下道旨意立刻停战?难道是神佛要打仗?"之荃在旁哈哈大笑。

到了中午,之薇说:"妈,咱们别弄饭了,到面馆叫几样面来倒还新鲜。"

颖书道:"就是,我最喜欢北方的面条。"便和之荃一起拿了大锅小碗出去买了面条回来。有炸酱面、打卤面、丝瓜面、茄子面等。

饭间,大家想起昆明的米线,之荃说:"米线比面条好吃。"

讨论一阵米线和面条的优劣以后,李太太对颖书兄妹说:"北平这边灵气重,你们最好到哪个庙给令堂祈福,至少要烧个香吧,不然岂不白来。"她说的令堂,当然是指素初。

之薇道:"烧香要是有用天下还这么乱?"

颖书道:"伯母好意,我和妹妹一定去。"

慧书望望哥哥,附和道:"是要去,该去哪个寺?"

李太太沉吟片刻说:"八大处第二处,灵光寺,我看最好。"

李涟一直埋头吃炸酱面,这时抬头说:"八大处是风景区,去逛逛也好。灵光寺有佛牙,也许真有灵气呢。"

下午,李太太留颖书、慧书住下,颖书自然同意,慧书坚持要回去。于是,颖书和之薇送慧书去上校车。

三人走到校门边,见一人急匆匆走来,是晏不来,他在校外的宿舍居住。

晏不来看见之薇便说:"哎呀,还是住在学校里方便些,免得有事跑来跑去。不过有一间房安顿我的小家,不用再跑警报,已是天堂了。"之薇介绍了颖书和慧书,晏不来略觉诧异道,"这两位是严亮祖将军的后人吗?"

颖书道:"严将军正是先父。"

晏不来拉着颖书的手说:"就是了就是了!我们正等你呢!你来到北平好极了,我们要宣传严将军的殉国大义。"之薇请晏不来到家中坐,晏不来说,"是要好好谈一谈,现在有点事,过几天和报馆的人一起去访你。"

颖书道:"我们住在香粟斜街。"

晏不来道:"知道知道。你一时不会走吧?"

颖书道:"要待上十来天。"

晏不来道:"那好,我们一定办成这件有意义的事。"说完急匆匆向前走了。

之薇等人顺着校门内的大路向校车站走去,到一座小山前,之薇对颖书说:"咱们去看看孟灵己的家,慧书已经去过了。"慧书说:"再去看看。"

三人沿着小山拐弯,迎面是一个荷花池,荷花早已开过,仍有些残叶枯梗点缀着水面,一端连着那片苇塘。他们走到一处缺口,又拐弯,山坡下是一条清澈的小溪,过了石桥,是一大片开阔的绿草地。草地的东南两侧有两所房屋,便是方壶和圆瓤了。圆瓤屋外又有一片草花,波斯菊、江西腊等等还在开着,颜色颇为绚丽。方壶后面是一片树林。

颖书道:"我看这里就有灵气。"

他们绕着方壶走了一圈,之薇说:"再去看看图书馆。"

经过木桥小路,大图书馆便在眼前。这是一座很朴素的建筑,从一个高台阶上去,正中是大门,两旁的建筑如两翼张开,在蓝天下连着飘动的白云。大家看着,都不说话。

这时从高台阶上走下一人,取过墙边的自行车,一手扶把,一手拿着几本书,轻快地跨上车,向他们这边骑过来,原来是庄无因。无因看见之薇,便下车招呼。在昆明几年,颖书认识无因,无因却不认得颖书,之薇介绍了。

无因知道颖书是之薇的未婚夫,友好地说了几句话。又问慧书:"你好吗?"

慧书矜持地一笑,"还好,谢谢。"

无因看着严家兄妹,想到严亮祖的死虽说是重于泰山,却对时局的影响很小,不由得轻轻叹息。四个人站在路旁,别人看去正是两对人。慧书脸上一阵阵红晕,因天热,大家不觉得。

片刻,庄无因骑车走了,三人慢慢向校车站走去。

颖书道:"我原来觉得庄无因很傲慢,现在看倒不是这样。"

之薇道:"你不知道,他们这些人脑子里总有一些高深问题,常常是心不在焉,其实不是傲慢。说实在的,我爸也是这样。"

颖书道:"在大学时,我常听见你们外来的学生说谁谁很帅,我始终不大了解这个字的含义。今天看见庄无因,忽然觉得他这种风度就是帅,是不是?"

之薇笑道:"我可没想过,我们很少用这个字。"

颖书又道:"我看他不知哪里和嵋有点儿像,天生的是不是? 不过嵋活泼些。"

一时车来了,慧书上车自去。

慧书回到廊门院,向绛初大致讲述了李家情况,一向苍白的脸庞显得活泼有生气。

绛初说,之薇和颖书真是很好的一对。看着眼前的慧书,不觉又添了一件操心的事。

傍晚,之薇和颖书出去散步,走到芦苇塘边站了一会儿,便同坐在一块石上。从他们相识以来还没有这样悠闲、亲密、名正言顺地坐在一起。两人默默地望着眼前的芦苇,都觉得安宁轻松。

颖书说:"这里真是个读书的好地方。只是我很难想象在校园里怎么研究社会。"

之薇道："那是你不懂社会学。"

颖书道："我们的目标无非是要有一个好社会,每个人都能享有自己应得的权利。以前我们唱的《礼运》上的词句就是一个好社会。最重要的问题是怎样达到它。"

之薇把落在肩前的辫子甩到颈后,说："靠国民党是达不到的。"

颖书忽然想起几年前他和卫葑在昆明翠湖边的讨论,当时谈话不多,可是凭借卫葑借给他的一些书,他早已认为真要有一个健康的社会,要靠共产党,不由得说："看来,我们应该走卫葑的路。"他一手握住之薇的手,一手揽着她的肩,他们是志同道合、心心相印的。

沉默了片刻,颖书说："再过两年你就毕业了,你真的能和我在昆明生活吗?"

之薇转过脸来一笑："那当然,只是我母亲身体不好,你别看她现在还精神,那次中风后,再中风的可能性很大,需要人细心照顾。"

颖书道："不能想那么远。"

两人沿着苇塘走了一转,回到小院,李涟夫妇还没有睡。

金士珍见他们进来,一跛一跛赶过来对颖书说："瞧瞧,我糊涂成什么样了,给成佛成圣的人也要烧香啊!你们什么时候去灵光寺,还替我给荷姨上一炷香。她可敬啊!"

颖书无语,自去之荃房中。院门关上了,大家各自入睡。小院中充满了亲爱、安宁的气氛。

颖书在李家住了两天。这天,他和之薇、之荃到香粟斜街来,邀慧书和嵋姊弟去灵光寺,嵋有事不能去。

去灵光寺,只在春秋季节的几个星期里有车来往。颖书等五人从西直门搭车到西山脚下,下车便看见许多驴子,赶驴人上来兜生意。驴的装备参差不齐,它们主人的衣着也很不同。有的小驴头上顶着一个红绒球,背上搭着小花被。驴夫穿着白布小褂,肩上搭着白汗巾,很是精神。有的驴没有装饰,只在背上搭了一条麻袋。驴夫的穿着也不整齐,衣服上还有补丁。

慧书和之薇都不敢骑驴,之荃挑了一头漂亮的驴,自己先跳上去,笑她们无用。

合子把一头披麻袋的小驴端详片刻,也纵身上驴,说道:"驴很老实。"又拍拍小驴的头,说:"它会听话的。"

颖书鼓励女孩子们不要怕,为她们挑了两头装备整齐的驴,两人骑上觉得很安稳。他自己却不骑驴,说只能骑马,因为驴驮不动他。他和驴夫一起随着四头小驴慢慢走上山去,蹄声"嘚嘚"很是好听。

灵光寺在青山绿树之间,果然殿宇巍峨,只是年久失修很是破旧。

在大殿前,五人商量了一阵,决定除为素初祈福外,也为李涟夫妇、绛初夫妇和碧初夫妇祈福。又为究竟应买几炷香、应怎样行礼商量了一阵,决定为每家长辈各买三炷香。寺中和尚笑笑也不说话,在香炉里插下了十二炷香。

之荃拒绝跪拜,说:"你们行礼好了,我在心里念诵就行了。"说着站在一旁。之薇瞪他一眼。合子说他可以行鞠躬礼,三人跪拜了,合子在一旁鞠躬。为四家长辈祈福,各人心中想些什么不得而知。

之薇提醒颖书为荷珠上香,因她已去世,和生者是分开的。慧书觉得荷珠很可敬,但殿中香火的气味使她想起以前家中的花椒味和那些毒虫,还有那些装神弄鬼,便也站到旁边去。

颖书和之薇一起上了香,跪拜了,合子照旧行了鞠躬礼。慧书想想,也过来鞠了三个躬。颖书并不理会,只想,母亲见到之薇一定是高兴的。

慧书很想求签问一问自己的终身大事，又怕求了签众人要问她求的什么。想了想，便不求了。

几个人在佛牙塔前看了看，塔门上了锁，有几位游客在望门兴叹。显然这佛牙凡人轻易是见不着的。又到金鱼池边，十来条一尺长的大金鱼，在水中活泼地穿来穿去，不知它们有多少寿数了。之荃俯身研究，几乎掉进水里，被颖书一把抓住。

大家到灵光寺的任务已完成。颖书说："既然来了，就多看几处吧。听说有个宝珠洞，有和尚在那里肉身成佛，咱们可以去看一看。"

之薇和慧书上驴，继续上山，合子与之荃嫌小驴太慢，不再骑驴，向山上跑去，一会儿就不见了。颖书放开大步追去，转过坡去不见两人踪影。不久，从坡下树丛中传来笑声，是那两人在树丛中讨论什么。

"快上来！"颖书大声叫。

合子先爬上来，拂去身上的草和树叶，看上去衣着仍很整齐。他对颖书说："我们以为下面还有一条小路，其实没有。"想想又说，"应该说我们没有找到。"转身叫道，"上来吧！"

这时骑驴的之薇、慧书也赶上来了。颖书对之薇说："合子走到哪里，他自己是有数的。之荃就不行，好像有点愣。"

之薇说："打篮球打的。"

之荃正好爬到路边，满脸泥土衣服歪斜，对姐姐做了一个鬼脸。

慧书随口说："愣头愣脑有福气。"

到了第三处三山寺，驴夫说这里有茶水，还有面饼子。几个人便在三山寺门前小憩片刻。

这一处比灵光寺更为破败，颖书说道："这样好的古迹来不及修理，想想看，我们浪费了多少时间。"

合子奇怪道："我们怎么浪费时间了？"

之薇道："打内战就是浪费时间，你说是不是？"

合子道："荒废的时间、耽误的事，我们补出来。"

颖书笑着拍拍他的肩，说："有志气，几年以前我也是这么想。"

这时，一阵粮食的香味飘来，有人在庙门旁烤面饼。驴夫问要茶水不要，帮着拿过茶水，还有一摞面饼。几个人正有些饥渴，各自取用。

之薇说："这饼有点像昆明的摩登粑粑。"

慧书不知道什么是摩登粑粑，颖书告诉她这是大学生们给一家面饼铺起的外号。

他拿着手里的饼看了看，说："这个饼也很摩登。"说着递给驴夫几个饼。

驴夫说："一个饼子摩什么登，不摩登一样填饱肚子。这年月找点儿嚼谷容易吗？不用摩登。"

听说他们要上宝珠洞，驴夫说上面的路很险，从这儿再往上，驴就上不去了，还是下山去吧。

这时已是下午，之薇和慧书也觉得太晚了，要回去。

驴夫说："是啊，再晚了怕没车了。"

于是大家下山。骑驴下山比上山难，好像要栽下去。之薇和慧书索性下了驴自己走。

他们顺利地到了山下，坐上车，以为到家不会太晚。不料，汽车快到白石桥，却抛了锚。有几个乞丐上来乞讨，颖书代表大家打发他们去了。大家都闷闷的。车修了半天才修好，回到香粟斜街已经是七点多钟。

绛初见他们回来，对颖书、慧书说："大学那边来了两位先生，还有一位记者说要采访你们。嵋知道这事。"

他们用过饭后就到月洞门小院来，正见嵋出来，说："你们回来了？我正要去找你们。"说着大家进屋，弗之也在。

颖书大喜,说:"来了还没有见到三姨父,今天见着了。"

弗之说:"抗战胜利已经一年多了,亮祖兄去世也快一年了。他不打内战的决心上昭日月。可是现在军调失败,内战有扩大的趋势。有一家报纸的记者听说你们兄妹现在北平,很想和你们谈谈,一方面纪念严亮祖将军,一方面扩大反对内战的影响。是晏不来老师联系的这件事。下午那位记者来过,他们想明天再来,或者你们到报社去。"

颖书说:"不知道要谈什么。"

弗之道:"整个的题目是纪念亮祖兄,谈他慷慨赴死的意义,也可以谈他抗日救国的精神。"

颖书说:"我们去吧。"他询问地看着慧书。

慧书迟疑地点头,说:"峘也去吧。"

颖书说:"是啊,峘参加过远征军,也可以谈谈。"

峘微笑道:"我想想。"

次日,陈骏专门来看颖书,约好两天后在报社举行纪念严亮祖将军座谈会。弗之因学校有事不能参加,写了书面发言。到开会的这天,峘想的结果是不去。

颖书等几个人到报社,晏不来和朱伟智已经到了,同来的还有好几位学生。刘仰泽,还有两三所大学的几位进步教授都来了,到会的还有北平市负责宣传的工作人员,据说是一位科长。

报社主编先对各位客人表示欢迎,特别说颖书兄妹到来是很难得的。

主编说:"我们要郑重纪念严将军的死,要让大家知道他为什么死。"接着,便请颖书谈严亮祖逝世情况。

慧书不愿回忆那一段伤痛的经历,不愿听人讲述,在心中反复地对自己说已经过去了,已经过去了。

颖书讲了当时严亮祖接到命令,命他率部开往山西一带。他看出内战要开始了。

颖书说:"这是与先父志愿相违的。他的绝笔、遗书,头一行大字写的就是:中国人不打中国人。因为不知道有这次纪念会,我没有把遗书带在身边,不过,我可以背诵。"

颖书站直了身子,大声诵道:"中国人不打中国人。严亮祖绝笔。我不能打内仗,请转告国府,以国家前途为重,不要打内仗。如果我的死能起到一点和平作用,我死得有价值。"

遗书很短,可是每个人心上都沉甸甸的。

大家沉默了片刻,刘仰泽发言道:"严将军是爱国抗日将领,他用一死来呼吁停止内战,是很可敬的。但是,是谁要打内战?要停止内战,还是要找清根源,大家协商才能有收获。"

晏不来道:"严将军是国军将领,自然有他的立场。能够从大局出发,舍身唤醒世人,实在可敬。至于根源,我看不要深究,只宣传放下武器停止内战的大义。好不好?"

报社主编点头。刘仰泽还想说什么,主编说:"刘先生有什么意见,我们可以单发文章。"

接着又有些人发言,都说严将军之死重于泰山,有促进和平的力量,并表达了他们的敬意。

散会后,大家都和颖书兄妹握手,还有人关心地问及他们的生活。

次日,报纸用两个整版篇幅刊出了纪念严亮祖将军专辑。对台儿庄等战役也做了回顾,呼吁国人珍惜抗战果实。

专辑中,弗之的书面发言和刘仰泽的文章很受注意。弗之对实行死谏的人格高度赞扬,并表示希望严将军之死能有正面的影响,双方放下武器,才好说话。

又有人说刘仰泽是江昉第二,钱明经听了,和晏不来议论道:"刘仰泽说得都对,江先生也是这么说,可是他们两个人不在一个层次。"

纪念专辑发表后,北京、南京、昆明、重庆几所大学都举行了座谈,呼吁停止内战。读者读到这版文章,知道了严亮祖这个人,知道了他的事迹,可是也都知道停止内战的希望很小。

颖书此次来北平,没想到还做了这样一件事,心中很是安慰。又在城里城外盘桓了几日,回昆明去了。

香粟斜街三号终于卖出了,绛初把所得房款均分为四份,三姊妹和赵莲秀各得一份。绛、碧又把自己所得的三分之一资助给慧书读书。慧书推辞,两位姨妈坚持,只好收下。

本来严亮祖把慧书托付给弗之夫妇,现在转给了绛初,一切很自然,弗之夫妇却有些歉意,弗之特为她写了一幅字:"胆欲大而心欲小,智欲圆而行欲方。"慧书喜不自胜。

绛初张罗着帮助赵莲秀在西四牌楼一带买了一座小房。她做完这件好事,照例要发作一番,对碧初说:"也就是我在这儿,能这样料理。"还没说完,见碧初眼圈红了,又说,"我是个苦命人,应该是我伤心,怎么你倒伤心起来。"说着,自己拿手帕拭眼睛。

诸事完毕,绛初择日去南京。这天下午,绛初、慧书带了阿难去车站,嵋、合子和黄秘书去送。弗之夫妇也送到大门外。

大家看着两扇黑漆大门,和刚回到北平时心情又是不同。绛、碧二人知道,此一别不知何时再相见,各自忍泪不语。

弗之低声说:"这一段生活已经走进了历史,我们都会走进历史。"

绛初等上车走了,弗之等走进大门。明天,他们就要搬回方壶了。

大门关上了。

"守独务同别微见显,辞高居下知易就难。"这红漆剥落的十六字对联在暮色苍茫中依稀可见。

第 三 章

一

十月间,秋天的步履越来越近了,凉意日渐加重。校园中几排银杏树的叶子开始转黄,各处的爬墙虎也都变黄又变红。高大的杨柳倒还绿着,只是不那么新鲜,添了几分苍劲的意味。修理工程已基本告竣,这里那里还有些水泥、木板,也还有些敲敲打打的声音。

学生已经陆续到校,路上、溪旁常有年轻的身影和着笑语声,使得满园都活泼起来,成为最秾丽的景色。被蹂躏九年的校园苏醒了、复活了。

孟弗之一家已经回到了方壶。

回来的那天,全家人在客厅停了几分钟,都没有说话。然后,孟合己飞快地跑到过道,又飞快地跑过各个房间。

孟灵己扶着碧初慢慢地走进卧室,碧初一眼看见那镜台,镶在硬木流云雕框中的椭圆形大镜子照出了她憔悴的面容。

她望了一会儿,想到九年前来搬东西的情景,对嵋说:"真想不到还能住在这里。"

她不肯躺下休息,还挣扎着指挥安排,把从香粟斜街搬回来的老东西放在适当的位置。

弗之又坐在书房里,书要慢慢地摆,字画要慢慢地挂,都要以后来做,还要慢慢地找。他看着一面空空的白墙,记得那里是挂着"无人我相,见天地心"这副大字对联的地方。他忽然起了疑问:还能看见这副对联吗? 它在哪里? 一时是找不到的,也许永远找不到了。

照碧初的安排,嵋住姐姐的房间,以前嵋与小娃同住的一间,派给孟合己住了,因为他已经是孟合己,不是小娃了。

午饭时合子说,小姐姐不在房间里,觉得房间太大了。

嵋心想,我住姐姐的房间,不知道姐姐会不会不高兴。她这样想,并没有说。

这座房屋后面有一个小院,院中除厨房、煤屋外,还有两间小小的下房。四妮住在里面十分满意,说自己从未住过这样整齐的房子。

很快,大家就筹划在小院中种些什么瓜菜。全家充满了安详的气氛,他们知道和平多么难得,觉得身旁的一切都是这样亲切和珍贵。

当天晚上,秦太太谢方立来方壶看望。见碧初形容消瘦,完全是个病人的样子。大家高兴之余,不免凄怆。两位女主人回忆起抗战前的生活,现在是没法比了。

谢方立道:"你从城里带了人来吗? 我用的吴妈有个妹妹在找事。"

碧初道:"带了一个人,是二姐走时留下的。人很勤快,脾气也好。现在能用一个人就很好了。"

谢方立道:"是啊,照说你身体不好,该有个人专门照顾,可是哪里比得了抗战以前。常和昆明比一比,就是在天上了。"

碧初微笑道:"可不是。还是如意馆送菜吗?"

谢方立道:"现在改了名字,不过,还是老底子。明天他们来送菜,我关照他们过来。"

碧初道:"现在无论怎样,也不至于像昆明那样难。一个是有了和平环境，又一个是孩子们长大了。"

又说了一些家常话，方立别去。

孟家人回到方壶以后的第一个远方来客，是弗之的弟弟孟桦和他的妻子申芸。孟桦长期在驻外国大使馆工作，已有十多年未到方壶了。兄弟相见，久久没有说话，只互相望着，好像在想怎样接上十几年前的见面。这些年的事太多了，真是不知从何说起。孟桦夫妇到碧初床前问候，都说碧初看起来相当好。

申芸道："上个月，在一次饭局中看见吕二姐，这么多年她也不大显老。听说子勤兄要到印度去办什么事，还有一位共方人物来和他联系过，这大概是卫葑的关系了。"

碧初道："卫葑和玹子的婚姻是不是有点奇怪？"

申芸道："很浪漫，这是亲上做亲了。"

碧初说："玹子从小就有些不寻常，还有峨，也不听话。我倒希望她们平常些。"

说了一阵两家的生活情况，又在方壶前前后后走了一遍，孟桦说："虽然不如抗战以前那样讲究，也够舒服了。"

弗之说："我只需要安静地著书。"

孟桦叹道："在国外生活，感觉上总是不够安定，因为不是自己的祖国。现在在南京，感觉上也不安定。许多事，确实是国府应该办的。可是，必须有时间。抗战的消耗、损伤太大了，要有时间恢复，有时间建设。可是，现在哪里有时间？又在打仗。"

两人慢慢地边走边说，到了饭厅。孟桦记得条几上原来有祖宗神位，正待要问，弗之已从楠木盒子里请出了带有小栏杆底座的祖宗神位，摆在饭厅的条几上，炉、瓶等都省去了。兄弟二人见到神位上"襄阳孟氏祖宗神位"的字样，不觉互望了一眼。

孟桦夫妇说大嫂不必起来，碧初还是奋力起来参加行礼。四人站定，两兄弟在前，两妯娌在后，恭敬地跪拜了。申芸扶着碧初回到卧室,弗之兄弟同到书房。

孟桦道:"刚刚说建设需要时间,抗战胜利了,本来是应该有时间的,但是,现在的局面我想起来就觉得连骨头都冰凉。八月间,北平这边纪念严亮祖将军,影响是好的,大家都不要战争。就凭严将军的抗日的战功,平时的威望,在国府这边有些影响,可是在共产党那边实在影响不大。"

弗之点头,稍停道:"那边的深浅似乎不太清楚。"

孟桦道:"胜利以后,如果大家同心合力,改进政治情况,不要诉诸刀兵,我们国家的建设要比打来打去快得多。现在大家都骂国民党,确实有该骂的地方,而且很严重。不过,他们推翻了帝制,这是中华民族的生机,然后,在短短几年里,建设了现代文化的雏形。"

弗之道:"现在大家盼望一个自由民主富强的新国家,共产党的民主口号是顺应潮流的。"

孟桦道:"可是国家这么大,还是那句话,需要时间。"

弗之道:"这些年来,我常给政府提意见,他们认为我左倾。我确实同情共产主义的理想。其实,我是无所谓左右的。"

孟桦笑道:"现在所谓左倾的人越来越多了。"

弗之说:"我反正随时要说我想说的话。"

中午,嵋从倚云厅附近的彭记厨房要了一桌菜,全家人团圆坐了,慢慢用餐。

嵋和合子对叔叔、婶婶印象很少,这次见了,并不生分。孟桦夫妇对两个年轻人甚为嘉许。又说他们本想带两个孩子同来,因为很快就要出国,很多事来不及安排。此去还不知道什么时候才能见面。

餐后,合子乘叔叔婶婶的车顺路到学校去了。

过了几天,嵋去学校注册,遇见之薇。

之薇问嵋:"你住宿舍吗?"

岷道:"听说宿舍床位还不够分配。"

之薇说:"现在都用双层床,原来两人一间,现在是四人一间,所以够用。我们住校吧?"

岷说:"当然好,住校热闹。"

之薇道:"我们应该联系群众,尤其是你,太清高了。"

岷看了之薇一眼,没有说话。

她们走到分配宿舍的长桌前。之薇和社会系的同学商量同住,岷分得了一个床位,领了房间号,转过身来正好和一个女同学打了个照面,是数学系的同班同学季雅娴。

季雅娴是云南人,思想进步,在各种活动中都很活跃。她眼睛很大,很有些猫的娇态,得了"小猫"的绰号,但没有叫开来。

两人说了些别后情况,互看了房间号,213,正是在一个房间,不约而同地说道:"真巧!"便一同向女生宿舍走去。

女生宿舍在荷花池旁边,是一座两层楼的建筑。周围有树木围绕,墙上的爬墙虎正在转红,像一片片大花瓣。她们进了楼,在二楼找到自己的房间。

一进房门,季雅娴便说:"呀!这房间朝北。"

岷道:"正好看见荷花池,多好。"

房内已经有一位同学,彼此介绍了,这是外文系的陆良尧。陆良尧眉目清秀,看上去很恬静。她的衣物都没有打开,正在等着同屋来。

季雅娴说:"咱们第一件事是要分配床位,谁住上铺,谁住下铺,抽签决定好不好?"

岷说:"不用抽签,我住上铺。"

季雅娴指一指离门较远的那张床说:"我住这里。"一面询问地看着陆良尧。

陆良尧微笑地点点头问岷道:"你方便吗?"

岷道:"我可能常常回家住。"

季雅娴对陆良尧说:"你是刚入学吧？她是孟樾先生的女儿,知道吗?"

陆良尧又点点头,轻声说:"我也是从昆明来。"

后来她们知道,陆良尧本是上海人,在重庆上的南开中学,以后到昆明进入明仑外文系。下半年因身体不好休学了,补考后,现在可以上二年级。

三人安顿好了,以为宿舍里还会来一位同学,后来一直没有来。

同学们陆续到来。按照明仑大学的规矩,女生宿舍是不准男宾进入的,负责卫生工作的门房李大妈阻拦了许多男生。

不久,宿舍楼门口的布告牌上贴出了几张纸条,提出应该开放宿舍,有许多社团活动需要大家商量开展工作,宿舍不开放很不方便。立刻就有不同意见,认为开放宿舍太乱,要商量工作不必在宿舍进行。

女生指导李芙老师是明仑多年的旧人,原是女生体育教师,因打球伤了手,便在训导处工作。她在昆明也管女生宿舍,大风大浪都见过了,这时却觉得不好决定。

反传统是一种时尚,凡是反传统,多有民主进步的色彩,但她也无权废除原来的规矩,便向训导长反映。

训导长这个角色是不好当的,常常是学生攻击的对象。但明仑大学训导长施恩贤,一贯关心学生,在贷金问题上总是替学生着想。他胖胖的,一副慈眉善目的模样。他知道,现在任何事都可以引发风波,思索片刻,对李芙说:"让同学们自己决定吧。"

李老师便和几位热心公事的同学商量,有季雅娴、李之薇等七八个人。她们在门房讨论,正好嵋和陆良尧经过,李老师叫她们也参加。季雅娴认为,原来在昆明的时候,女生宿舍是禁止男生入内的,那完全是保守的做法,早就该改掉。李之薇认为,我们争自由争民主的活动,实在是和宿舍无关,宿舍还是应该有规矩。

季雅娴说:"昆明有两个地方大学,女生宿舍都是开放的。"

李老师说:"但是你知道吗? 晚上有人拿着打棒球的木棒在门口守夜呢。"

大家都笑了。季雅娴又道:"那时女生宿舍虽然有门房,后来管得也很松,用得着那么严格吗?"

嵋说:"我想,还是应该严格些。"

季雅娴道:"男生不准入内,那样的话找人很不方便。"

嵋道:"如果随便进来,也不方便。我们的盥洗室在走廊上,走来走去衣冠不整,撞见生人不好不好。"

季雅娴笑道:"你又不常住,关心那么多。"

嵋说:"即使我不住校,我也认为女生宿舍应该有它的尊严。"

陆良尧一直安静地听着,这时便说:"我也觉得男生随便进出不合适,孟灵己的话很对。"

讨论了约半小时,决定举行一次投票,看看大多数人的意见。

季雅娴等找了一个旧纸箱,放在楼梯口,请每个人写好意见放在里面。很快,纸箱里便有了一大堆纸条。票箱整理出来后,主张禁止男生入内的占多数,女生宿舍仍是禁区。

李芙向李大妈明确了传达的责任,李大妈便常在楼梯口大声喊:"某某小姐有人找!"她的声音特别洪亮,这也成为女生宿舍的一个特点。

几天后,学校举行开学典礼。荷花池旁的小山上的大钟沉默多年以后又响起了,悠扬的钟声传得很远,校园中心都可以听到,远一些的教室还要靠摇铃上下课。

同学们都很兴奋,在钟声中聚集到礼堂。秦校长和孟弗之等几位先生坐在台上,心中都很不平静,他们又可以在这片土地上施展才能,提高已有的教学程度,建设新的系科,把有品德、有才识的年轻人一批一批送到国家的各个岗位。

礼堂内渐渐安静下来,一位教师走到台上,正是晏不来,他穿着整齐的中山装,精神抖擞地说道:"请大家起立,唱校歌。"歌声随着他的指挥棒响起,整齐雄壮,其中"大道之行,天下为公,培贤与能,养志修诚"几句歌词脱胎于《礼运大同篇》,历届师生都喜欢它。

接下来是校长致词。秦校长走到台前,他瘦削的身材,清癯的面孔,一件驼色薄呢长衫显得又飘然又庄重,礼堂中马上响起潮水般的掌声。他开始讲话:"同学们,我们回来了。"他的声音不大,但同学们听起来如同黄钟大吕,嗡嗡作响。

"我们又在阔别了九年的校园里开始一个新的学期了,这是一个了不起的时刻。"秦校长喉头有些哽咽,停了几秒钟,说道,"这些年来,我们为之奋斗、热情向往的时刻来到了。我觉得自己好像在驾驶着一条船,经过惊涛骇浪,终于回到自己的港湾,可以停泊了。可是,胜利得来不易,建设更不容易。我们不能休息,我们要加足马力,创造新的业绩。我们有一个指南针,这个指南针永远指着一个方向。这是我们工作的方向,我们事业的方向。发扬学术,培养青年,使我们的国家在艰苦的抗战胜利之后,能够真正强盛起来。"

秦校长讲完后,由弗之代表教授会讲话。弗之穿一袭藏青色长衫,黑框眼镜后深邃的目光中透出一派敦厚饱学的风度。

他说:"秦校长用指南针来形容我们的工作方向,真是再恰当不过。我们的工作照着这个方向是不会变的,而我们这一群人,就是为了做好这项工作,就是为建设祖国文化、发扬学术、培养青年来到这个世上。这个指南针是我们学校的指南针,也是我们生命的指南针。我回到校园中,看见许多松树、柏树,还是我们离开时的那些树,现在依然青翠,长得更高大了。也有一些当时很茂盛的小树,现在却已经不见了。希望同学们不要浮躁,不要急功近利,都像松柏一样,扎实地、有耐性地稳步成长,成为参天大树,成为栋梁之材。"

然后是萧子蔚报告复校工作情况,他还是按照自己的习惯,西装领带,依然风度翩翩。他的报告很简要,但是,可以看出复校工作是多么艰难。最后秦校长又讲了几句话,说学生的任务最重要的是求知,是学做人,学知识。他勉励大家不要辜负大好光阴,要好好读书。

散会后,有的同学议论说,先生们太保守,怎么不谈一点国家大事?也有的同学暗下决心要好好读书。

下午,数学系全体师生见面。大教室里有几十把带桌板的课椅,椅子不够,许多人随意站着。大家谈论着离开和回来的情景,不免激动。

梁明时走进教室,四面打量了一下,说:"这房间很健康,没有洞,没有咧着嘴。椅子——"他看了那些椅子一眼,"也还和以前一样,人呢——"他微笑地看着大家,"你们都好吗?复员以来,我天天做一样的梦,梦见我的腿伤好了,左臂也长长了,走起路来能掌握平衡,于是我跑得很快。其实,我的腿已经好多了。可是梦醒了,我的左臂还是没有知觉。"

有学生说:"梁先生的身体虽然不大方便,还是比一般人跑得快。"

梁明时笑了,说:"你们明白我的意思,我是希望你们比我跑得快。你们的腿没有伤,你们的胳膊都一样长啊。"大家也都笑了。

因为新生还没有到,不必介绍一般情况,梁明时只介绍了两位新教师,一位从美国回来,一位从英国回来。从美国回来的这位名叫厉康,是函数专家。原在一所教会大学任教,和明仑的许多教师都熟识。抗战时他一直在美国,现在说要回来补课。

那位从英国回来的姓柯,全名是柯慎危,是数学和哲学两系的教授。他还不到四十岁,在西方学界已经颇有名气。然而,许多人知道他,并不是因为他在数学方面的成就,而是因为他和一般人不大一样,不修边幅,随意而行。今天他穿了一条不知道从哪里弄来的崭新的咖啡色呢裤。裤子肥而长,走路时鞋底踩着裤脚。上衣皱得像一团纸,前襟有两块墨水痕迹。

厉康开玩笑地说:"慎危啊,你再往身上多浇点墨水,就是一幅印象派的画。"

柯慎危眨眨眼说:"我可不那么浪费。"

他身材不高,头很小,看去是个普通人,而且近乎落魄江湖,其实是满腹才华。

梁明时请厉康讲话,厉康说:"梁先生要我们快跑,我可是落后了。抗战救亡这最重要的一课,我没有亲身参加,惭愧得很。"

有调皮的学生在下面小声说:"现在还在打仗,去参加啊!"

系会结束后,嵋和季雅娴走出教室,冷若安和邵为走过来,一起向倚云厅走去。

邵为说:"抗战前,我住在男生宿舍,这一带很少来。这一带是校园的精华。"

季雅娴笑道:"若说数学系的精华,那位柯先生可算得一个了,他是两个系的教授啊。可是,怎么看也不像。"

邵为说:"听说他在英国时读书到深夜,找不到自己的表,跑到邻居窗下看时间,被人当贼捉了。"

嵋问:"捉了以后呢?"

邵为道:"我想应该是警察问了几句,向他鞠了一躬。告诉他时间,请他回屋继续研究。"

冷若安道:"这是文明的表现。"

四人转过一处楼房,忽见西天的晚霞,各种颜色交相辉映,十分绚丽。冷若安赞叹道:"真是精华。"

　　快到倚云厅时,嵋说今晚不去宿舍,要回家看母亲。自己走上一条小路,穿过树林进了方壶后门。

　　小院里满是饭菜香味,四妮正在厨房里起馒头,见嵋回来,笑道:"二小姐回来了? 这是新蒸的馒头。"

　　嵋笑道:"不用叫二小姐,叫我的大名孟灵己或者叫小名嵋都可以。"

　　说着,帮助在饭桌上摆碗筷。又去扶碧初坐上餐桌。这几天,碧初饮食正常,活动有加,大家心中欢喜。饭间,嵋说了系里新来的教授,并说到柯慎危的逸事。

　　弗之说:"前几天,已经见到柯慎危了,他的各种趣事流传很广。天分特别高的人,常常有些怪癖,能容忍这样的人才是文明社会。"

　　嵋说:"我在书上看到,数学家阿基米德,敌兵进城的时候他还在地上画图解难题。他告诉士兵不要踩他的图,那兵看看这个小人物,一刀结束了他的命。"

　　弗之叹道:"这样的冤枉事当然不止这一桩,这是人类的损失啊。不过,社会已经进步很多了。"

　　晚上,嵋在房间里收拾东西。"孟灵己!"是无因的声音。

　　嵋走到窗前,在渐浓的夜色中,见无因正把自行车放在后门口,他对嵋指指后门说:"我走后门?"

　　一会儿,无因走进屋来,到嵋房门前,房门开着,他还是敲敲门。

　　嵋笑道:"请进。为什么叫我孟灵己?"

　　无因道:"你是大人了,是大学生孟灵己啊。"

　　无因提着一个方盒,眼光看着嵋的书桌。他放下方盒,一径走到书桌前,他注意的是一张嵋的半身照。这张照片照得非常好,嵋是那种又调皮又懂事的神情,眼睛里透露出聪慧,嘴角边显示出天真和稚气。

无因拿着看了半天,又看看嵋,仍将照片放好。说:"我要送你一件礼物,我自己做的。"

打开看时,是一个地球仪,差不多有篮球大。各地区颜色不同,很是鲜艳。

嵋道:"自己做的?"

无因说:"那是说大话,我只是给它添了个小零件,给它里面装了一盏灯,就可以看得更清楚。"

嵋道:"你是说你无论走到哪里我都能看见你吗?"

无因定定地看着嵋,轻声说:"知我者孟灵己也。"见嵋穿着蓝布夹袍,套一件白色无领薄外衣,不觉说道,"你真好看。"

嵋从来没有听无因这样说话,有些诧异,随口道:"我好看吗?"

无因道:"当然了。你自己不知道,我随时提醒你。"稍停了一会儿,他说道,"轮船公司来了通知,三周后开船。"

无因要出国,不是新消息,而这船期却告诉了分别就在眼前。

嵋觉得心上像加了一块石头,突然沉了下来。她慢慢走到窗前,两人依窗而立,看着窗外。

无因故意问一些开学的事,嵋随意答应。窗外墙角有蟋蟀的叫声,声音随着微风飘过草地。

嵋低声说:"秋天来了,你要走了。"转身看那地球仪,说:"世界真有这么大吗? 你要走得很远。"

无因走过去,掩了房门,拉嵋在椅子上坐了,说:"我一直想要和你说一件重要的事,你愿意听吗?"

嵋不看他,只点点头。

无因说:"我要说的事,极为重要。可是有时又觉得那是不必要的。过去我们都还小,一切都是那么美好,不需要语言。现在我们已经长大了,不是轮船上的孩子,也不是火车上的少年,我们都已经成人。我要走了,要分别很久。但是,嵋,你记得吗?那次在去路南的火车上,我们站在车厢外,经过许多山,你问我我在想什么。当时车声隆隆,我没有答话。现在,我要告诉你。"

无因停了下来。嵋抬起眼睛询问地看着他。他接着说:"现在我想的也正是那时我想的。我希望我们永远在一起。"他深深吸了一口气,问道,"你也是这样想的,是吗?"

嵋已经满眼是泪,答道:"当然。"

无因说道:"那就是说你愿意做我的妻子,是吗?"

这话像雷声一样,把两个人都惊呆了。他们拉着手,互相望了一会儿。

嵋低声道:"你想我会怎么说?"

无因说:"我想,你应该说,是。"

嵋说:"你已经说了。"

无因道:"不是我说,是你说。"

嵋蓦地攀着无因的颈项,在他耳边轻声说了一个字:"是。"

无因一阵狂喜,紧紧抱住心爱的人。

"我们出去走一走吧。"他觉得很热,嵋也是。

他们走出家门,果然夜凉如水。两人信步走在小树林里,淡淡的月光笼在树顶上。

无因说:"妈妈对伯母说过我们的事,她这一点倒像个中国母亲。"嵋不回答。无因又说,"你知道,我从小没有母亲,妈妈待我很好。但总是缺点什么,也许是我太苛求。幸好,我们从小就认识,我觉得我的心容量很大,只有你能装满。"

嵋仰头笑道:"我是大象吗?"

无因道:"你是天地。"

峋道:"那么你是太阳?"

"我是宇宙。"无因说。

两人胡乱说着,有些话像诗,有些又像是疯话。他们在小树林中走了几个来回,又回到方壶后门外。

看见无因的自行车,峋忽然说:"我要骑车。"

无因一笑,总是有些忧郁模样的双眉舒展开来,在朦胧的月光下,眼睛里藏不住的欢喜,使得他的脸十分明亮。

他一把将峋抱上车梁,自己轻捷地跨上车,骑过方壶和圆瓿的前门,过倚云厅和蓬斋,又骑过荷花池和钟山。

峋道:"无因哥,我真愿意就这样坐在你的车上,一直到永远。"

无因慢慢骑着,说:"我要在两年以内完成我的功课,我回来接你,再商量安排,我们的命运是在一起的。"

他们走过石桥边的校车站,墙上贴着一条标语,在月光下看得出"民主自由"的字样。

无因说:"我以为我的所学是对国家有用的,一些人在争取德先生,也要有人争取赛先生。只有科学和教育能救中国,没有起码的教育,民主也是一句空话。"

峋说:"我也以为应该多有一些做实事的人。"

他们讨论的题目太大了,对于两个小小的年轻人,他们这时只需要淡淡的月光,青草的微香,继续游在梦中。

峋回到方壶,进了房间,听见叩窗,将窗开了。无因倚车立在窗外,灯光在峋身后照出金色的轮廓。

无因看着峋,用英语说:"晚安,my darling."

My darling,多么好听!Darling,darling,它们在峋的心里高唱着,多么可爱的称呼,多么好听的声音。这声音和着蟋蟀的鸣叫在青草上浮动着、跳跃着散开去。本来就是淡淡的月光,更暗了,一大片云遮住了弯月。

峭对立在窗外的无因说,缓慢地、轻柔地:"My darling,晚安。"

无因骑车走了,慢慢消失在这温柔的夜里。

明天我们还会见面,峭想。

<h1 style="text-align:center">二</h1>

秋日的清晨清凉而爽朗,给人一种透明的感觉。

峭起身后,在窗前站了片刻,才去梳洗。她在镜中看到自己的脸,她以为应该是容光焕发的,但看上去却有些疲惫。她欢喜又愁烦,她觉得自己真的长大了,变老了,到哪里去把时间找回来呢?

校园中年轻的人群奔忙着,有人骑自行车,有人走路,各自奔向自己的课堂。峭骑着自行车轻快地向前。

这路真平啊! 她想,和昆明的土路不一样。

悠扬的钟声响起了,传遍校园各个角落。较远处还掺杂着清脆的铃声。

复员后的第一节课开始了,峭坐在教室里望着黑板,想起昆明的那块用"胜利"的字样镶做花边的黑板。这一节课是突变函数,上课的教师恰是冷若安,因为一位教授还没有到校,他暂代这一门课。他口齿清楚,些微的云南口音,使得音调显得很温软。

峭用心听讲,但好像总是清醒不过来,有些昏沉。直到下课才有些抱歉地想,恐怕要辅导了。

冷若安走过来说:"孟灵己,你不舒服吗?"峭笑笑摆摆手。

有同学来向冷若安问问题,峭便走开了。她第三节还有课,想在校园走一走,不觉来到图书馆,那是她儿时便向往的地方。

图书馆墙外的爬墙虎红得正盛,在阳光下亮闪闪的。一走进图书馆,便有一种沉静肃穆的感觉。第一阅览室里已经差不多坐满了,虽然是第一天上课。

峫在一张空位上坐了,心想,绝对不能辜负了学习的时光。她看着四周墙壁书架上的各种工具书,又看着高大的拱形玻璃窗和深红色窗帘。不远处一个高架上摆着牛津大字典,字典是打开的,可以随时查阅。峫想起自己有一些需要查找的字、词,出神地愣着。

"孟灵己,"有人向她走过来,低声说,"你在做功课吗?"这是晏不来。

他指一指门外,自己先走出去,峫也走了出去。两人站在窗前,晏不来说:"我们又回到这样好的环境,这是福气啊。"

峫点点头,不知道晏老师要说什么。

晏不来又说:"我刚刚看到一本杂志,上面一篇文章说,我们需要一个自由民主、进步理性的社会,需要一个好的政府,而这一切一切都需要好的教育。我想,好的教育,应该包括丰富校园的生活,使得学生的人格更完整。所以,我们应该发展艺术社团。"

峫微笑道:"我对这方面一直是有兴趣的。"

晏不来笑道:"所以,我有一点想法,看见你就想告诉你。"

这时,有些同学走出阅览室,都是要去上第三节课的。

晏不来对峫说:"你第三节有课吧?我们找个时间谈吧,我现在去查书。"走了几步又走回来说,"我刚刚说的民主自由、进步理性是我在一份杂志上看到的,那是他们办刊物的宗旨。我想,不只办杂志,整个的国家都需要这几条。孟灵己,我把这些零碎的想法告诉你,你不嫌烦吧?"

峫笑道:"说真的,我很庆幸晏老师能和我这样说话,而不是成本大套。"

晏不来笑道:"零碎的思想是说给朋友的,成本大套是说给听众的。"他对峨点点头,走到另外一个阅览室去了。

峨从侧面楼梯下楼,这个楼梯走的人较少。正要出楼门时,迎面一个人推着一小车书走过来,很面熟。正怔忡着,那人向峨打招呼:"孟二小姐,你不记得我了? 我帮你查过周瑜的生平啊。"

是啊,这是在昆明乡下的老魏。峨忙说道:"魏先生,我怎么不记得,以后还要找你帮忙查书呢。"

老魏笑道:"我可帮不了忙,你好像是上数学系了,是吗?"

峨道:"那也少不了来大图书馆。"她想,图书馆是个伟大的地方,不过没有说。

第三节是梁明时的课,不知为什么教室安排在校园的边缘,有些同学跑步来上课。

教室里坐得满满的,梁明时刚走到教室门口,见柯慎危从走廊另一头走来,打量着这间教室的号码,似乎要进教室去。

梁明时有些诧异,道:"柯先生,这一节是不是我的课? 我弄错了吗?"

柯慎危道:"我正是来听你的课。"

梁明时微笑道:"你要听我的课? 请进,欢迎。"

柯慎危道:"先说好,我听听也许要早退。"

梁先生道:"那也好,请便,欢送。"

柯慎危找了个空位坐下,恰在峨的旁边。

这堂课的气氛很活跃,梁先生讲了约半小时,提出问题让同学们举手发言。大家热烈讨论时,柯慎危悄悄离开了。峨注意到,他出门前向梁先生鞠了一躬,但梁先生没有看到。

下课后,峨骑车回家,路过石桥。那座墙边有几个人正在张贴壁报,还有一些人围着看。峨见不便通行,就下了车,也看壁报。

壁报上大字写着反对内战,下面说国民党军昨日进攻张家口,致使百姓流离,生灵涂炭。回头见朱伟智在旁,朱伟智说:"孟灵己,你给我们的壁报提点意见吧,最好能写文章。"

嵋说:"我哪里会写文章,不过国家大事人人都应该关心的。"

朱伟智说:"正是这样,以后要开展许多活动,我来找你。"说话间,递过一本小册子。

嵋把小册子放进书包,仍骑上车,到了方壶前门。进门觉得屋里空空的,喊了一声"爹爹",书房无人回答。遂想起爹爹今天中午有事,不能回家。在客厅站了片刻,想着要去禀告母亲的那一件大事。

嵋轻轻走进大卧房,在母亲床前站了一会儿,见碧初睁开眼睛才说:"娘,我说一件事。"

碧初微笑道:"昨晚无因来了,是吗?"

嵋抚着母亲的手说:"是的,他提出一件重要的事。"

碧初问:"到底什么事?"一转念,忽然说,"我猜到了。"

嵋说:"娘猜到了,娘说。"

碧初道:"怎么我说? 还是你说。"

嵋在床边坐下来,俯在碧初耳边,鼓起勇气说:"无因说,要我做他的妻子。"

碧初说:"你怎么说?"

嵋看着母亲,低头在碧初脸颊上亲了一下。她的声音更细微了:"我说好的。"

母女对望着,碧初喃喃道:"我的好孩子,你知道娘的感觉吗?"

嵋说:"我的感觉是又轻松又沉重。"

碧初微笑道:"差不多。"

停了片刻,嵋问道:"他应该去向爹爹请求吗?"

碧初道:"当然,这是礼节。"

又停了片刻,嵋说:"还有呢,他的船期已经定了,三周后就要走了。"

碧初道:"留学是必要的,你也还小——"

这时,房外照例响起四妮的声音:"开饭了。"

嵋服侍碧初起床,碧初笑盈盈坐起,在嵋的搀扶下坐到镜台前。镶在硬木流云雕框中的椭圆形大镜子,又映出母女二人的身影,但人已经不是九年前的人了。

嵋拿起木梳,要为母亲梳头。碧初忽然说:"头晕。"接着大口地喘气,冷汗涔涔,靠在嵋身上。

嵋不知所措,叫道:"娘!你怎么啦?"赶快把碧初平时吃的药给她吃了一片。

碧初呼吸渐渐平稳,仍说头晕。四妮跑进来,帮着扶碧初到床上。

"娘,吃点东西吧?"嵋说。

四妮盛了半碗粥来,嵋用小汤匙喂了几口,碧初不肯再吃,连催嵋去吃饭。

嵋把母亲剩的粥喝了,坐在床边抚着母亲的手。

碧初迷糊睡去,忽又睁开眼睛,用力说道:"已经好了,你去休息吧。"

嵋替母亲掖掖被角,自回房间去。

下午,弗之回来,知道家中的事。无因与嵋从小一起长大,这样的发展是顺理成章,令人欣慰的。可是,时局如此,前途究竟如何,谁也难料。当前最重要的是碧初的病。

又过了两天,嵋下课回来,四妮正慌张地向门外走。"二小姐!我正要去找你,太太不好!"

"怎么不好?"嵋说着快步走进内室,见碧初又在大口喘气,身下一片殷红。

四妮说:"已经换过好几回纸了,还在出血。"

峒立刻给校医院打电话,医院来人做了简单的止血处理,说必须赶快送到城内大医院。

碧初住进了东交民巷的德国医院。合子住校,次日才得到峒托人送来的消息,只说住院了,并不严重。他下午便赶进城,跑步到病房。见母亲躺着,面色苍白,双目合拢,父亲和小姐姐都在床前,忽然以为母亲已经死了,"哇"的一声哭了。

弗之道:"孩子,娘没有什么。"

碧初也睁开眼睛轻声说:"是小娃来了? 我好好的。"

一家人又在一起,都觉得安心不少。而医生对弗之说,现在的办法是止血调养,还要彻底检查。

几天以后,检查结果出来了,最后确诊是子宫癌。

弗之拿到检查结果,对着儿女怎么也说不出那三个字。医生说因碧初体质太弱,做手术危险很大,恐怕下不了手术台,可以服用药物。弗之知道那只是一种安慰,顶多是维持罢了。

不管怎样,碧初经过医院治疗,看来已经平稳很多,血止住了,能进饮食,精神也好些,现在的事就是调养。

碧初回到家中,熟识的太太们都来看望。金士珍原来身体尚可,入秋以来健康下降很多,不再有在昆明乡下探病时的那种豪情。她一跛一拐从校园西边走来,累得不停地喘气。

碧初很感动,说:"李太太,你自己要好生保重。"

金士珍始终没说一句话,她知道碧初不会太久长,而她自己也一样。

秦太太谢方立来时带了多种小菜,特别拿了刚从昆明带来的曲靖韭菜花给碧初看,两人都说只看看那瓦制的罐子,便觉得很有滋味。

谢方立说:"好容易熬到今天了,可要好好过下去啊。"

玳拉本来计划要和孟家人一起举行一次小宴会,把两个年轻人的事情定下来,现在也顾不得了。

最令碧初欣慰的是,无因来看望,他和嵋站在碧初床前,叫了一声"伯母"。

碧初想坐起来,嵋伸手去扶,碧初又是一阵头晕倒在床上。无因很惶恐。

嵋说:"娘太激动了。"示意无因先退去。

碧初睁眼不见无因,问道:"无因呢?"

无因在外间答道:"伯母,我在这里。"便走进来。

碧初说:"你们的事,嵋对我说了,我和爹爹自然是赞成的。你要去留学,科学报国,这很好。"说着又喘气。

嵋说:"娘,你不要说话了,我们知道了。"

无因单膝跪下,吻了碧初的手。

碧初喃喃道:"好孩子。"

三个人都非常感动。嵋和无因互望着,世界对他们又显示了新的一面。

嵋把碧初的情况用电报告诉峨,峨回电四个字"近日即回"。

碧初很高兴,拿着电报左看右看,对弗之说:"峨能回来,全家团聚几天也就够了。"

弗之捂住碧初的嘴,说:"生活哪有够的时候。"

碧初道:"嵋和无因的事,照说无因应该向你正式提出请求。"

弗之沉吟道:"庄家是我们多年的老朋友,无因是我们从小看大的,我想不必在乎形式了,两个年轻人自己说好了是最要紧的。"

碧初道:"那也好。"

两人虽然高兴,心里都有一点前途莫测的感觉。说着话碧初一阵心慌,拉着弗之的手才渐渐安静下来。

碧初自嘲道:"只能躺着。"

弗之道:"躺着就很好。"

几天之后的星期天,合子绕着罗汉松跑步,忽然看见一个人提着一个小箱子向方壶走来。

"姐姐!"他立刻认出,马上大叫着:"姐姐回来了!姐姐回来了!"跑进屋去报告消息,然后又跑出来迎着,接过峨手中的箱子,一同进了家门。

峨真的回来了,虽然自昆明别离不过几个月,以前峨也常不在家,这次却觉得特别长久。

合子帮姐姐提着箱子,一面说:"要是说一日不见如隔三秋,就几十年没见着姐姐了。"

峨拍拍合子的肩,说:"我总要回来的。"不及多说,一直走到碧初床前,看见母亲形销骨立的模样,峨心里酸痛,连着叫了几声娘。

碧初拉着峨的手,只管抚摸,喃喃道:"峨回来了,峨回来了。"母女便厮守着,直到晚上峨才到嵋的房间。

峨四处打量着,说:"这房间换了主人,也换了个性。"

嵋道:"怎见得?我觉得和姐姐住时差不多。"

峨指点着:"这样的窗帘我是不会用的,藕荷色的底子太娇了,只有你用。书桌上小书架像个玩具房屋,也只有你想得出。"

嵋道:"我们的家具除了城里搬过来的,只从学校添补了些,没有什么好东西,闹着玩罢了。"

说到睡处的安排,嵋说要到宿舍去。峨说:"就在你房里搭张床,我睡。好不好?"

嵋笑道:"搭张床当然是我睡,姐姐睡原来的床。"

峨道:"哪儿还有原来的床!"

嵋一想,是的,这是搬回来时在学校买的床。

峨道:"我看出来了,家里没有几件原来的家具,各人有一张床就不错了。"

晚上，姊妹二人各睡一张床，都想起在昆明时挤在一张铺板上。

峘道："现在想来，挤着睡也不错。"

峨微叹道："就是，我们都长大了，我看你又长高了。"

峘忽然坐起，认真地说："姐姐，我真的长大了。"便把无因提出的事告诉峨。

峨也坐起，在黑暗中打量着峘，说："娘对我说了，我正等着你说呢。你这么个调皮鬼要长成大人，真不可思议。无因的船期是月底吗？那还是我先走。"

峘说："你的假期这么短。"

峨忽然看见高窗台上有一个地球仪，颜色鲜艳，很好看。她不记得自己原来在高窗台上摆的什么，随口问："这是无因送你的吗？"

峘道："正是。"

她记得姐姐房间里墙上挂着耶稣受难像，但始终没有问过姐姐为什么要挂这个像，因为她们都不是基督徒，这时便说起。

峨道："很简单，人太苦了，我在很小的时候就觉得人太苦了。我想让耶稣分担一点。"她停了一下，又说，"现在经历多了，倒觉得实在不算什么，也许是耶稣分去了？"

姊妹各有许多话，却都觉得理不清楚。峨说很累，各自睡了。

孟家因为峨回来，紧张的空气变得松缓安详了许多。过了两天，峨打电话给吴家馨，吴家馨很高兴，又知道碧初的病，也觉得忧心。

她说："我尽快来看你和伯母。我哥哥在这里，吴家縠，你记得吗？我和他一起来，好吗？"

峨说："当然好。"

120

次日，吴家馨和吴家榖一起来了，吴家榖中等身材，面目端正，戴一副玳瑁边眼镜，态度沉静。他穿着一件米灰色哗叽长衫，那是他的礼服。

　　峨对他几乎毫无印象，但因是家馨的哥哥，谈话并不显得生疏。兄妹俩见碧初精神还好，都说越是身体弱的人，越能维持。

　　碧初要他们坐下说话，峨和家馨坐在碧初床前，家榖坐在靠窗的一张椅上。大家说了一会儿碧初的健康，连碧初自己都很乐观。

　　家馨忽然道："孟离己，家榖要到昆明华验中学去工作，过几天就要走。他曾经和你去劳军，你不记得了吗？"

　　峨茫然地看着家榖。家榖道："是啊，你大概不记得了。"

　　家榖却记得很清楚，那天，孟离己穿着纯蓝印小白花的旗袍，戴着草帽。这种记忆好像有些唐突，他当然不会说的。

　　碧初看看女儿，又看看吴家兄妹，问道："到华验中学教书吗？"

　　家馨道："学校董事会聘哥哥做校长，他们在北平和上海选聘人才，北平这边还有两位教师同去。"

　　碧初说："华验中学是峨上过的。当时大学的先生们很有些想法，希望让孩子们的思想活泼些，不受教育部规定限制。"

　　家榖道："我也是这样想的，教育不能太刻板，那样不利于智力的发展。"

　　又说了些话，家榖起身告辞。他站在峨和家馨的椅子后面，向碧初鞠躬，说："伯母，好生保养。"

　　碧初心上一动，没有说什么。

　　家馨自送哥哥出去，回来和峨两人坐在客厅里谈话。

　　家馨道："这边都知道你做的毒花研究，这是很有希望的。前几天，萧先生还夸你有毅力，有钻研精神。"

　　峨道："你们林场的开拓我们也知道，孩子也在那里吗？"

家馨道："我做的是管理,你知道的,很平常。将来孩子要上学就不能在那里了。对了,最近我在一本外国的植物学刊物上,看到一篇将有毒植物转为药材的研究文章。"

峨立刻说："借我看看?我那里消息还是很闭塞。"

家馨道："我今天就该带来,我太粗心了。你到我那里去一趟吧,看看我的环境。"

峨微微摇头,说："时间有限,我不能离开娘。"

家馨道："这几天没有便车,我不能来。家穀应该能跑一趟,可是,我知道他这几天的事都排满了。"

峨道："哪里好麻烦他。"

正说着,嵋下课回来,听见了便说："星期天我去取,我正想看看吴姐姐的林场。"

家馨道："很远啊,没有公共汽车。"

嵋笑道："不要紧的,我能去。"

峨说："家馨,你不要管她,她当然不是一个人去。"

家馨在孟家午饭,饭后又与峨谈了许久。谈到吴家穀,家馨说："我哥哥很苦,在战地服务团时,他有一个女朋友,也是咱们学校的。你大概没有印象,很活跃的,这人后来嫁了一位官员。哥哥很伤心,他是很认真的。"

峨道："他看上去就是个认真的人。"

家馨道："你们都在昆明,你有什么事可以找他帮忙,他很热心。"

峨道："我的生活很简单,不用帮忙。"家馨瞪她一眼。

估计碧初午睡已醒,两人又进房去,陪着说了一会儿话,家馨告辞,赶搭便车回去。

星期天,无因和嵋一同骑自行车去林场。嵋穿着蓝工裤白衬衫,自己改制的卡其布薄外衣,颈上系了一条红白相间的丝巾。她纵身上了车,和无因一样轻快。

出了学校,便觉得蓝天很大,不愧是北平的秋天,旷野,果然已带有北方的凉意。路面越来越不平,还有马车和驮东西的小毛驴伴行。

无因有时拉着嵋的车把,助她一臂之力。有时顺手拉一拉她的丝巾,总是得到一个笑靥。

来到林场办公室,吴家馨恰恰临时有事,去苗圃了,留下了那本杂志和一张字条,说她尽量赶回,杂志看完就放着,有便车时她会去取。办公室的人说林场的苗圃很远,请他们自己随意走动。

嵋和无因绕着林场看看,有些农家气象。他们没有走到苗圃,就在附近树林里随意走着。这片树林比方壶外的大多了,林中小径曲折很是清幽,他们循着小径慢慢走。

无因拉着嵋的手说:"这双手和在昆明时大不同了。"

嵋道:"那时怎样?这时怎样?"

无因道:"在龙尾村的时候,你的手变得很粗糙,简直不像你的手,我真害怕。"

嵋笑说:"你怕什么?"

无因道:"怕你的手变粗。我知道那是暂时的。你看你的手现在这样光润,纤细的手指圆圆的指甲,真是一双美手。"他说着,拉起嵋的手让她自己看,又说,"美是别人夺不走的。"

嵋又笑了:"这和物理学有什么关系吗?"

无因道:"当然有关系。不能用草木灰洗衣服,要好的生活,要科学救国啊。"

两人说着来到一片空地,想要找一块石头坐坐,却只有草丛。层层的树木把他们和尘世隔开了,远处有几声鸟鸣愈显清静,他们手拉着手互相望着,觉得无比的自由和快乐。

无因道:"真奇怪,你这样单薄瘦削的身子,怎么就装满了我的心。"

嵋说:"怎么单薄瘦削了？连苗条都不会说。"

无因笑道:"苗条淑女君子好逑。"

嵋要跑开去,被无因拉住。

嵋忽然笑道:"无因哥,我要告诉你一个秘密。"

"什么秘密？谁的秘密？"

嵋道:"我的秘密。"

"你还有秘密？"

"是啊,"嵋调皮地歪着头,"我上中学的时候,有一个倾慕的对象,也可以说是初恋吧。"

无因惊讶地盯着嵋看,说:"我怎么不知道？他是谁？"

嵋道:"这件事我对谁也没有说过,现在告诉你,你可不要嫉妒他。"

无因轻拍嵋的手:"你说,你说。"

嵋附在无因耳边轻声说:"他是周瑜。"

"什么周瑜？"他想了一下,"三国时的周瑜吗？"

无因盯着嵋看了几秒钟,然后哈哈大笑,这是他绝无仅有的大笑,笑得喘不过气来,半晌才说:"我也有一个初恋的对象。"

嵋笑了,说:"你编的。"

无因道:"还不知道就说人家编的。"他很快说了一句拉丁文。

嵋问:"那是她的名字吗？这么长。"

无因道:"就是呀,还有呢。"他又说了一个名字。

嵋举起手来,数着手指头说:"无因哥,你有几个情人？"

无因又大笑,说:"多着呢,我可以一个一个告诉你她们的名字。"

嵋笑道:"我知道,不是拉丁箴言就是物理公式。"

无因仍道:"还有一个名字,我告诉你好吗？六个字,唵、嘛、呢、叭、咪、吽。"

嵋道:"我也加一个,吽、咪、叭、呢、嘛、唵。"

两人都大笑。无因道:"原来我们都是济公活佛的弟子。你该受罚,你太淘气了。"

嵋道:"我是真的,不是编的。"

无因道:"我是编的,不是真的。"

嵋也大笑。他们的笑声好像惊动了林中的鸟儿。随着笑声忽然响起一声清脆的鸟鸣,紧接着,响起了许多不同的鸟的歌唱,有的高,有的低,有的粗,有的细。不只好听,而且十分丰富。

两人一时都怔住了,屏息倾听。约有一盏茶的时间,忽然间又是一声高亢的鸣叫,大合唱戛然停止。

两人不约而同地说,这样好听,它们在祝贺,祝贺谁?当然是我们!

无因一把将嵋抱起,嵋挣脱下来,在空地上跑。他们像童年玩耍时一样,那样开心,那样畅快,厚密的树林给空地做了一道屏障。嵋跑了两圈,一下子冲进草丛。

"呀!"嵋忽然尖叫一声,她踩在一团柔软的东西上,脚背一阵刺痛。

"怎么了?"无因跑过来抱住她。

"蛇!"嵋指指草丛又指指左脚。

无因迅速地让嵋坐在自己膝上,脱下她的袜子,脚背上果然有两个鲜红的牙印。无因毫不犹豫俯身下去,吮着嵋的伤口。

嵋叫道:"不行不行!你会中毒的!"

无因吐了几次口水,又拿过嵋颈上的丝巾,紧紧绑在她的小腿上。

嵋道:"我们快回去快回去,回去漱口!"她的左脚刚一点地,又"呀"的一声。

嵋叫疼的声音还没有停,无因已经一蹲身将她背起,一面说:"搂住我的脖子,好好配合。"嵋只有听话。

无因一路快步加小跑,很快便到了吴家馨的办公室。家馨已经回来,正在说这两个人跑到哪里去了。见无因背了嵋进来,十分惊讶。

知道嵋被蛇咬了,说:"不会有事的,这里没有毒蛇,我们还有蛇医。"说着安排嵋坐在一张舒适的椅子上。

有人倒了水来让无因漱口,嵋不停地叮嘱多漱几遍,漱干净些。无因到室外漱口,漱了很多遍,直到两腮发酸才结束。他向嵋望去,看到一个满意的微笑。

一会儿蛇医来了,原来是一位老工人,他对周围的一切,植物、动物,也包括蛇,都很熟悉,知道怎样对付。

他看了嵋的伤口,说不要紧的,把随身带的药在嵋脚上敷了一些。知道这伤口已经有过最关键的处理,他有些惊讶地望着无因,说:"这位学生好大胆,幸亏这一带没有毒蛇。"又对家馨道,"不要紧的,不过像猫抓了一下罢了。"

大家知道没有毒,都安心多了。

嵋道:"在昆明时住校,也有同学被蛇咬了,当时连校医都很紧张。"

他们在家馨处休息了一阵,家馨发愁说:"你这个样子,怎么骑车?"

嵋道:"我可以骑,让我试试。"

无因推了车来扶她上车,嵋蹬车的脚一弯,伤口疼痛,不觉又"呀"了一声。

家馨道:"你看看怎么骑车?在我这里住两天吧,好像后天有便车。"

无因和嵋都连连摇头,无因建议嵋坐在他的车后架上,自己一手拉着嵋的空车,转了一圈。

家馨笑道:"你可以表演车技了。不过,路这么远,怎么行。"

无因道:"放心。"就这样上路了。

无因和嵋一路谈话,无因说:"其实,我也很喜欢周瑜,这么多年我们怎么没有说起过他?"

嵋道:"羽扇纶巾,谈笑间强虏灰飞烟灭,多神气!"

无因道:"欲得周郎顾,时时误拂弦。我走以前只想听你吹箫。"

一路说着话,无因便以表演车技的方式把嵋和刊物平安送到方壶。

嵋的伤瞒了父母,只有峨知道。

峨说:"这本刊物代价不小啊!"

嵋故意道:"可不是嘛! 幸亏不是毒蛇。"

峨也故意道:"你去取刊物,难道吴家馨办公室有蛇?"

嵋略一愣,双手捂住脸,咯咯地笑,说:"我们去树林里了。"

峨道:"就说是呢,现在还疼不疼?"

嵋笑道:"已经不疼了,还有些痒。"

果然,两三天后,伤口平复。

外国杂志上的论文证明了峨的思路正确,她做了笔记,又到生物系借了几本参考书,很有心得。她特别跟父亲谈起她的心得。

弗之说:"做学问特别需要旁证,大家吵吵闹闹才能蓬勃地发展。若是只有一家说话,自己也发展不好。"

峨道:"这是很自然的事,能有几个证明才真的站得住。"

和对母亲的关心比起来,峨对花的关心已经是一件小事。她整天依偎在碧初身边。为娘做这做那,每一次很小的服侍,都给母女双方很大的安慰。她们常常安静而又热切地交谈,都觉得很畅快。

这天,秋日的阳光很明朗,峨让碧初坐在窗前靠椅上,看着窗外的秋花,为娘梳头。

峨道:"娘,你原来那么长的头发剪了真可惜。"

碧初道:"我们姊妹三人原来梳的都是有名的吕家髻,现在只有二姨妈还梳着。二姨妈昨天来信了,"她指指镜台,"就在那边。他们下月下旬也要启程去美国。"

峨道:"慧书联系好学校了吗?"

碧初道:"只能到了再说。"

峨将碧初的头发梳顺,松松挽起,又用薄毯轻轻盖住碧初双膝。

碧初看着峨说:"好女儿,我一直有话想跟你说,你不要生气。"

峨道:"我为什么要生气? 娘只管说。"说着,挨着母亲坐在一个小凳上。

碧初道:"娘的病自己岂有不知道的? 我自然知道。娘最不放心的事想你也知道,就是你一个人在昆明。你们有你们的想法,心里有什么主意也说不定,尤其是事业有成的女子,对于成家往往忽略。我是上一辈的人,总是想两个人在一起有照应。一个人对付不过去的事情,说不定两个人就能对付。这是上天这么设计的。"

峨道:"娘是说我该结婚?"

碧初点头道:"还是我女儿聪明啊! 说实在的,结了婚就是两个人一起过日子,从平常过日子里得出的滋味多着呢,不能求全责备,这是生活的大道理。"

峨低头默然半晌,道:"娘说的话我懂。"又抚着碧初的手说,"娘只管放心,明年春天我就回来,那时想来娘的身体会好多了。"

碧初微叹道:"但愿如此。"

峨道:"我还在研究药呢,不断会有新药。"

碧初又喃喃道:"但愿如此。"

这几天,孟家人都觉得日子过得特别快,转眼峨又要离家。因为吴家馨安排峨和吴家榖同路,一切都方便了许多。

这天,李之薇来到孟家,托峨带一封信给颖书。她把两根辫子在颈后打了一个结,系了一条红绢带,颇有些喜气。

谈话间大家注意到,之薇将是峨、嵋的表嫂,不免谈论、排比。

嵋对之薇笑道:"不知不觉,你成了我们家族的新人了。"

之薇有点不好意思,轻轻推了推嵋道:"你别起哄。"

碧初想起两个姐姐,一个出家,一个出国,说道:"亲戚们越来越少了,有新人才好啊!难得咱们今天还有这么多人在一起。"大家说笑了一阵。

峨临行这天,吴家榖坐车来接,全家在门外相送。碧初硬要起来,峨、嵋两边扶着,碧初坐在树下看他们上车。

吴家榖对弗之说:"希望孟先生指导华验中学的工作。"弗之很高兴。

峨俯身在母亲耳边说了几句话,转脸拭着眼睛。碧初其实并未听懂,只定定地看着她上了车。吴家榖从另一边上车,和峨同在后座,峨向窗外摆手。碧初心上又是一动。

车子绕过罗汉松,又绕过小山,不见了。

三

生活的波动,一波接着一波。当天晚上,庄卣辰来电话,说他和玳拉要来看望,约好次日下午来访。碧初心里明白,他们要来说什么。

弗之说:"卣辰素来是不拘礼的,这大概是玳拉怕失了中国礼数。"

碧初道:"这本来是一件大事,礼仪也很重要。"

次日下午，卤辰夫妇带领无因来访。弗之说，卤辰是老朋友了，都到卧室坐吧。碧初以为不够有礼，仍坚持到客厅坐。

庄卤辰夫妇从来都是衣冠楚楚，很得体的，今天更显隆重。卤辰打了领带，庄太太穿着长裙，略施脂粉。无因抱了一大捧红玫瑰，放在墙边的八角桌上，靠着摆在那里的青瓷花瓶。他也穿了西装，打了黑领结，已是一位英挺俊逸有担当的青年。

大家坐定，嵋端了茶盘出来送茶。她穿一件桃红底起蓝白花的夹旗袍，仍罩着那件白色外衣。短发蓬松，脸儿红红的，眉儿弯弯的，眼波流动，唇边一丝笑意，自有一种妩媚，一种光彩。

嵋送过茶，便坐在墙边椅上。碧初心想，小小的嵋也到了谈论婚嫁的时候了。

玳拉的目光一直跟着嵋，这时大声赞叹道："嵋真好看！"

庄先生说："我们的来意你们其实早已知道，说老实话，我真不知道该怎么说。这是他们两人的事。"他指指嵋和无因，"让无因说吧。"

弗之笑道："照中国的礼节，你要说话的。"

卤辰搓着双手看着无因，"啊啊"了几声。

无因向嵋看了一眼，站起身对弗之和碧初鞠了一躬，说道："我从小生长在校园之中，也可以说是在老伯、伯母膝前长大，和嵋从小在一起，如兄妹一般。现在我们都已是成年人，我们希望永远在一起。我很快要离开长辈们去留学，便想把我们的关系确定下来，也就是说，我请求和嵋订下婚约，希望得到老伯和伯母的同意。"

无因郑重地说了这些话，玳拉为他轻轻鼓掌，庄先生也松了一口气。

弗之哈哈笑道："这件事其实咱们早已心照不宣了，我和碧初素来看重无因，也一直当他是个好晚辈。虽然嵋年纪还小，还是学生，现在无因要出国，这样定了也是必要的。"

一时大家无话,无因和嵋互相望着,都好像进入了另一个天地。两人站起,一同向四位长辈鞠躬。

玳拉走过来拥抱嵋,取了一朵玫瑰花,别在她外衣的纽扣上。然后坐到碧初身旁,问起碧初的健康情况,两人低声谈着。

弗之和卤辰谈到了时事,卤辰道:"现在各方呼吁停战方式很多,有的写信,有的出宣言。国共双方停战,谁都赞成。问题是停不下来,出多少宣言也不管用。这样艰苦奋斗得来的胜利,这样的大好机会平白毁掉,真是让人痛心。"

弗之叹道:"现在一些进步人士在积极活动,要求国民政府停止内战。我现在的看法和以前有些不同,但是我只希望能多有一些时间办好学校,让在抗战期间好不容易才保存下来的底气维持下去,也能有点时间记下我的一些认识和心得。"

卤辰道:"胜利一年以来,日本已经能够出口建筑材料。而我们呢,还在呼吁和平。"他抚摸着玳拉的手说,"连外国人都变成中国人了,中国人总是不能共襄国事。"

玳拉轻轻推了推卤辰,说:"其实我也不是那么乖。"她又看了卤辰一眼,"伦敦那边的亲戚屡次来信,要我们到英国去。"

卤辰不说话。弗之不觉问道:"哦,怎样考虑?"

卤辰微叹道:"怎么离得开。"

玳拉说:"孟太太大概累了,我们告辞。"

庄家人辞去,嵋和无因起来送他们。弗之、碧初看无因和嵋走在一起,他还是比嵋高大半个头,很是欣慰。

他们走回卧室,碧初微笑道:"这就是天作之合吗?"停了一下,自己喃喃道,"实在很难说。"

弗之说:"我们只知道这一步,也只能走这一步,谁也不知道下一步。"

无因和嵋送走了父母,绕到后门,进了嵋的卧房。他们好像有许多话要说,又觉得不必说。

无因说："这旗袍真好看，不对，应该说你穿旗袍真好看，更显得苗条。"

峫笑道："接受教训了？来，我送你一样东西。"

说着，从抽屉里拿出一个小盒，打开了，取出一块椭圆形的旧式怀表，说，"这是很多年前爹爹从瑞士带回来的，它很勤快，还在走。"

无因看了峫一眼，接过怀表，不看正面看反面，打开看时果见峫在里面对他微笑，正是他喜欢的那帧照片。无因大喜，一手拿着怀表，一手抱住了峫，亲她的脸颊又亲照片。

峫笑个不停，说："你可真忙。"说着把怀表放在无因的上衣口袋里。

无因用手按一按上衣口袋，又拉过峫的手在自己口袋里摸。峫摸到一个小盒子，拿出来打开看，里面是一个窄窄的、很秀气的红戒指。

无因说："这是我在澄江得到的，据说是玛瑙。我以为是石头，也不错。我带回来，一直想送给你。前天，我自己在上面刻了两个字母。"

他让峫看戒指的内侧，果然有两个大写字母，M，Y。M是孟，也是峫的第一个字母，Y是因的第一个字母。

无因道："M，Y。看见吗？My，My darling。今天，让它承担这个重大的责任。"说着，把戒指套在峫左手的中指上。

纤细的手指，套上这一道光亮的红圈，很是好看。无因拉着峫的手，久久地吻着，两人都不说话。

过了一会儿，峫说："你不是要听我吹箫吗？现在我们有一点时间。"

无因道："我正想着呢。"便端坐在窗前椅上说道，"洗耳恭听。"

峫从墙边大瓷瓶里取出一个锦套，里面便是那管玉屏箫。

嵋拿着箫试了几个音,便吹起来。

本来总是显得幽怨凄凉的箫声,这时却很饱满很轻快。无因不知道她吹的什么曲子,也不想知道。他只要这个现实:嵋在为他一个人吹箫,在这个对他们两人都极重要的日子里。

忽然,箫声变了,音调低沉下来,渐渐掩不住箫声本来的沉郁萧瑟。最后,在一个呜咽似的长音上停止了,两人不觉满眼是泪。

嵋递了一块自用的小手帕给无因,低声问:"你不想知道这个曲名,是吗?"

无因很郑重地说:"是的,你是我肚子里的蛔虫。我知道,我问,你也不会说。"

嵋也郑重地说:"你也是我肚子里的蛔虫。"

两人说着,又都笑起来,他们要把这个解答留在那更美好的日子。

"蛔虫"的世界不能长久。四妮来问:"庄少爷是不是在这里吃饭?"

无因惊醒道:"我该回去了,今晚不能见,我们又少了一天。"他走到房门口又回来,说,"还有事呢。"

他吻了嵋的脸颊,两人又拉着手站了一会儿,无因才别去。

又一日下午,弗之在圆瓯有一个小会,散会较早。回到书房,摊开稿纸,文不加点写了三四张纸,很觉顺畅。

门外响起了四妮怯怯的声音:"老爷,有客人。"

弗之扶扶眼镜,留恋地把稿纸看了片刻,走出书房。见是社会学系刘仰泽,让坐道:"刘先生来得巧,今天我正好在家。"

刘仰泽似真似假地说:"我打听过了啊。"坐下稍事打量,说道,"还是孟先生府上高雅,我们西边的房子能不漏就很好了。"

弗之道:"苇庄的小院青瓦灰墙,有点明代风格,我一直很喜欢。"

刘仰泽道："孟先生有古趣,其实那边很落后。"又说些校中闲话,便谈到目前局势,刘仰泽道,"我是无事不登三宝殿,我们有几个人,这些朋友你也是知道的,想要发一个宣言,要求国共停战,现在这样打下去对国家太不利了。"

弗之道:"前两个月纪念严亮祖将军,刘先生的文章写得好。后来,反响怎样?"

刘仰泽道:"不大清楚,主要是国府一方不认识内战是他们的罪恶行为。"

弗之道:"反对内战,宣言是可以发的。双方都应该认识停战的必要性。老实说,当前我们国家的情形,经过千辛万苦,从灭亡的边缘得到胜利,得到全世界的尊敬,正是中华民族复兴的好机会。前天,看见一位印度记者,他说你们是自己扔掉了黄金机会。机会尚且难得,何况是黄金机会。这是非常令人痛心的。而我们能做的只是发发宣言罢了。"

刘仰泽道:"宣言是一种斗争的形式。"

他下意识地摸一摸口袋,里面有已经写好的宣言稿,本来是邀孟弗之来签名的。因听他的口气不很合拍,便没有拿出来。只说:"宣言由我们来撰写,弄好了给你看看,好吗?"

弗之知道刘仰泽属于一个民主党派,他们很激进,倾向性比较明确,自己原来是被他们看中的。现在自己要好好想一想,不愿立刻有所表示,便说:"我当然乐意看你们的宏文。"

刘仰泽道:"不只看看,我们还要请你参加意见呢。"

弗之一面摆手呵呵笑道:"你们几位高人还少吗?我哪里插得上笔?"

谈话不很投机,刘仰泽告别时道:"咱们以后慢慢再说。"

傍晚,又来了一位客人,弗之见了,不认识。这人个子很矮,圆滚滚的身材像个松塔,一双眼睛滴溜溜乱转,见了弗之连连鞠躬。说:"孟先生不认得我,我是您的学生,叫栾必飞。我是前年转到历史系的,因为身体不好,又休学了两年,现在复学了。"

弗之依稀记起,有这样一位学生转了几个系,又休学两年。便问:"现在可以读书了吗?"

栾必飞自己坐下来,说:"可以了,我和南方的新生一起来的。我想先来看一看系里的老师,尤其是孟先生这样德高望重的老师。我希望先能得些教诲。"

弗之不语。栾必飞用他那双滴溜溜的眼睛打量这间客厅,见靠内室门的八角桌上摆着一只青瓷花瓶,光色极好,墙边地下摆着一只两尺来高的双耳铁瓶,很粗糙,但很古雅,不知是什么时候的铁器。墙上挂了一个条幅,落款是"其昌",心里便把它们判作珍贵文物。

等了一会儿,弗之才说:"好,你这回认真学习历史吧,希望你会感兴趣。"

栾必飞感觉弗之态度很冷淡,他说:"我选的是西洋史,其实我对中国史很感兴趣,我想做一点比较,可是像孟先生这样学贯中西,又能打通文史哲三界谁能做到啊。也许还是先学点断代史,是不是可以先研究宋史?"

弗之皱眉道:"你先要把大的方向确定下来,学一学再说。"

栾必飞忙道:"这回学历史的方向不会改了,能够跟着孟先生读书是大福气。"

弗之又不语。栾必飞又说了几句奉承话,便离开了。

新生到校了。牌坊后的短墙上悬挂着用红笔写在白布上的"欢迎"两个大字。校园内几个主要路口都拉起了横幅,写着"欢迎你,民主道路上的新伙伴""发扬五四精神,学习知识,建设祖国"等字句,各宿舍门口都有人接待。

新生不多,却引起一阵新的热闹。自开学以来,各个社团都已在筹备,现在正式活动起来。在大饭厅,各社团用大喇叭介绍自己的宗旨、成员等。各壁报社都赶着出壁报,在最适宜的地方张贴。

这天,嵋下课后和季雅娴一起回到宿舍。女生宿舍门前用大字写着"有了你才更辉煌",接待室有人在等候新同学到来。

两人上楼。

"孟灵己!"有人在叫,嵋回头看是朱伟智。

"你下来吧,我们正好谈谈。"朱伟智说。

嵋询问地看看季雅娴,季雅娴摇摇头说:"我都知道了。"

嵋走到接待室,见李之薇也在,还有几个同学。

朱伟智说:"你大概还不知道我们社团的情况,我们随便谈谈吧。这些社团在昆明就有基础,你是知道的。也还有原来的成员,文学社的基础最好,有人建议给它起一个新名字,叫奔雷社。我想,声音不用这样高,还是叫文学社吧。"

嵋知道,加入文学社的人最多,他们的壁报上有一个小宣言:"文学,为大众服务,为工农兵服务,文学要反映民间疾苦、大众生活。"嵋想,这当然是对的,文学总是要有爱心和同情心。

朱伟智又说:"还有歌唱组织,叫作高歌社,由李之薇和另外一位同学负责。"

李之薇说:"孟灵己是很喜欢唱歌的。"

嵋有些踌躇,半开玩笑地说:"我可不会高歌。"

正说着,进来几位新同学,看去年龄都较小,大家热情接待。没有人分到嵋和季雅娴的213号房间。李之薇的房间分到一位新伙伴,几个人高兴地簇拥着新同学上楼去了。

这时又有几位同学路过,朱伟智招呼他们进来看看,继续向大家介绍他的各路社团。他又讲戏剧方面,在昆明时的一批戏剧爱好者,大部都已毕业,现在人较少。他说有人建议他们的社团叫做狮吼社,要像睡醒了的狮子一样发出吼声,也要唤醒大众。

"不过,我想,"朱伟智说,"那是很重大的任务,我们只是一个戏剧演出团体,宣传进步思想是必要的。但是,也像不了狮子,就叫戏剧社吧。好吗?戏剧在抗战时期起了很大的作用,现在应该继续发挥它的作用。"

人渐渐散去,朱伟智也停止了他的演讲,问嵋道:"你参加哪一个?"

嵋道:"社团的目标无疑是宏伟的,名字越平实越好,我很赞成你的想法。不过,我哪里有时间,我做个票友吧,你有什么事情就叫我好了。"

嵋说着要离开,朱伟智道:"还有一件重要的事。"嵋询问地望着他。朱伟智道:"我们学校东门外有一个村庄,叫大河村。他们那里有一间民校需要教师,我想这正是我们开阔视野、服务社会的好机会,你愿意参加教民校吗?"

嵋眼睛一亮:"当然。"

朱伟智笑道:"你要上课,这可不是票友。"

嵋说:"一定一定,我会安排时间的。"

嵋上楼去。进房看见季雅娴,便说起教民校的事,因问:"你去参加教民校吗?"

季雅娴说:"我要去的,你也去吗?"

嵋点头道:"是啊,我想这是很有意义的事。"

季雅娴有些诧异,说:"我原来以为你不会有时间,没有说这事。其实,我认为你很应该去,可以接近群众。"

嵋微笑道:"是啊,民校需要教师,教师也需要民众。对不对?"

季雅娴也笑道:"有进步。"

下午下课后,嵋看见走廊上的几间教室门外,都有同学交头接耳在说什么。正纳闷间,忽听他们叫道"Toss(折腾)! Toss!"

拉起一位新同学往外跑,跑到空地上,几个人把他抛起来又接住,大家在旁边拍手叫笑。这是大学对新生的一种礼遇,是个玩笑,也有些恶作剧的意思。

新同学没见过这种阵势,大声喊着:"你们岂有此理!"

有大同学在旁说:"好了好了,他害怕。"

新同学被放下来,坐在地上流眼泪。

有人从旁边走过说:"算是什么男子汉,这点玩笑都经不起。"

嵋和两个女同学走过去安慰他,说:"这是开玩笑,大同学都是好意的。"

这少年站起来,抹着眼睛说:"我很惭愧。"他抬头看见嵋,迟疑了一下,说,"我是从重庆来的,同等学力考来的,我叫乔杰。"见嵋无甚印象,又问道,"你认识庄无因吗?我在重庆见过你们。"

"哦,天下真小。"嵋说。

乔杰道:"我在物理系,我想找到庄无因。"

嵋想起,乔杰就是在重庆舞会上来找无因答题的为首少年,微笑道:"只在此山中,云深不知处。他现在也在这个楼里,有一堂辅导课,不知道是哪个教室,你总会找到他的。"

乔杰点头,大家又说了几句安慰的话,各自走开。

嵋回到宿舍,见季雅娴懒懒地坐在床上,便问:"你没去上课?"季雅娴没有回答。

嵋说:"我看见 toss 了。"

季雅娴漫不经心地答应:"前天在大饭厅也有,起哄而已。"

嵋有几天没有来宿舍了,爬到上铺去收拾。

季雅娴道:"孟灵己,我上学期应用代数不及格,前天补考了,上午邵老师说我的补考还没有及格。"

嵋觉得这事有点严重,坐在上铺想了一下,问道:"要补习吗?"

季雅娴道:"不,再补习还是不及格的,我要转系。"

嵋又想了一下,道:"如果不喜欢数学,确实不要勉强。我印象里你的中文相当好。"

"好哪样!"季雅娴说了一句云南话,心里稍觉宽慰,好像有了一线出路,"那么我转中文系?"

嵋说:"很好呀,我爱看小说,几乎也上了中文系,我觉得上中文系很不错。不过,数学好像更可靠,每个数字都是跑不了的。"季雅娴还是若有所思,嵋又说,"和先生们商量一下。"

季雅娴说:"我问过冷老师了,他说我已经学到三年级了,应该可以学下去,不过,学数学最好不要勉强,及时而退也很要紧。"

嵋微笑道:"这意思好像还是可以转。不过,主要还是在你自己。"

"孟灵己小姐有人找!"楼下李大妈在叫。

季雅娴道:"好像知道你今天在宿舍。"

嵋下楼来,见晏不来站在接待室,正在看壁报上关于文学社等社团介绍。他转身对嵋笑道:"这些社团的名字分贝真高。"

嵋笑道:"我也是这么想。不过,我很尊敬他们的志向。"

晏不来略带沉思道:"是啊。不过,我情愿温和一些。文学方面叫做青草社,音乐方面要组织一个合唱团,一个管弦乐队,已经有同学在筹备。戏剧方面我想不出来,你帮着想想。"

嵋说:"这样的难题晏老师考我了!"

晏不来道:"我很喜欢易卜生,他的作品既反映了现实又有五彩缤纷的幻想,就叫易卜生社,好吗?"

嵋迟疑道:"也许青鸟社更好一些。"

晏不来大喜,说:"好,好极了。这是一种象征,一种理想,也是我们的历史。所以,你必须参加啊。"在华验中学导演《青鸟》的经验是他忘不掉的,嵋的演出也是许多人记得的,"这样吧,你先参加几项活动,试试看。"

嵋道:"你的诸门科目我都可以参加活动,我喜欢。不过怕时间不能保证。"

晏不来道:"当然以学业为主,任何活动我都不主张影响功课。"

嵋看见陆良尧从门外走过,便叫她进来,对晏不来介绍道:"这是外文系的陆良尧,她弹钢琴,在青木关音乐院上过一年钢琴系。"

晏不来道:"人才挖掘不尽啊! 陆良尧,这几天音乐室已在报名安排练琴时间,你去报名了吗?"

陆良尧道:"没有,我不知道。"

晏不来笑道:"那么,现在你知道了,参加我们的音乐活动吧!"

说着,看到李芙和一些同学在饭厅说话,晏不来便往饭厅去了。

次日,嵋第三节有课,她推车出了方壶后门,无因正从小树林走过来,说:"我来陪你走一段。"嵋便放了车,和无因一同向教室走去。

无因道:"你记得在重庆跳舞会上有一个叫乔杰的少年吗?"

嵋道:"你也看见他了?"

无因道:"他找到我了。新同学们邀我给他们讲一次课。"

嵋道:"是啊! 就算在重庆欠的吧。"

无因道:"他们几个人到家里去找到我,都是很好的少年。"

嵋评论道:"老气横秋。在哪里讲? 我也来听。我听得懂吗?"

无因笑道:"数学系高才生,这样说话太谦虚了。"他送嵋到楼门口,自去了。

晚上,在图书馆的一间地下教室里,这个物理学座谈会开始了。无因在讲桌前站了几秒钟,含笑看着大家:"我是明仑大学的校友,非常欢迎学弟学妹们来到我们的学校,并且加入物理学的行列。在当今的世界,人对物的了解越来越多,物理学需要新人。你们会越来越发现物理学是无止境的丰富,是无止境的美好。"

无因讲了他从少年时,在父亲的影响下开始学习物理,又讲了普朗克、爱因斯坦的小故事。无因语言很生动,教室内的气氛很活跃,给人印象最深的是这样几句话:"进入这个学科十几年来,我不断地发现,我们的大千世界,形形色色的事物都可以逐步地简化又简化,简化到几个方程式,而它们是那样和谐与完美,让我不断地生出敬畏感,我觉得这种感觉很神圣。"

他说这些话时,教室内非常安静,大概同学们都在寻找那神圣的感觉。

无因最后留了同学交谈的时间。乔杰举手道:"我入学刚几天,就觉得时间不够分配。想念书,也想参加社会活动,我觉得都很重要,简直不知道怎么办。"

无因道:"我可以毫不迟疑地回答你,你来上大学,学习是第一位的。要好好学习,认真学习,努力学习,我们都有社会责任。但是,只有更好地掌握知识才能更好地负担起责任,尤其是科学工作者,我们的国家太需要科学了。"

无因话音刚落,有一位同学站起来,朗声说:"庄无因学长的讲话很好,给我很多启发。可是有一点是我不能接受的,就是太强调读书了。我们在大学的这几年里,除了读书还有许许多多社会活动,那都是学生的责任。我们不管,谁来做呢?"

大家小声议论起来,教室里一片嗡嗡声。

无因道:"这个同学的意见很好,我想我们可以各自照自己认为正确的方式去行事。我的意见也是供大家参考。"

又有一个同学举手发言,他说:"我赞成庄学长的意见,作为学生当然是要学,学了就是为了服务社会。把两者混为一谈,服务社会的人才水平一定会变低。"

无因道:"感谢这样的理解,我想每个人可以有自己的看法,也可以各行其是。各种事都有人做,不是很好吗?"

散会时,一个同学问无因:"庄老师,π 的小数点后你会背到多少位?"

旁边几个新同学说自己能背到五十位、八十位,有个同学说乔杰能背到二百八十位。

无因觉得真是回到了少年时代,他和玮玮都能背到五百位,嵋甚至还背得多一些。他和坐在最后一排的嵋相视而笑。

这是庄无因在国内的最后一次讲演。

无因启程的日子日渐迫近,他和嵋安排了所有能利用的时间见面,而那是太不够了。

这一天终于到了,车次在下午。玳拉邀嵋到她家一同午餐,嵋没有去,午后才到庄家。一进门,见无因正送两位朋友出门,便先到客厅。庄家人都在客厅,无因的衣箱和一个手提箱都在地上,无采正在往箱子上贴写着目的地的纸条。

庄卣辰有课,不能去车站。他对无因说:"你完全有能力独自在外生活,这一点我们是很放心的。我相信你会对得起科学,对得起国家。"

无因陪父亲走到小院门外,他搂抱了父亲。庄卣辰拍拍儿子的手臂,转头向马路走去。无因望着父亲的背影消失在树影中。

不久,车来了。玳拉让无因坐在嵋身边,自己坐到前边,嵋拉无采一起坐了。车子慢慢驶出校园,无因不自觉地紧紧拉住嵋的手。

车子驶到正阳门东侧的火车站,那是北平唯一的火车站。月台上人并不多。他们一起进了车厢,看了无因的床位,仍下了车。

玷拉道:"我们先到车站外面,嵋留在这里。无因一切要自己当心,愿你有好运气。"

无因揽住玷拉的肩,叫了一声"妈妈",又说:"谢谢妈妈。"

玷拉很感动,无因从小到大很少叫她妈妈。她抬头看着长得这样高的儿子。无因拥抱了玷拉,又说了一次"谢谢妈妈"。

无采说:"哥哥,我会想你的。"无因也拥抱了妹妹。

玷拉和无采走开了,让嵋和无因话别。嵋有些木木的,两人慢慢在月台上踱了两个来回,不时对望着。一个报童跑着喊着"晚报!晚报!"

两人站在一个柱子旁边,嵋说:"明天在校园里看不到你了,真是不可思议。也许不发明那么多交通工具倒好,走不了那么远。"

无因说:"有了交通工具,远也可以变近,也可以回来。"他拿起嵋的手,轻轻地吻着每一个指尖,轻声说,"你猜,我想什么。"嵋摇头,无因道,"我想把你抱上车,和我一起走。"

嵋喃喃道:"我想你和我一同回去。"

无因拿出放在上衣口袋中的怀表,打开表盖,两人望着嵋的那帧小照。

无因说:"这是你吗?我们永远在一起。"嵋把表仍放回无因的上衣口袋。

这时,几个人急匆匆跑过来上了车,月台上铃声响了,车就要开了。

两人走到车门前,无因在嵋的额上轻吻了一下,又紧紧地拥抱她,在她耳边连声道:"My darling,my darling,等着我。"

他上车了,嵋不由得喊了一声:"无因哥!"

无因转过身来向她招手。车门关了,车启动了。车声隆隆,声音越来越响,又越来越小,车走远了。

月台上空荡荡的,嵋还站在那里。

"嵋,"是无采在旁边。她们又站了一会儿,无采道,"妈妈在外面等你,我们回去好吗?"

嵋想了想,说:"请庄伯母先回去吧,我要走一走。"见无采仍望着她,又说,"我会坐校车回去。"无采点头自走了。

嵋出了车站,信步走过正阳门,来到了长安街上。夕阳透过树影,显得很暗淡。嵋背着夕阳向东走去。

真的,明天校园里就没有无因哥了,这怎么办呢? 我要叫他回来。

东单牌楼就在前面,嵋想起附近有一个邮局,便加快脚步,进了邮局。她要打电报,叫无因马上回来,到天津就回来。她站在柜台前,电报往哪里打呢? 她不知道。

营业员有些诧异地看着她,嵋也不觉得。在柜台前站了一会儿,退出来站在邮局外面,也不知自己向哪里去。

暮色渐渐笼罩了北京城,有过多少离别的北京城。高大的东单牌楼,告诉行人要休息一会儿,因为路太长了。

嵋到西单赶校车回到学校。经过西直门时,正见一群暮鸦从城楼上飞过。暮色已重,嵋觉得每只乌鸦的负担也很重。这一群飞过了,又来了一群。

它们飞向哪里? 嵋看着城楼、天空和向远处飞去的乌鸦,觉得十分怅惘。这种怅惘绕着城楼,随着暮鸦,和古老的北平城连在一起。

嵋走进家门,家里静悄悄的,书房没有灯,爹爹不在家。她在娘的卧房门前站了一会儿,轻轻推开门,见娘正扶着床栏杆站着。

嵋上前扶娘躺回床上,自己坐在床前矮杌上。

碧初轻声说:"无因走了?"

"无因走了。"嵋说。她扶着碧初的手臂,突然呜咽起来。

碧初道:"悲欢离合,人生总是有的。"

嵋伏在碧初耳边说:"娘,无因他,他会不回来吗?"

窗外秋风吹过,爬墙虎的叶子瑟瑟发抖,发出悠长的叹息。

一封发出而没有到达的信

亲爱的嵋:

我到天津了,你大概也到家了吧? 车渐行渐远,我看不见你了,看不见北平城了。可是,我眼前仍然有你,有北平城。有人来查票,叫了我几次我才听见。我很迷惑,我们怎么能分开呢?

可是,事实上我们分开了。你可知道我有多么爱你,我不知道怎样形容。那是无边无涯,弥漫在空气中的爱包围着你和我。我真想大喊一声:"嵋,我爱你!"可惜你听不见。

嵋,我们是多么幸运,因为世上有你。这么多年,我们相知相识,不需要寻找,我们太幸运了。分别几年,互相等待,这点磨炼应该是可以承受的。你说是吗?

今天到南京,我们在岸上停了很久,我们坐在车里,火车上了渡船,整列火车分成几次才能渡过江去。我想,这里应该有一座桥,要建桥并不困难,而且不需要很久,只要中国人同心合力。

146

到上海了,上海很繁华,我注意到旅馆大门前挂着一面国旗,许多高楼大厦和临街的民宅都挂着大大小小的国旗。你记得我们去云南时,船过上海,看见在闵行上空飘扬着青天白日满地红的国旗吗?它孤零零地夹在太阳旗和许多外国旗帜中,那是中国人保卫祖国的决心。现在我们的决心实现了,我们胜利了,我们的国旗不再孤零,而是在晴朗的天空下自由地高高飘扬。

　　我和刘桓一起上船,他家在上海,也去过昆明。你不认得他。我们住在一个房间,我随时想起我们逃难时在轮船上的生活。现在航行的方向不一样,但海和天还是那样的阔大和深远,似乎隐藏着无限的奥秘,永远是人类要探索的。

　　今天我在船上已是第四天了,你猜我遇见了谁?当时我靠在甲板的栏杆上,和一个英国朋友说话,有人叫我的名字。我回头看,一群年轻人走过来,其中一位是殷大士,她说:"你是庄无因吗?"确定了以后,她介绍自己说,她是孟灵己的同学,澹台玮是她最好的朋友。她问我到哪里上学,并说,他们几个的目标也是波士顿。她的弟弟殷小龙也在,他也自我介绍说他是孟合己的同学。男生中还有一个人叫辛骁,我们在舞会上也见过的。

　　这个船上有网球场和游泳池,我们在昆明从来没有打过网球,看来这是很好的运动。餐厅不用餐时便是活动室。晚上,刘桓拉我到餐厅打桥牌,我们和两个外国人打桥牌,殷大士他们也在。后来我们的牌友有事离开了,辛骁和殷大士说他们不会打桥牌,不过可以试一试。我们四个人出

147

了几次牌,实在无法打下去。殷大士放了牌,说不打了,对我说:"我知道你是澹台玮的好朋友,你能说说他的事吗?"我有些意外,我想玮是在她心中的,怎么轮得到我讲呢?辛骁插进来,说这船上的饭菜不如另外一条船上的。我们又随便说了几句话就散了。

这几天我们每天黄昏时去游泳,刘枏游泳技术很高,耐力也比我强得多。今天,我觉得水很凉,没游多久,就到甲板上看落照,宏伟的太阳就要落进海里去了。殷大士和她的朋友也在甲板上。我想起我们和玮玮一起看日出的情景,玮玮还背了曼弗雷德的几句诗。太阳落了,明天还会升起,而玮玮消失了,再到哪里去找他?可是太阳也是会死的。那年在船上,你已经猜到我心里在想什么。你记得吗?蛐虫。人的死确实是不一样的。玮玮的死是那样高贵,我有什么资格去讲他呢?他是死在自己的职守上的。他的责任是保卫自己的国家,不让敌人侵犯。这是他从小就有的愿望,因为我们从小就被敌人侵略。

我忽然想告诉殷大士一件玮玮小时候的事。正好殷大士走了过来,说:"你在看太阳落?"我便讲了北平沦陷以后,我们上学时那件事,玮玮在走过街口的时候,照日军规定,要向站岗的日军鞠躬。他不肯鞠躬,想冲过岗台,日本兵下来追他,他站住了,日本人向他呵斥,他还是坚决不鞠躬。忽然有人喊:"打倒日本帝国主义!"这句口号帮助了他。日本兵去追查喊口号的人,玮玮便逃脱了。你当然记得这件事情。当时都传开了,说是玮玮喊的口号,又说我们是有神助的。神在哪里?我想,就在熙熙攘攘的路人中间,也在那些安静的方程式里。

殷大士听了没有说话,自己走开了。我很抱歉,你说我该讲还是不该讲呢?殷小龙也在旁边,他沉思地说:"澹台玮确实很勇敢,我见过他。"又问,"孟灵己、孟合己是澹台玮的表妹表弟,你是他们的什么亲戚?"我没有回答。我们现在不是什么亲戚,可是将来我们不只是亲戚。

太阳落海了,海天连成一幅宏伟的、绚丽的图画。

今晚,船上有舞会。我们不会跳舞,刘桓也不会,他想去看看。我们便到餐厅,坐在一个较隐蔽的角落喝咖啡。舞会正在进行,他们跳得很优雅,音乐也比较柔慢,声音很低。坐在餐厅另一端的殷小龙看见我,走过来说话。他问我为什么不跳舞,我说没学过。遂问他为什么不跳舞,他说学不会。刘桓说跳舞有什么学不会的。就这样说着闲话。

音乐间歇时,殷大士和她的女伴们也过来了,我们只好站起说话。殷大士说:"澹台玮永远是我的好朋友。"我们沉默了一阵。我想,殷大士也永远是澹台玮的好朋友。她率性而为,很纯真。她要教我跳舞,我也说学不会。她们都笑了,说你还学不会。我怕打搅别人跳舞,便和刘桓一起离开了餐厅,虽然那里的咖啡很好。殷小龙也跟着走出来,我们便又在甲板上谈话。殷小龙问了一个问题:"科学能救国吗?"我对他讲了一些最平常的话:"没有科学是不行的,只有科学也是不行的。科学是必要条件,但不是完全条件。"我们还需要民主,这问题太大了,我懂得很少。殷小龙这样的少年能提出这样的问题,是令人欣慰的。我们在甲板上谈了一会儿,甲板上一排灯光,像一条小巷,光亮在海波上向黑夜散开去。光总是能散开的,是吗?刘桓说他有些头晕。回到房间,我就拿出我的"护身符",久久地看着你。

你啊!亲爱的峭,我们什么时候相见?

又是几天过去了。船上有一对外国夫妇，带着一个两三岁的小男孩，他很漂亮，说话也很清楚，一点不怕生。他跑到我们桌前，指着墙上的画问我："那是什么？"图画里是鲜艳的花。我反问他："你知道那是什么？"他笑了说："花。"他又问我手上拿着什么，我拿给他看，他说："书。"他的父母走来，我们攀谈了几句，他们说他们很不愿意离开中国，不过，必须离开了。他们希望再来。

我想起那次玳拉妈妈带我去英国，那一年我六岁。有几个大人问我许多问题，我说我"不说话"。其实，我习惯向自己的内心说话。我对自己的生母几乎没有印象，在我两岁的时候，她去世了。当时父亲在英国，后来父亲回来了，不久，玳拉妈妈也来了。这些都是你知道的。

昨晚，我在梦中看见我的母亲，她坐在海波上。一手抱着我，一手拿着那块表，也就是你的照片。黑夜茫茫，海风在吹，波涛在起伏。一个大浪打来，我们都不见了。

嵋，我带了几本物理学杂志，自己看后还可以和刘桓讨论。还有我们常读的那本英国诗选，这本书虽小，内容却厚重，它们让我从惆怅中感到安慰。济慈的《秋颂》和《希腊古瓮颂》念起来真好听，刘桓也打着拍子念了好几遍。

"白昼渐逝，云朵映霞光似花儿开放，将玫瑰色涂抹在收割过的草场。"我想，那玫瑰色也会涂抹在方壶周围树林的绿顶上。《希腊古瓮颂》中的最后两句："美即是真，真即是美。这就包括你们所知道的和该知道的一切。"

真和美、动与静、瞬间和永恒，这真包括了讨论不完的道理。

还有那首勃朗宁夫人的《葡萄牙十四行诗》，我不敢读,我要等着和你一起读。可是,要等到什么时候?刘桓带了《唐诗三百首》,我还有一本《古诗源》,我们也常念。在船上漫长的这半个月,最能安慰我的是什么?你可以想见,那是你在我怀表中的小照,我的护身符。我久久地端详你,那样调皮又那样娴静。我觉得玻璃有些湿,亲爱的嵋,你哭了吗?我们是最幸运的人了,想想看,我们只需要等待,煎熬人的等待。在等待中又会有许多有趣甚至是辉煌的事。是吗?

今天是十月十日双十节。清早,我在甲板上看海,太阳已经跳出海面很高,阳光有些刺眼。伟大的海!伟大的太阳!我想到,我们的国家已经列入世界四强。可是,实际上我们配吗?我们还在打内战。前几天,听到广播中说,双方接受了马歇尔停战十天的建议,不知道能起多少作用。

现在是傍晚,我从广播中听到,总统将任职期满,因为即将举行国民大会,将任期延至宪法实施后依法当选之总统就职之日止。真能这样吗?那大概也是换汤不换药的。要是真有了民主富强的国家,我和你一起在青天之下,该有多快乐!

Darling,明天上午,船将到旧金山。我一上岸,就把这封拉杂的信寄给你。这是在我们的生活中,我写给你的第一封正式的信。上天对我们多么厚待。以后,大概会很少能这样从容地写信。我看见海岸线了。

亲爱的嵋,我爱你。到死也不会终结。

你的无因

第 四 章

一

一九四七年一月，正是三九天气，北风扑面风头如刀。房檐下挂上了粗粗细细的冰凌，一排一排的，像是水晶的帘幕。校园中的各个湖面都早已结冰，冰层很厚。有两处湖面从去年十二月中旬就开放了冰场。溜冰是年轻人爱好的运动。

女生宿舍后面的荷花池也结了冰，有些枯梗露出冰面。冰面上因常有人走，形成了一条弯曲的小路。

213房间的北窗正对着荷花池，陆良尧倚在窗边，看着远山、枯树和冰面。季雅娴见她良久立在窗前，便也走过来看。正见两个人一前一后走下冰上的小路，走在枯梗之间。前面的人蓦地摔倒了，他伸手去抓身旁的枯梗。枯梗折了，后面的人快走几步将他扶起。前面的人连连拱手，表示感谢。后面的人连连摆手，表示不用谢。他身上背了一双冰鞋，大概是到西边的冰场去。前面的人指指冰鞋，他们一边谈话，走过荷花池去了。

陆良尧说："这两人以后便是朋友了。"

季雅娴说："也不见得，也许还会打架。后面的人大概是去溜冰的，你看见他背着冰鞋吗？"

陆良尧说："看见呀，溜冰又好玩又好看，我也要学。"

正说着，嵋推门进来，还有李之薇。嵋抱着一摞书，她刚下

第一节课。之薇正准备去上第三节课。

季雅娴说:"你们俩都是北方人,怎么一个冬天没见你们溜冰?"

李之薇道:"那时我家不住在校园里,再说我年纪也太小了。"

嵋道:"可不是,我上过几次冰场,还没学会就离开北平了。我的姐姐、表姐、表哥们都溜得很好。"她望着窗外的荷花池,说,"我们可以学。"

陆良尧微笑着从床底下拿出一双新冰鞋来,皮质的鞋面和冰刀都闪闪发亮。季雅娴拿过去摸了摸说:"真好看,这很贵吧?我们拿贷金的学生买不起啊。"

嵋道:"平常有租冰鞋的,你不用买。"

季雅娴问:"你有吗?"

嵋道:"我用姐姐的正合适。"

她们商定晚上去图书馆后面的冰场学溜冰。晚上去是嵋的主意,晚上人少些,摔跤少些人看到。

李之薇看着嵋说:"我不能去,我母亲这几天身体又不好,家里的事做不完。"又对季雅娴说,"朱伟智让我告诉你,明天中午在大饭厅门口碰头。"

季雅娴道:"真的,文艺社的活动我有好几次都没参加。"

李之薇道:"明天去吧。就在大饭厅门口的小过道里,那里不冷。我第三节有课。"她碰碰嵋的手臂,便匆匆走了。

嵋坐在桌边,说:"季雅娴,你怎么又不去上课?"

季雅娴懒懒地说:"我反正要转系了,就不想去听那些听不懂的学问了。"

嵋道:"转系是下学期的事,还要原来的学分,你还是把这学期的课上完才好,我和你一起复习。"

季雅娴看了嵋几秒钟,说:"你是好人,我好像应该这么做。"

陆良尧站起道:"我也该去上课了。"

嵋随口问:"是尤甲仁先生的课吗?"

良尧道:"是的,尤先生到学校晚了,听说是聘书发得晚了。"

嵋道:"听说他很博学。"

良尧一面穿外衣一面说道:"他讲了许多小故事,随时背出来一段段书,好像这书就在眼前似的,记性真好。"她向嵋微笑,出门去了。

嵋把这堂课的讲义给季雅娴看,并且做了讲解。

季雅娴道:"其实也没什么难的,就是我不够专心。"

嵋道:"那就专心点吧。"

季雅娴道:"你是好人。"

嵋笑道:"好人回家去了,晚上见。"

嵋回到家中,四妮迎着她摇着一封信。

嵋捧着信到自己房里,把信放在桌上看了一会儿。这是无因的信,那熟悉的孟灵己小姐几个字已经让她感动不已。

无因走后,这是第四封信。信上说了他学习和生活的情况,他很忙很充实,也很愉快。信上照例地问,他从旧金山发的一封长信收到没有,他每次信都问。嵋这次的回答还只能是没有收到。

晚饭后,嵋做完母亲身边的琐事,站在床边。

碧初催促道:"你该干什么就去,我没有事。"

嵋嘱咐了四妮几句,背了书包和冰鞋去图书馆。

嵋喜欢大图书馆,在这里精神特别集中。她有一个固定的座位,在阅览室的最里边靠窗,那是她从小就看中了的。奇怪得很,这个座位很少人坐,总像是给她留着。

她坐了下来,安详地在数学世界里遨游。她思考了课堂上的讨论,又做了习题,满足地收拾起书包,在座椅上坐了片刻,看着肃静的大阅览室。一排排的年轻人都伏案专心地做自己的功课。有人在查高几上的大字典,发出轻微的翻页声音。安静里好像有一种精神鼓舞着人,又安慰着人。

嵋缓缓地背起书包和冰鞋,走出图书馆,向冰场走去。在冰场入口处,季雅娴正在租冰鞋,陆良尧坐在旁边的长凳上换冰鞋。冰场的灯不很亮,周围小山坡上的枯树影影绰绰,冬天的空气冷而清爽,没有风。

大家都很高兴,陆良尧问嵋:"我们怎样学,就这样在冰上走吗?"

租鞋的人说:"只管放心走,冰刀刃很宽。"

嵋到底小时候溜过几次,穿好鞋便在冰上试着滑行。见另一处有高木凳出租,便推了一个给陆良尧。季雅娴也装备齐全,上了冰场。

嵋滑了几步,自觉手足都很紧张,勉强到了湖中心,"扑通"摔倒了。

她坐在冰上向四处看,靠岸处也有一个人坐在冰上。两人对望了一下,都大笑起来,那人原来是冷若安。冷若安从去年冬至就开始学溜冰,已经不是生手了。他很快站起,向嵋滑来。不料,有一处冰面不平,又摔倒了。

陆良尧和季雅娴都推着木凳到了嵋身边,两人靠着木凳将嵋扶起。冷若安一手按着冰面想要站起,没有成功。这边三个人都忍不住笑。

这时,一个人熟练地滑过来,却是邵为。他要去帮冷若安,若安摇摇手,自己很快站起来了。

两人滑到嵋等身边,冷若安道:"滑冰摔跤是正常的。"

嵋笑道:"可不是,不摔跤是不正常。"又对邵为道,"邵老师你抗战以前就在校园里,你教我们吧?"

邵为道:"我那时还是冰球队员呢。"

陆良尧不认识邵、冷二人,见冷若安有点外国人的样子,有些好奇,询问地看着嵋。

嵋说:"这是我们系的邵老师、冷老师。"又介绍了陆良尧的名字。说着,试着离开木凳,向岸边滑去。

陆良尧心里想,这样的人是从什么地方来的?也推着木凳和季雅娴一起在冰上走。

嵋绕着冰场慢慢地滑了一圈,成为蛱蝶穿花般的溜冰者中的一员。

溜了一会儿,见前面冰上又坐着一人。那人见嵋滑过来,便喊了一声:"孟——"

嵋停下来,见是重庆的小同学乔杰,迟疑地说:"只怕我帮不了你。"

乔杰道:"我不要你帮,只是招呼一声。"

说着,邵为滑过来了,伸出一只手臂,拉乔杰站了起来,又各自滑开。

冰上有几个女同学滑得很好,她们有时手拉着手滑行,十分整齐好看,令人想起四个小天鹅的芭蕾舞。邵为还和一个男生滑内八字和外八字,有时互换场地,也很好看。

他们滑了快一个小时,负责冰场的校工站在土坡上,大声说:"到时间了! 要关场了!"

大家纷纷散去,还有几个人仍在滑。

校工又大声说:"我要泼水了!"

那几个人才恋恋不舍地离开。留下空荡荡的冰场,仿佛还响着青春的笑声。

嵋等和邵、冷一同走,乔杰和几个新生跟着,一起向宿舍走去。天空十分明净,清冽的空气里飘来淡淡的幽香。

有人问是什么香,嵋道:"是腊梅吧?"

季雅娴道:"北平哪有腊梅?"

这时,不知是谁带头,唱起了黄自的歌:"雪霁天晴朗,腊梅处处香。骑驴灞桥过,铃儿响叮当。响叮当,响叮当。好花采得瓶供养,伴我书声琴韵,共度好时光。"

大家唱得兴起,一起向钟亭那边走去。钟亭下面有一小片空地,周围的银杏树已经落尽了叶子,枯枝在冬夜中显得很庄重。他们停住了脚步。

邵为道:"这里没有人,可以大声唱。"

他们唱《旗正飘飘,马正萧萧》,唱到"好男儿、好男儿报国在今朝",都觉得热血沸腾。又唱《毕业歌》,他们要担负起天下的兴亡。又分为两部轮唱《踏雪寻梅》,一部唱到"响叮当"时拖长了音,另一部跟着唱"响叮当,响叮当"。又是一阵大笑。

冷若安说道:"晏不来老师给我一个歌篇,是新写的《大同歌》,《大同歌》已经唱了好几年了,新曲很好,简练得多。我这里好像有。"

他摸了摸口袋,掏出两张纸来,递了一张给邵为,一张给嵋。大家在月光下哼唱起来,一会儿,便把中华民族从古就有的大同理想唱了一遍。

> 大道之行,
> 天下为公,
> 选贤与能,
> 讲信修睦。
> 故人不独亲其亲,
> 不独子其子,
> 使老有所终,
> 壮有所用,
> 幼有所长,
> 是谓大同。

大家一口气唱了十几首歌。邵为说:"时间不早了,散了吧。"

乔杰等几个新同学说想听冷老师唱歌,冷若安看了邵为一眼,见他没有反对的意思,便唱了一首英国民歌《我的心在高原》。

My heart's in the highlands, my heart is not here,

My heart's in the Highlands a-chasing the deer.

A-chasing the wild deer, and following the roe,

My heart's in the Highlands wherever I go.

他接着最后一个音唱了一个拖长的高八度,声音在冬夜中散开去,余音袅袅。大家禁不住鼓掌。

嵋道:"这首歌让我想起云南的高原,虽然那里没有路。"

陆良尧又好奇地问道:"冷老师是云南人吗?"

冷若安道:"正是,云南弥渡。"

乔杰要学那首民歌,冷若安道:"那很容易,以后来参加音乐活动吧。"

他又唱了一遍《踏雪寻梅》,在"响叮当、响叮当"的歌声中,各自回宿舍去。

冬夜很宁静。邵为边走边说:"冷若安,你的歌越唱越好了。"

冷若安道:"我只是自己瞎唱,没有好好练过。"

嵋道:"如果有伴奏就更好了。"她忽然转头看看身边的陆良尧,"呀,伴奏在这里。"

陆良尧一惊,道:"我差得远呢。"又迟疑了一下说,"我愿意学。"

冷若安很高兴,走过来说:"我的音乐训练很不正规,我们试一试好吗?"

陆良尧微笑道："当然好。"

冷若安道："明天我就去问晏老师要时间。"

陆良尧道："我小时到过弥渡。"

冷若安道："那里很偏僻，你怎么去？"

陆良尧道："我父亲在滇缅公路局工作，我们跟着他去了很多地方。有些地方好像和公路毫无关系。"

他们一路说着弥渡，同路的人渐少，陆良尧也到了宿舍，最后剩了嵋和邵、冷三人。又到分路处，邵、冷要送嵋到方壶。嵋说："不必。"

两人也不说话，一直陪她沿着小溪走到小桥边，看着嵋进了方壶的后门，才转身回蓬斋去。

次日中午，季雅娴到大饭厅去参加朱伟智召集的会，内容是几个社团负责人联合介绍情况。

这里的墙壁是张贴壁报的园地，最初是为了征求对膳食的意见，后来扩展到各式各样的意见，但还是以对膳食的意见为主。

现在那里正贴着一张大字报："膳委们睡大觉去了？整天青菜豆腐，营养够吗？"

有人回应："言过其实，昨天吃过回锅肉，忘记了？"

下面就形成了对话：

"那么一点点肉，看看就没了。"

膳委回音："物价涨，没办法。我们要努力，尽量让同学们吃好。"

"比昆明时好多了。"

"不要比昆明，我们胜利了，我们有权利吃好。"

"最好停止内战。"

季雅娴正看着，朱伟智在饭厅另一头道："季雅娴你来了？文艺社有好几次活动你都不来，还等人请吗？"

季雅娴走过来解释道:"我要转系,自己在解决思想问题。"

朱伟智道:"那天好像听谁说了一下,你要转中文系?我深表欢迎。我们要实现民主的理想,需要活动的时间。"

季雅娴道:"其实我并不愿意转系。好了,不说了。"

旁边一个同学说:"不管转系不转系,你是文学社的老社员。我们要开展活动,出点主意吧。"

又有人说:"在昆明时诗朗诵很受欢迎,复员以后还没有来得及举行朗诵会。"

朱伟智道:"诗,本来是为了念的,朗诵比无声的阅读更有感染力。"

大家谈着,简单地总结了这一学期的工作,对已经成立的社团下学期怎样开展工作,交换了意见。

这天下午,弗之走过冰场,看见冰场上很热闹,年轻人在冰上飞快地穿来穿去,几个女同学穿着紧身小棉袄,围着各色的围巾,戴着各式的帽子,在冰上有时成一行,有时成一排,都很好看。还有一个体育教员在指点。

弗之看了一会儿,晏不来走过来招呼,弗之见他背着冰鞋,说:"你来溜冰?"

晏不来道:"我已经溜完了。"他看见嵋正在和几个女同学拉着手一起滑,便指了指说,"孟灵已进步很快。"连着几天,嵋都去溜冰,技术大长。

弗之这才发现嵋也在冰上,在那一行一排的女生中,很是自如。

弗之点头道:"溜冰可以说是寓美育于体育之中了,本来很多体育运动都很美。"

嵋也看见弗之,又溜了一会儿便上岸来,和弗之一起回家。

晏不来同路,弗之说:"我一直认为美育很重要,可以加强改造我们的国民性。这当然要从学校里开始,只是一直没有

160

条件。"

峨问:"爹爹,现在我们有条件吗?"

弗之略微迟疑,微叹道:"我们争取,首先要有和平环境。"

晏不来道:"音乐是美育的一个重要部分,现在的音乐室可以大大发展。我知道这学期孟先生和萧先生都在考虑成立音乐学系的事情,我和北平艺专的几个熟人说起,都觉得条件已经差不多了。"

弗之道:"是的,首先是大家都有兴趣。要有人愿意做,而且能做,能够承担。"

晏不来道:"这个人早已经有了。"他和弗之相视而笑。

弗之道:"你和我想的准是一个人。"正说着,有人过来和弗之说话。峨便自回家去。

学期快结束了。天气很冷,连着下了几天雪。校园内的几处广场、大饭厅前、图书馆前都堆起了雪人,两个煤球是眼睛,一根胡萝卜是鼻子,一个个很神气地站在那里,有的还围着真的围巾,戴着真的绒线小帽。

这几个广场也是运动场,学生在这里打雪仗,特别是低年级的学生。他们把雪捏成雪球,互相投掷,中了几球以后便满身都是雪。还有人追赶着把雪球塞进别人的衣领里,到处都是笑声。

圆甗、方壶旁边的小河早已结冰。河边一排枯树枝上结满了冰,变成了冰树,现在又堆满了雪。圆甗、方壶之间的小路虽有人时时清扫,也常常蒙着一层雪。

这一学期大学各系科室的工作都有相当成绩。这天,秦巽衡校长邀了几位先生,大多是评议会委员,到圆甗漫谈学校的发展。

圆甗的客厅和书房之间的格栅打开了,高煤炉里的火很旺。比起去年夏天举行复员以后的第一次校务会议时,这里已经更舒适,更有气派。

先生们陆续来到，他们从雪地里走来，带着清冷的空气，都是神采奕奕。大家说着雪下得真好、雪景真好等闲话。

坐定后，秦校长仍坐在那张圈椅上，说道："复员时间不长，我们工作的成绩真是很显著。我们这一群人，每个人或许都有些缺点，但总体上都是一致的，都有着为国家为教育的拳拳之心。我们在这里办学校，不是要凭借办学校得到什么，办好学校本身就是目的。我们的工作有时受到阻力大，有时阻力小，也就有时慢有时快，但总是向前进的。"他停了一下，拿出两个文件夹，说和大家通通消息。

他举起一个文件夹说："这件事我也没有料到，城里的一个高级职业学校向教育部申请，将他们的学校附设在明仑大学里面，说是这样可以提高职业学校的质量。他们的理由很多，但说来说去也还是要提高质量。"

大家听了那些理由，都不以为然。

卣辰道："大学和职业学校培养的对象是不一样的，职业学校培养的是谋生的手段，这是社会和个人都需要的。大学培养的是独立的全面发展的人，而不只是技术手段。"

弗之道："大学培养出来的人，应该有理想有热情，能够独立地判断是非，而不被人驱使。我们培养的是人，不是工具。大学不只是教育机构，还是学术机构，它的任务是继往开来、传授知识并且创造知识。国家的命脉在于此。"

王鼎一说："这事似乎不用讨论，大家都有共同的认识，大学和职业学校是两回事。这样的要求真是匪夷所思。"

巽衡道："这也说明现在有些人对大学的认识不大清楚，好在是很少数。"他把那文件夹放在一旁，又看下一个文件夹，"这是教育部的一封来函，要求我们的公民课用教育部的统一教材。在昆明这些年来，他们一直要求我们用统一教材，我们没有照办。现在，我们更不能用。学术自由的空间应该是越来越广阔，这是我们坚持的方向。"

弗之道："学术自由兼容并包的方向是不能改的，只有这样，学术才能发展，人的智慧才能发展。大学是一个学术集团，应该能顶住各方面的干扰。当然，对付上面，周旋应付的功夫也是很麻烦的。"

巽衡点头，说："大家努力。"说着又举了举一个信封，说，"这是袁令信的信，是令人振奋的消息。"袁令信是一位出身明仑大学，在法国多年的核物理专家，这是大家都知道的。巽衡继续道："他建议在大学设立核物理研究室，并且愿意回来工作。"

这个消息令大家都很欢喜，庄卣辰更是兴奋，说："这是我们该做的了。"又和徐还悄声议论，"你们同在欧洲，认识吗？"

徐还道："不认识，当时德法之间交往不密切，我们回来得很早，只知道他很出色，真才实学。"

萧子蔚提出了生物物理和生物化学方面的建设，还有几个学科也有大或小的建议。

巽衡看着弗之道："你是早有准备的喽。"

弗之道："我先有一个历史方面的建议，近一百年是中国历史大变革的时间，历史材料很多，可是还没有好好整理，也没有一个看法得到公认。我们需要对百年史做专门的研究，用史家的精神，公正客观，不要偏见，认真搜集资料，编写这一段历史。我想这是我们这一代人应该做的。"大家都说这很重要。

弗之提出来的第二个建议就是成立音乐学系，他说："我们的大学从来都很关心美育，开展美育实在是改造国民性的需要，美育当中音乐是最重要的。柏拉图在《理想国》里说，人在二十岁以前，最重要的两个学习内容是音乐和体育。音乐培养心灵，体育培养体魄。我们的学校一直是很重视这两方面的，只是以前条件不够，顾不上这方面的建设。我想，现在只要有一点机会，我们就要抓紧时间做这件事。"

巽衡道："首先是要有人能挑起这个担子。"

大家都不约而同地看着子蔚。王鼎一道："我们有一个最合适的人选，就是郑惠枌。前天，我在收音机里听见她的歌，真是此曲只应天上有。而且听说她不只是歌唱家，理论方面的造诣也是很高的。"

这时，几个人低声谈论，郑惠枌正在和那位柳先生办理离婚手续，已经不再用柳夫人的名号。柳先生不同意离婚，但自复员以来，离婚一事已经有相当进展，都说是很快就要办成了。

子蔚道："郑惠枌是准备到北方来，北平艺专要聘请她。如果明仑大学需要，来任教大概是不会有问题的。"

卣辰天真地说："你说大概，你很谦虚。"

子蔚微笑道："这是民主。"大家都很高兴，从心里祝愿子蔚得到他的幸福。

弗之想起一件事，说道："对了，博物馆的工作可以由钱明经负责，这是一个恰当的人选。"大家同意，都雄心勃勃兴致很高。有几个人说只要有一个和平的环境就好了。

大家静了片刻，巽衡微笑道："还有一件高兴的事，昆庄的房子建筑很顺利，在冬季休工前已经初具规模。到明年下半年造好，大概不成问题。"

一位先生说："我们的精神可嘉，但还有一个先决条件，就是战事的发展。"

巽衡道："只能在条件许可的情况下尽力而为了。"

子蔚说："中国人好不容易推翻了帝制，对自由民主的追求是不会放弃的。我想，我们还有一个追求，就是真善美，这三个字不知是谁最先把他们连在一起。"

梁明时道："这是很好的标准，可是有些抽象。在具体化的时候，容易歪曲。"

子蔚道："这倒不怕，只要用最基本的常识标准就可以了。

164

科学是求真,关于人文的学问是求善,艺术是求美。"

弗之道:"是的,关于真善美的书,可以写很多本,还可以专门探讨。不过,最根本的还是基础常识,简单明了,而且包罗万象。"

这时,听差到巽衡身边报告,晚饭已经齐备。巽衡请大家到饭厅,一切都已安排整齐,现在已经不用谢方立操心,自有厨房办理了。

大家兴致很高,喝了几杯酒,秦巽衡举杯道:"我们为过去的艰难奋斗和成绩而饮。"他喝了一口酒,又说,"我们为将来的更艰难和更大的成绩而饮。"大家都喝了酒,巽衡又高举酒杯,说,"我们不碰杯了,为我们的父母之邦,为中华民族的发展而竭尽绵薄。"

大家举杯一饮而尽。

雪花还在纷纷扬扬地飘落,先生们满腔热情踏着闪着银光的雪路,各自去寻真善美的理想。

二

春天来了。桃花开时又下了一场雪。花枝、花瓣上堆着白雪,它们并不以为冷。桃花是很勇敢的,接着,迎春、连翘成为一道道金色的墙,横在这里那里,它们也许想守住春光。

大学生活有条不紊地进行,除了学习知识以外,学生们还要提高修养、锻炼身体,各方面的活动都很有趣,尤其是音乐活动。音乐室计划在四月中丁香盛开的时候举行一次音乐会,冷若安的独唱是少不了的。冷若安自从有陆良尧伴奏以来,歌唱的水平又有提高,两人合作得很好,常在一起练习。

嵋也得到了练琴的时间,她的教师是一位白俄老太太。嵋虽然功课很忙,练琴却很认真,进步很快。白俄老太太很喜欢她,常在她回琴完毕后用手指点一点她的前额,说:"好! 好!"

一天下午,嵋下课后去琴房,见音乐室外面藤萝架下的石凳那里有两个人,正是冷若安和陆良尧。陆良尧拿着琴谱坐在石凳上,冷若安站在后面俯身看。

嵋不想打搅他们,骑车一直向前。冷若安看见了她,叫了一声孟灵己。陆良尧抬头,也向她招手。她只好下车走过去看。陆良尧指着琴谱说那是自己要在音乐会上演奏的曲子,奥芬巴赫的《船歌》。

嵋高兴地说:"这首曲子很好听,我很喜欢,你独奏吗?"

陆良尧笑道:"我还没有独奏过,晏老师鼓励我说我们这里都是业余水平。"晏老师下面还有一句"你就是专业了",陆良尧没有说。

冷若安从石凳上拿起另外一本琴谱,翻了几页给嵋看,说:"我唱这首歌。"那是当时流行的《桑塔露琪亚》。

嵋道:"就唱一首吗?"

冷若安道:"还有一首《嘉陵江上》。"

嵋微笑道:"也是我喜欢的。我要好好听,洗耳恭听。我要去练琴了。"便上车向音乐室骑去。

嵋练完琴后走出琴房,听见《嘉陵江上》的歌声,还有琴声。忽然琴声停了,听见陆良尧说,这里不对,重来。嵋不觉微笑。走到楼外,遇见音乐室的李老师,听他说了一遍开音乐会的计划,才骑车回家。

一会儿,有人骑车从后面赶来,到她身边放慢了车速,还是冷若安。他默默地在嵋身边骑了一段路,嵋找话道:"你们合得很好。"

冷若安道:"我每次唱《嘉陵江上》都想起一个人。"

嵋默然半响,说:"我知道。"

他们又骑了一段路,去蓬斋的路已到。

冷若安看看峨,说:"我拐弯了。"

峨回家后,先去母亲房里说些外面情况。说天很暖和,草绿了,迎春花都开了,大家在准备一场音乐会。

因弗之不回来用晚饭,峨留在家中,她扶母亲坐起,在床边吃过晚饭,又服侍了晚间洗漱。这些时碧初的病情比较平稳,大家都很安慰。

峨回到房间,拿起小书架上的书摊在桌上,那是梁先生给研究生指定的参考书。峨在桌边默坐片刻,就用心读书,进入了数学世界。读完自己规定的页数,正要收拾睡觉,忽然想起什么,从抽屉里拿出一个信封,打开看了一遍。

一张讲究的信纸上工整地写着:"庄无因学长,孟灵己学弟:请接受一个朋友的衷心祝贺。"下面端正地写着冷若安三个字。

去年无因和峨订婚,只有最亲近的几家人知道。峨特地要李之薇告诉了冷若安,不久得到这封信,信是从邮局寄来的。

峨看着信,朋友的定位显示了写信人的决心,简短的贺语在富余的纸张上似乎承载着伤痛。

峨为歌者遇到伴奏感到安慰,却在心底有一丝惆怅。她想着无因,他在做什么?在实验室?在图书馆?也在想我吗?

峨默坐良久才收拾入寝,很快便进入青年人快乐的梦乡。

在众多的音乐活动中,夏正思家的唱片音乐会是重要的一项。夏正思酷爱西方古典音乐,有人形容他可以把音乐当饭吃。若是试一试,让夏先生不吃饭,只听音乐,估计他是可以活下来的。

夏先生在桃庄的住宅较小、较新,廊、院俱全,是抗战前添造的,那时他就住在这里。他的音乐会每两周举行一次,多在星期五的晚上。他自己主持,预备节目、找唱片、擦拭唱片、换放唱片等琐事都一身承担,还有简单的讲解。

人们坐在客厅、廊上和院子里，音乐笼罩着这一小方天地。如果适逢月圆，连同音乐都浸在水晶世界里。一些音乐爱好者，大多是管弦乐队的成员，常来和夏先生一起在音乐中度过两小时。

峒在昆明就曾听过夏先生的音乐欣赏会。陆良尧是夏先生的学生，很快成为音乐会的积极参加者。

一次，陆良尧和冷若安的练习正在星期五下午，良尧问若安："晚上去夏先生家听音乐会吗？"

若安道："模糊听说过，没去过。"

良尧道："怎么不去？"

若安不假思索地回答："孟灵己没说呀。"

良尧好笑，心想，什么事都要孟灵己发话吗？于是告诉若安那里的音乐很好，若安便也去了两次。

峒因功课、家事都忙，有许久没有到夏家去了。这天，听说之薇的母亲李太太病情加重，便到李家去探望。看到李太太坐在床上喃喃地念佛，之薇倒有些憔悴，便约她一起去夏先生家听音乐。李太太很赞成，说之薇太累了，应该散散心。峒和之薇到夏家，正遇见大家坐在一起听音乐，冷、陆都在那里。

夏先生对峒说："你怎么许久没有来？被公式困住了吗？"

峒笑道："那是暂时的，音乐能解救我。"

夏先生很高兴，他换了新唱片，轻轻地擦了，放好。音乐响起了，几首莫扎特的钢琴协奏曲，使得大家心神安定。

音乐会结束后，峒想让若安和良尧一起走，自己和之薇走另外一条路。但不知怎么，总是分不开。后来之薇说家里有事，先走了。峒也想走开，却不料冷若安说他要到系里去，径自走开，只剩峒和良尧同回宿舍。

良尧问峒道："冷老师有外国血统吗？"

峒道："不知道，不过，看起来像是有。"

陆良尧有许多话要问嵋,但没有说。

四月中旬,丁香盛开,校园里弥漫着淡淡的香气。音乐会在音乐室的大厅中举行,除了常参加音乐活动的同学和教师,还有许多听众。朱伟智、李之薇、季雅娴等都来了。大厅里座无虚席,还有人站在门外、窗外。

郑惠枕要来参加音乐会的消息不胫而走,有些人是因她而来。过道两边墙壁贴了几张报纸,内容都是关于郑惠枕的,她从复员以后已经不再用柳夫人这个称号。报上有关于郑惠枕前几天举行独唱会的报道,有评论郑惠枕的歌唱艺术的专文,都介绍了她毕业于美国朱丽亚音乐院,在国际上曾获多种奖项,抗战时在重庆青木关音乐院任教,是我国数一数二的女高音。

郑惠枕来了,前面几排的同学都站起来,自动让出了座位。她穿着便装,米色上衣和墨绿色长裙,头发向上梳了一个高髻,斜插了一只玉簪,旁边一位神情潇洒的绅士正是萧子蔚。同来的还有一位年长的女性,那是郑惠枕多年合作的钢琴伴奏。

郑惠枕向大家点头致意,坐定后,音乐会开始了。第一个节目是合唱,演出的队伍很快排列整齐,嵋也在其中,唱的是斯特劳斯的《春天圆舞曲》。"啊,春来了! 春来了!"回荡的歌声仿佛带着花的香气。接着是小合唱、女生三重唱,还有提琴独奏和小号独奏等。

陆良尧弹了奥芬巴赫的《船歌》和贺绿汀的《牧童短笛》,然后是冷若安独唱,由陆良尧伴奏。若安唱了《嘉陵江上》和《桑塔露琪亚》,大家热烈鼓掌。冷若安略微欠身请陆良尧到台前,良尧只站在琴旁深深鞠躬,很是优雅得体。

音乐会的高潮,是郑惠枕的独唱。晏不来先走上台介绍,他说:"郑惠枕女士是大家都熟悉的歌唱家,前天,我在无线电里听到了她唱的歌,想到今天就要面对面地亲耳听到她的歌声,觉得很兴奋。我想大家也急于听她的歌唱,我还啰唆什么。"说毕,伸手请郑惠枕上台。

郑惠枕走到台上,含笑望着大家,同学们鼓掌再鼓掌。她先唱了《玫瑰三愿》,又唱了《渔光曲》。在《渔光曲》两段词之间有钢琴间奏,原来比较简单,惠枕配了吟唱成为一段华彩,人们仿佛在打鱼人的渔船上。掌声如雷鸣般响起,"Encore(再来一次)! Encore!"喊声不绝。晏不来站在台侧,向惠枕抱拳点头,请她再来一个。

郑惠枕说:"今天我到学校来,看见这么多年轻的面孔,又看了你们的演出,无论器乐、声乐都很有水平,真是很高兴。《船歌》是奥芬巴赫的轻歌剧《霍夫曼的故事》里的一段女高音唱段改编的。奥芬巴赫是法国轻歌剧创始人,他的这个咏叹调和钢琴曲《船歌》都是非常好的作品,多年来常在音乐会上演出。现在陆良尧同学弹了《船歌》,我就加唱那首咏叹调,好不好?"大家鼓掌,欢声雷动。

她颔首向伴奏示意,琴声起了,歌声起了。听众凝神屏息,心神随着歌声上下飘动,仿佛置身意大利水乡,坐在贡都拉上。歌声停止后,掌声许久仍不停止,encore 的喊声也不停止。郑惠枕风度优雅地一再鞠躬。

晏不来走上台来,两手虚按,说:"大家的热情欣赏,郑先生都知道了,只是她晚上还有别的安排,不能多留。请大家谅解。"

掌声渐渐稀落,人们陆续退场。有人低声议论,为什么是萧先生来陪音乐家。有人说,大概是代表学校吧,萧先生很喜欢音乐的。

朱伟智等几个人在掌声还热烈时已走出来,季雅娴道:"冷老师的《嘉陵江上》唱得真好,我听着怎么有悲凉的感觉。"

嵋微叹道:"因为胜利是多少人的生命换来的。"

季雅娴道:"是啊。现在这个时局,唱什么轻歌剧?"

李之薇道:"《渔光曲》加得好。"

嵋道:"那一段华彩也加得好,更丰富了。"

朱伟智道:"我不懂音乐,好听倒是好听,但不如《茶馆小调》《团结就是力量》直接有力。"他想了一下,又说,"这些可能是宣传,我们需要宣传。"

李之薇道:"五四快要到了,我们要纪念吧?"

朱伟智道:"当然,这是一个有号召力的节日。"

几个人说着向女生宿舍走去。

晏不来本想音乐会结束以后举行一个小规模座谈会,请郑惠枌讲一讲,她没有同意。待她出了大厅,许多同学围上来,提出一些关于音乐的问题,她一一回答了。

有人问轻歌剧是怎么回事,郑惠枌说:"轻歌剧是歌剧的一种,比较轻快,贴近生活,曲调也比较简洁,都是很好听的。刚刚陆良尧弹的和我唱的都是轻歌剧的创始人霍夫曼的作品,他是法国人。艺术是多种多样的,音乐也是多种多样的,耳朵要大,心胸要大。我希望大家能从各个方面接触美的事物。"他们边谈边行,几位演出者随在左右。

晏不来笑道:"这不是座谈会,是行谈会了。"

又有同学问对内战的看法,惠枌说:"当然反对。"

晏不来觉得谈得够多了,也怕同学提出什么不便回答的问题,便和李老师将同学引开。

陆良尧等仍跟着郑惠枌走。惠枌问陆良尧是哪一系的,学了几年琴,陆良尧回答了。

邵为忍不住说:"我以前对女高音的印象是声音尖细,好像是挤出来的,不大悦耳。今天才知道女高音这样好听。声音虽高,也觉得很宽广明亮。"

子蔚介绍邵为是数学系教师,又介绍冷若安,说他是云南人。

惠杬道:"我正要问,你的声音很好。是在哪里学声乐?"

若安道:"我哪里学过,一些基础知识,都是在昆明平政街教堂得来的。"

平政街教堂?惠杬和子蔚互看了一眼,他们想起那架破旧的钢琴和在那里度过的快乐时光。

说着到了子蔚住处,便大家散去。

子蔚已由倚云厅迁到桃庄的一个院落,在庄卣辰的院子旁边,格式和庄家的差不多。敞亮的中式北房,院中有两株海棠树。惠杬第一次到这里,立刻爱上了这座院落,当然是因为里面住着的人。她的离婚数天前已经得到批准,她和心爱的人即将进入生命的新阶段。

一周后,萧子蔚和郑惠杬的婚礼在东交民巷的一个天主教堂举行。他们都是无神论者,但惠杬喜欢教堂的气氛,有时也去做礼拜。她觉得只有在教堂举行婚礼才够庄严,天主教或基督教对她是一样的。这座教堂不大,但很秀雅。他们两人都喜欢这建筑。他们又都喜欢教堂音乐,选用了一首圣歌。

婚礼只有四位宾客:郑惠粉和赵君徽、孟弗之和孟灵己,孟灵己是碧初的代表。另外还有一个小合唱队,是北平艺专的师生组成的。

惠杬穿着白缎本色团花旗袍,长及脚面,还有一件同样料子的披肩。脚下是一双银色浅口高跟鞋。头上仍梳着高髻,插了一支珠钗,一头有小珠串垂下,随人行动摇摆。她戴了一副长及手肘的白纱手套,左手捧着一束马蹄莲,右手轻轻挽着子蔚的手臂。子蔚一身藏青西装,打着白色领结。两人站在神台前,不时转头相视一笑,虽都是中年人,却洋溢着青春的光彩。

四位宾客分别站在两旁,守护着这简单又隆重的婚礼。嵋想,如果用花来形容的话,郑惠杬就是白玉兰,华贵而清雅。

子蔚和惠杬很快回答了神父的恒久不变的问题,在青天之下,红尘之间,他们已成为夫妇。

一个小合唱队走到神台一侧站定,前面一排是六位女子,后面一排是四位男子,他们唱起意大利作曲家阿雷格里的《求主垂怜》,歌声在教堂里回荡,大家都感到平静和安慰。

歌声停止,合唱队向两边分开,从中间走出一个人来,弗之和嵋都有些诧异,因为这人是冷若安。他唱的是一首纳兰容若的词:

> 一生一代一双人,争教两处销魂。
> 相思相望不相亲,天为谁春。
> 桨向蓝桥易乞,药成碧海难奔。
> 今得执手成连理,偕老霜鬓。

最后两句是惠杭改的,也深得子蔚之心。冷若安的声音极为浑厚而明亮,最后一句又由合唱队重复了两遍。

结束后,若安走到弗之身后。子蔚带着微笑和在场的人一一握手,惠杭只依在子蔚身边,轻轻点头连声道谢。众人送子蔚夫妇上车,车开动了,驶向明仑大学他们的家。

嵋问惠枌:"你们不去吗?"

惠枌摇头:"对他们两人来说,这是神圣的一刻,让他们神圣一下吧。"

弗之和惠枌夫妇说了几句艺专的情况,这边嵋对若安道:"由你唱这首词,我怎么一点不知道。"

若安道:"原来不是我,他们学校里人才多着呢。一个很好的男高音,他有事到南方去了,我是替补,临时练了几次,没错就好。郑先生自己做的曲,似乎简单,并不容易唱。当然,我很愿意做这件事。"

嵋道:"你唱得很好,实在有进步。"

若安道:"等你结婚时我也来唱歌,当然,你们请我的话。"

嵋看了若安一眼，没有说话。

弗之和嵋回到家，为碧初描述了这场婚礼。

碧初微笑道："这词最后的一个字应该是平声，现在的偕老双鬓是仄声。不过，也真难为惠枌了。改得好，这样大的喜事，自然有灵感来。"

弗之看着碧初黄瘦的面庞，柔声说："你是灵心慧性。快点好起来，大家还可以唱和。"碧初轻轻摇头，微叹。

次日，数学系收到法国大使馆的一封信，冲散了歌声的袅袅余音。信上通知明仑大学数学系教师冷若安，关于不动点类理论的论文获得法国一种极有声誉的高级数学奖项，并邀请他去法国做访问学者，为期一年。

梁先生很高兴，拖着跛腿在屋里来回踱步，对周围的人说："我一直想冷若安到了一个阶段，应该到外国学术界去看看，扩大眼界，一直没有机会，现在机会来了。"

柯慎危道："我看冷若安不用出国，闭门造车就可以了。不过，要能逛逛也好。"

梁先生看重冷若安，厉康总觉得有点过分。他比冷若安年长许多，也不能说是不服气，只能说是每个人有不同看法。

厉康说："听说冷若安很会唱歌，不大专心吧。"

柯慎危看着自己一只长一只短的裤腿，竟伸手把长的裤腿卷上去，一面说："我倒喜欢听，数学家能写童话，也能唱歌，很自然啊。"

厉康瞪他一眼，不再说话。

后来邵为对冷若安说："应该嫉妒你的是我。我比你大七八岁，还不算多，可以较劲。可是我想嫉妒也嫉妒不起来。我觉得梁先生很公平，法国数学界也很公平。"

冷若安的歌声和数学上的成绩使得他在校园里成为被人关注的人物。有几个女学生给他写信，说要请他教唱歌，或是请他补习数学,无非是爱慕之意。

若安有些惶惶然又有些飘飘然。对于这些来信,他不想理会,又不知是否失礼。他很想找人谈谈,最先想到的就是嵋。可是他知道她是最不适合这种谈话的人。因常和邵为在一起,谈话时便说起这些。

邵为笑道:"好运气总是一起来的,这些信用不着回,回了麻烦,就当没收到好了。不过,你也该考虑这问题了。其实,已经有了现成的人选。"冷若安睁大眼睛看着他。邵为笑道:"一个弹,一个唱,你不觉得吗?大家看着都很顺眼合拍。"若安沉默不语。

陆良尧温婉娴静,他们于练习之外也有话说。但若安觉得自己心里有一个屏障,是别人进不去的,也许时间久了能够打开?他自己也不知道。

夜里,若安做了一个梦,梦境接着前几天婚礼的情景。梦里他对嵋说,你结婚时我来为你们唱歌。嵋抬头看着他说,你结婚时我能做什么?若安仿佛看见嵋的黑发上有几片紫色的花瓣,那是云南军车驿站里的叶子花,他脱口说道,来做我的新娘。他自己从梦中吓醒了,醒后用力擦拭前额,想要把这句唐突的话擦去。左看右看肯定只有自己知道,才又蒙眬睡去。

丁香谢了,藤萝一串串花苞鼓了起来。五月四日快到了,这是学校里的重要节日。各社团都在准备纪念活动,北平各报刊也在准备纪念五四运动的文章。

晏不来的老同学,记者陈骏到学校来过几次,准备请几位教授谈谈五四运动的意义和展望。他们想到刘仲泽、钱明经等人,孟先生当然是少不了的。陈骏说,如果孟先生太忙,可以单独采访。弗之说,大家在一起可以交流,并建议请李涟也来,各方面的意见都可以听一听。他知道李太太这些天病得很重,又加了一句,如果不能来,就不要勉强。

四月底的一天,这个小型座谈会在倚云厅一间小会议室举行。

刘仰泽先谈了五四运动的政治意义和文化意义,特别讲了"打倒孔家店"的重要意义,他说:"我们的国家必须要走民主的道路,现在的统治势力是一个障碍,好像一座大山挡住了民主的河流。另外还有一座大山,就是我们的旧文化,也就是说儒家文化。儒家文化从来都是为统治阶级服务的。只有把这些清除掉,走全盘西化的路,才是正路。"

李涟听了摇头,说道:"从五四以来,进步人士都以儒家文化为敌,鲁迅的《狂人日记》里说,过去的线装书里满纸都写着'吃人'两个字。胡适说中国文化就是吃鸦片烟,裹小脚。我觉得很不可思议。照说他们对过去的文化都有了解,怎么堂而皇之说出这样肤浅偏激的话来?全盘西化最是荒谬,把自己的文化连根刨了,种上移来的东西,这能活吗?不要说文化不能活,连民族都要消灭了。"

刘仰泽站起来说:"我们的民族正需要去掉这些腐朽的烂掉了的东西,才能获得新生。五四以来,请进德先生、赛先生已经成为共识,可是到现在成绩在哪里?对于科学好像是有所认识,对于民主还是没有改进。你把民主请进来,让它坐在哪里啊?没地方呀。"

李涟也站起来,说:"祸国殃民。"

刘仰泽瞪大眼睛又要说话,弗之两手虚按,说:"两位不要急躁,怎么没说几句话就这样了?可见怎么样对待我们的传统文化,在大家心里真是个大问题。五四运动提出了请进德先生、赛先生的口号,这是非常正确而且重要的,缺少这两位先生正是我们的大缺点。现在对请进科学已经相当重视,对请进民主还是众说纷纭。究竟该怎么请进,究竟是什么阻挡了民主的发展?"

"那还用说吗?"刘仰泽翻翻眼睛。

弗之没有看他,接着说:"正如刘先生所说,全盘西化论者以为儒家文化是一座大山,阻挡了社会进步,这就有了如何对待传统文化的问题,就要研究传统文化究竟是不是一座大山。我们的传统文化主要是儒家文化,是有缺点的。比如:以君为中心、三纲思想、等级的规定。可是关于三纲的说法,是后期儒家才有的说法,君为臣纲,父为子纲,夫为妻纲。秦汉以前,原来是两方面负责的,君仁臣忠,父慈子孝,夫意妇顺。文化是慢慢生长的,一种文化的形成,总是有变化的。后来添加上的,再后来也可以除掉。其实,推翻了帝制,没有了君臣关系,也就无所谓君为臣纲,三纲自然应该清除。"

说到这里,弗之停了一下,"我们可以旧瓶装新酒,可以把不符合时代精神的去掉,发扬那些光明面。我不赞成连根刨,我赞成一种说法,我认为是对待传统文化最正确的态度。那就是今人哲学家冯友兰提出的主张。冯友兰在一九三四年写成的《中国哲学史》,被胡适认为是正统派,冯友兰在自序中说,他自己也认为是正统派。但他的正统派的观点是用批评的态度而得到的。黑格尔的辩证法讲正反合。他的观点不是最初的'正',而是最后的'合'。所以他的观点经过最初的正和后来的反,到最后的合,已经到了最高的阶段。他尽量挖掘中国文化里面的光明面,告诉人们我们是有根基的,是有祖先的,是有能力吸收别的文化的。我赞成他的这种态度。"

晏不来拿来热水瓶,往大家的茶杯里一个一个地添好水,又回到座位上说:"我素来喜欢读冯友兰的书,他对传统文化和现代化的思考,是从共相和殊相的哲学道理来的。在《别共殊》这篇文章里说,西方文化之所以先进,并不是因为它是西方的,而是因为它是现代的。近百年来我们之所以吃亏,并不是因为我们的文化是中国的,而是因为我们的文化是中古的。我们不能照搬一个个体,可是可以从一类当中吸收适合自己的东西。多精辟啊!"

弗之道:"就是,我想全盘西化这样的激进主义,恐怕实际上是行不通的。现在所说的文化本位主义,"他温和地看了李涟一眼,"现在的文化本位主义也有必须改的地方,冯友兰的这种适合现代化的就拿来,不适合现代化的就舍去,可以说是中道。我看是最适合的。"

这时钱明经走进来,两手抱拳道:"对不起,我来晚了。"

明经这些年对字画、瓷器、家具都很有研究。他除了甲骨文教授、诗人之外,又加了故宫博物院玉器专家的头衔。他还是那样风流少年的样子,并未显露太多沧桑的痕迹。

他看看众人,说:"我在门外听见了孟先生的话,《别共殊》这篇文章,我在昆明时就看过,觉得这正是我们的文化现代化的一条正路。当时大家正忙于抗战,就没有怎样注意,今天孟先生提出来正是时候,确实中道最为适合。"

座中有两位青年教师问:"《别共殊》是在《新事论》这本书里吗?我们要再仔细看。"

弗之应道:"很值得。"

散会后,弗之回到家,见峗正在碧初房里说话。

峗说:"新同学昨天去长城了,他们对祖国的河山感受很深,历史不能抛弃,正如长城不能拆毁一样。"

弗之道:"是啊,这是极明白的道理。"遂说了些下午讨论的情况,并要峗看看《别共殊》这篇文章。

峗说:"合乎现代化的就保留,不合乎现代化的就删去。对我们有用的就拿来,无用的就扔掉。这应该是很简单的事。可是,做起来怎么那么复杂。"

弗之笑道:"这才有事干。"

峗见碧初精神还好,便说:"娘,我和爹爹陪你在房间里吃

178

饭吧。"

说着，到厨房和四妮各端了一个托盘进来，在卧房小桌上摆了晚饭。有粥和馒头，还有两样青菜，一碟醋熘白菜、一碟蒜煸胡萝卜。还有一小碟肉松，是为碧初预备的。

弗之坐下道："听说大饭厅贴出很多条子，都是抱怨伙食不好。"

嵋道："有不少人给伙食委员提意见，其实他们够努力了。那天我听见一个采买和大师傅说，他每天一大早就到市场去，可是菜太贵，钱不够啊。"

弗之叹道："是啊，教授间也在酝酿加薪，物价涨得太快了，如果无法控制，加薪也没有用。"

碧初喝了几口粥，只看着他们父女进餐，轻声道："我也出不了主意改进伙食了。"

弗之道："我并不觉得怎么样，我们在昆明训练有素了。"

一时饭毕，碧初说累得很，嵋仍旧扶她躺下。

嵋用一半的脑子想着明天给娘做点什么吃食，另一半的脑子被一道数学题缠绕着。弗之照例进入书房。方壶很快又进入了一个平静而又勤奋的夜晚。

三

随着五月的到来，校园里柳枝已经成荫，各类花朵依次开放，五月的鲜花十分绚烂。桥头的墙壁、大饭厅、各宿舍张贴了许多纪念五四的壁报，也有很多反饥饿、反内战的标语和文章。关于传统和现代化的那次座谈会淹没在这宏大的声音里了。

五四到了，校园里举行了诗歌朗诵会、学术报告会、音乐会、漫谈会等等活动。以"高声唱"为题举行了两场音乐会，一场演出了《黄河大合唱》，气势磅礴。另一场是以《茶馆小调》为主的

争自由、争民主的歌曲。《茶馆小调》勾勒出茶馆里的人们对国事的不满情绪,茶馆老板有一段独唱:

> 诸位先生! 生意承关照,
> 国事的意见千万少发表,
> 谈起了国事容易发牢骚啊,
> 引起了麻烦你我都糟糕。
> 说不定一个命令,你的差事就撤掉,
> 我这小小的茶馆贴上大封条。
> 撤了你的差来不要紧啊,
> 还要请你坐监牢。
> 最好是,今天天气哈哈哈哈!
> 喝完了茶来回家去,
> 睡一个闷头觉。

接着是喝茶的人们的歌声:

> 老板说话太蹊跷,
> 闷头觉睡够了,
> 越睡越糊涂呀,
> 越睡越苦恼呀,
> 倒不如干脆大家痛痛快快地谈清楚,
> 把那些压迫我们,剥削我们,
> 不让我们自由讲话的浑蛋,
> 从根铲掉!

歌声很是激昂,随着歌声,已有掌声,渐渐地听众也高声唱起来,台上台下合在一起"把那些剥削我们、压迫我们、不让我们自由讲话的混蛋,从根铲掉!"

诗歌朗诵会参加的同学最多,诗人艾青的《大堰河——我的保姆》最受欢迎。诗歌朗诵是季雅娴所长,她担任了一段领诵。

> 我是地主的儿子，
> 在我吃光了你大堰河的奶之后，
> 我被生我的父母领回到自己的家里。
> 啊 大堰河,你为什么要哭?
> ············

> 大堰河,会对她的邻居夸口赞美她的乳儿,
> 大堰河曾做了一个不能对人说的梦:
> 在梦里,她吃着她的乳儿的婚酒,
> 坐在辉煌结彩的堂上,
> 而她的娇美的媳妇亲切地叫她"婆婆"。
> ············

> 大堰河,深爱她的乳儿!
> 大堰河,在她的梦没有做醒的时候已死了。
> 她死时,乳儿不在她的旁侧,
> ············

> 大堰河,含泪地去了!
> 同着四十年的人世生活的凌侮;
> 同着数不尽的奴隶的凄苦;
> 同着四块钱的棺材和几束稻草;
> 同着几尺长方的埋棺材的土地;
> 同着一手把的纸钱的灰;
> 大堰河,她含泪地去了……

这些诗句在年轻的心里跳动,伴随着的是社会的动荡,物价

高涨,学生贷金维持生活的水平逐渐降低。从南京中央大学开始的反饥饿的呼声,和五四纪念日前后高涨的民主活动,形成了"一二·九"之后又一次声势浩大的学生运动。

大饭厅的墙壁上不断贴出抱怨吃不好、吃不饱的文章。有的同学不很理解,说有贷金,上学白吃饭还不好吗?国家这样困难大家也该体谅。

这种言论立刻受到激烈的反驳,反驳者认为对反动政府的宽容就是罪恶,必须让反动独裁、与人民为敌的政府醒一醒。

学生会发出了罢课三天并游行的呼吁,成立了罢课委员会,在大饭厅工作。从五月中旬同学们便开始忙碌准备,大饭厅前许多架油印机同时运转,油印宣传材料。印好的材料由宣传队送到城里,在大街小巷张贴。

213房间季雅娴和陆良尧成为对立面。季雅娴积极参加宣传工作,常常半夜才回来。她很看不惯陆良尧按部就班的生活,几次追问陆良尧是否参加即将到来的游行。

陆良尧说:"我很同情游行,可是我不想到街上去参加游行。"

季雅娴道:"那为什么?"她心想,你还是局长小姐啊!正好嵋推门进来,就没有说出口。

嵋已听见她们的对话,就对季雅娴说:"我原来也有些迟疑,因为功课太多了。昨天我家四妮收到家信,她哭了一阵。我看了,信上说村里许多人家都揭不开锅,简直等不到割麦子了。看来,反饥饿、反内战是一个大题目,我应该去。我要去参加游行的。"

陆良尧迟疑了一下,对季雅娴说:"我也去。"

季雅娴道:"好呀,人怎么能一点正义感都没有呢!你们现在就和我一起去大饭厅做点事好不好?"

她和嵋互望一下，随季雅娴一同到大饭厅投入了热火朝天的工作。

李之薇更是忙碌，她一方面参加具体工作，一方面协助朱伟智调度全面进程。

另外，她更有一桩难处，就是母亲病重，需要她照顾。李涟不同情民主运动，也不支持之薇的工作。之荃则不关心。

之薇尽力做好母亲身边的琐事，也尽力做好她所承担的工作。那些工作是很有计划的，似乎有一个看不见的、极有组织能力又富有经验的指挥员在安排着这一切。

五月十八日、十九日，罢课委员会派出了宣传队，他们带了大批材料进城，到东单、西单一带宣讲张贴。在西单的宣传队遭到警察制止，起了冲突，有两名学生被打伤，还有一名同学被拘捕。

消息传到学校，山雨欲来的校园像打了一针兴奋剂，群情更加激昂。一些平常不大参加民主活动的同学，也到罢委会来帮助工作。大饭厅里热气腾腾，只听见刻蜡板的声音，油印机的声音。做联络员的同学迅速地传递消息，罢委会的同学紧张地商讨问题。

五月二十日清晨，校园提前醒来。同学们在体育场集合，整好队伍，迎着朝阳，准备出发。

李太太金士珍午夜时分忽然吐血，之薇要送她去校医院。李太太不同意，说有大神呵护，不必找医生。

之薇很不放心，一再说她就要去游行了，最好请医生看看。李涟叫她不要去游行，之薇十分为难，说："怎么能不去？"

折腾到天亮，李太太似乎平稳些。之薇和父亲商量好，如果再有情况还是要送医院。

之薇走出家门，回头好几次，待赶到体育场时，队伍已经出发。她跑步到东校门，远远看见大队的尾巴，继续跑着追上了队伍。

季雅娴说:"你怎么才来?"

嵋同情地问道:"李伯母怎么样?"

之薇大口喘着气,轻轻捏捏嵋的手,没有说话。

她马上投入到情绪激昂的人群中,觉得自己每向前迈一步都是为争民主、争自由做出了贡献。

队伍走到沙滩一带,和城内的学生会合,总罢委会的同学做了一个简短的演讲,说这次游行的意义重大,会使全国人民进一步认识反动政府的无能、腐败和残忍。

队伍又开始前进,最前面由男同学组成方阵,臂膀挽着臂膀,大步迈进。"团结就是力量"的歌声前后呼应,人们斗志昂扬,不断高呼着反内战、要民主的口号。宣传队在队伍两旁前后奔走,张贴墙报,或做街头演讲,遭到军警制止,发生争执,一个同学被推上警车。

游行队伍末尾是中学生的队伍,有几个少年跑过来帮着和军警理论,其中一个是孟合己。几个同学争着讲话,军警见他们年纪太小,只喊:"走开走开!要开车了!"

同学们下意识地后撤,只有孟合己还站在车前口若悬河,讲人权,讲民主,讲自由,讲法律。

这时,跟着队伍的女生舍监李芙老师跑过来将孟合己拉开,安慰道:"学校会来交涉的。"

原本已经有些疲惫的人群,因为看到有同学被捕,又振奋起来,"还我同学"的口号喊得更加响亮。

虽是初夏,北平的午后已经很炎热,有几个同学坐在马路边呕吐。有一位同学晕倒了,那是陆良尧。李芙老师和一名负责救护的同学忙着给他们喝水,服用人丹。学校准备了接学生回校的卡车,已有两辆停在胡同里,陆良尧等便在车上休息。

明仑大学的队伍走到沙滩一带时天色已晚,由十辆大卡车把同学们运回了校园。

车子进了校门,李之薇跳下车便往家中跑去。拐上住宅区的街道,就在暮色中看见自己家门前站着几个人正向这边张望。之薇心里暗道不好,更加快了脚步。那是几位邻居和会众,一个人看见之薇,大声说:"之薇回来了!李太太正等你呢。"说话声音略带哭腔。

之薇跑进室内,见父亲和弟弟都在母亲床旁。李涟看了她一眼,说:"你母亲怎么也不肯去医院,大夫马上就来。"

金士珍忽然睁开眼睛说:"什么大夫,不用大夫,神佛守着我呢。"

之薇大声叫:"妈,我回来了,我在这儿。"

金士珍似乎感到安慰,她用眼睛寻找家人,勉力竖起一根手指,手指刚刚伸直便垂下了。眼睛闭上,她去了。

消息传出,同事们和会众们帮助料理后事,校园里的熟人们都很难过。朱伟智等和之薇相熟的同学都来慰问,只有季雅娴悄悄议论,说李太太走得不是时候,搅乱了五二〇运动的影响。更让她不悦的是她的同屋陆良尧的表现。

陆良尧在游行途中晕倒,回来后发高烧,卧床数日。在这几天中,原定的一次和冷若安的合练她不能去,十分不安,就写了一张字条,托嵋带给若安。若安看后托嵋带话,说练唱事小,请她安心养病。因为没有回条,陆良尧似乎有些失望,她一再问嵋还说了些什么,幸好季雅娴当时没有在屋内。

金士珍去世的消息让碧初很伤心,十年来风风雨雨,两家都是互相关照互相帮助。回到北平以后李太太也没有享什么福,竟先去了。一个多月以来碧初的健康也大大下降,几乎都在床上,没有精神。

这天傍晚,弗之接到萧子蔚的电话,说他和惠枌要来拜望,问能不能见到碧初,次日晚餐后是不是合适。

嵋在旁边听见说:"娘能提起点精神才好,娘还没有见过郑惠杬呢。"

碧初道:"这是喜事,怎么不见?"弗之去继续接电话。

嵋对碧初说:"娘见客,换件鲜亮的衣服吧。"碧初不置可否。

嵋拿出几件短绸衫,挑了一件绿底带黄花的,衣领衣襟都有绣花。

碧初叹道:"这也不知是哪年哪月的衣服了,做了就没有顾得上穿。"

嵋笑道:"我那天在樟木箱子里找出来的。"

碧初看着嵋,用手摸了摸衣服,叹道:"总还算有你。"

次日晚,嵋和四妮一起为碧初换好衣服,整理好被褥,让她靠在床上,自往图书馆去了。

不久子蔚夫妇来到,他们在客厅坐了片刻便到卧室来,大家都很高兴。

惠杬双手握住碧初枯瘦的手,连说:"孟师母派小妹妹做代表参加我们的婚礼,我很感谢。知道师母身体不好,一直没敢来。"

碧初目光昏花,看不清眼前的人,只觉得她穿了一件连衣裙,很好看。她喃喃道:"我也盼着这一天啊。"

弗之端了两张椅子放在床前,自己坐在床角。子蔚二人问碧初的起居,都说看起来气色不错。

子蔚道:"学潮这样此伏彼起,让人忧心。我有几次没有参加校务会议了,想来,麻烦事不少。"

弗之道:"学生运动这样轰轰烈烈,罢课成了平常事,教师们实在是很难尽责。既是学校就要教,就要学,不然成什么学校。我们只能以保护学生为原则,尽量维持学校秩序。"

子蔚说起他们的近况,郑惠杬收到美国一所歌剧院的邀请,他们要演出歌剧《图兰朵》，请她出演歌剧中的中国公主图兰朵。

惠枌自婚后一直没有演出，对这个角色兴趣很大。恰好美国生物界有一个重要的学术会议，邀请子蔚参加。子蔚又收到母校康奈尔大学的聘请，回去任教一学期。两人准备一同出国，各种手续都已办完，船期在八月，他们此来也是向弗之和碧初告别。关于音乐学系的事，各有关方面仍在进行。

弗之说："现在学校的工作要开展，很艰难。当局似乎无力于此。不过，总会慢慢进行。正式开拓局面，就要等萧太太回来了。"

惠枌听到这个称呼，从心底漾起一阵喜悦，看了子蔚一眼，说："我们明年上半年回来，应该赶得上一点准备工作。"

子蔚笑道："惠枌很喜欢人家叫她萧太太，不过，孟先生叫她的名字好了。"

又坐了片刻，二人怕碧初太累，起身告辞。

惠枌仍握了碧初的手，说："孟师母这件衣服真好看，现在很少这样的做工了。"

碧初想不到有人称赞她的衣服，十分高兴，老实地问："真的吗？"

惠枌道："怎么不是真的，我不说应酬话。请孟师母好好保养，我们回来就来看你。"说着，在床前行了个屈膝礼。

碧初只觉得她带着歌唱家的满台的华灯异彩，又有些少女般的妩媚天真，不觉笑出声来，看着他们走出室外。

子蔚夫妇去国以后不久，卣辰夫妇也离开了。

本来在得知学校要建立核物理实验室后，卣辰十分高兴。可是他发现物理系有两位进步的青年教师，还有一些学生，对他的态度有些奇怪。他敏感地觉得那是因为玳拉的关系，这是许多年来他没有感觉到的。

他和玳拉几次商量，最终决定离开中国，到英国去，那对于无采也比较适合。他们悄悄地走了，在许多人心里留下问号。

过了几天，被捕的两名宣传队的同学，经秦校长多方交涉被放了回来。罢委会组织了欢迎会。整个校园都在游行、罢课的余波中。

冷若安去法国的行期在八月中，行前和陆良尧还有一次练唱。他们又唱了《嘉陵江上》和《桑塔露琪亚》，又把合练过的歌曲几乎都唱了一遍。两人都很投入，唱完很久还沉浸在音乐之中。

陆良尧一面整理琴谱一面问："你就要走了吗？我到车站去送你。"

若安忙道："不用不用，系里有人去，也还有别的系的同学去欧洲。"

若安推着车送陆良尧回女生宿舍，良尧道："快放暑假了，我要回上海去，开学再来。"又问，"你回家吗？"

若安沉默片刻，说："学校就是我的家。"

良尧知道一些若安的身世，觉得自己唐突了，连说对不起。

若安笑道："应该问的，因为每个人都有家。"

两人走到女生宿舍楼门口，陆良尧塞给冷若安一张纸条，说："这是我家在上海的地址。"他们握手而别，陆良尧看若安骑车拐了弯，才进楼去。

这些普通人的平凡生活，掺和在历史的洪流中，历史的洪流不会被这些平凡的生活阻挡，却也永远少不了这些生老病死这些缘分。

四

五二○运动影响遍及全国，昆明各校学生也都罢课游行，经过这次斗争的洗礼,学生的政治认识提高了很多。

严颖书去年底离开了荣军院,回到昆明,在地方上一所医士学校任校长。他对学生运动很同情,并积极帮助。

在各种联系交涉中,颖书和华验中学校长吴家骕渐渐相熟。吴家骕不赞成学生运动,尤其认为中学生参加这种政治活动太早了。在多次罢课中,华验中学和医士学校都曾有几名学生自去上课,学生们对这几名上课的学生痛加批判。

颖书同意这种批判,因为这几个学生危害了集体。家骕不同意批判,认为上课是学生的权利,罢课不是他们的义务,可以随自己的主张认识行事。他们都痛恨当局的专制和腐败。

颖书和家骕也是明仑大学的同学,在交往中他们两人求同存异很谈得来,尤其是彼此知道有共同的熟人,更觉亲近。这熟人便是孟离己。

吴家骕和孟离己去年一同从北平回到昆明,一路没有说过几句话,家骕知道峨专心科学研究,全家北上,她只身留在昆明,对她很有几分敬意。又有妹妹的嘱托,一直想去看望她,又怕冒失。和颖书相熟后,也曾说起孟离己。

这天,家骕收到家馨的来信,因为信中提到孟家人,他便约严颖书同去看孟离己。

颖书有些为难,说:“你知道,孟离己脾气有点特别,她很可能不欢迎我们。不过,我也正想去看看她,就算她不欢迎,我们的人情到了。”

一个星期日,他们驱车前往位于东郊黑龙潭的植物研究所。孟离己请他们在接待室坐,没问他们来做什么,神情也是淡淡的。

颖书先问了三姨妈身体是不是好些,峨微微摇头道:“还是老样子。”

家骕说这一带古木参天加上茶花盛开,真是好景色。峨不置可否。

颖书道:"我把翠湖西边的房子收拾好了,我住我母亲那个院子就够了。正院让医士学校的学生住,还有一个跨院给女生住,跨院里有空房。你若是进城,可以落脚。"

峨道:"谢谢了。植物所在城里有房子,专门拨给我一间。"

家榖见颖书有些尴尬,便说:"家馨前天来信了,问你呢。她去看孟伯母了,孟伯母情况平稳,过几天她会有信给你。"

峨道:"家馨是热心人。"又问颖书道,"大姨妈好吗?慧书有信吗?"

颖书道:"亲娘在庙里身心都很安静,我前几天去看过,精神很好。慧书已经进了大学,她是不常写信的。"

家榖又问:"实验做得怎样?"

峨道:"慢得很。"

颖书道:"不怕慢,只怕站。"

家榖很想去看看峨的实验,却不敢说。因峨不再说话,两人起身告辞。

峨回到实验室,这是她星期日的照例去处。她正在做第一百二十次提高花毒质量的实验,操作台上摆着那名为拉帕奇尼女儿大毒花的标本。

峨不觉想起了萧子蔚。子蔚和惠杭结婚的消息早已尽人皆知,峨刚听到时,好像是揭开了一个谜底,觉得有些轻松。她在黑龙潭那唐朝的梅花之下,点了一支香,为他们祝福。

峨在点苍山几年的钻研,让她在植物所有了一定的地位。毒花提炼出毒素的过程比较简单,可是,毒素怎样变成药、怎样用于治疗是非常复杂的。要懂得药学。拉帕奇尼的女儿似乎不愿意为人类做好事,许多设想、许多实验都失败了。峨的研究还停留在提高毒素质量的阶段,她正在花的世界和药的世界里彷徨。星期日照例刻板地过去了,没有新发现。

过了约半个月,峨收到吴家馨的信。家馨在信中很坦率地说:"孟离己,你整天和花和药相对,你应该和人打交道。现在你应该做的是结婚,这一点我和伯母的意见极为一致。前几天我去方壶了,伯母精神还好。我们说起你和家毂一路去昆明,伯母说希望家毂能帮助你。你对他有点印象吗?他对你很有好感,说你做事全都在情在理。有人说你矫情,其实你有自己的道理。别的不能说,只能说我哥哥是好人。"

峨看了,颇有几分感动。默然片刻,仍然回到实验室,与拉帕奇尼的女儿相对。

日子一天天过去,碧初的病日益沉重。峨连续收到嵋的信,报告病情,她在实验室中仿佛看到病榻上的母亲。

看来,分别是不可阻挡的。怎样能让你高兴,亲爱的娘。峨在心里说。

昆明连着下了几天大雨,到处都滴着水。吴家毂穿过大雨从学校回到宿舍,把雨衣挂好,换了鞋袜,倒了一杯水端在手中还没有喝,有人敲门。

吴家毂心想,这样大雨谁来? 一面说:"请进。"

门开了,是孟离己站在门前。吴家毂十分诧异,诧异中又有几分欢喜。

"这样大雨,你怎么来了?"一面招呼峨脱去雨衣,说,"我这里有干爽的鞋,你换上吧。"

峨换鞋时旗袍下摆滴水打湿了鞋,家毂忙又拿来一双让她再换。两人坐定,家毂有些好奇,询问地望着峨。

峨沉默了一会儿,很平静地说:"我是有点事。"

家毂道:"什么事,我能帮忙吗?"

峨又沉默了片刻,冷冷地说:"吴家毂,我们结婚吧。"

家毂惊得几乎跳了起来,没有回答。

峨问道:"好吗? 你同意吗?"

家毂道："我同意,什么时候?"

峨道："现在。"

家毂不知所措,说:"现在怎么样? 上哪儿去?"

峨道："去登记。"

家毂给峨找了一双雨鞋,两人穿好雨衣,打着伞,匆匆地到有关部门登记。手续很简单,登记完了走到门外,见雨已经停了,天上正有一道彩虹。

家毂看着峨,说:"手续是不是办完了?"

峨说:"还没有,我们去打电报。"

他们到电报局打了一份加急电报,电文是这样的:"父母大人,我们已登记结婚。峨和家毂。"

都办完以后,家毂建议一起吃晚饭,两人到华验中学附近一家店里,在楼上临窗桌坐了,望着窗外彩虹的余光。

半晌,峨说:"你觉得委屈吗?"

家毂道:"为什么觉得委屈? 你觉得委屈吗?"

峨道:"我觉得很安心。"隔了一会儿,又说,"吴家毂,我知道你是一个好人,我可以告诉你,我会努力做一个称职的妻子,不过,我实在不知道怎么样是称职。"

家毂微笑,认真地说:"你当然是称职的。那么我来说,我会是一个称职的丈夫。"

家毂的态度和声调,不只恳切而且热烈。峨枯井般寒冷的心中漾起一阵暖意,她自己都觉得很奇怪。

家毂送峨回到住处,这时暮色渐浓,又落下了雨滴。

峨拿出一张电报给他看,是嵋打来的,只有三个字:"母病危"。这三个字包含了许多内容。

峨告诉家毂,她本来准备立刻回家,因为大雨没有航班。她所能给母亲最大的安慰便是他们结婚的消息。

门外有人喊:"孟离己收电报!"

峨快步跑出房门,淋着雨去接了电报。家毂跟着她,怕她摔倒。

回到房内,峨急急拆开电报,两人同时看到了下面的字样:"凌晨5时37分母病逝。"发电的日期是八月十八日,电报是嵋打来的。

峨双手拿着电报,不住地颤抖。她靠着门站了一会儿,走到桌前坐下,双手扶头,不停地流泪。

天已经黑了下来,雨越下越大。

峨忽然抬起头冷冷地说:"吴家毂你回去吧。"

家毂像触电似的站起来,走到室外。见夜色茫茫,大雨如注。

他定了定神,又走回室内,说:"孟离己,你这是一个称职妻子的话吗?"

峨一怔,还是冷冷地说:"你请坐。"

家毂道:"坐哪里?"

峨道:"随你便。"

家毂找到热水瓶和两个杯子,倒了一杯热水给峨,自己在桌子对面坐了。

两人沉默良久,峨终于捂着脸呜咽起来,接着便放声大哭。

家毂走过去抚着她的肩,说:"哭吧,大声哭。我在这里。"

哭声穿过雨声,向黑夜散开去。

入秋以来,碧初病情恶化,几次大出血,不得不又住进了德国医院。那时医院不准家人陪护,只有按时探望,弗之三人轮流伺候。

这一天轮到弗之,碧初精神尚可,断断续续对弗之说:"我的病自己知道,是到头了。我怎么舍得这个家,可是死生有命谁抗得过。我走后,最好有人陪伴你。你要听我的话。"

弗之心如刀绞,连说:"胡说什么。"

一面把打湿了的眼镜拿下来擦,眼镜掉在地上,还是护士过来捡起。

碧初叹息,喃喃道:"你看看,你看看。"

嵋的照顾总是那样细致,充满了柔情。她用小勺给碧初喂水,碧初喘息着想说什么,嵋轻抚她的头发,俯身下来说:"娘,你要说什么?"

碧初断续地说:"每个人都有母亲,可是母亲不能跟着一辈子。我很安慰,我觉得你就是我的母亲。"

嵋叫了一声娘,俯下身去抱住娘的头,母女二人的眼泪合在一起。

合子到母亲身旁时,碧初已不能讲话。

合子大声说:"娘,有我呢,你有儿子。"

碧初用力睁开眼睛,便又无力地闭上了。

碧初一息尚存,一位护士走进房来,手里拿着一张纸,大声说:"加急电报。"

合子接过来看,惊喜地大声说:"姐姐结婚了!"

弗之、嵋与合子轮流各念了一遍,碧初听得清楚。她的手放在弗之的手上,看了一眼嵋与合子,面带微笑离开了人间。

碧初由家人护送到万安公墓,停棺三日。在安葬这一天,峨和家毂赶到了。孟家人围在棺旁,洒泪向这个家庭的主心骨告别。

秦巽衡和谢方立、梁明时和他不怎么出门的太太、萧子蔚和郑惠杬、郑惠枌和赵君徽、吴家馨、徐还和女儿周燕殊等亲近的友人都到了,大家垂首默哀。

棺木落到墓穴中,棺盖上放满了鲜花,其中有峨从云南带回来的,路远迢迢有些已经萎谢。万安公墓里十分肃静,绿荫成帐,遮蔽着沉睡的逝者。天地悠悠,人在这里得到了归宿。

次日，照规矩逝者的子女要到参加葬礼的长辈家谢孝。家
縠和峨与嵋、合子一同出门，先到秦家。本来长辈是不必见的，
因听陈贵裕说孟家有了新姑爷，大小姐结婚了，谢方立邀他们到
客厅坐。四人到了客厅，秦校长也从厨房出来，峨等鞠躬致谢。

巽衡知道家縠是昆明华验中学校长，很关心地问了当地教
育情况。

方立拉着峨的手说："这回娘可以放心了。"

峨道："总算让母亲得到了安慰。"

他们接着去了梁明时家，梁太太姓齐，名小圆，是南方小县
的人。她文化不高，人生得很清秀。抗战时她没有到昆明，一直
在家乡带孩子，照顾梁明时瘫痪的母亲。

梁母去世后，正值抗战胜利，他们母子到了北平。夫妇虽分
别很久，也一如既往，很是相得。

梁太太加入大学眷属生活较晚，没有见过家縠，也没有见过
峨。嵋介绍了，梁太太打量着这一对新人，拢起手来拜了拜，连
说："好人，喜事。"

梁先生说："你们的母亲虽然去了，可是生命是不会停止
的。"梁太太又和嵋低声说了一会儿话，四人起身告辞。

出了门，峨道："回家吗？"

嵋道："还有萧先生那里。"

峨很不想去，又说不出原因，只随着大家走。

到了桃庄，子蔚和郑惠杬正在院中说什么。四人进来，互相
介绍了。

子蔚知道峨已结婚，深感欣慰。峨凝神望着惠杬，心想，原
来你是这样的。惠杬友好地微笑。

子蔚对惠杬说："孟离己是植物学界新秀，正在做一种研
究，已经做过一百多次试验了。她很有钻研精神。"

峨略一低头，又看着郑惠杬，由衷地说："你真美。"

惠杭道："我最佩服科学家。前几天在杂志上看见你关于高山杜鹃的文章,你真了不起。"她看着峨说,"你们三人很像,一看就是一家姊妹。"

子蔚道："就是很像,不只是外貌,有一种神气。"

他让大家坐了,问起峨现在实验的情况,峨择要报告了。

子蔚道："这是你的创造,创造总是艰难的,不要气馁。"又问了昆明植物所的情况。

峨觉得萧先生像是一位亲切的兄长,心里十分平静。

惠杭端了茶来,又拿出一个精美的盒子,里面是一块从国外带回的丝巾,送给峨作为结婚礼物。

她取出丝巾在峨颈上比着,嵋端详着说:"真漂亮。"

惠杭退后两步,站在子蔚身边。峨拉了拉丝巾,不觉向身旁的家馼靠近一步。她看着萧先生和歌唱家,心想,每个人都要找到自己的位置。忽然,又觉有一丝凄然从心底爬上来。她转头看见嵋正在凝视着自己,心里说:"小鬼头!"索性拉住家馼的手。

惠杭和子蔚相视而笑,他们都从心里赞许峨和家馼这一对新人。

嵋和惠杭谈到母亲的病情。在谈话中,峨、嵋姊妹都觉得心情好了一些。似乎母亲也在这里,仍在生活中。生活继续向前。

离开了萧家,路过原来的庄家。嵋曾在这里出入无数次,现在不必进去了。大家慢慢走回家,一路上谁也没有说话。

第 五 章

一

北方夏日的大平原,下午的阳光更加灼热,黄褐色的土地上这里那里散布着村落。这些村落的树木不多,它们大多是国槐,国槐又带着槐树虫。树木在骄阳下很干渴,树下落满了槐树虫,倒是显得绿茵茵的。

季雅娴、李之薇、孟灵已等人参加教民校以后,便在这里的大河村担任教职。大河村其实并没有河,和别的村子一样,一片黄褐色的屋顶,中间有几片青灰色,那是瓦房。这里几个村子才有一个小学,没有小学的村子大多有民校。季雅娴等从骄阳下赶来,进了简陋的民校教室,都觉得阴凉。

民校教员邱春是一个看去老实敦厚的中年人,他除教员以外,还兼任校长、教务主任、校工等职。

这时他一手抱了一卷纸,一手拿了一壶水,把壶放在教桌上,说:"老师们来了? 喝水吧,凉白开。我先把这东西贴在墙上。"

季雅娴问:"宣传画吗? 我帮你贴。"

打开那卷纸,原来是一张二十四孝图。三人都知道有二十四孝图,却没有见过这样大的,都围过来看。邱春便把图打开放在课桌上,三人一张张看过去。

197

季雅娴说:"我昨天恰好读到鲁迅的文章,他非常反对二十四孝。尤其是老莱子娱亲和郭巨埋儿。"

说着拣出了这两幅图,一幅画着一个老人穿着婴儿的服装,坐在地下啼哭。有字介绍,大意是七十岁的老莱子为了娱亲,做婴儿状。

季雅娴指着图说:"肉麻吧?"

又指着另外一张,那是郭巨为了不让儿子和老母争食,要把一个活泼泼的亲生儿子埋掉。嵋和之薇看着图,不寒而栗。

之薇大声说:"这也算孝道?!"

季雅娴说:"恐怖。"

她们因为要上课,不能多讨论。

嵋问邱春:"能不能先不贴?"

季雅娴说:"他哪里做得了主。"又问邱春,"是吗?"

邱春答道:"是啊,这是村长让贴的,村里的人都喜欢,我看着也很好。"

他有些不解地望着嵋,说:"老师们先上课吧。"便把壶和图都拿出教室去。

季雅娴也说:"问问村长吧,别贴了。"

孩子们陆续进来了,很有秩序地坐在自己的座位上。李之薇和孟灵已也走到自己授课的教室。

不久,教室里便传出女大学生清脆的讲课声音。季雅娴在教学生念鲁迅的文章《秋夜》,李之薇在讲太阳系的九大行星,孟灵已在讲鸡兔同笼的四则题。孩子们大都专注地听讲,也少不了交头接耳。教室外还有一些更小的孩子,有的在玩沙土,有的向教室内好奇地探头探脑,那对他们是一个新世界。

课程结束了,老师们走出教室,孩子们照例跟着。他们有时会听到一个小故事,有时会得到几粒糖。

三人推着自行车,嵋一手牵着一个孩子的小手,孩子的手很脏,脸上满是鼻涕。嵋没有带纸,拿出手绢擦去挂在孩子脸上的鼻涕。她想把手绢扔了,看看四周,没有合适的地方。

一个十来岁的女孩跑过来说:"老师,这是我弟弟,把手绢给我吧。"她觉得这条手绢很好看。

嵋把手绢递给她,很想再送她一条干净的,但没有带。

女孩拉过弟弟的手,一起向嵋鞠了躬。

嵋道:"我们下礼拜还会来。"

孩子们停下,看着三位老师骑上自行车慢慢远去。

三人骑了一段路,听见火车的声音,轰隆轰隆的越来越响。她们走的是一条抄近的小路。三人到铁路边停下来,让火车通过。

季雅娴道:"这里该有一个红灯的设置,阻止行人过铁路。"

李之薇道:"这不是一条正式的路,是人走出来的。"

嵋担心地说:"不知发生过事故没有。"

之薇道:"我也是这么想。不过,村里人对这个路很熟悉,会教孩子们注意的。"

火车过去了,冒出的白烟向天空飘去,渐渐淡了。三人上了车,向学校骑去。

晚上,嵋和爹爹、合子在一起时,说了下午的见闻。

弗之道:"这些年实行新生活,久不见二十四孝这种东西了。大河村的人还很喜欢,可见清除旧的影响是多么不容易。"说着,他忽然咳起来。

嵋道:"怎么夏天就咳嗽了?"站起身在弗之背上拍了几下。

弗之从在昆明时就得了支气管炎,到北方天气冷,这两年有所加重。

等弗之咳定了,嵋接着道:"我记得以前看过一幅曹娥投江寻找父尸,还有郭巨活埋了儿子,王祥卧冰求鲤,真是又愚昧又迷信又残忍。"

弗之道:"孝是一种亲情,也是一种责任。我国过去为父母之丧要守庐墓三年,为的是念父母之恩。感恩是一种很美好的感情,其实也就是良心。有良心,能知道感恩,人就不会变坏,社会就会和睦相处。二十四孝所标榜的种种过分的举动实在是愚昧,再得到上天的赏赐就更是可笑。"

合子一直在旁听着,这时说道:"要是真有天老爷就好了,可是,这个天老爷只能自己做。"

三人议论一阵,各自做事。

嵋回到房间,四妮拿来一封信,说是下午收到的,放在厨房里忘记拿过来。信是无因来的,嵋满心欢喜,以为他就要回来了。捧着信,凭窗站了一会儿才打开。

无因的信还是那样亲热,那样一往情深。可是,信中的消息令人十分沮丧。无因说,他本来是计划明年回国的,现在有一个非常重要的课题,导师要他参加。说是他不参加,课题很难进行。

无因写道:"Darling,课题无论怎么样重要,还能比你更重要吗?你即将毕业,可以出来留学,明年我不回去,我们也能相聚。你如果觉得可行,现在就可以申请学校。"

嵋又把信抱在胸前,在窗前站了好久。

合子本来不想考大学,要和他的同班同学去解放区。他们是中学生中颇有头脑的一群,出了《同路人》的壁报,讨论各种问题。他们曾认为英国工党最为理想,后来读了《方生未死之间》等书,又有民主青年同盟的指导,都向往解放区那一片光明。在这些年轻人心中,那里住着天老爷。

过了几天,孟家父子、姊弟三人深入讨论了合子考大学的问题和嵋留学的问题。

关于合子考大学,弗之说:"抗战胜利,我们的民族得到了独立和自由,这是从最基本的意义上讲的,国家的前途还是很艰难的。从个人来讲,我们要争取个人的自由,人没有自由是不能称其为人的,但是要争取这一切,都离不开科学。你应该学习,你不是要造飞机吗?你不上学,飞机谁来造?国家的科学谁来提高?我们的国家就永远这样落后吗?"

嵋觉得爹爹的话很有启发,说道:"民主与科学,永远是必需的。只上了高中,你还不够了解这个社会。"

经过一番讨论,合子又和周燕殊等几个同学商量。有的同学家长不干涉,徐还则更坚定地主张年轻人应该学习。最后,合子和燕殊一起报考了明仑大学,有几位同学瞒着家长去了解放区。

关于嵋留学的问题,弗之的主张很明确,嵋应该去。时局虽然很乱,只要是维持现在这样的局面,每年还是有公费留学名额的。

嵋觉得自己正站在一个十字路口,一方面是无因在召唤她,一方面是她实在舍不得爹爹和这个家,也不愿错过新时代的变化。她也和梁明时商量。梁先生认为,因为是无因为你准备了一切,这就不光是学业的问题;可是孟先生身体不大好,这又不能只考虑无因。说来说去,只有你自己决定。

嵋在思考、彷徨、忐忑不安中度过了许多不眠之夜。

到了明仑大学发榜的日子,合子一早就去看榜,早饭时还没有回来。嵋和弗之坐在饭桌前,不时望着门外。

一阵脚步声,合子从小院跑过来冲进饭厅,叫着:"爹爹!小姐姐!"却不说话。

嵋迟疑地问:"好消息?"

合子点头:"当然,榜上有名。"

他身材修长,已经比弗之高了,穿一件白衬衫,一条卡其布长裤,戴一副窄边眼镜,站在那里十分精神,俨然是个大学生了。弗之放心地喝了一口粥。

峋问:"周燕殊呢?"

合子道:"当然也考上了。"他停了一下说,"我站在榜前,看着我的名字,觉得孟合己三个字真好看。"

弗之道:"合,是事物的最高境界,从字的形式来讲,它的组成是人、一、口,一人都要有一口,这个想法很妙。"

合子道:"是啊,不能有的人有很多口,有的人没有。"

弗之道:"合子会为国家做出一番事业的,我相信你会的。"

峋盛了一碗粥放在合子面前,轻声说:"爹爹说得对,我从来都是这样相信的。"

孟合己很快上了大学,戴上了白底蓝字的校徽。

李涟的小院里树荫斑驳,静悄悄的。这天上午,来了一位衣冠楚楚的客人,这位客人不是别人,正是蒋文长。

李涟诧异道:"老兄,你怎么光临寒舍?"

蒋文长笑道:"我们在昆明多年,李先生是我的师长辈,我今天回到学校,自然要来看望。"

李涟记起,蒋文长曾托他向孟先生说情,请求免服军役,当然碰了个大钉子。那是过去的事了。当下就请坐让茶,两人说些复员后各自所见,很热络。原来蒋文长想到明仑大学中文系工作,活动了一些时间没有成功。

蒋文长道:"这几天台湾有两个大学来约我去工作,北平这边没有什么好事,我是要到台湾去的。"

"你要到台湾去啊?"李涟很有兴趣的样子。

蒋文长道:"他们那边要请史学界的人,见过了栾必飞,可是又不太中意。不过,当然他要去工作也是可以的。他们希望要有更深资历的,有更高学术地位的。"

李涟笑道:"老实说,我想去呢。"

蒋文长道:"你在这里什么都有了,有了头衔,有了房子,你要走?"

李涟道:"时局不稳定,是明摆着的。学潮的攻势很明显,民主的口号是有很大迷惑性的。糊涂啊,糊涂!我想晚走不如早走。"

蒋文长道:"明天就请台湾的朋友来会一会。"

次日,果然有台湾来人,来和李涟谈了,很投机。不过李涟已经接受了明仑大学的聘书,现在要走是很麻烦的。

他去见孟弗之,到了方壶,大有冷清寥落之感,和弗之相见,各自都觉凄然。两人落座后相对无言,默然良久,李涟说了自己的想法。

弗之道:"历史一时是看不明白的。你既然想离开,现在又有机会,我不勉强留你。只是你已经接受了聘书,课时也不好安排,能不能改在下一年度?"

李涟听到不好安排等话,以为弗之不同意。及至听到改在下一年度,心想,有望。便说:"到时候不知道局势怎么样。"

弗之道:"很难预料。照说,台湾那边正在建设,很需要人。不过,我们还是以本校的教学为主,明年去吧。"

李涟又问:"哪里有孟太太照片?"

弗之引他到原来的卧室。墙上有碧初的照片,她坐在藤椅上,虽是病容,仍然端庄娴雅。李涟肃立鞠躬,然后辞去。

过了两日,弗之在校务会议上说了李涟的事。

秦巽衡道:"抗战胜利,收复了台湾,当然应该帮助台湾的建设。台湾来聘请各方面的人才,教育是最重要的。我们的毕业生也可以到那边就业。李涟要去是可以的,只是好像急促了些,明年最好。"

他询问地看着弗之,弗之道:"正是,我也是这个意思,明年再去为好。"

李涟也向之薇、之荃告诉了他的决定。

之薇道:"爹爹明年去了,什么时候回来?"

李涟微笑道:"明年才去呢,就先说回来。"

他仍旧安心教书,同时,也不断留意台湾那边的情况。蒋文长已到台湾一所大学任教,和李涟时有联系。

又是一年了,在日益升级的内战中,在物价节节上涨引起的忧虑和抱怨声中,在接连的政治运动中,学生们艰难地学完了学业。

暑假来到了,峨和李之薇都毕业了,她们即将走进社会的大课堂。数学系几位负责人考虑孟灵己可以留校,是在数学系还是数学所没有确定。其实系里和所里的教师差不多都是兼职。

李之薇要到昆明去工作,先参加一个少数民族的考察团,由刘仰泽领队,大概要去半年左右。

她很舍不得离开父亲和弟弟,家里只剩下他们父子两人,谁来管家事?临行的前一天,她为父亲和弟弟做了一顿好饭,还为父亲备了一小瓶绍兴酒。

在饭桌上,李涟举举酒杯又放下,说:"你这一去,总是要在那里结婚的。时局动荡,在我离开以前,你肯定是不能回来了,不能回来也不用挂念。咱们父女的政治态度素来是对立的。我们互相尊重,很少吵架,我很满意。时局怎样发展还不知道,反正我是要走的。现在的问题是之荃该走哪条路。"

之荃走到李涟身边说:"我跟着爸爸。"

李涟道:"你有自己的前途,你要多想想。"

之荃说:"我无所谓,有球打就行了。爸爸年纪老了,一个人挺闷的,我跟着做伴不好吗?"

之薇呜咽道:"这么说我简直不想走了。"

李涟慢慢地说:"去吧,颖书是好人。明天你走得早,不必来见我了。"

说着站起身，不等之薇说话，一挥手走进自己卧室。

李之薇收拾好桌子，到方壶去和岵告别。岵已买了十来瓶花露水，包好了交给她说："昆明蚊子多，你带着。"

之薇道："我也买了好些。"

岵道："多带点无妨。"

两人依依不舍说了很多话，直到入夜。岵送之薇过了桥，过了山，看着她踏着月光走了。

岵回来，见桌上摆着一封信，又是四妮延迟送来的。她急于看无因的信，又怕无因催她。不安地打开信，信比较简单。

亲爱的岵：

　　我盼着你的信，但两封来信都说得不够确切。你能来吗？我已为你订好船票和车票。

岵恨不得一下飞到无因身边，可是她怎么飞得动？她有他们两人之外的责任。

又是一个不眠之夜，岵久久地望着无边的黑暗。直到天色发亮，才蒙眬睡去。

清晨，之薇起身准备出发，她到李涟卧室外，低声说："爸爸，我走了。"里面没有动静。

之荃扛着姐姐的行李，送她到集合地，刘仰泽和另外两位教师已经在那里。大家上了车，车开动了，车声划破了清晨的安静。

李涟办了各种手续，在秋季始业之前，便带了之荃到台湾一所大学任教。

那座小院里杨柳依旧低垂，和长高的野草一起随着清风摇摆。

二

自从李之薇毕业,严颖书日夜盼望她的到来。他认真地收拾翠湖西路院落的那几间正房,把院子截成两半,使正房和厢房隔开,成为单独的小院,房间不多,但是宽敞舒适。

他在房间里走来走去,想到母亲杀蛇的场面。他不喜欢看到母亲一手拿刀,一手挥舞着死蛇,类似女巫的举动,不觉用手掩住了眼睛。

他擦了擦眼睛,又洗干净拖把,再一次仔细地擦了地板。把各种物件都妥善地摆好以后,他想到李之薇即将成为这座小院的女主人,一阵暖流在心中漾开。

这天是之薇到达昆明的日子。颖书一早就收拾好自己,从容地到巫家坝等候从重庆来的飞机。直到中午,飞机才降落在机场。

太阳照着大地,亮得使人睁不开眼睛。在走下舷梯的旅客中,他一眼就看到了之薇。他觉得之薇很窈窕,她长高了。之薇也看到了在机场边等候的颖书。两人走到一起之前,彼此的目光已经说了很多话。

之薇介绍颖书见了刘仰泽,又请了假,和颖书一起到翠湖西路严府。这里已不是当时的军长府邸,但并不荒凉。作为医士学校的宿舍,一切都是整齐有序的。

颖书带之薇看了他的改革。他把手指卷在之薇的辫梢里,一路走一路说:"一切还等你来布置。"

之薇也觉得一股暖流在心里漾了开来,这里会是他们温暖的家。两人商定,待之薇考察结束后再考虑婚事。

明仑大学四人和当地的伊仑大学八人组成了考察团,刘仰泽、李之薇和伊仑大学的两位教师分在一组。一位男教师名字是高明，大理人，生得不俗，幼时读过几篇古文，说话文绉绉的。一位女教师名字是许明，是民主运动的积极参加者，和颖书相识。

他们即将去考察的是云南最最落后的地区。四人乘车出发，三天后到达县城，在县政府开了介绍信。再往前已经没有车行的路。他们徒步走在蜿蜒的山路上，觉得正在走向历史的深处，越走越接近古时候。

一天，经过一小片树林，一座青翠的山横在那里。山道相对来说倒是平坦，绕过山便见一片开阔的平原，散布着许多村落。这里是青岩族，是一个母系社会的部落，已经有人来做过调查。刘仰泽和高明、许明对这里都有些了解，李之薇却感觉很新奇。

他们走进一个村子，在路上看见几个女人都肩扛锄头，穿着土布衣裙，类似小和尚穿的直裰，个个身材都很苗条。看见有生人来，她们停住，悄声议论着什么。

许明和李之薇走过去说明来意，便有一个女人引他们沿街走去。街旁都是认不清的花木，转了几道石墙，便见一道河水，河水清澈，缓缓地流。沿河几户人家，衬着花木，映着河水，甚是好看。

女人推开一户竹门，里面花木葱茏。草棚下一个男人坐在那里编斗笠，旁边都是削好的细竹片。一个四五岁的男孩跑过来，拉着女人的手，说："妈妈，舅舅的手破了。"

编斗笠的男人举起他的右手，有血从指尖上流下来。女人看了，没有反应。

她请之薇等坐，交谈了几句。女子会说几句云南话，他们得知这女子姓吉，说了一个名字，发音不太好记，他们就叫她吉三姆。

许明拿出介绍信给吉三姆看，她看了一眼，仍还给许明，说："你先拿着。"

吉三姆很快便为他们安排了住处。她留许明和李之薇住在这里,引刘仰泽和高明到隔壁人家。隔壁人家出来接待的也是一位女子。

这时已是下午,她们还要下地去,许明和李之薇就随着一同去了。她们的耕作十分原始。一直劳动到暮色降临,许、李二人已经很累,吉三姆等人都还很有精神。

她们回到家中,随着更浓的暮色,这里那里飘起了轻柔的歌声和竹弦琴咿呀的声音,情人的约会开始了。

蚊子和情人一起来了,李之薇拿出花露水来搽,也给许明搽了一点。

吉三姆很好奇,说:"什么东西?这么香!我闻闻,给我也搽一点。"

之薇便给她搽上,吉三姆很高兴。之薇一面搽一面说:"搽了蚊子就不来咬了。"

第二天,吉三姆说:"昨晚蚊子少了,很管事。"她很积极地领他们串了好几户人家。

之薇等住了几天,每天都有收获。吉三姆说:"你们还没有见到我们的高姆。"

许明说:"我们还带着介绍信呢。"

这天,又走了几户人家,走进一家较大的院子,一样的花木葱茏。敞间里有几个女人在说话,听不懂她们说的什么。

吉三姆和这家的主人说了一会儿话,主人走过来向刘仰泽他们介绍,其中的一位是他们这里辈分最高的母亲,也就是这个部落的管理者吉高姆。吉高姆看上去年纪尚轻,很不像长辈。

许明取出介绍信递给吉高姆,吉高姆看了一眼,眼波在客人身上流转,笑着说:"有哪样好调查?欢迎。"她的云南话似乎比别人好一些。

刘仰泽等问了几句生活情况,随意谈话。谈话中,吉高姆不时看着高明。

晚上，刘仰泽和高明回到住处，谈论着今天访问的成果。一个女子来招呼高明，让他到长辈母亲那里去。

高明去了，见这里的房屋比别处大。到了一个房间，那位吉高姆正坐在那里，她请高明坐，说："听说就要走了，让他们走吧，请你多住些时，可好？"

高明不解，说："做什么？"

吉高姆嫣然一笑，指一指自己，又向左右看了看。高明这才发现她是坐在一张床上，相对来说这是一张很漂亮的床，床上堆着大红被子。又看了看女主人，发现她很俏丽。

吉高姆继续说："你就留在这里，住多久随你意。"

高明忽然明白，这位吉高姆是在招夫，不觉一身冷汗，站起身说："谢谢，我们就要走了。"转身快步走出屋去。

他走在街上，看到街上有不少男人，有的提着盒子，有的提着篮子，心想这大概是去赴约的。

高明回到住处，告诉刘仰泽这件事。

刘仰泽笑道："这倒可以做一次实地调查。"

高明正色道："刘先生开玩笑了。"

次日，他们和许明、李之薇商量，又做了些扫尾工作。又一日清早，四人便离开了这风光秀丽的女儿国。

他们准备去的下一个部落，更为奇特，却没有这样轻松。他们走过一个山谷，好像进了一个洞，里面仍是一座座山，山路崎岖难行。就在这崎岖的山路上，有两个人背着大包往上爬，不久，他们坐下来休息。刘仰泽等人赶上来，见这两人面部黧黑，短衣短裤沾满了泥草，看去黑乎乎的。

高明上去搭话，知道他们是那个部落的人，正在往寨子里背盐。其中一人会说云南话，知道高明他们来意，说了一句："小心了。"

说着,又背起包向前走了。他们虽然背着东西,走得却很快,转几个弯就不见了。

高明他们继续绕来绕去,看见一处较开阔的平地,也看见一个很大的村落。那是一个寨子,两棵很大的松树间横架着一根长木头,这是寨门。

他们刚走进去,便有一个衣着较整齐很壮实的人走过来问:"你们来做什么?"这人眼光很不和善。

刘仰泽道:"我们是大学里的,来考察社会情况,能在这里住几天吗?"

这人让他们在树下等候,自己走到不远处较整齐的茅屋里去了,不久回来说:"酋长可以见你们。"

他们走进茅屋,屋内的陈设和外面的简陋比起来,可以算得华丽。一个人威风凛凛地坐在那里,当然是酋长了。

酋长问了他们的来意,刘仰泽拿出介绍信。酋长看了,很和气地请他们坐。说:"明天正有事,你们要看就看吧。"

刘仰泽说要先到人家走一走。酋长眼珠一转,旁边的人看来是侍卫,便领他们出了房屋,向巷子里走去。

刘仰泽等四人仍是分住在两户人家。许明和之薇住的这户人家姓杨,女主人生得不难看,目光比男人还活泼些。

许明问明天有什么事,女主人道:"明天你就知道了。"

当晚,许明、之薇太累了,有个床就赶快睡了。

第二天,刘仰泽他们随着女主人来到一片乱草丛生的坡地,已经有许多人围在那里。有一个人拿着一面鼓放在岩石上,向天看了一眼就敲起来。

鼓声咚咚咚响了三遍,一个很普通的人把另外一个很普通的人押进来,把他按倒,跪在地上,如同抓一只小鸡。又抡起一柄不大的刀,一刀下去,那人砰的一声倒在草丛中,被行刑的人一脚踢到坡下去了。

刘仰泽等人看得心惊胆战,本地观众毫无反应,仍是木然站着,不反对也不助威,可能是看惯了。

那个侍卫对刘仰泽道:"你们回住处去吧。"

刘仰泽道:"我要见见酋长。"

侍卫想了一下,便引他们到了那座较华丽的房屋前,先进去禀报了,才来领他们进去。

他们顺着屋子的拐角走进去,迎面是一个廊子,酋长坐在廊上吃饭,面前摆着几样菜肴。见他们过来,酋长问:"你们吃饭了吗?"一面自己只管吃。

刘仰泽心神未定,半天没有说话。

高明便问:"今天那人所犯何罪?"

酋长说:"他议论庄稼长得不好。"

高明微笑道:"那就想法改进,不行吗?"

酋长看了高明一眼,道:"他没有资格说话,砍他一刀教训他。"

听口气那人并没有死,几人心里好受了些。许明和李之薇都有些害怕,便拉了拉高明的衣袖。

许明道:"我们上哪儿去吃饭啊?"

酋长让侍卫带他们回到住处。四人同在许明住的这家吃了饭,那女人道:"今天有盐巴,好饭啊!"

许明想,这大概就是前几天背上山的盐巴,便问:"从山下背上来的,家家都能分到吗?"

女人左右看看,说:"能啊。"迟疑了一下,又说,"就是太少。"

高明又问:"今天被砍的人伤重吗?"

女人道:"还能治。有时轻有时重,就看命了。"

刘仰泽问:"大概都能活吧?"

女人又左右看看,说:"以前多半不能活。"又小声说,"所以人家叫我们砍脑壳的,听说了吗?现在好多了,一般不伤命。"

饭后,他们去村子里访问,感到这里还停留在较原始的社会。

晚上,之薇又拿出花露水来,觉得它可以帮助自己安定一下。女主人见了也很好奇,说:"这么香。"也要搽一些。

第二天,女主人领之薇二人到一处山泉去洗脸,另一个女人和她说话,扒在她肩上闻了闻,说:"什么香?"

李之薇从口袋里掏出花露水递给她,让她也搽上。

女主人低声告诉之薇这是酋长的女人,酋长的女人在泉边洗脚,别人是不可以同时下水的。

之薇看见酋长的女人的小脚趾指甲分成两半,心想,"哦,原来她是汉人。"

她从颖书那里知道荷珠的小脚趾指甲是两半的,所以,荷珠是汉人。她把这个发现告诉刘仰泽和高明。

刘仰泽说:"很可能有汉人流落到这里,这倒是个题目。"

高明道:"我特别奇怪,这种野蛮的制度,怎么会保存这么久。"

在访问中,渐渐形成了一个小集会。他们和村民谈话,刘仰泽发表了演说,讲到人权的要义和民主的真谛。他们还想做些深入的访问,决定再住几天。

这天,侍卫来邀他们去酋长处。酋长问:"你们这几天做什么?"

刘仰泽道:"和村民闲谈。"

酋长道:"我这里很好吧?"

刘仰泽试探着说:"不让别人说话好像不太好——"

他的话还没说完,温和的酋长忽然大怒,走到墙壁边取下一把刀,照着刘仰泽就要砍。

刘仰泽身不由己,一手捂住眼睛一手抚壁,双膝一软,扑通一声跪下了。

高明上来将他慢慢扶起,低声说:"他不敢砍外边人的。"

刘仰泽站起,连说:"惭愧,我是没站好。"

刘仰泽这一跪,让李之薇对他的敬意减了不少。

酋长放好刀,哇啦哇啦说了一大篇,夹杂着云南话,可以听懂的是说:"你们,我们族里的事你们管不着。"

本来调查研究是不应该管别人的事。刘仰泽等尽快收集了必要材料,和留宿的主人告别,下山去了。

走了几十里山路,好容易到了县城,他们请见县长,说了调查情况。

县长苦笑道:"那是这个部落的特点,这几年已经好多了。省里来过人想帮他们改进,可是族人都拥护他们原来的办法,管不了。等着看吧。"

刘仰泽将简单的调查小结交给县长一份,县长很感谢。

四人回到昆明,已经是十二月初。他们住在伊仑大学做总结,讨论的一个主要问题是:这样落后的部落,怎么能生存到现在?关于汉族和少数民族的血缘关系,由李之薇搜集了以前的材料,和这次调查一起写了专题报告。

颖书每天来看之薇,他们的婚事定在十二月中旬举行。颖书本来很想举行一个隆重的大场面的婚礼,但他熟悉的进步人士,劝他办得简单些。他们就在翠湖西路的家中,正房楼下摆了几桌酒席。

之薇这边没有什么亲人,峨和吴家榖来了。峨似乎比以前温婉了许多,她和吴家榖站在一起,看去十分般配。刘仰泽和高明、许明也都来了。

医士学校的教师家属要把之薇的辫子梳成髻,之薇和颖书都反对。峨用大红缎带将之薇的两根辫子扎在一起,系了一个蝴蝶结。以后就成了之薇平常的发式,只是不时更换缎带的颜色。

楼下是礼堂,楼上是新房。人间又多了一对好夫妻。

刘仰泽在参加之薇的婚礼以后回北平去了。之薇受聘为伊仑大学的教师。

一天晚上,许明要之薇跟她到校园中一处花坛前,她在花坛泥土上写了M、C两个字母。之薇略一思索,知道是民主青年同盟的意思,这是共产党的外围组织,便点点头。许明要她写一份自传。

之薇回家也不敢和颖书说,好在她的家庭情况和本人的经历都比较简单,次日便交了上去。过了几天,许明要她再写一份材料,详细讲明参加远征军的情况,之薇如实写了。又过了几天,许明通知她,她的申请已经批准了。

后来,在民青小组会上,大家学习要加强组织观点,也就是一切服从组织。有人提出如果组织错了怎么办,小组讨论后一致的意见是认为组织不会犯错误。

为了抗议日益高涨的物价,昆明学生组织了一次较大规模的游行。游行队伍到了正义路,受到军警劝阻,双方发生了冲突。有些学生被打伤,有两个学生被逮捕。严颖书知道以后竭力营救,学生不久获释,医士学校又对被打伤的同学用心医治和调理。

颖书这次的举动很得昆明地下党组织的重视,又结合他以前的表现,还有严亮祖"中国人不打中国人"的遗言,颖书被云南地下党组织吸收为中国共产党党员,没有候补期。他也没有对之薇说。

三

正当李之薇走上人生道路的新旅程时,孟灵己还在人生道路的十字路口徘徊。

今年学校数学方面没有公费留学名额,她现在出去读书,势必一切依靠无因,增加他的负担。那是不小的负担,是她不愿意的。而且弗之的支气管炎日益加重,在一次严重感冒后,转成肺炎高烧不退。校医院的大夫来看,嘱他们立刻送到城里大医院。恰巧合子出去实习了,四妮建议让合子回来,可是回来又怎么办?

嵋在病床边守着爹爹的输液瓶,眼前出现了娘去世时的情景。谁来帮助爹爹对付肺炎?谁来帮助他喝一口水?会有人的。可忙得过来吗?能放心吗?

等到弗之的病情渐渐平稳,嵋也从十字路口走出,她终于做出了痛苦的决定:留下。留学的事明年再说,也许明年无因就回来了。

她很快跨进了明仑大学数学研究所的高门槛,戴上了红底蓝字的教师校徽。她在厉康领导的研究室工作,同时也在数学系教基础课。

明仑的南校门有几棵银杏树,掩映着一座小楼。小楼的一大半是物理研究所,一小半是数学研究所。

嵋每天骑车绕过小山过河去所里,不知道什么原因,这几天在石桥边她常常碰见柯慎危。她觉得这位奇人似乎在路上等她,她就每天走不同的路。

这天,嵋从后门出去,看见柯慎危站在草地上站得笔直,一只裤脚卷着,另一只裤脚拉得很直,白衬衫上没有写意画,比平常整齐多了。

他看见嵋出来,就走过来咳了一声。嵋不知道他有什么事,也向他走了几步。

柯慎危道:"孟灵己,你喜欢吃冰淇凌吗?"

嵋很诧异,回答道:"一般来说我喜欢的。"

柯慎危道:"我请你,那边的冰淇凌店很不错。"他迟疑了一下,"我怕它快关门了。"

嵋更觉诧异,便说:"我下堂课有讨论,谢谢柯先生。"说着,便骑上车走了。

第二天,嵋出门又遇见柯慎危,便有些不高兴。

柯慎危又对她说:"我请你吃冰淇凌。"嵋摇摇手,只顾走了。

又一天,嵋在研究室的书桌上看见一张请帖,是自制的很精美的一张请帖,仍是请她吃冰淇凌,邀请人当然还是柯慎危。

下午,嵋到梁先生家去送材料,进到书房,梁先生正在书桌前,梁师母坐在书房的另一端织毛线衣。

嵋向梁先生报告了所里的事,梁师母也过来说几句闲话。

嵋拉了拉那件浅灰色的毛衣,说:"梁师母织的毛衣花样真好。"

梁先生笑道:"前些时已经给儿子织了一件了,这是给柯慎危织的。"

梁师母也笑道:"颜色合适吧?"

嵋想了想,便说了柯慎危请吃冰淇凌的事。

梁先生笑说:"倒是个活人啊。"说话时,不时抬一抬右臂。

梁师母关心地问:"还疼吗?"

梁先生道:"好多了。"又向嵋说,"昨天夜里忽然想起一个问题,起来写下,摔了一跤。"

梁师母道:"我就说呢,天亮了再写吧。说是不行,怕忘了。本来左胳膊就不会动,左腿在重庆又摔瘸了,现在右胳膊又负了伤,自己的胳膊和腿都不方便,总得小心呀。好在伤不重。"

嵋道:"吉人天相。"

梁先生忽然道:"吉人天相这四个字要是对对子,怎么对?"

梁师母微嗔道:"又来了。"

嵋知道梁先生喜欢对对子,却还不知道梁师母的名字和对子的关系。梁先生结婚时出了个对子让新人对,他出的对子是"大方",妻子红着脸,扭捏了一会儿才说:"小圆。"那时,许多女性没有名字,有了名字也是轻易不告诉别人的。

这时,嵋觉得,梁师母对梁先生说话的口气,很像自己母亲对父亲说话的口气,不禁心里酸痛,便走到窗前。她擦擦眼睛,看见窗外一片绿色,不是草地,是菜地。

梁师母也走过来,说:"我种的菜好吧?"便领嵋去看她种的菜园,一畦韭菜,一畦小白菜。已是秋天,还是绿油油的。

梁师母弯下腰,很利落地掐了一把韭菜,又挖出两棵小白菜,在石头上摔打了几下,用纸包了递给嵋,让她带回去。

嵋道过谢,捧着这把新鲜的蔬菜,踏着还有暖意的秋阳走回家去。

后来,梁先生在和柯慎危谈工作时,告诉他嵋已经和庄无因订婚了。

柯慎危皱着眉头想了一下,说:"我还是要请她吃冰淇凌。"

梁先生笑说:"你最好问她要不要吃枣泥馅的点心。"

柯慎危自己不喜欢吃枣泥馅的点心,他要等自己喜欢吃时再说。

嵋总是在解一道一道的难题,也帮助厉康做教学工作。她的工作充实,生活很丰富,心里却不安。

一个夜晚,嵋翻来覆去不能入睡,后来好容易进入梦乡,做了一个梦。梦见自己骑车到一个楼里去办事,出来发现自行车不见了。四周白茫茫空荡荡,什么也看不见,嵋很害怕。这时,远处有人骑车过来,近看时是庄无因。嵋大喜,以为他是来接自己的。但他一直骑过嵋身边,没有向旁边看一眼。嵋想叫,却叫不出来。眼看车过去了,越骑越远,四周仍是一片白茫茫空荡荡。嵋醒来后一身冷汗。她安慰自己,梦是反的,无因总会回来的。

次日,嵋到所里开会,看见冷若安坐在那里。他去了欧洲一趟,似乎更像外国人了。

他走过来,对嵋说:"我知道今天会看见你,我昨天刚回来。"

嵋说:"陆良尧回上海了,她有一封信留给你。我应该带来。"

若安道:"不要紧,我下午去方壶取好吗?"嵋点头。

下午,若安到方壶。嵋把信交给冷若安,若安拆开了,先递给她。

嵋笑道:"我为什么要看你的信?"

若安自看信,信上写:

> 若安老师,因为音乐学系没有成立,我不能留校。我家里不放心我一个人在北方,只好回上海去。你会来上海吗?希望我们能在上海见面。

下面是陆家地址。

若安把信折起,对嵋说:"陆良尧回上海了。"

嵋道:"你该写信给她。"

若安看嵋一眼,眼光里有不解,有询问,还有几分温柔。

嵋转头看着墙上挂的条幅,那是明人陈白沙写的唐代李益的一首诗。"天山雪后海风寒,横笛偏吹行路难。碛里征人三十万,一时回首月中看。"

嵋对若安道:"这幅字写得真好,当然诗也好。李益的诗我很喜欢。"

若安道:"我是外行,只觉得这字不只好看,而且有力气。李益是不是还有一首《江南曲》?"

嵋道:"回去看《唐诗三百首》,里面好像有几首李益的诗。"

若安道:"字是真好看。"在条幅前站了半天看字。

嵋笑道:"原来你这么喜欢书法,前几天和四妮一起擦屋子,看见还有一些条幅,都是土。"

说着去书房取了几幅卷轴出来,又取了两块抹布,和若安一起擦拭。

正擦着,合子推门进来了。他和若安在校园里常常遇见,知道他是数学系的教师,但没有打过招呼。

嵋道:"这是我们系里的冷老师。"

若安道:"叫我冷若安好了。这些字很好看。"

合子道:"我们平常也难得有时间看书法。"便和若安一起来拉卷轴。

这是一个横幅,纸已发黄变脆,他们小心地在地下拉开,是文天祥写的《木兰辞》。

合子说:"气势磅礴。"

若安道:"就这名字和这首诗,就把人吓一跳。"

三人在字旁站了一会儿,又小心地卷好。

嵋笑道:"据说是赝品。"

若安道:"在凡尔赛宫看见几张抽象画,那线条让我联想到中国书法和几何图形。"

合子忽然想起,传说冷若安是雅利安种,便随口问:"你到欧洲有没有回到故乡的感觉?"

嵋瞪了合子一眼。

若安笑道:"中国云南是我的故乡。"

三人又看了几幅,合子说:"看个改样的。"说着从自己屋里拿来一幅,打开一看是篆字。

若安说:"这是篆字,谁写的?"

嵋微笑指着合子:"他呀。"

若安道:"原来你会写篆字。"

合子说:"我从小刻图章,所以学写篆字。"

他们一起念这幅篆字,那是一首新诗。

"用篆字写新诗第一次看见。"若安道。

狂风撼动了参天大树
撕破了厚重的霞裹云裳
快乐的歌声高声唱
自由　　自由
让心灵无拘束
让头脑无屏障
自由　　自由
让大写的
人　呈现在蓝天上

合子举起手臂大声朗诵:"自由! 自由! 让大写的人,呈现在蓝天上!"

若安也念道:"自由,自由,让大写的人,呈现在蓝天上。"念罢点点头问,"这诗是谁写的?"

合子指指嵋:"她呀。"

嵋道:"其实,是受爹爹的启发,和合子合作的。"

原来,那天弗之说到民族独立和个人自由后,嵋和合子议论了,嵋执笔写了这首诗。

若安对合子说:"你能照样写一幅给我吗?"

合子道:"写几个篆字倒没什么,只怕诗作者不答应。"

"我那几句算不得诗。"嵋说,"正经还是让合子写一首旧诗才相配。"

这时弗之回来,在拉开的条幅前看了一眼。

嵋请爹爹选一首旧诗,弗之说:"用篆字写的话,可以只写两句。李商隐的'永忆江湖归白发,欲回天地入扁舟'。"又仔细看了合子的篆字，笑说，"可以写。"便进书房去了。

冷若安说："我不懂这两句诗什么意思。"

嵋微笑道："老实说，我也不懂。"

合子道："恐怕我们要到五十岁以后才能懂。"

三人一面说着，一面把条幅卷好。若安辞去，嵋姊弟把卷轴放在书柜中，说："以后再看。"

过了不久，在梁先生指导下，厉康、冷若安等组织了一次全校性的数学比赛。比赛中有两个学生得到满分，一个是物理系的乔杰，一个是航空系的孟合己。合子对数学有了更大的兴趣，和冷若安很投机。

在知识丰收的同时，合子加入了民主青年同盟。工学院的民青组织委员向他讲解，加入民青要树立几个观点：唯物观点、群众观点、组织观点、劳动观点。合子默记。组织委员说，组织观点就是个人要服从组织。

合子想了一下问道："如果组织有了错误怎么办？"

组织委员一怔，他觉得那是不可思议的，但他没有说不可能，而是说："真是组织犯错误，到时候总会有办法的。"

合子也想了想，说："还有上级组织呢。"两人都很安心。

内战每天在打，物价每天在涨。人们的生活像永远解不完的数学题一样，一道又一道等在那里。

永远的结

蜿蜒的小河边
青草地绿得那样新鲜
那是什么流动的颜色
一群小人儿舞翩跹

它们忽然化作 1234567
整齐的队伍如军队般威武庄严
不久它们变成音乐符号
五线谱上的大头宝宝
多来咪发唆拉西
跳动在青草间

数学公式中的"因为""所以"
滚动着,滚动着,落入草书中
化成了书法中的"上"和"下"
一样的无言
多么美啊
人的思维　人的想象　人的尊严

草上的音乐奏出快乐的曲调
而我是这样茫然
没有人能听懂我的话
能懂的人远在天边

人生是一个过程
我正停留在一家旅店
旅店里挂着大大的结
解开了才能继续向前

下一站又有下一站的结
解开它变化万千
也许会带来花一样的笑容
也许会带来一双泪眼
也许会让你啼笑皆非
也许会让你柔肠寸断
它们都是人生的礼物
给你许多经验

快乐地迎上去吧
那就是新的挑战

让每一天新生的太阳照亮你的脸
让你的生活更丰满
听啊　下一个结正在召唤
人生的游戏告诉我
结　永远解不完

第 六 章

一

在一段时间里,生活是多种多样的。在孟灵己、李之薇毕业之前,春天在昆庄有不同的画面。

明仑大学的新住宅区建成了,这里的房屋不像别的住宅区,而是各有自己的风格,有一座座小楼,也有几处平房。靠一边有一个小广场,是别的住宅区没有的,但没有什么体育设施,只是光秃秃一片。路边、宅边已移植了一些花木,还有原来就生长在这片地上的几株桃、杏、海棠,都在准备开放。

教师们从去年底便陆续迁入昆庄。刘仰泽因家里人多,搬进了一处较大的平房。厉康搬进了一座小楼,说是一座,实际上很小,只能容一个小家庭。楼房外各有一个小花园,对厉康很合适。按柯慎危的条件,他也得到一座小楼,但他拒绝了。他说,住在倚云厅很好啊,一间房子能容身,为什么要两间呢?

钱明经从去年下半年就和临近大学的一位女教师来往,到年底已经要结婚了,也得到一座小楼。他们开始收拾新家。

不料婚期迫近,那位女教师的父母出来干涉,他们不知在哪里听了什么闲话,认为明经不可靠,婚事没有成功。

不过,明经还是搬进了新住宅。他说,我反正要结婚的。

搬进昆庄的还有尤甲仁和姚秋尔,在昆明时他们和钱明经住在相邻的小巷,现在成为真正的邻居。两座小楼可以隔窗相望,下面的花园只隔着一排冬青树。这里离刘仰泽的平房不远,大家遇见时总要说几句话。平房也有院子,刘太太说要从昆明移几棵腊梅来种。姚秋尔笑道:"我倒想种菜呢,现在白菜都这么贵。"

徐还原来在桃庄有房子,但是已经破旧,学校要她搬到昆庄。

她本来不想搬家了,但是房子漏雨,有的窗户关不上,三天两头要找人修。

燕殊不耐烦,说:"妈妈,我再不愿意给零修组打电话了,咱们搬家吧。"

在燕殊的极力主张下,她们搬到了昆庄。这时已是春暖花开,原有的几株桃花开得很盛。在这战火纷飞的春天,昆庄倒有些欣欣向荣的气氛。

搬家那天,航空系的一些师生来帮忙,其中当然有孟合己。周家东西不多,一天就搬完了。

徐还累得坐在床上喘气,说:"这一回可再也不搬了。"

燕殊举着一个大镜框,让合子来帮忙钉在墙上。镜框里是父亲的大照片,还有一张小照片,是母亲和已是少女的燕殊的合影。小照片放在大照片中父亲的胸前。她没有了父亲,可是,她们三个人还是在一起。

这时,这个住宅区里又搬进一个新家庭。袁令信从法国回来了,还带了一位漂亮的法国太太。她有棕色的头发、蓝色的眼睛,出入时常挎着丈夫的手臂。袁令信高而瘦,太太娇小玲珑。不久,就被钱明经形容为一个花篮吊在竹竿上。

依蓝从巴黎高等师范大学物理系毕业,在学习时就听过袁令信的讲演,以后又参加学术活动,对袁令信产生了倾慕之心。她从上中学时就喜欢中国文化,开始学认中国字。后来虽然入了物理系,也还不断自己看点中国书。再后来嫁给了这个中国人,再再后来,她随着丈夫来到中国。袁令信根据她法国名字的读音,为她起了"依蓝"两个字,现在她的名字叫作袁依蓝。

她用中文说:"我有了这个名字,觉得自己更美貌了。"她为自己能说美貌这两个字有些得意。袁令信说:"你本来就是美人。"

照依蓝的学历,她可以教一门课,但她愿意在实验室做一些较简单的工作,好有时间学习中国文化。她去听孟樾讲中国历史,还去听晏不来讲宋词。她在晏不来处看见几帧书法,有董其昌的、文徵明的,还有孟樾的那帧条幅。晏不来给她讲了词义,她特别喜欢,说:"中国书法像是图画,又像舞蹈,又像音乐。因为那些诗句不只看起来很美,而且念起来好听。"

回到家中,袁令信抱着她说:"你是中国文化的知音。"

依蓝扮了一个可爱的鬼脸,说:"高帽子。"

她的家离徐还家很近,很自然地成为朋友,和姚秋尔遇见时也常谈话。有时三人在一起站在路边说话,徐、袁两人不自觉地谈到她们的工作。

秋尔在一旁笑道:"哎呀,我还真有不懂得的事呢!"

依蓝说:"每个人都有不懂得的事。"

徐还真心地说:"我就不能背莎士比亚。"

秋尔面有得色,想对依蓝说什么,却停住了。

有时刘仰泽也参加她们的谈话,他称赞依蓝汉语说得好。

依蓝遇到用汉语表达困难的时候,就说一段英文,总是秋尔为她翻译。

大家对办好学校,提高国家的科学文化水平满怀热情,时常谈论。刘仰泽渴求民主,对将来充满信心,他的见解得到袁令信的同情和尊重。

有一次他们谈论到战事,刘仰泽为共产党在东北的胜利很高兴,说光明快要来了。袁氏夫妇回到家中,依蓝说:"我真不明白,中国已经胜利了,为什么自己还要打仗?"

袁令信道:"我有时也这样想。可是我们的想法可能太天真了,太幼稚了。"

依蓝天真地眨眨眼睛,说:"我想,幼稚的人很多。"

依蓝去听宋词课,是晏不来讲欧阳修的《渔家傲》。

> 花底忽闻敲两桨,逡巡女伴来寻访。酒盏旋将荷叶当。莲舟荡,时时盏里生红浪。
>
> 花气酒香清厮酿,花腮酒面红相向。醉倚绿荫眠一晌,惊起望,船头搁在沙滩上。

这首词,一般的宋词选本较少选用,依蓝却很喜欢,但是不能全懂,下课后还和晏不来讨论。

他们在楼门口说着,见孟灵己走过,晏不来叫道:"孟灵己,你来看看这是谁。"

嵋走过来,对依蓝微笑道:"早听说了,欢迎你。我是孟灵己,在数学系。"

依蓝道:"我也听说过你,我是袁依蓝,在物理实验室。"

两人说了几句话,不知为什么嵋想到了雪妍姐姐。虽然她们的外貌并不相像,却觉得依蓝的气质有些像雪妍姐姐,或说雪妍姐姐的气质有些像依蓝。这点印象很快就淹没在数字的王国中。

一天下午,有人送给嵋两包口蘑,她又买到一些新鲜菜,就带了一包口蘑和青菜来到徐还家。正好依蓝也在那里,她自己做了蛋糕,带到徐还家中一起喝茶。

依蓝见嵋穿了一件简单的竹布旗袍,轻盈苗条又端庄文静,不由得说:"你是我看见最有中国韵味的姑娘。"

嵋也逐渐明白,为什么看见依蓝会想到雪妍姐姐,她们有一种相像的气质,可以说那是一种纯净的浪漫情怀,也许是文化的熏陶。

三个人随便谈话,说到旗袍,依蓝说:"旗袍很好看,可是对外国人不适合。"

徐还说:"我也这样想,可是,以前庄太太穿旗袍很好看。"

依蓝笑道:"也许对法国人不适合。"

嵋道:"不见得,哪天你穿一回试试。不过,你可能会觉得拘束。至少,我想穿旗袍不能运动。"

依蓝看看自己身上浅绿色的连衣裙,说道:"这样的衣服当然好一些,不过,要打球、赛跑也是不行的。我看到倚云亭那边有一个网球场,咱们这边的小广场好像也可以做一个。"

徐还问依蓝:"你好像喜欢运动?"

依蓝道:"我们有一点运动的习惯。"

嵋道:"周伯母在德国时候一直打网球。"

依蓝又问嵋:"你打网球吗?"

嵋道:"我没有学过。我们那个时候没有设备,只打排球。其实,我有一种运动就是走路。在昆明长大的孩子,大概都会走路。去上学都要走很长的路。"

依蓝眼睛一亮,说:"我参加过竞走。"又看着徐还说,"咱们开一次小运动会好吗?"

徐还道:"你们俩赛吧,我现在慢走都费力呢,不能竞赛了。"

嵋觉得很有趣,说:"我去张罗。"

不久,在昆庄的小广场上,真的举行了一次小运动会。数学系和航空系各有十几个人参加,晏不来和中文系的几位教师也来观看了。

嵋和依蓝的竞走临时改为赛跑,因为她们两人都觉得,竞走的姿势是所有运动中最不好看的。

担任裁判的邵为说:"随便你们赛什么,我都可以裁判。"

她们决定跑一百米,还有两位女教师参加。哨声响了,她们轻快地冲出去,先是依蓝在前面,后来另一位女教师赶上了,紧接着嵋追上了她们,比她们先两步到了终点。依蓝拥抱她,祝贺她。袁令信也走过来向嵋祝贺。

嵋笑道:"只能算是平局。"大家都兴高采烈。

下一个是厉康和冷若安,他们要跑一个来回,二百米,这是厉康安排的项目。他特别挑了冷若安做对手。

邵为说他们不在一个年龄组,厉康说没关系。前一百米冷若安占优势,可是再返回时,他崴了一下,差点摔一跤,厉康先到终点。

若安和嵋等都向他祝贺,厉康很高兴,笑说:"没有奖品吗?"

运动会结束以后,大家还在议论。邵为说:"我想冷若安是故意的,他不愿意占先。因为他们不在一个年龄组。"

晏不来道:"胜负并不重要,乐趣在运动,在比赛。"

生活虽然有这些活动点缀,基本上是越来越艰难。物价上涨,法币越来越不值钱。国民政府两次更改币制,仍不能稳定物价。到了八月十九日,发行了金圆券,金圆券每元法定含金量0.22217厘,发行总额定为二十亿元,金圆券一元折法币三百万元。金圆券的发行,并没有起到稳定物价安定人心的作用。正相反,人心更加惶惶不安。

这时,尤甲仁收到了台湾某大学的邀请信,邀他前去工作。他和秋尔频繁地讨论走还是不走,两人觉得,无论谁执政,只要不反对,总是能平安。最终倾向留下,但未作决定。

政府为了支持金圆券,禁止私人持有黄金、白银和外币。私人若存有金银和外币,都要兑换成金圆券,限期定在九月三十日。这一条命令,使得一些人产生了恐惧。大学教授虽然生活不富裕,有的人家还是有些积蓄的。

尤甲仁是天津世家,有祖产。他们又有些外国朋友,自有一个社交圈子,两人的日子过得很悠闲。他们夫妇存有几条黄金和一些美钞,因为对金圆券的信心不够,若是拿出来兑换很舍不得。命令中说如不换就要没收,限期日渐紧迫。没有原因而没收私产,这样的政府可靠吗? 两人每天的话题便是换还是不换。

到了九月二十九日,两人讨论了一夜,最后一致的意见是,若不换落得个没收,仍然是一无所有。若是换,就算是有去无回,也还是支持了国家财政。只好决定将全部积蓄换成金圆券,同时也决定了谢绝台湾的邀请,不去台湾,留在大陆。

次日,两人收拾了一个小包,赶校车进城。到指定的银行,有一个专用柜台办这件事,但是去的人并不多。他们得到了一个很大的包,那是全部积蓄的代价。

两人办完了手续,在街上闲走。这条街人不多,道路两旁高大的法国梧桐筛下了一片片阴影。路边有几个小餐馆,见一家门口摆着两盆菊花,便走进去。坐定后,要了两份扬州炒饭和红菜汤慢慢吃着。两人不时互相对望,在眼光的交流中,也交流了各人在想什么。他们一方面感到轻松,一方面感到担忧。怕以后生活真的紧迫时没有办法,但这也就无可奈何了。结账后,姚秋尔付了钱,觉得这钱比平时买东西更沉重。

他们出了餐馆,走了一段路,路旁有人力车停着,拉车人问:"要车吗?"

姚秋尔正好有点累了,对尤甲仁说:"咱们坐车吧。"两人各上了一辆车,姚秋尔说:"去西四,拉慢点。"一路左顾右盼,很觉惬意。

走过一家较高的建筑,他们认得这是北平首屈一指的剧院。剧院两旁贴着大幅的海报,写的是"冬赈义演音乐会"预告:郑惠杬领衔主演《茶花女》。

他们及时赶上了一班校车回到校园,一路议论着这场音乐会。

尤甲仁说:"前天我走过音乐室,几个人在门外说话,冷若安正说,今天郑先生不能来,近来她身体不大好,她的心脏好像越来越不好。"

姚秋尔道:"还有两个月呢,可能就能唱了。"想一想问道,"你说冷若安和郑惠杬什么关系? 好像很熟。"

尤甲仁道:"冷若安是郑惠杬的学生,他学唱快成了业余歌唱家了。"

姚秋尔笑道:"音乐会有他吗? 真的,我怎么还没听过? 哪天要听听。"

快到家时,他们没有走前门,而是绕到房屋后面,路过钱明经家的小花园,见满院子的野菊花,黄白相间,像是一幅图画。

秋尔道:"这是抽象派啊。"

甲仁道:"你形容得真好。"便在矮栅栏前站下。

明经闻声走出来,请他们进来看。说:"随便从小山上移了一两棵,就长了一院子。"

他还为这些花写了诗。不过,他觉得用不着说。

甲仁问道:"博物馆什么时候开馆?"

明经道:"困难太多了,希望明年能准备好。孟先生说了,不管怎么样我们要办的。"

又说了几句闲话,两人自回家去。

钱明经看着尤姚夫妇的背影,想到自己在婚事上受到的挫折,又想到惠粉若是不离开,也可以同赏野菊花。而现在只能端一把椅子,捧着一杯茶独自坐在院中,默想着野菊花诗的草稿,还穿插着对积蓄怎样安排的思索。

因为筹办博物馆,来往中各行业的人都有,见闻颇广。钱明经的思考已经有了结果,就是不予理睬。难道会真的一家家来搜查吗? 国府要办的是大案子。他很坦然地度过了九月三十日这一天,并没有把这个再当回事。

钱明经喝完了杯中茶,又默坐了片刻。惠枌的影子不断出现在眼前,好像她就站在野菊花丛中向他微笑。他是这样想念她,恨不得马上到她身边,请她理解,求她原谅。然而他知道覆水难收,那是不可能的。他只能把心中所想写成一首诗,诗句在脑中浮动。

他走进房间,坐在书桌边。他要把诗句记下来,眼光却落在一个信袋上,那是他从中文系带回来的。打开看时,里面有几封信,其中一封是何美娟的,他有一种重见故人的感觉。读着信,好像与何美娟的距离越来越近了,何美娟说,要到北平来看他。

信读完了,怀念惠枌的诗句却找不回来了。他又去看野菊花,在夜色中,黄白相间的图案像蒙上了一层纱,有些朦胧,也更抽象。

他在花前站立良久,觉得有些寒意。回到屋内,开始准备明天甲骨文的一堂课。

二

到十月下旬,已是深秋,寒意渐重,早晚尤其显著。人力车中讲究的都支起车棚,放下车帘。车帘上有一小块玻璃,闪闪发亮。

北平城里许多绿树有的变红,有的变黄,大部分绿色并未减退。天蓝而高,是北平的好天气,而冬天就要来了。

金圆券的发行没有起到预期的作用,物价仍不断上涨。战争在继续,许多人成了难民。有关方面为帮助流离失所的难民过冬,组织义演。本想请郑惠杬举行一场独唱会,但她身体不好,只能参加节目,演出歌剧《茶花女》的片段。这次音乐会的票价最高的已经到了每张一百万金圆券。

明仑大学音乐室从剧场取得了部分门票在学校发售。许多学生想听,可是买不起。有的说:"郑惠杭什么时候到学校来,专门看一次音乐会该有多好。"

晏不来听见,便对萧先生说了。

子蔚告诉惠杭,惠杭说道:"到学校义演是当然的事,我巴不得呢。"

子蔚微叹道:"你的身体要更好一些才好。依我看,这次演出都太勉强了,不该接受这次邀请。"

惠杭道:"这是冬赈,而且我喜欢唱。在这个时代里我们还能做什么有益的事?"

组织这场音乐会的有关方面,很怕惠杭不能演出,那样会大大影响票房。他们劝说子蔚,说这次演出不能没有郑先生,没有郑先生谁来买票啊?没人买票就直接影响到灾民过冬。

他们知道萧先生这些人最关心这一点。当然,最重要的是郑先生看起来很好。

这天,惠纷到桃庄来看望姐姐。惠杭正在弹钢琴,弹的是威尔第另外一个歌剧《阿依达》中阿依达的咏叹调。钢琴上摆着惠杭和子蔚在香山香炉峰那块大石头前的照片。

惠纷看着那张照片,等姐姐停下来便说:"这曲子很好听,可是不知为什么,我好像离阿依达很远。"

惠杭一面合上琴盖一面说:"薇奥列塔和阿依达都是为爱情而死,殉了自己的感情。阿依达的故事中还有国家和个人的关系,更觉悲壮。但是,我不喜欢演这个角色。阿依达要求阿达梅斯出卖自己的国家,他的牺牲太大了。薇奥列塔就比较单纯,她为了保护所爱的人,牺牲了自己,没有什么可讨论的。我喜欢这样的角色。"

惠纷见姐姐神采奕奕地谈论这些想法,问道:"姐姐你精神还好啊?"

惠杬笑道:"你也是来劝说的吧?"她说着站起来跳了两步华尔兹,说:"你放心,我会注意的。"又问,"你们是要开画展吗?"

惠枌道:"你知道君徽的画有些不合时宜,今天不跟姐姐谈这些,你还是弹琴吧。我来做个什么菜?"

惠杬道:"不用了,你会做什么我还不知道。"

两人笑着,坐下喝了一会儿茶。惠枌要乘晚班的校车回城,惠杬送她到院门,又送出桃庄,接着一直送到校车边,看她上了车。

子蔚特别安排医生为惠杬做了检查,医生认为是可以唱的。又叮嘱惠杬说歌唱家自己会感觉到的,自己注意不要太过分。演出就这样决定了。

明仑大学的一些教师得到赠票,由郑惠杬的未及门弟子冷若安协助分送,他只给自己留了一张后排座位。

合子看见了票,他原本不想去,因为觉得这种音乐会和当前的社会局面很不协调。但嵋说听音乐是一类人的一种习惯,也是一种不可少的生活趣味,没有什么可责怪的,何况是为了穷苦人过冬,济贫义演。不过我们应该买票才是。

嵋姊弟和冷若安一起进城,在校车上遇见夏正思和王鼎一,他们正讨论莎士比亚的《马克白斯》中三个女巫的几句诗。还有两位女教师,议论说物价涨得太快了,从前的秀才说有了豆腐就不吃白菜了,前些时,我们还能吃上豆腐,现在差不多连豆腐也吃不上了。

车行很快,到西直门附近,忽然转弯,又一个猛刹车,大家都向前栽了一下。可能夏先生鼻子太高,竟蹭破了一点皮,出血了。

他用手帕捂住鼻子说:"不要紧,听了音乐会就好了。"

到了剧场门口,遇见一人,衣着整齐,这人叫了一声:"冷若安!"

大家注意看他,原来是柯慎危,他穿着一件藏青色呢大衣,戴了一顶呢帽,全身到处平整。若不仔细看,简直认不出来。

冷若安道:"柯先生,你没坐校车,怎么来的?"柯慎危并不回答,只向大家点点头,径自走进剧场。

剧场内华灯明亮,人们都穿得很整齐,有的先生穿着长袍套上了马褂,有的先生穿西装打着领带,学生大都是短棉外衣。

嵋等各自找到了座位,他们看见许多熟人,梁明时、尤甲仁、姚秋尔、郑惠枌夫妇等都来了。除教育界以外,还有政商各界人士。

最受人注意的当然是萧子蔚,他坐在第三排正中,凝神望着大幕。

前半场是器乐,有小提琴、钢琴等,结尾是艺专的教师弹奏肖邦的《波兰舞曲》。人在音乐中精神仿佛经过了一番洗涤,暂时忘掉了生活的困难。

休息时,惠枌和赵君徽一起走到嵋面前,说:"小姑娘变成大姑娘了。"又对合子说,"童子变成青年了。"

合子说:"前天在报上看见一条消息,说画院要开画展。"

赵君徽道:"大家鼓足心劲要做些事,还不知开得成开不成呢。"

惠枌道:"过些天,寄请柬给你们。"

君徽又道:"一张请柬可以随便去多少人。"

合子看看姐姐说:"我们要去的。"

正说着,那边有人招呼赵君徽,他便走开了。

惠枌打量着嵋说:"你怎么还穿着这样的长袍?"

嵋穿了一件棉袍,外面是母亲的呢大衣。看见剧场中有几位漂亮人物,都穿着绣花的短棉袄和西装裤,那是当时的时髦衣饰。

惠枌说:"我知道你没时间注意这些事,你把棉袍剪去下摆就行了。"

嵋见惠枌穿着一件秋香色斜襟短袄,咖啡色西装裤,外面当然是有大衣的。随口道:"我真顾不上。郑先生身体怎么样?"

惠枌叹道:"不好,我们劝姐姐不要来演出了,姐姐说这点事还是要做的。"又说了几句话,惠枌就走开了。

在她们谈话的时候,有人在关切地看着惠枌,那是钱明经。他坐在不远处看着惠枌的一颦一笑,那些逃走的诗句忽然又回到他心间。他立刻完成了那首诗,题目叫作《我等你》。他继续用心琢磨,沉浸在自己的诗句中。

下半场的铃声响了,大幕缓缓拉开,虽然不是正式歌剧演出,台上也显出了热烈的宴会场面。

满场中大概只有明经一个人没有被音乐吸引。他眼前不断闪现着惠枌和她的画,尤其是他们初次相见的画展上那两张,惠枌就站在画前,画面和舞台上的情景交换着。

场中另有一个人全身心浸在音乐中,那是萧子蔚。惠杬登场了,在满台衣衫华丽的侍女中,薇奥列塔真如一朵白玉兰,高贵优雅而温柔。她和一位著名的男高音歌唱家演唱了《饮酒歌》和其后几段重唱、对唱,又唱了薇奥列塔的咏叹调:"光阴啊,不停留,度过了一年又是一年,空虚的生活啊,不改变……"唱得真是余音绕梁。她的歌声让人感觉到金属的明亮,似乎还有花朵的芳香。听众都专注在音乐中。

子蔚凝神地看着惠杬,他觉得惠杬也在看着他,向他倾诉心中的一切。

又有很短时间的休息。郑惠杬演唱了最后一幕第一场中的咏叹调。

> 让我们离开这万恶的世界,
> 这里充满了痛苦和悲哀。

我们要走向那遥远的地方，
　　快乐和幸福就要回来。
　　命运在那里向我们微笑，
　　痛苦和悲伤永远忘怀。
　　啊！亲爱的朋友。
　　命运正在微笑，
　　生活的痛苦，生活的痛苦，
　　永远忘怀，永远忘怀！
　　…………

　　惠杬逐渐觉得有些喘不过气来，冷汗涔涔。她觉得自己正在向远方飘去，而自己的声音却又像从远方飘来。

　　她应该停下来，但怎能让演出留下缺陷？她尽力唱完了最后两句：

　　幸福和快乐，快乐的命运向我们微笑，
　　痛苦和悲伤，永远忘怀！

　　郑惠杬眼前一黑，晕倒在台上，台上的人都愣住了。

　　台下的人以为剧情就是如此，仍准备看下去。只有子蔚不顾一切地跳上台去，轻轻抚摸她苍白的脸颊，低声呼唤着她。

　　惠杬没有动静，没有呼吸，她竟先茶花女而去了，再也不会回来。

　　大幕急速地落下，台下一片肃静。

　　郑惠杬的死在北平文化界引起不小的震动。报上有人做文章，说她是营养不够。悼念的文章许多篇都说她的才华没有能全部发挥。她本来可以成为世界级的歌唱家，但是她再也不能唱了。

　　有些报社记者要采访萧子蔚，子蔚谢绝。

　　晏不来的朋友陈骏也来看望，想做一个专访。

子蔚低声说:"人已经去了,到哪里去访?"

陈骏深叹,不知道什么时候才能让每个人的才华能够充分发挥。

子蔚滴下泪来:"对惠杬来说,可惜的还不只是才华,她是一个有正义感、有责任心、有担当精神的歌唱家。"他说不下去,停了一下,哽咽道:"而且,她是一个好妻子。"

三

问世不久的金圆券也不停地在贬值,二十亿的发行量早已突破。月初领的工资到月底就变得少了许多,嵋和同事们免不了谈起生活的窘迫。一个同事告诉她,领到工资后最好去换袁大头,可以暂时保值。

嵋为了让父亲得到好一点的饭食,与合子商量兑换的事。

合子说:"小姐姐这么忙,我去吧。"

嵋定睛看了他一会儿,决定由合子去换袁大头。

这天一早,合子坐校车到西四,下车后沿街走去。街上人很多,乱糟糟的,有些铺面却关了门。

他一直走到西单,走过一个铺面,台阶很高,有人站在上面吆喝:"换钱了! 换钱!"

合子不想上那个台阶,继续往前走。走到一个巷口拐弯处,竟有一个摊位可以换钱,几个人正在做交易。

合子先看了一会儿,便上前问:"什么价?"那人做了个手势。

看有几个人陆续在换,合子便把带来的金圆券全部交给小贩,把换得的银圆装在书包里,用手紧紧地按着,倒是沉甸甸的。

他急于离开这个地方,穿过拥挤的人群,一直走到西四路口,赶着出城的校车回家。在校车上他一路想,现在的社会必须改造。进了校园,他深深地吸了一口气,觉得学校还是安定的地方。

回家见到嵋,说了情况,把书包交给她,说:"这场面你该去看看。"

到买粮食和日用品时,仍要用金圆券。所以又需要把袁大头换回金圆券。

一天,钱明经来和弗之说博物馆的事,又说起换袁大头。换袁大头已经成为一个常识,可是钱明经知道的更多,他说东四一带比西边换的价钱更合适。

他一面谈着袁大头,一面从口袋里拿出一份小报,递给嵋说:"我知道你也写诗的,看看吧。"

嵋接过,看到报上有一首诗,题目是《我等你》,作者是千木。她怀疑地看了钱明经一眼,默默地把诗看了一遍,马上想到要不要给惠枌看。顺手放进大衣口袋。

这次用袁大头换金圆券是嵋去的。她到了东四一带,市面上似乎是一种热闹景象。有几处铺面关门,大多数各种交易仍在正常进行。

牌楼一侧有一个小铺面,许多人围着在做金圆券和袁大头的交易。嵋摸着书包里的十几个袁大头,很快换成了金圆券,这时的金圆券兑换价更低,拿回来的当然就更多了。可是比起袁大头来还是轻飘飘的。

嵋把纸币收好,走到东四牌楼的一角,看见一个女子迎面走来,文雅不俗,原来是郑惠枌。

"呀! 你也来了?"两人同时说,相对苦笑。

她们走到街拐角处一块凹进去的地方,站住说话。惠枌告诉嵋,郑惠杬葬在万安公墓,和孟师母不远呢。按照萧先生的意思,几乎没有请亲友参加葬礼。

嵋说:"我们在报上看到许多悼念文章,真是太突然了。"

两人沉默了片刻,都不想离开。

惠枌问:"你们去看画展吗? 天越来越冷了。"

嵋道:"我和合子要去的。"

惠枌说:"我知道合子喜欢写字,还对绘画有兴趣。画展上赵君徽的画不多。你知道,他的画有些抽象,属于写意,在法国生活了一段,更有体会,提高很多。画院院长是写实派,一向敌视抽象写意,很不想展出赵君徽的画。许多人力争,赵君徽才参加了这次画展。"嵋正要说话,惠枌又说,"还有人推荐我的画,画展上也有我的两张。"

嵋说:"这样才好呢,应该做的事力争到了。我们一定要去的,可是还没有收到请柬。"

惠枌道:"好像是就要发了。"

嵋说:"合子的字现在有进步,你现在不在学校里没看见。"

惠枌道:"你们来时带一张看看,我记得他小时写的字就不错。"

一阵风来,嵋把手伸进大衣口袋,摸到那张报,顿时做了决定。一面说:"是啊,写字是他的业余爱好。"一面把报纸递给惠枌,说,"你看到了吗?"

惠枌接了报纸,很快看到千木的名字和《我等你》的标题。她看了嵋一眼,便站在四牌楼的街边,在车辆的来往中、行人的脚步声中慢慢读那首诗。

我等你,
面朝着野菊花建造的山林。
我等你,
依靠着月光流淌的落水。

我等你,
一任寒风掀动着发黄的书页。

我等你，
听凭冷雨敲打着土布的窗帷。

怎能忘,画中绿林上浮动的诗意,
怎能忘,笔底小溪悦耳的歌吹。
怎能忘,撕心裂骨的争吵。
如今再有谁来将我责备。

天佑我啊,在这一刹那,
越过了闪烁的钗光碧影。
我看到了你温柔的笑脸,
绕在我周围。

诗在惠粉心里掀起了波澜,她轻声对嵋说:"明经真不是坏人,他是一个好丈夫,但那是有阶段性的。我想他的缺点是感情太丰富了,而又有这个条件来挥洒。现在和赵君徽一起生活我是满意的。但是,我会记得他。"

嵋怕她要哭出来,捏一捏她的手。

电车来了,她们发觉腿已经站酸了,便分手各自回家。

惠粉上了车,随着电车的轻微摇动,眼前出现了芒河,自己正站在清亮的河水中。忽然看见了那一幕,钱明经和一个女子,是何美娟,在堤上漫步,很是亲密的样子。她当时几乎晕倒在河中。但是,一切都过去了。

到家以后,似乎寒冷也跟进来了。赵君徽还没有回来,她用火筷子捅了捅炉火,便坐在炉旁,又拿出那首诗来读,眼前出现了和明经初遇的情景。

在一次画展中,明经赞赏她的画。他确实是赞赏那画的美,而不是讨好她。因为他并不知道那画是她画的。她有一种知己的感觉,他们彼此对望。在眼光中他又在赞赏她的人,两颗心碰撞了,结下了这一桩孽缘。

惠纷长叹一声,把报纸投入炉火中,眼看火苗在蔓延。忽然又赶快抓出来,报纸只剩下个边缘,也许这正是她要的。她想了想,把剩下的纸边夹在一本旧书里。

惠纷走后,嵋走进附近的菜场,看到有一些乡下没有的改样蔬菜。居然还有刚出锅的糖炒栗子,便各样买了一些塞在书包里,鼓鼓的一大包。又到西城赶校车回家。

嵋下了校车,看见牌坊旁墙上贴出了醒目的大字报,知道明天又要开始新一轮的罢课。走了不远,有人在后面叫孟灵己。是冷若安走过来,说:"你背了这么重的东西,我来提吧。"嵋便交给他。

两人都不说话走了一段路,若安道:"我知道你进城做什么。"

嵋说:"这是不得不张罗的事。"

若安道:"以后再有什么事我愿意帮忙。"

嵋不答,反问道:"你明天有课吗?"

若安道:"有一堂课,我要去上的,不能无休止地罢课。"

嵋稍一沉思,说:"你不觉得这样做和集体的行为差得太远吗?"

若安站住了,然后说:"我再想一想。记得鲁迅说过,横眉冷对千夫指,是吗?他很有勇气,可是勇气来自坚定的信心,我没有这样的信心,我只是觉得上课很重要。学生不能上课,好像有点委屈。我并不愿意成为集体的对立面。"

嵋抬眼看着他说:"看来以后只有加紧补课。"

冷若安笑道:"我们对政治不够了解,说起来都有些呆气。"他看着嵋,心里想:"你也一样。"不过没有说。

两人又说到一个数学问题。走到方壶门前,嵋没有进去。他们又绕到后门,嵋说:"到了。"遂接过书包。

若安看嵋进了门,才转身走开。

嵋到厨房,把买回的菜蔬交给四妮。走到前面书房去看爹爹,觉得屋内冷飕飕的。

合子已经住校,比嵋住校更名副其实,不常回家。为了省煤,四妮只在书房里生了一个硬煤炉子,弗之在书房靠窗的书架下搭了一张小床,入冬以来就在这里睡。床离书桌很近,倒也方便。

弗之正伏案著文。进行了一年多的百年历史研究,因为大家在一些问题上观点不甚一致,暂时停了下来。但是多次的讨论引发了弗之对帝制的一些想法,他正在写一篇批判帝制的文章。

嵋叫了一声"爹爹",弗之放下笔,道:"回来了?顺利吗?"

嵋道:"还算顺利,就是有点挤。这么多人都抢着去换袁大头,袁大头是怎么回事?"

弗之道:"这是袁世凯时期发行的银圆,真有银子在里面,是值钱的。他的皇帝梦只做了八十三天,后来就死了。在二十世纪还想称帝,真是蠢材。"

嵋见炉火不旺,想捅一捅,又想等吃了饭再说。仍到厨房帮助四妮做些杂事,摆好了碗筷。

一时,弗之过来了。嵋为爹爹盛好一碗热腾腾的粥,自己且坐在桌旁,剥那已经冷了的栗子。

弗之看见,说:"现在还吃得上糖炒栗子。"

嵋道:"街上很乱,不过,看去也还热闹。"

弗之笑道:"这是两方面的词,人总得过日子。人心所向等待光明,也是很自然的。但饭总是要吃的,课总是要上的。明天就要开始新一轮的罢课了,合子谈过这件事吗?"

嵋道:"合子没有说起。我想他一定要参加。我若还是学生,我也会参加的。但我现在是教师,要多想一想,还是上课最重要。"

弗之道:"如果我现在还是学生,或许我也会参加。不过,教书是教师的职责,学习是学生的本分,最好不要罢课。"

晚上八点多钟,合子回来了。他有一个多星期没回家了,这是特别回来看爹爹。

他进了门,摘下眼镜擦去上面的哈气,又去后面找小姐姐。二人来到书房,嵋打开炉门去捅火,合子抢过火通条,说:"我来。"

嵋问他吃过饭没有,合子一面捅火一面说:"在周燕殊家吃了。"

火旺了些,一家人围炉火谈话,都觉得暖融融的。

合子脱去外衣,嵋见他棉袄里面的毛衣袖口脱线了,说:"脱下来,我来修理。"便拿来毛衣针。

合子脱下毛衣,弗之忙把棉袄给他披上。

合子看着小姐姐织袖口,说:"下午第四节是周伯母的课,下了课,她叫我到她家吃饭。我有些问题,她又做了辅导,我算是吃了两顿饭。晚上还有一个会,讨论明天罢课的事,幸亏这堂课在今天。"

嵋笑道:"你觉得不上课可惜?"

合子道:"当然,当然可惜。每一门课的每一堂课的内容都是连接的。前几次罢课以后,老师为了省时间,跳了一些,就有跟不上的感觉。不过,这是小事,争取民主,打倒腐败专制的政府是大事,我觉得罢课还是必要的。"

弗之微叹道:"国民政府这样腐败无能,令人惋惜。你们的叔叔说,国民党在短短几十年里做了几件大事:一件是推翻帝制。另一件是,在短短的时间里建成了现代文化的雏形。我同意他的看法。但是也许它的力量已经用尽了,该换一换了。"

合子说:"就是呢! 推倒专制政府,罢课是一道战线。"

弗之和嵋对望了一眼，他们认为合子能够觉得少上一堂课就跟不上，已经很好了。

嵋道："作为教师，要尽量把应学到的知识塞在有限的时间里，我觉得这是很难的。我想，只能以后来补习。我会努力帮助同学补习，也只能等学潮过去。"

弗之道："教授也可以随时辅导。我不赞成稍有名气的教授连一年级的课都不上，这种坏风气在明仑是不会有的。"

三人又随意说了些学校的事。嵋放下毛衣，站起道："对了，还有糖炒栗子呢。"

她去拿了栗子，倒在一个小竹筐里放在桌上，给爹爹剥了几个，又拿起毛衣来织。

合子剥栗子很快，给爹爹剥，给姐姐剥，自己也吃了好几个。一面说："你进一趟城，收获不小，都看见了什么？"

嵋道："你看见的我都看见了，这是不是就是经济崩溃？整个北平都在不安的情绪中，可是不安里又有一种老北京的平和稳定。也许这是麻木？总之，我们的国家必须有新的开始。"

三人又说到东北的形势，认为胜负已成定局。

合子剥了最后一个栗子递给弗之，说："糖炒栗子不知道是谁发明的。"

嵋道："还有吃螃蟹，也不知是谁发明的。"

弗之道："许多事情都不知道是谁发明的，人类就这样一点一点地积累，走上了文明的道路。"

嵋织好袖口，让合子穿上毛衣。合子拉着织补好的毛衣袖，对嵋一笑。嵋拍了拍他的手背。

合子看着爹爹说："我要去开会了。"转身走向门口。

弗之叫道："你下次什么时候回来？"说着走到合子身边，伸手想摸他的头，可是只抚到肩膀。

合子觉得"什么时候回来"从来都是母亲问的。又见父亲疲惫、消瘦,显得衰老的面容,不觉心上一阵酸痛,说:"我随时会回来,两堂课之间也可以回来。"说着,快步走出门去。

弗之看着他的背影说:"一切谨慎。"

四

次日,静悄悄的校园里,有一位教师去上课。这人不是冷若安,而是柯慎危。他穿着一件厚呢大衣,扣子系错了位。两只棉鞋一只有后跟,一只没有后跟,一脚高一脚低慢慢走着。有人通知过柯慎危今天罢课。但他当时正在考虑一个问题,只看见那人张嘴说话,并不知他说些什么。社会上的事本来就离他很远,就是听见了他也不见得会在意。

柯慎危像平常一样走到教室,倒是有两个学生先在了,一个是物理系的乔杰,还有他同屋的生物系的学生,因为常常谈论生物演化,得了一个外号叫蝌蚪,这门课是他们的选修。

他们特别喜欢听柯老师讲课,课的内容和柯老师随意的风度,让他们觉得有时云山雾罩,有时道理又太清楚了,数字好像活起来,有时却特别僵硬,像一块块花岗石。

他们不愿意损失这堂课,还讨论了一番:"去听一听没关系吧?"

"不知柯老师来不来,咱们去吧。"

乔杰和蝌蚪个子都不高,坐在教室里简直显不出来。柯慎危上课从来学生少,也从不点名。他走上讲台,好像对满堂的学生一样讲了这一节课,两个学生也很有收获。

下课了,两个学生一起出了课室,都觉得饥肠辘辘,用手按着肚子,让它发出的声音小一点。走到食堂,每人一口气吃了三碗饭。

第二天,饭团的膳委会知道了上课学生的名单,在食堂门口贴出一张布告,禁止上课的学生用餐,停止他们包伙的权利。

乔杰来吃饭的时候,看到这张布告,很觉意外。他照旧走到门口,却有两个同学把门,说:"这里不准你包伙了。"

乔杰说:"为什么?"

一个同学说:"你破坏罢课。"

乔杰觉得没有什么道理好讲,看到把门的同学身强力壮,有些害怕,转身便走。

恰好孟合己来吃饭,看见他,问:"你吃完了?"

乔杰指一指那布告,走开了。

孟合己看见布告有些诧异,就去问把门的同学,说:"这是什么道理?"

同学说:"你不是孟合己吗?你自己懂得许多道理呀。"

合子道:"我自己是赞成罢课的,而且我也身体力行每次都参加。但是我以为别人也可以不赞成罢课,上课是他们的权利,为什么不准人家吃饭?"

同学说:"破坏罢课,就是破坏民主运动,他可以到别处去吃饭。"

另一个同学对合子说:"你别管那么多,你去吃饭吧。"

乔杰离开食堂,遇见蝌蚪也来吃饭,便告诉他不能吃饭了。蝌蚪不信,跑到门口看了布告,也看见了那两个把门的同学,便不去碰钉子。

他跑回来追上乔杰,说:"我饿了怎么办?"他的肚子又在咕噜咕噜响。

两人想想,走到南门外去找吃的。

南门外有些小摊,有一家卖烤白薯的,摊主在烤炉和学校围墙之间拉起一块布幔,可以挡风。乔杰蝌蚪走到烤炉前,闻见白薯的香气,各自摸了摸口袋。

卖白薯的老头戴着一顶毡帽,满脸皱纹还很健朗。他打开炉盖说:"这一炉烤得了,来一块吧?"

两人又各自摸摸口袋,问:"没涨价吧?"

老者道:"今天没涨。"

两人各买了一块烤白薯。老者让他们进了他的小天地,坐在板凳上。又说:"我这里有热开水,喝吗?"

蝌蚪问:"这么冷的天,大爷还出来?"

老者道:"不出来,这一天的嚼谷怎么办? 生活难啊!"忽然又想起来说,"我还有咸菜呢,您二位要不要?"

乔杰忙说:"谢谢。"

蝌蚪说:"您留着吃吧。您用白水就咸菜吗?"

老者咧咧嘴,说:"吃窝头就咸菜,喝开水,还守着炉子。这年月还要怎么着?"

北风把布幔子吹得鼓鼓的,毫无阻挡地扑到人身上,火炉的作用很小。

两人喝了开水吃了白薯,肚子不再叫了。他们要付一点水钱,老者说:"您可别这样,咱们是街坊。"

又有人来买烤白薯了,老者过去支应。

"爹!"一个穿着厚厚棉袄的小伙子走过来,面容和老者有些像,"我收摊了,一会儿就来换您。"

这是老者的儿子,在街的另一头卖菜。

老者笑着说:"这棉袄是刚从当铺里赎出来的,还不知道什么时候又要进当铺呢。"转脸对儿子说,"你一早起来贩菜,睡得太少,回去不用来了,我能对付。"

小伙子笑了,说:"老爷子,您狂什么呀,我一会儿就来。"

他看了乔杰两人一眼,点点头回家去了。老者也满意地点点头。

蝌蚪说:"这是您少爷?"

老者道:"是啊,其实我这半大的老头子还能干活呢,儿子好啊!"说着,又去支应买白薯的。

乔杰二人离开了这个小天地,大步走回学校。一阵阵冷风吹过,他们拉紧了衣服。

路上,蝌蚪问乔杰:"你说,我们昨天上课有错吗?我们是不是应该服从多数?"

乔杰说:"我也想这个问题,不过,少数应该服从多数,多数也应该容忍少数。这才是民主。"他顿了一顿,"怎样服从,怎样容忍,要看具体的情况了。"

他们一路谈论,回到宿舍又喝了一通热水,各自拿了书本去上课。

孟合己对这件事想不通,去问他的小组长:"不准人家吃饭,有道理吗?"

小组长一愣,自言自语道:"有道理吗?"他望着合子嘟哝两句,不知说的什么。

合子知道他要请示上级,便说:"你过两天告诉我吧。"

过两天,小组长对他说:"不准吃饭有些生硬,别的伙委也有意见。不过不服从罢课委员会的决定,去上课,总是不对的,对这种情况最好个别说服。你和乔杰他们很熟吧?做点工作。"

这件事校领导也知道了。这天,秦巽衡召集了有关方面讨论这事,意见不统一,但大多数人认为饭团不准和自己意见不同的人吃饭是不对的。罢课这样频繁,学生想要学习,也可以理解。争取民主最好少用罢课的方式。

刘仰泽听了说:"那你们说用什么方式?"

王鼎一道:"在香港已经成立了国民党革命委员会,要改变国民党的不民主,这也是一种方式。学生罢课是对政府的压力,必要的时候我们也可以罢教。不过,过多地影响学业不是好办法。也要知道民主的内容不只是少数服从多数,还要多数容忍少数。包容是非常重要的。"

大家都赞成王鼎一的意见。秦巽衡看着训导处长施恩贤,施恩贤道:"训导处应该劝导学生,是不是出一个布告?但我想,这事好像太大,训导处镇不住,还是用校务会议的名义吧。"

大家一致认为,布告要有说服力,最好由孟先生来写。施恩贤向弗之拱手道:"下午我来方壶取稿?"

弗之义不容辞,起草了一份布告,布告中总的精神是劝导同学们珍惜学习时间,也说了多数容忍少数的道理,批评了饭团禁止不同意见的人吃饭的做法。起草完毕,又和巽衡、施恩贤讨论了,张贴出去。

很多同学围着看,还低声议论。很快便有一些大字报反对这个布告,还攻击孟弗之,说校务会议是被人操纵。

学校的布告和学生的文章在女生宿舍的壁报栏都有张贴,季雅娴和另一个同学站在那里看,一面说:"我们罢课并不是偷懒赖学,我们是争取民主。物价这样高,社会这样乱,能不关心吗?应该有新的秩序,有民主的好政府,有稳定的物价,有安定的社会,学生自然会好好学习,难道学生不愿意学习吗?"

舍监李芙走过,听见一句半句,她看过了学校的布告,又仔细看了张贴不久的学生文章,便说:"学校就是教和学,不上课还算什么学校。"

季雅娴看着李芙说:"李老师,我以为学校是自由的园地,可以有不同意见。"

李芙并不生气,说:"我不反对你的观点。"她有些嘲讽地看着季雅娴,"国民政府坚持了八年抗战,实在是很不容易,如果能有一些时间,会改进的。"

另一同学对李芙的话嗤之以鼻,说:"改进?一栋房子大梁都给虫子蛀空了,只有塌的份儿。"三人争论起来。

争了一会儿,季雅娴想起晚上新诗社有个小朗诵会,她是主角要准备,便走开了。

晚上,朗诵会在中文系的一个大教室举行,社团的重要人物和中文系的许多师生都到了。

这次会不仅有朗诵,而且有讨论。有同学批判《我等你》,说这种萎靡的小资产阶级情调是大时代的不和谐音。朱伟智以为大时代有号角声,有鼓声,也可以有箫声、笛声,只是不能太多。

当时讨论很热烈,朱伟智的意见是少数,钱明经没有到场。讨论结束,季雅娴朗诵了闻一多的诗《死水》。

> 这是一沟绝望的死水,
> 清风吹不起半点漪沦。
> …………
> …………
> 不如让给丑恶来开垦,
> 看他造出个什么世界。

季雅娴很激动,眼睛里浮动着泪水,亮晶晶的。

诗念完了,在热烈的掌声中,有人大声说:"暴风雨快来吧!吹开这一池死水!"

大家走出会场,朱伟智和季雅娴很自然地走到一起。

走到僻静处,朱伟智低声说:"民主发展势头很好,估计反动派要有对策,准备好迎接困难。"

季雅娴的声音更低:"逮捕?"

第 七 章

一

请他们来欢迎我

白日的先驱,光明的使者

打开所有的窗子来欢迎

打开所有的门来欢迎

请鸣响汽笛来欢迎

请吹起号角来欢迎

请清道夫来打扫街衢

请搬运车来搬去垃圾

让劳动者以宽阔的步伐走在街上吧

让车辆以辉煌的行列从广场流过吧

请叫醒每个人

连那些衰老的人们

请叫醒一切的不幸者

我会一并给他们以慰安

期待光明的诗句在校园里传诵着,学生的民主活动更频繁更多样。小型的朗诵经常举行,还有民间舞蹈,吸引了不少女同学。

西北腰鼓也传到了校园里,周燕殊参加了,嵋和合子一起去观赏。女孩子们整齐的动作,一转身一扬槌配合着鼓点,充分表现了青春的活力。

"真美。"嵋说,"我也想打呢。"

"教师也可以参加。"合子顿了一顿。

"好像没有教师参加,教师太老了。"嵋说。

虽然教师没有参加学生的活动,歌声、朗诵声和腰鼓的鼓点在每个人的心上引起不同的感受。

大时代透出了光芒,平凡的小儿女生活同时在进行。

吴家馨到生物系来开会并查阅资料,住在方壶,常和嵋一起出入。

这天,两人走到蓬斋路口,正巧遇见邵为和冷若安走过来,四人站定了说话。

嵋介绍道:"这是我的朋友吴家馨。"又给家馨介绍了邵为和冷若安。

吴家馨是大家都知道、都关心的,邵、冷礼貌地向她招呼。家馨留意地看了邵为一眼。

几句闲话以后,嵋忽然说:"前几天我吃过彭记厨房的面,很好。吴姐姐,我们一起去吃面吧?"

若安忙应道:"我来做东。"

四人到面馆,占了一张方桌坐下,各人点了自己喜爱的面。

不一会儿,跑堂的端了热腾腾的面来,面条上有几片青翠的绿菜叶,很是诱人。各人吃了,果然汤汁可口,面条滑软而筋道,都说好。

若安看了邵为一眼道:"我还想吃一碗。"

邵为笑道:"我也要。"

嵋道:"我想要,可是怕吃不完。吴姐姐,我们分一碗好吗?"家馨点头。

大家吃着谈着,两碗面过去,邵为和家馨已经说了不少话。他们的关系已经进入了一个新阶段。

大的局面也上升到了一个新的阶段,和前方战事相配合,学潮日益高涨,国府处境日趋艰难,当局开始了大逮捕。

在这种严峻的局势下,中共地下党通知,估计上了黑名单的同学可以到几位教授家躲藏。

这一天晚饭后,整个校园笼罩在朦胧的暮色里。一批军警进了校园,他们分头搜查,到男生宿舍,一个个房间看过去,在楼道里遇见两个同学,便问:"朱伟智住哪个房间?"同学说:"不知道。"一溜烟走到别的宿舍去了。

这时,晏不来正好在朱伟智处商量事情。听见外面问话,晏不来指指房门,又指指自己。

有敲门声,随即两个穿军装的和一个便衣破门而入,问道:"谁是朱伟智?"

晏不来抢先说道:"我是。"

军警并不仔细查看,"咔嚓"一声给晏不来上了手铐,晏不来顺从地随他们出了房门。

朱伟智愣住了,知道这是晏不来为自己争取时间。他向窗外看,见军警押着晏不来上了警车,很快开走了。

他定了定神,敏捷地披上外衣,出了房门跑下楼梯,从楼的后门绕路走到方壶附近的小树林。

这时天已全黑,他在两棵树间的草丛中坐了下来,拉紧了外衣,考虑去向——靠这一件外衣是不能抵御北方的冬夜的。

两辆警车从倚云厅前驶过,周围是一片寂静。人都到哪里去了?朱伟智想。

因为太冷,他起身慢慢向方壶走去。看见那座古雅的房屋从西窗露出幽暗的灯光,洒在窗前的枯枝上。

孟家人还没有睡?朱伟智踏过那片草地,敲响了孟家的前门。

门开了,面前竟是孟先生。

朱伟智又定了定神,直率地说:"孟先生,军警正在追捕我,可以在您家里躲避吗?"

孟弗之没有犹豫,让他进了门,一直引他到合子的房间,问道:"吃饭了吗?"朱伟智摇头。

弗之温和地说:"休息一下吧,这里不暖和。"

朱伟智道:"比外面好多了。"

弗之到过道茶桌前倒了一杯热水。这时嵋听见响动也起来了,弗之告诉她来了避难的学生,还没有吃饭。

嵋便去厨房取了两个馒头,找了点咸菜,回到过道交给弗之。

弗之道:"你快去睡吧,小心着凉。"

弗之安排好朱伟智,仍回到书房,书桌上摊着他正在写的关于帝制的文章,但他已无法继续刚才的思路。

"咚咚咚",又有人敲门,这回来的是几个军警。

他们看见眼前分明是一位教授,问道:"有学生来吗?"

弗之大声回答:"没有。"

军警又打量弗之几眼,向四周看看,拿着手电随意照了几下,不再停留,出门走了。

弗之听见车声远去,仍来看朱伟智。不敢开灯,只隔着门说:"睡觉吧。"

朱伟智哽咽地说:"孟先生放心。"

他想,这一声"没有",大概是孟先生平生仅有的一次谎话。

朱伟智在孟家躲了一天,等这一次搜捕的风头过了,辗转去了解放区。

晏不来在拘留所住了两天,终于弄清楚他并不是朱伟智。

警察盘问他为什么冒认,晏不来答道:"我们当时正在讨论一场话剧,我是在念台词。"

警察半信半疑地看着他,说:"看着也不像学生啊? 是老师吧?"不再深究,予以释放。

晏不来回到学校,知道朱伟智已经走了,甚感安慰。

李涟走了以后，晏不来得到他的小院。房管科说西厢房要分给青年教师，晏不来说："欢迎。"

过了几天，他的小院迎来了喜事，西房来了新的主人，那是邵为和吴家馨。

他们之间的感情在两碗面条的基础上飞速发展，已经结婚。嵋和季雅娴都来祝贺。小家庭是温馨的，但因整个的局势，大家都有不平安的感觉。

又一次的大规模搜捕开始了，地下党先获得了消息，通知了各校内的组织。

季雅娴很自然地来到孟家躲避。嵋认为自己的卧室比较安全，这几天她发现天花板上可以藏身，那是走电线的地方，有一块板是活动的，可以从那里进去。

嵋搬来人字梯，自己先上去看。里面黑洞洞的，模糊看见一条一条的电线。靠气窗处倒是可以清理出一块地方，只是灰尘太厚，便要擦拭。

季雅娴苦笑道："来得及吗？"

嵋道："不擦一下，你怎么坐。"

两人很快擦干净一块地方。嵋给季雅娴拿了一个小毯子和一个枕头，让季雅娴上去。

季雅娴捏了捏嵋的手，爬上去说："真好，可以躺着。"

嵋说："离电线远点。"盖好天花板，收拾干净。

到晚上，嵋给季雅娴送了饭。季雅娴怕弄湿了电线，小心地吃了。

从气窗看到外面，天色已经黑了，光秃秃的树木在风中摇摆。黑暗越来越浓重，似乎涌进窗来，她觉得很累，靠着枕头迷迷糊糊。

不知过了多久，听见外面有车声，紧接着门铃声大作。这时夜已深了，弗之和嵋连四妮都起来，仍然是孟先生去开门。不一会儿,脚步声向嵋的房间逼近。

季雅娴有些紧张,心"怦怦"地跳个不住。心想,不要给军警听见。

这时,听见警察问嵋:"你是什么人?"

嵋清楚地一字一句地说:"我姓孟,我是孟灵己,我住在这里。"

其实嵋想说,"你是什么人?夜入民宅。"但她咽下了这句话。

警察知道这是孟家的女儿,拿着手电往床底下照了照,对后面的人摇摇手走出去了。

到了合子房间,警察问:"这是什么人住的?他上哪儿去了。"

弗之说:"这是我儿子的房间,他是学生,住在宿舍里。"

军警点点头,拉开衣柜看了看。他们这回搜查得很仔细,连厨房后面的小屋也看了。临去时,倒是向弗之说了一声"打扰"。

季雅娴在天花板上躲了两天,嵋到宿舍为她拿了一些衣物。第三天清晨,她准备离开,嵋拿了钱装在信封里递给她。

季雅娴又捏了捏嵋的手,将钱塞在背包里,对嵋说:"我走了,你不用出来。"径自出了方壶后门,过了小桥,穿过树丛向黎明走去。

合子回来,三人在合子屋里说话,说起逮捕的事。

合子道:"这是反动政权穷途末路的表现。"

嵋道:"下回再搜查,可不能躲在这里。"

合子道:"你还等着下一回吗?他们来不及了。"

弗之只看着窗外。

二

战局日益分明,共产党军队除了在东北的胜利,也占据了大部分华北。人们爱护北平这座文化古都,都很怕在北平展开战事。中国人用自己的手毁坏自己的文化古都,消灭历代文化的瑰宝——这简直是不可想象的。人们想尽方法来保护古城。守城将领致函北平文化界少数著名人士,邀请他们参加一个座谈会,征求意见共商大计。

弗之和子蔚都收到了邀请函,弗之因会期那天有课没有与会,而是写了信,说明自己的看法:只能和,不能打。子蔚那天和另一大学有共同研讨会,他打了电话,讲述了一些道理,并恳切表明了只能和不能打的愿望。这也是大家的愿望。

共产党军队已经兵临城下,和平交接已成定局。国军撤退,各种人员离开北平,已是大势所趋。

这几天谢方立都在收拾东西,有些仍然要存放在城里亲戚家。照巽衡的意思,要她先离开校园,到城里去。

方立在起居室里看着窗外的小花园,花园里一片萧索。只有那块太湖石被几茎枯枝围绕着,依然如旧。

她慢慢转过身,去收拾两年前放在书柜里的书,取出来装箱。看到那套《狄更斯选集》,拿起来抚摸着。按铃,陈贵裕走进房来,方立道:"你去请孟家二小姐来一趟。"

峭正好下课回来,随陈贵裕到了秦家,在起居室见到谢方立和还没有装满的书箱,叫了一声:"秦伯母。"不知道说什么好。

方立示意峭坐下。停了一会儿,峭才说:"秦伯母要走吗?"

方立道:"就是,局势如此。"又说,"这部《狄更斯选集》送给你。"又指指坐在椅上的黄三弟,说,"你要它吗?把它留给你吧,我就不带它到城里了。"

嵋低头抚摸着黄三弟,说:"你认识我吗?"黄三弟在嵋的手上蹭了两下,跳下椅子去。

方立取了两个袋子,并说:"书很沉,猫也不听话,让陈贵裕明天上午送去吧。"

嵋说:"谢谢秦伯母,我们再没有秦伯母在旁边了。"

方立道:"你母亲不在了,合子是男孩子,我们这一辈人老了,看来,你家的事全靠你了。"

嵋轻轻说了一声:"是。我帮着装书吧?"

方立道:"不用,我慢慢做。没想到——"没有说下去。

嵋看着秦伯母略显憔悴的面容,觉得她这两年来老得多了。她又唤了一声"秦伯母",两人互望,都觉依依不舍。

嵋道:"我回去了。"站直了身子鞠了一躬,说,"秦伯母再见。"

方立向前走了两步,抱住嵋的肩,说:"嵋,好孩子,但愿再见。"

嵋走出秦家,在暮色中走过圆甑和方壶之间枯干的草坪,心中充满了凄凉,却又飘浮着对光明的憧憬。

昏暗中迎面走来一人,身材矮小,原来是乔杰。他先叫了一声"孟老师"。嵋毕业后,乔杰已经不再为怎样称呼她为难。

乔杰道:"倚云厅那边贴出一张小字报,是攻击孟先生的。你去看看吗?"

嵋道:"攻击什么?"

乔杰道:"说他要学生复课,是替国民党服务。说他许多文章,都是为国民党说话。"

两人说着,走到倚云厅大门前,墙壁上果然贴着小字报,可惜已经撕去一大半了。

"反正就是那些话,你已经知道了。"乔杰说,"我随便出来走走,就看见这张小字报。各样的人说各样的话,大时代啊!庄先生父子走了以后，系里似乎空了一大块。孟老师，你们——"

"我们不走。"嶙很快说道，"爹爹说，大家都是中国人，都是要建设民主富强的国家。我们会留下来继续教书，办好学校。"

乔杰似乎有些安心，说道："我要努力学习，掌握科学知识。"

嶙微笑道："是啊！民主，科学，还是这两位先生能救我们。我回去了，你还要走走吧？"自回方壶去了。

乔杰继续随意走着，在西校门的大路上，远远看见晏不来骑自行车出校门去。

乔杰暗想，晏老师兴致真好，天都黑了，还上哪里去？

一面想着，一面走到桥边牌坊处看小字报，都是欢呼民主胜利的，看来大局已定。他看了一会儿，便回宿舍去了。

晏不来出了校门，骑车到大学旁边的一个小镇，镇上有一个小饭馆，是青年教师时常相聚的地方。饭馆门外有一个招幡，招幡在习习的冷风里飘动，上面写着"常九饭馆"。

晏不来下了车，从口袋里摸出一张纸条，这张纸条他已经看了不止一遍了，上写着某时某刻到这个地方，约他的人是孙里生。

饭馆里灯光昏暗，只有一桌上有两三个人在喝酒。饭馆主人似乎已经在等他，迎了出来，又引他到旁边的一个小院。院里有几间房屋，开门进去，一个人坐在床沿上。

饭馆主人等晏不来进去，便走开了。

床沿上那人站起，向前走了几步，两人紧紧握手，又仔细地互相看着，好像要弄清对方是不是自己要见的人。

孙里生道："晏兄，记得我吗？"

"怎么不记得。"晏不来道。

他指指孙里生的头发，那头发不再怒发冲冠，而是服帖地躺在头上。两人会心地微笑，走到床边坐下。晏不来脸上透出一个问号,等着孙里生说话。

"我是从那边来,大的局势你都看见了,学校里的人是不是面临着一个留还是走的问题?我们知道教授大多是不走的,有几位不太清楚。南京那边很希望他们去,他们有条件走。我们都知道,孟先生是不走的,平常孟灵己和孟合己在学校里都说过。而且,孟先生素来是有倾向性的,虽然不像民主教授那样清楚,但是我们可以知道。现在还不知道梁明时先生——"

"这个我倒知道。"晏不来说,"前几天有风声说,南京要来接几位著名的教授。据梁太太跟我太太说,梁先生肯定是不走的。你知道,她和梁太太是小同乡,常有来往。"接着,又说了另几位的情况。

孙里生又道:"晏兄冒充朱伟智替他坐了两天禁闭,大家都知道的。你这样挺身相救,很难得。现在要做的是统一战线,安定人心。"晏不来点头。

两人沉默了一会儿,晏不来道:"这些年你好吗?你又揭发了什么?"

"我确实又揭发了一些事。"孙里生苦笑道,"我被关押了一年,认识更清楚了。我曾代你在中学教过几堂课,讲的宋词是你选的,有一首《六州歌头》。"

晏不来道:"长淮望断,关塞莽然平。"

孙里生接道:"征尘暗,霜风劲,悄边声,黯销凝。讲的时候,简直要哭。那是宋人的亡国情绪——"

晏不来猛然站起身说:"我们回来了。"

孙里生笑道:"而且我们来了。"

两人又说了些别后简单情况,握手告别。

晏不来说:"你下次再来,就可以到我家去了。"

孙里生说:"以后我可能不在北平工作,后会有期。"颇有些依依不舍。

晏不来离开了常九饭馆,这时,月亮已经很高,冬日的平原一片白茫茫。

他到家后,妻子梅花端来热水,让他洗脚。梅花文化不高,但是豁达能干,热心助人,还帮离家远的学生缝缝补补。人称梅花嫂子。

晏不来坐在那里,看着自己的家,听着外面的北风,不觉想到,人必须要有自己的家,无论多小、多穷、多破,那是自己的家。

几天后,在圆瓿举行了又一次教授会议。这一次会议不同于南渡前夕共赴国难的悲壮,也不同于复员回来以后建设学校的兴高采烈。

会议很简短,似乎很平静,但是蕴藏着极为复杂的心情。一部分人满怀信心迎接光明,一部分人抱着无奈的心情,听从命运的安排。大部分人都认为自己是中国人,留在中国的土地上,要来的也是中国人,是可以共事的,情绪都比较稳定。

秦巽衡先说了今天有几位教授不能来,其中说到徐还生病了,随口加了一句:"天气太冷了。"又说道,"国民政府和共产党方面正在商谈北平的问题,国民政府为了保存北平这样一个文化古都,希望能够和平解决北平的接管。守城的将领也征求了文化界的意见,北平不能变成战场。大家大概已经听到这个消息。"

刘仰泽道:"能够和平解放,是上策。"

大家都不说话。巽衡也沉默了片刻,接着说:"我要离开了,我是身不由己,必须离开,向国府做一个交代。学校有诸位在,应该是能办好的,我不必也不能再管了。"

说着站起身来就要别去。有几位先生低声说着什么。

这时,萧子蔚站起来说:"秦先生不得不离开,大家都了解。但是在这样变化的形势下,需要有人挑这个担子,蛇无头不行。"

王鼎一说道:"我建议由萧先生主持选举。"

秦巽衡一挥手,说:"我回避,一会儿再来。"说着走出房门。

有人小声说:"我想孟先生最合适。"

子蔚爽快地说:"请提名。"

王鼎一正式大声说道:"我提议孟先生。"

子蔚道:"有人附议吗?"几个人同时举起手来。

子蔚又道:"还有提名吗?"没有人说话。

片刻,钱明经站起来说:"我还是提孟先生。"

说着,大家都举起手来。

子蔚看了一下,说:"全票。"

大家鼓掌。然后是一片肃静。

弗之站起,沉重地说:"我会竭尽绵薄之力,和大家一起继续努力办好学校,这是我们的责任。我想,现在应该有一位专门负责学校的安全工作。"教授们也都称是。

弗之道:"我提刘仰泽先生。"

见无异议,子蔚道:"那就定了。"

刘仰泽站起来说:"我帮助孟先生工作。"

弗之说:"责任在我们校务委员会全体肩上。"说着和子蔚对望了一眼。

子蔚站起道:"我去请秦先生回来。"便出去了。

一会儿,子蔚陪同秦巽衡进房来。秦巽衡只觉得心里有些舒展,他望着眼前可信可托的教授们,双手抱拳环视大家,说道:"办好学校,永远是我们的共同目标。"

这时陈贵裕来给大家添茶,大家饮了,纷纷站起和巽衡握手。有的说几句话,有的一言不发,目光中都露出惜别之意。

巽衡和弗之走到衣帽间,巽衡指着门楣上"圆瓿"两个篆字,说:"这两个字很好看,记得你那里也有两个字。"

弗之说:"是的,我那里的是方壶。"

巽衡说:"这四个字究竟是什么意思,你想过没有?"

弗之道:"大概是说住在里面的不过是——"

巽衡抬手插话道:"不过是酒囊饭袋之人。"两人大笑。

停了片刻,巽衡叹道:"此次一别,绝不是十年八年的事,你是守在这里了,我不知还能不能回来看一眼。不过我们是尽了力量。"

两人长久握手,终于作别。

弗之回到方壶,进门看见门上那两个字,不觉站住。又看了一会儿,心下倒觉平静。晚饭后,自到系里资料室查找写帝制文章的补充材料。

嵋在房间看书,不久四妮进来说:"小姐,秦家外面来了许多学生。"

嵋抬头问:"做什么?"

四妮道:"不知道做什么。"

嵋起身走到衣帽间,推了推窗帘。外面天色已黑,圆甄的门灯开着,果见许多学生站在门口。

嵋想了一想,出了厨房后门,从花园那边过去,到了圆甄正面的路旁,站在一棵大树后面。路上还不断有学生走来,简直把圆甄包围住了。其中有几个数学系的进步学生,好像还有外校的,他们排着队到圆甄前。忽然,她看见合子和几个同学走过来,也向圆甄围过去。

嵋有些放心,她觉得合子参加的活动应该是有意义的。

圆甄台阶上有两三个人不时在低声商量什么。一会儿,一位看去比较年长的同学开始讲话,他说:"同学们都知道,我们来的目的是请秦校长不要离开明仑大学,不要离开我们,这是大家的愿望。现在我去向秦校长表达我们的愿望,请大家等候。"

圆甄的门开了,几个同学都进去了。还有学生陆续赶来,有人一路走一路吃馒头,看样子是没有吃晚饭。

嵋忽然觉得很冷，发现自己没有穿外衣，转身走回家。

四妮道："我正要说呢，你怎么不穿大衣就出去了。"

嵋说："正是呢，天已经冷了。"

嵋穿上外衣，仍回到那棵大树后。黑压压的人群，没有一点声息，约有半小时，那几位代表出来了。仍是那位年长的同学说："同学们，我们刚才向秦校长表达了我们的愿望。秦校长说他会考虑大家的意见，请大家回去安心读书。"

底下有人问："就这个话吗？"

"是，他说他会考虑大家的意见。"

人群陆续散去了。嵋的眼光寻找着合子，没有找到。

她回到屋内，到客厅坐下，等着合子回家。可是，合子过家门而不入，没有回来。

次日，天还不很亮，弗之仿佛听见黄三弟在客厅"喵喵"叫，怕它打坏瓷瓶，走出来却看不见它。弗之走到衣帽间，听见门外汽车响，把半截窗帘拉向当中，看见校长的车停在圆甑门前。等了一会儿，秦巽衡走出圆甑，站在汽车旁，且不上车，慢慢地转身向方壶、倚云厅、小山坡看了一圈，最后决绝地将手杖在地下顿了一顿，上了车。

车开动了，秦巽衡走了。

孟弗之长叹一声，转身久久看着墙上方壶两个篆字。

三

圆甑失去了主人，虽然大格局没有变动，却似乎已停止了呼吸。

大部分人并不知道这一消息，整个学校继续进行正常的生活。上课下课的钟声按时敲响，学子们或者步行、或者骑着自行车上下课。

靠近图书馆,有两排平房,多半是文法学院的教室。平房是抗战以前的建筑,很平常,但是门窗的木料和式样比较讲究,看上去自有不同的气派。

这天上午,刘仰泽在这里的一间课室上课。他进了教室,觉得很冷,对坐在前面的同学说:"这间教室真冷,到底平房不够保暖。"

他没有脱外衣,开始讲课,他的声音洪亮,条理清楚,讲述了民族研究的一些原理以后,说到他在云南考察时的见闻。

"在少数民族中居然还有奴隶制存在。统治者随便处罚有不同意见的人,有的时候就伤及性命,这个部落索性被称作砍脑壳的。"

同学们听了都很惊讶。有几个同学互相望了一眼,他们相信光明就要来了。每个人的头是长在自己的脖子上。

上课约到一半时间,刘仰泽觉得更冷,手脚都有些发僵,很难忍受。看了一眼课堂角落上的炉子,竟没有火光。

他停了下来,问同学们:"冷吗?"

有的同学搓着双手,说:"冷啊,冷极了。"

刘仰泽走下讲台,摸了摸炉子,冰凉,很是不悦。

他问同学们:"没有火,你们还愿意上课吗?"

一个同学举手道:"我建议不要上课了,不过,我有一个问题,现在还存在这样的部落,怎样解释?"

刘仰泽道:"说明我们进步得很慢,也说明政府的无能。"

他不想多讲,便在黑板上写了几个字:"太冷,无法上课。"向学生们挥一挥手,径自走了。

下一节是孟樾的课,他走进教室,觉得并不比室外暖和。走到煤炉旁边看,炉子是冰冷的,竟然没有生火。学生已经换了人,比上一节课的学生少。

孟樾让学生先看笔记,自己出去找校工,问为什么不生火,校工说没有煤。

孟樾温和地说:"别的教室也这样么?"

校工道:"我管的这几间都没有生。"他看着孟先生,自己叹了一口气,说,"没有煤怎么办?我再去踅摸踅摸。"

弗之走进教室,对学生说:"我知道大家很冷,我们来做一节体操。"

学生"唰"的一声都站起来,做了一节上肢操。体操做完,大家精神振奋了许多,弗之平静地开始讲课。

他这一学期开的课是宋史,这是最后一堂课。弗之作了总结,最后又加了一些感想。

他说:"我一生研究历史,对历史常怀有亲近和敬畏的感情。历史像一座大山,是我们的依靠。历史又像一面镜子,我们可以借鉴。历史一页页翻过,记录着一个民族的成长。清朝学者龚自珍说,欲灭人之国,必先灭其史。说得好,没有历史,就没有根基,从哪去成长?写历史,要说真话。古人是以生命为代价,要写下真事,'在齐太史简,在晋董狐笔',历史本身是波澜壮阔的,历史的记载也是艰难的,我们学习历史怎么能不怀有敬畏之心?尤其是宋朝这一段,更像是我的朋友,可学习、可借鉴,可歌可泣的事件太多了。北宋从五代的最后一朝周那里得到了政权,建立宋朝。以后东征西讨,虽未完全统一中国,也有了半壁江山。在这期间,一直和辽对峙。后来金人侵略,又和金人对峙。以后,是蒙古人的铁蹄来践踏这一片大好河山,民间的反抗斗争一直英勇激烈。在这样战争频繁、动荡不安的情况下,宋朝的文明达到很高的程度,当时的福利事业已经比较健全,它设有慈幼局、居养院、安济坊、漏泽园等机构,努力做到幼有所养、老有所依、病有所医、死有所葬。并且有郡圃的设置,也就是公园,照顾到公众的休憩。当时的文学成就也是中国历史上的一个高峰。"

看到有学生窃窃私语,弗之提高了声音:"有人说,宋朝的宰相制度可以发展到君主立宪,这只是一种说法,实际很难做到。中国的皇帝制度扼杀了这一切,皇帝实际上代表着一个派别的利益,或一己的利益。而把整个民族的前途置之不顾。如高宗,因为怕岳飞打胜仗,能够迎接徽钦二帝还朝,自己就坐不成皇帝了,一直不积极北伐,到后来又怀疑岳飞要谋反,十二道金牌召唤正在打胜仗的岳飞班师,将岳飞和他的儿子岳云、义子张宪一起杀害在风波亭上。这是中国历史上的大冤案,也是我们民族的奇耻大辱。现在杭州岳王庙中有秦桧夫妇的跪像,要他们永远跪在岳飞面前谢罪。秦桧自然是罪大恶极,生杀之权究竟在皇帝手里。其实,最应该跪在岳飞面前的是皇帝赵构,他应该永远跪在我们民族面前谢罪。这可以看作是一个武将的故事。文臣的遭遇也是非常让人痛心的,历代猖獗的文字狱,把人的头脑都压缩成豆腐干,不敢稍微活动。"

弗之接着讲了"乌台诗案"的故事,那本来是他预备的一次重点课。可是,那堂课没有上,后来只简单讲了讲,现在他还要再说几句。

他说:"苏轼因为嘲讽时政,他的诗更被深文周纳,成为反对朝廷的证据,被捉到汴京投入监狱。"

说罢,转身把苏轼的《狱中寄子由二首》写在黑板上。

其 一

圣主如天万物春,小臣愚暗自亡身。
百年未满先偿债,十口无归更累人。
是处青山可藏骨,他年夜雨独伤神。
与君今世为兄弟,更结来生未了因。

其　二

柏台霜气夜凄凄,风动琅珰月向低。

梦绕云山心似鹿,魂飞汤火命如鸡。

额中犀角真君子,身后牛衣愧老妻。

百岁神游定何处? 桐乡应在浙江西。

写完,弗之说:"受到冤屈,几乎丧命,却还要说'圣主如天万物春,小臣愚暗自亡身。'大才如苏轼,也不得不这样说,而且是这样想的,这是最最让人痛心的。千百年来,皇帝掌握亿万人的命运。国家兴亡全凭一个人的喜怒。一个人的几根神经能担负起整个国家的重任吗? 神经压断了倒无妨,那是个人的事,整个国家的大船就会驶歪沉没。"

停了一下,弗之继续说:"我们到了民国时期,好不容易推翻了两千年的帝制,可是我们还没有得到真正的民主,怎么对得起我们这个没有皇帝的国家?"

教室里一片肃静,同学们的眼睛中闪着青春之火,他们渴望着自己的国家走上民主自由富强的道路。

铃声响了。

弗之说:"下课。"拿起桌上的蓝布包走下讲台。

学生们上来读那两首诗,有几个学生走到孟先生身边问道:"孟先生,您不再讲一讲吗?"

孟樾道:"如果没有民主,读书人的命运便是如此。"

走出教室,几个学生又追上来问:"孟先生,要不要我们帮着到哪儿去搬煤?"

弗之拍了拍这个学生的肩,说:"我去想办法。"

孟樾觉得北风在吹着他走,把他吹进了办公室。他拿起电话找到事务科主任马守礼。

马守礼说:"孟先生,我正在这着急呢,煤接不上了。不过,现在门头沟那边可以送来。"

孟樾问:"别的平房教室有火吗?"

马守礼说:"有。这是怎么说的,还就是您今天上课的这一排没有火。老赵去领煤,煤少,没领着。我是说了要省着用,我会催的。不能不上课啊。"

弗之放下电话,又处理了一些事务,去看正在筹建的博物馆。

博物馆负责人正在整理馆藏,认真地填写表格。

钱明经在那里,他拿着一件玉镂花篮,说:"我们这里的有些东西,是不是可以送到故宫博物院?我看它们有这个身份。"

弗之说:"以后可以考虑。"

他拿起已经填好的表格看着,说:"我们继续照常工作。"

明经道:"我看这几天秩序很正常,可是心里还是不大安定。我不知道别人怎样,大概也不会很安心。"

弗之微笑道:"这也很正常。"略一思索,"哪天晚上在一起谈谈吧,交流情况。"

明经道:"我去通知。"便拿出笔来记下弗之说的名字。

他们走出博物馆筹备处,遇见周燕殊和几个女同学。

燕殊向弗之鞠躬,弗之亲切地问:"你妈妈好了吗?"

燕殊答道:"已经退烧了,好多了。"

弗之点头,又问身旁的学生,"你们去上课了吗?"

学生回答:"我们几个去了,也有些人回家了。"

另一个学生说:"学期还没有完呢。"

弗之微笑道:"是啊,我们按功课表行事。"学生们散去。

孟樾回到家中,家里还稍有点暖意。这是孟灵己早有准备,早早卖了一些从香粟斜街搬来的书,用这笔钱存上了煤。

孟樾看见放信报的小几上有一封外国来信,是庄卣辰来的,很是高兴,坐下来读。信中写道:

弗之：

　　日子过得真快,离开学校已经一年多了,从无因那里知道你们的一些消息。

　　本来无因应该今年回去,能回国服务是他所期盼的。但他的导师又要留他做一个非常重要的课题,说是他们如果少了他会为难。我真没想到无因这样重要。

　　去年,无因和我们想让嵋出来留学,嵋没有来。我当然希望无因能够继续他的研究,也希望嵋能出来团聚。不过,这是年轻人自己的事。

　　前天在一个朋友处遇见一个考古学家,他问起你,谈到中国学,他说,中国历史学方面有几位可敬的学者,你是其中最有特色的。

　　你身体好吗? 问候学校的同仁。玳拉和我都很好。

　　最好的祝愿!

卣辰

弗之放下信,起身在房间里踱步。

卣辰的信把无因延期回国的事更生硬地摆在面前。

无因延期回国,嵋是不是出去留学,他们已经多次讨论。他希望嵋出去深造,可是,正是他的病绊住了嵋。嵋以为延期一年也不算长,反正无因会回来的。合子是男孩子,很少能照顾家。这个时候,把爹爹一个人留在方壶,她是做不到的。

"爹爹,"嵋推门进来,手里拿着一个邮包,举了一举,说,"无因寄来的。"

嵋打开邮包,里面有两本最新的数学书,还有一本新出版的《高斯传》。这本书文笔优美,再现了这位非凡的数学家的一生。书里夹着一张纸条:"让它们先来见你,我会回来的。"除了这些,还有一件浅灰色的短袖毛衣。

弗之看见这些东西,对嵋说:"你究竟出不出去,可以再考虑。我的路已经到了这里,你有你自己的前途,不要考虑我。"

峨说:"这也是我的前途,我愿意教一辈子书,像爹爹一样。适当的时候我也会深造的。"

弗之拿起那本《高斯传》,微叹道:"什么时候我也要看一看。"

"二小姐,"四妮在门外说,"开饭了。"

父女两人和四妮一起吃午饭,峨恹恹地勉强吃了些。

弗之温和地对峨说:"去休息吧,你下午还有课。"

当天晚上,方壶又来了不速之客。

因为省煤,大家都习惯早睡。弗之正准备入寝,听见大门有剥啄声,便起来查看,问:"外面有人吗?"

有人答道:"求见孟先生。"

弗之开了门,北风吹进一个人来,这人身材高高的,面目端正。他摆脱了寒风,舒了一口气,向孟先生深深鞠躬。

因见弗之有些迟疑,便介绍自己:"我是事务科的办事员。"

他说了名字,弗之觉得这人有些面善,却不记得这个名字。

那人接着说:"我为国民党做过一些另外的工作,我想,这对国家是没有罪过的,可是不知道会有什么麻烦。现在很害怕,想离开学校。今天您打电话我听见了,便想到只有来求孟先生了。"

弗之道:"如果你觉得需要,你可以走。"

那人扑通跪下磕了一个头,又嗫嚅着。

弗之说:"没有发工资吧?"

说着转身走进房去,家用储备的钱是放在他这里的。看着这点菲薄的储备,弗之站在抽屉前略一迟疑,取了大约一个月的工资,交给办事员。

那人又要磕头,弗之拦住,看着他往茫茫黑夜中去了。

弗之回到卧室坐了片刻,就躺下了,只觉得衾寒如铁。想到躲逮捕的学生,要逃走的职员,无因与嵋的婚姻以及自己的事业。摆在大多数人面前的问题都是类似的:去还是留。虽然已经回到故土,却好像还是没有归宿,仍有一种漂泊的感觉。

辗转反侧不能入睡,弗之索性披衣起床,把窗帘拉开一条缝。外面北风劲吹,眼前一片模糊。冷风从窗缝里钻进来,他只好又回到床上,不自觉地摸了摸窄窄的床边,那宽的床已经不需要了。忽然感到十分孤独,这在弗之是很少有的。

黑夜和寂寞混在一起包围着他,越压越重。良久,他才昏昏睡去。

过了几天,孟家举行了一次小宴,就像以前在龟回邀同仁吃炸酱面一样,只是没有了女主人。

傍晚,萧子蔚最先到,和弗之在书房里说话。

子蔚道:"你这书房还是老样子,不知将来会怎样。"

弗之道:"我反正是做学问,能有一间书房就好。"他顿了一顿,"不过的确是有个观点问题。这些年不断有人批评我的历史观点不对,你是知道的。你们研究自然科学要好得多。"

子蔚道:"谁知道呢,将来都是个未知数。"

弗之道:"都是中国人,都是要建设好中国,这一点是不会变的。"

子蔚点头,正要说话,有人在外面大声说:"孟先生,钱明经报到,我们在哪儿吃饭?"

弗之走到书房门口,对钱明经点点头,仍和子蔚说话。

不一会儿,梁明时、王鼎一、刘仰泽、尤甲仁夫妇都陆续来到。弗之和子蔚走出书房,和大家站在客厅里说话。

大家说了一阵,嵋过来张罗。弗之说:"这里没有火,没办法,我们只好在厨房那边用饭。"

嵋引客人们穿过过道,到了厨房。厨房外间已经摆好了桌椅,大家挤着坐下。

这时,徐还由燕殊陪着来了。她的脸色很黄,还有些病容。在她的座位旁边有燕殊的座位,可是她说太挤了,让燕殊也到厨房去。峒和合子的座位是厨房里的小板凳,燕殊跟他们一起坐了。

梁明时说:"我们这是挤挤一堂。"

王鼎一道:"正好促膝谈心。"

桌上摆着一盘榨菜丝炒豆芽菜,还有一大碗火腿炖白菜,还有一个小筐箩,装着白薯饼,这都是彭记厨房送来的。

峒在厨房里炒鸡蛋,她心里烦闷,手上却很麻利,切葱花、打鸡蛋,加了一点凉开水。油热了,她把鸡蛋倒进锅里,只听见嗞啦一声,香气四溢。峒用筷子先搅动,又用铲子翻炒了几下,把鸡蛋盛起,由燕殊端到桌上。嫩黄的颜色,一缕、一片的形态,又透出点点葱花的绿色,很是好看。

梁明时先道:"孟灵己还会炒鸡蛋。"大家举箸品尝都说好。

峒暗想,无因能闻见、能看见吗?

弗之道:"这是家传,在昆明她就会。"

徐还对燕殊说:"瞧,孟姐姐多能干。"又说,"无论在昆明还是现在,炒鸡蛋都是好菜了。"

四妮端上熬好的红豆粥和自己腌的咸菜,峒招呼大家用饭,合子管茶。

大家以茶当酒,边吃边谈。心情都稍觉舒畅,并不在意稀疏的炮声和呼啸的北风。

尤甲仁道:"已经商定不再打了,国府做出了很大让步,和平让出了北平。怎么还有炮声?"

刘仰泽道:"哪里是让步,兵临城下大势使然。"

姚秋尔见桌上的菜虽然简单,却很诱人,说道:"还有绿豆芽哪?"先给甲仁撮了一筷子,"如意馆这几天简直不送菜了,我都自己到校门外去买大白菜。"

尤甲仁道："事情该怎么样就怎么样,最好快点,不要拖着,我不想等待。"

钱明经道："可不是!我想不会久的,人家比我们还急。"

徐还道："今天有一堂实验没有做,电力不够。"

弗之道："这几天你们上课有火吗?"

梁明时道："我有一节课在平房,没有火,我指挥同学们做体操。"

弗之笑道："原来大家都这样对付,我去上课也是这样做体操。"

钱明经站起看看周围,说："我现在想做体操,可是没有地方。"

在大家的笑声中,子蔚的神情略显凄然,有时插几句话,还是敏捷潇洒。嵋看到了,不知为什么忽然悟到姐姐最早崇拜的人不是别人,正是眼前的萧先生。

突然一声巨响,这个炮弹好像就落在校园里。

大家沉默了片刻,弗之道："我去打个电话。"

他走出去,一会儿回来说："校卫队说,几个门都有联系,没有落在校园内,听声音,估计是在西门外。"

弗之说着,只站在那里。

刘仰泽道："我出去看看。"

萧子蔚站起说道："我们一起去吧。"

弗之道："可以先和图书馆联系一下,如果需要,眷属们可以去那里躲避。"

徐还道："我回去了,晚了怕路上有变化。"

钱明经忙把剩的一点豆芽菜扒到自己碗中,匆匆吃了。把碗往桌上一放,说道："天下没有不散的宴席。"

合子一面收拾碗筷一面说："总还会有新的宴席,有好吃的。"

大家走到衣帽间,各自穿衣戴帽。燕殊帮助母亲穿上厚重的棉大衣,用围巾包好头,掖了又掖。

合子开了门,一阵冷风吹进,北风吹得枯枝摇摆不定,有的撞在房顶上,唰唰作响。

又有几声炮响。大家都不说话,陆续走出门去。

孟樾略一踌躇,也穿上大衣随着出门,说要去图书馆看看。

路灯很暗淡,远处又是几声炮响。各人心中有的是期待,有的是惶恐不安,有的是听天由命。无论怎样想,每个人都舍不得这一片精神的沃土,感到深深的依恋。

在北风的呼啸中,他们穿过黑暗一步步走,脚步是那样沉重。慢慢转过小山,各自散去。

间　曲

【北尾】重又见叠楼飞檐，红墙绿树，五朝宫阙应谁主，各自有新图。豆萁自燃，将豆来煮。哀鸿遍野泪如注，青春之火加热度。水更沸，声更促，痛煞人，这一盘怪棋难摆布。　　民主声高人心属，哗啦啦大厦成灰土，十字路口左右顾，去留自有数。总不改初心要把新人树。万众欢呼望新途，又怎知新途荆棘路。路漫漫，难行步，知后事，且走进那接引葫芦。

后 记

这一部书完全是在和疾病斗争中完成的。尤其是写后一半时，我已患过一次脑溢血。走到忘川旁边，小鬼一不留神，我又回来了。上天垂怜，我没有痴呆。虽然淹缠病榻，还是躺一会儿，坐一会儿，写一会儿，每天写作的时间很少。

我时常和责编、我三十多年来的老战友杨柳讨论，杨柳对我已经退化的智力时予提携。又有联大附中老同学、中国少年儿童出版社编审段成鹏提意见，终于完成了《北归记》。

我有些高兴，但仍不轻松。南渡，东藏，西征，北归，人们回到了故土，却没有找到昔日的旧家园。

生活在继续，我也必须继续，希望上天留给我足够的时间，完成这个继续。

请看下一部《接引葫芦》。

二〇一七年十一月
小雪前一日，多次重读文稿后

终　曲

【云在青天】热腾腾，家国事，絮叨叨。多少言语。到如今，阴晴知晓泪如雨，又几曾打破那葫芦底。卷定了一甲子间长画轴，收拾起三十三年短秃笔。先生们请安息，弟兄姊妹长相忆。　　过去的已成灰，将来的仍是谜。纵然是一次次风波平又起，终难改云在青天水流地。万古春归梦不归，自有那新梦续。

《野葫芦引》全书完

全书后记

冯友兰说："人必须说了许多话，然后归于缄默。"

我现在是归于缄默的时候了，但是要做两种告别。

一是告别我经过的和我写的时代。父母亲把孩子养大，好像重新活了一次，写一部书也是重新活了一次。因为不是自传，所以更难。本来，《野葫芦引》全书计划为四部，但写完《北归记》，觉得时代的大转折并没有完，人物命运的大转折也没有完。所以，还有一部《接引葫芦》，《接引葫芦》和《野葫芦引》是一个整体。

二是告别书中的人物，他们都是我熟悉的人，但又是完全崭新的人，是我"再抟""再炼""再调和"创作出来的人。我把自己的生命送给了他们，我不知道我的贞元之气能不能让他们活起来、活多久，可是我尽力了。

在这部书里，我写了三代人，分布在各个学科。是我的长辈、准兄弟姊妹和朋友们告诉我许多生活经验，并各方面的知识。我就像一只工蜂，是大家的心血让我酿出蜜来。感谢所有帮助过我的人。书其实是大家的，感谢是说不尽的。

还要感谢亲爱的读者，他们告诉我，他们和书一起长大。他们鼓励我，加油！加油！我觉得自己像被拥拖着，可以不断向前。希望所有的人，书中的、书外的，都快乐地勇敢地活下去。

百年来，中国人一直在十字路口奋斗。一直以为进步了，其实是绕了一个圈。需要奋斗的事还很多,要走的路还很长。而我,要告别了。

二〇一七年九月十四日初稿成
二〇一七年十二月十二日改定
二〇一八年五月十四日最终改定

故妄记

花痕